〔清〕顧炎武 著
王蘧常 輯注
吳丕績 標校

顧亭林詩集彙注

上

上海古籍出版社

圖書在版編目(CIP)數據

顧亭林詩集彙注 /（清）顧炎武著；王蘧常輯注；
吴丕績標校. —上海：上海古籍出版社，2023.3（2024.3重印）
（中國古典文學叢書）
ISBN 978-7-5732-0626-8

Ⅰ.①顧… Ⅱ.①顧… ②王… ③吴… Ⅲ.①古典詩
歌—詩集—中國—清代 Ⅳ.①I222.749

中國國家版本館 CIP 數據核字(2023)第 032027 號

中國古典文學叢書

顧亭林詩集彙注

（全三册）

〔清〕顧炎武 著

王蘧常 輯注 吴丕績 標校

上海古籍出版社出版發行

（上海市閔行區號景路 159 弄 1-5 號 A 座 5F 郵政編碼 201101）

（1）網址：www.guji.com.cn

（2）E-mail：guji1@guji.com.cn

（3）易文網網址：www.ewen.co

上海展强印刷有限公司印刷

開本 850×1168 1/32 印張 46.25 插頁 16 字數 1,013,000

2023 年 3 月第 2 版 2024 年 3 月第 2 次印刷

印數：801—1,400

ISBN 978-7-5732-0626-8

I·3703 平裝定價：188.00 元

如有質量問題，請與承印公司聯繫

電話：021-66366565

清禹之鼎繪顧炎武像

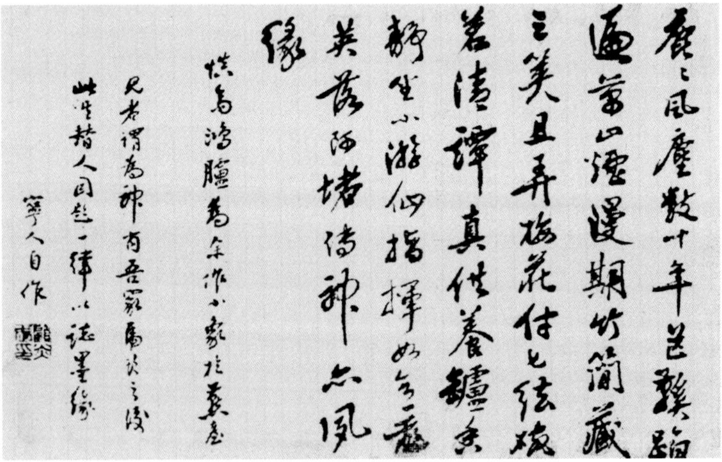

顧炎武自題小像手迹

顧亭林詩集彙注總目

前言

南明作爲一個歷史階段來説，是有它的特點的。最突出的一點，就是兩都覆滅之後，抗清鬭争還延續長達四十年之久（至康熙二十二年即一六八三年爲止）。在這一激烈的民族鬭争中湧現出無數的愛國志士，顧炎武可稱是其中最突出的一人。

顧炎武（一六一三——一六八二），字寧人，江南崑山人（今江蘇崑山縣）。他的一生，經歷了明萬曆到清康熙的七十年，這是我國歷史上最複雜最動蕩的時期之一。激烈的階級矛盾和民族矛盾衝擊着他，時代迫使這個具有進步思想的啓蒙學者不得不有所思考和探索。他在幼年就接受其嗣祖紹芾及嗣母王氏的「士當求實學」與「無爲異國臣子」的教育〔一〕；在十四歲那年，又加入了以「毋蹈匪彝，毋干進喪乃身」爲宗旨的著名社會團體復社〔二〕，爲他後來學術上的「經世致用」、政治上的「民族氣節」奠定了基礎，其總的思想是愛國——愛他所處的朱明王朝。

他的愛國思想是有其具體内容的。他不僅具有比較完整的思想體系，從儒家的經典中提出了「博學於文」和「行己有恥」作爲他一生修治的根本準則；而且還多次參加火熱的抗清鬥爭，幾至於以身殉難。當然，他愛國思想的形成和發展是有它的必然過程的。大體説來，可分爲三個階段。

第一個階段，從十四歲到三十一歲，即明天啓六年到崇禎十六年（一六二六——一六四三），爲明亡以前。這時期，朱明王朝的封建統治已經面臨分崩離析的局面，外有清貴族的入侵，内有農民軍的起義。他早歲就關心國事，加入復社，接受「夏、夷大防」的正統教育。二十一歲到二十三歲，農民軍攻略畿南、河北、湖廣及鳳陽、洛陽等地。二十七歲，清兵長驅直入濟南；橫掃畿内、山東七十多個州縣。他目擊祖國處在風雨飄摇之中，「感四國之多虞，恥經生之寡術」（天下郡國利病書自序），於是發憤著書，圖挽危亡：一種是輿地之書，僅存傳鈔本，那就是肇域志（現正在組織人力整理，準備出版）；一種是講戰略經濟之書，那就是天下郡國利病書。所謂「利病」，就是把當時的田賦、徭役、水利、鹽課、交通、兵防的利弊，以及疆域關隘的形勢等等，加以分析研究，意在探討國家衰敗的原因，暗示改革和挽救的方向。肇域志所闡述的重點也在於這方面，如郡縣沿革、山川阨塞、兵事成敗，以及賦税户口的多寡，官職驛舖的廢置等等，都有詳盡的記載。程瑶田評此書於「體國經野理財治安之道，至纖至悉，亦經世之寶書」（肇域志跋）。這兩部書都是披覽了二萬多卷典籍、經歷了二十多個寒暑才定稿的。雖然緩不濟急，也足見他熱愛祖國的迫切心情。(尚有一部未刊稿懼謀録,是炎武專講軍事學的著述。不久亦將出版。)

第二個階段,從他三十二歲到四十九歲,即崇禎十七年到永曆十五年,也就是到清順治十八年。(一六四四——一六六一),這一時期,是清貴族入關奪取政權到南明永曆覆滅的時期,是清貴族殘酷鎮壓各地人民,義軍力圖恢復的時期,也是炎武愛國活動最熾熱的時期。當明弘光帝即位於南京時,炎武被薦爲兵部司務,他雖未就職,但曾一到京口,一入南京,渡江時慷慨激昂,頗有擊楫中流的豪氣〔三〕。南都覆滅後,他從軍到蘇州,和薦主崑山知縣楊永言、復社同志歸莊等參加鄖陽撫台(羣書斠補:張穆顧亭林年譜校云:「鄖陽撫台」應作「鄖陽撫治」。案:明代設置各地巡撫,僅鄖陽稱「撫治。」)王永祚所領導的抗清義軍,約同各路義軍分攻蘇州、南京、杭州和沿海各地。炎武在千里詩中説:

千里吴封大,三州震澤通。戈矛連海外,文檄動江東。

指的就是這件事。但因攻蘇州軍先潰牽動全局而失敗(詳見徐松顧亭林先生年譜)。接着,又襄贊太湖的吴暘義軍,建議争雄上游,莫輕言戰,才能收地勢掌中之效(見詩集卷一:上吴侍郎暘詩)。後來,又參與策動清提督吴勝兆的反正。勝兆失敗,陳子龍、顧咸正等殉國,他也幾乎不免(見全祖望顧寧人先生神道表)。雖幾經挫折,他並没有灰心失望,作了一首精衛詩以見志：

長將一寸身，銜木到終古。我願平東海，身沉心不改。大海無平期，我心無絶時！

明隆武帝即位於福州時，曾遥授他爲兵部職方司主事；同時，魯王以海監國浙東，炎武乃有前後兩次南行活動的計劃。第一次在吴勝兆反正失敗後的秋天，到了東海邊，因道路梗阻没有去成（見元譜）；第二次在四十四歲時，詩集卷三出郭、旅中兩首就是記述此行的。旅中詩云：

久客仍流轉，愁人獨遠征。釜遭行路奪，席與舍兒争。混迹同傭販，甘心變姓名。寒依車下草，飢糝鑑中羹。浦鴈先秋到，關鷄候且鳴。蹠穿山更險，船破浪猶横。

可見此行的艱苦。出郭詩云：

出郭初投飯店，入城復到茶庵。秦客王稽至此，待我三亭之南。

據此詩，炎武這次南行好像與南明有約，並是和使者同行的。這時，永曆帝在安龍；魯王在舟山，鄭成功在福建，正打算北伐，爲永曆聲援。炎武此行的目的是在浙在閩或由閩以覲永曆，今已無可考見。但是旅中詩説：

買臣將五十，何處謁承明？

可見這次南行還是没有去成（事詳出郭、旅中兩首詩注）。不得已，才有翌年北遊之舉。初到山東，屢去北京、塞外和其它一些地方。他記述這次行程有云：

自此絶江踰淮，東躡勞山、不其，上岱嶽，瞻孔林，停車淄右。入京師，自漁陽、遼西，出山海關，還至昌平，謁天壽十三陵，出居庸，至土木，凡五閲歲而南歸於吴。浮錢塘，登會稽，又出而北，渡沂絶濟，入京師，遊盤山，歷白檀至古北口。折而南，謁恒嶽，踰井陘，抵太原，往來曲折二三萬里。〔四〕

所到之處，觀察地理形勢、民情風尚，其與潘次耕書云：

頻年足迹所至，無三月之淹，一年之中半宿旅店。（文集卷六）

真可謂棲棲皇皇！但其目的，不外作實地調查研究，與抗清復明的愛國活動有關。其京師作云：

河西訪竇融，上谷尋耿況。

玉田道中一詩又云：

豈有田子春，尚守盧龍塞？

這都是尋求遺民、圖謀恢復的迹象，但其確事已無法詳考。

第三個階段，從他五十歲到逝世。即清康熙元年到二十一年（公元一六六二——一六八二）。這時期，是清政權漸趨鞏固，抗清鬬争轉入低潮的時期。他雖然已經漸知揮戈返日之無術，但還未能絶望，屢見之於吟咏：

遠路不須愁日暮，老年終自望河清。（詩集卷三：五十初度時在昌平）

合見文公還晉國，應隨蘇武入長安。（詩集卷四：元旦）

三户已亡熊繹國，一成猶啓少康家。（詩集卷四：又酬傅處士次韻）

甚至在卒前一年，還在酬族子湄一詩中表示：

二紀心如昨，詩來覺道同。（詩集卷五）

他抗清復國的壯志，真是到老彌堅，至死不渝。

在這段時間裏，他以餘力從事撰述，「著書陳治本，庶以回蒼穹」（詩集卷五：贈衛處士）。其中最重要的著作是日知録，他自己説：

某自五十以後……别著日知録，上篇經術，中篇治道，下篇博聞，共三十餘卷。有王者起，將以見諸行事，以躋斯世於治古之隆，而未敢爲今人道也。（見文集卷四：與人書二十五，并參見蔣山傭殘稿卷一與友人書。）

他期望「回天」，不臣清廷的意志是十分明顯而堅決的。另一方面，他還以實際行動爲抗清復明作準備。全祖望顧寧人先生神道表説：

墾田度地，累致千金……東西開墾，所入別貯之，以備有事。

章炳麟在太炎文録續編卷六顧亭林遺事中有兩則記其事：其一，亭林設票號，屬傅青主主之，立新制，天下信從，於是饒於財用；其二，世傳先生始創會黨規模，蓋亦實事。最後，他定居華陰，還叮嚀教誡他的姪兒：

黄精松花，山中所産；沙苑蒺藜，止隔一水；終日服餌，便可不肉不茗。華陰綰轂關、河之口，雖足不出户，而能見天下之人、聞天下之事。一旦有警，入山守險，不過十里之遥；若志在四方，則一出關門，亦有建瓴之便。（文集卷四：與三姪書）

這些都具體地説明他自勵的艱苦和謀國的深遠。到了清王朝施展大興文字獄和薦舉博學鴻詞科的兩手時，一隊夷、齊相率走下首陽，獨有他誓死不顧威脅、不受招致，并發出了斬釘截鐵般的誓言：

爲言顧彦先，惟辦刀與繩！（詩集卷五：寄次耕時被薦在燕中）

在炎武，這不過是他生平大節之一端而已！

亭林的全部歌詩，具有豐富的歷史内容和沉雄悲壯的藝術風格。全集四百多首詩中，不論是擬古、咏史、游覽、即景、祭弔等等，都是大開大闔，環繞抗清復明這個主題開展的。惓念君國，有爲而發，既無酬應之作，亦無旖旎之情，爲上述三個思想發展階段提供了許多可歌可泣的歷史側面〔五〕。其大篇，有黄河、泰岱之觀；其短篇，有筆挾秋霜之感〔六〕。如大行皇帝哀詩、帝京篇、恭謁孝陵、孝陵圖，京師作、恭謁天壽山十三陵諸篇，就像朱明一代二百七十多年的一部興亡史。故有人把顧詩比作杜詩，有「詩史」之稱；其實杜詩正是顧詩的淵源所自〔七〕。在短篇近體中，如太平、送王文學麗正歸新安、白下、五十初度時在昌平、屈山人大均自關中至、重至大同、次耕來書言時貴有求觀余所著書者答示等篇，悲壯蒼涼，達到了思想與藝術的高度結合。這與他在日知録論古人用韻條中所説的「詩主性情，不貴奇巧」的主張都是一致的。當然，最主要的，還是時代的烈火鍛煉了這位愛國詩人；反過來，他也影響了時代。詩，只是他著作的一部分，更重要的是他大量的學術著作，開創有清一代的樸學風氣。有清一代學者治學的成就，遠邁元、明，其開山人物，炎武實當之無愧。他的實事求是的治學精神，正是後來乾嘉學派所奉爲圭臬的。例如對史可法這樣一位民族英雄，開始他當然極端歌頌推崇；但後來因爲得不到史可法殉節揚州的確鑿證據，他便闕以存疑，以後僅於榜人曲一詩中極望於其死後，這是他治學不爲意氣所左右而采取謹嚴態度的一個顯例。

清人雖爲炎武的生平、學術、詩文作過大量工作，但對他的研究還很不够，需要繼續深入。如他在清朝統治下曾兩度入獄，後一次尤爲危殆，却都能化險爲夷，其中必有很曲折的經過，遠非其詩文或後人所作年譜中記載的那麽簡單。又如他那麽瞧不起屈節事清的錢謙益，和順治十年才被迫仕清的吴偉業也不相來往，朱彝尊本來是他志同道合的好友，但朱一應博學鴻詞，即與之交絶，更不再提及。就連他勢炎薰天的外甥徐乾學，不但屢屢報之以白眼，而且還殷囑他的門弟子切莫接近這些權貴。然而却與山東德州人程先貞交好逾恒，生主其家，死哭其墓，屢見之於詩，所謂「程工部」者是也。這個在清軍入關的翌年北謁投降而且從軍南侵、衣蟒横江，與阮大鋮同一類型的人物，何以炎武對之態度遽反故常呢？這也是研究炎武的一個重要關目。

又如對於明故相、督師楊嗣昌，這是一個幾乎與周延儒同樣可入明史奸臣傳的人物，炎武除了潼關一詩對之有所譴責外，常常揄揚有加，一違衆議，這也是很值得研究的問題。

其他如炎武在鄉曾兩次遭到仇家的迫害。其一是家難，雖其嗣子所注據説甚詳，實則並未備載其顛末。另一是崑山豪紳葉方恒多次欲置炎武於死地，但後來在山東時忽又言歸於好。其中亦必有曲折的經過，決不是我們猜測的葉方恒屈於公論，幡然改悔，終於輸誠傾服，甚至邀修齊志、偕游名山，且有紬葛之惠的那麽簡單。

炎武身處危境，值文網峻嚴之日，却敢於奮筆直書（雖以韻目代字，亦屬一推便知，破譯極易，迥異於現代的密碼，絲毫不會起什麽隱蔽的作用）。竟能在詩文中直斥清帝福臨爲虜主，這甚至較孤忠大節的陳子龍，更爲「昌言無忌」，咄咄逼人，三百年後讀之，猶令人神王，對他肅然起敬！所以到了清朝末葉，即光緒三十四年，爲了綏靖風起雲湧的革命黨人及緩和滿、漢之間的民族矛盾，就由張之洞等人策劃，使炎武和黄宗羲、王夫之三人受到配享孔廟兩廡的曠典。但此舉並不能挽回其頽運於萬一，不三年清廷即告覆滅；因爲炎武三百年前所撒播下的種籽，到這時已結爲豐碩的果實了。

更有最重要的一點，炎武於抗清鬬争的低潮歲月中，在日知録卷十三正始條中提出了「保天下」的課題：

> 有亡國，有亡天下，亡國與亡天下奚辨？曰：易姓改號，謂之亡國。仁義充塞，而至於率獸食人，人將相食，謂之亡天下。……知保天下，然後知保其國。保國者，其君其臣，肉食者謀之。保天下者，匹夫之賤與有責焉耳矣！

後人把它概括成爲「天下興亡，匹夫有責」兩句響亮的口號。無疑的，這已由「忠於一姓」擴大到忠於國家民族，從上層看到了山野之民的力量了。在三百年前有此認識，不愧是進步思想的前驅。這一口號遺響所及，在近代歷史上，不僅震盪了辛亥革命，而且激勵了抗日戰争，即在將來，也必會有深遠的影響。

此稿原與吴生丕績合作，由他擔任全部標校工作。不幸他已於十年前殂謝，不及見是書刊行。祝予之痛，久不能已！在整稿過程中，我年已耄，得到上海古籍出版社富壽蓀、楊友仁兩位同志的幫助，他們都付出了辛勤的勞動；更蒙陳兆弘同志提供崑山縣圖書館珍藏的炎武畫像、文物及手跡，一併於此誌感。

王蘧常　一九八一年十二月於上海

【注】

〔一〕見亭林餘集：三朝紀事闕文序及先妣王碩人行狀。前者有云：「臣祖乃更誨之，以爲士當求實學，凡天文、地理、兵農、水土，及一代典章之故不可不熟究。」後者有云：「七月乙卯，崑山陷。癸亥，常熟陷。吾母聞之，遂不食，絶粒者十有五日，至己卯晦而吾母卒。……遺言曰：『我雖婦人，身受國恩，與國俱亡，義也。汝無爲異國臣子，無負世世國恩，無忘先祖遺訓，則吾可以瞑於地下！』」

〔二〕引自楊彝復社事實。

〔三〕見亭林詩集卷一京口即事詩（按：徐嘉注指爲史可法，誤）。

〔四〕亭林佚文輯補書楊彝萬壽祺等爲顧寧人徵天下書籍啓後。後署「歲壬寅」，是年亭林五十歲。

〔五〕近人徐頌洛與汪辟疆書云：「詩言志，亭林詩善言志者也。全集惓惓君國，皆有爲而言，無一酬應語，比辭屬事，靡不貼切。有明二百七十餘年間，詩人突起突落，有如勝、廣，却成就此一大家。即清詩號稱跨越明代，然求如亭林之篤實光輝者，亦難與並。」

〔六〕朱彝尊靜志居詩話云：「寧人詩，事必精當，詞必古雅。抒山長老所云『清景當中，天地秋色』，庶幾近之。」

〔七〕清汪端明三十家詩鈔論亭林云：「其詩憑弔滄桑，論多激楚，茹芝採蕨之志，黍離麥秀之悲，淵深樸素，真合靖節、浣花爲一手。」近人黃節亭林生日詩亦有「哀心詞見浣花堂」句，皆可謂知言矣。

【附記】

本書書前影刊禹之鼎所繪顧炎武六十歲像及顧氏自題七律墨迹，按顧氏行蹤，康熙十年辛亥五十九歲，由山東入都，主徐乾學；翌年八月復至京，主徐元文。這兩次均有可能會禹之鼎；尤以乾學好延攬文士，之鼎更有爲其舅氏繪像的機會。惟顧氏自題之七律，則詩的風格和筆迹，均可存疑，見卷六《詩譜》康熙十一年壬子注。兹先爲刊出，以俟海内外通人鑒定。

王蘧常　一九八三年九月於上海又記

編例

一、本書以傳録潘耒手鈔本爲底本，以其較潘耒初刻本（以下簡稱「潘刻本」）爲完整，少避忌缺文。手鈔本與潘刻本同爲六卷，但起訖分卷不同；徐嘉顧詩箋注本，即據「潘刻本」，想以時代使然，但與潘刻本分卷亦不同（潘分作六卷，徐分作十七卷）。今分别於詩目中加按語説明，以清版本源流。

二、本書分「彙校」與「彙注」兩部分。先列「校文」，列於原詩之後，每校之間提行；「注文」列於「校文」之後，每一注碼提行，各注之間空一字；各注之後或附「蘧常案」，皆另行，以清眉目。

三、本書彙校所據本，有：一，潘耒初刻本（即徐嘉顧詩箋注本之底本簡稱「潘刻本」）。二，幽光閣鉛槧本（即梁清標朱書補完本之排印本，簡稱「幽光閣本」）。三，翁同龢秘本（簡稱「翁本」）。四，孫詒讓託名荀氏校本（簡稱「孫託荀校本」）。五，孫氏别校本（簡稱「孫校本」）。

六，吴犀校本（簡稱「吴校本」）。七，曹氏校本（簡稱「曹校本」）。八，汪辟疆校本（簡稱「汪校本」）。九，冒廣生批本（簡稱「冒校」）。一〇，陳氏校注稿本（簡稱「陳校」）。只出校異文，稱「某云」或「某案」。徐嘉顧詩箋注本與底本整句不同者，間出徐氏注文，以資參考。

四、本書彙注所據本，以徐嘉顧詩箋注本爲基礎。原有顧氏自注，仍以小字注於正文原句之下（如「潘刻本」例）；彙注部分首列潘刻本「原注」，次列「徐注」，它注略按年次排列，曰「某注」；批注而不見成書或取各家之説者，用「某云」。據本有：

（一）全祖望批本（自天一閣范氏傳鈔，僅數十條，中且有不知姓名者闌入，可證實爲全氏者只十七條）；以下簡稱「全本」、「全云」。

（二）戴望注本（大多録自張穆顧氏年譜）；以下簡稱「戴本」。

（三）翁同龢批本（多係鈔撮，且不多）；以下簡稱「翁本」。

（四）李詳、段朝端各注，均爲顧詩箋注所采，擇尤録之；以下簡稱「李注」、「段注」。

（五）冒廣生批本；以下簡稱「冒校」、「冒云」。

（六）汪辟疆校潘本；以下簡稱「汪校本」。

（七）黄節選注本；以下簡稱「黄本」。

（八）陳氏校注稿本（此稿輾轉借得，鈔撮頗廣博，如前所舉冒氏、汪氏諸説，與夫校勘家所發見「韻目代忌諱字」之例，皆取於此，但以其來歷未悉，難於明列。相傳其爲陳氏，字頌洛，名不詳，特著於此，不没其搜討之勤也），以下簡稱「陳校」。

五、本書所采顧氏年譜計有十種：一，顧氏撫子衍生本（即元譜）。二，徐松本。三，車守謙本。四，吴映奎本。五，張穆本。六，常庸顧譜斠識（據張穆本斠識）。七，胡虔本。八，周中孚本。九，王體仁本。一〇，徐嘉詩譜。以上均按作者姓氏或譜名簡稱某譜。

六、本書所采徐注及其他各家之注，其引文冗繁者，頗有删節。所引明季史事，涉及農民起義軍者，誣罔特甚；其對南明抵抗勢力，所引諸書，亦多站在清朝立場，難予一一改易。顧氏貶清之詞，如「東胡」、「胡虜」、「東夷」等，刻本與徐注本或作缺文，或以韻目代字，如「東」之爲「冬」、「胡」之爲「虞」、「虜」之爲「麌」、「夷」之爲「支」等，凡可考知者，均予出校。

七、本編例未及者，請參照本書「附録」中徐訂凡例。顧詩校注者多至數十家，本書或有疏漏，請博通者諟正。

二〇二一年四月十二日

【編按】

本書正文「彙注」内尚有「錢云」一種，蓋指錢仲聯先生補箋清徐嘉之顧亭林詩集箋注。可知瑗老嘗採仲聯先生之説，今作補充説明。

詩目

此目彙總潘刻本、徐注本而成，其分卷等有出入者，具見此目。

卷一

卷二

卷五……九八一

卷六

顧亭林詩集彙注卷一

王蘧常 輯注
吴丕績 標校

大行皇帝哀詩 已下閼逢涒灘

【解題】徐注：案是歲崇禎十七年甲申。明史莊烈帝紀：崇禎十七年三月乙巳，李闖犯京師，京營兵潰。丙午日晡，外城陷。是夕皇后周氏崩。丁未昧爽，内城陷，帝崩於萬歲山，王承恩從死。御書衣襟曰：朕涼德藐躬，上干天咎，然皆諸臣誤朕。朕死，無面目見祖宗。自去冠冕，以髮覆面，任賊分裂，無傷百姓一人。計六奇明季北略（以下簡稱北略）：上登萬歲山之壽皇亭，即煤山之紅閣也，自經於亭之海棠樹下。陳濟生再生紀略謂「在山之紅閣，御玄色鑲邊白綿綢半臂」，先生明季實録謂「在大内兔耳山」。張譜、吴譜皆作「萬壽山巾帽局」，宜從明史。黄注：風俗通曰：皇帝新崩，未有定謚，故總其名曰「大行皇帝」。冒云：先生是年年三十二。蘧常案：爾雅釋天：太歲在甲曰閼逢，在申曰涒灘。仁和吴氏藏先生與歸玄恭手札墨跡云：古來用干支名，悉從爾雅。又，日知録古人不以甲子名歲條云：爾雅疏：甲至癸爲十日，日爲陽；寅至丑爲十二辰，辰爲陰。此二十二名，古人用以紀日，不以紀歲。歲自有閼逢至昭陽十名爲歲陽；攝提格至赤奮若十二名爲歲名（案：應作「歲陰」，詳郝懿行爾雅義疏）。後人謂甲子歲、癸亥歲，非古也。自漢以前，初不假借。自經學日衰，人趨簡便，乃以甲子至癸亥代之。其言誠是。然其所以以歲陽、歲陰紀詩者，亦猶陶潛自宋武王業漸隆，永初以來唯云「甲子」之意相同也。是歲爲明崇禎十七年，三月，明亡。五月，明福王即位於南京，以明年爲弘光元年。大順永昌元年，清順治元年，公元一六四四年。大行，蓋本周書謚法解：大行受大名，細行受細名之義。行出於己，名生於人，未有謚號之前，但曰「大行」。

神器無中墜〔一〕，英明乃嗣興〔二〕。紫蜺迎劍滅〔三〕，丹日御輪升。景命殷王及〔四〕，靈符代邸膺〔五〕。天威寅降鑒〔六〕，祖武肅丕承〔七〕。采聖昭王儉〔八〕，盤杅象帝兢〔九〕。澤能回夏暍〔一〇〕，心似涉春冰〔一一〕。世值頽風運〔一二〕，人多比德朋〔一三〕。求官逢碩鼠〔一四〕，馭將失饑鷹〔一五〕。細柳年年急〔一六〕，萑苻歲歲增〔一七〕。關門亡鐵牡〔一八〕，路寢泄金縢〔一九〕。霧起昭陽鏡〔二〇〕，風搖甲觀燈〔二一〕。已占伊水竭〔二二〕，真遘杞天崩〔二三〕。道否窮仁聖〔二四〕，時危恨股肱〔二五〕。哀同望帝化〔二六〕，神想白雲乘〔二七〕。祕讖歸新野〔二八〕，羣心望有仍〔二九〕。小臣王室淚〔三〇〕，無路哭橋陵〔三一〕。

【彙校】

〔題〕潘刻本、徐注本「大行」下無「皇帝」兩字。

〔迎劍滅〕徐注本「滅」作「氣」。丕績案：「劍氣」不能與下句「輪升」作對，誤。

【彙注】

〔一〕神器　徐注：老子：天下神器，不可爲也。李善文選東京賦薛綜注：神器，帝位也。明史宦官魏忠賢傳：天下皆疑忠賢竊神器矣。

〔二〕英明句　徐注：明季實録：弘光詔書曰：惟我大行皇帝，英明振古。書洪範：禹乃嗣興。

〔三〕紫蜺句　原注：太玄經：紫蜺喬雲朋圍日。

蘧常案：「蜺」與「霓」同，前人謂之亂精淫氣，此似比魏忠賢之結黨亂國，故原注引太玄釋之。思宗立，即誅之，故曰「迎劍滅」也。或據文秉烈皇小識云：熹廟病危，魏忠賢遺腹奄涂文輔迎上入宫。上時自危甚，是夜秉燭獨坐，見一奄攜劍過，取之，留置几上。故假以爲喻，備一説。

〔四〕景命句　徐注：詩：景命有僕。春秋公羊傳：兄終弟及。通鑑前編：兄死弟及，自太庚始。案：明史熹宗紀：遺詔以皇五弟信王由檢嗣皇帝位。

蘧常案：戴侗六書故引詩大雅既醉毛傳有「景，大也」三字。景命，大命也。公羊傳莊公三十二年：一生一及。注：兄死弟繼曰及。

〔五〕靈符句　徐注：曹植大魏篇：大魏膺靈符。明史莊烈帝紀：天啓二年封信王，六年十二月出居信邸。

蘧常案：史記孝文本紀：高后崩，諸吕欲爲亂，大臣共誅之。使人迎代王，代王乃乘傳詣長安。太尉乃跪上天子璽符，代王謝曰：至代邸而議之。遂馳入代邸。丞相平等皆曰：幸聽臣等。謹奉天子璽符再拜上。遂即天子位。北略：信王，天啓二年九月二十二日封。丁卯八月十八日，熹宗疾篤。十九日，魏忠賢與羣臣議垂簾居攝。辛相施鳳來曰：學他不得。魏忠賢不悦而罷。諸臣請信王入視疾。二十一日，熹宗病革，召王入，諭以「當爲堯舜之君，善事中宫，及委用忠賢」。王遜謝而出。申時，熹宗崩。首相施鳳來等具牋往信府勸進。忠賢結信藩舊監徐應元，遂自請王入。羣臣聞之，咸欲奔入，宦者不納。二十四日丁巳，即皇帝位於中極殿。

〔六〕天威句　徐注：書：肅將天威。明史莊烈帝紀：十一月甲子，安置魏忠賢於鳳陽。己巳，魏忠賢縊死。十二月，魏良卿、客氏子侯國興俱伏誅。元年正月，戮忠賢及其黨崔呈秀尸。六月，削忠賢黨馮銓、魏廣微籍。壬寅，許顯純伏誅。二年正月，定逆案，自崔呈秀以下凡六等。又，元年五月，燬三朝要典。

蘧常案：此「天威」謂人。如左氏僖公九年傳：天威不違顔咫尺。爾雅釋詁：寅，敬也。周禮大宗伯賈公彦疏引古尚書説：自上監下，則稱上天。與詩黍離「悠悠蒼天」傳「自上降鑒，則稱上天」同，而語意較明。

〔七〕祖武句　徐注：詩：繩其祖武。書：丕承哉，武王烈。明史宦官傳：太祖既定江左，鑒前代之失，嘗鐫鐵牌置宮門曰：内臣不得干預政事，預者斬！敕諸司不得與文移往來。又，莊烈帝紀：十一月，戊辰，撤各邊鎮守内臣。元年正月辛巳，詔内臣非奉命不得出禁門。二月丁巳，戒廷臣交結内侍。冒云：起八句，叙思陵由藩邸入承大統。

〔八〕采垩句　徐注：宋史太宗紀：淳化二年二月，盡易宮殿采繪以赭垩。左傳桓公二年：昭其儉也。

蘧常案：韓非子五蠹篇：堯之王天下也，茅茨不翦，采椽不斲。史記始皇本紀索隱：采，木名，即今之櫟木也。劉恕通鑑外紀帝堯紀：宮垣室屋不垩色。張岱石匱書後集烈帝本紀：上自用銅錫木器，屏金銀，命文武諸臣各崇儉約。王世德崇禎遺録：上節儉，神宗以來，膳饈日費數千金，命減存百一；舊制，冠、韡、履日一易，上命月一易。

〔九〕盤杅句　原注：墨子：堯舜禹湯文武之事，書於竹帛，鏤之金石，琢之盤盂。後漢書崔駰傳作「杅」。黄注：書皋陶謨：兢兢業業。傳：兢兢，戒也。

蘧常案：崇禎遺録：乾清宮大殿、兩楹，書「人心惟危，道心惟微，惟精惟一，允執厥中」十六字。命武英殿中書畫歷代明君賢臣圖，書正心誠意箴於屏，置文華、武英兩殿。又，上雞鳴而起，夜分不寐，往往焦勞成疾。

〔一〇〕澤能句　徐注：王充論衡：盛夏暴行，暑暍而死。明史莊烈帝紀：十一月癸酉，免天啓時逮死諸臣贓，釋其家屬。元年三月，贈恤冤陷諸臣。四年正月，振延、綏饑民。七年二月，振登、萊饑，蠲逋賦。四月，發帑振陝西、山西饑。九年三月，振南陽饑，蠲山西被災州縣新舊二餉。五月，免畿内五年以前逋賦。十一月，蠲山東五年以前逋賦。十年三月，振陝西災。四月癸巳，清刑獄。十二年八月，免唐縣等四十州縣去年田租之半。十三年閏正月，振真定饑；戊子，振京師饑；癸卯，振山東饑。三月戊戌，振畿内饑，免河北三府逋賦。七月，發帑振被蝗州縣。八月，振江北饑。十四年二月，詔：時事多艱，痛自刻責，停今歲行刑。十五年正月，免天下十二年以前逋賦。十一月庚午，發帑振開封宗室兵民。十六年六月，詔免直省殘破州縣三餉及一切常賦二年。

蘧常案：陳達野史無文烈皇帝遺事：李自成移檄遠近，有云：征歛重重，民有偕亡之恨。即崇禎亦自知之。其罪己詔有云：使民飛芻輓粟，居送行齎，加賦多無藝之征，預支有稱貸之苦者，朕之過也。使民室如懸罄，田盡汙萊，望煙火而無門，號冷風而絶命者，又朕之過也。則此區區所謂德政，何足以回夏暍？凡此回護之辭，皆當分别觀之，則庶幾得當時之實情矣。

〔一一〕心似句　徐注：書：若履虎尾，涉于春冰。明史莊烈帝紀：二年六月，以久旱齋居文華殿，詔羣臣修省。三年四月同。四年四月，禱雨，詔廷臣條時政。五月甲戌朔，步禱於南郊。八年十月，下詔罪己，避居武英殿，減膳撤樂，示與士卒同甘苦。十年十一月庚辰，以星變修省，求直言。十一年八月，以災異屢見，齋居永安宫。十二年正月己未朔，以時事多艱，却廷臣賀。十三年二月，以久旱求直言。三月禱雨，詔清刑獄。十五年十一月，下詔罪己，求直言。十七年二月壬申，下詔罪己。冒云：「采聖」四句叙帝德。

〔一二〕世值句 徐注：桓温薦譙元彦表：足以鎮静頽風。李善注：魏文帝令曰：風頽於百代矣。明史李自成張獻忠傳：莊烈非亡國之君，而當亡國之運，徒見其焦勞瞀亂，孑立於上，十有七年，宗社顛覆，徒以身殉。悲夫！

〔一三〕人多句 徐注：書：凡厥庶民，無有淫朋，人無有比德。明史魏忠賢傳：當此之時，内外大權，一歸忠賢。内豎自王體乾等外，又有李朝欽、王朝輔等三十餘人，爲左右擁護，外廷文臣則崔呈秀、田吉、吴淳夫、李夔龍、倪文焕主謀議，號五虎；武臣則田爾耕、許顯純、孫雲鶴、楊寰、崔應元主殺戮，號五彪。又吏部尚書周應秋、太僕少卿曹欽程等號十狗。又有十孩兒、四十孫之號。而爲呈秀門下者，又不可數計。自内閣六部至四方總督、巡撫，徧置死黨。又：海内争望風獻諂，諸督撫大吏若閻鳴泰等争頌功德立祠，章奏無巨細，輒頌忠賢。宗室如楚王華煃、中書朱慎鋆，勳戚如豐城侯李永祚，廷臣若尚書邵輔忠、李養德、曹思誠，總督張我續及孫國楨、張翌明、郭允厚二十餘人，佞詞累牘，不顧羞耻。大學士黄立極、施鳳來、張瑞圖票旨亦必曰「朕與廠臣」，無敢名忠賢者。又：莊烈帝將定從逆案，令以贊導、擁戴、頌美、諂附爲目。帝爲詔書頒示天下。（蘧常案：以上二十八字出明史閹黨傳，徐注誤。）又：諸麗逆案者日夜圖報復。其後温體仁、薛國觀輩相繼柄政，潛傾正人，爲翻逆案地。帝亦厭廷臣黨比，復委用中璫，而逆案中阮大鋮等卒肆毒江左，至於滅亡。

蘧常案：鄭達野史無文烈皇帝遺事載永昌移檄遠近云：君非甚闇，孤立而煬竈恒多；臣盡行私，比周而公忠絶少。甚至賂通公府，朝端之威福日移；利擅宗紳，閭左之脂膏罄竭。文臣結黨，朋比爲奸；武將卑微，奴顔婢膝。公侯皆食肉豺狼，而倚爲心腹；閹豎盡吃糠豬狗，而借其耳目。斥當時明君之任用不當，與明臣之朋比爲奸，可謂言簡而意賅矣。

〔一四〕求官句　徐注：明史王應熊傳：應熊語皆迎帝意，遂蒙眷注。延儒、體仁援以爲助，朋比誤國。又張至發傳：至發代體仁，一切守其所爲，而才智機變遜之，以位次居首。代至發者孔貞運，不敢有所建白。代貞運者劉宇亮，都城戒嚴，命閲視三大營及勇衛營軍士，皆苟且卒事。又奸臣周延儒傳：延儒實庸駑無才略，且性貪。當天下大亂，延儒一無謀畫，用侯恂、范志完督師，皆僨事。而門客盛順、董廷獻皆因緣爲奸利，又信用文選郎吴昌時及給事中曹良直、廖國遴輩，贓私狼籍。又奸臣温體仁傳：輔政數年，未嘗建一策，惟日與善類爲仇。其所引與同列者皆庸材，苟且以充位。且藉形已長，固上寵。居位八年，恩禮優渥無與比。所中傷人，廷臣不能盡知。其所推薦張至發、薛國觀之徒，皆效法體仁，蔽賢植黨，國事日壞，以至於亡。又薛國觀傳：爲人谿刻陰鷙，不學少文，體仁因其素仇東林，密薦於帝。國觀與楊嗣昌比，國觀、嗣昌最用事，程國祥委蛇其間，召對無一言，帝責國祥緘默負委任。蔡國用庸才碌碌無所見。范復粹、張四知學淺才疏，伴食中書，貽譏海内。姚明恭、魏照乘皆國觀引入閣，庸劣充位而已。陳演工結納内侍，延儒罷後，帝最倚信演，臺省附延儒者，盡趨演門。當是時，國勢累卵，中外舉知其不支，演無所籌畫，而顧以賄聞。魏藻德居位一無建白，但倡議令百官捐助而已。陳演見帝遇之厚，曲相比附。李建泰家富於貲，願出私財餉軍，提師以西。帝加建泰兵部尚書，賜尚方劍，便宜從事；行遣將禮，御正陽門樓，手金巵親酌建泰者三，即以賜之。出都，聞曲沃已破，家貲盡没，驚怛而病，日行三十里，士卒多道亡。又王應熊等傳贊曰：天下治亂，係於宰輔。自温體仁導帝以刻深，於是接踵一迹，應熊剛愎，至發險忮，國觀陰鷙，一效體仁之所爲，而國家之元氣，已索然殆盡矣。至於演、藻德之徒，機智弗如而庸庸益甚，禍中於國，旋及其身，悲夫！易程傳晉「九四」：晉如鼫鼠。貞。厲貪而畏人者，鼫鼠也。

蘧常案：周易子夏傳：晉九四：晉如碩鼠。翟玄易義：碩鼠晝伏夜行，貪猥無已。王弼本作「鼫鼠」，此從古本。九四爲三公之位，以陽居陰，而據坤田，有似碩鼠。蓋斥當時首輔。徐注引明史以爲王應熊、周延儒、温體仁輩，是也。求，取也。謂崇禎求取之官，所逢皆如碩鼠。

〔一五〕馭將句　徐注：魏志陳登傳：登見曹公言：待將軍譬如養虎，當飽其肉，不飽則將噬人。

公曰：不如卿言，譬如養鷹，饑則爲用，飽則颺去。（蘧常案：此下原引徐鼒小腆紀年論江北分四鎮及明史袁崇焕傳。分四鎮係弘光時事；袁崇焕千里赴援，卒以讒死，何能視爲饑鷹？皆與此不合，故删。）明史左良玉傳：良玉受平賊將軍印，寖驕，不肯受督師約束。當獻忠之敗走也，追且及，其黨馬元利操重寶啗良玉曰：獻忠存，故公見重；無獻忠，即公滅不久矣。良玉心動，縱之去。賊既入蜀之巴州，人龍兵譟而西歸，召良玉合擊，九檄皆不至。張瀕死復縱，迄於亡國者，以良玉素驕蹇不用命故也。又附賀人龍：十三年，嗣昌至重慶，三檄人龍會師，不至。人龍效良玉所爲，不奉約束，嗣昌亦不能制。十四年九月，總督傅宗龍統人龍等軍出關，次新蔡，遇敵孟家莊。將戰，人龍先走，宗龍遂没。十五年正月，總督汪喬年出關擊闖軍，人龍及鄭嘉棟、牛成虎從至襄城，遇敵復不戰走，喬年亦没。帝大怒，欲誅之，慮其爲變，姑奪職戴罪視事。又劉宗周傳：疏言：文法日繁，欺罔日甚，朝政日隳，邊防日壞。且以張鳳翼之溺職中樞也，而俾之專征，何以服王洽之死？以丁魁楚等之失事於邊也，而責之戴罪，何以服劉策之死？諸鎮勤王之師，爭先入衛者幾人？不聞以逗遛蒙詰責，何以服耿如杞之死？今且以二州八縣之生靈，結一飽颺之局，則廷臣之纍纍若若可幸無罪者，又何以謝韓爌、張鳳翔、李邦華之或戍或去？（蘧常案：「結一飽颺之局」云云蓋謂崇禎九年清兵連下近畿州縣飽掠去事，徐似以字面相同誤取，惟上下尚略有關合，姑存之。）又請旌死事盧象昇，而追戮誤國奸臣楊嗣昌，逮跋扈悍將左良玉。帝不能盡行。又曰：國家大計，以法紀爲主。大帥跋扈，援師逗遛，奈何反姑息爲此紛紛無益之舉耶？帝曰：目下烽火逼畿甸，且國家敗壞已極，當如何？對曰：武備必先練兵，練兵必先選將，選將必先擇賢督撫，擇賢督撫必先吏、兵二部得人。冒云：「世值」四句，叙文武諸臣之誤國者。

蘧常案：求官馭將之失，崇禎亦深知之。徐鼒小腆紀傳載其甲申二月罪己詔有云：任大臣而不法，用小臣而不廉。言官植黨，而清議不聞；武將驕懦，而軍功不奏。皆由朕撫馭失道，誠感未孚之所致也。中夜以思，跼蹐無地。

〔一六〕細柳句 徐注：漢書周勃傳：亞夫軍細柳。明史熹宗紀：天啓元年三月乙卯，清兵取瀋陽，總兵官尤世功戰死。總兵官陳策、童仲揆、戚金、張名世帥諸將援遼，戰於渾河，皆敗没。壬辰，取遼陽，經略袁應泰等死之。丁卯，京師戒嚴。二年正月丁巳，清兵取西平堡，副將羅一貫死之。鎮武營總兵官劉渠、祁秉忠逆戰於平陽，敗没。王化貞走閭陽；參政高邦佐留松山，死之。乙丑，京師戒嚴。五年正月癸亥，清兵取旅順。六年正月丁卯，圍寧遠。七月五日丙子，圍錦州。癸巳，攻寧遠。莊烈帝紀：崇禎二年十月戊寅，清兵入大安口。十一月，京師戒嚴。乙丑，山海關總兵官趙率教戰没於遵化。甲申，清兵入遵化，巡撫都御史王元雅、推官何天球等死之。丁亥，總兵官滿桂入援。辛卯，袁崇焕入援。戊子，宣、大、保定兵相繼入援。徵天下鎮巡官勤王。辛丑，清兵薄德勝門。甲辰，下兵部尚書王治於獄。十二月辛亥朔，再召袁崇煥於平臺，下錦衣衛獄。乙卯，孫承宗移駐山海關，丁卯，遣中官趣滿桂出戰，桂及總兵官孫祖壽俱戰歿。三年正月，清兵克永平，副使鄭國昌、知府張鳳奇等死之。戊子，克灤州，兵部右侍郎劉之綸敗没於遵化。八月，殺袁崇煥。四年七月，清兵圍祖大壽於大淩城。六年五月，河套部犯寧夏，總兵官賀虎臣戰没。七月甲辰，清兵取旅順，總兵官黄龍死之。七年七月壬辰，入上方堡，至宣府，京師戒嚴。庚辰，清兵克保安，沿邊諸城堡多不守。閏月丁亥，克萬全左衛。九年七月癸丑，詔諸鎮星馳入援。己未，清兵入昌平，巡關御史王肇坤等死之；入寶坻，連下近畿州縣，督師盧象昇入援。十年四月戊寅，清兵克皮島，副總兵金日觀力戰，死之。十一年九月辛巳，入墻子嶺，總督薊遼吴阿衡死之。十一月戊辰，克高陽，致仕大學士孫承宗死之。十二月庚子，盧象昇敗於鉅鹿，死之。十二年正月庚申，清兵入濟南，德王由樞被執，布政使張秉文等死之。凡深入二千里，閲五月，下畿南、山東七十餘城。十四年四月壬子，攻錦州，祖大壽拒守。七月壬寅，洪承疇援錦州，駐師松山，總兵官楊國柱敗死。八月，吴三桂、王樸自松山遁，諸軍夜潰。十五年二月戊午，清兵克松山，洪承疇降；巡撫都御史丘民仰，總兵官曹變蛟、王廷臣，副總兵江翥、饒勳等死之。己卯，祖大壽以錦州降。十一月壬申，清兵分道入塞，京師戒嚴，命勳臣分守九門，徵諸鎮入援。庚辰，克薊州。閏月壬寅，南下，畿南郡邑多不守。十二月，趨曹、濮，山東州縣相繼下。十六年四月，北歸，戰於螺山，總兵官張登科、和應薦敗没，八鎮兵皆潰。冒云：細柳句以下叙亂事以迄於亡。又，「細柳」句指東事。

蘧常案：史記絳侯周勃世家：以河内守亞夫爲將軍，軍細柳以備胡。括地志：細柳倉在雍州咸陽縣西南二十里。以細柳備胡，喻清也。

〔一七〕萑苻句　徐注：左傳昭公二十年：興徒兵以攻萑苻之盜。明史李自成傳：崇禎元年，陝西大饑，延綏缺餉，固原兵劫州庫。白水王二，府谷王嘉胤，宜川王左掛、飛山虎、大紅狼等一時並起。有安塞高迎祥者，自成舅也，與饑民王大梁聚衆應之。迎祥自稱闖王。二年春，詔以楊鶴爲三邊總督捕之。参政劉應遇擊斬王二、王大梁；参政洪承疇擊破王左掛。會京師戒嚴，山西巡撫耿如杞勤王兵譁而西；延綏總兵吴自勉、甘肅巡撫梅之焕勤王兵亦潰，與羣盜合。是時，秦地所徵曰新餉，曰均輸，曰間架，其目日增，吏因緣爲奸，民大困。以給事中劉懋議，裁驛站，山、陝游民仰驛糈者，無所得食，亦俱從賊，賊轉盛。又有神一元、不沾泥、可天飛、郝臨庵、紅軍友、點燈子、李老柴、混天猴、獨行狼諸賊，所在蜂起。延安張獻忠亦聚衆據十八寨，稱八大王。孤山副將曹文詔破賊河曲，王嘉胤爲左右所殺。共推其黨王自用號紫金梁者爲魁。自用結老回回、曹操、八金剛、射塌天、掃地王、闖正虎、滿天星、破甲錐、邢紅狼、上天龍、蝎子塊、過天星、混世王等及迎祥、獻忠共三十六營，聚山西。自成乃與兄子過往從迎祥，與獻忠等合，號闖將。五年，分道四出，連陷大寧、隰、澤諸州縣，全晉震動。六年春，官軍共進力擊，會總兵官曹文詔率陝西兵至，偕諸將猛如虎、虎大威、艾萬年、顛希牧、張應昌等合剿，前後殺混世王、滿天星、姬關鎖、翻山動、掌世王、顯道神等，破自用、獻忠、老回回、蝎子塊、掃地王諸賊，別賊復闌入西山，大略順德、真定間，大名道盧象昇復力戰破賊。文詔轉戰秦、晉、河北，遇賊輒大克，御史復劾其驕倨，調大同去。賊遂詭辭乞降，監軍太監楊進朝信之，爲入奏。七年，賊自澠池渡河，高迎祥最强。及入河南，自成與兄子過、李牟、俞彬、白廣恩、李雙喜、顧君恩、高傑等自爲一軍。及陳奇瑜兵至，獻忠等奔商、雒，自成等陷於興安之車箱峽，用君恩計，賄奇瑜左右，詐降。甫渡棧，即大噪，盡屠所過七州縣，而略陽衆數萬亦來會，勢愈張。八年正月，大會於滎陽，老回回、革裹眼、曹操、左金王、改世王、射塌天、橫天王、混十萬、過天星、九條龍、順天王及迎祥、獻忠共十三家七十二營，議拒敵。九年七月，巡撫孫傳庭擒迎祥於盩厔，獻俘闕下，磔死。於是賊黨乃共推自成爲闖王矣。　冒云：萑苻句指西事。

蘧常案：唐甄潛書明鑒篇：李自成雖嘗敗散，數十萬之衆，旬日力致。是故陝民之謠有之曰：挨肩膊，等闖王，闖王來，三年不上糧。民之歸也如是。蓋四海困窮之際，而君爲仇敵，闖爲父母久矣。

〔一八〕關門句　原注：漢書五行志木沴金：成帝元延元年正月，長安章城門門牡自亡，函谷關次門牡亦自亡。師古曰：牡，所以下閉者也，以鐵爲之。徐注：明史志五行二木妖：崇禎七年二月丁巳，太康門牡自開者三，知縣集邑紳議其事，梁墮而死。

蘧常案：此似喻居庸關之失。明史莊烈帝紀：崇禎十七年三月乙未，總兵官唐通入衛，命偕内臣杜之秩守居庸關。癸卯，唐通、杜之秩降於自成，自成遂入關。乙巳，犯京師。小腆紀年：闖軍由柳溝抵居庸關。柳溝天塹，百人可守，竟不設備。總兵唐通、太監杜之秩迎降。京西郡縣，望風瓦解，將吏或降或遁。闖將權將軍劉宗敏移檄至京師，云十八日入城，京師大震。居庸爲京師北門鎖鑰，關將迎降，正如門牡之亡，下言京師攻陷事，正相銜接也。徐注非。

〔一九〕路寢句　徐注：書：乃納册於金縢之匱中。北略：燕都大内有密室，相傳劉誠意留祕記，鐍鑰甚固，戒非大變弗得啓。癸未秋，清兵圍城，先帝欲啓視，内臣固諫，不聽。發室中匱，得圖三軸：第一軸狀文武臣數千，披髮狂走；第二軸繪兵將倒戈，窮民負襁奔逃狀；第三軸酷肖聖容，著白背心，右足跣，左足襪履，被髮中懸。内臣密言於國丈，陳仁錫子濟生假館嘉定府，與聞如此。冒云：靖難之役，亦云建文啓劉誠意祕記，其圖有僧像，酷類建文，遂披薙云云，此皆當時野語。不應建文啓視後，尚有餘幅，成祖又移之北京，留待思陵啓視也。

蘧常案：冒説是。崇禎遺録亦謂野史有劉青田藏圖畫之説，皆齊東之語也。林時對荷鍤叢談謂宫中密室所貯爲元人朝會圖，華人夷人，分行而拜，思陵覽之不悦，今所傳畫三軸，末一軸酷肖思陵，而被髮中懸，非也。是或然歟？路寢，見公羊傳莊公三十二年：路寢者何？正寢也。

〔二〇〕霧起句　徐注：三輔黃圖：武帝時，後宮八區有昭陽殿。飛燕外傳：昭儀上姊三十六事，有七出菱花鏡一匳。小腆紀年：三月丙午夜，外城破，帝起入後宮，見后已自經。乃入壽寧宮，長平公主年十五，方哭，帝曰：汝何故生我家？揮以刃，殊左臂；斫昭仁公主於昭仁殿，年六歲矣；巡西宮，刃袁貴妃，復刃所御妃嬪數人。昧爽，天忽雨，雲霧四塞。闖軍入宮，宮人魏氏、費氏死之。

蘧常案：漢書外戚傳：孝成趙皇后有女弟，絶幸，爲昭儀，居昭陽舍。昭陽舍即昭陽殿。用昭陽事，似專指妃嬪。

〔二一〕風搖句　徐注：三輔黃圖：甲觀，太子宮。北略：帝從衚衕繞出城上，望見正陽門城上已懸白燈籠三椀，白燈籠自一至三，以表寇信之緩急也，知大事已去。冒云：「風搖」句，當指太子及二王，注所引北略，非是。

蘧常案：上句「昭陽」言妃嬪事，則此句「甲觀」自言太子二王事，冒説是也。小腆紀年：帝聞外城破，御便坐，呼左右進酒，既而曰：傳主兒來。謂太子、永、定二王也。入猶常服，帝曰：此何時，弗改裝乎？命持敝衣至，爲换之，且手繫其帶而告之曰：汝今爲太子，明日爲平人，在亂離之中，匿形跡，藏名姓，萬一得全，來報父母仇，毋忘我今日戒也！左右不覺哭失聲。

〔二二〕伊水竭　徐注：國語：幽王三年，三川竭，伯陽父曰：昔伊、洛竭而夏亡，河竭而商亡。明史志五行水變：萬曆三十年，河州蓮花塞黄河涸。崇禎十四年，臨清運河涸。

〔二三〕杞天崩　徐注：國策：魯仲連曰：天崩地坼，天子下席。列子天瑞篇：杞國有人憂天地崩墜，身亡所寄，廢寢食者。杜甫寄峽州劉伯華使君詩：莫慮杞天崩。明史志天文一：崇禎十一年三月壬辰，欽天監正戈承科奏帝星下移。

蘧常案：此兩句，蓋如黄宗羲論當時所謂天崩地解之意，附會五行、天文，皆非。

〔二四〕道否句　徐注：易否卦：小人道長，君子道消也。明史莊烈帝紀贊：帝承神、熹之後，慨然有爲，即位之初，沈機獨斷，刈除奸逆，天下想望治平。惜乎大勢已傾，積習難挽，在廷則門户糾紛，疆場則將驕卒惰，兵荒四告，流氛蔓延，遂至潰爛而不可救，可謂不幸也已！潘耒寇事編年序：明之末造，政以賄成。其根本則在於朝臣植黨營私，爲人擇地，不爲地擇人。媢己者親，異己者憎，所親予善地，所憎予危疆，不問勝任與否，惟用以快恩仇。主上用一能臣，則羣而咻之；商一良策，則比而撓之。遂使明作有爲之主，宵旰焦勞於上，而愈理愈紛，愈撲愈熾，卒至國亡身殉而後已。

〔二五〕時危句　徐注：書：臣作朕股肱耳目。明史吴甡傳：帝親鞫吴昌時，作色曰：兩輔臣負朕，朕待延儒厚，乃納賄行私，罔知國法。命甡督師，百方延緩，爲委卸地。又陳演傳：闖已陷宣、大，演懼不自安，引疾求罷，入辭，謂佐理無狀，罪當死。帝怒曰：汝一死不足蔽辜！叱之去。

蘧常案：文秉烈皇小識：十七年三月十七日，上召文武各官，上泣下，諸臣亦相向泣，束手無計。上書御案有「文臣個個可殺」語，密示近侍，隨即抹去。

〔二六〕望帝　徐注：成都記：望帝死，其神化爲鳥，名曰杜鵑，亦曰子規。

〔二七〕白雲乘　徐注：莊子天地篇：乘彼白雲，至於帝鄉。

〔二八〕祕讖句　徐注：後漢書光武紀：宛人李通以圖讖説光武。又，光武避吏新野，因賣穀於宛。注：新野，屬南陽郡。冒云：新野指福王。

蘧常案：文震亨福王登極實録：恭聞監國自福邸至淮也，南都文武大臣及科道諸臣方集議擁立之事，僉謂以親以賢以序，當推奉爲臣民主。操臣誠意伯劉孔昭、督臣馬士英各傳諭所部將士以代來中興之意，將士聞命感泣，亦願奉爲六軍主。諸臣恭謁陵廟，告奉監國之議。議協，參贊機務、兵部尚書史可法至浦口具啓，迎駕於淮安。案：此所謂「歸新野」也。

〔二九〕羣心句　蘧常案：左傳哀公元年：昔有過澆，滅夏后相。后緡方娠，歸於有仍，生少康焉。有田一成，有衆一旅，能布其德而兆其謀，以收夏衆，撫其官職，遂滅過、戈，復禹之績。

〔三〇〕小臣句　原注：庾信哀江南賦序：袁安之每念王室，自然流涕。徐注：周禮夏官司馬：小臣掌王之小命。後漢書袁安傳：安爲司徒，以天子幼弱，外戚擅權，每朝會進見，及與公卿言國家事，未嘗不噫嗚流涕。

〔三〕無路句　段注：屈原九章：欲陳志而無路。　黄注：亭林此詩，申明國君死社稷之義，言之沈痛，然於明代所以致亡之故，亦不諱言，曰「世值頹風運，人多比德朋。求官逢碩鼠，馭將失饑鷹」，則深爲莊烈痛矣！　冒云：收到自己。

蘧常案：史記五帝本紀：黄帝崩，葬橋山。正義：括地志：黄帝陵在寧州羅川縣東八十里子午山。爾雅云：山鋭而高曰橋也。是在今陝西黄陵縣西北，名曰橋陵。

千官　二首

【解題】

戴注：是年十二月，崑山令楊永言應南都詔，薦先生，以兵部司務用。

蘧常案：此詩以第一首第三句首二字爲題。荀子正論篇：古者天子千官。

武帝求仙一上天〔一〕，茂陵遺事只虛傳〔二〕。千官白服皆臣子，孰似蘇生北海邊〔三〕？

【彙校】

〔題〕丕績案：此詩潘刻本、徐注本無。朱刻本題下注云：「闕逢涒灘，大行後，甲申。」孫託荀校本注云：「感事詩前。」

【彙注】

〔一〕武帝句　蘧常案：漢書揚雄傳：往時武帝好神仙。史記封禪書：今天子初即位，遣方士入海求蓬萊安期生之屬。汾陰得鼎，齊人公孫卿曰：寶鼎出而與神通，封禪。封禪七十二王，唯黄帝得上泰山封。申公曰：漢主亦當上封，上封則能僊登天矣。黄帝鑄鼎荆山下，鼎既成，有龍垂胡髯下迎黄帝。於是天子曰：嗟乎！吾誠得如黄帝，吾視去妻子如脱躧耳。案：汾陰得鼎，漢武帝事。

〔二〕茂陵句　蘧常案：漢書武帝本紀：後元二年，二月丁卯，帝崩於五柞宫。三月甲申，葬茂陵。臣瓚注：茂陵在長安西北八十里也。顔師古注：本槐里縣之茂鄉，故曰茂陵。此兩句以武帝喻崇禎。明末稗史謂帝不信神仙，詩不欲斥言其死而託之仙去云爾。譚吉璁肅松録：昌平州署吏目事趙一桂，爲開壙捐葬崇禎先帝及周皇后共歸田妃寢陵事：崇禎十七年，城陷没，故主縊崩。至三月二十五日，順天府僞官李紙票爲開壙事，仰昌平府官吏速開壙安葬。四月初三日發引，初四日下葬。彼時州庫如洗，卑職與好義之士十人共捐錢三百四十千，僱夫啓閉，祭奠下葬入壙宫内，初六日昇土築訖。明史莊烈帝紀：是年五月，清兵入京師，以帝禮改葬，陵曰思陵。先生昌平山水記：思陵在昌平州鹿馬山南。

〔三〕千官二句　錢云：「千官白服」指降臣，蘇生謂左懋第，以明降臣與懋第作對比。

遷常案：錢説是也。漢書蘇建傳：建中子武，天漢元年，以中郎將使持節送匈奴使留在漢者，與張勝等俱。會緱王與長水虞常等謀反匈奴中，虞常生得，引張勝。單于使衛律召武受辭，武引佩刀自刺，律知武終不可脅。單于愈益欲降之，徙武北海上無人處，使牧羝。後李陵至北海上，語武：區脱捕得雲中生口，言太守以下吏民皆白服，曰上崩。武聞之，南鄉號哭，嘔血。齊召南漢書注：北海爲匈奴北界，其外即丁令也。明史莊烈帝紀：清以帝禮改葬，令臣民爲服喪三日。明史左懋第傳：字蘿石，萊陽人。崇禎四年進士。屢遷刑科左給事中。福王立，擢右僉都御史。時清兵連破李自成，朝議遣使通好，懋第母陳殁於燕，懋第欲因是反匱葬，請行。乃拜兵部右侍郎，與左都督陳弘範、太僕少卿馬紹愉偕。温睿臨南疆逸史左懋第傳：八月渡河，十月至張家灣，令授四夷館。懋第曰：我奉使通好，而夷館授我，是以屬國見待也，我必不入！乃改鴻臚寺，且遣官騎迎之。懋第斬縗大經，迎者訝曰：吉禮也，而以凶服將事，可乎？答曰：國喪也，兼有母喪，國喪人所同，而母喪所獨也。迎者不能詰。内院大學士剛林至，責朝見。懋第欲以客禮，曰：我天朝使臣，自應具主客禮見，我皇上正位繼統，方圖中興，何言朝貢？反覆折辯，聲色俱厲，洪範、紹愉懼變色。剛林出，明日索國書，懋第不啓。時清初入中國，未深晰中朝事，所往復辯論者，皆諸降臣授之，而懋第慷慨引義，辭氣不撓。剛林嗟歎曰：此中國奇男子也！厚爲牢醴以待之。懋第既不得謁陵，乃陳太牢於寺廳，率將士喪服爲三日哭。攝政王聞，益重之，歸使臣。至滄州，復追懋第還。明年六月，南京失守。閏六月，命薙髮，中軍艾大選有貳志，懋第怒，杖殺之。十九日，乃收獄入訊，懋第曰：我頭可斷，髮不可斷，我早辦一死矣！越日，復廷諭之，終不屈。攝政王雅敬懋第，欲生之，莫應，乃引出。既至市，王又遣騎諭降者三，終莫應。向南再拜曰：事大明之心盡矣！端坐受刑。先生爲此詩時，懋第尚未殉國也。餘詳後感事詩第五首「驛使」句注。又案：計六奇明季南略：公返北都，拘之太醫院，不通出入，時令人說之降，公不答。洪承疇謁之，公曰：鬼也！承疇松、杏敗死，先帝賜祭錫廕久矣，今日安得更生！李建泰亦來謁，公曰：受先帝寵餞，不殉國，降闖又降清，何面目見我耶？漢臣投謁者皆受罵，亦憚見之。此與蘇武之斥衛律、李陵尤相似也。

一旦傳烽到法宮〔一〕，罷朝辭廟亦匆匆〔二〕。御衣即有丹書字〔三〕，不是當年嵇侍中〔四〕。

【彙注】

〔一〕一旦句　蘧常案：史記匈奴列傳：胡騎入代句注邊，烽火通於甘泉、長安。正義：秦始皇作甘泉宮。漢書鼂錯傳：處于法宮之中。注：如淳曰：法宮，路寢正殿也。文秉烈皇小識：十六日，昌平陷。小腆紀年：信急，李國禎發三萬人營新橋南，闖軍至沙河，聞礮聲，則三萬人齊潰。闖軍自西山至沙河，連營無隙地，竟夜火光燭天，遂薄京師。

〔二〕罷朝句　蘧常案：「罷朝」、「辭廟」，皆指失國也。烈皇小識：崇禎十七年，三月十六日，上御殿，召考選各官，問以治餉安民，忽祕封呈進，覽之色變，即起入内。久之，諭各官退，始知昌平失守也。張岱石匱書後集烈皇帝本紀：十八日，天且曙，上御前殿，鳴鐘集百官，無一至者，仍回南宫。

〔三〕御衣句　蘧常案：鄒漪明季遺聞：十九日丁未，午刻，得先帝凶問，所御玄色鑲邊白綿紬背心，有御筆血詔云：朕在位十七年，薄德匪躬，上邀天罪，至敵入内地四次，逆賊直逼京師，亦諸臣誤朕也。朕無顏見祖宗於地下，將髮覆面而死，任賊分裂朕尸，以報天下蒼生重徵濫斂之苦（案：末句依崇禎遺録補）。崇禎遺録：又書一行云：百官俱赴東宫行在（案：北略謂此一行爲墨書）。

〔四〕不是句　蘧常案：晉書嵇紹傳：王師敗績於蕩陰，百官及侍衛莫不散潰，唯紹儼然端冕，以身捍衛，兵交御輦，飛箭雨集，紹遂被害於帝側，血濺御服，天子深哀歎之。及事定，左右欲浣衣，帝曰：此嵇侍中血，勿去！北略：丁未（案：三月十九日）五鼓，上散遣内員，手攜王承恩入内苑。上登萬歲山，逡巡久之，嘆曰：吾待士亦不薄，今日至此，羣臣何無一人相從，如先朝靖難時有程濟其人者乎？已而太息曰：想此輩不知，故不能遽至耳。遂自經。太監王承恩對面縊死。小腆紀年：自古國蹙君危，必有大臣領城門兵，爲之捍圉，以同其生死，今以刀鋸闒冗之流如兒戲，以致於敗。忠如王承恩者，幸得以其身從。嗚呼！三百年來，君臣闊絶，其密邇萬不及北司，人主孤危，已落近倖之手。雖以帝之明察，前後左右，罔非刑人，兵制軍機，牽於黄門之壅遏，不能釐舉，緣此抵於危亡，而終與宦者同絶，可以見宫府之情暌，而安危之計誤也。其所由來，非一日之積矣。案：此兩句，蓋歎崇禎竟無朝臣與同生死也。

感事 七首

【解題】

徐注：詩：女心傷悲。傳：傷悲，感事苦也。

日角膺符早〔一〕，天枝主鬯臨〔二〕。安危宗社計〔三〕，擁立大臣心〔四〕。舊國仍三亳〔五〕，多方有二斟〔六〕。漢災當百六〔七〕，人未息謳吟〔八〕。

【彙注】

〔一〕日角句　蘧常案：劉珍東觀漢記：光武隆準日角。鄭玄尚書中候注：日角，謂庭中骨起狀如日（徐注原引後漢書光武紀，略同，不復録）。膺符，見前大行皇帝哀詩「靈符」句注。

〔二〕天枝句　徐注：王僧孺禮佛唱導發願文：天枝峻密，帝葉英芬。宋史張昭傳：時皇子競尚奢侈，昭疏諫曰：以此而託以主鬯，不亦難乎？南疆逸史（蘧常案：徐引逸史，蓋據清道光吴郡李瑶校刻本，中多殘缺，且有妄改，與今傳傅氏長恩書屋逸史刊本頗多不同，爲存徐注本來面目，姑仍之）：福王（安宗），神宗第二子（蘧常案：應作第三子）福恭王之長子也。諱由崧。初封德昌王，進封世子。崇禎十四年，春正月，李自成陷河南，恭王遇害，世子走懷慶。十六年七月，嗣封福王。

蘧常案：鬯，祭器。易震：震驚百里，不喪匕鬯。疏：震於人爲長子，可以奉宗廟彝器，守而不失也。故後人稱太子、世子爲主鬯。

〔三〕安危句　徐注：史記陸賈列傳：天下安，注意相；天下危，注意將。漢書王莽傳：世祖即位，然後宗廟社稷復立，天下艾安。明史史可法傳：會南都議立君，張慎言、吕大器、姜曰廣等曰：福王由崧，神宗孫也，倫序當立，而有七不可，貪、淫、酗酒、不孝、虐下、不讀書、干預有司也。潞王常淓，神宗姪也，賢明當立。移牒可法，可法亦以爲然。

〔四〕擁立句　徐注：明史史可法傳：鳳陽總督馬士英潛與阮大鋮計議，主立福王，咨可法，可法以七不可告之，而士英已與黄得功、劉良佐、劉澤清、高傑發兵送福王至儀真。又奸臣馬士英傳：士英擁兵迎福王至江上，諸大臣乃不敢言。

〔五〕舊國句　徐注：漢書魏豹等傳贊：楚漢之際，豪傑相王，惟魏豹、韓信、田儋兄弟爲舊國之後。書：三亳阪尹。注：蒙爲北亳，穀熟爲南亳，偃師爲西亳。蘧常案：書立政：三亳阪尹。三亳，商之都城。商曾多次遷都，故三亳所在地説法不一。徐引晉皇甫謐之説。而東漢鄭玄之説則謂湯舊都之民服文王者，分爲三邑。蓋東成皋，南轘轅，西降谷也。清人魏源不同于皇甫所説。

〔六〕多方句　徐注：書：告爾四國多方。左傳哀公元年：昔有過澆，殺斟灌以伐斟鄩，滅夏后相。杜注：二斟，夏同姓諸侯。

〔七〕漢災句　徐注：漢書谷永傳：遭無妄之卦運，值百六之災阨。蕭該音義：四千五百歲爲一元，一元之中有九阨，陽阨五，陰阨四，陽爲旱，陰爲水，百六歲有陽阨，故曰百六會。南略：朱煇討賊檄：此則劫運，真遭陽九百六之爻。

蘧常案：漢書律曆志：易九阨，日初入元百六易九。古稱百六易九皆阨會也。

〔八〕人未句　徐注：漢書叙傳：今民皆謳吟思漢，鄉仰劉氏。冒云：此首叙福王之立。

縞素稱先帝〔一〕，春秋大復讎〔二〕。告天傳玉册〔三〕，哭廟見諸侯〔四〕。詔令屯雷動〔五〕，恩波解澤流〔六〕。須知六軍出，一掃定神州〔七〕。

【彙校】

〔一掃〕冒校本「掃」作「舉」。

【彙注】

〔一〕縞素句　徐注：南疆逸史：四月，乙酉，迎王於江浦。丁亥，百官迎見，王素服角帶，哭。五月戊子朔，王乘馬至孝陵祭告。己丑，羣臣勸進，王辭讓，遵景皇帝故事監國。庚寅，發大行皇帝喪，告諭天下，大赦。

蘧常案：史記高祖本紀：項羽放殺義帝於江南，寡人親爲發喪，諸侯皆縞素。

〔二〕春秋句　徐注：明史劉宗周傳：以大讎未報，不敢受職。自稱草莽孤臣，疏陳時政，言：今日大計，舍討賊復讎，無以表陛下渡江之心；非毅然決策親征，無以作天下忠義之氣。小腆紀年：春秋之法，賊不討，仇不復，則君不葬，服不除，寢苫枕戈，無時而終可也。

蘧常案：春秋公羊傳莊公四年：春秋爲賢者諱。何賢乎襄公？復讎也。

〔三〕告天句　徐注：南疆逸史：五月庚寅，行告天禮，魏國徐弘基進監國之寶。杜甫贈司空王公思禮詩（八哀詩之一）：間道傳玉册。

蘧常案：後漢書光武紀：即皇帝位，燔燎告天。明史志樂二：洪武元年，宗廟樂章，奉册寶：册寶鏤玉，德顯名尊，祗奉禮文，仰答洪恩。

〔四〕哭廟句　徐注：見上「縞素」注。明史史可法傳：上疏曰：陛下踐阼初，祗謁孝陵，哭泣盡哀，人心感動。杜甫寄岳州賈六司馬詩：哭廟悲風急。

蘧常案：禮記檀弓：有焚其先人之室，則三日哭。鄭玄注：謂火燒其宗廟。

〔五〕詔令句　徐注：唐書百官志：文章詔令，則中書舍人掌之。易：雲雷屯。先生明季實録：弘光詔書：奉天承運皇帝詔曰：朕嗣守藩服，播遷江淮，百姓羣臣，共推繼序，請正位號，攝理萬幾。乃累牋勸進，拒辭弗獲。謹於五月十五日，祗告天地宗廟社稷，即皇帝位於南都。猥以藐躬，荷兹神器。惟我大行皇帝英明振古，勤儉造邦，殫宵旰以經營，希蕩平之績效。乃潢池盜弄，鐘簴震驚，燕畿掃地以蒙塵，龍馭賓天而上陟。三靈共憤，萬姓同仇。朕涼德弗勝，遺弓抱痛。敢辭薪膽之瘁，誓圖俘馘之功。尚賴親賢戮力匡襄，助予敵愾！其以明年爲弘光元年，與民更始，大赦天下。南略：五月二十五日，淮撫路振飛宣登極詔書於民，有新舊錢糧赦免之條，衆情歡騰。

〔六〕恩波句　徐注：阮咸謝狀：登俎之美，屢浹於恩波。蘧常案：易象：雷雨作解，君子以赦過宥罪，故曰恩波解澤流也。南疆逸史安宗紀略：大赦，其新加練餉及崇禎十二年以後一切雜派並各項錢糧，十四年以前實欠在民者，悉免之。

〔七〕須知二句　徐注：周禮大司馬：王六軍。明史劉宗周傳：新朝既立之後，謂宜不俟終日，首遣北伐之師。不然，則亟馳一介，間道北進，檄燕中父老，起塞上名王，哭九廟，厝梓宫，訪諸王。九邊督鎮合謀共奮，事或可爲。而諸臣計不出此，則舉朝謀國不忠之當誅者又一。上報曰：親統六師，光復舊物，嚴文武恇怯之大法，激臣子忠義之良心，慎新爵，勀舊官，朕拜昌言，宣付史館。

蘧常案：「上報曰」云云，不見於明史劉宗周傳，應作引南疆逸史，詳後。徐注誤。夏完淳幸存録：當敵之入也，我一旅北征山東、河南，人心響應，歲幣之供，敵可去也，士英漠然不問。小腆紀年：高弘圖請移蹕中都，進山東，以示大舉討賊。李白發白馬篇：一掃清大漠。史記孟子荀卿列傳：騶衍以爲中國名爲赤縣神州。又見後吴興行贈歸高士祚明詩「神州」注。小腆紀年：史可法祭祖陵，上疏曰：北顧神州，河山頓異。

蘧常案：南疆逸史劉宗周傳：宗周上言：江左非偏安之業，請進圖江北。鳳陽號稱中都，南扼徐淮，北控豫州，西顧荆襄，南去金陵不遠。親征之師，駐蹕於此，規模先立，而後可言政事。又言：今日問罪之師，當自諸臣不職者始。當賊入秦晉，漸逼畿南，遠近洶洶，而大江南北，一二督撫不聞遣一騎以壯聲援，坐視君父危亡而不救，則封疆之臣當誅；新朝既立，謂宜不俟終日，首建北伐，哭九廟，厝梓宫，訪諸王，萬無容自諉者，而諸臣泄泄自安，則舉朝謀國之臣當誅。詔報曰：親統六師，光復舊物；嚴文武恇怯之大法，激臣子忠義之良心；慎新爵，勑舊官。朕拜昌言，宣付史館。此即徐注誤謂明史劉宗周傳之文，全録於此。冒云：此首以中興望福王。

上宰承王命〔一〕，專征指大江〔二〕。出關收漢卒〔三〕，分陝寄周邦〔四〕。日氣生玄甲〔五〕，雲祥下赤幢〔六〕。登壇推大將，國士定無雙〔七〕。

【彙注】

〔一〕上宰句　徐注：江淹爲蕭太傅讓九錫表：關中上宰，亦龕亂之力。書胤征：胤后承王命徂征。明史史可法傳：士英旦夕冀入相，以可法七不可書奏之，而擁兵入覲，拜表即行。可法遂請督師，出鎮淮揚。十五日，王即位。明日，可法陛辭，議分江北爲四鎮（案：「四鎮」見下）。啓行，即遣使訪大行帝后梓宮及太子二王所在，奉命祭告鳳、泗二陵。可法去，士英、孔昭益無所憚。

蘧常案：明史史可法傳：可法字憲之，大興籍，祥符人。崇禎元年進士。十年，擢右僉都御史，提督軍務。代朱大典總督漕運，漕政大釐。拜南京兵部尚書，參贊機密。十七年四月朔，誓師勤王，聞北都既陷，縞衣發喪。福王監國，拜可法禮部尚書，兼東閣大學士，仍掌兵部事。王即位，加太子太保，改兵部尚書、文淵閣大學士。故曰「上宰」也。

〔二〕專征句　徐注：史記周本紀：西伯得專征伐。後漢書郡國志：潯陽有九江，東合爲大江。事詳後京口即事詩「大將」句注。

〔三〕出關句　徐注：史記高祖本紀：漢王之出關至陝，撫關外父老。又，吕后兄周吕侯爲漢將兵，居下邑，漢王從之，稍收士卒。南略：五月十九日丙午，史可法請以劉肇基、于永綏、李棲鳳、卜從善、金聲桓隨征，俱隸麾下。黄注：南疆逸史卷三：可法上疏曰：爲今之計，宜速下討伐之詔，嚴責臣與四鎮，悉簡精鋭，直入秦關。懸上賞以待有功，假便宜而責成效，絲綸之布，感憤激發，四方忠臣義士，必有聞風投袂而起者矣。

蘧常案：黄注是。

〔四〕分陝句　徐注：春秋公羊傳：自陝而東，周公主之；自陝而西，召公主之。詩：周邦咸喜。

蘧常案：南略：五月十三日，史可法言：從來守江南者，必於江北，江北與賊接壤，遂爲衝邊。議設四鎮，分轄其地，有四鎮，不可無督師，督師應屯駐揚州，居中調遣。其四鎮則設於淮揚、徐泗、鳳壽、滁和，各自畫地。封總兵官劉澤清東平伯，轄淮海，駐於淮北，經理山東一帶招討事；封總兵官高傑興平伯，轄徐泗，駐於泗水，經理河北、河南開、歸一帶招討事；封總兵官劉良佐廣昌伯，轄鳳壽，駐於臨淮，經理河南陳、杞一帶招討事；晉靖南伯黄得功靖南侯，轄滁和，駐於廬州，經理光、固一帶招討事。各設監軍一員，一切軍民，皆聽統轄；州縣有司，皆聽節制；原存舊兵，皆聽整理；荒蕪田土，皆聽開墾；山澤有利，皆聽採開；仍許各于境内招商收税，以供軍前買馬製器之用。每鎮額兵三萬人，歲供本色米二十萬，折色銀四十萬，悉聽各屬自行徵取。所取中原城池，即歸統轄。所望諸臣核實兵實餉之中，爲實戰實守之計，禦於門庭之外，以貽堂奥之安，則中興大業，即在于此矣。

〔五〕日氣句　徐注：班固燕然山銘：玄甲耀日。南略：史可法請發銅甲、銅鍋、倭刀、團牌、紅夷砲並色絹，一應軍需，詣户部即發。

〔六〕雲祥句　徐注：晉書天文志：凡伏兵有黑氣，渾渾圓長，赤氣在其中；或如幢節狀，在烏雲中。

蘧常案：此似指弘光告廟紫氣如蓋事，見南略史可法答多爾袞書。下文謂「越數日，即命法視師江北」，是一時事也。

〔七〕登壇二句　徐注：史記索隱述贊：策拜登壇。冒云：此首叙史可法出鎮。

蘧常案：史記淮陰侯列傳：信度上不我用，即亡。何（蕭何）聞信亡，自追之。居一二日來謁，上罵曰：諸將亡者以十數，追信詐也。何曰：諸將易得耳，至如信者，國士無雙。王必欲争天下，非信無所與計事者。王曰：以爲大將。欲召拜之。何曰：王必欲拜之，擇良日，齋戒，設壇場，具禮，迺可耳。王許之。諸將皆喜，人人各自以爲得大將。至拜大將，乃信也，一軍皆驚。又案：時史可法以文淵閣大學士督師揚州。

尚録文侯命〔一〕，深虞雒邑東。千秋懸國恥〔二〕，一旦表軍功〔三〕。蹋鞠追名將〔四〕，乘軒比上公〔五〕。君王多倚託〔六〕，先與賦彤弓〔七〕。

【彙注】

〔一〕尚録句　原注：蘇軾書傳曰：予讀文侯之命篇，知東周之不復興也。宗國傾覆，禍敗極矣。

平王宜若衛文公、越句踐然，今其書乃旋旋焉與平康之世無異。春秋傳曰：厲王之禍，諸侯釋位以間王政，宣王有志而後效官。讀文侯之命，知平王之無志也。徐注：明史史可法傳：可法請頒討賊詔書，言：昔晉之東也，其君臣日圖中原，而僅保江左；宋之南也，其君臣盡力楚、蜀，而僅保臨安。蓋偏安者，恢復之退步，未有志在偏安，而遽能自立者也。大變之初，黔黎灑泣，紳士悲哀，猶有朝氣；今則兵驕餉絀，文恬武嬉，頓成暮氣矣。

〔二〕千秋句　徐注：江淹恨賦：千秋萬歲，爲怨難勝。禮記哀公問：國恥足以興之。明史史可法傳曰：先皇帝死於賊，恭皇帝亦死於賊，此千古未有之痛也。在北諸臣死節者無多，在南諸臣討賊者復少，此千古未有之恥也。又曰：蓋賊一日未滅，即有深宫曲房，錦衣玉食，豈能安享！必刻刻在復仇雪恥，振舉朝之精神，萃萬方之物力，盡併於選將練兵之一事。又，左懋第傳：懋第瀕行言：臣此行生死未卜，請以辭闕之身效一言：願陛下以先帝仇恥爲心，瞻高皇之弓劍，則思成祖列聖之陵寢何存？撫江上之殘黎，則念河北、山東之赤子誰恤？更望時時整頓士馬，必能渡河而戰，始能扼河而守；必能扼河而守，始能畫江而安。衆韙其言。

〔三〕一旦句　徐注：明史馬士英傳：尋論定策功，加太子太師，廕錦衣衛指揮僉事。九月，叙江北歷年戰功，加少傅兼太子太師、建極殿大學士，廕子如前。十二月，進少師。明年，進太保。又，徐石麒傳：士英挾定策功，將圖封，石麒議格之，乃搆罷去。南疆逸史：五月，進封得功靖南侯，良玉寧南侯，傑興平伯，澤清東平伯，良佐廣昌伯，晉徐弘基左柱國。其餘侯伯，皆加一級，歲加禄米五十石，子廕。

〔四〕蹋鞠句　原注：史記衛將軍驃騎列傳：其在塞外，卒乏糧，或不能自振，而驃騎尚穿域蹋鞠。　徐注：史記李將軍列傳：武帝立，左右以爲廣名將。

蘧常案：此譏鎮將之不恤軍事也。明季南略：澤清與淮撫田仰日肆歡飲。

〔五〕乘軒句　徐注：左傳閔公二年：衛懿公好鶴，鶴有乘軒者。明史熊汝霖傳：今足未履行陣，幕府已上首功，胥吏提虎旅，紈袴子握兵符，何由奮敵愾！又，馬士英傳：當是時，中原郡縣盡失，高傑死睢州，諸鎮權侔無統；左良玉擁兵上游，跋扈有異志；而士英爲人貪鄙無遠略，復引用大鋮，日事報復，招權罔利，以迄於亡。

蘧常案：書梅本微子之命。庸建爾於上公。「上公」，公爵之尊稱，位在諸爵之上。

〔六〕君王句　徐注：韓魏公語録：君實初除樞密，竟辭不受。時公在魏，聞之，亟遣人齎書潞公，勉之云：主上倚託之厚，庶幾行道。

〔七〕賦彤弓　原注：左傳文公四年：衛寧武子來聘，公與之宴，爲賦湛露及彤弓，不辭，又不答賦。　徐注：詩序：彤弓，天子錫有功諸侯也。　冒云：叙擁立諸臣封蔭之濫。

清蹕郊宫寂〔一〕，春遊禁籞荒〔二〕。城中屠各虜〔三〕，殿上左賢王〔四〕。紫塞連玄苑〔五〕，黄河界白羊〔六〕。輿圖猶在眼〔七〕，涕淚已霑裳〔八〕。

【彙校】

〔春遊句〕「禁」，徐刻本作「苑」。

〔城中屠各虜〕潘刻本，徐注本作「陵邊屯牧馬」。徐出注：史記秦始皇本紀：不敢南下而牧馬。明史張鳳翼傳：九年正月，清兵至天壽山，並據昌平。都城戒嚴。給事中王家彦以陵寢震動，劾鳳翼坐視不救。詳後謁天壽山陵詩注。

〔殿上句〕潘刻本、徐注本作「闕下駐賢王」。徐出注：史記封禪書：上書闕下。又匈奴列傳：冒頓置左右兩賢王。

【彙注】

〔一〕清蹕句　徐注：晉書載記：饗清蹕於常道之門。明史志禮二：嘉靖九年，作郊宫，命户、禮、工三部偕夏言等詣南郊相擇。南天門外有自然之丘，僉謂舊丘地位偏東，不宜襲用。禮臣欲於具服殿少南爲圜丘。又李自成傳：自成氈笠縹衣，乘烏駁馬，入承天門，登皇極殿，據御座。丙戌，僭帝號於武英殿，牛金星代行郊天禮。段注：張説詩：表裏望郊宫。

蘧常案：周禮夏官：隸僕掌蹕宫中之事。鄭玄注：蹕謂止行者，清道。

〔二〕春遊句　徐注：史記秦始皇本紀：皇帝春遊，覽省遠方。説文：籞，禁苑地。後漢書樊準傳注：籞者，於池苑中以竹聯綿之，爲禁籞也。明史志輿服四：世宗初，墾西苑隙地爲田，建殿曰無逸，亭曰豳風；又建亭曰省耕、省斂。十三年，西苑河東亭榭成，親定名曰天鵝房，北曰飛霭亭。迎翠殿前曰浮香亭，寶月亭前曰秋輝亭，昭和殿前曰澄淵亭，後曰趯臺坡。臨漪亭前曰水雲榭。西苑門外二亭曰左臨海亭、右臨海亭。北閘口曰湧玉亭。河之東曰聚景亭。改吕梁洪之亭曰吕梁，前曰檥金亭。翠玉館前曰擷秀亭。

〔三〕屠各虜　蘧常案：後漢書張奂傳：遷使匈奴中郎將，時休、屠各及朔方烏桓並同反叛，奂潛誘烏桓陰與和通，遂使斬屠各渠帥，襲破其衆，諸胡悉降。案：「休」下原奪「著」字。休著、屠各皆東胡部族，見烏桓傳，故此以「屠各虜」喻清軍。清史稿世祖本紀：順治元年，四月乙酉，李自成棄燕京西走。五月己丑，大軍抵燕京。

〔四〕殿上句　冒云：左賢王指多爾衮，殿指武英殿。

蘧常案：冒説是。清史稿諸王傳多爾衮傳：順治元年，五月己丑，王整軍入京師，乘輦升武英殿。明史志輿服四：右順門之西曰武英殿。

〔五〕紫塞句　徐注：崔豹古今注：秦築長城，土色皆紫，故稱紫塞。明史外國一：漢武帝置真番、臨屯、樂浪、玄菟四郡。

蘧常案：方勺泊宅編云：秦之長城，望之若紫，其言較實。置四郡事在漢武帝元封三年。玄菟郡治，昭帝及光武時皆在遼東，故曰紫塞連也。

〔六〕黄河句　原注：史記劉敬列傳：白羊、樓煩王，去長安近者七百里，輕騎一日一夕可以至。徐注：明史武宗紀：九年八月辛丑，小王子犯白羊。先生昌平山水記：州西四十里爲白羊口，城二門，距居庸南口二十里。元史：白羊口千户所於昌平縣東口置司。景泰元年，調涿鹿中衛後千户所官軍守禦。後以守備一人守之。其西南有小城曰北羊新城。又州北八十里爲黄花鎮，其水曰黄花鎮川。河出塞外，自二道關入口，逕渤海所懷柔至順義界入白河，其流九曲。

蘧常案：元史地理志：在吐蕃朵甘思西鄙，羣流奔輳，入于赤賓，始名黄河。

〔七〕輿圖　蘧常案：周禮夏官：職方氏掌天下之圖。鄭玄注：天下之圖，如今司空輿地圖也。

〔八〕涕淚句　冒云：此首叙北京淪陷。

傳聞阿骨打〔一〕，今已入燕山〔二〕。毳幕諸陵下〔三〕，狼煙六郡間〔四〕。邊軍嚴不發〔五〕，驛使去空還〔六〕。一上江樓望，黄河是玉關〔七〕。

【彙校】

〔題〕此首潘刻本、徐注本無。孫託荀校本題作「清蹕」第二首。

【彙注】

〔一〕阿骨打　蘧常案：金史太祖本紀：太祖諱旻，本諱阿骨打。收國元年，正月壬申朔，羣臣奉上尊號，是日即皇帝位。上曰：遼以賓鐵爲號，取其堅也。賓鐵雖堅，終亦變壞。金之色白，完顔部色尚白，於是國號大金，改元收國。案：清本金遺部，初亦號金。清史稿太祖本紀云：天命元年丙辰，春正月，壬申朔，上即位，定國號曰金。故以金喻清，此謂清世祖福臨也。

〔二〕燕山　蘧常案：畿輔通志：燕山在玉田縣西北二十五里，自西山迤衍，直抵海峰。案：此謂北京。北京在遼爲燕京，宋改燕山府。明史志地理一：京師，元直隸中書省。洪武二年三月，置北平等處行中書省，置燕山都衛。永樂元年，建北京於順天府。十九年正月，改北京爲京師。清史稿世祖本紀：順治元年，八月乙亥，車駕發盛京。九月甲午，入山海關。己亥，建堂子於燕京。甲辰，上自正陽門入宫。

〔三〕毳幕句　蘧常案：文選李陵答蘇武書：韋韝毳幕，以蔽風雨。清史稿世祖本紀：順治元年八月癸未，次廣寧，給故明十三陵陵户祭田，禁樵牧。冬十月，即皇帝位。詔明國諸陵，春秋致祭，仍用守陵園户。黄宗羲弘光實録鈔：相傳□（案：當是「虜」字，下同）即位之詔，内有明朝諸陵，不許傷毁，仍撥内員看守，而陵旁樹木，翦伐已多，紫氣猶葱，松楸非昔。

〔四〕狼煙句　蘧常案：段成式酉陽雜俎：古邊亭舉烽火時，用狼糞燒煙，以其煙直上，風吹不斜也。漢書趙充國傳：以六郡良家子善騎射補羽林。顔師古注：六郡：隴西、天水、安定、北地、上郡、西河是也。清史稿世祖本紀：順治元年十月癸酉，以英親王阿濟格爲靖遠大將軍，率師西討李自成。十一月，山西悉平。

〔五〕邊軍句　蘧常案：許慎説文解字：嚴，教命急也。先生聖安本紀：自李自成敗走，山東諸州縣並殺其僞防禦使、牧令，復爲明，而朝廷無一官一兵出河北，清遂安置官屬，至兗、濟以南，皆降於清。弘光實録鈔：十二月，大學士史可法痛憤上陳偏安必不可保，有曰：屢得北來塘報，皆言□必南窺。黄河以北，悉染腥羶，而我河上之防，百未料理。復仇之師，不聞及於關、陝；討賊之約，不聞達於□廷。一視君父之仇，置諸膜外。近見□示，公然以逆之一字，加之於南，是和議固斷斷難成也。今宜以爵賞耑待有功，錢糧盡濟軍需，一切報罷。蓋賊一日不滅，□一日不歸，即有宫室，豈能晏處！即有錦衣玉食，豈能安享！此時一舉一動，皆人情向背所關，狡□窺伺所在也。

〔六〕驛使句　蘧常案：後漢書鮮卑傳：始通驛使。劉攽注：驛當作譯。案：此謂使清，自不能以尋常傳遞文書之人釋之。聖安本紀：六月，朝議遣大臣北行使清，訪先帝梓宫，併賫敕與吴三桂。而馬士英言，有職方司員外馬紹愉者，曾爲陳新甲使清。劉澤清、高傑並舉前總兵官左都督陳洪範，召見。會右僉都御史左懋第以母喪在山東，請北行，遂定使清之議。大學士高弘圖奏北使事宜：一、於天壽山特立園陵，厝先帝梓宫。一、割山海關外地與清。一、歲幣以十萬爲率。一、清已僭號，勢成敵國，或稱可汗，或稱金國主，乞下廷臣集議。一、洪範給銀三萬兩，爲山陵及道理諸費。秋七月，往北京。十二月己巳，陳洪範還奏：於十月十二日至北京，夷官剛林等語甚悖慢，懋第抗辭不屈。二十九日，至河西務遥祭先帝。十一月四日，至滄州，清遣騎追執懋第等去，國書未投。因言：閣議主于抗節，使臣將命，不敢委曲。上曰：國家艱難之際，費十餘萬金錢，遣使外庭，亦欲得當，并力滅賊，如何閣議止以抗節爲不辱命？洪範又密奏：黄得功、劉良佐皆陰與清通。上曰：此清中反間，不足信！清史稿世祖本紀：九月，故明福王遣其臣左懋第、馬紹愉、陳洪範齎白金十餘萬兩，黄金千兩，幣萬匹，求成。十月己卯，以豫親王多鐸爲定國大將軍，率師征江南，檄諭故明南方諸臣，數其不能滅賊復讎，擁衆擾民，自生反側，及無明帝遺詔擅立福王三罪。十一月，故明福王使臣陳洪範南還，中途密啓請留左懋第、馬紹愉，自欲率兵歸順，招徠南中諸將。許之，

〔七〕黄河句　蘧常案：漢書地理志：敦煌郡龍勒有陽關、玉門關。案：玉門關簡稱玉關，庾信寄王琳詩：玉關道路遠。今仍屬敦煌，古以扼西域之界。漢書西域傳所謂「西域東接漢，扼以玉門陽關」者也。故此喻作邊疆。弘光實録鈔：十二月，北兵自孟縣渡河。大學士史可法奏：我於□所隔者一河耳，□處處可渡，我處處宜守。河長二千餘里，非各鎮兵馬齊力捍禦，不能固也。故興平伯高傑欲自赴開、雒，而以靖南侯、廣昌伯之兵馬守邳、徐。久知□之乘瑕，必在開、雒，無如各鎮之不相應何？今□已渡河，則長驅而東，刻日可至，禦之河以南，較禦之河北，其難百倍矣。案：先生作此詩時，尚未知清軍之渡河也，故其言云爾。此首叙清帝入關，北方淪陷。

自昔南朝地〔一〕，常稱北府雄〔二〕。六軍多壘日〔三〕，萬國鼓鞞中〔四〕。聽律音非吉〔五〕，焚旗火午紅〔六〕。恐聞劉展亂〔七〕，父老泣江東〔八〕。六月壬午，督師標下兵與浙江兵鬨於鎮江西門外，焚民居數百家。

【彙注】

〔一〕南朝 徐注：北史序傳：北朝自魏以還，南朝從宋已降。

〔二〕北府 徐注：顧祖禹讀史方輿紀要：鎮江府，繼又僑置徐、兗二州，謂之北府。又，六朝都建康，謂京口爲北府。陳亮曰：昔人謂京口酒可飲，兵可用，而北府之兵爲天下雄，蓋勢使然也。

〔三〕六軍句 徐注：六軍見前第二首「須知」二句注。禮：四郊多壘，此卿大夫之辱也。

〔四〕萬國句 徐注：易：先王以建萬國。杜甫垂老别詩：萬國盡征戍。禮：聽鼓鼙之聲，則思將帥之臣。

蘧常案：晉書郗超傳：時愔在北府，徐州人多勁悍，桓温恒云：京口酒可飲，兵可用，深不欲愔居之。

〔五〕聽律句 原注：周禮大師：執同律以聽軍聲而詔吉凶。

〔六〕焚旗句 原注：左傳僖公十五年：火焚其旗。徐注：南略：甲申六月，北將于永綬等領馬兵駐鎮江，浙江都司賈之奎領步兵至，止西門外。馬兵攫小兒瓜，傷兒額，浙兵縛而擲之江。馬兵呼黨攻鬬，馳馬來，路遇浙營守備李大開，呵之不下，怒射之，中數人。馬兵謂浙營兵將皆欺我，羣起殺大開。浙兵竄隱民家，馬兵借端挾索，恣其淫掠，焚東門外民居數十里。祁撫軍擐甲馳往彈壓，地方以安。事聞，上以于永綬等四將，紀律不彰，仇殺駭聽，令赴史可法軍前核治。並命總兵黄斌卿防禦京口。明史祁彪佳傳：焚掠死者四百人。

蘧常案：先生聖安本紀及自注皆云「鬬於西門」，南略云「東門」，誤。

〔七〕劉展　原注：通鑑唐肅宗紀：安史之亂，兵不及江淮；及劉展反，田神功討平之，其民始罹荼毒矣。

蘧常案：通鑑唐肅宗紀：御史中丞李銑、宋州刺史劉展，皆領淮西節度副使。銑貪暴不法，展剛彊自用，節度使王仲昇先奏銑罪而誅之。時有謡言曰：手執金刀起東方。仲昇使監軍使邢延恩入奏，請除之。延恩因說上曰：展與李銑一體之人，今銑誅，展不自安，恐其爲亂。然展方握彊兵，宜以計去，請除展江淮都統，俟其釋兵赴鎮，中道執之，此一夫力耳。上從之。展得其情，反。

〔八〕父老句　冒云：此首叙鎮江之亂。

蘧常案：張譜：標下兵者，先生聖安皇帝本紀所云標下總兵官于永綬等兵也。弘光實録鈔事繫辛巳，則壬午上一日也。方言：凡尊老，南楚謂之父，或謂之父老。江東謂吴中一帶，長江下游地也。

京口即事 二首　已下旃蒙作噩

【解題】

徐注：清順治二年，乙酉。鎮江府志：京峴山，丹徒縣東，三國吴初都此，後遷都秣陵，乃置京口鎮。沈約鍾山詩應西陽王教：即事既多美。李善注：即事，即此事也。冒云：先生是年年三十三歲。

蘧常案：是歲爲大順永昌二年，四月，亡。明弘光元年，五月，亡。閏六月，明唐王即位於福州，即以是年爲隆武元年。魯王監國紹興，以明年爲魯監國元年。公元一六四五年。元譜：本年春，膺楊永言之薦，至京口。詩當作於此時。

白羽出揚州〔一〕，黄旗下石頭〔二〕。六雙歸鴈落〔三〕，千里射蛟浮〔四〕。河上三軍合〔五〕，神京一戰收〔六〕。祖生多意氣，擊楫正中流〔七〕。

【彙校】

〔神京〕冒校本作「關中」。

【彙注】

〔一〕白羽句　徐注：國語：吴王陳士卒爲萬人，以爲方陣，皆白常白旂，素甲白羽。明史史可法傳：得功、澤清、傑爭欲駐揚州。傑先至，大殺掠，屍横野。城中恟懼，登陴守，傑攻之浹月。傑素畏可法，可法來，傑夜掘坎數百，埋暴骸。旦日，朝可法帳中，辭色俱變，汗浹背。可法坦懷待之，接偏裨以温語，爲具疏屯其衆於瓜州，傑又大喜。傑去，揚州以安，可法乃開府揚州。

蘧常案：國語「白羽」下有「之矰」二字。矰，矢名，謂白羽之矢也。徐引節，非是。裴氏語林云：諸葛武侯乘素輿，葛巾白羽扇，指麾三軍，疑此用其事，蓋以武侯擬可法也。晉顧榮亦有麾白羽扇却敵事，見卷二重至京口詩「遥看」二句注。徐注非。

〔二〕黄旗句　徐注：宋書符瑞志：漢世，術士言黄旗紫蓋，見於斗牛之間，江東有天子氣。三國志吴主傳注引干寶晉紀：孫權爲疑城，自石頭至於江乘。世説注引丹陽記曰：石頭城吴時土隖，後因山加甓，因江爲池。江寧府志：石頭城在上元縣西。六朝每有寇攻，但云守石頭。其時江在石頭下，爲險要必争之地，今城之西面也。

〔三〕六雙句　徐注：史記楚世家：楚人有好以弱弓微繳加歸鴈之上者，頃襄王召而問之。對曰：稱楚之大，大王之賢，所弋非直此也。見鳥六雙，以王何取？王何不以聖人爲弓，以勇士爲繳，時張弓而射之，此六雙者，可得而囊載也。

薳常案：此望勵精圖治，收復失土也。

〔四〕千里句　徐注：漢書武帝紀：元封五年，行南巡狩，尋陽浮江，親射蛟江中，獲之。

薳常案：此望整軍經武，親征殺虜也。全祖望以爲兩語不甚切，蓋未得其指耳。

〔五〕河上句　徐注：明史史可法傳：清兵已下邳、宿，可法飛章報聞。士英謂人曰：渠欲叙防河將士功耳，漫弗省。諸鎮逡巡無進師意。明年正月，餉缺，諸軍皆飢。頃之，河上告警，詔良佐、得功率兵扼潁、壽，傑進兵歸、徐。徐譜：可法檄諸鎮出兵，高傑首先奉命渡泗水，所部王之綱前驅，薄睢陽，可法進次河上。南疆逸史：十二月初九，諭太監高起潛：閣臣已駐河上，爾駐浦口，無事便於提調，有事相機應援。

〔六〕神京句　徐注：王勃九成宫銘：神京四邑，明堂八牖。左傳僖公二十七年：一戰而霸。

〔七〕祖生二句　徐注：晉書祖逖傳：將本流徙部曲百餘家渡江，中流擊楫而誓曰：不能清中原而復濟者，有如大江！辭色壯烈，衆皆慨歎。祖生詳後祖豫州聞雞詩題注。段注：卓文君白頭吟：男兒重意氣。

薳常案：此當以自喻。徐注引明史史可法傳，以可法當之，似非。時先生方詔用兵部司務，將入京，經京口，故以祖生自況。若可法則以上宰督師，擬諸祖生，殊非其倫。

大將臨江日〔一〕，匈奴出塞時〔二〕。兩河通詔旨〔三〕，三輔急王師〔四〕。轉戰收銅馬〔五〕，還兵飲月支〔六〕。從軍無限樂，早賦仲宣詩〔七〕。

【彙校】

〔匈奴句〕潘刻本作「□原望捷時」，徐刻本同，「□」作「中」。徐并出注：左傳僖公二十三年：晉、楚治兵遇于中原。明史史可法傳：傑至睢州，爲許定國所殺，部下兵大亂。變聞，可法流涕頓足曰：中原不可爲矣！又，劉宗周傳：國家不幸，遭此大變，今紛紛制作，似不復有中原志者！

〔月支〕冒校本作「月氏」。

【彙注】

〔一〕大將句　徐注：南略：五月七日，史可法議防江，設水師五萬，添二鎮將，畫地分守。南疆逸史：五月十三日，以總兵鄭鴻逵鎮九江，黄蜚鎮京口。六月己未，以吴志葵鎮吴淞。

〔二〕匈奴句　蘧常案：史記匈奴列傳：匈奴右賢王侵盜上郡，丞相灌嬰擊右賢王，右賢王走出塞。案：詩意在望大將臨江，驅敵出塞。

〔三〕兩河句　原注：宋史李綱傳：請於河北置招撫司，河東置經制司，擇有材略者爲之，使宣諭天子恩德，所以不忍棄兩河於敵國之意。　徐注：明史史可法傳：六月，可法請頒監國、登極二詔，慰山東、河北軍民心。又，高弘圖傳：陳新政八事，一擇詔使。

蘧常案：孔穎達毛詩正義序：齊、魏兩河之間。

〔四〕三輔句　徐注：漢書百官表：右扶風、左馮翊、京兆尹爲三輔。先生歷代帝王宅京記：三輔者，謂主爵中尉及左右内史，漢武帝改曰京兆尹、左馮翊、右扶風，共治長安城中，是之謂三輔。三輔郡皆有都尉如諸郡，京輔都尉治華陰，左輔都尉治高陵，右輔都尉治郿。南略：七月二日，吏科給事中章正宸上言：惟進取爲第一義。比者河北、山左，忠義嚮應，多殺僞官，爲朝廷効死力。不及今電掣星馳，倡義申討，是劘天下之氣而坐失事機也。宜急檄四鎮，分渡河、淮，聯絡諸路，協力聲援，使兩京血脈通；而後塞井陘，絶孟津，據武關以攻隴右，賊不難旦夕殄也。又史可法傳：自成棄京師西走，青州諸郡縣，争殺僞官，據城自保。可法疏曰：願陛下速發討賊之詔，責臣與諸鎮悉簡精鋭，直指秦關。

〔五〕轉戰句　原注：後漢書光武紀：擊銅馬於鄡，悉將降人分配諸將，衆遂數十萬。　徐注：庾信齊王憲神道碑：斗建麾兵，天離轉戰。

〔六〕還兵句　徐注：史記大宛列傳：大月氏在大宛西可二三千里，居嬀水北。其南則大夏，西則安息，北則康居，行國也，隨畜移徙，輕匈奴。及冒頓立，攻破月氏。至匈奴老上單于，殺月氏王，以其頭爲飲器。

蘧常案：史記項羽本紀：陳餘遺章邯書曰：將軍何不還兵與諸侯爲從？王先謙漢書西域傳補注：月支國見海内東經，即月氏也。

〔七〕從軍二句　徐注：王粲從軍詩：從軍有苦樂。粲字仲宣。明史劉宗周傳：疏云：推恩武弁，則疆埸視同兒戲。又曰：四鎮額兵各三萬，不以殺敵，而自相屠毒。又曰：煩朝廷議和何爲者？黄注：王粲從軍詩曰：從軍有苦樂，但問所從誰？又曰：陳賞越丘山，酒肉踰川坻。軍中多飫饒，人馬皆溢肥。徒行兼乘還，空出有餘資。魏志裴松之注：楊暨表曰：武皇帝始征張魯，以十萬之衆，身親臨履，指授方略，因就民麥，以爲軍糧。故云空出有餘資也。明史劉宗周傳：上疏云：四鎮十二萬不殺敵之兵，索十二萬不殺敵之餉，必窮之術耳！不稍裁抑，惟加派横征，蓄一二蒼鷹乳虎之有司，以天下徇之，已矣！以視魏武率十萬之衆，親授方略，因民麥以爲糧，所謂空出有餘資者何如？亭林知當時將不用命，徒有轉戰還兵之望，故前詩曰「先與賦彤弓」，此詩曰「早賦仲宣詩」，皆極望之辭也。又案：亭林於「上將（蘧常案：原作「宰」）承王命」一篇及此篇，皆極言史閣部事，而於揚州陷後，絶無一言記閣部殉難，吾甚疑或有缺亡。及讀亭林聖安記事，言：虜陷揚州，屠之，督師太傅兼太子太師兵部尚書兼建極殿大學士史可法不知所在。是當時已疑史可法未死。而明史亦言可法死，覓其遺骸，天暑衆尸蒸變，不可辨識，其後四方弄兵者多假其名號以行，故時謂可法不死云。南疆逸史亦云可法既死，或云亡去，人疑之。乃知亭林於史可法督師，極望於先，及其死也，恝然於後，蓋慎之也。

蘧常案：黄説深得詩意。全祖望乃謂兩句不倫，蓋非解人。

帝京篇

【解題】徐注：明史志地理：應天府，太祖丙申年曰應天府，洪武元年八月建都，曰南京，十一年曰京師，永樂元年仍曰南京。注：洪武二年，始建新城，内爲宫城，亦曰紫禁城。門六：正南曰午門，左曰左掖，右曰右掖，東曰東安，西曰西安，北曰北安。宫城之外門六：正南曰洪武，東曰長安左，西曰長安右，東之北曰東華，西之北曰西華，北曰玄武。皇城之外曰京城，周九十六里，門十三：南曰正陽，南之西曰通濟，又西曰聚寶，西南曰三山、曰石城；北曰太平，北之西曰神策、曰金川、曰鍾阜；東曰朝陽；西曰清涼，西之北曰定淮、曰儀鳳。其外郭，洪武二十三年四月建，周一百八十里，門十有六：東曰姚坊、仙鶴、麒麟、滄波、高橋、雙橋，南曰上方、夾岡、鳳臺、大馴象、大安德、小安德，西曰江東，北曰佛寧、上元、觀音。

遷常案：漢武帝故事：顧視帝京。駱賓王有帝京篇。全詩，起自洪武開國，中經闖事、清兵入關、南都擁立等等，以自比張衡作結。

王氣開洪武〔一〕，江山拱大明。德過瀍水卜〔二〕，運屬阪泉征〔三〕。赤縣名三亳〔四〕，黄圖號二京〔五〕。秩猶分漢尹〔六〕，烝尚薦周牲〔七〕。闕道紆金輅〔八〕，郊宫佇翠旌〔九〕。山陵東掖近〔一〇〕，府寺後湖清〔一一〕。國運方多難〔一二〕，天心會一更〔一三〕。神州疑逐鹿〔一四〕，率土駭犇鯨〔一五〕。虢略旗初仆，函關鼓不鳴〔一六〕。遂令纏大角〔一七〕，無復埽欃槍〔一八〕。合殿焚丹户〔一九〕，金城落畫甍〔二〇〕。銜哀遺梓椑〔二一〕，泣血貫宗祊〔二二〕。傾否時須聖〔二三〕，扶屯理必亨〔二四〕。望雲看五采〔二五〕，候緯得先贏〔二六〕。渡水收萍實〔二七〕，占龜兆大横〔二八〕。舊邦回帝省〔二九〕，耆俊式王楨〔三〇〕。曆是周正月〔三一〕，田踰夏一成〔三二〕。雅應歌吉日〔三三〕，民喜復盤庚〔三四〕。毓德生維嶽〔三五〕，分猷降昴精〔三六〕。朝稱元老壯〔三七〕，國有丈人貞〔三八〕。兵部尚書兼武英殿大學士史可法。密切營三輔〔三九〕，恢張頓八紘〔四〇〕。塘周淮口柵，山繞石頭城〔四一〕。未蕩封豨梗〔四二〕，仍遺穴鼠争〔四三〕。師從甘野誓〔四四〕，人雜渭濱耕〔四五〕。四家懸蚩戮，千刀待莽烹〔四六〕。柳青依玉勒〔四七〕，花發韻金鉦〔四八〕。黄石傳三略〔四九〕，條侯總七營〔五〇〕。虎頭雙劍白〔五一〕，猿臂一弓騂〔五二〕。會見妖氛净〔五三〕，旋聞陒塞平〔五四〕。載櫜歸武烈〔五五〕，伊淢築文聲〔五六〕。禮洽封山玉〔五七〕，音諧降鳳笙〔五八〕。配天歸舊物〔五九〕，復國紀鴻名〔六〇〕。曉集僊庭鷺〔六一〕，春遷大谷鶯〔六二〕。尊師先太學，納誨必延英〔六三〕。側席推干鼎〔六四〕，回車載釣璜〔六五〕。在陰來鶴和〔六六〕，刻石起魚鏗〔六七〕。念昔掄科日，三陪薦士行〔六八〕。帝鄉秋惝怳〔六九〕，天闕歲峥嶸〔七〇〕。賦客餘枚叟〔七一〕，文才後賈生〔七二〕。飲泉隨渴鹿，攀檻落危鼪〔七三〕。再見東都禮〔七四〕，尤深上國情〔七五〕。百僚方勸進〔七六〕，父老盡來迎〔七七〕。宿衛皆勳舊〔七八〕，干掫竝禁兵〔七九〕。乾坤恩澤大，雷雨氣機盈〔八〇〕。草緑西州晚〔八一〕，雲彤北闕晴〔八二〕。法宮瞻斗柄〔八三〕，別館望金莖〔八四〕。玉帛塗山會〔八五〕，車書雒邑程〔八六〕。海槎天上隔〔八七〕，陽卉日邊榮〔八八〕。對策年猶少〔八九〕，尊王志獨誠〔九〇〕。小臣摇彩筆〔九一〕，幾欲擬張衡〔九二〕。

【彙校】

〔題〕潘刻本、徐注本作「京闕篇」。

〔洪武〕潘刻本、徐注本作「江甸」。徐并出注：宋書蕭思話傳：仗順沿流，席卷江甸。

〔江山句〕潘刻本、徐注本作「山河拱舊京」。徐并出注：晉書姚襄載記：山河四塞，亦用武之地。晉書桓温傳：王述曰：方當蕩平區宇，旋軫舊京。同志贈言歸祚明寄懷寧人詩：城闕山河千古壯，可憐不是舊京華。

〔名三亳〕潘刻本，徐注本作「疏封闊」。徐并出注：元史志樂八寶章：右壤疏封。

〔號二京〕潘刻本，徐注本作「映日明」。

〔國有句〕此句下自注，潘刻本，徐注本無。

〔密切句〕徐注本，吴、汪、曹三校本「切」作「勿」。丕績案：似作「密勿」爲是。

〔攀檻句〕徐注本「檻」作「徑」。

【彙注】

〔一〕王氣句　徐注：庾信哀江南賦序：將非江表王氣終於三百年乎？

蘧常案：明史本紀太祖二：洪武元年，春正月乙亥，即皇帝位，定有天下之號曰明，建元洪武。又志樂三：武舞曲：王氣開天統。

〔二〕德過句　徐注：書：我乃卜澗水東、瀍水西。

蘧常案：書洛誥：予乃胤保，大相東土，其基作民明辟。予惟乙卯，朝至于洛師，我卜河朔黎水，我乃卜澗水東，瀍水西，惟洛食。我又卜瀍水東，亦惟洛食。明史本紀太祖一：進攻集慶，太祖入城，民大喜過望。改集慶路爲應天府。即吴王位，建百官，改築應天府，作新宫鍾山之陽。

〔三〕運屬句　徐注：左傳僖公二十五年：遇黄帝戰於阪泉之兆。史記五帝本紀：以與炎帝戰於阪泉之野。皇甫謐曰：阪泉在上谷。

蘧常案：明史本紀太祖三：帝天授智勇，統一方夏，緯武經文，爲漢、唐、宋諸君所未及。嘗與諸臣論取天下之略，曰：渡江以來，觀羣雄所爲，徒爲生民之患，而張士誠、陳友諒尤爲巨蠹。初與二寇相持，士誠尤逼近，或謂宜先擊之。朕以友諒志驕，士誠器小，志驕則好生事，器小則無遠圖，故先攻友諒，鄱陽之役，士誠卒不能出姑蘇一步以爲之援。二寇既除，北定中原，所以先山東，次河洛，止潼關之兵不遽取秦、隴者，蓋擴廓帖木兒、李思齊、張思道皆百戰之餘，急之則併力一隅，猝未易定，故出其不意，反旆而北。燕都既舉，然後西征，張、李望絶勢窮，不戰而克。帝之雄才大略，料敵制勝，率類此。故能戡定禍亂，以有天下。又贊曰：乘時應運，豪傑景從。

〔四〕赤縣句　徐注：赤縣，見前感事詩第二首「須知」二句注。

蘧常案：三亳，見前感事詩第一首「舊國」句注。

〔五〕黃圖句　徐注：隋書經籍志：黃圖一卷，記三輔宮觀、陵廟、明堂、辟雍、郊畤等事。

蘧常案：後漢書張衡傳：擬班固兩都作二京賦。明史志地理一：洪武元年八月，建南京。永樂元年正月，建北京於順天府。

〔六〕秩猶句　徐注：明史志職官四：洪武三年，改應天府知府爲府尹，秩正三品，賜銀印。漢書百官公卿表：内史掌治京師，武帝太初元年，更名京兆尹。

〔七〕烝尚句　徐注：禮王制：天子諸侯宗廟之祭，冬曰烝。又，周人尚赤牲，用騂。明史志禮十四：建文初，定孝陵每歲正旦、孟冬、忌辰、聖節俱行香；清明、中元、冬至俱祭祀。勳舊大臣行禮，文武官陪祀，俱用太牢。

蘧常案：此似謂太廟祫饗。明史志禮五：洪武元年，祫饗太廟。祫饗必於冬，故下文屢言歲暮行祫祭禮，或改冬季中旬行大祫禮，故此言烝。下「山陵」，始言孝陵，且其祭爲時祭，不獨冬也。

〔八〕闕道句　徐注：史記秦本紀：表南山之巔以爲闕，爲複道。宋書禮志：泰始四年詔曰：法冕五綵繅，玄衣絳裳，乘金輅，祀太廟。案：明史志輿服一：太祖曰：以玉飾車，古惟祀天用之，常乘宜用殷輅。洪武元年，有司奏乘輿服御，應以金飾。詔用銅。有司曰：費小不足惜。太祖曰：儉約非身先，無以率下，且奢麗之習，未有不由小而致大者也。

〔九〕郊宮句　徐注：漢安世房中歌：金支秀華，庶旄翠旌。

蘧常案：郊宮，見前感事詩第五首「清蹕」句注。

〔一〇〕山陵句　徐注：明史：孝陵在應天府城内鍾山之陽，懿文陵祔於其側。又，洪武十六年，孝陵殿成，命皇太子以牲禮致祭。

蘧常案：山陵，詳後卷二孝陵圖詩題注。明史志地理一應天府注：紫禁城門六，左曰左掖。蓋方位以東爲左，左掖即東掖也。

〔一一〕府寺句　徐注：後漢書劉般傳：府寺寬敞，輿服光麗。明史志地理：應天府上元注：北有玄武湖。上元縣志：玄武湖在太平門外，今稱後湖。

〔一二〕國運句　徐注：國運，見前大行皇帝哀詩「世值」句注。

〔一三〕天心句　徐注：史記天官書：天行德，天子更立年。索隱：言王者當天心，則北辰有光輝，是行德也。小腆紀年：罪己詔：務使天心感格，世轉雍熙。

〔一四〕神州句　徐注：神州，見前感事詩「須知」二句注。史記淮陰侯列傳：蒯通曰：秦失其鹿，天下共逐之。

蘧常案：程大昌續演繁露：六韜：太公謂文王曰：取天下若逐野鹿，而天下共分其肉。則逐鹿之説久矣。

〔一五〕率土句　徐注：詩：率土之濱，莫非王臣。潘岳西征賦：犇鯨浪而失水。

〔一六〕虢略二句　徐注：左傳僖公十五年：東盡虢略。明史志地理：河南府靈寶縣有函谷故關。明史李自成傳：崇禎十六年冬十月，陷潼關，孫傳庭死，遂連破華陰、渭南、華、商、臨潼，進攻西安。守將王根子開東門納闖。榆林故死守，李過等不能克，自成大發兵攻陷之。乘勝取寧夏、慶陽，移攻蘭州，進陷西寧，於是肅州、山丹、永昌、鎮番、莊浪皆降，陝西地悉歸自成。又遣軍渡河，陷平陽。十七年，自成稱王於西安，國號曰大順，改元永昌。時山西自平陽陷，河津、稷山、滎河皆陷，他府縣多望風送款。二月，自成渡河破汾州，徇河曲、靜樂，攻太原，北徇忻、代。

蘧常案：虢略，杜注：從河南而東，盡虢界也。孔疏：虢之竟界也。

〔一七〕遂令句　原注：史記天官書：大角者，天王帝廷。杜子美傷春詩：大角纏兵氣。

〔一八〕無復句　徐注：史記天官書：三月生天欃，長四丈，末兑，退而西南。三月生天槍，長數丈，兩頭兑，謹視其所見之國，不可舉事用兵。

蘧常案：崔駰賦：運欃槍以電埽兮。爾雅釋天：彗星爲欃槍。

〔一九〕合殿句　徐注：明史李自成傳：焚太廟，移太祖神主於帝王廟中。四月二十九日，僭號武英殿。是夕，焚宫殿及九門城樓。小腆紀年：明降闖臣聳焇燬太廟神主。

〔二〇〕金城句　徐注：史記秦始皇本紀贊：金城千里。説文：甍，屋棟也。桓譚新論：王莽起九廟，甍帶金銀，錯鏤其上。

蘧常案：賈誼過秦論：金城千里。史記索隱：韓子曰：雖有金城湯池。漢書：張良亦曰：關中，所謂金城千里，天府之國。

〔二一〕銜哀句　徐注：禮喪服大記：君，大棺八寸，屬六寸，椑四寸。注：大棺及屬用梓，椑用杝。又，檀弓：杝棺一。注云：所謂椑棺也。梓棺二，注云：所謂屬與大棺。明史李自成傳：帝、后崩，自成命以宫扉載出，置東華門外，百姓過者皆掩泣。又，太監王德化叱諸臣曰：國亡君喪，若曹不思殯先帝，乃在此耶！因哭。内侍數十人皆哭，藻德等亦哭。顧君恩以告自成，改殮帝、后，用衮冕褘翟，加葦廠云。段注：嵇康養生論：曾子銜哀，七日不飢。

〔二二〕泣血句　徐注：易：泣血漣如。禮禮器：設祭於堂，爲祊於外。疏：祊有二義：一正祭時，祭神於廟，復求神於廟門内；一明日繹祭時，設饌於廟門西室。周語：陽樊曰：今將大泯其宗祊而蔑殺其民人，宜吾不敢服也。

〔二三〕傾否句　徐注：易否卦：上九傾否。程傳：否終則必傾，豈有長否之理！反危爲安，易亂爲治，必有剛陽之才而後能也。

〔二四〕扶屯句　原注：顔延之皇太子釋奠詩：時屯必亨，運蒙則正。

〔二五〕望雲句　徐注：南略：五月戊子朔，福王登陸，所至都民聚觀，生員及在籍官沿途皆有拱迎者。有云：先一日兩大星夾日，本日五色雲見。段注：史記封禪書：新垣平上言，長安東北有神氣，成五采。

蘧常案：此當用漢高事。史記高祖本紀：吕后曰：季所居上常有雲氣。詳見後卷四元日詩「雲氣」句注。又，項羽本紀：范增説項羽曰：吾令人望其氣，皆爲龍虎，成五采，此天子氣也。與詩意正符。封禪書所云，乃指神明，似不合。文震亨福王登極實録亦言：見兩大星夾日而行，鍾山紫氣中五色雲見。

〔二六〕候緯句　原注：唐書：隋大業十三年，六月，鎮星贏而旅於參。參，唐星也。李淳風曰：鎮星主福，未當居而居，所宿國吉。

蘧常案：後漢書方術傳序：緯、候之部。李賢注：緯，七經緯也。候，尚書中候也。

〔二七〕渡水句　徐注：家語致思篇：楚昭王渡江，江中有物大如斗，圓而赤，直觸王舟。舟人取之，莫之能識。王使使聘於魯，問於孔子。曰：此所謂萍實者也，可剖而食，吉祥也，唯霸者爲能獲焉。吾昔之鄭，過乎陳之野，聞童謡曰：楚昭王，渡江得萍實，大如斗，赤如日，剖而食之甜如蜜。此是楚王之應也，吾是以知之。

〔二八〕占龜句　蘧常案：史記孝文本紀：卜之龜，卦兆得大横，占曰：大横庚庚，余爲天王，夏啓以光。

〔二九〕舊邦句　徐注：詩：周雖舊邦。又：帝省其山。

〔三〇〕耇俊句　原注：書文侯之命：罔或耇壽，俊在厥服。徐注：詩：維周之楨。

〔三一〕曆是句　徐注：左傳隱公元年：春王周正月。杜注：周王之正月也。史記曆書：周正以十一月。

〔三二〕田踰句　徐注：左傳哀公元年：有田一成。又，祀夏配天，不失舊物。

〔三三〕雅應句　徐注：毛詩吉日序：吉日，美宣王田也。

〔三四〕民喜句　原注：史記殷本紀：帝盤庚之時，殷已都河北，盤庚渡河南，復居成湯之故居。

〔三五〕毓德句　徐注：宋史陳騤傳：騤兼太子諭德，謂儲宫下親細務，不得專力於學，非所以毓德也。詩：維嶽降神，生甫及申。

〔三六〕分猷句　徐注：書：汝分猷念以相從。春秋佐助期：漢相蕭何長七尺八寸，應昴星精生。

〔三七〕朝稱句　徐注：詩：方叔元老，克壯其猷。

〔三八〕國有句　徐注：易：師貞，丈人吉。

〔三九〕密切句　徐注：詧三輔見前京口即事詩「三輔」注。明史陳濳夫傳：濳夫巡按河南，入朝言：中興在進取，王業不偏安，山東、河南地，尺寸不可棄。豪傑結塞自固者，引領待官軍。誠分命藩鎮，以一軍出潁、壽，一軍出淮、徐，則衆心競奮，争爲我用。更須爵賞鼓舞，計遠近，畫城堡，俾自守，而我督撫將帥屯鋭師以策應之。寬則耕屯爲食，亟則披甲乘墉，一方有儆，前後救援，長河不足守也。汴梁一路，臣聯絡素定，旬日可集十餘萬人，誠稍給糗糧，臣當荷戈先驅，諸藩鎮爲後勁，河南五郡可盡復。五郡既復，畫河爲固，南連荆、楚，西控秦關，北臨趙、魏，上之則恢復可望，下之則江、淮永安，此今日至計也。南略：寇氛日逼，三輔震恐，撤兵入關，西行遏寇，亦救急之一策。

蘧常案：漢書劉向傳：詩曰：密勿從事。見詩小雅十月之交篇，毛詩作「黽勉從事」。沈欽韓疏證：邶谷風：黽勉同心，文選注引韓詩作「密勿同心」。劉向治魯詩，是魯、韓並以「黽勉」爲「密勿」。

〔四〇〕恢張句　徐注：柳宗元答問：魁壘恢張，羣驅連行。淮南子墬形訓：九州之外爲八夤，八夤之外爲八紘。李注：淮南子墬形訓：八紘方千里，自東北方曰和丘，曰荒土；東方曰棘林，曰桑野；東南方曰大窮，曰衆女；南方曰都廣，曰反户；西南方曰焦僥，曰炎土；西方曰金丘，曰沃野；西北方曰一目，曰沙所；北方曰積冰，曰委羽。高誘注：紘，維也。維落天地而爲之表，故曰紘也。曹植與楊德祖書：頓八紘以掩之。

〔四一〕塘周二句　原注：建康志：栅塘在秦淮上，通古運瀆。實録注：吴時夾淮立栅，號栅塘。

梁天監九年新作，緣淮塘北岸，起石頭，迄東冶；南岸起後渚、籬門，迄三橋，作兩重柵，皆施行馬。徐注：讀史方輿紀要：應天府西二里爲石頭山。輿地志：山環七里一百步，北緣大江，南抵秦淮。江去臺城九里。山上有城，相傳楚威王滅越，置金陵於此。圖經：漢建安十六年，孫權徙治秣陵。明年，城石頭，貯寶貨軍器於此。諸葛武侯使建業，曰：石頭虎踞，王業之基也。

〔四二〕未蕩句　徐注：淮南子：封狶修蛇，皆爲民害。明史李自成傳：歸西安，復遣軍陷漢中，掠保寧。清順治二年，攻潼關，僞伯馬世燿以六十萬衆迎戰潼關，敗死。自成遂棄西安，由龍駒寨走武岡，入襄陽，復走武昌，我兵兩道追躡，連蹙之鄧州、承天、德安、武昌，窮追至闖老營，大破之者八。又，張獻忠傳：十七年春，陷夔州，至萬縣，水漲，留屯三月。已破涪州，進陷佛圖關，破重慶，遂進陷成都。時南京諸臣立福王，命大學士王應熊督川、湖軍事，兵力弱，不能討伐。獻忠遂僭號大西國王，改元大順。分徇諸府州縣，悉陷之。保寧、順慶已降自成，置官吏，獻忠悉逐去。自成發兵攻獻忠，不克。獻忠遂據有全蜀。是時，曾英、李占春、于大海、王祥、楊展、曹勛等義兵竝起，故獻忠誅殺益毒。川中民盡，乃謀窺西安。

〔四三〕仍遺句　徐注：史記趙奢傳：譬如兩鼠鬭穴中，將勇者勝。
　　蘧常案：此似指李、張兩義軍之自殘，事見上注。

〔四四〕師從句　徐注：夏書甘誓疏：甘，地名，有扈氏國之南郊也。事見上感事詩「上宰」句注、京口即事詩「河上」句注。

蘧常案：小腆紀年：可法進次河上，建纛誓師。

〔四五〕人雜句　徐注：明史史可法傳：可法遣官屯田開封。南略：十一月，初六庚寅，命開屯海中玉環等山。

蘧常案：三國志蜀志諸葛亮傳：亮每患糧不繼，使己志不伸，是以分兵屯田爲久住之基。耕者雜於渭濱居民之間，而百姓安堵，軍無私焉。

〔四六〕四冢二句　原注：皇覽曰：蚩尤冢在東平郡壽張縣闞城中，高七丈，民常十月祀之，有赤氣，出入如匹絳帛，民名爲蚩尤旗。肩髀冢在山陽郡鉅野縣重聚，大小與闞冢等。傳言黄帝與蚩尤戰於涿鹿之野，殺之，身體異處，故别葬之。梁徐陵在齊與楊僕射書：四冢磔蚩尤，千刀剸王莽。

〔四七〕玉勒　徐注：庾信馬射賦：控玉勒而摇星。

〔四八〕韻金鉦　原注：梁元帝藩難未静述懷詩：金鉦韻渚宫。

〔四九〕黄石句　蘧常案：王應麟困學紀聞：魏李蕭遠康運命論：張良受黄石之符，誦三略之説。言三略者始見於此。漢光武詔引黄石公紀未有三略之名。隋書經籍志：黄石公三略三卷。史記留侯世家：良匿下邳，嘗從容步游圯上，有一老父至良所，出一編書曰：讀此則爲王者師矣。後十三年，孺子見我濟北，穀城山下黄石即我矣。遂去。

〔五〇〕條侯句　徐注：漢書周勃傳：文帝擇勃子賢者，皆推亞夫，迺封爲條侯。師古曰：地在渤海，地理志作「蓨」。南略：七月十日，定京營之制，悉照北京。命以杜弘域、楊御藩、牟文綬補三大營，各總一營至五營；卞啓光、寶國寧、胡文若補三大營，各總六營至十營。又，南疆逸史：十月二十八日壬午，定江北督撫四鎮額兵三萬，楚撫額兵一萬，京營額兵一萬五千。

〔五一〕虎頭句　徐注：後漢書班超傳：生燕頷虎頸，飛而食肉，萬里侯相也。晉書張華傳：得一石函，光氣非常，中有雙劍，一曰龍泉，一曰太阿。

蘧常案：「虎頭」，後漢書班超傳作「虎頸」，東觀漢記則作「虎頭」。

〔五二〕猿臂句　徐注：史記李將軍傳：廣爲人長，猿臂，其善射亦天性也。詩小雅角弓：騂騂角弓。

蘧常案：元稹詩：教射角弓騂。

〔五三〕妖氛　徐注：杜甫北征：仰觀天色改，坐覺妖氛豁。

蘧常案：初學記魏文帝送劍書：因給左右，以除妖氛。

〔五四〕旋聞句　徐注：明史陳潛夫傳：當是時，河南開封、汝寧間，列寨百數，劉洪起最大；南陽列寨數十，蕭應訓最大；洛陽列寨亦數十，李際遇最大。諸帥中，獨洪起欲効忠，潛夫請予掛帥爲將軍，且言臣聯絡素定。士英不聽，而用其姻戚越其杰巡撫河南，於是阨塞皆失。

蘧常案：此句與上句皆所喜望之事，故下接「載櫜歸武烈」云云。徐注以「越其杰巡撫河南，阨塞皆失」當之，則與下文不貫。且考潛夫傳無「於是」一語，蓋出自撰，尤謬。南疆逸史陳潛夫傳叙諸寨事下云「他寨聞潛夫來，頗有歸意」，詩意殆指此。曰「聞」，則原未實也。逸史與明史皆言：蕭應訓復南陽及泌陽、舞陽、桐柏諸縣，遣其子三傑（案：逸史作「三捷」，此從明史改。）來獻捷，潛夫飲之酒，爲授告身，鼓吹旌旗前導出，三傑大喜過望。又曰：潛夫按行諸寨，寨帥列旌旗鼓吹迎送。設非馬士英之怒召潛夫還，以淩駉代之，則諸寨真能内向矣！

〔五五〕載櫜句　徐注：詩：載櫜弓矢。書：以揚武王之大烈。

〔五六〕伊減句　徐注：詩：築城伊減。又：文王有聲。

〔五七〕禮洽句　徐注：史記封禪書：封泰山。又：有司奉瑄玉嘉牲薦饗。

〔五八〕音諧句　徐注：書：八音克諧。説文：笙十三簧，象鳳之身也。

〔五九〕配天句　徐注：見上「田踰」句注。

〔六〇〕復國句　徐注：左傳襄公十四年：亡而不變，何以復國？史記司馬相如列傳：前聖所以永保鴻名。

〔六一〕曉集句　徐注：駱賓王上兖州張司馬啓：緝熙鱗甸，下白鶴於僊庭。陸游初夏詩：湖灘初集鷺。

〔六二〕春遷句　徐注：詩：出自幽谷，遷于喬木。梁昭明太子錦帶書：嚶鶯出谷，爭傳求友之音。

〔六三〕尊師二句　徐注：禮：大學之禮，雖詔於天子，無北面，所以尊師也。書：朝夕納誨。南略：禮科沈胤培疏請舉經筵訂朝儀云：或召詞臣詢經史，或召部臣考政治，而時令臺諫之臣陳得失。宮中萬幾之暇，披覽資治通鑑及本朝寶訓等書。又，吴适疏：一、日講宜行，請敕定期，俾博聞有道之臣，朝夕左右，虚衷延納；一、午朝宜舉，俾閣部大臣及臺垣散秩，咸得躬膺清問，披對之餘，採疾苦，覈功罪，明是非云云。疏入不省。小腆紀年：姜曰廣疏：天威在上，密勿深嚴，臣安得事事爭之。但願陛下深宮有暇，温習經書，取大學衍義、資治通鑑視之。周宣、漢光，何以復還前烈；晉元、宋高，何以終狃偏安？武侯之出師，何惓惓以親君子遠小人爲説；李綱之禦敵，何切切以信君子勿問小人爲言？必能發聖心之天明，破邪説於先覺，然後國恥可得雪，中興可得期也。唐六典：大明宫宣政殿之左曰東上閤、西上閤，次西曰延英門，其内之左曰延英殿。

〔六四〕側席句　徐注：後漢書章帝紀：詔曰：朕思遲直士，側席異聞。漢書東方朔傳：伊尹蒙恥辱負鼎俎和五味以干湯。

〔六五〕回車句　徐注：竹書紀年注：文王至于磻溪之水，吕尚釣于涯，王下趨拜曰：望公七年，乃今見於斯。尚立變名答曰：望釣得玉璜。段注：鄒陽獄中上梁孝王書：邑號朝歌，墨子迴車。

遷常案：史記齊太公世家：西伯遇太公於渭之陽，與語大説，載與俱歸。

〔六六〕在陰句　徐注：易：鳴鶴在陰，其子和之。

〔六七〕刻石句　原注：劉敬叔異苑曰：晉武帝時，吴郡臨平岸崩，出一石鼓，打之無聲。以問張華，華曰：可取蜀中桐材，刻作魚形，扣之則鳴。於是如言，聲聞數十里。班固東都賦：發鯨魚，鏗華鐘。

〔六八〕念昔二句　徐注：張譜：崇禎三年庚午六月科試，上虞李提學懋芳拔先生一等二十名。日知録載是年應天鄉試題「舉直錯諸枉」二句，以媚奄諸臣初定逆案也。九年丙子六月科試，上虞倪提學元珙置先生卷三等。日知録載是年應天鄉試春秋題宋公入曹以曹伯陽歸。先生譏其以公孫彊比陳啓新，曹伯陽比思陵，非所宜言，大不敬。十二年己卯七月，固城張提學鳳翮覆試科舉，先生取遺才二等。

遷常案：説文解字：掄，擇也。國語晉語：君掄賢才。段注：後漢書吴良傳：報恩之義，莫大薦士。

〔六九〕帝鄉句　徐注：後漢書劉隆傳：南陽帝鄉，多近親。玉篇：惝怳，失意不悦貌。先生郡國利病書序：崇禎己卯，秋闈被擯，退而讀書。

〔七〇〕天闕句　原注：鮑照舞鶴賦：歲峥嶸而愁暮。徐注：史記天官書：兩河天闕間爲關梁。

〔七一〕賦客句　徐注：漢書枚乘傳：乘字叔，淮陰人也。拜弘農都尉，以病去官。遊梁，梁客皆善屬辭賦，乘尤高。謝惠連雪賦：延枚叟。

蘧常案：元譜：乙酉四月，偕從叔父穆庵赴南京。疑枚叟即謂穆庵。崑新合志：穆庵名蘭服，字國馨。以諸生入太學，才名著一時。明亡後，棄儒業。餘集從叔父穆庵府君行狀云：余與叔父洎同縣歸生，入則讀書作文，出則登山臨水，間以觴詠，彌日竟夕。又云：叔父不多作詩，而好吟詩。蓋以叔父擅詩文，故以枚叟擬之歟？

〔七二〕文才句　徐注：晉書孫綽傳：少以文才垂稱。史記屈原賈生列傳：賈生，名誼，雒陽人也。年十八，以能誦詩屬書聞於郡中。吴廷尉爲河南守，聞其秀才，召置門下。及徵爲廷尉，乃言：賈生年少，頗通諸子百家之書。文帝召以爲博士。超遷，一歲中至大中大夫。

蘧常案：賈生蓋先生自況。

〔七三〕飲泉二句　徐注：陸游詩：渴鹿出林窺藥井。爾雅釋獸注：江東呼鼬鼠爲鼪，俗呼鼠狼。莊子徐无鬼：逃空虚者，藜藋柱乎鼪鼬。

蘧常案：此二句，似隱喻南都政局之濁亂。

〔七四〕再見句　徐注：詩車攻朱子集傳：成王命周公營雒邑，以爲東都。周室既衰，久廢其禮。至於宣王，内修政事，外攘夷狄，修車馬，備器械，復會諸侯於東都。李注：謝朓始出尚書省詩：還覩司隸章，復見東都禮。

蘧常案：詩意自用光武事，李注是。

〔七五〕上國　徐注：左傳成公七年：通吴於上國。

〔七六〕百僚句　李注：晉書何曾傳：武帝襲王位，曾與裴秀、王沈等勸進。蘧常案：詩：百僚是試。勸進事，見前感事詩第二首「縞素」句注。

〔七七〕父老句　徐注：南略：魏國公徐弘基、撫寧侯朱國弼、安遠侯柳祚昌……皆進綵緞恭賀。李注：後漢書郭伋傳：聞使君到，喜，故來奉迎。蘧常案：來迎事，亦見感事詩「縞素」句注及本詩上「望雲」句注。

〔七八〕宿衛句　徐注：史記齊悼惠王世家：其弟章入宿衛於漢，吕后封爲朱虚侯。後四年，封章弟興居爲東牟侯，皆宿衛長安中。案明史劉宗周傳：疏言京營自祖宗以來，皆勳臣爲政，樞貳佐之；陛下立國伊始，而有内臣盧九德之命。士英有不得辭其責者。

〔七九〕干掫句　徐注：左傳襄公二十五年：陪臣干掫。唐書兵志：段秀實見禁兵寡弱，上疏曰：禁兵不精，其數削少。又見上「總七營」句注。

〔八〇〕乾坤二句　徐注：潘岳西征賦：皇合德於乾坤。又，流春澤之渥恩。易屯卦：雷雨之動滿盈。

〔八一〕草緑句　徐注：方輿紀要：西州城在上元治西二里，周圍三里。輿地志：西州城，晉元帝時築。

〔八二〕雲彤句　徐注：孫綽游天台山賦：彤雲斐亹以翼櫺。漢書高帝紀：七年二月，蕭何治未央宫，立東闕、北闕。

〔八三〕法宫句　徐注：漢書揚雄傳：漢十世之陽朔兮，招搖紀於周正。注：招搖，斗柄也。

蘧常案：法宫，見前千官詩第二首「一旦」句注。

〔八四〕别館句　徐注：班固西都賦：離宫别館，三十六所。又，抗仙掌以承露，擢雙立之金莖。李善注：金莖，銅柱也。

〔八五〕玉帛句　徐注：左傳哀公七年：禹合諸侯於塗山，執玉帛者萬國。杜注：在壽春縣東北。

〔八六〕車書句　徐注：禮中庸：車同軌，書同文。書召誥傳：成王在豐，欲宅雒邑，使召公先相宅，作召誥。

〔八七〕海槎句　蘧常案：張華博物志：近世有人居海渚者，年年八月，有浮槎去來不失期。人有奇志，乘槎而去，十餘月，至一處，有城郭狀，屋舍甚嚴。遥望宫中多織婦，見一丈夫牽牛渚次飲之。問：此是何處？答曰：君還至蜀都問嚴君平。因還至蜀問君平。曰：某年某月日，有客星犯牽牛宿。記其年月，正是此人到天河時也。

〔八八〕陽卉句　徐注：謝靈運九日從宋公戲馬臺集詩：淒淒陽卉腓。高蟾上高侍郎詩：日邊紅杏倚雲栽。

〔八九〕對策句　徐注：漢書公孫弘傳：弘至太常，上策詔諸儒，對者百餘人，太常奏弘第居下。策奏，天子擢弘第一。又，賈誼傳：是時誼年二十餘，最爲少。

〔九〇〕尊王　徐注：周禮春官大宗伯：夏見曰宗。注：宗，尊也，欲其尊王也。

蘧常案：史記太史公自序：佐天尊主。

〔九一〕小臣句　徐注：潘岳螢火賦：援彩筆以爲銘。

蘧常案：小臣，見前大行皇帝哀詩「小臣」句注。

〔九二〕張衡　徐注：後漢書張衡傳：衡字平子，南陽西鄂人也。少善屬文，擬班固兩都作二京賦，因以諷諫，十年乃成。復作南都賦。

金陵雜詩　五首

【解題】

徐注：吴志張紘傳注：江表傳：紘謂權曰：秣陵，楚武王所置，名爲金陵。舊唐書地理志：上元，楚金陵邑。陶潛有雜詩。戴注：是年春，先生膺薦至京口，四月杪，抵南都。甫旬日，南都亡。自此以上，詩皆五月前作。冒云：五月前，南都尚未亡也。

蘧常案：戴注原在後千里詩題下，千里詩作在南都亡後，改繫此。

江月懸孤影，還窺李白樓。詩人長不作，千載尚風流〔一〕。塢壁三山古〔二〕，池臺六代幽〔三〕。長安佳麗日，夢繞帝王州〔四〕。

【彙注】

〔一〕江月四句　徐注：李白月夜金陵懷古詩：蒼蒼金陵月，空懸帝王州。江寧府志：孫楚酒樓在城西，李白翫月於此，達曉歌吹。日晚，乘醉著紫綺裘、烏紗巾，與酒客數人，棹歌秦淮，往石頭訪崔四侍御。相傳在莫愁湖東，亦稱太白酒樓。又府志風俗考：自晉、宋以來，衣冠萃止，人物繁盛，習尚豪侈，猶有六朝遺風。

蘧常案：李白有翫月金陵城西孫楚酒樓達曙歌吹日晚乘醉著紫綺裘烏紗巾與酒客數人棹歌秦淮往石頭訪崔四侍御詩，即江寧府志所據。其起云：昨翫西城月，青天垂玉鉤。朝沽金陵酒，歌吹孫楚樓。所謂「千載尚風流」也。

〔二〕塢壁句　徐注：後漢書李章傳：光武即位，拜平陽令。時清河大姓趙綱於縣界起塢壁，繕甲兵。江寧府志：上三山在江寧鎮西，下三山在江寧鎮東，三峰拱峙。大江從西來，勢如建瓴，而此山突出當其衝。一名護國山。晉王濬伐吴，行師過三山，即此。

〔三〕池臺句　徐注：庾信哀江南賦：池臺鐘鼓。魏萬金陵酬李翰林詩：金陵百萬户，六代帝王都。案：吴、晉、宋、齊、梁、陳皆都金陵，爲六朝。

〔四〕長安二句　徐注：謝朓入朝曲：江南佳麗地，金陵帝王州。明史熊汝霖傳：疏言：黄白充庭，青紫塞路，六朝佳麗，復見今時，獨不思他日税駕何地耶？建康志：東南佳麗樓在銀行街，舊爲賞心樓，久廢。

蘧常案：長安借謂南京。

春雨收山半，江天出翠層〔一〕。重聞百五日〔二〕，遥祭十三陵〔三〕。祝版書孫子〔四〕，祠官走令丞〔五〕。西京遺廟在〔六〕，天下想中興〔七〕。

【彙校】

〔天下想中興〕潘刻本、徐注本作「灑掃及冬烝」。徐并出注：詩：於粲灑掃。冬烝，見前京闕篇（丕續案：即帝京篇）「周騂」句注。

【彙注】

〔一〕江天句　徐注：李德裕大孤山記：江天清霽，千里無波。楚辭九歌：翾飛兮翠層。

蘧常案：翠層，九歌東君作「翠曾」。王逸注：曾，舉也。洪興祖補注以爲同翾字，翾飛也，與此不合。此當謂山，如釋貫休詩所謂「只是危吟坐翠層」也。

〔二〕百五日　徐注：荆楚歲時記：去冬至一百五日，即有疾風甚雨，謂之寒食。

蘧常案：荆楚歲時記本條出注：據曆，合在清明前二日，亦有去冬至一百六日者。

〔三〕遥祭句　徐注：南疆逸史：三月十日癸巳，遥祭諸陵。又，十九壬寅，思宗忌辰，王於宮中舉哀，百官於太平門外設壇遥祭，以東宮、二王祔祭。

蘧常案：十三陵，徐注見後恭謁天壽十三陵詩解題，今移于此：張譜：十三陵者，成祖永樂長陵，仁宗洪熙獻陵，宣宗宣德景陵，英宗正統裕陵，憲宗成化茂陵，孝宗弘治泰陵，武宗正德康陵，世宗嘉靖永陵，穆宗隆慶昭陵，神宗萬曆定陵，光宗泰昌慶陵，熹宗天啓德陵，凡十二陵；合懷宗思陵爲十三陵也。水經渭水注：秦名天子冢曰山，漢曰陵。

〔四〕祝版句　徐注：明史志禮五：洪武二年詔：太廟祝文，止稱孝子皇帝，不稱臣。後稱孝玄孫皇帝，又改稱孝曾孫嗣皇帝。

〔五〕祠官句　徐注：史記文帝本紀：上曰：昔先王遠施不求其報，望祀不祈其福，今吾聞祠官祝釐，皆歸福朕躬。其令祠官致祭，毋有所祈。漢書百官表：太常屬官有太樂、太祝、太史、太卜、太宰、太醫六令丞。明史志禮十四謁祭陵廟：正德間，定長陵以下諸陵，各設神宮監竝衛及祠祭署，清明、中元、冬至，俱分遣駙馬都尉行禮，文武官陪祭。

〔六〕西京句　徐注：後漢書光武紀：建武五年，詔修復西京園陵。

〔七〕天下句　蘧常案：詩大雅烝民序：尹吉甫美宣王也。任賢使能，周室中興焉。

天居宜壯麗〔一〕，考室自宣王〔二〕。地即周瀍右〔三〕，規因漢未央〔四〕。水衡存物力〔五〕，司隸識朝章〔六〕。父老多垂涕，還思祖德長〔七〕。

〔一〕天居句　徐注：漢書高帝紀：七年二月，蕭何治未央宮，上見其壯麗，甚怒。徐陵太極殿賦：函谷遥看，美皇居之壯麗。明史志輿服四：宮室之制：吴元年，作新内正殿曰奉天殿，後曰華蓋殿，又後曰謹身殿，皆翼以廊廡。奉天殿之前曰奉天門，左曰文樓，右曰武樓。謹身殿之後爲宮，前曰乾清，後曰坤寧。六宮以次列宮殿之外，周以皇城。時有言瑞州文石可甃地者，太祖曰：敦崇節儉，猶恐習於奢華，爾乃導余奢麗乎？言者慚而退。案南略：七月癸酉，命修西宮西園之第一所。十一月戊子，西宮成，賜名慈禧殿。明史劉宗周傳：將行，疏陳五事：一曰修聖政，毋以近娱忽遠猷。土木崇矣，珍奇集矣，俳優雜劇陳矣；内豎充庭，金吾滿座，戚畹駢闐矣！

〔二〕考室句　徐注：詩斯干序：宣王考室也。

〔三〕地即句　徐注：見前京闕篇（蘧常案：即帝京篇）「德過」句注。

〔四〕規因句　徐注：見上句注。班固西都賦：自未央而連桂宮，北彌明光而亘長樂。李善注：漢書曰：高帝至長安，蕭何作未央宮。程大昌雍録：天子之居當爲正宮，其外皆離宮也。漢都長安，若未央則其創爲，至長樂則因秦而加葺治也。

〔五〕水衡句　徐注：漢書百官公卿表：水衡都尉，武帝元鼎二年置。師古曰：主平其税入。又龔遂傳：水衡典上林苑，供張宮館。又，食貨志：生之有時，用之亡節，則物力必屈。南略：乙酉二月，太監孫元德搜刮常州府欠金花銀九萬五千兩，積欠三餉三十三萬，命勒限嚴輯。丁丑，户科熊維典奏：四府逋欠三年内三百三十一萬八千五百兩，皆屬應徵；又已徵不解九十五萬六千有奇。

蘧常案：漢書宣帝紀注：應劭曰：水衡與少府，皆天子私藏也。

〔六〕司隸句　徐注：後漢書光武紀：更始將北都洛陽，以光武行司隸校尉，於是置僚屬，作文移，從事司察，一如舊章。時三輔吏士，東迎更始，諸將過，皆冠幘而服婦人衣，諸于繡𧝓，莫不笑之，及見司隸僚屬，皆歡喜不自勝。老吏或垂涕曰：不圖今日復見漢官威儀！於是識者皆屬心焉。夏完淳續幸存録：阮圓海誓師江上，衣素蟒，圍碧玉，見者比爲梨園裝束；錢謙益家妓爲妾者柳隱，冠插雉羽，戎服騎入國門，如明妃出塞狀。夫兵大禮，皆倡優排演之場，欲國之不亡，安可得哉！小腆紀年：劉孔昭以張慎言舉吴甡，譁殿上，拔刀逐慎言，太監韓贊周從殿上大聲叱之曰：從古無此朝儀！

〔七〕父老二句　徐注：史記高祖本紀：父老苦秦苛法久矣。明史史可法傳：若躬謁二陵，親見鳳、泗蒿萊滿目，雞犬無聲，當益悲憤！願慎終如始，處深宫廣廈，則思東北諸陵魂魄之未安；享玉食大庖，則思東北諸陵麥飯之無展。膺圖受録，則念先帝之集木馭朽，何以忽遘危亡；早朝晏罷，則念先帝之克儉克勤，何以卒隳大業。戰兢惕厲，無時怠荒，二祖列宗，將默佑中興。若晏處東南，不思遠略，賢奸無辨，威斷不靈，老成投簪，豪傑裹足，祖宗怨恫，天命潛移，東南一隅，未可保也！垂涕，見上句注。

邁常案：謝靈運述祖德詩序：太元中，王父龕定淮南，負荷世業。

正殿虛椒寢，蒼生望母儀〔一〕。國風思窈窕〔二〕，小雅夢熊羆〔三〕。中史頻傳敕，臺臣早進規〔四〕。願聞姜后戒，仍及會朝時〔五〕。

【彙校】

〔中史〕潘刻本、徐注本作「中使」，是。

【彙注】

〔一〕正殿二句　徐注：班固西都賦：正殿崔嵬，層構絶高。漢書谷永傳：抑損椒房玉堂之盛寵。注：師古曰：椒房，皇后所居。三輔黄圖：椒房殿，在未央宫，以椒和泥塗，取其温而芬芳也。爾雅：室無東西廂，有室曰寢。南略：五月十九日，馬士英奏大計四款：一、皇太子未生，即敕慎選淑女。七月二十五日庚辰，命選淑女及内員。羣臣交章諫，不聽。十月初七辛未，命杭州選淑女。二年二月甲寅朔，命於嘉興、紹興二府選淑女。十三日丙寅，命於蘇州造大婚冠服。四月十五日，選淑女於玄暉殿。書：至于海隅蒼生。晉書后妃傳：母儀天宇。

邁常案：書「蒼生」，僞孔傳云：蒼蒼然生草木，蓋謂草木所生之地，言其至廣，非謂民將如蒼生何」是也。

也。至晉人始謂人民爲蒼生，如晉書山巨源謂王衍「誤天下蒼生」；高崧謂「安石不肯出，

〔二〕國風句　原注：漢書杜欽傳：佩玉晏鳴，關雎歎之，知好色之伐性短年，天下將蒙化，陵夷而成俗也。故詠淑女，幾以配上。　徐注：子夏毛詩序：是以一國之事，繫一人之本，謂之風。關雎樂得淑女，以配君子，憂在進賢，不淫其色，哀窈窕，思賢才，而無傷善之心焉。南略：三月丙申，有童氏自稱舊妃，自越其杰所解至。上命付錦衣衛獄。初，上嗣王之歲，封童氏爲妃，生一子，不育。遭亂播遷，與太妃各依人自活。妃在獄細書入宮日月，相離情事甚悉，求馮可宗上達。上怒弗視。又，遺聞云：劉良佐言，童氏非假冒；馬士英亦言，苟非至情所關，誰敢與陛下稱敵體！宜迎歸内，密諭河南巡撫迎致皇子，以慰臣民之望。上命屈尚忠嚴刑拷訊，童氏號呼詛罵，尋死獄中。明史及逸史略同。

蘧常案：此似專謂選女，不涉童妃事也。

〔三〕小雅句　徐注：詩小雅：吉夢維何？維熊維羆。事見上「正殿」句及「國風」句注。

〔四〕中史二句　徐注：孫蕡驪山老妓行：侍臣傳敕選嬌容。南略：科臣陳子龍奏：中使四出搜採，閭井騷然。御史朱國昌言：大者選侍宫闈，小者教習戲曲，街坊緘口，不敢一言。工科李維樾言：日來道途鼎沸，不擇配而過門，皆言王、田兩中貴强取民女，以備宫闈，致少女自刎投井，亦大不成舉動矣。　黄注：南疆逸史亦言「福王即位於南都一年，而兩選淑女」，

此「中使」兩句所由規也。

邊常案：聖安本紀：十月丙寅，命于杭州選淑女。旨下，有校尉人役突入民家搜索，女子有投水自盡者。及選入，又不稱旨。上怒，命各城推户舉首，隱匿者罪及地方鄰右，各官重處。而或言天下美女及妝飾精妙，無過蘇、杭，於是訪求之使四出矣。

〔五〕顧聞二句　原注：列女傳：周宣王姜后賢而有德。宣王嘗早卧而晏起，后夫人不出於房。姜后既出，乃脱簪珥，待罪於永巷，使其傅母通言王。王復姜后而勤於政事，早朝晏退，繼文、武之迹，興周室之業。詩：會且歸矣，無庶予子憎。　徐注：南略：沈胤培疏請立中宫，謂今永巷無脱簪之儆。夏復掌録：福王在南都，狎近匪人，曰事荒燕，巷談里唱，流入大内。梨園子弟，供奉後庭；教坊樂官，出入朝房。

記得尚書巷〔一〕，先兵部侍郎府君官舍所在。于今六十年。功名存駕部〔二〕，先公疏船甲事得請，爲南京百年之利。事載船政新書。俎豆託朝天〔三〕。有祠在朝天宫。樹向烏衣直〔四〕，門臨白水偏〔五〕。侍郎遺石在，過此一淒然〔六〕。

【彙注】

〔一〕記得句　徐注：先生顧氏譜系考：章志字子行。南京光禄寺卿，應天府尹，南京兵部右侍郎，贈都察院右都御史。

蘧常案：顧氏譜系考尚有云：章志嘉靖丙午舉人，癸丑進士。歷官行人，行人司副，行人司正，刑部員外、郎中，江西饒州府知府，湖廣、廣西按察司副使。然後調南京。

〔二〕功名句　徐注：晉書職官志：魏尚書郎有殿中吏部駕部。張譜：衍生繕寫書目有觀海公船政疏一卷。蘇州府志：南京馬快船爲上供所需，皆衛卒領之。猝有差遣，每爲中官所摧剥，卒多逃亡，軍伍日虚。章志奏請募篙師立役，而稍益其值，減船額就之，歲約費二萬五千金，米三萬石，今衛士願輸者已得萬五千金，又願除額給米二萬，朝廷但捐銀萬兩，米萬石以佐之，則費小而惠大。上從之，遂著爲令。亡何，卒於位。其喪歸，衛士焚香哭於道。詔贈右都御史。

蘧常案：隋有駕部侍郎，此用隋制，謂兵部侍郎也。

〔三〕俎豆句　徐注：江寧府志：朝天宫即古冶城，楊吴建紫極宫，宋改天慶觀，明重建曰朝天宫。

蘧常案：論語衛靈公：俎豆之事。注：祭器。此指祭祀。

〔四〕烏衣　徐注：江寧府志古蹟：謝安宅在烏衣巷驃騎航側，王導宅在烏衣巷南，臨驃騎航。

蘧常案：景定建康志：烏衣巷在秦淮南，晉南渡，王、謝諸名族居此。清一統志：烏衣巷，王導、謝安居此。其子弟皆烏衣，故名。

〔五〕門臨句　原注：古樂府青溪小姑曲：開門白水，側近橋梁。

〔六〕侍郎二句　原注：唐書：薛元超爲中書舍人、弘文館學士，兼修國史。中書省有一盤石，元超祖父道衡爲内史侍郎，嘗據而草制，元超每見此石，未嘗不泫然流涕。

千里

【解題】

徐注：詩：邦畿千里。事見詩注，以詩首二字爲題。

千里吴封大〔一〕，三州震澤通〔二〕。戈矛連海外，文檄動江東〔三〕。王子新開邸〔四〕，將軍舊總戎〔五〕。登壇多忼慨，誰復似臧洪〔六〕？

【彙注】

〔一〕千里句　徐注：荀子彊國：古者百王之一天下、臣諸侯也，未有過封爲千里者也。史記吴大伯世家：周武王克殷，求大伯、仲雍之後，得周章。周章已君吴，因而封之。又，壽夢立而吴始益大。

〔二〕三州句　徐注：魏志蔣濟傳：車駕幸廣陵，濟表水道難通。又，上三州論以諷帝。書：震澤底定。傳：吴南太湖也。

〔三〕戈矛二句　徐注：元譜：時清兵已定江、浙，大軍駐金陵，一軍駐蘇，一軍駐杭，一軍駐沿海吴淞等處。有明江南總兵吴志葵者，吏部主事夏允彝門人也，頓兵海上。又有十將官者，屯兵陳湖中，與湖旁諸生陸世鑰等，各有衆千餘。閏六月十日，明兵科給事中陳子龍、舉人徐孚遠、章簡，聞南都不守，起兵松江，與陳湖兵合。允彝又入志葵軍，爲之馳書檄，聯絡士大夫。華亭則總督兵部侍郎沈猶龍、下江監軍道荆本徹、中書舍人李待問；嘉定則左通政使侯峒曾、進士黄淳耀、總兵蔣若來；崑山則郧陽撫治王永祚、編修朱天麟；吴江則職方吴昜、總兵王蜚；太倉則總兵張士儀；宜興則行人盧象觀等互爲聲援。先生與楊永言、吴其沆、歸莊，皆佐王永祚軍。諸軍謀以松江兵攻杭，嘉定、太倉兵攻沿海，宜興兵趨南京，約伏艦舟中。獨吴志葵先進向蘇州，俟蘇州捷音至，尅日同發。全云：乙酉六月以後吴淞起兵。

蘧常案：徐注引元譜，爲徐譜之誤。王蜚應作黄蜚，蜚，黄得功之義弟也，見明史黄得功傳。

〔四〕王子句　徐注：南疆逸史：六月，初八甲子，命護送潞王於杭州。又十一月十二日，周藩臨汝王寓武進。黄注：元譜：順治二年乙酉，弘光元年五月初九日，清兵渡江，初十日弘光帝出走，十五日，清兵入南都，明亡。明靖虜伯鄭鴻逵、户部主事蘇觀生奉唐王聿鍵如閩，黄道周、張肯堂等奉聿鍵稱監國。六月丁未，即位於福州，改元隆武。此「王子新開邸」，當指南都亡後之唐王言。徐注所引六月初八命送潞王於杭州，乃先一年事，見南疆逸史鈔本，非南都亡後之事。

蘧常案：徐注固誤，黄注亦非。弘光實録鈔云：六月乙卯，潞王監國於杭州。陳燕翼思文大紀、明史同。南略亦謂：乙酉五月，豫王定南都，時潞藩避杭州，六月，杭人擁戴之。小腆紀年宗藩傳亦謂：南都陷，馬士英奉太后至杭州，潞王入見，諸臣請監國，王不允。説雖略異，要爲所傳聞異辭，而謂羣請監國則一，故曰「王子新開邸」也。別詳後卷四杭州詩第二首「南渡」二句注。玉海：郡國朝宿之所在京師者，謂之邸。此則通謂王之所居。

〔五〕將軍句　徐注：魏志：詔大將軍親總六戎。

蘧常案：徐注以總戎屬吴志葵，黄注則以爲鄭芝龍，然吴、鄭皆本係總戎，不得曰舊，芝龍遠在福州，尤非此詩所詠。馮貞羣顧詩校本以爲「當指前狼山鎮總兵王佐才」，近是。小腆紀年忠義傳：佐才字南揚，崑山人。官狼山副總兵，年老休於家。乙酉夏，南都亡，知縣楊永言逃之泗州參將陳弘勳家，縣丞閻茂才遣使投誠。已，貢生朱集璜等起兵，殺茂才，以佐才宿將，推爲主。永言、弘勳亦自泗橋率壯士數百人來助。南疆逸史死事傳：崑山之守，貢生陳大任議迎王佐才爲帥，佐才年七十餘矣，大任虚所居爲帥府，身自裹甲署行伍。明史侯峒曾傳附朱集璜：以六月望，推舊將王佐才爲帥。曰「老休」，曰「宿將」，曰「舊將」，乃合所謂舊總戎矣。

〔六〕登壇二句　原注：後漢書臧洪傳：陳留太守張邈與諸牧守大會酸棗，設壇場將盟，既而更相辭讓，莫敢先登。咸共推洪。洪乃攝衣升壇，操血而盟，辭氣忼慨，聞其言者，莫不激揚。　徐注：吴譜：案先生餘集有云：吴中諸縣，並起義兵自守，而余以母在，獨屏居水鄉不出。無夜不與陳君露坐水邊樹下，仰視月色，遥聞火礮云云。是崑邑守城事，先生一不與謀，故後得免於難。全祖望鮚埼亭集先生神道表：於是先生方應崑山令楊永言之辟，與嘉定諸生吴其沆及歸莊共起兵，奉故鄖撫王永祚以從夏文忠公於吴江東，授公兵部司務。事既不克，永言行遁去，其沆死之，先生與歸莊幸得脱。又，先生答原一公肅兩甥書：酸棗之陳詞慷慨，尚記臧洪。　黄注：此詩「王子新開邸」以下，當指唐王監國福州。至後三句，則因鄭芝龍而發也。南略云：黄道周知芝龍無意出師，自請行。南疆逸史亦云：時軍事皆掌於鄭氏，而芝龍殊無意出關，上屢諷之，則以餉乏爲辭。江、楚之迎駕者疏踵至。上以芝龍爲不足恃，欲入楚倚何騰蛟。故曰「將軍舊總戎」。又曰「誰復似臧洪」，蓋指芝龍也。此詩上四句結南都，下四句言福京，意甚明白，而徐注以「總戎」句指上吴志葵等言，則誤矣。

　蘧常案：此詩蓋叙弘光覆滅後，從軍蘇州時事，故起曰：千里吴封大，三州震澤通。徐松譜亦引此詩於從軍蘇州事下。下秋山詩言諸路義軍敗衂事，正相銜接，則此詩後四句自承上文言吴中軍事。隆武欲去鄭氏依何騰蛟，實在是年之冬，尚在義兵敗後，不得在義兵初起而及鄭，何事。且題爲千里，則全首自皆言吴封以内，不應遠及閩、楚，黄説非也。先生答兩甥書云「老年多暇，追憶曩遊」下有云：已而山嶽崩頽，江湖沸洶，酸棗之陳詞慷慨，尚記臧洪；睢陽之斷指淋漓，最傷南八。重泉雖隔，方寸無睽，此又一時也。即指此時事。此詩亦有臧洪云云，尤足相證。徐注雖引與兩甥書，惜未晰言。元譜云：六月仍歸語濂涇。蓋初與其事，後乃從母於常熟也，吴譜亦未盡然。

秋山 二首

秋山復秋山，秋雨連山殷。昨日戰江口，今日戰山邊〔一〕。已聞右甄潰，復見左拒殘〔二〕。旌旗埋地中〔三〕，梯衝舞城端〔四〕。一朝長平敗，伏尸徧岡巒〔五〕。胡裝三百舸，舸舸好紅顔〔六〕。吴口擁橐駞〔七〕，鳴笳入燕關〔八〕。昔時鄢郢人，猶在城南間〔九〕。

【彙校】

〔胡裝〕孫校本「胡裝」作「虜裝」，韻目代字也；潘刻本、徐注本作「北去」。

【彙注】

〔一〕今日句　徐注：明史侯峒曾傳附閻應元：閏六月朔，諸生許用倡言守城，遠近應者數萬人。

典史陳明遇主兵，用徽人邵康公爲將，而前都司周瑞龍泊江口相犄角，戰失利。又，沈猶龍傳：閏六月，吴淞總兵官吴志葵，自海入江，結水寨於泖湖。會總兵官黄蜚擁千艘自無錫至，與合。猶龍乃偕里人李待問、章簡等募壯士守城，與二將相犄角，而參將侯承祖守金山。八月，清兵至，二將敗於春申浦，城遂被圍，未幾破，猶龍、待問、簡等皆死。

蘧常案：侯傳附朱集璜：南京既亡，崑山議拒守，以六月望，推舊將王佐才爲帥，集璜及周室瑜、陶琰、陳大任等共舉兵，參將陳宏勛、前知縣楊永言爲助。清兵至，宏勛率舟師迎戰，敗還；遊擊孫志尹戰没，城陷。又，沈猶龍傳：猶龍，松江華亭人。十七年冬，福王召理部務，乞葬親歸。明年南京失守，列城望風下。猶龍乃偕里人守城。一時忠義，例得詳書。

〔二〕已聞二句　徐注：晉書周訪傳：先人有奪人之心，使將軍李恒督左甄，許朝督右甄。左傳桓公五年：祭仲足爲左拒。

蘧常案：李善注文選引孫子「長陳爲甄，右甄左拒」云云，蓋總言諸路軍之潰敗。徐注以崑山之破當之，非是。兹以崑山事移於上注「昨日」兩句下。

〔三〕旌旗句　原注：漢書李陵傳：於是盡斬旌旗及珍寶埋地中。

〔四〕梯衝句　徐注：後漢書公孫瓚傳：袁氏之攻，狀若鬼神，梯衝舞於城上，鼓角鳴於地中。

蘧常案：梯衝，即雲梯及衝車，皆攻城之具也。

〔五〕一朝二句　徐注：史記趙世家：秦人圍趙括，趙括以軍降，卒四十餘萬皆阬之。王悔不聽趙豹之計，故有長平之禍焉。戰國策：秦王謂唐睢曰：伏尸百萬。爾雅釋山：山脊，岡。郭注：謂山長脊。説文：巒，山小而鋭。吴譜：志葵既薄蘇州，參將魯之璵以三百人先登，斬胥門而入，清兵匿騎於學宫，俟其退，擊之，殲焉。既而松江破，陳子龍走；嘉定陷，侯峒曾死；而崑山兵起，死者四萬人。

蘧常案：長平敗，擬吴志葵蘇州之敗也。徐松譜「歷叙諸軍之起」下云：諸軍謀以松江兵攻杭，嘉定、太倉兵攻沿海，宜興兵趨南京，吴志葵先進向蘇州，俟蘇州捷音至，尅日同發。楊鳳苞南疆逸史跋以爲「此謀發自夏允彝」，蓋允彝時佐吴志葵軍也。是蘇州之役，實關江南全局，及敗而全局灰矣，故以長平作比。施世傑西戍雜記孫烈士傳記此役尤詳。孫烈士者，孫兆奎也，與職方吴昜倡義興復。其傳曰：閏六月，進薄郡城。會明將吴志葵來攻，其前鋒魯瑟若（案：小腆紀年作魯之璵。之璵名，瑟若字也）集舟數千，突門先進，縱火焚公署，城中居民號呼相應，火光接天，昜軍在後。侍郎李延齡、中丞土國寶止有騎兵千餘，悉退於城東南隅。相與謀曰：人衆而囂，是無紀律，穿城而過，有輕我心，當避其鋭氣，過日中，其氣必怠，破其前鋒，餘皆潰散，不足慮也。良久，見外兵棄兵仗、持運財物，乃多張旗幟爲疑兵，外兵紛紛退城外。先以輕兵挑之，衆遂亂。因縱騎夾擊，矢發如雨，大破之。乘勝逐北，殺千餘人，衆争赴船，沸聲如雷，悉皆奔散，昜軍亦退。

〔六〕胡裝二句 徐注：説文：舸，舟也。方言：南楚、江、湘凡船大者謂之舸。傅毅七激：紅顏呈素。嘉定屠城紀略：婦女寢陋者，一見輒殺；大家閨秀及民家婦女有美色皆生虜，白晝宣淫，不從者釘其兩手於板，仍逼淫之。嘉定風俗，雅重婦節，慘死無數，亂軍中姓氏不聞矣。七月初六日，李成棟拘集民船，裝載金帛子女及牛馬羊豕等物三百餘艘而去。蘧常案：徐引方言誤作揚子法言。又，引嘉定屠城紀略，末句作「往婁東」，玆據原文改。

〔七〕吳口句 原注：晉書慕容超載記：使送吳口千人。徐注：玉篇：橐駞，駱駝也。一作馲駝。杜甫哀王孫：東來橐駝滿舊都。

〔八〕嗚笳句 徐注：魏文帝與吳質書：從者嗚笳以啓路。周伯琦野狐嶺詩：其陽接燕關。

〔九〕昔時二句 原注：戰國策：雍門司馬謂齊王曰：鄢、郢之大夫，不欲爲秦而在城南下者以百數。

秋山復秋水，秋花紅未已。烈風吹山岡，燐火來城市〔一〕。天狗下巫門〔二〕，白虹屬軍壘〔三〕。可憐壯哉縣，一旦生荆杞〔四〕。歸元賢大夫，斷脰良家子〔五〕。楚人固焚麋，庶幾歆舊祀〔六〕。句踐棲山中〔七〕，國人能致死。歎息思古人，存亡自今始〔八〕。

【彙校】

〔燐火〕徐注本：「燐」古作「粦」。

【彙注】

〔一〕燐火句　徐注：説文：兵死及牛馬之血爲粦。粦，鬼火也。

〔二〕天狗句　徐注：史記天官書：天狗狀如大奔星，有聲。其下止地，類狗所墮。及望之，如火光，炎炎衝天。其下圜，如數頃田。處上兑者，則有黄色，千里破軍殺將。越絶書：巫門外塚者，闔閭之冰室也。蘇州府志城池：北曰齊門，曰巫門。注引吴地記：平門外東北三里，有殷賢臣巫咸墳。亦曰巫門。

〔三〕白虹句　徐注：庾信哀江南賦：直虹貫壘，長星屬地。

蘧常案：白虹、長星，古代傳説皆不祥之預兆也。

〔四〕可憐二句　徐注：史記陳平世家：高帝南過曲逆，上其城，望見其屋室甚大，曰：壯哉縣！吾行天下，獨見洛陽與是耳。阮籍詠懷詩：堂上生荆杞。

〔五〕歸元二句　徐注：左傳僖公三十三年：先軫免胄入狄師，死焉，狄人歸其元。禮：賢大夫也，而難爲上矣。戰國策：有斷脰決腹，一瞑而萬世不視。史記李將軍列傳：以良家子從軍。明史侯峒曾傳：七月三日，大雨，城隅崩，清兵入。峒曾拜家廟，挈二子元演、元潔竝沈於池；黄淳耀、淵耀，舉人張錫眉、董用圓，諸生馬元調、唐全昌、夏雲蛟等皆死之。其時聚衆城守而死者有江陰閻應元、崑山朱集璜之屬。應元，字麗亨，順天通州人，崇禎中爲江陰典史。清兵力攻城，應元守甚固，城中死傷無算。八月二十一日，兵從祥符寺後城入，衆猶巷戰，男婦投池井皆滿。陳明遇、許用皆舉家自焚；應元赴水，被曳出，死之。訓導馮厚敦冠帶縊於明倫堂；中書舍人戚勳令妻及子女、子婦先縊，乃舉火自焚，從死者二十人。舉人夏維新，諸生王華、吕九韶自刎死。崑山城陷，佐才冠帶坐帥府，被殺；集璜投東禪寺後河死，門人孫道民、張謙同日死；室瑜、琰、大任亦死之；室瑜子朝鑛、大任子思翰皆同死。時以守禦死者，蘇達道、莊萬程、陸世鎧、陸雲將、歸之甲、周復培、陸彦沖；代父死者，沈徵憲、朱國軾；救母死者，徐洺；自盡者，徐澱、王在中、吴行貞。

〔六〕楚人二句　原注：左傳定公五年：吴師居麇，子期將焚之，子西曰：父兄親暴骨焉，不能收，又焚之，不可。子期曰：國亡矣，死者若有知也，可以歆舊祀，豈憚焚之！焚之而又戰。

蘧常案：歸莊悲崑山詩云：悲崑山，崑山有米百萬斛，戰士不得飽其腹，反資賊虜三日穀。悲崑山，崑山有帛數萬匹，銀十餘萬斤，百姓手無精器械，身無完衣裙，乃至傾筐篋，發寶窖，叩頭乞命獻與犬羊羣。嗚呼！崑山之禍何其烈！良繇氣懦而計拙。身居危城愛財力，兵鋒未交命已絶。故有不能焚麇之歎乎？

〔七〕句踐句　徐注：史記越句踐世家：句踐乃以餘兵五千人保棲於會稽。乃苦身焦思，置膽於座，坐卧即仰膽，飲食即嘗膽也。

〔八〕歎息二句　黃注：此二首，言「戰江口」者，閻應元江陰之死也。言「戰山邊」者，沈猶龍松江之死與侯承祖金山之死也。「右甄」、「左拒」以下，總言諸軍之敗亡。「胡裝」數句，則言侯峒曾之死而嘉定被屠也。次首，「天狗下巫門」，則言蘇州之陷也。元譜：六月初七日，清豫親王方駐金陵，遣刑部侍郎李延齡、巡撫土國寶統兵蒞蘇。七月初六日，下崑山城。越九日，下常熟。詩所謂「可憐壯哉縣，一旦生荆杞」也。「歸元」以下，乃統言吴中諸死難。合兩首之事言之，既不能爲楚人之焚麇，則當圖句踐之復讎。

蘧常案：下崑山當叙在「戰山邊」中，已詳上。「天狗」以下總叙蘇州之敗，係全局成敗，故特言之。「可憐壯哉縣」云云，總叙諸城之破，不獨崑山、常熟也。下「歸元」二句，亦總叙諸城之死難者。

表哀詩

【解題】原注：晉孫綽作表哀詩，其序曰：余以薄祜，夙遭閔凶。天覆既淪，俯憑坤厚，豈悟一朝，復見孤棄。不勝哀號，作詩一首。敢冒諒闇之譏，以申罔極之痛。徐注：明史列女傳：王貞女，崑山人。太僕卿宇之孫，諸生述之女，字侍郎顧章志孫同吉。未幾，同吉卒，女即去飾，白衣至父母前，不言亦不泣，若促駕行者。父母有難色，使嫗告其舅姑。舅姑埽庭内待之。女既至，拜柩而不哭，斂容見舅姑，有終焉之意。姑含淚曰：兒不幸早亡，奈何累新婦！女聞姑稱新婦，淚簌簌下，遂留，執婦道不去。早晚跪奠柩前，視姑眠食外，輒自屏一室，雖至戚遣女奴候視，皆謝絶，曰：吾義不見門以外人。後姑病，女服勤晝夜不懈。及病劇，女入候牀前，出視藥竈，往來再三，若有所爲。羣婢窺之而莫得其迹。姑既進藥，則睡覺而病立間，呼女曰：向飲我者何藥，乃速愈如是？欲執其手勞之。女縮手有難進之狀。姑怪起視，已斷一指煮藥中矣。姑歎曰：吾以天奪吾子，常憂老失所倚，今婦不惜支體以療吾疾，豈不勝有子耶！流涕久之。人皆稱貞孝女云。

全云：王太安人死節。

丕績案：餘集先妣王碩人行狀：先妣年十七而吾父亡，歸於我。又十年，而先王父之猶子文學公生炎武，抱以爲嗣。

黽勉三遷久〔一〕，間關百戰深。生慚毛義檄〔二〕，死痛子輿衾〔三〕。荻字書猶記〔四〕，斑衣舞尚尋〔五〕。凄其天步蹙〔六〕，荏苒歲華侵。密葉凋秋氣，貞柯落夜陰〔七〕。國書公父訓〔八〕，女史大家箴〔九〕。未已還閭望〔一〇〕，仍留恤緯心〔一一〕。霜催臨穴旐〔一二〕，風送隔鄰砧〔一三〕。白鶴非新表〔一四〕，青烏即舊林〔一五〕。欲求防墓處，戈甲滿江潯〔一六〕。

【彙校】

〔欲求句〕徐注本「求」作「尋」。丕績案：「尋」與上「舞尚尋」複，作「求」勝。

【彙注】

〔一〕黽勉句　徐注：詩：黽勉從事。劉向列女傳：孟母其舍近墓。孟子之少也，嬉戲爲墓間之事，踴躍築埋。孟母曰：此非吾所以居處子。乃去，舍市旁，其嬉戲爲賈人衒賣之事。孟母又曰：此非吾所以居處子也。復徙舍學宫之旁，其嬉游乃設俎豆揖讓進退。孟母曰：真可以居吾子矣。趙岐孟子題辭：孟子生有淑質，幼被慈母三遷之教。

〔二〕生慚句　徐注：後漢書劉平等傳序：廬江毛義，家貧，以孝行稱。南陽人張奉慕其名，往候之。坐定而府檄適至，以義守令，義奉檄而入，喜動顔色。奉心賤之。及義母死，去官行服。數辟公府，爲縣令，進退必以禮。後舉賢良，公車徵，遂不至。奉嘆曰：賢者固不可測，往日之喜，乃爲親屈也。

〔三〕死痛句　徐注：史記正義：孟軻字子輿。

告寡人曰：孟子之後喪踰前喪，是以不往見也。曰：何哉，君所謂踰者？曰：謂棺槨衣衾之美也。曰：非所謂踰也，貧富不同也。

〔四〕荻字句　徐注：宋史歐陽修傳：四歲而孤，母鄭親誨之學。家貧，至以荻畫地學書。案元譜：先生年六歲，貞孝以大學授先生。先生先妣王碩人行狀：吾母居别室中，晝則紡績，夜則觀書，至三更方息。尤好觀史記、通鑑及本朝政紀諸書，而於劉文成、方忠烈、于忠肅諸人事，自炎武十數歲時，即舉以教。

〔五〕斑衣句　徐注：高士傳：老萊子年七十，作嬰兒戲，著五色斑斕衣，取水上堂，詐跌，卧地爲小兒啼，欲母喜。張譜：弘光乙酉，先生年三十三歲。貞孝年六十五。月朔，同邑歸莊、嘉定吴其沆及從叔父穆庵、姊子徐履忱持觴登堂爲母壽，退而飲至夜半。旦日别去。貞孝誕辰爲六月二十六日。

〔六〕淒其句　徐注：詩：淒其以風。又：天步艱難。

　蘧常案：詩小雅白華毛傳：步，行也。此指七月間其母死事。

〔七〕密葉二句　徐注：楚辭九辯：悲哉，秋之爲氣也！晉書桓彝傳論：貞柯罕能全其性。先生先妣王碩人行狀：七月乙卯，崑山陷。癸亥，常熟陷。吾母聞之遂不食，絶粒者十有五日，至己卯晦而吾母卒。八月庚辰朔，大殮，又明日而兵至矣。遺言曰：我雖婦人，身受國恩，與國俱亡，義也。汝無爲異國臣子，無負世世國恩，無忘先祖遺訓，則吾可以瞑於地下。

〔八〕國書句　徐注：列女傳：魯季敬姜者，莒女也，號戴己。魯大夫公父穆伯之妻，文伯之母，季康子之從祖叔母也。博達知禮。文伯相魯，敬姜曰：吾語女治國之要。

〔九〕女史句　徐注：後漢書列女曹世叔妻（班昭）傳：「作女誡七篇，宫中號曰大家。」

蘧常案：周禮天官：女史掌王后之禮職，掌内治之貳，以詔后治内政。後漢書曹世叔妻（班昭）傳：昭博學高才，有節行法度。和帝數召入宮，令皇后諸貴人師事焉。

〔一〇〕還閭望　原注：列女傳：王孫賈母言：女莫出而不還，則吾倚閭而望。女今事王，王出走，女不知其處，女尚何歸！

〔一一〕恤緯　徐注：左傳昭公二十四年：嫠不恤其緯，而憂宗周之隕，爲將及焉。

〔一二〕臨穴旐　徐注：詩：臨其穴。又，旟旐有翩。傳云：龜蛇爲旐。

〔一三〕風送句　徐注：謝朓秋夜詩：秋夜促織鳴，南鄰擣衣急。王武陵秋暮登北樓詩：夕陽風送遠城碪。

蘧常案：「砧」一作「碪」，擣衣石，此指擣衣聲也。

〔一四〕白鶴句　徐注：搜神後記：丁令威本遼東人，學道於靈虚山。後化鶴歸遼，集城門華表柱。時有少年舉弓欲射之，鶴乃飛，徘徊空中而言曰：有鳥有鳥丁令威，去家千歲今始歸。城郭如故人民非，何不學仙冢纍纍！遂高上沖天。

〔一五〕青烏句　徐注：漢書（蘧常案：當作後漢書，徐注誤）王景傳注：葬送造宅之法，若黄帝、青烏之書也。唐書藝文志：王璨新撰青烏子三卷。王維酬張少府詩：空知返舊林。

蘧常案：抱朴子極言篇曰：黄帝相地理，則書青烏之説。太平御覽人事聖人篇引圖墓書曰：青烏，乃默皆聖人也，記人生死所由。此皆青烏傳説也。元譜：十二月十九日，權厝貞孝柩於司馬塋東偏。此時已定，故曰「青烏即舊林」也。

〔一六〕欲求二句 蘧常案：禮記檀弓上：孔子既得合葬于防。陳注：孔子父墓在防，故奉母喪以合葬。此言亭林于離亂中葬母于仲逢公之兆，極言國憂家難，集于一身，更堅定其抗節不屈之志也。

聞詔

【解題】

蘧常案：聞詔，謂聞明唐王聿鍵即皇帝位於福州之詔也。陳燕翼思文大紀：弘光元年六月，靖□伯（案：□當是虜字）鄭鴻逵、禮部尚書黄道周等，擬奉唐藩監國於閩省。二十六日，朝人民於建安，監國。省城行在在布政司。閏六月初六日，駕入城，中外文武臣僚恭勸登極，乃於二十七日即皇帝位於南郊。詔曰：朕以天步多艱，皇家末造，憂勞監國，又閲月於兹矣。天下勤王之師既以漸集，嚮義之心，亦以漸起，匡復之謀，亦漸有次第。朕方親從行間，鼓舞率勵，以觀厥成。而文武臣僚咸稱萃涣之義，貴於立君；寵綏之方，本於天作。時哉弗可失，天定靡不勝。朕自顧缺然，未有丕績，以仰對上帝，克慰祖宗。而臨安委轡，尊攘無期，大小汎汎，如河中之水，朕敢不黽勉，以副衆志而慰羣望。朕稽載籍，漢光武聞子嬰之信，以六月即位鄗南，即以是年爲建武元年，誕膺天命；昭烈聞山陽之信，以四月即位漢中，即以是年爲章武元年，立宗廟社稷。

艱危之中，豈利大寶，亦惟是興義執言，繫我臣庶之故也。以今揆古，即以是年爲隆武（案：二字原缺，據小腆紀年補）元年。其承天翊運定難功臣，悉以次第進爵，行省分茅胙土，稍俟恢復，以勒勳庸；其翊運宣猷守正文臣，亦以次進級；孝秀耆宿軍民人等，俱依前諭優給。行在所有山川鬼神，除淫祠外，皆遣正官精禋祭告，以示朕纘緒爲天下請命之意焉。江日昇臺灣外紀云：監國諭、即位詔，俱黄道周筆。案：南疆逸史謂隆武自撰。詩有「滅虜」云云，似所聞即位詔外，尚有親征詔也。親征詔，見下「滅虜」句注及後李定自延平歸齎至御札詩「一聽」句注。

聞道今天子〔一〕，中興自福州〔二〕。二京皆望幸〔三〕，四海願同仇〔四〕。滅虜須名將〔五〕，尊王仗列侯〔六〕。殊方傳尺一〔七〕，不覺淚頻流。

【彙校】

〔題〕此首潘刻本、徐注本無。孫校本題作「聞嘯」，注云：「嘯」作「詔」，作「嘯」，韻目代字也。朱刻本注云：旃蒙作噩，在表哀後，乙酉。

〔滅虜〕孫校本「虜」作「麌」，韻目代字也。

〔殊方〕孫校本「殊」作「支」，以本書韻目代字例，「支」應代「夷」。

【彙注】

〔一〕聞道句　蘧常案：明史諸王傳唐定王傳：端王碩熿，惑於嬖人，囚世子器墭及子聿鍵於承奉司，器壒中毒死。崇禎五年，碩熿薨，聿鍵嗣。七年，流賊大熾，捐金築南陽城，又援魯藩例，乞增兵三千人，不許。九年，秋八月，京師戒嚴，倡義勤王，詔切責，勒還國。事定，廢爲庶人，幽之鳳陽。十七年，京師陷，福王由崧立於南京，乃赦聿鍵出。清順治二年五月，南京降，聿鍵行至杭，遇鎮江總兵官鄭鴻逵，遂奉入閩，立於福州。吴偉業鹿樵紀聞：明唐王聿鍵，小字長壽，太祖九世孫也。喜讀書，好任俠。

〔二〕中興句　蘧常案：思文大紀：六月二十九日，南安伯鄭芝龍上箋勸駕監國，恢復中興。上答云：漢、唐中興，各有成資，今僅一隅，勢非昔比。況孤庸質，恐羞祖烈。福建布、按、都三司具箋迎賀，有「一新君臣上下之往轍，常思光武中興；亟向東西南北之人心，必奏昆陽大捷」云云。閏六月二十七日，五鼓，聖駕自督府移入布政司，燈燭輝煌，軍容壯麗，各官咸以次入，觀者如堵。至司，即入行宫，百官鵠立，始聞環佩之聲。寅時，上用袞冕玄服升殿，受朝賀，亦海濱一曠觀也。南疆逸史：以福建爲福京，福州爲天興府。大赦。陸圻纖言：隆武與光武相同者四：光武起於南陽，年四十，以乙酉歲六月即位，帝皆符之。至光武年號建武，帝年號隆武。且以黄道周爲相，鄭芝龍爲將，東南喁喁，想望中興。

〔三〕二京句　蘧常案：二京，見前帝京篇「黄圖」注。思文大紀：上答鄭芝龍云：孤倡血誠掃夷，再復兩京。

〔四〕四海句　蘧常案：日知録四海條：周禮校人「凡將有事於四海山川」注：四海，猶四方也。

則海非真水之名。禹貢之言海有二：「東漸於海」，實言之海也；「聲教訖於四海」，概言之海也。詩秦風無衣：修我戈矛，與子同仇。

〔五〕滅虜句　蘧常案：思文大紀：七月初六日，誅清使馬得敞，敕諭文武臣民曰：朕今痛念祖陵，痛惜百姓，狂夷汙我宗廟，害我子民，淫掠薙頭，如在水火。朕今誅清使、旌忠臣外，誓擇於八月十八日午時，朕親統御營中軍平夷侯鄭芝龍、御營左先鋒定清侯鄭鴻逵，統率六師，御駕親征。尚賴文武臣民，勇效智力，謀富才能，同報祖宗，以救百姓。有功者，朕必重報，再無食言。鄒漪明季遺聞：時文武濟濟，然兵餉戰守機宜，專諉之芝龍。芝龍泉州人。泉州郡城南三十里安平鎮，芝龍府故在焉。芝龍幼習海，知海情，凡海盜皆故盟，或出門下。自就撫後，不得鄭氏令旗，不能往來。每一舶，例入將三千金，歲入千萬計，芝龍以此富敵國。其守城兵，皆自給餉，不取於官，旗幟鮮明，戈甲堅利，故八閩以鄭氏爲長城。芝龍有弟芝虎，勇冠衆軍，昔征劉香，没於海。次鴻逵，次芝豹。一門聲勢，烜赫東南。芝龍開府於福州，集廷臣議戰守，兵定二十萬，自仙霞關而外，宜守者百七十處，每處守兵，多寡不等，計十萬；其十萬今冬精練，明春出關，一枝出浙東，一枝出江西。統二十萬之兵，合八閩、兩浙、兩粤之餉，計之尚不足。

〔六〕尊王句　蘧常案：尊王，見前帝京篇「尊王」句注。杜佑通典：漢制，羣臣異姓以功封者，謂之列侯。南疆逸史：封靖虜伯鄭鴻逵定虜侯，南安伯鄭芝龍平虜侯；並賜號奉天翊運中興宣力定難守正功臣，上柱國，特進光禄大夫，賜鐵券。其弟鄭芝豹澄濟伯，鄭彩永勝伯。

〔七〕殊方句　蘧常案：班固兩都賦：殊方異類。漢書匈奴傳：漢遺單于書，牘以尺一寸。後漢書陳蕃傳：尺一選舉。注：尺一，謂板長尺一，以寫詔書也。思文大紀：帝敕鳳陽知府張以謙：監國、登極、親征三詔，爾其善爲宣布。案：當時傳布，必不止張以謙一人，故能遠及也。

十二月十九日奉先妣藁葬

【解題】

徐云：後漢書馬援傳：不敢以喪還舊塋，裁買城西數畝地，藁葬而已。注：藁，草也。元譜（案：徐作吴譜，誤）：十二月十九日，權厝貞孝柩於少司馬塋東偏。

蘧常案：餘集先妣王碩人行狀：柏舟之節紀於詩，首陽之仁載於傳，合是二者而爲一人，有諸乎？於古未之聞也。而吾母實蹈之，此不孝所以稾葬而不葬，將有待而後葬者也。禮記曲禮：生曰父曰母，死曰考曰妣。

婁縣百里内〔一〕，胡兵過如織〔二〕。土人每夜行，冬深月初黑。扶柩已南來，幸至先人域。合葬亦其時，倉卒未可得。停車就道右，丘也聞日食〔三〕。魂魄依祖考，即此幽宫側〔四〕。三年卜天道，墓檟茂以直〔五〕。黽勉臣子心，有懷亦焉極〔六〕？悲風下高原，父老爲哀惻。其旁可萬家〔七〕，此意無人識〔八〕。

【彙校】

〔胡兵〕潘刻本、徐注本作「牧騎」，孫校本作「虜兵」。「虜」，韻目代字也。

〔丘也句〕潘刻本、徐注本「丘」並作「予」；又，徐注本「聞」作「閒」。

【彙注】

〔一〕婁縣　徐注：明史志地理松江府華亭注：崑山在縣西北。案：華亭，秦爲婁縣地。今婁縣乃順治十三年析華亭縣地置。

〔二〕胡兵句　徐注：南疆逸史：乙酉六月，李成棟以水陸兵駐吴淞，多剽敓，民憤甚，揭竿四起。團練鄉兵破成棟師於新涇，復敗之於羅店、倉橋。成棟怒，大修戰具，破婁塘，逼太倉。徐乾學憺園集舅母朱太孺人壽序：歲在乙酉，王師南下，衆議登陴守禦，紛紛挈家避去，何夫人曰：老婺婦必於此！子叟、子式兩舅與舅母，俱不敢去。未幾，城破，兩舅並遭難。南疆逸史：時吴中民兵十餘萬，然皆猝起，無甲仗，無馬匹，餉之所入，什不償一。我師之駐蘇者，據倉廩，憑堅城。方聞外變，督令薙髮日急，又慮民或縋城出，則嚴禁諸門，率騎巡邏。不薙髮輒殺，日殺千數人，民不能存，無已，乃如令薙髮。既薙則編入降隊，驅之登陴守禦。浙中及沿海諸旅，時復四出攻敚，所附郡邑懼禍，乃潛通官軍，遭僇殆盡，始末僅百日云。

蘧常案：徐注以是年六月李成棟軍駐吴淞擾民、閏六月蘇州厲行薙髮、七月崑山陷、亭林遭家難等事當之，於時於地，似皆未安。題爲十二月，詩下云「冬深月初黑，扶柩已南來，幸至先人域」，明謂是冬扶柩南來之時，胡兵過如織也。據婁東無名氏研堂見聞雜記：是年秋末起，婁東一帶，以復明起兵者，有張素庵、顧三麻子、荆本徹等，以此清兵徵調進擊無虚日。至十一月廿七日，猶從諸沙北，掩殺而南，屠戮無算。雖去婁較遠，然煙塵可望，其擾攘可知。詩殆指此乎？

〔三〕停車二句　原注：禮記曾子問：孔子曰：昔者吾從老聃助葬於巷黨，及堩，日有食之。老聃曰：丘，止柩就道右，止哭以聽變。既明反，而後行。

蘧常案：先妣王碩人行狀：古人有雨不克葬者；有日食而止柩就道右者；今之爲雨與日食大矣！

〔四〕魂魄二句　徐注：先生先妣王碩人行狀：先王父卒。其冬，合葬先王父、先王母於尚書浦之賜塋如禮，而家事日益落。又，十二月丁酉，不孝炎武奉柩藁葬於先考之墓旁。

蘧常案：幽宫，泉壤也。

〔五〕三年二句　徐注：左傳哀公十一年：子胥將死，曰：樹吾墓檟。檟，可材也。吴其亡乎？

三年，其始弱矣。盈必毁，天之道也。

〔六〕黽勉二句　蘧常案：「臣子心」，蓋自謂，意在復國而後安葬。

〔七〕其旁句　徐注：史記淮陰侯列傳：太史公曰：其母死，貧無以葬，然乃營高敞地，令其旁可置萬家。

〔八〕無人識　徐注：李賀詩：天荒地老無人識。

上吴侍郎暘

【解題】

蘧常案：「暘」或作「陽」，或作「昜」，似作「暘」是。「暘」訓日出，故字日生。「陽」亦訓「日」，見詩小雅湛露傳，故又通作「陽」。「昜」、「陽」則古今字。張岱石匱書後集丙戌殉難列傳：吴昜（案：原作「易」，誤），字日生，南直吴江人。祖山，禮部尚書。昜有文名，以天下爲己任。登崇禎癸未進士。方謁選兵部主事，聞駕崩，潛歸。南都正位，因著恢復中興四議，將具疏，聞馬士英用事，不果上。撫卷太息曰：吾不知死所矣！乙酉五月，南都陷，昜遂練舟師于太湖，江東號吴兵最爲矯勁，出没不常，清兵餽道多被阻絶。表於監國魯王，請爲内應，授昜蘇松巡撫都御史。繼聞越中誤從間諜，遂密疏上之，幸不墮其計中，因懸長興伯以待昜。丙戌正月，復吴江，殺知縣孔。五月，復嘉善，殺守將王。及越師饑潰，昜之舟師尚漂忽不解。清懸賞三千金購昜，有小將賣昜，通清兵縛之，不屈，被難。明史楊文驄傳：其時起兵旁掠州縣者，有吳昜，生有膂力，跅弛不羈。福王時，謁史可法於揚州，可法異其才，題授職方主事，爲己監軍。明年，奉檄徵餉江南，未還而揚州失。已而吳江亦失，昜走太湖。與同邑舉人孫兆奎、諸生沈自駉、自炳、武進吳福之等謀舉兵。旬日得千餘人，屯於長白蕩，出没旁近州縣，道路爲梗。唐王聞之，授兵部右侍郎兼右僉都御史，總督江南諸軍。文驄奏昜斬獲多，進爲兵部尚書。魯王亦授昜兵部侍郎，封長興伯。弘光實録鈔：八月二十一日，北兵大舉破其營。其明年，昜潛至嘉善，有輸情於北者，遂爲所獲。研堂見聞雜記：時貝勒征錢塘，解至軍前，欲官之，不屈，遂赴法死。

烽火臨瓜步〔一〕，鑾輿去石頭〔二〕。蕃文來督府〔三〕，降表送蘇州〔四〕。殺戮神人哭，腥汙郡邑愁〔五〕。依山成斗寨，保水得環洲〔六〕。國士推司馬〔七〕，戎韜冠列侯〔八〕。師從黄鉞陳〔九〕，計用白衣舟〔一〇〕。曹沫提刀日〔一一〕，田單仗鍤秋〔一二〕。春旗吳苑出〔一三〕，夜火越江浮〔一四〕。作氣須先鼓，争雄必上游〔一五〕。軍聲天外落〔一六〕，地勢掌中收〔一七〕。征虜投壺暇〔一八〕，東山賭墅優〔一九〕。莫輕言一戰〔二〇〕，上客有良謀〔二一〕。

【彙校】

〔題〕此首潘刻本、徐注本無。朱刻本、孫校本「暘」作「陽」；冒校本作「易」，誤。朱出注云：以下柔兆閹茂，在延平使至前，丙戌。孫託荀校本注云：在十二月十九日詩後。

【彙注】

〔一〕烽火句　蘧常案：南史宋本紀：文帝元嘉二十七年，十二月庚午，魏道武帝率大衆至瓜步，緣江六七百里，舳艫相接，帝登烽火樓極望，不悦。樂史太平寰宇記：瓜步山在六合縣東南三十里，東臨大江。齊時築城山側，名曰瓜步。案：此借謂瓜州。名勝志：瓜州在揚州南，本名瓜州渡，亦名瓜州村，揚子江之砂磧也。唐爲鎮，今其上有城。弘光實録鈔：弘光元年，四月乙亥，北兵入瓜州。總兵張天禄、張天福、孔希貴、李成棟、李世春、王之綱等，皆投入北營。丁丑，北兵破揚州，大學士史可法、知府任民育死之，北兵遂屠其城。

〔二〕鑾輿句　蘧常案：班固西都賦：乘鑾輿。備法駕。鑾輿，即帝王所乘之車也。亭林聖安本紀：五月庚寅，旦，清陷鎮江府。辛卯，夜二鼓，上出通濟門，幸太平。困密齋主人播遷日記：乙酉五月初十日，北風甚急，北兵渡江，由七里灘進逼京城。時已將晡，弘光計無所出，召内官韓鑽問策。韓云：此番勢既洶湧，我兵單力弱，戰守和無一可者，不若御駕親征，濟則可以保社稷，不濟亦可以全身。弘光可其議。即刻趣裝跨鞍，從通濟門出。石頭，見前帝京篇「塘周」二句注。

〔三〕蕃文句　蘧常案：周禮秋官大行人：九州之外，謂之蕃國。葉紹袁啓禎記聞録：乙酉，五月二十五日，南京差來安撫鴻臚寺卿黄家鼒、通判周荃、參將吴某，先至虎丘，移文坐管游擊府，知會迎接，索取蘇州府册籍。二十六日，奉府（案：此下似有闕文。）各廳衙役及武弁等備儀從，執香迎接。撫入坐府堂，告示張挂府前，稱大清國順治二年，奉欽命定國大將軍豫王令旨，大意謂順從者秋毫無犯，抗逆者維揚爲例。錢牧齋另有印記告示，詔諭慰安。案：所謂豫王即多鐸；所謂令旨，即此所云「蕃文」也。詳見播遷日記。錢謙益告示，蓋與趙之龍等聯名，見陸圻纖言。

〔四〕降表句　蘧常案：五代史後蜀世家：李昊事王衍爲翰林學士。衍之亡也，爲草降表。至孟昶時，又草焉。蜀人夜表門曰：世修降表李家。案：「降表送蘇州」，不知何指。以先生自言，當謂崑山，啓禎記聞録云：崑山庠生朱應鯤因獻本縣册，遂令爲長洲縣令；如以吴暘言之，當謂吴江；南疆逸史吴昜傳云：六月，大兵徇吴江，縣丞朱國佐以城降。姑兩箸之。

〔五〕殺戮二句　蘧常案：研堂見聞雜記：蘇郡之薙頭也，以閏六月之十二日。楊文驄者，盤桓湖藪間，觀釁而動。薙頭令下，以爲民必生心，是可乘也，疾驅而至。城内民亦狂呼應，城内亂，如是者一日。楊去，城内人亦氣盡。李侍郎欲屠城民，至十六日，以三十六騎，自北察院殺而南，及葑門，老稺無孑遺。七月初三日，嘉定已破，屠戮無遺，掠資重婦女無算。初六日，崑山復破，殺戮一空，其逃出城門踐溺死者婦女嬰孩無算。崑山頂上僧寮中，匿婦女千人，小兒一聲，搜戮殆盡，血流奔瀉，如澗水暴下。兩邑之慘，惟崑爲甚，璆次之。虞山破，男女殺死頗不亞於崑。吾城（案：謂婁）七月三十日，兩路人馬擁出，凡叢竹茂林及蘆葦深處，無不窮搜。沙鎮南則三四里以賒，鎮北則常熟界，鎮東則東洋涇，西則自鎮止，方幅數十里，殺人如麻。初一日，兵至横涇，所過柴蕩，約百餘晦，蘆葦叢密中，藏人數千，小兒一聲，數千人立盡。日中火起，煙燄蔽天，一市焚燒大半，殺人更慘於沙溪。初二日，兵至直水，鎮上一空，殺人僅百。至任陽，殺人及千計。是役也，沙溪、横涇兩所，掠婦女千計，牛亦千計，童男女千計，殺人萬計，雞犬之屬不勝算，積尸如陵。七浦塘一水，蔽流皆尸，真可哭可涕！

〔六〕依山二句　錢云：宋史劉子羽傳：子羽以潭毒山形斗拔，其上寬平有水，乃築壁壘，十六日而成。

蘧常案：謝靈運於南山往北山經湖中瞻眺詩：側逕既窈窕，環洲亦玲瓏。南疆逸史吴昜傳：六月，大兵徇吴江，縣丞朱國佐以城降。有諸生吴鑑者，欲起兵誅之，國佐執送蘇州，殺于胥門。昜聞而憐之，起兵擒國佐，授其父，令殺以祭鑑。於是舉人孫兆奎、諸生華京、吴旦等，皆募兵至。以水師千餘人屯長白蕩，出没五湖、三泖間，多所殺傷。小腆紀傳吴昜傳：松江盜首沈潘，劫掠不常，昜計擒之，降其衆，獲船七十。時部郎王期昇、吴景亶等起兵西山，不及昜强，多棄之來歸。案：弘光實録鈔謂吴昜建義於太湖。思文大紀謂與楚通城王起義東湖。長白蕩爲太湖之一部，在太湖東，曰太湖，曰東湖，曰長白蕩，其實一地也。是時，義軍在太湖一帶者凡數起，吴暘外有黄蜚等爲一起，吴縣生員陸世鑰、沈自徵、自駉、自炳等爲一起，總兵李某、生員任源邃、吴福之、徐安遠等爲一起，長興縣民金有鑑（案：或作「鎰」）、許昇、沈磊、沈士宏、金豔色等爲一起，時與暘會合，謀恢復，然皆别將，各爲一路，不相統率也。明史謂暘與沈自駉、自炳、吴福之同起兵，誤。奉通城王盛澂者，弘光實録鈔以爲葛麟、金有鎰；小腆紀年以爲金有鑑、王期昇等，思文大紀以暘爲同起，亦誤。

〔七〕國士句　蘧常案：國士，見前感事詩第三首「登壇」二句注。周禮夏官司馬：立夏官司馬，使帥其屬而掌邦政，以佐王平邦國。政官之屬：大司馬，卿一人；小司馬，中大夫二人；軍司馬，下大夫四人。案：時暘受兵部侍郎之命，故以「司馬」爲况。

〔八〕戎韜句　蘧常案：庾信哀江南賦：侍戎韜於武帳。列侯，見前帝京篇「尊王」句注。研堂見聞雜記：日生喜談兵，結劍客奇材，走馬持槊，爲恢復事跳身湖海，結義勇出入波濤，爲巨敵。大兵四面圍殺，終不能盡其根株，隱然抵東南半壁。弘光實録鈔：吴昜退居湖中，乘間出殺北兵，浙、直震動，王上以兵部侍郎命之，封長興伯。案：「王上」，謂魯監國也。已見題注。南疆逸史吴昜傳謂閩封忠義伯，當是隆武二年五月事。

〔九〕師從句　蘧常案：書牧誓：王左杖黄鉞，右秉白旄以麾。崔豹古今注：金斧，黄鉞也。鐵斧，玄鉞也。三代通用之以斷斬。案：師從黄鉞陳，似曾别有所從。思文大紀謂暘與通城王起義，雖不確，然或有從王征討之事乎？

〔一〇〕計用句　蘧常案：三國志吴志吕蒙傳：蒙至尋陽，盡伏其精兵𦨴䑢中，使白衣摇櫓，作商賈人服，晝夜兼行，至羽（案：謂關羽）所置江邊屯候，盡收縛之，是故羽不聞知，遂到南郡。明季南略：吴昜計擒沈潘，併其衆。居無何，昜拜衆曰：鎮江諜報，清兵二千，某時過此，願邀之。遂僞作農船，每里伏兵於湖濱，凡三十里。清兵夜至，不疑，過半，伏發，以長戈擊之，應手而墮。其地左河右湖，中岸頗高，清兵止短刀，無舟不得近，大發矢，衆以平基蔽之，河側復以火器夾擊，遂敗。（案：此下有丙戌元夕入吴江事。此詩作於乙酉歲杪，則入吴江事，不應闌入，略之。但下又叙湖中長橋及土國寶遣人僞降誘擊諸戰事，按其叙次，當亦丙戌事。然僞降反擊一事，即小腆紀年所叙石樁橋之役也。此役，紀年叙在乙酉八月，弘光實録鈔以爲八月二十一日，則上兩事，或更在其前矣。南略紀時前後顛倒，不足盡憑，姑著於此。）鎮將吴勝兆入吴江肆掠，舟重難行，見岸上白衣四人，擒之，使挽舟。問曰：見白羅頭賊否？（案：喝軍以白羅纏頭爲識，世號「白頭軍」，故名。或謂以白布纏腰，非。）曰：見之。問：幾何？曰：三十號。清兵恃衆不戒，呼曰：蠻子速進！俄，四人拔刀，將舟中兵盡殺之。後兵見而疾追，遥望湖中泊舟，兵至即散。復追之，忽礮發，飛舸四集，矢礮突至，烟火迷天，咫尺莫辨。勝兆勢急，棄舟走，兵亦委輜重而潰。凡斬將數人，勝兆大沮，謂渡江以來，未有此敗。已而率三千人復至吴江，經長橋，昜用草人裝兵，清兵射之，昜度箭盡，乃戰，大敗之。弘光實録鈔：北兵大舉入湖，昜先令士卒之善舟者，雜農民散處湖畔。北兵掠民船千餘，即湖畔捕人操之，義兵遂操北人之舟，鼓棹而出。至中流，盡棄棹而入水，鑿沈其船，北兵盡殲焉。思文大紀：都御史楊文驄疏陳吴昜斬僞將廿三員，殲敵三千餘級，獲船五百餘隻，衣甲器械無算。

〔二〕曹沫句　蘧常案：史記刺客列傳：曹沫者，魯人也。爲魯將，與齊戰，三敗北，魯獻遂邑之地以和，猶復以爲將。齊桓公許與魯會於柯而盟。曹沫執匕首劫齊桓公，桓公乃許盡歸魯之侵地。案：此事似暗謂吴昜石楯橋之敗。施世傑酉戌雜記：七月二十日，嘉興總鎮李遇春兵五十四艘，自平望至白龍橋，列陣三十里。昜與兆奎夾擊，遇春兵敗而退。未幾，吴提督勝兆軍至，與戰，互有勝負。兆奎率鋭卒伏蘆葦中，昏時，大兵過之，爲所襲殺甚衆。昜衆釃酒相賀。俄而勝兆合四郡兵至石楯橋，諸港路皆斷絶，昜軍無見糧，營中震慴。黎明，王師八面環攻，會陰雨連旬，舉礮礮不震；持弓弓弦解。兆奎往來督戰，自寅至午，王師益多，昜衆内潰。昜與驍騎乘小船南走，餘兵悉爲大兵所俘，八月二十二日事也。兆奎爲兵所縛，不屈死之。小腆紀年吴昜傳：昜之潰圍走也，舟重人盡覆，泅水半里。從子某見水面紅快鞋，謂昜已死，以追兵急，不得絜取之，繫船尾。行半里許，始舉視之，尚未死，張目問曰：吾兵尚有幾何？左右曰：百人耳！昜曰：速返追擊，此去必獲大勝！果奪其輜重而還。

〔三〕田單句　蘧常案：戰國策齊策：田單問魯仲子，魯仲子曰：將軍之在即墨，坐而織蕢，立而丈插，爲士卒倡。姚宏注：插、鍤同。史記田單列傳：齊諸田疏屬也。燕使樂毅伐破齊，單以即墨拒燕。知士卒之可用，乃身操版插，與士卒分功，遂夷殺其將騎劫。

〔三〕春旗句　蘧常案：庾信三月三日華林園馬射賦序：楊柳共春旗一色。倪璠注：春旗，青旗也。淮南子云：建青旗。注：熊虎曰旗。漢書枚乘傳：圈守禽獸，不如長洲之苑。注：服虔曰：吴苑。明一統志：長洲苑在今蘇州府太湖北岸。案：此當謂吴暘與陸世鑰等進薄蘇州事。詳上秋山詩第一首「長平」二句注。

〔四〕夜火句　蘧常案：淮南子兵略訓：險則用騎，涉水多弓，隘則用弩，晝則多旌，夜則多火，晦冥多鼓，此善爲設施者也。越絶書：子胥知變，爲詐兵兩翼，夜火相應。案：「越江」當是泛指浙江。竊疑吴暘曾與通城王合兵，上已言之。王部將金有鎰等，曾拔湖州，取長興，見小腆紀年，疑暘或與焉。故曰「夜火越江浮」乎？或以徐芳烈浙江紀略所云「吴易至海鹽，殺北令之事」當之，則丙戌四月事，非此時所及知也。

〔五〕争雄句　蘧常案：文集形勢論：夫取天下者，必居天下之上游，而後可以制人。人知高皇帝之都金陵，而不知高皇帝之所以取天下。當江東未定，先以大兵克襄、漢，平淮安，降徐、宿，而後北略中原，此用兵先得地勢也。史記項羽本紀：古之帝者，地方千里，必居上游。裴駰集解：文穎曰：居水之上流也。案：施世傑孫烈士傳云：議者以爲天下大勢，始於北而終於南，江南所恃，惟在水戰。而大兵深入，諸險要爲所守，舟楫無所用其長，奇智無所用其權，時勢如此，而欲圖功難矣。兆奎曰：我豈不知國家大勢不在江南，戎馬至此，而欲禦之，無異浮步於牛涔，行兵於井底！但恨神州陸沈，兩都茂草，在北諸臣，死節寥寥，在南諸臣，義聲寂寂，以養士三百年之天下，一朝至此，誠可慨也！我故欲身殉之，一以鼓義士之氣，一以羞懦夫之顔，上不負列宗累世之厚澤，下不負男子平生之壯志，其成與否，聽之而已！暘與兆奎合志同方，當亦類此見解，故詩以爲風乎？

〔一六〕軍聲　蘧常案：張衡東京賦：坐作進退，節以軍聲。

〔一七〕地勢句　蘧常案：明史太祖本紀：太祖曰：吾欲先取山東，撤彼屏蔽；移兵兩河，破其藩籬；拔潼關而守之，扼其户檻；天下形勝入我掌握。然後進兵，元都勢孤援絶，不戰自克。

〔一八〕征虜句　蘧常案：後漢書祭遵傳：建武二年春，拜征虜將軍。遵爲將軍，取士皆用儒術，對酒設樂，必雅歌投壺。

〔一九〕東山句　錢云：嘉泰會稽志：東山因謝太傅而名者三，一在金陵。案列傳云：及登台輔，於土山營墅，樓館林竹甚盛。每攜中外子姪，往來游集。建康志云：謝安故居在會稽東山（蘧常案：顧祖禹讀史方輿紀要云：東山在上虞縣西南四十五里），後入朝，乃於此營築以擬之。

蘧常案：晉書謝安傳：征西大將軍桓温請爲司馬，將發新亭，朝士咸送。中丞高崧戲之曰：卿累違朝旨，高卧東山，諸人每相與言，安石不肯出，將如蒼生何？蒼生今亦將如卿何？安甚有愧色。孝武帝進安中書監，録尚書事。時苻堅强盛，疆場多虞，安遣弟石及兄子玄等，應機征討，所在克捷。堅後率衆號百萬，次於淮、肥，京師震恐。加安征討大都督。玄入問計，安夷然無懼色，答曰：已别有旨。乃令張玄重請，安遂命駕出山墅，與玄圍棋，賭别墅。安常棋劣於玄，是日玄懼，便爲敵手，而又不勝。安顧謂其甥羊曇曰：以墅乞汝。至夜乃還。指授將帥，各當其任。玄等既破堅，有驛書至，安方對客圍棋，看書既竟，便攝放牀上，棋如故。客問之，徐答云：小兒輩遂已破賊。既罷，還内，過户限，不覺屐齒之折。其矯情鎮物如此。太平寰宇記：古檀城在金華橋東，晉謝安石圍棋賭得别墅，乞與外甥羊曇，即此也。案：錢肅潤南忠紀兵部職方吴公傳云：所居用李青蓮「但用東山謝安石，爲君談笑靖胡沙」句爲堂聯，滅奴蕩寇，其素志也。故詩以謝安爲況。研堂見聞雜記云：吴日生與余有文字交，其人飄飄秀雅，寡言笑，絶無名士習。相遇意甚恂恂，初不意其作此志局也！

〔二〇〕莫輕句　蘧常案：此即下春半詩「中原有大勢，攻戰不在多」之意，與上「争雄必上游」相應。南疆逸史吴易傳云：明年春，吴江人周瑞復起兵長白蕩，江副將討之而敗，八百人皆死，軍聲復振，遂迎易入營。此詩作於乙酉歲杪，此時易已有興復之謀，亭林知之，故勉其持重也。

〔二一〕上客句　蘧常案：「上客」，當謂陳子龍。近人柳亞子吴日生傳云：日生夙聞陳子龍之英名，延之爲謀主。考子龍在弘光時，曾請募練水師，其疏有云：臣伏思君父之仇，不可不報；中原之地，不可不復。然必保固江、淮，以爲中興之根本。守江之策，莫急水師（案：

疏見南略)。可知治水軍,爲其素所主張者也。思文大紀:楊文驄疏陳吴昜大捷,上知大悦,准加陞行在兵部尚書。下云:陳子龍准加陞行在兵部添注右侍郎,兼侍讀學士。可知吴軍大捷,與子龍有關,故同獎也。其爲謀主無疑,徐芳烈浙東紀略云:丙戌,二月,僉都御史吴昜以密書潛訂期納崇德原任禮部主事曾廣全(案:「全」應作「佺」)□南來,知長興、宜興密報恢復。吴江、嘉善近復底平,皆援剿浙、直副總沈鎮、徐桐生佐吴昜,受朱大定指縱之所爲也。或亦與「上客良謀」有關乎?

李定自延平歸齋至御札

已下柔兆閹茂

【解題】

徐注:順治三年丙戌。明史諸王傳:聿鍵立於福州。是時,李自成敗死通山,其兄子李錦帥衆降於湖廣總督何騰蛟。侍郎楊廷麟、祭酒劉同升起兵復吉安、臨江。於是廷麟等請聿鍵出江右,騰蛟請出湖南。原任知州金堡言騰蛟可恃,芝龍不可恃,宜棄閩就楚。聿鍵大喜,遣蘇觀生先行募兵。十二月,發福州,駐建寧。明年二月,駐延平。張譜:乙酉,先生年三十三歲。唐王遥授先生兵部職方司主事。丙戌,三十四歲。三月,唐王將入贛州,鄭芝龍使軍民遮留,不得行,乃駐延平。全云:奉職方之召。戴注:是年唐王密遣使召先生,不果往,但誌感而已。

黄注:元譜:唐王即位福州,遥授先生職方司主事。此詩張譜列於翌年丙戌,蓋遥授在上年,而作詩在翌年丙戌之春也。李定乃亭林家人，自延平歸。蓋亭林命其赴閩，而唐王是時知芝龍不可恃，欲從何騰蛟，乙酉十二月發福州，駐建寧，明年二月駐延平，李定自延平歸，齎至御札，即遥授兵部主事之札也。故詩中「身留」二句，明其不能赴職。「一聽綸言」，蓋指李定所齎十一月親征詔書。是時唐王在延平，何能命使至蘇州，以詔書示蘇人乎？徐注引七月朔唐王親征詔，實誤。

冒云：先生是年年三十四。

蘧常案：是歲爲丙戌，即明隆武二年，八月亡。十一月明桂王朱由榔即位於肇慶，仍稱隆武二年，以明年爲永曆元年。唐王朱聿鏄立於廣州，稱紹武元年，十二月亡。魯監國元年。公元一六四六年。題曰自延平歸，則自爲先生所遣，若爲隆武所使，則不得曰歸矣。御札指授職方札，黄説是。餘詳下。明于慎行穀山筆麈：唐制，降詔之外，有所訪於羣臣，則用朱書御札，今内降御札，猶用朱書，其例昉此。

春風一夕動三山〔一〕，使者持符出漢關〔二〕。萬里干戈傳御札〔三〕，十行書字識天顔〔四〕。身留絶塞援枹伍〔五〕，夢在行朝執戟班〔六〕。一聽綸言同感激〔七〕，收京恭待翠華還〔八〕。

【彙校】

〔題〕潘刻本、徐注本作延平使至。

〔持符〕潘刻本、徐注本，「符」作「旌」。丕績案：時江南已淪陷，自以暗傳符信爲是，作「持旌」非。

〔御札〕潘刻本「御」作「□」。

〔天顔〕潘刻本「天」作「□」。

〔綸言〕潘刻本作「□□」。冒校本「言」作「音」。

〔收京句〕潘刻本，「京」作「□」，「恭」作「遥」，「翠華」作「□□」。徐注本「恭」作「遥」。冒校本「翠華」作「乘輿」。

【彙注】

〔一〕三山　徐注：曾鞏道山亭記：城之中三山：西曰閩山，東曰九仙山，北曰粤王山。黄注：福州志：城中三山：東南曰于山；西南曰烏石山，一曰道山；北曰越王山，一曰閩山。

〔二〕使者句　徐注：舊唐書薛仁貴傳：童謡曰：壯士長歌入漢關。黄注：漢關非謂玉關也，對東胡言，故稱漢耳。南疆逸史：芝龍議戰守事宜，自仙霞關外，當守者一百餘處。又言道周自請出關，芝龍無意出關，皆指仙霞關而言也。

蘧常案：黄説是。使者自延平至蘇，必出仙霞關也。又，史記孝文本紀：初與郡國守相爲銅虎符、竹使符。應劭曰：竹使符，以竹箭五枚，長五寸，鐫刻篆書第一至第五。

〔三〕萬里句　徐注：杜甫送顧八分文學適洪吉州詩：御札早流傳。南略：王性率直，喜文翰，灑灑千言。南疆逸史：勤於聽政，披閲章奏，丙夜不休。上書陳言軍國大事者，輒以手詔答之。素好讀書，博通典故，手撰三詔、與魯監國書，羣臣皆莫能及。

〔四〕十行句　徐注：後漢書循吏傳：光武一札十行。細書成文。

〔五〕身留句　徐注：吴譜：先生三十四歲。將往閩，行赴職方之詔，以母喪未葬，不果行。全祖望亭林先生神道表：次年閩中使至，以職方郎召，欲與族父延安推官咸正赴之，念太安人未葬，不果。　黄注：案句意謂身爲絶塞援枹之伍，而留在故鄉，並非謂身留絶塞也。觀後篇塞下曲云：趙信城邊雪化塵，紇干山下雀呼春，即今三月鶯花滿，長作江南夢裏人，則知此句所謂「絶塞」者，蓋指遼東失地言之也。

　　蘧常案：黄説似迂。「絶塞」，當即後墟里詩「自我陷絶域」之「絶域」，後卷二拜先曾王考木主於朝天宫後祠中詩，「山河今異域」之「異域」，亦即前感事詩「黄河是玉關」之意。弘光初立，時以黄河爲玉關，此時則以三吴爲「絶塞」矣。不能赴行在，故曰「身留絶塞」；尚擬圖恢復，故曰「援枹伍」也。

〔六〕夢在句　徐注：鄭谷詩：相望在行朝。邵廷采東南紀事：羣臣多勸進，乃許之。以布政司爲行在，門曰行在大明門。百官俱稱行在。史記淮陰侯列傳：臣事項王，官不過郎中，位不過執戟。李東陽擬古樂府詩：白衣領蔭襲，立在執戟班。黄注：句意謂兵部職方主事，其職爲「行朝執戟」之班，以母喪未葬不果赴，惟有夢往耳。

〔七〕一聽句　徐注：禮：王言如絲，其出如綸。東南紀事：乙酉七月朔，王下親征詔曰：朕痛念祖陵，閔茲萬姓，中心搖搖，如在水火。擇於八月十八日，亭午禡祭，親統六師。尚賴文武諸臣，襄力效謀，有功者賞，朕不爾負。又敕何成吾曰：兵行所至，不可妄殺，有髮爲順民，無髮爲難民，此十字可切記也！又敕曰：朕自許忠孝，爲法受過，百折千磨。今爲祖宗復仇，有進無退。宗卿朕猶子行，其克悉朕心，出險亨屯，助朕以助祖宗。黃注：徐注引東南紀事乙酉七月朔，王下親征詔，以爲「一聽綸言」蓋謂此也。惟予考唐王即位，鄭芝龍無意出兵，黃道周乃自請出關，芝龍僅給羸卒千人，賫一月糧。七月辛未，道周率以行，並無下詔親征事。八月，金堡朝於行在，勸上親征，於是決計自贛入楚，遂類於上帝，禋於太廟，禡於社稷，以鄭鴻逵爲左先鋒，出浙江，鄭彩爲右先鋒，出江西，駕幸西郊，行授鉞禮而已。直至十一月，始下詔親征，以唐王聿釗、鄧王鼎器監國，芝龍留守，皆見南疆逸史，故予謂「一聽綸言同感激」，蓋謂十一月親征詔書也。

蘧常案：徐注引東南紀事親征詔，與上聞詔詩「滅虜」句注引思文大紀大同小異，疑大紀爲原文，紀事則加潤色，姑兩存之。下詔實在七月，徐注引東南紀事，不誤。惟思文大紀云「七月初六日，誅清使馬得敞，下書敕諭人民」，即紀事所謂親征詔也。中有云「今誅清使」，是下詔當爲七月初六，或初六以後數日，紀事云「七月朔」，約計耳。黃謂七、八兩月皆無親征詔書，直至十一月始下者，殊不實。南疆逸史雖有「十一月下詔親征」語，然詔文未載；思文大紀，近人朱希祖以爲出隆武近臣陳燕翼手，載當時詔令最爲詳贍，亦不載十一月親征詔文。且逸史所云唐、鄧二王監國，考大紀亦爲七月間事。是逸史誤以七月間事爲十一月，遂更誤七月詔書爲十一月矣。其不實可知，何足據也！

〔八〕收京句　徐注：舊唐書肅宗紀：至德二載，廣平王俶、郭子儀等收復兩京。司馬相如上林賦：建翠華之旗。杜甫北征詩：都人望翠華。

蘧常案：思文大紀：乙酉，八月二十八日，派定執駕官員三十名，仍令工部多添石青翠色於天層上，始稱翠華之名。翠華，指唐王朱聿鍵也。

海上　四首

【解題】

全云：浙江失守。戴注：是年十一月，唐王走汀州被獲，海上以下諸作，皆感觸詠懷之作也。黄注：是年亭林未嘗至海上，據南疆逸史：丙戌六月，清兵渡江，魯王由江門入海，其時唐王猶駐延平。亭林此詩作於秋間，則在魯王入海之後。是時鄉居登山，千里望海而作。首章感魯王之入海，以下皆唐王、魯王並言，故胥臺、秦望、冶山、乍浦、南沙、蕪城全不就海上言，知此四首爲未嘗至海上，蓋千里望海而作也。

蘧常案：全謂浙東失守而作，是。南疆逸史紹宗紀略云：八月二十三日丁酉，大兵至延平，上先一日啓行如汀州。九月辛丑朔，上駐汀州，將至江西，大兵猝至，見害於都司署。此詩作於是年秋，當時民間傳訊濡滯，何能及知隆武九月之變？戴本吴譜謂爲「唐王被獲，感觸而作」，非。

日入空山海氣侵，秋光千里自登臨〔一〕。十年天地干戈老〔二〕，四海蒼生痛哭深。水湧神山來白鶴，雲浮真闕見黄金〔三〕。此中何處無人世，祇恐難酬烈士心〔四〕。

【彙校】

〔白鶴〕潘刻本，徐注本，吴、汪兩校本「鶴」皆作「鳥」。

〔真闕〕潘刻本，徐注本，吴、汪兩校本皆作「仙闕」。

【彙注】

〔一〕登臨　黄注：登臨者空山，非登臨海上也。

〔二〕十年句　黄注：亭林答徐甥公肅書云：憶昔庚辰、辛巳之間，國步阽危，方州瓦解，而昊天不弔，大命忽焉，山嶽崩頽，江河日下。考庚辰、辛巳，爲崇禎十三、四年，此詩作於丙戌，則上數蓋七年矣，曰十年，舉大數也。上句言「登臨」，此句言「老」，皆自謂也。是年亭林三十四歲，而曰「老」者，蓋十年間在天地干戈中過去，已逾壯年矣，安得不老！徐注似未得解。

蘧常案：先生十六歲時，義軍已大起陝西，廿一歲已至河北、河南，明年且及湖北、四川，廿四、廿六歲時，清兵連年大入塞，明年且深入濟南，前時之入侵無論已，固不待庚辰、辛巳也。自此上溯，蓋已十餘年，曰十年，正舉成數。黄注專據與公肅書言之，未確。餘説是。

〔三〕水湧二句　徐注：史記封禪書：自威、宣、燕昭使人入海求蓬萊、方丈、瀛洲，此三神山者，其傳在渤海中，去人不遠，患且至，則船風引而去。蓋嘗有至者，諸仙人及不死之藥在焉。其物禽獸盡白，黄金銀爲宫闕。

蘧常案：黄注亦引史記封禪書，「黄金銀爲宫闕」之下增「未至，望之如雲」六字，是也。蓋注「雲浮」二字。

〔四〕此中二句　徐注：魏樂府龜雖壽：烈士暮年，壯心未已。明史張肯堂傳：肯堂，字載寧，華亭人。鄭鴻逵擁唐王聿鍵入閩，芝龍及肯堂勸進。肯堂請出募舟師，出海道抵江南，倡義旅，而王由浙江相與聲援。芝龍懷異心，陰沮之，不成行。黄注：南疆逸史：魯王之出海也，富平將軍張名振棄石浦，以舟師扈王至舟山。黄斌卿不納，飄泊外洋。詩所謂「難酬烈士心」也。徐注以爲指唐王言，恐非。錢云：徐箋非。頸聯用海上三神山事，明指日本，蓋即徐氏于第三首「萬里風煙通日本」所箋魯王命使往日本乞師事也。小腆紀年云：論者謂日本承平既久，其人多好詩書、法帖、名畫、玩器，故老不見兵革之事，本國且忘備，豈能渡海爲人復仇乎？此先生之所以致慮於「祇恐難酬烈士心」歟？

飄泊外洋。會永勝伯鄭彩至，奉王入閩。十月丁酉，王發舟山。則斌卿之拒，當在九月，作詩時恐尚未及知，此只就魯王初入海言之。是時張名振從水殿飄泊，方謀棲止，故詩意謂神山仙闕，安知無人世可託；但以形勢測之，又憂其無成，故曰「祇恐難酬烈士心」。烈士謂張名振也。神山、仙闕云云，蓋泛指海上島嶼。如指日本，則似與下一首「萬里風煙通日本」事複矣。

蘧常案：綜上三説，黄説近是。惟南疆逸史監國魯王紀略云：王至舟山，黄斌卿不納，

滿地關河一望哀，徹天烽火照胥臺〔一〕。名王白馬江東去〔二〕，故國降旛海上來〔三〕。秦望雲空陽鳥散〔四〕，冶山天遠朔風迴〔五〕。遥聞一下親征詔〔六〕，夢想猶虚授鉞才〔七〕。

【彙校】

〔遥聞句〕潘刻本、徐注本作「樓船見説軍容盛」，徐并出注：漢書武帝紀：元鼎五年，遣樓船將軍楊僕出豫章，下湞水。

〔夢想句〕潘刻本、徐注本作「左次」，徐并出注：易：師左次。

【彙注】

〔一〕滿地二句　徐注：蘇州府志：姑蘇臺在胥門外，一名胥臺。黄注：南疆逸史：弘光元年乙

西，正月，清兵入西安府。三月，清兵從河南下，入歸德府。四月，自歸德分道：一趨亳州，一趨碭山。乙丑，入泗州。丙寅，渡淮，史可法退保揚州。揚州破，五月，清兵入鎮江府，入南都。元譜：六月初七日，豫親王駐金陵，遣刑部侍郎李延齡、巡撫土國寶蒞蘇。詩所謂「滿地關河一望哀，徹天烽火照胥臺」也。

蘧常案：「徹天烽火」句，總括蘇屬各地之陷，不僅指李、土之入蘇城也。

〔二一〕名王句　原注：隋書五行志：梁大同中，童謡曰：青絲白馬壽陽來。其後侯景破丹陽，乘白馬，以青絲爲羈勒。徐注：漢書終軍傳：後數月，越地及匈奴名王有率衆來降者，皆以軍言爲中。明史諸王傳：乙酉，魯王以海稱監國於紹興。明年六月，大兵克紹興，以海遁入海，閩中大震（蘧常案：傳無末句）。黄注：原注引隋書五行志童謡，以應侯景破丹陽乘白馬，如此解釋，則是比喻清豫王下金陵，如侯景之破丹陽也。亭林於清兵，稱之曰胡虜，見之各篇中，豈有以名王稱清酋者。南疆逸史：弘光元年四月，命魯王駐台州。閏六月，兵部尚書張同紀等奉魯王監國，移駐紹興。紹興在浙江之東。晉書元帝紀：太安之際，童謡云：五馬浮渡江，一馬化爲龍。詩所謂「名王白馬江東去」，指魯王也。徐注引明史，謂指魯王遁入海事，誤。

蘧常案：前人稱「名王」，多指異民族之王。徐注引漢書終軍傳外，又如漢書宣帝紀「單于遣名王奉獻」，又「名王、右伊秩訾」，三國志魏太祖紀「北征烏桓，斬蹋頓及名王已下」，杜甫前出塞詩「虜其名王歸」，皆是。則此「名王」，自當指清之王公。清史稿世祖本紀：順治三年，二月丙午，命貝勒博洛爲征南大將軍，率師征福建、浙江。五月乙丑，擊敗故明魯王將方國安於錢塘。八月丁亥，克金華、衢州，浙江平。殆其人也。故詩以侯景白馬入丹陽擬之。江東謂浙江之東，徐注謂魯王入海，固誤；黄以名王仍屬諸魯王，且引晉書以釋「白馬」，亦非，蓋晉書僅言馬，而不及白也。黄又謂原注以青絲白馬比喻清豫王下金陵之非，然原注出潘耒所記，大多得諸緒論，故能在在與詩意密合，全集可覆按，以侯景喻清領軍，實爲切合。卷四杭州詩第二首「青絲江上來」，亦謂清領軍，可證。惟所喻爲貝勒博洛，而非豫王多鐸；所下爲浙東，而非金陵耳。且「名王」實非尊稱。禮記禮器篇：因名山升中於天。鄭玄注：名猶大也。國語魯語：取名魚。韋昭注：名魚，大魚也。則「名王」即「大王」。如梅賾書胤征所謂「渠魁」，漢書司馬相如傳所謂「渠率」之類，「渠魁」皆「大」意，與上感事詩以左賢王喻多爾衮一例。漢書宣帝紀顔師古注云：名王者，謂有大名。蓋望文生義，不足據，黄蓋偶失考耳。

〔三〕故國句　徐注：劉禹錫金陵懷古詩：一片降旛出石頭。明史諸王傳：順治二年五月，南都降。又：潞王監國於杭州，不數日，出降。南略：大兵渡江，錢塘不守。芝龍微聞之，徹兵回安平鎮，因航海去，守關將吏皆隨之，仙霞嶺空無一人。初，芝龍使微行通款，既而汀、漳皆降，貝勒博洛使泉紳郭必昌招之。其子弟皆勸芝龍入海，不願降，而芝龍田園徧閩、廣，不聽，遂進降表。鴻逵、彩、成功皆率所部入海，張肯堂、沈猶龍亦往舟山依魯王。

蘧常案：詩云「降旛海上來」，承上句，則當指浙東之方、馬言之，徐注引明史言南都杭州及鄭芝龍之降，而不及浙東，於詩義不合。小腆紀年云：清兵渡錢塘江，方國安、馬士英奔至台州，留不進，謀執監國以降。又云：方逢年、方國安、馬士英、阮大鋮降於清。台州，故吴臨海郡治，今亦稱臨海，故得稱「海上」。此句承上浙東，不應漫及南都、杭州。鄭芝龍之降在十一月，尤非作詩時所得知也。

〔四〕秦望句　徐注：水經注：秦望山，紹興城南，爲衆峰之傑，陟境便見。秦始皇登之，以望南海。一統志：秦望山在紹興府會稽縣南。書：陽鳥攸居。黄注：此指魯王也。南疆逸史：魯王由江門入海，張國維、陳函輝、余煌、王之仁皆死之；方國安、方逢年、馬士英、阮大鋮皆降。

蘧常案：書禹貢僞孔傳云：陽鳥，隨陽之鳥，鴻鴈之屬。杜甫同諸公登慈恩寺塔詩：君看隨陽鴈，各有稻粱謀。蓋以譏方、馬等。

〔五〕冶山句　徐注：一統志：冶山在福州府城東北隅，山西北有歐冶池，相傳歐冶子鑄劍之地。黄注：此指唐王也。朔風，喻清兵也。

蘧常案：曰「朔風迴」，蓋冀清兵之不得入閩。時猶不知仙霞之棄，隆武之奔，故下尚稱其親征與「授鉞」也。

〔六〕親征詔　蘧常案：已見前聞詔詩「滅虜」句及李定自延平歸賫至御札詩「一聽」句兩注。

〔七〕夢想句　徐注：六韜龍韜：凡國有難，君召將而詔之，卜日以受斧鉞。君親操斧持首，授將其柄，曰：從此上至天者，將軍制之；復操鉞持柄，授將其刃，曰：從此下至淵者，將軍制之。張衡東京賦：授鉞四七。東南紀事：芝龍決降，臨行，成功力諫，不聽。貝勒接芝龍極歡，大飲三日，忽夜半拔營，挾與俱北去。芝龍哀請子弟不肖，在海上恐爲患。貝勒曰：此與爾無與，亦非吾所慮也。芝龍已入朝而成功遂起兵鼓浪嶼，鄭彩亦扼厦門，鴻逵會攻泉州，閩海震動。唐王駕出洪山橋，祖餞鄭鴻逵、鄭彩，授鉞。是日，風雨，晝晦。黃注：南疆逸史：乙酉，八月丁酉，唐王以鄭鴻逵爲御營左先鋒，出浙江；鄭彩爲御營右先鋒，出江西。駕幸西郊，行授鉞禮。先期爲壇，設先帝高皇神位。上御翼善冠，詣壇所，百官陪位，武臣戎服聽事。上皮弁升壇，拜謁，立於神位西南面。御營先鋒北面跪，兵部授鉞，上東向揖之；賜餞，光禄寺授爵，御先鋒跪受爵。上誡勞畢，謝恩出，率將士跪壇下。上甲胄誓師，乃鳴金鼓，揚旌而出。詩曰「左次猶虚授鉞才」，言虚左以待將才也。（蘧常案：黃注均從潘刻本。「左次」二字，仍潘所改。）

　蘧常案：小腆紀年謂：丙戌八月辛丑，清兵入汀州，明唐王殂。十一月丁巳，鄭芝龍降於清，清貝勒挾之北上，鴻逵、成功皆率所部入海。徐注引東南紀事以唐王授鉞，叙在芝龍降清北去以後，大誤。又案：左思詠史詩：夢想騁良圖。

南營乍浦北營沙〔一〕，終古提封屬漢家〔二〕。萬里風煙通日本，一軍旗鼓向天涯〔三〕。去夏，誠國公劉孔昭自福山入。樓船已奉征蠻敕〔四〕，博望空乘泛海槎〔五〕。愁絶王師看不到，寒濤東起日西斜〔六〕。

【彙校】

〔北營沙〕潘刻本、徐注本、孫校本作「北南沙」。

〔向天涯〕潘刻本作「□□□」，徐注本作「入海口」。

〔泛海槎〕潘刻本、孫校本「泛」作「汎」，徐注本作「汎海楂」。丕績案：「泛」、「汎」，古通。「查」、「楂」，古今字，并與「槎」通。

【彙注】

〔一〕南營句　徐注：明史志地理五浙江嘉興府平湖注：東南有乍浦鎮。又，志兵三海防：嘉靖二十三年，時倭縱掠杭、嘉、蘇、松，南京御史屠仲律言五事。其守海口云：守鼈子門、乍浦峽，使不得近杭、嘉。又，萬曆中，許孚遠撫閩，奏於南直隸乍浦以東金山衛設參將，黄浦以北吴淞口設總兵。又地理志一松江府上海注：嘉靖三十六年築城曰川沙，置兵戍守。蘇州府志：東晉咸康七年，分海虞縣置南沙縣。隋平陳，徙常熟，治南沙。黄注：讀史方輿紀要：南沙在崇明縣南七十里。舊志：沙長八十里，廣十餘里，多稻菽萑葦之利。明初置南沙巡司於此。嘉靖十九年，南沙土豪王良等搆亂，據南沙，上海境内爲之惶懼。尋討平之，因建南沙守禦官軍營。三十二年，倭登南沙，盤據經年，官軍擊之不能克。久之，遁去。旁有蔣六洪口，爲舟行要道。詩言「南營乍浦，北營南沙」，蓋如上注，則自平湖之乍浦，沿海北泝，歷金山、奉賢、南匯、川沙、上海、寶山，以至崇明之南沙，皆昔年禦倭寇沿海經營之地，又爲亭林故鄉崑山相接之地也。徐注以常熟之南沙廢縣當之，非是。

〔二〕終古句　徐注：漢書刑法志：一同之内，提封萬井。注：李奇曰：提，舉也。舉四封之内也。黄注：漢家，猶言中國也。

蘧常案：楚辭離騷：余焉能忍而與之終古。洪興祖補注曰：終古猶永古也。

〔三〕萬里二句　徐注：明史外國傳：日本，古倭奴國。唐咸亨初，改日本，以近東海日出而名也。地環海，惟東北限大山，有五畿七道。三島共一百十五州，統五百八十七郡。宋以前皆通中國，朝貢不絶。萬曆中平秀吉用事，治兵征服六十六州，又以威脅琉球、吕宋、暹羅、佛郎機諸國，皆使奉貢，並欲侵中國滅朝鮮而有之，於是封貢之議起，中、朝彌縫，以成款局。秀吉凡再傳而亡。終明之世，通倭之禁甚嚴，閭巷小民，至指倭相詈詈，甚以噤其小兒女云。南略：時命侍郎馮京第乞師日本。東南紀事：丙戌正月，魯王次長垣，周鶴芝以兵來會，封平魯伯。復鎮東、海口二城，更遣義子林臯從安昌王恭梟如日本乞師。黄注：自注，注釋「一軍旗鼓向天涯」意也。考明史劉基附傳：孔昭爲基十四世孫。崇禎時出督南京操江，福王之立，與馬士英、阮大鋮比。後航海不知所終。此注曰「去夏」，則爲上年乙酉五月南都亡時也。福山在常熟北四十里。海口（蘧常案：詳校文）即崇明海口。明史載孔昭航海不知所終，以此詩推之，當是乞師於日本，詩所謂「萬里風煙通日本」也。徐注引南略馮京第乞師日本，又引東南紀事林皋從安昌王恭櫆如日本乞師，皆非。

蘧常案：徐注謂上句爲馮京第等乞師日本事，是也。吴偉業鹿樵紀聞云：日本乞師之議，始於周鶴芝。芝故海盜，往來日本，與撒斯瑪王結爲父子。日本三十六島，島各有王，其國主爲京王，徒擁虚位，權皆掌於大將軍，餘王如諸侯。而撒斯瑪最强。鶴芝已而就撫，值中國喪亂，私遣人至日本，求假一旅以靖難。撒斯瑪王爲言之大將軍，許詔使至即發兵。芝喜，將以王命往迎，主將黄斌卿謂此吴三桂乞師之續，執不可。芝怒，遂去舟山。久之，或説斌卿曰：北都之變，東南如故，使併東南而失之者，此乞師之害也；今我無可失之地，比之往事，爲不倫矣！斌卿意悟，始使其弟孝卿與馮京第往。會日本有西洋人爲天主教者作亂，方嚴逐客之令，京第至長崎島，不得登岸，日於舟中效秦廷之哭。撒斯瑪王聞之，復爲言於大將軍，議發各島罪人以赴中國之難，留孝卿於長崎，而使京第先還報命。長崎多官妓，孝卿惑之，竟自忘其爲乞師來者。日本薄其爲人，發兵之命復寢。此京第乞師日本本末也。其他乞師如徐注所云朱恭櫆、林皋外，後尚有朱之瑜、阮美等，獨不聞劉孔昭亦有乞師之事。且孔昭比匪馬、阮，安有乞師恢復之壯圖？必不然矣。誠如黄云自注注釋「一軍旗鼓向天涯」句，實與上句無涉，上句自言乞師，與下句各爲一事。黃注强爲牽合，非是。

〔四〕樓船句　徐注：後漢書馬援傳：遣援征五溪蠻。東南記事：張名振出兵援松江，值海嘯，亡失樓船。又與阮振共迎王至南田，尋復健跳所居王。清兵圍健跳，進率樓船數百，金鼓動天，大軍解去。是時，贛州告急，唐王命上游巡撫吴春枝移駐邵武，汀州總兵援建昌，以陳豹爲防海將軍，鎮漳、泉、興、汀、惠、潮。　黃注：案句意，謂唐王已命將授鉞出征矣。詳上篇「左次」句注。

蘧常案：似黃得詩意。「左次」句應作「夢想」句，詳該篇校文。又案：史記平準書：大修昆明池，治樓船，高十餘丈，甚壯。漢書武帝紀：元鼎五年，越王相吕嘉反。遣伏波將軍路博德出桂陽，下湟水；樓船將軍出豫章，下湞水。

〔五〕博望句　徐注：漢書張騫傳：以郎應募使月氏，以校尉從大將擊匈奴，封博望侯。天子數問騫大夏之屬，拜騫爲中郎將至烏孫，西北國始通於漢。杜甫有感詩：乘槎斷消息，何處覓張騫？黃注：案句意謂汎海乞師日本，必不相助，亦空往耳，徒損漢家之威耳。

蘧常案：宗懔歲時記：武帝令張騫尋河源，乘槎而去。

〔六〕愁絶二句　徐注：東南紀事：金堡奏言：四方望閩中之兵，如在天上。今兵力將心，臣已規其大略。上江疑而楚、豫斷，新安去而三衢危。陛下即欲爲王審知豈可得哉！南略：是時，清張天禄陷徽州，巡撫都御史金聲死之。萬元吉、楊廷麟皆請援。王以鴻逵爲大元帥，出浙東；彩爲副元帥，出江西，築壇郊送。二將各擁兵數千，號數萬，出關百里，候餉不行，逗遛月餘。内催二將檄如雨，乃不得已踰關行四五百里。黄注：案句意謂唐王雖有命將出師之詔，然而王師不進，眼中所見，祇「寒濤斜日」耳。句意甚明。南略王以鴻逵爲大元帥一段，即上篇所引南疆逸史乙酉八月唐王授鉞左先鋒、右先鋒事也。逸史未記二將行師之遲緩，南略補出，可以證此兩句之意矣。

長看白日下蕪城〔一〕，又見孤雲海上生〔二〕。感慨河山追失計〔三〕，艱難戎馬發深情〔四〕。埋輪拗鏃周千畝〔五〕，蔓草枯楊漢二京〔六〕。今日大梁非舊國，夷門愁殺老侯嬴〔七〕。

【彙注】

〔一〕長看句　徐注：明史史可法傳：清兵大至，屯斑竹園。明日，總兵李棲鳳、監軍御史高岐鳳拔營出降，城中勢益單。諸文武分陴拒守。西門險要，可法自守之。作書寄母妻，且曰：死葬我高皇帝陵側。越二日，兵薄城下，礮擊城西北隅，城遂破，可法自刎不殊，一參將擁可法出小東門，遂被執。可法大呼曰：我史督師也。遂殺之。揚州知府任民育、同知曲從直、王續爵、江都知縣周志畏、羅伏龍、兩淮鹽運使楊振熙、監餉知縣吴道正、江都縣丞王志端、賞功副將汪思誠、幕客盧渭等皆死之。時同守城死者，又有遵義知府何剛、庶吉士吴爾壎，而揚州諸生、武生，義兵殉義，婦女死節者，不可勝記。　黄注：案句意謂史可法死於揚州，南都遂陷也。

蘧常案：樂史太平寰宇記：蕪城即揚州城，古爲邗溝城也。漢以後荒毁，劉宋鮑照爲賦，即此。鮑照鮑參軍集有蕪城賦。何焯文選評：宋世祖孝建三年，竟陵王誕據廣陵反，沈慶之討平之，命悉誅城内男丁，以女口爲軍賞。照蓋感事而賦。故詩引以爲喻。史可法殉國之傳説不一。楊鳳苞南疆逸史跋云：史忠正之殉節揚州也，或誣云：公跨白驢去，如姚平仲故事。或誣云：縋城走，自沈於江。或云：城破拘之，三日不降，乃殺，亦非事實。王源自書史閣部遺文序後云：史公幕客楊遇蕃云：揚州破，公爲亂兵擁見大帥，時遇蕃被擒，帥命辨之。遇蕃曰：是也。大帥勸之降，公大罵，遇蕃亦勸其忍死救百姓。公叱曰：我今日一死外，遑恤其他！罵愈厲，大帥拔刀起砍之，公挺身首迎其刀。帥退而止。嘖曰：好男子！左右殺之，支解。又曰：萬斯同曰：吴兆騫流寧古塔，後釋歸，其守將安珠護謂之曰：乙酉破揚州，吾在軍，親見史閣部死。而後知公之授命，即於城破之日矣。此事原多疑誣，亭林亦不能無疑。黄注謂先生於史督師，極望於先；及其死也，慜然於後，蓋其慎也。此亦讀先生詩者所宜詳也，故備著之。

〔二〕又見句　黄注：案句意謂魯王入海也。

〔三〕感慨句　徐注：先生明季實録諸臣乞貸疏：南北之耗莫通，河山之險盡失。黄注：「感慨」，亭林自謂也。河山失計，不單就南方言，蓋自失計援遼，而内疆日蹙，不自今日矣。

〔四〕艱難句　徐注：東南紀事：御史湯芬言可發海師直擣吴、浙；主事吴鍾巒言首克南昌，選鋒進取，爲上策，皆善之，而撓於鄭氏，不能行。又金堡説上言：今日之勢，誠能直走湖南，用何騰蛟之鋭，竟擣荆、襄，傳檄中原，北方聞之，以爲陛下從天而下，此上策也；移蹕虔州，此中策也；並兵出關，背城一戰，敗不徒死，此下策也；若往來延、建，觀望經時，輕騎叩城，避不暇出，爲無策矣。明史陳潛夫傳：兩淮之上，何事多兵？督撫紛紛，並爲虚設。若不思外拒，焉能退守？臣恐江、淮亦未可保也。杜甫羌村詩：艱難愧深情。黄注：案「深情」，亭林自謂也。謂情發於此詩中也。

〔五〕埋輪句　原注：楚辭九歌國殤：埋兩輪兮縶四馬。尉繚子：拗矢折矛。徐注：史記周本紀：宣王三十九年，戰於千畝，王師敗績於姜氏之戎，既亡南國之師，乃料民於太原。左傳桓公二年「千畝」注：今屬山西汾州府。明史陳潛夫傳：十六年冬，授開封推官。大河南五郡盡爲賊據。開封被河灌，城虚無人，長吏皆寄居封丘。有勸潛夫弗往者，不聽，馳之封丘。會叛將陳永福帥賊兵出山西，潛夫募民兵千，請於巡撫，總兵，皆不肯行，潛夫乃以十七年正月奉周王渡河居杞縣。檄召旁郡長吏，設高皇帝位，歃血誓固守。賊所設僞巡撫梁啓隆居開封，聞風遁去。遂渡河而北，大破賊將陳德於柳園。時李自成已敗走山西。黄注索隱云：千畝在西河介休縣。句意謂明季喪師失地，困於清兵，猶宣王之爲姜戎敗於千畝。統前事言之，不單就南方言也。

〔六〕蔓草句　黄注：以漢之西京、東京喻明之北京、南京也。「蔓草枯楊」，有周大夫黍離之感矣。

〔七〕今日二句　徐注：莊子則陽篇：舊國舊都，望之暢然。史記魏公子列傳：魏有隱士曰侯嬴，年七十，家貧，爲大梁夷門監者。公子聞之，往請，欲厚遺之，不肯受，曰：臣修身絜行數十年，終不以監門困故而受公子財。公子於是置酒，大會賓客。坐定，公子從車騎，虚左，自迎夷門侯生。侯生攝敝衣冠直上載公子上坐，不讓。至家，公子引侯生坐上坐，徧贊賓客，賓客皆驚。於是侯生遂爲上客。明史陳潛夫傳：以謁童氏逮下獄。南都不守，潛夫脱歸。聞魯王監國紹興，渡江往謁，復故官，加太僕少卿，監軍。乃自募三百人列營江上。丙戌五月晦，江上師盡潰，潛夫走至山陰化龍橋，偕妻妾二孟氏同赴水死。並見上「埋輪」句注。　黄注：東林列傳陳潛夫傳：崇禎十六年，除開封推官。時李闖既蹂躪河南，以是年入關，踞秦中，且出師窺晉。而中州八郡：開封、歸德、汝寧、南陽在大河之南，彰德、衛輝、懷慶及開封屬縣封丘、原武在河以北，河北未經破傷，諸持節使者皆居之，委河南不守。而河南村落豪傑，結土寨以自固，犬牙其間，無所屬。賊署官數十人鎮撫之，人心不甚爲用。潛夫至封丘，飛章上聞，言河南尚有可圖之勢，河北實有累卵之危，願請重兵守覃懷，遏賊勿使下，而身自渡汴梁聯絡號召，復通郡之地。疏上，未及報，時崇禎十七年正月也。既而聞都城陷，士卒皆縞素，出師邀擊賊將陳德於柳園，大破之。會賊軍敗走，秦中氣方沮喪，繞河上下數百里豪傑，争來投誠，中原數州震動。六月，傳露布江南。時福王立南都，方經理江、淮，度中原不可問，及見潛夫檄，大奇之。廷論恢復功，授巡按河南監軍監察御史。潛夫入陛見，倡議恢勦之策，大要謂四鎮之兵，不下數十萬人，而齊、魯、汴、豫，尚皆按堵如故，陛下誠分命藩鎮，一軍出潁、壽，一軍出淮、徐，馬首北向，則人心思奮。汴梁一路，臣聯絡素定，旬日可集十餘萬人，與藩鎮之兵相爲援應，左提右挈，則河南五郡可以盡復。五郡既復，畫河爲固，南連荆楚，西控秦關，北臨趙、衛，上之恢復可望，下之亦江、淮永安，此今日之至計也。如因循玩廢，而曰吾且禦之堂皇之内，臣恐江、淮亦未可恃也。而馬士英方條列恩怨，論餽遺多寡，别玉聲金色法書畫圖之真贋，聞潛夫言，第佯應之，不爲理。潛夫心傷國計之不立，門户之不破，社稷將亡，而羣心日潰，上疏争之。士英疾怒之，凡所請兵餉、乞隨征文武官吏及聯絡戰守諸大計，率不相應。尋以憂去官。清兵下金陵，潛夫航海至會稽，魯監國拜太僕寺少卿。明年，清師下紹興，潛夫書絶命詞，擕其妻自沈，時順治三年五月三十日也。亭林此詩作於是年秋間，或尚未知潛夫之自沈，故以「愁殺老侯嬴」比潛夫。蓋以江、淮不守而回想中原，痛當時不從潛夫之謀也。侯嬴爲信陵君進擊秦存趙之策，見史記魏公子列傳。又案：此四首，徐注多有誤解，於上篇已逐句辨之。至第四首「艱難」句，徐注引當時諸臣所上之策，則是以深情屬諸臣；「千畝」句，徐注舉陳潛夫傳以實之，皆未明作詩之旨，故不敢苟同；「大梁」句，徐注祇舉潛夫歸紹興後赴水死事，而未舉潛夫所上恢復中原疏，則於舊國之義未詳，故補而正之。此首不言及唐王，以唐王此時尚在延平，未能預言其成敗也。第二首滿地關河，痛清兵之逼。第四首感慨河山，則兼言清、闖，末二句，痛清兵之入關，實由於中原之內亂。觀亭林文集形勢論，及後卷春半詩所云「中原有大勢，攻戰不在多。願爲諸將言，不省其奈何」之句，則知此首「大梁」二句之用意矣。

蘧常案：潛夫初爲開封推官，其後又擬身至開封謀聯絡號召，自謂汴梁一路，聯絡有素，南都論恢復功，又使巡按河南，故詩以侯嬴爲比。非謂其上恢復中原大計，有似於侯嬴之進擊秦存趙之策也。明史陳潛夫傳：潛夫字元倩，錢塘人。家貧，落魄，好大言以駭俗。卒年三十有七。詩曰「老」，蓋就侯嬴言之也。

不去　三首

【解題】徐注：以詩首二字爲題。全云：贈顧推官咸正也。先生勸推官避難，推官遷延未果，竟死。

蘧常案：全説或是。後哭顧推官詩，凡兩言勸避：前云「君來就茅屋，問我駕所稅，幸有江上舟，請鼓鈴下枻」；後云「我時已出亡，聞此輒投袂，扁舟來勸君，行矣不再計」。然皆不似本年事，詩所云亦不全合咸正事。待考。

不去圍城擁短轅，棲棲猶自向平原〔一〕。此心未忍輕三晉，願見辛垣盡一言〔二〕。

【彙注】

〔一〕不去二句　徐注：世説新語：蔡司徒戲王丞相曰：惟聞短轅犢車，長柄麈尾。

蘧常案：蔡謨戲語見妬記，世説新語劉孝標注引之，非世説新語文也。此事於此不甚合，或泛言如韋應物詩「知君有短轅」，但引起下文「棲棲」而已。戰國策趙策：秦圍趙之邯鄲。此時魯仲連適游趙，聞魏將欲令趙尊秦爲帝，乃見平原君。平原君曰：魏王使將軍辛垣衍令趙帝秦，今其人在是。魯仲連曰：梁客辛垣衍安在？吾請爲君責而歸之。魯仲連見辛垣衍而無言。辛垣衍曰：吾視先生之玉貌，非有求於平原君者，曷爲久居此圍城之中而不去也。詩：六月棲棲。

〔二〕此心二句　段注：趙岐孟子注：韓、魏、趙本晉六卿，當此時，號三晉。全云：辛垣衍蓋指吴勝兆。

蘧常案：戰國策趙策：魯仲連曰：彼秦者，棄禮義而上首功之國也，權使其士，虜使其民。彼則肆然而爲帝，過而遂正於天下，則連有赴東海而死矣。所爲見將軍者，欲以助趙也。辛垣衍曰：先生助之奈何？曰：吾將使梁及燕助之。辛垣衍曰：吾乃梁人也，先生惡能使梁助之耶？曰：今秦萬乘之國，梁亦萬乘之國，交有稱王之名，睹其一戰而勝，欲從而帝之，是使三晉之大臣，不如鄒、魯之僕妾也。史記魯仲連列傳索隱：新垣，姓；衍，名也。又案：吳勝兆事，詳後哭顧推官詩注。詩有云：乃有漢將隙，因掉三寸説。殆謂此乎？勝兆，「勝」一作「聖」。查繼佐國壽録總兵吳聖兆傳云：聖兆相傳三桂之從子。清兵定江南，以勝兆總松江府戎事。密與島中肅虜伯黄斌卿、富平侯張名振通謀反正，諸生夏寶謨等潛往來謀議。則所謂「一言」，亦可推矣。

落日江津送伍員〔一〕，秋風壠上别徐君〔二〕。偶來圯下逢黄石〔三〕，便到山中卧白雲〔四〕。

【彙校】

〔江津〕王士禛池北偶談引作「江頭」。

【彙注】

〔一〕落日句　蘧常案：史記伍子胥列傳：伍子胥者，名員。奔吳，獨身步走，幾不得脱。至江，江上有一漁父乘船，知伍胥之急，乃渡伍胥。王士禛池北偶談：顧寧人詩有云「落日江頭送伍員」，竊疑「員」字舊作王問切，唐人語曰：令君四俊，苗、吕、崔、員是也。後見吴曾引春秋左氏傳伍奢子員，陸德明釋文音云平聲。乃知顧詩用韻有據。錢大昕十駕齋養新録：伍員之「員」，音運，亦有讀平聲者。陸龜蒙詩：賴有伍員騷思在，吴王暫免似荆懷。陸務觀詩：鑄形尊越蠡，抉眼似荆員。

〔二〕秋風句　徐注：史記吴太伯世家：季札之初使北，過徐君。徐君好季札劍，口弗敢言。季札心知之，爲使上國，未獻。還，至徐，徐君已死，於是乃解其寶劍，繫之徐君冢樹而去。

蘧常案：劉向新序：徐人爲之歌曰：延陵季子兮不忘故，脱千金之劍帶丘墓。

〔三〕黄石　蘧常案：見前帝京篇「黄石」句注。

〔四〕便到句　徐注：南史陶弘景傳：永明十年，掛朝服神武門，上表辭禄，止於句容之句曲山。高帝詔問山中何所有？答以詩曰：山中何所有？嶺上多白雲。

蘧常案：此首所言事，已無可徵。考上詩，不去者爲顧咸正，則此行者爲亭林本人，而咸正送之。元譜：是年十月十二日，命家人趙和等遷居，將往閩中。注云：未詳遷居何地。故咸正送之歟？壠上徐君，疑爲吴其沆，其沆殉乙酉守城之難。是年作吴同初行狀，同初，其沆字，蓋將遠行而别其死難之友歟？元譜又云「不果行」，故詩有「便到山中卧白雲」歟？山中疑在五湖，後偶來詩云：偶來湖上已三秋，詩作於戊子，上溯本年，正三年矣。黄石不詳，或逢此人，乃將去而復留歟？元譜謂其「不果行」爲母喪未葬。非必爲是，當別有故。「未葬」云云，特飾詞耳。

欲投海島問田横〔一〕，却恨三齊路不平〔二〕。記作安平門下客〔三〕，當時曾見火牛兵〔四〕。

【彙注】

〔一〕欲投句　徐注：史記田儋傳：漢王立爲皇帝，田横懼誅，與其徒五百餘人入海，居島中。帝以横兄弟本定齊，齊人賢者多附焉，乃使使赦横罪而召之。横與二客乘傳詣雒陽，未至三十里，自剄，横二客皆自剄從之。餘五百人在海中，聞横死，亦皆自殺。一統志：田横島在即墨縣東北。明史沈廷揚傳：京師陷，福王命廷揚以海舟防江，兼理餉務，餽江北諸軍。南京失守後，航海至舟山，依黄斌卿。唐王在福建，授兵部右侍郎，總督水師。魯王航海之明年，廷揚督舟師北上，抵福山，次鹿苑。夜分，颶風大作，舟膠於沙，被執。（蘧常案：下爲南疆逸史文，非明史。）洪承疇與有舊，使人説以薙髮。廷揚不屈，遂與部下十二人同日被刑。其親兵六百人斬於蘇之婁門，無一降者，時比諸田横之士云。廷揚，字季明，崇明人。

蘧常案：此句當謂咸正密疏隆武，託舟山黄斌卿轉遞事，詳下贈顧推官咸正詩解題。

徐注以爲沈廷揚，誤。廷揚之死，部下從殉者衆，人比之田横，事在明年。不得以字面偶同而附會之也。

〔二〕三齊　徐注：史記田儋傳：田榮廼自立爲齊王，盡併三齊之地。

蘧常案：史記索隱：田市王膠東，田都王齊，田安王濟北。

〔三〕安平門下客　徐注：史記田單傳：襄王封田單號曰安平君。戰國策：馮煖使人屬孟嘗君，願寄食門下。

〔四〕火牛兵　徐注：史記田單列傳：田單知士卒之可用，乃收城中得千餘牛，爲絳繒衣，畫以五彩龍文，束兵刃於其角，而灌脂束葦於尾，燒其端。鑿城數十穴，夜縱牛，壯士五千人隨其後。牛尾熱，怒而奔燕軍，燕軍夜大驚。牛尾炬火，光明炫燿，燕軍視之，皆龍文，所觸盡死傷。

蘧常案：安平似指鄭芝龍。芝龍家居泉州安平鎮，其兵旗幟鮮明，戈甲堅利，見前聞詔詩「滅虜」句注。故詩以田單爲況。惟作客云云，仍不可解。是時猶不知芝龍之貳，隆武之播遷，故尚望其爲田單之復國歟？

賦得老鶴萬里心用心字

【解題】

徐注：杜甫遣興詩：老鶴萬里心。潘檉章送寧人北游詩：老鶴誰憐萬里心！

蘧常案：此詩當作於欲赴閩而不果之後，意謂雖未成行，而萬里之心故在，所賦老鶴，多自喻也。

何來千歲鶴〔一〕，忽下九皋音〔二〕。一自來凡境，摧頹已至今。臨風時獨舞，警露亦長吟〔三〕。乍識人民異〔四〕，還悲歲月侵。早寒江上笛，秋急戍樓砧。木落依空沼，雲多失舊林。三株天外冷〔五〕，甲子世間深〔六〕。尚想蓬萊曉〔七〕，終思弱水陰〔八〕。神州迷再舉〔九〕，碧落杳千尋〔一〇〕。多少乘軒者〔一一〕，知同一寸心〔一二〕。

【彙校】

〔題〕徐注本無「用心字」三字。

〔三株〕徐注本「株」作「珠」，并出注：張九齡感遇詩：巢在三珠樹。

【彙注】

〔一〕千歲鶴　蘧常案：淮南子：鶴壽千歲，以極其游。

〔二〕九皋音　徐注：詩：鶴鳴於九皋。

蘧常案：詩小雅鶴鳴：鶴鳴于九皋，聲聞于天。韓詩外傳：九皋，九折之澤。

〔三〕警露句　原注：埤雅：鶴性警，至八月白露降，流於草木上，點滴有聲，因即高鳴相警，移徙所宿處，慮有變害也。

〔四〕人民異　徐注：見前表哀詩「白鶴」句注。

〔五〕三株　蘧常案：山海經海外南經：三株樹在厭火北，生赤水上，其爲樹，如柏葉，皆爲珠。初學記卷二十七引作「珠」。唐人詩：鶴羣常繞三珠樹。

〔六〕甲子句　徐注：神仙傳：蘇仙公乘白鶴飛去。自後有白鶴來止郡城東北樓上，人或挾彈彈之，鶴以爪攫樓板似漆書云：城郭是，人民非！三百甲子一來歸，吾是蘇公彈何爲？

〔七〕蓬萊　徐注：蓬萊見前海上詩第一首「水湧」二句注。

〔八〕弱水　徐注：十洲記：鳳麟洲在西海之中央，四面有弱水繞之，鴻毛不浮。

〔九〕神州句　原注：楚辭惜誓：黄鵠之一舉兮，知山川之紆曲；再舉兮，知天地之圓方。徐注：神州見前感事詩「須知」二句注。

〔一〇〕碧落句　徐注：宋史樂志：炎精之神，飛軿碧落。梁書朱异傳：玉海千尋。

〔一一〕多少句　徐注：見前感事詩第四首「乘軒」句注。

〔一二〕一寸心　徐注：庾信賦：誰知一寸心，乃有萬斛愁。

贈顧推官咸正　已下彊圉大淵獻

【解題】

徐注：順治四年，丁亥。南略：顧咸正字端木，號皺庵，崑山人。文康公曾孫。崇禎癸酉舉人。庚辰，除延安推官。招撫有法，追賊李明才等殲之；招降回軍張成儒、丁世蕃等三百餘人，慶陽土衆潘自安等千餘人，延中稍寧。賊陷西安，咸正率衆登陴，被執，不屈，乃拘之營。吴三桂兵入秦，人多應之。韓城推咸正爲主，已而知爲清兵，遂全髮歸。餘見後哭顧推官詩注。戴注：咸正，天啓甲子舉人，咸（延）安府推官。丙戌四月，自關中歸，知弟咸建、咸受先已殉節，聞唐王立於閩，草密疏，附寄舟山黄斌卿，託其轉達，爲邏卒所獲，以告提督吴勝兆，吴祕不發。是年六月，吴敗，密疏遂發，逮至金陵，爲内院洪承疇所殺。後二子之死僅一月耳。冒云：先生是年年三十五。

蘧常案：是歲爲明永曆元年。魯監國二年。海上鄭氏稱隆武三年。公元一六四七年。戴注全沿元譜。所云天啓甲子舉人，與南略不同。張岱石匱室後集顧咸正傳作崇禎六年舉人，錢肅潤南忠録作癸酉舉人，則皆與南略合。元譜誤。延安作咸安，亦誤。二子之死詳後推官二子執後詩題注。

上郡天北門，一垣接羌氐〔一〕。當年關中陷〔二〕，九野横虹霓〔三〕。日光不到地，哭帝蒼山蹊〔四〕。君持蘇生節〔五〕，冒死决蒺藜〔六〕。揮刀斬賊徒〔七〕，一炬看燃臍〔八〕。東胡勢薄天〔九〕，少梁色悲悽〔一〇〕。遂從黄冠歸〔一一〕，間關策青驪。豈知杲卿血，已化哀鵑啼〔一二〕。弟錢塘知縣咸建。未敢痛家讐，所念除鱷鯢〔一三〕。有懷託桑榆〔一四〕，焉得巖下棲〔一五〕。便蹴劉司空，夜舞愁荒鷄〔一六〕。春水濕樓船〔一七〕，湖上聞鉦鼙〔一八〕。句吴古下國，難與秦風齊〔一九〕。却望殽潼間〔二〇〕，山高别馬嘶〔二一〕。天子哀忠臣，臨軒降紫泥〔二二〕。高景既分符，汾陰亦執珪〔二三〕。如君俊拔才〔二四〕，久宜侍金閨〔二五〕。會須洗中原，指顧安黔黎〔二六〕。

【彙校】

〔東胡〕潘刻本、徐注本，「胡」作「虜」，韻目代字也。

〔天子〕潘刻本作「□□」；冒校本作「聖主」。

〔洗中原〕潘刻本作「□□原」；徐注本「洗」作「靖」。丕績案：洗，有一洗腥羶之意，較勝。

【彙注】

〔一〕上郡二句　徐注：讀史方輿紀要：陝西延安府鄜州、綏德州及榆林鎮秦爲上郡，後漢亦爲上郡地。戰國時，魏入上郡於秦而秦益强。其地外控疆索，内藩畿輔，上郡驚，則關中之患已在肩臂間矣。秦起長城自臨洮始，鄜州長城在州西四里，綏德州長城在州西十五里。自秦至上郡而邊陲之患始遠。括地志：自隴以西爲冀戎、豲戎、氐、羌之地。方輿紀要：鞏昌府翼蔽秦、隴，控扼羌、戎。又：河州、涼州、洮州皆古西羌地，前秦苻堅始置河州，後爲西秦乞伏乾歸所據。

蘧常案：石匱書後集本傳：延安爲賊所自起，咸正至，招流民，開荒地，于是延中稍寧，田亦多墾。

〔二〕當年句 蘧常案：石匱書本傳：總制孫傳庭徵兵將出關，咸正上書，以爲：今日出關，安危繫全秦，全秦安危繫天下。軍志曰：軍無選鋒曰北。萬一蹉跌，將不止三秦之憂。不聽。傳庭敗没，賊入關。關中陷，見前帝京篇「號略」二句注。

〔三〕九野句 徐注：吕氏春秋：天有九野，地有九州。

蘧常案：此句喻不祥之徵兆也。

〔四〕哭帝句 原注：顔延之和謝監靈運詩：謁帝蒼山蹊。

蘧常案：李善文選注：禮記：舜葬蒼梧之野。張銑文選注：蒼梧，山名，舜葬處。

〔五〕君持句 徐注：漢書蘇武傳：單于徙武北海上，武仗漢節牧羊，卧起操持，節旄盡落。晉書何無忌傳：爲徐道覆所敗，厲聲曰：取我蘇武節來。遂操節死之。

蘧常案：石匱書本傳：賊陷西安，咸正率延營三百人登陴，並棄甲去。遂執咸正降之，不屈，乃拘之營中。

〔六〕冒死句 徐注：漢書鼂錯傳：布渠答。師古注：渠答，鐵蒺藜。

蘧常案：此當謂咸正逃免義軍營事，但無文獻可徵。

〔七〕揮刀句 蘧常案：石匱書本傳：蘇國兵（案：當有誤字。據他書則爲吴三桂兵）入關，秦中人多應之。韓城人推咸正爲主，斬僞令王業昌。已而知爲東兵，遂入山中不肯起。

〔八〕一炬句　徐注：杜牧阿房宫賦：楚人一炬。後漢書董卓傳：董卓既斬，乃尸卓於市。天時始熱，卓素充肥，脂流於地。守尸吏然火置卓臍中，光明達曙。

蘧常案：似謂殺王業昌事，「一炬」謂臍中然火，徐注引阿房宫賦，非。

〔九〕東胡句　蘧常案：後漢書烏桓傳：烏桓者，本東胡也。此斥清。清史稿世祖本紀：順治二年正月，自成遁走西安，壬寅，多鐸師至西安。二月庚午，阿濟格剿陝西餘軍，克四城，降三十八城，全秦底定。故曰「東胡勢薄天」也。

〔一〇〕少梁句　徐注：史記魏世家：魏文侯六年，城少梁。惠王九年，與秦戰少梁。十七年，與秦戰元里，秦取我少梁。

蘧常案：少梁在今陝西韓城縣南。時咸正方自韓城避清兵於山中。山或在少梁，故云。

〔一一〕遂從句　蘧常案：黄冠，禮郊特牲：野夫黄冠。黄冠，草服也。孫希旦集解：黄冠，乃臺笠之屬，其色黄也。此指草野之服。石匱書本傳：明年（案：謂丙戌）南歸，以全髮走二千餘里抵吴。

〔一二〕豈知二句　徐注：唐書顔杲卿傳：禄山使史思明等攻常山，六日而陷。杲卿瞋目罵，禄山不勝忿，縛之天津橋柱，詈不絶，賊鉤斷其舌曰：能復罵否？杲卿含胡而絶。明史朱大典傳附顧咸建：字漢石，崑山人，大學士鼎臣曾孫也。崇禎十六年進士。授錢塘知縣。甫之官，聞京師陷，人情恟恟，咸建戢奸宄，嚴警備。及南都失守，鎮江守將鄭彩等率衆還，緣道劫掠，咸建出私財迎犒，乃斂威去。無何，馬士英擁兵至；頃之，大將方國安兵亦至。咸建謀於上官，先期遣使行賂，兵乃不入城。四鄉多被淫掠。時監司及郡縣長吏悉逋竄，咸建散遣妻子，獨守官不去。潞王既降，咸建不去，尋被執，死之。南略：咸正季弟咸受，甲子舉人。城破亦死。冒云：咸受字幼疏。

蘧常案：唐書忠義傳：顏杲卿與真卿同五世祖。假常山太守。安禄山反，真卿在平原，約共起兵，傳檄河北，兄弟兵大振。故詩以比咸建。石匱書有傳，書死事甚詳，云：清兵至武林，巡撫張秉貞降，勒咸建納錢塘縣印，咸建痛哭，欲掛冠去。或告貝勒曰：錢塘令，潞王所與深謀者也，其人才望素著，且大得民心，宜亟用之，否則亟殺之。於是以騎卒趣咸建，咸建知不免，曰：往而死，職也！迺具衣冠往。貝勒啖以美官，咸建聲色甚厲，願蚤賜一死。貝勒不忍殺，命就獄。趨而出，衣冠坐獄中，不言，書於案曰：國不可負，親不可辱！詰朝，復趣入，譯者曰：爾從則爲杭嚴道，不從則死。咸建曰：死則死耳，吾豈爲一杭嚴道生哉！復啖以巡撫，咸建踊躍而呼曰：可速殺我！遂徑出不顧，迺與同縶者四人就刑朝天門，時六月二十日也。（案：徐松譜則謂「咸建棄官去，追及之於吴江，閏六月朔，殺之」，與此不同。然孫以榮湖墅詩鈔謂「許孝恭昭遠尚氣節，國初錢塘令顧咸建以節死，懸首鎮海樓，孝恭力請於貝勒，爲斂而歸之」，則咸建死杭州確矣。）玩詩意，似咸建死於咸正未歸以前，然咸正歸在四月，而咸建死在六月，則已「化哀鵑」云云，蓋不可泥説歟？哀鵑，見前大行皇帝哀詩「望帝」注。

〔三〕所念句　徐注：左傳宣公十二年：取其鯨鯢而封之。説文：「鱷，海大魚也。」「鱷」或作「鯨」，此指清兵。

〔四〕桑榆　原注：後漢書光武紀：賜馮異詔曰：可謂失之東隅，收之桑榆。

蘧常案：石匱書本傳：抵吴，日夜籌所以報國。

〔五〕巖下棲　徐注：夏侯湛文：或背豐榮以巖棲。

〔六〕便蹴二句　蘧常案：見後擬唐人五言八韻祖豫州聞雞詩注。

〔七〕春水句　蘧常案：樓船，見前海上詩注。此疑謂咸正密疏隆武，託舟山黄斌卿轉達事。見上題注。

〔八〕湖上句　徐注：劉峻五等諸侯論：鉦鼙震於閫宇。

蘧常案：湖上，見前上吴侍郎暘詩注。

〔九〕句吴二句　徐注：史記吴大伯世家：自稱句吴。注：句，發語詞。詩：爲下國綴旒。詩秦風無衣傳：秦人刺其君好攻戰，亟用兵。

蘧常案：徐松譜云：亭林之從軍於吴，咸正必同行。故有此二句。

〔二〇〕殽潼　徐注：王勃秋日楚州郝司户宅遇錢鶴使君序：郢路極於殽、潼。蘧常案：殽、潼，即二崤與潼關，狀其險峻，自古爲用兵之地也。

〔二一〕别馬　徐注：庾信李陵蘇武别贊：歸驂欲動，别馬將前。

蘧常案：此四句言江南用兵，與秦中不同，似仍「争雄必上游」之意。

〔二二〕天子二句　徐注：南疆逸史顧咸建傳：閩中贈太僕少卿，謚忠節。西京雜記：中書以武都紫泥爲璽竇，加絲綈其上。

蘧常案：漢書史丹傳：天子自臨軒檻。思文大紀隆武元年七月，僅言旌表錢塘縣知縣顧咸建死節。

〔二三〕高景二句　原注：漢書：周苛死滎陽，乃拜其弟昌爲御史大夫。後以功封汾陰侯。苛子成，以父死事封高景侯。徐注：史記張儀列傳：陳軫曰：今仕楚執珪，貴富矣！

蘧常案：分符，見前李定自延平歸詩「使者」句注。

〔二四〕俊拔　徐注：新唐書孫逖傳：逖幼有文，舉手筆俊拔、哲人奇士隱淪屠釣及文藻宏麗等科。

蘧常案：似當用宋史陳宜中傳「性特俊拔」語。

〔二五〕金閨　徐注：江淹别賦：金閨之諸彦。注：金馬門也。

〔二六〕指顧句　蘧常案：「指顧」，倏忽也。最後八句，推崇顧氏昆仲，俊才拔俗，宜綏靖中原，安撫黎庶，指顧間事耳。亦爲亭林亟望之事也。

大漢行

【解題】

黄注：案：此篇殆爲明季諸王争立而作。

蘧常案：史記司馬相如列傳：爲鼓一再行。索隱：古樂府長歌行、短歌行，皆曲行也。此言一再行，謂一兩曲。徐師曾詩體明辨：步驟馳騁，疏而不滯者，曰行。

大漢傳世十二葉〔一〕，祚移王莽繇居攝〔二〕。黎元愁苦盜賊生〔三〕，次第諸劉興宛葉〔四〕。一時併起實倉皇〔五〕，國計人心多未協〔六〕。新市將軍憚伯升〔七〕，遂令三輔重焚劫〔八〕。指揮百二歸蕭王，一統山河成帝業〔九〕。吁嗟帝王不可圖，長安天子今東都〔一〇〕。隗王白帝何爲乎〔一一〕？扶風馬生真丈夫〔一二〕。

【彙注】

〔一〕大漢句　蘧常案：漢書叙傳云：起元高祖，終于孝平王莽之誅，十有二世。述高紀第一，惠紀第二，高后紀第三，文紀第四，景紀第五，武紀第六，昭紀第七，宣紀第八，元紀第九，成紀第十，哀紀第十一，平紀第十二。不數孺子嬰。

〔二〕祚移句　徐注：漢書王莽傳：初封新都侯，加安漢公。弒平帝，迎立宣帝玄孫孺子嬰。羣臣奏太后，請安漢公踐阼，謂之攝皇帝。詔曰可。以丙寅爲居攝元年，遂移漢祚。

〔三〕黎元句　徐注：漢書王莽傳：莽不聽嚴尤語，轉兵穀如故，内郡愁於徵發，始流亡爲盜賊。明史楊嗣昌傳：「神宗末，增賦五百二十萬，崇禎初，復增百四十萬，總名遼餉。至是復增勦餉、練餉，先後增賦千七百七十萬，民不聊生，益起爲盜。又：中原饑，羣盜蜂起，嗣昌請開金銀銅錫礦以解散其黨。又議增兵、增餉，其措餉之策有四：曰因糧，曰事例，曰溢地，曰驛地。天下愈擾。

〔四〕次第句　徐注：通鑑：安衆侯劉崇起兵討莽，從者百餘人，遂進攻宛，不克而死。東郡太守翟義奉劉信舉兵討莽，三輔豪傑皆應，衆至十餘萬。徐鄉侯劉快起兵討莽，不克，死之。又：宗室劉縯及弟秀起兵春陵，興復帝室，新市、平林兵皆附之。王常謂諸將曰：今南陽諸劉舉宗起兵，觀其來議者，皆有深計大慮，與之并合，必成大功。一統志：宛，今南陽縣；葉，今鄧州。

〔五〕一時句　原注：漢書賈誼傳：高皇帝與諸公併起。師古曰：併，音步鼎反。徐注：南略：甲申五月，福王由崧立南京。乙酉六月，杭人擁立潞王常淓爲監國。閏六月，鄭鴻逵、蘇觀生、黄道周等奉唐王聿鍵稱監國，立於福州。先是靖江王亨嘉自稱監國於紹興。是年十月，丁魁楚等立桂王於肇慶，號永曆。十一月，蘇觀生等又立唐王弟聿𨮁於廣州，改元紹武。

〔六〕國計句　徐注：荀子：明主使天下必有餘而上不憂不足，如是則上下俱富，交無所藏之，是知國計之極也。易：聖人感人心而天下和平。後漢書光武紀：惟大王以社稷爲計，萬姓爲心。

〔七〕新市句　徐注：後漢書劉玄傳：新市人王匡、王鳳爲渠帥，諸亡命馬武等往從之，藏於緑林山中。地皇三年，北入南陽，號新市兵，皆自稱將軍。後漢書齊武王縯傳：漢兵已十餘萬，欲立劉氏，以從人望。南陽豪傑及王常等皆欲立劉縯，而新市、平林將帥樂放縱，憚縯威明，貪立懦弱。案：劉縯，字伯升。南略：史可法曰：福藩不忠不孝，恐難以主天下，人望皆在潞王。馬士英獨念福王昏庸，可利爲之，内賄劉孔昭，外賄劉澤清，同心推戴，必欲立之。

〔八〕遂令句　徐注：三輔，見前京口即事「三輔」注。後漢書馮異傳：光武敕異曰：三輔遭王莽、更始之亂，重以赤眉、延岑之酷，元元塗炭。今之征伐，非必略地屠城，要在平定安集耳！

〔九〕指揮二句　徐注：杜甫惜别行：指揮猛將收咸京。史記高祖本紀：秦，形勝之國也。帶河山之阻，縣隔千里，持戟百萬，秦得百二焉。後漢書光武帝紀：更始二年，遣使立光武爲蕭王。

蘧常案：百二，蘇林注：秦地險固，二萬人足當諸侯百萬人也。

〔一〇〕吁嗟二句　徐注：都邑考：光武定都雒陽，時謂長安爲西京，雒陽爲東京。班固有東都賦。

〔二〕隗王句 徐注：後漢書隗囂傳：囂知帝審其詐，遂遣使稱臣於公孫述。述以囂爲朔寧王。又：囂窮困，其大將王捷在戎丘，登城呼漢軍曰：爲隗王城守者皆必死。元和志：白帝即夔州城，與赤平山相接。初，公孫述殿前井有白龍出，因號白帝。寰宇記：公孫述據蜀土，自稱白帝，更魚腹爲白帝城。

〔三〕扶風句 徐注：後漢書馬援傳：扶風茂陵人。遂之北地田牧，常謂賓客曰：丈夫爲志，窮當益堅，老當益壯！ 黄注：案此詩，據年譜列於順治四年丁亥，是亭林三十五歲時作。其時唐王已被殺於汀州，紹武又被殺於廣州，明之諸王，惟魯王在海上，桂王在肇慶耳。魯、桂二王無争立之事，而詩言「指揮百二歸蕭王，一統山河成帝業，吁嗟帝王不可圖，長安天子今東都」，則明明言争立。故予以爲此詩作於丙戌，蓋是年十一月，蘇觀生立唐王弟聿鐭於廣州，改元紹武；丁魁楚等立桂王由榔於肇慶，改元永曆。亭林此詩，當作於其時。十二月，清師入廣州，殺聿鐭，踰年丁亥，則争立事已成過去矣，亭林何必用隗囂、馬援事以譏丁魁楚、蘇觀生，而於聿鐭之被殺，反無一言及之乎？徐注引隗囂傳及馬援傳，若兩人之事不相關者，非也。後漢書隗囂傳：初，囂與來歙、馬援相善，故帝數使歙、援奉使往來，勸令入朝，許以重爵。囂遣使謙辭。既而囂上書言三輔單弱，未宜謀蜀，帝知囂欲持兩端，不願天下統一，於是稍黜其禮，正君臣之儀。囂知帝審其詐，遂遣使稱臣於公孫述。又馬援傳：嘗謂賓客曰：丈夫爲志，窮當益堅，老當益壯！因處田牧，至有牛馬羊數千頭，穀數萬斛。

王莽末，四方兵起，公孫述稱帝於蜀，囂使援往觀之，歸謂囂曰：子陽井底蛙耳，而妄自尊大，不如專意東方。建武四年冬，囂使援奉書洛陽，見光武曰：陛下恢廓大度，同符高祖，乃知帝王自有真也！此詩末二句，蓋譏魁楚、觀生互相争立，不欲統一，有如隗囂之持兩端，而歎馬援之能識主。至於處田牧中，窮益堅，老益壯，後來亭林墾荒於西北，其志蓋早示之於此矣。

蘧常案：黄謂此詩爲永曆、紹武争立而作，是也。玩詩意，似尊桂而斥唐，或以桂監國於前乎？石匱書唐王聿鎮傳、小腆紀傳隆武紀附紹武，皆言其事，而紀傳言争立始末尤詳。紀傳作聿鐭，與石匱書不同，而與明史合。其言曰：聿鐭，隆武帝之第四弟也。隆武改元，封唐王，以主唐祀。丙戌，閩敗，浮海至廣州。時兩廣總督丁魁楚已奉永曆帝監國肇慶，故大學士蘇觀生自南安遣主事陳邦彦奉表勸進，貽魁楚書，欲與共推戴事。魁楚拒之，觀生乃旋師廣州。有番禺梁朝鍾、南海關捷先倡兄終弟及議，觀生遂與舊輔何吾騶、侍郎王應華、曾道唯、布政使顧元鏡以十一月癸卯朔，擁王監國。丁未，立爲皇帝，稱號紹武。吾騶等分掌諸部，軍國事則觀生掌之。永曆帝聞王已建號，命給事中彭燿、主事陳嘉謨齎詔至廣州諭止，復召見陳邦彦，令齎敕繼至。燿、嘉謨語不遜。王怒，殺之。邦彦聞之，不敢入，遣人以敕授觀生。觀生頗不自安，而事已不可中止，乃命番禺人陳際泰督師拒桂兵於三水，爲桂總督林佳鼎所敗。十二月，佳鼎乘勝至三山口，唐總兵林察遣海盗詐降，乘風縱火，桂僉事夏四敷赴水死，桂總兵李明忠急以所部登岸列營，泥淖深三尺，人馬盡陷，明忠以三十騎走免，肇慶大震。唐、桂方相持未下，而降將李成棟率清兵已自閩入廣，惠、潮望風下，用兩府印，移牒廣州報平安，觀生信之，不爲備。十五日，丁亥，王方閱射，俄報清兵已自東門入，城遂陷。王爲追騎所獲，投繯死。然黄謂此詩不作於丁亥而作於丙戌，則非。潘鈔本爲先生手訂之稿，此詩編於丁亥，次第二，與年譜合，不能謂年譜誤也。紹武之亡在丙戌十二月望日，此詩當作於丁亥歲初。是時道路遼遠，傳報濡滯，只知二王之争，尚不知紹武之滅，故其言云爾。如此釋之，似可兩得之矣。又黄謂先生有感於馬援之田牧，後來墾荒西北，兆端於此，似附會。詩「真丈夫」云云，不過謂其善識時務，承上文「隗王、白帝」言，不見有其他寄託，至卷二秀州詩，始有將從之言，可證也。

義士行

【解題】

徐注：史記趙世家：屠岸賈不請而擅與諸將攻趙氏於下宫，殺趙朔、趙同、趙括、趙嬰齊，皆滅其族。趙朔妻成公姊，有遺腹，走公宫匿，免身生男，屠岸賈聞之，索於宫中。夫人置兒袴中，祝曰：趙宗滅乎，若號；即不滅，若無聲。及索，兒竟無聲。已脱，程嬰謂公孫杵臼曰：今一索不得，後且復索之，奈何？杵臼曰：立孤與死孰難？嬰曰：死易，立孤難耳！杵臼曰：趙氏先君遇子厚，子強爲其難者，吾爲其易者，請先死！乃二人謀取他人嬰兒負之，衣以文葆，匿山中。嬰出，謬謂諸將軍曰：與我千金，吾告趙氏孤處。諸將皆喜，發師隨嬰攻杵臼。杵臼謬曰：小人哉程嬰！昔下宫之難不能死，與我謀立趙氏孤兒；今又賣我，縱不能立，而忍賣之乎？抱兒呼曰：天乎，天乎！孤兒何罪？請活之，獨殺杵臼可也。遂殺杵臼與孤兒。諸將喜。然趙氏真孤乃反在，程嬰卒與俱匿山中。居十五年，晉景公疾，卜之，大業之後不遂者爲祟。景公問韓厥，厥知趙孤在，乃曰：大業之後在晉絶祀者，其趙氏乎？於是召趙武、程嬰，攻屠岸賈滅其族，復與武田邑如故。

飲此一杯酒，浩然思古人。自來三晉多義士〔一〕，程嬰公孫杵臼無其倫。下宫之難何倉卒！賓客衣冠非舊日。袴中孤兒未可知，十五年後當何時？有如不幸先朝露，此恨悠悠誰與訴？一心立趙事竟成，存亡死生非所顧。嗚呼！趙朔之客真奇特，人主之尊或不能得，獨有人兮長歎空山側〔二〕。

【彙注】

〔一〕三晉　蘧常案：見前不去詩「此心」二句注。

〔二〕人主二句　徐注：明史諸王傳：太子慈烺，莊烈帝第一子，崇禎二年二月生。京師陷，賊獲太子，僞封宋王。賊敗西走，太子不知所終。由崧時，有自北來稱太子者，驗之，以爲駙馬都尉王昺孫王之明者僞爲之，繫獄中，南京士民譁然不平；袁繼咸及劉良佐、黄得功輩皆上疏争；左良玉起兵，亦以救太子爲名，一時真僞，莫能知也。由崧既奔太平，南京亂民擁王之明立之。越五日，降於清。定王慈烱，莊烈帝第三子，永王慈炤，莊烈帝第四子，賊陷京師，皆不知所終。北略：帝令送太子及永王、定王於戚臣周奎、田弘遇第。太子投周奎家，不得入，二王亦不能匿，先後擁至，自成羈之宫中，皆挾以西走。南略：吴三桂擁太子離永平，至榆河，陰逸之，入皇姑寺。太監高起潛奔西山，太子詣之，同至天津，浮海而南。八月，抵淮上，高夢箕密奏並啓士英，於是遣内豎李繼周持御札召之。入城居興善寺，使舊内監張、王二豎覘之。二豎見即抱足大慟。上怒，掠二豎死，並繼周亦鴆之。三月初三日，阮大鋮馳書士英，士英密奏以太子下中城兵馬司獄。太子入獄，長號飲泣，滿獄悽然。會楊維垣颺言王昺姪孫王之明貌類太子，兵科戴英襲以入奏，令劉正宗、李景濂等雜治之。時東宫舊講官方拱乾繫獄，詔出辨之。太子一見即云：方先生也。拱乾懼，不敢言真僞。張孫振曰：汝是王之明。太子曰：汝等不嘗立皇考之朝乎？何一旦蒙面至此？王鐸叱送還獄，十五，復審，李沾喝上桚，號呼聲徹於内。將出，舊東宫伴讀丘致中捧持大慟，即竝禽下。黄得功、劉良佐、何騰蛟、左良玉、張兆熊、袁繼咸皆陳疏力争，史可法亦請召見，以息羣囂，皆不聽。五月，弘光出奔，南都士民千數，禽王鐸，毆之，共立太子爲帝。大兵至，趙之龍捧太子出見豫王。又江南聞見録：二十五日，尋到弘光，停天界寺，豫王至靈壁侯家設宴，太子上坐，弘光昭坐，豫王穆坐，從容問弘光曰：不爲先帝報仇，反將太子監禁，此是何意？弘光默然。先生日知録云：王之明一事，中外流言，洶洶不息，藩鎮稱兵，遂以藉口，此亦亡國之妖也已。黄注：此因太子慈烺之事而作也。日知録三十有「詐稱太子」一段，徐注所引王之明云云，其文未全，如目爲「亡國之妖」，則此詩可不作矣。亭林於日知録致其疑詞曰：衛太子自殺於湖，武帝爲築歸來望思之臺，事狀明白。十年之後，猶有如成方遂之乘黄犢車詣北闕，吏民聚觀至數萬人，公卿莫敢發言者。況值非常之變，事未一年，吾君之子，天下屬心，衆口諠騰，卒難偏喻者乎？寄之中城獄舍，不加刑鞫，是爲得理，不可以亡國之君臣而加之誣詆也。亭林所謂「不可以亡國之君臣而加之誣詆」者，蓋對明史諸王傳而發，意當日亭林已見此傳也。此詩歎程嬰、杵臼無其人，則必不以爲僞太子，意謂設當時有義士保存太子，則何至有真僞之争，使藩鎮藉口稱兵而南都再亡也。故亭林之致疑，正其所以深痛也！

秦皇行

【解題】

蘧常案：史記秦始皇本紀：秦始皇帝者，秦莊襄王子也。莊襄王爲秦質子於趙，見吕不韋姬悦而取之，生始皇，名爲政，姓趙氏。年十三歲，立爲秦王。二十六年，初并天下，號曰皇帝。三十七年，出游，七月丙寅，崩於沙丘平臺。此似以秦喻清，後多類此，可相發也。

秦肉六國啖神州〔一〕，六國之士皆秦讎〔二〕。劍一發，亡荆軻〔三〕。筑再舉，誅漸離〔四〕。博浪沙中中副車，倉海神人無奈何〔五〕！自言王者定不死〔六〕，豈知天意亡秦却在此〔七〕！隕石化，山鬼言，天意茫茫安可論〔八〕？扶蘇未出監上郡〔九〕，始皇不死讎人刃〔一〇〕。

【彙注】

〔一〕秦肉句　原注：揚子法言：始皇方斧，將相方刀；六國方木，將相方肉。

蘧常案：廣雅釋詁：啖，食也。神州，見前感事詩第二首「須知」二句注。史記秦始皇本紀：十七年，内史騰攻韓，盡納其地，以其地爲郡，命曰潁川。十九年，王翦盡定取趙地，得趙王。二十二年，王賁攻魏，引河溝灌大梁，其王請降。二十三年，王翦擊荆，虜荆王，二十五年，王賁攻遼東，得燕王喜。二十六年，王賁攻齊，得齊王建。

〔二〕六國句　徐注：史記蘇秦列傳：秦，天下之仇讎也。

蘧常案：賈誼過秦論：六國之士。六國，指楚、齊、燕、趙、魏、韓六諸侯國。

〔三〕劍一發二句　徐注：史記刺客列傳：荆軻逐秦王，秦王環柱而走。羣臣皆愕，卒起不意，盡失其度。左右乃曰：王負劍！負劍！遂拔以擊荆軻，斷其左股。荆軻廢，乃引其匕首以擿秦王，不中，中銅柱。秦王復擊軻，被八創。軻自知事不就，倚柱而笑，箕踞以罵曰：事所以不成者，以欲生劫之，必得約契以報太子也！

〔四〕筑再舉二句　徐注：史記刺客列傳：高漸離匿作於宋子，擊筑而歌，聞於秦始皇，召見。人有識者，乃曰：高漸離也。秦皇帝惜其善擊筑，重赦之。乃矐其目，使擊筑，未嘗不稱善，稍益近之。高漸離乃以鉛置筑中，復進得近，舉筑扑秦皇帝，不中。於是遂誅高漸離。嘉案：軻、離，古音叶。

〔五〕博浪二句　原注：漢書張良傳：東見倉海君。注：晉灼曰：海神也。徐注：史記留侯世家：東見倉海君，得力士爲鐵椎重百二十斤。秦皇帝東游，良與客狙擊秦皇帝博浪沙中，誤中副車。秦皇帝大怒，大索天下。注：如淳曰：倉海君，東夷君長也。蘧常案：王先謙漢書補注：史記索隱：姚察以武帝時東夷濊君降爲倉海郡，或因以名，蓋得其近。案：倉海郡雖立於武帝時，必前已有此地名，故得爲名。

〔六〕自言句　徐注：南史宋武帝紀：劉寄奴王者不死。

〔七〕豈知句　徐注：史記秦始皇紀：盧生使入海還，因奏録圖書曰：亡秦者，胡也！

〔八〕隕石化三句　徐注：史記秦始皇本紀：三十六年，有墜星下東郡，至地爲石。黔首或刻其石曰：始皇帝死而地分。始皇盡取石旁居人誅之。

蘧常案：始皇本紀：是年秋，使者從關東夜過華陰平舒道，有人持璧遮使者曰：爲吾遺滈池君。因言曰：今年祖龍死。使者奉璧具以聞，始皇默然良久，曰：山鬼固不過知一歲事也！

〔九〕扶蘇句　徐注：史記秦始皇本紀：始皇坑諸生，長子扶蘇諫之，始皇怒，使扶蘇監蒙恬於上郡。

〔一〇〕讐人刃　徐注：北史序傳：手刃讐人。

墟里

【解題】

徐注：史記宋微子世家：箕子朝周，過殷之故墟。

蘧常案：此疑悼念崇禎帝殉國三周年而作。

昔有周大夫，愀然過墟里〔一〕。時序已三遷〔二〕，沈憂念方始。乃知臣子心〔三〕，無可別離此。自我陷絶域〔四〕，一再見桃李。春秋相代嬗〔五〕，激疾不可止。慨焉歲月去，人事亦轉徙。古制存練祥〔六〕，變哀固其理〔七〕。送終有時既〔八〕，長恨無窮已。豈有西向身，未昧王裒旨〔九〕。眷言託風人〔一〇〕，言盡愁不弭〔一一〕。

【彙校】

〔自我句〕潘刻本、徐注本、孫校本均作「自經板蕩餘」。徐并出注：詩傳：板，凡伯刺厲王也；蕩，召穆公傷周室大壞也。

【彙注】

〔一〕昔有二句　徐注：詩黍離序：周大夫行役過故宗廟宫室，盡爲禾黍，閔周室之顛覆，彷徨不忍去而作是詩也。

〔二〕時序句　蘧常案：時序三遷，蓋謂甲申之變，至此歲已三周矣。

〔三〕臣子心　蘧常案：臣子心，見前十二月十九日奉先妣藁葬詩「黽勉」二句注。

〔四〕絶域　黄注：謂自我國絶域之爲清兵所陷也。

蘧常案：此句意謂地既淪於異族，猶絶域也。黄注非。

〔五〕春秋句　徐注：宋元學案邵康節學案：魏鶴山曰：皇帝王霸之興替，春秋冬夏之代嬗。漢書賈誼傳：變化而嬗。注：師古曰：嬗，即禪代字，合韻。

〔六〕古制句　蘧常案：禮曾子問：小祥者，主人練祭而不旅。釋名釋喪制：期而小祥，亦祭名也，孝子除首服，服練冠也。祥，善也。加小善之飾也。

〔七〕變哀　蘧常案：禮檀弓：喪禮哀戚之至也，節哀順變也，君子念始之者也。

〔八〕送終句　原注：楊惲報孫會宗書：君父至尊親也，送其終也，有時而既。

〔九〕豈有二句　徐注：晉書孝友傳王裒：字偉元，城陽營陵人也。父儀，爲文帝司馬。東關之役，儀曰：責在元帥。帝怒，引出斬之。裒痛父非命，未嘗西向而坐。隱居教授，三徵七辟皆不就，讀詩至「哀哀父母，生我劬勞」，未嘗不三復流涕。門人竝廢蓼莪之篇。先生日知録云：如山濤者，既爲邪説之魁，遂使嵇紹之賢，亦犯天下之不韙而不顧。夫邪正之説，不容兩立，使謂紹爲忠，則必謂王裒爲不忠而後可也。何怪其相率臣於劉聰、石勒，觀其故主青衣行酒而不以動其心乎？

蘧常案：亭林文集與葉訒庵書：先妣未嫁過門，蒙朝廷旌表，國亡絶粒，以女子而蹈首陽之烈。臨終遺命，有「毋仕異代」之言，載之誌狀。故人人可出，而炎武必不可出矣。

〔一〇〕風人　蘧常案：劉勰文心雕龍明詩：自王澤殄竭，風人輟采。

〔一一〕言盡句　徐注：易繫辭：書不盡言，言不盡意。詩：心之憂矣，不可弭忘。廣韻：弭，息也。

塞下曲　二首

【解題】

徐注：古樂府有塞下曲。

趙信城邊雪化塵〔一〕，紇干山下雀呼春〔二〕。即今三月鶯花滿，長作江南夢裏人〔三〕！

【彙注】

〔一〕趙信城　原注：史記衛將軍驃騎列傳：遂至寘顔山趙信城。徐注：史記匈奴列傳：前將軍翕侯趙信兵不利，降匈奴。單于既得趙信，以爲自次王，用其姊妻之，以謀漢。信教單于益北絶漠，以誘罷漢兵。

　蘧常案：史記匈奴列傳裴駰集解：如淳曰：信前降匈奴，匈奴築城居之。沈欽韓漢書匈奴傳疏證：一統志：趙信城在喀爾喀界内。

〔二〕紇干句　原注：五代史寇彦卿傳：紇干山頭凍死雀，何不飛去生處樂？

　蘧常案：紇干山今稱紇真山，在山西大同縣東。

〔三〕即今二句　原注：梁丘遲與陳伯之書：暮春三月，江南草長，雜花生樹，羣鶯亂飛。黄注：此詩作於順治四年丁亥，去甲申北都之陷，已閲四年矣。亭林葬母後，作先妣王碩人行狀云：忽焉二載，日月有時，所以踟蹰二年而遂欲苟且以葬者也。亡國之人，長望恢復，而至於絶望，「長作江南夢裏人」，悲愴極矣！

一從都尉拜單于〔一〕，夜夜魂隨塞鴈蘆〔二〕。陛下寬仁多不殺〔三〕，可能生入玉門無〔四〕？

【彙校】

〔拜單于〕潘刻本、徐注本、孫校本均作「生降去」。

【彙注】

〔一〕一從句　徐注：史記李將軍列傳：孫陵拜爲騎都尉。又：虜急擊，招降陵。陵曰：無面目報陛下！遂降匈奴。明史楊國柱傳：十四年，祖大壽被困錦州，總督洪承疇率八大將往救。又曹變蛟傳：承疇命變蛟營松山之北，乳峰山之西兩山間，列七營，環以長壕。及出戰，連敗，餉道又絶。變蛟聞敗，馳至松山與承疇固守。自是錦州圍益急，而松山亦被圍，援矢俱絶。明年二月，副將夏成德爲内應，松山遂破。承疇及巡撫丘民仰、總兵祖大樂、兵備道張斗、姚恭、王之楨、副將江翥、饒勛等皆被執見殺，承疇、大樂得免。三月，祖大壽遂以錦州降，松山、杏山連失。又丘民仰傳：城破，承疇降，民仰死。事聞，帝驚悼甚，設壇都城，承疇十六，民仰六，賜祭盡哀。尋命建祠都城外，帝將親臨祭，聞承疇降，乃止。

蘧常案：清史稿洪承疇傳：崇德七年二月，上命送承疇至盛京，欲收承疇爲用，命范文程諭降。承疇方科跣謾罵，文程徐與語，梁間塵偶落著承疇衣，承疇拂去之。文程遽歸告上曰：承疇必不死，惜其衣，況其身乎？上自臨視，解所御貂裘衣之曰：先生得無寒乎？承疇瞠視久，歎曰：真命世之主也！乃叩頭請降。上大悦。此承徐説補之。然此時承疇降已久，清廷倚重甚，方經略南方，無因望其反正。予頗疑蓋謂鄭芝龍也。芝龍於去歲丙戌十一月十五日降於清，明季遺聞、南略皆詳載其事。遺聞云：清兵至泉州，芝龍保安平，貝勒令泉紳郭必昌者招之。會固山兵逼安平，芝龍怒。貝勒乃令離安平三十里，遣人持書曰：兩粵未平，今鑄閩粵總督印相待。芝龍大悦。其子弟皆勸入海，而芝龍田園徧閩、粵，駑馬戀棧，遂進降表。十一月十五日至福州朝見，貝勒握手甚歡，遂命酒痛飲，飲三日。夜半忽拔營起，遂挾之而北，從者五百人，皆不得見。芝龍謂貝勒曰：北上面君，乃龍本願，但子弟多不肖，擁兵海上，倘有不測，奈何！貝勒曰：此無與爾事，亦非吾所慮也！故詩下歎其欲南歸而不得曰「夜夜魂隨塞鴈蘆，可能生入玉門無」也。考清史稿洪承疇傳，時承疇正坐鎮南京，與此皆不合。

〔二〕鴈蘆　徐注：尸子：鴈銜蘆以捍網。

〔三〕陛下句　原注：史記柴將軍遺韓王信書曰：陛下寬仁，諸侯雖有畔亡而復歸，輒復故位號，不誅也。

〔四〕可能句　徐注：後漢書班超傳：臣不敢望到酒泉郡，但願生入玉門關。

海上行

【解題】

蘧常案：此詩蓋傷魯監國之飄泊海上也。監國於去歲至舟山，守將黄斌卿不納。永勝伯鄭彩以其軍扈入閩。鄭芝龍密令彩執監國，彩不可。十一月，丙寅，次中左所（案：即今厦門）。會鄭成功起兵海上，駐中左所，修唐、魯舊嫌，意不欲奉監國，稱明年爲隆武三年，於是彩奉監國改次長垣。詳小腆紀年。

大海天之東，其處有黄金之宫〔一〕，上界帝子居其中〔二〕。欲往從之〔三〕，水波雷駭〔四〕；幾望見之，以風爲解〔五〕。徐福至彼，止王不來〔六〕。至今海上人，時見城郭高崔嵬〔七〕。黿鼉噴沫〔八〕，聲如宫商〔九〕。日月經之，以爲光明〔一〇〕。或言有巨魚，身如十洲長〔一一〕，幾化爲龍不可當〔一二〕，一旦失水愁徬徨。北冥之鯤〔一三〕，有耶無耶？又言海中之棗大如瓜，棗不實，空開花〔一四〕。但見鯨魚出没，鑿齒磨牙〔一五〕。昔時童男女，一去不回家。東浮大海難復難，不如歸去持魚竿〔一六〕。

【彙注】

〔一〕黃金之宫　蘧常案：見前海上詩「水湧」二句注。

〔二〕上界句　徐注：楚詞九歌湘夫人：帝子降兮北渚。

蘧常案：雲笈七籤：上界宫館，生於窈冥。

〔三〕欲往句　蘧常案：張衡四愁詩：我所思兮在桂林，欲往從之湘水深。

〔四〕雷駭　徐注：郭璞井賦：聲雷駭以漰灂。

〔五〕幾望二句　徐注：史記封禪書：始皇自以爲至海上而恐不及，使人乃齎童男女入海求之。船交海中，皆以風爲解，曰：未能至，望見之焉。

〔六〕徐福二句　蘧常案：史記秦始皇本紀：齊人徐市等上書言：海中有三神山，僊人居之，請得齋戒，與童男女求之。於是遣徐市，發童男女數千人，入海求僊人。杜光庭仙傳拾遺作「徐福，字君房」。元吾丘衍閒居録：秦方士徐市又作徐福，非有兩名。「市」乃古「黻」字，漢時未有反切，但以聲相近字音注其下。後人讀作「市廛」之「市」，故疑福爲别名也。史記淮南衡山列傳：秦使徐福入海求神異物，遣振男女三千人，資之五穀種種百工而行。徐福得平原廣澤，止王不來。正義：括地志云：亶州在東海中，秦始皇使徐福將童男女，遂止此州，其後復有數洲萬家。仙傳拾遺作「祖洲」。

〔七〕崔嵬　徐注：詩：陟彼崔嵬。

〔八〕黿鼉句　徐注：木華海賦。或屑没於黿鼉之穴。西京雜記：瓠子河決，有蛟龍從九子自決中逆上入河，噴沫蹴波數十里。

〔九〕聲如句　徐注：詩序：聲成文。箋：宫商上下相應也。

蘧常案：禮記月令：季夏之月，其音宫，律中黄鐘之宫；孟秋之月，其音商，律中夷則。

〔一〇〕日月二句　原注：史記大宛列傳贊：日月所相避，引爲光明也。

〔一一〕或言二句　徐注：史記秦始皇本紀：始皇夢與海神戰，如人狀，問占夢博士，曰：水神，不可見，以大魚蛟龍爲候。乃令入海者齎捕巨魚具，而自以連弩候大魚出射之。自琅邪北至榮成山，弗見；至之罘見巨魚，射殺一魚。十洲記：漢武帝聞王母説巨海之中有祖洲、瀛洲、玄洲、炎洲、長洲、元洲、流洲、生洲、鳳麟洲、聚窟洲，有此十洲。

〔一二〕幾化句　徐注：粤遊見聞「監國魯王還台州」注：清兵追魯王海中，忽見龍昇天，清兵没水者無算，因此得免。　全云：謂監國。

蘧常案：失水，見前帝京篇「率土」句注。徐譜：詩云「大海天之東，帝子居其中。巨魚化龍，一旦失水」云云，蓋謂魯王之入海，徒以海水爲金湯，舟楫爲宫殿，終于淪亡也。粤游見聞云云，當係海市蜃樓也。

〔一三〕北冥句　徐注：莊子逍遥遊：北冥有魚，其名曰鯤。　全云：謂鄭彩輩。

〔一四〕又言三句　原注：晏子春秋：景公問晏子曰：東海之中有棗，華而不實。徐注：史記封禪書：少君言曰：臣嘗遊海上，見安期生食巨棗，大如瓜。

蘧常案：小腆紀傳監國魯王紀：丁亥春，正月癸卯朔，王在長垣，稱監國二年。以熊汝霖爲東閣大學士，加張煌言右僉都御史。辛未，王禡牙誓師，提督楊耿、總兵鄭聯皆以兵來會。進鄭彩建國公，張名振定西侯，楊耿同安伯，鄭聯定遠伯，周瑞閩安伯，周鶴芝平夷伯，阮進蕩湖伯。二月壬申朔，襲海澄，圍其城。癸酉，攻漳州，總兵陳國祚戰死。甲戌，清兵救海澄，退入海。丙子，閩人洪有楨起兵復漳浦。己卯，遣兵攻福州，尋攻興化，癸巳，攻福清，俱不克。夏四月，漳浦復陷。此所謂棗大如瓜，不實，空開花也。

〔一五〕但見二句　徐注：周處風土記：海中有鯨魚，穴處海底，出則潮下，入則潮上，出入有時，故有上下。漢書揚雄傳：鑿齒之徒，相與磨牙而争之。

蘧常案：山海經海外南經：羿與鑿齒戰於壽華之野，羿射殺之。郭璞注：鑿齒亦人也，齒如鑿，因以名之。淮南子墜形訓：鑿齒民。高誘注：吐一齒出口下，長三尺也。徐譜：鯨魚鑿齒云云，先生知鄭芝龍之負恩喪國，其子成功始則附閩，繼則附粵，終不爲魯王用，而舟山非可以圖存也。蘧常案：此時魯王尚在長垣，至己丑，即順治六年九月，張名振、阮進、王朝先殺黃斌卿後，始駐舟山。徐云舟山非可以圖存，誤。

〔一六〕東浮二句　蘧常案：徐譜：二句以明決不宜往之意。全謝山神道表以爲幾豫吳勝兆之禍，欲赴海上，道梗不前者，似未知先生之意也。張譜：據元譜，則先生實至海上，謝山云道梗不前，誠非實録。但詩編於塞下曲後，塞下曲云「即今三月鶯花滿」，此詩當作于春末夏初，尚未赴海上耳。明年戊子將遠行詩云「去秋闕東溟」，尤實至海上之顯證。

哭楊主事廷樞

【解題】

蘧常案：南疆逸史楊廷樞傳：廷樞字維斗，吴縣人。爲諸生，以氣節自任。天啓丙寅，逆奄矯詔逮吏部周順昌，廷樞倡率士民數千人謁巡撫，欲上書令申救，巡撫不可，哭聲震地。校尉呼問，即擊殺之。已而逮御史黄尊素者又至驛中，士民共出閶門，焚其舟。巡撫毛一鷺懼禍，殺五人以謝奄。廷樞僅以身免，然亦以此知名。崇禎庚午舉應天鄉試第一。乙酉，避地湖濱，浙東遥授翰林院檢討，兼兵科給事中。廷樞深自韜晦，歸隱鄧尉山。丁亥四月，吴勝兆反，爲之運籌者戴之儁，廷樞門人也。事敗，詞連廷樞，被執，殺于市橋。元譜：廷樞，福王時薦授兵部主事，監察御史。案：此官爲隆武所授，見下，元譜非。

吴下多經儒，楊君實宗匠〔一〕。方其對策時〔二〕，已負人倫望〔三〕。未得侍承明〔四〕，西京俄淪喪〔五〕。五馬遂南來〔六〕，汪黄位丞相〔七〕。幾同陳東獄，幸遇明主放〔八〕。佛貍飲江南〔九〕，真龍起芒碭〔一〇〕。首獻大横占，竝奏東胡狀〔一一〕。手詔曰：朕甚感楊廷樞之占卦。是日天顏迴，喜氣浮綵仗〔一二〕。御筆授二官，天墨春俱盎〔一三〕。擢兵部主事，兼監察御史。魚麗笠澤兵〔一四〕，烏合松陵將〔一五〕。滅跡遂躬耕，猶爲義聲唱〔一六〕。松江再蹉跌〔一七〕，搜伏窮千嶂〔一八〕。竟入南冠囚，一死神慨忼〔一九〕。往秋夜中論，指事竝吁悵！我慕淩御史凌駉〔二〇〕，倉卒當絶吭。齊蠋與楚龔〔二一〕，相期各風尚。君今果不食〔二二〕，天日情已諒〔二三〕。隕首蘆墟村〔二四〕，噴血胥門浪〔二五〕。唯有大節存，亦足酬帝貺。灑涕見羊曇君甥衛向〔二六〕，停毫默悽愴〔二七〕。他日大鳥來，同會華陰葬〔二八〕。

【彙校】

〔題〕潘刻本無「廷樞」二字，目録題下有。

〔佛貍〕潘刻、徐注本、孫校本作「牧馬」。

〔真龍〕潘刻本「真」作「□」。

〔東胡〕曹校本作「東邊」；潘刻本、徐注本作「北邊」；孫校本作「冬虜」，韻目代字也。句下自注：「詔曰」等十二字，潘刻本作「□□□□」。

〔天顏迴〕潘刻本「天」作「□」；徐注本、吳、汪、曹三校本作「天顏回」。丕績案：迴、回，古今字。

〔御筆〕潘刻本「御」作「□」。

〔天墨句〕「墨」或本作「黑」，丕績案：「天墨」謂天子所灑之翰墨；作「黑」非。

〔我慕句〕下自注：「凌駉。」　孫校本多「『駉』原作『駟』」四字。

〔帝覎〕潘刻本「帝」作「□」。

〔灑涕句〕下自注：「君甥衛向。」　孫校本有「『向』原作『尚』」四字。

【彙注】

〔一〕楊君句　徐注：蘇州府志人物：楊廷樞，大淶子。自爲諸生，即以文章氣節負重名。倡應社於吴中，與太倉張溥、張采等分經立課。集漢、唐以下諸儒義疏傳説，辨源流得失；爲文章必傳經義，學者因其所居皋里，稱皋里先生。領解後，聲譽益盛，門弟子著録者二千人。

蘧常案：查繼佐國壽録舉人楊廷樞傳：門多生徒，每評政制義，海内奉爲典則，稱吴門派云。

〔二〕對策　蘧常案：見前帝京篇「對策」句注。

〔三〕人倫望　蘧常案：後漢書盧植傳：盧尚書海内大儒，人之望也。晉書王澄傳：時人許以人倫之鑒。

〔四〕承明　蘧常案：漢書嚴助傳：助爲會稽太守，帝賜書曰：「君厭承明之廬。」注：張晏曰：承明廬在石渠門外。

〔五〕西京　蘧常案：見前大漢行「吁嗟」二句注。

〔六〕五馬句　徐注：晉書五行志：惠帝太安中童謡曰：五馬浮渡江，一馬化爲龍。後中原大亂，宗藩多絶，惟琅邪、汝南、西陽、南頓、彭城同至江東，而元帝嗣統。

蘧常案：晉書作「游渡江」。藝文類聚卷十三引晉陽秋「游」作「浮」。

〔七〕汪黄句　徐注：宋史高宗紀：建炎元年，黄潛善爲中書侍郎，汪伯彦同知樞密院事。明史袁繼咸傳：高傑新封，因赴閣責可法不當封傑，士英嗛之。俄，陳致治守邦大計，引宋高宗用黄潛善、汪伯彦事，語復侵士英。

〔八〕幾同一句　徐注：續通鑑：宋高宗建炎元年，殺前太學録陳東、布衣歐陽澈。東自丹陽召至，未得對。會李綱罷，乃上書乞留綱而罷黄潛善、汪伯彦。不報。又上疏請帝親征，以還二聖，治諸將不進兵之罪，以作士氣，車駕勿幸金陵。又不報。會撫州布衣歐陽澈上書極詆用事大臣，潛善遽以激怒帝，乃與澈同斬於市。東初未識綱，特以國故爲之死，識與不識，皆爲流涕。

蘧常案：元譜：福王時馬、阮當國，抑不能用，罷歸。此當指楊廷樞事也。

〔九〕佛貍句　段注：南史：不聞童謡言耶？「虜馬飲江水，佛貍死卯年。」

蘧常案：佛貍事，詳後卷四羌胡引「佛貍」句注。

〔一〇〕真龍句　徐注：史記高祖本紀：高祖即自疑，亡匿，隱於芒碭山澤巖石之間。

蘧常案：明史志樂三喜昇平：風雲密，濠梁千載真龍出。真龍出，鯨鯢豺虎，掃除無迹。

〔一一〕首獻二句　蘧常案：大横占，見前帝京篇「占龜」句注。東胡，見前贈顧推官咸正詩「東胡」句注。

〔一二〕是日二句　徐注：沈佺期和幸韋嗣立山莊應制詩：北闕晴空綵仗來。

〔一三〕御筆二句　徐注：北史魏彭城王勰傳：作露布尤類帝文，見者咸謂御筆。

蘧常案：思文大紀：隆武二年四月，楊廷樞以前職方司主事兼山東道御史。

〔一四〕魚麗句　徐注：左傳桓公五年：爲魚麗之陳。

蘧常案：左傳哀公十七年：越子伐吴，吴子禦之笠澤，夾水而陳。程大昌續演繁露：笠澤江，松江也。案：此句似謂沈猶龍、陳子龍、李待問、章簡等守松江事，故下言吴勝兆之敗曰「再蹉跌」也。

〔一五〕烏合句　徐注：蘇州府志：吴江縣本吴縣地，唐曰松陵。

蘧常案：徐注引蘇州府志，又引陸龜蒙松陵集序，以松陵爲松江，語模棱，實與上句複。「松陵將」當謂吴暘等義師，詳前上吴侍郎暘詩「依山」二句注。義師凡數起，不相統率，故曰「烏合」也。吴江、松江兩地事，皆與廷樞有連，故詩及之。葉紹袁啓禎記聞録云「蘇郡府志：南京解元楊廷樞避居光福，交游殊廣，湖海之屯聚者，以興復明朝爲辭，楊君潛通書札」，可證。

〔一六〕義聲唱　徐注：庾信哀江南賦：兄弟三人，義聲俱唱。

蘧常案：此兩句言楊雖退隱，猶唱復明室。

〔一七〕松江句　蘧常案：讀史方輿紀要：松江府險阨三江，府北七十四里有吴淞江，亦曰松江。陸深蜀都雜鈔：吾郡松江，本緣淞江得名，其地每有水災，乃去水而作松。案：此言吴勝兆反正之敗，詳解題。

〔一八〕搜伏句　蘧常案：石匱書後集楊廷樞傳：廷樞攜其妻費氏并其女，匿洞庭山中，三年不至城市。一日爲縣官所跡，報聞，土國寶差兵擒獲。

〔一九〕竟入二句　蘧常案：南疆逸史：廷樞被執於舟中，慨然曰：予自幼讀書，慕文信國爲人，今日之事，乃其志也！被縛以來，餓五日，遍體受傷，十指俱損，而胸中浩然之氣，正與信國斬燕市時不異，俯仰欣然，可以無憾。五月朔，大帥會鞫於吴江之泗洲寺，廷樞不屈。巡撫重其名，命之薙髮，廷樞曰：砍頭事小，薙髮事大。臨刑，大聲曰：生爲大明人！刑者急揮刃，首墮於地，復曰：死爲大明鬼！（蘧常案：石匱書曰：「臨刑但呼太祖高皇帝，不屈膝。頭將落，猶呼『大明』二字而死。」較爲近實。）監刑者爲咋舌。亟禮而殯之。

〔二〇〕凌御史　蘧常案：南疆逸史凌駉傳：駉字龍翰，歙縣人。崇禎癸未進士。授兵部職方主事，贊畫督師李建泰軍。建泰至保定降，駉獨戰，身負數十創，突圍至臨清，臨清亦陷，募兵三千人，部署鄉勇，擒斬賊官，臨清、濟寧同日收復。間道使人上書，請收拾山東。當是時，朝議方以江北分四鎮，遂無一人計及山東者，疏入不省。以兵科給事中授之，不受。十七年七月，東昌下，駉走大名。冬至南京，授監察御史，巡按山東，而山東已潰，乃入河南。及許定國殺高傑，走降清，導清兵從河南渡河。駉行部至歸德，兵猝至，遣人入城説降，駉斬之。次日，守者開門迎降，駉將飲藥自殺，豫王令生（案：「生」原作「先」，兹依南略改。石匱書作「兵」，亦誤。）致凌御史，不者，城且屠。駉歎曰：與其慷慨而殃小民，何如從容而全大義！遂往見。長揖不拜，豫王賜觴勸之，駉辭，明日，王見駉無降意，取學道蔡鳳、監軍道吴琦於駉前斬之，曰：公以首領易虚名乎？駉曰：已辦一死矣！遺以貂裘革舄，皆不受。遂死。王命殯之，民皆大哭失聲。事聞，贈兵部侍郎。年四十三。

〔二〕齊蠋句　徐注：史記田單列傳：燕人欲以蠋爲將，封以萬家。蠋曰：忠臣不事二君，貞女不更二夫！遂經其頸於樹枝，自奮絶脰而死。齊亡，大夫聞之曰：王蠋布衣也。義不北面於燕，況在位食禄者乎？漢書兩龔傳：兩龔，皆楚人也。勝字君賓，舍字君倩，二人相友，竝著名節，故世謂之楚兩龔。勝徵爲光禄大夫，舍以勝薦，徵爲諫大夫，拜太山太守。舍、勝既歸，郡二千石長吏初到官，皆至其家，如師弟子之禮。舍，王莽居攝中卒。莽既篡國，遣使者奉璽書印綬，安車駟馬迎勝，勝稱病篤。使者要説，至以印綬就加勝身，勝輒推不受。使者五日壹與太守俱問起居。勝自知不見聽，即謂門人高暉等：吾受漢家厚恩，今年老矣，旦暮入地，誼豈以一身事二姓下見故主哉！因敕以棺斂喪事，語畢，遂不復開口飲食，積十四日死，時七十九。

〔二二〕不食　邃常案：不食，謂不食往秋之言也。應上「往秋夜中論，指事并吁長」句。

〔二三〕天日　段注：韓愈柳子厚墓誌銘：指天日涕泣，誓生死不相背負。

〔二四〕隕首句　邃常案：元譜：楊終以不屈，被殺於蘆墟村。啓禎記聞録：上臺密令統兵者襲執楊君，時二陳、巴三公紮營在蘆墟，解廷樞到臺，抗言不屈，爲巴提督所手刃。蘇州府志：五月朔，巡撫土國寶會鞫於蘆墟泗州寺，命薙髮，終不屈，乃殺之。年五十三。

〔二五〕噴血句　徐注：蘇州府志城池：西曰閶門，曰胥門。越絶書：姑胥門又名胥門，外有九曲路，闔閭造以遊姑胥之臺，以望太湖。

〔二六〕灑涕句　徐注：晉書謝安傳：曇者，爲安所愛重。安薨後，行不由西州路。嘗因大醉，不覺至州門，以馬策扣扉，誦曹子建詩曰：生存華屋處，零落歸山丘。慟哭而去。案：羊曇爲謝安甥，以擬衛向。

〔二七〕停毫　徐注：隋書許善心傳：文不加點，筆不停毫。

〔二八〕他日二句　徐注：後漢書楊震傳：順帝以禮改葬震於華陰潼亭，遠近畢至。先葬十餘日，有大鳥高丈餘，集震喪前，俯仰悲鳴，淚下沾地，葬畢，乃飛去。郡以狀聞。又，震孫奇，靈帝時爲侍中。帝問曰：朕何如桓帝？奇對曰：陛下之於桓帝，亦猶虞舜比德唐堯。帝不悦，曰：卿真楊震子孫，死後必復致大鳥矣。

推官二子執後欲爲之經營而未得也而二子死矣 二首

【解題】

冒云：二子之死，先其父一月，故亭林哭顧推官詩亦在此詩之後。

蘧常案：歸莊兩顧君大鴻仲熊傳：丁亥夏五月，吾友顧大鴻、仲熊匿兵科都給事中陳公於家，事覺皆死。友人顧寧人爲之狀，不詳其平生，乃爲之傳。顧氏世爲崑山人。大鴻諱天逵，仲熊諱天遴，太保武英殿大學士文康公之玄孫。延安府推官以家居潛謀興復事洩被收而死者曰咸正，其父也。兩君生於世家，被服儒雅，忠孝節義其所習。乙酉之難，皆削髮爲僧，居西山之潭東。大鴻欲走閩中，道不通而止。已而大鴻從其婦翁太學侯君，居嘉定之廠頭。會吴將軍勝兆謀起兵，未發而敗，事連同謀者陳給事。太學屬大鴻轉之崑山，仲熊時從山中來視其兄，遂兄弟載給事以俱歸，居之墓舍。越二日，隸人逐跡得之，縛其兄弟并給事以去。太學亦自嘉定執至。給事自擲水中以死，三人則同日見殺於松江。大鴻以縣學生員貢入國子監，死時年三十。仲熊府學生員，死時年二十七。陳給事名子龍，侯太學名岐曾。案：先生兩顧事狀今不傳。

生來一諾比黃金〔一〕，那肯風塵負此心〔二〕。不是白登詩未解，菲才端自媿盧諶〔三〕。

【彙注】

〔一〕生來句　徐注：史記季布列傳：曹丘生曰：得黄金百斤，不如得季布一諾，足下何以致此聲名於梁、楚間哉！

〔二〕負此心　徐注：晉書劉弘傳：匹夫之交，尚不負心，何況大丈夫乎！

〔三〕不是二句　原注：晉書：劉琨作詩贈别駕盧諶，引鴻門、白登之事，用以喻意。諶素無奇略，以常詞酬和，殊乖琨心。

蘧常案：「喻意」晉書作「激意」。詳詩意，二顧必有書求援，欲經營而未得也。

招魂〔三〕。

蒼黄一夜出城門，白刃如霜日色昏〔一〕。欲告家中賣黄犢〔二〕，松江江上去

【彙校】

〔家中〕徐注本，吴、汪兩校本作「我家」。

【彙注】

〔一〕白刃句　蘧常案：張束之出塞詩：楚劍利如霜。此言二子之死。錢肅潤南忠記生員顧公

傳：當事索子龍，因及天逵兄弟。天逵曰：吾一人罪，與弟無干！天遴曰：吾兩人同在此，安得獨罪吾兄？兄弟争死不輟，俱殺于泖湖。

〔二〕欲告句　原注：古樂府平陵東：歸告我家賣黄犢。

蘧常案：崔豹古今注：平陵東，漢翟義門人所作也。黄節漢魏樂府風詩箋：漢書翟義傳：爲渤海太守，民有帶持刀劍者，使賣劍買牛，賣刀買犢，曰：何爲帶牛佩犢！賣黄犢，謂賣犢買刀，爲義復仇也。

〔三〕松江句　徐注：宋玉招魂：乃下招曰：魂兮歸來。

蘧常案：松江，詳解題及前哭楊主事廷樞詩「松江」句注。禮喪大記：復有林麓，則虞人設階。鄭玄注：復，招魂復魄也。案：徐注引宋玉招魂，然宋玉招魂爲憐哀屈原魂魄放佚，厥命將落，欲以復其精神，延其年壽而作，與此不合。

淄川行

【解題】

徐注：讀史方輿紀要：淄川縣屬濟南府，府東二百三十里。元譜：爲孫之獬作也。之獬，淄川人。天啓壬戌進士。媚奄得官侍講，名在逆案。入國朝，爲禮部侍郎。順治二年升兵部尚書，總督軍務，招撫江西。後乞歸里中。是年九月，丁可澤勾引謝遷等陷淄川，擒之獬，支解死。

結云「取汝一頭謝元元」，當由之獬嬰衆怒耳。

張伯松，巧爲奏〔一〕，大纛高牙擁前後〔二〕。罷將印，歸里中〔三〕，東國有兵鼓逢逢〔四〕。鼓逢逢，旗獵獵，淄川城下圍三匝。圍三匝，開城門，取汝一頭謝元元〔五〕。

【彙注】

〔一〕張伯松二句　原注：漢書王莽傳：張竦爲劉嘉作奏，請滅安衆侯崇。莽封嘉爲師禮侯，嘉子七人，皆賜爵關内侯；又封竦爲淑德侯。長安爲之語曰：欲求封，過張伯松；力戰鬭，不如巧爲奏。

蘧常案：研堂見聞雜記：我朝之初入中國也，衣冠一仍漢制，凡中朝臣子，皆束髮頂進賢冠，爲長袖大服，分爲滿、漢兩班。有山東進士孫之獬陰爲計，首薙髮迎降，以冀獨得歡心。乃歸滿班，則滿以其爲漢人也，不受；歸漢班，則漢以其爲滿飾也，不容。於是羞憤上疏，大略謂陛下平定中國，萬事鼎新，而衣冠束髮之制，獨存漢舊，此迺陛下從中國，非中國從陛下也。佚名野史：孫之獬上奏，九重歎賞，不意降臣中有能作此言者，乃下削髮之令。

〔二〕大纛句　徐注：歐陽修相州晝錦堂記：高牙大纛，不足爲公榮。又：旗旄導前，而騎卒擁後。

銜以行。蘧常案：清史稿孫之獬傳：順治二年，師克九江，之獬奏請往招撫，從之。加兵部尚書

〔三〕罷將印二句　蘧常案：清史稿孫之獬傳：三年召還，總兵金聲桓劾之獬市恩搆釁，之獬疏辯，下兵部議，奪之獬官。

〔四〕東國句　蘧常案：清史稿孫之獬傳：順治元年，土寇攻淄川，之獬斥家財守城。四年，土寇（案：即指丁可澤、謝遷等）復攻淄川。

〔五〕取汝句　蘧常案：戰國策秦策姚弘注：元，善也。民之類善，故稱元。研堂見聞雜記：削髮令下，中原之民，無不人人思挺螳臂，拒蛙鬬，處處蜂起，江南百萬生靈，盡膏草野，皆之獬一言激之也。原其心，止起於貪慕富貴，一念無恥，遂釀荼毒無窮之禍。至丁亥歲，山東有謝遷奮起，攻破州縣，入淄川城，首將之獬一家殺死。孫男四人，孫女、孫婦，皆備極淫慘以斃。而之獬獨縛至十餘日，五毒備下，縫口支解。嗟乎！小人亦枉作小人爾！

哭顧推官

【解題】

徐注：詳前贈顧推官咸正及推官二子執後兩詩注。

推官吾父行，世遠亡譜系〔一〕。及乎上郡還〔二〕，始結同盟契。崎嶇鞭弭間，周旋僅一歲〔三〕。痛自京師淪〔四〕，王綱亦陵替〔五〕。人懷分土心，欲論縱横勢〔六〕。與君共三人〔七〕，其一歸高士祚明。獨奉南陽帝〔八〕。談笑東胡空，一掃天日翳〔九〕。君才本恢弘，闊略人事細〔一〇〕。一疏入人手，幾墮猾虜睨。乃有漢將隙〔一一〕，因掉三寸説〔一二〕。主帥非其人〔一三〕，大本復不濟〔一四〕。君來就茅屋，問我駕所税〔一五〕。幸有江上舟，請鼓鈴下柂〔一六〕。別去近一旬，君行尚留滯。二子各英姿，文才比蘭桂〔一七〕。身危更藏亡〔一八〕，并命一朝斃〔一九〕。巢卵理必連〔二〇〕，事乃在眉眥〔二一〕。一身更前却〔二二〕，欲聽華亭唳〔二三〕。時猶未知二子之死。我時亦出亡〔二四〕，聞此輒投袂。扁舟來勸君，行矣不再計〔二五〕。驚弦鳥不飛，困網魚難逝。旦日追吏來，君遂見囚繫〔二六〕。檻車赴白門，忠孝辭色厲〔二七〕。竟作戎首論〔二八〕，卒踐捐生誓〔二九〕。倉皇石頭骨，未從九原瘞〔三〇〕。父子兄弟間，五人死相繼〔三一〕。嗚呼三吴中〔三二〕，巍然一門第，尚有五歲孫，伏匿蒼山際〔三三〕。門人莫將變〔三四〕，行客揮哀涕。羣情佇收京〔三五〕，恩卹延後世。歸喪琅邪冢，詔策中牢祭〔三六〕。後死媿子源〔三七〕，徘徊哭江裔〔三八〕。他日修史書，猶能著凡例〔三九〕。

【彙校】

〔題〕徐注本「顧推官」下有「咸正」二字。丕績案：名已見前贈顧推官詩題，此自可省。孫託荀校本有原注云：推官名咸正，字端木。子二：長天遴，字大鴻；次天逵，字仲熊。弟咸建，字漢石，進士，錢塘令。子二。咸受，字幼疏，舉人。後「子二」兩字。蓋戴注而誤者。

〔鞭弭〕常庸羣書斠識云：「戎馬」，今本作「鞭弭」。

〔僅一歲〕羣書斠識「僅」作「止」。

〔京師〕潘刻本作「□□」；冒校本作「帝京」。

〔獨奉句〕潘刻本「奉」「帝」二字作「□」「□」。徐注校京師本云：「奉」一作「奮」，「帝」一作「志」。

〔談笑東胡空〕潘刻本、徐注本作「誓揮白羽扇」，徐並出注：語林：諸葛武侯以白羽扇指揮三軍。孫校本「東胡」作「冬虜」，韻目代字也。

〔恢弘〕徐注本、孫校本「弘」均作「宏」，避清高宗諱也。

〔一疏〕潘刻本「疏」作「□」，冒校本作「書」。

〔猾虜〕潘刻本作「□□」；徐注本作「旃裘」；孫校本作「猾麌」，「麌」，韻目代字也；冒校本作「蛟鱷」。

〔漢將〕潘刻本「漢」作「□」；徐校京師本作「諸」。

〔主帥〕潘刻本「帥」作「□」；徐校京師本作「謀」。

〔大本〕潘刻本作「□□」；徐注本、孫校本作「大事」；徐校京師本作「大舉」。

〔捐生〕徐注本、冒校本「捐」作「宿」。

〔九原〕徐注本「原」作「京」。

〔羣情句〕原作「乘輿」，「京」作「□」。

【彙注】

〔一〕推官二句　徐注：全祖望先生神道表：次年，閩中使至，以職方郎召，欲與族父延安推官咸正赴之，念太夫人未葬，不果。先生有顧氏譜系考。

〔二〕及乎句　冒云：推官自關中歸，在丙戌四月。黄注「及乎上郡還」者，謂闖軍陷西安後，吴三桂以清兵入秦，咸正遂全髮歸也。

〔三〕崎嶇二句　徐注：左傳僖公二十三年：左執鞭弭，右屬櫜鞬，以與君周旋。徐譜：先生從軍於吴，咸正必同行。其後哭咸正詩「及乎上郡還」云云，所謂「崎嶇」、「周旋」者，即指從軍事耳。

〔四〕京師淪　蘧常案：見前大行皇帝哀詩題注。

〔五〕王綱句　徐注：後漢書李固傳：固奏記曰：誠令王綱一整，道行忠立。左傳昭公十八年：閔子馬曰：於是乎下陵上替，能無亂乎？

〔六〕縱横　徐注：淮南子覽冥訓高誘注：蘇秦作縱，張儀連横。南與北合爲縱，西與東合爲横。黄注：案句意，謂當時南明諸臣，各圖擁立，志在分土，如蘇秦、張儀之合縱、連横也。蘧常案：南明諸臣所擁立者多，弘光、隆武、紹武、永曆、魯監國外，先後如田仰、荆本徹、張士儀等奉義陽王勒黬於崇明沙，長興金有鑑奉通城王盛澂於湖州，夏萬亨、王養正等奉益王由本於建昌，方明等奉瑞昌王盛瀝於廣德，楊國威等奉靖江王亨嘉於桂林，稱監國；王翹林、繆鼎吉等奉新昌王（案：佚名）於雲台山，英山王某奉樊山王常𤇈（案：東華録作「常炎」，誤），張京，程正典等奉朱容藩於夔州，稱楚王世子、天下兵馬副元帥，尋稱監國，皆是。

〔七〕三人　蘧常案：歸祚明，崑山歸莊乙酉後所更名，見光緒崑新合志，詳後吴興行贈歸高士祚明解題。

〔八〕獨奉句　黄注：案元譜，咸正以丙戌四月自關中歸，其時南都已亡，唐王即位福州，魯王監國紹興，桂王立於肇慶，而詩曰「獨奉南陽帝」者，指唐王也。後漢書光武紀：南陽蔡陽人。意以唐王比光武。又明史唐王傳：「就藩南陽。」蓋丙戌十一月以前，清兵未下延平，唐王尚在也。

蘧常案：南都亡於乙酉五月十五日，咸正以四月歸，則南都尚未亡也。黄謂歸時南都已亡，誤。唐王之初立也，天下以光武中興期之，以爲與光武相同者四。詳前聞詔詩「中興」句注。故此以比光武。清兵於丙戌八月二十四日下延平，二十八日下汀州，唐王被害。黄云：丙戌十一月以前，清兵未下延平，唐王尚在，亦誤。十月十四日，丁魁楚、瞿式耜始奉桂王監國於肇慶，十一月十八日始即帝位。黄注以桂王之立與隆武、魯監國併爲一談，亦非。

〔九〕天日翳　徐注：曹植感節賦：折若華之翳日。揚子方言：翳，掩也。

〔一〇〕闊略　蘧常案：後漢書鍾離意傳：政化之本，由近及遠，今宜先清府内，且闊略遠縣細微之愆。案：闊略，猶疏略也。

〔一一〕漢將　全云：吴勝兆。

〔一二〕因掉句　徐注：史記淮陰侯列傳：酈生掉三寸舌，下齊七十餘城。

蘧常案：見前不去詩「此心」二句注。

〔一三〕主帥句　蘧常案：啓禎記聞録：勝兆目不知書。研堂見聞雜記：吴勝兆駐軍雲間，丁亥之歲思反正，然吴爲人淺而疏，未敗之先，蹤跡已露，忌者已潛備之。

〔一四〕大本句　蘧常案：大本，即大事、大舉，指復明室。查繼佐國壽録總兵吴聖兆傳：聖兆總松江府戎事，密與島中肅魯伯黄斌卿、富平侯張名振通謀反正。先是，丙戌冬，有以聖兆意浮告斌卿等，斌卿還饋四物，以觀其意：犀帶一，牙笏一，蜜珀數珠一，巾網一。聖兆欣然從之，遂以海舟運米，誤爲失風者，以接濟舟山。諸生夏寶謨等（案：南疆逸史謂長洲諸生戴之儁教之反，蓋所與謀議者，非一人也）潛往來謀議，約太湖聚卒共起爲應；俟島師至，府兵出，迺大合奮擊，以丁亥四月十六日爲期。聖兆恐力弱，倡莫與，必面呼草澤豪傑與盟約，以是事大覺。至期，島兵合至，已至賞缺等處，風激甚，一時泛没數百艘，名振全軍失，而聖兆未之知也。至次日，令其衆去髮辮爲僧兵，竟自内起，殺同知某（案：考逸史，同知爲楊之易，曾告變於總督者。啓禎聞見録略同）以釁鼓。衆以島兵不至，猶豫遲之。摽將詹遂反持聖兆，聖兆曰：事不成，吾請當之！遂就縛。啓禎記聞録：勝兆在蘇郡廟，與土公（案：土國寶也）不協。後移鎮駐劄松江，潛與舟山通謀。四月十六日，已約舟山統兵來爲外應，吴公整兵以俟，然部下心懷觀望。是日，吴公置酒，遍邀府縣有司入署中，將劫執之，不意外兵愆期不至。不得已，明諭以反背清朝之意，同知楊之易、理刑方重朗抗言不從，遂執而斬之。其部下覺事不諧，恐爲所累，副將高永義、詹世勛共執吴公，斬戴務公等（案：務公爲戴之儁字）。諸用事者，械往江寧。

〔一五〕駕所稅　蘧常案：史記李斯列傳：當今人臣之位，無居臣上者，可謂富貴極矣；物極則衰，吾未知何所稅駕也。司馬貞索隱：稅駕，猶解駕，言休息也。

〔一六〕請鼓句　原注：通鑑：庾冰奔會稽，至浙江，蘇峻購之甚急，吴鈴下卒引冰入船，以蘧篨覆下，吟嘯鼓枻，泝流而去。

〔一七〕二子二句　蘧常案：二子，見前推官二子詩注。歸莊兩顧君傳：大鴻爲人俊爽，有拔俗之韻。口吃不能道説，讀書則琅琅終卷無留礙。工詩文，長於四六。仲熊文才遜其兄，而湛深過之，時凝神静思，肅若神明。要其恂恂退讓，外通而中介，重然諾，矜名節，兩人所同也。兄弟年弱冠時，皆風流自喜，仲熊尤美姿容，兩人並行街市中，道旁屬目，嘖嘖稱寧馨兒。

〔一八〕身危句　徐注：後漢書孔融傳：張儉亡抵於褒，不遇，融因留舍之。

〔一九〕并命句　李注：曹植求自試表：視古忠臣義士，出一朝之命，以殉國家之難。

蘧常案：事詳前推官二子詩注。

〔二〇〕巢卵句　蘧常案：世説新語言語：孔融被收，中外惶怖，時融兒大者九歲，小者八歲，二兒故琢釘戲，了無遽容，融謂使者曰：冀罪止於身，二兒可得全不？兒徐進曰：大人！豈見覆巢之下，復有完卵乎？尋亦收至。

〔二一〕眉背　蘧常案：猶言眉睫。韓非子用人篇：不去眉睫之禍，而慕賁、育之死。改「睫」爲「背」者，韻限之也。

〔二二〕前却　徐注：詩：頡之頏之。箋：戴嬀將歸，出入前却。

〔二三〕欲聽句　黄注：案自注謂推官未知其二子之被殺也。節考南疆逸史陳子龍傳：勝兆事洩，子龍亡命嘉定，告急於侯峒曾，匿其僕劉馴家，已遷崑山顧天逵所。官跡捕至嘉定，執峒曾，而總兵巴山别遣兵圍天逵家，遂獲子龍。又顧咸建傳：京師變，咸正需次於家。至丁亥，子龍爲人告變，匿咸正子天逵所，跡捕得之，子龍死。咸正執至江寧，與二子天逵、天遴俱見殺。據逸史則推官與二子同時死，讀此詩與此注，則知逸史所傳有未盡得實者。元譜云：勝兆反，密疏遂發，逮至金陵，爲洪承疇所殺，後二子之死僅一月。據元譜，則推官之死與二子不同時；證之亭林集推官二子死矣一詩，在此詩之前，則知二子死在前，而推官死在後也。但考當時推官需次於家，正與亭林同居崑山，故詩云「君來就茅屋，問我駕所稅」，而亭林答之云「幸有江上舟，請鼓鈴下枻」，是商量亡命之語。意當時二子與推官別居。觀逸史云「遷崑山顧天逵所」；又云「別遣兵圍天逵家」；又云「匿咸正子天逵所」，則是二子別居之證。蓋二子以匿陳子龍而被逮在先，推官以吴勝兆敗，密疏被發而見逮在後，詩中「就問茅屋」，當在勝兆事泄子龍與二子被逮之時，而密疏尚未發，推官猶居崑山，故自注有「時猶未知二子死」之語。

蘧常案：黄説勘辨頗精。惟據逸史僅能證天逵之别居，不能證二子之别居，二子何以同死，亦言之未詳。又引逸史「子龍告急於侯峒曾」，時峒曾已死於嘉定抗清之役，應作岐曾。岐曾，峒曾弟也。事皆詳前推官二子執後一詩題注。又咸正還推官，在甲申變前，已赴延安，詳前贈顧推官咸正詩題注。逸史謂「未赴而京師變，需次於家」者，誤也。應據詩首「及乎上郡還，始結同盟契」云云，以證同在崑山，斯可矣。又，敦煌石室殘本修文殿御覽引晉八王故事：陸機爲成都王所誅，顧左右而歎曰：今日欲聞華亭鶴唳，不可復得！華亭，吴由拳縣郊外野也，有清泉茂林。吴平後，機兄弟素遊於此十有餘年耳。江南通志：華亭縣産鶴，有鶴窠村。

〔二四〕我時句　徐注：張譜：先生是年秋至海上。

蘧常案：勝兆之敗在四月，見上「大本」句注，咸正之逮，元譜以爲在六月，則此所謂出亡，必在咸正被逮之前。徐注以「秋至海上」當之，誤。

〔二五〕扁舟二句　徐注：史記貨殖列傳：范蠡乃乘扁舟，浮於江湖。戰國策：魯連曰：智者不再計。黄注：案句意，謂「就問茅屋」之後，而别去一句，事急在眉背，況聞二子之被逮，不能再留矣。亭林於此時遂決計出亡，而勸推官之不可再緩也。

蘧常案：詩言勸行凡兩次：一在吴勝兆事敗之後，先生勸行，推官不去而先生獨行；一在推官二子被逮之後，先生聞事益急，復來勸推官，曰「扁舟來勸君」，明謂自避處來也（案：「避處」疑在洞庭山，故以扁舟來。後先生常居此）。黄注并爲一談，以爲至此始決計出亡，非。前推官二子執後詩題下云「欲爲之經營而未得也，而二子死矣」，是二子既執之後，既勸推官出亡，復爲二子經營，未嘗即亡自保，亦可以見先生之風義矣。

〔二六〕君遂句　蘧常案：歸莊兩顧君大鴻仲熊傳：兄弟死後十餘日，延安亦被收。

〔二七〕檻車二句　蘧常案：南齊書王儉傳：宋世外六門設竹籬，有發白虎樽者，言：「白門三重門，竹籬穿不完。」劉宋都建康，今南京，後人因稱南京爲白門。辭色，見前京口即事詩第一首「祖生」句。南疆逸史顧咸建傳：咸正執至江寧，總督洪承疇問曰：汝知史可法在乎？不在乎？咸正答曰：汝知洪承疇死乎？不死乎？洪默然。南忠記舉人顧公傳：至金陵，見洪内院不跪，且痛責其罪。兵憲盧世㴶叱之，咸正罵曰：汝倚虜爲泰山，吾道是冰山耳！汝明朝縉紳，固助虜爲虐耶？世㴶有慚色。

〔二八〕竟作句　蘧常案：南略：雲間吴勝兆、陳子龍事敗，録其黨姓名，首及咸正。

〔二九〕卒踐句　蘧常案：歸莊兩顧君傳：延安被收，以其年九月遇害。南忠記舉人顧公傳：臨刑，同事數人（案：蘇州府志謂與同事四十餘人並死。）共執於道，觀者如市。咸正告曰：汝等平日讀小説曲部，知有忠臣，是紙上言耳，今吾等真忠臣也，汝請看！觀者歎息。謂夏完淳曰：今日有詩否？吾已成二言矣，曰：忠魂今夜歸何處，明月灘頭卧白雲。完淳繼之，乃含笑赴刑而死。

〔三〇〕倉皇二句　蘧常案：「九原」一作「九京」。日知録：九京即九原，指其冢之高者曰京，指其地之廣者曰原。

〔三一〕父子二句　蘧常案：石匱書後集顧咸正傳：咸正死而其子天逵、天遴以藏陳子龍故亦死，弟咸建以不降見殺，季弟咸受城破亦死。（案：南忠記舉人顧公傳云：北兵至崑山，大呼罵之，爲亂兵砍死。則此云「城破」，蓋崑山城也。）一門父子兄弟五人，同死國事，吴中人士莫不悲之。

〔三二〕三吴　徐注：圖經：漢高祖得天下，分會稽爲吴郡，與吴興、丹陽爲三吴。

〔三三〕尚有二句　徐注：南略：咸正僅存一孫晉穀，年五歲，得免。

〔三四〕門人句　原注：後漢書李固傳：門生王成將燮乘江東下。

〔三五〕羣情句　蘧常案：原作「乘輿」。新書等齊篇：天子車曰乘輿，諸侯車曰乘輿。案：此指天子。收京，見前李定自延平歸詩「收京」句注。

〔三六〕歸喪二句　原注：後漢書伏隆傳：詔隆中弟咸收隆喪，太中大夫護送喪事，詔告瑯邪作冢。段注：漢書昭帝紀：賜郡國所選有行義者涿郡韓福等五人帛，遣歸。詔曰：朕閔勞以官職之事，其務修孝弟，以教鄉里。郡國率以正月賜羊酒；其不幸者，賜以衣被一襲，祠以中牢。注：中牢，即少牢，謂羊豕也。

〔三七〕後死句　徐注：三國志臧洪傳：洪，字子源。陳容顧謂袁紹曰：今日寧與臧洪同日而死，不願與將軍同日而生！

〔三八〕江裔　蘧常案：淮南子原道訓：故遊於江潯海裔。注：裔，邊也。

〔三九〕他日二句　徐注：杜預春秋左氏傳序：其發凡以起例，皆經國之舊制，周公之垂法，史書之舊章。仲尼從而修之，以成一經之通體。黄注：明史不爲顧咸正立傳，即南疆逸史亦附之於咸建傳末耳。亭林云「他日修史書，猶能發凡例」，知咸正傳之立，有待於後人也（蘧常案：張岱石匱書後集、錢肅潤南忠記皆有傳）。

哭陳太僕子龍

【解題】徐注：明史陳子龍傳：子龍字卧子，松江華亭人。崇禎十年進士。選紹興推官。擢兵部給事中，命甫下，而京師陷，乃事福王於南京。明年二月，乞終養去，遁爲僧。尋以受魯王部院職銜，結太湖兵，欲舉事。事露，被獲，乘間投水死。南疆逸史：閩中授子龍兵部侍郎，左都御史；浙東授兵部尚書，節制七省漕務。冒云：太湖兵爲提督吴勝兆。

蘧常案：思文大紀不載授兵部侍郎等官，僅加太僕寺卿，詳下注，故此只稱「太僕」。逸史等所載，疑非其實。即明史云云，似亦沿傳説耳。

陳君黽賈才，文采華王國〔一〕。早讀兵家流〔二〕，千古在胸臆。初仕越州理，一矢下山賊〔三〕。南渡侍省垣，上疏亦切直〔四〕。告歸松江上〔五〕，欻見胡馬逼〔六〕。拜表至福京，願請三吴敕〔七〕。詔使護諸將，加以大僕職〔八〕。遂與章邯書，資其反正力〔九〕。幾事一不中，反覆天地黑〔一〇〕。嗚呼君盛年，海内半相識。魏齊亡命時，信陵有難色〔一一〕。事急始見求，棲身各荆棘〔一二〕。君來別浦南，我去荒山北。柴門日夜扃，有婦當機織。未知客何人，倉卒具糲食〔一三〕。一宿遂登舟，徘徊玉山側〔一四〕。有翼不高飛，終爲罻羅得〔一五〕。恥汙東夷刀〔一六〕，竟從彭咸則〔一七〕。尚媿虞卿心，負此一悽惻〔一八〕。復多季布柔，晦迹能自匿〔一九〕。君出亡時，尚僕從三四人，服用如平日。酹酒作哀辭〔二〇〕，悲來氣哽塞〔二一〕。

【彙校】

〔胡馬〕潘刻本、全批本、徐注本「胡」皆作「牧」；孫校本作「虞」，韻目代字也。

〔拜表至福京〕潘刻本「表」、「京」并作「□」；徐注本「福京」作「行朝」，并出注。「行朝」，見前延平使至詩注。孫校本「福」作「屋」，韻目代字也。冒校本作「拜命至八閩」。

〔三吴敕〕潘刻本「敕」作「□」。

〔詔使護諸將〕潘刻本「詔」作「□」，「將」作「□」；京師本「將」作「陵」，冒校本同，注云：一作「舟」。

〔反正〕潘刻本作「□□」。

〔不中〕潘刻本作「□□」；冒校本「中」作「密」。

〔反覆〕潘刻本「反」作「□」。

〔恥汙東夷刀〕孫校本「夷」作「支」，韻目代字也；潘刻本、徐注本作「恥爲南冠囚」。

〔晦迹能自匿〕孫校本句下自注無「尚」字。

【彙注】

〔一〕陳君二句　徐注：漢書鼂錯傳：錯，潁川人也。以文學爲太常掌故。又賈誼傳：以能誦詩書屬文稱於郡中，文帝召以爲博士，超遷，歲中至大中大夫。南史袁淑傳：文采遒豔。詩：思皇多士，生此王國。

蘧常案：明史陳子龍傳：生有異才，工舉子業，兼治詩賦。古文取法魏、晉，駢體尤精妙。國壽録兵部給事中陳子龍傳：少英敏，束髮籍譽東南。時風氣酷尚諸子，文理多譎，至子龍獨參史學，爲海内所尊。性藻發，亦多深悟，每于夢中作文字，起直書，不改竄一字，輒稱工。

〔二〕早讀句　蘧常案：石匱書後集陳子龍傳：精韜略，居常喜談兵。

〔三〕初仕二句　蘧常案：明史陳子龍傳：選紹興推官。東陽諸生許都者，副使達道孫也。家富，任俠好施，陰以兵法部勒賓客子弟，思得一當。子龍嘗薦諸上官，不用。東陽令以私憾之。適義烏奸人假中貴名，招兵事發，都葬母山中，會者萬人，或告監司王雄曰：都反矣！雄遽遣使收捕，都遂反。旬日間聚衆數萬，連陷東陽、義烏、浦江，遂逼郡城。巡按御史左光先以撫標兵命子龍爲監軍討之，稍有俘獲；而游擊蔣若來破其犯郡之兵。都乃率餘卒三千保南砦。雄欲撫賊，語子龍曰：賊聚糧據險，官軍不能仰攻，非曠日不克，我兵萬人止五日糧，奈何？子龍曰：都，舊識也，請往察之！乃單騎入都營，責數其罪，諭令歸降，待以不死。遂挾都見雄；復挾都走山中，散遣其衆，而以二百人降。光先與東陽令善，竟斬都等六十餘人於江滸，子龍争不能得。南疆逸史陳子龍傳：以招降功，擢兵部給事中，子龍深痛負都，不赴也。

〔四〕南渡二句　蘧常案：明史陳子龍傳：京師陷，乃事福王於南京。其年六月，言防江之策，莫過水師，海舟議不可緩，請專委兵部主事何剛訓練。從之。未幾，列上防守要策，請召還故尚書鄭三俊、都御史易應昌、房可壯、孫晉，並可之。又言：中使四出搜巷，凡有女之家，黄紙貼額，持之而去，閭井騷然。明旨未經有司，中使私自搜採，甚非法紀。乃命禁訛傳誑惑者。子龍又言：中興之主，莫不身先士卒，故能光復舊物。今入國門再旬矣，人情泄沓，無異昇平，清歌漏舟之中，痛飲焚屋之内，臣不知其所終！其始皆起於始息一二武臣，以至凡百政令，皆因循遵養，臣甚爲之寒心也！不聽。

〔五〕告歸句　蘧常案：告歸，見解題。

〔六〕欻見句　蘧常案：張衡西京賦：神山崔巍，欻從背見。薛綜注：欻之言忽也。欻，許律切。此謂清兵之破江南。

〔七〕拜表二句　蘧常案：福京，見前聞詔詩「中興」句注。三吴，見前哭顧推官詩「三吴」注。

〔八〕加以句　蘧常案：思文大紀：隆武二年三月，敕諭行在吏部，陳子龍擢爲御營太僕寺卿，以酬其太湖起義之忠。又，陳子龍以前僉都御史，加太僕寺卿。

〔九〕遂與二句　徐注：謂約吴勝兆反正也。

蘧常案：史記項羽本紀：已破秦軍，章邯軍棘原，項羽軍漳南，相持未戰，秦軍數却。二世使人讓章邯，章邯恐。陳餘遺章邯書曰：將軍居外久，多内郤，有功亦誅，無功亦誅。且天之亡秦，無愚智皆知之。今將軍内不能直諫，外爲亡國將，孤特獨立，而欲常存，豈不哀哉！將軍何不還兵，與諸侯爲從，約共攻秦，分王其地，南面稱孤，此孰與身伏鈇質，妻子爲僇乎？唐會要：鹽州雄毅軍使孫德昭等殺劉季述反正。

〔一〇〕幾事二句　徐注：易：幾事不密則害成。

蘧常案：「天地黑」，蓋天地慘黷之意。石匱書後集陳子龍傳：丁亥，清松江鎮將吳聖兆與東海富平將軍張名振初相善，子龍令夏之旭通謀，議盡檄澤中諸負甲，須海師至，一日起。事不集，清從海卒欽昊得一册，掛子龍、錢旃等名，而子龍奴茅太者復告變，誅子龍亟。

〔一一〕魏齊二句　蘧常案：史記范睢列傳：昭王遺趙王書：范君之仇魏齊，在平原君之家，王使人疾持其頭來，不然，吾舉兵而伐趙。魏齊夜亡，出見趙相虞卿，虞卿度趙王終不可説，乃解其相印，與魏齊亡，間行，念諸侯莫可以急抵者，乃復走大梁，欲因信陵君以走楚。信陵君聞之，畏秦，猶豫未肯見。魏齊怒而自剄。史記信陵君列傳：魏公子無忌者，魏昭王少子，而魏安釐王異母弟也。封爲信陵君。致食客三千人。當是時，諸侯以公子賢，不敢加兵謀魏者十餘年。安釐王二十年，秦昭王破趙圍邯鄲，公子進兵擊秦軍，秦軍解去。秦聞公子在趙，出兵東伐魏，公子率五國之兵破秦兵於河外，秦兵不敢出。當是時，公子威振天下。再以毀廢，竟病酒而卒。案：魏齊當謂子龍，信陵似指侯岐曾。歸莊兩顧君傳云：大鴻從其婦翁太學侯君岐曾，居嘉定之廠頭。侯太學者，故通政使侯公峒曾之弟。會吳將軍勝兆事連陳給事，給事固善太學，窘急投之。太學既通政弟，又雅有高望，爲世所指名；又居松江接界，無重轑複壁可以藏活，則屬大鴻轉之崑山。「雅有高望」云云，或即岐曾所以「有難色」乎？

〔一二〕事急二句　徐注：左傳僖公三十一年：今急而求子。後漢書獻帝紀：是時宫室焚燒盡，百官披荆棘，依墻壁間。

〔一三〕君來六句　段注：後漢書逸民傳注：襄陽記曰：司馬德操嘗詣德公，值其渡沔上先人墓，德操徑入其堂，呼德公妻子使速作黍，徐元直向云當來就我與德公談。其妻子皆羅拜於堂下，奔走共設。須臾，德公還，直入相就，不知何者是客也。徐注：後漢書袁安傳：粗袍糲食。

蘧常案：詩意謂子龍亡命初，曾一過先生，而先生已出亡，僅有婦留居，倉卒中尚爲子龍具食也。

〔一四〕徘徊句　徐注：楊維楨玉山草堂記：崑山本號馬鞍山，出奇石似玉。

蘧常案：歸莊玉山詩集序：玉山者，崑山也。元末顧仲瑛居崑山之界溪，搆玉山草堂，招致四方名士楊廉夫、張仲舉輩觴詠其中，有玉山名勝集。案：兩顧君傳云「轉之崑山，居之墓舍」，即此所謂「徘徊玉山側」也。

〔一五〕有翼二句　李注：陳琳檄吴將校部曲文：鳳鳴高岡，以遠罻羅。

蘧常案：兩顧君傳：越二日，隸人逐跡得之，夜半斬關入，縛以去。即此二句事也。又案：罻、羅，皆捕鳥之網。

〔一六〕東夷句　蘧常案：禮記王制：東方曰夷。

〔一七〕彭咸則　徐注：楚辭離騷：願從彭咸之遺則。

蘧常案：王逸楚辭章句：彭咸，殷賢大夫，諫其君不聽，自投水而死。國壽録陳子龍傳：逮南都，子龍意不受辱，舟至跨塘橋，夜躍水死。小腆紀年附考：屈大均弔子龍詩云：舟出吴淞煙水遥，黄門懷石此塘橋。則陳公之沈水死，未就訊也。而侯方域詩注謂：當事者執之，子龍曰：何必訊，事皆有之，但未得就耳！不屈死。方域爲子龍好友，其言似非無據。案：諸書皆言子龍未就訊，沈水死。即方域云云，亦似對執者言也。亭林與子龍爲生死交，且同謀，尤足徵證。徐鼒説非。

〔一八〕尚媿二句　徐注：史記虞卿列傳：以魏齊之故，不重萬户侯卿相之印，與魏齊間行，卒去趙，困於梁。魏齊已死，不得意，乃著書。

蘧常案：虞卿，蓋亭林自喻也。

〔一九〕復多二句　原注：史記季布列傳：諸公皆多季布能摧剛爲柔。徐注：李白題元丹丘潁陽山居詩：卜地初晦迹。全云：二句當在「未知客何人」二句之間。

蘧常案：二句確有誤，但全説亦未安。

〔二〇〕哀辭　徐注：摯虞文章流别論：哀辭者，誄之流也。

〔三〕悲來句　徐注：北史魏任城王雲傳：「雲孫順哽塞，涕泗交流，久之而不能言。」黄注：自哭楊、顧、陳三詩後，亭林知恢復無望，故繼此而葬母有詩。亭林於葬母詩隱其義，於先妣行狀則揭其懷曰：不孝所以藁葬而不葬，將有待而後葬者也。忽焉二載，日月有時。念二年以來，諸父昆弟之死焉者，媚戚朋友之死焉者，長於我而死焉者，少於我而死焉者，不可勝數也。不孝而死，是終無葬日也；矧又獨子，此不孝所以踟躕二年，而遂欲苟且以葬者也。觀行狀所云「諸父昆弟之死焉者，媚戚朋友之死焉者」，則有感於楊、顧、陳之死而言也。自哭楊、顧、陳三詩後，亭林不復再預南明兵事。於上年丙戌作吴同初行狀，於此年丁亥作哭楊、顧、陳詩，蓋於共同患難之朋友作一結束。此後則獨懷悲慨，歷覽山川。故廬墓詩後，繼以精衛、贈歸高士、越鳥巢南、江介悲風等詩，知恢復之無期也。

蘧常案：黄注謂自哭楊、顧、陳三詩後，知恢復無望，見其義於母行狀，不復再預南明兵事，故廬墓詩後，繼以精衛等詩。然行狀云「苟且以葬」，正以見其死義之決心；精衛詩云「我願平東海，身沈心不改」，亦至死靡它之意。後偶來詩云「鳥獸同羣終不忍，轍環非是爲身謀」；將有遠行作詩云「夢想在中原，河山不崎嶇」；春半詩云「開篋出兵書，日夜窮揣摩，中原有大勢，攻戰不在多」；剪髮詩云「浩然思中原，誓言向江滸，功名會有時，杖策追光武」，皆可明其壯懷猶昔。吴勝兆事敗後，亭林曾至海上；其後九年，復有南行之事，皆與南明有關，詳後卷三出郭、旅中兩詩注，兩次未遂，始有北游之舉，安能謂其「獨懷悲慨，歷覽山川」而已乎？

十月二十日奉先妣葬於先曾祖兵部侍郎公墓之左 有序

【解題】

蘧常案：餘集先妣王碩人行狀：將以□□三年十月丁亥，合葬於先考之兆，在先曾王考兵部右侍郎公賜塋之東六步五尺。案：「□□」當爲「隆武」二字，隆武被害於二年，今曰三年者，亦猶海上鄭氏仍用其號也。兵部侍郎公，見前金陵雜詩第五首「記得」句注。

先考葬祖墓左四十年〔一〕，其左有池，形家或言兆有水〔二〕。是歲將合葬我母，三族皆爲炎武難之。炎武念先妣之治命〔三〕，不可以不合葬，而四十年之藏，又不可以遷，萬一有水，又不可徑情而遂葬，遲迴者久之。及啓壙，竟無水；訖事，無風雨。昔重光大荒落之歲〔四〕，葬先王父〔五〕，既祖奠〔六〕，火作於門，里人救之，遂熄。念吾先人積德累仁，固不當有水火之菑，陰陽之咎，而不孝一人所遇之不幸如此，天之不遂棄之而曲全之又如此，是可以忘先人之志哉！

王季之墓見水齧〔七〕，宣尼封防遭甚雨〔八〕，我今何幸獨不然，或者蒼天照愁苦。

昔我先臣葬於此，神宗皇帝賜之墓一區〔九〕。六十年間事反覆，到今陵谷青模糊〔一〇〕。止存松楸八百樹〔一一〕，夜夜啼鳥還相呼〔一二〕。行人指點侍郎家，戍卒不敢來樵蘇。乃知天朝恩寵大，易世猶與凡人殊〔一三〕。天道迴旋改寒燠〔一四〕，公侯子孫久必復〔一五〕。歲月日時共五行〔一六〕，先公葬亦以歲丁亥、月辛亥、日丁亥、時辛亥。前岡後舍分昭穆〔一七〕。皇天下監臣子心〔一八〕，環三百里無相侵〔一九〕。先皇弓劍橋山岑〔二〇〕，山多虎豹江水深，欲去復止長哀吟〔二一〕。

【彙校】

〔題〕徐注本無「兵部」二字；而多「原注」二字，蓋誤以序文爲注也。炎武兩見，孫校本均作「山傭」。

〔天朝〕潘刻本「天」作「□」，冒校本作「先」。

【彙注】

〔一〕先考句　蘧常案：吴譜：父同吉，未娶而殀。車持謙先生年譜：同吉字仲逢。年十八卒。聘王氏，歸顧守貞。案：徐譜云：貞孝之歸顧，當在萬曆二十九年辛丑。沈應奎記貞孝王氏云：顧生卒，氏拜顧生柩，入拜太姑、姑，請依居。是同吉之卒，即在其時。其葬當在後六年，至此蓋四十年矣。

〔二〕形家句　蘧常案：漢書藝文志數術略有形法六家。孝經：卜其宅兆而安厝之。

〔三〕治命　蘧常案：左傳宣公十五年：余，爾所嫁婦人之父也。爾用先人之治命，余是以報。案：治命，遺命之合理者也。

〔四〕昔重光句　蘧常案：崇禎十四年，歲次辛巳，先生二十九歲。徐乾學舅母朱孺人壽序云：家難復作，室廬失火被焚。

〔五〕先王父　蘧常案：吴譜：祖紹芾，國學生。車譜：紹芾字德甫，號蠡源，又號夢庵。淞南志：夢庵工詩善書，董文敏嘗謂人曰：見德甫筆墨，令人有退舍之想。年五十，屏棄科舉，取全史所記朝章、國典、地形、兵法、鹽鐵、户口，悉標識之，以備采擇。尤注心節義之行，詳舉其事，以獎勵末俗。有庭聞紀述、夢庵詩草行於世。陳濟生啓禎詩選太學顧先生紹芾傳略：先生，南京兵部侍郎公諱章志之仲子也。天才駿發，下筆數千言，爲諸生，數試不售。後入太學，京師諸公重之。陳公祖苞爲縣令，尤禮先生。陳公爲縣鋤奸，爲邑之豪紳排訐以去。先生獨走輦下，抵諸公，直其事。邑人譁齕，先生幾殆。自小從侍郎之官，足跡半天下。復能通曉國家典章。至崇禎之末，吴中耆舊無在者，而先生壽至七十九以終。張譜：崇禎十四年二月，蠡源公卒，先生居承重憂。十月，葬蠡源公及元配周碩人、繼配李碩人於司馬賜塋之穆位。案：亭林學行受祖教最深，故詳著之。

〔六〕祖奠　蘧常案：明史志禮十四：凡改葬者，不設祖奠，無反哭，無方相魌頭，餘如常葬之儀。

而常葬不言設祖奠，但其有可知。祖奠者，發引前一日之奠也。

〔七〕王季句　徐注：戰國策：惠施曰：昔王季歷葬於楚山之尾，欒水齧其墓。

〔八〕宣尼句　蘧常案：漢書平帝紀：元始元年，追謚孔子曰褒成宣尼公。禮檀弓：孔子既得合葬於防，封之，崇四尺。先反，門人後，雨甚至。孔子問焉，曰：爾來何遲也？曰：防墓崩！

〔九〕神宗句　蘧常案：明史神宗本紀：神宗顯皇帝諱翊鈞，穆宗第三子也。隆慶二年立爲皇太子。六年五月，穆宗崩。六月甲子，即皇帝位，以明年爲萬曆元年。四十八年秋七月丙申崩，年五十有八。又案：墓一區，車譜：墓在崑山縣第六保爲區五圖鳴字圩千墩浦右。計塋地三十八畝三分六釐。即亭林寄弟紓詩所謂「吾家有賜塋，近在尚書浦，前區百畝田，後啓重門堵」者也。

〔一〇〕陵谷　徐注：詩：高岸爲谷，深谷爲陵。

〔一一〕止存句　蘧常案：謝朓齊敬皇后哀册文：陳象設於園寢兮，映輿鋏於松楸。

〔一二〕相呼　段注：劉孝威烏生八九子詩：毰毛不自煖，張翼强相呼。

〔一三〕易世句　徐注：杜甫哀王孫詩：龍種自與常人殊。

〔一四〕天道句　徐注：庾信哀江南賦：天道回旋，生民預焉。漢書黄瓊傳：間者以來，卦位錯繆，寒燠相干，蒙氣數興。

蘧常案：「改寒燠」，謂寒暑推遷也。徐引黄瓊傳，非。

〔一五〕公侯句　徐注：左傳閔公元年：公侯之子孫，必復其始。

〔一六〕歲月句　徐注：元譜：十月十日，命家人趙和迎庶祖母黄氏柩，葬司馬公於域外之西偏。蘧常案：元譜：十月二十日亥時，葬貞孝王太安人於賜塋東仲逢府君之兆。餘集先妣行狀：在先曾王考兵部右侍郎公賜塋之東。「歲月」云云，謂貞孝之葬，與侍郎公之葬干支相同也，故自注云然。元譜亦云：少司馬葬用歲月日時，貞孝之葬悉同。徐注以庶祖母黄氏葬當之，誤。黄氏葬在前十日，干支不相符也。

〔一七〕前岡句　徐注：禮中庸：所以序昭穆也。注：左爲昭，右爲穆。李注：封比干墓銅盤銘：左林右泉，前岡後舍，萬世之靈，於焉是保。

蘧常案：蘇州府志：兵部侍郎顧章志墓，徐學謨銘；子贊善紹芳、監生紹芾附。紹芳，王錫爵銘。案：張譜云「紹芾墓在賜塋穆位」，則紹芳墓必在昭位，而亭林嗣父母之墓位亦可推矣。

〔一八〕皇天句　蘧常案：臣子心，見前十二月十九日奉先妣藁葬詩「黽勉」句注。

〔一九〕環三百句　原注：國語：越王命環會稽三百里以爲范蠡地，曰：後世子孫有敢侵蠡之地者，使無終没於越國。皇天后土，四鄉地主正之！

〔二〇〕先皇句　蘧常案：史記封禪書：黄帝采首山銅鑄鼎於荆山下。鼎既成，有龍垂胡冉下迎黄帝，黄帝上騎，羣臣後宮從上者七十餘人，龍乃上去。餘小臣不得上，乃悉持龍冉，龍冉拔墮，墮黄帝之弓。百姓仰望黄帝既上天，乃抱其弓與龍胡冉號。故後世因名其處曰鼎湖，其弓曰烏號。案：後人引此，言帝王崩逝爲乘龍仙去。列仙傳：軒轅自擇亡日，與羣臣辭，還葬橋山。山崩，棺空，唯有劍舄在棺焉。橋山，詳前大行皇帝哀詩「無路」句注。

〔二〕山多二句　蘧常案：此似取張衡四愁詩「我所思兮在桂林，欲往從之湘水深，側身南望涕沾襟」之意。蓋母葬既畢，思從永曆。時永曆爲清兵所逼，播遷湘、桂之間，靡有定所，故欲去而復止也。

墓後結廬三楹作

【解題】

徐注：元譜：十二月二十一日（蘧常案：徐引無月日，兹補）移家語濂涇亭林廬墓。

偉元居城陽〔一〕，簡之在丹徒〔二〕，古人廬墓有至意〔三〕，獨我未得心煩紆〔四〕。東西南北亦人子，豈知天路還崎嶇！奮矛躍馬一到此，營地半畝先人隅〔五〕。築室三楹户南向，前對日月開規模〔六〕。舊栽松樹無觸鹿〔七〕，惟有老柏銜悲枯〔八〕。憶昔曾蒙至尊詔，共姜名字懸三吴〔九〕。至今東平冢上木，枝枝西靡朝皇都〔一〇〕。爾來天地春意絶，不見君父重嗚呼。一身去國無所泊〔一一〕，類此鴻鴈三秋徂。陰風怒號白日孤，吁嗟此室千年俱！

【彙校】

〔舊栽〕潘刻本「栽」誤作「裁」。

【彙注】

〔一〕偉元句　蘧常案：見前墟里詩「豈有」二句注。

〔二〕簡之句　晉書：殷仲堪爲桓玄所害，子簡之葬於丹徒，遂居墓側。後率私僮客隨義軍躡桓玄，玄死，簡之食其肉。

〔三〕古人句　徐注：先生日知録：漢以來乃有父母終而廬墓者，不知其置神主何地。其奉之墓次歟？是野祭之也。其空置之祠堂歟？是視其體魄反過其神也。而愨者以此悖先王之禮，僞者以此博孝子之名，至於今而此風猶未已也。且孝如曾子，未嘗廬墓；孔子封防既反，而弟子後至。古人豈有廬墓之事哉！

蘧常案：此言廬墓非古，不足以見古人廬墓之至意，疑别有説，但無可徵，或早歲從愨，此則晚年定論也。

〔四〕心煩紆　徐注：張衡詩：何爲懷憂心煩紆？

〔五〕奮矛二句　原注：魏書：傅永嘗登北邙山，奮矟躍馬，回旋瞻望，有終焉之志。遂買左右地數頃，遺敕子叔偉曰：此吾之永宅也。

〔六〕規模　李注：淮南子：盧牟六合。高誘注：盧牟，猶規模也。蘧常案：規模即規摹。漢書高帝紀：雖日不暇給，規摹弘遠矣。注：鄧展曰：若畫工規模物之摹。

〔七〕舊栽句　原注：晉書：許孜於墓地列植松柏亘五六里。時有鹿犯其松栽，孜悲歎曰：鹿獨不念我乎？明日，忽見鹿爲猛獸所殺。舊唐書褚無量傳：丁憂，廬於墓側。其所植松柏，有鹿犯之，無量泣而言曰：山中衆草不少，何忍犯吾先塋樹哉！因通夕守護。俄有羣鹿馴狎，不復侵害。

〔八〕惟有句　原注：晉書：王裒常至墓所，攀柏悲號，涕淚著樹，樹爲之枯。

〔九〕憶昔二句　徐注：先生先妣王碩人行狀：母年五十有一，而巡按御史王君一鶚奏旌其門曰貞孝。下禮部，禮部尚書姜公逢元奏如章。八月辛巳，上其事。甲申，制曰可。於是三吴之人，其耆舊隱德及能文奇偉之士，上與先王父交，下與炎武游者，莫不牽羊持酒，踵門稱賀，謂史策所紀，罕有此事。蓋其時炎武已齒文會，知名且十年矣。而先王父年七十有四，祖孫母子怡怡一門之内，徼天子之恩以爲榮也。詩序：柏舟，共姜自誓也。

〔一〇〕至今二句　徐注：李彤聖賢冢墓記：東平王歸國，思京師。後薨，葬東平，其冢上松柏皆西靡。一統志：東平憲王墓，在東平州東北五里危山上。

〔一一〕去國　徐注：先生三朝紀事闕文序：已而兩京淪覆，一身奔亡。

蘧常案：禮檀弓：去國則哭於墓而後行。

精衛

【解題】

徐注：山海經北山經：發鳩之山有鳥焉，狀如烏，文首、白喙、赤足，名曰精衛。

蘧常案：錢邦彦顧亭林先生年譜校補：陶淵明讀山海經詩：精衛銜微木，將以填滄海。先生身世既與陶同，而壯心未已，故亦賦精衛以寄託也。

萬事有不平，爾何空自苦？長將一寸身，銜木到終古。我願平東海，身沈心不改〔一〕。大海無平期〔二〕，我心無絶時。嗚呼！君不見西山銜木衆鳥多〔三〕，鵲來燕去自成窠〔四〕！

【彙注】

〔一〕長將四句　徐注：山海經北山經：是炎帝之少女，名曰女娃，遊於東海，溺而不返，故爲精衛。常銜西山之木石，以堙於東海。

蘧常案：藝文類聚卷九二引郭璞山海經圖讚：炎帝之女，化爲精衛，沈形東海，靈爽西邁。

〔二〕大海句　徐注：南疆逸史：唐王銳志出贛，芝龍百計阻之，欲留王以自重，既而陰通款於洪承疇。大兵既破浙東，長驅而前。八月乙未，抵仙霞關，守浦城巡按御史鄭爲虹、給事中黄大鵬、知府王士和死之。丁酉，王自延平出奔，宫眷皆騎，輔臣何吾騶、朱繼祚等隨行。庚子，入汀州。辛丑，大兵奄至，有十餘騎叩城，稱扈蹕者。開門納之，則追騎也。直入行宫，從官迸散，乃執王與曾妃去，妃至九龍潭投水死，王死於福州。其從難之臣有部郎賴垓、給事中熊緯、御營總兵胡上琛等。或曰，代死者爲張致遠，王實未死。後鄭成功屯兵鼓浪嶼，有遺使存問諸臣者云，爲僧於五指山，然亦莫必其真僞也。

蘧常案：徐引南疆逸史與長恩書屋逸史本頗多不同，如：此云「曾妃死於九龍潭」，逸史則謂「死於羅漢嶺」；此云「王死於福州」，逸史則謂「見害於汀州都司署」，何者爲是，待考。

〔三〕西山句　蘧常案：史記伯夷列傳：武王已平殷亂，天下宗周。而伯夷、叔齊耻之，隱於首陽山，采薇而食之。及餓且死，作歌，其辭曰「登彼西山兮，采其薇矣」云云。索隱：西山即首陽山。此句譏初隱而後仕者，所謂「一隊夷齊下首陽」者也。

〔四〕鵲來句　黄注：此陸放翁詩所謂「諸公可歎善謀身」者也。

吴興行贈歸高士祚明

【解題】

戴注：即歸玄恭莊。時往湖州覓其兄德清教諭繼登骨。

蘧常案：明一統志：湖州府，三國吴分置吴興郡。張應麟歸玄恭傳：公姓歸，諱莊，字恒軒，崑山人。年十四，補諸生。既遭家難，遂棄儒冠，浪跡江湖間。與顧炎武齊名，時有「歸奇顧怪」之目。年六十卒（案：應作六十一，詳後卷五哭歸高士詩解題）。乾隆崑新志：莊性好奇，爲諸生時，忽請於學使者，改名祚明。自後或稱歸藏，或稱歸乎來，其字或稱懸弓，或稱園公。既薙髮僧裝，稱普明頭陀，亦稱鏖鏊鉅山人。文集書孔廟兩廡位次考後云：歸生爲吴中高士。

北風十二月，遊子向吴興。榜人問何之〔一〕，不言但沾膺。三年干戈暗鄉國〔二〕，有兄不得歸塋域〔三〕。高堂有母兒一人，負米百里傷哉貧〔四〕。此來海虞兩月日，裁得白金可半鎰〔五〕。歸來入門不暇餐，直走山下求兄棺〔六〕。湖中雪滿七十峰，江山對君凝愁容〔七〕。冬盡月向晦，慈親倚門待。果見兄骨歸，心悲又以喜〔八〕。如君節行真古人〔九〕，一門内外唯孤身。出營甘旨入奉母，崎嶇州里良苦辛。君向余太息，此事不足言。遥望天壽山，猶在浮雲間〔一〇〕。長歎未及往，胡塵没中原。神州已陸沈〔一一〕，菽水難爲計。豈無季孫粟〔一二〕，義不當人惠〔一三〕。世無漢高帝，餓殺韓王孫。寧受少年侮，不感漂母恩〔一四〕。時人未識男兒面，如君安得長貧賤！讀書萬卷佐帝王〔一五〕，傳檄一紙定四方。拜掃十八陵〔一六〕，還歸奉高堂。窮冬積陰天地閉〔一七〕，知君唯有袁安雪〔一八〕。

【彙校】

〔天壽山〕潘刻本「壽」作「□」。

〔胡塵没中原〕孫託荀校本「胡塵」作「胡沙」；徐注本，孫、吴、汪、曹各校作「塵沙」。潘刻本作「塵沙没□□」。冒校本作「胡塵没榛菅」。

〔神州已陸沈〕潘刻本作「□州已□□」。

〔傳檄〕潘刻本作「□□」；京師本作「指揮」。

〔拜掃十八陵〕潘刻本作「拜□□□□」；京師本作「拜爵萬户侯」。

【彙注】

〔一〕榜人　徐注：司馬相如子虚賦「榜人歌」注：張揖曰：榜，船也。禮月令曰：命榜人。注：榜人，船長也。

〔二〕三年句　蘧常案：「三年干戈」謂乙酉清師下江南至本年也。

〔三〕有兄句　徐注：崑新合志：歸昭，字爾德，昌世長子。史可法開府揚州，昭與長洲盧涇材等皆爲禮賢館士。大兵薄揚州，城破，死之。又：弟繼登，字爾復。崇禎癸酉舉人，長興教諭，攝縣事。城破，不屈死。下「求兄棺」，即求繼登棺也。

蘧常案：歸莊有亡兄忌日詩。其末章云「孤魂竟何之，太湖水無際」，則謂繼登之殉於長興也。其二章云：皇天降禍酷，人事良有以，所怪名學道，舉措失條理。父母命不從，妻孥沮弗止。小忿思一快，竟作他方鬼。方余得兄書，當食投箸起。扁舟趣之歸，未至六十里，兵戈阻前路，三日河干艤。我行不得達，即是君當死。哀哉復哀哉，幽恨無窮已！可以知繼登臨亂投死之由。其三章云：自余中道返，消息苦不實，萬里肉已寒，猶望生還日。十月蒼頭歸，始知事委息。可知十月得耗，十二月方往尋骨也。又云：其時家中人，大半爲異物；嫂既死於兵，老父以疾卒，孤兒亦濱死，三女存其一。歸莊歸氏兩烈婦傳云：張氏，爲叔兄教諭君繼登之妻，乙卯日城破，遇害。張氏生子一人，玠，方五歲；女三人。與詩合。益可證此亡兄之爲繼登矣。趙經達歸玄恭年譜據此詩以爲仲兄爾德，云「聞揚州被圍甚急，扁舟赴之，促仲兄爾德歸。未至六十里，爲兵所阻，折回」者，誤。又案：歸氏二烈婦傳云「教諭爲長興亂民所殺」，與崑新合志所云「城破，不屈死」不同，不知孰是，待考。

〔四〕高堂二句　蘧常案：歸莊先妣秦碩人行述：碩人之言曰：我凡生四男五女，其五殤，其三成人而先我歿，今獨汝在也。又：窮困若此，自遭世喪亂，盡室死亡，惟與祚明相依爲命，勢苦禦窮，甚於前時。

〔五〕此來二句　徐注：吳地記：常熟一名海虞山。漢書食貨志：金有三等：黄金爲上，白金爲中。

蘧常案：李善文選阮籍詠懷詩注引賈逵國語注：二十四兩爲鎰。趙經達歸玄恭年譜：似先生赴虞山借金往吳興也。

〔六〕歸來二句　黄注：「歸來入門」，謂自海虞歸崑山，不暇餐，遂向吳興也。「山下」，謂走洞庭山下也。

蘧常案：崑新志謂「繼登城破，不屈死」，則遺骨應在長興；即歸莊所云爲長興亂民所殺，亦當在長興，不當往洞庭山下求之。所謂山，蓋泛指長興顧渚諸山。詩下云「湖中雪滿七十峰」，蓋謂自崑山至長興必經太湖，故聯及之也。

〔七〕湖中二句　徐注：王鏊洞庭山記：兩洞庭分峙太湖之中，其峰之最高者，西曰縹緲，東曰莫釐，共七十二峰。

〔八〕冬盡四句　徐注：說文：晦，月盡。杜甫同谷七歌：汝歸何處收兄骨？

蘧常案：趙經達歸譜謂莊戊子春自長興回，爾復之骨，蓋已覓得，後葬於沙村。然據此四句，則歸實在丁亥歲杪，不在明春也。

〔九〕如君句　徐注：先生吴同初行狀：自余所及見里中二三十年來號爲文人者，無不以浮名苟得爲務，而余與同邑歸生，獨喜爲古文辭，砥行立節，落落不苟於世，人以爲狂。

〔一〇〕君向余四句　徐注：古詩：浮雲蔽白日。黄注：句意謂高士對己言兄骨雖安，而帝陵未復，述高士之言也。

蘧常案：亭林昌平山水記：天壽山在州北一十八里。詳見後卷三恭謁天壽山十三陵詩題注。

〔一一〕神州句　徐注：晉書桓温傳：自江陵北伐，與諸僚屬登平乘樓眺矚中原，慨然曰：遂使神州陸沈，百年丘墟，王夷甫諸人，不得不任其責！

〔一二〕豈無季孫粟　徐注：家語：季孫之賜我粟千鍾也，而交益親。

〔一三〕義不當句　原注：世說：王悦之少厲清操，爲吏部郎。時鄰省有會同者，遺之餠一甌，辭不受，曰：所費誠復小小，然少來不欲當人之惠。黄注：「此事不足言」至此句，皆亭林述高士對己之言也。

蘧常案：乾隆崑新志歸莊傳：晚年不能自給，顧非素交，雖厚贈弗納。

〔一四〕世無四句　徐注：史記淮陰侯列傳：信釣於城下，諸母漂，有一母見信飢，飯信，竟漂數十日。信喜謂漂母曰：吾必有以重報母。母怒曰：大丈夫不能自食，吾哀王孫而進食，豈望報乎？漢五年正月，徙齊王信爲楚王，都下邳。信召所從食漂母，賜千金。又：淮陰屠中少年有侮信者曰：若雖長大，好帶刀劍，中情怯耳。衆辱之曰：信能死，刺我；不能死，出我袴下。於是信孰視之，俛出袴下，蒲伏，一市人皆笑信怯。黄注：自此四句至篇末，又爲亭林之言。

〔一五〕讀書句　徐注：王勃爲人與蜀臣父老書：攀北極而佐帝王。先生從叔父穆庵府君行狀：天下嗷嗷方用兵，而江東晏然無事。以是余與叔父洎同縣歸生入則讀書作文，出則登山臨水，間以觴詠，彌日竟夕。

蘧常案：張應麟歸莊傳：縱覽六藝百家之書，尤精司馬兵法。歸莊讀書詩：忠義天生不必言，古來大儒皆有用。象緯方輿肆覽觀，六部之事尤多端，學成會取通侯印，才大要登上將臺。人生遇合固有命，規模經畫先時定，格天功業有本源，誰謂讀書記名姓！

〔一六〕十八陵　徐注：十三陵，又鳳、泗二陵，孝陵、懿文太子陵，及西山景帝陵，爲十八陵。

蘧常案：十三陵，見前金陵雜詩第二首「遥祭」句注。

〔一七〕天地閉　徐注：易坤卦：天地閉。

〔一八〕知君句　黄注：後漢書章懷太子注引汝南先賢傳：時大雪丈餘，洛陽令自出按行，見人皆除雪出，有乞食者。至袁安門，無有行路，謂安已死，令人除雪入户，見安僵卧。問所以不出，曰：大雪人皆餓，不宜干人。又案：亭林生平與玄恭最善，然集中關於玄恭詩，此篇之外，祇送歸高士之淮上及哭歸高士兩詩。（蘧常案：歸莊有寧人東來謂元白皮陸集中唱和贈答連篇累牘我與子交不減古人而詩篇往來殊少後世讀其集者能無遺恨賦此却寄詩云：同鄉同學又同心，却少前賢唱和吟。他日貢、王今管、鮑，不須文字見交深。可以知兩人詩篇往來殊少之故矣。）亭林出游四方，而玄恭守鄉曲。乃亭林於此篇云「讀書萬卷佐帝王，傳檄一紙定四方」；於送詩云「窗下聽雞舞亦佳」；於哭詩云「悲深宗社墟，勇畫澄清計」，是皆不忘恢復之言。無論其言是否克肖玄恭之爲人，所謂「佐帝王」者爲何人效命，所謂「計澄清」者爲何人畫策，事或佚聞，而言難證實。此蓋亭林對故國之恢復絶望於當時，而有期於後日，無得於將帥之踴躍用兵，而有待於文人之申明大義，其忠憤之氣，隨時流露，而一見之於詩。卒之種族之痛，亘有清二百餘年，不絶於天下；一旦而漢族光復，有清無死節之臣，此得於文人之申明大義爲多也。詩小雅：魚在于沼，亦匪克樂，潛雖伏矣，亦孔之炤，憂心慘慘，念國之爲虐。嗚呼！此則亭林憂國之心耿耿于終古者也。

賦得越鳥巢南枝用枝字 已下著雍困敦

【解題】

徐注：順治五年戊子。古詩：胡馬依北風，越鳥巢南枝。冒云：先生是年年三十六。

蘧常案：是年爲明永曆二年，魯監國三年，海上鄭氏稱隆武四年，公元一六四八年。是思赴南明之作也。

微物生南國〔一〕，深情繫一枝。寒風羣拉沓〔二〕，落日羽差池〔三〕。繞樹飛初急，尋柯宿轉遲。懸冰驚趾滑，集霰怯巢危。路入關河夜，思縈嶺嶠時〔四〕。山川知夙性，天地識恩私〔五〕。向日心常在〔六〕，隨陽願未虧〔七〕。寄言幽谷友〔八〕，勿負上林期〔九〕。

【彙校】

〔題〕徐注本無「用枝字」三字。

【彙注】

〔一〕微物句　徐注：書：暨鳥獸魚鼈咸若。傳：雖微物皆順之，明其餘無不順。王維相思詩：紅豆生南國。

〔二〕拉沓　徐注：宋書樂志思悲翁曲：鳥子五，梟母六，拉沓高飛莫安宿！

〔三〕差池　徐注：詩：差池其羽。

〔四〕思縈句　徐注：南史陳紀：馬驅嶺嶠，夢想京畿。

蘧常案：小腆紀年：清順治五年（案：明永曆二年，魯監國三年）春正月，明桂王在桂林，監國魯王在閩安。詩云「思縈嶺嶠」，則意在桂林也。

〔五〕恩私　李注：杜甫北征詩：顧慚恩私被。

〔六〕向日　蘧常案：李商隱爲滎陽公謝表：比園葵以自傾，晝惟向日。

〔七〕隨陽　徐注：書「陽鳥攸居」疏：鴈，九月而南，正月而北，故曰隨陽之鳥。

蘧常案：亭林去秋至海上，見年譜；本年又擬遠行，見將遠行詩；順治十三年，復南行，見出郭、旅中兩詩。雖未能達，而其「隨陽」之願，蓋久而不虧也。

〔八〕幽谷友　徐注：詩：出自幽谷。又：求其友聲。

〔九〕上林　徐注：庾信鶴讚：武成二年春三月，雙白鶴飛集上林園。

蘧常案：上言「隨陽」，則此「上林」，當用蘇武事。漢書蘇武傳：漢求武等，漢使復至匈奴，常惠教使者謂單于，言天子射上林中得鴈，足有係帛書，言武等在某澤中。與詩意合，徐注非。

賦得江介多悲風用風字

【解題】

徐注：曹植雜詩：江介多悲風。明史何騰蛟傳：自成亂天下二十年，陷帝都，覆廟社，其衆數十萬悉歸騰蛟，而騰蛟上疏，但言「元凶已除，稍洩神人之憤，宜告謝郊廟」，卒不言己功。唐王大喜，立拜東閣大學士兼兵部尚書，封定興伯，令規取江西及南都。當是時，降卒既衆，騰蛟欲以舊軍參之，乃題授黄朝宣、張先璧爲總兵官，與劉承胤、李赤心、郝永忠、袁宗第、王進才及董英、馬進忠、馬士秀、曹志建、王允成、盧鼎，並開鎮湖南、北，時所謂十三鎮者也。騰蛟鋭意東下，拜表出師。丙戌正月，與監軍御史李膺品先赴湘陰，期大會岳州。先璧逗遛，諸營亦觀望，獨赤心自湖北至，爲大兵所敗而還。諸將皆驕且貪殘，朝宣尤甚，劫人而剥其皮，永忠效之，殺民無虚日，騰蛟不能制。永明王立，以騰蛟爲武英殿大學士。王進才故守益陽，聞大兵漸逼，還長沙。四年春，進才揚言乏餉，大掠，並及湘陰。適大兵至長沙，進才走湖北。騰蛟不能守，單騎走衡州。長沙、湘陰並失。盧鼎時守衡州，而先璧兵突至，大掠，鼎不能抗，走永州。先璧遂挾騰蛟走祁陽，又間道走辰州。騰蛟脱還，走永州。甫至，鼎部將復大掠，鼎走道州，騰蛟與侍郎嚴起恒走白牙市。大兵遂下衡、永。初，騰蛟建十三鎮以衛長沙，至是皆自爲盗賊。八月，大兵破武岡，劉承胤降。桂王走靖州，又走柳州。時常德、寶慶已失，永亦再失。王將返桂林，而城中止焦璉軍。騰蛟以雲南援將趙印選、胡一清入爲助，而南安侯郝永忠忽擁衆萬餘至，與璉軍欲鬥，會宜章伯盧鼎兵亦至，騰蛟爲調劑，桂林以安。乃遣璉、永忠、鼎、印選、一清，分扼興安、靈川、永寧、義寧諸州縣。十一月，大兵逼全州，騰蛟督五將合禦之。五年二月，大兵破全州，至興安。永忠兵大潰，奔桂林，逼王西，縱兵大掠。騰蛟自永福至，大兵知桂林有變，直抵北門，騰蛟督璉、一青分三門拒守。大兵乃還全州。會金聲桓、李成棟叛清，以兵附。大兵在湖南者姑退。騰蛟遂取全州，復遣攻永州，圍城三月，大小三十六戰，克之。未幾，監軍御史余鯤起、職方主事李甲春取寶慶，諸將亦取衡州，馬進忠取常德，所失地多復。全云：思永明也（蘧常案：由榔以永明王稱監國於肇慶，後即帝位，年號永曆）。

蘧常案：詳詩意，蓋傷何騰蛟之受降而無所成。受降諸人，皆開鎮湖南、北，故以「江介」爲言。曹詩取楚辭九章哀郢：悲江介之遺風。洪興祖楚辭補注云：薛君韓詩章句云：介，界也。又引曹詩此句，注云：介，間也。諸鎮所在，正楚之舊疆。時永曆方顛沛於桂林、全州間，與江介無涉，全説非。徐注引明史何騰蛟傳，蓋得其意。惜汗漫無斷制，如略於受降，而詳於無成，則得之矣。

素節乘雲夢〔一〕，清秋下渚宫〔二〕。哀音生地籟〔三〕，激楚入天風〔四〕。落鴈過山急，寒蟬抱樹空〔五〕。傷心千里目，愁絶百年中。郢路元依白〔六〕，江關久向東〔七〕。有人宗國淚，何地灑孤忠〔八〕？

【彙校】

〔題〕徐注本無「用風字」三字。

〔依白〕各本皆作「依北」。

【彙注】

〔一〕素節句　徐注：初學記：秋節曰素節。書禹貢：雲土夢作乂。司馬相如子虛賦：楚有七澤，臣之所見，蓋特其小小者耳，名曰雲夢，雲夢方九百里。

〔二〕清秋句　蘧常案：左傳文公十年：子西沿江泝漢，將入郢，王在渚宫下見之。疏：渚宫當郢都之南，蓋楚成王所建。案：故址在今湖北省江陵縣城。

〔三〕哀音句　徐注：繁欽與魏文帝書：潛氣内轉，哀音外激。莊子齊物論：汝聞人籟而未聞地籟。

〔四〕激楚句　徐注：後漢書岑彭傳：時天風狂急。楚辭宋玉招魂：宫庭震驚，發激楚些。漢書司馬相如傳：激楚結風。注：郭璞曰：激楚，歌曲也。

蘧常案：以上四句，似謂何騰蛟擬北復荆、襄、中原，以福京淪陷不果。石匱書後集何騰蛟傳：再疏敦促親征，略曰：人心萃涣之際，即天命去留之關。乃者期已屆而仍稽，兵出闗而中畫，使天下志義之倫，始而企，再而思，三而疑，茲且懼矣。遐邇通情，正需今日，事機一失，安能再來！河南爲天下之中，荆、襄居上游之要，誠能力破淺謀，獨抒神斷，由虔、贛以入楚、豫，用中原之智勇，以取中原！大勢既張，大權在握，天下全局，指顧間耳！（案：隆武即位之初，騰蛟有出師檄文，言收復荆、襄中原之策尤詳，亦見石匱書，可合觀之。其略曰：騰蛟不敏，標下死士尚三萬，願爲諸公先驅。然後張將軍先璧出茶、新，郝將軍永忠、曹將軍出猶、義，合窺章、贛；黄將軍出醴、萍，徇袁、吉，周將軍金湯出醴、滋；又請號召忠貞十八鎮出興、歸，聯絡川、蜀水師，出夔、峽，並下荆、襄；既無東憂，又張西勢，併力直下，勝氣在我。而況劉將軍承胤以寶師，馬將軍進忠以荆師，王將軍以岳師，盧將軍鼎以武昌、袁、吉之師，董將軍纓總督標之師，張署將、向署將、牛署將以澧州之師，袁將軍、王將軍、鳳昇牟、鳳衛以援剿之師，水陸步騎，百道並進，或壓其首，或繞其背，或抵其腋，或披其肢。又況齊、嘉、豫、漢之雄兵，柯、陳、黄、麻之義旅，動以百萬，引領南望，將一呼而百應。諸君何貳何虞，不一奮戟乎？所云諸領軍，大都皆降將也。）南疆逸史何騰蛟傳：丙戌，騰蛟與清兵戰于岳州城下，又戰于藤溪，戰于湘陰，皆大捷。江、楚間民兵，皆結砦固守以應。方謀大發兵復武昌、岳州及江西之袁州、吉州，會閩破，贛州亦不守，人心揺動，兵不果出。閩破在八月，騰蛟規復荆、襄當亦在其時，故曰「素節清秋」也。雲夢、渚宫蓋泛指楚地。規復未成，而突遭閩變，故有「哀音」二句。

〔五〕落鴈二句　徐注：庾信華林園馬射賦：吟猿落鴈。

蘧常案：此二句，似謂十三鎮之潰降，騰蛟壯圖，竟成泡影。南疆逸史何騰蛟傳云：丁亥，騰蛟督師出衡州，而衡州之師已潰，惟郝永忠、王進才以兵至，餘皆降。初，騰蛟建十三鎮以衛長沙，至是一無足恃，時人恨之！

〔六〕郢路　徐注：楚辭屈原九章：惟郢路之遼遠兮，江與夏之不可涉。

〔七〕江關　原注：華陽國志：巴、楚相攻伐，故置江關、陽關。後漢書岑彭傳：公孫述遣將乘枋箄下江關。

〔八〕有人二句　蘧常案：結到自己。

擬唐人五言八韻　六首

【解題】徐注：張譜：六詩皆非泛擬：乞師，悲往事也；擊筑、投筆，明素志也；渡瀘、聞雞，以不忘恢復望諸公也；歸里，則知事之不可爲而倦鳥思還也。云擬唐人者，曾膺唐王之詔，受其冠帶也。

申包胥乞師

【解題】徐注：左傳定公四年：吳人五戰及郢，昭王奔隨。申包胥如秦乞師，立依於庭墻而哭，日夜不絶聲，勺飲不入口，七日。秦哀公爲之賦無衣。九頓首而坐，秦師乃出。

蘧常案：張譜云：乞師，悲往事。尋文集答原一公肅兩甥書有云：「睢陽之斷指淋漓，最傷南八」，蓋用南霽雲乞師賀蘭進明事，見韓愈張中丞傳後叙。書與臧洪對舉，臧洪擬崑山城守事，見前千里詩「登壇」二句注，則乞師亦此一時事也。詩皆敷陳題事，若不相關，或言在彼而意在此乎？

辰尾垂天謫〔一〕，亡人甚寇兵〔二〕。舟師通大别〔三〕，獵火照方城〔四〕。九縣長蛇據〔五〕，三關鑿齒横〔六〕。君王親草莽〔七〕，微命託宗祊〔八〕。彳亍終南近〔九〕，間關繞霤平〔一〇〕。張膻非聘客〔一一〕，蹻屩一書生〔一二〕。雀立庭柯暝〔一三〕，猿啼夜柝驚〔一四〕。秦車今已出，誓死必存荆〔一五〕。

【彙校】

〔宗祊〕潘刻本、孫校本「祊」作「枋」，非。丕績案：左傳襄公二十四年：若天保姓受祀，以守宗祊。注：祊，廟門。

〔庭柯暝〕潘刻本、孫校本「暝」作「瞑」，非。

【彙注】

〔一〕辰尾句　徐注：淮南子：此傅説之所以騎辰尾也。　段注：抱朴子：昔淮南王劉安升天見上帝而箕坐大言，自稱寡人，遂見謫。

蘧常案：或謂辰尾似指傅姓者。考小腆紀傳云：傅鼎銓，進士，官檢討。北都之變，不能死。乙酉，大學士曾櫻以鼎銓與揭重熙並薦，隆武帝重違櫻意，召重熙而予鼎銓知府銜，令赴軍前自效。此所謂「垂天謫」也。丙戌，八月，福州不守，鼎銓借兵於寧都田海忠，故以包胥擬之乎？然此六詩，自成首尾，多與己身有關者，不應以不相識之人，無關涉之事，作爲首章也。似不足信，姑備一説。

〔二〕亡人句　徐注：左傳僖公二十三年：懷公命無從亡人。又，定公四年：初，伍員與申包胥友，其亡也，謂申包胥曰：我必復楚國！申包胥曰：勉之！子能復之，我必能興之。又，宣公十二年：楚人惎之。杜注：惎，教也。李斯諫逐客書：所謂借寇兵而齎盜糧者也。

〔三〕大别　蘧常案：書禹貢：内方至於大别。左傳定公四年：吴伐楚，自豫章與楚夾漢。子常濟漢而陳，自小别至於大别。杜預注：禹貢：漢水至大别南入江。胡渭禹貢錐指：大别山在漢陽城東北半里，漢水西岸。

〔四〕方城　徐注：左傳僖公四年：楚國方城以爲城。

蘧常案：方城，山名。括地志：山南有城長十餘里，名曰方城。在今湖北竹山縣東南三十里。

〔五〕九縣句　徐注：左傳宣公十二年：使改事君，夷於九縣。又，定公四年：吴爲封豕長蛇以薦食上國。

〔六〕三關句　蘧常案：明以山西鴈門關、寧武關、偏頭關爲外三關；以河北居庸關、紫荆關、倒馬關爲内三關，見顧祖禹讀史方輿紀要直隸倒馬關。「三關」、「九縣」，均泛指中原一帶。

〔七〕君王句　徐注：左傳定公四年：寡君失守社稷，越在草莽。謂桂王之播遷靡定也。「九縣」二句，謂十三鎮之擾亂楚、粤也。

　蘧常案：所言似喻往事，不得以後事釋之，徐注非。

〔八〕微命句　徐注：楚辭天問：蠭蛾微命力何固？

　蘧常案：「宗祊」見前帝京篇「泣血」句注。

〔九〕終南　徐注：詩終南：「終南何有」傳：周之名山，中南也。釋文：一名太一山，又名地肺山。

〔一〇〕間關句　原注：漢書王莽傳：繞霤之固，南當荆、楚。服虔曰：繞霤，隘險之道。師古曰：謂之繞霤者，言四面陒塞，其道屈曲，谿谷之水，回繞而霤也。其處即今之商州界，七盤十二繞是也。

〔一一〕張旜　儀禮聘禮：及竟，張旜。

　蘧常案：周禮春官：司常通帛爲旜。

〔一二〕躡屩　徐注：史記虞卿列傳：虞卿者，游説之士也，躡屩擔簦，説趙孝成王。

　蘧常案：屩，草履；簦，長柄笠，皆遠行之具也。

〔一三〕雀立句　原注：戰國策：七日而薄秦王之朝，雀立不轉，晝吟宵哭。

〔一四〕猿啼句　徐注：水經注引諺：巴東三峽巫峽長，猿啼三聲淚霑裳。駱賓王宿温城望軍營詩：邊城夜柝聞。

〔一五〕秦車二句　徐注：左傳定公五年：申包胥以秦師至，秦子蒲、子虎帥車五百乘以救楚。班固幽通賦：木偃息以蕃魏兮，申重繭以存荆。

高漸離擊筑

【解題】　徐注：戰國策：荆軻遂發。太子賓客知其事者皆白衣冠以送之。至易水上，既祖，取道，高漸離擊筑，荆軻和而歌，爲變徵之聲，士皆垂淚涕泣。

蘧常案：所詠在爲傭保後擊筑，見下「身留」四句注，非於易水上也。

神州移水德〔一〕，故鼎去山東〔二〕。斷霓夫人劍〔三〕，殘煙郭隗宮〔四〕。身留烈士後，跡混市兒中。改服心彌苦，知音耳自通〔五〕。沈淪餘技藝，忼慨本英雄。壯節悲遲晚，羈魂迫固窮〔六〕。一吟遼海怨〔七〕，再奏薊丘風〔八〕。不復荆卿和，哀哉六國空。

【彙注】

〔一〕水德句　徐注：史記秦始皇本紀：始皇推終始五德之傳，以爲周得火德，秦代周德，從所不勝。方今水德之始。

蘧常案：古代帝王易姓受命，每推五德之運，以爲當以某德而王。故有「周爲火德，秦爲水德」等等，此指神州易位于秦。

〔二〕故鼎句　蘧常案：戰國策燕策：故鼎反於歷室。又，趙策：六國從親以擯秦，秦必不敢出兵於函谷關以害山東矣。史記秦本紀：西周君盡獻其邑，其器九鼎入秦。

〔三〕斷霓句　徐注：杜牧詩：斷霓天帔垂。史記刺客列傳：荆軻見太子，太子曰：誠得劫秦王，使悉反諸侯侵地，則大善矣；不可，因而刺殺之。於是太子豫求天下之利匕首，得趙人徐夫人匕首，取之百金，使工以藥淬之，以試人，血濡縷，人無不立死者。

蘧常案：句意謂荆軻刺秦王不中，匕首壞如斷霓耳。燕丹子云：荆軻拔匕首擲秦王，入銅柱，火出。

〔四〕殘煙句　徐注：史記燕世家：昭王爲郭隗改築宮而師事之。

〔五〕身留四句　徐注：史記伯夷列傳：烈士徇名。王勃九成宮頌：簪裾混迹。史記刺客列傳：秦逐太子丹，荆軻之客皆亡。高漸離變名姓爲人庸保，匿作於宋子。久之，作苦，聞其家堂上客擊筑，徬徨不能去。每出言曰：彼有善有不善。從者以告其主曰：彼庸乃知音，竊言是非。家丈人召使前擊筑，一坐稱善，賜酒。而漸離念久隱畏約無窮時，乃退，出其裝匣中筑與其善衣，更容貌而前，舉座客皆驚，下與抗禮，以爲上客。使擊筑而歌，客無不流涕而去者。

蘧常案：此詩借古喻今甚明。前四句，蓋痛明社之屋，復國屢挫；此四句，蓋自寫。「烈士」，謂吴其沆、楊廷樞、陳子龍、顧咸正父子輩，慨己獨存於其後。後寄薛開封寀詩：「他日過吴門，爲招烈士魂，燕丹賓客盡，獨有漸離存。」語正相同，可證。「混迹市兒」，似謂避吴勝兆之禍，至海上，至湖中，必已有變名改服之事。後浯谿碑歌序文，蔣山傭詩集本已兩稱山傭，可爲變名之證。

〔六〕羈魂句　徐注：戴叔倫詩：羇魂愁似絶。

蘧常案：論語衛靈公篇：君子固窮。

〔七〕遼海　徐注：史記燕世家：燕王喜、太子丹等盡率其精兵，東保於遼東。

蘧常案：遼海即遼東。遼東之地延袤千有餘里，南皆臨渤海，故曰遼海。徐注所引，應出刺客列傳。

〔八〕薊丘　徐注：先生京東考古録考薊：今城内西北隅有薊丘，因丘以名邑也。

蘧常案：史記樂毅列傳：薊丘之植，植於汶篁。索隱：薊丘，燕所都之地。

班定遠投筆

【解題】

徐注：後漢書班超傳：嘗輟業，投筆歎曰：大丈夫無他志略，猶當效傅介子、張騫立功異域，以取封侯，安能久事筆研間乎！

蘧常案：班超傳：封爲定遠侯。李賢注：定遠，故城在今洋州西鄉縣南。今陝西鎮巴地。元譜云：南都陷，先生從軍至蘇州。此擬其事。

少小平陵縣，蕭然一布衣。讀書傳父業，握管上皇畿〔一〕。太乙藜初降〔二〕，蘭臺露未晞〔三〕。生涯憑筆札〔四〕，甘旨爲慈闈〔五〕。忽見天弧動〔六〕，聊將電鋏揮〔七〕。于闐迎轡靮，疏勒候旌旗〔八〕。凍磧軍營轉，秋山捷奏飛〔九〕。封侯來萬里，老見錦衣歸〔一〇〕。

【彙校】

〔旌旗〕潘刻本、孫校本「旗」並作「旂」。丕績案：周禮春官司常：交龍爲旂，熊虎爲旗。後人多混用。

【彙注】

〔一〕少小四句　原注：本傳：嘗爲官傭書，行詣相者，曰：祭酒，布衣諸生耳，而當封侯萬里之外。　徐注：謝靈運山居賦：援紙握管，會性通神。　蘧常案：後漢書班超傳：超字仲升，扶風平陵人。徐令彪之少子也。爲人有大志，而不修細節。然内孝謹，涉獵書傳。永平五年，兄固被召詣校書郎，超與母隨至洛陽。　案：平陵，今陝西咸陽縣西北十五里。

〔二〕太乙句　徐注：劉向别傳：向校書天禄閣，夜暗獨坐，有老人黄衣，植青藜杖，叩閣而入，吹杖端煙然，與向説開闢以前，至曙而去，云：我，太乙之精。天帝聞卯金之子有博學者，下而觀焉。

〔三〕蘭臺　徐注：後漢書班超傳：顯宗問固：卿弟安在？固對：爲官寫書，受值以養老母。帝乃除超爲蘭臺令史。詩：白露未晞。

〔四〕生涯句　蘧常案：史記司馬相如列傳：上令尚書給筆札。

〔五〕慈闈　徐注：梁肅立皇后孟氏制：明揚德閥之懿，簡在慈闈之公。

〔六〕天弧動　蘧常案：此喻西域兵動。晉書天文志：弧九星在狼東南，天弓也。主備盜賊，常向於狼。弧矢移動，多盜賊，胡兵大起。狼弧張，害及胡，天下乖亂。

〔七〕電鋏　徐注：陸機漢高祖功臣頌：鋏猶駭電。　蘧常案：鋏，胡刻文選作「鋒」。

〔八〕于闐二句 徐注：後漢書班超傳：超到鄯善，悉會其吏士三十六人，斬匈奴使者，鄯善王廣遂納子爲質。詔以超爲軍司馬，令遂前功。是時，于寘王廣德新攻破莎車（蘧常案：于寘即于闐），遂雄張南道。匈奴遣使監護其國。超至，廣德禮意甚疏。且其俗信巫，巫言「神怒何故欲向漢」，超斬巫首以送廣德。廣德大惶恐，即攻殺匈奴使者而降超。明年，超從間道至疏勒，去兜題所居盤橐城九十里，逆遣吏田慮往降之。兜題見慮輕弱，殊無降意。慮因其無備，遂前劫縛兜題。超即赴之，悉召疏勒將吏，説以龜兹無道之狀，因立其故王兄子忠爲王，國人大悦。肅宗初即位，以陳睦新没，下詔徵超，超發還，疏勒舉國憂恐，其都尉黎弇曰：漢使棄我，我必復爲龜兹所滅耳！誠不忍見漢使去。因以刀自剄。超還至于闐，王侯以下皆號泣曰：依漢使如父母，誠不可去！互抱超馬脚，不得行。超恐于闐終不聽其東，又欲遂本志，乃更還疏勒，疏勒兩城自超去後，復降龜兹，而與尉頭連兵。超捕斬反者，擊破尉頭，殺六百餘人，疏勒復安。轡，説文：馬轡也。釋文：牽引拂戾以制馬也。靷，説文：引軸也。旌旗，釋名：析羽注于旗竿之首曰旌。

〔九〕凍磧二句 徐注：王建塞上詩：斷鴈逢冰磧。

蘧常案：後漢書班超傳：超發于寘諸國兵擊莎車，莎車遂降。龜兹等因各退散，自是威震西域，月氏歲奉貢獻。明年，龜兹、姑墨、温宿皆降，乃以超爲都護。西域唯焉耆、危須、尉犂懷二心，其餘悉定。永元六年秋，超遂發龜兹、鄯善等八國兵，合七萬人，討焉耆，收焉耆王廣、尉犂王汎斬之。超留焉耆半歲慰撫之，於是西域五十餘國悉皆納質内屬焉。

〔一〇〕封侯二句　蘧常案：後漢書班超傳，明年，下詔封超爲定遠侯，邑千户。又：超自以久在絶域，年老思土，上疏，願生入玉門關；而超妹同郡曹壽妻昭，亦上書請。帝感其言，乃徵超還，超在西域三十一年。十四年八月，至洛陽，拜爲射聲校尉。

諸葛丞相渡瀘

【解題】

蘧常案：三國志蜀志諸葛亮傳：字孔明，琅琊陽都人也。躬耕隴畝。先主凡三往，乃見。曹公敗於赤壁，先主收江南，以亮爲軍師中郎將。成都平，署左將軍府事。先主即帝位，策亮爲丞相。建興元年，封亮爲武鄉侯。十二年八月，卒於軍。出師表：五月渡瀘，深入不毛。漢書地理志曰：瀘惟水出牂柯郡句町縣。水經若水注：瀘津東去朱提縣八十里，水廣六七百步，深十數丈。潘眉三國志考證：瀘水即今金沙江也。在滇、蜀之交，自雲南昭通府北流入四川雷波廳界，其水色黑，故以爲瀘耳。在漢爲越嶲郡地。若今瀘州，在漢爲犍爲江陽縣地，非孔明所渡之瀘水。此詩不知何指。張譜謂「不忘恢復望諸公」，亦泛説。時中興一綫之望，繫於永曆，方徬徨湘、粤，日不遑息。後丙申三月入雲南。或先生已預見及此，故有「信洽炎荒」，早爲根本之議乎？

火山横日幕〔一〕，銅澗亘天徼〔二〕。亂樹雲南國〔三〕，交繩僰外橋〔四〕。枕戈穿佪仄〔五〕，帶甲上岧嶢。地汁生淫霧〔六〕，流煙入斗杓〔七〕。七擒依算略，一戰定蠻苗〔八〕。信洽炎荒永〔九〕。恩宣益部遥〔一〇〕。深思危大業，隆眷切先朝。更有親賢表，宫廷告百僚〔一一〕。

【彙注】

〔一〕火山句　徐注：神異經：南荒外有火山焉，長四十里，廣四五里。其中皆生火，晝夜然，雖暴風雨不滅。

〔二〕銅澗句　原注：漢書佞倖傳注：師古曰：東北謂之塞，西南謂之徼。徐注：方輿紀要：貴州銅仁府有銅仁大江、銅仁小江，崖削水深，一名銅澗，渡以小舟。府西十里有諸葛山，上有諸葛營故址。

〔三〕雲南　蘧常案：洪亮吉補三國疆域志：雲南郡，蜀漢建興三年，分建寧、永昌置。領縣八：雲南、青蛉、姑復、邪龍、楪榆、遂久、永寧，治梇棟。讀史方輿紀要：雲南，禹貢梁州南徼地，殷、周時皆蠻夷所居，自永昌以西，皆蠻甸環立，爲邊徼外藩。

〔四〕交繩句　徐注：方輿紀要：四川雅州平羌江多繩橋，所謂多功路之繩橋也。舊名高橋，以繩架棧，下瞰峽江，爲險要處。志云：西北一里曰清源橋，東北十里曰龍門橋，三十五里曰道遠壩橋，五十里曰魚喜河橋；州西七里曰銅頭河橋。其近多功路者曰大繩橋，皆索橋也。

禮王制：西曰僰。説文：犍爲，蠻夷也。田汝成炎徼紀聞：僰人在漢爲犍爲郡。

〔五〕枕戈句　徐注：晉書劉琨傳：與親故書曰：吾枕戈待旦，志梟逆虜，常恐祖生先吾著鞭。

蘧常案：偪仄，即「偪側」。司馬長卿上林賦：偪側泌瀄。司馬彪曰：偪側，相迫也。

〔六〕地汁句　原注：五經通義：陰亂則爲霧，從地汁也。

〔七〕流煙句　徐注：水經注：流煙半垂，繆帶山阜。

蘧常案：春秋運斗樞：北斗七星，一至四爲魁，五至七爲杓，合而爲斗。水經若水注：瀘津多瘴氣，鮮有行者，三月、四月逕之，必死；非此時，猶令人悶吐；五月以後行者，差得無害。故諸葛亮表言：五月渡瀘，并日而食。李膺益州記：瀘水兩峰有殺氣，暑月舊不行，故武侯以夏渡爲艱。案：殺氣，瘴氣也。夏渡爲艱，其言近理。

〔八〕七擒二句　徐注：漢晉春秋：亮在南中，所在戰捷。聞孟獲者，爲夷漢所服，募生致之。既得，使觀於營陣之間，問曰：此軍何如？獲對曰：向者不知虛實，故敗。今蒙賜觀營陣，若祇如此，即定易勝耳。亮笑，縱使更戰。七禽七縱而亮猶遣獲。獲止不去，曰：公，天威也，南人不復反矣！遂至滇池，南中平，皆即其渠率而用之。或以諫亮，亮曰：若留外人，則當留兵，留兵則無所食，一不易也；加以夷新喪破，父兄死喪，留外人而無兵，必成禍患，二不易也；又吏累有廢殺之罪，自嫌釁重，若留外人，終不相信，三不易也。今欲使吾不留兵，不運糧而綱紀粗定，夷漢粗安故耳。又，後主建興三年春三月，丞相亮南征四郡，四郡皆平。改益州郡爲建寧郡，分建寧、永昌郡爲雲南郡；又分建寧、牂柯爲興古郡。方輿紀要：雲南大理府，昔武侯南征，規固其地，於是收資儲以益軍實，選勁卒以增武備，遂能用巴蜀之衆，以爭中原。又：雲南府有僰、鳩、僚、僄、裸毒、盧咢、烏蠻諸種居此。又：貴州東連五谿，苗、蠻環伺，乘間抵隙，每煩撲滅焉。

〔九〕信洽句　徐注：傅玄述夏賦：朱鳥感於炎荒。方輿紀要：雲南點蒼山北行二里，至祭天臺，諸葛武侯畫卦石在焉。又：鶴慶軍民府羅陋村有諸葛泉。又：永昌有大小諸葛堰，有諸葛營，一名諸葛村，有孔明監標臺，有旗臺，在城南八里西山下，武侯屯兵所，師還，民搆祠祀之。

〔一〇〕恩宣句　徐注：蜀志諸葛亮傳：臣壽言：黎庶追思，以爲口實，至今梁、益之民，咨述亮者，言猶在耳，雖甘棠之詠召公，鄭人之歌子産，無以遠譬也。

蘧常案：常璩華陽國志後賢志：益部自建武後，蜀郡鄭伯邑、趙彦信，漢中陳申伯、祝元靈，廣漢王文表皆作巴蜀耆舊傳。陳壽乃并巴、漢撰爲益部耆舊傳。

〔一一〕深思四句　徐注：諸葛亮出師表：先帝創業未半。又：此臣所以報先帝而忠陛下之職分也。又：親賢臣，遠小人，此先漢之所以興隆也。

祖豫州聞雞

【解題】

蘧常案：晉書祖逖傳：字士稚，范陽遒人也（案：原作「遵人」，誤。從吴士鑑晉書斠注改），躬自儉約，勸督農桑，克己務施，不畜資産，百姓感悦。詔進爲鎮西將軍，俄卒。豫州士女，若喪考妣。慷慨有節尚。元帝以爲奮威將軍、豫州刺史。數遣軍要截石勒，勒屯戍漸蹙，歸附者漸多。世説新語賞譽篇注引晉陽秋：逖與司空劉琨俱以雄豪著名。年二十四，與琨同辟司州主簿，情好綢繆，共被而寢。中夜，聞雞鳴，蹴琨覺，曰：此非惡聲也！因起舞。每語世事，則中宵起坐，相語曰：若四海鼎沸，豪傑共起，吾與足下當相避中原耳！案：此詩蓋自謂不忘恢復。前京口即事詩「祖生多意氣，擊楫正中流」，亦自謂，可證。末云「函關猶未出，千里路漫漫」，蓋欲赴南明而未得，意尤顯然。張譜謂不忘恢復望諸公，非。

萬國秋聲静，三河夜色寒〔一〕。星臨沙樹白，月下戍樓殘。擊柝行初轉，提戈夢未安。沈幾通物表〔二〕，高響入雲端。豈足占時運，要須振羽翰。風塵懷撫劍，天地一征鞍。失旦何年補，先鳴意獨難〔三〕。函關猶未出，千里路漫漫〔四〕。

【彙注】

〔一〕三河　徐注：史記貨殖列傳：昔唐都河東，殷都河内，周都河南，三河在天下之中，若鼎足，王者所更居也。

〔二〕沈幾　徐注：後漢書光武帝紀贊：沈幾先物。晉書宗室傳論：希蹤物表。

〔三〕失旦二句　原注：吴志周瑜傳：使失旦之雞，復得一鳴。左傳襄公二十一年：州綽曰：臣不敏，平陰之役，先二子鳴。

〔四〕函關二句　徐注：史記孟嘗君列傳：孟嘗君夜半至函谷關。關法，雞鳴而出客。孟嘗君恐追至。客之居下坐者，有能爲雞鳴而雞盡鳴，遂發傳出。出如食頃，秦追果至關，已後孟嘗君出，乃還。

蘧常案：觀此二句，可知亭林繫心南明，無時或已。去歲之行，既道梗不前，其後復有南征之役，皆求出函關也。即丁酉北游，亦猶此志也。孰謂丁亥以後壯心消滅哉！

陶彭澤歸里

【解題】

蘧常案：蕭統陶淵明傳：陶淵明字元亮，或云潛，字淵明。潯陽柴桑人也。曾祖侃，晉大司馬。淵明少有高趣，博學善屬文。爲彭澤令，歲終，會郡遣督郵至，縣吏請曰：應束帶見之。淵明歎曰：我豈能爲五斗米折腰向鄉里小兒！即日解綬去職，賦歸去來。自以曾祖晉世宰輔，恥復屈身異代，自宋高祖王業漸隆，不復肯仕。卒年六十三，世號靖節先生。

結駟非吾願〔一〕，躬耕力尚堪〔二〕。咄嗟聊綰綬〔三〕，去矣便投簪〔四〕。望積廬山雪〔五〕，行深渡口嵐〔六〕。芟松初作徑，蔭柳乍成庵〔七〕。甕盎連朝濁，壺觴永日酣〔八〕。秋籬尋菊蕊〔九〕，春箔理桑蠶〔一〇〕。舊德陳先祖〔一一〕，遺書付五男〔一二〕。因多文義友，相與卜村南〔一三〕。

【彙注】

〔一〕結駟句　徐注：家語：子貢相衛，結駟連騎。陶潛歸去來辭：富貴非吾願。

〔二〕躬耕句　徐注：陶潛庚戌歲九月中於西田穫早稻詩：躬耕非所歎。又，移居詩：力耕不吾欺。

〔三〕咄嗟句　徐注：晉書石崇傳：嘗爲客作豆粥，咄嗟便辦。孔稚圭北山移文：至其紐金章，綰墨綬。

〔四〕投簪　蘧常案：摯虞徵士胡昭贊云：投簪卷帶。王褘經行記：案史，靖節爲彭澤令，督郵行縣，靖節不肯折腰，遂解官，義熙三年也。是時劉裕實殺殷仲文，將移晉祚，陶氏世爲晉臣，義不仕二姓，故託爲之辭以去耳。梁昭明謂「恥復屈身異代」，要爲得其心，夫豈以一督郵爲此悻悻乎！

〔五〕望積句　徐注：廬山記：瀑布峰懸流飛瀑，望如晴雪，近三百步許。

蘧常案：蓮社高賢傳陶潛傳：常往來廬山，使一門生、二兒舁籃輿以行。時遠法師與諸賢結蓮社，以書招淵明，淵明曰：若許飲則往。許之，遂造焉。忽攢眉而去。

〔六〕行深句　蘧常案：陳聖俞廬山記：遠法師居廬山三十餘年，影不出山，跡不入俗，送客不過虎谿。陶元亮、陸修静有道之士，遠師嘗送此二人，與語道合，不覺過之，因相與大笑。

〔七〕蔭柳句　徐注：陶潛五柳先生傳：先生不知何許人也，宅邊有五柳樹，因以爲號焉。玉篇：庵，小草舍也。

〔八〕壺觴句　徐注：歸去來辭：引壺觴以自酌。又，飲酒詩序：每有名酒，無夕不飲。又，自祭文：酣飲賦詩，識運知命。

〔九〕秋籬句　徐注：陶潛飲酒詩：采菊東籬下，悠然見南山。

蘧常案：洪興祖楚辭補注：花外曰萼，内曰蕊。蕊，花鬚頭點也。離騷：夕餐秋菊之落英。吴仁傑離騷草木疏：爾雅：「落，始也。」落英謂始華之時。

〔一〇〕春箔句　徐注：宋書禮志：蠶官生蠶著簿。注：簿通箔。陶潛歸田園居詩：但願桑麻成，蠶月得紡績。

〔一〕舊德句　徐注：陶潛命子詩「悠悠我祖，爰自陶唐」，又「桓桓長沙，伊勛伊德」云云，皆述祖德也。

〔二〕遺書句　徐注：陶潛感士不遇賦：師聖人之遺書。又，與子儼等疏：告儼、俟、份、佚、佟。又，少學琴書，偶愛閒静，開卷有得，便欣然忘食。李注：陶潛責子詩：雖有五男兒，總不好紙筆。

〔三〕因多二句　徐注：陶潛移居詩：昔欲居南村，非爲卜其宅，聞多素心人，樂與數晨夕。又：奇文共欣賞，疑義相與析。蘧常案：何孟春陶集注：眉山楊恪曰：柴桑之南村。江州志云：本居山南之上京，遇火後徙此。

常熟縣耿侯橘水利書

【解題】徐注：常昭合志：耿橘，字蘭錫，獻縣人，進士。萬曆三十二年以調繁至，講求水利，東瀆横浦、横溪、李墓、鹽鐵塘，北瀆福山塘，西瀆奚浦、三丈浦，凡土田高低，宜蓄宜洩，尺寸不遺。而其開濬之法，區畫周至，約束嚴明，具載所著水利全書。其立説以水利用湖不用江，尤不易之論。張譜：耿侯水利書，郡國利病書采之頗備。

蘧常案：常庸顧亭林年譜斠識：萬曆辛丑進士題名碑録：耿橘直隸河間府瀋陽中屯衛軍籍，順天府宛平人。

神廟之中年，天下方全盛〔一〕。其時多賢侯，精心在農政〔二〕。耿侯天才高，尤辨水土性。縣北枕大江，東下滄溟勁〔三〕。水利久不修，累歲煩雩禜〔四〕。疏鑿賴侯勤，指顧川原定。百穀滿倉箱，子女時昏聘。洋洋河渠議，欲垂來者聽。三季饒凶荒〔五〕，庶徵頻隔并〔六〕。誰能念遺黎，百里嗟懸罄〔七〕。況此胡寇深〔八〕，早夜常奔迸。上帝哀惸嫠，天行當反正。必有康食年〔九〕，河雒待明聖〔一〇〕。自非經界明〔一一〕，民業安得静？願作勸農官，巡行比陳靖〔一二〕。畎澮徧中原〔一三〕，粒食詒百姓。

【彙校】

〔百穀〕潘刻本，徐注本，吴、汪兩校本皆作「百室」。唯鈔本及孫校本作「百穀」。丕績案：「室」、「倉」複，當以「穀」爲勝。

〔況此句〕孫校本「胡」作「虜」，韻目代字也。潘刻本、徐注本作「況多鋒鏑驚」。

【彙注】

〔一〕神廟二句　明史神宗紀：萬曆四十八年九月甲申，上尊謚廟號神宗。徐注：明史神宗紀贊曰：神宗冲齡踐祚，江陵秉政，綜核名實，國勢幾於富强。

〔二〕精心句　徐注：郡國利病書引耿橘水利書曰：白茆港自本縣東南門起至於海，長八十里而遥，凡太湖之水，自長洲、無錫而下者，若蠡河，若常熟塘，若陽城、傀儡、巴城等河（蘧常案：河，應作「湖」），皆會於本縣之華蕩、昆城湖、尚湖，由白茆入海。故白茆通則長洲、無錫東注之水咸有所洩，太湖底定，而常熟爲樂國；白茆不通則常熟爲巨浸，而長洲、無錫諸水皆無所洩，而太湖不定。國朝開濬之後，凡五舉，若夏司農公原吉、徐司空公貫、李司空公充嗣、海都御史公瑞、林侍御公應訓，咸後先相繼主其事者，而經費有煩簡之異，亨利有久暫之殊。

〔三〕縣北二句　徐注：蘇州府志：常熟本吴縣之虞鄉。瞿景淳建城記：北控大江，東漸瀛海，爲府治後户。李注：齊書樂章：北化淩河塞，南威越滄溟。

〔四〕水利二句　徐注：耿橘水利書：數年來，此港（蘧常案：謂白茆港，承上「精心」句徐注引）淤沙漸起，日甚一日，議者謂有海變桑田之勢。今查自海口至於墩頭三里間，一帶陰沙，或東或西，恒無定勢。其水深不過一二尺，此爲塞漲之根。自墩頭而西抵於雉浦七十餘里之間，雖淤疏相間，然大半淺狹矣；淺者水不過一二尺，深者僅容一舠。一旦告塞，無論邊港高區，失其灌溉之利，而縣南、東南、西南一帶低區東洩之道既絶，西來之水日瀦，不必大潦之年，而滔天之事，已在目中。萬一商羊爲災，常熟必爲長洲、無錫之壑。華蕩、承湖、尚湖，不安其位，長洲、無錫必爲太湖之壑；蠡湖、常熟塘、陽城、傀儡、巴城等湖俱不安其位，太湖必將沈溢而靡定也。禮：雩禜祭水旱。

〔五〕三季句　徐注：漢書叙傳：三季之後，厥事放紛。注：三季，三代之末也。郡國利病書：頃二十年以來，淞江日就枯涸，惟獨崑山之東，常熟之北，江海高仰之田，歲苦旱災。

〔六〕庶徵句　原注：後漢書陳忠傳：天心未得，隔并屢臻。注：隔并，謂水旱不節也。尚書曰：一極備凶，一極無凶。并音必性反。郎顗傳：歲無隔并，太平可待。

蘧常案：書洪範：次八曰念用庶徵。古注：庶，衆；徵，驗也。謂衆得失之驗（案：此注禮記禮器疏引，不署姓氏，江永以爲鄭玄）。

〔七〕懸磬　蘧常案：國語魯語：室如懸磬，野無青草，何恃而不恐？韋昭注：懸磬，言魯府藏空虚，但有榱梁如懸磬也。案：左傳僖公二十六年作「懸罄」。服虔云：言室屋皆發撤，榱椽在，如懸罄，蓋韋所本。

〔八〕况此句　蘧常案：此時清兵已全收東南，更西入綿州、潼川，南逼全州、桂林，永曆播越於南寧、潯州、梧州、肇慶之間，故曰「胡寇深」也。

〔九〕康食年　蘧常案：書西伯戡黎：不有康食。鄭玄注：不得有安食（案：鄭注見史記殷本紀注引）。

〔一〇〕河雒句　徐注：史記封禪書：三代之君，皆在河、雒之間。

〔一〕自非句　徐注：孟子：夫仁政必自經界始。日知録：先王之治地也，無棄地，而亦不盡地。田間之涂九軌，有餘道矣。遺山澤之分，秋水多得，有所休息，有餘水矣。自商鞅決裂阡陌，而疆理爲之蕩然。宋政和以下，圍湖占江，而東南之水利亦塞，於是十年之中，荒恒六七。又曰：此則致弊之端，古今一轍，而經界之不正，井地之不均，賦税之不平，固三百年於此矣。

〔二〕願作二句　原注：宋史食貨志：至道二年，太常博士直史館陳靖上言農田事，以靖爲京西勸農使，按行陳、許、蔡、潁、襄、鄧、唐、汝等州，勸民墾田。

〔三〕畎澮句　徐注：書：濬畎澮距川。日知録：中原之地，彌望荆榛，亦無從按畝而圖之也。又引開元十八年詔曰：今原田彌望，畎澮連屬，由來荆棘之所，偏爲秔稻之川。倉庾有京坻之饒，關輔致畝金之潤。本營此地，欲利平人。緣百姓未開，恐三農虚業，所以官爲開發，冀令遞相教誘。功既成矣，思與共之！

偶來

【解題】徐注：元譜：將遠行詩云：去秋闕東溟，今年泛五湖。偶來詩云：偶來湖上已三秋。蓋自秋迄冬，泛五湖也。

蘧常案：此説見徐松譜，徐注謂元譜，誤。

偶來湖上已三秋〔一〕，便可棲遲老一丘〔二〕。赤米白鹽猶自足〔三〕，青山緑野故無求〔四〕。柴車向夕逢元亮〔五〕，款段乘春遇少游〔六〕。鳥獸同羣終不忍，轍環非是爲身謀〔七〕。

【彙注】

〔一〕偶來句　蘧常案：徐譜壬辰四十歲案云：先生去歲自王家營仍歸洞庭山。則此湖上，當亦謂洞庭山也。云「已三秋」，則丙戌已至湖上。先是，先生奉母居語濂涇，當是母卒藁葬後始移居。元譜：丙戌十月十二日，命家人趙和等遷居。注云：未詳遷居何地。疑即遷居洞庭山，是時奔走復國正急，隱晦當亦甚至，故深有所諱也。哭顧咸正詩云：幸有江上舟，請鼓鈴下枻。又云：扁舟來勸君。前注疑先生避地洞庭山，以此詩證之益信。

〔二〕便可句　徐注：後漢書叙傳：棲遲於一丘，則天下不易其樂。

蘧常案：詩陳風衡門：衡門之下，可以棲遲。毛傳：棲遲，遊息也。

〔三〕赤米白鹽　原注：南齊書周顒傳：衛將軍王儉謂顒曰：卿山中何所食？顒曰：赤米白鹽，緑葵紫蓼。

〔四〕青山句　徐注：蜀志杜微傳：亮與書曰：怪君未有相誨，便欲求還於山野。虞世南侍宴應詔詩：緑野明斜日，青山澹晚煙。

〔五〕柴車句　徐注：江淹擬陶潛詩：日暮巾柴車。

蘧常案：元亮，見陶彭澤歸里詩解題。

〔六〕款段句　徐注：後漢書馬援傳：從弟少游曰：士生一世，但取衣食裁足，乘下澤車，御款段馬，爲郡掾史，守墳墓，鄉里稱善人，斯可矣。李賢注：款，猶緩也，言形段遲緩也。

〔七〕鳥獸二句　徐注：論語：鳥獸不可與同羣。韓愈進學解：轍環天下。于邵爲崔僕射陳情表：不爲身謀，同獎王室。黄注：此詩作於順治五年戊子，亭林三十六歲。秋至湖上，似壯心消滅，見於詩中。然而鳥獸不與同羣，尚欲轍環天下。是年永曆帝在桂林，四川巡按御史錢邦芑疏報四川全省恢復；江西提督金聲桓、王得仁以南昌内附；廣東總兵李成棟以廣東内附；魯王在閩安，先後收復三府、一州、二十七縣；皆見南疆逸史。亭林至是有遠游之志，其所謂「棲遲一丘」者，乃偶來之意，揭之於題矣，非是本志也。觀浯溪碑歌云「卻念蒸湘間，胡騎已如林。西南天地窄，零陵山水深」，則亭林不忘西南，於此可見。

蘧常案：黄注深得此詩本旨。惟所引逸史，不盡可憑。如：錢邦芑之奏，徐鼒云：無論邦芑奏報虚誣，且四川亦無百三十縣，此由載筆者得之傳聞，故多荒謬。其實，此時四川分崩離析，號令各擅，託名恢復而已，不久即爲清兵所破。至魯王在閩，雖先有克獲，然旋亦盡失。浯溪碑歌「却念蒸湘間」四句，足爲當時寫實。亭林之拳拳南明，固不繫其盛衰而爲消長也。

浯溪碑歌 有序

【解題】

蘧常案：潘耒遊浯溪記：湘江兩岸多小山，連綿靡迤，少奇崛之概。其嶄然特異者爲浯溪。遠望之，石壁嶙峋，如屏如闕；近視之，嵌空玲瓏，疊峰而多穴。清溪一綫注於江，觸石而墜，有聲鏘然，境致清絶。元次山罷道州，樂其幽勝，遂移家焉。一水一石，各爲之銘。又乞顔魯公書其所作中興頌，鑱諸崖壁。案：浯溪在今湖南祁陽縣西南。

萬曆元年，先曾祖官廣西按察副使〔一〕，道浯溪，得唐元次山中興頌石本以歸〔二〕，爲顔魯公筆，字大徑六七寸。歷世三四，此碑獨傳之不肖。歲旃蒙作噩〔三〕，命工裝潢爲册〔四〕。工人不知碑自左方起而以年月先之〔五〕，遂倒盭不可讀〔六〕。方謀重裝，而兵亂工死〔七〕，不復問者三年。碑固在舊識楊生所，一旦爲余重裝以來，則文從字順，焕然一新。有感於先公之舊物，不在他人而特屬之嗣人之稍知大義者，又經兵火而不失，且待時而乃成，夫物固有不偶然者也。爲之作歌。

昔在唐天寶，禄山反范陽。天子狩蜀都，胡兵入西京〔八〕。肅宗起靈武，國勢重恢張。二載收長安，鑾輿迎上皇〔九〕。小臣有元結，作詩頌大唐。欲令一代典，風烈追宣光〔一〇〕。真卿作大字，筆法名天下〔一一〕。磨厓勒斯文〔一二〕，神理遺來者〔一三〕。書過泗亭碑〔一四〕，文匹淮夷雅〔一五〕。留此繫人心，枝撑正中夏〔一六〕。先公循良吏〔一七〕，海内推名德。驅馬復悠悠，分符指南極〔一八〕。遐眺道州祠〔一九〕，流覽浯溪側〔二〇〕。如見古忠臣，精靈感行色〔二一〕。匪煩兼兩載〔二二〕，不用金玉裝。攜此一紙書〔二三〕，存之貯青箱〔二四〕。以示後世人，高山與景行。天運有平陂〔二五〕，名蹟更存亡。寶弓得堤下〔二六〕，大貝歸西房〔二七〕。舊物猶生憐，何況土與疆。却念燕湘間〔二八〕，胡騎已如林〔二九〕。西南天地窄，臨桂山水深〔三〇〕。岣嶁大禹迹〔三一〕，萬木生秋陰。一峰號回鴈〔三二〕，朔氣焉得侵。恐此浯厓文，苔蘚不可尋〔三三〕。藏之篋笥中，寶之過南金〔三四〕。此物何足貴，貴在臣子心〔三五〕。援筆爲長歌，以續中唐音〔三六〕。

【彙校】

〔題〕孫校本作「大唐中興頌歌」；徐注本題下有「有序」二字。

〔道浯溪〕孫校本道下無「浯溪」二字，有「經祁陽」三字。

〔歷世三四〕孫校本句下有「家業已析，墓下之田且鬻之異姓，而」十四字。

〔獨傳之不肖〕孫校本句下有「山傭」二字。

〔歲斿蒙作噩〕孫校本句下有「山傭之南京」五字。
〔工人不知碑自左方起〕孫校本「工人」上有「信」字，下有「之能遂以付之，乃」七字，全句爲：「信工人之能，遂以付之，乃不知碑自左方起。」
〔遂倒盩不可讀〕孫校本句下有「歸而尤之，則曰：請」七字。
〔而兵亂工死〕孫校本「而」上有「已」字。
〔碑固在舊識楊生所〕孫校本「碑」上有「而」字。
〔一旦爲余重裝以來〕孫校本「一旦」下有「楊」字，「爲」下無「余」字。
〔而特屬之嗣人之稍知大義者〕孫校本「屬之」下，有「其」字。
〔胡兵〕潘刻本、徐注本、孫校本「胡」皆作「賊」。
〔蒸湘〕徐注本「蒸」作「熊」。
〔胡騎〕潘刻本、徐注本「胡」作「牧」。孫校本作「虜」，韻目代字也。
〔臨桂〕潘刻本、徐注本作「零桂」。

【彙注】

〔一〕先曾祖句　蘧常案：見前金陵雜詩第五首「記得」句注。
〔二〕元次山句　徐注：王昶金石萃編：大唐中興頌摩崖石高一丈二尺五寸，廣一丈二尺七寸，二十一行，行二十字，在祁陽縣石崖。文曰：尚書水部員外郎兼殿中侍御史荆南節度使判官元結撰，金紫光禄大夫前行撫州刺史上柱國魯郡開國公顔真卿書。天寶十四載，安禄山陷洛陽。明年，陷長安。天子幸蜀，太子即位於靈武。明年，皇帝移軍鳳翔。其年，復兩京，上皇還京師。於戲！前代帝王，有盛德大業者，必見於歌頌。若今歌頌大業，刻之金石，非老於文學其誰宜爲？頌曰：噫嘻前朝！孽臣姦驕，爲惽爲妖。邊將騁兵，亂毒國經，羣生失寧。大駕南巡。百寮竄身，奉賊稱臣。天將昌唐，繄曉我皇，匹馬北方。獨立一呼，千麾萬旗，戎卒前驅。我師其東，嗣皇撫戎，蕩攘羣凶。復服指期，曾不逾時，有國無之。事有至難，宗廟再安，二聖重歡。地闢天開，蠲除祅災，瑞慶大來。凶徒逆儔，涵濡天休，死生堪羞。功勞位尊，忠烈名存，澤流子孫。盛德之興，山高日昇，萬福是膺。能令大君，聲容沄沄，不在斯文。湘江東西，中直浯溪，石崖天齊。可磨可鐫，刊此頌焉，何千萬年！上元二年秋八月撰。大曆六年夏六月刻。

蘧常案：唐書元結傳：字次山，瀼州人。天寶十二載進士。召詣京師，上時議三篇。擢右金吾兵曹參軍，攝監察御史，進水部員外郎。代宗立，丐侍親，歸樊上。久之，拜道州刺史。進授容管經略使，身諭蠻豪，綏定八州，卒贈禮部侍郎。

〔三〕旃蒙作噩　蘧常案：吴譜：順治二年乙酉，三十三歲。是時南都弘光元年，公元一六四五年也。

〔四〕裝潢　蘧常案：方以智通雅器用：祕閣藏書，并以黄綾裝潢。潢，猶池也，外加緣，則内爲池，裝成卷册，謂之裝潢，即表背也。高士奇天禄識餘：唐六典有裝潢匠。注：音光，上聲，謂裝成而以蠟潢紙也。

〔五〕碑自左方起　蘧常案：金石萃編：大唐中興頌，摩崖，左行正書。葉昌熾語石卷九：諸山摩厓題名詩刻，往往自左而右，蜀碑尤甚，蓋其風氣然也。

〔六〕倒盭　蘧常案：史記司馬相如列傳：盭夫爲之垂涕。索隱：張揖曰：「盭，古戾字。」

〔七〕兵亂　蘧常案：吴譜：順治二年閏六月十五日，崑山士民閉城拒守，七月初六日巳刻，城破。

〔八〕昔在四句　徐注：唐書安禄山傳：安禄山者，本營州雜胡，初名阿犖山。通鑑：玄宗天寶三載，以平盧節度使安禄山兼范陽節度使。天寶十四載十一月甲子，禄山發所部兵及同羅、奚、契丹、室韋凡十五萬衆，號二十萬，反於范陽，以討國忠爲名。十二月丁酉陷東京。楊國忠自以身領劍南，至是首唱幸蜀之策。乙未黎明，上獨與貴妃姊妹、皇子、妃主、皇孫、楊國忠、韋見素、魏方進、陳玄禮及親近宦官宫人出延秋門幸蜀。又：安禄山不意上遽西幸，遣使止崔乾祐兵留潼關。孫孝哲將兵入長安，以張通儒爲西京留守。

〔九〕肅宗四句　徐注：通鑑：肅宗至德元載，朔方留後杜鴻漸等謀迎太子至靈武。秋七月辛酉，太子至靈武。裴冕、杜鴻漸等上太子牋，請即皇帝位，計牋五上，肅宗乃即位於靈武城南樓。李泌謁見上於靈武，事無大小，皆咨之，至於進退將相，亦與之議。郭子儀將兵五萬，自河北至靈武，軍威始盛，人有興復之望矣。八月壬午朔，以子儀爲武部尚書靈武長史，以光弼爲户部尚書北都留守，並同平章事。至德二載九月癸卯，大軍入西京，捷書至鳳翔，即日，遣中使啖庭瑶入蜀，表請上皇東歸。

〔一〇〕風烈句　徐注：漢書元帝紀贊：號令温雅，有古之風烈。

蘧常案：杜甫北征詩：周漢獲再興，宣光果明哲。周宣王、漢光武帝，皆中興之主。

〔一一〕真卿二句　徐注：歐陽修集古録中興頌跋：書字尤奇偉，而文詞古雅，世多模以黄絹爲圖障。

蘧常案：唐書顔真卿傳：字清臣。舉進士，爲平原太守。安禄山反，河朔盡陷，獨平原城守。代宗立，遷尚書右丞，封魯郡公。擢刑部尚書，改吏部。李希烈陷汝州，盧杞建言真卿往諭，希烈縊殺之。真卿善正草書，筆力遒婉，世寶傳之。

〔一二〕磨厓句　徐注：董逌廣川書跋：中興頌刻永州浯溪上。斵其崖石書之。

〔一三〕神理　蘧常案：世説新語傷逝：戴公見林法師墓曰：德音未遠，而拱木已積，冀神理緜緜，不與氣運同盡耳！

〔一四〕泗亭碑　徐注：水經注：泗水南有泗水亭，漢祖爲泗水亭長，即此亭也。有高祖廟，廟前有碑，延熹十年立。

〔一五〕淮夷雅　蘧常案：柳宗元獻平淮夷雅表：伏見陛下發自天衷，克翦淮右，而大雅不作。臣誠不佞，謹撰平淮夷雅二篇，雖不及尹吉甫、召穆公等，庶施諸後代，有以佐唐之光明。韓醇注：元和十二年十月癸酉，淮蔡平。按毛詩江漢注：淮夷東國，在淮浦而夷行也。吴元濟在淮西，故亦曰淮夷，蓋公擬江漢之詩而作也。

〔一六〕枝撑句　蘧常案：王延壽魯靈光殿賦：枝撑杈枒而斜據。班固東都賦：目中夏而布德。吕向注：中夏，中國。

〔一七〕先公句　徐注：柳宗元柳州謝上表：常以萬邦共理，必藉於循良。

蘧常案：陸雲詩：先公克構，乃崇斯堂。案：先公，謂其亡父也。

〔一八〕分符句　徐注：劉向九歎：濟湘流而南極。

蘧常案：分符，见前李定自延平歸詩「使者」句注。

〔一九〕道州祠　蘧常案：光緒道州志建置志祠廟：元刺史祠在北門外九井前，俗呼黄龍廟。又，职官志：唐刺史元結，廣德間任，州民詣闕，請立生祠，至今祀之。

〔二〇〕流覽句　徐注：陸容菽園雜記：浯溪、峿臺、㾁亭，皆在祁陽南，命名制字，皆始於元結次山。字從水、從山、從广。曰吾者，旌吾所獨有也。先生金石文字記：次山愛祁陽山水，遂寓居焉。名其溪曰浯溪，築臺曰峿臺，亭曰㾁亭，所謂「三吾」者也。銘皆篆書，大曆二年三年刻。

〔二一〕精靈句　徐注：法書要録：標拔志氣，黼藻精靈，披封覩迹，欣如會面。荀悦漢紀高祖紀讚：焚魚斬虵，異功同符，豈非精靈之感哉！莊子盗跖篇：孔子説盗跖，遇柳下季曰：車馬有行色，得微往見跖耶？潘耒游浯溪記：亭臺故蹟，廢興不一。而其廢而復興，不終湮沒者，實以元、顔二公，名節風裁，使人思慕，非徒林壑之美而已也。

〔二三〕兼兩載　原注：後漢書吴祐傳：此書若成，則載之兼兩。

蘧常案：兼兩，言車乘之加倍也。

〔二三〕一紙書　徐注：晉書劉弘傳：得劉公一紙書，賢於十部從事。

〔二四〕青箱　徐注：宋書王淮之傳：家世相傳，並諳江左舊事，緘之青箱，世人謂之王氏青箱學。

〔二五〕天運句　徐注：史記天官書：夫天運三十歲一小變，百年中變，五百載大變；三大變一紀，三紀而大備，此其大數也。易：無平不陂。

〔二六〕寶弓句　原注：穀梁傳定公九年：得寶玉大弓。惡得之？得之隄下。

〔二七〕大貝句　徐注：周書顧命：大貝、鼖鼓，在西房。

蘧常案：楊氏中庸傳曰：宗器于祭陳之，示能守也；于顧命陳之，示能傳也。

〔二八〕蒸湘　蘧常案：羅含湘中記：湖嶺之間，湘水貫之，無出湘之右者，凡水皆會焉。與瀟水合則曰瀟湘，蒸水合則曰蒸湘，沅水合則曰沅湘。

〔二九〕胡騎句　蘧常案：胡騎當指清兵。謂馬進忠、李赤心之走，湖南州縣皆失事。小腆紀年：順治五年冬十月，明馬進忠復常德，督師堵胤錫與之有隙，招李赤心自夔州至，欲令進忠以常德讓之。進忠遂掠常德，走武岡；既赤心至，得空城，亦棄之，引兵東走，趨長沙。所至守將皆燒營走，湖南新復州縣，爲之一空，復歸於清。全楚大局，自此不可爲矣。

〔三〇〕西南二句　徐注：一統志：永州府靈陵縣，漢泉陵縣。又：桂林府臨桂縣，漢始安縣。案明史諸王傳：三年八月，清兵取汀州，執唐王聿鍵，於是兩廣總督丁魁楚、廣西巡撫瞿式耜等共推由榔監國。十月十四日，監國肇慶。是月，清兵取贛州，内侍王坤倉猝奉由榔仍走梧州。式耜等力争，乃回肇慶。十一月，清兵由福建取廣州，肇慶大震，王坤復奉由榔走梧州。明年二月，由平樂、潯州走桂林。魁楚棄由榔走岑溪，降於清軍。既而平樂不守，由榔大恐。會武岡總兵劉承胤以兵至全州，王坤請赴之。式耜力諫，不聽。乃以式耜及總兵焦璉守桂林，封陳邦傳爲思恩侯，守昭平。遂趨承胤軍，封承胤安國公，錦衣指揮馬吉翔等爲伯。承胤挾由榔歸武岡，改曰奉天府，政事皆決焉。是時，長沙、衡、永皆不守。六月，由榔召何騰蛟至，密使除承胤，顧承胤勢盛，騰蛟復走白牙。清兵由寶慶趨武岡，吉翔等挾由榔走靖州，承胤舉城降，由榔又奔柳州。先是，清兵趨桂林，焦璉拒守甚力。又：廣州有警，清兵東向，桂林稍安。既而湖南十三鎮將郝永忠、盧鼎等俱奔赴桂林，騰蛟亦至，與式耜議分地給諸將，各自爲守。璉已先復陽朔、平樂，陳邦傳復潯州，合兵復梧州，廣西全省略定。十二月，由榔返桂林，五年二月，清兵至靈川，郝永忠潰於興安，奔還，挾由榔走柳州。清兵攻桂林，式耜、騰蛟拒戰。時南昌金聲桓等叛，降於由榔。八月，由榔至肇慶。

蘧常案：靈陵應作「零陵」，漢武帝置零陵郡，見續漢書郡國志。明史諸王傳叙永曆蹈蹐於西南，僅足説明上句。零當謂永州，永州本漢零陵郡地，隋始置州。桂謂桂林。下句當謂永州、桂林爭戰事。小腆紀年：丁亥，順治四年，明永曆元年，三月乙卯，清兵攻桂林，瞿式耜、焦璉禦却之。夏四月，清兵取永州。五月乙丑，清兵再攻桂林，又却之。是月，明副將周金湯復永州。十月，耿仲明破永州。戊子，順治五年，明永曆二年，三月丁巳，清兵攻桂林，何騰蛟率諸軍禦却之。九月壬午，何騰蛟復永州。考桂林爲當時恢復根本，故瞿式耜疏曰：邇來將士瞻雲望日，以桂林爲杓樞；道路臣僚，疲趼重繭，以桂林爲會極；江、楚民情，以桂林爲拯救之聲援。永州得失，似不足以比之。頗疑零陵蓋指全州。明史地理志：廣西全州於洪武九年四月改屬湖廣永州府，二十七年八月又來屬，是全州亦得號零陵。瞿式耜云：地扼楚、粤之中，當時兩軍，爭奪至烈。案：小腆紀年：順治四年十月，清兵取全州，旋爲明復。十一月，清兵進逼全州，何騰蛟督諸軍禦却之。十二月，何騰蛟督師全州；五年二月，清兵復取全州；三月，瞿式耜檄諸鎮復全州，五月，何騰蛟復全州。故與桂林並舉乎？備一説。

〔三一〕岣嶁句　徐注：湘中記：岣嶁山在衡州府北，是山有玉牒，禹案其文以治水，上有禹碑。

蘧常案：張世南游宦紀聞：何致子一，嘉定壬申游南嶽，至祝融峰下，按嶽山圖，禹碑在岣嶁山。詢樵者，謂「采樵其上，見石壁有數十字」，俾之導前，過隱真屏，復渡一二小澗，攀蘿捫葛，至碑所。爲苔蘚封剥，讀之得古篆五十餘，癸酉二字外，俱難識。韓昌黎所謂

「形模」，果爲奇特，字高闊約五寸許，取隨行前買歷辟而摹之，遂刻之嶽麓書院後巨石。江昱瀟湘聽雨録則以爲出近時僞撰。

〔三二〕一峰句　徐注：一統志：回鴈峰在衡州，鴈至此不過，遇春而迴。

〔三三〕恐此二句　徐注：廣川書跋：顔太師以書名時，而此尤瑰瑋，故世貴之。今數百年薛封苺固，遠望雲煙外，至仰而玩之，其亦天下偉觀耶！

〔三四〕藏之二句　徐注：天下輿地碑記：故中興頌寶之中州士大夫家，而浯溪之銘，因人稱著。詩魯頌泮水：大賂南金。

〔三五〕貴在句　徐注：先生金石文字記：有黄山谷書百餘字，又有皇甫湜五言古詩，次山之子讓五言長律一首，俱刻在中興頌之旁。山谷一詩最著名，謂意乃謂肅宗不當攘取大物，上皇西内淒涼，次山有痛於中，而以頌託諷者。細審頌文，初無此意。禄山作亂，明皇既失天下，肅宗提一旅復兩京，大物已落盜手，取之何咎？撫軍監國，平世事耳。靈武之事，非正位號，不足以鼓士氣而收人心，勉從擁戴，事出權宜，旋乾轉坤，所濟者大。唐室再造，上皇還宫，爲臣子者，宜何如慶幸，何如頌揚，而乃微文刺譏乎？

〔三六〕中唐音　徐注：唐中興間氣集序：以至德興復，風雅復振，故名曰唐中興間氣集。

寄薛開封寀君與楊主事同隱鄧尉山併被獲或曰僧也免之遂歸常州

【解題】

徐注：朱彝尊明詩綜：寀，字諧孟，武進人。崇禎辛未進士。選武學教授，升國子助教，轉南京刑部主事，歷郎中，出知開封府。晚爲僧，號米堆和尚。車譜：略見人心録：薛亂後歸釋，謂去冠，故去宀；去髮，故去彡。因姓米氏，自號米堆山。蘇州府志：寀，亂後翦髮爲頭陀，居玄墓真如塢雪香菴僧舍。戴注：米堆山，吴中山名也。

蘧常案：常庸張譜斠識：柳南續筆：薛名寀。亂後歸釋，謂去冠，故去宀；去髮，故去彡；僅存「米」，因名米。玄墓有米堆山，號堆山。又案：邵青門詩注：晚自署曰衲米，號堆山。據此則車譜謂姓米氏者，誤。吴縣志：玄墓山前面湖，法華山浮於波面，東有錢家磡、米堆山。楊主事，見前哭楊主事廷樞詩題注。吴縣志：鄧尉山在光福里錦峰山西南，去城七十里。漢有鄧尉者隱此，故名。

別君二載餘，無從問君處。蒼蒼大澤雲，漠漠西山路〔一〕。神物定不辱〔二〕，精英夜飛去〔三〕。只有延陵心，尚挂姑蘇樹〔四〕。他日過吴門，爲招烈士魂〔五〕。燕丹賓客盡〔六〕，獨有漸離存〔七〕！

【彙校】

〔題〕吴校本「寄薛開封案」五字，不與下二十三字連接；徐注本二十三字作原注。又，亭林詩集校文（下稱「校文」）：「鄧尉山」下原本有「中」字。

【彙注】

〔一〕漠漠句　蘧常案：荀子解蔽篇：聽漠漠。楊倞注：漠漠，無聲也。西山當指鄧尉山。鄧尉在縣西七十里，故稱西山。句意謂薛案既去而西山寂静也。

〔二〕神物句　蘧常案：晉書張華傳：華補雷焕爲豐城令，焕到縣掘獄屋，得雙劍，遣使送一劍與華，一自佩。或謂張公豈可欺？焕曰：本朝將亂，張公當受其禍，此劍當繫徐君墓樹耳！華得劍，報焕書曰：詳觀劍文，乃干將也，莫邪何復不至？雖然，天生神物，終當合耳。

〔三〕精英句　原注：張協七命：或馳名傾秦，或夜飛去吴。李善注引越絶書：闔廬無道，湛盧之劍，去之入楚。
　　蘧常案：此喻薛案免禍歸去。

〔四〕只有二句　徐注：徐譜：吴其沆，字同初。嘉定諸生。先生吴同初行狀：生居崑山，當抗敵時，守城不出以死，死者四萬人，莫知屍處。道光崑新志：其沆夫婦偕死。

蘧常案：延陵心，見前不去詩第二首「秋風」句注。趙曄吴越春秋：吴王起姑蘇臺。先生日知録：姑胥山名，古胥、蘇通用。徐注非。吴其沉不聞與薛宷相識，不應牽及，其不合者一；其沉死崑山，不得言姑蘇樹，其不合者二。此延陵承上言，蓋指薛宷。按題語，則姑蘇樹乃指楊廷樞，薛與楊同隱被獲，薛免而楊遇害於蘇之盧墟。句意謂薛身雖歸常，而其心猶念念於楊，故曰「延陵心」「尚挂姑蘇樹」也。

〔五〕爲招句　蘧常案：「烈士」，指楊廷樞。

〔六〕燕丹　蘧常案：史記燕召公世家：王喜二十三年，太子丹質於秦，亡歸燕。二十五年，秦滅韓。二十七年，秦滅趙。燕見秦且滅六國，秦兵臨易水，禍且至燕。太子丹陰養壯士，使荆軻獻督亢地圖於秦，因襲刺秦王，王殺軻。使王翦擊燕，燕王亡，徙居遼東，斬丹以獻秦。

〔七〕漸離　蘧常案：見前高漸離擊筑詩注。

將有遠行作時猶全越

【解題】

黄注：詩題曰將遠行，其實未嘗遠行也。汪云：「越」疑代「髮」，必初本以「月」代，後又誤測爲「越」也。

蘧常案：此詩下接京口詩，疑已行復阻而折回者，非未嘗行也。黄説未確。汪云「越」疑代

「髮」，是。卷二有翦髮詩，「時猶全髮」，蓋對後翦髮而言也。疑此四字爲後補，故孫詒讓作爲「自注」。「全髮」用五代史四夷傳語。以「月」代「髮」，以韻目代忌諱字也。此例甚多，更僕難數，潘鈔本已多改正，校語中詳之。然亦有改而未盡者，此類是也。炎武以韻目代字，最先闡釋者似爲戴望與孫詒讓。詒讓託名荀羕，所校潘鈔本，於卷三杭州詩第二首「匈奴王衞律」句下云：元本下有注云「真東蹛」，不可解。戴子高云或是「張秉貞」，而韻亦不類。惜所言僅此。徐注不知此例，遂多誤解。後之治亭林詩者，類能以此例推釋。亭林日知録論古文未正之隱云：有待於後人之改正，有待於後人之補完，定、哀之間多微辭，況於易姓改物制有華夏者乎！自代字之例明，而亭林之微辭見，由是而改正補完，正亭林之志也。

去秋闚大海〔一〕，今冬浮五湖〔二〕。長歎天地間，人區日榛蕪〔三〕。出門多蛇虎，局促守一隅。夢想在中原〔四〕，河山不崎嶇。朝馳瀍澗宅〔五〕，夕宿殽函都。神明運四極，反以形骸拘〔六〕。收身蓬艾中〔七〕，所之若窮途〔八〕。杖策當獨行〔九〕，未敢憚羈孤。願登廣阿城，一覽輿地圖〔一〇〕。回首八駿遥〔一一〕，悵然臨交衢〔一二〕！

【彙校】

〔題〕孫託荀校本、孫校本「遠行下」并無「作」字；孫託荀校本「時猶全越」四字作注文；潘刻本、徐注本作「將遠行作」。

〔大海〕潘刻本、徐注本作「東溟」。

【彙注】

〔一〕闚大海　黄注：亭林海上詩是鄉居望海而作，實未嘗至海上。觀老鶴萬里心詩云「尚想蓬萊曉，終思弱水陰，神州迷再舉，碧落杳千尋」，及海上行云「欲往從之，水波雷駭，幾望見之，以風爲解」等句，則知亭林未嘗至海上，如全謝山所作神道表云「欲赴海上，道梗不前也」。張譜據此詩「去秋闚東溟」（蘧常案：此據潘刻本）句，以爲亭林實嘗至海上，不知此句即指上年海上行所云「欲往從之，幾望見之」云爾。詩言「闚」，不言「至」，何得據此以爲實嘗至海上之證耶？

蘧常案：黄論海上詩是，前已言之。惟以亭林未嘗至海上，則似未確。竊終以元譜「丁亥秋至海上」爲可信，是時魯監國在福建長垣，永曆在湖南武岡，閩近而湘遠，意當在閩。入閩以海行爲便，曰至海上者，謂至海畔謀入海也。入海不成，故全表云「道梗不前」。如此言之，於諸詩所云，皆不刺謬。黄蓋誤以至海上爲入海，遂生無謂之疑矣。

〔二〕浮五湖　蘧常案：周禮夏官職方氏：東南曰揚州，其澤藪曰具區，其川三江，其浸五湖。朱長文吴郡圖經續記：太湖在吴西南，禹貢謂之震澤，周官、爾雅謂之具區，史記、國語謂之五湖，其實一也。所謂五湖者，蓋所納之湖有五也。後漢書馮衍傳注：虞翻云：太湖有五湖，故謂之五湖。滆湖、洮湖、射湖、貴湖及太湖爲五湖，並太湖之小支，俱連太湖，太湖兼得五湖之名。在今湖州東也。王應麟地理通釋：太湖占湖、宣、常、蘇四州境，周五百里，故曰五湖。有苞山，亦曰夫椒山，俗謂之洞庭。

〔三〕人區句　徐注：後漢書方術傳論：探抽冥賾，參驗人區。杜甫哭台州鄭司户蘇少監詩：天地日榛蕪。

〔四〕夢想句　徐注：東南紀事：張家玉曰：恐車駕日南，中原失望。天下形勢，關中爲上，襄陽次之，建康又次之，下此則虔州一塊土，當屬興王地也。

〔五〕瀍澗　蘧常案：見前帝京篇「德過」句注。

〔六〕形骸拘　徐注：莊子德充符：今子與我，游於形骸之内，而子索我形骸之外，不亦過乎？

〔七〕收身句　原注：莊子齊物論：夫三子者，猶存乎蓬艾之間。

〔八〕窮途　蘧常案：晉書阮籍傳：時率意獨駕，不由徑路，車迹所窮，輒慟哭而反。王勃滕王閣序：阮籍猖狂，豈效窮途之哭？

〔九〕杖策　徐注：後漢書鄧禹傳：光武收河北，禹杖策軍門，説上延攬人材，上問欲仕乎？曰：不願也！願效尺寸，垂功名於竹帛耳！

〔一〇〕願登二句　原注：後漢書鄧禹傳：從至廣阿，光武舍城樓上，披輿地圖，指示禹曰：天下郡國如是，今始乃得其一。　黄注：漢書地理志：鉅鹿郡廣阿縣。今直隸趙州隆平縣地。

蘧常案：黄注此集，聞在日寇東北時，蓋有感而作也，則直隸趙州之名久廢矣，不解仍以清稱何也？

〔二〕八駿　徐注：穆天子傳：天子之駿：赤驥、盜驪、白義、踰輪、山子、渠黄、華騮、緑耳。

〔三〕交衢　徐注：周禮地官保氏「五馭」注：舞交衢。黄注：疏云：舞交衢者，衢，道也，謂御車在交道，車旋應於舞節云。

京口　二首

【解題】

蘧常案：見前京口即事題注。

異時京口國東門〔一〕，地接留都左輔尊〔二〕。囊括蘇松儲陸海〔三〕，襟提閩浙壯屏藩〔四〕。漕穿水道秦隋跡〔五〕，壘壓江干晉宋屯〔六〕。一上金山覽形勝〔七〕，南方亦是小中原〔八〕。

【彙校】

〔儲陸海〕孫校本作「千里郡」。

〔襟提句〕孫校本作「襟提浙、福二名藩」。

【彙注】

〔一〕異時句　徐注：通典：京口因山爲壘，緣江爲境，建業之有京口，猶洛陽之有孟津。自孫吴以來，東南有事，必以京口爲襟要，京口之防或疏，建業之危立至。六朝時以京口爲臺城門户。

〔二〕留都句　徐注：方輿紀要：圌山，府東北六十里，實京口之咽喉，留都之門户。南略：乙酉，馬、阮修東林之怨，陳貞慧、吴應箕等上留都防亂揭。又，魏書安定王休（附子爕）傳：先漢之左輔，皇魏之右翼，形勝名都，實惟西蕃奥府。

〔三〕囊括句　徐注：江南通志圖書編：南都根本重地，蘇、松、常均稱繁劇。先生日知録：考洪武中，天下夏税秋糧以石計者，總二千九百四十三萬餘，而蘇州府二百八十萬九千餘，松江府一百二十萬九千餘，其田租比天下爲重，其糧額比天下爲多。李注：漢書東方朔傳：漢興，去三河之地，止灞、産以西，都涇、渭之南，此所謂天下陸海之地。注：師古曰：高平曰陸。關中地高，故稱陸海者，萬物所出，言關中山川物産饒富，是以謂之陸海也。

〔四〕襟提句　徐注：欒史寰宇記：京口西距漢、沔，東連海嶠，爲三吴襟帶之邦，百越舟車之會。南略：王孫蕃論東南形勢：京口負山枕江，控扼三關，襟帶百越。詩：大邦維屏，价人維藩。

〔五〕漕穿句　蘧常案：左傳哀公九年：秋，吴城邗溝，通江淮。杜注：通糧道也，今廣陵邗江是。顧棟高春秋大事表：邗溝今日漕河，起於揚州府城東南二里。漕河沿革考：其南段，春秋吴子所開之邗溝也。亭林天下郡國利病書卷二十八：吴開邗溝通江、淮。吴王濞開邗溝自揚州，極海陵、如皋，以通煎鹽之利。煬帝幸江都，發兵丁十萬餘，開邗溝。隋書文帝紀：開皇七年，夏四月，於揚州開山陽瀆以通漕運。通鑑隋紀：煬帝大業元年，發淮南民十餘萬，開邗溝。自山陽至揚子入江。四年，穿永濟渠，六年敕穿江南河，自京口至餘杭八百餘里，廣十餘丈。案：未聞秦有穿漕事，疑「秦」爲「吴」之誤。

〔六〕壘壓句　徐注：方輿紀要：元興末，桓玄作亂，劉裕舉兵京口，晉室復定。及裕代晉，以京口要地，去建康密邇，非宗室近親，不使居之，蓋肘腋攸關也。

蘧常案：晉書郗鑒傳：祖約、蘇峻反，鑒謂温嶠曰：今賊謀欲挾天子東入會稽，宜先立營壘，屯據要害，既防其越逸，又斷賊糧運，然後静鎮京口，清壁以待，賊不過百日，必自潰矣！嶠深以爲然。及陶侃爲盟主，與侃會於茄子浦，鑒築白石壘而據之。（案：茄子洲，太平御覽引劉楨京口記作嘉子洲。丹陽記謂洲在縣西南，則白石壘當在其地。）還丹徒，立大業、曲阿、庱亭三壘以拒賊。

〔七〕一上句　徐注：方輿紀要：金山，在府西北七里大江中。北岸直瓜洲渡，南岸直西津渡，西去儀真縣高資港不過四十餘里，實爲中流之險。明史楊文驄傳：以金山踞大江中，控制南北，請築城以資守禦。從之。

蘧常案：南唐釋應之頭陁巖記：金山昔名浮玉，因裴頭陀江際獲金，貞元二十一年節帥李錡奏易名金山。

〔八〕南方句　徐注：晉書地理志：自中原亂離，遺黎南渡，並僑置牧司。

東胡北翟戰爭還〔一〕，天府神州百二關〔二〕。末代棄江因靖鹵靖鹵伯鄭鴻逵〔三〕，當年開土是中山〔四〕。雲浮鸛鶴春空遠〔五〕，水擁蛟龍夜月閒〔六〕。相對新亭無限淚〔七〕，幾時重得破愁顔〔八〕！

【彙校】

〔東胡〕潘刻本、孫校本「胡」作「吴」。

〔末代句〕孫校本「因」作「嗟」。

【彙注】

〔一〕東胡句　徐注：禮：北方曰翟。王應麟地理通釋：魏太武以百萬之衆，觀兵瓜步，卒盟而還。

蘧常案：東胡，見前贈顧推官咸正詩「東胡」句注。此當謂金兀朮之南侵。金世居松花江之東，清爲其遺部，故通斥爲東胡也。宋史韓世忠傳：建炎四年，世忠屯焦山，以邀兀朮歸路，謂諸將曰：是間形勢，無如金山對岸龍王廟者，寇必登此觀我虚實。乃遣兵伏廟中及岸側，禽其兩騎。又邀兀朮於鎮江，相持於黄天蕩。世忠以海艦進泊金山下，以長綆縋敵舟沈之，寇大窘。

〔二〕天府句　徐注：戰國策秦策：蘇秦説惠王曰：此所謂天府，天下之雄國也。

蘧常案：神州，見前感事詩第二首「須知」二句注。百二，見前大漢行「指揮」二句注。

〔三〕末代句　徐注：夏完淳續幸存録：高興平潰卒之渡江也（蘧常案：高傑封興平伯），鄭羽公矢石俱發，殲者萬人，布告大捷。京口人尸祝羽公，爲建祠立碑。潰卒進退無據，遂叛降鹵（蘧常案：鹵應作「虜」，作「鹵」者亦有所諱也）。羽公初七日，大宴軍中，歌舞雜興，江聲漭發。鹵乘間潛入金山寺。初八夜，大霧四塞，遂截流而渡，僅一二百人，使羽公以全力制之，當使隻輪不返。軍心一潰，靖鹵一軍，竟如方士之船，入滄波而不復。

蘧常案：南疆逸史鄭鴻逵傳：字羽公，芝龍異母弟也。涉獵書傳，無材能。芝龍就撫，鴻逵中庚辰武進士。累官登州副總兵。甲申，弘光立，朝議以舟師守江。九月，加鴻逵總兵官，挂鎮海將軍印，扼守江口，鄭彩副之。鴻逵乃自海道入江，駐鎮江。乙酉四月，封爲靖虜伯（案：「虜」原諱作「魯」）。是時大兵已破揚州，別由老鸛河渡江，鴻逵不能禦，引師南下。會唐王至杭，遂擁之入閩。

〔四〕當年句　徐注：明史徐逵傳：濠人。字天德。年二十二，從太祖破禽元將陳埜先，從下集慶。太祖命達爲大將，帥諸軍東攻鎮江，拔之，號令明肅，城中晏然。時張士誠已據常州，挾江東叛將陳保保以舟師攻鎮江，達敗之龍潭。洪武元年，擣元都。三年破擴廓，振旅還京師，進太傅右丞相，封魏國公，十八年卒。追封中山王，謚武寧。

〔五〕鸛鶴　徐注：柳宗元再至界園巖詩：鸛鶴雲間舞。

〔六〕蛟龍　徐注：吴志周瑜傳：恐蛟龍得雲雨，非池中物也。

蘧常案：以上二句，謂風景不殊也。

〔七〕相對句　蘧常案：世説新語言語：過江諸人，每至美日，輒相邀新亭，藉卉飲宴。周侯顗中坐而歎曰：風景不殊，正自有山河之異。皆相視流淚。唯王丞相導愀然變色曰：當共戮力王室，克復神州，何至楚囚相對？讀史方輿紀要：新亭，在江寧縣南十五里，近江渚。

〔八〕破愁顔　徐注：杜甫諸將詩：多少材官守涇渭，將軍且莫破愁顔。

顧亭林詩集彙注卷二

王蘧常　輯注
吴丕績　標校

元日　已下屠維赤奮若

【解題】

冒云：先生是年年三十七。

蘧常案：是年歲次己丑。爲明永曆三年，魯監國四年，清順治六年，公元一六四九年。書舜典：月正元日。傳：月正、正月，元日、上日也。此元日謂明永曆三年正月朔辛酉，清則依新曆，以前一日庚申爲順治六年元旦。

一身不自拔，竟爾墮胡塵〔一〕。旦起肅衣冠，如見天顔親〔二〕；天顔不可見，臣意無由申。伏念五年來〔三〕，王塗正崩淪〔四〕。東夷擾天紀〔五〕，反以晦爲元〔六〕。我今一正之，乃見天王春〔七〕。正朔雖未同〔八〕，變夷有一人〔九〕。歲盡積陰閉〔一〇〕，玄雲結重垠〔一一〕。是日始開朗，日出如車輪〔一二〕。天造不假夷〔一三〕，夷行亂三辰〔一四〕；人時不授夷〔一五〕，夷德違兆民〔一六〕。留此三始朝〔一七〕，歸我中華君〔一八〕。願言御六師〔一九〕，一掃開青旻〔二〇〕。南郊答天意〔二一〕，九廟恭明禋〔二二〕。大雅歌文王，舊邦命已新〔二三〕。小臣亦何思〔二四〕，思我皇祖仁〔二五〕。卜年尚未逾〔二六〕，眷言待曾孫〔二七〕。

【彙校】

〔題〕此詩潘刻本、徐注本無。朱刻本注云：以下屠維赤奮若，在石射堋山前，己丑。

〔胡塵〕孫校本「胡」作「虜」，韻目代字也。

〔東夷擾〕孫校本「夷」作「支」，韻目代字也。

〔變夷〕孫校本「夷」作「支」，韻目代字也。

〔天造不假夷〕四句　孫校本四「夷」字皆作「支」，韻目代字也。

〔中華君〕孫校本「華」作「麻」。案：應作「麻」，韻目代字也，形近而誤。

〔已新〕孫校本「已」作「維」。

【彙注】

〔一〕墮胡塵　蘧常案：杜甫北征詩：況我墮胡塵。

〔二〕如見句　蘧常案：小腆紀年：清順治六年春正月朔，明桂王在肇慶府。

〔三〕五年來　蘧常案：自明崇禎十七年甲申之變，至是凡五年也。

〔四〕王塗句　蘧常案：崇禎甲申以後，弘光、隆武相繼覆滅，是時永曆亦顛沛兩粤，故曰「王塗正崩淪」也。

〔五〕東夷句　蘧常案：東夷，見卷一哭陳太僕子龍詩「東夷」句注。梅賾書胤征：俶擾天紀。傳：紀謂時日。

〔六〕反以句　蘧常案：後卷三重光赤奮若元日詩自注：夷曆元日先大統一日。清史稿時憲志：明之大統術，本於元之授時。成化以後，交食往往不驗。萬曆末，徐光啓、李之藻等譯西人之書爲新法，推交食、淩犯皆密合，然未及施用。世祖定鼎以後，始絀明之舊曆，依新法推算，即承用二百六十餘年之時憲術也。

〔七〕天王春　蘧常案：春秋僖公二十四年：天王出居於鄭。亭林日知録：尚書但稱王，春秋則稱天王，以別當時楚、吴、徐、越之僭王。春秋公羊傳隱公元年春王正月：春者何？歲之首也。王者孰謂？謂文王也。曷爲先言王而後言正月？王正月也。

〔八〕正朔　蘧常案：史記曆書：王者易姓受命，必慎始初，改正朔，易服色，推本天元，順承厥意。索隱：言王者易姓而興，必當推本天之元氣行運所在，以定正朔，以承天意。

〔九〕變夷　蘧常案：孟子滕文公篇：吾聞用夏變夷，未聞變於夷者也。

〔一〇〕歲盡句　蘧常案：淮南子天文訓：積陰之寒氣爲水。禮記月令：天氣上騰，地氣下降，天地不通，閉塞而成冬。

〔一一〕玄雲句　蘧常案：蔡邕霖賦：瞻玄雲之晻晻，懸長雨之森森。揚雄衛尉箴：重垠累垓，以難不律。

〔一二〕日出句　蘧常案：太平御覽卷三引列子：孔子晨遊，見兩小兒爭辯而鬬。問其故。一兒曰：我以日始出時去人近，日中時去人遠。曰：爾何以知？曰：日初出，大如車輪；及中，纔如盤蓋，此不爲遠者小而近者大乎？案：今本列子湯問篇「車輪」作「車蓋」。

〔一三〕天造句　蘧常案：易屯：天造草昧。虞翻注：造，造生也。李華弔古戰場文：天假强胡。方言：凡物之壯大者而愛偉之，謂之夏。周、鄭之間謂之假。

〔一四〕三辰　蘧常案：左傳桓公二年：三辰旂旗，昭其明也。杜注：三辰，日、月、星也。羅苹路史注：通曆曰：地皇氏爰定三辰，是分宵晝。

〔一五〕人時句　蘧常案：書堯典：曆象日月星辰，敬授人時。傳：敬記天時，以授人也。案：書原作「敬授民時」。凡兩漢人所引書無作「人」者；至唐避太宗世民諱，始改作「人」。亭林沿用今本，今亦仍之。

〔一六〕夷德句　蘧常案：禮記内則：降德於衆兆民。鄭玄注：萬億曰兆，天子曰兆民，諸侯曰萬民。

〔一七〕三始朝　蘧常案：漢書鮑宣傳：今日蝕於三始，誠可畏懼。注：如淳曰：正月一日，爲歲之朝，月之朝，日之朝。始，猶朝也。

〔一八〕中華君　蘧常案：左傳定公十年：夷不亂華。孔穎達正義：中國有服章之美，謂之華。三國志蜀志諸葛亮傳裴松之注：游步中華。明史志樂三：洪武三年定宴饗章一奏起臨濠之曲：「千載中華生聖主。」又樂二：嘉靖十五年太祖廟迎神之曲：「攘夷正華，爲天下大君。」

〔一九〕願言句　蘧常案：詩邶風二子乘舟：願言思子。毛傳：願，每也。六師，見卷一感事詩第二首「須知」二句注。

〔二〇〕青旻　蘧常案：佚名七夕賦：驚飛灰於素管，送流火於青旻。

〔二一〕南郊句　蘧常案：詩周頌：昊天有成命。正義：詩者，郊祀天地之樂歌也。謂于南郊，祀所感之天神，于北郊，祭神州之地祇也。明史志禮二：洪武元年，李善長等進郊祀議，略言當遵古制，祭天地於南北郊；冬至祀昊天上帝於圜丘，夏至祀皇地祇於方丘。太祖如其議行之。建圜丘於鍾山之陽，方丘於鍾山之陰。十二年，合祀於大祀殿。永樂十八年，京都大祀殿成，規制如南京。嘉靖九年，議復古制。明年分祀之制遂定。又，洪武元年，始有事於南郊。天意，見卷一秦皇行「豈知」句注。

〔二二〕九廟句　蘧常案：漢書王莽傳：起九廟。案：禮，天子七廟，三昭三穆，與太祖廟而七，至王莽始起九廟，故潘岳西征賦云：由僞新之九廟，夸宗虞而祖黄。唐、宋帝皇，亦作九廟，後世都從之。明史志禮五：孝宗即位，九廟已備。書洛誥：伻來毖殷，乃命寧予。以秬鬯二卣，曰明禋，拜手稽首休享。予不敢宿，則禋于文王、武王。江聲尚書集注音疏：絜祀爲禋，故曰明禋。唐亨先蠶樂章：七廟佇恭禋。

〔二三〕大雅二句　蘧常案：詩大雅文王：周雖舊邦，其命維新。吕祖謙家塾讀詩記：吕氏春秋引此詩，以爲周公所作，味其辭意，信非周公不能作也。

〔二四〕小臣　蘧常案：見卷一大行皇帝哀詞「小臣」句注。

〔二五〕思我句　蘧常案：明史太祖本紀：略定江表，所過不殺，收召才儁，由是人心日附。戒諸將曰：克城以武，戡亂以仁，吾比入集慶，秋毫無犯，故一舉而定。每聞諸將得一城，不妄殺，輒喜不自勝。夫師行如火，不戢將燎原。爲將能以不殺爲武，豈惟國家之利，子孫實受其福！嘗與羣臣論取天下之略曰：渡江以來，觀羣雄所爲，徒爲生民之患，而張士誠、陳友諒尤爲巨蠹。士誠恃財，友諒恃强，朕獨無所恃，唯不嗜殺人，布信義，行節儉。趙翼廿二史劄記：明祖以布衣成帝業，其得力處，總在「不嗜殺人」一語，故陶安謂「明公神武不殺，天下不足平」也。仁聲仁聞，所至降附。其後胡、藍二獄（案：謂胡惟庸、藍玉），誅戮至四、五萬人，則天下已定，故得肆其雄猜。

〔二六〕卜年句　蘧常案：左傳宣公三年：成王定鼎於郟、鄏，卜世三十，卜年七百。

〔二七〕眷言句　蘧常案：詩小雅大東：睠言顧之。毛傳：睠，顧也。段玉裁説文解字注：睠同卷。又詩小雅信南山：曾孫田之。鄭玄箋：自孫之子而下，事先祖皆稱曾孫，是爲遠辭。明史志禮五：太廟祝文，改稱孝曾孫嗣皇帝。詳卷一金陵雜詩第二首「祝版」句注。案：曾孫，指永曆帝。時帝在肇慶，已詳上。上年八月，忠孝伯朱成功（即鄭成功，所謂「賜姓」也）奉表於肇慶。九月，督師何騰蛟復永州、徐州。十月，職方郎中李甲春復寶慶。十一月，督師堵胤錫復益陽、湘潭、湘鄉、衡山。右僉都御史李虞夔起兵平陸，克潼關，復蒲州、解州。軍聲頗振，故望恢復至殷也。

石射堋山

【解題】

原注：吴郡志：靈巖山在城西三十里，一名石射堋山。徐注：蘇州府志：靈巖山府西三十里，高三百六十丈。一名硯石山。太平寰宇記引郡國志：石城山有吴王離宫。山有石馬，望之如人騎。南有石射堋，又名石頭山。張大純采風類記：石之奇巧者十，有八石鼓，二石射堋。

蘧常案：集韻：堋，射埒也。庾信北園射堂新成詩：横弓先望堋。或作「棚」，宋史禮志：「苑中有射棚，晝暈的。」

寒日欲墮石射堋，環湖歷歷來漁燈。山下蕲王宋時墓，屹然穹碑鎮山路〔一〕。太白天弧見角芒〔二〕，金山京口又沙場。爾來兀朮方深入〔三〕，帝在明州正待王〔四〕。

【彙校】

〔題〕潘刻本、徐注本下有「已下屠維赤奮若」七字，蓋既删上元日詩，遂以元日自注改移於此。

〔兀朮〕潘刻本、徐注本作「牧騎」。

【彙注】

〔一〕山下二句　徐注：蘇州府志：韓蘄王墓在靈巖山西麓，紹興二十一年十月，葬。敕使徐伸護其事，吴、長洲二縣令奔走供役。孝宗御題神道碑云：「中興佐命定國元勳之碑。」敕趙雄爲文。碑高十餘丈，趺蓋在焉。又，韓蘄王祠在山西麓寶藏菴左。江總修心賦：著鎮山於周紀。

〔二〕太白句　段注：史記天官書：用兵象太白，太白行疾，疾行；遲，遲行。角，敢戰。動摇躁，躁。圜以静，静。順角所指，吉；反之，皆凶。出則出兵，入則入兵。赤角，有戰；白角，有喪。

蘧常案：天弧，見卷一擬唐人五言八韻班定遠投筆詩「天弧動」注。

〔三〕爾來句　蘧常案：金史宗弼傳：宗弼，本名斡啜，又作兀朮，亦作斡出，或晃斡出，太祖第四子也。詔伐宋康王。河北平，宋主自揚州奔于江南，宗弼等分道伐之，渡江追襲宋主至越州。宋主奔明州，遂渡曹娥江，去明州二十五里，大破宋兵，追至其城下，宋主走入于海。此兀朮當指清和碩鄭親王濟爾哈朗。濟爾哈朗於順治五年九月，以定遠大將軍侵湖廣，時已復取湖南郡縣，且屢襲桂林，故曰「方深入」也。

〔四〕帝在句 徐注：明史志地理：浙江寧波府，太祖吴元年十二月爲明州。洪武十四年二月，改寧波。南疆逸史：己丑春正月，監國魯王次沙埕。三月，寧德破。夏四月，福安破，六月，定西侯張名振復健跳所（台州府寧海縣南）遣王。七月，王復入浙，次健跳。鄭彩棄王去，從王者大學士沈宸荃、劉沂春，尚書吴鍾巒、李向中，都御史黄宗羲等，每日朝於水殿。清兵圍健跳，阮駿以舟師至，遂解去。九月，張名振、阮駿、王朝先合兵執殺黄斌卿。冬十月己巳，奉王駐舟山。沈宸荃以疾罷，沂春還閩，以張肯堂爲大學士，朱永祐爲吏部侍郎，孫延齡爲户部尚書，張煌言爲兵部左侍郎。庚寅，王駐舟山。辛卯九月，舟山始破。舟山屬寧波府定海東北海中。洪武十一月，置有舟山中中千户所，舟山中左千户所。（蘧常案：洪武以下，蓋據明史志地理。「洪武十一月」句有闕文。考明史志地理浙江寧波府定海下云：又有霩衛守禦千户所，大嵩守禦千户所，俱洪武十九年十一月置。又有舟山中中千户所，舟山中左千户所，本元昌國州，洪武二年降爲縣，二十年六月，縣廢，改置。此「十一月」云云，當涉上文而誤。）東南紀事：張家玉疏諫唐王曰：高宗南渡，李綱、宗澤、岳飛等迭請還東京，而汪伯彦、黄潛善力阻之，卒有明州之難。宋之不延，由東遷失策也。

蘧常案：徐注多誤。此詩作於己丑春初，而注以爲春季春後之事，此其一；以帝屬諸魯監國，則何以處永曆，且王謂何人？此其二；以舟山爲明州，此其三。時永曆越在肇慶，清寇日深，故以宋高宗在明州爲況。王謂魯監國，望其協輔，故曰「正待王」也。

春半

【解題】

徐注：張若虚春江花月夜詩：可憐春半不還家。元譜：指江西金聲桓事。聲桓以去年戊子七月叛據南昌，是年正月，爲官軍所破。

春半雨不絕，北風吹荒山。江南花不開，白日愁生寒。登高望千里，苦霧何漫漫〔一〕。洪州七月圍〔二〕，糧盡力亦殫〔三〕。營頭墮軍中〔四〕，旗纛沈江干〔五〕。漢道昔中微〔六〕，白水應圖記〔七〕。晚世得先主，亦作三分事〔八〕。干戈方日尋，天時自當至〔九〕。一身客荆州，毫不以措意〔一〇〕。流離志不挫，終然正神器〔一一〕。一朝得孔明，可以託後嗣〔一二〕。撫掌長太息〔一三〕，且作南山歌〔一四〕。開篋出兵書，日夜窮揣摩〔一五〕。中原有大勢，攻戰不在多〔一六〕。願爲諸將言，不省其奈何〔一七〕！

【彙校】

〔正神器〕冒校本「正」作「主」。

【彙注】

〔一〕苦霧　徐注：昭明太子十二月啓：苦霧添寒。

〔二〕洪州句　徐注：方輿紀要：江西南昌府，隋平陳曰洪州。遺聞（蘧常案：即鄒漪明季遺聞）：戊子五月，江右金聲桓據南昌，藏疏佛經部面中，遣使齎奏亦至。八月十二日，李成棟兵二十萬赴南雄，聲桓與通，約期南下。南略：先是，信豐貢生曹兑光降，居聲桓營，因謁關廟，勸聲桓舉大事，移書寧都貢生盧南金等，南金子泄其事。聲桓本約八月合南京諸處俱起，以南金故，恐事敗，遂於四月同副將王得仁等反，踞南昌，命得仁圍贛州。清巡撫劉武元、巡道張鳳等堅守三月。會譚固山援兵至，得仁解圍去。孔有德等各率師至。成棟一敗於庾關，再敗於信豐，聲桓援絶（蘧常案：於原文頗有竄改）。李瑶逸史摭遺金聲桓傳：與得仁盡撤城外屯兵入壁，部將郭天才争之不得，自劄黄泥洲爲犄角，三戰三捷。已而宋奎光渡江按行地利，請移兵二隊，一駐生米渡，一駐市汊，以達餉路。聲桓並不聽，專主堅壁。清兵雖屢勝，夜每驚呼王雜毛來。久之，見城中無鬭志，乃掘長濠以困，東自王家渡，屬灌城；西自鷄籠西，屬生米渡，自是内外耗絶。全云：金、王之難。

蘧常案：南疆逸史逆臣金聲桓傳：五月辛未，王師至石頭，始議築城，明日鐵騎滿西山矣。六月，大將軍譚泰乃行營築土城，掘濠溝，驅所俘丁壯老弱助役，遠伐山木，發塚斵棺，以爲濠底。溽暑蒸濕，死者無慮十餘萬。又起浮橋三所於章江，廣袤七里。章江故深險，没水置石下樁，上更累木疊石以維舟，當洄洑湍駛處，死又數十萬。圍漸逼，諸將先後各託請援逸去，而得仁荒酒日甚，聲桓嘆恨而已。金聲桓、王得仁據南昌歸明，在戊子二月。清史稿世祖本紀：順治五年二月甲戌，金聲桓及王得仁以南昌叛。三月庚戌，命譚泰爲征南大將軍，同何洛會討金聲桓。南昌被圍始於六月，見上引逸史，至明年正月破，正足七月也。遺聞謂「以五月據南昌」，南略謂「以四月反」，皆誤。元譜以爲七月，意欲成七月之數，尤非。不知反清在二月，而圍始於六月也。

〔三〕糧盡句　徐注：繹史摭遺：冬十月，南昌糧盡。　黃注：南疆逸史：南昌城中斗米八十金，乃殺人而食，至父子夫婦相牽就屠。百姓皆願出城一戰，而金、王終望外援，不許。民乃轉爲清兵耳目。詩所謂「糧盡力亦殫」者，痛辭也。

〔四〕營頭句　原注：後漢書天文志：晝有雲氣如壞山墮軍上，軍人皆厭，所謂營頭之星也。占曰：營頭之所墮，其下覆軍，流血三十里。

〔五〕旗纛句　蘧常案：詩魏風伐檀：寘之河之干兮。毛傳：干，厓也。此二句，謂南昌之破。清史稿世祖本紀：順治六年正月壬午，譚泰、何洛會等復南昌，金聲桓投水死，王得仁伏誅。南疆逸史金聲桓傳：正月十九日（案：十九日干支爲戊寅，與清史稿作壬午不同，壬午爲二十三日，不知孰是），大兵以大礮擊城，山谷皆震，而城遂破。聲桓衣其銀甲赴水死，得仁欲突圍，三出三入不得前，擊殺數百人，卒被殺。金、王起事凡八月，卒無成，而士民死者數百萬人。小腆紀傳金聲桓傳：己丑正月，大雨連旬，城多壞。聲桓部將湯執中守進賢門，約内應。王師乃佯攻得勝門，聲桓、得仁齊赴救，而奇兵已從進賢門梯壘以登，城遂陷，聲桓自投於城之東湖。死事聞，贈南昌王，設壇祭之。

〔六〕漢道句　李注：王延壽魯靈光殿賦：遭漢中微。

蘧常案：漢書哀帝紀：建平元年，待詔夏賀良等言赤精子之讖，漢家曆運中衰，當再受命。

〔七〕白水句　徐注：後漢書光武紀論：王莽篡位，忌惡劉氏，以錢文有金刀，故改爲貨泉，或以貨泉字文爲白水真人。張衡東京賦：龍飛白水。注：白水鄉在南陽府鄧州，世祖所起跡處也。

蘧常案：王士禛蜀道驛程記：淯水旁白水村有巨碑，書漢光武皇帝故里，今棗陽縣地。圖記，見卷一大行皇帝哀詩「祕讖」句注。

〔八〕晚世二句　徐注：三國志蜀先主傳：涿郡涿縣人。景帝子中山靖王勝之後。又諸葛亮傳：今天下三分。

蘧常案：先主，詳後卷五漢三君昭烈詩注。

〔九〕干戈二句　原注：三國志注引漢晉春秋曰：曹公自柳城還，表謂備曰：不用君言，故爲失此大會！備曰：今天下分裂，日尋干戈，事會之來，豈有終極乎？若能應之於後者，則此亦未足爲恨也。

〔一〇〕一身二句　徐注：三國志蜀先主傳：表自郊迎，以上賓禮待之，益其兵，使屯新野。荆州豪傑歸先主者日益衆。表疑其心，陰禦之，使拒夏侯惇、于禁等於博望。戰國策：秦王謂唐雎曰：以君爲長者，故不措意耳。

〔一一〕神器　蘧常案：見卷一大行皇帝哀詩「神器」句注。

〔一二〕一朝二句　徐注：蜀志諸葛亮傳：徐庶謂先主曰：諸葛孔明者，卧龍也，將軍豈願見之乎？先主曰：君與俱來。庶曰：此人可就見，不可屈致也，將軍宜枉駕顧之。由是先主遂詣亮，凡三往，乃見。又，先主傳：孤之有孔明，猶魚之有水也，願諸君勿復言。又：三年春，先主病篤，託孤於丞相亮。評曰：及其舉國託孤於諸葛亮，而心神無貳，誠君臣之至公，古今之盛軌也。　黄注：逸史言：「聲桓爲人陰鷙，方南顧明微，内惎清盛，欲待四方有起者而自立。」觀亭林詩引光武、引先主以正其妄，則知逸史之言非虚也。徐注未揭出此旨，遂令「漢道昔中微」以下作意未明，故補而出之。

〔一三〕撫掌句　蘧常案：三國志吴志魯肅傳：權撫掌歡笑。

〔一四〕南山歌　徐注：甯戚飯牛歌：南山矸，白石爛。　黄注：徐注以爲甯戚飯牛歌，是也。但亭林之意，蓋有取於「長夜漫漫何時旦」意。

蘧常案：飯牛歌第一章：南山矸，白石爛，生不逢堯與舜禪。短布單衣適至骭，從昏飯牛薄夜半，長夜漫漫何時旦？

〔一五〕開篋二句　徐注：戰國策：蘇秦乃夜陳篋，得太公陰符之謀，伏而誦之，簡練以爲揣摩。

蘧常案：漢書藝文志兵書略：至於孝成，命任宏論次兵書爲四種。

〔一六〕中原二句　徐注：先生文集形勢論：拓跋奄有中原，齊、梁嗣主江左，淮南、北立爲戰場。太清内禍，承聖尋兵，齊略淮南，魏收蜀、漢，而江陵淪陷。陳氏軼興，西不得蜀、漢，北失淮、淝，以長江爲境，於是乎守江矣。幅員日狹，國祚彌短。采石、京口，同時並濟，卒并於隋。南唐既失淮南，亦以江爲境，國遂不支。宋都臨安，與金人盟，中淮流爲界，西拒大散關。端平滅金蔡州，挑兵蒙古。寶祐失蜀，咸淳失襄、樊，元兵南下，幼主銜璧，豈非大勢使然耶。又：趙鼎言：經營中原自關中始，經營關中自蜀始，幸蜀自荆、襄始。又曰：夫取天下者，必居天下之上游而後可以制人。英雄無用武之地，則事不集。且人知高皇帝之都金陵，而不知所以取天下，當江東未定，先以大兵克襄、漢，平淮安，降徐、宿，而後北略中原，此用兵先得地勢也。（蘧常案：上「又曰」至此一節，已見前卷一上吴侍郎暘詩「争雄」句注。兹欲見其全，不復删去，亦先生反復丁寧之意也。）又曰：如愚之策，聯天下之半以爲一，用之若常山之蛇，則雖有苻秦百萬之師，完顔三十二軍之衆，不能闞我地；而蓄威固鋭，以伺敵人之瑕，則功可成也。此戰守兼得之謀，而用兵之上術也。

〔一七〕不省句　原注：史記留侯世家：良爲他人言，皆不省。　黄注：亭林詩記南明兵事，此篇爲最終矣。金聲桓與王得仁據南昌，擁兵百萬，日夜荒宴，不能出寸步，而徒盼外援，又復剝剥富良，誅鋤貞烈。（蘧常案：自上「擁兵百萬」至此，全用胡澹予與姜曰廣書。）其人本不足述，不過以其反清爲明，故亭林於其敗也，記以此詩，實無美辭焉。

蘧常案：黄注謂亭林詩記南明兵事此篇爲最終。然下一首懷人詩即悼何騰蛟之敗亡，此後復有傳聞詩記劉文秀、李定國之捷報，金山詩記張名振之出師，至江上詩記鄭成功、張煌言會師進攻南京之役，尤爲詳盡，何言此爲最終乎？

懷人

【解題】

徐注：詩：嗟我懷人。全云：思永明也。

蘧常案：此詩蓋懷何騰蛟而作，非思永明也。君臣之分，不得曰懷人。

秋風下南國，江上來飛鳶。江頭估客幾千輩〔一〕，其中別有東吴船。吴兒解作吴中曲，扣舷一唱悲歌續〔二〕。乍迴别鶴下重雲〔三〕，一叫哀猿墜深木。曲中山水不分明〔四〕，似是衡山與洞庭〔五〕。日出長風送舟去〔六〕，祇留江樹青冥冥。湘山削立天之角〔七〕，五嶺盤紆同一握〔八〕。嶔崟七十有二峰，紫蓋獨不朝衡嶽〔九〕。萬里江天木葉稀〔一〇〕，行人相見各沾衣。寄言此日南征鴈，一到春來早北歸〔一一〕。

【彙校】

〔衡山〕孫校本作「寒山」。

【彙注】

〔一〕估客　蘧常案：古今樂録：估客樂者，齊武帝之所制也。此指販貨者也。

〔二〕吴兒二句　蘧常案：此二句蓋全用晉書夏統傳：統，會稽永興人也。太尉賈充謂曰：卿頗能作卿土地間曲乎？統曰：先公（案：「公」疑當作「王」）惟寓稽山，朝會萬國，授化鄙邦，崩殂而葬，恩澤雲布，聖化猶存，百姓感詠，遂作慕歌。又，孝女曹娥，其父墮江，娥仰天哀號，便投水而死，父子喪尸，後乃俱出，國人哀其孝義，爲歌河女之章。伍子胥諫吴王，言不納用，見戮投海，國人痛其忠烈，爲作小海唱（案：此一節，所謂「吴兒解作吴中曲」也），今欲歌之。衆人僉云善。統於是以足叩船，引聲喉囀，清激慷慨，大風應至。含水嗽天，雲雨響集，叱咤歡呼，雷電晝冥，集氣長嘯，沙塵煙起（案：此一節，所謂「扣舷一唱悲歌續」

也）。王公已下皆恐，止之乃已。充欲耀以文武鹵簿，覬其來觀。統危坐如故，若無所聞。充等各散，曰：此吳兒是木人石心也。蓋以子胥之忠烈況騰蛟也。

〔三〕別鶴　徐注：古今注：別鶴操，琴曲名。商陵牧子娶妻五年無子，父兄將爲改娶，乃援琴而歌。

〔四〕曲中句　蘧常案：列子湯問篇：伯牙善鼓琴，鍾子期善聽。伯牙鼓琴，志在高山，鍾子期曰：善哉，峨峨兮若泰山！志在流水，曰：善哉，洋洋乎若江河！伯牙所念，鍾子期必得之。此「山水」，借謂衡山、洞庭也。時尚未得何騰蛟凶問確音，故曰「不分明」。

〔五〕似是句　徐注：明史何騰蛟傳：順治五年十一月，騰蛟議進兵長沙，會督師堵胤錫惡馬進忠，招忠貞營李赤心軍自夔州至，令進忠讓常德與之。進忠大怒，盡驅居民出城，焚廬舍，走武岡。寶慶守將王進才亦棄城走，他守將皆潰。赤心等所至皆空城，旋棄走，東趨長沙。騰蛟時駐衡州，大駭。六年正月，檄進忠由益陽出長沙，期諸將畢會，而親詣忠貞營，邀赤心入衡。聞其軍已東，即尾之至湘潭。湘潭空城也，赤心不守而去，騰蛟乃入居之。大兵知騰蛟入空城，遣將徐勇引軍入。勇，騰蛟舊部將也，率其卒羅拜，勸騰蛟降，騰蛟大叱，勇遂擁之去。絶食七日，乃殺之。永明王聞之哀悼，賜祭者九，贈中湘王，謚文烈。官其子文瑞僉都御史。

蘧常案：明史志地理五衡州府衡山注：西有衡山，有七十二峰、十洞、十五巖、三十八泉、二十五溪、九池、九潭、九井。徐靈期南嶽記：南嶽周回八百里，回鴈爲首，嶽麓爲足。明史志地理五岳州府巴陵注：西北洞庭湖，沅、漸、元、辰、叙、酉、澧、湞、湘九水，皆匯於此，故亦名九江。水經注：湖水廣圓五百餘里，日月若出没於其中。

〔六〕日出句　蘧常案：宋書宗慤傳：願乘長風破萬里浪。此似謂騰蛟被執送長沙事，見小腆紀傳。

〔七〕湘山句　徐注：岳州府志：洞庭湖中君山，一名洞庭山，一名湘山。庾信和張侍中述懷詩：坼柱傾天角。

〔八〕五嶺句　徐注：裴氏廣州記：大庾、始安（蘧常案：一稱越城）、臨賀、桂陽、揭陽（蘧常案：即都龐）爲五嶺。司馬相如子虚賦：其山則盤紆岪鬱，隆崇嵂崒。三秦記民謡：孤雲兩角，去天一握。

〔九〕嶔崟二句　原注：杜甫望南嶽詩：紫蓋獨不朝，争長嶫相望。徐注：衡州府志：衡山七十二峰，最大者五：芙蓉（蘧常案：明史地理志作「雲密」）、紫蓋、石廪、天柱，祝融爲最高。張衡思玄賦：慕歷阪之嶔崟（蘧常案：此從文選。後漢書張衡傳作「欽崟」，古今字也）。

蘧常案：湘山四句，似追叙騰蛟得大順降衆及劉承胤跋扈事。小腆紀傳何騰蛟傳云：李自成死於九宫山，其將劉體仁、郝摇旗等，有衆四五萬，驟入湘陰。距長沙僅百里，城中懼甚。騰蛟開誠撫慰，摇旗等大喜，悉招餘黨來歸，驟增兵至十數萬，聲威大振。未幾，自成後妻高氏與其弟一功、從子李錦擁衆數十萬，逼常德，乞撫。騰蛟馳檄令巡撫堵胤錫往撫之，安置荆州。慮錦等跋扈難制，受降日，過其營，請見高氏，執禮甚恭。高悦，戒錦毋負何、堵二公。因是卒無異志，號其軍曰忠貞營。自成亂天下者二十年，陷帝都，覆廟社，其衆數十萬，一旦盡歸騰蛟，無不詫爲異事。詩云：「五嶺盤紆同一握」，五嶺三在湖南，故借以喻諸軍之在湘；「一握」者，謂同歸騰蛟節制也。紀傳又云：五月，上遣中使來，密告劉承胤罪狀，召詣行在。初，騰蛟荐承胤，由小校至大將，稱門生。已漸倨肆，在長沙時，徵其兵，怒不應。馳入黎平，執騰蛟子索餉數萬。更命章曠招之，始以衆至。騰蛟爲請封定蠻伯，且與爲婣，承胤益驕。既爵安國公，勳上柱國，賜尚方劍，翻嫌騰蛟出己上，欲奪其權，自請爲户部尚書，專辦餉務。上弗許，因密召騰蛟爲計，然固無如承胤何也。騰蛟無兵，命以雲南援將趙印選、胡一青隸之。及辭朝，遣廷臣郊餞，承胤伏甲將襲之，印選、一青力戰，殲其衆，還駐白牙。八月，武岡破，承胤降。上走靖州，尋走柳州。常德、寶慶、永州相繼盡失。故詩以紫蓋喻承胤，用杜詩「争長」云云，其意灼然甚明，終成湘潭之禍，故下痛言之也。

〔一〇〕萬里句　蘧常案：何騰蛟殉難於本年正月杪，而此云「木葉稀」，則作詩於秋令矣。或疑事歷半載，不應猶懷疑似。然當時道里遼遠，民間音報濡滯，加以干戈滿地，所傳聞異辭，固不足異也。

〔一一〕寄言二句　原注：蔡琰胡笳十八拍：鴈南征兮欲寄邊聲，鴈北歸兮爲得漢音。

蘧常案：此似謂欲得其殉國確耗也。

賦得秋鷹

【解題】

徐注：杜甫醉歌行（蘧常案：杜有兩醉歌行，此贈公安顔十少府）：天馬長鳴待駕馭，秋鷹整翮當雲霄。

蘧常案：秋鷹，或以喻鄭成功。成功於去歲八月奉表於肇慶，十月，封爲威遠侯。連克詔安、雲霄。今年三月，又破惠來，七月，進封廣平公。詩首二句，蓋謂其事。

青骹初下赤霄空〔一〕，千里江山一擊中〔二〕。忽見晴臯鋪白草〔三〕，頓令涼野動秋風。當時遂得荆文寵〔四〕，佐運終成尚父功〔五〕。試向平蕪看獵火，六雙還在上林東〔六〕。

【彙注】

〔一〕青骹句　原注：陳思王孟冬篇：獵以青骹，掩以修竿。　徐注：淮南子：背負青天，膺摩赤霄。

蘧常案：張衡西京賦：青骹摯於韝下。薛綜注：青骹，鷹青脛者。

〔二〕一擊　徐注：李白獨漉篇：爲君一擊，鵬摶九天。

〔三〕忽見句　徐注：貢師泰翦燈聯句：螮蝀薄晴臯。李白行行且游獵篇：胡馬秋肥宜白草。蘧常案：漢書西域傳：鄯善國多白草。大同府志：塞草皆白。案：此似喻清兵之蔓衍。

〔四〕當時句　徐注：幽冥録：楚文王好獵，有人獻一鷹，獵於雲夢。毛羣羽族，争噬共摶，此鷹獨瞪目雲際。俄有一物，鮮白不辨，其鷹便竦翮而升，須臾羽墮若雪，血下如雨，有大鳥墜地，其兩翅廣十餘里，喙邊有黄，衆莫能知。有博物君子曰：此大鵬雛也。乃厚賞之。

〔五〕佐運句　徐注：陳琳武庫賦：當天符之佐運。詩：維師尚父，時維鷹揚。

〔六〕六雙句　蘧常案：此云「六雙」，猶京口即事詩所云「六雙」之意，望其恢復失土也。

八尺

【解題】

徐注：先生郡國利病書：蘇州水利，其横塘，在崑山，則爲八尺涇。吴江舊縣志載施世傑西戌雜記孫烈士傳：貝勒振旅還京，行至八尺，孫兆奎等以神鎗來擊，頗多傷者。「尺」亦作「斥」。

蘧常案：元譜：秋，至吴江，過八尺。詩蓋感事而作。

八尺孤帆一葉舟〔一〕，相將風水到今秋。曾來白帝尋先主〔二〕，復走江東問仲謀〔三〕。海上魚龍應有恨〔四〕，山中草木自生愁〔五〕。憑君莫話興亡事〔六〕，舊日長年已白頭〔七〕。

【彙注】

〔一〕八尺句　蘧常案：張譜：「八尺孤帆一葉舟」云云，八尺二字，似非地名，所未詳也。案：「八尺孤帆」，當係隱語。八尺自是地名。

〔二〕曾來句　徐注：三國志蜀先主傳：章武二年，孫權聞先主住白帝，甚懼，遣使請和。蘧常案：當有所指，或謂魯監國乎？孫烈士傳云：魯王監國浙東，奎等遥受其節制。奎者，烈士兆奎也。

〔三〕復走句　徐注：三國志孫破虜討逆傳：呼權佩以印綬，謂曰：舉江東之衆，決機於兩陣之間，與天下爭衡，卿不如我；舉賢任能，各盡心力，以保江東，我不如卿。又，吴主傳：字仲謀。蘧常案：仲謀當謂兆奎。孫烈士傳云：順治二年，大兵南渡，勢如風雨。我邑舉人孫兆奎者，素懷殉國之心，奮不顧難。與職方吴易倡義興復。散家財，募水卒，旬日間得三千餘人，遂推易爲主盟，而奎佐之。於六月朔，起兵湖中，傳檄遠近，廣樹聲援，於是雲間沈猶龍、崑山顧錫疇、秀水陳謨、平湖陳長圩等，皆同時起兵。自京口至餘杭八百餘里，東西飈動，所在蠭起，吟嘯四顧，舳艫雨集，皆奎等爲倡也。誠江東之雄哉！故以仲謀爲況。此兩句「曾來」、「復走」云云，皆自謂。亭林嘗謀入海就魯王，故曰尋；又與吴易善，前卷一有詩上之，奎其上佐，必與稔，且同志，故訪之也。錢肅潤南忠記：孫兆奎字君昌，吴江人。中丙子鄉榜。

〔四〕海上句　蘧常案：魚龍，見卷一海上行「或言」句注。此句承上第三句，似謂魯王飄泊海上。小腆紀年：順治六年，六月，明魯定西侯張名振復健跳所，表迎監國魯王。時閩地盡失，乃迎次健跳。秋七月，壬午，監國次健跳所。時鄭彩棄監國去，隨扈者大學士沈宸荃、劉沂春、禮部尚書吴鍾巒、兵部尚書李向中、户部侍郎孫延齡、左副都御史黄宗羲、右僉都御史張煌言，每日朝于水殿。水殿者，御舟之稍大者，名河艍，即其頂爲朝房。落日狂濤，冠裳相對，臣主艱難，於斯爲極。此所謂「魚龍有恨」也。

〔五〕山中句　蘧常案：此句承第四句，當謂兆奎。山中當指吴、孫湖中山寨，卷一上吴侍郎暘詩所謂「依山成斗寨，保水得環洲」者也。吴、孫既敗没，故草木生愁也。敗没事，詳卷一上吴侍郎暘詩題注，及「曹沫」句注。

〔六〕憑君句　蘧常案：曹松己亥歲詩：憑君莫話封侯事，一將功成萬骨枯。案：憑猶請也。

〔七〕長年　蘧常案：杜甫撥悶詩：長年三老遥憐汝，捩柁開頭捷有神。蔡夢弼注：峽中以篙師爲長年，柂工爲三老。吴、孫善用舟師，見上吴侍郎暘詩「計用」等句注，故曰「長年」。

歲九月虜令伐我墓柏二株

【解題】

蘧常案：葉紹袁啓禎記聞録：己丑，議征剿舟山，造水船於吴淞，其船高大異常，須十數圍大木。凡木料人夫，皆責取於縣令。親下鄉村封木，僧寺及民家之樹，多被斬伐。又因造船，每圖撥夫三名，往吴淞做工。上官督促甚嚴，自夏至冬底未已，人深苦之也。案：紹袁，吴江人，久居蘇州。所言與詩合，正此事也。

老柏生崇岡〔一〕，本是蒼虬種〔二〕。何年徙靈根〔三〕，幸託先臣壟〔四〕。長持後凋節〔五〕，久荷君王寵〔六〕。歲月駸駸不相待〔七〕，漢時秦宫一朝改〔八〕。刳中流柹要名材〔九〕，乍擬相將赴東海〔一〇〕。發丘中郎來〔一一〕，符牒百道聲如雷〔一二〕。斫白書其處〔一三〕，須臾工匠來斤鋸〔一四〕。持鋸截此柏，柏樹東西摧〔一五〕。却顧別丘壟〔一六〕，辛苦行不辭。君不見泰山之廟柏如鐵，赤眉斫之嘗出血〔一七〕。我今此去去爲船，海風四面吹青天。秉性長端正〔一八〕，不敢作怪妖〔一九〕。東流到扶桑〔二〇〕，日月相遊遨。去爲天上榆〔二〕，留作丘中櫝〔三〕。傳語松楸莫嘆傷〔二〕，漢家雨露彌天下。

【彙校】

〔題〕此首潘刻本、徐注本無。「虜」，孫校本作「虞」，韻目代字也。朱刻本注云：屠維赤奮若，補卷二桃花溪歌上，己丑。孫託荀校本注云：八尺詩後。

【彙注】

〔一〕老柏句　蘧常案：杜甫病柏詩：有柏生崇岡。

〔二〕蒼虬　蘧常案：曹植九詠：駟蒼虬兮翼軫，駕陵魚兮驂騌。文選左思吴都賦：輪囷虬蟠。呂向注：虬，龍也。言木形屈曲，如龍之蟠，故云老柏爲「蒼虬種」也。

〔三〕靈根　蘧常案：張衡南都賦：因靈根於夏葉，終三代而始蕃。

〔四〕先臣壟　蘧常案：見卷一十月二十日奉先妣葬詩「神宗」句注。先臣，見金陵雜詩第五首「記得」句注。

〔五〕後凋節　蘧常案：論語子罕篇：歲寒然後知松柏之後凋也。此與下句蓋雙寫，似寫物，實寫人。文集鈔書自序云：先曾祖歷官至兵部侍郎，中間歷方鎮三四，清介之操，雖一錢不以取諸官。

〔六〕君王寵　蘧常案：白居易詩：誓酬君王寵，願使朝廷肅。

〔七〕歲月駸駸　蘧常案：詩小雅四牡：載驟駸駸。毛傳：駸駸，驟貌。梁簡文帝納涼詩：斜日晚駸駸。

〔八〕漢時秦宮　蘧常案：史記封禪書：秦宣公作密時於渭南，祭青帝；靈公作吴陽上時，祭黄帝；作下時，祭炎帝；獻公作畦時櫟陽，祀白帝。及秦并天下，諸祠唯雍四時上帝爲尊。漢興，高祖曰：吾聞天有五帝，而有四，何也？莫知其説。於是高祖曰：吾知之矣，乃待我而具五也。乃立黑帝祠，命曰北時。説文解字：時，天地五帝所基止祭地也。段注：所基止祭地，謂祭天地五帝者，立基止於此而祭之之地也。史記秦始皇本紀：始皇以爲咸陽人多，先王之宫廷小，乃作朝宫渭南上林苑中。先作前殿阿房，東西五百步，南北五十丈，上可以坐萬人，下可以建五丈旗。令咸陽之旁二百里内宫觀二百七十復道甬道相屬。盧照鄰詩：漢時光如月，秦祠聽似雷。

〔九〕刳中句　蘧常案：易繫辭：刳木爲舟。晉書王濬傳：濬造船於蜀，其木柹蔽江而下，吴建平太守吴彦（案：「吴」應作「吾」。）取流柹以呈孫皓曰：晉必有攻吴之計，宜增建平兵。皓不從。案：柹，果名，應從晉書作柹，説文解字作「朮」，削木札朴也。時清吏伐樹造船，將攻舟山，故用此事。或作「流涕」，涉形近而誤。

〔一〇〕東海　蘧常案：左傳襄公二十九年：表東海者，其大公乎？案：此東海謂舟山也。舟山在東海中，時明總兵黄斌卿據之，受隆武封而拒魯監國。嘗與定西侯張名振助吴勝兆反正，故清軍謀攻之。當勝兆事敗，斌卿甚悔其不肯與海上義師相犄角，又與名振等失歡。是年九月乙酉，名振與蕩湖伯阮進、平西伯王朝先合攻殺之。冬十月，魯監國入駐而清軍謀攻益急矣。此詩作於九月，斌卿或猶未死，或死而尚未知也。

〔一一〕發丘句　蘧常案：陳琳爲袁紹檄豫州文：操又特置發丘中郎將、摸金校尉。

〔一二〕符牒句　蘧常案：唐書食貨志：百司應請月俸符牒。詩小雅采芑：嘽嘽焞焞，如霆如雷。

〔一三〕斫白句　蘧常案：史記孫子吴起列傳：臏度其（案：指龐涓）行，暮當至馬陵。馬陵道狹，而旁多阻隘，可伏兵。乃斫大樹白而書之曰：「龐涓死於此樹之下。」

〔一四〕須臾句　蘧常案：屈原離騷：聊須臾以相羊。莊子在宥篇：釿鋸制焉。陸德明經典釋文：釿，音斤，本亦作斤。

〔一五〕持鋸二句　蘧常案：樂府豔歌行：斧鋸截是松，松樹東西摧。

〔一六〕丘壟　蘧常案：楚辭東方朔七諫沈江：封比干之丘壟。

〔一七〕君不見二句　蘧常案：太平御覽卷九五四引伍輯之從征記：大山（案：即泰山）廟中柏皆三十餘圍，夾兩階。赤眉嘗斫一樹，見血而止，今斧創猶在。

〔一八〕秉性句　蘧常案：莊子德充符篇：受命於地，唯松柏獨也正，在冬夏青青。杜甫古柏行：正直元因造化功。

〔一九〕不敢句　蘧常案：舊傳樹木爲怪妖之事：如史記秦本紀：文公二十七年，伐南山大梓，豐大特。正義引録異傳：秦文公時，雍南山有大梓樹，文公伐之，輒有大風雨，樹生合不斷。公伐樹斷，中有一青牛走出。述異記亦言千年木精爲青牛。又續神仙傳言吕嵒遇松精，臨川記、朝野僉載皆言「楓樹靈怪」，并是。此云「不敢作」，蓋冀其不爲清軍所用耳。

〔二〇〕扶桑　蘧常案：山海經海外東經：黑齒國下有湯谷，湯谷上有扶桑。郭璞注：東夷傳曰：倭國東四千餘里有裸國（案：「四千」原作「四十」，依郝懿行説改），裸國東南有黑齒國，船行一年可至也。

〔二一〕天上榆　蘧常案：古樂府隴西行：天上何所有，歷歷種白榆。春秋緯運斗樞：玉衡星散爲榆。

〔二二〕丘中檟　蘧常案：左傳哀公十一年：吴將伐齊，越子率其衆以朝焉。唯子胥懼焉：是豢吴也夫！諫不聽。使於齊，屬其子於鮑氏。王聞之，使賜之屬鏤以死。將死曰：樹吾墓檟，檟可材也，吴其亡乎？三年其始弱矣，盈必毁，天之道也！案：此望清之亡也。

〔二三〕松楸　蘧常案：見卷一十月二十日奉先妣葬詩「止存」句注。

桃花溪歌贈陳處士梅

【解題】

李注：常熟張瑛知退齋稿語溪顧先生祠堂記：語濂溪即桃花溪。記謂：先生與陳處士梅隔垣而居，贈以桃花谿歌者也。

蘧常案：歸莊陳君墓表：余友顧寧人嘗避亂海虞之唐市。余訪寧人，因識其居停陳君。君殁後二十年，孫芳績以其所撰行狀請余表其墓。按狀：君諱梅，字鼎和，蘇州常熟之唐市人。弱冠補學官弟子。既遭世變，君杜門掃迹，安以待盡。卒之日，索衣冠。家人以時裝進，擲去，取故巾服服之。餘集常熟陳君墓誌銘：君年七十有一。亭林陳誌有「崇禎十七年，君從容謂余曰：吾年六十有六」云云，至是年爲七十一。此詩蓋補壽其七十也，故有「四百甲子顔猶少」，及「七十年來」云云。結亦有眉壽無疆之意。

陶君有五柳，更想桃花源。山迴路轉不知處，到今高士留空言〔一〕。太丘之後多君子〔二〕，門前正對桃花水〔三〕。嘉蔬名木本先疇〔四〕，海志山經成外史〔五〕。曾作諸生三十年〔六〕，老來自種溪前田〔七〕。四百甲子顔猶少，有與疑年但一笑〔八〕。有時提壺過比鄰，笑談爛熳皆天真。酒酣却説神光始〔九〕，感慨汍瀾不可止〔一〇〕。老人尚記爲兒時〔一一〕，煙火萬里連江畿，斗米三十穀如土，春花秋月同遊嬉〔一二〕。定陵龍馭歸蒼昊〔一三〕，國事人情亦草草〔一四〕。桑田滄海幾回更，只今尚有遺民老〔一五〕。語罷長謡更浮白〔一六〕，七十年來似疇昔。與君同是避秦人〔一七〕，不醉春光良可惜。春非我春，秋非我秋〔八〕，惟有桃花年年開，溪水年年流，爲君�南酒長無愁。

【彙校】

〔比鄰〕各本皆同，徐注本「比」作「北」，誤。

【彙注】

〔一〕陶君四句　徐注：陶潛桃花源記：忽逢桃花林，林盡水源，便得一山。又：便扶向路，處處誌之。及郡下，詣太守説如此。太守即遣人隨其往，尋向所誌，遂迷不復得路。南陽劉子驥，高尚士也。聞之，欣然規往，未果。尋病終。後遂無問津者。

蘧常案：五柳，見卷一擬唐人五言八韻陶彭澤歸里「蔭柳」句注。

〔二〕太丘句　徐注：後漢書陳寔傳：爲太丘長。左傳襄公二十九年：衛多君子。

蘧常案：歸莊陳君墓表：君素孝友，敦族誼，葬其祖時，費悉出自君，不以諉諸父；同姓之貧無養、死無櫬者，皆取給於君；而凌侮者時有，君終其身忍詢不與校，君子以爲難。又云：君爲人長厚有信義，里中人皆從而辨曲直，有鼠牙雀角之争，往往以君一言而解。權量必平，有斗稍大，取而毀之。鼎革之初，有盗入其村，方肆劫掠，至君之門，曰：此積善之家也，去之。蓋長者之稱素著聞云。

〔三〕門前句　徐注：常建三日尋李九莊詩：故人家在桃花岸，直到門前溪水流。

疏竹傍簷。

〔四〕嘉蔬句　徐注：禮：稻曰嘉蔬。班固西都賦：農服先疇之畎畝。元結㾪亭銘：名木夾户，

蘧常案：鄭玄曲禮「嘉蔬」注：嘉，善也；稻，菰蔬之屬也。

〔五〕海志句　徐注：後漢書西南夷傳：論箸自山經海志者，亦略及焉。

蘧常案：周禮春官：外史掌書外令，掌四方之志，三皇五帝之書，掌達書名於四方。餘

集陳君墓誌銘云：少以通經著聞，中年旁覽諸子及醫藥、卜筮、種樹之書，而不言其著述。

案：前人瑣記雜纂有稱外史者，如王逢年天祿閣外史、蔡羽太藪外史等，其名即本周官，或

陳亦有此類之作乎？

〔六〕曾作句　蘧常案：歸莊陳君墓表：弱冠補學官弟子，試高等，爲增廣生。陳侍御、許太史輩

皆視爲畏友，諸君先後登第去，君遂以諸生老。

〔七〕老來句　蘧常案：餘集陳君墓誌銘：課其家人，耕舍旁地數十畝以餬口。

〔八〕四百二句　原注：左傳襄公三十年：絳縣人或年長矣，無子而往與於食，有與疑年，使之

年。曰：臣，小人也，不知紀年。臣生之歲正月甲子朔，四百有四十五甲子矣！

蘧常案：左傳正義：有與同食者問此老人之年，不告以實，疑其年也。

〔九〕神光　蘧常案：神宗，見前卷一十月二十日奉先妣葬詩「神宗皇帝」注。明史光宗本紀：諱

常洛，神宗長子。萬曆二十九年，立爲皇太子。四十八年七月，神宗崩，八月丙午朔，即皇帝

位。以明年爲泰昌元年。丙寅，不豫，甲戌，大漸，鴻臚寺官李可灼進紅丸，九月乙亥朔，崩。在位一月。

〔一〇〕汍瀾　蘧常案：文選歐陽建詩李善注：汍瀾，涕流貌也。

〔一一〕老人句　原注：史記封禪書：老人爲兒時，從其大父識其處。

〔一二〕煙火三句　徐注：史記平準書：天下殷富，斗粟至十數錢，鳴雞吠狗，煙火萬里。又律書：文帝時，人民樂業，自年六七十翁，亦未嘗至市井，遊遨嬉戲如小兒狀。明史張居正傳：崇禎十三年，尚書李日宣等言：居正受遺輔政，事皇祖者十年，肩勞任怨，舉廢飭弛，弼成萬曆初年之治。中外乂安，海内殷阜，紀綱法度，莫不脩明，功在社稷。日知録：予少時，見山野之氓，有白首不見官長，安於畎畝者；洎於末造，役繁訟多，終歲之功，半在官府，而小民有「家有二頃田，頭枕衙門眠」之諺。已而山有負嵎，林多伏莽，遂舍其田園，徙於城郭。

蘧常案：亭林天下郡國利病書引歙縣志風土論：國家厚澤深仁，重熙累洽，至於弘治，蓋綦隆矣。于時家給人足，居則有室，佃則有田，薪則有山，藝則有圃，催科不擾，盜賊不生，婚媾依時，閭閻安堵，婦人紡織，男子桑蓬。騳至正德末嘉靖初，則稍異矣；迨至嘉靖末隆慶初，則尤異矣。可參。

〔一三〕定陵句　徐注：明史神宗紀：葬定陵。隋書音樂志：虹旆摩，青龍馭。梁書武帝紀：天監四年詔：非所以仰虔蒼昊。

蘧常案：前代以天子殂逝曰「龍馭上賓」，取義於史記封禪書「黄帝騎龍上天」事，如弘光詔云「燕畿掃地以蒙塵，龍馭賓天而上陟」是。徐注引隋書音樂志，非。

〔一四〕國事句　原注：詩：勞人草草。毛傳：草草，勞心也。

蘧常案：明史光宗紀贊：光宗嗣服一月，天不假年，措施未展，三案搆争（案：謂梃擊、紅丸、移宫三案），黨禍益熾。又熹宗紀：神宗遺詔：皇長孫及時册立。未及行，光宗崩，遺詔皇長子嗣皇帝位。時選侍李氏居乾清宫，周嘉謨等疏請移宫，王安舜疏論李可灼進藥之誤。紅丸、移宫二案自是起。即位，封乳保客氏爲奉聖夫人，官其子。天啓元年五月，禁訛言。此皆神宗殁後一年中事，所謂「定陵龍馭歸蒼昊，國事人情亦草草」也。

〔一五〕只今句　徐注：左傳閔公二年：衛之遺民。先生陳君墓誌銘：從容謂余曰：吾年六十有六矣，不幸，遭此大變，不能效徐生絶脰之節，將從衆翦髮，餘年無幾，當寘之於棺，與我俱葬耳。

〔一六〕語罷句　徐注：吕安與嵇茂齊書：登嶽長謡。説苑：魏文侯與大夫飲，使公乘不仁爲觴政，飲不盡者（蘧常案：見善説篇。「盡」應作「釂」。禮記曲禮鄭注：「盡爵曰釂。」），浮以大白。

蘧常案：左思吴都賦：飛觴舉白。李善注：大白，杯名。有犯令者，舉而罰之。

〔一七〕與君句　徐注：陶潛桃花源記：先世避秦時亂。先生陳君墓誌銘：崇禎十七年，余在吴門，聞京師之報，人心汹懼。余乃奉母避之常熟之語濂涇，依水爲固，與陳君鼎和隔垣而居。乃未一歲而戎馬馳突，吴中諸縣，並起義兵自守，與之抗衡。而余以母在，獨屏居水鄉不出。自六月至於閏月，無夜不與君露坐水邊樹下，仰視月色，遥聞火砲。無何，城破，余母不食以終。余始出入戎行，猶從君寓居水濱。

〔一八〕春非我春二句　原注：漢書郊祀歌日出入篇：故春非我春，夏非我夏，秋非我秋，冬非我冬。

瞿公子元錞將往桂京不得達而歸贈之以詩

【解題】

徐注：元錞，元譜作「玄錞」。常熟人。父式耜，時留守桂林。

蘧常案：康熙常熟縣志孝友：瞿玄錞，字生甫，中丞稼軒之幼子。中丞在粤，長孫昌文間關往省，玄錞繼往，不能達，卒於永安，人憐其孝焉。考南疆逸史瞿式耜傳及小腆紀傳本傳（見本詩附録），玄錞之行，在本年秋，歸則當在冬季，并詳下。下距式耜之殉，僅一年耳。

不成南去又東還〔一〕，行盡吴山與越山〔二〕。萬里一身天地外，五年方寸虎豺間〔三〕。厓門浪拍行人舸〔四〕，桂嶺雲遮驛使關〔五〕。我望長安猶不見〔六〕，愁君何處訪慈顏？

【彙校】

〔題〕孫託荀校本，吳、汪兩校本「元」作「玄」。丕績案：晉書杜預傳：「釜、瓮、銚、槃、鎢、錥皆民間之急用也。」玉篇：「鎢錥，小釜名。」蓋取義於此。「鎢」有黑義，則作「玄」是。作「元」者豈避清諱而然歟？潘刻本，徐注本，孫託荀校本，孫吳汪各校本「京」皆作「林」。潘刻本卷一止此。

〔越山〕馮、曹兩校本「越」作「粵」。

【彙注】

〔一〕不成句　徐注：蘇州府志常熟人物：瞿昌文，字壽名，式耜孫。年十七，憐其祖在遠，襆被獨行。間關萬里，幾死者再，然後得達。初，昌文既往，家書久不至。其叔父玄錥繼往，道阻不得達，歿於永安。　冒云：壽名當作壽明。先巢民徵君晚遊常熟，曾主其家。

蘧常案：歸莊己丑稿有送瞿公子玄錥入廣西詩云：山川間隔殺氣盛，欲覲晨昏患無繇。今年行旅去來便，從之不患道阻修。母妻兄弟不相告，孑然擔簦夜入舟。家人追及百里外，苦言相迫牽裾留。豈知丈夫已決計，此志不遂不得休。一朝揚帆去不顧，慷慨擊楫江中流。又云：頗聞羊城李將軍，精甲十萬雄貔貅。何公連年戰湖、湘，荷戟之士皆同仇。詩次七月七日集譚明經郊園詩後，則其南行，當在初秋。維時何騰蛟已殉節湘潭，李成棟亦兵潰於信豐，溺死，閱時半載，而猶未知，則訊遞限之也。此詩次在己丑詩末，則其歸當在冬季矣。玄錞此行，實安然東還。而其道卒，則在第二次南省時。佚名東明聞見録云：清凝上人者，能急人難，留守愛而禮之。桂陷時，適在昭平，同留守次子玄錞崎嶇赴難。走至永安州，遇兵，玄錞失于路。清凝倉皇入桂林，而留守已没。清凝結廬於柩側，終依依不忍去。玄錞有至性，五月，航海覲親，艱苦備嘗。至十月，始至粵西，萬里尋親，不獲一見，可哀也已！或曰已死，或曰入滇，不知所終。頗疑玄錞第一次南行，當在昌文之前，玄錞既歸，昌文始登程，及無音問，而玄錞再往也。

〔二〕吴山與越山　遽常案：越山爲越地之山，則吴山亦謂吴地之山也。詩不及湘、楚，似由越航海，故曰「行盡」。第二次南行，固航海也。小腆紀年：是年九月，明魯定西侯張名振、蕩湖伯阮進、平西伯王朝先合兵討黄斌卿，誅之。或以此兵争，故不能南進歟？

〔三〕五年句　徐注：杜甫夏日歎詩：至今大河北，化作虎與豺。

遽常案：自江南淪陷，至是時凡五年。蘇州府志：東臯在常熟縣北郭外拂水橋左。少參瞿汝説所構，子式耜增拓之。吴偉業梅村詩話：稼軒倡義粵西，其子伯升，門户是懼，故山别墅，皆荒蕪斥賣。又詩集後東臯草堂歌：一朝龍去辭鄉國，萬里烽煙歸未得，可憐雙戟中丞家，門帖淒涼題賣宅。有子單居持户難，呼門吏怒索家錢，窮搜廢篋應無計，棄擲城南尺五山。伯升，式耜長子，名嵩錫。此詩正寫瞿氏子孫在豺虎間之情形也。

〔四〕厓門句　徐注：宋史陸秀夫傳：張弘範襲厓山，張世傑力戰禦之。二月甲申，師大潰，秀夫負帝赴海死之。又張世傑傳：厓山兩門如對立，其北淺，舟膠不可近。世傑將趨安南，至平章口下，遇颶風大作，舟人欲艤向岸，世傑仰天呼曰：我爲趙氏，亦已至矣，天不欲復存趙氏，則大風覆我舟！舟覆，世傑溺死。

〔五〕桂嶺句　蘧常案：桂嶺，見前懷人詩「五嶺」句注。

〔六〕我望句　徐注：世説夙惠篇：晉明帝數歲，坐元帝膝上，有人從長安來，元帝因問明帝：女意謂長安何如日遠？答曰：日遠，不聞人從日邊來，居然可知。元帝異之。明日，集羣臣宴會，告以此意，更重問之。乃答曰：日近。元帝失色曰：爾何故異昨日之言耶？答曰：舉頭見日，不見長安。李白登金陵鳳皇臺詩：長安不見使人愁。

附録：南疆逸史瞿式耜傳

瞿式耜字起田，號稼軒，常熟人。登萬曆丙辰進士。授給事中，坐事下詔獄。南渡，擢右僉都御史，巡撫廣西。江南既破，唐王立于閩，召理戎政，未至而閩敗，丙戌八月也。時兩粵未被兵，衆議立桂恭王之子永明王監國肇慶，進式耜吏部右侍郎，東閣大學士。王坤爲司禮監，竊國柄，式耜不少屈。蘇觀生立唐王聿鐭于廣州，式耜乃奉王即帝位。十二月，清兵破廣州，坤挾王西走。丁亥正月朔，至梧州，從官散失，隨行惟式耜一人。二月至桂林，時肇慶、梧州皆破，清兵先驅過平樂，坤請召武岡鎮劉承胤入援，因入楚。式耜泣曰：東藩已失，所存惟桂林一隅，若復委而去之，武岡雖金城湯池，何能長久？臣本起此以舉事，願與此地俱存亡。乃以式耜爲吏、兵兩部尚書，總督軍務，留守廣西。焦璉鎮桂林，陳邦傳守昭平。上竟赴武岡。未三日，而清兵至，衝入文昌門，城中大恐。式耜立中衢，召璉拒戰，連殺數百騎，騎奔，勢始定。督璉且戰且守，自三月至五月，曉夜立矢石中。善拊循士卒，與同甘苦，故人無變志。焦璉進復陽朔及平樂府，陳邦傳復梧州，廣西再定，式耜之力也。捷聞，進少師、太子太師，封臨桂伯。秋八月，武岡破，長沙、衡州並失，何騰蛟等俱至桂林；郝永忠、盧鼎諸鎮兵雲集。式耜籌畫糧糗，日不暇給。十一月，上自象州回桂林，式耜與新輔嚴起恒並典機務，何騰蛟督師出全州。戊子二月，郝永忠之衆潰于靈川，入桂林，上倉卒欲西幸，式耜泣諫曰：敵騎在二百里外，何事張皇？今播遷無寧日，國勢愈弱，兵氣愈難振，民心皇皇，復何所依？且勢果急，甲士正山立，咫尺天威，勸激將士，背城借一，勝敗未可知。若以走爲策，我能走，敵獨不能躡其後耶？上厲聲曰：卿不過欲朕死社稷耳！式耜泣下沾衣。駕甫出，永忠放兵大掠，煙火漲天。清兵聞之，乘虚進兵桂林，式耜爲亂兵傷足卧。騰蛟聞變馳回，持之痛哭。招集散亡，焦璉、胡一清、趙印選等兵數千人，復入城守禦，戰于城下，又戰于甘棠坡、巖關，俱大捷。清兵回楚。是役也，桂林危同累卵，非式耜忍死鎮定，嶺西如破竹矣。事既定，遣使慰問三宫起居。上始知式耜無恙，爲之泣下，賜「精忠貫日」金章，以旌其功。五月，李成棟以廣東内附，來迎上。式耜請留桂林，不得。八月，上由南寧至肇慶。自成棟之反正也，天下欣然有中興之望。然大臣材智卑下，經理無術，成棟與陳邦傳新舊争寵，文臣亦互相左右，式耜每事持正，東西皆藉以爲重，四方人士争歸桂林焉。未幾，成棟死，騰蛟被執，勢益不支。庚寅正月，南雄破，上復西走。十一月五日，清定南王入嚴關，諸鎮兵皆潰，桂林空無一兵。式耜出令招撫，不復聽，衣冠坐署中。總督張同敞亦至，曰：事已迫矣，公將奈何？式耜曰：封疆之臣，知有封疆耳！同敞曰：然。君恩師義（案：同敞傳云：「受知于大學士瞿式耜，執贄稱弟子」）同敞當共之！遂與式耜飲。厥明，被執。式耜以死自誓，不復一言；同敞大罵。同幽於别所，爲詩歌，題墻壁俱滿。閏十一月十七日，遇害。式耜生平愛佳石，行至獨秀山中見一石，命行刑者曰：吾死于此！從之。事聞，贈粤國公，謚文忠。此式耜終始桂林之事。惟於本年事不甚詳。小腆紀傳本傳：己丑正月，騰蛟兵潰被執，李成棟、金聲桓亦相繼敗没。公卿集議代騰蛟者，僉曰：惟留守望尊德鉅，足以折制諸將。上是之，賜式耜彤弓鈇鉞。永、寶、鄂、岳上下三軍之在行間者，生殺予奪惟命。式耜辭不獲，乃疏請兵科給事中吴其靁爲監軍，薦張同敞知兵得士，總督軍務。十二月，王永祚敗績於永州，軍貲盡散。式耜聞之頓足曰：我蓄鋭兩年，一朝崩潰，豈天果不祚明耶！

金壇縣南五里顧龍山上有太祖高皇帝御題詞一闋

已下上章攝提格

【解題】

徐注：順治七年庚寅（蘧常案：是爲明永曆四年，魯監國五年，公元一六五〇年）。元譜：山在縣南五里，元末丁酉十一月，明太祖駐蹕此山，題詞云：望東南隱隱神壇，獨跨征車，信步登山。烟寺迂迂，雲林鬱鬱，風竹珊珊。塵不染，浮生九寰，客中有僧舍三間。他日偷閒，花鳥娱情，山水相關。方輿紀要：一名烏龍山，俗呼土山，前望白龍蕩，因名顧龍山。戴注：按山脈自茅山迴龍顧祖，故名。冒云：先生是年年三十八。

蘧常案：「迴龍顧祖」，蓋形家語。方輿紀要説是。

突兀孤亭上碧空，高皇於此下江東〔一〕。即今御筆留題處，想見神州一望中。黄屋非心天下計〔二〕，詞有「他日偷閒，花鳥娱情，山水相關」之句。青山如舊帝王宮。丹陽父老多遺恨，尚與兒童誦大風〔三〕。

【彙校】

〔題〕潘刻本、徐注本、曹校本無「太祖」二字。徐注本、曹校本「上」作「下」。潘刻本卷二始此。

【彙注】

〔一〕高皇句　徐注：明史太祖紀：元至正廿六年，太祖既定集慶，慮士誠、壽輝强，江左、浙右諸郡爲所并，於是遣徐達攻鎮江，拔之。鎮江府志：明太祖取鎮江，命徐達爲大將，率諸將浮江東下，戒之曰：爾等當體吾心，戒輯士卒，城下之日，毋焚掠，毋殺戮。達等受命。師至鎮江，元平章定定遁去，即日克其城，城中晏然，不知有兵。遂分兵下丹陽、金壇。

〔二〕黄屋句　原注：范曄樂遊苑應詔詩：黄屋非堯心。宋濂大明日曆序：元季驛騷，奮起於民間，以圖自全，初無黄屋左纛之念。

蘧常案：史記高祖本紀：車服黄屋左纛。又項羽本紀：紀信乘黄屋車。正義：李斐云：天子車以黄繒爲蓋裏。是皆天子乘輿之制也。

〔三〕丹陽二句　徐注：明史志地理：鎮江府丹陽縣。方輿紀要：府東南六十里，本楚之雲陽，天寶初，改曰丹陽縣。明史太祖紀：九月戊寅，如鎮江。謁孔子廟，遣儒士告諭父老，勸農桑。尋還應天。案：丁酉十一月，駐蹕顧龍山，即自鎮江還應天時也。史記高祖本紀：高祖還歸過沛，留，置酒沛宮，悉召故人父老子弟縱酒。自爲歌詩曰：大風起兮雲飛揚，威加海内兮歸故鄉，安得猛士兮守四方！令沛中兒皆和習之。高祖乃起舞，慷慨傷懷，泣數行下。

蘧常案：明史太祖紀：九月戊寅，如鎮江。爲元順帝至正十六年丙申，非丁酉。丁酉爲十七年，紀不言太祖至鎮江，蓋失書。徐注附會，誤。

贈于副將元凱

【解題】

蘧常案：光緒金壇縣志選舉志：崇禎中，于元凱禮部積分貢士。授京營副總兵。明史志職官五：總兵、副總兵無品級，無定員。總鎮一方者爲鎮守，獨鎮一路者爲分守。凡總兵、副總兵，率公侯伯都督充之。至崇禎時，紛不可紀，而權位亦非復當日。是副總兵又稱副將，明京營又有左右副將。清初尚沿明制，無定品。至乾隆十八年，始定品秩，副將從二品，爲提鎮分守。

常笑蘇季子〔一〕，未足稱英俊。雒陽二頃田，不佩六國印〔二〕。當世多賢豪，斯言豈足信。于君太學髦〔三〕，文才冠諸生。悵然感時危，遂被曼胡纓〔四〕。乍領射聲兵〔五〕，南都已淪傾〔六〕。芒鞵走浙東〔七〕，千山萬山裏。饑從猛虎食〔八〕，暮向鼪巢止〔九〕。召對越王宮〔一〇〕，胡沙四面起〔一一〕。間道復西來〔一二〕，潛身入吴市。崎嶇赭山渡〔一三〕，迫阨三江壘〔一四〕。七月出雲間〔一五〕，蒼茫東海灣〔一六〕。孤帆依北斗〔一七〕，幾日到舟山〔一八〕。海水鹹如汁，海濤觸舟急，日夜白浪翻，蛟龍爲君泣〔一九〕。瀕死達閩中〔二〇〕，閩中事不同。平虜奉降表〔二一〕，胡兵入行宫〔二二〕。途窮復下海〔二三〕，兩月愁艨艟〔二四〕。七閩盡左衽〔二五〕，一身安所容？攀厓更北走，滿地皆山戎〔二六〕。歸家二載餘，闊絶無音書。故人久相念，命駕問何如。君家本華胄，高門偏朱紫〔二七〕。囷倉禾百廛〔二八〕，趨走僮千指〔二九〕；侍妾裁羅紈〔三〇〕，中廚膾魴鯉〔三一〕。更有龍山園〔三二〕，池亭風景繁。水聲穿北固〔三三〕，花色蔭南軒。有琴復有書〔三四〕，足以安丘壑〔三五〕。身有處士名〔三六〕，不失素封樂〔三七〕。何用輕此生，久試風波惡〔三八〕？不辟風波惡，不辟干戈患，敝屣棄田園〔三九〕，孤遊淩汗漫〔四〇〕。乃知鴻鵠懷，燕雀安能伴〔四一〕。君看張子房〔四二〕，不愛萬金家〔四三〕，身爲王者師〔四四〕，名與天壤俱〔四五〕。所貴烈士心，曠然自超卓。是道何足臧，願君大其學。異日封侯貴，黄金爲帶時。知君心不異，無使魯連疑〔四六〕！

【彙校】

〔題〕此首潘刻本、徐注本無。孫校本「凱」作「剴」。朱刻本注云：「上章攝提格，在重至京口前，庚寅。」孫託荀校本注云：「金壇縣詩後。」

〔常笑〕朱刻本，孫託荀校本、孫校本「常」作「嘗」。

〔遂被〕冒校本「被」作「披」，蔣山傭詩集本作「披」。「披」、「被」古通。

〔萬山〕朱刻本、孫校本「山」作「水」。

〔饑從〕朱刻本、孫校本「饑」作「飢」。丕績案：作「飢」是。

〔鷇巢〕孫校本「鷇」作「鳶」，異體字也。

〔胡沙〕孫校本「胡」作「虜」，韻目代字也。

〔閩中〕孫校本兩「閩中」皆作「關中」，誤。

〔平虜〕孫校本「虜」作「虞」。應作「麌」，韻目代字也。

〔胡兵〕孫校本「胡」作「虞」，韻目代字也。

〔膾魴鯉〕孫託荀校本「魴」作「芳」，誤。

〔北固〕孫、冒、吴、汪各校本皆作「北户」。

〔風波惡〕孫校本「風波」作「波濤」。丕績案：此與下爲叠句，自應作「風波」爲是。

〔不辟〕孫校本「辟」作「避」。丕績案：「辟」、「避」係通假字。

【彙注】

〔一〕蘇季子　蘧常案：史記蘇秦列傳：蘇秦者，東周雒陽人也。東事師於齊而習之於鬼谷先生。求説周顯王，弗信。乃西入秦，説惠王，弗用。乃東説燕、趙、韓、魏、齊、楚，於是六國從合而併力焉。蘇秦爲從約長，并相六國。北報趙王，封爲武安君。乃投從約書於秦，秦兵不敢闚函谷關十五年。蘇秦去趙而從約皆解。齊宣王以爲客卿，争寵者使人刺蘇秦死。集解：譙周曰：蘇秦字季子。

〔二〕雒陽二句　蘧常案：史記蘇秦列傳：蘇秦喟然歎曰：使我有雒陽負郭田二頃，吾豈能佩六國相印乎？

〔三〕太學髦　蘧常案：孫詒讓周禮正義：周太學之名見此經者，唯成均。見禮記者，則又有辟廱、上庠、東序、瞽宗，東序亦曰東膠，與成均爲五學，皆太學也。周制：國中爲小學，在王宫之左；南郊爲五學，是爲太學。明史志選舉：學校有二：曰國學，曰府、州、縣學。府、州、縣學諸生入國學者，乃可得官。入國學者，通謂之監生。詩小雅甫田：烝我髦士。爾雅釋言：髦，俊也。郭璞注：士中之俊，如毛中之髦。案：此謂其爲禮部積分貢士。

〔四〕遂被句　蘧常案：左傳襄公十四年：被苫蓋。王念孫廣雅疏證：荷衣不帶曰「被」。莊子説劍篇：吾王所見劍士，皆蓬頭突鬢，垂冠，曼胡之纓，短後之衣。司馬彪注：曼胡，謂麤纓無文理也。

〔五〕射聲兵　蘧常案：漢書百官表：射聲校尉，掌待詔射聲士。杜佑通典職官典：士工射者，冥冥中聞聲射則中之，因以名也。案：此謂其任京營副總兵。蓋在南渡以後。

〔六〕南都句　蘧常案：小腆紀年：順治二年，明弘光元年五月己丑，清兵渡江。庚寅，明援師悉潰，清兵遂取鎮江。辛卯，明福王出奔太平。癸巳，奔蕪湖，如黄得功營。乙未，清兵駐郊壇門，明忻城伯趙之龍、魏國公徐允爵、大學士王鐸、禮部尚書錢謙益迎降。丙申，清豫親王多鐸入南京。癸卯，明叛將劉良佐追福王，黄得功死之。總兵田雄、馬得功劫福王以叛，降於清。餘見卷一上吴侍郎暘詩「鑾輿」句注。

〔七〕芒鞖句　蘧常案：明史志地理五：浙江，元置江浙等處行中書省，又分置浙東道宣慰使司，屬焉。注：紹興府，元紹興路。寧波府，元慶元路。台州府，元台州路。金華府，元婺州路。衢州府，元衢州路。處州府，元處州路。温州府，元温州路。屬浙東道宣慰使司。案：唐、宋於浙江，已有東道、東路之置，置浙東道，則始於元。

〔八〕饑從　蘧常案：「饑」一本作「飢」，是。説文解字：饑，穀不熟曰饑。飢，餓也。然故書饑飢通用者多，如論語「年饑，因之以饑饉」，鄭玄注：本皆作飢。趙宧光説文長箋：近代喜茂密者通作「饑」，趨簡便者通作「飢」，遂成兩謬。

〔九〕鷙巢　蘧常案：黄公紹古今韻會：「鳶」或作「鷙」。漢書梅福傳：鷙鵲遭害，則仁鳥增逝。

〔一〇〕召對句　蘧常案：徐芳烈浙東紀略：乙酉，七月廿五日，越中大老及起義諸君子，具疏敦請魯藩監國臨戎，乃發台州。八月初三日，抵越城，遂以分守衙署作行宫焉。明史諸王傳：崇禎十二年，清兵克兖州，魯王以派被執，死。弟以海，轉徙台州。張國維等迎居於紹興，號魯監國。案：小腆紀年：順治二年乙酉，閏六月戊申，明魯王監國於紹興。月日與紀略不同。紀年又云：順治三年丙戌六月，清兵渡錢塘江，魯王航海。據此則元凱之召對，必在乙酉、丙戌之間矣。

〔一二〕胡沙句　蘧常案：李白千里曲：李陵没胡沙。小腆紀年：順治三年，明魯監國元年五月，明江上兵潰，六月，明監國航海。清兵取紹興、東陽，克金華、衢州、嚴州、盤山關。於是温、台、福寧相繼降。

〔一三〕間道　蘧常案：史記淮陰侯列傳：從間道萆山而望趙軍。間道，僻徑也。

〔一四〕赭山渡　蘧常案：明史志地理五杭州府海寧注：西南有赭山，與蕭山縣龕山相對，浙江經其中，東接大海，謂之海門。西南有赭山鎮。

〔一五〕三江　蘧常案：顧夷吴地記：松江東北行七十里，得三江口，東北入海，爲婁江；東南入海，爲東江；并松江爲三江。

〔一六〕七月句　蘧常案：清一統志：元和郡縣志：華亭，天寶十年置。明史志地理一：松江府領縣三，華亭、上海、青浦。吴地志：地名雲間。雲間驛在婁縣西門外，雲間第一橋在婁縣西南八里。案：七月，當爲清順治三年、明隆武二年、魯監國元年之七月也。時明叛將李成棟已以清兵陷松江。

〔一六〕東海灣　蘧常案：明史志地理一松江府華亭注：東南濱海。

〔一七〕孤帆句　蘧常案：杜甫秋興詩：每依北斗望京華。孤帆謂元凱，依北斗，當謂元凱依隆武，故下言「瀕死達閩中」。或謂當依魯監國，故下言「幾日到舟山」。然舟山黄斌卿奉隆武，拒魯監國（詳下），監國方飄泊海上，迄無定所，或説非。其至舟山，爲轉閩也。

〔一八〕舟山　蘧常案：明史張可大傳：舟山居海中，有七十二嶴，爲浙東要害。吴偉業鹿樵紀聞：舟山東西七十里，南北倍之。西去蛟門二百六十里，東距普陀四十里，黛山屏其南，桃花劍列其北，即傳所謂甬句東也。宋以前曰滃洲，元爲昌國縣，明初併入寧波之定海。崇禎間，閩人黄斌卿嘗爲其地參將，後陞去。乙酉夏，斌卿自江上逃歸，上書唐藩，言「舟山民俗淳樸，通商舶，饒魚鹽，西連越郡，北溯長江，此進取之地」。唐藩然之，賜劍印，率麾下至舟山。小腆紀年：順治三年六月，魯王航海，富平將軍張名振奉至舟山，黄斌卿拒不納。餘詳前歲九月虜令伐我墓柏詩「東海」注。

〔一九〕蛟龍句　蘧常案：曹唐勗劍詩：暗臨黑水蛟螭泣。

〔二〇〕閩中　蘧常案：史記東越列傳：閩越王無諸及越東海王摇者，其先皆越王句踐之後也。秦已并天下，皆廢爲君長，以其地爲閩中郡。集解：徐廣曰：今建安、侯官是。案：後人遂以今福建省爲閩中。

〔二一〕平虜句　蘧常案：平虜謂鄭芝龍也。鷺島道人夢蕣海上聞見録云：弘光封福建總兵鄭芝龍爲南安伯。唐王即位，晉封平虜侯。思文大紀作「平夷侯」，非。小腆紀年：王（案：謂隆武。）責芝龍攬權逗兵。芝龍免冠頓首曰：臣武夫戇直，不能逢迎，今既見疑，願角巾私第，以終聖世。小腆紀傳鄭芝龍傳：中懷怨悱，去志遂堅。尋揚言海寇來犯，令守關將施福盡撤兵還安平，於是仙霞嶺二百里遂爲空壁。未幾，芝豹亦棄泉州奔回，共保安平以待款，然猶懼以輔立隆武爲罪。清貝勒招以書曰：人臣事君，必竭其力，力盡不勝天，則投明而事，建不世勳，此豪傑之舉也。今兩粵未平，鑄閩粵總督印以待。芝龍得書大喜，即劫其衆，奉表出降。（案：史惇慟餘雜記：林爾亮云：洪承疇一到江南，即差人入閩通鄭芝龍，許之福建、廣東、廣西三省，封爲閩越王。芝龍即修降款。不意鄭鴻逵從海道内糾合羣臣，擁戴唐王，芝龍屈於大義，大失自王之望。故仙霞嶺原不設防，日夜望清兵耳。備一説。）餘詳卷一塞下曲第二首「一從」句注。秦翰才滿宫殘照記云：長春僞宫藏有順治八年鄭芝龍知天命歸順大清始終決意投誠之件，豈即所謂降表歟？惟芝龍降清在順治三年十一月，投誠之件，必在此時，則「八年」字誤。

〔二二〕胡兵句　蘧常案：小腆紀年：順治三年，明隆武二年八月甲午，王聞仙霞不守，自延平出奔。丁酉，清兵取延平，取明天興府。思文大紀：九月十九日，清兵至福州，從北門而入。

〔二三〕途窮句　蘧常案：途窮，見卷一將有遠行作「窮途」注。下海，似就鄭成功。鄒漪明季遺聞：芝龍既行，鄭彩、鄭鴻逵、鄭成功皆率所部入海。

〔二四〕艨艟　蘧常案：王念孫廣雅疏證：玉篇云：艨艟，戰船也。字本作「蒙衝」。船之有「蒙衝」，猶車之有「衝車」。蒙，冒也。衝，突也。

〔二五〕七閩句　蘧常案：周禮夏官職方氏：掌四夷、八蠻、七閩、五戎、六狄之人民。鄭注：閩，蠻之别也；七，周之所服國數也。孔疏：叔熊避難，居濮，如蠻。後子從分爲七種，故謂之七閩。論語憲問篇：微管仲，吾其被髮左衽矣。劉寶楠正義：中國禮服皆右衽，戎狄無禮服，止隨俗所好服之，而多左衽。案：小腆紀年：八月辛丑，清兵入汀州，明唐王殂。九月，入泉州。十月，取興化、漳州。十一月，鄭芝龍降。故曰七閩盡左衽也。

〔二六〕山戎　蘧常案：春秋莊公三十年：冬，齊人伐山戎。胡三省通鑑注：自漢北平、無終、白狼以北皆大山重谷，諸戎居之，春秋謂之山戎。史記五帝本紀索隱，謂匈奴，唐、虞以上曰山戎。

〔二七〕君家二句　蘧常案：晉書石季龍載記：衣冠華胄。史記孟子荀卿列傳：高門大屋尊寵之。北史高允傳：先盡高門，次及中等。唐書鄭餘慶傳：時每朝會，朱紫盈庭。案：據此二句則元凱當出其地望族。考明史于孔兼傳云：字元時，金壇人。萬曆八年進士，再遷儀制郎中。以疏救趙南星謫安吉判官，投牒歸。家居二十年，杜門讀書，矩矱整齊，鄉人稱之無間言。天啓中，贈光禄少卿。于氏爲金壇望族，孔兼祖湛，户部侍郎，兄文熙，大名兵備副使，再從弟仕廉，南京户部侍郎，有清望。與詩所謂「華胄」、「高門」、「朱紫」者皆合。元凱必爲其後，特不詳何人之後耳。

〔二八〕禾百廛　蘧常案：詩魏風伐檀：胡取禾三百廛兮。毛傳：一夫之居曰廛。案：此言其囷倉之富也。

〔二九〕趨走句　蘧常案：戰國策：不佞寢疾，不能趨走。史記貨殖列傳：馬蹄躈千，牛千足，羊彘千雙，僮手指千。此亦比千乘之家，其大率也。

〔三〇〕侍妾句　蘧常案：桓寬鹽鐵論：夫羅紈文繡者，人君后妃之服也。後漢書王符傳：京師貴戚，奢過王制，其徒御僕妾，皆服文組綵牒，錦繡綺紈。

〔三一〕中廚句　蘧常案：古樂府隴西行：談笑未及竟，左顧敕中廚。曹植樂府箜篌引：中廚辦豐膳，烹羊宰肥牛。嵇康酒會詩：玄池戲魴鯉。

〔三二〕龍山園　蘧常案：園在顧龍山下，故以爲名。張譜：順治七年庚寅，云怨家有欲傾陷之者，乃變衣冠，僞作商賈，游金壇，登顧龍山。此詩次其後，此行當即訪元凱，蓋有元凱爲東道主始投止者。故上詩云「故人久相念，命駕問何如」也。

〔三三〕北固　蘧常案：蔣山傭詩集本作「北户」，上曰「穿」，則作「北户」爲長，且與下「南軒」作對，亦較工，應從改正。而北固在鎮江北。明史志地理一云：丹徒北有北固山，濱大江者是也。龍山園當在金壇縣南，與北固殊爲闊絶。雖詩人不厭誇侈，亦不至過甚，疑誤。且云「水聲穿北固」，與園亦何涉也。

〔三四〕有琴句　蘧常案：陶潛答龐參軍詩：衡門之下，有琴有書。

〔三五〕丘壑　蘧常案：晉書謝安傳：放情丘壑。

〔三六〕處士　蘧常案：荀子非十二子篇：古之所謂處士者，德盛者也，能静者也，修正者也，知命者也，箸是者也。

〔三七〕素封樂　蘧常案：史記貨殖列傳：無秩禄之奉，爵邑之入，而樂與之比者，命曰素封。

〔三八〕輕生二句　蘧常案：此稱元凱家道富足，何必蹈兵戎之險也。

〔三九〕敝屣　蘧常案：徐陵梁禪陳策文：居之如馭朽索，去之如脱敝屣。「屣」一作「蹝」，又作「躧」。孟子盡心篇：舜視棄天下猶棄敝蹝也。戰國策燕策：猶釋敝躧。

〔四〇〕孤遊句　蘧常案：陶潛扇上畫贊：緬懷千載，託契孤游。淮南子道應訓：若士謂盧敖曰：吾與汗漫期於九垓之外。高誘注：汗漫，不可知之也。

〔四一〕乃知二句　蘧常案：史記陳涉世家：陳涉少時嘗與人傭耕，輟耕之壟上，悵恨久之，曰：苟富貴，無相忘。傭者笑而應曰：若爲傭耕，何富貴也？陳涉太息曰：嗟乎！燕雀安知鴻鵠之志哉！

〔四二〕張子房　蘧常案：史記留侯世家：留侯張良者，其先韓人也。秦滅韓，良年少，爲韓報仇。陳涉等起兵，良遇沛公，拜爲厩將。項梁立韓王，良爲申徒。沛公之從洛陽南出，良引兵從。西入武關，遂至咸陽，良歸韓。項王不肯遣韓王，又殺之，良間行歸漢，從東擊楚。良多病，未嘗特將，常爲畫策臣。漢六年，封功臣，高帝曰：運籌策帷帳中，決勝千里外，子房功也。封爲留侯。漢書張良傳：良，字子房。

〔四三〕不愛句　蘧常案。史記留侯世家：韓破，良家僮三百人，弟死不葬，悉以家資求客刺秦王。

〔四四〕王者師　蘧常案：史記留侯世家：老父出一編書，曰：讀此則爲王者師矣。

〔四五〕名與句　蘧常案：張協詠史詩：清風激萬代，名與天壤俱。

〔四六〕異日四句　蘧常案：此四句，以田單勉之也。史記田單列傳：田單以即墨拒燕，夷殺其將騎劫，燕軍擾亂奔走，而齊七十餘城，皆復爲齊。乃迎襄王於莒，入臨菑而聽政。襄王封田單號曰安平君。戰國策齊策：田單將攻狄，往見魯仲子。魯仲子曰：將軍攻狄不能下也。田單攻狄三月而不克，乃懼，問魯仲子。魯仲子曰：將軍之在即墨，坐而織蕢，立則丈插，爲士卒倡，當此之時，將軍有死之心，而士卒無生之氣，此所以破燕也；當今將軍東有夜邑之奉，西有菑上之虞（案：「虞」與「娛」同），黄金爲帶，而馳乎淄、澠之間，有生之樂，無死之心，所以不勝者也。史記魯仲連列傳：魯仲連者，齊人也。好持高節。遊於趙。秦破趙，圍邯鄲。魏王使辛垣衍謂趙王，尊秦爲帝，魯仲連責而歸之。秦爲却軍五十里。平原君欲封魯連，終不肯受。其後燕將攻下聊城，田單攻歲餘不下。魯仲連乃爲書遺燕將，燕將自殺。田單歸而言魯連，欲爵之，魯連逃隱海上曰：吾與富貴而詘於人，寧貧賤而輕世肆志焉。

重至京口

【解題】

蘧常案：見卷一京口即事詩題注。

雲陽至京口〔一〕，水似巴川縈〔二〕。逶迤見北山〔三〕，乃是潤州城〔四〕。城北江南舊軍壘，當年戍卒曾屯此〔五〕。西上青天是帝京，天邊淚作長江水〔六〕。江水遶城回〔七〕，山雲傍驛開。遥看白羽扇，知是顧生來〔八〕。

【彙注】

〔一〕雲陽　蘧常案：見前金壇縣南五里顧龍山上有太祖高皇帝御題詞一闋詩「丹陽」句注。

〔二〕水似句　徐注：明史志河渠：正德五年，御史林應訓言：練湖自西晉陳敏遏馬林溪引長山八十四溪之水以溉雲陽，隄名練塘，又名練河，凡四十里許。環湖立涵洞十三。宋紹興時，中置埂，分上下湖，立上中下三閘，八十四溪之水，始經辰溪衝入上湖，復由三閘轉入下湖。譙周三巴志（蘧常案：「志」應作「記」）：閬白水東南流，自漢中經始寧城下，入涪陵，曲折三回如巴字，曰巴江。

蘧常案：明史志地理一丹陽注：北濱大江，又有練湖，南有運河。

〔三〕北山　徐注：鎮江府志：北固山在城北一里府治後，下臨大江，自晉以來，郡治皆據其上，三面臨水，迴嶺斗絕，勢最險固。

〔四〕潤州　徐注：方輿紀要：鎮江府，隋曰潤州，以州東潤浦爲名。

〔五〕城北二句　蘧常案：南疆逸史楊文驄傳：遷兵備副使，分巡常、鎮二府，監大將鄭鴻逵、鄭彩軍。文驄移駐金山，扼江而守。築長垣以蔽礮石(案：所謂「舊軍壘」也)。及清兵臨江，文驄還軍，與鴻逵等軍並列南岸，隔江相持。清兵編竹木爲筏，縛葦爲人，持戈執燈，黑夜亂流以渡。南岸礮石叢發，以爲克敵也，日奏捷。初九日，大霧，清兵潛濟，泊岸，諸軍相顧驚駭，文驄倉皇列陣甘露寺前，清兵以鐵騎馳之，悉潰。文驄南還。

〔六〕西上二句　蘧常案：此謂永曆也。劉湘客行在陽秋：四年庚寅二月朔，駕至梧州。百官請修行臺，上欲以舟爲家。八月十五日，御舟泊繫龍洲。洲在梧州之東，自春至秋，王化澄、嚴起恒二相隨駕，逍遥河上。有民謠云：漢宫秋也，昭陽愁也。起恒字秋冶，化澄字昭陽。是日，上與太后三宫置酒，樓船簫鼓，于洲之上下。起恒手書「水殿」二字，挂於御舟前。上飲至中宵，不樂而罷，以有敗報也。梧州在西南，故有上句。水殿淒清，故有下句。曰「西上青天」，蓋謂欲往從之之難也。

〔七〕江水句　徐注：李白金陵詩：城回江水流。

〔八〕遥看二句　蘧常案：虞世南北堂書鈔卷一三四：晉中興書：顧榮與甘卓等攻陳敏，於是榮等並登岸上，以白羽扇麾之，敏衆皆潰散。「顧生」不知何指，承上文言之，其謂瞿式耜乎？式耜事詳前翟公子元鎬將往桂京注。屢却强對，堅守桂林，冀其卷土重來也。曰「遥看」，可以知詩意之所在矣。考行在陽秋「本年十一月初六日，孔有德破桂林，留守大學士瞿式耜被執」，則在作詩後。或據晉書顧榮傳：陳敏反，假榮右將軍，丹楊内史。明年，周玘與榮及甘卓、紀瞻潛謀起兵攻敏。詩使此事，蓋謂降清之將謀反正，如吴勝兆之類者。於史不符，於事無徵，非。或謂顧生自況，亦非。

榜人曲 二首

【解題】

蘧常案：榜人，見卷一吴興行贈歸高士祚明詩「榜人」注。

儂家住在江洲，兩槳如飛自繇〔一〕。金兵一到北岸，踏車金山三周〔二〕。

【彙校】

〔自繇〕潘刻本「繇」作「䌛」，誤。

【彙注】

〔一〕自繇　蘧常案：爾雅釋水：繇厀以下爲揭。邢昺疏：「繇」與「由」同。

〔二〕金兵二句　原注：宋史虞允文傳：臨江按試，命戰士踏車船，中流上下，三周金山，回轉如飛。徐案：時金兵屯船北岸。

真州城子自堅〔一〕，京口長江無恙。艤舟夜近江南，恐有南朝丞相〔二〕。

【彙注】

〔一〕真州句　徐注：方輿紀要：儀真縣，宋曰真州。宋史文天祥傳：天祥至鎮江，與其客杜滸等十二人夜入真州。苗再成出迎，喜且泣，曰：兩淮兵足以興復，特二閫小隙，不能合從耳。天祥問：計將安出？再成曰：今先約淮西兵趨建康，彼必悉力以扞吾西兵，指揮淮東諸將，以通、泰兵攻灣頭，寶應、淮安兵攻揚子橋，以揚兵攻瓜步，吾以舟師直擣鎮江，同日大舉，要其歸路，其大帥坐可致也。天祥未至時，揚有脱歸兵言：元密遣一丞相入真州説降矣。李廷芝信之，以爲天祥來説降也，使再成亟殺之。

蘧常案：明史志地理一揚州府儀真注：府西北，元真州，洪武二年，州廢改縣，曰儀真。

〔二〕艤舟二句　原注：文信國指南録：敵船滿江，百姓無一舟可問，與人爲謀，皆以無船，長嘆而止。余元慶遇其故舊，爲敵管船，遂密叩之，許以承宣使、銀千兩。其人曰：吾爲宋朝救得一丞相回，建大功業，何以錢爲？但求批帖爲他日趨承之證。因授以批帖，仍强委之以白金。義人哉！使吾無此一遭遇，已矣！　徐注：明史史可法傳：可法死，覓其遺骸，天暑，衆屍蒸變，不可辨識。逾年，家人舉袍笏招魂，葬於揚州郭外之梅花嶺。其後四方弄兵者，多假其名號以行，故時謂可法不死云。　李瑤逸史摭遺史八夫人傳：先是，揚州開府時，有幕客浙中厲韶伯者，軀貌類閣部，遂冒其名，集亡命數百人，由舒、廬破巢縣、無爲，沿流而下，大帥率省兵禽之。詢之，則堅冒督輔名，衆莫能辨。南疆逸史：酉、戌後，江、浙間義旗雜樹，有寨主、洞主之號，廬州馮宏圖因訛言史閣部未死，假其名召衆，遠近信之。戊子春，攻英、霍、六安，旬日皆下。大江南北，忻然謂閣部尚存也。

蘧常案：此以文天祥擬史可法。黄注謂先生於史，極望於前，抑然於後，蓋其慎。今讀此，則不特極望於生，亦且極望於死後。謂其抑然，蓋猶未審歟？

翦髮

【解題】

黄注：明季遺聞云：大兵之下江、浙也，薙髮令嚴，蘇、松間以不薙髮死者不可勝紀。題作翦髮，明其非薙髮，詩所謂「稍稍去鬢毛」，可想見也。

流轉吴會間〔一〕，何地爲吾土〔二〕？登高望九州〔三〕，憑陵盡戎虜〔四〕。寒潮盪落日，雜遝魚鰕舞。饑烏晚未棲，弦月陰猶吐。晨上北固樓〔五〕，慨然涕如雨。稍稍去鬢毛，改容作商賈。卻念五年來，守此良辛苦〔六〕。畏途窮水陸〔七〕，仇讐在門户〔八〕。故鄉不可宿，飄然去其宇。往往歷山澤〔九〕，又不避城府。丈夫志四方，一節亦奚取？毋爲小人資，委肉投餓虎〔一〇〕。浩然思中原，誓言向江滸。功名會有時，杖策追光武〔一一〕。

【彙校】

〔題〕潘刻本、徐注本作「流轉」。

〔憑陵句〕孫託荀校本「虜」作「鹵」；潘刻本、徐注本、孫校本作「極目皆榛莽」，徐并出注，引明史忠義魯世任等傳，言其南五郡十一州七十三縣，靡不殘破，有再破三破者，城廓丘墟，人民百不存一，朝廷亦不復設官。中原禍亂，於是爲極。

〔山澤〕潘刻本、徐注本作「關梁」。

〔光武〕潘刻本作「□□」，京師本作「明主」。

【彙注】

〔一〕流轉句　徐注：全祖望亭林先生神道表：既抱故國之戚，焦原毒浪，日無寧晷。庚寅，有冤家欲陷之。乃變衣冠作商賈遊京口，又遊禾中。徐譜：案先生自乙酉以後，展轉江、浙之境，於今五年。至此，乃欲北至中原，故鈔書自序云：炎武之游四方，十有八年，亦以此年爲始也。宋施宿會稽志：按三國志吴郡、會稽二郡，引張紘、孫賁、朱桓、全琮傳語證之。先生日知録引魏文帝詩、陳思王求自試表、晉文王與孫皓書、魏元帝加晉文王九錫文、陳壽上諸葛亮集、羊祜上疏諸説辨其非，謂不得以爲會稽之「會」。蓋漢初元有此名，如曰「吴都」云爾。

〔二〕何地句　徐注：王粲登樓賦：雖信美而非吾土兮。

蘧常案：此尚用施宿説也。

〔三〕九州　蘧常案：書禹貢：冀州，（鄭玄注：「兩河間曰冀州」）濟、河惟兖州，海、岱惟青州，海、岱及淮惟徐州，淮、海惟揚州，荆及衡陽惟荆州，荆、河惟豫州，華陽、黑水惟梁州，黑水、西河惟雍州。

〔四〕憑陵　蘧常案：左傳襄公二十四年：今陳介恃楚國，以憑陵我敝邑。憑陵，同「馮陵」，猶言「侵陵」，謂恃勢陵人也。

〔五〕北固樓　徐注：鎮江府志古蹟：北固樓在北固山上，晉蔡謨鎮京口，起樓嶺上，以置軍實。梁武帝大同十一年，幸京口城北固樓，改名北顧。

〔六〕卻念二句　黄注：亭林餘集與潘次耕札云：昔有陳亮工者，與吾同居荒村，堅守毛髮，歷四五年，莫不憐其志節。考亮工，陳芳績也。其祖名鼎和（蘧常案：當云名梅，鼎和其字，詳前桃花溪歌題注），與亭林隔垣而居者。後又與亮工同居，當時二人皆全髮，非亮工獨全也。然亮工當時雖全髮，而其後不能堅守其志節，而有干禄之願，故亭林於潘札中引以爲戒。然則亮工雖全髮，而不能保其志節；亭林雖翦髮，而無損其志節。

〔七〕畏途　蘧常案：「途」通「塗」。莊子達生篇：夫畏塗者，十殺一人，則父子兄弟相戒也，必盛卒徒而後敢出焉。

〔八〕仇讐句　蘧常案：望雲樓帖亭林與歸玄恭手札云：醉德無何，忽云改歲，兄今其脱然愈乎？弟則馬學士所云百憂熏心，三冬少暇。往日之舉，逆獸已無所用其烋烋。今乃黑夜令人縱火，焚佃屋一所。弟既蕩無一椽，僕輩亦瞻烏靡集。夫行强雖武士之恒談；火攻則兵家之下策，況於臨池之畏，實爲扇焰之謀。包藏禍心，日甚一日。公宮之火，先告於寺人；陵門之戟，首誅乎元濟。燎原之惡已盈，自焚之禍行及。布諸左右，憑楮愴然。下署名絳。張譜云：時尚未更名炎武，則與葉方恒搆釁無涉。當即此所謂「仇讐」也。蔣山傭殘稿有答再從兄書云：弟之與兄，分屬同曾，恩叨再從。第念人之生也，有母而後有兄，母阽危且死，不得顧兄矣；有身而後有兄，身將死，不得顧兄矣！爲我也兄者，則必不爲主人也暴客；爲主人也暴客者，則不爲我也兄；人之暴客而我以爲兄，不得顧兄矣！今兄曰主持有人，同謀有人，吾無與焉。不思燎原之談，始自何人；虎項金鈴，當問繫者。況寶玉大弓，未歸魯庫；法書名畫，尚在桓玄。苟曰事不繇身，何異盗鐘之惑？且貞母何辜，遂同抄没；即藐孤有罪，未至澨亡。共有人心，得無哀痛！伏冀翻然易慮，取之以天，還之以天，俾老母得以麁糲終天年，而八口不至填溝壑，其何樂乎與同枝爲不戴之讎也！前後兩書，實多相同。

此書作於其母未殁以前，與前書爲一時，此其一；此書曰「不思燎原之燄，始自何人」，前書曰「燎原之惡將盈」，此其二；此書曰「暴客」，前書曰「惡獸」，一對言，一背語，雖異而實同也，此其三；此書前有云：「孰使我旅人焚巢，舟中遇敵，共姬垂逮於宋火，子胥幾殞于蘆漪者乎。」與前書「縱火」「火攻」皆合，此其四。則前後兩書所言乃爲一事。此書題下亭林嗣子衍生注云，諱維。又，書前有云：「姪洪徽之詞也」，則仇讎實其從兄與從姪，故曰「仇讎在門户」。門户猶言家，舊注以明史華允誠傳「角户分門」釋之，非。「舟中遇敵」「幾殞蘆漪」，并可以釋上句，自來譜家所未及，故詳言之。又案，玉峰楊君友仁云：當時亭林因母喪及賦傜，以遺田八百畝典于鄉宦葉方恒。方恒意存吞併，會亭林之僕陸恩得罪于主，葉氏鉤致之，令誣亭林以不軌通海之事，將興大獄。事泄，亭林自淮上返里，率親友掩其僕而箠之死。其壻復投葉氏，謀報怨，以千金賄松江太守，告亭林通海，不繫之訟曹，而繫之奴家，脅令自裁，勢甚危急。至友歸莊奔走爲之營救，又有路舍人澤溥爲之愬冤，事乃解。葉氏猶不釋然，比亭林之鍾山，復遣客刺之傷首，遇救得免。見歸莊送顧寧人北遊序。自是，亭林浩然有去志，所謂「奴隸鴟張，親朋瀾倒，終憑公論，得脱危機」，見文集答原一公肅兩甥書。此亦「仇讎在門户」之事也。足以補予之闕，録存之。

〔九〕山澤　蘧常案：或作「關梁」，於義爲長。蓋歷關梁，故不得不翦髮。如爲「山澤」，則又何必乎？

〔一〇〕委肉句　徐注：史記陳餘列傳：所以不俱死，欲爲趙王、張君報秦，今必俱死，如以肉委餓虎，何益？

〔一一〕功名二句　蘧常案：並見卷一將有遠行作詩「杖策」注。

秀州

【解題】

蘧常案：歐陽修五代史職方考：秀州，吴越王錢元瓘置，割杭州之嘉興縣爲屬而治之。

秀州城下水，日夜生春雲。雲含秀州塔〔一〕，烏下吴江濆〔二〕。我願乘此烏〔三〕，一見倉海君。異人不可遇，力士難再得〔四〕。海内不乏賢，何以酬六國？將從馬伏波，田牧邊郡北。復念少游言，憑高一悽惻〔五〕。

【彙校】

〔將從〕徐注本、曹校本作「願從」。

【彙注】

〔一〕秀州塔　徐注：一統志：嘉興府：東塔寺在嘉興縣東三里。嘉興府志：真如寺在縣南四里，唐至德二年立。宋嘉祐七年，建仁王護國塔。宣和十九年，方臘私毁，慶元三年重建，正德間修。

〔二〕吴江潰　徐注：説文：潰，厓也。

遷常案：五代史職方考：蘇州吴江，梁開平三年錢鏐置。明史志地理五嘉興府秀水注：析嘉興縣地置。西有運河，北經聞家湖達南直吴江縣之運河。吴江爲吴昜、孫兆奎等建義之地，時吴、孫雖已殉國，其合志同方者，疑尚有在，故託之鳥以見意歟？

〔三〕我願句　遷常案：莊子應帝王篇：予方將與造物者爲人，厭則又乘夫莽眇之鳥，以出六極之外。

〔四〕一見三句　遷常案：見卷一秦皇行「博浪」二句注。

〔五〕將從四句　徐注：後漢書馬援傳：援年十二而孤。少有大志，欲就邊郡田牧。又：吾從弟少游常哀我多大志，曰：士生一世，但求衣食裁足，乘下澤車，御款段馬，鄉里稱善人足矣。當吾在浪泊西里間，虜未滅之時，下潦上霧，毒氣熏蒸，仰視飛鳶，跕跕墮水中，卧念少游平生時語，何可得也？全祖望先生神道表：每念馬伏波、田疇皆從塞上立業，欲往代北。

恭謁孝陵

已下重光單閼

【解題】

徐注：明會典：太祖高皇帝陵曰孝陵，在南京鍾山之陽，高皇后馬氏合葬，懿文太子祔葬於左。設神宮監、孝陵衛及祠祭署。冒云：先生是年年三十九。

遽常案：歲在辛卯。明大統曆於庚寅十一月置閏，而清則於本年二月置閏，故是年明永曆五年正月己卯朔，實爲清順治八年二月朔也。魯監國六年，公元一六五一年。據後孝陵圖詩自序，初謁孝陵爲本年二月乙巳。

閏曆窮元季，真符啓聖人〔一〕。九州殊夏裔〔二〕，萬古肇君臣〔三〕。武德三王後〔四〕，文思二帝鄰。卜年乘王氣，定鼎屬休辰〔五〕。江水縈丹闕〔六〕，鍾山擁紫宸〔七〕。衣冠天象遠，法駕月遊新〔八〕。正寢朝羣后〔九〕，空城走百神〔一〇〕。九嵕超嵽嵲〔一一〕，原廟逼嶙峋〔一二〕。寶祚方中缺〔一三〕，炎精且下淪〔一四〕。郊坰來獵火〔一五〕，苑籞動車塵〔一六〕。繫馬神宮樹，樵蘇御道薪〔一七〕。巋然唯殿宇〔一八〕，一望獨荆榛。流落先朝士〔一九〕，間關絶域身〔二〇〕。干戈逾六載，雨露接三春。患難形容改，艱危膽氣真〔二一〕。天顔杳靄接，地勢鬱紆親。尚想初陵制，仍詢徙邑民〔二二〕。因山皆土石，用器不金銀〔二三〕時有倡開煤之説。紫氣浮天宇，蒼龍捧日輪〔二四〕。願言從鄧禹，修謁待西巡〔二五〕。

【彙校】

〔閏曆〕潘刻本、徐注本「曆」作「位」，乃避清高宗諱。

【彙注】

〔一〕閏曆二句　原注：漢書王莽傳贊：餘分閏位。　徐注：舊唐書禮儀志：納真符於蒼水。明史太祖紀：當是時，元政不綱，盜賊四起，劉福通奉韓山童假宋後起潁，徐壽輝僭帝號起蘄，李二、彭大、趙均用起徐，衆各數萬，並置將帥，殺吏，侵略郡縣。而方國珍已先起海上，他盜擁兵據地，寇掠甚衆，天下大亂。十二年春二月，定遠人郭子興與其黨孫德崖等起兵濠州，元將徹里不花憚不敢攻，而日俘良民以邀賞。太祖時年二十四，以閏三月甲子朔入濠見子興。子興奇其狀貌，留爲親兵，戰輒勝。又贊曰：太祖以聰明神武之資，抱濟世安民之志，乘元末運，豪傑景從，戡亂摧强，十五載而成帝業。崛起布衣，奄奠海宇，西漢以後，所未有也。　段注：南史謝晦傳論：黜昏啓聖。

蘧常案：據原注則「曆」應作「位」。潘刻本作「閏位」，是也，應從改。漢書注：服虔曰：閏位，言莽不得正王之命，如歲月之餘分閏也。

〔二〕九州句　徐注：左傳定公十年：裔不謀夏，夷不亂華。　杜注：裔，遠也。

〔三〕萬古句　原注：班固東都賦：建武之元，天地革命。四海之内，更造夫婦，肇有父子。君臣初建，人倫實始。

蘧常案：見前翦髮詩「九州」注。

〔四〕武德句　徐注：明史太祖紀：帝天授智勇，統一方夏，緯武經文，爲漢、唐、宋諸君所未及。

文思安安。楊雄羽獵賦：以爲昔在二帝三王。注：應劭曰：堯、舜、夏、殷、周也。段注：書：欽明

蘧常案：後漢書明帝紀：烝祭光武廟，初奏文始、五行、武德之舞。注：武德者，高祖

四年作，言行武以除亂也。

〔五〕卜年二句　徐注：宋史樂章：涓選休辰，齊明朝夕。

蘧常案：見前元日「卜年」句注。

〔六〕江水句　徐注：應天府志：江水南岸過當塗入江寧縣界，東受慈姥港水，又東過烈山港。

衛次公渭水貫都賦：照雙鳳之丹闕。

〔七〕鍾山句　徐注：江寧府志山水：鍾山在上元東北朝陽門外。周圍六十里，高一百五十八

丈。一名金陵山，一名蔣山，一名紫金山，一名神烈山。山兩峰，其北曰最高峰，其峴曰栽

松；其巖曰太子，曰楊梅，曰道卿；其嶺曰頭陀，曰屏風，曰挂嶺；其塢曰桃花，曰道士，曰

茱萸；其岡曰孫陵，曰白土，曰南岡，曰獨龍。其相連有西山，有石山，有馬房山。（蘧常

案：此注移自下一首，以鍾山爲先生「蔣山傭」之所取號，又先生之所曾依居焉。）唐六典：

宣政北曰紫宸門。其内曰紫宸殿，即内朝正殿也。

蘧常案：見卷一帝京篇「德過」句注。

〔八〕衣冠二句　徐注：史記叔孫通列傳：願陛下爲原廟渭北，衣冠月出遊之。上乃詔有司立原

廟。又：陛下何自築複道高寢，衣冠月出游高廟？奈何令後世子孫乘宗廟道上行哉？應劭曰：月出高帝衣冠，備法駕，名曰「游衣冠」。如淳曰：三輔黄圖：高寢在高廟西，高祖衣冠藏在高寢，月出游於高廟，其道值所作複道下，故言乘宗廟道上行。

蘧常案：不聞明有衣冠月游之制，然吴偉業遇南廂園叟感賦詩亦有「高帝遺衣冠，月出修烝嘗」云云，考明史志禮云「孝陵每月朔望，用特羊祠祭」，殆謂是歟？

〔九〕正寢句　徐注：明史志禮：洪武八年，詔翰林院議陵寢朔望節序祭祖禮。學士樂韶鳳等言：漢諸廟寢園有便殿，日祭於寢，月祭於廟，時祭於便殿。明會典：每歲聖旦、孟冬、忌辰、酒果行香；清明、中元、冬至，太牢致祭。特遣勳舊大臣一員行禮，南京文武官俱陪祭。親王之國過南京者，官員以公事入城者，俱謁陵；出城者詣辭。書：羣后四朝。

〔一〇〕空城句　徐注：江寧府志：明舊紫金城即今駐防城，在鍾山之麓。詩：懷柔百神。

蘧常案：「空城」似指寶城。明史志禮十四所謂「凡山陵規制有寶城」者也。有城之名，無城之實，故曰「空城」。意謂雖爲「空城」，而爲百神之所趨走。此所叙尚在明祚無恙之時，不應謂紫金城爲「空城」。徐注非。

〔一一〕九嵕句　徐注：班固西都賦：其陰則冠以九嵕，陪以甘泉。李善注：漢書：谷口縣，九嵕山在西。杜甫赴奉先縣詩：凌晨過驪山，御榻在嵽嵲。韻會：嵽嵲，山高貌。

〔一二〕原廟句　徐注：揚雄甘泉賦：岭巆嶙峋，洞無涯兮。

〔一三〕寶祚句　徐注：隋書音樂志：延寶祚，渺無疆。班固東都賦：往者王莽作逆，漢祚中缺。

蘧常案：見上「衣冠」二句注。

〔一四〕炎精　徐注：馮衍文：社稷復存，炎精更輝。

蘧常案：袁宏漢紀：獻帝詔曰：炎精之數既終，行運在乎曹氏。炎精，日也。此指明祚。

〔一五〕郊坰　徐注：沈約郊居賦：潁跨郊坰。

蘧常案：爾雅釋地：林外謂之坰。

〔一六〕苑籞　蘧常案：漢書宣帝紀：詔池籞未御幸者，假與貧民。注：應劭曰：籞者，禁苑也。

〔一七〕樵蘇句　蘧常案：御道，似謂孝陵神道。吴偉業遇南廂園叟感賦詩有「鍾陵十萬松，大者參天長，根節猶青銅，屈曲蒼皮僵，不知何代物，同日遭斧創」云云；又蘆洲行有「萬束千車運入城，草場馬厩如山積，樵蘇猶向山中去，軍中日日燒陵樹」云云；可知當時清軍斬伐之酷。

〔一八〕巋然句　徐注：江寧府志：孝陵寶城、明樓、御橋、孝陵殿、廊台、墀道、戟門、文武方門、大殿門、左右方門、御河橋、櫺星門、多同大内。沿山周圍，繚垣四十五里。李注：王延壽魯靈光殿賦：遭漢中微，盜賊奔突。自西京未央、建章之殿，皆見頽壞，而靈光巋然獨存。

〔一九〕先朝士　蘧常案：見卷一帝京篇「念昔」二句注。

〔二〇〕閒關句　蘧常案：絶域身，詳卷一李定自延平歸詩「身留」句注及墟里詩「絶域」注。

〔二一〕干戈四句　黄注：其時亭林已翦髮，兩京久亡，故曰：干戈逾六載，雨露接三春。患難形容改，艱難膽氣真。

蘧常案：後孝陵圖自序云：重光單閼，二月己巳，來謁孝陵，值大雨。即此初謁事。此所云「雨露接三春」及下「天顔杳靄接」，當寫雨景，非泛詞也。

〔二二〕尚想二句　徐注：漢書元帝紀：頃者，有司奏徙郡國民以奉園陵，令百姓遠棄先祖墳墓。又：今所爲初陵者，勿置縣邑，使天下咸安土樂業。案：洪武十六年，孝陵殿成。

蘧常案：洪武十六年，孝陵殿成，所謂「初陵」也。事見卷一帝京篇「山陵」句注。

〔二三〕因山二句　原注：史記孝文本紀：治霸陵皆以瓦器，不得以金銀銅錫爲飾。太祖實録：遺命喪葬儀物，一以儉素，不用金玉。全云：可以慟哭。開煤事，詳見李研齋侍郎天問閣集。

蘧常案：明史太祖紀叙遺詔「毋用金玉」外，尚有「孝陵山川因其故，毋改作」句。疑亭林曾見遺詔全文，故有上句。而原注遺之，足證原注非出自注也。

〔二四〕蒼龍句　徐注：渾儀：東方蒼龍七宿則角、亢、氐、房、心、尾、箕也。角爲蒼龍之首，其南爲太陽道。

蘧常案：見前元日詩「日出」句注。

〔二五〕願言二句　原注：後漢書鄧禹傳：南至長安，率諸將齋戒，擇吉日，修禮謁祠高廟，因循行園陵，爲置吏士奉守焉。　黄注：考庚寅，桂王在肇慶。十一月，廣州破，繼而桂林亦破。此猶曰「願言從鄧禹，修謁待西巡」，蓋仍望桂王之恢復，而未知廣州、桂林之相繼破也。

蘧常案：後漢書鄧禹傳：禹字仲華，南陽新野人也。年十三，受業長安，光武亦游學，遂相親附。及光武安集河北，即北渡追及，光武大悦。與定計議，拜前將軍。遣西入關，遂定河東，拜大司徒，封酇侯，時年二十四。於是引兵北，赤眉西走，禹乃至長安。天下平定，封爲高密侯。顯宗即位，拜太傅。薨，謚元。

拜先曾王考木主於朝天宫後祠中

【解題】

詳前卷一金陵雜詩第五首「俎豆」句注。

晉室丹楊尹，猶看古柳存〔一〕。先公嘗爲應天府尹。山河今異域〔二〕，瞻拜獨曾孫。
雨静鍾山閉，雲深建業昏〔三〕。自憐襤褸客〔四〕，拭淚到都門。

【彙校】

〔丹楊〕徐注本，吴、曹兩校本「楊」作「陽」。

【彙注】

〔一〕晉室二句　原注：南史劉瓛傳：瓛六世祖惔，晉時爲丹陽尹。袁粲曾於後堂請瓛，指聽事前古柳樹謂瓛曰：人言此是劉尹時樹，每想高風，今復見卿，清德可謂不衰矣。

蘧常案：「晉室丹陽尹」用杜甫送元二適江左詩句。考漢書地理志：丹陽郡故鄣郡，屬江都。武帝元封二年更名丹楊，屬揚州。晉書元帝紀：太興元年六月改丹楊内史爲丹楊尹。又地理志：丹楊山多赤柳。蓋丹楊以多赤柳而名，自漢迄晉皆作「丹楊」。

〔二〕異域　蘧常案：異域，猶前卷一李定自延平歸詩所謂「絶塞」，墟里詩及前恭謁孝陵詩所謂「絶域」。

〔三〕建業　徐注：三國志吴主權傳：建安十六年，徙治秣陵。明年城石頭，改秣陵爲建業。江寧府志古蹟：建業縣城即臺城，魏、晉間或曰金陵，或曰秣陵，或曰建康，皆更名而不更治。及太康分水北爲建業，仍治此城；及元帝以爲臺城，而建康今廨乃移在城外。

〔四〕襤褸客　原注：南史劉瓛傳：瓛與張融、王思遠書，自謂「貧困繿縷，衣裳容髮有足駭者」。

蘧常案：先生此行變衣冠，去鬢毛，作商賈裝，故云然。

贈萬舉人壽祺　徐州人

【解題】

徐注：萬壽祺隰西草堂集自志：字介若，一字内景，江西南昌人。曾祖以醫游徐州，遂家焉。崇禎三年庚午，中楊廷樞榜第十九名舉人。好讀書，善楷隸。家世忠孝，守咫尺之志，不慕榮利。元譜：壽祺，字年少。工詩文書畫，又工寫美人。他若棋琴刀劍，百工技藝，細而女紅刺繡，粗而革工縫紉，無不通曉。風流豪宕，傾動一時。滄桑後，自名明志道人、沙門慧壽，痛飲食肉如故。邳、徐之亂，移家公路浦，著有隰西草堂集。淮安府志有傳。

蘧常案：元譜：辛卯八月十四日，至淮安，與萬年少壽祺定交。常庸張穆顧亭林年譜斠識：年少，萬曆癸卯生，是年四十九。

白龍化爲魚，一入豫且網〔一〕。愕眙不敢殺〔二〕，縱之遂長往。萬子當代才，深情特高爽。時危見縶維，忠義性無枉〔三〕。翻然一辭去，割髮變容像〔四〕。卜築清江西〔五〕，賦詩有遐想〔六〕。楚州南北中〔七〕，日夜馳輪鞅〔八〕。何人詷北方〔九〕，處士才無兩〔一〇〕。回首見彭城，古是霸王壤。更有雲氣無？山川但坱莽〔一一〕。一來登金陵，九州大如掌。還車息淮東，浩歌閉書幌。尚念吴市卒，空山弔魍魎〔一二〕。南方不可託〔一三〕，吾亦久飄蕩〔一四〕。崎嶇千里間，曠然得心賞。會待淮水平〔一五〕，清秋發吴榜〔一六〕。

【彙注】

〔一〕白龍二句　徐注：説苑：子胥諫曰：昔者，白龍化爲魚，漁者豫且射中其目。帝曰：魚固人之所射也，豫且何罪？莊子外物：宋元君夢人被髪曰：余爲清江使河伯之所，漁者余且得余。又，仲尼曰：神龜能見夢於元君，不能避余且之網。

蘧常案：史記龜策列傳「余且」作「豫且」。

〔二〕愕眙　原注：西都賦：猶愕眙而不能階。眙，丑吏反，驚貌。

〔三〕時危二句　徐注：萬壽祺自志：其泛湖圖云：乙酉五月，江以南郡縣皆陷，炳、儁、芑起陳湖，瑞龍起泖，易起笠澤，皆來會。八月，潰，被執，不屈，將加害，有陰救之者，囚繫兩月餘，得脱。還江北。段注：詩：縶之維之。

蘧常案：小腆紀年：順治二年乙酉八月，明吴昜、孫兆奎敗績於長白蕩，兆奎死之，華京、吴旦、趙汝珪與沈自炳、自駉皆戰死，一軍盡殲。壽祺與昜等合，敗之時亦同，被執其在是役歟？

〔四〕割髮句　徐注：萬壽祺自志：家既近寺，丙戌春，禮三寶，祝髪從浮屠氏學。久之，脱去世諦，人我兩忘，時時從静攝中頓起五嶽，此是知言語食息時，受之於君親師者，不能忘也。

〔五〕卜築句　徐注：萬壽祺自志：既脱難，攜妻子渡江北，隱於山陽之浦西，築廬治圃，號曰隰西草堂。自負甕，妻徐、子睿荷臿隨之，灌園以自給。西鄰普應寺，時時曳杖入退院中，與沙彌爭餘瀋也。嗟乎！天下之大，四海之廣，所爭者不知何許人？聖帝明王，忠臣義士，此時皆不知何往？數畝之内，偃仰食息，苟活其中，志足悲矣！又隰西草堂詩自序：戊子仲冬，徙宅於浦西，西近淇澤，南曰徐湖，北則河、淮合流，東入於海，四區皆隰也。築其原爲隰西草堂，載老幼，攜瓶罍，鹿車一乘，往居之。淮安府志：清河縣，以山陽之清江浦爲清河縣治。

〔六〕賦詩句　徐注：萬壽祺内景堂詩序：余髮燥時時爲詩；既壯，詩益日衆，無刻本。癸酉，一刻於京師。庚辛以來避亂走四方，四方君子，唱和間作，哀時念亂，則唱歎生焉。壬午冬，歸彭城，書籍散佚，新舊本皆亡失。其明年，居京口，偃仰一室中，憶向所作者，始就二氏刻之。

〔七〕楚州句　徐注：淮安府志：隋開皇初，山陽郡廢。十二年寘楚州。沿革叙：以一隅當天下左脇，南北視爲重輕。

　蘧常案：楚州即今江蘇省淮安縣。

〔八〕輪鞅　蘧常案：陶潛歸園田居詩：窮巷寡輪鞅。劉熙釋名釋車：鞅，嬰也。喉下稱嬰，言纓絡之也。

〔九〕詗北方　原注：唐書：權皋爲驛亭保，以詗北方。

　蘧常案：漢書音義孟康注：詗音偵，西方人以反間爲偵。今所謂偵察、刺探之意也。

〔一〇〕處士句　徐注：漢書周勃傳：許負相亞夫曰：於人臣無兩。

蘧常案：處士謂壽祺也。歸莊哭萬年少詩：惟君不世才，胸臆包宇宙。視天復畫地，知略洵輻輳。

〔一一〕回首四句　徐注：一統志：徐州府，漢楚國，治彭城。史記淮陰侯列傳：項王雖霸天下，臣諸侯，不居關中而都彭城。又項羽本紀：項籍者，下相人也。又高祖本紀：高祖，沛豐邑中陽里人。又：高祖即自疑，亡匿隱於芒、碭山澤巖石之間。呂后與人俱求，常得之。高祖怪問之。呂后曰：季所居上常有雲氣，故從往，常得季。杜甫八哀鄭虔詩：胡塵昏坱莽。蘧常案：司馬長卿上林賦：行乎洲淤之浦，過乎泱漭之野。泱漭，如淳曰：大貌。「漭」與「莽」通。

〔一二〕一來六句　原注：漢書梅福傳：變名姓爲吴市門卒。徐注：後漢書岑彭傳：田戎欲降，妻兄辛臣諫曰：洛陽地如掌耳！北户録梁簡文帝答徐摛書：特設書幌。家語：木石之怪夔魍魎。左傳作「罔兩」，國語作「蝄蜽」。萬壽祺文的：僕甲戌蘇門歸，昔嘗泛淮入江，縱觀吴會，東西甌越之區，及於荆林之西，涉宋、魏、趙、韓、秦、晉之國。東登泰山，臨碣石以觀滄海，四方豪傑之士，大概可覩矣。蘧常案：「吴市卒」二句，當指同建義之幸免逃空者，惟與魍魎相弔而已，與前「入網」、「縶維」等句相應。

〔一三〕南方句　徐注：楚辭招魂：東方不可以託些。

〔一四〕吾亦句　遴常案：事詳前翦髮詩「流轉」句注。

〔一五〕淮水　徐注：淮安府志：淮水至清口會黄河分運河入海。

〔一六〕吴榜　徐注：楚辭九章涉江：齊吴榜以擊汰。

遴常案：王逸楚辭注：吴榜，船櫂也。洪興祖補注引字書：艅，船也。「吴」疑借用。

淮東

【解題】

徐注：南疆逸史：劉澤清，字鶴洲，曹州人。以將材授遼東衛守備，積官至總兵，加左都督，鎮山東。嘗率五千人渡河救汴，賊來即拔營去，惶擾奔迸，將略無所長，惟貨利聲色，賂貽權貴，招納賓客。部兵所至，焚掠一空。福王立，以爲四鎮之一，與馬士英暱，封東平伯。誣劾劉宗周並及姜曰廣、吴甡，署得功、傑、良佐名上之。得功馳奏不與聞。傑亦曰：我輩武人，乃預朝事耶？是冬，進澤清爵爲侯，駐淮安新城，大治邸，實以伎樂，立關徵税。時武夫各占分地，賦入不上供，恣肆殘殺，封疆兵事，置不問也。史可法謀恢復，遣高傑趨河南，檄澤清防河，不應。比傑死，復與二鎮謀分其衆。四月，揚州告急，詔澤清往援。澤清已與良佐潛謀輸款矣。尋與田仰掠舟東浮廟灣。七月，率所部降，遂北行。順治五年，勾結曹縣叛首作亂。是冬十月，伏誅。王士禎香祖筆記：劉澤清，天啓中户部尚書郭胤厚家奴也。後充本州捕盜弓手。少無賴，爲鄉里所惡，徙居曹縣。遭離亂，從軍，積功至總兵官。全云：指劉澤清。

淮東三連城〔一〕，其北舊侯府〔二〕。昔時王室壞，南京立新主〔三〕。河上賊帥來，東南費撑拄〔四〕。詔封四將軍，分割河淮土〔五〕。侯時擁兵居〔六〕，千里蹔安堵。促觴進竽瑟，堂上坎坎鼓。美人拜帳中，請作胡旋舞〔七〕。爲歡尚未畢，羽檄來旁午〔八〕。揚舲出廟灣，欲去天威怒。舉族竟生降，一旦爲俘虜〔九〕。傳車詣幽燕〔一〇〕，猶佩通侯組〔一一〕。長安九門中〔一二〕，出入黄金塢〔一三〕。故侯多嫌猜，黄金爲禍胎。白日不爾待，長夜來相催。徬徨闕門前，一時下霆雷。法吏逢上意，羅織及嬰孩〔一四〕。具獄阿房宫，腰斬咸陽市。踟躕念黄犬，太息譴諸子。父子一相哭，同日歸蒿里〔一五〕。有金高北邙〔一六〕，不得救身死。地下逢黄侯〔一七〕，舉手相揶揄〔一八〕。昔在天朝時，共剖河山符〔一九〕。何圖貳師貴，卒受匈奴屠〔二〇〕。一死留芳名，一死骨已枯。寄語後世人，觀此兩丈夫。

【彙校】

〔胡旋舞〕潘刻本，徐注本，孫、吴兩校本「胡」皆作「便」，蓋有所諱。然「便旋」訓「徘徊」，或「便溺」，不聞舞名「便旋」也。

〔九門中〕徐注本，吴、王、曹三校本「中」皆作「市」。

〔諱諸子〕孫校本「諱」作「嘑」。

〔昔在四句〕孫校本「匈奴」作「冬虞」，韻目代字也；潘刻本作「我爲□朝將，爾作燕山俘，俱推凶門轂，各剖山河符；嗟公何不死，死在淮東郛」；徐注本同，惟「□」作「天」，并引明史黄得功傳以爲注。

【彙注】

〔一〕淮東句　徐注：一統志：淮安府有三城：南曰舊城，晉時故址，宋守臣陳敏重築，明初甃甎，其北一里曰新城，宋爲北辰鎮地，張士誠將史文敏土築；明洪武十一年，甃甎二城之中曰聯城，俗謂之夾城。嘉靖三十九年，增築之，聯貫新舊二城。

〔二〕其北句　徐注：淮安府志：澤清以六月杪至，與史閣部、路軍門、王巡按集議湖心寺。以敕印未至，選名園避暑其中。其姬率將校强占人宅。八月，莅任，移居新城閻世選宅，而别治藩府，大興工役，即大河衛故治而更創之，壞諸生祠及民舍以爲用。十二月，府第成，奉母居其中。

〔三〕昔時二句　蘧常案：王室壞，詳見卷一大行皇帝哀詩注。新主，見卷一感事詩第一首「擁立」句注。

〔四〕河上二句　徐注：吴玉搢山陽志遺：甲申三月，淮撫路振飛令淮安七十二坊各集義兵，每坊一生員爲社長，團練巡邏。舉人湯調鼎等咸易戎服，設壯丁守城。四月，禽僞官胡來賀、宋自誠、李魁春，沉於河，斬叛將趙洪禎等。又禽僞防禦使武愫解南京，僞制將軍董學禮等十三人悉斬之。與按臣王燮同心固守，燮守河，振飛守城。僞淮安知府鞏克順至，燮碎其牌，斬克順以徇，士民恃以屹然。復殛僞防禦使吕弼周、僞參將王富。已而振飛爲馬士英所論，得旨提問，閤城不平，尋以憂去。士英用其戚田仰爲淮撫。劉澤清遂營窟於淮之新城。

〔五〕詔封二句　黄注：亭林著聖安記事，最終記曰：癸卯，良佐率清兵犯駕，左柱國太師靖國公黄得功死之。其將田雄等奉上如虜營。丙午，上至南京。九月甲寅，上北狩。其於南都之亡，聖安之遇害，不復繼書，而於此篇記得功之忠，澤清之叛（蘧常案：記事不言澤清之叛，蓋涉良佐而誤），皆補記事之闕也。記事稱劉宗周在籍上疏，請上親征，又言四鎮不宜封。南疆逸史論曰：南渡畏四鎮之跋扈，奉之若驕子，而以靖南與東平等並提而論，此不知御將之道也。夫澤清、良佐妄人耳；傑雖粗暴，其驍桀足賴焉；若靖南之忠勇善戰，一時宿將莫尚也。使立國之初，不定分鎮之議，茅土之封，以俟策勳。築壇授鉞，拜得功爲大將，而以傑副之，傑畏得功，其勢不敢不聽。傑聽而澤清、良佐惟所指揮矣。然後可法居中調度，經略中原，即未能迅掃河、洛，亦未至令敵人不血刃而飛渡也。觀靖南告弘光之詞（蘧常案：見後「黄侯」注引南疆逸史，語尤詳），君子有餘慟焉！節讀亭林感事詩，曰「分陝寄周邦」，而繼之曰「一旦表軍功」，此篇曰「詔封四將軍，分割河淮土」，則亭林不滿於四鎮之拜爵，即此亦可見矣。

蘧常案：事詳卷一感事詩第三首「分陝」句注。

〔六〕侯時句　徐注：鄒流綺遺聞：淮安自路振飛、王燮拮据義士，同心戮力，頗成鞏固。五月，劉澤清突來盤据，散遣義士，桀驁者籍之；部下搶掠，村落一空。造宅極壯麗，四時之室俱備，僭擬皇居，休卒淮上，無意北征。淮安府志：乙酉四月，左良玉兵東下，夜有急詔，啓譙下扉而入，召田仰及澤清入援。澤清實不欲行，乃集官及士民會議府第，先使人去橋下橫木，及士民至，橋忽崩，壓死數十人。翌日，上疏云：臣已刻期進兵，而紳士挽留，至有投河攀轅者，恐軍旅一動，淮人騷然。緣此澤清遂不行。

〔七〕促觴四句　蘧常案：小腆紀傳劉澤清傳：大治淮邸，極宮室之盛，以鐘鼓美人充之。樂史太真外傳：禄山于上前胡旋舞，旋如風焉。段安節樂府雜録：胡旋舞，居一小圜球子上舞，縱橫騰擲，兩足終不離球上，其妙如此。

〔八〕旁午　徐注：漢書霍光傳：傳使者旁午。師古曰：一縱一橫爲旁午，猶言交橫也。

〔九〕揚舲四句　徐注：淮安府志：阜寧縣舊爲山陽廟灣鎮，在射陽湖濱。萬曆二十二年，倭警益甚，官民以無城爲患，請於漕撫李戴，築城跨運鹽河。

蘧常案：「揚舲」即「揚靈」。楚辭湘君：横大江兮揚靈。王夫之楚辭通釋：靈同艫，鼓枻而行如飛揚也。類篇：艫，舟也。一曰舟有牕者。或作艫、舲。靳榮藩吴詩集覽臨淮老妓行注：澤清聞大兵至，即棄淮安，裝金玉子女，避廟灣，爲航海計。因所領兵漸散，復至淮安投誠，舉家入京。

〔一〇〕傳車 蘧常案：左傳昭公二年正義：孫炎云：傳車，驛馬也。

〔一一〕猶佩句 徐注：廣雅釋器：組，綬也。逆臣傳：都統準塔分兵由徐州趨淮安，澤清率總兵馬化豹等五十餘人，兵二千，船三十迎降。九月，至京，賜居宅衣服，授三等子爵。

蘧常案：史記李斯列傳：封爲通侯。漢書高祖紀：通侯諸將。注：應劭曰：舊曰徹侯，避武帝諱曰通侯。通亦徹也，言其功德及於王室也。

〔一二〕長安句 蘧常案：長安，謂北京也。明史志地理一北京注：永樂四年閏七月，建北京宫殿，修城垣。十九年正月告成。宫城之外曰皇城，皇城之外爲京城，周四十五里。門九：正南曰麗正，正統初，改曰正陽；南之左曰文明，後曰崇文；南之右曰順城，後曰宣武；東之南曰齊化，後曰朝陽；東之北曰東直，西之南曰平則，後曰阜成；西之北曰彰義，後曰西直；北之東曰安定，北之西曰德勝。

〔一三〕黄金塢 徐注：淮安府志：澤清封東平侯，廢鈔部，立榷關於小壩口，收船稅；立團牌，起柴抽；丈海蕩，行小鹽；罷引目。更張變置，漁利不已。

蘧常案：戴復古詩：人將金作隖。「隖」同「塢」，當謂董卓之萬歲隖，此亦宜同。後漢書董卓傳：築隖於郿，高厚七丈，號曰萬歲隖。

〔一四〕傍徨四句　徐注：逆臣傳：澤清遣人往東明，與從子之幹、之檜書。事覺，命内院會同兵部鞫實，請治罪。九月，械之幹及李化鯨、李洪基至，鞫化鯨等爲之幹煽誘，澤清潛主謀，寄書有「不可露我姓名」語，六部研訊確議，遂磔於市。親屬流徙。舊唐書來俊臣傳：招集亡賴，令其告事，共爲羅織，千里響應。

藼常案：清史稿世祖本紀：順治五年冬十月丙辰，降將劉澤清及其黨李洪基等俱伏誅。上言「故侯多嫌猜，黄金爲禍胎」，此言「法吏逢上意，羅織及嬰孩」，其事今無可考。明史劉澤清傳語尤簡，僅云澤清潛謀輸款，惡其反覆，磔誅之而已。疑逆臣傳所謂「六部研訊確議，遂磔於市」，其「逢上意」歟？「羅織及嬰孩」，似與同死，涉其親族也歟？

〔一五〕具獄六句　徐注：史記李斯列傳：具斯五刑，論腰斬咸陽市。斯出獄，顧其中子曰：吾欲與若復牽黄犬，出上蔡東門逐狡兔，豈可得乎？遂父子相哭，而夷三族。又秦始皇本紀：先作前殿阿房。古今注：薤露、蒿里俱喪歌，出田横門人，謂人死魂魄歸乎蒿里。

藼常案：王士禛香祖筆記：澤清迎降，歸於京師。以叛案有連，至蘆溝橋伏法，行路快之。不數年，子姪無孑遺，故居爲墟。

〔一六〕有金句　藼常案：一統志：北邙山在河南府北十里，連偃師、鞏、孟津三縣，綿亘四百餘里。東漢諸陵及唐、宋名臣墳多在焉。

〔一七〕黄侯　徐注：明史黄得功傳：得功，字虎山，開原衛人，累功至副總兵，擊賊皆有功。十四年，以總兵護陵。十七年，封靖南伯。福王立江南，進封侯。命與劉良佐、劉澤清、高傑爲四鎮。乙酉四月，左良玉東下，以清君側爲名，至九江病死。軍中立其子夢庚。命得功趨上江禦之，駐師荻港。得功破夢庚於銅陵，解其圍。命移軍太平，一意辦賊，論功加左柱國。時清兵已渡江，知福王奔，分兵襲太平。得功方收兵屯蕪湖，福王潛入其營。得功驚泣曰：陛下死守京城，臣等猶可盡力，奈何聽奸人言，倉猝至此！且臣方對敵，安能扈駕？王曰：非卿無可仗者。得功泣曰：願效死。得功戰荻港，時傷臂幾墮，衣葛衣，以帛絡臂，佩刀坐小舟，督麾下八總兵結束前迎敵，而劉良佐已先歸命，大呼岸上招降。得功怒叱曰：汝乃降乎？忽飛矢至，中其喉，偏左，得功知不可爲，擲刀，拾所拔箭刺吭死。其妻聞之，亦自經。總兵翁之琪投江死。得功忠義出天性，每戰，飲酒數斗，酒酣，氣益厲。喜持鐵鞭戰，鞭漬血沾手腕，以水濡之，久乃得脱。軍中呼爲黄闖子。其軍行紀律嚴，下無敢犯。所至人感其德，廬州、桐城、定遠皆爲立生祠。葬儀真方山母墓側。　戴注：指黄得功也。

〔一八〕舉手句　徐注：後漢書王霸傳：市人皆笑，舉手揶揄之。

〔一九〕昔在二句　徐注：漢書高帝紀：與功臣剖符作誓，丹書鐵券，曰：黄河如帶，泰山如礪。

蘧常案：事見上「黄侯」注。

〔二〇〕何圖二句　蘧常案：漢書李廣利傳：太初元年，以廣利爲貳師將軍，期至貳師城取善馬，故號。誅宛，宛貴人共殺王，出其馬，罷而引歸，封廣利爲海西侯。後十一歲，征和三年，貳師復將出，五年，擊匈奴，兵敗，降匈奴，爲單于所殺。又匈奴傳：貳師降，單于以女妻之，尊寵在衛律上，衛律害其寵。會母閼氏病，律飭胡巫言先單于怒，曰：「胡故時祠兵，常言得貳師以社，今何故不用？」於是遂屠貳師以祠。

贈人　二首

【解題】

全云：前一首諷降臣，後一首爲桑海諸君作。

楊朱見路歧，泫然涕沾臆。路旁多行人，一南一以北〔一〕。南北遂分手，去去焉所極〔二〕？南指越裳山，北適氈裘國〔三〕。同在天地間，合并安可得？此去道路長，哀哉各努力。

【彙注】

〔一〕楊朱四句　徐注：淮南子説林訓：楊子見逵路而哭之，爲其可以南，可以北。

蘧常案：爾雅釋宮：九達謂之逵。

〔二〕南北二句　徐注：徐譜：案先生贈人詩，蓋所送之人北行，而先生仍南歸吴，故拜黄門公墓；而路澤溥詩亦云「相逢金閶西」也。此詩意似譏明臣出仕北入京華者，然不可攷矣。

蘧常案：以下句「南指越裳山」言之，則南者非先生自謂。

〔三〕南指二句　徐注　後漢書南蠻傳：交阯之南有越裳國。日知録：今有顛沛之餘，投身異姓，至擯斥不容，而後發爲忠憤之論，與夫名汙僞籍，而自託乃心，比於康樂、右丞之輩，吾見其愈下矣。

蘧常案：「南指越裳山」，似謂奔赴南明者。時永曆在南寧，南寧與越南鄰。越南，古交趾也，故以爲喻乎？是年十二月初七日，清兵破南寧，永曆由水道走土司，非作詩時所及知矣。「氊裘」或作「旃裘」，漢書司馬遷傳：旃裘之君長咸震怖。王先謙補注：文選旃作氊。注：氊裘，匈奴所服也，故曰旃裘之君長。「北適旃裘國」，自當斥明臣之將仕清者。日知録所云「投身異姓，至擯斥不容，而後發爲忠憤之論」云云，蓋謂錢謙益一流，則事在前，與此不合。「自託乃心，比於康樂、右丞之輩」云云，謂吴偉業一流，此差近之，惟偉業非先生之所相與也。

步上太行山〔一〕，盤石鬱相抱。行人共太息，此是摧輈道。前路無康莊，回車苦不早。聞君將有適，念此令人老〔二〕。山下有丈夫，窮年折芝草。不出巖谷間，長得顔色好〔三〕。

【彙注】

〔一〕太行山　徐注：郭緣生述征記：太行山首始於河内，自河内北至幽州凡百嶺，連亘十三州之界，有八陘十道。地理通釋十道山川考：太行山在懷州河内縣西北，連亘河北諸州，爲天下之脊。一名王母，一名女媧，一名五行山，一名大形山。通志：綿亘數千里，其間峰谷巖洞，景物萬狀，雖各因地立名，實皆太行也。

〔二〕行人六句　徐注：孟郊詩：道險不在山，平地有摧輈。説文解字：輈，轅也。爾雅：五達謂之康，六達謂之莊。郡國利病書：天井關在澤州南四十五里，大行山絶頂，即孔子回車處。

蘧常案：此君當謂未仕於明而求仕者，如陳芳績一流。芳績字亮工，見前翦髮詩「却念」二句注。餘集與潘次耕札：陳亮工玉峰坐館連年，遂忘其先人之訓，作書來薊，干禄之願，幾於熱中。今吾弟又往矣，此前人墜坑之處也。楊惲所云足下離舊土，臨安定，而習俗之移人者，其能自保乎？

〔三〕山下四句　徐注：太平廣記：吕恭少好服食，於大行山中采藥，忽見三人在谷中，問恭曰：若能隨我采藥，語公不死之方。及歸，二百年。有數世子孫吕習者，恭因以神方授習，習已八十餘，服之即還少壯，至二百歲，乃入山中。曹植飛龍篇：忽逢二童，顔色鮮好，乘彼白鹿，手翳芝草。

同族兄存愉拜黄門公墓

已下玄黓執徐

【解題】

徐注：順治九年，壬辰。　冒云：先生是年年四十。

蘧常案：是年爲明永曆六年，魯監國七年，公元一六五二年。

公姓顧氏，諱野王，字希馮〔一〕。以梁臨賀王記室參軍，起兵討侯景。入陳，官至黄門侍郎。墓在今蘇州府吴縣横山東五里越来溪上〔二〕。盧襄石湖志曰〔三〕：墓上有一巨石横卧〔四〕，可二丈許。石上古松一株似蓋，湖上望見之，即知爲野王墳。今樹與石無恙。天啓中有勢家欲奪其地而葬，窆已穿矣〔五〕，族兄存愉發憤，訟於官，得止。其勢家所築周垣及樹木，皆歸顧氏。

古墓横山下〔六〕，遺文郡志中〔七〕。才名留史傳〔八〕，譜系出先公〔九〕。歲月千年邈，郊坰百戰空。立松標舊窆，偃石護幽宫。地自豪家奪，碑因貴客礱。賢兄能發憤，陳迹遂昭融〔一〇〕。念昔遭離亂，於今事略同。登車悲出走，雪涕問臨戎〔一一〕。述記名山業，提戈國士風〔一二〕。荒祠亡血食〔一三〕，汗簡續孤忠〔一四〕。山勢仍吴鎮〔一五〕，溪流與越通〔一六〕。眷言懷往烈〔一七〕，感慨意無窮。

【彙校】

〔石上古松一株〕潘刻本，徐注本，孫、曹兩校本「株」皆作「枝」。

【彙注】

〔一〕公姓顧氏三句　蘧常案：陳書顧野王傳：野王，字希馮，吴郡吴人也。徧觀經史，精記默識，天文、地理、蓍龜、占候、蟲篆、奇字無所不通。梁大同四年，除太學博士。侯景之亂，隨義軍援京邑。高祖作宰，爲諮議參軍。天嘉元年，補譔史學士。太建六年，領大箸作，掌國史，知梁史事，兼東宫通事舍人。遷黄門侍郎，光禄卿。十三年卒，時年六十三。贈右衛將軍。

〔二〕墓在句　徐注：蘇州府志冢墓一：陳黄門侍郎顧野王墓在楞伽山下，近越來谿。蘧常案：祥符吴郡圖經：顧侍郎墓在吴縣西南三十五里横山。

〔三〕盧襄石湖志　蘧常案：四庫全書提要史部地理類存目：石湖志略一卷，明盧襄撰。襄字師陳，吴縣人。嘉靖癸未進士。官至兵部職方司郎中。石湖在蘇州府城西南。宋范成大爲執政時，有别墅在湖上，孝宗御書「石湖」二字以賜，其名始顯。盧氏世居於此，乃述其山川古蹟爲志略。

〔四〕巨石　徐注：范成大吴郡志：紹興間，其碑石雖皴剥斷裂，尚巍然植立。後爲醉人推仆，石碎於地，今尚有存者。

蘧常案：石湖志言「巨石」，下詩言「偃石」，皆不言「碑」，則巨石非碑也。

〔五〕窾　蘧常案：周禮春官冢人：大喪既有日，請度甫窾。説文解字：窾，穿地也。

〔六〕横山　徐注：蘇州府志：横山在府西南十五里（蘧常案：錢泳履園叢話作「十八里」）。隋書十道志：山四面皆横，故名。山有七墩，俗稱七子山，又名踞湖山。吴郡志：山背臨太湖，若箕踞之勢。又名薦福山。

〔七〕遺文句　徐注：陳書顧野王傳：其所撰著玉篇三十卷、輿地志三十卷、符瑞圖十卷、顧氏譜傳十卷、分野樞要一卷、續洞冥記一卷、立象表一卷，並行於世。又撰通史要略一百卷，國史紀傳二百卷，未就而卒。有文集二十卷。

〔八〕才名句　蘧常案：陳書顧野王傳：太建六年，兼東宫通事舍人。時宫僚有濟陽江總、吴國陸瓊、北地傅縡、吴興姚察，並以才學顯箸，論者推重焉。

〔九〕譜系句　徐注：先生顧氏譜系考：按顧氏相傳有二：一爲己姓之顧，一爲姒姓之顧。己姓顧國，祝融之後，國語所云昆吾蘇、顧、温、董者也，湯滅之，詩云「韋、顧既伐」是也。姒姓之顧，漢封越王句踐七代孫閩君摇于東甌，摇别封其子爲顧余侯者也。然則二者安從？曰：

從姒姓。何以知其姒姓乎？考己姓之顧，歷殷、周、秦三代無傳人，以左氏之該，載未有稱焉。而顧族之著，乃自東漢，其爲越王之後，章章者一。己姓顧國在濮州范縣東南二十八里；而顧氏乃世居會稽，至孫吴時稱爲四姓，其爲越王之後，章章者二。太史公贊越王句踐以爲有禹之遺烈焉。然則吾顧氏之蟬聯于吴，固亦禹之明德也。

〔一〇〕昭融　徐注：詩大雅既醉：昭明有融。融，傳：長也。

〔一一〕念昔四句　徐注：陳書顧野王傳：及侯景之亂，野王丁父憂，歸本郡。乃招募鄉黨數百人，隨義軍援京邑。京城陷，野王逃會稽。尋往東陽與劉歸義合軍，據城拒賊。

〔一二〕提戈句　蘧常案：陳書顧野王傳：野王體素清羸，裁長六尺，又居喪過毁，殆不勝衣。及杖戈被甲，抗辭作色，見者莫不壯之。國士，見前卷一感事詩第三首「國士」句注。

〔一三〕荒祠句　徐注：先生與盧某書：閶門外義學所，中奉先師，旁以寒宗始祖黄門公配食。嘗爲利濟寺僧所奪，寒宗子姓，訟而復之。左傳莊公六年：抑社稷實不血食。
蘧常案：史記封禪書：周興而邑郃，立后稷之祠，至今血食天下。注：祭有牲牢，故言血食遍於天下。

〔一四〕汗簡句　徐注：後漢書吴祐傳注：以火炙簡令汗，取其青，易書復不蠹，謂之殺青，亦謂之汗簡。（蘧常案：原文作「汗青」。）
蘧常案：孤忠，見前卷一江介多悲風詩「孤忠」注。

〔一五〕山勢句　蘧常案：山謂横山。書舜典傳：每州之名山殊大者，以爲其州之鎮。此言横山足爲吴之鎮也。

〔一六〕溪流句　徐注：蘇州府志：越來溪在吴縣西南横山下，與石湖連，北至横塘。

〔一七〕眷言句　徐注：先生顧氏譜系考：其先苗裔繇王、居股等猶尚封爲萬户侯，由此知越世世爲公侯矣，蓋禹之餘烈也。沈約南郊恩詔：仰尋往烈。

贈路舍人澤溥

【解題】

徐注：元譜：澤溥時攜家奉母寄居湖上。戴注：曲周路文貞公振飛第二子。

蘧常案：路振飛生子三，長即澤溥，次澤淳，次澤濃，見歸莊路文貞公行狀。詳卷三贈路光禄太平詩題注。戴謂澤溥爲振飛第二子，誤。路文貞公行狀：公之子中書舍人澤溥。

秋鴈違朔風，來集三江裔〔一〕。未得遂安棲，徘徊望雲際。嗚呼先大夫〔二〕，早識天子氣〔三〕。謁帝福州宫，柄用恩禮備〔四〕。汀州失警蹕〔五〕，一死魂猶視〔六〕。君從粤中來〔七〕，千里方鼎沸〔八〕。絶跡遠浮名，林皋託孤詣。東山峙大湖〔九〕，昔日軍所次〔一〇〕。奉母居其中〔一一〕，以待天下事。相逢金閶西〔一二〕，坐語一長喟。復叙國變初，山東竝賊吏〔一三〕。長淮限南北，支撑賴文帥。擒魁獻行朝，逆黨皆戰悸〔一四〕。江外甫晏然〔一五〕，卒墮權臣忌〔一六〕。鑠金口未白〔一七〕，胡馬彎弓至〔一八〕。天子呼恩官，干戈對王使〔一九〕。詔書曰：朕有守困恩官路振飛。感激千載逢，一下君臣淚〔二〇〕。嶺表多炎風，孤棺託蕭寺〔二一〕。怒聲瀧水急〔二二〕，遺策空山閟。君才賈董流〔二三〕，矧乃忠孝嗣。恭惟上中興，簡在卿昆季〔二四〕。經營天造始，建立須大器。敢不竭微誠，用卒先臣志。明夷猶未融，善保艱貞利〔二五〕。

【彙校】

〔天子氣〕潘刻本「天子」作「□□」；冒校本作「興王」。

〔謁帝句〕潘刻本「帝福州」作「□□□」；徐注本、孫校本「福州」作「三山」；冒校本作「大明」，注：「一作福州」；徐注本，吴、曹兩校本「帝」作「見」。

〔柄用〕孫託荀校本、曹校本「柄」作「秉」。

〔汀州句〕徐注本、孫校本「州」作「江」，潘刻本同，惟「蹕」作「□」。

〔天下事〕潘刻本「事」作「□」；冒校本作「治」。

〔口未白〕京師本「白」作「息」。

〔胡馬〕潘刻本、徐注本、孫校本「胡」作「牧」。

〔天子句〕潘刻本「天子」作「□□」。

〔干戈句〕潘刻本「詔」作「□」，「朕」作「□」，「闖」作「困」；吴、汪、曹三校本「闖」亦作「困」；徐注本「詔」作「制」。

〔恭惟句〕潘刻本、徐注本作「國步方艱危」，徐并出注：詩：國步蔑資。

〔先臣〕潘刻本作「□□」。

【彙注】

〔一〕三江　蘧常案：見前贈于副將元凱詩「三江」注。

〔二〕先大夫　蘧常案：左傳襄公二十五年：先大夫蔿子之功也。此謂路振飛。歸莊路文貞公行狀：公諱振飛，字見白，號皓月，廣平曲周人。中天啓五年進士，授涇陽知縣。崇禎四年，擢四川道監察御史，以言事忤旨，降河南按察使檢校。陞光禄寺少卿。十六年，擢都察院右僉都御史，總督漕運。十七年，解任。即家加右副都御史。明年，唐王召爲左都御史，尋拜太子太保，吏部尚書，兼兵部尚書，文淵閣大學士。賜玉督師。明年，進太子太師，武英殿大學士。後二年卒。粤中贈太傅，謚文貞。

〔三〕早識句　蘧常案：天子氣，見卷一帝京篇「望雲」句注。明史路振飛傳：振飛初督漕，謁鳳陽皇陵，望氣者言高墻有天子氣。唐王聿鍵方以罪錮守陵，中官虐之，振飛上疏乞概寬罪宗，竟得請。歸莊路文貞公行狀：朱國弼疏劾公，謂公嘗言鳳陽有天子氣。乃赴召。

〔四〕謁帝二句　徐注：漢書谷永傳：永知王鳳方見柄用，陰欲自託。後漢書桓榮傳：乘輿嘗幸太常府，令榮坐東面，設几杖，會百官，天子親自執業。每言，輒曰：太師在是。既罷，悉以大官供具賜太常家，其恩禮若此。南略閩紀：王募能致振飛者官五品，賜二千金，振飛乃赴召。

蘧常案：福州宮，見卷一聞詔詩「中興」句注。歸莊路文貞公行狀：弘光中，唐王得赦出，避亂南奔，遺公手書，勉以恢復大業，毋輕一死。至是，王立於閩中，下詔徵公。公與幼子間關至閩，遂入綸扉。時主眷雖隆，事權不屬，大將逍遥河上，藩鎮潛懷二心，公以義不可去，數數在告。

〔五〕汀州句　蘧常案：汀州事見卷一精衛詩「大海」句注。崔豹古今注：警蹕，所以戒行徒。周禮：蹕而不警。秦制：出警入蹕。漢官儀注：皇帝輦，左右侍帷幄者稱警；出殿則傳蹕，止行人，清道也。另見前卷一感事詩第五首「清蹕」句注。失警蹕，謂天子蒙難也。

〔六〕一死句　徐注：左傳襄公十九年：荀偃卒而視，不可含，宣子盥而撫之曰：事吴敢不如事主。猶視。吴譜：聿鍵走汀州，振飛追赴不及。汀州破，走居海島。明年，將赴永明王召，以悲憤成疾而卒（蘧常案：此元譜文，徐作吴譜，誤）。

蘧常案：歸莊路文貞公行狀云：伯顔壓境（案：謂清征南大將軍貝勒博洛），劉整叛降

（案：謂鄭芝龍）。公於是將奔問官守，襄王已不可知（案：謂隆武）；欲更奉宗室，聖公復不可得。遂入鯨波，犯颶風，飄摇海外者久之，悲憤疾作。迨聞靈武正位（案：謂永曆），南粤歸誠，道路漸通，敕書屢至。公乃奔赴行在，願效馳驅，而病已革，遂卒於中途。又云：以己丑四月二十二日卒於廣州之順德。元譜言未晰，一若卒於海島者，非也。南疆逸史路振飛傳：延平陷，振飛不獲扈從，依鄭成功於厦門。則前時事也。

〔七〕君從句　蘧常案：路文貞公行狀：方公之在閩也，澤溥奉王夫人避亂洞庭，已而數千里省公於厦門，不值。即此「君從粤中來」事，實從閩來也。小腆紀傳路振飛傳：丁亥，有誤傳上在粤者，偕主事萬年英泛海求之，抵虎門，始知爲上弟聿鐭，已敗死，乃回厦門。澤溥或以此相左歟？

〔八〕千里句　蘧常案：紹武之亡在丙戌十二月，據紀年。振飛於丁亥抵虎門後始知之，似在是年春，即父子相左之時。則澤溥之歸，或在其年夏秋之際乎？是年春，清軍先後取梧州、平樂、長沙、衡山等地。四月，清命降將孔有德、耿仲明、尚可喜分道取湖廣。福建雖已全陷於清，而南明猶屢圖恢復。四月，鄭成功復海澄。六月，魯王攻漳州。七月，又會鄭彩、周瑞、周鶴芝、阮進攻福州；八月，又襲連江，成功亦攻泉州。九月，魯王又下長樂、永福、閩清諸城，故曰「千里方鼎沸」也。

〔九〕東山句　蘧常案：正德姑蘇志：莫釐山以在洞庭之東，稱東洞庭山。周回八十六里。王鏊七十二山記：兩洞庭分峙湖中。

〔一〇〕昔日句　徐注：明史：其時起兵旁掠郡縣者，有吴昜與同邑舉人孫兆奎、諸生沈自駉、自炳、武進吴福之等屯於長白蕩，出入旁近諸縣。南疆逸史：盧象觀謀攻南京，不克。遂亡入太湖，與葛麟、王期昇合，有衆二萬，奉通城王盛徵，居長興。

蘧常案：此當謂振飛率家丁鄉兵保東洞庭事。路文貞公行狀云：公尋有削杖之戚（案：謂丁母憂），遂移家寓蘇州。及江南郡縣皆失，公保洞庭山。洞庭素稱沃饒，太湖舟師環聚，争欲據山，公率家丁及鄉兵禦却之。徐注所引諸人，屯兵雖在太湖，而不在東山，且與路氏何關而及之，非。

〔一一〕奉母句　戴注：按先生年譜，舍人時攜家奉母，寄居洞庭之東山。

〔一二〕相逢句　徐注：吴越春秋：城立閶門者，象天通閶闔風也。

蘧常案：金閶亭在吴縣閶門外，清一統志：陸龜蒙謂梁鴻墓在金閶亭下是也。元譜：壬辰，遇路舍人澤溥於虎丘。虎丘在閶門西。

〔一三〕山東句　蘧常案：佚名淮城紀事：甲申春，闖預遣僞官於山東、河南各處代任，僞官遺牌先至，輒以大兵在後，恐嚇地方。於是官逃民懼，往往執香遠迎，漸及江北，日夜震恐。

〔一四〕長淮四句　蘧常案：明史路振飛傳：崇禎十六年秋，擢右僉都御史，總督漕運，巡撫淮、揚。明年正月，流賊陷山西，振飛遣將金聲桓等十七人，分道防河，由徐、泗、宿遷至安東、沭陽，且團練鄉兵，得兩淮間勁卒數萬。四月初，聞北都陷，福王立於南京。河南副使吕弼周爲賊節度使，來代振飛，進士武愫爲賊防禦使，招撫徐、沛，而賊將董學禮據宿遷。振飛擊擒弼周、愫，走學禮。竿弼周法場，命軍士人射三矢，乃解磔之；縛愫徇諸市，鞭八十，檻車獻諸朝，伏誅。

〔一五〕江外句　蘧常案：路文貞公行狀：公守淮之功爲最，閣部史可法疏言：撫臣親在河干，與民共守，聲勢之壯，屹若長城。碎僞牌，斬僞吏，所遣諸將，各有斬獲。又恢復宿遷，賊將宵遁，江南奠安，實賴此舉，其有功於國家甚大。

〔一六〕卒墮句　蘧常案：路文貞公行狀：先是，鳳督馬士英兵船八百餘，道淮而南，舟中多載火器。公留之，以爲禦賊之備，士英不快。撫寧侯護漕總兵朱國弼在淮嘗檄縣索義勇名籍，公不許，其去淮也，擅取福建解京銀十萬寄淮庫者以行，公與力争，留其二萬，國弼亦銜公。及士英當國，國弼進保國公，用事，遂共排公，責公捍禦無功。淮人不平，幾至激變。

〔一七〕鑠金句　蘧常案：國語周語：衆口鑠金。韋昭注：鑠，銷也。衆口所毁，雖金石猶可銷也。

〔一八〕胡馬句　蘧常案：賈誼過秦論：胡人不敢南下而牧馬，士不敢彎弓而報怨。南疆逸史路振飛傳：國弼與行人朱統鑕合疏劾之，士英乃用其所親田仰撫淮。大兵至，不戰而潰，江南遂亡。

〔一九〕天子二句　蘧常案：錢秉鐙所知録：上規模闊大，仿佛光武，平時恩舊，皆以南陽故人目之。如路振飛遠隔三吴，募能召至者，賞銀五百兩，給六品京秩。思文大紀：隆武元年八月十一日，發手敕與吴松江縣生員孫久中（案：南疆逸史作孫可久）往訪舊漕撫督路振飛，詔内第十二款，有「守困恩官路振飛訪察莫遇，日夜思念，非僅一時豆粥麥飯之感」。故久中以昔曾聞其寓於洞庭，蹤跡可據，願往訪之。大紀作者爲隆武近臣，詔制章奏多見原文也。

〔二〇〕感激二句　徐注：杜甫送從弟亞赴河西判官詩：君臣俱下淚。蘧常案：南疆逸史路振飛傳：振飛達行在，拜太子太保，吏、兵二部尚書兼文淵閣大學士；賜宴，至夜分，撤燭送歸，解玉帶及「鹽梅弘濟」銀章賜之。官一子職方員外郎。又録守淮功，廕錦衣世千户，振飛感知遇，竭盡誠節。

〔二一〕蕭寺　徐注：杜陽雜編：梁武帝好佛，造浮屠，命蕭子雲飛白大書曰「蕭寺」。

〔二二〕瀧水　蘧常案：「瀧水」與「空山」作對，則應解作水勢湍急。廣韻：瀧，奔湍也。南人名湍曰瀧。或以水經注之瀧水當之，非。

〔二三〕賈董　徐注：漢書賈誼傳贊：劉向稱賈誼言三代與秦治亂之意，其論甚善。通達國體，雖古之伊、管，未能遠過也。又董仲舒傳贊：劉向稱董仲舒有王佐之才，雖伊、吕無以加，管、晏之屬，伯者之佐，殆弗及也。

〔二四〕簡在　蘧常案：論語堯曰篇：簡在帝心。注：簡，閲也。

〔二五〕明夷二句　原注：左傳昭公五年：明夷之謙，明而未融。其當旦乎？徐注：易：明夷利艱，貞，晦其明也。

清江浦

【解題】

徐注：郡國利病書：宋轉運使喬維嶽開故沙河建清口，後蔣之奇又開洩洪澤，歲久俱淤。永樂初，平江伯陳瑄因舊渠開通，置牐蓄洩，更名清江浦。淮安府志：清江浦今清河縣治，在山陽縣治西三十里。黄注：亭林於辛卯年抵清江浦。壬辰年至吴縣之横山，拜顧野王墓；過虎丘，遇路澤溥；後再歸常熟之唐市，復返崑山之千墩。尋再至清江浦，渡河，抵王家營。此詩乃再至清江浦時作也。東華録：順治九年，河決邳州。此詩作於是年，蓋有感而作歟？

蘧常案：或據歸莊與王于一書：敝邑顧寧人，德甫先生之孫也。兄間者爲我言：方杖苴時，德甫先生不遠二千里，遣使致生芻，有古君子之風。今寧人亦素車白馬，走九百里，哭萬年少。家風古誼，不墜益敦云云。以爲先生此行即赴淮浦哭萬壽祺之喪。舉孫運錦萬先生傳、羅振玉萬年少年譜，皆云「壽祺卒於壬辰五月」爲證。然歸莊勃齋詩癸巳有彭城萬年少流寓淮陰特來吴中延余教其子、過萬年少淮浦隰西草堂題贈、哭萬年少諸詩，本集後有送歸高士之淮上詩，即送歸莊赴淮陰萬壽祺處授讀也，亦在癸巳，與勃齋詩合；又歸與蔣路然書，云「弟自渡江抵淮，主年少家，亡何而年少長逝」，與勃齋詩亦合。則壽祺實卒於癸巳，而非壬辰明甚。孫傳、羅譜皆誤，或説不足信也。至歸書所云，事當在明歲癸巳夏秋之交，於詩譜詳之，不贅。

此地接邳徐〔一〕，平江故蹟餘。開天成祖代，轉漕北京初〔二〕。牐下三春盡，湖存數尺瀦。淮安城西有五牐，每歲糧船以春月北上，夏初閉牐，以防黄水灌入裏河，俟秋水退，九月開牐回空。牐内所瀦，皆高郵、寶應諸湖南來之水。舳艫通國命〔三〕，倉廩峙軍儲〔四〕。陵谷天行變〔五〕，山川物態殊。黄流侵内地〔六〕，清口失新渠〔七〕。米麥江淮貴，金錢帑藏虚〔八〕。蒼生稀土著，赤地少耰鋤〔九〕。廟食思封券〔一〇〕，河防重璽書〔一一〕。路旁看父老，指點問舟車。

【彙校】

〔題〕常庸張穆顧亭林年譜斠識云：清江浦二首。今本詩集止一首。

【彙注】

〔一〕此地句　徐注：明淮安府志：邳州、宿遷、睢寧並隸淮安，西界徐州。

〔二〕開天二句　徐注：明史河渠志三運河上：湖漕者，由淮安抵揚州三百七十里，地卑積水，匯爲澤國。山陽則有管家、射陽，寶應則有白馬、氾光，高郵則有石臼、甓社、武安、邵伯諸湖，仰受上流之水，傍接諸山之源，巨浸連亘，由五塘以達於江。永樂四年，成祖命平江伯陳瑄督轉運。瑄於湖廣、江西造平底船三千艘，二省及江、浙之米，皆由江以入，至淮安新城，盤五壩過淮。仁、義二壩在東門外東北，禮、智、信三壩在西門外西北，皆自城南引水抵壩口。其外即淮河。清江浦者，直淮城西，永樂二年，嘗一脩閘。其口淤塞，則漕船由二壩，官民商船由三壩入淮，輓輸甚勞苦。瑄訪之故老，言淮城西管家湖西北距淮河鴨陳口僅二十里，與清江口相值，宜鑿爲河，引湖水通漕，宋喬維嶽所開沙河舊渠也。瑄乃鑿清江浦導水由管家湖入鴨陳口達淮。十三年五月工成，緣西湖築堤亘十里以引舟。淮口置四閘，曰：移風、清江、福興、新莊，以時啓閉，嚴其禁。是時，淮上、徐州、濟寧、臨清、德州皆建倉轉輸。濱河置舍五百六十八所，舍置淺夫，水涸舟膠，俾之導行。增置淺船三千餘艘，設徐、沛、沽頭、金溝、山東、穀亭、魯橋等閘，自是漕運直達通州，而海陸俱廢。

〔三〕舳艫句　徐注：後漢書宦者傳論：寄之國命（蘧常案：以上十一字，自後昔有詩「奈此國命何」句注移此）。此指南北漕運，溝通國家命脈。

〔四〕倉廩句　徐注：郡國利病書：復置常盈倉於清江浦，積糧以備轉兑，爲公私便。吴志吴主傳：輦資運糧，以爲軍儲。

蘧常案：梅賾書費誓：峙乃糗糧。爾雅釋詁：峙，具也。王先謙尚書孔傳參正：峙當爲庤，轉寫之誤。

〔五〕陵谷　蘧常案：見卷一十月二十日奉先妣葬詩「陵谷」注。

〔六〕黄流句　徐注：明史志河渠二黄河下：萬曆……，時朝政日弛，河臣奏報多不省。四十二年，劉士忠卒，閲三年不補。四十六年，始命工部侍郎王佐督河道，河防日以廢壞，當事者不能有爲。天啓元年，河決雙溝、黄鋪，由永姬湖出白洋、小河口，仍與黄會，故道湮涸。總河侍郎陳道亨役夫築塞，時淮安霪雨連旬，黄、淮暴漲數尺，而山陽裏外河及清河決口匯成巨浸，水灌淮城，民蟻城以居，舟行街巷。久之始塞。三年，決徐州青田大龍口，徐、邳、靈、睢河並淤。六年七月，河決淮安，逆入駱馬湖，灌邳、宿。東華録：顺治九年，河決邳州。黄注：日知録云：丘仲深謂以一淮受黄河之全，然考之先朝徐有貞治河，猶疏分水之渠於濮、汜之間，不使之並趨一道；自弘治六年，築黄陵岡以絶其北來之道，而河流總於曹、單之間，乃猶於蘭陽、儀封各開一口，而洩之於南。今復塞之，故河之在今日，欲北不得，欲南不得，唯以一道入淮，淮狹不能容，又高而不利下，則頻歲決於邳、宿以下，以病民而妨運，而邳、宿以下，左右皆有湖陂，河必從而入之，而生民魚鼈之憂，殆未已也。此詩所言「地接邳、徐」，「黄流内侵」，皆與日知録相應。

〔七〕清口句　徐注：明史志河渠，淮水東北至清河，南會於大河，即古泗口也，亦曰清口，是謂黄、淮交匯之衝。淮之南岸，漕河流入焉，所謂清江浦口。又：天啓元年，黄、淮漲溢，決裏河王公祠。淮安知府宋統殷、山陽知縣練國事力塞之。三年秋，外河復決數口，尋塞。崇禎三年，淮安蘇家嘴、新溝大壩並決，没山、鹽、高、泰民田。五年，又決建義北壩。

〔八〕米麥二句　徐注：淮安府志物産：五穀之屬，稻麥。山、鹽、阜，食稻者多，麥菽佐之。清、安、桃，食麥菽者多，稻佐之。又五行：萬曆四十三年，大旱，麥盡枯。秋，山、安、清、桃大水。天啓六年，禾稼損盡。自四年至是連三歲荒歉，民不聊生。日知録：聞之先達言，天啓以前無人不利於河決者，侵尅金錢，則自總河以至於閘官，無所不利；支領工食，則自執事，以至於游閒無食之人，無所不利。又明史志河渠黄河：大役踵興，歲費數百萬，帑藏爲虚。

〔九〕蒼生二句　蘧常案：此言災區庶民之流徙，赤地無人耕作也。

〔一〇〕廟食句　徐注：漢書高帝紀：高祖與功臣剖符作誓，丹書鐵券。明史陳瑄傳：瑄，字彦純，合肥人。凡所規畫，精密宏遠，身理漕河者三十年，舉無遺策。仁宗即位之九月，瑄上疏陳七事。帝覽奏曰：瑄言皆當，令所司速行。遂降敕獎諭，尋賜券，世襲平江伯。八年十月卒於官，年六十有九，追封平江侯，謚恭襄。初，瑄以濬河有德於民，民立祠清河縣。正統中，命有司春秋致祭。子豫嗣。傳至明亡，爵絶。

〔一一〕河防句　黄注：日知録云：因河以爲漕者禹也，壅河以爲漕者本朝也，故古曰河渠，今曰河防。詩謂「廟食思封券，河防重璽書」，總上「平江故蹟」以下而言，蓋不足之辭也。

蘧常案：史記秦始皇本紀：爲璽書賜公子扶蘇。國語魯語韋昭注：古者，大夫之印亦稱璽，璽書，印封書也。蔡邕獨斷：秦以來天子獨以印稱璽。明史志河渠一：弘治二年九月，命白昂爲户部侍郎，修治河道，賜以特敕。六年，陳政卒官，帝命廷臣會薦才識堪任者，僉舉劉大夏，遂賜敕以往。此所謂「敕」，即詩所謂「璽書」。

丈夫

【解題】

蘧常案：穀梁傳文公十二年：男子二十而冠，冠而列丈夫。

丈夫志四方，有志先懸弧〔一〕。焉能釣三江〔二〕，終年守菰蒲〔三〕。如何騆隙間，流光日已徂〔四〕。矯首望太行，努力驅鹽車〔五〕。風吹河北鴈，颯沓雲中呼〔六〕。豈無懷土心，所羨千里途。

【彙校】

〔有志〕潘刻本、徐注本作「有事」。

【彙注】

〔一〕懸弧　徐注：禮內則：國君世子生，射人以桑弧蓬矢六，射天地四方。注：期其有事於遠大也。

〔二〕三江　蘧常案：見前贈于副將元凱詩「三江」注。

〔三〕菰蒲　徐注：鮑照野鵝賦：立菰蒲之寒渚。

蘧常案：菰蒲爲水鄉所生，句意謂不欲株守江南也。蓋至是而北游之志漸定矣。一作「菰蘆」。許嵩建康實録：殷禮與張温使蜀，諸葛亮見而歎曰：江東菰蘆中，生此奇才。先生有菰中隨筆，即取義於此。

〔四〕如何二句　徐注：禮：君子三年之喪二十五月而畢，若駟之過隙。劉峻答劉秣陵書：雖隙駟不留，流光電謝。爾雅釋詁：徂，往也。

〔五〕矯首二句　徐注：戰國策楚策：驥之齒至矣，服鹽車而上太行。

蘧常案：鹽車，喻賢才之屈居賤役也。

〔六〕颯沓　徐注：鮑照舞鶴賦：颯沓矜顧。

蘧常案：李善文選注：颯沓，羣飛貌。

王家營

【解題】徐注：淮安府志：王家營在清河縣治北七里。又，集鎮下有王營鎮。

荒坰據淮津〔一〕，彌望徧秋草。行人日夜馳，此是長安道〔二〕。鷄鳴客車出，四野星光早。征馬乏青芻，山川色枯槁。燕中舊日都〔三〕，風景猶自好。衣殘苕上繒，米爛東吳稻〔四〕。公卿不難致，所患無金寶〔五〕。還顧旅舍中，空囊故相惱。回頭問行人，路十如何老〔六〕？

【彙校】

〔星光早〕徐注本、曹校本「早」作「照」。

〔枯槁〕潘刻本「槁」作「稿」，誤。

【彙注】

〔一〕荒坰句　徐注：爾雅：野外謂之林，林外謂之坰。

蘧常案：荒坰，謂王家營。淮水自縣南來，東北與黄河合，營在縣北，故曰「據淮津」。

〔二〕行人二句　徐注：輿地紀勝：楚州方全盛時，北客所經，從一道至南渡門絶淮，則之齊、魯、山東。元和郡縣志：關内道京兆府管長安縣。長安故城在縣西北十三里，漢舊都。

蘧常案：長安，此指北京，故下云「燕中舊日都」也。

〔三〕燕中句　徐注：金史梁襄傳：燕都地處雄要，北倚山險，南壓區夏，若坐堂隍，俯視庭宇。遼祇以得燕，故能控制南北，坐致宋幣。燕蓋京都之選首也。元史劉秉忠傳：初，帝命秉忠相地於桓州東灤水北，建城郭於龍岡，三年而畢，名曰開平；繼升爲上都，而以燕爲中都。

四年，又命秉忠築中都城，始建宗廟宫室。八年，奏建國號曰大元，而以中都爲大都。

蘧常案：「舊日都」，謂北京原爲明之故都，故下用晉周顗新亭語，云「風景猶自好」，寓河山已異之痛。事見卷一京口詩第二首「相對」句注。與金、元無涉，徐注非。

〔四〕衣殘二句　徐注：湖州府志：苕溪在府西，合霅溪水，南達前溪。宋史路振傳：蜀錦吴繒。杜甫後出塞詩：秔稻來東吴。

蘧常案：此兩句蓋歎竭東南民力以奉京師，爲食肉者言也，故下有「公卿」云云。徐注引日知録吴華覈上書，欲「禁綾綺錦繡」一節，未得詩意。

〔五〕公卿二句　徐注：先生與友人論門人書：納貲之例行，而目不識字者，可爲郡邑博士。又曰：位高者至公卿。明史奸臣馬士英傳：時朝政濁亂，貨賄公行，大僚降賊者，賄入輒復其官；諸白丁隸役輸重賂，立躋大帥。諸人爲之語曰：職方賤如狗，都督沿街走。

蘧常案：此似亦譏明遺民之欲仕清者。徐注引明史，非。

〔六〕路十句　原注：通鑑：路巖佐崔鉉於淮南爲支使，鉉知其必貴，嘗曰：路十終須作彼一官。既而入爲監察御史，不出長安城，十年至宰相。其自監察入翰林日，鉉猶在淮南，聞之，曰：路十今已入翰林，如何得老？後皆如鉉言。

傳聞　二首

【解題】

徐注：元譜：是歲，永明王在肇慶。李定國攻陷廣州，王使人召定國入衛，蓋王爲孫可望所制，間關奔竄故也。

蘧常案：所謂「傳聞」，當謂李定國捷報，詳下。李尊孫可望，受約束者也，故亦歸功於可望。元譜云云，與詩意不符。徐引非。小腆紀傳李定國傳云：方捷書之發自桂林也，其人窮日夜易馬而奔，既至貴陽（案：時永曆駐此，詳下），直入殿墀，下馬卧地不能起，灌以湯藥，乃甦。探懷中出捷書，於是大宴三日。蓋桂林之克，於當時局勢所關至鉅，詩意喜可知也。或謂辭若有不足者，似求之過深矣。

傳聞西極馬〔一〕，新已下湘東〔二〕。五嶺遮天霧，三苗落木風〔三〕。間關行幸日〔四〕，瘴癘百蠻中〔五〕。不有真王禮，誰收一戰功〔六〕？

【彙校】

〔題〕此題二首，各本同。張譜斠識云：傳聞三首，今本詩集只二首。

〔西極馬〕潘刻本「西」作「□」。

〔行幸〕潘刻本作「□□」。

〔真王〕潘刻本、徐注本、孫校本「真」作「三」。

【彙注】

〔一〕西極馬　徐注：史記大宛列傳：得烏孫馬好，名曰天馬。及得大宛汗血馬，益壯，更名烏孫馬「西極」，名大宛馬曰「天馬」云。

蘧常案：杜甫贈崔十三評事公輔詩：飄飄西極馬。西極馬當喻李定國。定國，延安人。張獻忠時爲安西將軍。獻忠敗没，自稱爲安西王，降明。孫可望請封爲西寧王，故稱之爲「西極馬」歟？

〔二〕新已句　徐注：南略：庚寅秋，可望出黔，命定國守雲南。定國練軍制械，得精兵三萬。至壬辰三月，致書可望，欲出楚立功，以報朝廷。四月，至黔，與馮雙禮領兵三萬，五月，由鎮遠下偏橋，一戰復沅州，復攻靖州，至全州。八月，復衡州，凡永、郴一帶，望風而降。

〔三〕五嶺二句　黄注：三苗，三種之苗，猶爾雅言六蠻也。戰國策曰：三苗之居，左彭蠡，右洞庭。蔡沈謂三苗在荆、揚之間。五嶺三苗，指粤、桂、湖、湘、滇、黔而言。此二句即徐注所引南略事。

蘧常案：「五嶺」見前懷人詩「五嶺」句注。

〔四〕間關句　蘧常案：行在陽秋：永曆四年庚寅春正月，清陷南雄。初九日，駕發端州（案：即肇慶）。二月朔，駕至梧州。十一月，駕幸藤縣。初二日，清陷廣州。初六日，破桂林。十二月，駕幸南寧。小腆紀年：辛卯，清順治八年，明永曆五年九月，陳邦傳率潯州文武降於清。壬寅，明桂王自南寧出奔。十月，次新寧。十二月，清兵取南寧，孫可望迎王入雲南。壬辰，順治九年，永曆六年正月癸酉朔，王次龍英。戊子，次廣南。二月戊申，至安隆所，改名安龍府。徐鼒曰：詳紀何？傷之也。眢井魚枯，紇干雀凍，求爲黔首，何可得哉！

〔五〕瘴癘　徐注：玉篇：瘴，癘也。山川厲氣成疾也。

蘧常案：范成大桂海虞衡志：瘴，二廣惟桂林無之。自是而南，皆瘴鄉矣。邕州兩江，水土尤惡。小腆紀年：明桂王在南寧，欲移蹕，羣臣以兩江瘴癘，秋甚於夏，請俟霜降後。會潯州報至，遂倉卒登舟。

〔六〕不有二句　黄注：南疆逸史：順治九年壬辰，清兵入蜀，白文選遁回雲南。可望乃使李定國、馮雙禮由黎平出靖州，馬進忠由鎮遠出沅州，會於武岡，以圖桂林，步騎八萬；劉文秀與張先璧由永寧取叙州；白文選由遵義取重慶，會嘉定，以圖成都，步騎五萬。疏請封定國西寧王，文秀南康王。五月，定國進攻靖、沅、武岡，皆下之，疾趨桂林，孔有德自焚死。劉文秀、白文選亦陷叙州，重慶。據此則封爵在前，戰勝在後，詩云「不有三王禮，誰收一戰功」，蓋不足之辭也。

蘧常案：史記淮陰侯列傳：信平齊，使人言漢王，願爲假王便。漢王罵曰：大丈夫定諸侯，即爲真王耳，何以假爲？黄從潘、徐本作「三王」，誤。作「真王」是。玩詩意，蓋深喜之辭。意謂不與可望「真王」，何能成此大功？蓋爲當時嚴起恒、金堡輩拘執文義，堅慳王號，徒以釀亂損威言之也。且此詩旨在定國，不過推而及可望耳，不見所謂不足者也。小腆紀傳孫可望傳：可望念同輩不相下，得朝命加王封，庶可相制。故雲南巡撫楊畏知，憤可望僭妄，喜其革面也，因而慫慂之。己丑春，可望乃遣畏知赴肇慶，進表請王封。給事中金堡七疏争之，議久不決。畏知曰：可望欲權出劉（案：劉文秀）、李（案：李定國）上耳。今晉之公，而卑劉、李爲侯可耳。乃議封可望景國公，文秀、定國皆列侯。令大理卿趙昱爲使，加畏知兵部尚書，同銜命入滇。昱知可望必不受，謀之督師堵胤錫。胤錫曾賜寶敕，得便宜行事，因承制改封平遼王，易敕書以往。南寧密邇雲南，可望之求册封也，謂不允，即提兵殺出。守將陳邦傳聞之，大懼。其部將胡執恭請先矯命封爲秦王，邦傳乃範金爲文曰「秦王之寶」，填所給空敕，令執恭齎往。可望肅然就臣禮，叩頭呼萬歲。既聞朝議未決，私詰執恭。執恭誑之曰：此敕印乃太后與皇上在宫中私鑄者，外廷諸臣實不知也。可望雖心知其僞，然假以誇示於下。既畏知、昱齎平遼王敕書至，可望駭，不受，曰：我已得秦封。畏知曰：此僞也。執恭曰：彼亦僞也，所封實景國公，敕印故在。可望怒，下畏知、執恭於獄。明年八月，遣使至梧州問故，馬吉翔請封爲澂江王。使者謂非秦王不敢復命。閣臣嚴起恒、文安之力持之，議遂寢，而可望稱秦王如故。是冬十一月，桂林、廣州相繼陷，上走南寧，王師日逼。乃遣編修劉茝封可望爲冀王，至平越不得入。畏知曰：秦、冀等耳，假何如真！不聽。定國請令畏知終其事。畏知復至南寧，乃真封可望爲秦王。可望既獲秦封，心甚慰。潯州陷，上倉卒登舟，壬辰正月，次廣南，可望遣兵迎駕，上至安隆，遣太常寺卿吴之俊齎璽書慰勞可望。三月，可望聞王師將自楚入黔，奏遣定國及征虜將軍馮雙禮出全州，文秀及討虜將軍王復臣出叙州、重慶。秋七月，定國拔桂林，孔有德自殺，執叛將陳邦傳父子送貴陽。冬十一月，戰於衡州，失利，而我敬謹親王尼堪以窮追没於陣。是時定國連復楚、粤，兩蹶名王，聲威大震。文秀入蜀，亦所向克捷。小腆紀年附考云：以調遣皆歸可望，故紀事者言可望云。詩意宜亦然。

廿載吴橋賊，於今伏斧碪〔一〕。國威方一震，兵勢已遥臨〔二〕。張楚三軍令〔三〕，尊周四海心〔四〕。書生籌往略，不覺淚痕深〔五〕。

【彙校】

〔吴橋〕徐注本「吴」作「河」。

〔國威〕潘刻本「國」作「□」。

【彙注】

〔一〕廿載二句　徐注：明史莊烈帝紀：四年閏十一月，登州游擊孔有德率師援遼，次吴橋，反，陷陵縣，連陷臨邑、商河、齊東，屠新城。五年正月辛丑，陷登州，游擊陳良謨戰死，總兵張可大死之。辛亥，孔有德陷黄縣。丙寅，總兵官楊御蕃、王洪率師討賊，敗績於新城鎮。二月己巳，朔，有德圍萊州，巡撫都御史徐從治固守。辛巳，陷平度。夏四月，兵部侍郎劉宇烈敗績於沙河。癸未，徐從治中傷卒。五月丙午，參政朱大典督師巡撫山東。七月，孔有德僞降，誘執登萊巡撫謝璉，知府朱萬年死之。甲申，朱大典督師救萊州，前鋒參將祖寬敗賊於沙河。乙酉，萊州圍解。癸巳，官軍大敗孔有德於黄縣，進圍登州，六年二月戊子，總兵官陳洪範等克登州水城。辛卯，孔有德遁入海。五月，孔有德及其黨耿仲明等航海降於清。全云：當是下桂林孔有德焚死事也。

蘧常案：明史志地理一京師河間府景州吴橋注：州東少南，今屬河北省。戰國策秦策：白刃在前，斧質在後。漢書項籍傳：孰與身伏斧質妻子爲戮乎？注：質謂鍖也。古者斬人，加於鍖上而斫之。「碪」亦作「砧」，又作「鍖」。佚名吴耿尚孔四王合傳：廣西平，有德開府桂林。敬謹親王尼堪統大兵進取黔中。九年壬辰二月，有德出河池，向貴州。五月，李定國率兵收復湖南，由黎平出靖州，進攻靖、沅、武岡，俱下之。有德聞警，急回守禦，而定國由西延、大埠偃旗捲甲，倍道疾進，七月二日襲全州破之，遂奪嚴關。關在全州西南，爲桂林出入所必由，有德馳救不及。定國營於嚴關，設象陣以待。兩軍既接，有德令素嚴，將士殊死戰，象奔還。定國斬御象者，嚴鼓進兵，象復衝突，天大雷雨，敵兵呼聲動地，乘象陣而入，我軍不能支，遂退，馳入桂林，閉城拒守。時粵西初定，人心未固，定國攻城，守陴者皆不立，桂林遂陷。有德衣冠坐府中，謂夫人曰：我受國厚恩，誓以身殉，若輩亦早自爲計。夫人曰：君無慮我不死。指其子及女曰：第兒曹何罪而亦遭此刦乎！屬老嫗負之去，泣而送之曰：此子苟脱於難，當度爲沙彌，無效乃父一生馳驅南北，下場有今日也！與其妾皆自經。有德縱火焚其府，拔劍自刎死。家口一百二十人，皆被害。子尋爲定國軍士所訴，死於安隆，女亦見獲。

〔二〕國威二句　黄注：叙州、重慶方下，而文秀全軍俱覆；靖、沅、武岡方捷，而定國又敗於衡州。詩云「國威方一震，兵勢已遥臨」，蓋痛之之辭也。「兵」字當爲「虜」字之譌。

蘧常案：詩旨在定國。定國克靖、沅、武岡之後，既破桂林，又取永州，復取衡州。後衡州雖敗，然敵渠授首，震撼清廷，正如黄宗羲所謂「李定國桂林、衡州之役，兩蹶名王，天下震動，此萬曆戊午以來全盛天下所不能有」。詩與同意，似尚未知衡州之敗。謂「國威方一震，兵勢已遥臨」（虜廷），蓋深喜之辭，不見所痛。其後致敗，由於孫、李内訌，乃明年事。即如黄説，則虜直壓境矣，亦不得曰遥臨，改「兵勢」爲「虜勢」，尤非。

〔三〕張楚句　徐注：史記秦始皇本紀：陳勝等反故荆地，爲「張楚」。南略：堵胤錫與騰蛟抱頭大哭。胤錫徐揮淚進策曰：「徒楚囚泣無益也！不措餉能輯兵乎？不招降，能張楚乎？」黄注：張楚，據史記集解：李奇曰：張大楚國也。考南疆逸史：李自成之死也，其部下劉體仁、郝永忠等以衆無主，欲歸何騰蛟。騰蛟遣部將單騎往迎之，乃同其黨袁宗第、藺養成、王進才、牛有勇各以其衆來歸騰蛟。而堵胤錫亦降李錦、高一功等十八營於松滋之草坪。當是時，降者既衆，騰蛟欲以舊軍參之，乃奏授諸降將爲總兵官，開鎮湖南、北，謂之十三鎮。詩云「張楚三軍令」，蓋謂此也。

蘧常案：何、堵受降事，已見前懷人詩「嶔崟」二句注，黄注有删節。細玩句意，似與此無關涉。蓋何騰蛟殉國，十三鎮散亡亦已久矣。考小腆紀傳李定國傳：壬辰春，可望請以定國出楚，率步騎八萬，連復沅、靖，殺我總兵楊國勳；進攻湖南，我續順公沈永忠棄寶慶，退保湘潭。定國時駐兵武岡，於是下全州、桂林，又取永州、梧州。及衡州之敗，復收兵屯武岡。其根本在楚地，故望其張楚也。黄注非。

〔四〕尊周句　徐注：穀梁傳莊公十六年：同盟于幽，同者有同也，同尊周也。　黄注：逸史載：辛卯，可望既受封，迎上入安隆府，以兵守之，歲給銀八千，米百石而已。錦衣衛馬吉翔、内侍龐天壽私通款可望，議受禪，可望度衆心未附而止。乃駐貴州，大造宫殿，署百官，以明臣雷躍龍、范鑛、任僎、程源、龔彝、朱運久、張重任、方于宣等爲宰相、九卿、科道、翰林等官。躍龍等皆起家進士，受朝廷顯秩，至是皆導可望以僭逆。而方于宣尤諂諛，爲可望起朝儀，易印章，立四廟，製鹵簿九奏萬舞之樂；且撰僞史，稱獻忠爲太祖，頌爲湯、武，而指懷宗爲桀、紂，聞者駭焉。詩云「尊周四海心」，蓋有所聞而發也。

蘧常案：黄謂有所聞而發，是也，惟仍當就定國言。定國以關、張、姜伯約自許，永曆帝爲孫可望所脅時，亦有「出朕於險者必此人」之語。蓋定國忠義素著，故以尊周黜逆望之，曰：此四海人之心也。

〔五〕書生二句　徐注：往略，見上「廿載」句注。　黄注：往略，往事也，謂張楚尊周之事也。其後十三鎮之兵不爲用，而宗藩在貴州者，可望皆殺之，故曰「淚痕深」也。徐注非。

蘧常案：徐注是。漢書五行志：籌所以計數，則籌有計義。蓋默計二十年前之往事，今日始殲厥渠魁，不覺喜極而涕也，回應首句。黄注非。

隆武二年八月上出狩未知所之其先桂王即位於肇慶府改元永曆時太子太師吏部尚書武英殿大學士臣路振飛在廈門造隆武四年大統曆用文淵閣印頒行之九年正月臣顧炎武從振飛子中書舍人臣路澤溥見此有作　已下昭陽大荒落

【解題】

徐注：順治十年癸巳。元譜：舍人父文貞公在閩縣特請製新曆。逸史摭遺補注：鄭成功能援天復、天祐之例，稱隆武三年，則其所以報唐王者，志亦可矜。當時海上，丁亥至辛卯自有二曆，成功修頒詔之怨，不奉魯王。其在金門，奉淮王監國，頒隆武四年曆。東南紀略：十月，成功從大學士路振飛、曾櫻議，頒明年隆武四年大統曆。南疆逸史：成功頒隆武四年曆，錢忠介肅樂在長垣，頒魯二年曆。己丑，粵中使至，成功奉正朔，淮王去監國號，舟山仍奉魯王。辛卯以後，魯王盡失其地。壬辰，次中左所，尋次金門，亦去監國號，通表滇中，於是海上之曆始合。全云：東武四先曆，乃延平所頒於二島者，仍用思文年號，路、曾二相之議也。李佩秋云：桂王即位於肇慶，爲丙戌十月，在唐王出走後。此詩題内「其先」二字，乃其年也，潘鈔漏未改正。桂王即位於肇慶，實在丙戌十一月十八日，非十月也。黄注：唐王以順治二年乙酉六月，即位福州，改元隆武。明年丙戌十一月，清兵下建寧、延平等府，唐王走汀州，被執見殺。元譜所記如此，與此題所記不同。然考南疆逸史：丙戌七月，清兵破浙東，何騰蛟遣郝永忠以鐵騎五千迎駕，將至韶州，而清兵已入衢州。八月乙未，抵關上，即日如汀州。庚子入城，追騎執上，遇害於福京。或曰代死者爲唐王聿釗，上實未死。據逸史與詩題相合，則元譜所記之十月，誤也。隆武建元僅一年有餘，而造曆則稱四年，蓋遺臣猶冀唐王之未死，題曰「上出狩不知所之」，詩曰「猶看正朔存，未信江山改」，此文貞製曆與亭林作詩之意也。節又考談遷國榷：甲申十月朔，頒明年弘光曆，此福王曆也。鮚埼亭集外編有殘明東江丙戌大統曆書跋，記知餘姚縣事王正中表進大明監國魯元年丙戌大統曆一卷，曆爲黄宗羲所造。謝山論之曰：四王迭起，其自爲正朔者尚十餘年，節氣正閏晦朔互有不同，是亦榷史者所不可略也。此魯王曆也。南疆逸史又記：己亥永曆十三年十月戊子朔，頒曆於緬，是桂王亦有曆書。王正中表云：雖百務未遑，始次第夫典禮；乃一統爲大，將肇始夫春王。南明君臣在播越之中，破亡之後，猶復不忘國曆如此。冒云：先生是年年四十一。

蘧常案：路振飛見前贈路舍人澤溥詩「先大夫」注。中書舍人路澤溥，見題注。

夏后昔中微，國絶四十載。但有少康生，即是天心在〔一〕。曆數歸君王〔二〕，百揆領冢宰〔三〕。路公文貞公識古今〔四〕，危難心不怠。屬車乍蒙塵，七閩盡戎壘〔五〕。粵西已建元〔六〕，來歲直丁亥〔七〕。侵尋一年半，迫蹙限厓海〔八〕。厦門絶島中〔九〕，大澤一空壘〔一〇〕。新曆尚未頒，國疑更誰待〔一一〕？遂命疇人流〔一二〕，三辰候光彩〔一三〕。印用文淵閣〔一四〕，丹泥勝珠琲〔一五〕。龍馭杳安之〔一六〕，台星隕衡鼐〔一七〕。猶看正朔存〔一八〕，未信江山改。在昔順水軍，光武戰幾殆。子顔獨奮然，終竟齊元凱〔一九〕。叔世乏純臣，公卿雜鄙猥〔二〇〕。持此一册書，千秋戒僚采〔二一〕。

【彙校】

〔題〕吴、汪兩校本「吏部」作「禮部」，餘同。丕績案：路振飛官吏部尚書兼兵部尚書，未嘗官禮部尚書，作「禮部」誤。徐注本及徐校京師本作「路舍人家見隆武四年曆」。潘刻本作「路舍人家見東武四先□」，孫校本注，「□」原作「曆」。孫校本「隆武」作「東武」；「桂王」作「霽陽」；「肇慶」下無「府」字；「永曆」作「梗錫」；「路振飛」，作「路振微」；「厦門」作「厦元」；「隆武四年」作「東武四先」；「大統曆」作「大統錫」；「文淵閣」作「文先閣」；「顧炎武」作「蔣山傭」；「振飛子」作「振微子」，皆韻目代字也。

〔蒙塵〕潘刻本作「□□」。

〔七閩〕潘刻本作「□□」；冒校本作「閩越」。

〔建元〕潘刻本、徐注本、孫校本作「踰年」。

〔來歲〕潘刻本、徐注本、孫校本「來」作「其」。

〔一年半〕潘刻本、徐注本、孫校本作「各自擁」。

〔厦門〕潘刻本「厦」作「□」。

〔新曆〕此本「曆」原作「歷」，猶避清諱，茲依孫、吳、汪各校本正。潘刻本作「□」；徐注本、曹校本作「麻」。

〔正朔存〕潘刻本作「正□□」。

〔未信〕潘刻本作「□□」。

【彙注】

〔一〕夏后四句　徐注：左傳哀公元年：昔有過澆，殺斟灌以伐斟鄩，滅夏后相。后緡方娠，逃出自竇，歸於有仍，生少康焉。史記索隱：帝相自被篡弒，中間經羿、浞二氏，蓋三數十年。書：克享天心。

蘧常案：互見後卷三濰縣詩「夏祚」四句注。

〔二〕曆數句　蘧常案：論語堯曰篇：天之曆數在爾躬。何晏集解：曆數，謂曆次也。

〔三〕百揆句　蘧常案：書舜典：納于百揆。傳：揆，度也。度百事，總百官。周禮天官：乃立天官冢宰，使帥其屬而掌邦治。鄭注：百官總焉，則謂之冢；列職於王，則稱大。冢，大之上也。

〔四〕路公句　蘧常案：文貞公即路振飛，見前贈路舍人澤溥詩「先大夫」注。「識古今」猶言「通達古今」也。漢書楚元王傳贊：自孔子後，綴文之士衆矣，唯孟軻、孫況、董仲舒、司馬遷、劉向、揚雄。此數公者，皆博物洽聞，通達古今，其言有補於世。

〔五〕屬車二句　徐注：漢書司馬相如傳：犯屬車之清塵。音義曰：大駕，屬車八十一乘。左傳僖公二十四年：天子蒙塵於外。

蘧常案：七閩，見前贈于副將元凱詩「七閩」句注。事散見卷一精衛詩「大海」句注。

〔六〕粤西句　蘧常案：事見卷一大漢行「扶風」句注及哭顧推官詩「獨奉」句注。

〔七〕丁亥　蘧常案：見題注，是歲爲明永曆元年，魯監國二年，清順治四年，公元一六四七年。時鄭成功起兵海上，駐劄中左所。中左所即厦門，以唐、魯舊嫌，不欲奉監國，稱隆武三年。

〔八〕侵尋二句　蘧常案：一年半，蓋并丙戌八月隆武之亡，十月永曆之立，至丁亥此時言之，一年餘矣，故云。自丁亥八月武岡變起，永曆播遷於靖、柳之間，甚有傳不知乘輿所在議立榮王由榎者，故曰「迫蹙限厓海」也。厓海，見前瞿公子玄錥詩「厓門」句注。或以錢肅樂奉魯王監國及航海事當之，非。

〔九〕厦門句　徐注：東南紀略：時諸鄭潰散，咸集厦門中左所。臺海使槎録：厦門至澎湖水程七更。杜甫白帝城放舟詩：絶島容煙霧。

〔一〇〕大澤句　原注：莊子秋水篇：計四海之在天地間也，不似礨空之在大澤乎？蘧常案：陸德明經典釋文：礨空，小穴也。李云：小封也。郭慶藩莊子集釋引郭嵩燾曰：礨空自具兩義，言高下之勢也。

〔一一〕國疑　蘧常案：史記吴起列傳：主少國疑，大臣未附，百姓不信。言幼主登極，人心疑懼未安也。

〔一二〕疇人　蘧常案：史記曆書：幽、厲之後，周室微，陪臣執政，史不記時，君不告朔，故疇人子弟分散。集解：家業世世相傳爲疇。索隱：韋昭云：疇，類也。孟康云：同類之人，明曆者也。

〔一三〕三辰　蘧常案：見前元日詩「三辰」注。

〔一四〕印用句　徐注：明史志職官：文淵閣大學士。小腆紀年：明朱成功頒戊子大統曆於海上，從大學士路振飛、曾櫻議，仍稱隆武四年，頒曆用文淵閣印鈐之。

蘧常案：路、曾在隆武時皆官文淵閣大學士，故以文淵閣印行之。

〔一五〕丹泥句　原注：左思吳都賦：珠琲闌干。　徐注：楊慎外集：今之紫粉，古謂之芝泥；今之硇砂，古謂之丹雘。皆濡印染籀之具。

〔一六〕龍馭句　黄注：謂唐王。

蘧常案：見前桃花谿歌「定陵」句注。

〔一七〕台星句　黄注：謂路文貞。

蘧常案：史記天官書：魁下六星，兩兩相比者，名曰三能。輔星明近，輔臣親彊，斥小，疏弱。集解：蘇林曰：能音台。案：晉書天文志作「台」。詩商頌長發：實維阿衡，左右商王。鄭箋：阿、倚；衡、平也。伊尹，湯所依倚而取平，故以爲官名。夷門隱叟國老談苑：寇準出入宰相三十年，不營私第，魏野贈詩曰：有官居鼎鼐，無地起樓臺。蓋古以鼎足喻三公。漢書彭宣傳：三公鼎足承君。鼐，鼎之絶大者，見説文解字。此喻路振飛之歿。振飛以己丑四月二十二日卒於順德，見前贈路舍人澤溥詩「一死」句注。

〔一八〕正朔　蘧常案：見前元日詩「正朔」注。

〔一九〕在昔四句　原注：後漢書光武紀：光武北擊尤來、大搶、五幡於順水北，乘勝輕進，反爲所敗。軍中不見光武，或云已没，諸將不知所爲。吳漢曰：卿曹努力！王兄子在南陽，何憂無主？衆恐懼，數日乃定。又吴漢傳：吴漢，字子顔。徐注：書：益拜稽首，讓于朱、虎、熊、羆。疏：「益所讓四人皆在元凱之中。」晉書裴秀傳：動德懋著，配蹤元凱。

〔二〇〕叔世二句　徐注：左傳隱公四年：石碏，純臣也。前漢書文三王傳：何故猥自發舒？師古曰：猥，曲也。廣韻：圖也。明史姜曰廣傳：所得閹臣，則淫貪巧猾之周延儒也；逢君朘民、奸險刻毒之温體仁、楊嗣昌也；偷生從賊之魏藻德也；所得部臣，則憸邪貪狡之王永光、陳新甲；所得勛臣，則力阻南遷、盡撤守禦、狂稱之李國楨；所得大將，則紈袴支離之王樸、倪寵；所得言官，則貪横無賴之史堃、陳啓新也。又奸臣傳：莊烈帝手除逆黨，而周延儒、温體仁懷私植黨，誤國覆邦。南都末造，本無足言，馬士英庸瑣鄙夫，饕殘恣惡。又互見大行哀詩「求官」句注。段注：劉峻廣絶交論：叔世民訛，狙詐飈起。

〔二一〕僚采　徐注：陸機周處士碑：昂藏僚寀之上。

蘧常案：左傳文公七年：同官曰寮。爾雅釋詁：寀，寮，官也。郭注：官地爲寀，同官爲寮。經典釋文寮字又作僚。郝懿行爾雅義疏：寀者當爲采。

再謁孝陵

【解題】

蘧常案：元譜：順治十年癸巳春，至金陵。二月，再謁孝陵，並謁太祖御容於靈谷寺。

再陟神坰下〔一〕，還經禁嶺隈〔二〕。精靈終浩蕩，王氣自崔嵬〔三〕。突兀明樓峙〔四〕，呀庨御殿開〔五〕。彤雲浮苑起〔六〕，碧巘到宮迴〔七〕。鼎叶周家卜〔八〕，符占漢代災〔九〕。蒼松長化石〔一〇〕，黑土乍成灰〔一一〕。城闕春生草，江山夜起雷。興王龍虎地〔一二〕，命世鄂申才〔一三〕。瞻拜魂猶惕，低佪思轉哀。上陵餘舊曲〔一四〕，何日許追陪？

【彙校】

〔禁嶺隈〕潘刻本作「□□□」；冒校本「禁嶺」作「輦路」。

〔彤雲〕潘刻本「彤」作「□」；冒校本作「紅」。

【彙注】

〔一〕神坰　徐注：沈約游鍾山應教詩：襟帶繞神坰。

〔二〕禁嶺隈　徐注：江寧府志：明舊紫禁城在鍾山之麓。

〔三〕精靈二句　徐注：荀悦漢紀高祖贊：焚魚斬蛇，異功同符，豈非精靈之感哉！　蘧常案：屈原離騷：怨靈修之浩蕩兮。王氣，見前卷一帝京篇「王氣」句注。崔嵬，見卷一海上行「崔嵬」句注。此兩句以漢高祖喻太祖也。

〔四〕明樓　徐注：明史志禮十四：凡山陵規制有寶城，正前爲明樓，樓中立帝廟謚石碑，明樓前有石几筵。

〔五〕呀庨　原注：柳宗元遊昭陽巖詩：反宇臨呀庨。

蘧常案：呀庨，宫室高貌。

〔六〕彤雲　徐注：後漢書班固傳注：時至氣動，謂高祖聚彤雲於碭山。

〔七〕碧巘句　徐注：詩大雅公劉篇毛傳：巘，小山别於大山也。江寧府志古蹟：明故宫在今駐防城内，即舊紫禁城。由西華門出東華門，兩門之中有高墻，依墻有廢址，爲文華、武英等殿基。

〔八〕鼎叶句　蘧常案：見前元日詩「卜年」句注。

〔九〕符占句　蘧常案：見卷一感事詩第一首「漢災」句注。

〔一〇〕蒼松句　原注：唐人小説：馬湘至永康縣東天寶觀，有大枯松，湘曰：此松後三十餘年即化爲石。自後松果化爲石。

〔一一〕黑土句　蘧常案：曹毗志怪：漢武鑿昆明池極深，悉見灰墨，無復土，以問東方朔，朔曰：試問西域胡。至明帝時，外國道人入洛時，有憶朔言，問之。胡人云：經云：天地大劫將盡，則劫燒，此劫燒之灰。

〔一二〕興王句　蘧常案：顔延年赭白馬賦：泰階之平可升，興王之軌可接。韋昭吴録：劉備曾使諸葛亮至京，因覩秣陵山阜，乃歎曰：鍾山龍蟠，石城虎踞，帝王之宅也。

〔一三〕命世句　徐注：李陵答蘇武書：其人皆信命世之才。新唐書長孫無忌傳：尉遲敬德，宣州刺史，國於鄂；高士廉，申州刺史，國於申。

〔一四〕上陵句　徐注：後漢書禮儀志：西都舊有上陵。東都之儀，太常樂奏食舉，文始、五行之舞。明史志禮十四：嘉靖二十一年，工部尚書顧璘請以帝所上顯陵聖製歌詩定爲樂章，享獻陵廟。

蘧常案：上陵，漢鐃歌十八曲之一。

恭謁太祖高皇帝御容於靈谷寺

【解題】徐注：江寧府志：靈谷寺在城東北鍾山左獨龍岡。梁天監十三年，爲寶誌公建塔於鍾山玩珠峰前，名開善精舍，後爲開善寺，宋改名太平興國寺，後名蔣山寺。明初，敕改寺地於舊基之東五里，有明祖大靈谷寺記，而舊基遂爲孝陵。元譜：太祖帝、后御容，今攝山優曇菴中亦有摹本，不知即孝陵中藏本否。

蘧常案：潘刻本、徐注本無「太祖」二字。

肅步投禪寺〔一〕，焚香展御容。人間垂法象，天宇出真龍〔二〕。隆準符高帝〔三〕，虬鬚軼太宗〔四〕。掃除開八表，盪滌翦羣兇〔五〕。大化乘陶冶〔六〕，元功賴發蹤〔七〕。本支書胙德〔八〕，臣辟記勳庸〔九〕。遺像荒山守〔一〇〕，塵函古刹供〔一一〕。神靈千載後〔一二〕，運會百年重〔一三〕。痛迫西周戚〔一四〕，愁深朔虜烽。萬方多蹙蹙〔一五〕，薄海日喁喁〔一六〕。臣籍東吴産〔一七〕，皇恩累葉封〔一八〕。天顔仍左顧，國難一趨從。飄泊心情苦，來瞻拜跪恭。異時司隸在〔一九〕，可許下臣逢？

【彙校】

〔虬鬚〕孫校本「鬚」作「髯」。丕績案：此用杜甫贈汝陽王璡詩「虬髯似太宗」，則作「髯」是。

〔胙德〕徐注本、吴、汪、曹三校本「胙」作「祚」。

〔朔虜〕潘刻本、徐注本、孫、吴、汪各校本「虜」作「漠」。

【彙注】

〔一〕禪寺　徐注：江寧府志：靈谷寺梵王宫殿不施一木，皆壘甓空洞而成。其殿廡規制，彷彿大内，前有石泉回曲，僧曇隱所得八功德水也。

〔二〕天宇句　蘧常案：天宇，見卷一金陵雜詩第四首「蒼生」句注。真龍，見卷一哭楊主事廷樞詩「真龍」句注。

〔三〕隆準句　蘧常案：史記高祖本紀：高祖爲人隆準而龍顔。集解：文穎曰：準，鼻也。

〔四〕虬鬚句　徐注：杜甫八哀汝陽王璡詩：虬髯似太宗。蘧常案：段成式酉陽雜俎：太宗虬髯，常戲張弓掛矢。明史太祖紀：姿貌雄傑，奇骨貫頂。

〔五〕翦羣兇　徐注：明史太祖紀：元至正二十三年八月，陳友諒突湖口，太祖邀之，搏戰及涇江，中流矢死。二十六年十二月，韓林兒卒，以明年爲吴元年。九月辛巳，徐達克平江，執張士誠，吴地平。十一月辛巳，湯和克慶元，方國珍入海。洪武元年，湯和克延平，執元平章陳友定。四月丙寅，馮勝克潼關，李思齊、張思道遁。四年六月癸卯，湯和至重慶，明昇降。七月辛酉，傅友德下成都，四川平。

〔六〕大化句　徐注：書：肆子大化，誘我友邦君。淮南子：包裹天地，陶冶萬物。

〔七〕元功句　徐注：漢書景武昭宣元成功臣表：輯而序之，續元功次云。注：元功，謂佐興其帝業者也。史記蕭相國世家：夫獵，追殺獸兔者，狗也；發蹤指示者，人也。謂獵者放狗逐獸，以喻指揮進戰之人也。

〔八〕本支句　徐注：詩：本支百世。陸雲詩：天保祚德，式穀以寧。明史太祖紀贊：子孫承業二百餘年，士重名義，閭閻充實。至今苗裔蒙澤，尚如東樓、白馬，世承先祀。

〔九〕臣辟句　徐注：文心雕龍：勳庸有聲。明史太祖紀：永樂元年，謚神聖文武欽明啓運峻德成功統天大孝高皇帝。嘉靖十七年，增謚開天行道肇紀立極大聖至神仁文義武峻德成功高皇帝。

蘧常案：周書武順篇：「三卿一長曰辟。」

〔一〇〕荒山　蘧常案：王士禛游靈谷寺記云：「寺燬于乙酉、丙戌間，惟無量殿寶公塔存。余鴻客金陵覽古詩序云：『靈谷舊有松徑五里，交柯雲蔚，霾天晦景，今無矣。』江寧府志亦云：『靈谷寺有五里松，今樵伐盡。』蓋時寺已廢，山亦荒矣。

〔一一〕塵函句　徐注：江寧府志：「洪武二十年，改創雞鳴寺，遷靈谷寶誌公法函，瘞於山麓。」

蘧常案：函似謂藏象之函，是時寶誌法函久遷雞鳴寺，無由及之，此其一；上下文皆述明太祖，不應插入寶誌，此其二。徐注非。

〔一二〕神靈句　徐注：江寧府志：「靈谷寺石旁有古松偃幹，明高帝月夜掛衣於上，蟲蟻不生。方丈匾以青松堂，牓明高帝山居詩於上。」

蘧常案：神靈當謂明祖之神武威靈，與上「掃除」諸句相應。徐注其事甚細，且涉怪異，非詩旨。

〔一三〕運會　蘧常案：見前卷一感事詩第一首「漢災」句注。

〔一四〕西周烕　徐注：詩：「赫赫宗周，褒姒烕之。」

蘧常案：說文解字：「烕，滅也。」

〔一五〕蹙蹙　徐注：詩：「蹙蹙靡所騁。」

蘧常案：詩小雅節南山鄭箋：蹙蹙，縮小之貌。案：時永曆局促安隆，受制於孫可望；魯監國所得郡縣俱失，飄泊島嶼間。湘、桂則湘潭、衡州、藤縣、平樂復陷；閩海則鄭成功既敗於九龍江，復敗於古縣。故有「蹙蹙靡騁」之歎也。

〔一六〕薄海句　徐注：漢書司馬相如傳：延頸舉踵，喁喁然皆嚮風慕義。

蘧常案：梅賾書益稷：外薄四海。傳：薄，迫也。言至海。

〔一七〕臣籍句　蘧常案：先生顧氏譜系考：顧氏系出吴郡。周祈名義考：蘇州，東吴也。吴地記：孔子登山望東吴閶門。

〔一八〕皇恩句　段注：後漢書耿弇傳論：耿氏累葉以功名自終。

〔一九〕司隸　蘧常案：見前卷一金陵雜詩第三首「司隸」句注。望復見漢官威儀也。

贈朱監紀四輔　寶應人

【解題】

徐注：寶應縣志：朱四輔著有鐵輪集。朱彬白田風雅：鐵楞少稟異志，讀書五行俱下，有用世志。鼎革後，棄諸生，游四方。詩文不自愛惜，隨手散佚，衹有淮揚治水或問一卷行世。

蘧常案：康熙寶應縣志：朱四輔，字監紀，少負異才，涉獵羣書，諳經濟之學，有用世志。至是棄諸生，交海内悲歌慷慨之士。平南王尚可喜聞其名，延致幕下。久之，知尚之信必叛，辭歸，人服其智。

十載江南事已非〔一〕，與君辛苦各生歸。愁看京口三軍潰〔二〕，痛説揚州七日圍〔三〕。碧血未消今戰壘，白頭相見舊征衣。東京朱祜年猶少〔四〕，莫向尊前歎式微〔五〕。

【彙校】

〔今戰壘〕孫校本「今」作「新」。

【彙注】

〔一〕十載句　黄注：此詩作於癸巳，去甲申明亡已十載矣。

〔二〕愁看句　蘧常案：見卷一京口詩第二首「末代」句注。本卷重至京口詩「城北」二句注。

〔三〕痛説句　蘧常案：王秀楚揚州十日記：乙酉夏四月十四日，督鎮史可法從白洋河失守，踉蹌奔揚州，閉城禦敵。至二十四日未破城前，禁門之内，各有兵守，越次早，守城丁紛紛下竄，敵兵操弧先登。案：據此則城守凡十一日，或前數日尚未合圍，故只言七日圍乎？

〔四〕東京朱祜　徐注：後漢書朱祜傳：祜，字仲先，南陽宛人也。爲人質直，尚儒學。將兵率衆多受降，以克定城邑爲本，不存首級之功。

〔五〕歎式微　黄注：朱彬白田風雅載監紀詩四首。微子祠云：去就心皆苦，君親恨未磨。故封依亳社，冷廟傍城阿。宋地仍文獻，周原滿薜蘿。何須歌麥秀，極目感懷多。即此一詩，已足見式微之歎。「宋地仍文獻，周原滿薜蘿」，觀周頌有客一章，知周之所以待殷後有禮，而秦之待周則不然。史記曰：秦莊襄王滅東西周，周既不祀。索隱曰：既，盡也。言周祚盡滅，無主祭祀。觀秦之滅周，則微子可不必作麥秀之歌矣。清之於明，殺福王、唐王（蘧常案：又殺唐王之弟立於廣州者）；是年三月，魯王又去監國號（蘧常案：作詩在二月），不知所終（蘧常案：辯見下昔有詩題注）。明之遺裔，惟桂王在廣西耳。下一篇監紀示遊粵詩，言粵事無望，即亭林亦不能無式微之歎也。

蘧常案：詩邶風式微：式微式微，何不歸？朱熹集傳：式，發語辭。微，猶衰也。再言之者，衰之甚也。詩序：式微，黎侯寓於衛，其臣勸以歸也。

監紀示游粵詩

【解題】

徐注：白田風雅載詩四，內有韶州道中七律云：「好山無數逐人來，紫翠千重面面開。樹下有蹊皆鹿迹，巖間不雨自莓苔。蘿生斷壁垂還上，水作驚湍去復回。獨惜征帆容易過，無由繫纜一徘徊。」即游粵詩之一，餘不可考。　全云：謂成棟與聲桓。

知君前自廣州來〔一〕，瀧水孤雲萬壑哀〔二〕。兩路攻虔皆不下〔三〕，一軍守嶺竟空回〔四〕。同時金李多驍將，遺事江山只戰臺〔五〕。獨有臨風憔悴客，新詩吟罷更徘徊！

【彙校】

〔攻虔〕潘刻本作「□□」，冒校本作「奪關」。

〔一軍〕潘刻本作「□□□」。

【彙注】

〔一〕知君句 徐注：明史志地理：廣東廣州府。粵事記云：四月初十日，清廣州統兵固山李成棟將所轄廣東、廣西兵馬錢糧，户籍土地，悉歸永曆，遣帳下投誠進士洪天擢、潘曾緯、李綺等齎奏稱臣，併請聖駕東蹕肇慶，爲踰嶺策應地。滿朝驚喜，詳詢其反正之故，亦未甚悉。成棟，高傑部將，棄徐州遁。大兵破揚州，率所部將先驅，下蘇、松、浙、閩，督軍征兩廣者也。丁亥兩月，收繳兩廣文武印信，取總督印藏之。有愛妾某，松江妓也，獨揣知成棟意，朝夕慫恿。成棟撫几曰：惜此雲間眷屬也。妾曰：我敢獨享富貴乎？先死尊前，以成君志。遂引刀自刎。成棟抱屍大哭曰：女子乎是已！即服梨園袍帶，拜而殮之，用廣督印具疏迎永曆於南寧。

蘧常案：李成棟刧與同降者，爲清兩廣總督佟養甲。成棟妾小腆紀傳以爲原陳子壯之妾。子壯殉於高明抗清之役。

〔二〕瀧水　蘧常案：見前贈路舍人澤溥詩「瀧水」注。或以輿地志韶州樂昌之三瀧水當之，似非，蓋「瀧水」與「孤雲」並列，與贈路舍人詩之「瀧水」相同也。

〔三〕兩路句　徐注：一統志：江西贛州府，隋、唐皆曰虔州。南疆逸史：戊子正月，金聲桓集諸將士密議。二十六日夜，王得仁部勒全營，杜七門，圍撫、按署，示諸營悉去辮，稱隆武四年，迎明故太保姜曰廣入省爲盟主。二月朔，得仁取九江。胡澹言：宜直趨建業，下流猝無備，建業舉而兖、豫響應，更引兵北，中原可傳檄定也。幕客黄人龍不可，曰：贛居上游，文武重臣俱在，宜先取之；不然，且擬我後。姜曰廣亦言宜取贛。聲桓、得仁乃提兵偕行，以宋奎光守南昌；遺書廣東總督李成棟共圖恢復。成棟亦叛清，圍贛三月，巡道張鳳等固守，城不可拔。

蘧常案：金聲桓事，互見前春半詩「洪州」句注。

〔四〕一軍句　徐注：南略：成棟既歸明，永明王入肇慶，封成棟衛國公，賜御袍、鞾帶、尚方劍，内外文武悉畏之。十月二十日，以兵二十萬出庾嶺。二十五日，營贛州城外。次日五鼓，聞城上呼董大哥者三，成棟夢中驚醒：曰：董大成，乃我中軍，彼呼之，我軍已爲彼有！亟披藍布短馬衣，跨一騾，疾走梅嶺，兩晝夜奔蹶大雨中，不一語。初出關，分十營，每營一總鎮，成棟棄軍走，十總戎亦尾之。行抵南安，成棟恍然覺，顧十人曰：爾何得來？怒刃親將楊大用。二十萬衆器械悉委贛州城外。自是不敢踰梅關，駐軍信豐。

〔五〕同時二句　蘧常案：金聲桓部副將王得仁，驍勇善戰，軍中呼爲王雜毛者也。南昌之役，清師雖屢勝，而軍中每夜驚王雜毛來，其威名讋人至如此。城陷，猶以短兵突得勝門，三出三入，被獲，死之。又副將白朝佐，故鐵嶺驍將，皆見小腆紀傳金聲桓傳。又部將郭天才所統皆川卒，精鋭無敵，清軍頗憚之。中軍官宋奎光多機智，能肆應，清兵初薄南昌得勝門，城壞，奎光壘石囊土，悉力却之。皆見小腆紀年。李成棟養子李元胤，榆林人。治軍得成棟遺法。李建捷，真定人，亦成棟養子，深沈有大略，善騎射。皆見南疆逸史李元胤傳。

贈鄔處士繼思

【解題】

徐注：徐譜：先生此數年中往來無定，而金陵、揚州市井皆屢至，故贈鄔繼思詩云：年年尋杜甫，一過浣花溪。鄔賣藥揚州市，先生頻過之。

蘧常案：萬壽祺有再過京口鄔大繼思宅詩，則繼思家京口也。

市中問韓康，藥肆在何許〔一〕？牀頭本草書〔二〕，門外長桑侶〔三〕。每吟詩一篇，泠然在雲天〔四〕。竻穿北固雪，艇迷京口煙〔五〕。六代江山好，愁來恣搜討。蘭蓀本獨芳〔六〕，薑桂從今老〔七〕。去去復棲棲，河東王伯齊〔八〕。年年尋杜甫，一過浣花溪〔九〕。

【彙注】

〔一〕市中二句　蘧常案：後漢書韓康傳：韓康，字伯休，霸陵人。採藥名山，賣於長安市，口不二價，三十餘年。時有女子從康買藥，康守價不移。女子怒曰：公是韓伯休那，乃不二價乎？

〔二〕本草　徐注：明史方伎傳李時珍：醫家本草自神農所傳，止三百六十五種，梁陶弘景所增亦如之，唐蘇恭增一百一十四種，宋劉翰又增一百二十種，至掌禹錫、唐愼微輩先後增補，合一千五百五十八種，時稱大備。然品類既煩，名稱多雜，或一物而析爲二三，或二物而混爲一品。時珍窮搜博采，芟煩補闕，歷三十年，閱書八百餘家，稿三易而成書，曰本草綱目。增藥三百七十四種。

〔三〕長桑　徐注：史記扁鵲倉公傳：少遇長桑君，傳以禁方，出其懷中藥，盡予扁鵲，飲以上池之水。

〔四〕每吟二句　蘧常案：鄎詩無徵。萬壽祺隰西草堂集有秋柳和錢大邦芑鄎大繼思詩及乙酉二月十有一日夜同鄔大集錢氏兄弟之廬各爲七律近體一首，詩亦未附見也。

〔五〕笻穿二句　徐注：隰西草堂集有再過京口鄔大繼思宅詩，有將自京口移雲間留别鄔大詩，有早雪渡江贈錢二鄔大詩。北固，見前翦髮詩「北固樓」注。京口，見卷一京口即事詩題注。

〔六〕蘭蓀句　徐注：舊唐書崔慎由傳：挺松筠之貞姿，服蘭蓀之懿行。

蘧常案：楚辭九歌湘君：蓀橈兮蘭旌。王逸注：蓀，香草也。屈原言己動以香潔自修飾也。

〔七〕薑桂句　徐注：李燾續資治通鑑長編：秦檜使人諭晏亨爲謀士，亨答曰：爲我謝秦公，薑桂之性，到老愈辣。

〔八〕河東句　原注：後漢書第五倫傳：客河東，變名姓，自稱王伯齊。載鹽往來太原、上黨，所過輒爲糞除而去，陌上號爲道士。親友故舊，莫知其處。

蘧常案：另詳後卷三出郭詩第二首「相逢」二句注。

〔九〕年年二句　徐注：寰宇記：杜甫宅在成都西郭外，地屬犀浦，接浣花溪，地名百花潭。

蘧常案：舊唐書文苑傳：杜甫，字子美，本襄陽人，後徙河南鞏縣。唐書文藝傳：天寶十三載，甫獻賦，擢右衛率府胄曹參軍。禄山亂，至德二載，走鳳翔上謁，拜左拾遺。出爲華州司功參軍，關輔饑，棄官去。流落劍南，會嚴武節度劍南東、西川，往依焉。武再帥劍南，表爲參謀檢校工部員外郎。大曆中，客耒陽卒。爲歌詩傷時橈弱，元稹謂詩人已來，未有如子美者，世號詩史。鮑彪杜甫卜居詩注：公到成都之日，劍南節度使裴冕爲公卜成都浣花溪上，作浣花草堂。審詩意，蓋以杜甫自況也。

昔有 二首

【解題】

全云：不知何指。豈即吴人妄傳賜姓沉監國之説耶？又云：大略即此事，然妄傳也。

蘧常案：全所云，當爲第一首。第二首則别有所指，非一事也。魯監國沈海之説，全於答陸聚緱論三藩紀事帖子中辨之甚詳。其言曰：三藩紀事本末盡屬不經之語，其中謬之大者，莫如監國魯王死於鄭氏一案。魯王癸巳去監國號，舟山舊臣，日益消落，王竟依鄭氏爲寄公。丁酉，次南澳。蓋成功黨不奉王，而其致餼仍以宗藩之禮，未嘗相陵。辛丑，成功入臺灣，壬寅，緬甸赴至，成功亦卒。海上遺臣，復奉王監國，然成功子經亦不奉王，徒然而已。甲辰，王薨。是不特成功無背逆事，即其子亦無之，特相傳其致餼少衰於父。而紀事謂魯王在南澳，成功沈之海中，不亦謬歟！考之臺灣外紀、臺灣紀事、魯春秋諸書，皆足證成其説。外紀謂本年鄭芝龍遣其私人招降成功，有如未投誠，先獻監國魯王之語。成功乃送王於粤中行在以避之。王躊躕不欲行，成功强之，始揚帆出海，遇風，回居南澳，則成功所以全之者至矣。蓋先生得諸傳聞而致慨，未暇深考也。

昔有楚項羽，宰割封侯王。徙帝都上游，殺之於南方〔一〕。大權既分裂，海内争雄彊。何況咫尺間，嬴秦尚未亡〔二〕。時會互反覆，壯盛豈有常？感事再三歎，令我一徬徨。

【彙注】

〔一〕昔有四句 徐注：史記項羽本紀贊：分裂天下而封王侯。又本紀：使人徙義帝曰：古之帝者，必居上游。乃徙長沙郴縣，陰令衡山、臨江王擊殺之江中。

蘧常案：此借喻魯王之沉海。當時傳説如楊陸榮三藩紀事云：甲午，鄭成功奉王居金門。未幾，王將往南澳，成功使人沈之海中。即官書亦然。明史諸王傳：大兵克紹興，以海遁入海。久之，居金門，鄭成功禮待頗恭。既而懈，以海不能平，將往南澳，成功使人沉之海中。惟諸書多謂沉海在甲午，即小腆紀年謂魯王移居南澳，爲謡傳沉海之自來，亦繫諸甲午，則在明年而非本年。考徐松先生年譜：癸巳三月，魯王去監國號，不知所終。或當時已有沉海之説歟？

〔二〕嬴秦 蘧常案：史記秦本紀：非子居犬丘，周孝王召使主馬于汧、渭之間，馬大蕃息。於是孝王曰：其分土爲附庸。邑之秦，使復續嬴氏祀，號曰秦嬴。案：此借喻清。

魏政昔濁亂，兵甲興尒朱〔一〕。唐臣多險浮，全忠肆誅屠〔二〕。貪夫分自當，不用重哀吁。河陰與白馬，千載同一途〔三〕。奈此國命何，大勢常與俱。天意未可窺，或爲真人驅〔四〕。

【彙注】

〔一〕魏政二句　徐注：北史孝武靈皇后胡氏傳（蘧常案：「孝武」當作「宣武」，徐誤）：太后復臨朝，大赦改元。自是朝政疏緩，威恩不立，天下牧守，所在貪惏。鄭儼汙亂宫掖，勢傾海内；李神軌、徐紇竝見親侍，一二年中，位總禁要。宣淫於朝，爲四方之所穢，文武解體，所在亂逆。武泰元年二月，明帝暴崩，立臨洮王子釗爲主，年始三歲。及尒朱榮稱兵渡河，太后盡召明帝六宫，皆令入道，太后亦自落髮。榮遣騎拘送太后及幼主於河陰。太后對榮多所陳説，榮拂衣而起。太后及幼主並沈於河。又尒朱榮傳：内外百官，皆向河橋迎駕。榮惑武衛將軍費穆之言，謂天下乘機可取，乃譎朝士共爲盟誓，將向河陰西北三里，至南北長隄，悉命下馬西渡，即遣胡騎四面圍之，妄言丞相高陽王欲反，殺百官王公卿士二千餘人，皆斂手就戮。

〔二〕唐臣二句　徐注：五代史後梁紀：朱全忠弑昭宗，會有星變，李振謀誅朝士裴樞等三十餘人於白馬驛，以塞災異。初，振屢舉進士不第，深疾縉紳之士，故言於全忠曰：此輩自謂清流，宜投之黄河，使爲濁流。全忠笑而從之。

蘧常案：先生菰中隨筆：自煬帝以來，風俗浮靡，始有進士之科。唐室因之，孝廉、秀才之科雖在，然唯明經、進士二科最盛，而孝廉衰矣；其後文華之士日盛，進士益重，而明經稍衰減矣。是以鄭覃嫉進士浮薄，屢請罷之，文宗不可。案：李振亦言於朱全忠曰：朝廷所以不理，良由衣冠浮薄之徒紊亂綱紀，且王欲圖大事，此曹皆朝廷之難制者也，不若盡去之。見五代史。不久遂有白馬驛之變。「險浮」云云，當謂此也。

〔三〕河陰二句　徐注：案明史嚴起恒傳：可望遣其將賀九儀等率勁卒五千，迎王至南寧，直上起恒舟，怒目攘臂問王封是秦非秦？起恒曰：君遠迎主上，功甚偉，朝廷自有隆恩，若專問此，是挾封，非迎主上也。九儀怒，格殺之，投屍於江。遂殺給事中劉堯珍、吴霖、張載述，追殺兵部尚書楊鼎和於崑崙關。又楊畏知傳：可望怒畏知，使召至貴陽，面責數之。畏知大憤，除頭上冠擊可望，遂被殺。逸史摭遺：吉翔馳報可望，可望大怒，遣其將鄭國赴南寧，械吉翔至安龍，與諸臣面質。國狠甚，挾（吴）貞毓直入文華殿脅王，索主謀者。王不敢正言。國即怒出，與天壽至朝房械貞毓並蔡縯、徐極、張鐫、鄭允元、蔣乾昌、朱東旦、胡士瑞及太僕少卿趙賡禹，御史林鍾、周允吉、朱議浘，員外郎任斗墟，主事易士佳、李元開等；又入宫禽張福禄、全爲國。其黨冷孟銋等逼王速具主名，王悲憤而退。翌日，國等嚴刑拷掠，衆不勝楚，大呼二祖列宗，且大罵。時日已暮，風雷忽震烈，縯厲聲曰：今日縯等直承此獄，稍見臣子報國苦衷！由是皆自承。國又問：主上知否？纘大聲曰：未經奏明。乃復收繫，以欺君誤國，盜寶矯詔爲罪，報可望請王親裁。王不勝憤，下廷議。吏部侍郎張佐辰等謂國曰：此輩盡當處死，儻留一人，將爲後患。於是蔣御曦執筆，張佐辰擬旨以鐫。福禄、爲國爲首罪，淩遲；餘爲從罪，斬。王以貞毓大臣，言於可望，罪絞。諸人就刑，神色不變，各賦詩大罵而死，合瘞於安龍北關之馬場。已而林青陽逮至，亦被殺，時順治十一年三月也。居二載，定國奉前敕扈王入雲南，乃贈貞毓等官謚各有差。建廟馬場，勒碑大書「十八先生成仁處」。明史吴貞毓傳同。

蘧常案：徐注引逸史拾遺，截去上文，使人不知所謂十八先生致禍之由。且引此事以注此二句，蓋有四不合：所謂十八先生被殺事，在明年三月，非本年事，安能預知，此其一；十八人者，在當時言之，爲慷慨赴義，與河陰、白馬斂手就戮者迥殊，此其二；十八人者，不聞有貪贖事，不當與河陰、白馬同謂之貪夫，此其三；十八人者死，永曆勢益孤，不當謂「或爲真人驅」，此其四。或謂上一首言魯王沈海爲移南澳之訛言，移南澳在明年，則此首自亦在明年，蓋編詩者誤繫。然詩由自編，前已言之，宜必無誤；且亦無以解於下三不合。惟此外亦無其他時事可附會者，姑懸此以待考。

〔四〕或爲句　徐注：史記秦楚之際月表：向秦之禁，適足爲賢者驅除難耳。

蘧常案：真人，見前春半詩「白水」句注。

楊明府永言雲南人昔在崑山起義不克爲僧於華亭及吴帥舉事去而之蘭谿今復來吴下感舊有贈

【解題】

蘧常案：趙與時賓退録：明府，漢人以稱太守，唐人以稱縣令。至明猶然，如高啓有送石明府之崑山詩，送何明府之秦郵詩，皆是。小腆紀傳：楊永言，字岑立，昆明人。崇禎癸未進士。官崑山知縣。王師南下，棄官逃。已復與顧炎武及參將陳弘勳、諸生歸莊、吴其沆等起兵拒守，事敗爲僧，晚卒於滇。華亭，見前贈于副將元凱詩「七月」句注。明史志地理五金華府領縣蘭谿注：元蘭谿州，洪武三年三月降爲縣。

絶跡雲間日，分飛海上秋〔一〕。超然危亂外，不與少年儔。閲歲空山久，尋禪古寺幽〔二〕。干戈纏粤徼〔三〕，妻子隔寧州〔四〕。乍解桐江纜〔五〕，仍回谷水舟〔六〕。刀寒餘斗色〔七〕，血碧帶江流。舊卒蒼頭散〔八〕，新交白眼休〔九〕。同年張翰在張行人翀之〔一〇〕，賓客顧榮留〔一一〕。海日初浮嶼，吴霜早覆舟。與君遵晦意〔一二〕，不負一匡謀〔一三〕。

【彙校】

〔題〕徐注本、曹校本無自注「雲南人」三字，「起」作「倡」。孫校本注：「起」一作「倡」；「今」下有「年」字，無「有贈」二字，有「悲歌不能已於言也」八字。吴校本「起義不克」作「乙酉城陷」，無自注。

〔一匡〕徐注本、曹校本作「成」。丕績案：作「匡」勝。

【彙注】

〔一〕絶跡二句　戴注：吴帥即提督吴勝兆。

蘧常案：元譜：永言崑山城破後，走陳墓，詗事彌月，知不可爲，復入黄浦依吴帥。小腆紀傳楊永言傳以爲吴志葵，是也。明史沈猶龍傳云：吴淞總兵官吴志葵。又志地理一松江府上海注：北有吴淞江，東有黄浦。故詩曰「海上」，元譜曰：黄浦也。若吴勝兆，此時爲清總兵。查繼佐國壽録云：總松江府戎事。與此不合。且勝兆方略江南，永言安得從之乎？戴注非。

〔二〕超然四句　戴注：楊亂後出家華亭之香山。

蘧常案：小腆紀傳楊永言傳：志葵敗，祝髮爲僧。元譜：祝髮珠涇萬壽庵中，釋名嬾雲，旋入中峰。案：志葵敗事，見前卷一秋山詩「今日」句及「一朝」二句注。

〔三〕干戈句　蘧常案：見前監紀示游粤詩「知君」句、「一軍」句注。

〔四〕寧州句　蘧常案：此謂雲南。晉書地理志：寧州於漢、魏爲益州之域。泰始七年，武帝以益州地廣，分益州之建寧、興古、雲南，交州之永昌，合四郡爲寧州。杜佑通典：晉寧州理雲南。永言，雲南昆明人，因粤亂不能歸，故曰「隔寧州」。或以明雲南臨安府之寧州一地當之，非。

〔五〕桐江　徐注：桐廬縣志：桐江在縣南。

〔六〕谷水　徐注：松江府志：婁縣一名谷泖，或以縣南舊西湖爲谷水。

〔七〕刀寒句　徐注：晉書張華傳：吴之未滅也，牛斗之間，常有紫氣，吴平之後，紫氣愈明。華聞豫章人雷焕妙達緯象，乃要焕宿，登樓仰觀。焕曰：寶劍之精，上徹於天耳。在豫章豐城。華即補焕爲豐城令。焕到縣，掘獄屋基，入地四丈餘，得一石函，光氣非常。中有雙劍並刻題，一曰龍泉，一曰太阿。其夕，斗牛間氣不復見焉。

〔八〕蒼頭　徐注：戰國策：蘇秦説魏王曰：武力二十餘萬，蒼頭二十餘萬。鮑彪注：蓋以青帕首。史記項羽本紀：陳嬰者，故東陽令史。東陽少年殺其令，欲立嬰，使爲王，異軍蒼頭特起。

〔九〕白眼　蘧常案：世説新語簡傲篇注引晉百官名：阮籍能爲青白眼，見凡俗之士，以白眼對之。

〔一〇〕同年　徐注：國史補：進士爲人所尚久矣，俱捷謂之同年。

步兵。蘧常案：晉書張翰傳：翰，字季鷹，吴郡吴人也。有清才，而縱任不拘，時人號爲江東步兵。齊王冏辟爲大司馬東曹掾。翰謂同郡顧榮曰：天下紛紛，禍難未已，夫有四海之名者，求退良難。吾本山林間人，無望於時，子善以明防前，以智慮後。榮執其手，愴然曰：吾亦與子採南山蕨，飲三江水耳！案：張翀之與先生合志同方，故以張翰擬翀之，而下以顧榮自擬，彌見比況之切。

〔二〕顧榮　蘧常案：見前重至京口詩「遥看」二句注。

〔三〕遵晦　徐注：詩：遵養時晦。

蘧常案：詩周頌酌毛傳：遵，率；養，取；晦，昧也。此用朱熹詩集傳説。集傳云：遵，循。退自循養，與時皆晦。考宋史邢恕傳「得崇文院校書，王安石因賓客諭意，使養晦以待用」，則此義不始於朱矣。

〔三〕一匡　蘧常案：論語憲問篇：子曰：管仲相桓公，霸諸侯，一匡天下，民到于今受其賜。微管仲，吾其被髮左衽矣！

送歸高士之淮上

【解題】

蘧常案：歸高士，見卷一吴興行贈歸高士祚明詩解題。淮上，見前淮東詩「淮東」句注。

送君孤棹上長淮〔一〕，千里談經意不乖〔二〕。卜宅已安王考兆〔三〕，攜書還就故人齋。篸前映雪吟偏苦〔四〕，窗下聽鷄舞亦佳〔五〕。此日邴原能斷酒〔六〕，不煩良友數縈懷！

【彙注】

〔一〕送君句 蘧常案：趙經達歸玄恭年譜：永曆七年（順治十年）癸巳五月，萬年少壽祺來崑山，聘先生往淮陰教其子，挈琨兒偕年少北渡。案：趙譜皆取歸莊癸巳勃齋詩稿詩題語。

〔二〕千里句 蘧常案：歸莊與蔣路然書：初夏，偕萬年少北渡，千里授經，豪士短氣，所幸主人是我輩人，可與共商天下事耳。

〔三〕卜宅句 蘧常案：孝經：卜其宅兆而安厝之。歸玄恭年譜：永曆七年癸巳三月七日，葬三世七人於新阡。注：七人者，先生之祖父母、父母、兄爾復夫婦及仲嫂也。新阡名沙村，本先世故居，改爲墓。見展墓詩。歸莊先王考太學府君權厝誌：府君諱子駿，字叔永。父諱有光，是爲莊之曾祖。府君入貲爲太學生，屢應舉不中，遂絶意進取。以崇禎五年卒。子昌世，孫昭、繼登、莊。子孫今獨莊在。

〔四〕篸前句 徐注：孫氏世録：孫康家貧，常映雪讀書。先生從叔父穆庵府君行狀：叔父不多作詩而好吟詩。歸生與余無時不作詩。

〔五〕窗下句　徐注：幽明録：晉兗州刺史宋處宗常買一長鳴鷄，籠置窗下，鷄遂作人語。

蘧常案：聽鷄舞，見卷一擬唐人五言八韻祖豫州聞鷄詩解題。

〔六〕此日句　原注：三國志邴原傳注：原舊能飲酒，自遊學八九年，酒不向口。及臨别，師友以原不飲酒，會米肉送原。原曰：本能飲酒，但以荒思廢業，故斷之耳。今當遠别，因見貺餞，可一飲燕。於是共坐飲酒，終日不醉。

蘧常案：乾隆崑新合志：歸莊性豪放，善飲，酒酣落筆，輒數千言不能止。爲諸生應院試，酒餅纍纍筆墨間。

贈劉教諭永錫　大名人

【解題】

徐注：元譜：永錫，字欽爾，號膹庵，魏縣人。崇禎丙子舉人。癸未，謁選長洲教諭。已署上海令事，與妻子日食蔬粥，居三月，還長洲。朱彝尊静志居詩話：永錫有洹水遺詩。又曰：洹水至性之士。兵後，隱居相城，有大吏强之仕，袒裼疾視曰：我中原男子，年二十，渡漳河，登大伾，躍馬鳴鞘，兩河豪傑，誰不知我，欲見辱耶？取壁上所挂劍自剄。門下士抱持之，得解。既而女妻相繼餓死，子爲盜所傷，亦死。久之，洹水殁。其弟子徐晟、陳三島經紀其喪，葬之虎丘山塘。

蘧常案：明史志地理一大名注：元與元城縣同爲大名府治，洪武十年五月，省入魏縣，十五年二月，復置。故他書又稱魏縣人。

棲遲十載五湖湄〔一〕，久識元城劉器之〔二〕。百口凋零餘僕從，一身辛苦別妻兒〔三〕。心悲漳水春犂日〔四〕，目斷長洲夕鴈時〔五〕。獨我周旋同宿昔〔六〕，看君卧起節頻持劉君時未薙髮〔七〕！

【彙注】

〔一〕棲遲句　徐注：李元度國朝先正事略：牘庵買破船一，往來江湖間，時從諸遺老游。錢牧齋念其窮，招之往。牘庵曰：彼爲黨魁，受主眷，枚卜時，天子以伊、傅期待，今豈忘之耶？卒不往。黄注：徐譜云：案先生去年自王家營仍歸洞庭山，由洞庭山至江寧，復自江寧歸吴。贈楊永言詩序云「今復來吴下，感舊有贈」（蘧常案：此「題」而非「序」，下同），又贈郝將軍詩序云「今爲醫於吴之上津橋，言及舊事，感而有贈」，贈劉教諭詩亦云「棲遲十載五湖湄」，皆在吴之蹟也。徐譜所云，仍謂亭林作此詩時在吴。至此詩云「棲遲十載五湖湄」，則指劉教諭也。劉爲大名人，崇禎癸未選長洲教諭。乙酉之變，遂隱居相城。方輿紀要云：相城在蘇州府東北五十里。由癸未至癸巳亭林作此詩之年，則劉之居吴已逾十年矣。

詩故云「棲遲十載」也。

蘧常案：棲遲，見卷一偶來詩「便可」句注。五湖，見卷一將有遠行作詩「浮五湖」注。黄説是。明一統志云：相城相傳子胥初築城時，先於此相地，壘土爲城，下溼乃止，其地因以爲名。或以河南之相州當之，誤。

〔二〕久識句 蘧常案：宋史劉安世傳：劉安世，字器之，魏人。登進士第。累進左諫議大夫，寶文閣待詔，樞密都承旨。正色立朝，面折廷争，旁伺者悚汗，目之曰「殿上虎」。卒謚忠定。案：安世於永錫同姓，又同鄉里，故以相擬。安世號「鐵漢」，史稱其儀狀魁碩；永錫亦剛挺不屈，元譜謂其「容貌甚偉」，尤相似也。元城，詳題下注。

〔三〕百口二句 黄注：此二句，即元譜：乙酉之變，偕妻栗氏及童僕二十餘人，隱居相城。大吏遣人説之，永錫拔劍欲自裁，乃止，謂其妻曰：彼再至，我與若立自決矣！皆裂尺帛握之。會海上兵起，乃罷。永錫有女許字未嫁，恐貽父母憂，絶粒而死。其母哭之成疾，亦死。後大水乏食，家僮相繼死，埋骨道旁。永錫遣子臨與婦歸魏。臨既歸，思父不置，假貸得百金，欲馳以獻父，星夜南下，馬驚墮地，被傷死。初，永錫長八九尺，容貌甚偉，至是毁形骨立，見者哀之。

〔四〕心悲句 徐注：一統志：大名府，舊魏縣，有舊漳、新漳西北流至府城西。 黄注：元譜云：永錫遣子臨與婦歸魏。繹此句意，蓋遣其歸耕也。

蘧常案：子臨歸而復來，終以致死，蓋悔遣其歸，故曰「心悲」也。

〔五〕目斷句　黄注：元譜：永錫選長洲教諭。乙酉後，隱居相城。先正事略：永錫既無家，乃買破船一，往來江湖間。嘗泛舟中流，鼓枻而歌曰：白日墮兮野荒荒，逐皛鴈兮侶牛羊，壯士何心兮歸故鄉！風水蕩激，歌聲伊鬱，聞者哀之。此句「長洲夕鴈」，即歌中意。「目斷」謂故鄉，即上句之「漳水」也。

〔六〕獨我句　黄注：亭林詩扶持名教，言當世不容已之言，作後世不可少之作，此亦其一也。當時錢謙益念教諭窮，招之往，教諭卻之。亭林此詩贈於癸巳，逾年甲午秋，教諭病死，則亭林作此詩時，應已有謙益招致之事。詩云「獨我周旋同宿昔」，蓋有感於當時之貳節者而發也。日知録有素夷狄行乎夷狄一條，刻本已刊落，今從鈔本録出，以證「周旋同宿昔」之言。亭林曰：素夷狄行乎夷狄，然則將居中國而去人倫乎？非也。處夷狄之邦而不失吾中國之道，是之謂素夷狄行乎夷狄也。六經所載，帝舜「滑夏」之咨，殷宗「有截」之頌，禮記明堂之位，春秋會之書（案：鈔本多誤脱，「春秋」下有奪字），凡聖人所以爲内夏外夷之防也，如此其嚴也。文中子以元經（蘧常案：此書或謂阮逸僞託）之帝魏，謂「天地有奉，生民有庇，即吾君也」，何其語之偷而悖乎！宋陳同甫謂：黄初以來，陵夷四百餘載，夷狄異類，迭起以主中國。而民生常覬一日之安寧於非所當事之人，以王仲淹之賢，而猶爲此言，其無以異乎凡民矣。夫亡有迭代之時，而中華無不復之日，若之何以萬古之心胸，而區區於旦暮乎？此所謂偷也。漢和帝時，侍御史魯恭上疏曰：夫戎狄者，四方之異氣，蹲夷踞肆，與鳥獸無別，若雜居中國，則錯亂天氣，汙辱善人。夫以亂辱天人之世，而論者欲將毀吾道以殉之！此所謂悖也。孔子有言：居處恭，執事敬，與人忠，雖之夷狄，不可棄也。夫此之謂素夷狄行乎夷狄也。若乃相率而臣事之，奉其令，行其俗，甚者導之以爲虐于中國，而籍口於素夷狄之文，則子思之罪人也已。節讀亭林此文，知其所動於中者，志在萬古之人倫，而不偷偷於旦暮，故曰「我獨周旋同夙昔」，此其義之所發者歟？

〔七〕看君句　蘧常案：卧起持節，見卷一贈顧推官咸正詩「君持」句注。清史稿遺逸二劉永錫傳：有老奴從魏縣來，勸之歸。永錫曰：我非不欲歸，然昔奉君命來，義不可離此一步。

郝將軍太極滇人也天啓中守霑益余於叙功疏識其姓名今爲醫客於吴之上津橋言及舊事感而有贈

【解題】

徐注：明史志地理：雲南曲靖府霑益州。又沈儆炌傳：安邦彦反，諸土目並起，安效良陷霑益。蘇州府志：府城外吴、長洲二縣合治。上津橋在渡僧橋西，跨運河。

蘧常案：徐注本題作贈郝將軍太極。又，明史熹宗本紀：天啓二年二月癸酉，水西土同知安邦彦反，陷畢節、安順、平壩、霑益、龍里，遂圍貴陽。

曾提一旅制黔中，水藺諸酋指顧空〔一〕。入楚廉頗猶未老〔二〕，過秦扁鵲更能工〔三〕。風高劍氣蛉川外〔四〕，水沸茶聲鶴澗東〔五〕。橋畔相逢不相識，漫將方技試英雄〔六〕。

【彙注】

〔一〕曾提二句　徐注：左傳哀公元年：有衆一旅。戰國策：蘇秦曰：南有巫山、黔中之限。案明史朱燮元傳：天啓元年，永寧奢崇明反。永寧古藺州地。奢氏，倮儸種也。當是時，崇明未平而安邦彦又起，安氏世有水西，宣慰使安位方幼，邦彦以故得倡亂。三年，燮元謀直取永寧，盡挈諸軍會長寧，連破麻塘坎、觀音庵、青山厓、天蓬洞諸砦，與秦良玉兵會，進攻永寧。副總兵秦良玉、總兵秦衍祚等亦攻克遵義。崇明父子逃入紅崖大囤，官軍躡而拔之。賊奔舊藺州城。五月，爲參將羅象乾所攻，崇明父子率餘衆走水西，而邦彦張甚。四年，陷貴州，巡撫王三善敗没，乃命燮元以兵部尚書兼督三省軍。燮元赴重慶，邦彦偵知之。六年二月，謀乘官軍未發，分犯雲南、遵義。燮元遣間殺奢寅，邦彦亦乞撫，燮元以父喪歸。張鶴鳴視師年餘，未嘗一戰，賊得養鋭。崇禎元年，復召燮元代之，督諸軍分道進攻，疊勝，至紅土川，邦彦，崇明皆授首，時二年八月十有七日也。

〔二〕入楚句　徐注：史記廉頗藺相如列傳：廉頗，趙之良將也。爲趙將，王使樂乘代廉頗，遂奔大梁。居梁，久之，魏不能信用。趙以數困於秦兵，趙王思復得廉頗，廉頗亦思復用於趙。趙王使使者視廉頗尚可用否。廉頗之仇郭開，多與使者金，令毁之。趙使者既見廉頗，廉頗爲之一飯斗米，肉十斤，被甲上馬，以示尚可用。趙使還報王曰：廉將軍雖老，尚善飯，然與臣坐，頃之，三遺矢矣。趙王以爲老，遂不召。楚聞廉頗在魏，陰使人迎之。廉頗一爲楚將，無功，曰：我思用趙人！廉頗卒死于壽春。

〔三〕過秦句　徐注：史記扁鵲倉公列傳：扁鵲者，勃海郡鄭人也。姓秦氏，名越人。爲醫，或在齊，或在趙。扁鵲名聞天下，過邯鄲，聞貴婦人，即爲帶下醫；過雒陽，聞周人愛老人，即爲耳目痺醫；來入咸陽，聞秦人愛小兒，即爲小兒醫，隨俗爲變。秦太醫令李醯自知伎不如扁鵲也，使人刺殺之。至今天下言脈者，由扁鵲也。

〔四〕蛉川　原注：隋書史萬歲傳：入自蜻蛉川。

蘧常案：水經注若水注：青蛉水出青蛉縣西，東逕其縣下，縣以氏焉。明史志地理七：雲南姚安軍民府姚州。注：南有青蛉河，源出三窠山下，流合大姚河。

〔五〕鶴澗　徐注：陸友仁硯北雜志：虎阜有清遠道士養鶴澗。

〔六〕方技　徐注：史記倉公列傳：意家居，詔問故太倉長臣意方伎所長。

蘧常案：此歸結出郝將軍之行醫也。

孝陵圖 有序

【解題】

徐注：江寧金鼇待徵録記事：顧炎武作孝陵圖，補實録之缺，寄禾黍之思。

蘧常案：周實丹無盡庵詩話：顧亭林先生數謁孝陵，繪有孝陵圖，并題五古一章，載集中。嗣閲粤之張菿房逃虚閣集，知先生孝陵圖久失。而清湘老人有橅本，菿房嘗題一律于卷末云：亭林詩本系于圖，詩在圖亡孰與摹？却賴殘僧寫堂寢，如同處士拜榛蕪。蜿蜒雲氣山千叠，黯淡煙光樹幾株。樵採久聞申厲禁，墨痕空復認模糊！今清湘本亦不知存没矣。庚戌秋九月，偕同社諸子，同拜孝陵，順德蔡哲夫有守偕其配張傾城獨立，雅善繪事，因商量補繪一圖，以上繼顧先生之志。嗚呼！顧先生所謂「空山掌故」者，其在斯乎！其在斯乎！案：清湘老人即釋道濟，字石濤，清湘其晚號，亦明裔。此圖兩經重繪，雖亡實存。「空山掌故」，例得附書。

重光單閼二月己巳，來謁孝陵，值大雨，稽首門外而去〔一〕。又二載昭陽大荒落二月辛丑〔二〕，再謁。十月戊子〔三〕，又謁，乃得趨入殿門，徘徊瞻視。鞠躬而登，殿上中官奉帝后神牌二。其後，蓋小屋數楹，皆黄瓦，非昔制矣。升甬道，恭視明樓寶城〔四〕。出門，周覽故齋宮祠署遺址〔五〕。胡騎充斥〔六〕，不便攜筆硯，同行者故陵衛百戶束帶玉稍爲指示〔七〕，退而作圖。念山陵一代典故〔八〕，以革除之事〔九〕，實録、會典，並無紀述。當先朝時，又爲禁地，非陵官不得入焉。其官於陵者，非中貴則武弁，又不能通諳國制，以故其傳鮮矣。今既不盡知，知亦不能盡圖；而其録於圖者，且不盡有。恐天下之人，同此心而不獲至者多也，故寫而傳之。臣顧炎武稽首頓首謹書。

鍾山白草枯〔一〇〕，冬月蒸宿霧。十里無立椔〔一一〕，岡阜但回互。寶城獨青青，日色上霜露。殿門達明樓，周遭尚完固〔一二〕。其外有穹碑，巍然當御路。文自成祖爲，千年繫明祚〔一三〕。侍衛八石人，祇肅候靈輅。下列石獸六，森然象鹵簿。自馬至獅子，兩兩相比附。中間特崒嵂，有二擎天柱。排立榛莽中，凡此皆尚具〔一四〕。又有神烈山，世宗所封樹。卧碑自崇禎，禁約煩聖諭。石大故不毁，文字猶可句〔一五〕。至於土木工〔一六〕，俱已亡其素。東陵在殿左，先時懿文祔〔一七〕。云有殿二層，去門可百步。正殿門有五，天子升自阼。門内廡三十，左右以次布；門外設兩廚，右殿上所駐〔一八〕。祠署并宮監，羊房暨酒庫，以至各廨宇，竝及諸宅務〔一九〕。東西二紅門〔二〇〕，四十五巡鋪〔二一〕。一一費搜尋，涉目仍迷瞀。山後更蕭條，兵牧所屯聚。洞然見銘石，崩出常王墓〔二二〕。何代無厄菑，神聖莫能度〔二三〕。幸兹寢園存〔二四〕，皇天永呵護。奄人宿其中，無乃致褻汙〔二五〕。陵衛多官軍，殘毁法不捕〔二六〕。伐木復撤亭，上觸天地怒。雷震樵夫死，梁壓陵賊仆〔二七〕。乃信高廟靈，却立生畏怖。若夫本衛官，衣食久遺蠹。及今盡流冗，存兩千百户〔二八〕。下國有蟣臣〔二九〕，一年再奔赴。低徊持寸管，能作西京賦〔三〇〕。尚慮耳目褊，流傳有錯誤。相逢虞子大，獨記陵木數。未得對東巡，空山論掌故〔三一〕。

【彙校】

〔重光單閼〕孫校本作「臣山傭於重光大荒落」。丕績案：「重光大荒落」則爲辛巳，辛巳爲崇禎十四年，明尚未亡。下辛巳則爲康熙四十年，先生亡已十九年矣。孫校誤。

〔胡騎〕潘刻本，徐注本，孫、曹兩校本「胡」作「牧」。

〔臣顧炎武句〕孫校本「顧炎武」作「山傭」；潘刻本、徐注本、曹校本無此句。

〔森然〕徐注本、曹校本「然」作「焉」。案：似音近而誤。

〔厄菑〕徐注本、曹校本「厄」作「危」。丕績案：似形近而誤。

〔低徊〕徐注本、曹校本作「徘徊」。

〔流傳〕徐注本、曹校本作「流轉」。丕績案：形近致誤。

【彙注】

〔一〕值大雨　蘧常案：辛卯恭謁孝陵詩有「雨露接三春」及「天顏沓靄接」句，蓋叙遇雨事。

〔二〕昭陽句　蘧常案：元譜：癸巳春，至金陵。二月，再謁孝陵。案：此次再謁，有再謁孝陵詩。

〔三〕十月句　蘧常案：元譜：癸巳十月，三謁孝陵，并作圖。

〔四〕明樓寶城　蘧常案：見前恭謁孝陵詩「空城」句注，及再謁孝陵詩「明樓」注。

〔五〕齋宫句　蘧常案：國語周語上：虢文公曰：王即齋宫，百官御事，各即其齋三日。韋注：所齋之宫也。明史志禮十二凶禮一：孝陵設神宫監，并孝陵衛及祠祭署。

〔六〕胡騎句　蘧常案：吴譜：國朝定鼎後，置守陵太監二名，兵四十名。

〔七〕陵衛百户　蘧常案：明史志職官五：南京衛指揮使司下有孝陵衛。有兵百人者，曰百户，正六品。

〔八〕山陵　蘧常案：廣雅疏證釋丘：秦名天子冢曰山，漢曰陵。明史志禮十二凶禮一：山陵。

〔九〕革除句　蘧常案：明史志禮十二：太祖崩，建文帝詔行三年喪，事在本紀，以遭革除，喪葬之制皆不傳。又恭閔帝紀贊：革命而後，紀年復稱洪武，嗣是子孫臣庶，以紀載爲嫌。

〔一〇〕鍾山　蘧常案：見前恭謁孝陵詩「鍾山」句注。

〔一〕十里句　徐注：爾雅：木立死曰椔。　黄注：屈翁山孝陵恭謁記云：金陵山舊有松數十萬株，皆六朝古物，今無一存矣。可相證也。

蘧常案：見前恭謁孝陵詩「樵蘇」句，及恭謁太祖高皇帝御容於靈谷寺詩「荒山」注。

〔二〕寶城四句　徐注：劉禹錫石頭城詩：山圍故國周遭在。　黄注：屈記云：踰橋至隧道，上有明樓，樓後爲寶城，周遭完固，梓宫實奠其中，封之崇三四丈，望若崇丘然。可相證也。

蘧常案：江寧府志：孝陵陵前寶城，特起朱闕，享殿九楹，制極宏壯。

〔三〕其外四句　徐注：江寧府志：孝陵有成祖御製碑。　黄注：屈記云：數百步至大金門，有神功聖德碑，巍然高大，中當御道，則文皇帝所立。其文亦撰自文皇帝，有御名焉。可相證也。

〔四〕侍衛十句　徐注：史記天官書：魁下六星兩兩相比者。　黄注：屈記云：御河橋以北，有石獸六種：首爲獅子，次獬豸，次槖駝，次象，次麒麟，次馬。每種有四，皆兩立兩蹲，東西相向，森然若鹵簿焉。擎天柱二，白如玉，雕鏤雲龍文。石人凡八，高可四五丈，四將軍，介胄執金吾，四文人，朝冠秉笏，若祗肅而候靈輅者。可相證也。

蘧常案：蔡邕獨斷：天子出，車駕次第謂之鹵簿。

〔五〕又有六句　徐注：明史志禮：嘉靖十年，名孝陵爲神烈山。明史志選舉：洪武十五年，頒學規於國子監；又頒禁例十二條於天下，鐫立卧碑，置明倫堂之左。春明夢餘録：崇禎辛巳四月，上召諸勳戚及禮部侍郎入内，諭之曰：孝陵爲高皇帝弓劍之所，關係重大。會典所載，近陵不許開窯取石，斫伐樹木，其例甚嚴。近來法久人玩，須遣重臣親勘。黄注：屈記云：自朝陽門入，東行至下馬坊，有碑曰神烈山，肅皇帝之所封樹。又有卧碑一，聖諭存焉，爲烈皇帝所立。可相證也。

〔一六〕土木工　徐注：列子周穆王篇：土木之工，精堊之色，無遺巧焉。

〔一七〕東陵二句　徐注：明史志禮：懿文太子陵在孝陵左。黄注：屈記云：寶城東有小丘，特起穹窿，與其南之獨龍岡相似。其下爲東陵，懿文皇太子之所葬也。可相證也。

〔一八〕云有八句　徐注：禮：升自阼階。黄注：屈記云：御道盡爲櫺星門。又踰橋越百步，有文武方門五，三大而二小；今塞其左四，出入僅右一門。又大殿中門左右方門亦五，門内神帛鑪二，左右廡三十；門外御廚亦二，其左爲宰牲亭，右曰具服殿，皇帝駐以具服者也。可相證也。

〔一九〕祠署四句　蘧常案：「祠署」、「宫監」見序注。明史志職官三：孝陵神宫監，設太監一人，左右少監各一人，左右監丞各一人。各祠祭署設署令、丞、司香奉御，甲乙丙丁戊五庫各設大使、副使。

〔二〇〕紅門　徐注：明史志禮：南京司禮太監陳祖圭言：魏國公徐俌每祭孝陵，皆由紅券門直入，至殿内行禮，僭妄宜改。俌言：入由紅券門者，所以重祖宗之祭，尊皇上之命；出小旁門者，所以守臣下之分；循守故事，幾及百年，豈敢擅易？全云：王詩云「東西兩紅門」句誤。

蘧常案：王詩只言其誤，屈記未及，不知果何誤也？明史志兵言：宦官守門有左右紅門。此在宫禁。而志禮十四言謁祭陵廟，謂永陵中爲券門，長陵神道正南爲紅門，不言左右，或與宫禁有殊歟？待考。

〔二一〕四十五句　徐注：東京夢華録：每坊巷三百步許，有軍巡鋪一所，夜間巡警及領公事。黄注：東西二紅門，四十五巡鋪，屈記無之，而徐注亦未能舉。考大明會典卷九十陵墳等祀，孝陵設神宫監、孝陵衛及祠祭署，并未設巡鋪等官。惟顯陵設校尉二十名，供巡視，不名巡鋪，亦無四十五之數。卷一百三十六，巡捕分設在京，在外，而非設在陵墳。詩言「四十五巡鋪」，「鋪」當爲「捕」。鋪、捕同聲字，廣韻：鋪，普胡切，又普故切，兼入虞、暮兩韻。或避下文「殘毁法不捕」而假用「鋪」，然其制則吾仍待考也。

蘧常案：徐注是。先生日知録卷十驛傳條云：今時十里一鋪，設卒以遞公文。原注引金史「泰和六年，初置急遞鋪」，與東京夢華録所言相似。在都邑則所重在巡警，其設密；鄙野則職在急遞，其設疏。古所謂「鋪」，今謂之站，「巡鋪」猶言「巡查站」也。明史志兵二：孝陵衛犧牲千户所。又云：設衛大率五千六百人爲衛，千一百二十人爲千户所，此「巡鋪」所以有四十五之多乎？黄未見徐補注，漫以爲官名，解「巡鋪」爲「巡捕」，誤。

〔二二〕洞然二句　徐注：江寧府志：開平忠武王常遇春神道碑，宋濂撰，在鍾山。明史常遇春傳：賜葬鍾山原，給明器九十事，納墓中。

〔二三〕神聖句　徐注：古詩十九首：萬歲更相送，賢聖莫能度。

〔二四〕寢園　蘧常案：後漢書祭祀志：漢諸陵皆有園寢，承秦所爲也。

〔二五〕奄人二句　徐注：江寧府志古蹟：明太祖孝陵，國朝定鼎，設立守陵監二員，陵户四十名，撥給司香田地；後裁革守陵司香太監，但留陵户看守。　黄注：屈記云：殿後門者三，爲夾室數楹，皆用黄瓦，中官居之，以司香火灑掃焉，非舊制也。可相證也。

蘧常案：周禮天官：酒人奄十人。鄭注：奄，精氣閉塞者，今謂之宦人。

〔二六〕陵衛二句　黄注：屈記云：有牧馬蕃兒，方斫殿柱，柱上金龍鱗爪，半欲摧殘，臣大均與以多錢，拜之而求免。可相證也。

蘧常案：綜上屈記，詞句多與此同。如云「夾室數楹，皆用黄瓦，非舊制也」，則同序；「周遭完固」、「巍然」、「當御道」、「森然若鹵簿」、「祇肅而候靈輅」、「肅皇帝之所封樹」，則同詩。必非偶然，疑大均重先生，即以此爲藍本也。

〔二七〕伐木四句　徐注：明史志五行一：正德元年六月丙子，雷震孝陵皇岡樹。又：十二年秋八月癸酉，南京祭歷代帝王廟，雷震死齋房吏。崇禎十五年四月癸卯，雷震南京孝陵樹，火從樹出。「雷震樵夫，梁壓陵賊」，未詳。

〔二八〕若夫四句　原注：後漢書光武紀：流冗道路。　徐注：陸倕新漏刻銘：建武遺蠹。

蘧常案：明史志兵二：正德以來，軍職冒濫，爲世所輕。五軍府如贅疣，弁帥如走卒；至於末季，衛所軍士，雖一，諸生可役使之。積輕積弱，重以隱佔虛冒諸弊，至舉天下之兵，不足以任戰守，而明遂亡矣。

〔二九〕蟣臣　原注：盧仝月蝕詩：地上蟣蝨臣仝，告訴帝天皇。

〔三〇〕西京賦　蘧常案：見前卷一帝京篇「張衡」注。

〔三一〕相逢四句　原注：後漢書虞延傳：光武東巡，路過小黄，高帝母昭靈后園陵在焉。時延爲部督郵，詔呼引見，問園陵之事。延進止從容，占拜可觀。其陵樹株蘖，皆諳其數；俎豆犧牲，頗曉其禮。帝善之。史記司馬相如列傳：宜命掌故悉奏其義而覽焉。漢書音義曰：掌故，太師官屬，主故事者。　徐注：延字子大。

十廟　南京鷄鳴山下有帝王功臣十廟後人但謂之「十廟」

【解題】

徐注：明史志禮四：南京神廟初稱十廟，北極真武以三月三日、九月九日；道林真覺普濟禪師寶誌以三月十八日；都城隍以八月祭帝王後一日；祠山廣惠張王渤以二月十八日；五顯靈順以四月八日、九月二十八日，皆太常寺官祭。漢秣陵尉蔣忠烈公子文、晉成陽卞忠貞公壼、宋濟陽曹武惠王彬、南唐劉忠肅王仁贍、元衛國忠肅公福壽，俱以四孟朔歲除，應天府官祭，並功臣廟爲十一。又：功臣廟，太祖既以功臣配享太廟，又命别立廟於鷄籠山，論次功臣二十有一人，死者塑像，生者虚其位。正殿：中山武寧王徐達、開平忠武王常遇春、岐陽武靖王李文忠、寧河武順王鄧愈、東甌襄武王湯和、黔寧昭靖王沐英，西序越國武莊公胡大海、梁國公趙德勝、巢國武壯公華高、虢國忠烈公俞通海、江國襄烈公吴良、安國忠烈公曹良臣、黔國威毅公吴復、燕山忠愍侯孫興祖，東序郢國公馮國用、西海武莊公耿再成、濟國公丁德興、蔡國忠毅公張德勝、海國襄毅公吴楨、蘄國武義公康茂才、東海郡公茅成。

我來鷄籠下，十廟何蒼涼〔一〕？周垣半傾覆，棟宇皆頽荒。樹木已無有，寂寞餘山岡。功臣及卞劉〔二〕，竝作瓦礫場。衛國有遺主，尚寓五顯堂〔三〕。武惠僅一間〔四〕，廟貌猶未亡〔五〕。蔣廟頗完具〔六〕，欹側惟兩廊。帝王殿已撤，主在門中央〔七〕。或聞道路言，欲改祀三皇〔八〕。真武竝祠山〔九〕，香火仍相當。其南特焕然，漢末武安王〔一〇〕。云是督府修〔一一〕，中絶以堵墻。金陵自入胡，百司已更張。神人悉異名，不改都城隍〔一二〕。乃信夷奴心，亦知畏菑殃。朔望及雩祈〔一三〕，頓首誠恐惶。神奉太祖敕，得治諸東羌。留此金字題，昭示同三光〔一四〕。上天厭夷德，神祇顧馨香〔一五〕。上追洪武中，遣祀明綸將。二百七十年，吉蠲存太常〔一六〕。三靈俄乏主〔一七〕，一代淪彝章〔一八〕。圜丘尚無依〔一九〕，百神焉得康？騎士處高廟〔二〇〕，陵闕來牛羊。何時洗妖氛，逐去諸不祥。無文秩新邑〔二一〕，人鬼咸廸嘗〔二二〕。復見十廟中，冠佩齊趨蹌〔二三〕。此詩神聽之，終古其毋忘！

【彙校】

〔金陵句〕潘刻本、徐注本、孫校本作「陪京板蕩餘」。

〔乃信二句〕潘刻本、徐注本、孫校本無此二句。

〔得治句〕冒、吴、汪各校本「東」作「戎」；潘刻本、徐注本作「得以威遐荒」。

〔上天二句〕孫校本「夷」作「支」，韻目代字也；潘刻本、徐注本無此二句。

〔上追句〕潘刻本、徐注本作「追惟定鼎初」。

〔乏主〕潘刻本作「□□」；冒校本作「改卜」。

〔尚無依〕潘刻本作「□□□」。

〔何時句〕潘刻本、徐注本作「何當挽天河」。

〔逐去句〕潘刻本、徐注本、曹校本「逐」作「滌」。又：潘刻本「不祥」作「□□」。

【彙注】

〔一〕鷄籠二句　徐注：太平寰宇記：鷄籠山在覆舟山西南，一曰鷄鳴山，府西北七里。西接落星岡，北臨棲元塘。江寧府志：即鍾山之南麓也，一曰龍山，今曰龍廣山。

〔二〕卞劉　徐注：江寧府志祠祀：卞建興忠貞公，字望之，晉侍中驃騎將軍。廟爲劉三吾撰碑。明史太祖紀：至正二十四年，繪塑功臣像於蔣子文、卞壼廟。陸游南唐書：劉仁贍，字守惠。清淮節度使。保大十五年，周世宗復至淮上，仁贍獨堅守危城，不可下。卒時晝晦，雨沙如霧，州人皆哭。贈太師中書令，謚忠肅。宋政和時，列仁贍於祀典，賜祠額曰忠顯。南都察院志：劉忠肅王廟，黃子澄撰碑。

　蘧常案：晉書卞壼傳：卞壼，字望之，濟寃句人也。蘇峻稱兵，詔以壼都督大桁東諸軍事，假節，復加領軍將軍。與峻大戰於西陵，爲峻所破。峻進攻青溪，六軍敗績。壼時發背創，力疾苦戰，遂死之。二子眕、盱，相隨赴賊，同時見害。又，徐注謂「明史太祖紀：至正二十四年繪塑功臣像於蔣子文、卞壼廟」，查明史太祖紀至正二十四年無此文；且至正二十四年前洪武建元四年，天下未定，安得有此舉？復查明史志禮四「功臣廟」有「初，胡大海等歿，命肖像於卞壼、蔣子文之廟。及功臣廟成，移祀焉」記載，亦未繫年。徐注顯誤。

〔三〕衛國二句　徐注：元史順帝紀：至正十六年春三月，滁州兵復攻集慶，行臺御史福壽拒戰於蔣山，敗績。庚寅，城陷，與達魯花赤達尼達斯、治書侍御史賀方俱死之。江寧府志祠祀：衛國忠肅王廟在蔣山，宋訥撰碑。五顯靈順祠見題注，宋訥撰碑。

〔四〕武惠　徐注：江寧府志祠祀：曹濟陽武惠王名彬，宋樞密使，昇州行營統帥。南都察院志：曹武惠王廟，劉三吾撰碑。

蘧常案：宋史曹彬傳：字國華。乾德初，平蜀，諸將多取子女玉帛，彬橐中唯圖書衣衾而已。七年，伐江南，擢都部署。城垂克，彬忽稱疾，諸將皆來問疾。彬曰：余之疾，非藥石所能愈，惟願諸公誠心自誓，以克城之日，不妄殺一人，則自愈矣。諸將許諾。自出師至凱旋，士衆畏服，無輕肆者。

〔五〕廟貌　蘧常案：公羊傳桓公二年：納于太廟。注：廟之爲言貌也，思想儀貌而事之。諸葛亮黄陵廟記：廟貌廢去，使人太息。

〔六〕蔣廟　徐注：日知録：永樂七年正月，進封漢秣陵尉蔣君之神爲忠烈武順昭靈嘉佑王。南都察院記：蔣忠烈廟，劉三吾撰碑。

蘧常案：白帖：建康東北十里有鍾山，舊名金山。漢末，金陵尉蔣子文討賊戰亡，靈發于山，因立蔣侯祠焉，號曰蔣山。

〔七〕帝王殿二句　徐注：明史志禮：洪武六年，帝以五帝三王及漢、唐、宋創業之君，俱宜於京師立廟致祭，遂建歷代帝王廟於欽天山之陽，倣太廟同堂異室之制，爲正殿五室：中一室三皇，東一室五帝，西一室夏禹、商湯、周文王，又東一室周武王、漢光武、唐太宗，又西一室漢高祖、唐高祖、宋太祖、元世祖。每歲春秋仲月甲日致祭。又：二十一年，詔以歷代名臣從祀，禮官李原名奏擬三十六人以進。帝以趙普負太祖，不忠，不可從祀。乃定風后、力牧、皋陶、夔、龍、伯夷、伯益、伊尹、傅説、周公旦、召公奭、太公望、召虎、方叔、張良、蕭何、曹參、陳平、周勃、鄧禹、馮異、諸葛亮、房玄齡、杜如晦、李靖、郭子儀、李晟、曹彬、潘美、韓世忠、岳飛、張浚、木華黎、博爾忽、博爾朮、赤老温、伯顔凡三十七人從祀於東西廡。

〔八〕欲改句　徐注：江寧府志：帝王廟，明洪武間建，祀歷代帝王。國初，廟發，改祀伏羲、神農、黄帝於其地，爲三皇祠，以其爲醫師之祖也。而俗仍呼曰帝王廟。

〔九〕真武祠山　徐注：上江兩縣志祠祀：吴於後湖立玄武觀，疑非廟祀。宋始有真武廟，真武即玄武。南都察院志：北極真武廟，宋訥撰碑。祠山廣惠廟，宋訥撰碑。程棨三柳軒雜記：廣德祠山神姓張，避食豨。而引祠山事要云：王姓張，名勃，烏程縣人。始自長興縣疏聖瀆，欲通津廣德，化身爲豨，縱使陰兵，爲夫人李氏所覘，其工遂輟，是以祀之，避豨。元泰定帝加封曰普濟王。張大帝乃流俗之稱。

〔一〇〕其南二句　徐注：趙翼陔餘叢考：關壯繆侯，宋徽宗始封爲忠惠公。大觀二年，加封武安王。元文宗天曆元年，加封顯靈威勇武安英濟王。明洪武中復侯元封。萬曆二十二年，因道士張通元之請，進爵爲帝，廟曰英烈。四十二年，又敕封三界伏魔大帝神威遠鎮天尊關聖帝君。南都察院志：漢壽亭侯廟，温陽撰碑。

蘧常案：明史志禮四：關公廟洪武二十七年建於鷄籠山之陽。

〔一一〕督府修　徐注：趙翼陔餘叢考：國朝順治九年，加封忠義神武關聖大帝，詔天下修廟祀。

〔一二〕神人二句　徐注：明史志禮：洪武二年，禮官言：城隍之祀莫詳其始。宋以來，其祠徧天下，或錫廟貌，或頒封爵，至或遷就附會，各指一人以爲神之姓名。今宜附祭於嶽瀆諸神之壇。乃命加以封爵，京都、開封、臨濠、太平、和州皆封明靈王，其餘府爲威靈公，州爲靈佑侯，縣爲顯佑伯，命詞臣撰制文以頒之。三年，詔去封號，衹稱某府、州、縣城隍之神。永樂中，建廟都城之西，曰大威靈祠。嘉靖九年，罷山川壇從祀，歲以仲秋祭旗纛日，并祭都城隍之神。

〔一三〕雩祈　徐注：論衡：春二月雩，秋八月亦雩。春祈穀雨，秋祈穀實。

〔一四〕神奉四句　徐注：白虎通：天有三光，日、月、星。

蘧常案：羌分東西，始於後漢，東羌僅指安定、北地、上郡、西河等地所居而言。得治一句係泛言，不應局指。一本作「戎羌」，是。

〔一五〕上天二句　蘧常案：左傳隱公十一年：天而既厭周德矣，吾其能與許争乎？又，僖公五年：若晉取虞，而明德以薦馨香，神其吐之乎？案：此反言之，謂天既厭夷德，神祇豈反受其馨香乎？

〔一六〕上追四句　徐注：日知録：洪武三年六月癸亥，詔曰：凡嶽、鎮、海、瀆，並去其前代所封名號，止以山水本名稱其神。郡縣城隍神號，一體改正。歷代忠臣烈士，亦依當時初封以爲實號，後世溢美之稱，皆與革去。庶幾神人之際，名正言順，於禮爲當，用稱朕以禮事神之意。

明史紀事本末：明十六主歷二百七十七年。詩：吉蠲爲饎。書：紀於太常。

蘧常案：「吉蠲」，亦作「蠲吉」；「蠲」同「涓」，言齋戒沐浴以擇吉日也。太常，官名，秦置奉常，漢更名太常，沿至北齊曰太常寺，有卿、少卿各一人。清末始廢。此指二百七十年來唯存祀典之吏耳。

〔一七〕三靈句　徐注：庾信哀江南賦：始中原之乏主。

蘧常案：文選班固典引：答三靈之蕃祉。注：三靈，天、地、人也。

〔一八〕彝章　徐注：晉書八王傳論：禮備彝章。

蘧常案：彝章即彝憲，常法也。

〔一九〕圜丘句　蘧常案：周禮春官大司樂：冬日至于地上之圜丘奏之。明史志禮一：明初建圜丘於正陽門外，鍾山之陽。案：即冬至祭天之所也。又，太祖紀：洪武元年十一月，始祀圜丘。案：清天聰十年，已建圜丘於盛京，順治入關，即於冬至祀圜丘。而曰圜丘尚無依者，即上「上天厭夷德，神祇顧馨香」意。蓋謂神所弗馨，而殘明播越，又久缺祀天之儀，故曰「尚無依」也。

〔二〇〕騎士句　原注：漢書王莽傳：莽感高廟神靈，遣虎賁武士入高廟，拔劍四面提擊，斧壞户牖，桃湯赭鞭，鞭洒屋壁，令輕車校尉居其中。又令北軍中壘居高寢。

蘧常案：其事見前孝陵圖序「胡騎」句注，及詩「陵衛」二句注。

〔一〕無文句　原注：書洛誥：咸秩無文。　段注：書：祀於新邑，咸秩無文。原注漏引上句。
蘧常案：此言新都既定，當祭者雖不載於文亦皆按序次而祭也。
〔二〕人鬼句　原注：漢書郊祀歌：登成甫田，百鬼迪嘗。
蘧常案：顔師古漢書注：迪，進也。嘗，謂歆饗之也。
〔三〕冠佩句　徐注：詩齊風猗嗟：巧趨蹌兮。趨蹌，趨行有容之謂也。
蘧常案：史記仲尼弟子傳：子路冠雄雞，佩豭豚。此兩句，亭林期望之意也。

金山　已下闕逢敦牂

【解題】
徐注：順治十一年甲午。地理約義：金山自銀山過脈，又名妙高峰，又名浮玉山，又名金鰲峰，一名伏牛山，一名獲符山，又名五父山，又名頭陀巖。冒云：先生是年年四十二。
蘧常案：是年爲明永曆八年，公元一六五四年。金山，見卷一京口詩第一首「一上」句注。

東風吹江水，一夕向西流〔一〕。金山忽動摇，塔鈴語不休〔二〕。海師一十萬〔三〕，虎嘯臨皇州〔四〕。巨艦作大營，飛艫爲前茅〔五〕。黄旗亘長江，戰鼓出中洲。舉火蒜山旁〔六〕，鳴角東龍湫〔七〕。故侯張子房定西侯張名振〔八〕，手運丈八矛〔九〕。登高矚山陵，賦詩令人愁〔一〇〕。沈吟十年餘，不見旌旆浮。忽聞王旅來，先聲動燕幽。闔廬用子胥，鄢郢不足收〔一一〕。況茲蠢逆胡，已是天亡秋。願言告同袍，乘時莫淹留〔一二〕。

【彙校】

〔海師〕潘刻本、徐注本作「水軍」；孫校本作「賄師」。案：「賄」，韻目代字也。

〔皇州〕潘刻本「皇」作「□」；冒校本作「潤」。

〔張子房〕潘刻本作「□□□」；徐注本、曹校本作「張車騎」；徐校京師本作「褒鄂姿」。

〔十年餘〕潘刻本「十年」作「□□」；徐注本作「十餘年」；徐校京師本、冒校本作「橫槊餘」。

〔不見〕潘刻本作「□□」；徐校京師本作「天際」。

〔王旅〕潘刻本作「□□」；京師本作「黃屋」。

〔燕幽〕潘刻本「燕」作「□」。

〔子胥〕潘刻本作「□□」；冒校本作「伍胥」。

〔況茲二句〕孫校本「逆胡」作「逆虜」，韻目代字也。潘刻本、徐注本作「祖生奮擊楫，肯效南冠囚」。

〔同袍〕潘刻本「袍」作「□」；冒校本作「志」。

〔乘時〕潘刻本作「□□」；冒校本作「努力」。

【彙注】

〔一〕東風二句　蘧常案：此意外喜極之詞。徐注以舊唐書僧一行傳「一行求師門前水西流」事當之，非。

〔二〕金山二句　原注：晉書佛圖澄傳：段末波攻石勒，衆甚盛。勒懼，問澄，澄曰：昨日寺鈴鳴，云明旦食時當禽段末波。劉曜攻洛陽，勒將救之，以訪澄，澄曰：相輪鈴音云，秀支替戾岡，僕谷劬禿當。此言軍出捉得曜也。徐注：金山志略：金山塔在定蟒洞側，唐雲坦禪師建。　李注：蘇軾大風留金山兩日詩：塔上一鈴獨自語。

　蘧常案：此兩句承上而來，言張名振等戰迹輝煌也。

〔三〕海師　全云：謂蒼水以定西之軍入瓜州。

　蘧常案：日知録海師條云：海道用師，古人蓋屢行之矣。以下八句，皆言其事。南疆逸史張煌言傳：煌言，字玄著，號蒼水，鄞縣人。魯王立國，授翰林院編修。松江吴勝兆反，以右僉都御史監定西侯張名振軍以應之。舟山破，從王至閩海。癸巳冬，返浙。明年，復監名振軍，入長江，登金山，遥祭孝陵，三軍皆慟哭，烽火達於江寧。南略：越二日，二十三日（案：遥祭孝陵爲正月二十一日），掠輜重東下，旌旆蔽江，砲聲辟歷，人人有懼色。

〔四〕皇州　徐注：謝朓和徐都曹詩：春色滿皇州。

〔五〕前茅　徐注：左傳宣公十二年：前茅慮無，中權後勁。蘧常案：杜預左傳注：茅，明也。或曰：時楚以茅爲旌幟。孔穎達正義：茅，明，釋言文。在前者明，爲思慮其所不及之事，恐其卒有非常，當預告軍中兵衆，使知而爲之備也。此爲前鋒也。

〔六〕蒜山　徐注：方輿紀要：蒜山，鎮江府西三里江岸上。山多澤蒜，因名。

〔七〕龍湫　徐注：金山志：龍門又名龍渦，水深二百丈，在筆架山之右，相傳龍宫在下。

〔八〕故侯句　蘧常案：史記蕭相國世家：召平者，故秦東陵侯。鄧文原詩：學種於今説故侯。張子房，見前贈于副將元凱詩「張子房」注。石匱書張名振傳：名振性和易得人，而内多機智，故以子房爲況。并參見本詩附録小腆紀傳張名振傳。

〔九〕手運句　徐注：晉隴上歌：丈八蛇矛左右盤，十盪十決無當前。蘧常案：諸傳記不見有言名振善運長矛者。小腆紀傳有言：癸巳十二月平陽沙之役，名振鼓衆迎戰，浴日將軍王善良挺矛當先，姚志倬、任麟、王有才以三百人衝其左，張煌言、王浚以三百人突其右，崇明兵大敗。或以此而訛傳歟？

〔一〇〕登高二句　徐注：南略：甲午正月，海船數百抵鎮江，泊金山，大帥張名振等登山。二十一日，紗幘青袍角帶，復登山遥祭孝陵，泣下沾巾。設醮三日，題詩金山曰：十年横海一孤臣，佳氣鍾山望裏真。鶉首義旗方出楚，燕雲羽檄已通閩。王師桴鼓心肝噎，父老壺漿涕淚親。南望孝陵兵縞素，會看大纛禡龍津。前云「予以接濟秦藩師泊金山，遥拜孝陵有感」，後云「甲午年孟春月，定西侯張名振題并書」。

〔二〕闔廬二句　蘧常案：史記伍子胥列傳：至於吴，説吴王僚曰：楚可破也。公子光曰：彼伍胥父兄爲戮於楚，而勸王伐楚者，欲以自報其讎耳，伐楚未可破也。伍胥知公子光有内志，未可説以外事。乃進專諸於公子光，公子光乃令專諸襲刺吴王僚而自立，是爲吴王闔廬。乃召伍員，以爲行人，而與謀國事。六年，楚伐吴，吴使伍員迎擊，大破楚軍於豫章。九年，五戰遂至郢。己卯，楚昭王出奔。左傳：王沿夏，將入於鄢。服虔注：鄢，楚别都也。

〔三〕乘時　徐注：南略：張煌言復郎廷佐書：同仇漸廣，晚節彌堅，練兵海宇，祇爲乘時。楚辭九辯：蹇淹留而無成。

蘧常案：張煌言書在後，此注僅説明兩先生所見略同而已，唯宜乘勝而進，毋瞻顧徬徨也。

附録：小腆紀傳張名振傳

張名振字侯服，江寧人。少有大略，與復社諸人通聲氣。崇禎癸未，授台州石浦游擊。南都破，安撫使至浙東，不受命。魯王監國，加富平將軍。監國脱方國安之危，走南田，名振棄石浦扈監國。永勝伯鄭彩以其軍扈監國入閩，名振得封定西伯。己丑冬十月，監國入舟山，名振晉侯爵、太師，當國。辛卯九月，城陷，母、妻自焚死。復扈監國航於海。明年春，次於鷺門，收餘燼，往見朱成功。秋，拜爲總制。戊辰春，請兵北上，號召舊旅，破京口，截長江，駐營崇明。尋被讒撤回。九月，復駐平陽，糧絶，名振與士卒同餓，有「太師枵腹，我輩忘飢」之謡。十二月朔，我崇明駐防兵萬餘乘凍涉江，入平陽沙，名振鼓衆迎之，崇明兵大敗，無一還者。甲午春正月，遡流而上，至觀音門，掠輜重東下。乙未，成功拜名振爲元帥，統二十四鎮入長江，進攻舟山，我鎮將降。名振痛哭以祭其母，哀動三軍。十一月，寢疾，起坐擊牀，連呼先帝數聲而逝。遺言以所部歸張煌言。論者謂陶謙之讓豫州，不是過也。

僑居神烈山下

【解題】徐注：廣韻：寓曰僑。明史志禮十四：嘉靖十年，名祖陵曰基運山，皇陵曰翌聖山，孝陵曰神烈山，顯陵曰純德山及天壽山，並方澤從祀，所在有司祭告各陵山祇。鮚埼亭集神道表：先生僑居神烈山下，偏游沿江一帶，以觀舊都畿輔之勝。王煒得寧人書知在金陵奉寄詩：鍾山一草廬，九鼎此中寄。

蘧常案：元譜：甲午春，卜居神烈山下，由儀真歷太平，登采石磯，東抵蕪湖。秋，游燕子磯，至冬始還。

典得山南半畝居〔一〕，偶因行藥到郊墟〔二〕。依稀玉座浮雲裏〔三〕，落莫金莖淡日初〔四〕。塔葬屬文城外土〔五〕，營屯塞馬殿中廬〔六〕。猶餘伯玉當年事，每過陵宮一下車〔七〕。

【彙校】

〔典得四句〕鐵琴銅劍樓藏蔣山傭集本作「典得山南宅一區，出門時復到山隅。參差碧瓦仍高下，約略金莖近有無」。

【彙注】

〔一〕典得句　蘧常案：唐人質身爲傭曰典，貼以田屋等爲質，亦曰典。典與賣絶不同，得約期而贖，此即謂質人之屋而居也。

〔二〕偶因句　徐注：北史邢巒傳：孝文因行藥至司空府南，見巒宅，謂巒曰：朝行藥至此，見卿宅乃住。陸龜蒙詩：偶因行藥到村前。

蘧常案：行藥，本爲魏、晉、六朝人生活習慣之一，鮑照行藥至城東橋詩，即記其事。謂服五石散後行走散發，後人乃作散步言也。詳見俞正燮癸巳存稿及魯迅魏晉風度及文章與藥及酒之關係。

〔三〕玉座　蘧常案：李商隱垂柳詩：隔斷靈和殿，先皇玉座空。見後卷三賦得秋柳詩「先皇」二句注。

〔四〕金莖　蘧常案：見卷一帝京篇「别館」句注。

〔五〕塔葬句　蘧常案：屬支，當即「屬夷」，韻目代字也。潘抄漏未改正。屬夷，即所屬之夷，後卷四羌胡引云「一旦與其屬夷」，義同。疑謂清軍所屬之夷，遠侵至此，死即葬城外耳。下句言生者，此言死者，文正相成。外蕃俗尚火葬，如清太宗、世祖及棟鄂妃，皆爲荼毗，故詩云「塔葬」（見陳垣學術論文集）。康熙官始禁火葬。舊注以長干塔、牛首山方塔及「辟支佛」釋之，非。

〔六〕營屯句　蘧常案：事見前孝陵圖詩序及詩「陵衛」二句注。

〔七〕猶餘二句　原注：列女傳：衛靈公與夫人夜坐，聞車聲轔轔，至闕而止，過闕，復有聲。公問夫人曰：知此爲誰？夫人曰：此蘧伯玉也。其人不以闇昧廢禮，是以知之。公使人視之，果伯玉也。

古隱士　二首

【解題】

徐注：韓非子：閑静安居謂之隱。

幼安遭漢季，一身客遼東〔一〕。世亂多傾危，築室深山中。自非學者流，名字罕得通〔二〕。研心易六爻，不用希潛龍。根矩好清評，行止乃未同〔三〕。

【彙注】

〔一〕幼安二句　徐注：三國志管寧傳：寧，字幼安，北海朱虛人。天下大亂，聞公孫度令行於海外，遂與邴原等至于遼東，度虛館以候之。既往見度，語惟經典，不涉世事。由是度安其賢，民化其德。黄初四年，浮海還郡，詔以爲太中大夫，固辭不受。明帝詔爲光禄勳，特具安車蒲輪束帛加璧聘焉，會卒。年八十四。

〔二〕築室三句　蘧常案：管寧傳：營居山谷間，因山爲廬，鑿坏爲室。時避難者多居郡南，而寧居郡北，示無遷志。越海避難者，皆來就之，旬月而成邑。遂講詩、書，陳俎豆，飾威儀，明禮義，非學者弗見也。寧在遼東三十七年乃歸。

〔三〕研心四句　徐注：易：能悦諸心，能研諸慮。又，乾卦：六爻發揮。又，初九，潛龍勿用。

蘧常案：管寧傳：邴原性剛直，清議以格物，度以下心不安之。寧謂原曰：潛龍以不見成德，言非其時，皆招禍之道也。密遣令西還。三國志魏志邴原傳：原，字根矩，北海朱虛人。原在遼東，一年中往歸者數百家。游學之士，絃誦之聲不絶。管寧以度終不容原，勸原歸。太祖辟爲司空掾，徙署丞相徵事，爲五官將長史。太祖征吴，原從行，卒。

嘗聞龐德公，自守甘窮餓。且率妻子耕，不知州牧過〔一〕。關中傕汜攻〔二〕，河上袁吕破〔三〕。默默似無聞〔四〕，但理芸鋤課。獨識諸葛君，一言定王佐〔五〕。

【彙校】

〔且率〕徐注本，吴、汪、曹三校本「且」皆作「但」。

【彙注】

〔一〕嘗聞四句　蘧常案：後漢書逸民傳：龐公者，南郡襄陽人也。居峴山之南，未嘗入城府，夫妻相敬如賓。荆州刺史劉表數延請，不能屈，乃就候之。因釋耕于壠上，而妻子耘於前。表指而問曰：先生苦居畎畝，而不肯官禄，後世何以遺子孫乎？龐公曰：世人皆遺之以危，今獨遺之以安，雖所遺不同，未爲無所遺也。表歎息而去。後遂攜其妻登鹿門山，因采藥不反。案：襄陽耆舊傳作「龐德公」。襄陽記云：世人謂龐公是德公，非也。德公字山民，亦有令名。娶諸葛孔明小姊。爲魏黄門吏部郎。早卒。

〔二〕關中句　徐注：後漢書王允傳：卓部曲將李傕、郭汜等先將兵在關東，因不自安，遂合謀爲亂，攻圍長安。南略：壬辰十月，可望兵沅江，連書催定國會靖州，意欲圖之。龔彝密報定國，謂來必不免。癸巳正月，定國行至武岡，見書歎曰：本欲共圖恢復，今忌刻如此，安能成大功乎！率所部走廣西。八月，可望遣馮雙禮襲定國於柳州，定國燒糧而走。

蘧常案：此似只詠史而已，並無時事比附。如以此喻孫、李，則孫、李並無合謀犯明之事；如以喻孫、李内訌，則應出李傕攻郭汜事，亦與此無當。且以此喻孫、李，則下句又將何指？徐注似鑿。

〔三〕河上句　徐注：後漢書獻帝紀：建安二年，袁術自爲天子，三月，袁紹自爲大將軍。三年四月，吕布叛。十二月，曹操擊吕布於徐州，斬之。四年夏六月，袁術死。五年九月，曹操與袁紹戰於官渡，紹敗走。

〔四〕默默句　徐注：莊子在宥：至道之極，昏昏默默。

〔五〕獨識二句　徐注：後漢書逸民傳注引襄陽記：諸葛孔明每至德公家，獨拜牀下，德公初不令止。又襄陽耆舊傳：孔明爲卧龍，龐士元爲鳳雛，皆德公語也。

蘧常案：裴松之三國志蜀志諸葛亮傳注引習鑿齒襄陽記：劉備訪世事於司馬德操，曰：此間有伏龍、鳳雛。備問爲誰，曰：諸葛孔明、龐士元也。

真州

【解題】

蘧常案：見前榜人曲第二首「真州」句注。

擊楫來江外，揚帆上舊京〔一〕。鼓聲殷地起〔二〕，獵火照山明。楚尹頻奔命〔三〕，宛渠尚守城〔四〕。真州非赤壁，風便一臨兵〔五〕。真州牐外，焚船數百艘。

【彙校】

〔風便句〕句末自注，潘刻本、徐注本無。

【彙注】

〔一〕擊楫二句　全云：亦定西軍。

蘧常案：擊楫，見卷一京口即事詩第一首「祖生」二句注。後漢書杜篤傳：篤以關中表裏山河，先帝舊京，不宜改營洛邑，乃上奏論都賦。案：此謂南京。

〔二〕殷地　蘧常案：杜甫秦州雜詩：秋聽殷地發。

〔三〕楚尹句　蘧常案：左傳成公七年：吴始伐楚、伐巢、伐徐，子重奔命。馬陵之會，吴入州來，子重自鄭奔命；子重、子反於是乎一歲七奔命。曾國藩求闕齋讀書録：奔命，奔走之極急也。

〔四〕宛渠句　徐注：漢書李廣傳：宛兵迎擊漢兵，漢兵射敗之。宛兵走入保其城。貳師欲攻郁成城，恐留行而令宛益生詐，乃先至宛，決其水原移之，則宛固已憂困。圍其城，攻之四十餘日，宛貴人謀曰：王毋寡匿善馬，殺漢使。今殺王而出善馬，漢兵宜解；即不，乃力戰而死，未晚也。宛貴人皆以爲然，共殺王。其外城壞，虜宛貴人勇將煎靡，宛大恐，走入中城。」蘧常案：梅賾書胤征：「殲厥渠魁。」傳：「渠，大；魁，帥也。」孔疏：「史傳因此謂賊之首領爲渠帥。」

〔五〕真州二句　徐注：三國志蜀先主傳：「遣諸葛亮自結於孫權，權遣周瑜、程普等水軍數萬，與先主并力與曹公戰于赤壁，大破之，焚其舟船。」江表傳：「時東南風急，蓋因以十艦最著前，中江舉帆，去北軍二里餘，同時舉火。火烈風猛，往船如箭，飛埃絶爛，燒盡北船，延及岸邊營砦。瑜等率輕鋭尋繼其後，雷鼓大進，北軍大壞。」

蘧常案：明史志地理五湖廣武昌府嘉魚注：「西有赤壁山，與江夏縣界，北岸對烏林，西北濱大江。」杜牧赤壁詩：「東風不與周郎便，銅雀春深鎖二喬。」南略：「四月初五日，海艘千數，復上鎮江，焚小閘，至儀真，索鹽商金（案：小腆紀年『鹽商』下有『助餉』二字），弗與，遂焚六百艘而去。」小腆紀年：「尋以沙船六十入山東登、萊諸處，直抵高麗，乃還。」案：此望其力争上游，即上吴侍郎暘詩所謂「争雄必上游」意。故曰「真州非赤壁」，特「風便一臨兵」而已。

太平

【解題】

徐注：明史志地理一：「太平府，太祖乙未年爲府。東距南京百三十五里。領縣三：當塗，蕪湖，繁昌。

天門采石尚嶙峋〔一〕，一代興亡此地親〔二〕。雲擁白龍來戍壘〔三〕，日隨青蓋落江津〔四〕。常王戈甲先登陣，花將鬚眉罵賊身〔五〕。猶是南京股肱郡〔六〕，憑高懷往獨傷神。

【彙注】

〔一〕天門句　蘧常案：明史志地理一當塗注：城北有采石山，一名牛渚山，臨大江。西南有博望山，與和州梁山夾江相對，亦曰東梁山。圖經：天門山在太平州當塗縣西南二十里，二山夾大江對峙，東曰博望，西曰梁山。

〔二〕一代句　蘧常案：先生聖安本紀：弘光元年五月己丑夜，清以小舟自七里江（案：佚名江南聞見録作七里港）渡，庚寅旦，抵南岸。鄭鴻逵以水師奔福建，清陷鎮江府。辛卯夜二鼓，上出通濟門，幸太平。

〔三〕雲擁句　蘧常案：白龍，見前贈萬舉人壽祺詩「白龍」二句注。言弘光之被俘也。小腆紀傳弘光紀：癸巳，上至太平，劉孔昭不納，走蕪湖，總兵黄斌卿已遁，上匿黄得功麾下總兵翁之琪舟中，往就得功營。將幸杭州，命朱大典、方國安以部兵先發，得功斷後。未發，而叛將劉良佐引追兵至，得功自刎死，良佐麾兵劫其營。將士倉卒謀渡，而浮橋鎖忽斷，中軍翁之琪投江死。左協總兵田雄入上舟，負上，與右協總兵馬得功出降。

〔四〕日隨句　原注：吴志孫皓傳注引干寶晉紀：庚子歲，青蓋當入雒陽。徐注：地理通釋：太平，江津之要害也。

蘧常案：此言弘光之檻送北京也。小腆紀傳弘光紀：丙午，良佐挾上至南京，以無幔小轎入城，首蒙帕，衣藍布衣，油扇掩面。拘於江寧縣。九月甲寅，北去。隆武帝立，遥上尊號曰聖安皇帝。明年五月，殂於北京。夏完淳續幸存録：潞王與上及之明（案：即北來太子所謂王之明者），同以檻車北狩。

〔五〕常王二句　原注：太祖實録：上渡江，抵采石磯，常遇春舍舟奮戈先登，衆皆披靡，遂拔采石。陳友諒陷太平，守將樞密院判花雲大駡而死。

〔六〕股肱郡　徐注：地理通釋：太平，左天門，右牛渚磯，鐵甕直其東，石頭枕其北，襟帶秦淮，自吴迄陳，常爲鉅屏。

蘧常案：史記季布列傳：河東，吾股肱郡，故特召君耳。讀史方輿紀要：金陵有事，姑孰爲必争之地。案：姑孰，當塗也。東晉置。

蟂磯

【解題】

蘧常案：先生日知録卷三十一：蕪湖縣西南七里大江中蟂磯，相傳昭烈孫夫人自沈於此，有廟在焉。水經注武陵：縣治故城，王莽更名孱陵。劉備孫夫人，權妹也，又更修之。其城背油向澤。則是隨昭烈而至荆州矣。蜀志曰：先主既定益州，而孫夫人還吴。是孫夫人自荆州復歸於權，而後不知所終。蟂磯之傳殆妄。案：詩中絶不涉傳説，以此也。李時珍本草綱目：陸檉云：蟂，即蛟也。陸游入蜀記：凡山臨江皆曰磯。

下接金山上小孤〔一〕，一磯中立鎮蕪湖〔二〕。千年形勢分南極〔三〕，萬里梯航達帝都。嶺色遠浮黄屋纛〔四〕，江風寒拂白頭烏〔五〕。高皇事業山河在，留得奎章墨未枯〔六〕！廟中有高皇帝御製詩金字牌一扇。

【彙校】

〔嶺色句〕徐注本「色」作「石」，誤。

〔事業〕徐注本「事」作「世」，誤。

【彙注】

〔一〕下接句　徐注：明史志地理九江府彭澤注：府東少北，濱大江。北有小孤山，在江中；江濱有彭浪磯與小孤對。

蘧常案：金山，見卷一京口詩第一首「一上」句注。王士禛登燕子磯記：西則大孤山、小孤山，東則潤州之金、焦。

〔二〕一磯句　徐注：方輿紀要：大江中有蟂磯山。磯南有石穴，廣一尺，深不可測。志云：磯高千丈，周九畝有奇，往來者皆經其下。明史志地理太平府蕪湖注：府西南。

〔三〕千年句　徐注：先生形勢論：昔都於南者，吴、東晉、宋、齊、梁、陳、南唐、南宋，凡八代。又：北失淮、淝，以長江爲境，於是乎守江矣。幅員日狹，國祚彌短。淮南子：禹使豎亥步自北極，至於南極。

〔四〕黄屋纛　蘧常案：見前金壇縣南五里顧龍山詩「黄屋」句注。

〔五〕白頭烏　原注：三國典略：侯景篡位，令飾朱雀門。其日，有白頭烏萬許集於門樓，童謡曰：白頭烏，拂朱雀，還與吴。

〔六〕高皇二句　徐注：岳珂桯史：山南有萬杉寺，仁皇所建，奎章在焉。

蘧常案：孝經緯援神契云：奎，主文章。「奎章」當取義於此。

江上 二首

清霜覆蘆花，秋向江岸白。青山矗江天〔一〕，飛鳥去無跡。行行獨愁思，今爲遠行客〔二〕。晨樵水上峰，夜釣磯邊石。酌水復烹魚，可以供日夕。且此恣盤桓〔三〕，安能守阡陌。

【彙校】

〔江岸白〕徐注本，「白」作「北」。案：音近而誤。

【彙注】

〔一〕青山 徐注：江寧府志：青山在城南四十里，周迴四十五里，高一百二十五丈，一曰大青山。又：青龍山在上元麒麟門外，一曰青山。

蘧常案：詩首寫秋景，下兩言「磯」，當即元譜所云「秋游燕子磯留宿僧院」時所作也。燕子磯在南京西北，青山在京南四十里，青龍山在上元東，皆不相近，且兩山皆不濱江，與此不合。疑「青山」蓋泛言，非實指也。徐注似非。

〔二〕行行二句 徐注：古詩：行行重行行。又：忽如遠行客。

〔三〕盤桓 徐注：易屯卦：初九，盤桓。程傳：未能便往濟屯，故盤桓也。

蘧常案：虞翻周易屯初九，盤桓注：震起艮止，動乎險中，故盤桓。前翦髮詩有云：畏途窮水陸，仇讎在門户，故鄉不可宿，飄然去其宇。則先生此時方避讎違難，或取虞義乎？鄭玄書禹貢「因桓是來」注：桓是隴阪名，其道盤旋曲而上，故名曰桓。其義近之。

江風吹回波，垂鈎魚不上。歲旱耕山田，抱甕禾不長〔一〕。閒來走磯下，輕舟駕兩槳。何處是新洲〔二〕？日入秋砧響。聞有伐荻人〔三〕，欣然願偕往。恐復非英流，空結千齡想。

【彙注】

〔一〕抱甕　徐注：莊子天地：子貢過漢陰，見一丈人方將爲圃畦，鑿隧而入井，抱甕而出灌。

〔二〕新洲　徐注：方輿紀要：江南應天府新洲在府北四十里，一云在京口西大江中。三國吴太平中，孫琳使其黨孫盧襲執朱據於新洲。

〔三〕伐荻人　原注：南史：宋武帝嘗伐荻新洲。　徐注：南史宋武帝紀：少時，伐荻新洲，見大蛇長數丈，射之傷。明日，復至洲裏，聞有杵臼聲。往覘之，見童子數人，皆青衣，擣藥，問其故，答曰：我王爲劉寄奴所射，合散傅之。帝曰：王神，何不殺之？答曰：寄奴王者，不死不可殺。

蘧常案：此似喻海師諸帥，望其殺敵也。

久留燕子磯院中有感而作

【解題】

徐注：一統志：燕子磯，府西北觀音門西，幕府山東。江濱名勝志：自江中望之如神山，與宏濟寺對岸相望，翻江石壁，勢欲飛動。張譜：先生四十二歲，春至金陵，卜居神烈山下，由儀真，歷太平，登采石磯，東抵蕪湖，秋游燕子磯，留宿僧院，至冬始還。

寄食清江院〔一〕，從秋又涉冬。水侵慈姥竹〔二〕，風落孝陵松。野宿從晨釣，山居傍夕烽〔三〕。相逢徐孺子，多謝郭林宗〔四〕。

【彙校】

〔夕烽〕潘刻本「烽」作「峰」。

【彙注】

〔一〕清江院　徐注：江寧府志：燕子磯舊有水雲、大觀、俯江諸亭。其側有宏濟寺，洪武初，即山建觀音閣，正德初，就閣建寺。

蘧常案：此「清江院」當爲張譜所云「留宿僧院」，係泛指也。

〔二〕慈姥竹　原注：輿地志：慈姥山積石臨江，岸壁峻絶。出竹，堪爲簫管。宋梅聖俞有慈姥山石崖上竹鞭記。

〔三〕夕烽　徐注：杜甫夕烽詩：夕烽來不近，每日報平安。

蘧常案：徐注是。朱鶴齡杜詩輯注云：唐六典：凡放烽有一炬、二炬、三炬、四炬者。按：唐鎮戍每日初夜放烟一炬，謂之平安火。安禄山事跡：潼關失守，是夕平安火不至，帝懼焉。據此，則此「夕烽」當亦謂平安火，蓋自本年張名振再入京口、儀真，北至觀音門後，江南警報無聞焉，故上詩云「聞有伐荻人，欣然願偕往」。恐復非英流，空結千齡想」，此復慨然有斯二句也。或謂即指張名振軍至觀音門之役，然如真寫烽火之事，則必欣躍鼓舞之不暇，何云「多謝郭林宗」乎？

〔四〕相逢二句　原注：後漢書徐穉傳：謂茅容曰：爲我謝郭林宗，大樹將顛，非一繩所維，何爲棲棲，不遑寧處。

蘧常案：後漢書徐穉傳：徐穉，字孺子，豫章南昌人也。家貧常自耕稼，非其力不食；恭儉義讓，所居服其德。又郭太傳：郭太，字林宗，太原介休人也。博通墳籍，善談論，美音制，雖善人倫，而不爲危言覈論，故宦官擅政而不能傷。其獎拔士人，皆如所鑒。注：范曄父名泰，故改爲「太」。

范文正公祠

【解題】

徐注：蘇州府志壇廟：范文正公祠在義宅東，宋咸淳十年知府潛説友奏建。又見姜順蛟吴縣志：有元徐琰碑記；明徐有貞重建祠記：其東爲范文正公坊，其西則文正公故宅。

蘧常案：宋史范仲淹傳：仲淹，字希文。其先邠人，後徙吴縣。大中祥符八年進士。爲祕閣校理。每感激論天下事，奮不顧身，一時士大夫矯厲尚氣節，自仲淹倡之。遷吏部員外郎，權開封府。忤吕夷簡，罷知饒州。元昊反，夏竦爲陝西經略安撫招討使，進仲淹以副之。改參知政事，天子倚以爲治。而仲淹以天下爲己任，爲僥倖者所不悦，出爲河東陝西宣撫使。徙青州、潁州。卒謚文正。

先朝亦復愁元昊〔一〕，臣子何人似范公〔二〕？已見干戈纏海内，尚留冠佩託江東〔三〕。含霜晚穗遺田裏〔四〕，噪日寒禽古廟中〔五〕。吾欲與公籌大事，到今憂樂恐無窮〔六〕。

【彙校】

〔田裏〕徐注本「裏」作「表」。丕績案：形近而誤。

【彙注】

〔一〕先朝句　蘧常案：宋史夏國傳：曩霄本名元昊，性雄毅，多大略。既襲封，明號令，以兵法勒諸部，自號嵬名吾祖。宋寶元元年，元昊表遣使詣五臺山供佛寶，實欲窺河東道路。與諸豪歃血，約先攻鄜延，欲自靖德、塞門砦、赤城路三道並入，遂築壇受册，即皇帝位。國稱大夏，年號天授禮法延祚。

〔二〕臣子句　徐注：宋史范仲淹傳：仲淹爲將，號令明白，愛撫士卒，諸羌來者，推心接之不疑，賊不敢輒犯其境。諫官歐陽修等言仲淹有相材，遂改參知政事。帝開天章閣，召二府條對，仲淹上十事，悉采用之。陝西用兵，天子拔用之。人相語曰：軍中有一范，敵人聞之驚破膽。又曰：小范老子胸有數萬甲兵，不似大范老子可欺也。

〔三〕冠佩句　蘧常案：冠佩，謂祠像。江東，見卷一感事詩第七首「父老」句注。

〔四〕晚穗遺田　徐注：詩：彼有遺秉，此有滯穗。

〔五〕寒禽古廟　徐注：黄庭堅游范文正公祠詩：公歸未百年，鶴巢荒古屋。我吟殄瘁詩，悲風韻喬木。

〔六〕大事二句　徐注：范文正公集褒賢録：韓魏公曰：若成就人事，以濟天下，則希文可也。

又，王洙范文正公神道碑：慨然有志於天下，常自誦曰：士當先天下之憂而憂，後天下之樂而樂。

錢生肅潤之父出示所輯方書

【解題】

徐注：蘇州府志雜記：國初，吴中鶩隱詩社，梁谿錢肅潤。戴注：生字季霖，號礎日，無錫人。著有南忠紀諸書。常庸顧譜斠識：按肅潤字季木，又號十峰。前諸生。

蘧常案：字季木，疑誤。當從戴注。錫金縣志儒林傳：錢肅潤幼從學於鄒期相，期相故高攀龍弟子也。授以静坐法，頗有得。既補博士弟子員，鼎革後，棄去。隱居教授。當事見其衣冠有異，執而笞之，折脛。肅潤笑曰：夔一足，庸何傷。因自號「跛足生」。自此名益高，四方學者尊爲「東林老都講」，年八十八卒於家。

和扁日以遥〔一〕，治術多瞀亂。方書浩無涯，其言比河漢〔二〕。彭鏗有後賢〔三〕，物理恣探玩。恥爲俗人學，特發仁者歎。五勞與七傷〔四〕，大抵同所患。循方以治之，於事亦得半。條列三十餘，有目皆可看。略知病所起，可以方理斷〔五〕。哀哉末世醫，誤人已無算〔六〕。頗似郭舍人，射覆徒夸誕〔七〕。信口道熱寒〔八〕，師心作湯散〔九〕。未達敢嘗之〔一〇〕，不死乃如綫〔一一〕。豈如讀古方，猶得依畔岸〔一二〕。在漢有孝文，仁心周里閈。下詔問淳于，一篇著醫案〔一三〕。如君静者流〔一四〕，嗣子況才彦〔一五〕。何時遇英明，大化同參贊？

【彙校】

〔題〕孫校本作「錢翁□示所輯方書」。小注：肅潤之父。

〔條列〕徐注本，吴、汪、曹三校本「列」皆作「別」。

〔畔岸〕徐注本，吴、汪、曹三校本皆作「岸畔」。

〔孝文〕潘刻本誤作「孝父」。

【彙注】

〔一〕和扁　徐注：史記扁鵲倉公列傳：扁鵲者姓秦氏，名少齊，越人（蘧常案：此據周禮天官疾醫釋文引，今本作勃海郡鄭人也，名越人）。扁鵲以長桑君言飲藥三十日，視見垣一方人，以此視病，盡見五藏癥結，特以診脈爲名耳。

蘧常案：左傳昭公元年：晉侯求醫於秦，秦伯使醫和視之。曰：疾不可爲也，是謂近女室，疾如蠱。趙孟曰：何謂蠱？對曰：淫溺惑亂之所生也。趙孟曰：良醫也！厚其禮而歸之。史記扁鵲列傳：長桑君乃悉取其禁方書盡與扁鵲。

〔二〕方書二句 徐注：潘未鍼灸集要序：醫術之不明，方書害之也。古者，扁鵲、倉公、華佗之流，操術至神妙，乃其書不少槩見。後之醫，才伎不如古而著書日益多。凡言湯藥者無慮數百種。莊子逍遥游：吾驚怖其言，猶河漢而無極也。

〔三〕彭鏗 徐注：姓苑：彭祖裔孫，爲周錢府上士，用官名氏。

蘧常案：史記楚世家：陸終生子六，三曰彭祖。索隱引世本：三曰籛鏗，是爲彭祖。嚴可均全上古三代文編云：彭祖，國名，即大彭。夏商爲方伯，唐、虞封國，傳數十世，八百歲而滅於商。此其實事，後世傅會，乃謂壽八百歲，此不經之談也。案：其説新且確，足掃前人之積誤。惟世本云「籛鏗是爲彭祖」，謂爲大彭之祖也。嚴以彭祖爲國名，誤。

〔四〕五勞七傷 徐注：素問宣明五氣篇第二十二：五勞所傷：久視傷血，久卧傷氣，久坐傷肉，久立傷骨，久行傷筋，是謂五勞所傷。靈樞本神篇第八：心怵惕思慮則傷神，肝悲哀動中則傷魂，肺喜樂無極則傷魄，腎盛怒不止則傷志，脾恐懼而不解則傷筋。張志聰注：此分論七情傷五臟之神志也。

〔五〕略知二句 徐注：周禮疾醫：以五氣、五聲、五色眡其死生。注：三者，劇易之徵見於外者，病所起也。察其盈虚休王，吉凶可知。周禮醫師：十失四爲下。注：以失四爲下者，五則半矣。

〔六〕哀哉二句 徐注：日知録：古之時，庸醫殺人；今之時，庸醫不殺人，亦不活人，使其人在不死不活之間，其病日深而卒至於死。又曰：嗚呼！此張禹之所以亡漢，李林甫之所以亡唐也。朱文公與劉子澄書所論四君子湯，其意亦略似此。又，後漢書華佗傳：精於方藥，處劑不過數種。是故官多則亂，將多則敗，天下之事，亦猶此矣。

〔七〕頗似二句　徐注：漢書東方朔傳：郭舍人曰：朔幸中耳，非至數也。臣願令朔覆射，中之，臣搒百；不中，臣賜帛。乃覆樹上寄生，令朔射之。曰：寠藪也。上令搒舍人。

〔八〕熱寒　蘧常案：素問風論篇：風者善行而數變，腠理開則洒然寒，閉則熱而悶。其寒也則衰食飲，其熱也則消肌肉，故使人怢慄而不能食，名曰寒熱。

〔九〕師心句　徐注：莊子人間世：夫何可及，猶師心者也。

蘧常案：漢書藝文志方技略：經方有湯液經法。王應麟考證云：事物紀原：湯液經出於伊尹。皇甫謐曰：仲景（案：東漢張機字）論伊尹湯液爲十餘卷。張機金匱要略有寒食散，後漢書華佗傳有麻沸散、漆葉青黏散。

〔一〇〕未達句　徐注：論語：某未達，不敢嘗。

〔一一〕不死句　徐注：北史隋文帝紀：不絶如綫。

〔一二〕畔岸　徐注：詩：淇則有岸，隰則有畔。

〔一三〕在漢四句　徐注：後漢書成武孝侯傳：與光武同里閈。日知録：淳于意之對孝文，尚謂時時失之，臣意不能全也。案：史記扁鵲倉公列傳：齊太倉長，臨菑人也。姓淳于氏，名意。

少而喜醫方術，更受師同郡元里公乘陽慶。慶年七十餘，使意盡去其故方，更悉以禁方予之。傳黄帝、扁鵲之脈書，五色診病，知人死生，決嫌疑，定可治，及藥論，甚精。受之三年，爲人治病，決死生多驗。又：意家居，文帝詔召問所爲治病死生驗者幾何人也，主名爲誰？方伎所長及所能治病者？有其書無有？皆安受學？意對曰：臣得見師臨菑元里公乘陽慶，受其脈書上下經、五色診、奇咳術、揆度陰陽外變、藥論、石神、接陰陽禁書，受讀解驗之。又曰：扁鵲雖言若是，然必審診起度，量立規矩，稱權衡，合色脈，表裏有餘，不足順逆之法，參其人動静與息相應，乃可以論。又，臣意所診者皆有診籍。注：猶今之醫案。

蘧常案：倉公所對凡二十六條，又詔問對八條，共三十四條。

〔一四〕静者　蘧常案：謝靈運過始寧墅詩：還得静者便。蔡夢弼杜詩注：静者，公三用之：送孔巢父詩：蔡侯静者意有餘；貽阮隱居詩：貧知静者性；寄張彪詩：静者心多妙。

〔一五〕嗣子句　蘧常案：顧譜斠識：肅潤，宋德宜薦應博學鴻儒，不就。著有尚書體要六卷，道南正學編三卷，十峰草堂文集，文潔。

顧亭林詩集彙注

〔清〕顧炎武 著
王蘧常 輯注
吴丕績 標校

中

上海古籍出版社

顧亭林詩集彙注卷三

王蘧常　輯注
吴丕績　標校

元日陵下作　二首　已下旃蒙協洽

【解題】

徐注：順治十二年乙未。張譜：元旦，四謁孝陵。冒云：先生是年年四十三。

蘧常案：是年爲明永曆九年，公元一六五五年。

十載逢元日，朝陵有一臣〔一〕。山川通御氣〔二〕，節物到王春〔三〕。闕下樵蘇盡，江東戰伐新〔四〕。相看園殿切，鵠立幾縈神。

【彙注】

〔一〕十載二句　徐注：同志贈言釋嘗明讀蔣山傭元日謁陵詩感而有作：一介儒生循故事，普天臣子愧深恩。嘗明，故懷遠侯常延齡也。

蘧常案：自甲申後至本年凡十有一年，曰十載者，舉成數也。

〔二〕通御氣　蘧常案：杜甫秋興詩：花蕚夾城通御氣。

〔三〕王春　蘧常案：見卷二元日詩「天王春」注。

〔四〕江東句　徐注：南疆逸史：甲午，清下令招撫，鄭芝豹等皆降。成功不應，乘機登岸措餉，大擾福州、興化等郡，沿海震動。貳臣傳：田雄十一年奉旨移駐定海。十二年，阮進餘黨阮思、陳六御等復踞舟山。命寧海大將軍伊爾德統師征勦。雄率精鋭會大軍，誓師登舟，由定海大洋進烈港。思等連接迎戰。雄與伊爾德麾兵並進，以礮毁數船。思等習風濤，左右衝突。雄恐兵志未定，稍卻必爲所乘，揚帆據上游，攻其巨艦，副將常進功等從右奮擊。思衆大潰，投海死者大半。轉戰至日夕，乃振旅還。

蘧常案：此句當謂上年正月，張名振以鄭成功之師入長江，四月，復以海艘上鎮江、儀真事。南疆逸史所云，在閩不在江東；貳臣傳所云，則爲此後事，非作詩時所知。徐注非。江東，見卷一感事詩第七首「父老」句注。

春秋孔壁書

是日稱三始〔一〕，何時見國初？風雲終日有〔二〕，兵火十年餘。甲子軒庭曆〔三〕，春秋孔壁書〔四〕。幸來京兆里〔五〕，得近帝王居。

【彙校】

〔軒庭曆〕「曆」原作「歷」，猶避清諱。孫、吴、汪各校本皆作「曆」，兹據正。潘刻本作□；徐注本、曹校本作「厤」；冒校本作「鎵」。

【彙注】

〔一〕三始　蘧常案：見卷二元日詩「三始朝」注。

〔二〕風雲句　原注：史記天官書：正旦欲終日有雲、有風、有日。

〔三〕甲子句　蘧常案：茆泮林輯世本作篇：黄帝令大撓作甲子，容成造曆。史記五帝本紀：黄帝姓公孫，名曰軒轅。

〔四〕春秋句　徐注：漢書藝文志：古文尚書者，出孔壁中。

蘧常案：徐注非。漢書劉歆傳移太常博士書曰：魯恭王壞孔子宅，欲以爲宫，而得古文於壞壁之中。逸禮有三十九，書十六篇，及春秋左氏丘明所修，皆古文舊書，多者二十餘通。此句明言春秋，旨在「春王正月」一語也。春秋經：元年春王正月。左傳：元年春王周正月。杜注：言周正月，以見建子，言别夏、殷也。日知録卷四云：左氏傳曰：元年春王周正月。此古人解經之善。後人辯之，累數百千言而未明者，傳以一字盡之矣。蓋以左氏最得春秋之義，故言之如此。隱喻奉明正朔，非謂書也。

〔五〕京兆　徐注：隋書地理志：京兆，王都所在，俗具五方。王應麟急就篇注：絶高曰京，十萬曰兆。

常熟歸生晟陳生芳績書來以詩答之

【解題】

徐注：蘇州府志常熟人物陳芳績傳：與歸文學晟爲友，均爲亭林所賞。歸氏世譜、虞陽科名録，晟，均作恒，字成伯。諸生。朂學勵品，工吟。二人嘗以書訊亭林，亭林以詩答之。張譜：芳績，字亮工，常熟人。處士鼎和之孫。先生避難語濂涇時，與鼎和比鄰，亮工時猶少也。著有歷代地理沿革表四十七卷，道光十三年，其鄉人張觀察大鏞爲刊行之。

十載江村二子偕〔一〕，相逢每詠步兵懷〔二〕。猶看老驥心偏壯〔三〕，豈惜飛龍羽乍乖〔四〕。海上戈船連滬瀆〔五〕，石頭烽火照秦淮〔六〕。先朝舊事君休問，鼓角淒其滿御街〔七〕。

【彙注】

〔一〕十載句　蘧常案：同志贈言：陳芳績秋日懷涂中先生詩「把臂十年風雨夕」注：涂中亦亭林號。顧譜斠識：柳南續筆卷四：所謂江村，即語濂涇。先生寓居於常熟，始自乙酉歲，後遂久淹於此，故云十載也。

〔二〕相逢句　徐注：晉書阮籍傳：聞步兵廚營人善釀，有貯酒三百斛，乃求爲步兵校尉，遺落世事。又：籍作詠懷詩八十餘篇。爲世所重。

〔三〕猶看句　徐注：魏樂府龜雖壽：老驥伏櫪，志在千里。歐陽修送張生詩：老驥骨奇心尚壯。

〔四〕豈惜句　徐注：蘇武詩：何況雙飛龍，羽翼臨當乖。王逸注：雙龍，喻己及朋友也。

〔五〕海上句　徐注：東華録：順治十一年，海寇犯崇明、靖江、泰興，官兵擊走之。海寇犯金山。十二月，命貝子濟度爲定遠大將軍征勦鄭成功。貳臣傳：張天禄留駐延平，勦各山賊。十一年，明魯王定西侯張名振由浙江犯崇明，天禄馳還松江，調將出洋横勦。正月，奪卑沙老營，追至高家嘴，名振遁入浙。尋乘潮突犯吴淞、采淘港，傷兵焚船。晉書袁山松傳：山松爲吴郡太守。孫恩作亂，松守滬瀆城。城陷，被害。

〔六〕石頭句　原注：金陵志：烽火樓在石頭城西南最高處。吴時舉烽火於此。徐注：方輿紀要：秦淮在上元縣治東南三里。建康實録云：舊名龍藏浦。有二源：一發句容縣北之華山，一發溧水縣東南之東廬山，北流至於方山，西經府城中至石頭城。

蘧常案：此似謂去歲張名振軍至觀音門事。觀音門者，南京外郭之北門也。

〔七〕御街　蘧常案：江寧府志古蹟：古御街自大司馬門至朱雀門。

贈路光禄太平

【解題】

徐注：張譜：先生有送書小帖云：路安卿名澤濃，故總督皓月公長子。又，廣師篇云：險阻備嘗，與時屈伸，吾不如路安卿。南略：澤濃賜名太平。

蘧常案：閔爾昌書顧亭林廣師後：案耆獻類徵卷三八一載金德嘉代某撰路澤農墓誌云：君諱澤農，字吾徵，一字安卿。計六奇明季南略云：路文貞公流寓蘇州。南京陷，率家丁保洞庭山。隆武詔使至，與季子澤濃入閩，澤濃賜名太平，授職方郎，遣徵兵湖南。歸玄恭文續鈔路中書家傳云：君諱澤淳，字聞符。兄中書舍人澤溥，弟光禄少卿太平。張氏亭林年譜引錢飲光明末野史永曆紀事云：振飛至，即日拜相，官其子太平爲卿。又申凫盟年譜云：大妹適曲周路澤農。聰山詩選有寄妹壻路三吾徵並乃兄蘇生詩，又有寄路甦生兄弟久客吳門詩。大抵文貞三子，長澤溥，字蘇生；次澤淳，字聞符；季初名澤濃，偏傍從水，與兩兄同。唐王賜名太平後，名澤農，字吾徵，一字安卿。路、申早締姻好，故詩中稱其初字，金誌及申譜用其後名。亭林遺逸，乃用南中官職及賜名，並及其後字也。張譜後出，所謂送書小帖既屬孤證，安能定其果爲亭林真跡耶？常庸張譜斠識：粵游見聞録：振飛第三子年十七，賜名太平，授錦衣百户。復改職方司主事，尋升廣西按察司僉事，復奉敕招撫。丁公艱，南歸。與其兩兄居洞庭兩山之間。案：閔説極詳確。惟先生送韻譜帖子，國粹學報庚戌第七號載之，云「路安卿名澤濃，故總漕皓月公之子」，不云長子。振飛於崇禎末總督漕運，巡撫淮揚，未嘗爲封疆總督，張譜引誤。閔謂小帖孤證，且疑非亭林真跡，過已！見聞録叙官職甚詳，惟未及光禄卿。先生稱之，當爲南明最後之官，或在奉敕招撫時所授，而見聞録失叙乎？尹云：亭林於友人稱謂，多用明官。如路光禄太平，錢編修秉鐙，皆南明所授官。

已下數首，皆余蒙難之作〔一〕。先是，有僕陸恩服事余家三世矣。見門祚日微〔二〕，叛而投里豪〔三〕。余持之急，乃欲告余通閩中事〔四〕，余聞，亟擒之，數其罪，沉諸水。其壻復投豪訟之官，以二千金賂府推官求殺余。余既待訊，法當囚繫，乃不之獄曹而執諸豪奴之家。同人不平，爲代愬之兵備使者。移獄松江府，以殺奴論〔五〕。豪計不行〔六〕，遂遣刺客伺余，而余乃浩然有山東之行矣〔七〕。

弱冠追三古〔八〕，中年賦二京〔九〕。一門更喪亂〔一〇〕，七尺尚崢嶸。江海存微息，山陵鑒本誠〔一一〕。落萁裁十畝，覆草只三楹〔一二〕。變故興奴隸，奸豪出里閈〔一三〕。彌天成夏網〔一四〕，畫地類秦阬〔一五〕。獄卒逢田甲〔一六〕，刑官屬寧成〔一七〕。文深從鍛鍊〔一八〕，事急費經營。節俠多燕趙，交親即弟兄〔一九〕。周旋如一日，忼慨見平生。疾苦頻存問，阽危得拄撐〔二〇〕。不侵貞士諾，逾篤故人情〔二一〕。木向猿聲老，江隨虎跡清〔二二〕。更承身世畫，不覺涕霑纓。

【彙校】

〔題〕孫校本「贈」作「上」。徐注本題下有「有序」二字。

〔已下〕潘刻本、徐注本、曹校本，有「數首」二字。

〔乃欲句〕潘刻本、徐注本作「乃欲陷余重案」。

〔訟之官句〕潘刻本、徐注本作「訟之郡，行千金求殺余」。

〔遂遣刺客句〕潘刻本、徐注本作「而余有戒心，乃浩然有山東之行矣」。

〔奸豪〕潘刻本、徐注本作「荓蜂」。

〔秦阬〕徐注本「阬」作「坑」。案：坑、阬同。

〔交親〕徐注本、曹校本「親」作「清」。丕績案：音近而誤。

【彙注】

〔一〕已下二句　黃注：此篇各譜皆列於乙未，而各本於此題下皆録自序一段。余考乙未五月，乃獄之初發時也。吳譜、張譜並載丙申春獄始解，亭林乃回崑山。閏五月至鍾山舊居。獄解後，葉氏憾不釋，遣刺客擊傷首。據此則自序云「豪計不行，遂遣刺客伺余」，謂此也。由此求之，序是獄解後始作。而此詩所云「疾苦頻存問，阽危得拄撐」，「木向猿聲老，江隨虎跡清」，皆是獄後將遠行之言。至永夜一首云「山憐虎阜從波涌，路識閶門與帝通。待客荆卿愁日晚，檥舟漁父畏天風」；酬陳生芳績云「笠澤水清連底日，虞山葉落到根初。從今世事無煩問，但掩衡門學種蔬」；贈路舍人云「大麓陽飈回宿草，岷江春水下枯魚。丁寧未忍津頭別，此去防身計莫疏」；贈錢行人邦寅云「彫年黃浦雪，殘臘玉山春」、「南徐游歷地，儻有和歌辰」等句，絶非獄中之言。即以上各詩全首，亦無一獄中語。而諸譜皆列之乙未在獄之年，蓋未之考也。惟酬王生仍云「演易已成殷牖賾，援琴猶學楚囚音」，則是獄中語，當列之乙未耳。序既爲獄解後作，詩又不是獄中之詩，而諸譜列之乙未，則因序言而然。顧序祇言蒙難，不言在獄。如此篇所云「獄卒逢田甲，刑官屬寧成」，酬陳生云「發憤終成太史書」，贈錢行人云「生涯從吏議，直道託羣倫」，皆追言蒙難之事而已，不得强列之在獄之年也，此宜訂譜者也。

蘧常案：幽光閣本及潘鈔各校本，皆無「數首」二字。惟潘刻本有之，有之是。蓋無此二字，則失斷限，兹從潘刻補之。所謂數首，當指此下至贈錢行人邦寅，凡六首。此序則六首之總序也。黄注云云，誠言之成理。然詩由先生手編，此數詩亦列諸乙未年，當亦有故。考歸莊送顧寧人北游序云：葉公子與寧人訟，執寧人囚諸奴家。同人走叩憲副行提，始出寧人。乃移獄雲間守。則訟起非始終在獄者。全祖望神道表云：獄日急，有爲先生求救於某公者（案：某公指錢謙益），某公欲先生自稱門下而後許之。其人知先生必不可，而懼失某公之援也，乃自書一刺與之。先生聞之，急索刺還，不得，列揭通衢以自白。益可證獄急時，猶未在獄，故能索刺列揭也。詩言如此，固不足怪。不能指爲出獄後補作也。

〔二〕門祚日微　蘧常案：唐書柳玭傳：門祚衰落。歸莊送顧寧人北游序：寧人故世家，崇禎之末，祖父蠡源先生暨兄孝廉捐館，一時喪荒，賦繇蝟集，顧氏勢衰。案：蔣山傭殘稿答再從兄書有云：孰使我一家三十餘口，風飛雹散，孑然一身，無所容趾者乎？孰使我遺貲數千金，盡供猱玃，四壁并非己有，一簪不得隨身，絶粒三春，寄湌他氏者乎？孰使我四世祖居，日謀侵占，竟歸異姓，謝公辭世，不保五畝之家，欲求破屋數間而已亦不可得者乎？孰使我倍息而舉，半價而賣，轉盼蕭然，伍子吹篪，王孫乞食者乎？孰使我一廛不守，寸晦無遺，奪沁水之田，則矯烝嘗爲號；攘臨川之宅，則假廟宇爲辭，巧立奇名，併歸鯨吾者乎？蓋宗人肆毒，竟至破家（别詳卷二翦髮詩「仇讎」句注），不獨喪荒賦繇而已。

〔三〕里豪　蘧常案：元譜：順治九年壬辰，先生有世僕陸恩，叛投里豪葉方恒。方恒字嵋初。崇禎壬午舉人，順治戊戌進士。官至山東濟寧道僉事。吴譜：方恒，太常卿重華三子。

〔四〕余持之急二句　黄注：沈奴一事，序未明言其故，詩亦但云「變故興奴隸」而已。歸玄恭送顧寧人北游序云「寧人率親友執而箠之死」，亦未明言其故。張譜另有自訂一編云：陸清獻日記：寧人鼎革初，嘗通書於海上，黏在金剛經後，使一僧挾之以往。其僕知之，以金與僧，買而藏之。後其僕轉靠葉方恒，葉重託之。寧人有所冀於此僕，僕曰：金剛經上何物也？乃欲詐我乎？寧人懼，夜使力士入其家殺之，取其所有，并葉所託者亦盡焉。歸序、陸記，或言「箠之死」，或言「入其家殺之」，與序「沉諸水」之言不同，然其所以必殺之之故，則如陸記所言。

蘧常案：元譜：順治十二年乙未五月十三日，擒叛奴陸恩，數其罪，沉諸水。

〔五〕其壻復投豪九句　黄注：所謂代䜣兵備者，乃路舍人澤溥也。事見全謝山亭林先生神道表。

蘧常案：歸莊送顧寧人北游序：寧人以遺田八百畝典葉公子，券價僅當田之半，仍靳不與。寧人請求，無慮百次，乃少畀之，而逢國變。公子者，素倚其父與伯父之勢，凌奪里中。其産逼鄰寧人，見顧氏勢衰，本蓄意吞之。而寧人自母亡後，居山中不出。同人不平，代爲之請，公子意不善也。適寧人之僕陸恩得罪於主，公子鉤致之，令誣寧人不軌，將興大獄。事泄，寧人率親友掩其僕，執而箠之死。其同謀者懼，告公子。公子挺身出，與寧人訟，執寧人囚諸奴家，脅令自裁。同人走叩憲副行提，始出寧人。比刑官以獄上，寧人殺無罪奴，擬城旦。憲副與公子年家，然心知是獄冤，又知郡之官吏，上下大小，無非公子人者，乃移獄雲間守，坐寧人殺有罪奴，擬杖而已。

〔六〕豪計不行句　蘧常案：元譜：十三年丙申春，獄解，回崑山。閏五月，至鍾山舊居。獄解後，葉氏憾不釋，遣刺客偵所往，至是追及於金陵太平門外，擊之傷首，遇救得免。案：先生蔣山傭殘稿載有與葉嵋初二書：一謂「夏初可至歷下，憚暑未便山游，更以異日可耳。肅此附謝」。一謂「纔入署，未便外出。年兄至此而不得一晤，真交臂失之矣。紬葛之惠，敬佩雅愛，對使拜登，尚容面謝」，皆此後事。歸莊有與先生書，首云「一別四載」，下云「知託跡濟上」，後云「兄之仇讎行且入都」，與書歷下云云合，相晤當在此時。不謂刻骨之讎，乃忽相悦以解。或方恒迫於公論，如先生答原一公肅書所云，或悚於歸莊輩之責勸，如歸玄恭集與葉嵋初書所言而幡然改悔，終至輸誠傾服。先生大度，亦不咎既往耶？此前人年譜詩注所未及，附識於此。

〔七〕山東之行句　蘧常案：歸莊送顧寧人北游序：寧人度與公子訟，力不勝，則浩然有遠行。

〔八〕弱冠句　蘧常案：漢書藝文志「世歷三古」注：孟康曰：易繫辭曰：易之興其於中古乎？然則伏羲爲上古，文王爲中古，孔子爲下古。餘集三朝紀事闕文序：先帝即位，天下翕然，又當先帝頒孝經、小學，釐正文字之日，臣乃獨好五經。崇禎元年，先生十六歲。

〔九〕中年句　蘧常案：賦二京，見前卷一帝京篇「張衡」注。案：此似謂作帝京篇。元譜：崇禎十七年甲申，年三十二歲。是年詩有京闕篇。京闕篇即帝京篇也。詳校記。篇末云：小臣摇彩筆，幾欲擬張衡。

〔一〇〕一門句　蘧常案：張譜：順治二年乙酉，七月初六日巳刻，清兵下崑山城。先生生母何太孺人被游騎斫右臂折；弟子叟、子武並遭難；子叟妻朱氏引刀自刺其喉，僵卧瓦礫中得免。

吳譜：先生先以省母至語濂涇，得不與難。越二日，常熟城破。貞孝王碩人於二十四日（元譜作十四日）聞變即絶食，至三十日而終。

〔一一〕江海二句　蘧常案：謂江海流轉，存其微息；山陵屢謁，鑒其本誠也。

〔一二〕落萁二句　徐注：楊惲報孫會宗書：種一頃豆，落而爲萁。

蘧常案：「覆草只三楹」，見卷一墓後結廬三楹作詩題注。

〔一三〕變故二句　蘧常案：見本詩序及注。

〔一四〕彌天句　原注：呂氏春秋：湯見祝網者置四面，其祝曰：從天墜者，從地出者，從四方來者，皆罹吾網。湯曰：嘻！盡之矣！非桀其孰爲此？晉傅玄詩：夏桀爲無道，密網施山阿！徐注：應璩報梁季然書：頓彌天之網。

〔一五〕畫地句　徐注：太史公報任少卿書：畫地爲牢，勢不可入。史記秦始皇本紀：諸生在咸陽者，吾使人廉問，或爲訞言，以亂黔首。於是使御史悉案問諸生。諸生傳相告引，乃自除犯禁者四百六十餘人，皆阬之咸陽，使天下知之以懲後。

〔一六〕獄卒句　蘧常案：史記韓長孺列傳：其後安國坐法抵罪，蒙獄吏田甲辱安國。安國曰：死灰獨不復然乎？田甲曰：然，即溺之！

〔一七〕刑官句　蘧常案：史記酷吏（寧成）列傳：寧成者，穰人也。滑（案：通「猾」）賊任威。稍遷至濟南都尉，而郅都爲守，與結驩。郅都死，後長安左右宗室多暴犯法，於是上召爲中尉。其治效郅都，其廉弗如。宗室豪桀皆人人惴恐。集解：徐廣曰：寧一作甯。案：此喻府推官威而不廉也。

〔一八〕文深句　徐注：漢書路温舒傳：上奏畏卻，則鍛鍊而周内之。

蘧常案：史記酷吏（張湯）列傳：與趙禹共定諸律令，務在深文。

〔一九〕節俠二句　徐注：韓愈送董邵南序：燕、趙古稱多慷慨悲歌之士。黄注：舍人爲曲周人。曲周即直隸（案：今河北省）廣平府曲周縣治。詩稱燕、趙節俠，謂舍人、光禄兄弟也。

蘧常案：史記刺客（荆軻）列傳：田光曰：夫爲行而使人疑之，非節俠也。

〔二〇〕疾苦二句　徐注：史記孟嘗君列傳：客去，孟嘗君已使人存問。

蘧常案：離騷：阽余身而危死兮。注：阽，猶危也，或云近也。

〔二一〕不侵二句　徐注：韓非子：託天下於堯之法，則貞士不失分。史記張耳陳餘列傳：貫高不侵然諾者也。

〔二二〕木向二句　蘧常案：此兩句蓋即身世畫中語，勸其遠游以避禍也。

酬王生仍

【解題】

徐注：蘇州府志雜記：鷩隱詩社王仍，字雲頎。案：鷩隱詩社一作逃社，在吴江唐湖北渚古風莊，有煙水竹木之勝。同志贈言：王仍同力田過寧人寓詩：山水他鄉迥，乾坤二棹移。

　　邃常案：徐譜引作「字雲頡」。

故國羈人怨誹深，感君來往數相尋。都將文字銷餘日〔一〕，難把幽憂損壯心。演易已成殷牖蹟〔二〕，援琴猶學楚囚音〔三〕。黧顔白髮非前似，只有新詩尚苦吟。

【彙注】

〔一〕都將句　徐注：沈約郊居賦：以斯終老，於焉消日。震澤志：國初，吾邑之高蹈而能文相率爲驚隱詩社，四方同志咸集。今見於葉桓奏詩集與其他可考者：苕上范風仁梅隱、沈祖孝雪樵、陳忱鴈宕，禾中顔俊彦雪臞、朱臨載揚、鍾俞琴俠，武陵戴笠曼公，玉峰歸莊玄恭、顧炎武寧人，梁谿錢肅潤礎石，吳門陳濟生皇士、程棅杓石、施諲又王，同邑吳珂匡廬、吳宗潛東籬、吳宗漢南村、宗泌西山、吳炎赤溟、周燦爾昭、顧有孝茂倫、顧樵樵水、戴笠耘野、鈕明儒晦復、王錫闡兆敏、潘檉章力田、吳宲北窗、葉世侗開期、葉敷夏康哉、李受恒北山、王礽雲頑、沈永馨建芳等。迹其始起，蓋在順治庚寅。諸君以故國遺民，絶意仕進，相與遯迹林泉，優游文酒。角巾方袍，時往來於五湖三泖之間。而執法之吏，不相誰何，國家文網之寬，諸君氣誼之篤，兩得之矣。其後史案株連，同社有罹法者，社集遂輟。

〔二〕演易句　原注：梁庾肩吾詩：殷牖爻雖賾。　蘧常案：史記殷本紀：紂囚西伯羑里。正義：「牖」一作「羑」。羑城在相州湯陰縣北九里。周本紀：其囚羑里，蓋益易之八卦爲六十四卦。易繫辭：聖人有以見天下之賾，而擬諸其形容，象其物宜，是故謂之象。聖人有以見天下之動，而觀其會通，以行其典禮，繫辭焉以斷其吉凶，是故謂之爻。案：先生不信文王重卦之説，見日知録。此特數典而已。

〔三〕援琴句　蘧常案：左傳成公九年：晉侯觀於軍府，見鍾儀，問之曰：南冠而縶者，誰也？有司對曰：鄭人所獻楚囚也。使税之，召而弔之。問其族。對曰：泠人也。使與之琴，操南音。

永夜

【解題】

徐注：謝靈運羅浮山賦：發潛夢於永夜。案：此以詩首二字爲題。

永夜刀鳴動篍中〔一〕，起看征鴈各西東。山憐虎阜從波涌〔二〕，路識閶門與帝通〔三〕。待客荆卿愁日晚〔四〕，艤舟漁父畏天風〔五〕。當時多少金蘭友〔六〕，此際心期未許同〔七〕。

【彙注】

〔一〕永夜句　徐注：彭大翼山堂肆考：楊貴妃父少時嘗有一刀，每出入道途間多佩之。或前有惡獸盜賊，則刀鏗然鳴，似警於人也。名警惡刀。説文刀部：削，鞞也，從刀，肖聲。案：革部：鞞，刀室也。

蘧常案：説文：箾，以竿擊人也。又以爲虞舜樂之箾韶。此假爲削。

〔二〕山憐句　原注：晉王珣虎丘山銘：虎丘山先名海涌山。

〔三〕路識句　原注：孫權記注：吴西郭門曰閶門，夫差作。以天門通閶闔，故名之。

〔四〕待客句　徐注：史記刺客列傳：荆軻，燕人謂之荆卿。又：僕所以留者，待吾客與俱。今太子遲之，請辭決矣。遂發。

〔五〕艤舟句　徐注：史記項羽本紀：烏江亭長檥船待。又伍子胥列傳：追者在後。至江，江上有一漁父，乘船。知伍胥之急，乃渡伍胥。

〔六〕金蘭友　蘧常案：易繫辭：二人同心，其利斷金。同心之言，其臭如蘭。劉峻廣絶交論：自昔把臂之英，金蘭之友。

〔七〕此際句　徐注：陳芳績秋日懷涂中先生詩：莫漫將心託朋友，近時豪俠未全真。

酬陳生芳績

【解題】

蘧常案：見前常熟歸生晟陳生芳績書來詩解題。鈔本無「芳績」二字。

百里相思路阻紆〔一〕，每承遺札訊何如〔二〕。絶交已廣朱生論〔三〕，發憤終成太史書〔四〕。笠澤水清連底日，虞山葉落到根初〔五〕。從今世事無煩問，但掩衡門學種蔬〔六〕。

【彙注】

〔一〕百里句　蘧常案：下云「笠澤水清連底日」，笠澤爲松江之別名。上詩序云「移獄松江府」，作此詩時當已在松江，而芳績在其鄉常熟，故云。

〔二〕每承句　徐注：古詩十九首：客從遠方來，遺我一書札。段注：杜甫送孔巢父詩：南尋禹穴見李白，道甫問訊今何如？

〔三〕絶交句　徐注：後漢書朱穆傳：字公叔。爲侍御史。感俗澆薄，莫尚敦篤，著絶交論以矯之。

蘧常案：朱穆傳李賢注：朱穆與劉伯宗絶交，因此著論。李善文選注引梁典：劉峻見任昉諸子西華兄弟等流離不能自振，生平舊交，莫有收恤。西華冬月著葛巾帔練裙，路逢峻，峻泫然矜之，乃廣朱公叔絶交論。到溉見其論，抵几於地，終身恨之。廣絶交論：此朱生得玄珠於赤水，謨神睿而爲言。

〔四〕發憤句　徐注：太史公報任少卿書：詩三百篇，大抵聖賢發憤所爲作也。亦欲以究天地之際，通古今之變，成一家之言。草創未就，會遭此禍，惜其不成，是以就極刑而無愠色。

蘧常案：事詳後贈潘節士檉章詩「二十有四年」二句注。

〔五〕笠澤二句　徐注：史記正義：笠澤，松江之别名。又云：笠澤即太湖。揚州記：太湖一名震澤，一名笠澤。陸龜蒙有笠澤叢書。吴郡志：常熟一名海虞山，相傳虞仲隱於此。越絶書：虞山者，巫咸所出也。在縣治西北一里，高一百六十丈，長十八里，周四十六里六十步。段注：大唐新語馮履謙條：河北尉張懷道與謙疇舊，餉一鏡焉。謙曰：水清見底，明鏡照心，余之效官，必同於此。厚德録：君錫清修孤潔，人號爲連底清。陸游詩：葉落喜歸根。

蘧常案：笠澤原有兩説：一謂松江，詳卷一哭楊主事廷樞詩「魚麗」句注；一謂太湖，如徐注所引。此當謂松江，徐注模棱，非。上句蓋謂移訊松江後，或有清明平反之望。常熟語濂涇爲先生避難與陳氏祖孫久居之地。下句謂如獄有大白之日，當仍歸隱虞山也。

〔六〕但掩句 徐注：南史：褚介爲山陰令。去官之日，不堪自致，因留縣種蔬。
蘧常案：此句似用三國志蜀志先主傳裴注引胡沖吴曆事。其言曰：曹公數遣親近密覘諸將有賓客酒食者，輒因事害之。備時閉門將人種蕪菁，曹公使人闚門。既去，備謂張飛、關羽曰：吾豈種菜者乎？曹公必有疑意，不可復留。閉門種菜，意在韜晦，與此合。徐注非。

贈路舍人

【解題】

蘧常案：見卷二贈路舍人澤溥詩題注。

自分寒灰即溺餘〔一〕，非君那得更吹噓〔二〕。窮交義重千金許〔三〕，疾吏情深一上書〔四〕。大麓陽飈回宿草〔五〕，岷江春水下枯魚〔六〕。丁寧未忍津頭别，此去防身計莫疎！

【彙注】

〔一〕自分句 段注：鮑照詩：寒灰溺更燃。

蘧常案：見前贈路光禄太平詩「獄卒」句注。

〔二〕非君句　蘧常案：後漢書鄭太傳：孔公緒清談高論，噓枯吹生。注：出氣急曰吹，緩曰噓。全祖望先生神道表：曲周路舍人澤溥者，故相文貞公振飛子也。僑居洞庭之東山，識兵備使者，乃爲愬之，始得移訊松江而事解。

〔三〕窮交句　徐注：劉峻廣絶交論：是曰窮交，其流四也。

蘧常案：李白叙舊贈陸調詩：一諾許他人，千金雙錯刀。史記季布列傳：楚人諺曰：得黄金百斤，不如得季布一諾。案：或以季札解劍繫徐君墓樹事當之，非。

〔四〕疾吏句　原注：漢書路温舒傳：疾吏之風，悲痛之辭。

〔五〕大麓句　徐注：書：納于大麓。廣雅釋詁：颸，風也。爾雅釋天注：猋，暴風從下上。禮：朋友之墓有宿草而不哭焉。

蘧常案：徐注引舜典「納于大麓」，下應增「烈風雷雨弗迷」句。陽颸，即烈風也。

〔六〕岷江句　徐注：書：岷山導江。

蘧常案：莊子外物篇：周曰：我且激西江之水而迎子。鮒魚曰：吾得斗升之水然活耳，君乃言此，曾不如早索我於枯魚之肆。成玄英疏：西江，蜀江也。案：蜀江即岷江。句意謂岷江春水，真能活枯鮒矣。

贈錢行人邦寅 丹徒人

【解題】

徐注：丹徒縣志儒林：錢邦寅，字馭少，明季諸生。兄邦芑，走閩、粵不歸。邦寅棄諸生，日以著書爲樂。常出游，每登高望遠，輒思其兄哭泣。年七十卒。門人私謚介節先生。所著有歷代徵信編、明詩鈔、若華堂詩草、楚游草、稽古稗鈔、家課提綱共百餘卷。邦芑因招孫可望，後爲僧，名大錯。

蘧常案：邦寅官行人，他無可徵。歷代徵信編，其名不全，張譜鄦識作歷代輿地徵信編，是。四庫全書提要收其殘本六卷，入史部地理類存目一，謂「考證議論頗博辯」，可以概其餘矣。

李白真狂客〔一〕，江淹本恨人〔二〕。生涯從吏議〔三〕，直道託羣倫〔四〕。之子才名重，相知管鮑親〔五〕。起風還鷁羽，決海動龍鱗〔六〕。孤憤心尤烈〔七〕，窮愁氣未申〔八〕。彫年黄浦雪〔九〕，殘臘玉山春〔一〇〕。貫日精誠久〔一一〕，回天事業新〔一二〕。南徐游歷地，倘有和歌辰〔一三〕。

【彙注】

〔一〕李白句　徐注：杜甫憶李白詩：昔年有狂客。

蘧常案：新唐書文藝傳：李白字太白，興聖皇帝九世孫。（案：興聖謂李暠，則白本隴西成紀人。舊唐書作山東人，非。）其先神龍初客巴西。白十歲通詩書，長喜縱横術，爲任俠，日沈飲。天寶初，至長安，賀知章言於玄宗，召見，供奉翰林。不爲親近所容，放還。安禄山反，永王璘辟爲府僚，佐璘起兵。敗當誅，有詔長流夜郎。會赦，還潯陽，坐事下獄。宋若思釋囚，辟爲參議，未幾辭職。代宗立，以左拾遺召，而白已卒，年六十餘。案：白與下江淹皆曾坐事下獄，故以自況，非獨才地相比也。

〔二〕江淹句　原注：江淹恨賦：僕本恨人。

蘧常案：李善文選注引劉璠梁典：江淹，字文通，濟陽考城人。六歲能作詩。及長，愛奇尚異，自以孤賤，勵志篤學。洎于强仕，漸得聲譽。南史江淹傳：廣陵令郭彦文得罪，辭連淹，淹自獄中上書建平王景素，即日出之。及齊高帝輔政，引入中書省，累遷秘書監侍中。淹少以文章顯，晚節才思微退云。

〔三〕從吏議　徐注：史記自序：因爲誣上，卒從吏議。

〔四〕直道句　蘧常案：文集答原一公肅兩甥書：奴隸鴟張，親朋瀾倒。或有聞死灰之語，流涕而省韓安；覽窮鳥之文，撫心而明趙壹。終憑公論，得脱危機。歸莊與葉嵋初書：知寧人兄窘於事勢，輿論多以兄爲已甚。又：獨不畏清議乎？

〔五〕相知句　徐注：史記管晏列傳：管仲曰：生我者父母，知我者鮑子也。蘧常案：吕氏春秋：管仲與鮑叔同賈南陽，及分財利，而管仲常欺鮑叔，多自取。鮑叔知其有母，不以爲貪。

〔六〕起風二句　徐注：左傳僖公十六年：六鷁退飛，過宋都，風也。蘧常案：二句似自寫志復明室，雖蹶而仍思自振也。

〔七〕孤憤　徐注：太史公報任少卿書：韓非囚秦，説難、孤憤。蘧常案：韓非子有孤憤篇，李瓚注：言法術之士，既無黨與，孤獨而已。故其材用，終不見明。卞生既以抱玉而長號，韓公由之寢謀而内憤。

〔八〕窮愁　徐注：史記虞卿列傳：虞卿非窮愁，亦不能著書以自見於後世云。

〔九〕彫年句　原注：鮑照舞鶴賦：急景彫年。　徐注：一統志：松江府東南有黄浦，即古之東江。楚黄歇鑿其旁支流。或稱春申浦。

〔一〇〕玉山　蘧常案：見卷一哭陳太僕子龍詩「玉山」注。

〔一一〕貫日句　徐注：史記鄒陽列傳：荆軻慕燕丹之義，白虹貫日。王惲詩：我知精誠耿不滅，白虹貫日霜横秋。

〔一二〕回天　蘧常案：後漢書單超傳：左回天。通鑑胡三省注：回天，言權力能回天也。此假用，謂旋乾轉坤也。

〔三〕南徐二句　徐注：輿地紀勝：兩浙西路鎮江府，宋文帝以南徐州治京口。史記刺客列傳：荆軻嗜酒，日與狗屠及高漸離飲於燕市。酒酣以往，高漸離擊筑，荆軻和而歌於市中相樂也。

蘧常案：先生凡數至京口，乙酉有京口即事詩，戊子又有京口詩，己丑復有重至京口詩，故曰「南徐游歷地」。邦寅，丹徒人，地近京口，當亦常至其地。此句承上「回天事業新」句。上年正月，張名振以鄭成功之師，凡再入京口。四月，復以海艘上鎮江。今年五月，名振復統二十四鎮入長江。蓋深寄以回天之望，故曰「儻有和歌辰」也。

松江别張處士慤王處士煒暨諸友人

已下柔兆涒灘

【解題】徐注：順治十三年丙申。案：是時獄解，回崑山。松江府志人物：張彦之，字洮侯，華亭人。初名慤，之象玄孫。幼與弟漢度、九旬有三張之目。讀書細林山中。後盡斥田宅，即細林别業亦讓其弟，隱居窮巷，取遺書讀之，託酒狂以自廢。著有浴日樓詩稿。又封典：王煒以子陞貴，贈太僕寺少卿。同志贈言：王煒，字雄右，歙縣人。冒云：先生是年年四十四。

蘧常案：是年爲明永曆十年，公元一六五六年。朱彝尊明詩綜輯評：朱朗詣曰：洮侯爲人，寬博無異同。其詩莽蒼，不事繩尺。

十載違鄉縣，三年旅舊都〔一〕。風期嘗磊落〔二〕，節行特崎嶇。坐識人倫傑〔三〕，行知國器殊〔四〕。論兵卑起翦〔五〕，畫計小陰符〔六〕。世事陵夷極〔七〕，生涯閱歷枯。人情來轥藉〔八〕，鬼語得揶揄〔九〕。郭解多從客〔一〇〕，田儋自縛奴〔一一〕。事危先與手〔一二〕，法定必行誅〔一三〕。義洩神人憤〔一四〕，歡騰里閈呼。匣餘剸兕劍，槖解射狼弧〔一五〕。卦值明夷晦〔一六〕，時逢聽訟孚〔一七〕。邑豪方齮齕〔一八〕，獄吏實求須〔一九〕。裳帛經時裂〔二〇〕，南冠累月拘〔二一〕。槖饘誰問遺〔二二〕？衣食但支吾〔二三〕。薄俗吴趨最〔二四〕，危巇蜀道俱〔二五〕。每煩疑載鬼〔二六〕，動是泣岐塗〔二七〕。畜是樊中雉〔二八〕，巢鄰幕上烏〔二九〕。霜因鄒衍下〔三〇〕，日爲魯陽驅〔三一〕。抱直來東土，含愁到海隅〔三二〕。春生三泖壯，雪盡九峰紆〔三三〕。異郡情猶徹〔三四〕，同人道不孤〔三五〕。未窮憐舌在〔三六〕，垂死覺心蘇〔三七〕。大義摧牙角〔三八〕，深懷疐尾胡〔三九〕。奸雄頻斂手〔四〇〕，國士一張鬚〔四一〕。知己憐三釁〔四二〕，名流重八廚〔四三〕。欲將方寸報〔四四〕，惟有漢東珠〔四五〕。

【彙校】

起、翦　孫校本作「左氏」。

【彙注】

〔一〕十載二句　徐注：宋之問詩：萬里違鄉縣。

　　蘧常案：徐譜：甲午四十二歲。先生此數年未歸崑山。觀松江别友人詩言「十載違鄉縣，三年旅舊都」可知矣。案：爲陸恩事，去歲自南京始一歸。至今春獄解，又歸。

〔二〕風期句　徐注：高逸沙門傳：支遁少而任心獨往，風期高亮。庾信長孫儉碑：風神磊落。

　　蘧常案：「嘗」與「常」通。史記高祖本紀：高祖常繇咸陽，漢書同。劉攽曰：「常」作「嘗」。

〔三〕坐識句　蘧常案：見卷一哭楊主事廷樞詩「人倫望」注。

〔四〕國器　徐注：荀子：口不能言，身能行之，國器也。

〔五〕論兵句　蘧常案：史記白起王翦列傳：白起者，郿人也。善用兵。事秦昭王爲左庶長，遷武安君。爲秦戰勝攻取者七十餘城，南定鄢、郢、漢中，北禽趙括之軍。與應侯有隙，免爲士伍。至杜郵，秦王賜劍自裁。王翦者，頻陽東鄉人也。少而好兵，事秦始皇。始皇二十六年，盡并天下，王氏、蒙氏功爲多，名施於後也。

〔六〕陰符　蘧常案：嚴可均全上古三代文太公陰符注：陰符謂陰符之謀；戰國策：蘇秦得太公陰符之謀，史記作周書陰符，蓋即漢志太公謀八十一篇矣。案：隋書經籍志有太公符鈐録一卷、太公伏符陰陽謀一卷，當亦在陰符中，多出後人僞託。後世所傳題黄帝撰太公等作注者，則更不足論矣。

〔七〕陵夷　蘧常案：史記高祖功臣侯年表序：始未嘗不欲固其根本，而枝葉稍陵夷衰微矣。

〔八〕轥藉　徐注：新唐書高宗皇后武氏傳：恐百世後，爲唐宗室轥藉。

〔九〕鬼語句　徐注：晉陽秋：羅友在桓温府，以家貧乞禄，温許而不用。後同府人有得郡者，温爲席起别，友至尤晚。問之，曰：民首旦出門，路逢一鬼，大見揶揄，云：我只見汝送人作郡，何以不見人送汝作郡？

〔一〇〕郭解句　徐注：史記游俠列傳：郭解，軹人也，字翁伯。又：客乃見郭解。解夜見仇家，仇家曲聽解。

蘧常案：郭解列傳云：邑中少年及旁近縣賢豪，夜半過門，常十餘車，請得解客舍養之。此所謂「多從客」也。多從客，蓋即歸莊送顧寧人北游序所云「率親友掩僕」事。據此，則知陸隴其日記使力士説爲不可信。徐注似非。

〔一一〕田儋句　原注：史記田儋列傳：田儋佯爲縛其奴，從少年之廷。

蘧常案：史記田儋列傳：儋，狄人，故齊王田氏族。陳涉之初起王楚也，儋擊殺令，自立爲齊王。將兵救魏，章邯殺儋於臨濟下。案：縛奴喻擒叛奴事。

〔一二〕事危句　原注：宋書薛安都傳：小子無宜，適卿往，與手甚快。通鑑：宇文化及揚言曰：何用持此物出，亟還與手。胡三省注：與手，魏、齊間人率有是言，言與之毒手而殺之也。

〔一三〕法定句　徐注：周禮秋官大司寇：以邦典定之。注：典，灋也。

〔一四〕神人憤　徐注：舊唐書于頔傳：神人共憤。

〔一五〕射狼弧　蘧常案：見卷一擬唐人五言八韻班定遠投筆「天弧動」注。

〔一六〕卦值句　蘧常案：見前卷二贈路舍人澤溥詩「明夷」二句注。

〔一七〕聽訟乎　蘧常案：書吕刑：哀敬折獄（案：「敬」應依尚書大傳作「矜」）。明啓刑書胥占，咸庶中正，其刑其罰，其審克之。獄成而孚，輸而孚，其刑上備，有并兩刑。蔡沈書集傳：此言聽訟者，當盡其心也。若是則獄成於下，而民信之；獄輸於上，而君信之。

〔一八〕邑豪句　徐注：史記田儋列傳：秦復得志於天下，則齮齕用事者墳墓矣。齮齕，猶「齚齧」。

蘧常案：歸莊與葉嵋初書云：兄前已諾和議，而忽出最難之題目，迫之以必不能從之事，是名雖曰和，實欲戰也。崑老極和平之人，亦以兄爲太甚。兄若不肯就和，即和而必欲云云，寧人計無復之，必自經溝瀆無疑也。此亦「齮齕」之一也。「邑豪」見前贈路光禄太平詩序「里豪」注。

〔一九〕求須　徐注：司馬光：賦浮費省而物不屈於求須。

〔二〇〕裳帛句　原注：左傳昭公元年：叔孫召使者裂裳帛而與之，曰：帶其褊矣！

〔二一〕南冠　蘧常案：見卷一哭楊主事廷樞詩「竟入」二句注，及本卷酬王生仍詩「援琴」句注。

〔二二〕橐饘句　蘧常案：左傳僖公二十八年：晉人執衛侯，歸之於京師，寘諸深室。甯子職納橐饘焉。杜注：橐，衣囊；饘，糜也。先生左傳杜解補正：蓋以饘寘橐中。正義云：橐以盛衣，亦可盛食。宣二年傳「爲簞食與肉，置諸橐以與之」是也。漢書酷吏傳：問遺無所受。

〔二三〕支吾　蘧常案：朱熹上宰相書：至其必不可支吾而去。楊萬里中秋詩：去歲中秋政病餘，愛他月色强支吾。强勉支撑之意。原作「枝梧」。

〔二四〕薄俗　蘧常案：漢書元帝紀：詔曰：周、秦之弊，民漸薄俗。古今注：吴趨曲，吴人以歌其地也。全祖望先生神道表：先生雖世籍江南，顧其資稟不類吴會人，以是不爲鄉里所喜，而先生亦厭裘屐浮華之習。

〔二五〕危巇句　徐注：李白蜀道難詩：噫，吁嚱，危乎高哉！蜀道之難難於上青天。

蘧常案：張衡南都賦：嶔巇屹𡾊。注：嶔巇，危險貌。

〔二六〕載鬼　徐注：易睽卦：載鬼一車。

〔二七〕泣岐塗　蘧常案：見前卷二贈人詩第一首「南北」二句注。阮籍詠懷詩：楊朱泣岐路。一統志：楊岐山在平鄉縣，世傳楊朱泣岐之所。案：吕氏春秋疑似篇云：墨子見岐道而哭之。蓋傳聞異辭也。

〔二八〕畜是句　徐注：莊子養生主：澤雉十步一啄，百步一飲，不蘄畜乎樊中。

〔二九〕幕上烏　蘧常案：左傳莊公二十八年：諸侯救鄭，楚兵夜遁。鄭人將奔桐丘，諜告曰：楚幕有烏。乃止。案：似有所隱。或謂同人走叩憲副，憲副出之，移獄松江，讎人知難而退乎？

〔三〇〕霜因句　蘧常案：太平御覽卷四引淮南子：鄒衍事燕惠王，盡忠。左右譖之王，王繫之獄。仰天哭，夏五月，天爲之下霜。案：文選卷三十九亦引之，今淮南子佚。

〔三一〕日爲句　徐注：淮南子：魯陽公與韓遘難，戰酣，日暮，援戈而撝之，日爲之反三舍。

〔三二〕抱直二句　蘧常案：此謂移獄松江府。

〔三三〕春生二句　徐注：吴郡圖經：泖有上中下三名，縣圖以近山涇泖益圓曰團泖，近泖橋泖益闊曰大泖，自泖橋而上，縈繞百餘里曰長泖。江南通志：松江府有九峰：一鳳皇；二陸寶，今以厙公當之；三佘；四细林；五薛；六機；七横雲；八干；九昆也。

〔三四〕異郡句　蘧常案：吴譜：先生方繫獄松江時，郡人多愛重先生而通問者。案：當謂張慤、王煒及諸友人。慤，松江人；煒，歙縣人，皆異郡人也。

〔三五〕同人句　徐注：易同人卦程傳：以中正之道相應，乃君子之正道也。
蘧常案：論語里仁：德不孤。案：此統同郡、異郡之友人仗義者而言。歸莊送顧寧人北游序屢言同人，如「同人不平，代爲之請」，「同人走叩憲副行提」云云，皆所謂「不孤」也。或以此文多言同人，即以作此注；然贈行爲明春事，似不當。

〔三六〕未窮句　徐注：史記張儀列傳：謂其妻曰：視吾舌在不？妻笑曰：舌在也。曰：足矣。同志贈言潘檉章贈寧人詩：但令舌在寧論辱。

〔三七〕心蘇　徐注：杜甫喜達行在詩：心蘇七校前。蘧常案：仇兆鰲杜詩詳注：蘇，蘇醒也。

〔三八〕牙角　徐注：庾信枯樹賦：平鱗鏟甲，落角摧牙。蘧常案：此似用詩行露「誰謂雀無角」、「誰謂鼠無牙」義。行露爲召伯聽訟，於此爲合。

〔三九〕疐尾胡　徐注：詩：狼疐其尾，載跋其胡。蘧常案：詩豳風狼跋傳：跋，躐；疐，跲也。老狼有胡，進則躐其胡，退則跲其尾。進退有難，然而不失其猛。陳奐傳疏：老狼躐胡跲尾，進退有難，興周公四國流言，成王不知，遠近皆有難，傳申之云。然而不失其猛者，喻周公不失其聖。案：此蓋於危難之中，引周公以自飭也。

〔四〇〕奸雄句　徐注：史記春申君列傳：韓必斂手。蘧常案：孔子家語始誅篇：少正卯，人之姦雄者也。

〔四一〕國士句　蘧常案：國士，見卷一感事詩第三首「登壇」二句注。韓愈張中丞傳後叙：巡怒，鬚髯輒張。案：「國士」，似指潘檉章。同志贈言載潘檉章詩云：感君國士深期許。戴笠潘檉章傳云：論事，鬚髯戟張，疾惡如讎，赴義若渴。皆可證也。

〔四二〕三釁　徐注：劉峻廣絶交論：因此五交，是生三釁：敗德殄義，禽獸相若，一釁也；難固易攜，讎訟所聚，二釁也；名陷饕餮，貞介所羞，三釁也。

蘧常案：陳氏云：此用國語齊語「三釁三浴」之語，比于管夷吾之見知於齊桓。徐氏用廣絶交論，不知其與交游釁隙之意，迥然不侔也。管仲亦初因而後脱者，故以爲況。案：陳氏説是。韋昭國語注：以香塗身曰釁。即周官女巫所謂釁浴也。

〔四三〕八廚　徐注：後漢書黨錮傳：度尚、張邈、王考、劉儒、胡母班、秦周、蕃嚮、王章爲八廚。廚者，言能以財救人者也。

〔四四〕方寸　蘧常案：三國志蜀志諸葛亮傳：徐庶辭先主而指其心曰：本欲與將軍共圖王霸之業者，以此方寸之地也。今已失老母，方寸亂矣。

〔四五〕漢東珠　蘧常案：淮南子覽冥訓：隋侯之珠。高誘注：隋，漢東之國，姬姓諸侯也。隋侯見大蛇傷斷，以藥傅之。後蛇於江中銜大珠以報之。成玄英莊子讓王篇疏：隋國近濮水，濮水出寶珠。

贈潘節士檉章

【解題】

黄注：亭林此詩，作於順治十三年丙申。越八年，爲康熙二年癸卯，吳、潘二子始遇史禍。

亭林祭之以詩，云「一代文章亡左馬，千秋仁義在吴潘」及書吴潘二子事，皆並稱焉。此詩獨贈力田，而詩中言作史，又獨稱「同方有潘子」。於書二子事文中，復記「潘子刻國史考異三卷，寄予於淮上。予服其精審」，及寄潘節士之弟耒詩，云「筆削千年在，英靈此日淪，猶存太史弟，莫作嗣書人」，皆獨稱潘而已。潘耒撰國史考異序，亦祇稱「亡兄力田」。以是推之，亭林所見，惟潘之史稿，而吴稿未見。故其書事云「二子所著書若干卷，未脱稿」，則亭林所見祇國史考異三卷，此外概未之見也。常庸以國史考異爲吴、潘合撰之書，然潘耒所作序，祇稱「亡兄力田」，未言赤溟同作，不可牽合也。赤溟之書，亭林詩文中未著其目，惟於書事文中，云「二子皆高才，年皆二十以上，且其人實史才」云云，然則後人讀此詩，並當爲赤溟惜也。常庸又云：按耐冷譚卷十三言：吴、潘分詠勝國時事，每人多至百首，名曰新樂府。乾、嘉中尚有藏本。節考繆荃孫顧譜校記云：曾得吴撰潘注、潘撰吴注明史樂府二册。是潘、吴合撰之書，傳於今者，只此也。

蘧常案：徐注本此詩在桃葉歌前，且爲卷七之首。戴笠潘力田傳：潘檉章，字聖木，一字力田。生有異稟，穎悟絶人。九歲從父受文，裁過目，燼於燈，責令覆寫，不差一字。年十五，補桐鄉弟子員。亂後，隱居韭溪，肆力於學，綜貫百家，天文、地理、皇極、太乙之學，無不通曉。已而專精史事，欲仿馬遷作明史記，而友人吴炎所見略同，遂與同事。撰述數年，成十之六七。會南潯莊氏史獄起，俱及於難。莊氏書兩人未嘗寓目，徒以名重爲所摭引。遂罹慘禍。漢書藝文志詩賦略有臨江王及愁思節士歌詩。荀子君子篇：節者，死生此者也。

北京一崩淪〔一〕，國史遂中絶〔二〕。二十有四年，記注亦殘缺〔三〕。中更夷與賊，出入互轇轕。亡城與破軍，紛錯難具説〔四〕。三案多是非，反覆同一轍。始終爲門户，竟與國俱滅〔五〕。我欲問計吏〔六〕，朝會非王都；我欲登蘭臺〔七〕，祕書入東胡〔八〕。文武道未亡〔九〕，臣子不敢誣。竄身雲夢中，幸與國典俱〔一〇〕。有志述三朝，并及海宇圖〔一一〕。一書未及成，觸此憂患途。同方有潘子，自小耽文史。犖然持巨筆，直遡明興始〔一二〕。謂惟司馬遷，作書有條理〔一三〕。自餘數十家，充棟徒爲爾〔一四〕。上下三百年，粲然得綱紀〔一五〕。索居患無朋，何意來金陵。家在鍾山旁，雲端接觚稜〔一六〕。親見高帝時，日月東方升。山川發秀麗，人物流名稱。到今王氣存，疑有龍虎興〔一七〕。把酒爲君道，千秋事難討。一代多文章〔一八〕，相隨没幽草。城無絃誦生，柱殉藏書老〔一九〕。同文化夷字，劫火燒豐鎬。自非尼父生，六經亦焉保〔二〇〕。夏亡傳禹貢，周衰垂六官。後王有所憑，蒼生蒙治安〔二一〕。皇祖昔賓天〔二二〕，天地千年寒〔二三〕。聞知有小臣，復見文物完〔二四〕。此人待聘珍〔二五〕，此書藏名山。顧我雖逢掖〔二六〕，猶然抱遺册。定哀三世間〔二七〕，所歷如旦夕。頗聞董生語〔二八〕，曾對西都客〔二九〕。期君共編摩，不墜文獻迹。便當挈殘書，過爾溪上宅〔三〇〕。

【彙校】

〔題〕徐注本此首次王處士自松江來拜陵詩後，與各本不同。

〔北京〕潘刻本「京」作「□」；冒校本作「都」。

〔夷與賊〕潘刻本「夷」作「□」；徐注本、曹校本作「虜」；孫校本作「支」，韻目代字也。

〔登蘭臺〕徐注本、曹校本「登」作「問」。

〔東胡〕潘刻本、徐注本、孫校本「胡」皆作「虞」，韻目代字也。

〔觚稜〕徐校京師本作「柧棱」。案：字皆通。

〔王氣〕潘刻本「王」作「□」。

〔夷字〕潘刻本、徐注本、孫校本「夷」作「支」，韻目代字也。

〔夏亡〕徐注本「亡」作「王」。

【彙注】

〔一〕北京句　蘧常案：明史志地理一：永樂元年正月，建北京於順天府。崩淪，見前卷一大行皇帝哀詩題注。

〔二〕國史　徐注：明史志職官二：翰林院史官：修撰、編修、檢討。史官掌修國史，凡天文、地理、宗潢、禮樂、兵、刑諸大政及詔册、書檄、批答、王言皆籍而記之，以備實録。又：凡記注起居，六曹章奏，謄黄册封等咸充之。

〔三〕二十有四年二句　徐注：史記太史公自序索隱述贊：惜哉殘缺，非才妄續。黄注：徐注未明。節考：亭林餘集三朝紀事闕文序云：臣祖所手録皆細字草書，一紙至二千餘字。而自萬曆四十八年七月至崇禎七年九月，共二十五帙。中間失天啓二年正月至五年六月，而其後則臣祖老不能書，略取邸報標識其要，然兵火之餘，又十失其一二。臣伏念國史未成，記注不存，爲海内臣子所痛心；而臣祖二十年抄録之勤，不忍令其漫滅，以負先人之志。於是旁搜斷爛之文，采而補之，書其大略，其不得者則闕之，名曰三朝紀事闕文。非敢比於成書，以備遺亡而已。世之君子，尚憐其志，而助之見聞，以卒先人之緒，其文、武之道，實賴之。節據此序，考萬曆四十八年庚申七月，神宗崩。八月，光宗即位。九月，崩。熹宗即位。自萬曆四十八年庚申七月，下遡至崇禎十七年甲申五月，爲二十有四年。詩云「記注亦殘闕」者，謂三朝紀事闕文也。亭林此書不傳，只於其序略窺大概。

蘧常案：日知録卷十八記注條：古之人君，左史記事，右史記言，所以防過失而示後王。記注之職，其來尚矣。

〔四〕中更四句　徐注：張衡東京賦：闟戟轇輵。史記傅靳蒯成列傳：破軍降城以十數。轇輵，一作「轇轕」，又作「膠葛」，文選引薛綜注：雜亂貌。四句事，見卷一大行皇帝哀詩「細柳」、「萑苻」兩句注。

〔五〕三案四句　徐注：明史光宗紀：萬曆四十三年夏五月己酉，薊州男子張差持梃入慈慶宫。

事復連鄭貴妃内璫，太子請以屬吏，獄具，戮差於市，斃内璫二人於禁中。自是遂有梃擊之案。熹宗紀：丙子，頒遺詔時，選侍李氏居乾清宫，吏部尚書等及御史左光斗疏請選侍移宫。光宗紀：甲戌，大漸，復召方從哲等受顧命。是日，鴻臚寺官李可灼進紅丸。九月乙亥朔，崩於乾清宫。御史王安舜疏論李可灼進藥之誤。紅丸、移宫自是起。天啓五年，給事中楊所修請以梃擊、紅丸、移宫三案編次成書。從之。六年春正月，修三朝要典。又楊漣諸傳贊曰：國之將亡也，先自戕其善類，而水旱盜賊乘之。故禍亂之端，士君子恒先被其毒。異哉！明之所稱三案者，舉朝士大夫喋喋不去口，而元惡大憝因用以翦善類。卒致楊、左諸人，身填牢户。與東漢季年，若蹈一轍。國安得不亡乎？又王允成傳附李希孔：天啓三年，上折邪議，以定兩朝實録。疏言：張差之梃，誰授之而誰使之乎？貫高身無完膚，而詞不及張敖，故漢高得釋敖不問，可與張差之事造謀主使口招歷歷者比乎？昔寬處之以全倫，今直筆之以存實，以戒後，自兩不相妨。而奈之何欲諱之！且諱之而爲君父隱可也；爲亂賊輩隱則何爲？臣所以折邪議者二也。先帝之令德考終，自不宜謂因藥致崩，被不美之名。而當時在内視病者，烏可於積勞積虚之後，投攻剋之劑！羣疑洶洶，方蓄疑慮變之深，而遽值先帝升遐，又適有下藥之事，安得不痛之恨之，疾首頓足而深望之？乃討奸者，憤激而甚其詞；而庇奸者，借題以逸其罰。君父何人，臣子可以僥倖而嘗試乎？臣所以折邪議者四也。先帝之繼神廟棄羣臣也，兩月之内，鼎湖再號。陛下孑然一身，怙恃無託。宫禁深閟，狐鼠實繁，其於杜漸防微，自不得不加嚴慎。即不然，而以新天子儼然避正殿讓一先朝宫嬪，萬世而下謂如何國體？此楊漣等諸臣所以權衡輕重亟以移宫請也。宫已移矣，漣等之心事畢矣，本未嘗居以爲功，何至反以爲罪而禁錮之，擯逐之，是誠何心？即選侍久侍先帝，生育公主，諸臣未必不力請於陛下，而加以恩禮。今陛下既安，選侍又未嘗不安，有何冤抑而汲汲皇皇爲無病之沈吟？臣所以折邪議者五也。又，倪元璐傳：疏曰：奈何逆璫害人，則借三案；羣小求榮，則又借三案。主梃擊者，力護東宫，争梃擊者，計安神祖；主紅丸者，仗義之言，争紅丸者，原心之論；主移宫者，弭變於未然；争移宫者，持平於事後。六者各有其是，未可偏非。明史吕大器諸傳贊：寧坐視社稷之淪胥，而不能破除門户之角立。又，華元誠傳：四海漸成土崩瓦解之形，諸臣但有角户分門之念。黄注：日知録十八論三朝要典曰：門户之人，其立言之指，各有所借。章奏之文，互有是非，作史者兩收而並存之，則後之君子，如執鏡以炤物，無所逃其形矣。褊心之輩，謬加筆削，於此之黨，則存其是者，去其非者；於彼之黨，則存其非者，去其是者。於是言者之情隱，而單辭得以勝之。且如要典一書，其言未必盡非，而其意別有所爲，繼此之爲書者猶是也。此國論之所以未平，而百世之下難乎其信史矣。

蘧常案：沈彤日知録校本：亭林嘗書小紙，黏史闕文簡端云：章奏大半皆門户之見。

〔六〕計吏　徐注：史記儒林列傳：二千石謹察，可者當與計偕。注：索隱曰：謂令與計吏俱詣太常也。王應麟漢制考：漢之朝集使謂之計吏，謂上一年計會文書及功狀也。

蘧常案：漢儀注：太史公，漢武帝置，位在丞相上。天下計書，先上太史公，副上丞相。

〔七〕蘭臺　蘧常案：通典：中丞在殿中蘭臺掌圖籍秘書。隋書經籍志：光武中興，四方鴻生鉅儒，負袠自遠而至者，不可勝算。石室、蘭臺，彌以充積。另見卷一擬唐人五言八韻班定遠投筆詩「蘭臺」注。

〔八〕祕書句　蘧常案：朱彝尊文淵閣書目跋：宋靖康二年，金人索祕書監文籍。洪邁容齋隨筆亦云：宣和殿、太清樓、龍圖閣所儲書籍，靖康蕩析之餘，盡歸於燕。元之平金也，楊中書惟中於軍前收伊、洛諸書，載送燕都。及平宋，王承旨構首請輦送三館圖籍。至元中，又徙平陽經籍所於京師，且括江西諸郡書板，又遣使杭州，悉取在官書籍板刻至大都。明永樂間，敕翰林院，凡南内所儲書，各取一部。於時修撰陳循督舟十艘，載書百櫝送北京。又嘗命禮部尚書鄭賜擇通知典籍者，四出購求遺書，皆儲之文淵閣内。相傳雕本十三，抄本十七。蓋合宋、金、元之所儲而匯於一，縹緗之富，古未有也。案：自清入北京，於是祕書盡歸其所有矣，故云。

〔九〕文武句　徐注：論語：文武之道，未墜於地。　黄注：案此二句即三朝紀事闕文序「其文武之道實賴之」之意。

〔一〇〕竄身二句　原注：戰國策：吳與楚戰於柏舉，三戰入郢，君王身出，大夫悉屬，百姓離散。

蒙穀結闕於宮唐之上，舍闕奔郢，遂入大宮。負鷄次之典，以浮于江，逃於雲夢之中。昭王返郢，五官失法，百姓昏亂。蒙穀獻典，五官得法，而百姓大治。蒙穀之功與存國相若。

蘧常案：國典，喻其祖所録三朝邸報也。三朝紀事闕文序：兩京淪覆，一身奔亡。比年以來，獨居無事，始出其篋中臣祖之所録。

〔一一〕有志二句　徐注：全祖望先生神道表：於書無所不窺，尤留心經世之學。其時四國多虞。太息天下乏材，以至敗壞。自崇禎己卯後，歷覽二十一史、十三朝實録、天下圖經、前輩文編説部，以至公移、邸抄之類，有關於民生之利害者隨録之，旁推互證，務質之今日所可行而不爲泥古之空言，曰天下郡國利病書。

蘧常案：三朝謂萬曆、天啓、崇禎三朝也。萬曆下尚有泰昌帝，在位僅一月，故不列。詳前「二十有四年」二句注。天下郡國利病書，非述三朝事也，當謂三朝紀事闕文一書。徐注非。「海宇圖」，似謂肇域志。宋史樂志：慶均海宇。海宇，謂四海之内也。義與「肇域」合。全祖望先生神道表：別有一編曰肇域志，則考索利病之餘，合圖經而成者。可證。王士禄贈先生詩云：獨懷太史名山志，別撰河圖括地篇。河圖、括地，疑亦謂此。曰「海宇圖」，則肇域志初意，尚擬作圖歟？

〔一二〕直遡句　徐注：潘耒國史考異序：亡兄力田，以著作之才，盛年隱居，潛心史事。於是博訪有明一代之書，以實録爲綱領，若志乘，若文集，若墓銘、家傳，凡有關史事者，一切抄撮薈萃，以類相從，稽其同異，核其虚實，積十餘年，數易手稿，而成國史考異一書。又：全書合有三十餘卷，今惟存六卷。高皇、讓皇、文皇三朝之事，當考正者，略具焉。

蘧常案：徐注引是。或謂指與吴炎合作明史，則不應不及炎，非。國史考異，四庫全書總目未收。簡明目録史部史評類有國史考異六卷，不著撰人名氏。謂其書以實録、野史及諸家文集碑誌參證異同，所考僅洪武、永樂兩朝，與潘耒序多合，即此書也。常庸張譜斠識以爲潘、吴合作之書，亦非。

〔一三〕謂惟二句　徐注：孟子：始條理者，智之事也。

蘧常案：漢書司馬遷傳：司馬氏世典周史。談爲太史公，有子曰遷。遷生龍門。年十歲則誦古文。二十而講業齊、魯之都，於是仕爲郎中。談卒三歲，而遷爲太史令。紬史記石室金鐀之書，於是論次其文。十年而遭李陵之禍。卒述陶唐以來，至於麟止，凡百三十篇。既被刑之後，爲中書令，尊寵任職。遷既死後，其書稍出。宣帝時，遷外孫楊惲祖述其書，遂宣布焉。贊曰：自劉向、揚雄博極羣書，皆稱遷有良史之材，服其善序事理，辨而不華，質而不俚。其文直，其事核，不虚美，不隱惡，故謂之實録。戴笠潘力田傳：專精史事。謂諸史唯馬遷書最有條理，後人多失其意。

〔一四〕自餘二句　徐注：潘耒交山平寇始末序：至明而無人不有劄記，其見存者，無慮千百家。專紀時事者，尚三四百種，可謂多矣。然體亦滋雜，類亦荒誕不根，鄙俚舛錯。可裨正史供采擇者，十不得一二。又，國史考異序：明有天下三百年，而史無成書。奮筆編纂，凡十數家，淺陋蕪雜者，固不足道；即號稱淹雅，儼有體裁者，徐而案之，亦多疏漏舛錯，不得事情。柳宗元陸文通墓表：其爲書，處則充棟宇，出則汗牛馬。

蘧常案：「自餘數十家」，承上文而言，謂司馬以外數十家，非謂明史作者也。徐注非。

〔一五〕上下二句　徐注：詩：勉勉我王，綱紀四方。鄭箋：以網罟喻爲政，張之爲綱，理之爲紀。

蘧常案：國史考異有三十餘卷，故云上下三百年。潘耒國史考異序：專言國史者，野史、家史，不可勝駁。惟實録有疏略與曲筆，不容不正。參之以紀載，揆之以情理，鈎稽以窮其隱，畫一以求其當，去取出入，皆有明徵，不徇單辭，不逞臆見，信以傳信，疑以傳疑。全史之良，略見於此矣。此所謂「得綱紀」歟？

〔一六〕觚稜　徐注：班固西都賦：設璧門之鳳闕，上觚稜而棲金爵。

蘧常案：吕向文選注：觚稜，闕角也。案：後人即以觚稜喻帝居，如魏闕之喻王室也。

〔一七〕龍虎　蘧常案：見卷二再謁孝陵詩「興王」句注。見吕氏春秋審爲篇。

〔一八〕一代句　徐注：上江兩縣志藝文上：明代南都藏書家有司馬氏泰、羅氏鳳、胡氏潙嘉、盛氏時泰、沈氏天啓、顧氏璘、焦氏竑、謝氏少南、徐氏霖、謝氏琳，惟羅氏、焦氏有書目，今亦未見。

〔一九〕柱歾句　徐注：史記老子列傳注：老子爲柱下史，即藏書之柱下，因以爲官名。

〔二〇〕同文四句　徐注：禮中庸：書同文。金史完顏希尹傳：太祖命希尹撰本國字，備制度。希尹乃依仿漢人楷字，因契丹字制度，合本國語，製女直（蘧常案：即女真，避契丹主興宗宗真諱，乃改真爲直）字。又，熙宗製女直字與希尹字俱行。希尹所撰謂之女直大字，熙宗所撰謂之女直支字。史記周本紀贊：成王使召公卜居，居九鼎焉，而周復都豐鎬。禮檀弓：魯哀公誄孔子曰：嗚呼哀哉！尼父！日知録：八股盛而六經微，十八房興而廿一史廢。又余少時見有一二好學欲通旁經而涉古書，則父師交相譙呵，以爲必不得專一於帖括，而將爲坎坷不利人，豈非患失而惑者歟？國之盛衰，時之治亂，則亦可知也已！黄注：日知録二十九論「國語」曰：後魏初定中原，軍容號令，皆以夷語。後染華俗，多不能通，故録其本言，相傳教習，謂之「國語」。孝文帝命侯伏侯可悉陵以夷言譯孝經之旨，教於國人，謂之國語孝經。北齊劉世清以能通四夷語爲當時第一，後主命作突厥語，翻涅槃經，以遺突厥可汗。詩曰「同文化夷字，劫火燒豐鎬」，而於述古詩云「六經之所傳，訓詁爲之祖，仲尼貴多聞，漢人猶近古」，又曰「五國並時亡，世道當一變」；此詩曰「自非尼父生，六經亦焉保」；痛同文之化於夷字，猶劫火之燒豐、鎬也。徐注未達此旨，以同文化夷爲完顏之製女直字，以六經不保爲八股之盛行，則與亭林詩意相左矣。節往讀魏書帝紀曰：黄帝有子二十五人，昌意少子，受封北土。國有大鮮卑山，因以爲號。黄帝以土德王，北俗謂「土」爲

「托」，謂「后」爲「跋」，故以爲氏。嗚呼！此以夷字而託於同文。又，陳天祥四書集注辨疑云：自宋氏播遷江表，南北分隔，纔一百五六十年，經書文字已有不同。節初以爲陳氏所云蓋版刻之有異同也。既而治春秋三傳，檢清康熙時所輯春秋傳説彙纂觀之，則凡經傳之誅絶夷狄者，概從刊落。至於一文一字之間，猶復竄易不遺。此豈惟同文之化於夷而已，且亦并夷其義。乃歎亭林「六經焉保」之言，徵諸後來而益可痛心也。

蘧常案：徐注據潘刻本「夷」作「支」，不知爲韻目代字也。故引金史云「女直支」字。與詩意懸絶，黄注駁之，是。駁「六經不保」亦確。「劫火」見佛書，仁王經云：劫火洞然，大千俱壞。先生自言生平不讀佛書，見李顒二曲集卷十六書牘上附，故集中罕用佛典。偶有之，亦古人習用之語，不以佛典用之也。

〔二一〕夏亡四句　徐注：書禹貢傳：禹制九州貢法。正義曰：禹制貢法，故以禹貢名篇。賈公彦序周禮廢興：禮經三百，威儀三千。及周之衰，諸侯將踰法度，惡其害己，滅去其籍。又：其名周禮爲尚書周官者，周天子之官也。又：然亡其冬官一篇，以考工記足之。故鄭氏傳曰：玄以爲括囊大典，網羅衆家，是以周禮大行後王之法。

〔二二〕賓天　蘧常案：皇祖，謂明太祖。周密齊東野語：度宗賓天。意同上賓。陸佃埤雅序：永裕上賓。皆謂帝王之死也。蓋宋人語，似取義道家説。酉陽雜俎引仙經云：换骨上賓。謂飛昇也。則賓天、上賓，即黄帝乘龍上天之意也。

〔二三〕天地句　蘧常案：劉敬叔異苑：晉太康二年冬，南州人見二白鶴語於橋下曰：今兹寒，不減堯崩年。

〔二四〕文物　徐注：左傳桓公二年：文物以紀之。

〔二五〕聘珍　徐注：禮儒行：儒爲席上之珍以待聘。

〔二六〕逢掖　徐注：禮儒行：衣逢掖之衣，冠章甫之冠。注：逢，大也。

〔二七〕定哀句　徐注：史記匈奴列傳：孔子著春秋，隱、桓之間則章，至定、哀之際則微，爲其切當世之文而罔襃，忌諱之辭也。

〔二八〕董生語　徐注：史記太史公自序：上大夫壺遂曰：昔孔子何爲而作春秋哉？太史公曰：吾聞董生曰：周道衰廢，孔子爲魯司寇，諸侯害之，大夫壅之。孔子知言之不用，道之不行也，是非二百四十二年之中，以爲天下儀表。貶天子，退諸侯，封大夫，以達王事而已矣。

〔二九〕曾對句　徐注：班固西都賦：有西都賓問於東都主人。

蘧常案：東都賦曰：今將語子以建武之治、永平之事。所對者，似謂此，蓋喻明之高、成諸帝也。

〔三〇〕便當二句　黄注：曹溶絳雲樓書目叙以爲「吴、潘底本出自亭林」，蓋據亭林所蓄書，以爲二子底本所自出耳。非事實也。

蘧常案：文集與潘次耕書云：吾昔年所蓄史事之書，並爲令兄取去。又書吴潘二子事：假予書千餘卷；又答徐甥公肅書云：所藏史録奏狀一二千本，悉爲亡友借觀。中郎被收，琴書俱盡。皆謂此兩句事也。溪上，謂韭溪，見本詩題注，詳後酬歸祚明戴笠王仍潘檉章四子聯句見懷詩題注。

閏五月十日恭謁孝陵

【解題】

蘧常案：元譜：閏五月初十日，五謁孝陵。

忌日仍逢閏〔一〕，星躔近一周。空山傳御幄，苐路想行騶〔二〕。寢殿神衣出〔三〕，祠官玉斝收〔四〕。蒸嘗憑絶隖，靴磬託荒陬〔五〕。薄海哀思結，遺臣涕淚稠。禮應求草野，心可對玄幽〔六〕。寥落存王事，依稀奉月游〔七〕。尚餘歌頌在，長此侑春秋。

【彙校】

〔題〕徐注本，孫、吴、汪、曹各校本皆作「謁」，潘刻本作「詣」，誤。徐注本此與下一首王處士自松江來詩次松江别張處士慤詩後，與各本不同，誤。

【彙注】

〔一〕忌日句　徐注：明史太祖紀：三十一年閏五月癸未，帝疾大漸。乙酉，崩於西宮，年七十一。明史志禮十四忌辰：永樂元年，禮部尚書李至剛等奏定高皇帝忌辰前二日，帝服淺淡色衣，御西角門視事。至日親祀於奉先殿，仍率百官詣孝陵致祭。

〔二〕茀路句　原注：國語：道茀不可行也。　徐注：元稹陽城驛詩：步步駐行騶。

〔三〕寢殿句　原注：漢書孝平紀：元始元年二月乙未，義陵寢神衣在柙中。丙申旦，衣在外牀上。寢令以急變聞，用太牢祠。王莽傳：地皇元年七月，杜陵便殿乘輿虎文衣廢藏在室匣中者，出自樹立外堂上，良久，乃委地。更卒見者以聞。莽惡之。

〔四〕玉斝　徐注：杜甫朝享太廟賦：芳菲菲兮玉斝。

蘧常案：説文解字：斝，玉爵也。或説受六升。禮明堂位：夏后氏以琖，殷以斝，周以爵。王儉漢武故事：鄴縣有一人，于市貨玉盃。吏疑其御物，欲捕之，忽不見。縣送其器推問，乃茂陵中物也。

〔五〕蒸嘗二句　徐注：詩：靴磬柷圉。左思吴都賦：其荒陬譎詭。　黄注：蓋傷桂王之入雲南也。

蘧常案：詩小雅天保：禴祠烝嘗。春秋繁露四祭：秋曰嘗，冬曰蒸。賈昌朝羣經音辨：經典蒸祭之蒸，多去艸。案：黄説是。「絶隖」、「荒陬」，皆指雲南。或以「絶隖」

指鍾山之桃花、道士、茱萸諸隝而言，非。時南京久淪於清，安有蒸嘗可憑乎？南疆逸史永曆帝紀：丙申十年春正月丙戌朔，上在安龍。李定國敗孫可望兵於田州，率兵疾趨安龍，迎駕入滇。可望偵知之，先遣白文選至安龍，促上移黔。太后聞之哭，從官亦哭。白文選見之心動，因以情告曰：姑遲行，俟西府至。遂以輿徒不集報可望，陰留俟定國。數日，定國至，遂奉之西走雲南。可望復使率兵邀之，定國已抵曲靖。時劉文秀守滇，亦素怨可望，聞定國至，即納之。沐天波迎上于馬龍驛。三月，上入雲南。又案：潘重規顧亭林詩集（中華書局標點本）校記，謂「隝」當作「隝」，字見司馬相如上林賦，今作「島」。明室傾覆之後，僅憑鄭成功延國祚於絶島之上。屈大均感事詩「落落一島是天南」，亦用「島」字。惟此詩爲清順治十二年作，時明永曆帝尚在南荒，至十八年始被殺，不得云僅憑鄭氏延國祚於絶島也。下句「託荒陬」，當亦指永曆。潘校或以此時明宗室多有往依鄭氏者，殆指此乎？

〔六〕薄海四句　段注：漢書藝文志：仲尼有言，禮失而求諸野。後漢書朱浮傳：中國失禮，求之于野。　黄注：知明之遺裔將盡，而禮在遺臣也。

蘧常案：永曆六年，孫可望殺宗室之在貴州者，故有遺裔將盡之歎也。

〔七〕月游　蘧常案：見卷二恭謁孝陵詩「衣冠」二句注。

王處士自松江來拜陵畢遂往蕪湖

【解題】

徐注：張譜：王處士即下同游栅洪橋之王潢。乙卯年閏五月十日詩有云：更憶王符老，飄零恨不同。自注：王徵君潢昔日同詣孝陵行香，今年七十七矣。車譜：潢，字元倬，上元人。父之藩，慷慨好義，潢能色養。崇禎丙子舉於鄉。先是，户部郎中倪篤之薦於朝，以賢良徵，不就。念世亂親老，賦南陔詩以見志。著有南陔集，見江寧府志及上元縣志。

蘧常案：蕪湖，見卷二蟂磯詩「一磯」句注。

宵來騎白馬〔一〕，躡電向鍾山。忽遇窮途伴，相將一哭還。君來猶五月，不逐秦淮節〔二〕。攜手宿荒郊，行吟對宫闕。此去到蕪湖，山光似舊無？若經巡幸地，爲我少踟蹰〔三〕！

【彙校】

〔相將〕徐注本，曹校本「將」作「期」。

【彙注】

〔一〕白馬　徐注：拾遺記：曹洪乘白馬，耳中風生，足不踐地。

〔二〕君來二句　徐注：江寧府志：正德庚辰午日，駕幸龍舟，故秦淮競渡爲勝游。

〔三〕爲我句　徐注：陶潛贈羊長史詩：路若經商山，爲我少躊躇。

桃葉歌

【解題】

蘧常案：釋智匠古今樂録：桃葉歌者，晉王子敬所作。桃葉，子敬妾名。緣於篤愛，所以歌也。案：子敬，王獻之字。

桃葉歌〔一〕，歌宛轉。舊日秦淮水清淺〔二〕，此曲之興自早晚〔三〕。青溪橋邊日欲斜〔四〕，白土岡下驅胡車〔五〕。越州女子顔如花，中官采取來天家〔六〕，可憐馬上彈琵琶〔七〕。三月桃花四月葉，已報北兵屯六合〔八〕。兩宫塞上行〔九〕，日逐江東獵〔一〇〕。桃葉復桃根〔一一〕，殘英委白門。相逢冶城下〔一二〕，猶有六朝魂。

【彙校】

〔胡車〕潘刻本、徐注本、孫校本「胡」作「虞」，韻目代字也。

〔兩宫〕潘刻本、徐注本作「宫車」。

〔日逐〕潘刻本、徐注本作「塞馬」。

【彙注】

〔一〕桃葉歌　原注：隋書五行志：陳時江南盛歌王獻之桃葉詞。詞云：桃葉復桃葉，渡江不用楫，但渡無所苦，我自迎接汝。及隋晉王廣伐陳，置營桃葉山下。及韓擒虎渡江，大將任蠻奴至新林以導北軍，此其應也。　徐注：江寧府志：淮清橋東爲桃葉渡。　蘧常案：王獻之所詠之桃葉渡，在江寧淮清橋東；隋兵所渡之桃葉，則在六合之桃葉山。本爲兩地，隋書五行志加以牽合耳。徐注未析言之。

〔二〕秦淮　徐注：建康實録：秦始皇東巡，望氣者云五百年後金陵有天子氣。因鑿鍾山，斷金陵長壠以洩之。今呼爲秦淮。

〔三〕此曲句　原注：隋書藝術傳：樂人王令言妙達音律。大業末，煬帝將幸江都，令言之子嘗從，于户外彈胡琵琶，作翻調安公子曲。令言時卧室中，聞之大驚，蹶然而起曰：變變！急呼其子，曰：此曲興自早晚？

蘧常案：小腆紀年：揚州失守，舉朝惶惶。王師謀渡老鸛河、龍潭驛。探卒報我軍編木筏，乘風而下。無何，楊文驄令箭至，則云連發三砲，江筏粉碎矣。馬士英答驛卒，而重賞楊使。自是警報寂然。夜有書長安門者：福人沈醉未醒，全憑馬上胡謅，幕府凱歌已休，猶聽阮中曲變。案：阮者，本樂器名，晉阮咸所造之月琴也。此借謂阮大鋮。

〔四〕青溪　徐注：南畿志：青溪發源鍾山，吴鑿東渠名青溪，九曲，有青溪小姑祠。江寧府志：青溪，其一自内橋至昇平橋與護龍河合，又過四象橋至淮清橋與淮水合。

〔五〕白土岡　徐注：北史賀若弼傳：以大軍濟江襲陳南徐州，拔之，進屯蔣山之白土岡。

〔六〕越州二句　徐注：獨斷：天子無外，以天下爲家，故稱天家。南略：時上居深宫，惟漁幼女，飲火酒，伶官演戲爲樂。除夕，在興寧宫色忽不怡，韓贊周言：新宫宜歡。上曰：梨園殊少佳者。乙酉正月，馬、阮乃於舊院選進雛妓，由是曲中少女幾盡。四月十五，方選淑女於元輝殿。清兵已於十四日渡淮，將抵揚州。吴詩箋注：特遣内監田壯圖往杭州選到陳氏、王氏、李氏三人，命户、工部各委官一員采辦中宫珠冠、禮冠三萬兩，常冠一萬兩。

蘧常案：梁昭明太子五月啓：蓮花汎水，艷如越女之顋。事詳卷一金陵雜詩第四首「正殿」、「中使」二句注。

〔七〕可憐句　徐注：釋名：琵琶，本出於胡中，馬上所鼓也。推手前曰琵，引手卻曰琶。樂府雜録：琵琶始自烏孫公主造，馬上彈之。吴偉業玉京道人傳：道人曰：吾在秦淮，見中山故第有女絶色，名在南内選擇中，未入宫而亂作，軍府以一鞭驅之去。

〔八〕三月二句　徐注：方輿紀要：六合縣，府北百三十里，東南至儀真縣七十里。隋書：開皇九年伐陳，晉王廣屯軍於六合鎮桃葉山，乘陳船而渡。桃葉渡由此而名，非王獻之渡桃葉處。南略：乙酉四月十四，清兵渡淮，十九，圍揚州。五月初九清兵渡江。

〔九〕兩宫句　蘧常案：顏師古漢書王莽傳注：兩宫，謂帝與太后也。案此兩宫，謂弘光帝及其母后，「塞上行」謂被執北行也。小腆紀年：清順治二年，明弘光元年五月癸巳，明福王奔蕪湖。丙午，明叛將劉良佐挾福王至南京。九月甲寅，清豫王以福王歸於京師。明年五月，見殺。又：王師入皇城，太后微服，雜宫女逸出。弘光之拘於江寧縣也，與太后暨妃金氏共居一室。北上至淮，太后乘間墮水死。馬士英所挾之太后，僞也。此猶不知太后之道死，而曰「兩宫塞上行」，以爲太后及弘光同北行也。

〔一〇〕日逐句　徐注：三國志吴主權傳注引江表傳：曹公與權書曰：今治水軍八十萬衆，方與將軍會獵於江東。

蘧常案：漢書宣帝紀：匈奴日逐王先賢撣將人衆萬餘來降。晉書匈奴傳：呼延氏最貴，則有左日逐、右日逐，世爲輔相。案：此日逐，當謂清豫王多鐸。

〔一一〕桃葉句　徐注：古樂府王獻之桃葉歌：桃葉復桃葉，桃樹連桃根。

〔一二〕冶城　徐注：江寧府志：冶城在上元縣治西。世説注引丹楊記曰：孫權築冶城，爲鼓鑄之所。

黄侍中祠 在南京三山門外栅洪橋

【解題】

蘧常案：明史黄觀傳：累官禮部右侍郎。建文初，更官制，左右侍中次尚書，改觀右侍中。車譜：栅洪橋祠，今已無跡可尋，城中金陵閘之祠，蓋續建也。

侍中名觀〔一〕，洪武二十四年殿試第一〔二〕。建文末〔三〕，奉詔募兵安慶，聞南京不守〔四〕，自沈於江。其妻翁氏及二女爲官所簿録〔五〕，將給配象奴，亦赴水死。後人即其葬地爲侍中立祠〔六〕。

侍中祠下水奔渾〔七〕，有客悲歌叩郭門。古木夜交貞女冢〔八〕，光風春返大夫魂〔九〕。先朝侍從多忠節〔一〇〕，當代科名一狀元〔一一〕。莫道河山今便改，國於天地鎮長存〔一二〕。

【彙校】

〔奔渾〕孫校本作「雲昏」。

【彙注】

〔一〕侍中句　蘧常案：明史黃觀傳：字伯瀾，一字尚賓，貴池人。父贅許，從許姓。

〔二〕洪武句　蘧常案：明史本傳：受學於元待制黃冔。冔死節，觀益自勵。洪武中，貢入太學，二十四年，會試廷試皆第一。累官禮部右侍郎，乃奏復姓。建文初，改右侍中，與方孝孺等並親用。

〔三〕建文句　蘧常案：明史本傳：燕王舉兵，觀草制諷其散兵歸藩，束身謝罪，辭極詆斥。四年，奏召募兵上游，且督諸郡兵赴援。至安慶，燕王已渡江入京師。下令暴左班文職姦臣罪狀，觀名在第六。

〔四〕聞南京句　蘧常案：明史本傳：觀聞金川門不守，命舟至羅刹磯，朝服東向拜，投湍急處死。

〔五〕其妻句　蘧常案：明史本傳：收其妻翁氏并二女給象奴，奴索釵釧市酒肴，翁氏悉與之，持去。急攜二女及家屬十人，投淮清橋下死。

〔六〕後人句　蘧常案：江寧府志：黃公祠在府治利涉橋左，一在府治馴象門外賽虹橋。趙用賢、葉向高、焦竑皆有碑記。南雍志「翁」作「雍」。案：「賽虹」當爲「栅洪」之音變。「翁氏」作「雍氏」，諧音也。

〔七〕奔渾　徐注：元稹詩：安得天上雨，奔渾河海傾。

〔八〕古木句　徐注：搜神記：宋大夫韓馮取妻而美，康王奪之。馮自殺，妻自投臺下死。王怒，使人埋之，塚相望也。宿昔，有文梓木生於二塚之端，旬日而大合抱，屈體相就，根交於下。明史黄觀傳：觀聞金川門不守，歎曰：吾妻有志節，必死。招魂葬之江上。初，觀妻投水時，嘔血石上，成小影，陰雨則見。後移至觀祠，名翁夫人血影石。今尚存。

〔九〕光風句　徐注：楚詞：光風轉蕙，汎崇蘭些。王逸注：光風謂雨已日出而風，草木皆有光也。十洲記：聚窟洲有神鳥山，多大樹，與楓相類而花葉香，名爲返魂樹。香氣聞數百里，死者聞香氣乃活。

〔一〇〕先朝句　徐注：明史齊泰、黄子澄、方孝孺、練子寧諸傳贊曰：齊、黄、方、練之儔，抱謀國之忠而乏制勝之策，然其忠憤激發，視刀鋸鼎鑊，甘之若飴，百世而下，凛凛猶有生氣，是豈泄然不卹國事，而以一死自謝者所可同日語哉！（蘧常案：徐注所引傳主過煩，因予删節。）

〔一一〕當代句　蘧常案：宋史馮京傳：進士自鄉舉至廷試皆第一者三人：王曾、宋庠爲名宰相，馮京爲名執政，風節相映，不媿其科名焉。案：觀會試、廷試皆第一，官至侍中，故以馮京相況。明史志選舉二：廷試分一、二、三甲，以爲名第之次。一甲止三人，狀元、榜眼、探花，賜進士及第。

〔一二〕國於句　原注：左傳昭公元年：秦后子曰：國於天地，有與立焉。

王徵君潢具舟城西同楚二沙門小坐柵洪橋下

【解題】

蘧常案：王徵君潢見前王處士自松江來詩題注。餘見詩注。

大江從西來，東抵長干岡〔一〕。至今號柵洪，對城橫石梁〔二〕。此橋蓋古時立柵處，本當名柵江，後訛爲「洪」耳，猶射江之爲射洪也。落日照金陵，火旻生秋涼〔三〕。都城久塵坌〔四〕，出郊且相羊〔五〕。客有五六人，鼓枻歌滄浪〔六〕。盤中設瓜果，几案羅酒漿。上坐老沙門〔七〕，舊日名省郎〔八〕熊君開元。曾折帝廷檻，幾死丹陛旁〔九〕。天子自明聖，畢竟誅安昌〔一〇〕。南走侍密勿〔一一〕，一身再奔亡〔一二〕。復有一少者，沈毅尤非常〔一三〕釋名髠殘。不肯道姓名，世莫知行藏。其餘數君子，鬚眉各軒昂。爲我操南音，未言神已傷。流賊自中州，楚實當其吭。出入十五郡，南國無安疆〔一四〕。血成江漢流，骨與灊廬望〔一五〕。赫怒我先帝，親遣元臣行〔一六〕。北落開和門〔一七〕，三台動光芒〔一八〕。一旦賈大命，藩后殘荆襄〔一九〕。遂令三楚間〔二〇〕，哀哉久戰場。寧南佩侯印，忽焉竟披猖寧南侯左良玉。稱兵據上游，以國資戎羌〔二一〕。豈無材略士，忍死奔遐荒！

落鴈衡北回，窮鳥樹南翔。可憐洞庭水，遺烈存中湘〔二二〕何騰蛟追封中湘王。連營十三鎮〔二三〕，恣肆無朝綱。夜半相誅屠，三宮離武岡〔二四〕。黔中亦楚地，君長皆印章〔二五〕。國家有驅除，往往用土狼〔二六〕。積雨閉摩泥，毒流漲昆明。蠻陬地斗絶，極目天茫茫〔二七〕。頃者西方兵，連歲争辰陽。心悼黄屋遠，眼倦烽火忙〔二八〕。楚雖三户存。其人故倔彊。崎嶇二君子，志意不可量。鄖公抗忠貞〔二九〕，左徒吐潔芳〔三〇〕。舉頭是青天，不見日月光。何意多同心，合沓來諸方〔三一〕？僕本吴趨士〔三二〕，雅志陵秋霜。適來新亭宴，得共賓主觴。戮力復神州，斯言固難忘。我寧爲楚囚，流涕空霑裳。

【彙校】

〔題〕潘道根吴（映奎）譜校云：「楚楚沙門」他本作「楚二沙門」，未知孰是？丕績案：蓋以「二」形近複符號而訛「楚」，吴譜誤。

〔出郊〕徐注本，吴、汪、曹三校本「郊」作「門」。

〔尤非常〕徐注本、曹校本「尤」作「大」。

〔數君子〕冒校本「數」作「諸」。

〔上游〕潘刻本，孫、曹兩校本「游」作「流」。

〔戎羌〕潘刻本，徐注本，孫、曹兩校本作「東陽」，韻目代字也。

〔黄屋〕潘刻本「黄」作「□」。
〔不可量〕潘刻本「可量」作「□□」。
〔日月光〕潘刻本、徐注本、孫校本「日月」作「二曜」。
〔復神州〕潘刻、徐注本、孫校本「復」作「事」。

【彙注】

〔一〕大江二句　徐注：江寧府志：大江發源岷山，合湘、漢、豫章諸水，西自安徽當塗縣流入江寧縣界。梁京寺記：建康南五里有山岡，其間平地有大長干、小長干、東長干。梁初起長干寺。

〔二〕對城句　徐注：陳直方聞見録：明初築城，工部與應天府競勝。府有餘財，建石橋，名曰賽工。有所橋、江東橋、萬壽橋，皆石橋。
蘧常案：「石梁」承上言，當指栅洪橋，非謂賽工、江東諸橋也。徐注非。

〔三〕火旻　徐注：謝靈運詩：火旻團朝露。
蘧常案：李善文選謝詩注：火，大火心星。七月，火星西流。爾雅：秋爲旻天。

〔四〕塵坌　徐注：儀禮：宰夫内拂几。注：内拂几，不欲塵坌尊者。

〔五〕相羊　蘧常案：楚辭離騷：聊須臾以相羊。洪興祖補注：相羊，猶徘徊也。

〔六〕鼓枻句　徐注：楚辭漁父：漁父莞爾而笑，鼓枻而去，遂歌曰：滄浪之水清兮，可以濯我纓。滄浪之水濁兮，可以濯我足。

〔七〕沙門　蘧常案：阿含經：舍離恩愛，出家修道，攝御諸根，不染外欲，慈心一切，無所傷害，遇樂不欣，逢苦不戚，能忍如此，故名沙門。釋法雲翻譯名義集：沙門或云桑門，此言功勞，言修道有多勞也。

〔八〕舊日句　蘧常案：南史王韶之傳：晉自孝武以來，以省官一人管詔誥，住西省，因謂之西省郎。明史熊開元傳：字魚山，嘉魚人，天啓五年進士。除知縣。徵授吏科給事中，貶秩調外。崇禎十三年，遷行人司副。帝以畿輔被兵求言，開元論周延儒，遣戍杭州。京師陷，福王召起吏科給事中，丁母艱不赴。唐王立，起工科左給事中，連擢左僉都御史，隨征東閣大學士，乞假歸。汀州破，棄家爲僧，隱蘇州之靈巖以終。案：省郎，謂給事中也。劉宋隸集書省，隋隸門下省，唐、宋因之。開元凡三授給事中，故特言之，非其最後官也。

〔九〕曾折二句　徐注：漢書朱雲傳：願請尚方斬馬劍，斷佞臣一人頭。上問爲誰？曰：安昌侯張禹。上怒。御史將雲下，雲攀殿檻，檻折，呼曰：得從龍逢、比干游於地下，足矣！
蘧常案：朱彝尊明詩綜詩話：魚山欲劾宜興，適思陵許奏事者于弘正門召對。及入見，宜興侍側，因言軍事而出。既而召見德政殿，輔臣亦入，乃言曰：易傳有云：君不密則失臣，臣不密則失君。臣所言，願輔臣暫退。思陵諭之曰：輔臣管密勿，熊開元前所奏，卿等皆可與聞，可以不退。是日不敢盡言。思陵命草疏入，仍有茶果餅餌之賜。迨疏入，遂被收，思陵怒且不測矣。會姜公如農疏有「皇上何所見而云然乎」等語，怒益甚。兩公受杖之苦，用刑之慘，其不死者幸也。爰書既上，思陵一曰「讒譖輔弼」，再曰「讒譖陰狡」，三曰「謗毁狡肆」，人皆疑思陵曲護宜興。獨尹樞部宣子謂思陵時已恚宜興，命魚山具疏者，度必列欵，欲據之，便按問。及見疏，乃曰：如此不痛不癢，思兩邊做好人耶？蓋實怒其不力，而反以誹謗大臣爲罪，非思陵本意也。

〔一〇〕天子二句　徐注：漢書谷永傳：天子發明聖之德。

蘧常案：安昌喻周延儒。明史奸臣傳：延儒，宜興人，性警敏，善伺意指。崇禎十四年，復爲首輔，帝尊禮特重。實庸懦無材略，且貪。當天下大亂，一無所謀畫。門下客因緣爲奸利。又信用文選郎吳昌時輩。行人司副熊開元廷劾延儒納賄狀，觸帝怒，下詔獄。已而御史劾吳昌時贓私巨萬，大抵牽連延儒，而中言昌時通中官，洩漏機密。給事中曹良直亦劾延儒十大罪。帝怒甚，親鞫昌時，下獄論死。始有意誅延儒，遣緹騎逮入京師，勒自盡，籍其家。

〔一一〕南走句　蘧常案：南走，見前「舊日」句注。密勿，見卷一帝京篇「密切」句注。

〔一二〕一身句　蘧常案：亦見前「舊日」句注。

〔一三〕復有二句　蘧常案：小腆紀傳方外列傳：髡殘字介丘，號石谿，武陵劉氏子。一夕，大哭不已，引刀自薙其頭，血流被面。同里教諭龍人儼，儒而禪者也，一見絶愛之，令遊江南參學。至白門，反楚，居桃源；再往白門，謁浪杖人，一見皈依。所交遊皆前朝遺逸，顧炎武其一也。髡殘脱略一切，獨嗔怒不可解。疾革，語大衆：死後焚骨灰投大江中。衆從之。歿後十餘年，有瞽僧至燕子磯，募工升絶壁，刻「石谿禪師沈骨處」。

〔一四〕流賊四句　徐注：史記天官書：夜半建者衡。衡，殷中州河、濟之間。爾雅釋鳥：亢，鳥嚨。注：謂喉嚨，通作吭。明史李自成傳：十四年正月，自成陷河南，福王遇害。十五年九月，決河灌開封，合革、左五營西迎孫傳庭兵於南陽，傳庭軍潰走。豫人所謂柿園之敗也。時清兵南侵，京師告急，不暇復討賊。自成乃收羣賊，連營五百里，再屠南陽，攻汝寧，虎大威中礮死。遂由確山、信陽、泌陽向襄陽。左良玉望風南走。自成入襄陽，分徇屬城及德安諸州縣，皆下。再破夷陵、荆門州。自成自攻荆州，湘陰王儼鉀遇害。十六年春，陷承天，旁掠潛山、京山、雲夢、黄陂、孝感諸州縣，先驅偪漢陽，攻鄖陽。自成在中州所掠城，輒焚燬之。及渡漢江，謀以荆、襄爲根本，改襄陽曰襄京，改禹州曰均平府，承天府曰揚武州，他府縣多所更易。使高一功、馮雄守襄陽，任繼光守荆州，藺養成、牛萬成守夷陵，王文曜守澧州，白旺守安陸，蕭雲林守荆門，謝應龍守漢州，周鳳梧守禹州。又張獻忠傳：獻忠入湖廣。是時，河南、湖廣賊十五家，惟獻忠最狡黠驍勍。十一年春，遣間齎重幣獻陳洪範，願率所部降。洪範喜，爲告熊文燦，受其降。獻忠遂據穀城，請十萬人餉。明年，獻忠訓卒，治甲仗。言者頗疑其欲反，帝方信兵部尚書楊嗣昌言，謂文燦能辨賊也。夏五月，獻忠反，隳穀城，陷房縣，十三家降賊，一時並叛。嗣昌拜大學士，乃自請督師。時羣賊大掠，賀一龍、賀錦犯隨、應、麻、黄，與官軍相持；汝才及過天星竄伏漳、房、興遠；獻忠踞湖廣、四川界，將西犯。十三年，入川。十四年正月東出，取軍符紿陷襄陽城，縛襄王翊銘殺之。分軍陷隨州，犯茶山、應城，入泌陽，拔鄖西，羣盜附者萬計。十六年春，連陷廣濟、蘄州、蘄水，入黄州。麻城人湯志以城降。獻忠改麻城爲州，又西陷漢陽渡，陷武昌，執楚王華奎，籠而沈諸江。盡殺楚宗室，録男子二十以下十五以上爲兵，餘皆殺之。

蘧常案：先生明季實録附録蒼梧兄酉陽隨筆：湖廣不一年而失十四府，所存者惟辰州耳。襄陽以壬午十二月初二日破，荆州十二月十六日破，承天癸未元旦破，漢陽三月二十二日破，黄州三月二十三日破，武昌三月三十日破，岳州八月初五日破，長沙八月二十三日破，衡州八月二十九日破，常德三月初十日破，十一月二十三日再破，惟鄖陽、德安之破，不記月日。又，「柹園」疑作「柿園」，明史孫傳庭傳、紀昀閱微草堂筆記雖均作「柹園」，但明史孫傳謂士卒採青「柿」爲食，時當秋日，正晉、豫間「柿」青之時。柹爲木片，雖青，亦豈堪食？或以草根樹皮當之，亦非。附書存疑。

〔一五〕灊廬　徐注：一統志：灊山西北一曰皖山，一曰天柱山，漢武帝南巡狩，禮灊之天柱山，以代南嶽。又：「廬山，南康山之南，九江山之陰，疊嶂九層，崇巖萬仞，周五百餘里，有香爐峰、康王谷，石梁瀑布諸勝。」

〔一六〕赫怒二句　徐注：詩：王赫斯怒。

蘧常案：元臣謂楊嗣昌也。明史楊嗣昌傳：十二年五月，熊文燦所撫張獻忠反，穀城羅汝才九營皆反。八月，羅猴山敗書聞。帝大驚，詔逮文燦。特旨命嗣昌督師，賜尚方劍，以便宜誅賞。九月四日，召見賜宴，手觴三爵，御製贈行詩一章。嗣昌跪誦拜且泣。越二日陛辭，二十九日，抵襄陽。

〔一七〕北落句　原注：宋史天文志：北落師門一星，在羽林軍南。北者，宿在北方；落者，天軍之藩落也。師門，猶軍門。　徐注：周禮大司馬注：軍門曰和，立兩旌以爲之，致和出用，次第出和門也。

〔一八〕三台句　蘧常案：見卷二隆武二年八月上出狩詩「台星」句注。史記天官書正義：三能，大臣象也。暗而遠斗，臣不死則奪。案：三能即三台，亦詳此詩「台星」句注。或以天官書「賊星數動，有光出，則禍合天下」釋此，則與「三台」何涉耶？

〔一九〕一旦二句　徐注：韓非子：天有大命，人有大命。

蘧常案：藩后，謂襄王翊銘也。明史楊嗣昌傳：崇禎十四年正月，嗣昌知賊必出川，遂統舟師下雲陽，檄諸軍陸行追賊，賊折而東返，歸路盡空，不可復遏。賊遂下夔門，抵興山，攻當陽，犯荆門。獻忠自以輕騎一日夜馳三百里。殺督師使者於道，取軍符，以二月十一日抵襄陽近郊。以二十八騎持軍符先馳，呼城門守者，合符而信，入之。夜半從中起，城遂陷。獻忠縛襄王置堂下，屬之酒曰：吾欲斷楊嗣昌頭，嗣昌在遠，今借王頭，俾嗣昌以陷藩伏法，王努力盡此酒。遂害之。未幾，渡漢水，走河南。嗣昌初以襄陽重鎮，倚爲天險，賊乃出不意而破之。嗣昌在夷陵，驚悸，上疏請死。聞洛陽已於正月被陷，福王遇害，益懼，遂不食，以三月朔日卒。

〔二〇〕三楚　徐注：史記貨殖列傳：自淮北沛、陳、汝南、南郡，此西楚也；彭城以東東海、吳、廣陵，此東楚也；衡山、九江、江南、豫章、長沙，是南楚也。

〔二一〕寧南四句　蘧常案：明史左良玉傳：良玉字崑山，臨清人。官遼東車右營都司。已，隸昌平督治侍郎侯恂麾下，薦爲副將。良玉目不知書，多智謀，撫士卒得其歡心，以故戰輒有功，署都督僉事，爲援剿總兵官。崇禎十三年，拜平賊將軍，寖驕，不肯受督師約束，亦漸衰多病，不復能與李自成角矣。十六年，自成入關，良玉踦賊後，收其空虚地，以自爲功。十七年正月，詔封爲寧南伯。福王立，晉爲侯，南都倚爲屏蔽。良玉之起由侯恂，恂，故東林也。馬士英、阮大鋮用事，慮東林倚良玉爲難，謾語修好而陰忌之，築西防。良玉歎曰：今西何所防？殆防我耳！會朝事日非，監軍御史黄澍挾良玉勢，面觸馬、阮。既返，遣緹騎逮澍，良玉不遣。澍與諸將日以清君側爲請，良玉躊躕，弗應。亡何，有北來太子事。澍借此激衆，以報己怨，召三十六營大將，與之盟。良玉反意乃決，傳檄討馬士英。自漢口達蘄州，列舟二百餘里。良玉疾已劇，至九江，嘔血數升死。楊陸榮三潘紀事本末：乙酉三月，大兵入儀封，破歸、睢，進逼江北，直下淮、潁。四月，左良玉以掃清君側爲名，提兵下九江。遣靖南伯黄得功禦之。上游空虚。五月初九，大兵渡江，一技不施。另詳後賈倉部必選説易詩「都城防虜」注。

〔二二〕可憐二句　蘧常案：「洞庭」、「何騰蛟」皆見卷二懷人詩「似是」句注。

〔二三〕十三鎮　蘧常案：見卷一賦得江介多悲風詩題注。

〔二四〕夜半二句　蘧常案：南略武岡播遷始末：劉承胤鎮守武岡。丁亥正月，永曆駕蹕桂林，承胤具疏迎駕。三月，車駕幸武岡，承胤遂挾天子作威福。時總兵張先璧自江西潰入，欲入朝，承胤弗許。先璧怒，駐兵武岡城外，承胤與戰，屢爲所敗，相持不解。八月，清兵破常德，上召承胤，茫然無策，但强言「我兵多，他決不敢來」。越數日，警報迭至，承胤與部下密議投降。上覺之，與輔臣吴炳議，由古泥幸柳州。二十五日，上奉兩宫太后先發，上及中宫隨行，至二渡水，車駕甫過，而浮橋遂斷。循大道，竟抵靖州，乃由古泥幸柳州。明史志地理五：湖廣寶慶府領武岡州，洪武元年爲府，九年四月降爲州。以州治武岡縣省入來屬。東距府二百八十里。

〔二五〕黔中二句　徐注：案：孫可望據黔挾封秦王，滇、黔降賊及諸鎮將無不封公侯者。明史文安之傳：桂王奔南寧，安之自請督師，加諸鎮封爵，王從之。進諸將王光興、郝永忠、劉體仁、袁宗第、李來亨、王友進、塔天寶、馬雲翔、郝珍、李復榮、譚弘、譚詣、譚文、党守素等公侯爵，即令安之齎敕印行。

〔二六〕國家二句 徐注：明史志兵三：西南邊服有各土司兵。湖南永順、保靖二宣慰所部，廣西東蘭、那地、南丹、歸順諸狼兵，四川酉陽、石砫秦氏、冉氏諸司，宣力最多。末年邊事急，有司專以調三省土司爲長策，其利害亦恒相半云。又，土司傳：調遣日繁，急而生變，恃功怙過，侵擾益深，故歷朝徵發，利害各半。天啓二年，調保靖土司彭象乾兵五千援遼，以病戰於渾河，子姪親兵全軍皆没，一門殉戰，義烈爲土司冠云。酉陽宣撫司冉躍龍兵四千援遼，再援瀋陽，其弟見龍戰死。石砫女土司秦良玉援遼勦賊，尤所向克捷。崇禎三年，永平四城失守，良玉與子翼明奉詔勤王，出家財濟餉。莊烈帝優詔褒美，召見平臺，賜彩幣羊酒，賦四詩旌其功。良玉自京師還，專辦蜀賊。川撫邵捷春不用其計，良玉乃歎息歸。獻忠陷蜀，良玉悉召所部，誓曰：有從賊者族無赦！乃分兵守四境。賊遍招土司，獨無敢至石砫者。石屏州土官舍人龍在田亦以戰功著，擢副總兵。破賀一龍、李萬慶於雙溝。又大破賊固始，斬首三千五百有奇，諸將多忌，在田罷歸。又朱天麟傳：乃奉命經略左右兩江土司，以爲勤王之助。又楊廷麟傳：廷麟，字伯祥，清江人。赴贛招峒蠻張安等四營，降之，號龍武新軍。聞王將由汀赴贛，將往迎王。四月，大兵逼城下，廷麟遣使調廣西狼兵，而身往雩都趣新軍。又萬元吉傳：廷麟調廣西狼兵八千人踰嶺，亦不即赴。城破，廷麟、元吉皆赴水死。

李注：杜甫留花門詩：中原有驅除，隱忍用此物。

蘧常案：徐注尚得詩意，惟所引多誤。彭象乾援遼，在萬曆四十七年；其子姪親兵戰没，在天啓元年，徐皆誤爲天啓二年。秦良玉、龍在田明史有列傳，徐引之乃混入土司傳。秦翼明乃良玉兄邦屏子，於良玉爲姪，徐誤爲子。兵志酉陽謂冉躍龍，石砫謂秦良玉，徐於秦氏、冉氏誤倒。明史兵志語扼要，土司等傳則支蔓，因以兵志列前。

〔二七〕積雨四句　徐注：明史朱燮元傳：閔夢得以偏沅巡撫代燮元，陳用兵機宜，請自永寧始，次普市、摩泥、赤水，百五十里皆坦途。赤水有城，可屯兵。又楊畏知傳：乙酉，武定土官吾必奎反，連陷禄、通、豐、廣諸縣及楚雄府。畏知督兵復楚雄。而阿迷土官沙定洲繼亂，據雲南。沐天波走楚雄，畏知説天波走永昌，而已以楚雄當定洲。定洲至，畏知復紿之分兵陷大理、蒙化。畏知乘間清野繕堞，徵鄰境援兵。定洲還攻楚雄，不能下。

蘧常案：此四句，似謂孫可望。可望本名可旺。小腆紀傳逆臣傳：張獻忠死，可旺與李定國等率餘衆破涪江、遵義，入貴州。時雲南苦沙定洲之亂，石屏副將龍在田遣使告急於可旺，因詐稱黔國焦夫人弟，舉兵復讎。滇人延頸望之，而不知其爲賊也。既破沙賊於革泥關，遂屠曲靖，連陷南寧、師宗，進逼楚雄。巡撫楊畏知拒戰敗，可旺與同鄉，重之，願相與同扶明室。畏知要以三事，皆許諾，用是定迤西八郡。别遣定國定迤東八郡。可旺既據有雲南，恥名不雅，改可望，自稱平東王，謀竊大號。其下稱之曰「國主」。庚寅九月，親至貴州，執貴陽鎮皮熊，奪其兵。令貴州所屬文武，呈繳濫劄，裁革文武職銜名，無敢抗拒者。惟巡按御史郭承汾、威清道黄應運、總兵姚某、劉某等六人，詬賊求死。可望怒，縛六人於地，驅劣馬數十蹴踏之，籍其家，陳尸平越之四門，以怖不順己者。己丑春，可望遣楊畏知等進表求王封，議久不決。可望怒，不能待，遣其將率勁兵五千，稱迎扈，殺閣臣嚴起恒及沮封之尚書楊鼎和、給事中劉堯珍、吴霖、張載述於南寧舟中。畏知因痛哭自刎，極言可望擅殺大臣罪。可望召而殺之。壬辰正月，可望迎駕，上至安隆，將吏無人臣禮。馬吉翔、龐天壽之徒，諂附可望，謀逼上禪位，擬國號曰後明。上聞之懼，與閣臣吴貞毓等謀，遣主事林青陽齎密敕召定國入衛。謀洩，甲午三月，可望遣其將至安龍，械貞毓等十八人殺之。事詳卷二昔有詩第二首「河陰」二句注。此所謂「積雨閉摩泥，毒流漲昆明」歟？摩泥，明史地理志作「摩尼」，貴州赤水衛領所有摩尼千户所。注：衛北，洪武二十二年九月置。孫可望事與下文銜接，徐注則以爲乙酉事，與是時相距十餘年，非。左思魏都賦：蠻陬夷落。

〔二八〕頃者四句　徐注：明史諸王傳：可望以妻子在滇，未敢動。明年由榔送其妻子還黔，遂舉兵與定國戰於三岔。方輿紀要：湖廣辰州府，秦黔中，隋曰辰州。明史諸王傳：十一年，李定國敗於新會，將由安龍入滇。可望患之，促由榔移貴陽就己。由榔故遲行。定國至，奉由榔由安南衛走雲南。　全云：謂李定國兵。

蘧常案：行在陽秋：永曆元年丁亥十月，清攻辰州，榮王遇害。三年己丑二月朔，張先璧率水陸兵數萬攻辰州，不克。六年十一月十三日，官軍復衡州，擒清辰州總兵徐勇及劉升祚等。十年九月十九日，清入辰州。小腆紀年：順治九年，明永曆六年十一月，明白文選復取辰州。初，桂林之破也（案：謂李定國破桂林），明兵屯荔溪，距辰州四十里。我總兵徐勇渡江迎戰。尋命敬謹親王尼堪進剿，未至而明兵攻掠益急，勇援絶餉匱，堅不下。可望自至沅州遣白文選以儸倮兵五萬，列象陣進攻。我將張鵬、吴光甯迎戰，並敗没。勇方督戰北門樓，明兵已自東門入，勇巷戰，中創墮馬死。十年三月，孫可望自將追李定國，與清兵遇於寶慶，大敗；既而李定國亦敗於肇慶；白文選又敗於辰州；凡所得州縣皆爲清師所復取，於是楚事大變矣。案：詳詩意，似謂復辰州，猶用土司兵，但以同室操戈，無濟大事。永曆入雲南，則「黄屋」益「遠」，孫、李相争，則「眼倦烽火」矣。全以西方兵屬李定國，非。徐注以「連歲争」爲孫、李相争，以三坌當辰陽，亦誤。

〔二九〕鄖公句　徐注：明史楊畏知傳：文安侯馬吉翔請封可望澂江王。使者言「非秦不敢復命」。會鄖國公高必正等入朝，召使者言：本朝無異姓封王例，我破京師，逼死先帝，滔天大罪，蒙恩赦宥，亦止公爵爾，張氏竊據一隅，罪固減等，封上公足矣，安能封王爵？自今當與我同心報國，洗去賊名，毋欺朝廷孱弱，我兩家士馬足相當也。又致書可望，詞義嚴正。使者唯唯退，議遂寢。必正者，自成妻弟，名一功，同陷京師者也。又：李赤心諸營皆曰忠貞營。

蘧常案：鄖公疑非高必正。此所云「鄖公」、「左徒」皆在上所云「客有五六人」中。考小腆紀年云：高必正、李來亨之衆，久竄賓、横、南寧間，畏王師之逼，率衆渡瀘，分據川、湖，耕田自給。川中舊將王光興、譚弘等附之，衆猶數十萬。來亨，赤心養子。赤心死，推必正爲主。必正死。而來亨代之焉。則此時必正必無棄軍東游之事，此其一。前所云熊開元、髡殘，後所云左徒，皆係文人；必正武人，實非其儕，此其二。詩前云「其餘數君子，爲我操南音」，鄖公、左徒皆在其列，必正北人，此其三。頗疑鄖公爲鄖陽兵備道高斗樞。小腆紀傳：斗樞字象先，鄞人。崇禎戊辰進士。十四年六月，進按察使。撫治王永祚移斗樞守鄖陽，闖軍四至，皆大創去。當是時，湖南、北十四郡皆陷，鄖獨存。南都陷，與子宇泰與於江上之役，累被名捕，竟得脱。蓋合於詩所謂「抗忠貞」者，且係文士，南人，亦皆合。惟「崎嶇」云云，不可考。

〔三〇〕左徒句　徐注：史記屈原傳：爲楚懷王左徒。又：其志潔，故其稱物芳。　冒云：左徒疑屈大均。

蘧常案：冒説近是。番禺鄔慶時屈翁山年譜據屈大均華嚴寶鏡跋謂「本年大均侍道獨于海幢寺」，又據梁紹壬兩般秋雨盦隨筆謂「大均曾爲海幢寺僧」，海幢寺在河南。或大均雲遊，便道出江寧，而與此會歟？譜又據翁山佚文輯送凌子歸秣陵序云：己亥（案：爲永曆十三年，順治十六年）三月十九日，在秣陵，與林茂之古度、方爾止文、楊炯伯、洪方舟、湯玄翼燕生諸遺民，集王元倬璜南陔草堂。王元倬璜，即此王徵君潢。「璜」蓋「潢」之誤。

或大均與潢之定交，已在此年乎？姑備一說。大均事詳卷五屈山人大均自關中至詩題注。

〔二〕何意二句　徐注：易：二人同心。王褒洞簫賦：薄索合沓，罔象相承。注：合沓，重沓也。

〔三〕吴趨　蘧常案：古今注：吴趨曲，吴人以歌其地也。

攝山

【解題】

徐注：江寧府志山水：攝山，在上元東北四十里，一名繖山，一名棲霞山。有千佛嶺、唐公巖、中峰澗，周廻四十里，高一百三十二丈。

蘧常案：王士禛遊攝山記：山爲鍾阜支脈，多藥草，可攝生，故名。

徵君舊宅此山中〔一〕，山館孱顔往蹟空〔二〕。藥徑春添千嶂雨〔三〕，松崖夜起六朝風〔四〕。忘情魚鳥天機合，適意川巖物象同〔五〕。一入籬門人世别〔六〕，幾人能不拜蕭公〔七〕？

【彙注】

〔一〕徵君句　徐注：南齊書明僧紹傳：字承烈，平原鬲人也。宋元嘉中，再舉秀才，明經有儒術。隱長廣郡嶗山，聚徒立學。淮北没虜，乃南渡江。昇明中，太祖徵爲記室參軍，不至。建元元年，徵爲正員外郎，稱疾不就。住江乘攝山。太祖謂僧紹弟慶符曰：卿兄高尚其事，亦堯之外臣，朕雖不相接，有時通夢。遺僧紹竹根如意、筍籜冠。僧紹聞沙門釋僧遠風德，往候定林寺。太祖欲出寺見之。僧遠問僧紹曰：天子若來，居士若爲相待？僧紹曰：山藪之人，政當鑿坏以遁。若辭不獲命，便當依戴公故事耳。江寧府志：棲霞寺在攝山，南齊明僧紹故宅。永明七年，舍爲寺。陳江總有碑。

蘧常案：遊攝山記：東北一峰，卓立天外，散爲三峰，鬱爲精藍者，棲霞寺也。循中峰澗而上，出紫峰閣，取道峰左，緣中峰澗東北行，得優曇庵。再上，白雲庵，即明公故宅。從密竹中訪之，地稍閑曠，可以見遠。案：據此，則明僧紹故宅爲白雲庵，而非棲霞寺矣。

〔二〕孱顔　原注：漢書司馬相如傳：放散畔岸，驤以孱顔。顔師古曰：孱顔，不齊也。

〔三〕藥徑句　徐注：江總攝山棲霞寺碑：南徐州琅琊郡江乘縣有攝山，尹先生記云：山多藥草，可以攝養。

蘧常案：藥徑，見題注。遊攝山記：攝山兩峰相對，中外隔絶，層巒疊巘，凸凹起伏。

〔四〕松崖句　徐注：江寧府志：又南爲萬松山房，下有大石，刻「醒石」二字。左爲般若臺，臺右爲珍珠泉。又有六朝松。蔡甘泉詩「寺門閒煞六朝松」，龔文思詩「到門先見六朝松」是也。

〔五〕適意句　徐注：江寧府志：棲霞寺中峰澗水從石蓮孔中噴出爲品外泉；倚山石佛千身，爲千佛巖、紗帽峰、明月臺。循中峰而上有白鹿泉、珍珠泉、疊浪巖；再上爲天開巖，爲明徵君宅。後有白乳泉、僧寮倚山架壁，各擅其勝。

〔六〕一入籬門　原注：宫苑記：舊京南北兩岸籬門五十六所，蓋京邑之郊門也。江左初立，竝用籬爲之，故曰籬門。南齊書王儉傳：宋世外六門設竹籬。建元初，有發白虎樽者，言「白門三重門，竹籬穿不完」。上感其言，改立都墻。徐注：南史：梁散騎常侍韋載有田十餘頃在江乘縣之白山。築室屏居，不入籬者十載。

〔七〕幾人句　冒云：言拜於車下之巢、由多也。

蘧常案：見上「徵君」句注。蕭公，指齊高帝蕭道成。

賈倉部必選説易

【解題】徐注：江寧府志儒林：賈必選，字徙南，上元人。萬曆己酉舉人，官户部主事，筦西新倉。時巨璫總理兩部，復遣其黨分伺六倉。必選盡黜陋規，無所染，璫爲稍斂。會同官倪篤之以屯豆下獄，必選知其冤，據事陳辯，謫九江幕。俄選桂林司理，升南工部虞衡司，未任，丁父艱歸，即杜門不出，以講易著書爲事。卒年八十七。著松蔭堂學易行世。

昔年清望動公車〔一〕，此日耆英有幾家〔二〕。古注已聞傳孟喜〔三〕，遺文仍許授侯芭〔四〕。竹牀排硯頻添墨，石屋支鐺旋煮茶。更説都城防虜事〔五〕，至今流涕賈長沙〔六〕。

【彙校】

〔防虜〕潘刻本、徐注本、孫校本「虜」作「寇」。

【彙注】

〔一〕昔年句　段注：南史張緒傳：少有清望。

蘧常案：後漢書光武紀：遣詣公車。注：公車，門名，公車所在，因以名焉。此謂舉人入京應禮部試。

〔二〕耆英　徐注：宋史文彦博傳：彦博與富弼、司馬光等十三人用白居易九老會故事，置酒賦詩相樂，序齒不序官，爲堂繪象其中，謂之洛陽耆英會。

蘧常案：賈必選爲萬曆己酉舉人，至此已四十七年，年必耄老，故以耆英擬之。

〔三〕古注句　原注：漢書儒林傳：蜀人趙賓好小數書。後爲易，持論巧慧，易家不能難云。受孟喜，喜爲名之。　徐注：漢書儒林傳：孟喜，字長卿，蘭陵人。從田王孫受易，舉孝廉爲郎，曲臺署長。

〔四〕遺文句　徐注：漢書揚雄傳：侯芭，鉅鹿人。常從雄居，受其太玄、法言。

〔五〕都城防虜　蘧常案：小腆紀傳弘光紀：順治元年十一月，時邊警日逼，上深居禁中，惟漁幼女，縱酒演劇，工役不已，宴賚不訾。佃練湖，放洋船，鹽場蘆洲之課，搜括殆盡。内則張執中、田成，外則阮大鋮、楊維垣，比周固寵，政以賄成。十二月乙卯朔，我清兵下河南，許定國、李際遇已潛約降，而舉朝莫之知也。戊寅，清兵自孟津渡河。清順治二年，上在南京，稱弘光元年。三月戊申，左良玉舉兵反，焚武昌東下。命史可法督諸軍入援。四月乙丑，清兵取泗州，丙寅渡淮。史可法退保揚州，連章告急，言「上游不過欲除君側之奸，未敢與君父爲難；北兵至，則宗社可虞」。大理寺卿姚思孝等請備淮、揚。上諭士英曰：良玉雖不應興兵，然看他本上，原不曾反；淮、揚急則赴淮、揚。馬士英厲聲指諸臣曰：此皆良玉死黨爲游説。我君臣寧死於清，不可死良玉手。上無如何也。丁丑，清兵克揚州。庚寅，蔽江而南，諸軍悉潰，遂取鎮江。辛卯，都中各城閉門。上集梨園子弟，雜坐酣飲。漏二鼓，與内官數十人跨馬出通濟門，文武百官無知者。癸巳，總督京營忻城伯趙之龍具表迎降。

〔六〕流涕賈長沙　蘧常案：賈長沙見卷一帝京篇「文才」句注。漢書賈誼傳：拜爲梁懷王太傅。是時匈奴彊，侵邊；天下初定，制度疏闊，諸侯王僭儗，地過古制，淮南、濟北王皆以逆誅。誼上疏陳政事，多所欲匡建。其大略曰：臣竊惟事勢可爲痛哭者一，可爲流涕者二，可爲長太息者六。

出郭 二首

【解題】

蘧常案：此以詩首二字爲題。或謂用王稽事，則題謂「出郭」，似非泛言。博異志云：馬燧寓遊北京，謁府主不見，寄於園吏。吏曰：莫欲謁護戎否？護戎諱數字，若犯之，無逃其死。明晨入謁，果犯諱，庭叱而出。園吏匿燧於糞車中，載出郭而逃。似用此事，言避禍也。與下詩有關合。

出郭初投飯店，入城復到茶庵〔一〕。秦客王稽至此，待我三亭之南〔二〕。

【彙校】

〔題〕此首朱刻本，孫託荀校本，孫、汪兩校本皆有，潘刻本、徐注本無。朱刻本，孫校本題作「六言」。孫校本二首誤合爲一。朱刻本注云：柔兆涒灘，旅中詩前，丙申。孫託荀校本注云：賈倉部詩後。

【彙注】

〔一〕出郭二句 蘧常案：此一出一入，似叙當時實事，蓋有所期也。

〔二〕秦客二句　蘧常案：史記范雎列傳：須賈爲魏昭王使於齊，范雎從。齊襄王聞雎辯口，乃使人賜雎金及牛酒，雎辭謝。須賈以爲雎持魏國陰事告齊，以告魏相魏齊。齊大怒，使舍人笞擊雎。佯死得出。魏人鄭安平聞之，乃遂操范雎亡，更名姓曰張禄。當此時，秦昭王使謁者王稽於魏，鄭安平侍王稽。王稽問魏有賢人可與俱西游者乎？鄭安平曰：臣里中有張禄先生，欲見君言天下事。其人有仇，不敢晝見。王稽曰：夜與俱來。鄭安平夜與張禄見王稽，語未究，王稽知范雎賢，謂曰：先生待我於三亭之南。與私約而去。王稽辭魏去，過載范雎入秦。括地志：三亭岡，在汴州尉氏縣西南三十七里。案：王稽云云，當有所託。疑南明當有使至。此詩與下旅中詩似前後一事。惟當是約後獨行，並非同載而去，下詩所謂「愁人獨遠征」也。然所期仍不能達，與前丁亥秋海上之行相同，故其末云「買臣將五十，何處謁承明」也。時永曆初入雲南；魯王已去監國號，鄭成功奉居金門；成功方應永曆詔，欲北上爭衡。則先生此行，或滇或閩乎？又案：此行與避禍亦有關，據年譜，松江獄解後，葉氏憾不釋，遣刺客狙擊，詳前贈路光禄太平詩序「豪計不行」注。此次決於遠征，實亦一因，故詩使馬燧、王稽二事，皆言避禍也。南行既不遂，乃有明歲北游之計，故歸莊送先生北遊序，特詳言葉氏事。且云「寧人之出也，其將爲伍員之奔吴乎，范雎之入秦乎」，言范雎與此合，可以推想也。

相逢問我名姓，資中故王大夫〔一〕。此時不用便了，只須自出提酤〔二〕。

【彙注】

〔一〕相逢二句　蘧常案：下詩云「甘心變姓名」，則此所謂「問我名姓」、「資中故王大夫」者，當即所變之姓名矣。蔣山傭殘稿與李紫瀾書有云：第五倫變姓名，自稱王伯齊，往來河東，陌上號爲道士。親友故人，莫知其處，心竊慕之。其所以變名爲王姓與？又案：卷二贈鄒處士繼恩詩有云：「去去復棲棲，河東王伯齊」，則已以伯齊自命矣。據後漢書第五倫傳，倫晚遇光武，得柄用，此先生所以自期。與卷二翦髮詩「功名會有時，杖策追光武」同意。倫曾爲蜀郡太守，故用王褒僮約語稱資中王大夫乎。詳下注。資中，漢置，在明四川資陽縣北，今同。

〔二〕此時二句　蘧常案：王褒僮約：蜀郡王子淵，以事到湔，止寡婦楊惠舍。惠有夫時奴名便了。子淵倩奴行酤酒，便了拽大杖，上夫冢顛，曰：大夫買便了時，但要守家，不要爲他人男子酤酒。子淵大怒曰：奴寧欲賣耶？惠曰：奴大忤人，人無欲者。子淵即決買券云云。奴復曰：欲使，皆上券。不上券，便了不能爲也。子淵曰：諾。券曰：神爵三年正月十五日，資中男子王子淵從成都安志里女子楊惠買亡夫時户下髯奴便了，決賈萬五千（下略）。讀券文適訖，詞窮詐索，仡仡叩頭：如王大夫言，不如早歸黄土陌。早知當爾，爲王大夫酤酒，真不敢作惡。案：此詩全用僮約，不知其意何居？或謂己變名獨去，事必躬親邪？

旅中

【解題】

蘧常案：此詩作於清順治十三年，所言自是本年事。舊以歸莊送先生北游序注之，序所言北游乃十四年事，與此詩無涉，誤。

久客仍流轉，愁人獨遠征。釜遭行路奪〔一〕，席與舍兒争〔二〕。混跡同傭販，甘心變姓名〔三〕。寒依車下草，饑糝鏖中羹〔四〕。浦鴈先秋到，關雞候旦鳴。蹠穿山更險，船破浪猶横〔五〕。疾病年來有，衣裝日漸輕。榮枯心易感，得喪理難平！默坐悲先代，勞歌念一生〔六〕。買臣將五十〔七〕，何處謁承明〔八〕。

【彙注】

〔一〕釜遭句　徐注：戰國策：蔡澤見逐於趙而入韓、魏，遇奪釜鬵於途，乃西入秦。

〔二〕席與句　徐注：莊子寓言：其往也，舍者迎將其家，公執席，妻執巾櫛，舍者避席，煬者避竈；其反也，舍者與之争席矣。

〔三〕變姓名　徐注：後漢書李固傳：固門生王成將固子燮入徐州界内，令燮姓名爲酒家傭。事詳前出郭詩第二首「相逢」二句注。

〔四〕饑糝句　徐注：廣韻：鏸，與鬵同，鼎屬。

蘧常案：禮内則：和糝不蓼。孔穎達正義：此等之羹，宜以五味調和，米屑爲糝，不須加蓼也。

〔五〕蹠穿二句　徐注：戰國策：蹠穿膝暴。注：蹠，足下也。

蘧常案：「釜遭行路奪」以下十句，述途中艱苦之情狀。此行當在夏令，故云「浦鴈先秋到」，又明謂自北而南也。考元譜，本年於閏五月初十日五謁孝陵後，即書冬在鍾山度歲，中有所諱，其跡可尋。其歸當在七八月之交，下有酬王處士九日見懷之作可推也。王處士，王煒也。其原作起云「孤窮迢遞八荒游」，似指此行。

〔六〕勞歌　徐注：韓詩外傳：飢者歌食，勞者歌事。

〔七〕買臣句　徐注：案先生是年四十四歲。

蘧常案：漢書朱買臣傳：買臣，字翁子，吴人也。家貧，好讀書，不治産業。其妻求去，買臣笑曰：我年五十當富貴，今已四十餘矣。待我富貴報汝功。妻恚怒，即聽去。後數歲，詣闕上書，不報。會邑子嚴助貴幸，薦買臣。召見，帝甚悦之，拜爲中大夫。久之，拜會稽太守。徵入爲主爵都尉，免，復爲丞相長史。告張湯陰事，湯自殺，上亦誅買臣。

〔八〕承明　蘧常案：見卷一哭楊主事廷樞詩「承明」注。案：小腆紀年：本年正月明桂王在安龍府。三月，孫可望遣將白文選犯安龍，文選與李定國連和，遂共扈王入雲南，改雲南府爲滇都。

酬王處士九日見懷之作

【解題】

蘧常案：王處士，見前松江别張處士慤王處士煒詩解題。案：同志贈言：王煒原詩有「雪水菰蘆誰弔影」句，考文集書吴潘二子事云：方莊生作書時，屬客延予一至其家。予薄其人不學，竟去。莊生謂湖州史案之莊廷鑨也，詳卷四聞湖州史獄詩題注。湖州有苕、霅二水，則「霅水菰蘆」，似謂赴湖。同志贈言王潢有送顧寧人之吴興詩，自注：「湖州府又號霅州」，即詠此行。詩有「燦燦春華榮槁木」句，則此行當在本年春日。或疑此行即爲上旅中事，則非是。此時史獄未起，赴湖州何至變姓名艱窘如旅中詩云云也。

是日驚秋老，相望各一涯。離懷銷濁酒，愁眼見黄花〔一〕。天地存肝膽，江山閲鬢華。多蒙千里訊，逐客已無家〔二〕。

【彙注】

〔一〕愁眼句　徐注：杜甫遣懷詩：愁眼看霜露，寒城菊自花。

〔二〕逐客　徐注：戰國策李斯諫秦王疏：臣聞吏議逐客。

附：同志贈言：王煒秋日懷寧人道長先生詩：

孤窮迢遞八荒游，肯逐輕肥與世謀。霅水菰蘆誰弔影？蔣山風雨自深秋。已從敝笈留千古，欲向空原助一抔。滿眼黄花無限酒，不知元亮可銷憂？

送張山人應鼎還江陰

【解題】

蘧常案：張應鼎，山陰人。山陰縣志無傳。明史志地理一：南京常州府領江陰。注：一統志：常州府江陰，漢毘陵縣地。晉太康二年析置暨陽縣，屬毘陵郡，府西北，元江陰州直隸江浙行省。太祖甲辰年曰連洋州，尋復江陰州，吴元年四月，降爲縣，來屬。

舊京秋色轉霏微〔一〕，目送毘陵一鴈飛。笑我畏人能久客〔二〕，嗟君懷土便思歸。風高海氣龍王廟〔三〕，水落江聲燕子磯〔四〕。卉布家鄉多已作〔五〕，此行須换芰荷衣。

【彙校】

〔轉霏微〕徐注本、曹校本「轉」作「見」。

【彙注】

〔一〕舊京句　蘧常案：晉書桓温傳：王述曰：方當蕩平區宇，旋軫舊京。此謂南京。

〔二〕笑我句　徐注：魏文帝雜詩：吴會非我鄉，安得久留滯？棄置勿復陳，客子常畏人。

〔三〕風高句　徐注：輿地紀勝：江陰軍邊臨大江，正是下流。東連海道，西接鎮江，最爲控扼。又云：風檣萬里，順流而縱者，朝江湖而夕毘陵。宋史韓世忠傳：兀朮分道渡江，諸屯皆敗，世忠亦自鎮江退保江陰，杜充以建康降敵。兀朮自廣德破臨安，帝如浙東。世忠以前軍駐青龍鎮，中軍駐江灣，後軍駐海口，俟敵歸，邀擊之。及金軍至，世忠已先屯焦山寺，謂敵至必登金山觀我虚實。乃遣蘇德將兵百人伏龍王廟中，百人伏岸滸，約：聞鼓聲，岸兵先入，廟兵合擊之。

蘧常案：龍王廟事，又見卷一京口詩「東胡」句注。

〔四〕燕子磯　蘧常案：見卷二久留燕子磯院中詩題注。

〔五〕卉布句　徐注：一統志：常州土産布。又元和志：貢細苧紅紫二色緜布。離騷：製芰荷以爲衣兮，集芙蓉以爲裳。張譜：案道光二十年新修江陰縣志藝文，采先生此詩而應鼎之名字翳如。然則山人信能卉布荷衣，鴻冥塵外者矣。

蘧常案：書禹貢：鳥夷卉服。鄭玄注：此州下溼，故衣草服。蔡沈傳：卉，草也，葛越木綿之屬。

陳生芳績兩尊人先後即世適皆以三月十九日追痛之作詞旨哀惻依韻奉和 三首

【解題】

徐注：先生常熟陳君墓誌銘：五年而君以疾捐館，二子相繼不禄，貧不克葬。而其孫芳績以書來，曰將以十二月庚申，舉其兩世六喪，葬於所居之西雙鳳鄉吴塘里。潘道根吴譜校（蘧常案：原誤作吴譜）：鼎和三子，汝珣、汝瑜、汝琳，未知芳績誰之子也。

蘧常案：陳生芳績，見前常熟歸生晟陳生芳績書來詩解題。

一生愁恨積今辰，尚有微軀繫五倫〔一〕。淚盡宛詩言我日〔二〕，悲深魯史筆王春〔三〕。山頭馬鬣封孤子〔四〕，天上龍髯從二親〔五〕。留此一絲忠孝在，三綱終古不曾淪。

【彙校】

〔題〕徐注本題作和陳生芳績追痛之作。潘刻本、徐注本無第三首。徐注本、曹校本題末有「二首」二字。孫校本第三首誤次出郭（六言）詩題後。

〔積今辰〕潘刻本、徐注本、孫校本「積」作「集」。

【彙注】

〔一〕尚有句　徐注：南齊書豫章文獻王嶷傳：（蘧常案：原誤豫王文獻王山賢傳）以飾微軀。書：五品不遜。疏：五倫也。

〔二〕淚盡句　徐注：詩小宛：我日斯邁，而月斯征。蘧常案：徐注非。當謂宛詩：我心憂傷，念昔先人。明發不寐，有懷二人。二人謂父母，蓋切題兩尊人先後即世也。

〔三〕悲深句　蘧常案：見卷二元日詩「天王春」注。

〔四〕山頭句　徐注：禮檀弓：馬鬣，封之謂也。又曲禮：孤子當室，冠衣不純采。蘧常案：事詳解題。

〔五〕天上句　蘧常案：見卷一十月二十日奉先妣葬詩「先皇」句注。崇禎帝以甲申三月十九日死，芳績父母先後即世，適皆以是月是日，故云。

帝后登遐一忌辰〔一〕，天讐國恥世無倫〔二〕。那知考妣還同日，從此河山遂不春。弘演納肝猶報主〔三〕，王裒泣血倍思親〔四〕。人間若不生之子〔五〕，五嶽崩頽九鼎淪〔六〕。

【彙校】

〔天讐國恥〕潘刻本「讐國恥」作「□□□」。

〔弘演〕潘刻本，徐注本，孫、曹兩校本「弘」作「宏」，避清諱也。

〔人間二句〕潘刻本、徐注本作「人寰尚有遺民在，大節難隨九鼎淪」。徐并出注：杜甫三川觀水漲詩：人寰難容身。遺民，見卷二桃花溪歌贈陳處士梅詩注。論語：臨大節而不可奪也。

【彙注】

〔一〕帝后句　蘧常案：禮曲禮：告喪曰：天子登假。孔疏：此謂天王崩而遺使告天下萬國之辭。登，上也；假，已也。言天子上升已矣，若僊去然也。列子周穆王篇：世以爲登假焉。張湛注：假音遐，字當作遐。「帝后登遐」事，見卷一大行皇帝哀詩題注，及「霧起」句注。忌辰，見卷一金陵雜詩第二首「遥祭」句注。

〔二〕天讐句　原注：梁書邵陵王綸傳：大敵猶强，天讐（蘧常案：潘刻本作□）未雪。

蘧常案：國恥，見卷一感事詩第四首「千秋」句注。

〔三〕弘演句　徐注：吕氏春秋：衛懿公有臣曰弘演。翟人攻衛，及懿公於滎澤，盡食其肉，獨舍其肝。弘演曰：臣請爲襮。因自殺，先出其腹實，内懿公之肝。

〔四〕王裒句　蘧常案：見卷一墟里詩「豈有」二句注。

〔五〕之子　蘧常案：爾雅釋訓：之子，是子也。

〔六〕五嶽句　徐注：史記封禪書：其後百二十歲而秦滅周，周之九鼎入於秦。或曰：宋太丘社亡而鼎没於泗水彭城下。

蘧常案：周禮大宗伯：祭社稷、五祀、五嶽。爾雅釋山：泰山爲東嶽，華山爲西嶽，霍山爲南嶽（案：又謂湖南衡山），恒山爲北嶽，嵩高爲中嶽。郝懿行爾雅義疏：唐、虞惟言四嶽，周禮大宗伯及司樂乃有五嶽之名。

昔年盟誓告三辰，欲爲生人植大倫〔一〕。祭禰不從王氏臘〔二〕，朝正猶用漢家春〔三〕。阡原處處關心苦〔四〕，几仗年年入夢親〔五〕。一上鍾山東極目，南湖煙水自清淪〔六〕。

【彙校】

〔鍾山〕朱刻本、孫託荀校本、孫校本作「蔣山」。

【彙注】

〔一〕昔年二句　蘧常案：左傳昭公十六年：世有盟誓，以相信也。「三辰」，即日月星，已屢見。

案：此首皆謂芳績祖父處士梅也。餘集常熟陳君墓誌銘云：謂芳績曰：士不幸而際此，當常爲農夫以没世。一經以外，或習醫卜，慎無仕宦。歸莊陳君墓表亦云：既遭世變，君語子孫，宜自守，毋急功名。杜門掃跡，安以待盡。或即所謂「盟誓」，所謂「植大倫」者耶？

〔二〕祭禰句　蘧常案：禮記曾子問：擇日而祭于禰。儀禮特牲饋食禮疏：祭法云：適士二廟，官師一廟。若祭，則無問一廟二廟，皆先祭祖，後祭禰。後漢書陳寵傳：寵曾祖父咸，成、哀間爲尚書。及莽簒位，父子相與歸鄉里，閉門不出入，猶用漢家祖臘。人問其故，咸曰：我先人豈知王氏臘乎？

〔三〕朝正句　蘧常案：左傳襄公二十九年：公在楚，釋不朝正於廟也。又文公六年疏：朝廟，周禮謂之朝享。歲首爲之，則謂之朝正。董仲舒春秋繁露：親赤統，故日分平明，平明朝正。

〔四〕阡原句　蘧常案：陳君墓誌銘：里中凡有繇役爭訟之事，君未嘗不爲之調劑，或片言立解。當天啓之末，縣之豪宦，縱其僕幹，魚肉鄉民，而獨於君里無所及。至今民間有不平之事，輒相嚮太息，以爲陳君在，當不令我至此也。另見卷二桃花谿歌「太丘」句注。

〔五〕几杖句　蘧常案：禮記曲禮：謀於長者，必操几杖以從之。陳君墓誌銘：陳君視余年長以倍。

〔六〕南湖　蘧常案：此謂陳處士所居。然常熟無南湖，有尚湖，或「南」「尚」形近而誤乎？明一統志：尚湖在常熟縣西南四里，長十五里，廣九里。徐崧百城煙水：尚湖又名西湖，以擬杭之西湖。或曰：太公望嘗釣於此，故曰尚湖。

元日 已下彊圉作噩

【解題】

徐注：順治十四年丁酉。張譜：丁酉，四十五歲。元旦，六謁孝陵。

蘧常案：是年爲明永曆十一年，公元一六五七年。

晨興自江上，踰嶺走鍾山〔一〕。肅然至殿門，雙扉護重關。初日照宮闕，隱映城郭間。空山寂無人，獨來拜榛菅〔二〕。流轉雖不居，咫尺猶天顏〔三〕。喜會胡馬收，罔巒乍清閒。歲序一更新，陽風動人寰〔四〕。佇期龍虎氣〔五〕，得與春光還。復想在宥初〔六〕，蒼生願重攀〔七〕。

【彙校】

〔胡馬〕潘刻本、徐注本、孫校本「胡」作「牧」。

〔佇期〕潘刻本「期」作「□」；冒校本作「看」。

【彙注】

〔一〕晨興二句　蘧常案：徐譜：先生是時雖寓金陵，而非神烈山之居。其説是也。元譜：順治十一年春至金陵，卜居神烈山下。神烈山即孝陵。今謁陵而踰嶺走鍾山，則所寓非故可知。居當在江上，詩云「自江上」可推也。

〔二〕空山二句　徐注：蘇軾十八阿羅漢像頌：空山無人，水流花開。韓愈雪後寄崔二十六丞公詩：豈念幽桂遺榛菅。

〔三〕咫尺句　蘧常案：左傳僖公九年：天威不違顏咫尺。

〔四〕陽風句　徐注：史記律書：景風居南方。景者，言陽氣道竟。

〔五〕龍虎氣　蘧常案：見卷二再謁孝陵詩「興王」句注。明史志樂三：洪武十五年：重定宴饗九奏樂章，六奏金陵之曲：鍾山蟠蒼龍，石城踞金虎，千年王氣都，於今歸聖主。

〔六〕在宥　徐注：莊子在宥：聞在宥天下，未聞治天下也。在之也者，恐天下之淫其性也；宥之也者，恐天下之遷其德也。

蘧常案：郭注：故所貴聖王者，非貴其能治也，貴其無爲而任物之自爲也。

〔七〕蒼生句　原注：杜甫有感詩：武德開元際，蒼生豈重攀！

萊州

【解題】

徐注：明史志地理二：元萊州屬般陽路，洪武元年升爲府。六年，降爲州。九年五月，復升爲府。領州二：平度、膠。縣五：掖、濰、高密、昌邑、即墨。方輿紀要：春秋時萊子國。漢曰東萊郡。府内屏青、齊，外控遼、碣，藉梯航之便，爲震疊之資，足以威行海外，豈惟島嶼之險足以自固乎哉！北至海五十里。今自府西北環昌邑、濰縣界，東南環膠州、即墨界，皆大海也。黄注：上年春，獄解，回崑山；三月，本生母何太孺人卒，於是乎決計北游。此詩，北游之第一篇也。

蘧常案：元譜：順治十四年春，自金陵仍返崑山，避讎將北游，同人餞之，歸玄恭爲文以贈其行。至萊州。

海右稱名郡〔一〕，齊東一大都〔二〕。山形當斗入〔三〕，人質竝魁梧〔四〕。月主秦祠廢〔五〕，沙壇漢蹟孤〔六〕。已無巡狩蹕〔七〕，尚有戍軍郛〔八〕。漉海鹽千斛〔九〕，栽岡棗萬株〔一〇〕。鼉梁通日際〔一一〕，蜃市接神區〔一二〕。轉漕新河格〔一三〕，分營絶島迂〔一四〕。三方從廟算，一一撫各兵符〔一五〕。天啓初議三方布置，始設登萊巡撫。礟甲初傳造，戈鋋已擊屠〔一六〕。中丞謝璉愁餌賊〔一七〕，太守朱萬年痛捐軀〔一八〕。郊壘青燐出，城陴白骨枯〔一九〕。危情隨事往，深慮逐年徂。計士悲疵國〔二〇〕，遺民想霸圖。登臨多感槩，莫笑一窮儒〔二一〕。

【彙校】

〔一大都〕徐注本「一」作「亦」。

【彙注】

〔一〕海右　徐注：江淹恨賦：巡海右以送日。

蘧常案：杜甫陪李北海宴歷下亭詩：海右此亭古。趙次公注：海在東，州在西，故云海右。

〔二〕齊東句　蘧常案：國語：通齊國之鹽於東萊。韋昭注：東萊，齊東萊夷也。

蘧常案：東萊郡，故屬秦瑯琊郡，漢高帝分置，屬齊國。齊國治臨菑爲都。史記貨殖列傳：臨菑亦海、岱間一都會也。故此亦稱東萊爲齊東大都。

〔三〕山形句　原注：史記封禪書：成山斗入海。黄注：讀史方輿紀要：成山在登州府文登縣東北百五十里。史記：秦始皇二十八年，並渤海，窮成山。三十七年，又自琅邪北至榮、成山。榮山，勞山之譌也。此萊州詩，而及登州之成山，蓋勞、成二山相連，勞山在膠州即墨縣東南六十里。讀史方輿紀要曰：海岸之山，莫大於成山、勞山，故往往並言之。詩曰「山形當斗入」，兼勞山而言，蓋勞山屬萊州也。史記集解引韋昭曰：成山屬東萊。索隱曰：斗入海，謂斗絶曲入海也。

蘧常案：榮成山，史記正義曰：即成山也，在萊州。黄注誤。

〔四〕人質句　徐注：史記留侯世家：太史公曰：予以爲其人計魁梧奇偉。寰宇記：萊州人性剛强，志氣緩慢，語聲上，形容大，此水土之風也。

〔五〕月主句　原注：史記封禪書「八神」：六曰月主，祠之萊山。

蘧常案：詳見後勞山詩「八神」句注。

〔六〕沙壇句　原注：史記封禪書：天子乃禱萬里沙。應劭曰：萬里沙，神祠也。在東萊曲成。

注：漢書郊祀志：武帝元封元年，旱，禱萬里沙。

蘧常案：明史志地理二山東萊州府掖縣注：東北有萬里沙。

〔七〕巡狩蹕　徐注：書：歲二月，東巡狩。史記封禪書：公孫卿言，見神人東萊山，若云願見天子。天子於是幸緱氏城，拜卿爲中大夫。遂至東萊，宿留之數日，無所見，見大人迹云。

蘧常案：蹕，見卷一感事詩第五首「清蹕」句注。

〔八〕戍軍郛　徐注：説文：郛，郭也。風俗通：郭謂之郛。

蘧常案：明史志地理二：萊州府即墨縣。注：即墨營，舊在縣南，宣德八年移置縣北，有城。

〔九〕漉海句　徐注：明史志地理二萊州府掖縣注：北濱海，有鹽場。

〔一〇〕栽岡句　徐注：明史志食貨二：秋糧曰棗子易米，曰棗株課米。

〔一一〕鼉梁句　蘧常案：徐堅初學記引竹書紀年：周穆王至於九江，叱黿鼉以爲梁。

〔一二〕蜃市句　徐注：鮑照舞鶴賦：踐區其未遠。

蘧常案：伏琛三齊紀略：海上蜃氣，時結樓臺，名曰海市。

〔一三〕轉漕句　徐注：明史志食貨三：隆慶中，運道艱阻，議者欲開膠萊河復海運，由淮安清江浦口，歷新壩、馬家壕至海倉口，徑抵直沽，止循海套，不泛大洋。上遣官勘報，以水多砂磧而止。

蘧常案：有明一代，議開膠萊新河利漕運者，無慮十數起。膠萊河者，在山東平度州東北。源出高密，分南北流，南流自膠州麻灣口入海，北流經平度州至掖縣海倉口入海。議開新河者，始於元至正十七年萊人姚演。其議鑿池三百餘里，起膠西東陳村海口，達膠河，出海倉口，謂之膠萊新河。尋以勞費難成而罷。至明，議者蜂起。如正統六年，昌邑民王坦上書言：往者江南常海運，自太倉抵膠州。州有故河道接掖縣，宜濬通之，由掖浮海，抵直沽，可避東北海險數千里。此其一。嘉靖十一年，御史方遠宜等復議開新河。此其二。嘉靖十七年，山東巡撫胡纘宗請濬元時新河淤道。此其三。十九年，副使王獻請鑿馬壕，以趨麻灣，濬新河，以出海倉，誠便。此其四。總河王以旂議復海運，先開平度新河。此其五。三十一年，給事中李用敬請從王獻議，宜急開通。此其六。隆慶五年，給事中李貴和復請開濬。此其七。萬曆三年，南京工部尚書劉應節、侍郎徐栻復議海運，先主通海，自膠州以北，楊家圈以南，濬地百里。此其八。其後中書程守訓，御史高舉、顏思忠，尚書楊一魁復相繼議及之。崇禎十四年，山東巡撫曾櫻、户部尚書邢國璽，復申王獻、劉應節之議。凡此大都被阻格不行，或行之而未就，詳見明史志河渠五，故曰「新河格」也。格，止也。見漢書梁孝王傳注。詩言「格」，一若有惜之之意。徐注未明。

〔一四〕分營句　徐注：明史志地理二萊州府掖縣注：東北有王徐砦守禦千户所。膠州注：東南海口有靈山衛，又有安東衛，又有夏河寨千户所，在靈山衛西南；石臼島寨千户所，在安東衛南。即墨縣注：東有鼇山衛，又東北有雄崖守禦千户所，南有浮山守禦千户所。

〔一五〕三方二句　黄注：自注，徐注誤作明史職官志（遽常案：蓋涉上句注文而誤）。考明志云：巡撫登萊地方督理軍務一員，天啓元年設。崇禎二年罷，三年復設。據此并不同自注所云，故知徐注之誤也。明史熊廷弼傳：天啓元年六月，廷弼入朝，建三方布置策。廣寧用馬步列壘河上，以形勢格之，綴敵全力；天津、登、萊各置舟師，乘虛入南衛，動摇其人心，敵必内顧，而遼陽可復。於是登萊議設巡撫如天津，以陶朗先爲之，而山海特設經略，節制三方，一事權。遂進廷弼兵部尚書，兼右副都御史，駐山海關，經略遼東軍務。詩曰「三方從廟算」，蓋謂此也。「三方」者，廣寧以馬步，天津及登、萊以舟師也。據明史職官志，巡撫登萊地方督理軍務一員，而詩云「二撫」，蓋指徐從治與謝璉也。明史徐從治傳：孔有德反，山東巡撫余大成檄從治監軍，馳赴萊州，而登州已陷。大成削籍，遂擢從治代之，與登萊巡撫謝璉並命，詔璉駐萊州，從治駐青州，調度兵食。從治曰：吾駐青，不足鎮萊人心；駐萊，足以係全齊。命乃與璉同受事於萊。據此，則「二撫」者，一山東巡撫，一登萊巡撫也。

〔一六〕礮甲二句　徐注：明史徐從治傳附孫元化：字初陽，嘉定人。天啓間，舉於鄉。所善西洋礮法，蓋得之徐光啓云。廣寧覆没，條備京、防邊二策。孫承宗請於朝，得贊畫經略軍前，主建礮臺教練法。三年，復設登萊巡撫，遂擢元化右僉都御史任之，駐登州。及有德反，朝野由是怨元化之不能討也。舊唐書李嗣業傳：戈鋋鼓鼙，震曜山野。明史徐從治傳：從治，字仲華，海鹽人，孔有德反，山東巡撫余大成檄從治監軍。明年正月馳赴萊州，而登州已陷。大成、元化主撫，檄賊所過郡縣無邀擊。賊長驅，無敢一矢加者。登州陷，總兵張可大死之，元化被執，大成馳入萊州。有德既破登州，推李九成爲主，己次之，仲明又次之。用巡撫印檄州縣餉，趣元化移書於大成求撫，曰「畀以登州一郡則解」。先是，賊攻破黄縣，知縣吴世揚死之；至是攻萊。從治與謝璉、楊御蕃分陴守禦。賊攻萊不下，分兵陷平度，知州陳所問自經。賊益攻萊，輦元化所製西洋大礮，日穴城，城多頹。從治等投火灌水，穴者死無算。使死士時出掩擊之，毁其礮臺，斬獲多。而熊明遇卒惑大成撫議也，令主事張國臣往撫之。從治等遺間使三上疏，言賊不可撫。最後言：萊城被圍五十日，危如纍卵，日夜望援兵，卒不至，知必爲撫議誤矣。又云：臣死當爲厲鬼以殺賊，斷不敢以撫謾至尊，淆國是，誤封疆，而戕生命也。疏入，未報。賊困萊久，璉、從治、御蕃日堅守待救。至四月十六日，從治中礮死，萊人大臨，守陴者皆哭。贈兵部尚書，賜祭葬，廕錦衣百户，建祠曰忠烈。黄注：「礮甲初傳造」，徐注引孫元化得其法於徐光啓。考光啓於崇禎初年，痛滿洲禍亟，乃上疏請效西洋礮法曰：其及遠命中，爲其物料真，製作巧，藥性猛，法度精也。彼國之人所以能然者，爲其在海外所當敵人，技術相等，彼此求勝，故漸進工也。欲盡其術，必造我器盡如彼器，精我法盡如彼法，練我人盡如彼人而後可。今天下之民恥甚矣，怒甚矣，欲用其恥與怒，莫若使之造器以殺敵。光啓卒於崇禎六年，而萊州陷於崇禎五年。明史云「賊攻萊，輦元化所製西洋大礮日穴城，城多頹」，嗚呼！此漢人自相攻殺，非光啓製礮以禦滿洲之意也。詩曰「戈鋋已擊屠」，言雖有利器，而無如同種之自殘也。

〔一七〕中丞句　徐注：明史徐從治傳及附：璉字君實，監利人。孔有德反，璉爲登萊巡撫，詔駐萊州，與從治困守禦賊。從治死，萊州推官屈宜陽請入賊營講撫，賊佯禮之。宜陽使言賊已受命。總督劉宇烈奏得請，乃手書諭賊令解圍。賊邀宇烈，宇烈懼不往。營將嚴正中舁龍亭及河，賊擁之去，而令宜陽還萊，趣文武官出城開讀。御蕃不可。璉曰：圍且六月，既已無可奈何，宜且從之。遂偕監視中官徐得時、翟昇、知府朱萬年出。有德等叩頭扶伏，涕泣交頤。璉慰諭久之。明日，復令宜陽入，請璉、御蕃同出。御蕃曰：我將家子也，知殺賊，何知撫事！璉等遂出，有德執之，猝攻城，卻令萬年呼降。萬年呼曰：吾死矣，汝等宜固守！罵不絕口而死。賊送璉及二中官至登囚之。正中、宜陽皆死。初，撫議興，獨從治持不可，宇烈諸將信之，而尚書熊明遇主其議。後朱大典合兵救萊，賊敗，圍解。有德走登州，殺璉及二中官。

〔一八〕太守句　徐注：明史忠義傳：朱萬年，黎平人。萬曆中，舉於鄉。歷萊州知府，有惠政。賊詭乞降，璉率萬年往受，爲所執。萬年曰：爾執我無益，盍以精騎從我，呼守者出降。賊以精騎五百，擁萬年至城下，萬年大呼曰：我被禽，誓必死，賊精鋭盡在此，急發礮擊之，毋以我爲念。守將楊御蕃不忍。萬年復頓足大呼，賊怒殺之。城上人見萬年已死，遂發礮。賊死過半。事聞，贈太常卿，賜祭葬，建祠，官一子。

〔一九〕城陴　徐注：萊州府志，趙燿修萊城記：城舊制圜一千四百七十六丈九尺，崇三丈五尺，闊二丈。有門四：南曰景暘，北曰定海，東曰澄清，西曰武定。左傳宣公十二年：守陴者皆哭。釋名：城上垣曰陴。杜注：陴，城上僻倪。

〔二〇〕疵國　原注：書大誥：天降威，知我國有疵。徐注：禮：刑肅而俗敝，則民弗歸也，是謂疵國。

〔二一〕登臨二句　黄注：此篇之後，若安平君祠，若不其山，若勞山歌，若張饒州允掄山中彈琴，皆就萊州山川人物爲詩。安平君祠，傷今也，不其山，自傷也，勞山歌、張饒州彈琴，寄慨也，而沈痛無若此篇。

安平君祠　在即墨縣，今廢。

【解題】

徐注：史記田單列傳：燕師長驅平齊，而田單走安平。徐廣曰：今之東安平也，在青州臨淄縣東十九里。古紀之鄑邑，齊改爲安平。秦滅齊，改爲東安平縣，屬齊郡。以定州有安平，故加東字。又：齊七十餘城皆復爲齊，乃迎襄王於莒，入臨淄而聽政。襄王封田單號曰安平君。萊州府志：安平君祠在即墨縣西北一里，祠田單、田横。

太息全齊霸業遺〔一〕，如君真是一男兒。功成棧道迎王日〔二〕，志決危城仗鍤時〔三〕。飢鳥尚銜庭下粒〔四〕，老牛猶飲穴邊池〔五〕。可憐王建降秦後〔六〕，千古無人解出奇〔七〕。

【彙注】

〔一〕太息句　徐注：戰國策：樂毅報燕王書曰：夫齊，霸國之餘烈，而最勝之遺事也。

〔二〕功成句　徐注：戰國策：安平君爲棧道木閣，以迎王與后於城陽山中，王乃得反。

〔三〕志決句　徐注：史記田單列傳：單知士卒之可用，乃身操版鍤，與士卒分功，妻妾編於行伍之間，盡散飲食饗士。

蘧常案：此用戰國策齊策魯仲子謂田單「將軍之在即墨，坐而織蕢，立則丈插，爲士卒倡」語。「丈插」同「仗鍤」，詳卷二贈于副將元凱詩「異日」四句注，非用史記田單列傳文也。徐注不確，且不出即墨二字，則於危城無着。

〔四〕飢鳥句　徐注：史記田單列傳：田單乃令城中人食必祭其先祖於庭，飛鳥悉翔舞城中下食，燕人怪之。

〔五〕老牛句　徐注：詩「陶復陶穴」箋：鑿地爲穴。

蘧常案：見卷一不去詩第三首「火牛兵」注。穴謂田單鑿城縱牛之穴也。「穴邊」與上「庭下」作對，皆用田單列傳中語。

〔六〕可憐句　徐注：史記田敬仲完世家：襄王既立，立太史女爲王后，是爲君王后。生子建。十九年襄王卒，子建立。四十四年，秦兵擊齊，齊王聽相后勝計，不戰，以兵降秦。秦虜王建，遷之共，遂滅齊爲郡。

〔七〕千古句　李注：史記田單列傳贊：兵以正合，以奇勝。善之者出奇無窮。

蘧常案：此傷時無安平君，不能出奇以復國也。

附：**潘檉章過安平君祠有感和寧人詩**

駐馬膠東落日横，依然祠廟有安平。却燕實荷三千鍤，脱兔全收七十城。修劍大冠慚辨士，火攻車戰奈書生。只今豈少臨淄掾，碌碌無人識姓名。

不其山

在即墨縣。漢不其縣有康成書院，今廢。

【解題】

徐注：一統志：不其山，即墨東南四十里。鄭康成居不其城南山中教授。山下草如薤葉，長尺餘，人號康成書帶草。又名駠虎山。

蘧常案：方輿紀要：即墨縣西南二十七里有不其城。漢不其縣屬琅琊郡。武帝太始四年，帝幸不其山。後漢屬東萊郡。「其」一作「期」。

荒山書院有人耕〔一〕，不記山名與縣名。爲問黄巾滿天下，可能容得鄭康成〔二〕！

【彙注】

〔一〕荒山句　徐注：萊州府志：即墨縣康成書院在縣東南二十里不其山下，明正德中建。

〔二〕爲問二句　原注：後漢書鄭玄傳：自徐州還高密，道遇黄巾賊數萬人，見玄皆拜，相約不敢入縣境。　徐注：後漢書鄭玄傳：玄字康成，高密人。尚書崇八世孫。少爲鄉嗇夫，不樂，西入關，事馬融。家貧，客耕東萊，學徒數百千人。所注六經傳凡百餘萬言，稱爲純儒。

黃注：自傷也。

勞山歌

【解題】

徐注：山東通志山川：勞山，在萊州府即墨縣東南六十里。濱海。山有二：其一高大，曰大勞山；其一差小，曰小勞山。二山相連。先生勞山圖志序：勞山在今即墨縣東南海上，距城四五十里，或八九十里。有大勞、小勞，其峰數十，總名曰勞。志言：秦始皇登勞盛山，望蓬萊，因謂此山亦名勞盛。而不得其所以立名之義。案：南史明僧紹隱於長廣郡之嶗山，則字或從山。又漢書盛山作成山，在今文登縣東北，則勞、盛自是兩山，古人立言尚簡。齊之東偏，三面環海，其斗入海處，南勞而北盛，則盡乎齊東境矣。

蘧常案：徐注引勞山圖志序至「不得其所以立名之義」而止，其意未完。序下云：夫勞山皆亂石巉巖，傴仄難度，秦皇登之，是必萬人除道，百官扈從，四民廢業，千里騷騷，於是齊民苦之，而名曰勞山也。應補。

勞山拔地九千丈，崔嵬勢壓齊之東〔一〕。下視大海出日月〔二〕，上接元氣包鴻濛〔三〕。幽巖秘洞難具狀〔四〕，煙霧合沓來千峰〔五〕。華樓獨收衆山景，一一環立生姿容〔六〕。上有巨峰最崱屴〔七〕，數載榛莽無人蹤〔八〕。重崖複嶺行未極，澗壑窈窕來相通。天高日入不聞語，悄然衆籟如秋冬。奇花名藥絶凡境〔九〕，世人不識疑天工。云是老子曾過此，後有濟北黄石公。至今號作神人宅，憑高結構留仙宫〔一〇〕。吾聞東嶽泰山爲最大〔一一〕，虞帝柴望秦皇封〔一二〕。其東直走千餘里，山形不絶連虚空。自此一山奠海右，截然世界稱域中。以外島嶼不可計，紛紜出没多魚龍。八神祠宇在其内，往往碁置生金銅〔一三〕。古言齊國之富臨淄次即墨〔一四〕，何以滿目皆蒿蓬〔一五〕？捕魚山之旁〔一六〕，伐木山之中〔一七〕。猶見山樵與村童，春日會鼓聲逢逢〔一八〕。此山之高過岱宗，或者其讓雲雨功〔一九〕。宣氣生物理則同〔二〇〕，旁薄萬古無終窮。何時結屋依長松，嘯歌山椒一老翁〔二一〕。

【彙注】

〔一〕勞山二句　徐注：勞山圖志序：其山高大深阻，旁薄二三百里。

蘧常案：山東通志：勞山高二十五里，周圍八十里。

〔二〕下視句　徐注：勞山圖經序：勞山下臨大海。

蘧常案：曹操觀滄海詩：日月之行，若出其中。陳沂鼇山記：鼇山一名勞山。雞鳴，見日自海隅湧出，海氣蒼莽，浮金萬里。

〔三〕上接句　徐注：淮南子：東開鴻濛之光。

蘧常案：漢書律曆志：大極元氣，函三爲一。

〔四〕幽巖句　徐注：萊州府志：勞山，其上有迎仙峴、清風嶺、碧落巖、王喬峒、玉皇洞、翠屏巖、黄石宫、猶龍洞、華嚴洞、明霞洞、三標山、鶴山、龍眼洞諸勝。

〔五〕煙霧句　徐注：元張起元勞山聚仙宫記：下插巨海，高出天半。連峰複嶺，綿結環抱，隱見於煙雲杳靄之間。

〔六〕華樓二句　徐注：即墨縣志：華樓，在縣西南四十里。勞山自麓至巔十餘里，有石似樓臺，故名華樓峒。又總名華樓，一名華表峰。鄒善游勞山記：山之奇盡華樓，涉固不能盡，亦不必盡。

〔七〕上有句　徐注：鄒善游勞山記：觀玉皇洞，坐玉女盆。稍東，坐仙巖以望巨峰。或曰：上苑南即上宫華樓，東爲巨峰。游若未盡者。王延壽魯靈光殿賦：䠥岃嵫釐。

〔八〕數載句　蘧常案：勞山圖志序：亂石巉巖，偪仄難度，其險處，土人猶罕至焉。

〔九〕奇花句　徐注：勞山圖志序：惟山深多生藥草，而地煖能發南花。

〔一〇〕云是四句　徐注：鄒善游勞山記：下憩於老君洞，又復穿黄石洞，游黄石宫。勞山圖志序：余游其地，觀老君、王喬、黄石諸蹟，類皆後人之所託名。

蘧常案：史記老子列傳：姓李氏，名耳。周守藏室之史也。脩道德，其學以自隱無名爲務。見周之衰，迺遂去。至關，關令尹喜曰：子將隱矣，彊爲我著書。於是老子迺著書上下篇，言道德之意五千餘言而去，莫知其所終。黄石公見卷一帝京篇「黄石」句注。

〔一一〕東嶽泰山　蘧常案：見前陳生芳績兩尊人先後即世詩第一首「五嶽」句注，另詳後登岱詩題注。

〔一二〕虞帝句　蘧常案：書舜典：歲二月，東巡守，至於岱宗，柴，望秩於山川。注：岱宗，泰山也。史記封禪書：秦始皇即帝位三年，徵從齊、魯之儒生博士，至乎泰山下。議各乖異，由是絀儒生。而遂除車道，上自泰山陽至顛，立石頌秦始皇帝德，明其得封也。從陰道下，禪於梁父。其禮封頗采太祝之祀雍上帝所用，而封藏皆祕之，世不得而記也。「柴望」，蔡注：柴，燔柴以祀天也。望，望秩以祀山川也。秩者，其牲幣祝號之次第。如五嶽視三公，四瀆視諸侯，其餘視伯子男者也。「柴」一作「祡」，亦作「禬」，見許氏説文。

〔一三〕八神二句　徐注：史記封禪書：八神：一曰天主，祠天齊；二曰地主，祠泰山梁父；三曰兵主，祠蚩尤；四曰陰主，祠三山；五曰陽主，祠之罘；六曰月主，祠之萊山；七曰日主，祠成山；八曰四時主，祠琅邪。先生勞山圖志序：乃自田齊之末，有神仙之論，而秦皇、漢武謂真有此人在窮山巨海之中，於是八神之祠，偏於海上；萬乘之駕，常在東萊。而勞山之名，由此起矣。史記貨殖列傳：銅鐵則千里往往山出棊置。

〔一四〕古言句　徐注：戰國策：蘇秦曰：臨淄甚富而實，其民無不吹竽鼓瑟，擊筑彈琴。史記貨殖列傳：故齊冠帶衣履天下，海岱之間斂袂而往朝焉。索隱曰：言齊既富饒，能冠帶天下。

〔一五〕何以句　徐注：郡國利病書山東官莊論：邑介山海之間。嘉靖中年荒，墾方多，然蒿萊彌望者，尚在在有之。先生錢糧論上：山東登、萊並海之人，多言穀賤。處山谷不得銀以輸官，故穀日賤而民日窮。逋欠則年多一年，人丁則歲減一歲。

〔一六〕捕魚句　徐注：勞山圖志序：五穀不生，環山以外土皆疏瘠；海濱斥鹵，僅有魚蛤。明高出游勞山記：觀漁於海。郡國利病書：萊州海上捕魚所用之網，名曰「作網」。數十家合夥出網，相連而用。網至百，則長二百丈，乘潮布之。待潮退動，魚皆滯網中，可得雜魚巨細數萬，堆列若巨丘。

〔一七〕伐木句　徐注：郡國利病書：山東，其山林高深，足以供斧斤。高出游勞山記：有壯哉松數千株，亦有伐木者。

〔一八〕春日句　徐注：徐譜：案詩云「春日會鼓聲逢逢」，則游勞山猶在春時。蘧常案：詩大雅靈臺：鼉鼓逢逢。逢逢或作韸韸。廣雅：韸韸，聲也。

〔一九〕此山二句　徐注：齊記：泰山雖云高，不如東海勞。公羊傳：觸石而出，膚寸而合，不崇朝而徧雨天下者，惟泰山爾。

〔二〇〕宣氣句　原注：説文：山，宣也，宣氣散生萬物。

〔二〕山椒　蘧常案：漢書外戚傳：孝武李夫人，少而蚤卒。上自爲作賦，以傷悼夫人，其辭曰：釋輿馬於山椒兮。劉熙釋名：山顛曰椒。

張饒州允掄山中彈琴

【解題】

徐注：張譜：進士履歷便覽：允掄，字慈叔，萊陽人。崇禎甲戌進士，户部主事。丙子，升員外。丁丑，升郎中。戊寅，升饒州知府。徐譜：此詩亦作於游勞山時也。

趙公化去時，一琴遺使君〔一〕。五年作太守，却反東皋耘〔二〕。有時意不愜，來躡勞山雲。臨風發宫商〔三〕，二氣相絪緼〔四〕。可憐成連意，空山無人聞〔五〕。我欲從君棲，山崖與海濆。

【彙注】

〔一〕趙公二句　徐注：宋史趙抃傳：帝謂抃曰：聞卿以匹馬入蜀，以一琴一鶴自隨。案元譜：先生至萊州，與掖趙汝彦士完、任子良唐臣等交。注：士完，字汝彦。崇禎壬午舉人。遭亂後，棄家而南，羈棲廢寺。弟士冕，官鎮江太守，物色得之，强之歸。士完故萊之巨族，從兄士喆，入復社有名；同懷兄士元、士亮、士寬、弟士冕，並以才稱。明史尚有趙士驥，萊州破，死之。注俟考。

蘧常案：詩意必有一趙姓爲允掄師者，以輩行言，徐注所引諸趙，未必在其中。俟考。

〔二〕五年二句　徐注：陶潛歸去來辭：登東皋以舒嘯，或植杖而耘耔。

〔三〕宫商　蘧常案：見卷一海上行「聲如」句注。

〔四〕二氣句　蘧常案：易繫辭：天地絪緼。孔穎達正義：絪緼，相附着之義。言二氣絪緼，共相和會。

〔五〕可憐二句　徐注：樂府古題要解：伯牙學鼓琴於成連先生，三年而成，至於精神寂寞，情志專一，尚未能也。先生曰：吾師方子春在海中，能移人情。乃與伯牙齎糧從之。至蓬萊山，留宿，謂伯牙曰：吾將迎吾師。刺船而去，旬時不返。

蘧常案：吴兢要解下尚有「伯牙延望無人，但聞海水洞汩崩折之聲，山林窅冥，羣鳥悲鳴。愴然而歎曰：『先生將移我情』」云云。此方見成連之意。徐注未達。

淮北大雨

【解題】

徐注：安徽省志：順治十四年，鳳陽、泗州大水。

秋水橫流下者巢〔一〕，踰淮百里即荒郊〔二〕。已知舉世皆行潦〔三〕，且復因人賦苦匏〔四〕。極浦雲垂翔濕鴈〔五〕，深山雷動起潛蛟〔六〕。人生只是居家慣，江海曾如水一坳〔七〕。

【彙注】

〔一〕秋水句　徐注：孟子：洪水橫流。又：下者爲巢。

〔二〕踰淮句　徐注：皇朝通志：順治十三年，河南衛輝府屬、湖南常德府屬水。十五年，河決山陽之柴灣、姚家灣。

蘧常案：蔣山傭殘稿答人書（案：書有「與吾兄語濂讀書」云云，蓋與陳芳績者）云：丁酉之秋，啓塗淮北，正值淫雨沂沭，下流並爲巨浸。跣行二百七十里，始得乾土，兩足爲腫。即指此事。非謂十三年大水，至十五年大水，更非所預知矣。徐注非。

〔三〕已知句　徐注：日知録：自天術不正，王路傾危，塗潦徧於郊關，污穢鍾於輦轂。

〔四〕且復句　原注：國語：夫匏苦不材於人，共濟而已。

蘧常案：韋昭注：材讀若裁，不裁於人，言不可食；共濟而已，佩匏可以渡水也。

〔五〕極浦句　徐注：楚辭九歌：望涔陽兮極浦。庾信喜雨詩：濕鴈斷行來。

〔六〕深山句　徐注：左傳襄公二十一年：深山大澤，實生龍蛇。蘇軾前赤壁賦：舞幽壑之潛蛟。

〔七〕水一坳　徐注：莊子逍遥遊：覆杯水於坳堂之上，則芥爲之舟。

濟南　二首

【解題】

徐注：明史志地理二：濟南府，元濟南路。太祖吴元年爲府，領州四，縣二十六；歷城、章丘、鄒平、淄川、長山、新城、齊河、齊東、濟陽、禹城、臨邑、長清、肥城、青城、陵；泰安州：新泰、萊蕪；德州：德平、平原；武定州：陽信、海豐、樂陵、商河；濱州：利津、霑化、蒲臺。方輿紀要：春秋戰國並屬齊。吕氏初，割齊之濟南爲吕國。文帝分置濟南國。景帝改爲濟南郡。

落日天邊見二峰〔一〕，平臨湖上出芙蓉〔二〕。西來水竇緣王屋〔三〕，南去山根接岱宗〔四〕。積氣蒼茫含斗宿，餘波瀼㵎吐魚龍〔五〕。還思北海亭中客，勝會良時不可逢〔六〕。

【彙注】

〔一〕二峰　徐注：明史志地理二歷城注：南有歷山，東有華不注山。

〔二〕平臨句　徐注：方輿紀要：大明湖在府城内西北隅。源出歷下諸泉，滙而爲湖，周十餘里，由北水門出，流注小清河，一名西湖。一統志：舊時湖流浩衍，望華不注峰如浸水中。王士禛香祖筆記：環明湖有七橋：曰芙蓉、水西、湖西、北渚、百花、濼源、石橋。

蘧常案：此句承首句，「芙蓉」似喻二峰。古人每以芙蓉喻山峰，如李白詩「廬山東南五老峰，青山削出金芙蓉」，又「太華三芙蓉」；金幼孜詩「天垂瓊島綻芙蓉」皆是。此言兩峰臨水，若出芙蓉也。徐注以芙蓉橋當之，非。

〔三〕西來句　徐注：明史志地理二：小清河即濟之南源，一名濼水，出城西趵突泉，經城北下流至樂安縣入海。又：趵突泉在府西，濟南名泉七十二，以趵突泉爲勝。水經：濟水出河東垣縣王屋山，其下流東北入海。

蘧常案：詳後濟南詩「名泉」句注。

〔四〕岱宗　蘧常案：見前勞山歌「虞帝」句注，及後登岱詩題注。

〔五〕餘波句　徐注：劉基詩：魚龍瀺灂，日月掩靄。

蘧常案：漢書司馬相如傳：瀺灂賈隊。吕忱字林：瀺灂，小水聲也。案：餘波故曰瀺灂。或以宋玉高唐賦「巨石溺溺之瀺灂兮」注之，非。

〔六〕還思二句　徐注：晉書謝尚傳：以其有勝會。

蘧常案：北海謂李邕也。唐書李邕傳：廣陵人，字泰和。官北海太守，時稱李北海。

善書，文名滿天下。李林甫素忌邕，傅以罪，詔就郡杖殺之。杜甫有陪李北海宴歷下亭、同李太守登歷下古城員外新亭兩詩，後詩爲和李邕作。兩詩作於同時，「北海亭」，當合歷下亭、新亭言之。錢謙益杜詩箋注：水經注：濼水出歷縣故城西南。城南對山，其水北爲大明湖，西即大明寺。寺東北兩面側湖，此水便成淨池也。池上有客亭。齊乘曰：池上有亭，即渚池。客亭當爲歷下古亭，故曰「海右此亭古」也。水經注又云：其水北流，逕歷城東，又北引水爲流杯池，州僚賓燕，公私多在其上。疑此即員外新亭之地也。曰新亭，所以別於古。杜前詩有原注云「時邑人蹇處士輩在坐」；後詩有「芳宴此時具，哀絲千古心，主稱壽尊客，筵秩宴北林」；仇兆鼇詳註云：主指李之芳員外，客指太守。此所謂「勝會良時」也。或單以歷下亭一會注之，非。

水翳墻崩竹樹疎，廿年重説陷城初〔一〕。濟南以崇禎十二年元旦陷。荒涼王府餘山沼〔二〕，寥落軍營識舊墟。百戰只今愁海岱〔三〕，一麾猶足定青徐〔四〕。經生老却成何事，坐擁三冬萬卷書〔五〕。

【彙注】

〔一〕廿年句　徐注：明史列傳忠義三張秉文傳：秉文，桐城人，山東左布政使。十一年冬，清兵自畿輔南下，本兵楊嗣昌檄山東巡撫顔繼祖移師德州，於是濟南空虚，止鄉兵五百，萊州援兵七百，勢弱不足守。巡按御史宋學朱方行部章丘，聞警馳還，與秉文及副使周之訓、翁鴻業、參議鄧謙、鹽運使唐世熊等議城守，連章告急於朝。嗣昌無以應。督師中官高起潛擁重兵臨清不救。清兵徇下州縣十有六，遂臨濟南。秉文等分城死守，晝夜不解甲，援兵竟無至者。明年正月二日，城潰，秉文巷戰被箭，力不能支，死之。之訓，黄岡人。城潰，望闕再拜死，闔門殉之。謙，孝感人。戰於城上，與季父有正偕死。學朱、世熊及知府苟好善、同知陳虞胤、通判熊烈獻、歷城知縣韓承宣皆死焉。德王由樞被執。其縉紳殉難者恩縣李應薦，身被數刃死。歷城劉化光與子漢儀先後舉於鄉，父子俱守城力戰死。北略：學朱六旬不解帶，髮盡白，被執不屈。竿於城樓，殺之。旋焚城樓，尸遂燼。謙露立十晝夜，斬射多人，被執磔死。

蘧常案：明史莊烈帝紀：十二年春正月己未朔，以時事多艱，却廷臣賀。庚申，清兵入濟南，德王由樞被執，布政使張秉文等死之。庚申，二日也，與張秉文傳合。諸王傳叙由樞被執，言月不言日。自注云元日，似誤。

〔二〕王府　徐注：明史諸王傳：德莊王見潾，英宗第二子。初國德州，改濟南。成化三年就藩。請得齊、漢二庶人所遺東昌、兖州間田及白雲、景陽、廣平三湖地。憲宗悉予之。十二年薨。子懿王祐榕嗣，嘉靖十八年薨。子恭王載墱嗣，萬曆二年薨。子定王翊錧嗣，十六年薨。

子常澪嗣，崇禎五年薨。子由樞嗣，十二年正月，濟南破，見執。又志地理「歷城」注：天順元年，建德王府。

〔三〕百戰句　徐注：酈食其傳：齊負海、岱，阻河、濟，南近楚，雖數十萬師，未可旦夕破也。

〔四〕一麾句　徐注：顏延之五君詠：屢薦不入官，一麾乃出守。方輿紀要：山東界兩都之中，北走景、滄，南達徐、邳，東出遼海，西馳梁、宋，爲輻輳之道。又：其重險則有穆陵關，在青州府臨朐縣東南。杜甫北征詩：此舉開青徐。

〔五〕坐擁句　徐注：北史李謐傳：丈夫擁萬卷書，何假南面百城。蘧常案：漢書東方朔傳：年十二，學書三冬，文史足用。如淳注：貧子冬日，乃得學書。

賦得秋柳

【解題】

徐注：王士禛菜根堂詩集秋柳詩序：順治丁酉秋，余客濟南，諸名士雲集明湖。一日，會飲水面亭。亭下楊柳千餘株，披拂水際，葉始微黄，乍染秋色，若有摇落之態。余悵然有感，賦詩四章。漁洋詩話：余少在濟南明湖水面亭賦秋柳四章，一時和者甚衆。後三年，官揚州，則江南北和者復數十家。又：王季木和秋柳句云：折來玉手曾三月，種向金城又幾年？（蘧常案：此和詩爲王西樵士禄，非季木。徐注引誤。）徐東癡亦有和詩。案：先生是年適游濟南，是詩亦和阮亭，未可知也。高丙謀秋柳詩釋：余初至濟南，謁朱曉村先生於錦秋老屋，見壁間揭一畫幅，乃秋柳亭圖。座中一女子，上繫跋云：王文簡公秋柳詩，爲明福藩故伎作也。伎，洛陽産。後隨至金陵。鼎革後，流落濟南，每於酒筵客座，談及當年舊事，因歎人生盛衰無常，穠華易謝，故託秋柳以寄意云。詩中引用白下、洛陽、永豐坊、隋隄水等字樣，無非傷其流落他鄉蕭條景況，實無關於遷革大故也。又夏津司諭唐葆年孝廉云：秋柳之詠，蓋爲鄭妥孃作也。妥孃，福藩時歌伎。鼎革後，流落濟南。且當時在座者姊妹二人，故有桃葉、桃根之句。曉村先生實新城王氏之外甥，壽逾古稀，多所見聞。　黄注：徐注頗疑此詩爲和王阮亭秋柳之作。予考阮亭秋柳詩，作於順治丁酉，其年二十四歲。亭林亦以丁酉遊濟南，年已四十五歲。明湖水面亭，楊柳千餘株，詠者不止阮亭一人。亭林此詩題曰「賦得」，不云「和作」，又祇一首，不是四章。知其非和阮亭也。且漁洋詩話舉秋柳和詩王西樵、徐東癡外，未舉亭林；其詩話全部，亦未嘗及亭林之詩；而亭林詩集不道漁洋一字，豈得以「秋柳」相同，遂目爲和作，此不可不辨也。齊、梁以前，未有以「賦得」命題者，梁簡文有賦樂府得大垂手、賦樂名得箜篌，又有賦得隴坻鴈初飛、賦得橋、賦得舞鶴、賦得入堦雨、賦得薔薇、賦得白羽扇諸篇，自是而後，以「賦得」命題者代有矣。亭林此篇題以「賦得」，明其非和。夫賦者，詠也，如梁簡文詠柳一首，與和湘東王陽雲樓簷柳一首，題各不同，可證亭林此篇命題之例。吴譜有「賦得」二字，張譜無之，此張譜之失也。予爲此辨，蓋恐當世以亭林此詩比之阮亭。相傳阮亭秋柳爲鄭妥孃作。故四章所言有兒女氣，無英雄氣；有悲惋意，無感慨意。亭林此詩則哀南明君臣，英雄感慨，視阮亭之兒女悲婉若天壤。就以體制論，和詩多步原韻。漁洋詩話述西樵和秋柳句云「折來玉手曾三月，種向金城更幾年」；東癡和句云「爲計使人西去日，不堪流涕北征年」，皆步阮亭第四首「新愁帝子悲今日，舊事公孫憶往年」韻。而亭林此詩用韻，與阮亭全然不同，此亦不可不知也。　尹云：秋柳自係和王貽上者，徐注亦採漁洋詩話等書注之。殆亭林以貽上後日顯貴，不欲以其名氏見集中耶？

蘧常案：徐、尹說似長，阮亭、貽上皆王士禛號，見士禛年譜世系表。士禛秋柳之作，一時和者甚衆。先生時在濟南，考同志贈言此時有王士禄贈詩，徐元善濟南贈詩。元善詩云「窮秋搖落此相尋，吳下才名衆所欽」可證。（先生有酬詩，見下。）士禄爲士禛仲兄，元善則其外從兄也。士禛同在一地，不應獨無往還，和作自在意中，題爲「賦得」，疑後改，尹說近是。士禛之不及先生，或以其語多忌諱。和詩不用原韻，不依原數，則古人多矣。考曹溶静惕堂集、朱彝尊曝書亭集，皆有和士禛秋柳詩，亦只一首，亦不用原韻，凡此皆不足爲非和詩之證，黃注辨之似過。至兩者用意不同，懸若天壤，則黃說誠是。

昔日金枝間白花〔一〕，只今搖落向天涯〔二〕。條空不繫長征馬，葉少難藏覓宿鴉〔三〕。老去桓公重出塞〔四〕，罷官陶令乍歸家〔五〕。先皇玉座靈和殿，淚灑西風夕日斜〔六〕。

【彙校】

〔夕日〕沈德潛國朝詩别裁集初刻本作「夕照」，汪端明三十家詩鈔同。

【彙注】

〔一〕昔日句　徐注：李白詩：河隄弱柳鬱金枝。樂府解題：楊白花，魏胡太后作。

〔二〕只今句　徐注：庾信枯樹賦：今看摇落，悽悽江潭。　黄注：時桂王在雲南。「只今摇落向天涯」，猶丙申謁孝陵詩所云「絶隝荒陬」也。

蘧常案：此比永曆，猶言金枝玉葉也。白孔六帖：金枝玉葉，帝王之子孫也。

〔三〕條空二句　徐注：李白廣陵贈别詩：繫馬高樓垂柳邊。李商隱謔柳詩：長時須拂馬，密處少藏鴉。　黄注：條空葉少，喻諸臣之或叛或降也。

〔四〕老去句　徐注：晉書桓温傳：北伐經金城，見少爲琅琊時所種柳，皆已十圍，慨然曰：木猶如此，人何以堪！攀枝執條，泫然流涕。　黄注：念桓温北伐，而傷有明之恢復無期也。

〔五〕罷官句　黄注：念元亮棄官，而痛遺臣之屈節於虜也。

蘧常案：見卷一擬唐人五言八韻陶彭澤歸里詩題注。

〔六〕先皇二句　原注：南史：宋武帝植蜀柳數株於靈和殿前。唐李商隱詩：腸斷靈和殿，先皇玉座空。　黄注：哀懷宗也。

酬徐處士元善昔年新城之陷其母死焉故有此作

【解題】

徐注：元譜：徐東癡，初名元善，字長公。慕嵇叔夜之爲人，更名夜，字東癡，號嵇菴。濟南新城人。束髮能詩。年二十九，遭難，母死。遂棄諸生，南游江、浙，西游宛、鄧，歸遂不出。舉博學鴻詞，以老病辭。爲文章原本經史。王漁洋嘗索其稿，但遜謝而已。後往江西，渡潯陽，稿盡没於水。漁洋爲摭拾遺詩二百餘首付之梓，名東癡詩鈔。王士禛徐夜傳：夜遭世亂，母死，遂棄諸生，隱系水之東。茅屋數椽，葭墻艾席，凝塵滿座，晏如也。爲文原本史、漢、莊、騷，工於哀艷。李元度國朝先正事略：徐東癡掘門土穴，絶迹城市，有朱桃椎、杜子春之風。詩格清峭，近韋左司、孟東野。案：新城陷在崇禎五年十一月，其後，則在十五年十二月。漁洋詩話：東癡，余叔祖季木公外孫，與余兄弟爲從兄弟。案：母當爲王氏。

蘧常案：新城之陷其母死，當爲崇禎十五年，夜時已成諸生，年二十九。不二年而北都亡，山東全淪於清，故棄諸生，隱系水。若爲崇禎五年，則夜十九歲，明祚未改，當不至絶人逃世也。

桓臺風木正蕭辰〔一〕，傾蓋知心誼獨親〔二〕。季子已無觀樂地〔三〕，偉元終是泣詩人〔四〕。愁看落日燕山夜，畏見荒江郢樹春〔五〕。來書勸爲昌平、承天之行。踏徧天涯更回轡，欲從吾友卜東鄰〔六〕。

【彙校】

〔題〕徐注本「昔年」以下十二字作爲原注，誤。

【彙注】

〔一〕桓臺句　原注：山東名勝志：新城縣東有戲馬臺，相傳齊桓公歇馬於此。　徐注：晦庵題跋跋趙中丞行實：三復此書，不勝霜露風木之悲也。　殷仲文詩：哲匠感蕭辰。

蘧常案：「風木」猶言風樹，用臯魚「樹欲靜而風不止，子欲養而親不待」語，見卷五先妣忌日「風木」注。前人多用之。陸游焚黄詩「早歲已興風木歎」，劉宰詩「風木養不待」，及徐注引晦庵題跋云云，皆是。題云「新城之陷，其母死，故有此作」，因以「風木」起興。

〔二〕傾蓋句　徐注：史記鄒陽列傳曰：白頭如新，傾蓋如故。　家語：孔子之郯，遭程子於塗，傾蓋而語終日。　李陵答蘇武書：人之相知，貴相知心。

蘧常案：先生嗣母王氏，亦以清兵入寇死，詳前卷一表哀詩題注。風木之痛同感，讎恨之心同切，故「傾蓋」而語，「誼獨親」也。

〔三〕季子句　徐注：左傳襄公二十九年：吳公子札來聘，請觀於周樂。

發南枝。

〔四〕偉元句　蘧常案：見卷一墟里詩「豈有」二句注。

〔五〕愁看二句　徐注：方輿紀要：江陵府江陵縣，春秋楚曰郢。杜甫元日寄韋氏妹詩：郢樹

蘧常案：陳去病徐東癡先生傳：予讀亭林詩酬徐處士元善作，乃知先生六謁天壽山，四有事於懷宗欑宮，其端實處士發之。燕山見卷一感事詩第六首「燕山」注。

〔六〕卜鄰　徐注：左傳昭公三年：非宅是卜，唯鄰是卜。

附：同志贈言徐元善濟南贈寧人先生詩：

窮秋摇落此相尋，吴下才名衆所欽。一自驅車來北道，即今遺瑟操南音。浯溪頌具元、顔筆，楚澤悲同屈、宋吟。歷覽國風幾萬里，就中何處最傷心？

登岱　已下著雍閹茂

【解題】

徐注：順治十五年戊戌。圖書集成山川典泰山部：書曰岱宗，詩曰泰山，禮記曰岱宗，周禮曰岱山，爾雅曰岱嶽，又曰東嶽，其陽則魯，其陰則齊。漢置泰山郡，今屬濟南府泰安州。周圍一百六十里，高四十餘里，聯新泰、萊、蕪、海豐、歷城諸縣界。凡徂徠、新甫等山，皆其輔也。張譜：先生金石文字記岱嶽觀造像下曰：碑下爲積土所壅。予來游數四，最後募人發地二尺，下

而觀之，乃得其全文。又宋董元康題名下云：右小石刻，在岱嶽觀。余既録唐碑，往還數四。據元譜云云，先生凡至泰安者三。記中云云，未得其年。冒云：先生是年年四十六。

蘧常案：是年爲明永曆十二年，公元一六五八年。

尼父道不行〔一〕，喟然念東山〔二〕。空垂六經文，不覩西周年。七十二君代，乃有封禪壇。〔三〕書傳多荒忽，誰能信其然〔四〕？既嘗小天下〔五〕，復觀邃古前。羲黄與堯舜，蕩滅同雲煙〔六〕。社首卑附地〔七〕，徂徠高摩天〔八〕。下視大海旁〔九〕，神州自相連。天地有變虧，何人得昇仙〔一〇〕？遺弓名烏號〔一一〕，橋山葬衣冠〔一二〕。末世久澆訛，孰探幽明原〔一三〕。太陽不東昇〔一四〕，山崩黄河乾〔一五〕。立石既已刓〔一六〕，封松既已殘〔一七〕。太陽不東昇〔一八〕，長夜何漫漫。哀哉一顔淵，獨立瞻吴門。疲精不肯休，計畫無崖垠〔一九〕。復有孟子輿，眷眷明堂言〔二〇〕。庶幾大道還，民質如初元。上采黄金成，下塞宣房湍。何時一見之，太息徒潺湲〔二一〕。

【彙校】

〔東山〕潘刻本，徐注本，孫託荀校本，孫、吴、汪、曹各校本皆作「泰山」。

〔疲精〕徐注本「精」作「情」，曹校本同。

【彙注】

〔一〕尼父句　徐注：史記孔子世家：吾道不行矣。

蘧常案：見前贈潘節士檉章詩「同文」四句注。

〔二〕喟然句　徐注：孔叢子：孔子作丘陵之歌曰：喟然四顧，題彼泰山。

蘧常案：孟子盡心篇：孔子登東山而小魯。趙岐注：蓋魯城東之高山。王鎏四書地理考：曲阜東二十里有防山，絶不高大也。或云，費縣西北蒙山正居魯四境之東，一名東山，孔子登東山指此。案：故書不見有孔子喟然念東山之文，且與題無關涉。「東山」，各本皆作「泰山」，「東山」疑誤。

〔三〕七十二句　徐注：史記封禪書：管仲曰：古者封泰山、禪梁父者七十二家，而夷吾所記者十有二焉。又：齊人公孫卿曰：封禪七十二王，惟黄帝得上泰山封。唐書禮樂志：命杜正倫行泰山上七十二君壇迹。岱史遺蹟：登封臺，其一在嶽頂玉帝觀，臺下小碣題曰「古封禪壇」；其一在日觀峰，相傳爲宋築，石函方丈許，亦題刻曰「古封禪壇」。

蘧常案：淮南子繆稱訓：泰山之上有七十壇焉。高誘注：封乎泰山，蓋七十二君也。

〔四〕書傳二句　徐注：章如愚山堂肆考：論封禪，以封禪爲非古者，王仲淹也；以封禪爲不經者，李泰伯也；以封禪爲不足信者，蘇子由也。夫六經無封禪之文，帝王無封禪之事，著是文者，管仲疏其源，史遷濬其流，季仲推其波，張説助其瀾；侈是事者，祖龍噓其煙，孝武封其燼，隋帝熾其膏，玄宗烈其燄。是封禪之典，證以六經之明文，質以帝王之實蹟，則後世之惑滋甚。黄注：此詩可見亭林質疑之學。史記封禪書曰：封泰山，禪梁父，七十餘王矣。其俎豆之禮不彰，蓋難言之。又曰：封禪用希，曠絶莫知其儀禮。史公記封禪，曰「難言」，曰「曠絶」，當昌言封禪之時，而立言如此，蓋史公已嘗疑之矣。亭林致疑於七十二君曰「書傳多荒忽，誰能信其然」，此質疑於封禪之儀也。

〔五〕小天下　徐注：岱史宫室志：挾仙宫在嶽頂觀海亭之西。宫後石屏，大書「孔子小天下處」。吴同春登泰山記：登孔子崖，即孔子小天下處，一銅像置斗室。泰山祠宇輝煌，而孔子廟爾爾，輒爲歎息。

〔六〕羲皇二句　徐注：山堂肆考：既曰伏羲、神農禪云云，又曰三皇禪繹繹；既曰帝嚳、堯、舜禪云云，又曰五帝禪亭亭。紛紛異議，迄無定證。唐、虞、三代，果有是乎？七十二君，果足信乎？設有是事，六經遺文，豈得不載？鍾宗淳泰山記：因思七十二君，千乘萬騎，雜遝空際，皆淪於荒烟野草不可辨。如太虚過鳥，古今何者不朽！

〔七〕社首句　原注：易：山附於地。　徐注：史記封禪書：周成王封泰山，禪社首。應劭曰：在博縣。晉灼曰：在鉅平南十三里。岱史：社首壇在嶽南二里，聯屬蒿里。先生山東考古録：今高里山之左有小山，其高可四五丈，志云即社首山，在嶽旁諸山中最卑小。

〔八〕徂徠　徐注：岱史山水表：徂徠山在嶽南三十里，嶽之案山也。上有紫源池、玲瓏山、獨秀峰、天平東西兩寨；其下曰白河灣，曰竹溪。水經注：徂徠在梁父、奉高、博三縣界。

〔九〕下視句　徐注：三才圖會泰山圖考：其東南盡目力，微白而晃。

〔一〇〕天地二句　徐注：史記封禪書：始皇遂東游海上，求仙人羨門之屬。又：公孫卿曰：黄帝仙，登於天。又：羣臣有言，老父則大以爲仙人也。　黄注：亭林致疑於神仙。曰「天地」云云，此質疑於封禪之效也。

〔一一〕遺弓句　蘧常案：見卷一十月二十日奉先妣葬詩「先皇」句注。

〔一二〕橋山句　蘧常案：史記封禪書：還祭黄帝冢橋山，上曰：吾聞黄帝不死，今有冢何也？或對曰：黄帝已仙上天，羣臣葬其衣冠。橋山詳卷一大行皇帝哀詩「無路」句注。

〔一三〕末世二句　徐注：後漢書黨錮傳：叔末澆訛。易繫辭：仰以觀於天文，俯以察於地理，是故知幽明之故。楊時喬泰山文碑刻：自唐玄宗始封爲天齊王。又以司馬承禎言今五嶽神祠是山林之神，内有洞府，有上清真人冠冕章服；佐從神仙，皆有名數，於是始置土泥形像。李文達謂後世封名嶽爲王爲帝，垂旒端冕，儼若人鬼是已。至我高皇帝始尊稱曰泰山之神，可謂尊敬之至矣。又曰：往惟曰泰嶽，未有碧霞元君。自宋真宗以來，香火爲盛。先生聖慈天慶宫記：及其末世，至於天子之母，太后之尊，若不足重，而必假西域胡神之號以爲祟，豈非所謂國將亡而聽於神者耶！日知録：嘗考泰山之故，仙論起於周末，鬼論起於漢末。左氏、國語未有封禪之文，是三代以上無仙論也；史記、漢書未有考鬼之説，是元、成以上，無鬼論也。鹽鐵論云：今富者祈名嶽，望山川，椎牛擊鼓，戲倡舞像。則出門進香之俗，已自西京而有之矣。而讖緯之書出，然後有如遁甲圖所云「泰山在左，亢父在右。亢父知生，梁父主死」，博物志所云「泰山一曰天孫，言爲天帝之孫，主召人魂魄，知生命之長短者」。鬼論之興，其在東京之世乎？　黄注：此二句亦質疑於封禪之效也。

〔一四〕三萬句　徐注：王蒙登泰山詩：人間瞬息三萬年，七十二君何茫然？

〔一五〕山崩句　徐注：晉書五行志：武帝泰始四年，泰山崩墜三里。穀梁傳：梁山崩，壅遏河，三日不流。竹書紀年：貞定王六年，晉河絶於扈。晉書懷帝紀：永嘉三年春三月，河竭可涉。

〔一六〕立石句　徐注：謝肇淛登岱記：李斯斷碣，循而讀之，通四行，首二字已刓毁，僅得「臣斯」以下二十九字。

蘧常案：史記秦始皇本紀：二十八年，遂上泰山，立石封祠祀，禪梁父，刻所立石。日知録：案秦碑在玉女池上，李斯篆書，高不過五尺。

〔一七〕封松句　黄注：亭林致疑於治化。曰「立石」云云，此質疑於封禪之功也。

蘧常案：應劭漢官儀：秦始皇上封泰山，逢疾風暴雨，得松樹，因覆其下，封爲五大夫。岱史：秦松在黄峴嶺，今止存其一，然非秦時物，疑後人續植者。范宗吴勒石樹其下，曰「五大夫松」。封松，史記秦始皇本紀言之，應用本紀文。「三萬六千年」以下四句，似隱謂明之覆亡。「山崩黄河乾」，猶卷一大行皇帝哀詩所云「伊水竭，杞天崩」之意。「立石」兩句，意謂諸帝功德與所封建，同歸於盡，蓋深痛之也，故下接「太陽不東昇」云云。黄注未得詩意。

〔一八〕太陽句　徐注：應劭漢官儀：泰山東南頂名曰日觀。雞鳴時見日出，高三丈。

蘧常案：「太陽」喻明；「不東昇」，謂不能復國也。

〔一九〕哀哉四句　徐注：王充論衡書虚篇：顔淵與孔子俱上魯泰山。孔子東南望吴閶外有繫白馬，引顔淵，指以示之曰：若見吴閶門乎？顔淵曰：見之。曰：門外何有？曰：有如繫練之狀。孔子撫其目而止之，因與俱下。下而顔淵髮白齒落，遂以病死。韓愈陸渾山火詩：赫赫上照窮崖垠。

蘧常案：冒云是。讀「疲精不肯休，計畫無崖垠」兩句，見先生抗清復明圖謀之切，計畫之廣。後此寄居關中，墾荒西北，皆可於此窺其萬一，不能等閒視之。或以爲丁亥以後，獨懷感慨，歷覽山川而已者，非也。冒云：「顔淵」四句，蓋自道。

〔二〇〕復有二句　徐注：李陵答蘇武書：而主能復眷眷乎？水經注：汶水東南流，逕明堂下。古明堂於山之東北址，武帝以古處嶮狹而不顯也，欲治明堂於奉高而未曉其制。濟南人公玉帶上黄帝時明堂圖，圖中有一殿，四面無壁，以茅蓋之，通水圜宫垣爲複道，上有樓，從西南入，名曰崑崙。天子從之。於是令奉高作明堂於汶水。岱史：周明堂在嶽之東北，山谷聯屬四十里，遺址今尚存。漢明堂在嶽趾東南，去州治十里。

遼常案：虞世南北堂書鈔引孟軻傳：軻，字子輿。史記孟子列傳：鄒人也。道既通，游事齊宣王，宣王不能用。適梁，梁惠王不果所言，則見以爲迂遠而闊於事情。孟軻乃述唐、虞、三代之德，是以所如者不合。退而與萬章之徒序詩、書，述仲尼之意，作孟子七篇。孟子梁惠王篇：齊宣王問曰：人皆謂我毁明堂，毁諸？已乎？孟子對曰：夫明堂者，王者之堂也。王欲行王政，則勿毁之矣。趙注：泰山下明堂，本周天子東巡狩朝諸侯之處。

〔二〕上采四句　原注：史記封禪書：欒大言：臣之師曰：黄金可成而河決可塞，不死之藥可得，仙人可致也。徐注：孔叢子記問篇：夫子作丘陵之歌：惟以永歎，涕霣潺湲。黄注：史記河渠書：天子既臨河，悼功之不成，乃作歌曰：宣房塞兮萬福來。於是卒塞瓠子，築宫其上，名曰宣房宫。漢書溝洫志作「宣防」，誤也。庾信擬連珠「蘆灰縮水，不能救宣房之河」，及亭林此詩「下塞宣房湍」，皆從史記。其於古事雖致疑，而立言態度，一如屈原天問。至篇終，歸重顔、孟反神仙之説，而正以儒家言曰「庶幾大道還，民質如初元」；曰「何時一見之，太息徒潺湲」，仍屬質疑而止。蓋孔子尚垂空文而不覩西周，亭林於此有儒術日微之懼。

遼常案：篇終顔、孟，顔以自道，已如上述；「子輿」以下蓋夢想致太平，收則又傷其難於實見也。全詩多言在此而意在彼，黄注非。或云末句「潺湲」，蓋取武帝臨河作歌之第一句「河湯湯兮激潺湲」，備一說。

謁夫子廟

【解題】

徐注：水經注：孔廟，即夫子之故宅也。宅大一頃，所居之堂，後世以爲廟。闕里志：聖廟漢、魏、唐、宋，代有修飾。宋崇寧元年，詔名大成殿。金皇統、大定間，制始大備。元凡三修，明洪武初重修。永樂十四年，撤其舊而新之。成化十八年，廣正殿爲九間，規制益宏。弘治十二年災，奉詔鼎建。嘉靖、隆慶以來，守臣代有修葺。一統志：廟制中爲大成殿九楹，後爲寢殿七楹，又後爲聖蹟殿。大成殿前爲杏壇，壇左右兩廡各五十楹。壇前有宋真宗碑十二。又前爲大成門，門凡五間。旁有掖門，左曰金聲，右曰玉振。大成門外有唐、宋、元碑十八，各覆以亭。碑亭之左爲居仁門、毓粹門；右爲由義門、觀德門；碑亭前爲奎文閣，左右亦有掖門。掖門東爲衍聖公齋戒所，右爲有司齋戒所。閣前爲同文門，門亦五間。門左右有漢、魏諸碑。同文門前爲大中門，門左碑亭二，爲洪武、成化時修廟碑；右有碑亭二，爲永樂、弘治修廟碑。大中門前有三門，金舊制也。三門前爲石橋三，以跨璧水。石橋前後爲大門五間。東西各一坊。東曰「德侔天地」，西曰「道冠古今」。其間有石坊，曰「太和元氣」。坊前爲欞星門，東西大道也。左右各樹下馬牌，金明昌二年立。

道統三王大，功超二帝優〔一〕。斯文垂彖繫〔二〕，吾志在春秋〔三〕。車服先公制〔四〕，威儀弟子修〔五〕。宅聞絲竹響，壁有簡編留〔六〕。俎豆傳千葉〔七〕，章逢被九州〔八〕。獨全兵火代，不藉廟堂謀〔九〕。老檜當庭發〔一〇〕，清洙繞墓流〔一一〕。一來瞻闕里〔一二〕，如得與從遊〔一三〕！

【彙注】

〔一〕道統二句　徐注：韓愈進士策問：二帝三王之所守，聖人未之有改焉者也。會典：直省文廟祝詞：道冠百王。孟子：宰我曰：以予觀於夫子，賢於堯、舜遠矣。

蘧常案：宋史朱熹傳：嘗謂聖賢道統之傳，散在方册。

〔二〕斯文句　原注：杜甫宿鑿石浦詩：斯文憂患餘，聖哲垂彖繫。　徐注：史記孔子世家：孔子晚而喜易，序彖、繫、象、説卦、文言。先生日知録：周易自伏羲畫卦，文王作彖辭，周公作爻辭，謂之經。經分上下二卷。孔子作十翼，謂之傳。傳分十篇。彖傳上下二篇，象傳上下二篇，繫辭傳上下二篇，文言、説卦傳、序卦傳、雜卦傳各一篇。

〔三〕吾志句　徐注：黄震黄氏日鈔：孔子曰：吾志在春秋。孟子曰：春秋，天子之事，孔子作春秋而亂臣賊子懼。蓋方是時，王綱解紐，篡奪相尋，孔子不得其位，以行其權，於是約史記而修春秋。隨事直書，亂臣賊子無所逃其罪，而一王之法以明。所謂撥亂世而反之正，此其爲志，此其爲天子之事。李注：孝經緯鉤命決：吾志在春秋。

〔四〕車服句　徐注：史記孔子世家：故所居堂，後世因廟藏孔子衣冠琴車書，至於漢二百餘年不絕。高皇帝過魯，以太牢祠焉。又贊云：適魯，觀廟堂車服禮器。

〔五〕威儀句　徐注：詩：敬慎威儀，維民之則。史記孔子世家贊：諸生以時習禮其家。

〔六〕宅聞二句　徐注：漢書景十三王傳：魯恭王初，好廣宫室，壞孔子舊宅以廣其宫。升堂，聞鐘鼓琴瑟之聲，遂不敢復壞。於其壁得古文經傳。李東陽金絲堂銘序：金絲堂舊在孔廟左廡之東。東直井，前直詩禮堂。

〔七〕俎豆句　徐注：史記孔子世家：爲兒嬉戲，嘗陳俎豆，習禮容。闕里志：先師後裔，漢元始初，封褒城侯，東漢封褒亭侯，魏封宗聖侯，晉封奉聖亭侯，劉宋、後魏封崇聖侯。唐開元二十七年，始進封爲衍聖公，宋元祐三年，改爲奉聖公，崇寧三年仍改爲衍聖公，自後因之。黄注：考遼史太祖本紀：神册四年八月，謁孔子廟。金史熙宗本紀：皇統元年二月，上親祭孔子廟。元史祭祀志：宣聖廟，太祖始置於燕京。此雖非闕里孔廟，然以遼、金、元夷狄入中國，當兵戈未息之時，尚知尊孔，以視滿清順治二年，從祭酒李若琳之請，更孔子神牌爲大成至聖先師孔子，至順治十四年，又從給事中張文光言，去「大成」二字，改至聖先師孔子神位，仍明嘉靖九年舊稱，見蔣氏東華録。是滿清入關十餘年，不獨未釋奠闕里，即燕京孔廟亦未嘗一謁，蓋遼、金、元之不如也。詩曰「俎豆傳千葉」，有深慨焉。

蘧常案：論語衛靈公篇：「俎豆之事，則嘗聞之矣。」孔疏：「俎豆，禮器。」詩商頌長發：「昔在中葉。」毛傳：「葉，世也。」又案：清史稿世祖本紀：「九年九月辛卯，幸太學釋奠。」黄説未確，説詳下。

〔八〕章逢句　黄注：蔣氏東華録又載：「順治二年八月，原任陝西河西道孔聞謤言：臣家宗子衍聖公，已遵令薙髮。但念先聖爲典禮之宗，章甫逢掖，自漢暨明三千年未之有改，今一旦變更，恐于皇上崇儒重道之典有未備，應否蓄髮？以復本等衣冠，統惟聖裁。報曰：薙髮嚴旨，違者無赦，孔聞謤姑念聖裔，免死，著革職，永不敘用。」詩曰「章逢被九州」，有深慨焉。

蘧常案：見前贈潘節士檉章詩「逢掖」注。

〔九〕獨全二句　徐注：明史忠義傳鄧藩錫：「十五年遷兖州知府，聞清兵入塞，亟繕守具。未幾，四萬騎薄城下。藩錫走告魯王曰：郡有吏，國有王，猶同舟也。列城失守，皆由貴家惜金錢而令窶人餓夫列陴扞禦。王誠能散積儲以鼓士氣，城猶可存。不然，大事一去，悔無及矣。王不能從。藩錫與監軍參議王維新、同知譚絲、滋陽知縣郝芳聲等及里居給事中范叔泰等分門死守。至十二月八日，力不支，城破，維新力戰，被二十一創，乃死。藩錫、芳聲等皆死之。魯王以派亦被殺。」黄注：亭林謁夫子廟在兵火之餘，廟貌猶存，故曰獨全兵火代。滿清入據中國十餘年，而未一釋奠，故曰「不藉廟堂謀」，有深慨焉。以上四句，徐注未得詩意。

蘧常案：以上四句，似不過頌揚孔子傳道之久，聲教之廣，故能久歷兵火，而其廟獨全，固不借廟堂之謀也。徐注固非，黄注似亦求之過深。據清史稿志禮：清未入關，即建孔子廟於盛京。世祖本紀：即皇帝位之次日，即以孔子六十五代孫允植襲封衍聖公，其五經博士等官，襲封如故。九年九月，又在太學釋奠。蓋歷代帝王，無不利儒學以自重，清亦未嘗獨異也。

〔一〇〕老檜句　徐注：闕里志：夫子手植檜三株，兩株在贊德殿前，高六丈餘，一株在杏壇東南隅，高五丈餘。其枝蟠屈如龍形，世謂之再生檜。晉永嘉三年枯，隋義寧元年復生；唐乾封二年枯，宋康定元年復生。金貞祐甲戌，寇焚三檜，元至元甲午春，東廡頹址甓隙間茁焉。其芽時，張頦爲三氏學教諭，取而植之故所，復矯如龍形。

〔一一〕清洙句　徐注：一統志：孔林背泗面洙，繞以周垣，圍徑數里。先師墓在中央，高丈餘。前有碑曰「大成至聖文宣王墓」。左爲伯魚墓，前爲子思墓。東南爲享殿。水經注：洙水出泰山蓋縣臨樂山。又西南流於卞城西，入泗水。西北流，逕孔里，是謂洙、泗之間矣。

〔一二〕闕里　徐注：家語：孔子始教學於闕里。水經注：闕里背洙面泗，墻南北一百二十步，東西六十步。四門各有石閫。北門去洙水百餘步。日知録：春秋定公二年夏五月壬辰，雉門及兩觀災。冬十月，新作雉門及兩觀。注：雉門，公宫之南門兩觀闕也。史記魯世家：煬公築茅闕門。蓋闕門之下，其里即名闕里，而夫子之宅在焉，亦名闕里。

〔三〕從遊　徐注：論語：樊遲從遊於舞雩之下。

七十二弟子

【解題】

徐注：史記孔子世家：孔子歸魯，魯不能用孔子，孔子亦不求仕。乃序書、傳禮、删詩、正樂、贊易、修春秋，以教弟子，蓋三千人。身通六藝者，七十有二人。五禮通考：從祀七十子定於後漢明帝永平五年。明史志禮四：先師孔子，嘉靖中定制，先師南向；四配，復聖顔子、宗聖曾子、述聖子思子、亞聖孟子東西向；稍後十哲，閔子損、冉子雍、端木子賜、仲子由、卜子商、冉子耕、宰子予、冉子求、言子偃、顓孫子師皆東西向。兩廡從祀先賢，澹臺滅明、宓不齊、原憲、公冶長、南宫适、高柴、漆雕開、樊須、司馬耕、公西赤、有若、琴牢、申棖、陳亢、巫馬施、梁鱣（蘧常案：史記：字叔魚）、公晳哀字季次、商瞿字子木、冉孺字子魯、顔辛（史記作幸）字子柳、伯虔字子析、曹卹字子循、冉季字子産、公孫龍字子石、漆雕哆字子斂、秦商字子丕、漆雕徒父（史記無字）、顔高字子驕、商澤（家語曰：字子季）、壤駟赤字子徒、任不齊字子選、石作蜀字子明、公良孺字子正、公夏首字樂公、肩定字子中、后處字子里、鄡單字子家、奚容蒧字子晳、罕父黑字子索、顔祖字襄、榮旂字子祺、秦祖字子南、左人郢字行、句井疆（鄭玄曰：衛人）、鄭國字子徒、公祖句兹字子之、原亢字籍（一名冗）、縣成字子祺、廉潔字庸、燕伋字思、叔仲噲（史記作會）字子思、顔之僕字叔、邦巽字子斂、樂欬字子聲、公西輿如字子上、狄黑字晳、孔忠字子蔑、孔子兄子公西葴字子上、步叔乘字子之、施之常字子恒、秦非字子之、顔噲字子聲。案史記有申黨字周、顔何字冉、秦冉字開、公伯寮字子周。嘉靖九年，從禮臣議，申黨即申棖，釐去其一，並去公伯寮、秦冉、顔何。又凡學別立祠中，叔梁紇題「啓聖公孔氏神位」，以顔無繇、曾蒧、孔鯉、孟孫氏配，俱稱先賢某氏。

蘧常案：朱彝尊孔子弟子考：梁玉繩史記質疑言：孔子弟子之數，孟子、吕氏春秋遇合篇、淮南子泰族訓及要略訓、漢書藝文志序、楚元王傳皆作七十。史記孔子世家、文翁禮殿圖、後漢書蔡邕傳、鴻都畫像、水經注八、漢魯峻冢壁象、魏書李平傳、顔氏家訓誡兵篇皆作七十二。史記仲尼弟子列傳、漢書地理志作七十七。孔子家語七十二弟子解實七十七人。此從世家。

亂國誰知爾，孤生且辟人〔一〕。危情嘗過宋〔二〕，困志亦從陳〔三〕。籥舞虞庠夕〔四〕，弦歌闕里春〔五〕。門人惟季次，未肯作家臣〔六〕。一時同人多入官長幕。

【彙注】

〔一〕亂國二句　徐注：論語：且而與其從辟人之士也，豈若從辟世之士哉？　黄注：亭林文集華陰王氏宗祠記曰：夫其處雜亂偏方閏位之日，而守之不變，孰勸率而然哉？國亂於上，而教明於下。易曰：改邑不改井，言經常之道，賴君子而存也。詩曰「亂國誰知爾，孤生且辟人」，有深慨焉。

蘧常案：莊子人間世篇：顔回見仲尼，請行曰：將之衛。曰：奚爲焉？曰：回嘗聞諸夫子曰：治國去之，亂國就之。

〔二〕危情句　徐注：孟子：微服而過宋，是時孔子當阨。

蘧常案：史記孔子世家：孔子去曹適宋，與弟子習禮大樹下。宋司馬桓魋欲殺孔子，拔其樹，孔子去。

〔三〕困志句　徐注：論語：在陳絶糧，從者病，莫能興。

〔四〕籥舞句　徐注：詩：籥舞笙鼓。傳：籥，管也。禮檀弓：虞庠，在國之西郊。　黄注：謂釋奠用舞也。見禮記文王世子注。

〔五〕弦歌句　徐注：史記孔子世家：孔子講誦，絃歌不衰。　黄注：正始以前，祠孔子，皆於闕里也。見三國魏志齊王紀。

〔六〕門人二句　原注：史記仲尼弟子列傳：公晳哀，字季次。孔子曰：天下無道，多爲家臣仕於都，唯季次未嘗仕。　黄注：亭林餘集與潘次耕札云：原一南歸，言欲延次耕同坐。在次耕今日食貧居約，而獲遊於貴要之門，常人之情，鮮不願者。然而世風日下，人情日諂，而彼之官彌貴，客彌多，便佞者留，剛方者去，今且欲延一二學問之士，以蓋其羣醜，不知薰蕕不同器而藏也。吾以六十四之舅氏，主於其家，見彼蠅營蟻附之流，駭人耳目。至於徵色發聲而拒之，乃僅得自完而已，況次耕以少年而事公卿，以貧士而依廡下者乎？夫子言：吾死之後，則商也日益，賜也日損。子貢之爲人，不過與不若己者遊，夫子尚有此言。今次耕之往，將與豪奴狎客朝朝夕夕，不但不能讀書爲學，且必至比匪之傷矣。孟子曰：飢者甘食，渴者甘飲，是未得飲食之正也，飢渴害之也。今以百金之脩脯，而自儕於狎客豪奴，豈特飢渴之害而已乎？荀子曰：白沙在泥，與之俱黑。吾願次耕學子夏氏之戰勝而肥也。吾駕不可迴，當以靖節之詩爲子贈矣。詩曰云云，自注云云。讀與潘次耕札，有深慨焉。冒云：全是自道。

蘧常案：冒云是。黄注引與潘次耕札，其意雖是，然此札實作於八年後，以時言，不免有徑庭之别耳。

謁周公廟

【解題】

徐注：公羊傳：周公爲大廟，魯公爲世室，羣公爲宫。一統志：兗州府周公廟在曲阜縣東北三里，故魯太廟之墟。宋大中祥符時，追封周公爲文憲王，重建新廟。真宗親爲之贊，立石廟中。春秋委官致祭。歷代因之。今文憲王廟在城北高阜上，世所稱魯太廟舊址者，亦即其地。

蘧常案：史記魯周公世家：周公旦者，周武王弟也。及武王即位，旦常輔翼。十一年，伐紂，周公佐武王。殷破，封於少昊之虚曲阜，不就封，留佐武王。武王既崩，成王少，周公恐天下聞武王崩而畔，乃踐阼，代成王攝行政，當國。成王長，乃還政，北面就臣位。周公既卒，葬於畢。子伯禽，已前受封，是爲魯公。

道化千年後〔一〕，明禋一國中〔二〕。禮猶先世守，制比百王崇〔三〕。配食唯元子〔四〕，烝嘗徧列公〔五〕。祠田還割魯〔六〕，氏系獨傳東〔七〕。有祭田碑，言周公之後東野氏，今爲東姓。舊史書茅闕〔八〕，新詩采閟宫〔九〕。巋然遺殿在，不與漢侯同〔一〇〕。

【彙注】

〔一〕道化句　徐注：易：聖人久於其道而天下化成。五禮通考：漢、魏以還，或以周公爲先聖，孔子爲先師。

〔二〕明禋句　徐注：書洛誥疏：明，潔；禋，敬也。蔡沈書集傳：蘇氏曰：以黑黍爲酒，合以鬱鬯，所以祼也。宗廟之禮，莫盛於祼。王使人戒敕庶殷，且以秬鬯二卣綏寧周公，曰明禋，曰休享，事周公如事神明也。

蘧常案：書洛誥：伻來毖殷，乃命寧予，以秬鬯二卣，曰明禋，拜手稽首休享。

〔三〕禮猶二句　徐注：左傳閔公元年：猶秉周禮，周禮所以本也。詩疏：成王以周公有大勳勞於天下，故賜伯禽以天子之禮樂，魯於是乎有頌，以爲廟樂。史記魯世家：魯有天子禮樂者，以褒周公之德也。

〔四〕配食句　徐注：詩閟宫：王曰叔父，建爾元子。禮明堂位：魯公之廟，文世室也。漢書韋玄成傳：非適不得配食。

〔五〕烝嘗句　徐注：詩：禴祠蒸嘗。史記魯世家：魯起周公，至頃公凡三十四世。

〔六〕祠田句　徐注：左傳隱公八年：鄭伯請釋泰山之祀而祀周公。以泰山之祊易許田。杜注：成王營王城，有遷都之意，故賜周公許田以爲魯國朝宿之邑，後世因而立周公别廟焉。

〔七〕氏系句　徐注：一統志：本朝康熙二十三年，聖祖仁皇帝幸魯，回鑾至兗州，特命恭親王長寧、禮部尚書介山往祭周公廟。御製碑文，勒石廟庭。以其後裔東野沛然爲五經博士。蘧常案：東野志：東野，周公之後。伯禽之少子名魚，食邑於東野，因以爲氏。通志氏族略：家語有東野畢弋。東野稷見莊子。

〔八〕舊史句　蘧常案：茅闕，見前謁夫子廟詩「闕里」注。

〔九〕新詩句　徐注：詩鄭箋：閟宫，頌僖公能復周公之宇也。

〔一〇〕巋然二句　徐注：王延壽魯靈光殿賦序：遭漢中微，盜賊奔突。自西京未央、建章之殿，皆見頹壞，而靈光巋然獨存。又：魯靈光殿者，蓋景帝程姬之子恭王餘之所立也。初，恭王始都下國，好治宫室，遂因魯僖基兆而營焉。

蘧常案：歸然遺殿，見卷二恭謁孝陵詩「歸然」句注。

謁孟子廟

【解題】

徐注：孫復孟廟記：景祐四年，孔道輔知兖州，訪孟子墓，得於鄒縣東三十里四基山，因於墓傍建廟。一統志：政和四年，奉詔重修。後以距城遼，徙建東門之外。宣和四年，復徙南門外。金太和中燬，元、明以來，相繼重修。門人樂正克以下皆從祀焉。朱彝尊重修孟子廟碑：宋元豐六年，從吏部尚書曾孝寬之請，詔追封鄒國公。政和五年，太常議以弟子十八人配。

古殿依邾邑〔一〕，高山近孔林〔二〕。游從齊魏老〔三〕，功續禹周深〔四〕。孝弟先王業，耕桑海内心。期應過七百，運豈厄當今〔五〕。辯説千秋奉〔六〕，精靈故國歆〔七〕。四基岡上柏，凝望轉蕭森〔八〕。

【彙注】

〔一〕古殿句　徐注：方輿紀要：在鄒縣東南二十六里，本邾婁之國。記曰：武王克商，封陸終第五子晏安之裔曹挾於邾。史記：吴夫差九年，會騶伐魯。蓋邾亦通謂之騶。孟子，騶人也，其地去魯甚近。傳曰：魯擊柝聞於邾。漢置騶縣，或曰秦置因之。自晉以後，皆曰鄒縣。

〔二〕高山句　徐注：方輿紀要：孔林在曲阜城北。史記：孔子葬魯城北泗水上，弟子及魯人從冢而家者百有餘室，因曰孔里。今爲孔林。又：鄒縣四基山西麓孟子墓，又東北十里曰昌平山，又東北二十里爲尼山，與曲阜縣接界。

〔三〕游從句　蘧常案：見前登岱詩「復有」二句注。

〔四〕功續句　徐注：孟子：昔者，禹抑洪水而天下平，周公兼夷狄，驅猛獸而百姓寧。又：我亦欲正人心。

蘧常案：韓愈與孟尚書書：揚子雲曰：古者楊、墨塞路，孟子辭而闢之，廓如也。夫楊、墨行，正道廢，孟子雖賢聖，不得位，空言無施，雖切何補？然賴其言而今之學者，尚知宗孔氏，崇仁義，貴王賤霸而已；其大經大法，皆亡滅而不救，壞爛而不收，所謂存十一於千百，安在其能廓如也？然向無孟氏，則皆服左衽而言侏離矣！故愈嘗推尊孟氏，以爲功不在禹下者，爲此也。

〔五〕孝弟四句　徐注：孟子：入則孝，出則悌，守先王之道。又：百畝之田，匹夫耕之；五畝之宅，樹墻下以桑，匹婦蠶之。又：由周而來，七百有餘歲。又：當今之世，舍我其誰也！

〔六〕辯説句　徐注：孟子：予豈好辯哉！予不得已也。春明夢餘録：洪武五年，罷孟子配享。

六年，上曰：我聞孟子辯異端，闢邪説，發明孔子之道，宜配享如故。

〔七〕精靈句　蘧常案：謂其精靈至今猶歆享於舊邦也。與篇首呼應。

〔八〕四基二句　原注：大明一統志：四基山在鄒縣東北三十里，山頂四石，狀類堂基。其西麓即孟子墓。　徐注：張九齡郡舍南有園畦詩：秋樹亦蕭森。　蘧常案：曹學佺輿地名勝志：孟子廟林木鬱蒼，有太山巖巖氣象。

鄒平張公子萬斛園上小集各賦一物得桔橰

【解題】徐注：元譜：故明兵部尚書張延登所居。案明史百官表：崇禎五年，工部尚書張延登六月召，十月改左都御史。譜作「兵部」誤。園無考。

蘧常案：徐注本題作鄒平張公子萬斛園賦得桔橰。張延登，字華東，鄒平人。張公子，必其子也。莊子天運篇：且子獨不見夫桔橰者乎？引之則俯，舍之則仰。成玄英疏：桔橰，挈水木也。

鑿木前人制〔一〕，收泉易卦稱〔二〕。天機無害道，人巧合成能。壤脈涓涓出〔三〕，川流揹揹升〔四〕。入晴常作雨，當暑欲成冰。菜甲青旉地〔五〕，花容赤繞塍。彌令幽興劇，頓使化工增。坐愛平畦廣，行憐曲水澄。灌園今莫笑〔六〕，此地近於陵〔七〕。

【彙校】

〔成能〕徐注本作「能成」，誤。

〔成冰〕潘刻本、徐注本、孫校本「成」作「生」，似勝，且不與上「成」字複。

〔旉地〕原作「敷地」。潘刻本「敷」作「旉」，各本同，今從改。句下有原注：「又曰震爲旉」五字，各本同；徐注本無。

【彙注】

〔一〕鑿木句　原注：莊子天地篇：鑿木爲機，後重前輕，挈水若抽，數如泆湯，其名爲槔。

〔二〕收泉句　原注：易：井收勿幕。

〔三〕壞脈　徐注：陸友研北雜志：久雨遇雷，壞脈必開。

〔四〕揹揹　徐注：莊子天地篇：揹揹然用力甚多而見功寡。

〔五〕旉地　原注：易：震爲旉。

蘧常案：「敷」，各本皆作「旉」，易説卦亦作「旉」，旉、敷雖古今字，應改。説卦：震爲旉。疏：爲旉，取其春時氣至，草木皆吐，旉布而生也。説文解字：旉，布也。

〔六〕灌園　蘧常案：劉向列女傳楚於陵妻：楚王聞於陵子終賢，欲以爲相。其妻曰：亂世多害，妾恐先生之不保命也。於是子終出謝使者而不許也。遂相與逃而爲人灌園。此「灌園」，爲下於陵言之也，蓋先生以自況。或以莊子天地篇漢陰丈人抱甕出灌事注之，非也。

〔七〕於陵　徐注：方輿紀要：山東濟南府長山縣於陵城本齊邑，陳仲子所居。漢置縣，晉改曰烏陵。

張隱君元明於園中寘一小石龕曰仙隱祠徵詩紀之

二首

【解題】

徐注：王士禛居易録：張光啓，字元明，章丘人也。居白雲湖上。少爲諸生，有名，爲梅長公、朱未孩二公所知。崇禎庚午，年四十，遂棄諸生，闢一園曰省園，以種樹藝花自樂。亂後足不履城市。年八十餘卒。有張仲集詩若干篇。余删存百餘首，往往可傳。有句云：盡日閒看高士傳，一生怕讀早朝詩。其志可想。

白日浮雲隔幾重〔一〕，三山五嶽漫相逢〔二〕。朅來未得從黄石〔三〕，老至先思伴赤松〔四〕。哲士有懷多述酒〔五〕，英流無事且明農〔六〕。猶憐末俗愚難寤，故作幽龕小座供。

【彙校】

〔相逢〕徐注本，吳、汪、曹三校本「逢」作「通」。

〔英流句〕潘刻本，徐注本，吳、汪、曹三校本皆同；孫校本「英流」作「學人」，「且」作「自」。

【彙注】

〔一〕白日句　徐注：古詩十九首：浮雲蔽白日。
蘧常案：合下數首觀之，張光啓非僅隱者，蓋深有故國之感，故與先生相契如此。則「白日浮雲」，或指永曆之播越不可得見乎？

〔二〕三山句　徐注：李白善哉行：海陵三山，陸憩五嶽。

〔三〕朅來　蘧常案：漢書司馬相如傳：回車朅來兮。説文解字：朅，去也。
蘧常案：見卷一帝京篇「黃石」句注。

〔四〕赤松　蘧常案：史記留侯世家：願棄人間事，欲從赤松子游耳。索隱：赤松子，神農時雨師。

〔五〕哲士句　蘧常案：湯漢陶靖節集注自序：陶公述酒之作，直吐忠憤，然猶亂以廋詞，千載之下，讀者不省爲何語，是此翁所深致意者。又述酒篇注：晉元熙二年六月，劉裕廢恭帝爲零陵王。明年，以毒酒一甖授張偉，使酖王，偉自飲而卒。繼又令兵人踰垣進藥，王不肯飲，遂掩殺之。此詩所爲作，故以述酒名篇也。案：此所謂「多述酒」，似陰喻南明弘光、隆武諸帝被害於清也。弘光之死，見前桃葉歌「兩宫」句注。隆武之死，見卷一海上詩第一首題注。

〔六〕英流句　徐注：書：兹予其明農哉。

百尺松陰十畝園〔一〕，此中人物似桃源。衣冠俎豆猶三代〔二〕，雞犬桑麻自一村。垣外白榆隨宿列，樹頭青鳥候風翻〔三〕。坐來髣髴疑仙境〔四〕，試問先生笑不言〔五〕。

【彙注】

〔一〕百尺句　徐注：王勃送白七序：長松百尺，對君子之清風。蘇轍詩：藹藹堂西十畝園。

〔二〕俎豆　蘧常案：見前夫子廟詩「俎豆」句注。

〔三〕青鳥　徐注：漢武故事：七月七夕，忽有青鳥飛集殿前，東方朔曰：此西王母欲來。有頃王母至，三青鳥夾侍王母傍。

〔四〕坐來句　徐注：宋之問奉陪武駙馬宴唐卿山亭序：苔閣茅軒，髣髴入神仙之境。

〔五〕試問句　徐注：李白山中問答詩：問余何事棲碧山，笑而不答心自閒。

前詩意有未盡再賦四章　四首

濩落人間七十年〔一〕，年來三見海成田〔二〕。生當虞夏神農後〔三〕，夢在壺丘列子前〔四〕。性定自能潛福地〔五〕，機忘真已入寥天〔六〕。因思千古同昏旦，几席羹墻尚宛然〔七〕。

【彙校】

〔題〕此首朱刻本，孫、吴、汪各校本皆有；潘刻本、徐注本、孫託荀校本無。孫校本誤編於出郭（六言）題下，出郭詩及陳生芳績兩尊人先後即世詩第三首後。朱刻本仍原題「張隱君元明」云云，注云：著雍閹茂，戊戌。

【彙注】

〔一〕濩落句　蘧常案：杜甫自京赴奉先縣詠懷五百字詩：居然成濩落。張綖注：濩落，廓落也。案：莊子逍遥遊謂「五石之瓠，剖以爲瓢，則瓠落無所容」，梁簡文（蕭綱）云：瓠落猶廓落。考瓠、濩音同，經典釋文引司馬彪注「瓠落」云：瓠，音護。周禮春官大司樂「大濩」疏：濩亦音護，吕氏春秋古樂篇作「大護」。則「濩落」即「瓠落」，蓋有大而無所施用之意，故前人訓兩辭亦相同也。此句謂張光啓。王士禛居易録謂其年八十餘卒，則此時年已古稀矣。

〔二〕年來句　蘧常案：神仙傳：麻姑謂王方平曰：接待以來，已見東海三爲桑田。案：「三見海成田」，似謂崇禎甲申之變，弘光、隆武之亡。

〔三〕生當句　蘧常案：史記伯夷列傳：餓且死，作歌，其辭曰：登彼西山兮，采其薇矣。以暴易暴兮，不知其非矣。神農虞夏，忽焉没兮，我安適歸矣？于嗟徂兮，命之衰矣！

〔四〕夢在句　蘧常案：淮南子繆稱訓：列子學壺子。莊子逍遥遊篇：列子御風而行。成玄英南華真經疏：列子姓列，名禦寇，鄭人也。與鄭繻公同時，師於壺丘子林，著書八篇。今本列子周穆王篇：夢有六候。奚謂六候？一曰正夢，二曰蘁夢，三曰思夢，四曰寢夢，五曰喜夢，六曰懼夢。此六者，神所交也。不識感變之所起者，事至則惑其所由然；識感變之所起者，事至則知其所由然。知其所由然，則無所怛，一體之盈虚消息皆通於天地，應於物類。子列子曰：神遇爲夢，形接爲事，故晝想夜夢，神形所遇。故神凝者想夢自消。信覺不語，信夢不達，物化之往來者也。古之真人，其覺自忘，其寢不夢，幾虚語哉！

〔五〕性定句　蘧常案：阮籍通易論：立仁義以定性。雲笈七籤：神仙所居，有七十二福地。

〔六〕機忘句　蘧常案：儲光義詩：達士志寥廓，所在能忘機。莊子大宗師篇：造適不及笑，獻笑不及排，安排而取化，乃入於寥天一。李白詩：觀化入寥天。

〔七〕几席句　蘧常案：後漢書鍾離意傳注引鍾離意别傳：意爲魯相，到官，出私錢萬三千文，付户曹孔訢修夫子車。身入廟，拭几席劍履。又：李固傳：昔堯殂之後，舜仰慕三年，坐則見堯於墻，食則覩堯於羹。

順時諏日卜靈氛〔一〕，寶炬名香手自焚〔二〕。斟雉未能鷊帝后〔三〕，薧魚聊可事山君〔四〕。尋常伏臘人間共〔五〕，曠代宗祧上界分〔六〕。遂有精神通要眇〔七〕，儼如飛舄下青雲〔八〕。

【彙校】

〔鷊帝后〕孫校本作「鶮帝后」；朱刻本作「鷊后帝」。丕績案：作「鷊」是。

〔薧魚〕孫校本「薧」作「薨」。丕績案：作「薧」是。周禮庖人云：凡其死生鱻薧之物，以共王之膳。

【彙注】

〔一〕順時句　蘧常案：儀禮特牲饋食禮：不諏日。鄭玄注：諏，謀也。離騷：命靈氛爲予占之。王逸注：靈氛，古明吉凶占者。

〔二〕寶炬句　蘧常案：皇甫曾詩：静夜名香手自焚。

〔三〕斟雉句　蘧常案：屈原天問：彭鏗斟雉帝何饗？王逸注：彭祖以雉羹進堯，而堯饗之也。

又：緣鵠飾玉，后帝是饗。史記封禪書：禹收九牧之金，鑄九鼎，皆嘗亨鬺上帝鬼神。集解：徐廣曰：鬺，烹煮也。音殤。

〔四〕蕘魚句　蘧常案：史記封禪書：古者天子常以春解祠，祠太一、澤山君、地長，用牛；武夷君，用乾魚。周禮天官𩟗人：辨魚物爲鱻薧，以共王膳羞。鄭玄注：薧，乾也。

〔五〕伏臘　蘧常案：漢書楊惲傳：田家作苦，歲時伏臘，烹羊炰羔，斗酒自勞。漢書郊祀志：秦德公作伏祠。注：孟康曰：六月，伏日也。周時無，至此乃有之。説文解字：臘，冬至後祭百神。

〔六〕曠代句　蘧常案：禮記祭義：築爲宫室，設爲宗祧，以别親疏遠近，教民反古復始，不忘其所由生也。顧況五源訣：番陽仙人王遥琴子高言：下界功滿，方超上界。案：此二句，似有鬼神不歆非類之意。

〔七〕遂有句　蘧常案：班彪王命論：精誠通於神明。楚辭遠遊：神要眇兮淫放。洪興祖補注：要眇，精微貌。

〔八〕飛舄　蘧常案：後漢書方術列傳：王喬爲葉令。喬有神術，每月朔望，常自縣詣臺朝。帝怪其來數，而不見車騎，密令太史伺望之。言其臨至，輒有雙鳧從東南飛來。於是舉羅張之，但得一隻舄焉。乃詔上方診視，則四年中所賜尚書官屬履也。

九尺身長鬢正蒼〔一〕，兒孫森立已成行。纔過冰泮烹魚饌〔二〕，未到秋深摘果嘗。繞院竹光浮茗椀，透簾花氣入書床。只應潔疾猶難化〔三〕，莫學當時費長房〔四〕。

【彙注】

〔一〕九尺句　蘧常案：杜甫洗兵馬：張公一生江海客，身長九尺鬚眉蒼。

〔二〕冰泮魚饌　蘧常案：大戴禮記誥志篇：孟春，冰泮發蟄。梅堯臣詩：岸之側，多菖蒲；蒲之下，多乳魚。乳魚可以饌，菖蒲可以葅。

〔三〕潔疾　蘧常案：莊季裕雞肋編：米元章有好潔之癖。宗室華源郡王仲湖家多聲妓，嘗欲驗之。大會賓客，獨設一榻待之，使數卒解衣袒臂，奉其酒饌。姬侍環于他客，杯盤狼籍。久之，亦自遷坐於衆賓之間。乃知潔疾非天性也。

〔四〕莫學句　蘧常案：後漢書方術列傳：費長房者，汝南人也。曾爲市掾。市中有老翁賣藥，懸一壺於肆頭，及市罷，輒跳入壺中。長房於樓頭覩之，異焉，遂欲求道。於是隨從入深山，踐荆棘於羣虎之中，留使獨處，長房不恐；又卧於空室，以朽索懸萬斤石於心上，衆蛇競來齧索，且斷，長房亦不移。翁還撫之曰：子可教也。復使食糞，糞中有三蟲，臭惡特甚，長房意惡之。翁曰：子幾得道，恨於此不成，如何？長房辭歸。

門前有客跨青牛〔一〕，倒屣相迎入便留〔二〕。不覺人間非甲子〔三〕，已知天外是神州〔四〕。宣尼願在終浮海〔五〕，屈子文成合遠遊〔六〕。笑指八仙皆上座〔七〕，使君今日老糟丘〔八〕。

【彙注】

〔一〕門前句　蘧常案：史記索隱引列異傳：「老子西遊，關令尹喜望見其有紫氣浮關，而老子果乘青牛而過。」案：神仙傳謂「封君達年百歲，如三十許，騎青牛，號青牛道士」。裴松之三國志管寧傳注謂「初平中，山東有青牛先生者，字正方，曉知星曆風角鳥情」。清一統志：「廬山五老峰下有青牛谷，世傳宋道士洪志乘青牛處。」此不知使何人事？當有所指，姑並著之。常言每以青牛隱李姓，或時南明有李姓使來耶？下言天外神州，言浮海，似指鄭成功，則或鄭使耶？

〔二〕倒屣句　蘧常案：三國志魏志王粲傳：「蔡邕才學顯著，貴重朝廷，常車騎填巷，賓客盈坐。聞粲在門，倒屣迎之曰：『此王公孫也，有異才，吾不如也。』」據此則「屐」應作「屣」。

〔三〕不覺句　蘧常案：見卷一賦得老鶴萬里心詩「甲子」句注。

〔四〕已知句　蘧常案：此似指鄭成功。詩次濟南詩前，濟南詩有「湖上荷花」云云，則詩作於明永曆十二年，即順治十五年夏。時成功初受明封延平王，賜尚方劍，便宜行事，手詔令進師江南，伸大義於天下。成功亦久擬會滇、黔、粵、楚之師出洞庭，會江南，使天下跂足相從也。先生方寄以厚望，故詩云然。

〔五〕宣尼句　蘧常案：宣尼，見卷一十月二十日奉先妣葬詩「宣尼」句注。論語公冶長篇：子曰：道不行，乘桴浮於海，從我者其由與。案：此及下一句，皆先生借以自喻。時身已在北，而猶不忘浮海，真所謂「大海無平期，我心無絶時」矣。

〔六〕屈子句　蘧常案：王逸楚辭遠遊序：遠遊者，屈原之所作也。屈原履方直之行，不容於世，章皇山澤，無所告訴。乃深惟玄一，修執恬漠。思欲濟世，則意中憤然；文采鋪張，遂叙妙思。託配仙人，與俱遊戲，周歷天地，無所不到。然猶懷念楚國，思慕舊故，忠信之篤，仁義之厚也。

〔七〕笑指句　蘧常案：新唐書李白傳：白與賀知章、李適之、汝陽王璡、崔宗之、蘇晉、張旭、焦遂爲酒中八仙人。翻譯名義集：佛言上更無人爲上座。

〔八〕老糟丘　蘧常案：劉向新序：桀爲酒池，足以運船；糟丘，足以望七里。南史陳暄傳：暄嗜酒，過差非度，其兄子秀憂之。暄聞之，與秀書曰：速營糟丘，我將老焉，爾無多言！

濟南

【解題】

徐注：見前濟南詩題注。張譜：先生是年復至濟南訪徐東癡。

湖上荷花歲歲新〔一〕，客中時序自傷神。名泉出地環巖郭〔二〕，急雨連山浄火旻〔三〕。絶代詩題傳子美〔四〕，近朝文士數于鱗〔五〕。愁來獨憶辛忠敏，老淚無端痛古人〔六〕。

【彙注】

〔一〕湖上句 徐注：酉陽雜俎：歷城北二里有蓮子湖。湖中多蓮花，周環二十里。

〔二〕名泉句 徐注：明一統志：趵突泉在濟南府城西，一名瀑流，源出山西王屋山，伏流至河南濟源縣湧出。過黄河溢爲滎。西北至黄山渴馬崖伏流五十里，至城西，出爲此泉。或以糠驗之，信然。會諸泉入城，滙爲大明湖，流爲小清河。濟南名泉七十二，瀑流爲上，金綫、珍珠次之，餘皆不能與三泉侔矣。

〔三〕火旻 蘧常案：見前王徵君潢具舟城西詩「火旻」注。

〔四〕絶代句 徐注：杜甫陪李北海宴歷下亭詩：東藩駐皁蓋，北渚淩青河。海右此亭古，濟南名士多。黄注：亭林前有濟南二首，乃初到時作，故有「還思北海亭中客，勝會良時不可逢」語。此篇乃逾年重到濟南作，曰「絶代詩題傳子美」，則并北海亭中之客而不思矣。

〔五〕近朝句 徐注：明史文苑：李攀龍，字于鱗，歷城人。九歲而孤，家貧，自奮於學。嘉靖二十三年進士，歷擢陝西提學副使。念母思歸，遂謝病。既歸，搆白雪樓，名日益高。隆慶改元，薦起浙江副使，擢河南按察使。奔母喪歸，哀毀得疾。一日，心痛卒。攀龍之始官刑曹也，與濮州李先芳、臨清謝榛、孝豐吴維嶽輩倡詩社。王世貞初釋褐，先芳引入社，遂與攀龍定交。又二年，宗臣、梁有譽入，是爲五子。未幾，徐中行、吴國倫亦至，乃改稱七子。其持論謂文自西京、詩自天寶而下，俱無足觀。攀龍才思勁鷙，名最高。獨心重世貞，天下亦並稱王、李。又與何景明、李夢陽並稱何李、王李。其詩務以聲調勝，文則聱牙棘口，好之者推爲一代宗匠，亦多受抉摘云。

蘧常案：包世臣藝舟雙楫讀亭林遺書：亭林之詩，導源歷下。案：歷下謂李攀龍也。

〔六〕愁來二句　徐注：宋史辛棄疾傳：棄疾，字幼安，齊之歷城人。少師蔡伯堅，與党懷英同學，號辛、党。始筮仕，決以蓍。懷英遇坎，因留事金；棄疾得離，遂決意南歸。金主亮死，中原豪傑並起。耿京聚兵山東，稱天下節度使，節制山東、河北忠義軍馬，棄疾爲掌書記，即勸京決策南向。紹興三十二年，京令棄疾奉表歸宋。會張安國、邵進已殺京降金，棄疾還至海州，與衆謀曰：我緣主帥來歸朝，不期事變，何以復命？乃約統制王世隆及忠義人馬全福等徑趨金營。安國方與金將酣飲，即衆中縛之以歸，金將追之不及。獻俘行在，斬安國於市。孝宗召對延和殿，時虞允文當國，帝鋭意恢復，棄疾因論南北形勢，持論勁直，作九議並應問三篇。葉衡入相，薦棄疾忼慨有大略。尋知潭州兼湖南安撫。盜連起湖、湘，棄疾悉討平之。疏乞别創一軍，以湖南飛虎爲名，軍威雄鎮一方，爲江上諸軍之冠。棄疾豪爽尚氣節，識拔英俊。嘗跋紹興間詔書曰：使此詔出於紹興之前，可以無事仇之大恥；使此詔行於隆興之後，可以卒不世之大功。今此詔與仇敵俱存也，悲夫！人服其警切。嘗謂：人生在勤，當以力田爲先。北方之人，養生之具不求於人，是以無甚富甚貧之家；南方多末作以病農，而兼并之患興，貧富斯不侔矣。故以「稼」名軒，有稼軒集行世。德祐初，加贈少師，謚忠敏。黄注：子美雖生亂世，而親見收京；亭林則身經亡國，視稼軒爲慘。曰「老淚無端痛古人」，則真痛也，不獨憶之而已。考稼軒雖歷城人，然自二十三歲，當宋紹興三十二年南歸於宋後，至六十八歲卒於江西鉛山縣，未嘗一歸歷城。亭林過濟南而憶之，一則以北人而南歸，一則以南人而北客，亡國之痛，有同感焉。徐注録宋史辛棄疾傳，語多可采。然稼軒亡國之痛，多發於詞。此篇子美、于鱗皆舉其詩，則獨憶忠敏，蓋因其詞，而致其痛，詩義當可尋耳。

爲丁貢生亡考衢州君生日作

【解題】

蘧常案：丁貢生不詳。據序知名雄飛，據詩知爲南京人。同志贈言爲顧寧人徵天下書籍啓後有其署名。明史志選舉：生員曰貢監。同一貢監也，有歲貢，有選貢，有恩貢，有納貢。此詩原删，然不見有忌諱語，豈以「生忌」之説與日知録不符而去之乎？

記曰：君子有終身之喪〔一〕，忌日之謂也。世俗乃又以父母之生日設祭，而謂之生祭〔二〕，禮乎？考之自梁以後〔三〕，始有生日宴樂之事。而父母之存，固已嘗爲之矣。則於其既亡而事之如存，禮雖先王未之有，可以義起也。丁君雄飛乃追溯其考之年及其生日而曰：吾父存，今八十矣。乃陳其酒脯設其裳衣，如其存之事，而求詩於友人，其亦孝思之所推歟〔四〕！爲賦近體四韻。

傷今已抱終天恨〔五〕，追往猶爲愛日歡〔六〕。愾若户前聞歎息〔七〕，儼然堂上坐衣冠。馴烏止樹生多子〔八〕，慈竹緣池長百竿〔九〕。所居石城門内，有池有竹。欲向舊京傳孝友〔一〇〕，當時誰得似丁蘭〔一一〕。

【彙校】

〔題〕此首朱刻本、孫、吴、汪各校本皆有；潘刻本、徐注本、孫託荀校本無。孫校本次重光赤奮若元日詩後。

〔生祭〕朱刻本、孫校本作「生忌」。

〔如存禮〕朱刻本，吴、汪兩校本皆同；孫校本「存」作「生」。丕績案：作「生」是。

〔追溯〕孫校本「溯」作「數」。

【彙注】

〔一〕記曰二句　蘧常案：見禮記祭義。

〔二〕生忌　蘧常案：生忌對死忌言，世俗猶有此言。原作「生祭」，誤。兹從朱記榮佚詩刻本正。

〔三〕考之句　蘧常案：日知録：生日之禮，古人所無。顔氏家訓曰：江南風俗，兒生一期，爲製新衣，盥浴裝飾，男則用弓矢紙筆，女則刀尺針縷，並加飲食之物，及珍寶服玩，置之兒前，觀其發意所取，以驗貪廉智愚，名之爲「試兒」。親表聚集，因成宴會。自兹以後，二親若在，每至此日，常有飲食之事。無教之徒，雖已孤露，其日皆爲供頓，酣暢聲樂，不知有所感傷。梁孝元年少之時，每八月六日載誕之辰，嘗設齋講。自阮修容（原注：元帝所生母）薨後，此事亦絶。是此事起於齊、梁之間。

〔四〕孝思　蘧常案：詩大雅下武：永言孝思，孝思維則。

〔五〕終天恨　蘧常案：宋庠代李副樞乞終喪表：構閔終天。

〔六〕愛日　蘧常案：揚子法言孝至篇：事父母自知不足者，其舜乎？不可得而久者，事親之謂也，孝子愛日。注：無須臾懈於心。案：「愛日」即「惜時」，故曰無須臾之懈也。

〔七〕愾若句　蘧常案：禮記祭義：愾然必有聞乎其歎息之聲。王念孫廣雅疏證：愾，謂氣滿也。

〔八〕馴烏句　蘧常案：晉書孝友傳：夏方家遭疫癘，父母死，廬於墓側，種植松柏，烏鳥猛獸，馴擾其旁。漢樂府有烏生八九子。

〔九〕慈竹句　蘧常案：竹譜詳録：慈竹，又名義竹，又名孝竹，兩浙、江、廣，處處有之。高者二丈許，叢生，一叢多至數十百竿。根窠盤結，不引他處，四時出筍，經歲始成竹，子孫齊縈，前抱後引，故得此名。

〔一〇〕欲向句　蘧常案：舊京，見前送張山人應鼎詩「舊京」句注。詩小雅六月：張仲孝友。

〔一一〕丁蘭　蘧常案：曹植靈芝篇：丁蘭少失母，自傷早孤煢。刻木當嚴親，朝夕致三牲。暴子見陵侮，犯罪以亡刑。丈人爲泣血（案：丈當作木），免戾全其名。初學記孫盛逸人傳：丁蘭者，河内人也。少喪考妣，不及供養。乃刻木爲人，仿佛親形，事之若生，朝夕定省。其後，鄰人張叔妻從蘭妻有所借，蘭妻跪報木人，木人不悦，不以借之。叔醉，疾來誶駡木人，以杖敲其頭。蘭還，見木人色不懌，乃問其妻。妻具以告之，即奮劍殺張叔。吏捕蘭，蘭辭木人去，木人見蘭，爲之垂淚。郡縣嘉其至孝通於神明，圖其形像於雲臺也。

自笑

自笑今年未得歸，酒樽詩卷欲何依？呼僮向曉牽長轡，覓嫗先冬綻故衣〔一〕。黄耳不來江表信〔二〕，白頭終念故山薇〔三〕。無因化作隨陽鴈〔四〕，一逐西風笠澤飛〔五〕。

【彙校】

〔故山薇〕徐注本、曹校本「故山」作「首山」。

【彙注】

〔一〕綻故衣　徐注：古樂府艷歌行：故衣誰當補？新衣誰當綻？

〔二〕黄耳句　徐注：晉書陸機傳：機有駿犬名黄耳，甚愛之。羈寓京師，久無家問，笑語犬曰：汝能齎書取消息不？犬摇尾作聲。機乃爲書以竹箭盛之而繫其頸。犬尋路南走，遂至其家，得報還洛。三國志魏志文帝紀：黄初二年夏五月，以荆、揚、江表八郡爲荆州。

〔三〕故山薇　蘧常案：見卷一精衛詩「西山」句注。陸璣毛詩草木鳥獸蟲魚疏：薇，山菜也。莖葉皆似小豆，蔓生，其味亦如小豆。藿可作羹，亦可生食也。

〔四〕隨陽鴈　蘧常案：見卷一賦得越鳥巢南枝詩「隨陽」注。

〔五〕一逐句　黄注：稼軒詞：休説鱸魚堪膾，儘西風，季鷹歸未？求田問舍，怕應休見，劉郎才氣。此不期然而合，所謂亡國之痛有同感也。

蘧常案：詳前酬陳生芳績詩「笠澤」二句注。案：此似指太湖。

酬歸祚明戴笠王仍潘檉章四子韭溪草堂聯句見懷二十韻

【解題】

徐注：李元度國朝先正事略：戴笠、徐白皆吴江人，同以高逸著。笠，字耘野，明諸生。國變後，入秀峰山爲僧。旋反初服，隱居朱家港，教授生徒。土屋三間，炊烟時絶，而編纂不輟。潘檢討耒實出其門。徐譜：戴笠，初名鼎立，字植之，後字耘野，又字曼公。先生與戴耘野書稱其著有流寇編年、殉國彙編。

蘧常案：歸祚明見卷一吴興行題注。戴笠見下注，王仍見前酬王生仍詩題注，潘檉章見前贈潘檉章詩題注。又案：韭溪，前人多以爲在嘉興，如錢邦彦先生年譜校補注此詩題云：檇李詩繫：韭溪在郡城内，即南湖支流，經城而達北運河。川瀆記：太湖東通嘉興韭溪。錢林嘉禾獻徵録亦謂「力田本吴江人，寄籍桐鄉。國變後，隱居郡之韭溪」。然考潘檉章觀復草廬賸稿有韭溪八詠，自序云：韭溪名昉吴、越，地枕具區。類盤谷之窈深，非愚溪之邃隘。棲遲五載，擬卜終焉。或閉户而山色湖光，來親几席；或追游而漁歌梵唱，互答襟期。詩目有：龍舌漁翁、東林精舍、唐塔靈祠、沈望煙林、溝瀆夜泊等。遠浦歸帆一目，詩有「浮玉煙際峰」云云，其景色地名，皆與嘉興之韭溪不合，則謂草堂在嘉興之韭溪者，誤矣。張譜順治十八年下引徐松譜云：是年適越，往來皆由吴江之江村。先生書潘吴二事云「余往越州，兩至其廬」，蓋至吴江江村，即訪潘檉章也。檉章於康熙二年遭莊氏史禍，八詠自序所謂「棲遲五載，擬卜終焉」，當即指江村而言，則所謂韭溪必在其地。所謂草堂，當即其草堂。檉章有酬梅隱機高開朗其凝過湖濱新居見贈詩，曰「湖濱」，則其地當在太湖之濱，故自序云「名昉吴、越，地枕具區」也。詩結句云「自是故園歸未得，風雲何處託菟裘」，則其所以卜終之意，亦可見矣。又案：歸莊在韭溪草堂阻風雨不能歸詩云：「三旬客檇李，歲暮還姑蘇，中道尋吾友，詩酒爲歡娱。」按輿圖，吴江正處嘉興、吴縣之中途，尤足爲韭溪不在嘉興而在吴江之證。

蘧常案：徐注本歸、戴、王、潘下均不署名，并無「二十韻」三字。

異地逢冬節，同人會韭溪〔一〕。蒼涼悲一別，廓落想孤棲〔二〕。刻燭初分韻〔三〕，抽毫亦共題。雪裝吴苑白〔四〕，雲幕越山低〔五〕。清酤傳杯緩〔六〕，哀弦入坐凄。詞堪爭日月，氣欲吐虹霓〔七〕。寫恨工蘇李，攄幽劇吕嵇〔八〕。風流知不墜，肝膽幸無暌〔九〕。掛帙安牛角，擔囊逐馬蹄〔一〇〕。飄颻過東楚，浩蕩適三齊〔一一〕。息足雩門下，停車汶水西。岱宗臨日觀，梁父躡雲梯〔一二〕。洞壑來仍異，關河去更迷。人看秋逝鴈，客唤早行雞。卧冷王章被〔一三〕，窮餘范叔綈〔一四〕。夢猶經冢宅，愁不到中閨〔一五〕。

來詩有「親朋愁帶甲，家舍祝添丁」之句。問字誰供酒〔一六〕？繙書獨照藜。雅言開竹徑，佳訊發蘭畦。遺鯉情偏切〔一七〕，班荆意各悽〔一八〕。式微君莫賦〔一九〕，春雨正塗泥。

【彙校】

〔蒼涼〕徐注本、曹校本「涼」作「茫」。

〔適三齊〕孫校本「適」作「遍」。

〔愁不到句〕句下自注「家舍」，同志贈言作「家室」，是。

【彙注】

〔一〕同人句　徐注：潘耒梅花草堂詩集序：延陵之派，散在桃墩、柳塘、嚴墓、韭溪，率多文人。

〔二〕廓落　蘧常案：楚辭九辯：廓落兮羈旅而無友生。文選呂延濟注：廓落，空寂也。案：此「廓落」，似與前前詩意有未盡詩「濩落」句注所云有别。

〔三〕刻燭句　徐注：南史王僧孺傳：竟陵王子良嘗夜集學士，刻燭爲詩。四韻者則刻一寸，以此爲率。

〔四〕吴苑　蘧常案：見卷一上吴侍郎暘詩「春旗」句注。

〔五〕雲幕句　段注：應瑒西狩賦：雲幕被於廣野。

蘧常案：越山見卷二瞿公子元錞將往桂京詩「吴山與越山」注。

〔六〕清醑句　蘧常案：庾信燈賦：中山醑清。玉篇：醑，美酒也。

〔七〕詞堪二句　徐注：史記屈原列傳：推此志也，雖與日月争光可也。曹植七啓：慷慨則成虹霓。

〔八〕寫恨二句　徐注：古詩有蘇武李陵贈答詩。晉書嵇康傳：康與吕安善。

蘧常案：後漢書班固傳：獨攄意乎宇宙之外。注：攄，舒也。

〔九〕風流二句　徐注：北史李彪傳：金石可滅，而風流不泯。莊子德充符：自其異者視之，肝膽吴、越也。

蘧常案：此兩句寫同志間志節襟懷也。

〔一〇〕掛帙二句　徐注：新唐書李密傳：感厲讀書，聞包愷在緱山，往從之，以蒲韉乘牛，挂漢書一帙角上，行且讀。戰國策：蘇秦負書擔囊。全祖望先生神道表：凡先生之游，以二馬二騾載書自隨。所至阨塞，即呼老兵退卒，詢其曲折，或與平日所聞不合，則即坊肆中發書而對勘之。或經行平原大野，無足留意，則於鞍上默誦諸經注疏，偶有遺忘，則即坊肆中發書而熟復之。潘耒先生日知録序：足迹半天下，所至交其賢豪長者，考其山川風俗疾苦利病，如指諸掌，精力絶人。無他嗜好，自少至老，未嘗一日廢書，出必載書數簏自隨。旅店少休，披尋搜討，曾無倦色。有一疑義，反復參考，必歸於至當。

〔一一〕飄颻二句　蘧常案：東楚，見前王徵君潢具舟城西詩「三楚」注。三齊，見卷一不去詩第三首「三齊」注。蔣山傭殘稿卷二答人書：啓塗淮北，寄食三齊。

〔一二〕息足四句　徐注：班昭東征賦：食原武之息足。左傳莊公十年：自雩門竊出。濟。蘧常案：孔穎達左傳正義：雩門爲魯南城門。水經注：汶水出太山萊蕪縣西南，入濟。岱宗、日觀、梁父並見前登岱詩各注。同志贈言爲顧寧人徵天下書籍啓先生書後云：右十年前友人所贈，自此絶江踰淮，東躡勞山、不其，上岱嶽，瞻孔林，停車淄右。

〔一三〕王章被　徐注：漢書王章傳：字仲卿，泰山鉅平人。初，章爲諸生學長安，獨與妻居。章疾病，無被，卧牛衣中，與妻決，涕泣。其妻呵怒之曰：仲卿！京師尊貴在朝廷人誰踰仲卿者？今疾病困戹，不自激卬，乃反涕泣，何鄙也！後章仕宦歷位。及爲京兆，欲上封事，妻又止之曰：人當知足，獨不念牛衣中涕泣時耶？

〔一四〕范叔綈　徐注：史記范雎蔡澤列傳：魏使須賈於秦，范雎聞之，爲微行，敝衣閒步之邸見須賈。須賈見而驚曰：范叔固無恙乎？范雎曰：然。須賈笑曰：范叔有説於秦耶？曰：不也。睢前日得過於魏相，故亡逃至此，安敢説乎？須賈曰：今叔何事？范雎曰：臣爲人庸賃。須賈意哀之，留與坐飲食，曰：范叔一寒如此哉！乃取其一綈袍以賜之。索隱：按綈，厚繒也，音啼，蓋今之絁也。正義：今之麤袍。

〔一五〕夢猶二句　徐注：國策齊策：公孫戌趨而去。未出，至中閨。高誘注：閨，閑也。蘧常案：「家宅」謂其母之墓廬，見卷一墓後結廬三楹詩。「中閨」謂其妻王安人所居，在崑山。時北行久，故曰「愁不到」。蓋答來詩「家室祝添丁」也。

〔一六〕問字句　徐注：漢書楊雄傳贊：劉棻嘗從雄學作奇字。又：家素貧，耆酒，人希至其門。時有好事者載酒肴從游學。

〔一七〕遺鯉句　蘧常案：古樂府飲馬長城窟行：客從遠方來，遺我雙鯉魚。呼兒烹鯉魚，中有尺素書。長跪讀素書，書中竟何如？上有加餐食，下有長相憶。

〔一八〕班荆　蘧常案：左傳襄公二十六年：楚伍舉與聲子相善。伍舉將奔晉，聲子遇之於鄭郊，班荆相與食而言復故。杜注：班，布也，布荆坐地。

〔一九〕式微　蘧常案：見前卷二贈朱監紀四輔詩「歎式微」注。

附：同志贈言歸祚明、戴笠、王仍、潘檉章丁酉臘月八日在韭谿草堂奉懷寧人道兄聯句三十二韻

十年遭喪亂，朋好歎凋零。作客頭將白，逢人眼孰青？歲華嗟已晚，風雨不堪聽。坐對昆山玉，難呼鍾嶽靈。彦先標譽望，元歎肅儀型。攬轡心千里，空囊腹五經。野王收地志，士雅誓江汀。肝膽惟餘劍，行藏總類萍。蒼茫南斗氣，隱見少微星。霧豹文仍耀，雲鴻影自冥。有心嘗險阻，無路拔羶腥。殊俗驚鳴鏑，皇圖覽建瓴。志堅追日渴，氣邁遇風泠。荆楚淹王粲，遼東重管寧。馬蹄輕越國，鵬翼任圖溟。羨爾游何壯！憐余户獨扃。書留公路浦，跡絶子雲亭。一别稀烹鯉，相思幾落蓂。話言猶歷歷，燈火故熒熒。論史追當日，高談挾震霆。孰知胸有庫，不取説爲鈴。梁甫還成詠，燕然未勒銘。瓜期愆鞅掌，蘭杝少娉婷。翹首天邊鴈，傷心原上鴒。親朋愁帶甲，家室祝添丁。于役知良苦，言歸莫暫停。石城新卜築，吴苑舊林坰。有待瞻陵闕，重來葺户庭。梅花春繞屋，竹葉酒盈缾。此日乖河漢，思君異影形。徒然望雲樹，聊復折芳馨。各有天涯思，相期共醉醒。

濰縣 二首

【解題】

徐注：明史志地理二：山東萊州府平度州：濰，元濰州，屬益都路。洪武元年以州治北海縣省入。九年屬萊州府。十年五月降爲縣。一統志：古寒國地，漢爲平壽、下密二縣。隋省平壽入下密，又置濰水縣，尋改曰北海。又：濰縣東北有寒亭。左傳注：北海，平壽縣東。

人臣遇變時，亡或愈於死〔一〕。夏祚方中微，靡奔一人爾。二斟有遺跡，當日兵所起〔二〕。世人不達權，但拜孤山祀〔三〕。孤山在昌樂縣東十里，有伯夷廟。

【彙注】

〔一〕亡或句　原注：左傳昭二十年：亡愈於死，先諸？

〔二〕夏祚四句　徐注：日知録：夏之都本在安邑，太康畋於洛表而羿距於河，則冀之地入於羿矣。惟河之東與南爲夏所有。至后相失國，依於二斟，於是使澆用師殺斟灌（今壽光縣）以伐斟鄩（今濰縣）而相遂滅。（左傳哀元年）乃處澆於過（掖縣）以制東方；處豷於戈（杜氏注：在宋、鄭之間）以控南國。（襄四年）其時靡奔有鬲（今在德平縣），在河之東；少康奔有虞（今虞城縣），在河之南。而自河以内無不安於亂賊者矣。合魏絳、伍員二人之言，可以觀當日之形勢。而少康之所以布德兆謀者，亦難乎其爲力矣。

蘧常案：左傳襄公四年：昔有夏之方衰也，后羿因夏民以代夏政。寒浞樹之詐慝，以取其國家。靡奔有鬲氏。浞使澆用師滅斟灌及斟鄩氏。靡自有鬲氏收二國之燼以滅浞而立少康。互見卷二隆武二年八月上出狩詩「夏后」四句注。

〔三〕世人二句　徐注：崔寔政論：夫豈不美文、武之道哉！誠達權救弊之道也。　黄注：此篇以人臣遇變亡愈於死，引靡奔爲證。足見亭林恢復故國之心，隨所感而發。但不當以「達權」二字爲偷生者勸，而於死節之士，議及孤山，此亭林之失也，予安能無辯？商書曰：商其淪喪，我罔爲臣僕，詔王子出迪。又曰：自靖，人自獻于先王，我不顧行遯。此箕子告微子以去之之道也。論語稱「微子去之，箕子爲之奴，比干諫而死」，孔子曰：殷有三仁焉。曷嘗獨稱去之者而議譏死者乎？夫義當去則去，義不當去，則爲奴爲死，事各有當，而無所軒輊也。詩曰「世人不達權，但拜孤山祀」，衡之商書大義，則亭林爲失言矣。後篇謁夷齊廟云：甘餓首陽岑，不忍臣二姓，可爲百世師，風操一何勁！則又獨尊孤山。乃知亭林此詩，强於恢復之心，發爲一時奇論，而不知其有傷於義也。

蘧常案：詩皆因題立論；在濰縣則稱靡，登孤竹則稱夷、齊，義各有當，實無軒輊於其間。「但拜孤山祀」，蓋謂只知崇死節，而不知含垢忍恥，圖復舊物，尤難於一死。程嬰、公孫杵臼所謂「死易，立孤難；子彊爲其難者，吾爲其易者」，此亦持平之論，何有譏訕之意？且通權達變，即以儒術言之，亦所雅言，如廢中權，嫂溺援之以手爲權。黄說以爲奇論傷義，似過；以爲勸偷生，尤非。若靡者，豈偷生惜死之倫所可藉口哉！

我行適東方，將尋孔北海〔一〕。此地有遺風，其人已千載。英名動劉備，一爲却管亥〔二〕。後此復何人，崎嶇但荒壘〔三〕！

【彙注】

〔一〕孔北海　蘧常案：後漢書孔融傳：字文舉，魯國人。年十三，喪父，州里歸其孝。山陽張儉爲中常侍侯覽所怨，名捕儉，儉與融兄褒有舊，亡抵褒，不遇，融留舍之。事洩，并收褒、融，二人争死，融由是顯名。州郡禮命皆不就，後辟司空掾，遷虎賁中郎將。忤董卓，轉爲議郎。爲北海相。融負其高氣，志在靖難，而才疏意廣，迄無成功。及獻帝都許，徵爲將作大匠，拜太中大夫。曹操積嫌怨，遂令路粹枉狀奏融，下獄棄市。

〔二〕此地四句　徐注：世説品藻篇：庾道季云：廉頗、藺相如雖千載上死人，凛凛有生氣。後漢書孔融傳：時黄巾寇數州，而北海最爲賊衝，卓乃諷三府同舉融爲北海相。融到郡，收合士民，起兵講武。時黄巾復暴，融乃出屯都昌。爲賊管亥所圍。融逼急，乃遣東萊太史慈求救於平原相劉備。備驚曰：孔北海乃復知天下有劉備耶？即遣兵三千救之，賊乃走散。　黄注：孔融以爲父母與人無親，譬若缻器，寄存其中。見武帝宣示孔融罪狀令，載魏志崔琰傳注引魏氏春秋。此非孝之論，自融發之也。融爲管亥所圍，求救於劉備，其事何足稱道，亭林全詩，此爲最濫矣。

　　蘧常案：孔融父母無親之論，後漢書本傳亦載之，蓋出曹操軍謀祭酒路粹之枉狀。按諸融傳，生平德操，絶不相符。李賢傳注引魚豢典略云：融誅之後，人覩粹所作，無不嘉其才而忌其筆。其爲虚搆周内可知，何足爲融病。又劉備爲不相識之人而求救之，使其感激而力援，正見名德之動人，謂爲不足稱道，是非持平之論。黄注似可商。劉備，詳卷四樓桑廟詩及卷五漢三君昭烈詩各注。

〔三〕後此二句　徐注：明史忠義傳：邢國璽，長葛人。授濰縣知縣，改建石城，盡心民事。帝以修城郭，練民兵，儲糗糧，備戎器四事課天下，有司率視爲具文，惟國璽奉行如詔。上官交薦。遷户部主事。十五年，畿輔戒嚴，部檄徵山東兵入衛。國璽監督至龍岡，猝遇清兵，部卒驚懼欲竄，國璽叱止之。身先搏戰，矢刃交加，墮馬死。撫、按不奏，帝降旨嚴責，乃具聞。

贈卹如制。

藼常案：此歎繼起無人而已，似無與於邢國璽。國璽不過曾爲濰縣耳，其死難，亦無涉於濰縣。徐注善於附會，非詩旨。

衡王府

【解題】

徐注：明史諸王傳：衡恭王祐楎，憲宗第七子。弘治十二年之藩青州。嘉靖十七年薨，子莊王厚燆嗣。嘗辭禄五千石以贍宗室，宗人德之。隆慶六年薨，子康王載圭嗣。萬曆七年薨，無子，弟安王載封嗣。十四年薨，子定王翊鑊嗣。二十年薨，子常漶嗣。又志地理二：山東青州府益都，成化二十三年建衡王府。

賜履因齊國〔一〕，分枝自憲宗〔二〕。能言皆詔予〔三〕，廣斥盡疏封〔四〕。地號東秦古〔五〕，王稱叔父恭〔六〕。穿池通海氣，起榭出林容〔七〕。嶽里生秋草〔八〕，牛山見夕烽〔九〕。蛇遊宫内道〔一〇〕，鳥啄殿前松。失國非奔莒，亡王不住共〔一一〕。雍門今有歎〔一二〕，流涕一相逢。

【彙注】

〔一〕賜履句　蘧常案：左傳僖公四年：春，齊侯以諸侯之師伐楚，楚子使與師言。管仲對曰：昔召康公命我先君太公以夾輔周室，賜我先君履，東至於海，西至於河，南至於穆陵，北至於無棣。

〔二〕分枝句　蘧常案：分枝，見卷一感事詩第一首「天枝」句注。明史本紀：憲宗，諱見深，英宗長子也。天順八年正月，英宗崩，乙亥，即皇帝位，以明年爲成化元年。二十三年七月戊申，封皇子祐樿衡王。八月崩。

〔三〕能言句　原注：史記齊悼惠王世家：諸民能齊言者皆予齊王。

〔四〕廣斥句　徐注：書：海濱廣斥。明史志食貨一：明時，草場頗多，占奪民業。而爲民厲者，莫如皇莊及諸王、勳戚、中官莊田爲甚。弘治中，敕諸王輔導官，導王奏請者罪之。然當日奏獻不絶，乞請亦愈繁。徽、興、岐、衡四王，田多至七千餘頃。先生書太虛山人象象譚後：異日，大臣無不以削弱王府爲務。嗣位諸王，又皆生深宫，長婦人之手，無不廣置田莊，放情酒色，而所在又皆文具。

〔五〕東秦　徐注：晁補之北渚亭賦：山河十二，號稱東秦。

〔六〕王稱句　徐注：詩閟宫：王曰叔父。

〔七〕起榭句　蘧常案：説文解字新附：榭，臺有屋也。案：蓋取梅書太誓「惟宫室臺榭陂池侈服」孔傳，故下曰「出林容」。徐注引公羊傳宣公十六年「廟無室曰榭」，似非詩意。

〔八〕嶽里　徐注：左傳襄公二十八年：慶封反陳於嶽。注：嶽，里名。

蘧常案：孟子滕文公篇：引而置之莊、嶽之間。趙注：莊、嶽、齊街里名也。莊是街名，嶽是里名。

〔九〕牛山　徐注：貳臣傳：王鼇永至德州，同都統覺羅巴哈納、石廷柱等擊走自成餘黨。尋赴濟南，遣官分路招撫。疏言東省士民願歸，特以盜賊充斥，無由達。東華録：梅勒章京和託奏：臣等率師至山東，流賊旗鼓趙應元等詐降，入青州，殺招撫侍郎王鼇永，據其城。臣等往援，擒斬趙應元等，復青州。

蘧常案：孟子告子篇：牛山之木嘗美矣。趙注：牛山，齊之東南山也。閻若璩四書釋地續：趙氏方向少錯。今目驗，在臨菑縣南一十里。

〔一〇〕蛇遊句　原注：晉書五行志：臨淄有大蛇，長十餘丈，負二小蛇入城北門，逕從市入漢城陽景王祠中。已而齊王冏敗。

〔一一〕失國二句　徐注：貳臣傳：王鼇永同山東巡撫方大猷及登萊巡撫陳錦、沂州總兵夏成德等綏輯山東郡縣，勦餘賊。八月，疏報濟南、東昌、泰安、兖州、青州諸屬邑俱歸順。齊明德王朱由弼、衡王朱由㰘降表以聞。先生書太虛山人象象譚後：先帝中年，德、魯二王戕於敵，福、唐、鄭、襄、崇五王戕於賊。汴水決而周宗魚。藩封之難，無歲不告。先帝赫然震怒，而無所以禦之之計。不三四年，京師淪覆，天子之禍，與親王同一轍。豈不哀哉！又云：及賊騎至城，而親王之勢與齊民無異。逆賊見藩封之大，所向輒陷，而國家無如之何也，則以爲天子之都，亦將如是而已；是以直犯京師而不之忌。

蘧常案：事皆見前安平君祠題注及「可憐」句注。

〔三〕雍門　徐注：桓譚新論：雍門周以琴見孟嘗君。曰：先生鼓琴，亦能令人悲乎？雍門周引琴而鼓之，徐動宮徵，叩角羽，終而成曲。孟嘗君歔欷而就之。

督亢

【解題】徐注：今固安縣有督亢陌。劉向別録云：督亢，膏腴之地。

蘧常案：戰國策燕策：荆軻曰：誠能得樊將軍首，與燕督亢之地圖獻秦王，秦王必説見臣。

案：今河北省涿縣東南有督亢陂，又有督亢亭。

此地猶天府〔一〕，當年竟入秦。燕丹不可作〔二〕，千載自悽神。野燒村中夕，枯桑壠上春〔三〕。一歸屯占後，墟里少遺民〔四〕。

【彙注】

〔一〕天府　蘧常案：見卷一京口詩第二首「天府」句注。

〔二〕燕丹　蘧常案：見卷一寄薛開封寀詩「燕丹」注。

〔三〕枯桑句　徐注：天下郡國利病書引涿州志：土宜桑棗，桑之葉大於齊、魯。

〔四〕一歸二句　徐注：郡國利病書：國家設立屯田，有邊屯，有營屯。邊屯屯於各邊空閒之地，且耕且戰者也；營屯屯於各衛附近之所，且耕且守者也。又三河縣志：何勳戚之家，富貴已極，猶不能仰體祖宗至意，輒肆行侵占，將民間力開永業，指爲無糧地土，概奪爲己有？先生營平二州史事序：當屠殺圈占之後，人民稀少，物力衰耗。又書故總督兵部尚書孫公清屯疏後：國家之所以足食者，屯田也。承平既久，而額設之田，乃爲權豪有力者所踞，隱占侵没。潘耒廣南藩兵議：近畿之地，悉爲莊屯。圈田占房，爲民大病。

京師作

【解題】

徐注：明史地理志：京師，禹貢冀、兗、豫三州之域。永樂元年正月建北京於順天府，十九年正月，改北京爲京師。北至宣府，東至遼海，南至東明，西至阜平。

蘧常案：諸譜皆言順治十五年戊戌入都，不言季與月。考此詩前衡山府詩有云「嶽里生秋草」，詩後永平詩有云「灤河秋鴈獨飛初」，則入京當在秋初，詩亦作於此時。

嗚呼古燕京，金元遞開創〔一〕。初興靖難師，遂駐時巡仗〔二〕。制掩漢唐閎，德儷商周王〔三〕。巍巍大明門，如翬峙南向〔四〕。其陽肇圜丘，列聖凝靈貺〔五〕。其内廓乾清〔六〕，至尊儼旒纊〔七〕。繚以皇城垣〔八〕，靚深擬天上〔九〕。其旁列兩街，省寺鬱相望〔一〇〕。經營本睿裁〔一一〕，斵削命般匠〔一二〕。鼎從郟鄏卜〔一三〕，宅是成周相〔一四〕。穹然對兩京，自古無與抗〔一五〕。酆宮遜顯敞〔一六〕，未央失弘壯〔一七〕。西來大行條，連天矚崖嶂〔一八〕。東盡巫閭支，界海看滉瀁〔一九〕。居中守在夷〔二〇〕，臨秋國爲防〔二一〕。人物並浩穰〔二二〕，風流餘慨忼〔二三〕。百貨集廣馗〔二四〕，九金歸府藏〔二五〕。通州船萬艘〔二六〕，便門車千兩〔二七〕。緜延祀四六，三靈哀板蕩〔二八〕。紫塞吹胡笳〔二九〕，黄圖布氈帳〔三〇〕。獄囚圻父臣〔三一〕王洽，郊死凶門將〔三二〕滿桂。悲號煤山縊〔三三〕，泣血思陵葬〔三四〕虜酉上我先皇帝陵號曰思陵。中華竟崩淪，燔瘞久虛曠〔三五〕。宗子洎羣臣，鳶岑與黔漲〔三六〕。丁年抱國恥〔三七〕，未獲居一鄣〔三八〕。垂老入都門，有靦無繇償。足穿貧士履〔三九〕，首戴狂生盎〔四〇〕。愁同箕子過〔四一〕，悴比湘纍放〔四二〕。縱横數遺事，太息觀今曏〔四三〕。農甿苦追求，甲卒疲轉饟〔四四〕。且調入沅兵〔四五〕，更造浮海舫〔四六〕。索盜窮琅當，追亡敝箠杖〔四七〕。太陰掩心中，兩日相摩盪〔四八〕。大運有轉移〔四九〕，胡天亂無象〔五〇〕。白水筱未然〔五一〕，緑林烟已煬〔五二〕。空懷赤伏書〔五三〕，虚想雲臺狀〔五四〕。不覩二祖興〔五五〕，悍悍念安傍〔五六〕？復思塞上遊，汗漫誠何當〔五七〕。河西訪竇融，上谷尋耿況〔五八〕。聊爲舊京辭〔五九〕，投毫一吁悵。

【彙校】

〔嗚呼〕潘刻本、徐注本、曹校本作「煌煌」。

〔巍巍〕潘刻本，徐注本，孫、曹兩校本作「巍峨」。

〔睿裁〕孫託荀校本「裁」作「想」。

〔大行〕潘刻本、孫校本「大」作「太」。丕績案：江沅説文釋例云：古衹作「大」，不作「太」。由淺人以「大」爲不足盡之，因創説「太」尊於「大」。

〔守在夷〕潘刻本、徐注本、孫校本「夷」作「支」，韻目代字也。

〔吹胡笳〕潘刻本、徐注本、孫校本「吹胡」作「吟悲」。

〔泣血句〕孫校本「虜酋」作「麌蕭」，韻目代字也。潘刻本、徐注本無「虜酋上我」四字。

〔中華二句〕潘刻本、徐注本無。

〔農甿十二句〕潘刻本、徐注本無；孫校本「甿」作「眠」，「胡」作「虞」。案：字書無「眠」字，當爲

「氓」字之誤。「氓」同「甿」。

〔雲臺狀〕潘刻本、徐注本、吴校本「狀」作「仗」。丕績案：作「仗」是。杜甫詩：「飄飄雲臺仗。」

〔二祖興〕潘刻本、徐注本作「舊官儀」。

【彙注】

〔一〕嗚呼二句　詳卷二王家營詩「燕中」句注。

〔二〕初興二句　徐注：明史成祖紀：建文元年夏六月，燕山百户告變，下詔讓王。遂舉兵。自署官屬，稱其師曰「靖難」。四年六月，都城陷，即位。永樂七年春二月壬午，帝北巡。冬十一月甲戌，帝還京。十一年春二月乙丑，帝北巡。十四年秋九月癸未，帝還京。十五年春三月壬子，帝北巡。

〔三〕制掩二句　徐注：先生歷代帝王宅京記：漢高帝都長安，光武都雒陽；唐高祖都長安，以雒陽宮爲東都。又曰：湯居亳，仲丁遷于囂，河亶甲居相，祖乙遷耿，盤庚遷殷，武乙徙朝歌，文王作豐，武王宅鎬，平王東遷，居雒邑。

蘧常案：明史志輿服四：永樂十五年，作西宮於北京，凡爲屋千六百三十餘楹。十八年，建北京，凡宮殿門闕規制，悉如南京，壯麗過之。通爲屋六千三百五十楹。

〔四〕巍巍二句　徐注：詩：如翬斯飛。

蘧常案：論語泰伯篇：巍巍乎唯天爲大。明史志地理一北京注：皇城門六，正南曰大明。

〔五〕其陽二句　徐注：廣雅：圜丘，大壇，祭天也。後漢書光武紀：光武誕命，靈貺自臻。明史志禮二郊祀：永樂十八年，京都大祀殿成，規制如南京。嘉靖九年，禮臣欲於具服殿少南爲圜丘，夏言復奏曰：圜丘祀天，宜即高敞，以展對越之敬；大祀殿享帝，宜即清閟，以盡昭事之誠。二祭時義不同，則壇相去亦宜有所區別。乞於具服殿稍南爲大祀殿，而圜丘更移於前。體勢峻極，可與大祀殿等。制曰：可。於是作圜丘。是年十月，工成。明年夏，北郊及東、西郊亦以次告成。

〔六〕其內句　徐注：明史志輿服四：建北京，正北曰乾清門，內爲乾清宮，是曰正寢。其他宮殿，名號繁多，不能盡，所謂千門萬户也。

〔七〕至尊句　徐注：爾雅疏：君者，至尊之號。易：君子以莅衆用晦而明。疏：君子用此明夷之道以臨衆，冕旒垂目，黈纊塞耳。天爲清淨，民化不欺。藏明用晦，反得其明也。

〔八〕皇城垣　蘧常案：明史志地理一北京注：宮城之外爲皇城，周一十八里有奇。

〔九〕靚深　徐注：揚雄甘泉賦：稍暗暗而靚深。
蘧常案：漢書揚雄傳顏師古注：「靚」即「静」字。

〔一〇〕其旁二句　徐注：明史志輿服四：又正南曰端門；東曰廟街門，即太廟右門也；西曰社街門，即太社稷壇左門也。先生歷代帝王宅京記「幽州」引輟耕録：附宮城，南面有宿衛直廬凡四十間，夾垣内有省院臺百司官侍直廬。唐書百官志：省寺臺監十六衛，東宫五府，謂之外作。古詩十九首：兩宫遥相望。

〔一一〕經營句　徐注：書：厥既得卜則經營。周書謚法：睿，聖也。

蘧常案：明史成祖紀：永樂四年閏月壬戌，詔以明年五月建北京宫殿。分遣大臣採木於四川、湖廣、江西、浙江、山西。

〔一二〕斲削句　徐注：論衡：構架斲削，工匠之力也。張衡西京賦：命般、爾之巧匠。注：魯般。

蘧常案：孟子離婁篇：公輸子之巧，趙注：公輸子魯班，魯之巧人也。焦循正義：班與般同，般氏公輸，故稱公輸子。魯人，故又稱魯般。爾，王爾。淮南子：王爾無所錯其剞劂。

〔一三〕鼎從句　蘧常案：見卷二元日詩「卜年」句注。

〔一四〕宅是句　徐注：詩譜：召公既相宅，周公往營成周。今洛陽是也。

〔一五〕穹然二句　徐注：一統志京師：自古都會之勝，無過於此。在周爲燕召公封國，遼會同初，升爲南京，始建都焉。金爲中都。元爲大都。

蘧常案：二京，見卷一帝京篇「黄圖」句注。

〔一六〕酆宫　徐注：左傳昭公四年：康有酆宫之朝。注：酆在始平鄠縣東，有靈臺。曹植七啓：閒宫顯敞，雲屋皓旰。

〔一七〕未央句　蘧常案：見卷一金陵雜詩第三首「天居」、「規因」兩句注。

〔一八〕西來二句　徐注：輟耕録：至元四年正月，城京師以爲天下本，右擁太行。方輿紀要：直隸太行山亦曰西山，順天府西三十里。志云：太行首起河内，北至幽州。今由廣平、順德、真定、保定之西迴環至京都之北，引而東，直抵海岸，延袤二千餘里，皆太行也。畿輔通志：西山潭柘山仰天如綫，頳山四合。李流芳游西山小記：青林翠嶂，互相綴發。

蘧常案：别詳卷二贈人詩第二首「太行山」注。

〔一九〕東盡二句　徐注：周禮職方氏：東北曰幽州，其山鎮曰醫巫閭。盛京通志：醫巫閭山在廣寧城西十一里，高十餘里，周圍二百四十里。明初，尊爲北鎮醫巫閭之神。遼史地理志：醫巫閭山南去海一百三十里。

〔二〇〕守在夷　蘧常案：左傳昭公二十三年：沈尹戌曰：古者天子，守在四夷。

蘧常案：抱朴子博喻篇：滄海滉瀁。

〔二一〕臨秋句　原注：史記李將軍列傳：以臨右北平盛秋。徐注：新唐書陸贄傳：西北邊歲調河南、江淮兵，謂之防秋。

〔二二〕浩穰　徐注：漢書張敞傳：京兆典京師，長安浩穰，於三輔尤劇。

〔二三〕風流句　徐注：史記貨殖列傳：丈夫相聚游戲，悲歌忼慨。

蘧常案：此似用史記刺客列傳「荆軻爲燕太子入秦，高漸離擊筑，荆軻和而歌，爲變徵之聲，復爲羽聲忼慨」事，切燕地。徐注引貨殖列傳所云，則趙地謡俗，與此似不合。

〔二四〕百貨句　徐注：燕都游覽志：王府街東，崇文門西，亘二里許，凡珠玉寶器，以達日用微物，無不悉具。衢中列肆綦置，數行相對，俱高樓，樓設氍毹、簾幕，爲宴飲地。説文：逵，達道也，與馗同。

〔二五〕九金句　徐注：日知録財用下：以余所見有明之事，盡外庫之銀，以解户部，蓋起於末造，而非祖宗之制也。又天啓中，用操江范濟世之奏，一切外儲，盡令解京，而搜括之令從此始矣。又聞南京内庫，祖宗時所藏金銀珍寶，皆爲魏忠賢矯旨取進。先帝諭中所云「將我祖宗庫貯傳國奇珍異寶盜竊幾至一空者，不知其歸之何所」。自此搜括不已，至於加派，加派不已，至於捐助，以迄於亡。由此言之，則搜括之令，始於范濟世，成於魏忠賢，而外庫之虚，民力之匱，所由來矣。

蘧常案：漢書郊祀志：禹收九牧之金，鑄九鼎。

〔二六〕通州句　徐注：明史志食貨三倉庫：永樂中，置天津及通州左衛倉。既又設通州衛倉於張家灣。宣德中，增置北京倉及通州倉。景泰初，移武清衛諸倉於通州。

〔二七〕便門　蘧常案：明史志地理一北京注：嘉靖二十三年，築重城，門七，東之北曰東便，西之北曰西便。

〔二八〕緜延二句　蘧常案：「緜延」句，謂明之享國，見卷二十廟詩「上追」四句注。三靈，見同詩

「二三靈」句注。詩小序：板，凡伯刺厲王也。蕩，召穆公傷周室大壞也。厲王無道，天下蕩蕩無紀綱文章，故作是詩也。後漢書楊賜傳：不念板蕩之作，虺蜴之戒。案：「祀四六」，謂二百四十年。時正當萬曆中葉，張居正秉政之後。明史神宗紀贊所云「因循牽制，晏處深宮，綱紀廢弛，君臣否隔，以致潰敗決裂，不可拯救」。論者謂明之亡實亡於神宗，故以板蕩哀之也。

〔二九〕紫塞　蘧常案：見卷一感事詩第五首「紫塞」句注。

〔三〇〕黄圖　蘧常案：見卷一帝京篇「黄圖」句注。

〔三一〕獄囚句　徐注：詩：祈父，予王之爪牙。明史王洽傳：洽，字和仲，臨邑人。崇禎元年召拜工部右侍郎，擢兵部尚書。疏陳軍政十事，曰嚴債帥，脩武備，核實兵，衡將才，覈欺蔽，懲朘削，勤訓練，釐積蠹，舉異才，弭盜賊。帝並褒納。二年十月，清兵由大安口入，都城戒嚴。洽急徵四方兵入衛。督師袁崇煥，巡撫解經傳、郭之琮，總兵官祖大壽、趙率教、滿桂、侯世禄、尤世威、曹鳴雷等先後至，不能拒。帝憂甚。十一月召對廷臣。侍郎周延儒言「本兵備禦疏忽，調度乖張」，檢討項煜繼之，且曰：世宗斬一丁汝夔，將士震悚，强敵宵遁。帝頷之。遂下洽獄。明年四月，洽竟瘐死。尋論罪，復坐大辟。洽清修伉直，雅負時望。帝以廷臣玩愒，擬用重典，故於洽不少貸。厥後都城復三被兵，樞臣咸獲免。人多爲洽惜之。

〔三二〕郊死句　徐注：明史滿桂傳：滿桂，蒙古人。幼入中國，家宣府。稍長，便騎射。年及壯，始爲總旗。楊鎬四路師敗，薦小將知兵，首及桂。天啓二年，大學士孫承宗行邊，與談兵事，大奇之。及出鎮山海，即擢副總兵領中軍事。承宗幕下文武輻輳，獨用桂。桂椎魯甚，然忠勇絶倫，不好聲色，與士卒同甘苦。明年，承宗擬出關，修復寧遠。桂與崇煥協心城築，屹然成重鎮。四年二月，襲大淩河，諸部咸服。六年正月，清兵以數萬騎來攻，遠近大震。桂與崇煥死守，圍解。七年五月，解錦州圍，桂亦身被重創。明年冬十月，清兵入近畿。十一月，詔諭勤王。桂率五千騎入衛，次順義，與宣府總兵侯世禄俱戰敗，遂趨都城。帝遣官慰勞，犒萬金，令與世禄俱屯德勝門。無何，合戰，世禄兵潰，桂獨前鬭。城上發大礮佐之，誤傷桂軍。桂亦負傷，令入休甕城。旋與袁崇煥、祖大壽並召見。桂解衣示創，帝深嘉歎。十二月，復召見，賜桂酒饌，令總理關、寧將卒，營安定門外。及大壽兵東潰，乃拜桂武經略，盡統入衛諸軍，賜尚方劍，趣出師。桂曰：敵勁援寡，未可輕戰。中使趣之急，不得已，督黑雲龍、麻登雲、孫祖壽諸大將以十五日移營安定門外二里許，列栅以待。清兵自良鄉回，明日昧爽，以精騎四面蹙之。桂及祖壽戰死，雲龍、登雲被執。帝聞震悼，致祭，贈少師。有司建祠。

蘧常案：淮南子兵略：將已受斧鉞，辭而行，乃翦指爪，設明衣，鑿凶門而出。高誘注：凶門，北出門也。將軍之出，以喪禮處之，以示必死也。

〔三三〕煤山縊 蘧常案：見卷一大行皇帝哀詩題注。

〔三四〕泣血句　蘧常案：清史稿世祖本紀：順治元年五月己酉，葬故明莊烈帝后如制。别詳卷一千官詩第一首「茂陵」句注。

〔三五〕燔瘞　蘧常案：爾雅釋天：祭天曰燔柴，祭地曰瘞薶。郭璞注：燔柴，積薪燒之；瘞薶，既祭埋藏之。郝懿行義疏：燔也，柴也，二事也。燔以玉幣，柴以牲體。瘞薶亦兼牲玉而言。

〔三六〕宗子二句　徐注：「鳶岑」、「黔漲」，未詳。一統志：滇人稱山小而高者爲岑。馬援傳：仰視飛鳶跕跕墮水中。又一統志：貴州遵義府有三漲水。

蘧常案：禮記曲禮：支子不祭，祭必告於宗子。孔疏：宗子上繼祖禰，族人兄弟皆宗之。案：此謂永曆帝。漢書王莽傳「左洎前七部」注：洎，及也。小腆紀年：清順治十五年，明永曆十二年春正月戊戌朔，明桂王在滇都。孫可望之未降也，我（案：謂清）李國英駐保寧、辰、泰，阿爾津駐荆州，洪承疇以經略駐長沙，尚可喜等分駐肇慶、廣州。遇出犯湖南、川北、廣東之寇，則擊卻之，出境亦不窮追。以孫、李皆百戰之餘，地險兵悍，姑以雲、貴、川東南爲其延喘地。

〔三七〕丁年句　徐注：李陵答蘇武書：丁年奉使。

蘧常案：李善文選注：丁年，丁壯之年也。國恥，見卷一感事詩第四首「千秋」句注。

案：年譜：崇禎四年，先生十九歲，清兵圍大淩河。六年取旅順；七年入上方堡，至宣府；九年入塞；十一年又入塞；十二年陷濟南，執德王由樞；十五年陷松山、錦州、薊州，連下畿南、山東州縣。此所謂「抱國恥」。故下有未獲一鄣之恨也。

〔三八〕居一鄣　徐注：漢書張湯傳：博士狄山曰：臣固愚忠，若湯乃詐忠。上作色曰：吾使生居一郡，能無使虜入盜乎？曰：不能。居一縣？曰：不能。復曰：居一鄣間？山自度辯窮，且下吏，曰：能。

蘧常案：顏師古漢書注：鄣謂塞上要險之處，別築爲城，因置吏士而爲鄣蔽以扞寇也。

〔三九〕足穿句　原注：史記滑稽列傳：東郭先生久待詔公車，貧困飢寒，衣敝，履不完，行雪中，履有上無下，足盡踐地。

〔四〇〕首戴句　原注：後漢書逢萌傳：首戴瓦盎，哭於市，曰：新乎！新乎！

〔四一〕愁同句　徐注：史記宋微子世家：成王封箕子於朝鮮而不臣也。其後箕子朝周，過故殷墟，感宮室毁壞，生禾黍，傷之，乃作麥秀之詩。

〔四二〕悴比句　徐注：揚雄反離騷：欽弔楚之湘纍。

蘧常案：漢書揚雄傳注：李奇曰：諸不以罪死曰纍。屈原赴湘死，故曰湘纍也。

〔四三〕今曏　徐注：莊子秋水篇「證曏今故」。釋文：曏，往也。

〔四四〕農甿二句　黃注：亭林文集卷一錢糧論上曰：往在山東，見登、萊並海之人，多言穀賤，處山僻不得銀以輸官。今來關中，自鄠以西，至於岐下，則歲甚登，穀甚多，而民且相率賣其妻子。至徵糧之日，則村民畢出，謂之人市。問其長吏，則曰，一縣之鬻於軍營而請印者，歲近千人，其逃亡或自盡者，又不知凡幾也。詩曰「農甿苦追求」，可證也。文集卷六答徐甥公肅書曰：以今所覩國維人表，視昔十不得二三，而民窮財盡，又倍蓰而無算矣。而雞肋蠶叢，尚煩戎略；飛芻輓粟，豈顧民生。至有六旬老婦，七歲孤兒，挈米八升，赴營千里。于是强者鹿鋌，弱者雉經，闔門而聚哭投河，併村而張旗抗令。又蔣氏東華録卷四：順治六年五月，諭兵部：滿、漢俱屬吾民，原無二視之理，但邇來用兵，亦出於不得已，豈可苦累良民。今後兵行，不論多寡，其糧料束草，悉照部定數目支用，不得多取。詩曰「甲卒疲轉饟」，可證也。

蘧常案：左傳襄公三十一年：誅求無時。史記高祖本紀：丁壯苦軍旅，老弱罷轉饟。黄注徵引極詳，惜多涉後事。去年與本年，清於滇、黔用兵日急，誅求益苛，轉輸益苦。于洪承疇疏可見一二。清史稿洪承疇傳：十五年正月，入貴州境。承疇上疏籌軍食，言：貴州諸府州縣衛所，僅留空城。即有餘糧，兵過輒罄。聞信郡王大兵自六月初發荆州，需糧多且倍蓰。貴州山深地寒，收穫皆在九月，臣方遣吏勸諭軍民，須納今歲秋糧之半；並檄下沅州運糧儲鎮遠；又令常德道府具布囊、樱套、木架、繩索；思南、石阡諸府州縣衛所及諸土司，募夫役，具工糈，以赴軍興。

〔四五〕且調句　黄注：蔣氏東華録卷四：順治三年八月，以恭順王孔有德爲平南大將軍，與懷順王耿仲明、續順公沈志詳等往征湖廣，次定江西、贛南，由是入廣東。四年十二月，孔有德奏：臣等自岳州進兵長沙，僞撫何騰蛟、總兵王進才已遁；進兵武岡州，僞永曆僅以身遁。又遣護軍統領練國安追緝永曆於靖州，克其城，擒總兵蕭曠。姚有性趨沅州，攻克之。湖南悉平。詩曰「且調入沅兵」，可證也。

蘧常案：水經：沅水出牂牁，至長沙下雋西北入於江。「入沅兵」，似指洪承疇軍。小腆紀年：順治十五年，承疇以經略駐長沙，及孫可望降，知敵人内訌，於是承疇疏請大舉。清史稿世祖本紀：十四年十二月癸酉，命洪承疇經略五省，同羅託等取貴州。又洪承疇傳：十五年正月，命信郡王多尼爲安遠靖寇大將軍，帥師南征。於是承疇與羅託會師常德，道沅州、靖州入貴州。曰「且調」者，謂既以多尼南犯矣，又調侵沅之洪軍並進也。黄注以清攻克沅州湖南平當之，只可曰克沅、克湘，何可曰調入沅兵？似未合。

〔四六〕更造句　黄注：小腆紀年：順治十二年六月，命鄭親王世子濟度率師平海。蔣氏東華録：順治十三年四月，浙撫秦世楨以造戰船，伐宋陵樹木。又小腆紀年：順治十三年六月，施琅陳剿寇五策，二曰造小舟以圖中左。詩曰「更造浮海舫」，可證也。

蘧常案：鷺島道人海上見聞録本年三月有清福建總督李率泰攻陷閩安事。其言曰：清部院李率泰，弔集漳、泉水哨，庶子王撥披甲下船，圍羅星塔；弔集民夫，自鼓山開路，直達鎮城。十四日，滿兵水陸齊攻，前提督右鎮程佘守頂寨戰死，遂失閩安；護衛前鎮陳斌、神器鎮盧謙守羅星塔，被困無援，遂降。賜姓（案謂鄭成功）撥兵赴援，已無及矣。此圖中左之事也。曰「更」者，對攻滇、黔而言。

〔四七〕索盜二句　黄注：蔣氏東華録：順治九年十二月，諭刑部：巨盜李應試、潘文學盤踞都下，多歷年所，官兵莫敢攖鋒，今因别事發覺。審得李應試係明朝重犯，專一豢養强盜，交納官司，役使衙蠹。遠近盜賊，競輸重貲，南城舖行，盡納常例，明作威福，暗操生殺。他若崇文門一應税務，自立規則，擅抽課錢。惡姪殺人，死者家不敢訴。潘文學自充馬販，潛通賊線，挑取驃健馬贏，接濟遠近盜賊；且交通官吏，包攬不公不法之事，任意興滅。甚至文武官員，多與投刺會飲，道路側目，莫敢誰何。以上二犯，併伊子姪，俱行梟斬。又順治十二年正月，給事中李裀言：逃人一事，立法過重，株連太多，使海内無貧富，無良賤，無官民，皆惴惴焉莫保其身家。左都御史屠賴等言：年來因逃人衆多，立法不得不嚴，但逃人三次始絞，而窩主一次即斬，又將鄰右流徙，似非法之平也。竊謂逃人如有窩主者，逃人處死，即將窩主家産人口斷給逃人之主，兩鄰甲長責懲，該管官員議處；無窩主者，仍鞭一百給主。其自投歸主及窩主出首者，仍照例免議。詩曰「索盜窮琅當，追亡敝箠杖」，可證也。「敝」當作「斃」。

〔四八〕太陰二句　黄注：蔣氏東華録：順治五年十一月，加皇叔父攝政王爲皇父攝政王。又順治七年十二月，尊攝政王爲義皇帝，廟號成宗。順治八年二月，詔曰：鄭親王、巽親王等同大臣合詞奏言：太宗皇帝賓天時，臣等扶立皇上，並無欲立攝政王之議，惟伊弟豫郡王唆詞勸進。彼時皇上曾將朝政付伊與鄭親王共理。逮後獨擅威權，不令鄭親王預政，以親弟豫郡王爲輔政叔王，背誓肆行，自稱皇父攝政王；又親至皇宫院内，以爲太宗文皇帝之位原係奪立，以挾制皇上；又偪死肅親王，遂納其妃；凡批本章，概用皇父攝政王之旨，不用皇上之旨；又悖理入生母於太廟。此等情形，謹冒死奏聞，伏願重加處治。朕反覆詳思，王、大臣豈有虚言。謹告天地宗廟社稷，將伊母子併妻罷追封，撤廟享，停其恩赦。詩曰「太陰掩心中，兩日相摩盪」，可證也。

蘧常案：春秋元命苞：太陰水精爲月。明史志天文二：兩星經緯同度曰掩，光相接曰犯，亦曰凌。案：此二句，蓋信天人相應之古天文説，張衡所謂象物象官象事者。太陰掩心中，如晉書天文志云「哀帝興寧元年十月景戌，月奄太白，占曰天下靡散」，「魏甘露二年己酉，月犯心中央大星，占曰逆臣爲亂，人君憂」之類是。明史志天文二云：崇禎三年八月辛亥，月掩太白；十一年四月己酉，掩熒惑於尾。「兩日相摩盪」，見明史志天文三：崇禎十一年十一月癸亥，日中有黑子，及黑青白氣。日入時，日光摩盪，如兩日。十三年九月己巳，兩日並出，辰刻，乃合爲一，入時，又分爲二。清史稿天文志亦言：崇德七年四月庚戌，二日並出，上大下小，須臾大日消散。崇德七年，崇禎四年也。詩意蓋謂清雖窮兵病民，然天示凶徵，不復祚明。故下曰「大運有轉移，胡天亂無象」也。黄注所引，則是胡亂有象矣，上下不相應，非詩旨。

〔四九〕大運句　蘧常案：史記孟子列傳：鄒衍稱引天地剖判以來，五德轉移，治各有宜，作主運。

〔五〇〕胡天　蘧常案：岑參白雪歌送武判官歸：胡天八月即飛雪。

〔五一〕白水句　蘧常案：白水，見卷二春半詩「白水」句注。後漢書光武紀：及始起兵，還舂陵，遠望舍南，火光赫然屬天。

〔五二〕緑林句　黄注：煬，音漾。方言：煬，炙也。謂火熾猛也。言明之亡也，雖當時無光武之中興，清雖得京師，而緑林山中，如王鳳、馬武之流，乘時而起，已有反清者也。以上十二句，所舉雖非一地一時之事，然詩曰「縱横數遺事」，明明言非一地也；「太息觀令鼒」，明明言非一時也。「入沅」「浮海」，言其滅明；「農甿」「甲卒」，「索盗」「追亡」，言其失政；「太陰」「兩日」，言其宫庭。曰「天運有轉移，胡天亂無象，白水燄未然，緑林煙已煬」，則言虜運未衰，而明興無日。

蘧常案：「緑林」，見卷一大漢行「新市」句注。後漢書劉玄傳注：緑林山在今荆州當陽縣東北。

〔五三〕赤伏書　徐注：後漢書光武紀：光武先在長安時，同舍生彊華自關中奉赤伏符曰：劉秀發兵捕不道，四夷雲集龍鬭野，四七之際火爲主。

〔五四〕雲臺狀　徐注：後漢書鄧禹至馬武二十八傳總論：永平中，顯宗追感前世功臣，乃圖畫二十八將於南宫雲臺。

蘧常案：「狀」或作「仗」。汪辟疆云「仗字爲勝」，是也。應從改。孫盛魏氏春秋云：帝下雲臺鎧仗授兵。所謂雲臺仗也。徐陵爲梁貞陽侯重與王太尉書、庾信哀江南賦、杜甫八哀詩，皆用之，可證。或云如作「仗」字，則與上「遂駐時巡仗」韻複，然古人固不嫌複韻也。

〔五五〕二祖　蘧常案：「二祖」，謂太祖、成祖也。

〔五六〕悖悖　徐注：詩：憂心悖悖。

〔五七〕復思二句　徐注：淮南子道應訓：吾與汗漫期於九垓之外。　黄注：亭林初到京師，遂出薊州，歷遵化、玉田，抵永平。於京師并無留滯。故曰「復思塞上游，汗漫誠何當」。

〔五八〕河西二句　徐注：後漢書竇融傳：更始敗，梁統等計議，咸以融世任河西，爲吏人所敬向，乃推融行河西五郡大將軍事。又：河西民俗質樸，而融等政亦寬和，上下相親，晏然富殖。修兵馬，習戰射，明烽燧之警。羌胡犯塞，輒自將與諸郡相救。其後匈奴懲艾，稀復侵寇。融等遥聞光武即位而心欲東向，以河西隔遠，未能自通。又耿弇傳：弇因從光武北至薊。聞邯鄲兵方到，光武將欲南歸，召官屬計議。弇曰：今兵從南來，不可南行。漁陽太守彭寵，公之邑人；上谷太守，即弇父也。發此兩郡，控弦萬騎，邯鄲不足慮也。光武官屬腹心皆不肯。光武指弇曰：是我北道主人也。會薊中亂，光武遂南馳，官屬各分散。弇走昌平就況，因説況使寇恂東約彭寵。冬，發突騎二千匹，步兵千人，弇與景丹、寇恂及漁陽兵合軍而南。黄注：二句其意蓋欲走塞上，冀遇明之遺臣故將而與之圖謀也。無如過薊州，則「居人半霤奚，停驂聊一問」，無所遇也；道玉田，則「豈有田子春，尚守盧龍塞」，無所遇也；經永平，則「終與世疏，萬里徜徉」而已，無所遇也。此其失意，皆可於諸篇中窺之。

〔五九〕舊京辭　蘧常案：見卷二真州詩「擊楫」二句注。

薊州

【解題】

徐注：明史志地理：京師順天府領州五。薊州注：洪武初以州治漁陽縣省入。西北有盤山，東北有崆峒山。又：泃水在北，沽河在南。州北有黄崖峪、寬佃峪等關。

北上漁陽道〔一〕，陰風倍慘悽。窮魚浮淀白〔二〕，孽鳥向林低〔三〕。故壘餘安史〔四〕，居人半霤奚〔五〕。停驂聊一問〔六〕，幾日到遼西〔七〕？

【彙注】

〔一〕漁陽　徐注：先生京東考古録：薊在漁陽之西。唐書地理志：幽州范陽郡治薊。開元十八年，析治薊州。漁陽郡治漁陽。及遼，改薊爲析津縣。今人乃以漁陽爲薊，忘其本矣。

〔二〕窮魚句　徐注：梁簡文帝啓：怖鴿獲安，窮魚永樂。長安客話：水所聚曰淀。李注：張載魏都賦注：掘鯉淀在河間莫縣之西。淀者，如淵而淺也。案：唐志莫州有九十九淀。今縣境以淀名者不一地。

〔三〕孽鳥　原注：戰國策：鴈從東方來，更羸以虚發而下之，曰：此孽也。注：孽者，謂隱痛於身，如孽子也。

〔四〕故壘句　徐注：唐書柳冕傳：自安、史亂常，始有專地。謂安禄山、史思明也。北略：崇禎二年九月，清兵偪薊州。又：十五年，清兵分道入塞。十一月庚辰，薊州失守。明史劉之綸傳：明年正月，師次薊。當是時，清兵蒙古諸部號十餘萬，駐永平。諸勤王軍數萬，在薊。之綸乃與總兵馬世龍、吴自勉約，由薊趨永平，牽之無動。而自率兵八路進攻遵化。既，由石門至白草頂距遵化八里娘娘山而營。世龍、自勉不赴約。二十二日，清兵自永平趨三屯營，驍騎三萬，望見山上軍，縱擊之。之綸發礮，礮炸，軍營自亂。左右請結陣徐退，以爲後圖。之綸叱曰：毋多言！吾受國恩，死耳！嚴鼓再戰，流矢四集，之綸解印付家人歸報天子，遂死。

〔五〕霫奚　原注：舊唐書北狄傳：奚國在京師東北四千餘里，東接契丹，西至突厥，南拒白狼河，北至霫國。徐注：方輿紀要：霫亦東部種，一名白霫。唐貞觀四年，突厥亡，霫、奚、室韋等皆内附。二十八年，以白霫部爲居延州。五代史：霫與突厥同俗，保泠陘山南奥支水。宋史：靖康二年，金人劫上皇及帝於燕山，遷於霫郡，居於相府院。霫蓋爲女真所并也。又：奚亦東部種，或曰即烏桓蹋頓之後。晉永嘉以後有庫莫奚，屬鮮卑宇文部，與契丹同類而異種。其後單稱爲奚，有五姓。唐貞觀二十二年，奚帥所部皆内附，以其地爲饒樂府。萬歲通天中，奚叛附於契丹。五代初，分爲東西奚，附劉守光，復附後唐。石晉時，復附契丹，自是東西奚皆爲所并。今大寧衛境，廢，利州其故地也。

蘧常案：此以霫、奚喻滿族也。

〔六〕停驂　徐注：謝朓别范雲詩：停驂君悵望。

〔七〕遼西　徐注：明史志兵三邊防：洪武二十年，置北平都司於大寧，其地在喜峰口外，故遼西郡，遼之中京大定府也。西大同，東遼陽，南北平。馮勝破納哈出，還師城之，因置都司及營州五屯衛。二十五年，又築東勝城於河州東受降城之東，設十六衛，與大同相望。自遼以西數千里，聲勢聯絡。方輿紀要：永平府治東有遼西城。通典：盧龍縣東有遼西故城。

玉田道中

【解題】徐注：明史志地理：順天府薊州領縣四：玉田，注：州東南。東北有無終山，又有徐無山。又：東有黎河，北有浭水，東南有興州左屯衛。方輿紀要：春秋時爲山戎無終子國。漢屬右北平郡。唐萬歲通天二年，改爲玉田縣。

我行至北方，所見皆一概〔一〕。豈有田子春，尚守盧龍塞〔二〕。驅車且東之，英風宛然在。山中無父老，故宅恐荒穢〔三〕。浭水久還流，薊州志：浭水在豐潤縣西門外，凡水東流，而此獨西，故名曰還鄉河。盤山仍面内〔四〕。地道無虧崩〔五〕，天行有蒙昧〔六〕。騁目一遐觀，浩然發深慨。可憐壯遊人，不遇熙明代〔七〕。

【彙校】

〔荒穢〕京師本「穢」作「薉」。案：「薉」與「穢」同，見楚辭九歎洪興祖補注。

【彙注】

〔一〕我行二句　徐注：東華録：四月壬午，師次撫寧。癸未，次昌黎。甲申，次灤州。乙酉，次開平衛。丙戌，次玉田。又：燕京以北，居庸關内外各城及天津、真定、大同等處皆降。杜甫秦州詩：萬方聲一概。

蘧常案：清史稿世祖本紀：順治元年四月，封吴三桂爲平西王，以馬步軍一萬隸之。直趨燕京，竄匿山谷者，争還鄉里迎降，大軍所過州縣及沿邊將吏，皆開門欵附。

〔二〕豈有二句　徐注：一統志：今永平府西一百九里有盧龍鎮，土色黑，山似龍形，即古盧龍塞云。北略：己巳之役，大兵南下，有先降而兵始至者，玉田、遷安也。所最劣者，則盧龍、遷安兩令。

蘧常案：三國志魏志田疇傳：疇字子春，右北平無終人也。幽州牧劉虞署爲從事。虞爲公孫瓚所害，遂入徐無山中，躬耕以養父母。曹操伐烏桓，遣使辟疇，令將其衆爲鄉導，遂大斬獲，封疇亭侯，固讓不受。裴注：先賢行狀：太祖表論功曰：幽州始擾，胡漢交瘁，蕩析離居，靡所依懷。疇率宗人，避難於無終山，北拒盧龍，南守要害，清静隱約，耕而後食，人民化從，咸共資奉。

〔三〕驅車四句　徐注：孔稚圭北山移文：張英風於海甸。姬翼雲山集：漁陽西北之山本名四正，古有田盤先生自齊而來，棲遲此山，因名爲盤山焉。

蘧常案：此四句，承上田子春而言也。玉田之東爲徐無山，田疇所隱。三國志田疇傳云：疇得北歸，率舉宗族，他附從數百人，遂入徐無山中，營深險平敞地而居，百姓歸之，數年間至五千餘家。疇謂父老曰：諸君不以疇不肖，遠來相求，而莫相統一，恐非久安之道。願推擇其賢良者以爲之主。皆曰善。共僉推疇。疇乃爲約束，衆皆便之，北邊翕然服其威信。詩「驅車且東之」者，至徐無山下也；「英風」者，田疇之遺風也；「父老」者，田疇所告之父老也；「故宅」者，田疇所營之居也。

〔四〕盤山句　徐注：名勝志：盤山，一名盤龍山，在薊州西北二十五里，高二千仞，周百餘里。

山北數峰林立如削，曰紫蓋，曰宿猿，尤爲奇特。最高者曰上盤，頂有巨石，以指摇之，輒動。稍下者曰中盤。東行十餘里，蔚然深秀，怪石突起，曰白巖。畿輔通志：山不可登，盤而登之，曰盤山。盤有三，上盤塔，中盤寺，下盤泉。司馬相如封禪文：昆蟲闓澤，回首面内。

〔五〕地道句　蘧常案：此承上二句言之也。

〔六〕天行句　蘧常案：此謂天不祚明也，與篇首相應。

〔七〕熙明代　徐注：書：百工熙哉。又：元首明哉。

永平

【解題】徐注：明史志地理京師：永平府洪武二年改爲平灤府，四年三月，爲永平府，領州一，縣五：盧龍，注：倚。東南有陽山，西有灤河，自開平流經縣境。

流落天涯意自如，孤蹤終與世情疏〔一〕。馮驩元不曾彈鋏，關令安能强著書〔二〕。

榆塞晚花重發後〔三〕，灤河秋鴈獨飛初〔四〕。從兹一覽神州去，萬里徜徉興有餘。

【彙注】

〔一〕世情疏　徐注：王維送孟六歸襄陽詩：久與世情疏。

〔二〕馮驩二句　徐注：史記老子列傳：老子居周。久之，迺遂去。至關，關令尹喜曰：子將隱矣，彊爲我著書。案先生文集營平二州史事序：福之士人郭君造卿，在戚大將軍幕府，網羅天下書志略備；又身自行歷薊北諸邊營壘；又遣卒至塞外窮濡源，視舊大寧遺址。還，與書不合，則再造覆按，必得實乃止，作燕史數百卷，蓋十年而成，則大將軍已不及見。又以其餘日作永平志百三十卷，文雖晦澀，而一方之故，頗稱明悉。其後七十年，而炎武得遊於斯，則當屠殺圈占之後，人民稀少，物力衰耗，俗與時移，不見文字禮儀之教（蘧常案：「其後」以下四十字原以忌諱刪，今補）。求郭君之志且不可得，而其地之官長暨士大夫來言曰：府志藁已具矣，願爲成之。嗟乎！無郭君之學，而又不逢其時；以三千里外之人而論此邦士林之品第，又欲取成於數月之內，而不問其書之可傳與否，是非僕所能。

蘧常案：史記孟嘗君列傳：馮驩聞孟嘗君好客，躡屩而見之。孟嘗君置傳舍。十日，問傳舍長曰：客何所爲？答曰：馮先生甚貧，猶有一劍耳。彈其劍而歌曰：長鋏歸來乎，食無魚！孟嘗君遷之幸舍，食有魚矣。五日，又問，答曰：客復彈劍而歌曰：長鋏歸來乎，出無輿！孟嘗君遷之代舍，出入乘輿車矣。五日，復問，答曰：先生又嘗彈鋏而歌曰：長鋏歸來乎，無以爲家！戰國策作馮諼，云齊人。同志贈言黃師正奉酬寧人廣陵客舍見贈之作詩云「從來爲客不歌魚」，可相證也。

〔三〕榆塞　徐注：漢書韓安國傳：蒙恬爲秦侵胡，辟數千里，以河爲竟，累石爲城，樹榆爲塞。注：塞上種榆也。水經注：榆林塞，世又謂之榆林山，即漢書所謂榆谿舊塞者也。自谿西去，悉榆林之藪矣。明史志兵三邊防：淮安侯華雲龍言：自永平、薊州、密雲迤西二千餘里，關隘百二十九，皆置戍守。又邊略：榆木嶺關，青山口東第一關也。亦曰榆塞。有榆木川，皆塞外地，亦以多榆故名。

〔四〕灤河　徐注：一統志：源自口北東南流經遷安縣界，至盧龍合漆河，又南至樂亭縣北岳婆港分爲二：東曰葫蘆河，西曰定流河。各入於海。景泰中，葫蘆河塞，定流河獨入海。其水清碧，亦謂之緑洋溝。方輿紀要：即管子所稱卑耳溪也。

謁夷齊廟

【解題】徐注：一統志：永平府清節廟在盧龍縣西二十里孤竹故城，祀伯夷、叔齊。明洪武九年，重建於府城内東北隅，景泰中，復建於此。

言登孤竹山〔一〕，愾焉思古聖。荒祠寄山椒〔二〕，過者生恭敬。百里亦足君，未肯滑吾性〔三〕。遜國全天倫，遠行辟虐政〔四〕。甘餓首陽岑，不忍臣二姓〔五〕。可爲百世師，風操一何勁。悲哉尼父窮，每歷邦君聘。楚狂歌鳳衰，荷蕢譏擊磬。自非爲斯人，棲棲無乃佞〔六〕。我亦客諸侯，猶須善辭命〔七〕。終懷耿介心，不踐脂韋徑〔八〕。庶幾保平生，可以垂神聽〔九〕。

【彙注】

〔一〕孤竹山　徐注：方輿紀要：永平府盧龍縣洞山，在府西十五里。或以爲即古孤竹山。水經注：孤竹祠在山上，城在山側。今山陰即古孤竹城。志云：孤竹山在城西北二十里。其相近有雙子山，孤竹長君墓在焉，一名長君山；又西有馬鞭山，孤竹少君墓在焉，一名少君山；府西北二十五里又有團子山，孤竹次君墓在焉，一名次君山。皆洞山之支麓矣。

蘧常案：史記伯夷列傳：伯夷、叔齊，孤竹君之二子也。聞西伯昌善養老，盍往歸焉。及至，西伯卒，武王東伐紂。伯夷、叔齊叩馬而諫，左右欲兵之。太公曰：此義人也！扶而去之。武王已平殷亂，天下宗周，而伯夷、叔齊恥之，義不食周粟，隱於首陽山，采薇而食之，遂餓死。

〔二〕山椒　蘧常案：見前勞山歌「山椒」注。

〔三〕滑性　徐注：劉勰新論：靡麗之華，不以滑性。

〔四〕遜國二句　徐注：史記伯夷列傳：父欲立叔齊。及父卒，叔齊遜伯夷，伯夷曰：父命也。遂逃去。叔齊亦不肯立而逃之。孟子：伯夷辟紂，居北海之濱。

〔五〕甘餓二句　徐注：明一統志：首陽山在盧龍東南二十五里，即嵎山。説文：山在遼西，一名嵎夷。輿地記：首陽山在蒲州南四十五里。河南亦有首陽山。今二山皆有夷、齊冢。九域志兩從之。河南通志首陽山辨凡六，從山西通志，在蒲阪南。

蘧常案：見卷一精衛詩「西山」句注。

〔六〕楚狂四句　蘧常案：論語微子篇：楚狂接輿歌而過孔子曰：鳳兮，鳳兮！何德之衰？往者不可諫，來者猶可追。已而，已而！今之從政者殆而！憲問篇：子擊磬於衛，有荷蕢而過孔氏之門者。曰：有心哉，擊磬乎！既而曰：鄙哉，硜硜乎！莫己知也，斯已而已矣。深則厲，淺則揭。微子篇：長沮、桀溺耦而耕，夫子憮然曰：鳥獸不可與同羣，吾非斯人之徒與而誰與？憲問篇：微生畝謂孔子曰：丘，何爲是栖栖者與？無乃爲佞乎？邢昺疏：栖栖，猶遑遑也。

〔七〕我亦二句　徐注：益都孫寶侗都門送寧人先生之永平詩：海上諸侯能好客，莫愁邊路出東都。孟子：是故諸侯雖有善其辭命而至者。

〔八〕終懷二句　徐注：楚詞：堯、舜之耿介兮，既遵道而得路。日知録：讀屈子離騷之篇，乃知堯、舜之所以行出乎人者，以其耿介。同乎流俗，合乎污世，則不可與入堯、舜之道矣。楚辭：將突梯滑稽，如脂如韋，以挈楹乎？蘧常案：楚辭卜居：如脂如韋。王逸注：柔弱曲也。

〔九〕神聽　蘧常案：詩小雅伐木：神之聽之。

寄弟紓及友人江南

三首　已下屠維大淵獻

【解題】

徐注：順治十六年己亥。崑新合志：紓，字子嚴，同應第三子。少負經濟才，明亡後，隱居千墩舊廬。居喪哭過哀，目遂盲。秉性耿介。兄炎武，講學秦、晉間，屢徵不赴，紓寓書並相砥礪。甥徐乾學兄弟，勢望方隆，紓獨養高自重。華陰王弘撰稱其闇修於不見不聞之地，不愧隱君子。冒云：先生是年年四十七。

蘧常案：是年明永曆十三年，公元一六五九年。

仲尼一魯人〔一〕，棲棲去齊衛〔二〕。當其在陳時，亦設先人祭。深哉告孟言〔三〕，緬矣封防制〔四〕。而我亦何爲，遠遊及三歲〔五〕。前年北踰汶〔六〕，頃者東過薊〔七〕。三世但一身〔八〕，南瞻每揮涕。未敢廢烝嘗〔九〕，無由辨羊彘。粟從仁者求〔一〇〕，酒向鄰家貰〔一〕。庶幾儻來歆，精靈眇天際。不知自茲往，吾駕焉所稅〔二〕。世故多屯邅〔三〕，曰歸未成計〔四〕。疢如切中心〔五〕，没齒安蔬糲〔六〕。

【彙校】

〔魯人〕徐注本與各本同，均作「旅人」。

〔告孟言〕徐注本、曹校本「孟」作「夢」。丕績案：作「夢」是。

〔揮涕〕徐注本、曹校本「涕」作「淚」。

【彙注】

〔一〕仲尼句　徐注：易旅卦：旅人先笑後號咷。杜甫兩當縣吴侍御江上宅詩：仲尼甘旅人。

蘧常案：徐注本與各本同，均作「旅」，作「旅」勝，正發下句。王弼易傳：仲尼旅行，則國可知矣。

〔二〕棲棲句　蘧常案：見前謁夷齊廟詩「楚狂」四句注。史記孔子世家：魯亂，孔子適齊。齊大夫欲害孔子，孔子聞之。景公曰：吾老矣，弗能用也。孔子遂行。又適衛，或譖孔子於衛靈公，居十月，去衛。

〔三〕當其三句　原注：家語：孔子厄於陳、蔡，七日不食。子貢以所齎貨，竊犯圍而出，告糴於野人，得米一石焉。顔回、仲由炊之。子召顔回曰：疇昔，予夢見先人，豈或啓佑我哉？子炊而進飯，吾將祭焉。
蘧常案：「告孟」，各本皆同。唯徐注本作「告夢」，據原注應從徐注本。
〔四〕封防制　徐注：禮檀弓：孔子既得合葬於防，曰：吾聞之古也，墓而不墳。今某也東西南北之人也，不可以弗識也。於是封之，崇四尺。
〔五〕遠遊句　徐注：歸祚明寄懷寧人詩：故人別去已三年。冒云：自丁酉北遊，至是三年。
〔六〕前年句　蘧常案：見前酬歸祚明戴笠王仍潘檉章四子見懷詩「息足」四句注。
〔七〕頃者句　蘧常案：見前京師作詩「復思」二句注。
〔八〕三世句　原注：北史王慧龍傳：自慧龍入國，三世一身。至瓊，始有四子。
蘧常案：三世謂先生嗣祖父紹芾、嗣父同吉及己也。據顧氏譜系考，紹芾一子同吉，早卒。據年譜，先生有子詒穀，四歲而殤。故曰「一身」也。
〔九〕烝嘗　蘧常案：「烝」見卷一帝京篇「烝尚」句及卷三閏五月十日恭詣孝陵詩「烝嘗」二句注。
〔一〇〕粟從句　徐注：禮：父母既没，必求仁者之粟以祀之，此之謂禮終。
〔一一〕酒向句　徐注：史記高祖本紀：常從王媼、武負貰酒醉卧。韋昭注：貰，賒也。
〔一二〕吾駕句　蘧常案：見卷一哭顧推官咸正詩「駕所稅」注。
〔一三〕屯邅　徐注：易屯卦：屯如邅如。
〔一四〕曰歸　徐注：詩：曰歸曰歸。

〔一五〕疚如句　原注：詩：疚如疾首。

〔一六〕没齒句　徐注：論語：没齒無怨言。詩：彼疏斯粺。箋：疏，糲也，謂麤米也。南史傳昭傳：昭器服率陋，身安疏糲。

吾家有賜塋，近在尚書浦。前區百畝田，後啓重門堵〔一〕。子姓儼成行〔二〕，科名多接武〔三〕。家風萬石傳〔四〕，花竹平泉圃〔五〕。蟬聯二百祀〔六〕，魂魄猶茲土〔七〕。一旦閲滄桑，他人代爲主。痛我遊子身，中年遭薄祜〔八〕。驅車去關河，行行遠豺虎。親朋不可見，何況予同父〔九〕。碌碌想阿奴〔一〇〕，耕田故辛苦。行者歎四方，居者愁門户〔一一〕。豈爲别離哀，戮力念爾祖。

【彙校】

〔戮力〕潘刻本、徐注本、孫校本「戮」作「努」。

【彙注】

〔一〕吾家四句　徐注：蘇州府志：給事中顧濟第在崑山尚書浦。（案：顧濟見下注。）易：重門擊柝。

蘧常案：「賜塋」，見卷一十月二十日奉先妣葬於侍郎公墓之左詩題注，及「墓一區」注。

顧氏譜系考：章志賜葬崑山縣六保嗚字圩尚書浦之西。

〔二〕子姓句　徐注：周禮夏官「賜爵」注：此所賜王之子姓兄弟。疏：姓，孫也。

〔三〕科名句　徐注：禮：堂上接武。顧氏譜系考：溱，字梁卿，號小涇，正德庚午舉人，辛巳進士。濟，字舟卿，號思軒，正德丙子舉人，丁丑進士。章志，字子行，號觀海，嘉靖丙午舉人，癸丑進士。紹芳，字實甫，號學海，萬曆丙子舉人，丁丑進士。同應，字仲從，萬曆乙卯戊午副榜。紳，字遐篆，崇禎癸酉舉人。

蘧常案：科名，見前黄侍中祠詩「當代」句注。

〔四〕家風句　徐注：漢書石奮傳：奮長子建，次甲，次乙，次慶，皆以循行孝謹，官至二千石。景帝曰：石君及四子皆二千石，人臣尊寵。號奮爲萬石君。

蘧常案：世説新語文學篇：夏侯湛作周詩成，示潘安仁。安仁曰：此非徒温雅，乃别見孝悌之性。潘因此作家風詩。

〔五〕花竹句　徐注：劇談録：李德裕東都平泉山莊去洛城三十里，卉木臺榭，若造仙府。

〔六〕蟬聯句　蘧常案：左思吴都賦：蟬聯丘陵。南史王筠傳：自開闢以來，未聞爵德蟬聯，文彩相映，如王氏之盛者。案：蓋以王氏自況。

〔七〕魂魄句　原注：陸士衡贈從兄車騎詩：營魄懷兹土，精爽若飛沈。

〔八〕中年句　徐注：嵇康幽憤詩：嗟予薄祜。李注：「嗟予薄祜」下，當添入原詩「少遭不造」

句。

〔九〕同父　徐注：詩：豈無他人，不如我同父。

〔一〇〕碌碌句　蘧常案：世説新語識鑒篇：周伯仁母冬至舉酒賜三子曰：爾等并羅列吾前，復何憂。嵩曰：伯仁好乘人之弊，此非自全之道；嵩性狼抗，亦不容於世；唯阿奴碌碌，當在阿母目下耳。鄧粲晉紀：阿奴，嵩之弟周謨小字也。案：崑新合志稱先生弟紓秉性耿介，絶意仕進，故以阿奴爲況。

〔一一〕行者二句　徐注：左傳僖公二十四年：不有行者，誰扞牧圉？不有居者，誰守社稷？唐書宰相世系表：有爵，爲卿大夫世世不絶，謂之門户。

自昔遭難初，城邑遭屠割〔一〕。幾同趙卒坑〔二〕，獨此一人活。既偷須臾生，詎敢辭播越〔三〕！十年四五遷〔四〕，今復客天末。田園已侵并〔五〕，書卷亦剽奪〔六〕。尚虞陷微文，殚羅不自脱〔七〕。却喜對山川〔八〕，壯懷稍開豁。秉心在忠信，持身類迂闊〔九〕。朋友多相憐〔一〇〕，此志貫窮達。雖鄰河伯居，未肯求呴沫〔一一〕。出國每徒行〔一二〕，花時猶衣褐。以此報知交，無爲久惻怛。

【彙注】

〔一〕自昔二句　徐注：淮南子：屠割烹殺。先生從叔父穆庵府君行狀：戎馬内入，邑居殘破，昔日賦詩酌酒之地，俄爲芻牧之場矣。

〔二〕趙卒坑　蘧常案：見前卷一秋山第一首「長平」二句注。

〔三〕播越　徐注：國語：晉使梁由靡告于秦穆公曰：隱悼播越，託在草莽。

〔四〕十年句　蘧常案：十年，舉成數，謂崇禎十七年失國後順治十四年北遊前十餘年也。據元譜，崇禎十七年四月，奉母遷居常熟之唐市，一遷也；十二月，復遷居常熟之語濂涇，二遷也；順治三年十月十二日，命家人趙和等遷居，未詳何地，三遷也；（案：四年又還語濂涇，先生廬墓，不數。）五年秋，至湖上，疑至洞庭山，四遷也；十一年春，至金陵，卜居神烈山下，是五遷也。

〔五〕田園句　蘧常案：見前贈路光禄太平詩序「其壻復投豪」數句注。

〔六〕書卷句　蘧常案：歸莊送顧寧人北遊序：公子（案：指葉方恒）遣刺客戕寧人，會救得免。而叛奴之黨受公子指，糾數十人，乘間劫寧人家，盡其數世之傳以去。案：「書卷剽奪」，當在此時。

〔七〕尚虞二句　徐注：晉書刑法志：主者惟當徵文據法，以事爲斷。詩：雉罹于羅。

〔八〕却喜句　徐注：程先貞贈顧徵君亭林序：皆得周覽其名山大川，將以擬太史公之故事。

〔九〕迂闊　蘧常案：史記孟子列傳：適梁，梁惠王不果所言，則見以爲迂遠而闊於事情。

〔一〇〕朋友句　徐注：同志贈言爲顧寧人徵天下書籍啓，乃同學楊彝、顧夢麟、萬壽祺、王潢、方文、王猷定、丁雄飛、黄師正、陸圻、楊瑀、張惄、歸莊、毛騤、吴任臣、湯濩、吴炎、王錫闡、陳濟生、顧有孝、戴笠凡二十一人。

蘧常案：尚應列潘檉章，方足二十一人之數。

〔二〕雖鄰二句　徐注：莊子秋水：河伯欣然自喜。又外物：故往貸粟於監河侯。又大宗師：泉涸，魚相與處於陸，相呴以溼，相濡以沫，不如相忘於江湖。

蘧常案：似指徐氏兄弟，時方隆盛，先生無所沾染也。

〔三〕出國句　徐注：禮：大夫耆老不徒行。

蘧常案：蔣山傭殘稿答人書云：丁酉之秋，啓塗淮北，正值淫雨沂沭，下流並爲巨浸。跣行二百七十里，始得乾土，兩足爲腫。此去國徒行之一事也。

山海關

【解題】　徐注：明史志地理永平府撫寧縣注：東有山海關，洪武四年九月，置山海衛於此。方輿紀要：渝關一名臨渝，亦曰臨閭關，今名山海關，在永平府撫寧縣東百里，遼東廣寧前屯衛西七十里，舊在縣東二十里。明初魏國公徐達將兵至此，以其非控扼之要，移建於東六十里，謂之山海關。北倚崇山，南臨大海，相距不過數里，實爲險要。築城置衛，爲邊郡之咽喉，京師之保障。

冒云：此首爲吴三桂作。

芒芒碣石東〔一〕，此關自天作。粤惟中山王，經營始開拓〔二〕。東夷限重門〔三〕，幽州截垠塄〔四〕。前海彌浩渼〔五〕，後嶺橫岝崿〔六〕。紫塞爲周垣〔七〕，蒼山爲鎖鑰〔八〕。緬思皇祖時，猶然制戎索〔九〕。中葉狃康娱〔一〇〕，小有干王略〔一一〕。撫順矢初穿〔一二〕，廣寧旗已落。抱頭化貞逃，束手廷弼却〔一三〕。騣騣河以西〔一四〕，千里屯氈幕。關外修八城，指麾煩内閣孫承宗〔一五〕。楊公嗣昌築二翼，東西立羅郭〔一六〕。時稱節鎮雄，頗折氛祲惡〔一七〕。神京既顛隕，國勢靡所託。辮頭元帥降吴三桂〔一八〕，歃血夷王諾〔一九〕。自此來域中，土崩無鬭格。海燕春乳樓，塞鷹曉飛泊〔二〇〕。七廟竟爲灰〔二一〕，六州難鑄錯〔二二〕。

【彙校】

〔東夷〕潘刻本、徐注本、孫校本「夷」作「支」，韻目代字也。

〔皇祖時〕潘刻本、徐注本、孫校本作「開創初」。

〔猶然句〕孫託荀校本「戎」作「東」，潘刻本、徐注本、孫校本作「設險制東索」。「東」，韻目代字也。

〔小有〕汪校本云：「有」當作「醜」。

〔辮頭句〕潘刻本、徐注本、孫校本「辮頭」作「啓關」。又，潘刻本、徐注本、孫校本句下無自注「吴三桂」三字。

〔夷王〕潘刻本、徐注本、孫校本「夷」作「名」。

〔塞鷹句〕孫校本「塞」作「胡」；徐注本「曉」作「晚」。

〔七廟〕潘刻本作「□□」；冒校本作「宗社」。

【彙注】

〔一〕芒芒句　徐注：詩：宅殷土芒芒。傳：芒芒，大貌。方輿紀要：昌黎縣西北二十里，山勢穹而隆，頂有巨石特出，因名碣石，即禹貢導河入海處也。黄注：考漢書地理志右北平郡驪成縣：大碣石山在縣西南。又：遼西郡絫縣有碣石水。讀史方輿紀要：撫寧縣，漢驪成縣地。又：昌黎縣有絫縣城。而明史志地理：撫寧縣東有山海關。詩云「芒芒碣石東」，正與漢志「山在縣西南」、明志「縣東有山海關」相合。亭林營平二州地名記第一條記「碣石」，即引漢志；又記「驪成」一條，亦同。徐注以昌黎之碣石注之，殆誤。

蘧常案：黄注是。漢書武帝紀文穎注：碣石在遼西絫縣，此石著海旁。胡渭禹貢錐指謂驪成之山稱大碣石，則必有小碣石在，蓋即絫縣海旁之石矣。徐誤以小碣石爲大碣石也。

〔二〕粤惟二句　徐注：方輿紀要：遼、金時，以渝關爲腹裏地，故址漸湮。明初修復舊關，增置屯營，於今關城，甃以甎石，高四丈有奇，周八里有奇。月城二，水關三，門四，有池環之。東面又有夾池羅城，恃爲險固。段注：高適薊門行：漢家能用武，開拓窮異域。

蘧常案：中山王，見卷一京口詩第二首「當年」句注，及本詩題注。先生天下郡國利病書「山海關」：此關北山南海，相距十里許，爲畿東險隘，遼、薊咽喉，徐武寧王營建之力也。

〔三〕東夷句　徐注：郡國利病書：山海關諸關之城，此最高堅，東西南北四門，各設重鍵，上設樓櫓，構鋪舍以便夜巡。水門三，居東西南三隅，因勢下城中積水，以便蓄洩。石柱爲砦，設兵直役。

蘧常案：宋白續通典：渝關，天所以限戎狄也。

〔四〕幽州句　徐注：方輿紀要：傳曰：舜以東北醫無閭之地爲幽州。通典：舜分燕以北爲幽州。周禮職方：東北爲幽州。説文：垠，地垠咢也。段注：古者邊界謂之垠咢。堮者，後人增土。

〔五〕前海句　徐注：方輿紀要：自山海關以南與遼東接界皆大海也。上林賦：灝溔潢漾。玉篇：浩溔，水無際也。

〔六〕後嶺句　徐注：集韻：峉嵤，高貌。

蘧常案：宋白續通典：渝關北有兔耳山、覆舟山，山皆斗峻。案：山在北，故曰「後嶺」。

〔七〕紫塞句　徐注：班固西都賦：繚以周垣。

蘧常案：紫塞，見前卷二感事詩第五首「紫塞」句注。方輿紀要：角山在山海關北六里。有前後二山，長城枕其上，爲薊、遼二境邊界。

〔八〕蒼山句　蘧常案：五代史：渝關山皆斗絶，並海，東北有路，狹僅通車。案：續通典亦云：北行狹處，纔通一軌。此所謂爲鎖鑰也。舊注以方輿紀要所記永平府撫寧縣所屬諸山注之，非。

〔九〕緬思二句　徐注：明史外國傳：朵顔、福餘、泰寧，高皇帝所設三衛也。其地爲兀良哈，在黑龍江南，漁陽塞北，漢鮮卑、唐吐谷渾、宋契丹，皆其地也。元爲大寧路北境。高皇帝有天下，東蕃遼王、惠寧王、朵顔元帥府相率乞内附，遂即古會州地，置大寧司營州諸衛，封子權爲寧王，使鎮焉。已，數爲韃靼所鈔。洪武二十二年，置泰寧、福餘、朵顔三衛指揮使司，俾其頭目各自領其衆以爲聲援。自大寧前抵喜峰口近宣府曰朵顔，自錦、義歷廣寧至遼河曰泰寧，自黄泥窪逾瀋陽、鐵嶺至開原曰福餘。獨朵顔地險而强，久之皆叛去，犯山海關，成祖將親討之，三衛頭目皆謝罪入貢，撫納之如初。段注：左傳定公四年：啓以夏政，疆以戎索。

蘧常案：左傳杜注：索，法也。不與中國同，故自以戎法。案：通鑑魏紀文帝二年云：南謂北爲索虜。此「索」似當作如是解，故曰「制」。若爲戎法，則不得曰「制」矣。

〔一〇〕中葉句　徐注：明史外國傳：韃靼迄明世邊陲無寧，致中原盜賊蜂起。當事者狃與俺答等貢市之便，見插漢之恣於東也，謂歲捐金錢數十萬，冀苟安旦夕，且覬收之爲用，卒不得。國計愈困，邊事愈棘，朝議愈紛，明亦遂不可爲矣。韃靼地東至兀良哈，西至瓦剌。當洪、永世，國家全盛，頗受戎索，然畔服亦靡常。正統後，邊備廢弛，聲靈不振，諸部長多以雄傑之姿，恃其暴强，迭出與中夏抗，邊境之禍，遂與明終始云。

〔一一〕小有句　蘧常案：汪校云：「有」當作「醜」。亭林詩原稿，多以韻目代本字，潘鈔每隨文改正，然亦有改之未盡者，如此是也。案：汪說是也。國語周語：王猶不堪，況爾小醜乎？韋昭注：醜，類也。王者至尊，猶且不堪，況爾小人之類乎！此謂清。清史稿太祖紀：天命三年戊午二月，詔將士簡軍實，頒兵法。壬辰，上伐明，以七大恨告天，祭堂子而行。此爲清侵明之始，實明神宗萬曆四十六年也。舊注以也先、韃靼等入寇當之，非。

〔一二〕撫順句　徐注：明史神宗紀：萬曆四十六年夏四月甲辰，清兵克撫順城，千總王命印死之。庚戌，總兵官張承允帥師援撫順，敗没。閏月庚申，楊鎬爲兵部左侍郎，兼右僉都御史，經略遼東。又張臣傳：更歷四鎮，名著塞垣，爲一時良將。子承廕，勇而有謀，尤善騎射，未嘗挫衂，改鎮遼東。四十六年，我太祖高皇帝起兵拔撫順，巡撫李維翰趣承廕赴援，急率副將頗廷相、參將蒲世芳、游擊梁汝貴等諸營并發，次撫順。承廕據山險，分軍三，列營浚濠，布列火器。甫交鋒，清兵蹴之，大潰。承廕、世芳皆戰死。廷相、汝貴已潰圍出，見失主將，亦陷陣死。將士死者萬人，舉朝震駭。既而撫安、三岔兒、白家衝三堡連失，詔逮維翰。贈承廕少保左都督，立祠曰精忠。

蘧常案：明史志地理二「遼東瀋陽中衛」注：東北有撫順千户所，洪武二十一年置。所東有撫順關。

〔一三〕廣寧三句　徐注：明史熊廷弼傳：字飛百，江夏人。萬曆四十七年，楊鎬既喪師，廷議以廷弼熟邊事，擢兵部右侍郎，代鎬經略，人心復固。給事中姚宗文騰謗於朝，遂不安其位，以袁應泰代。天啓元年，瀋陽破，袁應泰死，廷臣復思廷弼。閣臣劉一燝曰：使廷弼在遼，當不至此。乃復詔起廷弼於家，而擢王化貞巡撫廣寧。化貞，諸城人。廣寧城在山隈，登山可俯瞰城内，恃三岔河爲阻。遼陽初失，遠近震驚，謂河西必不能保。化貞守孤城，時望赫然。中朝亦謂其才足倚，悉以河西事付之。六月，廷弼入朝，建三方布置策，遂進兵部尚書兼右副都御史，駐山海關，經略遼東軍務。化貞部置諸將，沿河設六營，廷弼不謂然，疏言：河窄難恃，堡小難容，今日但宜固守廣寧。自河抵廣寧，止宜多置烽堠。遼陽去廣寧三百六十里，不宜分兵防河，先爲自弱之計。化貞愠甚，而經、撫不和之議起矣。化貞爲人騃而愎，素不習兵，輕視大敵，好謾語，文武將吏進諫悉不入，與廷弼尤牴牾。妄意降敵者李永芳爲内應；信西部言，謂虎墩兔助兵四十萬，遂欲以不戰取全勝。尚書張鶴鳴深信之，所請無不允，以故廷弼不得行其志。廣寧有兵十四萬，而廷弼關上無一卒，徒擁經略虛號而已。中朝右化貞者多詆廷弼。是時，廷弼主守遼東，謂遼人不可用，西部不可恃，永芳不可信，廣寧多間諜可虞。化貞一切反之。鶴鳴亦以廣寧可慮，請敕廷弼出關。化貞且請兵六萬，一舉蕩平。廷臣集議撤廷弼。會清兵逼西平，化貞信中軍孫得功計，盡發廣寧兵畀得功及祖大壽往會祁秉忠進戰，廷弼亦檄劉渠赴援，遇清兵平陽橋。得功及參將鮑承先等先奔，鎮武、閭陽兵遂大潰。渠、秉忠戰歿沙嶺。西平守將羅一貫待援不至，與參將黑雲鶴亦戰歿。廷弼已離右屯，次閭陽，救廣寧，爲僉事韓初命所沮。時孫得功潛降於清，訛言敵已薄城，城中大亂。化貞莫知所爲。參將江朝棟掖之出，上馬，二僕徒步從，遂棄廣寧踉蹌走。與廷弼遇大凌河。化貞哭。廷弼微笑曰：六萬衆一舉蕩平，竟何如？化貞議守寧遠及前屯，廷弼曰：嘻！已晚，惟護潰民入關可耳。得功率廣寧叛將迎清兵入廣寧，化貞逃已兩日矣。五年八月，廷弼棄市，傳首九邊。魏忠賢矯旨籍没嚴追，罄資不足，姻族家俱破。長子兆珪自剄死。崇禎元年，詔免追贓。明年，大學士韓爌等言廷弼冤狀。詔許其子持首歸葬。五年，化貞始伏誅。漢書蒯通傳：常山王奉頭鼠竄，以歸漢王。後漢書隗囂傳：束手自詣。黄注：

明史：萬曆四十六年夏四月，清兵克撫順城。閏四月，清河陷。四十七年六月，開原陷。天啓元年三月，瀋陽陷，遼陽陷。二年正月，廣寧陷。自清兵入撫順，經五年之久，遭六次之兵，而廣寧乃陷。詩云「撫順矢初穿，廣寧旗已落」，當知事之先後，蓋閱五年也。

〔一四〕騣騣句　徐注：詩：載驟騣騣。方輿紀要：渝河一名獅子河，一名蒲泥河。渝關之稱，以關踞爲險也。

〔一五〕關外二句　徐注：案：明史孫承宗傳：承宗，字稚繩，高陽人。天啓二年，兵部尚書張鶴鳴懼罪出行邊，帝亦急東事，遂拜承宗兵部尚書兼東閣大學士入直辦事。會王在晉請於山海關外八里鋪築重關，承宗請親往決之。還朝，制置軍事十餘疏，面奏在晉不足任，自請督師。以原官督山海關及薊、遼、天津、登、萊諸處軍務，便宜行事。在關四年，前後修復大城九，堡四十五，練兵十一萬。分遣諸將城錦州、大、小淩河、松、杏、右屯、寧遠、覺華島諸要害，拓地四百里，開屯五千頃。立車營十二，水營五，火營二，前鋒後勁營八，造甲冑器械，弓矢礮石，渠答鹵盾之屬合數百萬。承宗復稱楊鎬、熊廷弼、王化貞之勞，請免死遣戍。朝端譁然。魏忠賢黨李蕃、崔呈秀等連疏詆之，至比之王敦、李懷光。承宗乃杜門求罷。臺省劾世龍，並及承宗，疏數十上，求去益力。又案：本傳修復大城九，詩云「八城」，蓋謂錦州、右屯、松山、杏山、大小淩河、塔山、寧遠也。又丘民仰傳：巡撫遼東，按行關外八城，駐寧遠。又職官志：内閣中極殿大學士，舊名華蓋殿；建極殿大學士，舊名謹身殿；文華殿大學士，武英殿大學士，文淵閣大學士，東閣大學士，並正五品，掌獻替可否，奉陳規誨，點檢題奏，票擬批答，以平允庶政。又以其授餐大内，常侍天子殿閣之下，避宰相之名，故名内閣。迨仁、宣朝，大學士以太子經師恩，累加至三孤，望益尊，而內閣之權日重。至世宗中葉，夏言、嚴嵩迭用事，遂赫然爲真宰相，壓制六卿矣。

〔一六〕楊公二句　徐注：郡國利病書：山海關羅城即附山海城。東，萬曆十二年建；西，崇禎十五年建。全云：亭林從不非武陵，不審其故。黄注：明史：楊嗣昌以崇禎四年移山海關，飭兵備。五年，巡撫永平、山海諸處。七年秋，總督宣大、山西軍務。則嗣昌鎮山海始終三年有奇，其築二翼，當在此時。

蘧常案：明史楊嗣昌傳：嗣昌，字文弱，武陵人。萬曆三十八年進士。累進户部郎中，歸。崇禎元年，起河南副使，加右參政，移霸州。四年，移山海關，飭兵備。五年，擢右僉都御史。七年，拜兵部右侍郎。以父憂去。九年，即家起爲兵部尚書，帝大信愛之。清兵入墻子嶺、青口山，所在列城多破。嗣昌據軍中報，請旨授方略，比下軍前，則機宜已變，進止乖違，疆事益壞。十二年五月，所撫張獻忠反穀城，羅汝才九營皆反，特旨命嗣昌督師。嗣昌雖有才，而好自用，倚襄陽爲天險，賊出不意破之。洛陽陷，益憂懼，遂不食卒。案：史言嗣昌多不理於人口，故全氏以先生不非嗣昌爲怪。王世德崇禎遺録云：楊嗣昌實心任事，廷臣所少，而才亦足以濟之。使廷臣不爲門户掣肘，未必無成。顧攻者紛紛，遂使嗣昌憂憤自經。詩云「無權無勇，職爲亂階」，其諸臣之謂乎！明史傳贊云：明季士大夫，問錢穀不知，問甲兵不知，於是嗣昌得以才顯。然迄無成功者，得非功罪淆於愛憎，機宜失於遥制故耶？亦有怨辭。先生其亦同此意歟？

〔一七〕時稱二句　徐注：明史職官志：鎮守薊州總兵官一人，駐三屯營；協守副總兵三人，東路副總兵三人，駐建昌營，管理山海關。四路分守參將十一人，曰山海關參將。又總督薊遼、保定等處兼理糧餉一員。又：天啓元年，置遼東經略，以内閣孫承宗督師經略山海關，稱樞輔。又：巡撫，崇禎二年，永平分設巡撫，兼提督山海關軍務。一統志：山海關外又有南海口關，在山海關南十里。天啓二年，增設龍武營於此。又：義院口關在縣北四十五里。又：水門寺關，義院口東第四關口也。又：界嶺口關，縣北七十里。又：箭桿嶺關在縣北界嶺口東，第一關口也。又：董家口關，縣東北七十里。又：一片石關，縣東七十里，一名九門水口，皆戍守要地。明史志兵邊防：隆慶間，總兵官戚繼光總理薊遼，任練兵事，自是薊兵以精整稱。又：初，邊政嚴明，官軍皆有定職，總兵官總鎮軍爲正兵，副總兵分領三千爲奇兵，遊擊分領三千往來防禦，爲遊兵參將，分守各路，東西爲援。兵營、堡、墩、臺，分極衝次衝，爲設軍多寡。平時走陣哨探，守燎焚荒諸事無敢惰，稍違制，輒按軍法。杜甫送楊六判官使西蕃詩：帝京氛祲滿。黄注：明史孫承宗傳：崇禎二年十二月，命承宗移鎮關門。三年正月，清已拔遵化而守之。是月四日，拔永平，八日，拔遷安，遂下灤州。分兵攻撫寧。祖可法等堅守不下。清兵遂向山海關，離三十里而營。副將官惟賢等力戰。乃還攻撫寧及昌黎，俱不下。當是時，京師道梗，承宗、祖大壽軍在東，馬世龍及四方援軍在西，承宗募死士沿海進，京師始知關城尚無恙。關西南三縣，曰撫寧、昌黎、樂亭；西北三城，曰石門、臺頭、燕河。六城東護關門，西繞永平，皆近關要地。承宗飭諸城嚴守，而遣將戍開平，復建昌，聲援始接。方京師戒嚴，天下勤王兵先後至者二十萬，皆壁於薊門及近畿，莫利先進。詔旨屢督趣，諸將亦時戰攻，莫能克復。世龍請先復遵化，承宗曰：不然。遵化在北，易取而難守，不如姑留之，以分其勢，而先圖灤。今當多爲聲勢，示欲圖遵之狀以牽之。諸鎮赴豐潤、開平，聯關兵以圖灤，得灤則以開平兵守之，而騎兵決戰以圖永，得灤、永，則關、永合，而取遵易易矣。議既定，乃令東西諸營並進，親詣撫寧以督之。五月十日，大壽及張春、丘禾嘉諸軍先抵灤城下，世龍及尤世祿、吳自勉、楊麒、王承恩繼至，越二日克之；而副將王維城等亦入遷安。清兵守永平者盡撤而北還。承宗遂入永平。十六日，諸將謝尚政等亦入遵化，四城俱復。詩云「時稱節鎮雄，頗折氛祲惡」，蓋指此役也。徐注引明史職官志天啓元年置遼東經略，引一統志天啓二年增設龍武營，又引明史兵志隆慶間總兵官戚繼光總理薊遼，任練兵事以釋之，則與詩所謂「時」者不符，所謂「折」者無證，非詩意也。明史叙承宗在關四年，前後修復大城九、堡四十五，其事在天啓五年之後。徐注之誤，乃在引天啓二年事，更遠引隆慶間事，所謂與時不符也。承宗收復四城，大挫清兵，其事在化貞逃、廷弼卻之後，詩意甚明，何緣而涉及隆慶間之戚繼光，此徐注之宜正也。明史「楊嗣昌以崇禎四年移山海關，飭兵備。五年巡撫永平、山海諸處」云云，是在承宗之後。

據明史莊烈帝紀，四城收復後，清兵不犯關者四年。是嗣昌繼承宗後而「頗折氛祲」之證也。

〔一八〕辮頭句　蘧常案：史記西南夷列傳：巂、昆明皆編髮。正義云：編，步典反。則「編」即「辮」也。胡三省通鑑魏紀注：索虜者，以北人辮髮，謂之索頭也。宇文懋昭大金國志：金俗編髮垂肩。清其後裔，初號後金，仍沿其俗。吴三桂以明總兵降清，故稱之「辮頭元帥」。清史稿吴三桂傳：三桂字長伯，江南高郵人。以武舉承父蔭，授都督指揮，擢總兵，守寧遠。順治元年，李自成自西安東犯，莊烈帝封三桂平西伯，徵入關。自成破明都，三桂還保山海關，上書睿親王乞師，屢戰皆勝。自成走山西，授三桂平西王。大軍西討自成，三桂從，自成走死。出鎮錦州、漢中。十八年，執由榔殺之，明亡。捷聞，詔進親王，並命兼轄貴州。康熙五年，三桂初以開關迎師，位望出諸降將右，功最高，洪承疇請以三桂世鎮雲南。是時，尚可喜鎮廣東，耿精忠鎮福建，與三桂並稱三藩。十二年，聖祖察三藩分鎮擅兵爲國患，命移藩，三桂遂舉兵反，自號周王。兵興六年，地日蹙，援日寡，思竊號自娱，以十七年三月稱帝，八月病死。其孫世璠稱帝，二十年自殺。

〔一九〕歃血句　徐注：北略吴三桂請兵始末：甲申二月，封平南伯，徵兵入援，三桂不即行。二十日抵豐潤，京師陷矣。三桂聞變，頓兵山海關。自成遣叛將唐通、白廣恩犒以銀幣，齎其父襄手書招之。三桂受金幣，聞愛妾陳沅爲所掠，乃大憤，乞兵於清。時洪承疇與三桂舅祖大壽皆降仕用事，求發兵助中國。三桂又自潛詣大營，承疇、大壽即引見九王。三桂薙髮稱臣，以白馬烏牛祭天地，歃血折箭，定盟起師。先是，三桂受賊犒而襲殺守關兵殆盡。自成前鋒四萬與三桂十三戰，勝負相當。四月十七，自成率衆至永平薄三桂營，拔之，進圍山海城數匝；復分兵從關西一片石出口東突外城，逼關内。三桂不能敵。九王度勢已急，統大兵馳至。英王、豫王左右翼，統二萬騎從東西水關入。關内兵悉薙髮，不及薙者縛白布三條爲別。十九日，九王爲後隊，三桂爲前鋒，與自成戰，日暮，罷。二十日，復合。王遣鐵騎繞出吴兵之右，急擊賊，賊大敗走。令三桂西追賊。

〔二〇〕自此四句　徐注：史記主父偃列傳：徐樂曰：臣聞天下之患在於土崩，不在於瓦解。黄注：此詩云「海燕春乳樓，塞鷹曉飛泊」，則此詩作於己亥春間也。是年二月，明桂王出奔至緬甸，明之國土，清將全而有之。惟朱成功尚駐軍廈門，張煌言尚駐軍舟山耳。詩曰「自此來域中，土崩無鬬格」，非餒也，蓋痛也。

〔二一〕七廟句　徐注：史記秦始皇本紀贊：一夫作難而七廟隳。杜甫送從弟亞赴河西判官詩：宗廟尚爲灰。明季實録：至十九日，旋兵入京，燒毁九門及宫殿，皆成灰燼而去。

〔二二〕六州句　原注：通鑑：羅紹威召朱全忠盡殺魏博牙軍，雖去其逼，而魏兵自是衰弱。紹威悔之，謂人曰：合六州四十三縣鐵，不能爲此錯也。注：錯，鑢也，又誤也。羅以殺牙軍之誤，取鑄錯爲喻。

望夫石 在永平府

【解題】

徐注：方輿紀要：撫寧縣角山，下分注：山海關東八里海中有望夫石，俗名姜女墳。

威遠臺前春草萋〔一〕，望夫岡畔夜烏啼〔二〕。九枝白日扶桑上，萬疊蒼山大海西〔三〕。國是祇憑三寸舌〔四〕，老謀終惜一丸泥〔五〕。愁心欲共秦貞女，目斷天涯路轉迷〔六〕。

【彙校】

〔扶桑上〕徐注本、曹校本「上」作「下」。

【彙注】

〔一〕威遠臺　徐注：一統志：歡喜嶺在寧遠州西一百九十里，山海關東三里許。驛路所經，又名悽惶嶺。上有威遠臺。

〔二〕夜烏啼　徐注：唐書禮樂志：烏夜啼，宋臨川王義慶所作也。

蘧常案：樂府詩集：烏夜啼者，宋彭城王義康、江州刺史衡陽王義季有罪同囚，文帝宥之。使未達潯陽，衡陽家人扣二王所囚院曰：昨夜烏夜啼，官當有赦。少頃，使至。與唐志言義慶不同，然皆於此無當。此不過言烏鳥夜啼，景物淒清而已。與上句「春草萋」作對，其意甚明。徐注附會。

〔三〕九枝二句　原注：山海經：陽谷上有扶桑，十日所浴，居水中，有大木，九日居下枝，一日居上枝。

蘧常案：「白日」似謂永曆；「扶桑上」，似謂其位尊；「蒼山大海西」，似謂其由滇入緬。明史志地理七雲南大理府太和注：西有點蒼山，東有洱海。元史地理志：點蒼山周四百里。簡稱蒼山，吴偉業贈蒼雪詩：洱水與蒼山。據小腆紀年：十五年冬十月，清以信郡王鐸尼爲安遠靖寇大將軍，總統三路入黔，吴三桂與會師平越府之楊老堡，刻期進兵。十二月，明李定國拒戰於炎遮河，馮雙禮、白文選分守七星關與雞公背，皆敗績。丁丑，明桂王出奔。十六年正月，清兵取明滇都。二月，明白文選敗績於大理之玉龍關，桂王奔騰越。明李定國復敗於永昌之磨盤山。桂王自騰越出奔，入緬甸。

〔四〕國是句　原注：新序：楚莊王問於孫叔敖曰：寡人未得所以爲國是也。孫叔敖曰：國之有是，衆非之所惡也。臣恐王之不能定也。徐注：史記留侯世家：今吾以三寸舌爲帝者師，封萬户，位列侯，此布衣之極，於良足矣。

蘧常案：「但憑三寸舌」，即史記蘇秦列傳所云「釋本而事口舌」之謂，似非張良語意。

此當指永曆出奔前諸臣爭論事。小腆紀年云：十二月，李定國炎遮河敗後，微服還滇，請王出幸。丙子，王召諸臣議之。劉文秀之部將陳建舉文秀遺表，請王幸蜀。太僕寺正卿辜延泰亦請幸蜀，開荒屯練。中書金公趾極言入蜀之不利。定國曰：蕞爾建昌（案：在四川，爲劉文秀前駐地），何當十萬人之至！不如入湖南之峒，烏車里、里角諸蠻不相統攝，我今臨之，必無所拒。安蹕峒内，諸將護禦於峒口，勝則六詔復爲我有，不勝則入交趾，召針羅諸船，航海至厦門，與延平王合師進討。難之者曰：清兵乘勝踰黄草壩，則臨沅、廣南道路中斷，且喪敗之餘，焉能整兵以迎方張之敵乎？沐天波曰：自迤西達緬甸，其地糧糗可資。且出邊則荒遠無際，萬一追勢稍緩，據大理兩關之險，猶不失爲蒙段也。馬吉翔、李國泰咸是天波議，定國不敢爭，而泣請留太子督師，以牽制緬甸，王猶豫不忍。定國謂天波曰：公其努力，願無後悔而追憶予言也。明日發滇都。

〔五〕老謀句　原注：晉語：郤叔虎曰：既無老謀而又無壯事，何以事君？　徐注：東觀漢記：隗囂將王元説囂背漢曰：元請一丸泥，爲大王東封函谷關。

蘧常案：「老謀」似謂劉文秀。客溪樵隱求野録云：永曆十二年戊戌四月，蜀王劉文秀薨。文秀之追可望至貴陽也，盡收其潰兵可三萬人，練以備邊，漸有成局矣，而晉王請召之還。文秀以正月還滇，抑鬱不自得，至是病革，上遺表曰：臣精兵三萬人在黎、雅、建、越之間，嘗窖金二十萬，臣將郝承裔知之。臣死之後，若有倉猝，臣妻操盤匜以待，臣子御羈靮以備，請駕幸蜀。以十三家之兵出營陝、洛，庶幾轉敗爲功也。此表即小腆紀年所云其部將陳建所舉者。「終惜」云云者，惜其不能用以自固也。出營陝、洛，與先生形勢論「取天下者必居天下之上游，而後可以制人」之説合，宜其以爲老謀也。

〔六〕愁心二句　徐注：一統志：貞女祠在寧遠州西南中前所城西二十五里，祀秦貞婦許孟姜。

蘧常案：望夫石一名姜女墳，詩故云然。不必牽涉在遠之姜女祠也。姜女望其夫，先生則借以望其君，故曰「愁心欲共」也。「天涯」指緬甸。

昌黎

【解題】

徐注：明史志地理永平府昌黎注：府東南，西北有碣石山，東南有溟水，亦曰七里海，有黑陽河，自天津達縣之海道也。北有界嶺口、箭桿嶺等關。先生京東考古録辨昌黎有五。此則漢書「遼西郡之縣，渝水下流，當海口」之昌黎也。

彈丸餘小邑〔一〕，固守作東藩〔二〕。列郡誰能比〔三〕？雄關賴此存〔四〕。霜槎春砦出，風葉夜旗翻。欲問嬰城事〔五〕，聲吞不敢言〔六〕。

【彙注】

〔一〕彈丸句　徐注：庾信哀江南賦：地惟黑子，城猶彈丸。

〔二〕固守句　徐注：北略：崇禎二年，清兵至昌黎。邑令左應選初涖任，膽略過人。聞報，登城周望，諭百姓勿恐，數日當自退。即閉城治火藥。兵至，列藥於城，俟攻時始發，止及百步外，亦不納礮中。臨敵，燃火散下，須臾，即火星飛墜，兵衆俱傷，乃退。明史孫承宗傳：清兵乃還攻撫寧及昌黎，俱不下。漢書中山靖王傳：位雖卑也，得爲東藩。

〔三〕列郡句　徐注：北略：己巳之役，大兵所向，有兵未至而城先空者，良鄉、涿州、香河、固安、張灣也；有城空而兵不入者，霸州、三屯也；有先降而兵始至者，玉田、遷安也；有兵將先降而守臣不知者，遵化、永平也；有虛守而兵不犯者，昌平、薊州也；有降而兵過不取者，順義也；有兵留而不攻者，房山也；有兵至而順，兵去而守，以援至免者，樂亭、撫寧也。向使各城盡如寶坻令史應聘、永清令王象雲、昌黎令左應選，何至一朝同歸於盡？

〔四〕雄關句　蘧常案：見前山海關詩「時稱」二句注。

〔五〕嬰城事　徐注：先生拽梯郎君祠記：余過昌黎，其東門有拽梯郎君祠。云方東兵之入遵化，薄京師，下永平而攻昌黎也，俘掠人民以萬計，驅使之如牛馬。是時，昌黎知縣左應選與其士民嬰城固守，而敵攻東門甚急，是人者，爲敵舁雲梯至城下。登者數人，將上矣，乃拽而覆之。其帥磔諸城下。積六日，不拔，引兵退，城得以全。事聞，天子立擢昌黎知縣爲山東按察使僉事，丞以下遷職有差。又四年，武陵楊公嗣昌以巡撫至，具疏上請，邑之士大夫，皆蒙褒叙。民兵死者三十六人，立祠祀之。而楊公曰：是搜梯者，雖不知其名，亦百夫之特。乃請旨封爲搜梯郎君，爲之立祠。嗚呼！吾見今日亡城覆軍之下，其被俘者，雖以貴介之子，弦誦之士，且爲之刈薪芻、拾馬矢，不堪其苦而死於道路之間者，何限也，而郎君獨以其事著。漢書蒯通傳：則邊地皆將嬰城固守。

蘧常案：王先謙漢書補注：嬰城固守，謂繞城守禦。案：釋嬰爲繞，是。荀子議兵篇：是猶使處女嬰寶珠。楊倞注：繫於頸也。繫有繞義。

〔六〕聲吞句　徐注：鮑照行路難詩：心非木石豈無感，吞聲躑躅不敢言。

三屯營

【解題】

徐注：明史志職官：鎮守薊州總兵官一人，隆慶二年改爲總理練兵事務兼鎮守，駐三屯營；協守副總兵三人，分駐中路副總兵，萬曆四年改設，駐三屯營，帶管馬蘭峪、松棚峪、喜峰口、大平寨四路。方輿紀要：遷安縣三屯營在縣西北百二十里景山之北，城周四里。一統志：順天府三屯營在遵化州東六十里。有城，周四里。東南至遷安縣治一百二十里。

三屯山勢鬱峥嶸，少保當年此建旌〔一〕。名似北平臨宿將〔二〕，制如河上築降城〔三〕。忠祠日落來山鬼，武庫苔封蝕禁兵〔四〕。三忠祠在城南山上，城西小門内有神器庫。一望幽燕人物盡〔五〕，頹垣荒草不勝情。

【彙注】

〔一〕少保句　徐注：明史戚繼光傳：繼光，字元敬，世登州衛指揮僉事。嘉靖中嗣職，備倭山東，改浙江。「戚家軍」名聞天下。浙東平，閩中告急，繼光勦之，閩宿寇幾盡。上功繼光首，代俞大猷爲總兵。隆慶二年五月，命以都督同知總理薊州、昌平、保定三鎮練兵事，總兵官以下，悉受節制。至鎮，上疏言：薊門之兵，雖多亦少，其原有七。七害不除，邊備曷修？而又有士卒不練之失六，雖練無益之弊四。兵部言專任繼光，乃命繼光爲總兵官，鎮守薊州、永平、山海諸處。寇入青山口，拒却之。繼光上言建敵臺，立車營。募浙人爲一軍，用倡勇敢。節制精明，器械犀利。薊門軍容遂爲諸邊冠。二寇不敢犯薊門。繼光在鎮十六年，邊備修飭，薊門晏然。繼之者踵其成法，數十年得無事。卒贈少保。

〔二〕名似句　徐注：漢書李廣傳：上乃召拜廣爲右北平太守。明史志兵三邊防：洪武二年，命大將軍徐達等備北平邊，諭令各上方略。十五年，又於北平都司所轄關隘二百，以各衛卒守戍。建文元年，文皇起兵，改北平行都司爲大寧都司，徙之保定。史記魏公子傳：晉鄙嚄唶宿將。

　　蘧常案：此句似全用漢書李廣傳語。「臨」，用武帝報廣曰「以臨右北平盛秋」之「臨」；「宿將」，則用霸陵尉呵止廣，廣騎曰「故李將軍也」語。徐注引明史兵志，非。

〔三〕制如句　徐注：舊唐書張仁愿傳：於河北築三受降城。

　　蘧常案：此當指繼光建敵臺事。明史戚繼光傳：自嘉靖以來，邊墻雖修，墩臺未建。繼光巡行塞上，議建敵臺，略言：薊鎮邊垣，延袤二千里，一瑕則百堅皆瑕，比來歲修歲圮，徒費無益。請跨墻爲臺，睥睨四達，臺高五丈，虚中爲三層，臺宿百人，鎧仗糗糧具備。令戍卒畫地受工，先建千二百座。隆慶五年秋，臺功成，精堅雄壯，二千里聲勢始接。萬曆二年，增建敵臺。先生昌平山水記：臺之東西，因山爲城，參差曲折，千里不絶。其衝處則建空心敵臺，高或三四丈，廣或十四五丈。凡衝處，或因五十步一臺，緩處或二百步一臺。每臺百總一人，主殺敵，臺頭副二人，主輜重。五臺一把總，十臺一千總。每一二里鈴柝相聞，爲一墩。每墩軍五人，主瞭望。每路傳烽官一人。有警舉烽，左右分傳，數百里皆見，應速而備豫，故鮮亡失。大抵皆戚少保繼光之遺畫也。

〔四〕忠祠二句　徐注：一統志：永平府三忠祠在遷安縣西北景忠山上，祀諸葛忠武侯、岳忠武、文信國。離騷九歌山鬼王逸注：莊子曰：山有夔。淮南子曰：山出嘄陽，楚人所祠。豈類此乎？

蘧常案：王筠巡城詩：禁兵連武庫。

〔五〕幽燕　徐注：輿地廣記：舜十二州曰幽。武王封召公奭於燕，都此。秦滅燕，以爲上谷郡。漢高帝封立燕國，東漢建武中，并入上谷郡。永平八年，復立爲郡，兼立幽州。魏、晉爲燕國。元魏立幽州及燕郡。唐武德元年爲幽州，天寶元年曰范陽郡。耶律德光升幽州爲南京，亦曰燕京。方輿紀要：自漢以後，幽、燕皆爲巨鎮。

恭謁天壽山十三陵

【解題】徐注：畿輔通志山川考：天壽山在順天府北百里外昌平州東北，千峰圭挺，萬嶂螺分，蜿蜒若游龍鼓濤，開閃如翥鳳淩漢，天然異秀，人境特雄。舊名東山，成祖閱陵時稱觴於此，因名天壽。先生昌平山水記：永樂五年七月，皇后徐氏崩，上命禮部尚書趙羾等往擇地，得吉壤於昌平縣東黄土山。及車駕臨視，封其山爲天壽山。以七年正月己卯作長陵。自是列聖因之，皆兆於長陵之左右而同爲一域焉。

蘧常案：十三陵，見卷一金陵雜詩第二首「遥祭」句注。

成祖昔定都〔一〕，乃省兹山陽。羣山自天來，勢若蛟龍翔〔二〕。東趾據盧龍〔三〕，西脊馳太行〔四〕。後尻坐黄花，前面臨神京〔五〕。中有萬年宅，名曰康家莊〔六〕。可容百萬人，豁然開明堂〔七〕。維時將作臣，奉旨趨傍傍〔八〕。盛德比霸杜〔九〕，宏規軼瀍邙〔一〇〕。雷電驅玄冥〔一一〕，白雲升帝鄉〔一二〕。三光墜榆木，窮北回輼輬〔一三〕。駊騀金粟堆〔一四〕，寂寞橋山藏〔一五〕。右獻左次景，裕茂迤西旁。泰陵在茂西，稍折南維康。永陵在東南，規模特恢張〔一六〕。碶石爲元堳，丹青焕雕梁〔一七〕。昭近九龍池〔一八〕，定依昭左方。其制亦如永，工麗踰孝長〔一九〕。慶居獻西隅〔二〇〕，德奠永東岡〔二一〕。環山數十里，松柏參天蒼。列宗每駕朝，百執恒趨蹌。一年祭三舉，侍從來班揚〔二二〕。詩追安世歌，典與郊禘光〔二三〕。自傷下土臣，不睹昭代章。天禍降宗國〔二四〕，滅我聖哲王〔二五〕。渴葬池水南，靈宫迫妃殤。上無寶城制，周帀唯甎墻〔二六〕。下有中涓墳〔二七〕，陪葬義所當。殿上立三主，竝列田娘娘〔二八〕。問此何代禮？哽咽不可詳。麥飯提一簞，棗榛提一筐〔二九〕。村酒與山蔬，一一自攜將。下階拜稽首，出涕雙浪浪。主祭非曾孫〔三〇〕，降假非宗祊〔三一〕。重上諸陵間，裴回復彷徨。茂陵樹千株，獨立不受戕。門闔尚完具，上頭安御牀〔三二〕。自康以接慶〔三三〕，小樹多榆枋。殿樓盡黄瓦〔三四〕，逶迤各相望。康昭二明樓，竝遭劫火亡〔三五〕。定陵毁大殿，以及東西廊〔三六〕。餘陵半無門，累髐仍支宗〔三七〕。尚存宰牲亭〔三八〕，暨外諸監房。石人十有二，袍笏兼戎裝。六獸柱則四，制與鍾山亢。跨以七孔橋，崎以白石坊。仁宗所製碑，酋崒當中央〔三九〕。行宮已頹壞，御路徒荒涼〔四〇〕。每陵二太監，猶自稱司香〔四一〕。人給地數晦，把耒耕山場。春秋祭碑下〔四二〕，共用一豕羊。皆云胡騎來，斫伐尤狓猖〔四三〕。井力與之争，僅得保界疆。有盜貴妃冢〔四四〕，首從竿以槍〔四五〕。於時姦宄民，瞿然始懲創〔四六〕。繞陵凡六口，六口各有兵〔四七〕。一陵立一衛，衛設屯與倉〔四八〕。居庸有總兵〔四九〕，昌平有侍郎〔五〇〕。一朝盡散迸，無復陵京防〔五一〕。燕山自峩峩〔五二〕，沙河自湯湯〔五三〕。皇天自高高，后土自芒芒〔五四〕。下痛萬赤子，上呼十四皇〔五五〕。哭帝帝不聞，籲天天無常〔五六〕。幽都蹲土伯〔五七〕，九關飛虎倀〔五八〕。日月相蝕虧，列宿爲參商〔五九〕。自古有殂落，劇哉哀姚黄〔六〇〕。從臣去鼎湖〔六一〕，二妃沈江湘〔六二〕。倉皇一抔土，十五零秋霜〔六三〕。天運未可億〔六四〕，天心未可量。仲華復西京〔六五〕，崔損修中唐〔六六〕。誰能寄此詩，雅頌同洋洋〔六七〕！

【彙校】

〔踰孝長〕徐注本，汪、曹兩校本「踰」作「於」。

〔浪浪〕徐注本、曹校本作「淚浪」。

〔胡騎〕潘刻本、徐注本、孫校本「胡」作「牧」。

〔狓猖〕潘刻本，徐注本，孫、汪、曹三校本「狓」作「披」。

〔首從〕潘刻本，徐注本，孫、曹兩校本「首從」作「斬首」。

〔十四皇〕潘刻本「四皇」作「□□」；冒校本「四」作「三」。

〔哭帝帝〕潘刻本作「□□□」。

〔土伯〕潘刻本「土」作「□」。

〔天運〕潘刻本「運」作「□」，冒校本作「心」。

〔天心〕潘刻本「天」作「□」；冒校本作「人」。

〔復西京〕潘刻本「復」作「□」；冒校本作「謁」。

【彙注】

〔一〕成祖句　蘧常案：明史本紀：成祖諱棣，太祖第四子也。洪武三年，封燕王，十三年，之藩北平。建文元年，舉兵，稱其師曰「靖難」。四年六月，都城陷，即皇帝位。明年，爲永樂元年。二十二年三月，親征阿魯台，六月，班師，至榆木川崩。定都，見卷一帝京篇「黄圖」句注。

〔二〕羣山二句　徐注：郡國利病書：太行崛起西南，以趨東北，蜿蜒逶迤，倏忽騰踔，如屏擁，如襟抱，一千里而大會於碣石。形家以爲盡龍，占者以爲王氣。

〔三〕盧龍　蘧常案：見前玉田道中詩「豈有」二句注。

〔四〕西脊句　徐注：昌平山水記：陵西南數十里爲京師西山。括地志：大行山又東北連直河北諸州，凡數千里，爲天下之脊。

〔五〕後尻二句　徐注：昌平山水記：州北八十里爲黄花鎮，城三門，直天壽山之後，爲長陵、永陵，爲京師北門，當居庸、古北二關之中，而北連四海冶。昔人所謂擁護山陵，勢若肩背者也。其水曰黄花鎮川河。

蘧常案：楚辭天問：崑崙縣圃，其尻安在？王逸注：尻，脊骨盡處。以山至高，其下必有託根之所也。

〔六〕中有二句　徐注：昌平山水記：陵故爲康家莊。長陵之東百餘步，有土一丘，康老葬焉。

〔七〕明堂　徐注：汲冢周書：南方曰明堂。瞿佑葬書：明堂爲砂石美惡之綱。

〔八〕維時二句　徐注：史記景帝本紀：更名將作少府爲將作大匠。詩：王事傍傍。

〔九〕霸杜　徐注：漢書文帝紀：葬霸陵。宣帝紀：葬杜陵。

〔一〇〕瀍邙　蘧常案：水經：瀍水出河南穀城縣北。酈道元注：縣北有𣋊亭，瀍水出其北梓澤中。澤北對原阜，即裴氏墓塋所在；水西南有帛仲理墓。邙，見卷二淮東詩「有金」句注。

〔一一〕雷電句　蘧常案：禮月令：孟冬之月，其神玄冥。鄭注：水官之臣。此云「雷電驅玄冥」，似指成祖親征阿魯台事。阿魯台從元主本雅失里居漠北，故以「玄冥」爲喻。明史成祖紀：永樂二十二年正月，阿魯台犯大同、開平，詔羣臣議北征。三月，諭諸將親征。四月，發京師。六月，前鋒至答蘭納木兒河，不見敵，命張輔等窮搜山谷三百里，無所得，班師。

〔一二〕白雲句　蘧常案：見前卷一大行皇帝哀詩「白雲乘」注。案：此謂永樂之死，下乃言其地。

〔一三〕三光二句　徐注：文天祥正氣歌：傳車送窮北。史記秦始皇本紀：恐諸公子及天下有變，乃祕之，不發喪，棺載轀輬車中。明史成祖紀：二十二年，六月甲子，班師。七月己丑，至蒼崖戍，不豫。庚寅，至榆木川，大漸，遺詔傳位皇太子。辛卯，崩，年六十五。太監馬雲密與大學士楊榮、金幼孜謀，以六軍在外，祕不發喪，鎔錫爲椑以斂，載以龍轝，所至朝夕上膳如常儀。壬辰，馳訃皇太子。即日，遣太孫奉迎於開平。己酉，次雕鶚谷，皇太孫至軍中發喪。壬子，及郊，皇太子迎入仁智殿，加殮納梓宫。

蘧常案：三光，見卷二十廟詩「神奉」四句注。

〔一四〕駛騀句　原注：楊雄甘泉賦：崇丘陵之駛騀兮。師古注曰：高大之狀。

蘧常案：舊唐書玄宗紀：親拜五陵。至睿宗橋陵，見金粟山岡有龍盤虎踞之勢，謂侍臣曰：吾千秋萬歲後葬此。新唐書：玄宗泰陵在奉先縣東北三十里金粟山。案：杜甫觀曹將軍畫馬歌云「君不見金粟堆前松柏裏」，即謂此。此句以泰陵比長陵也。

〔一五〕橋山藏　蘧常案：見卷一大行皇帝哀詩「無路」句注。

〔一六〕右獻六句　徐注：昌平山水記：長陵在天壽山中峰之下，獻陵在西峰之下，距長陵西少北一里。景陵在東峰之下，距長陵東少北一里半。裕陵在石門山，距獻陵西三里。茂陵在聚寶山，距裕陵西一里。泰陵在史家山，距茂陵西少北二里。康陵在金嶺山，距泰陵西南二里。永陵在陽翠嶺，距長陵東南三里。寶城前東西垣各爲一門，門外爲東西長街，而設重垣於外垣，凡三周，皆屬之寶城，其規制特大云。

〔一七〕碝石二句　原注：司馬相如子虛賦：碝石碔砆。注：張揖曰：碝石，白者如冰，半有赤色。蘧常案：昌平山水記：凡山陵大工所用白石㸃堊，皆取於順義西北諸山。　段注：杜甫詩：日月近雕梁。

〔一八〕昭近句　蘧常案：昌平山水記：昭陵在文峪山，距長陵西南四里。又：昭陵之左九龍池。

〔一九〕定依三句　徐注：昌平山水記：定陵在大峪山，距昭陵北一里，制如永陵。

蘧常案：永陵享殿明樓皆以文石爲砌，壯麗精緻，孝陵、長陵不及也。明史志禮十二：明自仁宗獻陵以後，規制儉約，世宗葬永陵，其制始侈。及神宗葬定陵，陵工費至八百餘萬云。

〔二〇〕慶居句　徐注：昌平山水記：慶陵在天壽山西峰之右，距獻陵西少北一里。

〔二一〕德奠句　徐注：昌平山水記：德陵在檀子峪，距永陵東北一里。

〔二二〕列宗四句　徐注：昌平山水志：仁、宣、英、武、世、穆、神七宗之朝，車駕親謁山陵，勳戚、文武大臣、百司扈從。魏文帝典論論文：孔融亦揚、班儔也。

〔二三〕詩追二句　徐注：漢書禮樂志：安世房中歌，漢房中祠樂，高祖唐山夫人所作也。禮祭法：有虞氏禘黄帝而郊嚳，夏后氏亦禘黄帝而郊鯀，殷人禘嚳而郊冥，周人禘嚳而郊稷。

〔二四〕宗國　蘧常案：孟子滕文公篇：吾宗國魯先君莫之行。

〔二五〕聖哲王　徐注：詩：世有哲王。

蘧常案：謂崇禎帝。

〔二六〕渴葬四句　原注：公羊傳：不及時而日，渴葬也。注：喻急也。釋名：日月未滿而葬曰渴。昌平山水志：大行皇帝御宇之日，未卜山陵。田妃薨，葬悼陵之下，南距西山口一里餘。遣工部右侍郎陳必謙等營建，未畢而都城失守。賊以大行帝、后梓宫至，昌平州之士民，率錢募夫葬之田妃墓内，移田妃於右。帝居中，后居左。以田妃之椁爲帝椁，斬蓬藋而封之。後乃建碑亭各一座，門三道，殿三間，無陛。兩廡各三間，有周垣而規制狹小。曾不及東西井之閎深。逸史趙一桂傳：一桂以省祭官署昌平州吏目，營葬思陵事竣，列其狀申州，略曰：職於三月二十五日奉順天府僞官李檄昌平州官吏，即動帑銀僱夫穿田妃壙，葬先帝及周后。四月戊子朔，職用夫三十六名舉先帝梓宫，十六名舉周后梓宫至州。越三日庚申，發引。翼日辛酉，下窆。時會州庫如洗，又葬日促，監葬官僞禮部主事許作梅束手無策。職與義士孫繁祉、劉汝樸等十人，歛錢三百四十千，僦夫穿故妃壙。方中羨道長十三丈五尺，廣一丈，深三丈五尺。督工四晝夜，至四日寅時，羨道開通，始見壙宮。石門工匠以拐丁鑰匙啓門入。享殿三間，陳祭器，中設石案石几，懸萬年燈二。又啓中羨門，內大殿九間，正中石牀高一尺五寸，闊一丈，陳設衾褥如前殿，田妃棺槨厝其上。申時，帝、后梓宮至陵，陳牲牷粢盛金銀紙帛祭品，率衆伏謁，哭盡哀，奉梓宮下。職躬領夫役，移田妃柩於石牀右次，奉周皇后梓宮於石牀左，然後奉安先帝梓宮居中。職見先帝有棺無槨，遂移田妃槨用之。梓宮前各設香案祭器，手然萬年燈，度不滅。久之，事畢，掩中羨，閉外羨門，復土與地平。初六日癸亥，又率諸人祭奠。集西山居民百餘人，畚土起冢，又築墻高五尺有奇。

〔二七〕下有句　蘧常案：墨子號令篇：執盾、中涓及婦人侍前者。史記高祖功臣侯表集解引漢儀注：天子有中涓，如黃門皆中官者。案：涓即宦官。亦有謂中謁爲中涓者，如史記曹相國世家「高祖爲沛公而初起也，參以中涓從。」則非宦官矣。此則謂宦官王承恩。詳後王太監墓詩題注。

〔二八〕田娘娘　徐注：唐韻：娘通作孃，後世稱母后曰孃孃。蘇軾龍川雜志：仁宗謂劉氏爲大孃孃，楊氏爲小孃孃。

蘧常案：明史后妃傳：恭淑貴妃田氏，陝西人，後家揚州。侍莊烈帝於信邸。崇禎元年，封禮妃，進貴妃。十五年薨，葬昌平天壽山。

〔二九〕棗榛　徐注：禮：椇榛脯脩棗栗。

蘧常案：昌平山水記：密雲多棗，北人重之。又：十二陵各有果園，其十二榛廠，則分置在他縣。

〔三〇〕主祭句　徐注：詩行葦：曾孫維主。注：曾孫，主祭者之稱。曲禮云：外事曰曾孫某侯某。

蘧常案：明太廟祝文，稱「孝曾孫嗣皇帝」。詳卷一金陵雜詩第二首「祝版」句注，故詩云然。

〔三一〕降假句　徐注：詩：來假來饗，降福無疆。

蘧常案：宗祊，見卷一帝京篇「泣血」句注。

〔三二〕茂陵四句　徐注：昌平出水記：茂陵垣内外及冢上樹千餘株。十二陵惟茂陵獨完，他陵或僅存御榻，茂陵則簨簴之屬，猶有存者。説文：闔，門扇也。史記宋微子世家：牧齒着門闔。

〔三三〕自康句　徐注：莊子逍遥遊：蜩與鷽鳩笑之曰：我決起而飛搶榆枋。注：榆枋，小樹也。

蘧常案：昌平山水記：康陵垣内外樹二三百株，慶陵殿門前垣内樹四五百株。

〔三四〕殿樓句　蘧常案：昌平山水記：德陵凡殿樓門亭俱黄瓦。

〔三五〕康昭二句　蘧常案：昌平山水記：康陵明樓，爲賊所焚。又：昭陵明樓，爲賊所焚。

〔三六〕定陵二句　蘧常案：昌平山水記：定陵殿廡門，爲賊所焚。

〔三七〕累甓句　徐注：博雅：甓，甎也。説文：宋，棟也。

〔三八〕尚存句　徐注：昌平山水記：十二陵各有宰牲亭，在祾恩門之左，西向廳五間，廂各三間，亭一座，有血池，外有周垣，黄瓦。惟長陵止一亭，無廳廂。而長陵門右別有具服殿五間。又十二陵各有祠祭署，在宰牲亭左，各有朝房，在陵下，或左或右。又十二陵各有神官監，在陵下，或左或右，有重門廳室，内臣居之。永、昭、定、慶四陵，多至三百餘間，設内守備太監一人，神宫監掌印太監十二人。

〔三九〕石人八句　徐注：昌平山水記：自州西門而北六里至陵下，有白石坊一座五架，又北有石橋三空，又二里至大紅門。門三道，東西二角門。門外東西各有碑，刻曰：「官員人等至此下馬。」入門一里有碑亭，重檐四出。陛中有穹碑高三丈餘，龍頭龜趺，題曰：大明長陵神功聖德碑，仁宗皇帝御製文也。亭外四隅有石柱四，俱刻交龍環之。又前可二里爲欞星門，門三道，俗名龍鳳門。門之前有石人十二，四勳臣，四文臣，四武臣。石獸二十四，四馬、四麒麟、四象、四橐駝、四獬豸、四獅子，各二立二蹲。近者立，遠者蹲。石柱二，刻雲氣，竝夾侍神路之旁。欞星門北一里半爲山坡。城西少南有舊行宫，坡北一百步有石橋五空。又北二百步有大石橋七空。大石橋東北一里許有新行宫。宫有感恩殿，今亡。宫東南有二部廠及内監公署，今並亡。又階三道，中一道爲神路，東西二道皆有級，執事所上也。兩廡各十五間，殿後爲門三道。又進爲白石坊一座，又進爲石臺，其上爐一，花瓶燭臺各二，皆白石爲之。又前爲寶城，城下有甬道，内爲黄琉璃屏一座，旁有級分東西上。折而南，是爲明樓，重檐四出。陛前俯享殿，後接寶城。十二陵皆有寶城、明樓。

〔四〇〕行宫二句　徐注：昌平山水記：嘉靖十七年五月，始於沙河店之東建行宫。又：長陵碑亭東有行宫，今亡。櫺星門北一里半爲山陂，陂西少南有舊行宫，今有土垣一周。大石橋東北一里許有新行宫，宫有感恩殿，今亡。又：獻陵神路至殿門可二里，景陵神路至殿門三里。自獻陵碑亭前分西爲裕陵神路，自裕陵碑亭西爲茂陵神路，自茂陵碑亭前分西爲泰陵神路，自泰陵橋下分西南爲康陵神路。永陵神路長三里，昭陵神路長四里。

〔四一〕每陵二句　徐注：明史志職官三宦官：洪武十年，置司香奉御。畿輔通志：今制，每陵撥派三名看守及巡邏樵採。

蘧常案：清史稿世祖本紀：順治元年八月，給故明十三陵陵户祭田。參前卷二孝陵圖詩「奄人」二句注。

〔四二〕碑下　徐注：畿輔通志：長陵碑樓在紅門内，洪熙元年建。其餘各陵，俱有碑樓，碑皆無文，惟思陵碑樓碑有文。

〔四三〕皆云二句　蘧常案：昌平山水記：長陵自大紅門以内，蒼松翠柏，無慮數十萬株，今翦伐盡矣。

又：東山口有松園，方廣數里，皆松檜，無一雜木，今盡矣。集韻：狓猖，飛颺也。

〔四四〕有盜句　徐注：吴偉業銀泉山詩：五陵小兒若狐兔，夜穴紅墻縣官捕。玉椀珠襦散若煙，云是先朝貴妃墓。

　　蘧常案：昌平山水記：昭陵東向。又：南有鄭貴妃墓，神宗妃也。明史后妃傳：恭恪皇貴妃鄭氏，大興人。崇禎三年薨。

〔四五〕首從　徐注：應廷育刑部志：盜賊開棺槨見屍者，斬；得贓者，梟示。

　　蘧常案：清律令：凡共犯罪者，以造意爲首，隨從者減一等。

〔四六〕於時二句　徐注：書：好草竊姦宄。又：罰懲非死。疏：言聖人之制刑罰，所以懲創罪過。

〔四七〕繞陵二句　徐注：昌平山水記：環山凡十口，自大紅門東三口曰中山口，又東北六里曰東山口，又北而西十里曰老君堂口。又西十五里曰賢莊口，距泰陵北五里。又西三里曰灰嶺口，又西南十二里曰錐石口，距康陵東北二里。三口並有垣，有水門。崇禎九年，昌平之陷，自此入也。又南十二里曰鴈子口，距康陵西北三里。又西南三里曰德勝口，距九龍池四里，有垣，有水門。又東南十里曰西山口，距悼陵南二里，有小紅門距州西門八里。又東二里曰榨子口，距大紅門三里。凡口皆有垣。陵後通黄花城。自老君堂口至黄花城四十里。又：州城之内，舊有總督兵部侍郎一人，整飭兵備。山西按察使副使若僉事一人鎮守。總兵官一人，標下坐營左騎營、右騎營、左車營、右車營，游擊各一人。天壽山守備一人。又明史志職官五：鎮守昌平總兵下分守參將三人：曰居庸關，曰黄花鎮，曰横嶺口。

蘧常案：「繞陵六口」，謂中山口、老君堂口、賢莊口、錐石口、鴈子口、西山口也。

〔四八〕一陵二句　徐注：昌平山水記：十二陵各有衛，衛各領左右中前後五千户，所至率領軍士防護陵寢，其公署皆在州城中。嘉靖二十九年，以四千人立永安營，三千人立鞏華營。無事在州教場操演，有警赴各隘口把截。明史志兵二衛所親軍上二十一衛下分注：長陵衛舊爲南京羽林右衛，永樂二十二年改；獻陵衛舊武成左衛，宣德元年改；景陵衛舊武成右衛，宣德十年改；裕陵衛舊武成前衛，天順八年改；茂陵衛舊武成後衛，成化二十三年改；泰陵衛舊忠義左衛，弘治十八年改；康陵衛舊義勇中衛，正德十六年改；永陵衛舊義勇左衛，嘉靖二十七年改；昭陵衛舊神武後衛，隆慶六年改。定陵衛、慶陵衛、德陵衛、奠靖千户所，嘉靖二十一年設，俱不屬五府。

蘧常案：明史志食貨三：邊境有倉，收屯田所入，以給軍。永樂中，設北京三十七衛，正統初，增置京衛倉凡七。隆慶初，密雲、薊州、昌平諸鎮皆設庫。

〔四九〕居庸句　徐注：明史志職官五：鎮守昌平總兵官一人。舊設副總兵，又有提督武臣；嘉靖二十八年，裁副總兵，改爲鎮守總兵，駐昌平城。

〔五〇〕昌平句　徐注：北略：崇禎九年丙子，清兵入塞。七月，攻居庸關昌平路北，帝分遣諸内臣李國輔等各守關隘，以張元佐爲兵部右侍郎，鎮守昌平。

蘧常案：明史志地理一：順天府昌平州，正德元年七月，升爲州，旋罷。八年，復升爲州。注：舊治白浮圖城。景泰元年，築永安城於東，三年遷縣治焉。

〔五一〕一朝二句　徐注：北略：七月，清兵間道逼昌平，降丁内應，城陷。巡關御史王肇坤死之，總兵巢丕昌降，主事王一桂、趙悦，太監王希忠等皆被殺。烈皇小識：北兵陷昌平，天壽山陵寢禋殿，盡行拆毁。北兵退後，督撫奏稱忽有怪風從東北起，盡行吹壞云云。旨著估修，上下相蒙，不復究竟。又北略：十七年三月十二，賊陷昌平，諸軍皆降，惟總兵李守鑅罵賊不屈，拔刀自刎死。又：十二陵享殿悉焚。

蘧常案：明居庸關之失，見卷一大行皇帝哀詞「關門」句注。昌平之失，見同卷千官詩第二首「罷官」句注。左傳襄公二十五年：鳩山澤，辨京陵。杜注：絶高曰京，大阜曰陵。

〔五二〕燕山句　徐注：一統志：燕山在薊州東，高千仞，陡絶不可攀，與遵化州玉田縣接界。列子湯問篇：伯牙鼓琴，鍾期曰：善哉，峩峩兮若泰山！

〔五三〕沙河句　徐注：昌平山水記：京師西北曰德勝門，出門八里爲土城。又二十里爲清河。其水出玉泉山，分流而北，逕此，又東會於沙河，入於白河。又十八里爲沙河店。店南有水，出昌平州西南五十里龍泉池，合西山諸泉東流爲南沙河，有橋曰安濟；店北有水，出昌平州西南四家莊，逕雙塔村南流爲北沙河，有橋曰朝宗。二水至店東南竇家莊而合，又東南至通州界入白河。漢書軍都有溼餘水，東至潞，南入沽，即此水也。北略：甲申三月十六日，賊自沙河而進，犯平則門。詩：其流湯湯。

〔五四〕皇天二句　徐注：左傳僖公十五年：皇天后土，實聞君之言。詩：無曰高高在上。

蘧常案：芒芒，見前山海關詩「芒芒」句注。

〔五五〕十四皇　蘧常案：景帝陵在北京西直門外沙河之南，金山之麓，不在天壽山。王士禛景帝陵懷古詩所謂「咫尺天壽雲氣接，坏土猶葬西山隅」，與天壽山之十三陵爲十四也。或以爲當數孝陵，然孝陵遠在南京，非。

〔五六〕籲天句　徐注：書：以哀籲天。又：天難諶，命靡常。

〔五七〕幽都句　徐注：楚辭招魂：君無下此幽都些。土伯九約，其角觺觺些。注：土伯，后土之侯伯也。

蘧常案：此以幽都喻北京。「土伯」，喻清帝也。

〔五八〕九關句　徐注：本草：人死於虎，則爲倀鬼，導虎而行。

蘧常案：楚辭招魂：君無上天些。虎豹九關，啄害下人些。

〔五九〕日月二句　徐注：左傳昭公元年：后帝不臧，遷閼伯於商丘，主辰，商人是因，故辰爲商星；遷實沈於大夏，主參，故參爲晉星。

蘧常案：晉書天文志：日月薄蝕，明治道有不當者。

〔六〇〕自古二句　徐注：書：帝乃殂落。「姚」謂有虞，「黄」謂黄帝。

蘧常案：皇甫謐帝王世紀：舜母名握登，生舜於姚虛，因姓姚氏也。

〔六一〕從臣句　徐注：明史范景文等傳：崇禎十七年三月十九日，莊烈帝殉社稷。文臣死國者，東閣大學士范景文而下凡二十有一人。皇清順治九年，世祖章皇帝表章前代忠臣，所司以范景文、倪元璐、李邦華、王家彥、孟兆祥、子章明、施邦曜、凌義渠、吳麟徵、周鳳翔、馬世奇、劉理順、汪偉、吳甘來、王章、陳良謨、陳純德、申佳胤、許直、成德、金鉉二十一人名上。命所在有司各給地七十畝建祠致祭，且予美謚焉。

蘧常案：見前卷一十月二十日奉先妣葬詩「先皇」句注。

〔六二〕二妃句　蘧常案：列女傳有虞二妃：舜爲天子，娥皇爲后，女英爲妃。舜陟方，死於蒼梧，二妃死於江、湘之間。江淹悼室人詩：二妃灑瀟湘。案：此喻崇禎周皇后、袁貴妃之死。事詳卷一大行皇帝哀詩「霧起」句注。

〔六三〕倉皇二句　蘧常案：史記張釋之列傳：今盜宗廟器而族之，有如萬分之一，假令愚民取長陵一抔土，陛下何以加其法乎？索隱：抔，手掬之。字從手，或作盃。案：上句言渴葬，下句言至今已十五年矣。

〔六四〕未可億　蘧常案：論語先進篇：億則屢中。劉寶楠正義：億，度也。

〔六五〕仲華句　蘧常案：見卷二恭謁孝陵詩「願言」二句注。

〔六六〕崔損句　原注：唐書德宗紀：貞元十四年，以左諫議大夫平章事崔損爲修奉八陵使。先是，昭陵寢殿爲火所焚，至是，獻、昭、乾、定、泰五陵各造屋三百七十八間，橋陵一百四十間，元陵三十間，惟建陵仍舊，但修葺而已。陵寢中牀褥帷幄，一事以上，帝皆親自閲視，然後授損送於陵所。

〔六七〕雅頌句　徐注：論語：雅、頌各得其所。又：洋洋乎盈耳哉！

王太監墓

【解題】徐云：明史宦官傳：王承恩累官司禮秉筆太監。崇禎十七年，李自成犯闕，帝命承恩提督京營。是時，事勢已去，城陴守卒寥寥，賊架飛梯攻西直、平則、德勝三門，承恩見賊坎墻，急發礮擊之，連斃數人，而諸璫泄泄自如。帝召承恩，令急督内官備親征。夜分，内城陷。天將曙，帝崩於壽皇殿。承恩即自縊其下。福王時，謚忠愍。本朝賜地六十畝，建祠立碑旌其忠，坿葬故主陵側。

先帝賓天日〔一〕，諸臣孰扈從〔二〕？中涓能一死〔三〕，大節獨從容。地切山陵闕〔四〕，魂扶輦御恭。遠同高力士〔五〕，陪葬哭玄宗。

【彙注】

〔一〕賓天　蘧常案：見卷二桃花溪歌「定陵」句注及卷三贈潘節士檉章詩「賓天」注。

〔二〕扈從　徐注：漢書司馬相如傳：扈從横行。

蘧常案：廣雅：扈，使也。案：此言從死者寡。張岱石匱書宦者列傳贊云：先帝股肱心腹之臣滿天下，而攀髯鼎湖者止王承恩（案：原作王之俊，而其目録作王承恩）一人，何其寥寥也！舊注以當時諸文武殉難者釋之，非詩意。

〔三〕中涓　蘧常案：見前恭謁天壽山十三陵詩「下有」句注。

〔四〕地切句　徐注：昌平山水記：大行皇帝櫕宫門外，右爲司禮監太監王承恩墓。以從死，祔焉。

〔五〕遠同句　原注：唐書高力士傳：力士配流黔中，赦歸，至朗州，聞上皇厭代，北望號慟，嘔血而卒。代宗以其耆宿，保護先朝，贈揚州大都督，陪葬泰陵。

蘧常案：新唐書高力士傳：力士，馮盎曾孫。中人高延福養爲子，冒其姓。帝寵任極專。肅宗在東宫兄事之。累官驃騎大將軍，帝幸蜀，力士從，進齊國公。

劉諫議祠　在昌平舊縣，今廢。

【解題】

徐注：唐書劉蕡傳：字去華，昌平人。明春秋，能言古興亡事，沈健有謀，浩然有救世意。

擢進士第。方宦人握兵，横制海内，號爲北司，蕡常痛疾。太和二年，舉賢良方正能直言極諫第，策官馮宿等見蕡對嗟伏，以爲過於古晁、董，而畏中官不敢取。昌平山水記：諫議，太和二年舉賢良方正，對策指斥宦官，遂不第。令狐楚在興元，牛僧儒在襄陽，皆辟爲從事，待如師友，授祕書郎。爲宦官所嫉，誣以罪，貶柳州司户參軍，卒。昭宗時贈右諫議大夫。元時，以昌平驛官宮祺奏請，始爲之立祠。元史泰定二年，置諫議書院於昌平縣，祀唐劉蕡者，此也。祠本在舊縣，縣徙，祠亦徙焉。在大成門之西，今鞠爲蔬圃矣。

皂囊青史漫傳名〔一〕，白日黄泉氣未平〔二〕。自古國亡緣宦者〔三〕，可憐身没尚書生〔四〕。荒阡草長妖狐出，舊驛風寒劣馬行。一自德陵升馭後，山河祠廟總淪傾〔五〕。

【彙校】

〔題〕戴望藏本題下「自注」之首，戴有注曰：「即劉蕡也。」潘刻本、徐注本、孫、吴、汪合校本皆無。丕績案：疑涉戴注而誤入；且兩句不承接，應删。

【彙注】

〔一〕皁囊句　蘧常案：後漢書蔡邕傳：密特稽問，宜披露失得，指陳政要，具對經術，以皁囊封上。李賢注：漢官儀曰：凡章表皆啓封。其言密事，得皁囊也。漢書藝文志諸子略：青史子五十七篇班固自注：古史官記事也。

〔二〕白日黄泉　徐注：江總哭魯廣達詩：黄泉雖抱恨，白日自留名。悲君感義死，不作負恩生。

〔三〕自古句　徐注：明史志職官三：宦官，英之王振，憲之汪直，武之劉瑾，熹之魏忠賢，太阿倒握，威柄下移；神宗礦税之使，無一方不罹厥害。其他怙勢薰灼，不可勝紀，而蔭弟蔭姪，封伯封公，則撓官制之大者。莊烈帝初翦大憝，中外頌聖。既而鎮守、出征、督餉、坐營等事，無一不命中官爲之，而明亦遂亡矣。吴偉業綏寇紀略：自崔、魏之後，内璫視權寵爲固然，東廠、錦衣衛虎冠之卒，不下數千。豈有賊在畿甸，奸細布列，城中輯事者，茫然不察！自古國蹙君危，必有大臣領城門兵爲之扞圉，以同其生死。今以刀鋸闒茸如兒戲，以至於敗。嗚呼！三百年來，君臣闊絶，其密邇萬不及北司。人主孤危，已落近倖之手。雖以帝之明察，前後左右，罔非刑人。兵制軍機，牽於黄門之壅遏，不能鼇舉，緣此抵於危亡。

蘧常案：後漢書宦者傳論：自古喪大業，絶宗禋者，其所漸有由矣。三代以嬖色取禍，嬴氏以奢虐致災，西京自外戚失祚，東都緣閹尹傾國，先史商之久矣。唐書宦者傳序：開元、天寶中，宦官黄衣以上三千員，衣朱紫千餘人。其在殿頭供奉，委任華重，持節傳命，光燄殷殷動四方。監軍持權，節度反出其下。然猶未得常主兵也。德宗以左右神策、天威等軍委宦者主之，是以威柄下遷，政在宦人。又日夕侍天子，狎則無威，習則不疑，故昏君蔽於所昵，英主禍生所忽，玄宗以遷崩，憲、敬以弑殞，文以憂憤，至昭而天下亡矣。禍始開元，極於天祐。案：此句蓋綜括後漢書宦者傳論首段語成之。

〔四〕可憐句　蘧常案：舊唐書劉蕡傳：蕡對策詆宦者，考官不敢取。李郃曰：「劉蕡下第，我輩登科，能無厚顔！」又：宦人深疾蕡，誣以罪，貶柳州司户參軍卒。

〔五〕一自二句　徐注：明史熹宗紀贊曰：明自世宗而後，綱紀日以凌夷。神宗末年，廢壞極矣。重以帝之庸懦，婦寺竊柄，濫賞淫刑，忠良慘禍，億兆離心，雖欲不亡，何可得哉！先生明季實録諸臣乞貸疏：山河之險盡失。

居庸關　二首

【解題】

徐注：明史志地理：昌平州西北有居庸關。又：延慶州東南有岔道口，與居庸關相接。關口有居庸關守禦千户所。又：延慶右衛，永樂二年置於居庸關北口，直隸後軍都督府。昌平山水記：自太行山迤北至此，數百里不絶。自麓至脊，皆陡峻，不可登。中間爲徑者八，名之曰陘，居庸其第八陘也。設關於此，不知始於何代。後漢書：建武十五年徙鴈門、代、上谷三郡民置常山居庸關以東。則自漢有之矣。亦謂之西關，見三國志田疇言；亦謂之軍都關，見魏書；亦謂之納款關，見唐書，又見通典。方輿紀要：昌平州西北二十四里，關内南北相距四十里。

居庸突兀倚青天，一澗泉流鳥道懸〔一〕。終古戍兵煩下口〔二〕，本朝陵寢託雄邊〔三〕。車穿褊峽鳴禽裏〔四〕，烽點重岡落鴈前〔五〕。燕代經過多感慨〔六〕，不關遊子思風煙。

【彙校】

〔泉流〕徐注本、曹校本作「流泉」。

〔本朝〕潘刻本「本」作「□」；冒校本作「先」。

【彙注】

〔一〕一澗句　徐注：方輿紀要：兩山夾峙，下有巨澗，懸崖峭壁，稱爲絶險。十五里爲關城，跨水築之。又七里曰彈琴峽，水流石罅，聲若彈琴。李白蜀道難：西當太白有鳥道。

〔二〕終古句　原注：魏書常景傳：都督元譚據居庸下口。亦作夏口。北齊書文宣紀：築長城自幽州北夏口至恒州九百餘里，即今之南口也。徐注：明史志兵三邊防：洪武九年，敕燕山前後等十一衛分守古北口、居庸關、喜峰口、松亭關烽堠百九十六處，參用南北軍士。又成祖紀：永樂十三年春正月丙午，塞居庸以北隘口。二十一年七月戊申，次宣府，敕居庸關守將止諸司進奉。正統十二年兵部侍郎滕昭、英國公張懋條上邊備，言居庸關黄花鎮、喜峰口、古北口、燕河營有團營馬步軍萬五千人戍守，請益兵五千分駐永平、密雲，以應遼東。方輿紀要：明初既定元都，洪武二年，大將軍徐達壘石爲城，以壯幽、燕門户，即今南口城也。

〔三〕本朝句　徐注：明史志兵三：先是，翁萬達之總督宣大也，籌邊事甚悉。其言曰：東北爲順天界。歷高崖、白羊抵居庸關約一百八十餘里，皆峻嶺層岡，險在内者，所謂次邊也。敵犯山西，必自大同入；紫荆，必自宣府，未有不經外邊能入内邊者。乃請修築宣、大邊墻千餘里，烽堠三百六十三所。後以通市，故不復防，遂半爲敵毁。段注：庾信慕容寧碑銘：歛氣發勇，雄邊遺則。

蘧常案：本朝陵寢，見前恭謁天壽山十三陵詩題注。

〔四〕車穿句　水經注：居庸關山岫層深，側道褊峽，林鄣據險，路才容軌。曉禽暮獸，寒鳴相和，羇官游子，聆之者莫不傷思矣。

〔五〕烽點句　徐注：方輿紀要：自宣府迤西迄山西，緣邊皆峻垣深濠，烽堠相接。

〔六〕燕代　徐注：史記匈奴列傳：冒頓西擊走月氏，南并樓煩、白羊、河南王，侵燕、代。悉復收秦所使蒙恬所奪匈奴地與漢關故河南塞，至朝那、膚施，遂侵燕、代。

極目危巒望八荒〔一〕，浮雲夕日徧山黄。全收胡地當年大〔二〕，不斷秦城自古長〔三〕。北狩千官隨土木〔四〕，西來羣盜失金湯〔五〕。空山向晚城先閉，寥落居人畏虎狼。

【彙校】

〔夕日〕汪端選本作「夕照」。

〔胡地〕潘刻本、徐注本、孫校本「胡」作「朔」。

【彙注】

〔一〕八荒　徐注：説苑辨物：八荒之内有四海，四海之内有九州。

〔二〕全收句　蘧常案：明史成祖紀贊：文皇雄武之略，同符高祖。六師六出，漠北塵清。至其季年，威德遐被，四方賓服，幅員之廣，遠邁漢、唐。

〔三〕不斷句　蘧常案：史記匈奴列傳：秦滅六國，而始皇帝使蒙恬將十萬之衆北擊胡，悉收河南地。因河爲塞，築四十四縣城臨河，徙適戍以充之。而通直道，自九原至雲陽，因邊山險塹谿谷可繕者治之，起臨洮至遼東，延袤萬餘里。又：度河據陽山北假中。案：先生京東考古録考長城，即取此文。云：此秦并天下之後，所築之長城也。

〔四〕北狩句　徐注：明史英宗前紀：十四年秋七月己丑，瓦剌也先寇大同，參將吴浩戰死。下詔親征，吏部尚書王直率羣臣諫，不聽。癸巳，命郕王居守。甲午，發京師。乙未，次龍虎臺，軍中夜驚。丁酉，次居庸關。辛丑，次宣府，羣臣屢請駐蹕，不許。丙午，次陽和。八月戊申，次大同，鎮守太監郭敬諫議旋師。庚戌，師還。丁巳，次宣府。庚申，瓦剌兵大至，恭順侯吴克忠、都督吴克勤戰殁。成國公朱勇、永順伯薛綬救之，至鷂兒嶺遇伏，全軍盡覆。辛酉，次土木，被圍。壬戌，師潰，死者數十萬。英國公張輔，泰寧侯陳瀛，駙馬都尉井源，平鄉伯陳懷，襄城伯李珍，遂安伯陳塤，修武伯沈榮，都督梁成、王貴，尚書王佐、鄺埜，學士曹鼐、張益，侍郎丁鋐、王永和，副都御史鄧棨等皆死，帝北狩。又曹鼐傳：也先入寇，中官王振挾帝親征，朝臣交章諫，不聽。鼐與張益以閣臣扈從，未至大同，士卒已乏糧，宋瑛、朱冕全軍没。羣臣請班師，振不許，趣諸軍進。大將朱勇膝行請命，尚書鄺埜、王佐跪草中，至暮，不得請。欽天監正彭德清言天象示警，振詈曰：爾何知！若有此，亦天命也。鼐曰：臣子固不足惜，主上繫天下安危，豈可輕進？振終不從。前驅敗報踵至，始懼，欲還。定襄侯郭登言於鼐、益曰：自此趨紫荆裁四十餘里，駕宜從紫荆入。振欲邀帝至蔚州，幸其宅，不聽。復折而東，趨居庸。八月辛酉，次土木，地高，掘地二丈，不及水，瓦剌大至。

〔五〕西來句　原注：陳江總魯廣達墓銘曰：災流淮、海，險失金湯。徐注：漢書蒯通傳：必將嬰城固守，皆爲金城湯池，不可攻也。注：師古曰：金以喻堅；湯，喻沸熱不可近。後漢書光武紀贊：金湯失險。

蘧常案：事見卷一大行皇帝哀詩「關門」句注。

重登靈巖　在長清縣東南九十里

【解題】

徐注：先生山東考古録：靈巖在宋時爲山東名刹，士大夫來者，往往與寺僧酬和，迨今幾五百年，屢經兵火，而石刻之存者，尚有數千。自金之末年，遂爲屯兵之地。方輿紀要：長清縣方山即水經注所云玉符山。山北有靈巖寺。先生金石文字記：靈巖寺宋李迪詩下云：右小石刻在長清縣靈巖山寺中。其山距府九十里，自前代稱爲勝境。宋、金、元人題字最多。余至則當兵火之後，縱横偃踣，委之荆棘瓦礫之中，然猶得唐一，宋、金、元人合四十餘，以後不能悉數。

蘧常案：張譜：逕長清，訪碑靈巖山寺。

重來絶巘一攀緣〔一〕，壞閣崔嵬起暮煙〔二〕。山静鼪猱棲佛地〔三〕，堂空龍象散諸天〔四〕。芰林果熟紅椒後，入定僧歸白鶴前〔五〕寺有雙鶴泉。莫問江南身世事，殘金兵火一凄然〔六〕。寺自宋以來最盛，金末侯摯屯兵，張汝楫據守，而寺丘墟矣。

【彙注】

〔一〕絶巘　蘧常案：張協七命：發絶巘。張銑注：絶巘，高峰也。

〔二〕壞閣句　蘧常案：「壞閣」謂靈巖寺。宋滕涉遊靈巖詩所謂「山半舊招提，捫蘿躡石梯，佳名標四絶，勝境出三齊」者也。先生求古録云：予至當兵火之後，寺已毁圮。故云。

〔三〕山静句　徐注：齊乘：靈巖寺爲佛圖澄卓錫之地。

蘧常案：爾雅釋獸「鼬鼠」郭璞注：鼬，赤黄色，大尾。江東呼爲鼪。詩小雅角弓：毋教猱升木。埤雅：狨，輕捷善緣木，尾金色。一名猱。唐玄奘佛地經：佛地五相。

〔四〕堂空句　徐注：長阿含經：先於佛所浄修梵行，生忉利天，使彼諸天，增益五福。

蘧常案：智度論：是五千阿羅漢，於諸阿羅漢中最大力，以是故言如龍如象。水行中龍力大，陸行中象力大。

〔五〕入定句　蘧常案：觀無量壽經：出定入定，恒聞妙法。

〔六〕殘金句　徐注：金史：靈巖寺有屋三百餘間，且連接泰安之天聖寨，介於東平、益都之間。駐兵於此，足相應援。又：元初，泰安張汝楫據靈巖，以拒蒙古之兵。

蘧常案：金史云云，見侯摯傳。「又」下，則元史嚴實傳文，非金史也。

秋雨

【解題】

蘧常案：徐譜：案顧與冶詩序云：余行三歲，乃歸揚州。蓋秋雨之時，先生正南下。

生無一錐土〔一〕，常有四海心〔二〕。流轉三數年，不得歸園林。蹠地每塗淖〔三〕，闕天久曀陰〔四〕。尚冀異州賢〔五〕，山川恣搜尋〔六〕。秋雨合淮泗，一望無高深〔七〕。眼中隔泰山，斧柯未能任〔八〕。車没斷崖底，路轉崇岡岑。客子何所之？停驂且長吟。夸父念西渴〔九〕，精衛憐東沈〔一〇〕。何以解吾懷，嗣宗有遺音〔一一〕。

【彙注】

〔一〕一錐土　蘧常案：荀子非十二子篇：無置錐之地。

〔二〕四海心　徐注：曹植贈白馬王彪詩：丈夫志四海。全祖望先生神道表：先生徧觀四方，其心耿耿未下。

〔三〕蹠地句　徐注：傅毅舞賦：蹠地遠羣。韓維朝發靈樹詩：皷危涉塗淖。説文：淖，泥也。

〔四〕曀陰　徐注：詩：曀曀其陰。

〔五〕尚冀句　原注：後漢書梁鴻傳：冀異州兮尚賢。

〔六〕山川句　徐注：同志贈言大城王秉乘贈亭林詩：矢志歷九域，山川費討詢。

〔七〕秋雨二句　徐注：皇朝通志：順治十六年，江南蘇州、揚州、淮安、徐州、鳳陽等屬大水。書禹貢：導淮自桐柏，東會於泗沂。

〔八〕眼中二句　孔子龜山操：予欲望魯兮，龜山蔽之。手無斧柯，奈龜山何！

〔九〕夸父句　徐注：山海經：夸父與日逐走，入日，渴欲得飲，飲於河、渭，河、渭不足，北飲大澤。未至，道渴而死。棄其杖，化爲鄧林。

蘧常案：時永曆帝在緬甸者梗，編竹爲城，結茅而處。念之切，故曰「念西渴」也。

〔一〇〕精衛句　蘧常案：見卷一精衛詩題注。此似謂鄭成功進攻南京七月敗績入海之事。詳後江上詩及注，故曰「憐東沈」也。

〔一一〕何以二句　徐注：禮樂記：一倡而三歎，有遺音者矣。

蘧常案：晉書阮籍傳：籍字嗣宗，陳留尉氏人也。任性不羈。爲從事中郎。高貴鄉公即位，封關内侯。徙散騎常侍。求爲步兵校尉，遺落世事。李善文選詠懷詩注：嗣宗身仕亂朝，常恐罹謗遇禍，因兹發詠，每有憂生之嗟。雖志在刺譏，而文多隱避，百代下難以猜測。餘詳前常熟歸生晟陳生芳績書來詩「相逢」句注。

與江南諸子别

【解題】徐注：徐譜：南下，旋復北行至天津。

絶塞飄零苦著書〔一〕，揭來行李問何如〔二〕？雲生岱北天多雨〔三〕，水決淮壖地上魚〔四〕。濁酒不忘千載上〔五〕，荒雞猶唱二更餘〔六〕。諸公莫效王尼歎，隨處容身足草廬〔七〕。

【彙注】

〔一〕苦著書　徐注：同志贈言黄師正奉酬寧人廣陵客舍見贈詩：山經水志闕王略，豈爲窮愁始著書？又王猷定等爲顧寧人徵天下書籍啓：寧人自歎士人窮年株守一經，不復知國典朝章，官方民隱，以至試之行事，而敗績失據。於是取天下府、州、縣志書及一代奏疏文集徧閲之，凡一萬二千餘卷。復取二十一史並實録，一一考證，擇其宜於今者，手録數十帙，名曰天下郡國利病書。餘詳詩譜。

〔二〕朅來句　原注：杜甫簡王明府詩：行李須相問。徐注：左傳僖公三十三年：行李之往來。

蘧常案：朅來，見前張隱君元明詩「朅來」注。

〔三〕雲生句　蘧常案：見前勞山歌「此山」二句注。

〔四〕水決句　原注：史記：秦始皇八年，河魚大上。漢書五行志：魚逆流而上也。北史劉豐傳：王思政據長社，民訛言大魚道上行，豐建水攻之策，遏洧水灌城。水長，魚鼈皆游焉。城遂陷。徐注：史記河渠書：故盡河壖。注：壖，岸道也。段注：韋應物詩：少事河陽府，晚守淮南壖。

〔五〕濁酒句　徐注：陶潛時運詩：清琴横牀，濁酒半壺。黄唐莫逮，慨獨在余！

〔六〕荒雞句　原注：管輅别傳：雞一二更鳴者爲荒雞。徐注：華復蠡兩廣紀略：甲申七月二十一日，抵臨高任。每二更聞雞啼聲，愀然曰：此亂徵也。乙酉十月，客雷州，二更，雞啼更甚。

〔七〕諸公二句　原注：晉書王尼傳：尼早喪婦，有一子。無居宅，唯畜露車，有牛一頭，每行輒使御之，暮則共宿車上。嘗歎曰：滄海横流，處處不安也。

蘧常案：王尼傳：尼，字孝孫，城陽人也。卓犖不羈。初爲護軍府軍士，給事養馬。胡母輔之等入，坐馬厩下，與尼飲酒。護軍大驚，因免爲兵。避亂江夏，荆土饑荒，餓死。

江上

【解題】蘧常案：以首句首二字爲題，蓋有所隱。江謂長江，記鄭成功、張煌言會師泝江北伐之事也。

江上傳夕烽，直徹燕南陲〔一〕。皆言王師來〔二〕，行人久奔馳〔三〕。一鼓下南徐〔四〕，遂拔都門籬〔五〕。黄旗既隼張〔六〕，戈船亦魚麗〔七〕。幾令白鷺洲〔八〕，化作昆明池〔九〕。于湖擔壺漿〔一〇〕，九江候旌麾〔一一〕。宋義但高會〔一二〕，不知用兵奇〔一三〕。頓甲守城下〔一四〕，覆亡固其宜〔一五〕。何當整六師〔一六〕，勢如常山蛇。一舉定中原，焉用尺寸爲〔一七〕！天運何時開？干戈良可哀。願言隨飛龍〔一八〕，一上單于臺〔一九〕。

【彙校】

〔題〕此首朱刻本，孫託荀校本，孫、吴、汪各校本皆有；潘刻本、徐注本無。孫校本題下注云：刻本只載一首。丕績案：或謂，此詩爲卷二江上之第二首。然江上實有二首。萬有文庫顧詩徐注後附莊羲孫校本校補作「刻本只載二首」，則以此詩爲第三首矣。考江上二首爲送别之作，作於順治十一年；此詩則作於十六年，合爲一題，大誤。朱刻本注云：屠維大淵獻，在江南與諸子别後，己亥。孫託荀校本同，與此本合。

〔燕南陲〕朱刻本、孫校本「陲」作「垂」。「垂」爲本字。

〔王師〕孫校本作「陽師」，韻目代字也。

〔久奔馳〕孫校本「久」作「又」。

〔既隼張〕孫校本「既」作「□」。

〔于湖〕冒校本「于」作「千」。誤。

〔守城下〕孫校本「守」作「堅」。

〔單于臺〕孫校本「單」作「先」，韻目代字也。

【彙注】

〔一〕江上二句　蘧常案：後漢書公孫瓚傳載童謠：燕南垂，趙北際。説文解字：垂，遠邊也。陲，危也。段玉裁注：俗書邊垂字作陲，乃由用垂爲𡍮，不得不用陲爲垂矣。小腆紀年：順治十六年，明永曆十三年五月癸酉，明延平王朱成功、兵部左侍郎張煌言會師，舉兵北上以援滇。成功聞王師三路攻雲南，乃約煌言大舉北上，以圖牽制。戊寅，抵崇明，我總兵梁化鳳堅守。成功欲順風取瓜州，煌言曰：崇明爲江海門户，有懸洲可守，先定之以爲老營。脱有疏虞，進退可據。成功曰：崇明城小而堅，取之必淹日月。今先取瓜州，破其門户，截其糧道，腹心潰則支體隨之，崇明可不攻而破也。請煌言以其所部兵爲前軍嚮導。己卯，經江陰，舟蔽江而上。六月丁酉，至丹徒。壬寅，泊焦山，祭太祖、崇禎、隆武帝，慟哭誓師，三軍皆泣下。沈子培先生曾植錢謙益投筆集注：戊戌春，成功始奉滇詔，封延平王，張蒼水同日拜兵部侍郎之命，定會師江南之策。己亥，四月，永曆入緬。五月，延平、蒼水會師北上以援滇。六月，克鎮江。七月薄金陵。案：此役，順治聞警，至南苑集六師，議親征。見小腆紀年。足徵清廷震驚之甚，所謂「直徹燕南陲」也。

〔二〕王師　蘧常案：詩周頌酌：於鑠王師。案：此次軍容之盛，諸書失載。惟清史稿世祖本紀云：成功擁師十餘萬，戰艦數千，抵江寧城外，列八十三營，絡繹不絶。出清官書，或得其實。當時朱衣佐謂衆不過數萬，船不過數百，不可信。

〔三〕行人句　蘧常案：周禮秋官有大行人、小行人。明史志職官三：行人司，司正一人，左右司副各一人，行人三十七人，職掌捧節奉使之事。鄭達野史無文鄭成功傳：戊戌，春正月，永曆皇帝在雲南。遣使以璽書來，招討乃以徐孚遠偕使人浮海，取道安南國入雲南。因奏言：期以今夏出師，北定中原。案：江上見聞録：永曆使人爲彰平伯周金湯及太監劉柱，以丁酉九月至。與野史無文少異。行人往來爲去歲事。去歲夏，成功會張煌言北伐，至羊山，颶風破舟，班師。今年復起兵，句謂師行稽遲，行人奔馳已久也。

〔四〕一鼓句　蘧常案：左傳莊公十年：夫戰，勇氣也。一鼓作氣。宋書州郡志：晉永嘉大亂，幽、冀、青、并、兗州及徐州之淮北流民，相率過淮，亦有過江在晉陵郡界者。晉成帝咸和四年，立僑郡以司牧之。武帝永初二年，加徐州曰南徐，而淮北但曰徐。文帝元嘉八年，更以江北爲南兗州，江南爲南徐州，治京口。案：明、清爲鎮江府治。小腆紀年：順治十六年六月丙午，朱成功攻瓜州，克之，擒操江朱衣佐。悉師趨鎮江。守將告急於南京，以鐵騎千人赴援。京軍憍躁欲戰，而海舟忽上忽下，我駐南則泊於北，駐北則泊於南，王師隨之三日夜不息，酷暑遇雨，人馬飢疲。海師分五隊，五色旗第一，蜈蚣旗第二，狼煙三，銃四，大刀五。每隊有滚被以蔽箭，過則捲被，持刀滚進，斫人馬足。一人敲鼓，鼓聲緩則兵行亦緩，急則亦急。然皆步卒，王師甚輕之。凡我騎兵遇步卒，勒馬退數丈，加鞭突前，敵陣動，則乘勢衝之，步卒自相踐踏，以此常勝。至是，施之海師，則嚴陣屹然不動，團牌自蔽，望之如堵。王師三却三進，方欲却馬再衝，而海師疾走如飛，突犯我陣，合戰良久。見白旗一揮，兵即兩開如退避狀，或伏於地。王師謂其將遁也，馳馬突前，忽彼陣發大礮，擊死千餘人，乃退保銀山。成功以銀山爲必争地，辛亥夜，令陳魁統鐵人軍逼栅。守兵見之駭然，不敢出戰，射之則箭不能入，鐵人冒死進，栅遂破。遲明，王師分五路三疊壓其壘而軍。成功令發大礮，多鼓鈞聲，江水騰沸，廊瓦皆震，我兵士下馬殊死戰。薄午，海師益奮，我提督管效忠身衝其陣，入之而陣變，首尾相應，效忠自負旗而走，遂大敗，喋血填壕。效忠部衆四千人，存者百四十人，走南京，歎曰：吾自滿洲入中國十七戰，未有此死戰也。我鎮江守將高謙、知府戴可進獻城降。

〔五〕遂拔句　蘧常案：小腆紀年：朱成功與諸將議曰：瓜鎮爲金陵門户，宜先破之。

〔六〕黄旗句　蘧常案：三國志吴志吴主傳裴注：紫蓋黄旗，運在東南。別見卷一京口即事詩第一首「黄旗」句注。周禮春官司常：鳥隼爲旗。

〔七〕戈船句　蘧常案：三輔黄圖：昆明池中有戈船各數十。吴均西京雜記：戈船上建戈矛，四角悉垂幡旄，旍葆麾蓋，照灼涯埃。左傳桓公五年：爲魚麗之陳。野史無文鄭成功傳：戈船八千。詳上。

〔八〕白鷺洲　蘧常案：金陵圖經：白鷺洲在城西南八里，周迴十五里，對江寧之新林浦。太平御覽卷六十九山謙之丹陽記曰：洲上多聚白鷺，因名之。

〔九〕昆明池　蘧常案：史記平準書：作昆明池。三輔黄圖：武帝穿昆明池，周四十里，以習水戰。宋敏求長安志：漢武帝欲征昆明國，故就此名。至秦姚興時竭。

〔一〇〕于湖句　蘧常案：丹陽郡統縣于湖。宋書州郡志：于湖，晉武帝二年分丹陽縣立。案：晉書地理志：于湖、蕪湖，同屬丹陽郡。此似以于湖爲蕪湖也。黄宗羲賜姓始末：六月二十八日，煌言抵觀音門。七月五日，蕪湖以降書至。即所謂「于湖擔壺漿」也。孟子梁惠王篇：簞食壺漿，以迎王師。野史無文張煌言攻江寧府城紀略：延平屬予督水師往，以直至蕪湖爲約。夫蕪關乃七省孔道，商賈畢集，居江、楚下流，爲江介鎖鑰重地，予何敢辭。於是江潮縮朒，水行如駛，未至儀真五十里，吏民齎版圖迎王師。鷁首所向，無不瓣香相迎。七月初，蕪湖降。七日，抵蕪湖，傳檄郡邑，江之南北，相率來歸。

〔一一〕九江句　蘧常案：明史志地理四：九江府，元江州路，屬江西行省。太祖辛丑年爲九江府，領縣五。海上聞見録：時杭州、江西、九江等處，俱有密謀舉義，前來驗札者。

〔一二〕宋義句　蘧常案：史記項羽本紀：懷王召宋義，與計事而大悦之，因置以爲上將軍。救趙，行至安陽，留四十六日不進。遣其子宋襄相齊，身送之至無鹽，飲酒高會。天寒大雨，士卒凍飢。野史無文鄭成功傳：延平既破京口軍，集兵金陵城下，不施礮火，縱將士置酒高會。

〔一三〕用兵奇　蘧常案：老子「以正治國，以奇用兵」，孫子勢篇「凡戰者，以正合，以奇勝」，曹操注：先出合戰爲正，後出爲奇。正者當敵，奇兵擊不備。

〔一四〕頓甲句　錢云：查繼佐罪惟録魯王紀：海師列十二營于白土山，困金陵之觀音門，候陸師併力。不即至，歷五旬，師老。

蘧常案：史記淮陰侯列傳：今將軍欲舉倦罷之兵，頓之燕堅城之下，欲戰恐久，力不能拔，情見勢屈，曠日糧竭。案：此句「守」一本作「堅」，義長，應從改。張煌言攻江寧府城紀略：延平大軍圍江寧城已半月，初不聞發一矢射城中。予聞之，即上書延平，大略謂：頓師堅城之下，師老，易生他變。亟宜分遣諸將，盡取江寧諸邑。若江寧出兵他援，我則邀擊而殲之。否則不過自守虜耳。俟四面克復，以全力注之，彼直檻羊穽獸爾！

〔一五〕覆亡句　蘧常案：婁東無名氏研堂見聞雜記：海師既破京口，據瓜步，圍江寧，以擁戴先朝爲名，人咸拭目觀望，以爲中興事業反掌可致。而予觀其頓堅城，徘徊兩月，無尺寸效，竊疑其志雖果，（案：下似有闕文）從古如鄧艾之滅蜀，王濬之伐吴，桓温之取李勢，苻堅之擣慕容，尅人國者，無不星行電邁，雷動風馳，速者一二月，緩者三月四月，即君臣面縛，輿櫬出降；若遲留進退，情見勢屈，則釁隙潛生，潰散必不旋踵，此自古已然之明效也。彼連艦數千，直指石頭，勢似建瓴，而久不進割州郡，徒旅泊於風濤險惡之中，此豈有全理！宜乎一戰而潰，勝勢都失也。褚哀伐趙不克，退還京口，聞哭聲甚多，以問左右，曰：此必代陂死之家也。嗟乎！今日京口哭聲，不知何似？然聞大兵焚殺已盡，恐聞哭聲又不可得矣！

小腆紀年：秋七月癸亥，成功登舟傳檄，丙寅，至觀音門。以黄安督水師，守三汊河口。戊辰，由儀鳳門登岸，軍於獅子山。我操江朱衣佐之被擒也，成功曰：此腐儒也，殺之污我劍。釋之。歸言於總督郎廷佐曰：海賊衆不過數萬，船不過數百，請卑辭寬限，以驕其志。乃遣人説成功曰：我朝有例，守城過三十日，罪不及妻孥，乞寬三十日之限。參軍潘庚鍾曰：孫子有云：卑辭者，詐也；無約而請和者，謀也。降則降，豈戀内顧？此緩兵之計也。成功曰：自舟山興師至此，戰必勝，攻必取，彼焉敢緩我之兵耶？攻城爲下，攻心爲上。今既來降，驟攻之何足以服其心哉？中提督甘煇曰：兵貴先聲。彼衆我寡，及其熸且未定，其勢宜拔；俟彼守禦固，則難圖也。張煌言亦自蕪湖貽書諫之。而成功以累捷自驕，但命八十三營牽連困守，以待其降；釋戈開宴，縱酒捕魚爲樂。庚辰，有閩人林某犯法，逃歸於我，具言二十三日爲成功誕辰，諸將卸甲飲酒，乘之可破，且請爲導。我副將梁化鳳自崇明繞道赴援，與城守，聞之，夜穴神策門，引五百騎突犯前鋒鎮余新營。海師出不意，驚潰，新被擒。王師既敗前鋒營，乃盡出騎兵列城外。甘煇、潘庚鍾勸成功退屯觀音門，以圖再舉。成功曰：小挫豈便思退，明日正欲觀諸君建功耳。二十三日質明，化鳳率驍騎薄營，營大潰，王師乘勝掩殺，海師營壘咸摇動。成功在山上觀戰，見敗，屬潘庚鍾曰：爾立蓋下代指揮，吾往催水軍也。駕船至江心，望諸軍披靡不堪，乃飛帆去。庚鍾揮劍督戰，至死不去其蓋。是役也，甘煇、潘庚鍾、萬禮、張英、林勝、藍衍、陳魁、魏標、林世用、洪復等咸陣亡，惟左右提督、右虎衛、右衝鋒、援勦後鎮軍得全。癸未，成功至鎮江，黄安全隊亦至，成功大慟曰：是我輕敵，非爾等之罪也。遂棄瓜鎮，出泊排沙嶼。

〔一六〕何當句　蘧常案：古詩：何當大刀頭？樂府解題：何當，何日也。六師，見卷一感事詩第二首「須知」二句注。

〔一七〕勢如三句　蘧常案：孫子九地篇：故善用兵者，譬如率然。率然者，常山之蛇也，擊其首則尾至，擊其尾則首至，擊其中則首尾皆至。神異經：會稽常山最多此蛇，故孫子兵法云將之三軍，勢如率然也。諸葛亮出師表：北定中原。史記項羽本紀：羽非有尺寸，乘勢起隴畝之中，三年遂將五諸侯滅秦。案：文集形勢論以爲：荆、襄者，天下之吭，蜀者，天下之領，而兩淮、山東其背也。無蜀，猶可以國，東晉是也；無荆、襄，不可以國，楚去陳徙壽春是也；無淮南北而以江爲守則亡，陳之禎明、南唐之保大是也，故厚荆、襄急。古之善守者，所憑在險，而必使力有餘於險之外。守淮者不於淮，于徐、泗，守江者不于江，于兩淮。此則我之戰守有餘地，而國勢可振，故阻兩淮急。如愚之策，聯天下之半，以爲一用之，若常山之蛇，蓄威固鋭，以伺敵人之瑕，則功可成也。可以見其恢復大計。卷一上吴侍郎暘詩「争雄必上游」云云，亦此意。其説有似於宋汪若海之言。宋史汪若海傳：朝廷以張浚宣撫川、陝，議未決。若海曰：天下者，常山蛇勢也。秦、蜀爲首，東南爲尾，中原爲脊。今以東南爲首，安能起天下之脊哉！吴暘、鄭成功所爲，正皆以東南爲首者也。

〔一八〕飛龍　蘧常案：屈原九歌：駕飛龍兮北征。

〔一九〕單于臺　蘧常案：漢書武帝紀：帝行自雲陽，出長城，北登單于臺，告單于曰：單于能戰，天子自將待邊；不能，亟來臣服。通典：單于臺在雲州雲中縣西北百餘里。王先謙漢書補注：唐雲中縣，今大同縣治。

顧亭林詩集彙注卷四

王蘧常 輯注
吴丕績 標校

再謁天壽山十三陵 已下上章困敦

【解題】

徐注：順治十七年庚子。張譜：十七年二月，至昌平，再謁天壽山。冒云：先生是年年四十八。蘧常案：徐注本無「十三」兩字。是年明永曆十四年，公元一六六零年。

諸陵何崔嵬！不改蒼然色。下蟠厚地深，上峻青天極〔一〕。佳氣鬱葱葱〔二〕，靈長詎可測〔三〕。云何宫闕旁，坐見獯戎偪〔四〕？空勞牲醴陳，微寘神豈食〔五〕。仁言人所欣，甘言人所惑〔六〕。小修此陵園〔七〕，大屑我社稷〔八〕。揭來復仲春〔九〕，再拜翦荆棘。臣子分則同，駿奔乃其職〔一〇〕。區區犬馬心〔一一〕，媿乏匡扶力〔一二〕。

【彙校】

〔題〕潘刻本、徐注本無「十三」兩字。

〔宫闕旁〕潘刻本、徐注本作「月游路」。

〔獯戎〕潘刻本、徐注本作「塞塵」；孫校本作「獯東」，韻目代字也。

〔微寘句〕汪校云：「微寘」應作「非類」。潘刻本「豈」作「□」；徐注本、曹校本作「祇」。丕績案：蓋臆改。

〔甘言〕孫校本「甘」作「盜」。

〔大屑句〕汪校云：「屑」應作「竊」，或「滅」。丕績案：亦韻目代字也。潘刻本「社稷」作「□□」。

〔乃其〕潘刻本、徐注本作「誰共」。

【彙注】

〔一〕上峻句　徐注：詩：峻極于天。

〔二〕佳氣句　徐注：論衡吉驗篇：望氣者蘇伯阿爲王莽使，至南陽，遥望見舂陵城郭，唶曰：氣佳哉，鬱鬱葱葱然！

〔三〕靈長　蘧常案：晉書王敦傳論：賴嗣君英略，晉祚靈長。

〔四〕獯戎　蘧常案：孟子梁惠王篇：大王事獯鬻。史記五帝本紀：北逐葷粥。索隱：唐、虞以上曰山戎，亦曰熏粥。

〔五〕空勞二句　徐注：晉書江逌傳：有赤黍之盛而無牲醴之奠。　汪云：「微寘」，應作「非類」。　蘧常案：「非類」作「微寘」，韻目代字也。此亦潘鈔改之未盡者。仍之。左傳僖公十年：狐突曰：神不歆非類。清世祖實録：順治十六年十一月壬申，上駐蹕昌平州。是日，上道經明崇禎帝陵，悽然泣下，酹酒陵前。癸酉，上閲明帝諸陵。甲戌，遣内大臣索尼祭明崇禎帝，文曰：惟帝亶聰御極，孜孜以康阜兆民爲念，十七年劼毖無斁。不意流寇猖蹶，國遂以傾，身殉社稷。倘使遭際景運，可稱懿辟；乃纘承衰緒，適丁劫厄。雖勵精圖治，而傾厦莫支，朕念及此，恒用深惻。前巡畿輔，偶過昌平，睇望陵寢，益爲慘然。特備牲帛酒果，用昭禮祭。尚饗！

〔六〕甘言句　徐注：戰國策：商君曰：苦言，藥也；甘言，疾也。

〔七〕小修句　蘧常案：清史稿世祖本紀：十六年十一月甲戌，遣官祭明帝諸陵，並增陵户，加修葺，禁樵採。後漢書郎顗傳：園陵至重，聖神攸憑。

〔八〕大屑句　汪云：「屑」當作「竊」，或作「滅」。
蘧常案：「屑」當作「竊」字，此亦韻目代字之改而未盡者。

〔九〕朅來　見卷三張隱君元明園中置一小石龕曰仙隱祠徵詩紀之詩「朅來」注。

〔一〇〕駿奔　蘧常案：詩周頌清廟：駿奔走在廟。爾雅釋詁：駿，速也。

〔一一〕區區句　徐注：史記三王世家：臣竊不勝犬馬心。李注：李陵答蘇武書：區區之心，竊慕此耳。

蘧常案：左傳襄公十七年：宋國區區。

〔三〕匡扶　徐注：國語：匡困資無。注：匡，扶也。

送王文學麗正歸新安

【解題】

徐注：王文學麗正未詳。

蘧常案：史記儒林列傳序：爲博士官置弟子五十人。郡國縣道邑有好文學、敬長上、肅政教、順鄉里者，令相長丞上屬所二千石，謹察可者，詣太常，得受業如弟子。一歲皆輒試，能通一藝以上，補文學、掌故缺。後世因稱諸生爲文學矣。新安，縣名。河北、河南、浙江、安徽、廣東各省皆有之，此似謂今安徽之歙縣，古新安郡之郡治也。明歙縣屬徽州府，領於南京。明史志地理一徽州府歙注：西北有黄山，新安江出焉。王麗正曾在金聲幕，聲保績溪、黄山以抗清，一時池、寧、徽諸府人多應之，詳下，麗正疑亦爲於此時入幕之人。

兩年相遇都門道，只有王生是故人。原廟松楸頻眺望〔一〕，夾城花萼屢經巡〔二〕。

悲歌絶塞將歸客，學劍空山未老身〔三〕。生舊在金侍郎聲幕府。貰得一杯燕市酒〔四〕，傾來和淚溼車輪〔五〕。

【彙校】

〔學劍句〕句下自注：徐注本移題下。

【彙注】

〔一〕原廟　蘧常案：見卷二恭謁孝陵詩「衣冠」二句注。

〔二〕夾城句　徐注：杜甫秋興詩：花蕚夾城通御氣。蘧常案：唐會要：開元二十六年，廣花蕚樓，築夾城，入芙蓉園。

〔三〕學劍句　徐注：史記項羽本紀：學書不成，去，學劍。明史金聲傳：聲，字正希，休寧人。十六年冬，廷臣交薦，即命召用，促入都陛見，未赴而京師陷。福王立於南京，超擢聲左僉都御史。聲堅不起。清兵破南京，列郡望風迎降，聲糾集士民保績溪、黄山，分兵扼六嶺。寧國丘祖德、徽州温璜、貴池吴應箕等多應之，乃遣使通表唐王，授聲右都御史兼兵部右侍郎，總督諸道軍。拔旌德、寧國諸縣。九月下旬，徽故御史黄澍降於清，王師間道襲破之。聲被執至江寧，語門人江天一曰：子有老母，不可死。對曰：天一同公起兵，可不同公殉義乎？遂偕死。

〔四〕燕市酒　徐注：史記刺客列傳：荆軻嗜酒，日與狗屠及高漸離飲於燕市。

〔五〕傾來句　徐注：古詩：腸中車輪轉。

蘧常案：此謂送别將行，傾其酒與淚溼車輪也。

答徐甥乾學

【解題】

徐注：張譜：崇禎三年，先生第五妹歸同邑太僕少卿徐君應聘之孫開法。注：開法字念兹，號坦齋，恩貢生。次年，甥徐乾學生。

蘧常案：清史稿徐乾學傳：字原一，江南崑山人。康熙九年一甲三名進士，授編修。十一年，主順天鄉試，拔韓菼於遺卷中。明年，魁天下，文體一變。十四年，遷左贊善。丁母艱，喪葬一以禮。爲讀禮通考百二十卷。起充明史總裁官，累擢内閣學士，充會典、一統志副總裁。二十六年，遷左都御史。擢刑部尚書。乞罷，卒。

轉蓬枯質自來輕〔一〕，繞樹孤棲尚未成〔二〕。守兔江湄遲夜月〔三〕，飲牛澗底觸秋聲〔四〕。孤單苦憶難兄弟〔五〕，薄劣煩呼似舅甥〔六〕。今日燕臺何邂逅〔七〕？數年心事一班荆〔八〕。

【彙校】

〔煩呼〕徐注本，吴、汪、曹三校本「煩」作「頻」。

【彙注】

〔一〕轉蓬　徐注：曹植雜詩：轉蓬離本根。

〔二〕繞樹句　蘧常案：上年至昌黎、昌平，返山東。復南歸，次揚州。旋又北去至天津。今年二月，復至昌平。六月，返山東。棲遑無定所。故詩云云。

〔三〕守兔句　原注：鮑照擬古詩：南國有儒生，迷方獨淪誤。伐木清江湄，設罝守毚兔。

蘧常案：後漢書章帝紀：朕思遲直士。王先謙集解：何若瑶曰：遲，待也。

〔四〕飲牛句　徐注：高士傳：堯又召許由爲九州長，由不欲聞之，洗耳於潁水濱。巢父牽犢欲飲，見由洗耳，問其故。語之。巢父曰：污吾犢口。牽犢上流飲之。

〔五〕孤單句　徐注：南齊書孝義傳：同里陳穰，孤單無親戚。世説：陳太丘曰：元方難爲兄，季方難爲弟。

蘧常案：清史稿徐元文傳：與兄乾學、弟秉義有聲於時，稱爲「三徐」。元文，字公肅，舉順治十六年進士第一。康熙二十八年，拜文華殿大學士。兄乾學豪放，頗招權利；而元文謹禮法，門庭肅然。秉義，字彦和，舉康熙十二年進士第三。累遷内閣學士。全祖望先生神道表：徐尚書乾學兄弟，甥也。當其未遇，先生振其乏。案：徐譜：崇禎六年，甥徐秉義生。七年，元文生。則秉義兄而元文弟，清史稿疑誤。

〔六〕薄劣句　蘧常案：謝靈運九日從宋公戲馬臺集送孔令詩：彼美丘園道，喟焉傷薄劣。太平御覽卷一百二十八徐爰宋書曰：何無忌，劉牢之甥，酷似其舅。

〔七〕今日句　徐注：上谷郡圖經：黄金臺在易水東南十八里，燕昭王置千金於臺上，以延天下之士。水經注：固安縣有黄金臺。郡國利病書：今都城東南十六里有黄金臺，後人僞爲耳。

蘧常案：李白江上奉答崔宣城詩：謬忝燕臺召，而陪郭隗蹤。

〔八〕班荆　蘧常案：見卷三酬歸祚明戴笠王仍潘檉章四子韭溪草堂聯句見懷二十韻詩「班荆」注。

天津

【解題】

徐注：方輿紀要：天津衛西北至順天府二百七十里，水行四百里。城周九里，北瀕衛河，東繞潞河，漕舟悉出於此。

文皇都北平〔一〕，始建天津衛〔二〕。內以輔神京，外徹溟海際〔三〕。南北瀉兩河，吐納百川細〔四〕。輓漕日夜來，貢賦無留滯〔五〕。重臣鎮其間，鼎足分宣薊。豈惟念輸將，隱然存大計〔六〕。孽盜踵巢芝〔七〕，共主非幽厲〔八〕。曾無一矢遺〔九〕，歘啓都城閉〔一〇〕。馬嵬止玄宗〔一一〕，曹陽宿獻帝〔一二〕。雖云兩日程，乘輿豈能詣〔一三〕？先帝一出宫，洞然知國勢。與其蹈危塗，不若宫中縊〔一四〕。嗚呼事一乖，宇宙遂顛蹶。開府固庸才，奉頭竟南逝〔一五〕。巡撫馮元颺。侈言曲突謀，縱有亦奚濟〔一六〕？何人爲史官？直筆掃蕪翳。登陴望九門〔一七〕，臨風灑哀涕。

【彙校】

〔題〕此首與下舊滄州兩詩，潘刻本、徐注本列在再謁天壽山十三陵詩前。

【彙注】

〔一〕文皇句　蘧常案：明史成祖本紀三：永樂二十二年七月崩。九月，上尊謚曰體天弘道高明廣運聖武神功純仁至孝文皇帝。又志地理一：順天府，洪武元年八月改爲北平府，十月，屬山東行省。二年三月，改屬北平。永樂元年正月，升爲北京。

〔二〕始建句　徐注：方輿紀要：永樂二年，築城置戍。三年，調天津衛及天津左衛治焉。四年，復調天津右衛駐焉。初設備兵使者於此。

蘧常案：明史志地理一河間府静海注：北有天津衛，永樂二年十一月置。

〔三〕内以二句　徐注：方輿紀要：元行海運，以天津海道爲咽喉要道。志云：天津一隅，東南漕舶，鱗集其下。去海不過百里，風帆馳驟，遠自閩、浙，近自登、遼，皆旬日可達。控扼襟要，誠京師第一形勝處也。

〔四〕南北二句　徐注：方輿紀要：静海縣小直沽，其北則北河，受北路之水；其南則衛河，合南路之水，皆會於此，同流入海，天津衛設焉，爲京師東面襟喉之地。

〔五〕輓漕二句　徐注：明史志食貨三：漕運自成祖遷燕，道里遼遠，法凡三變。初支運，次支運兑運相參，至支運悉變爲長運而制定。又：淮、徐、臨、德各有倉。江西、湖廣、浙江民運糧至淮安倉，分遣官軍就近輓運。自淮至徐以浙、直軍；自徐至德以京衛軍；自德至通以山東、河南軍。以次遞運，歲凡四次，可三百萬餘石，名曰支運。由是海陸兩運皆罷，惟存遮洋船。每歲於河南、山東、小灘等水次兑糧三十萬石，十二輸天津，十八由直沽入海輸薊州。

蘧常案：説文解字：漕，水轉穀也。

〔六〕重臣四句　徐注：明史志職官二：成化二年專設都御史贊理軍務，巡撫順天、永平、河間等處。先是，薊、遼有警，間遣重臣巡視，或稱提督；至是，以邊患益甚，始置總督，開府密雲，轄順天、保定、遼東三巡撫。方輿紀要：天津衛，其後遼左多事，增置重臣，已列將領，爲京師東南之巨鎮。又明史：天津巡撫，萬曆二十五年以倭寇陷朝鮮設。漢書鼂錯傳：屯戍之事益省，轉將之費益寡。

蘧常案：明史志兵三：初設遼東、宣府、大同、延綏四鎮，繼設寧夏、甘肅、薊州三鎮。案：宣薊，謂宣府、薊州兩鎮也。

〔七〕巢芝　徐注：唐書黃巢傳：黃巢，曹州人。世鬻鹽，富於貲，善擊劍騎射。乾符二年，濮州賊王仙芝亂長垣，有衆三千。先有謠曰：金色蝦蟆争努眼，翻却曹州天下反。及仙芝盜起，巢與羣從八人，募衆應之。仙芝敗，推巢爲主，號衝天大將軍，陷京師，僭位。號大齊，改元金統。

〔八〕共主句　徐注：孟子：名之曰幽、厲。蘧常案：永昌詔亦云「君非甚暗」，見卷一大行皇帝哀詩「人多」句注。

〔九〕曾無句　徐注：左傳成公十二年：無亦唯是一矢以相加遺。

〔一〇〕歘啓句　蘧常案：小腆紀年：崇禎十七年三月乙巳，闖圍京師。丙午申刻，彰義門忽啓，蓋太監曹化淳獻城也。賊大衆馳入，官軍鳥獸散焉。北略：彰義門忽啓，德勝、平則二門亦隨破，或云王相堯等内應也。

〔一一〕馬嵬句　蘧常案：陝西通志：馬嵬陂，在西安興平縣西二十五里。舊唐書楊貴妃傳：安禄山叛，潼關失守，從幸至馬嵬。禁軍大將軍陳玄禮密啓太子誅國忠父子。既而四軍不散，玄宗遣力士宣問，對曰：賊本尚在。蓋指貴妃也。帝不獲已，與妃詔，遂縊死。

〔一二〕曹陽句　徐注：後漢書獻帝紀：興平二年十一月庚午，李傕、郭汜等追乘輿，戰於東澗，王師敗績。壬申，幸曹陽，露次田中。注：曹陽，澗名，今在陝州西南七里，俗謂之七里澗。又郡國志：弘農郡弘農縣有曹陽亭，曹操改曰子陽澗。

〔一三〕雖云二句　蘧常案：此二句，當爲馮元颺請崇禎南遷之説而發。「兩日程」，謂北京至天津也。其説見黄宗羲巡撫天津右僉都御史留仙馮公神道碑銘：當是時，慈谿馮公留仙巡撫天津。先是，崇禎十六年冬十月，公密陳南北機宜，謂道路將梗，當疏通海道，防患於未然。天子俞之。公乃具海舟二百艘，以備緩急。明年三月，使其子愷章入迎天子，奏曰：京師戎政久虚，以戰以守，無一可恃。臣督勁旅五千，馳赴通郊，躬候聖駕航海行幸留都。初七日，愷章至京師，見張公國維。張公曰：寇深矣，是請也，不可緩。倪公元璐曰：皇上有國君死社稷之言，羣臣無以難也。方公岳貢、范公景文曰：曩者津門餉匱，公要蘇州之運以給之，天子方怒。疏上且死。愷章徬徨七日，不得要領，歸報於公，未四日而京師陷。

〔一四〕先帝四句　徐注：烈皇小識：駙馬鞏永固面奏：賊勢猖獗，官兵畏賊如虎。祈簡才望大臣，重守都城。聖駕南巡，徵兵親討。臣號召京畿義勇，可得十萬衆，扈從起行。上意不決。諸臣言其誕妄，議守九門。十五夜，上復召永固問以前策。對曰：賊前尚遠，人皆畏賊，六龍南幸，從者必多；今者已逼近，人心瓦解，臣不誤陛下也。上頷之。十八夜，上微服雜内奄出東華門。至朝陽門，詭言王太監奉旨出城。守者請以天明請驗。扈從者奪門，守者反礮擊之，不得出。朝陽係朱純臣所守，急詣純臣第。閽人辭以赴宴未回。上歎息而起，走安定門，門閘堅不可舉，乃返厚載門。是夜，方岳貢直宿精微科。四鼓，内侍傳諭諸先生速赴行在，聖上已同鞏駙馬、王太監出宮矣。明史吴甘來傳：有言駕南幸者，甘來曰：主上明決，必不輕出。又史直傳：有傳帝南狩者，直將往從；見賊騎塞道，出門輒返。曰：四方兵戈，駕焉往？

蘧常案：宫中謚，見卷一大行皇帝哀詩題注。

〔一五〕開府二句　徐注：明史馮元飈傳附元飈：元飈，字爾賡，崇禎元年進士。累遷福建提學副使，獲譴，謫山東。十一年，濟南被兵，攝濟寧兵備事。十四年十月，擢右僉都御史，代李繼貞巡撫天津，兼督遼餉。時元飈已掌中樞。帝顧其兄弟厚，嘗賜宫參療元飈疾，而元飈以衰老乞休。詔遣李希沆代，未至而京城陷。元飈乃由海道脱歸。

蘧常案：奉頭，見卷三山海關詩「廣寧」三句注。

〔一六〕侈言二句　徐注：漢書霍光傳：客有過主人者，見其竈直突，旁有積薪。客謂主人更爲曲突，遠徙其薪，不者，且有火患。俄而家果失火。救之幸息。於是殺牛置酒，灼爛者在上行，不言曲突者。人謂主人曰：鄉使聽客之言，不費牛酒，終無火患。今論功而請賓，曲突徙薪無恩澤，焦頭爛額爲上客耶？全云：意指黎洲津撫志銘之非。

蘧常案：黄宗羲巡撫天津右僉都御史留仙馮公神道碑銘：銘曰：當國危言，曰守曰避，擇斯二者，視其形勢。唐避再興，宋守不墜，未嘗執一，以爲正義。奈何小儒，今古不備，伯紀（案：李綱字）一言，遂同成議。南遷之論，其時有二，在外惟公，在内惟李（原注：邦華）。舉朝不然，至委神器，當日陪京，原有深意。公言若行，天威尚厲，官守奔問，山河位置。幸災樂禍，何所施計？吁嗟馮公，此願不遂。蹈海南還，一丘貉睡，鐘鼓無靈，灰釘見志。案：當時頗疑元颺以請南幸未上之疏飾其棄鎮逃歸之罪，故詩以爲即有此謀，亦無濟於實事也。又，「原注邦華」四字，或係誤入。蓋争南幸者爲李明睿（字太虚，時官中允），而邦華則請帝固守京師，以太子監國留都。吴偉業壽座主李太虚詩「江湖有夢争南幸，遼海無家紀北歸」，即指其事。

〔一七〕登陴句　徐注：嘉話録：張巡守睢陽，激厲將士，賦詩曰：裹瘡猶出陣，飲血尚登陴。

蘧常案：九門，見卷二淮東詩「長安」句注。

舊滄洲

【解題】

徐注：明史志地理：河間府滄州，洪武初以州清池縣省入。注：舊治在東南。洪武二年五月，徙於長蘆，即今治也。東濱海，西有衛河，南有浮河，北有長蘆巡檢司。

落日空城内，停驂問路歧〔一〕。曾經看百戰〔二〕，唯有一狻猊〔三〕。

【彙校】

〔題〕徐注本，吴、汪、曹三校本「洲」作「州」。丕績案：作「州」是。

【彙注】

〔一〕停驂　蘧常案：見前卷三薊州詩「停驂」注。

〔二〕曾經句　徐注：方輿紀要：秦屬鉅鹿，漢置渤海郡。燕、齊有事，必先争渤海，地理然也。朱全忠屢攻滄州而未能有，石晉以瀛、莫入契丹而滄州之患益亟。周世宗雖復關南，以州境據河濱海，北望遼、碣，列營戍守。宋承其轍。蒙古取燕，先殘滄、景。及山東羣盜共起亡元，陷清、滄，據長蘆，郊圻皆戰地矣。

〔三〕狻猊　徐注：爾雅：狻猊，狀如虥貓，食虎豹。郭璞注：即獅子也。一統志：開元寺在舊滄州城内，有鐵獅子高一丈七尺，長六尺。相傳周世宗時，有罪人鑄以贖罪，今寺廢，獅亦殘缺。

白下

【解題】

徐注：江寧府志：白下縣城即南琅琊郡，古白石壘。唐書地理志：武德元年，罷金陵縣，築此城，因其舊名曰白下縣。

白下西風落葉侵，重來此地一登臨。清笳皓月秋依壘，野燒寒星夜出林。萬古河山應有主，頻年戈甲苦相尋〔一〕。從教一掬新亭淚〔二〕，江水平添十丈深。

【彙校】

此首常熟瞿氏鐵琴銅劍樓藏蔣山傭詩集本與各本全異，録之如次：白下西風木葉多，重來舊館一經過。氈裘水上依摇櫓，烽火山頭出負戈。月逗隱磯驚鸛雀，雲迷絶島失鼋鼉。登樓即有清笳韻，獨夜何人與嘯歌？

【彙注】

〔一〕頻年句　徐注：南略：鄭成功入鎮江，管效忠戰敗走南京，蔣國柱走丹陽。部院郎廷佐斂兵閉守江寧，檄松江提督馬逢知、崇明提督梁化鳳入援。逢知遞書約降，惟化鳳以四千人至，亦僞降。成功管甲吏某以淫掠被笞，怨成功，縋入城，輸虚實。廷佐令掘神策門出師，成功將余士信被禽，甘輝身中三十餘矢，乃走。廷佐計焚其四艘，鄭兵大敗，奔白土山，舟已開矣。勇鋭投江死者至四千餘人。

蘧常案：詩曰「頻年戈甲」，則當合乙酉清兵之陷南都，明宗室盛瀝之襲江寧，癸巳張名振以鄭成功之師入長江，甲午再入長江至觀音門，及上年成功進攻南京諸役而言。陷南都事，詳卷一上吳侍郎暘詩「鑾輿」句及卷二贈于副將元凱詩「南都」句兩注。張名振事，見卷二金山詩「海師」句及「故侯」句兩注。上年成功進攻事，詳卷三江上詩「江上」二句、「一鼓」句、「覆亡」句各注。徐注僅以成功進攻事當之，非。惟所引有與江上詩注相發者，存之。

〔二〕新亭淚　蘧常案：見卷一京口詩第二首「相對」句注。

重謁孝陵

【解題】

蘧常案：元譜：十七年秋，南歸，抵金陵，七謁孝陵。

舊識中官及老僧，相看多怪往來曾〔一〕。問君何事三千里〔二〕？春謁長陵秋孝陵〔三〕。

【彙注】

〔一〕相看句　徐注：薩都拉詩：舊游多識往來曾。

〔二〕三千里　徐注：明史志地理一：南京距北京三千四百四十五里。

〔三〕長陵、孝陵　徐注：程先貞謝亭林先生序詩詩：周行中土三千里，痛哭先朝十四陵。

蘧常案：長陵見卷三恭謁天壽山十三陵詩題注。孝陵見卷二恭謁孝陵題注。

贈林處士古度

【解題】

蘧常案：元譜：古度，字茂之，一字那子，福清人。時年已八十一。亂後僑寓金陵。著有茂之詩選。案：吴譜、戴注，皆以古度爲侯官人。考同志贈言：古度奉答贈詩，自署福清乳山八十一老人，則元譜是而吴譜非也。錢邦彦顧譜校補據方苞望溪文集三山林湛傳，疑湛爲古度名；然林湛傳言「亂既平，行游浙東西，踰齊、魯，客燕、趙，無所合而歸」，與古度亂前後久客金陵者不符。錢説殆亦非。

老者人所敬〔一〕，於今乃賤之。臨財但苟得〔二〕，不復知廉維。五官既不全，造請無虚時〔三〕。趙孟語諄諄〔四〕，煩亂不可治〔五〕。期頤悲緒淵〔六〕，耄齒嗟蘇威〔七〕。以此住人間，動輒爲世嗤〔八〕。嶷嶷林先生〔九〕，自小工文辭〔一〇〕。彬彬萬曆中，名碩相因依〔一一〕。高會白下亭〔一二〕，卜築清溪湄〔一三〕。同心游岱宗〔一四〕，誼友從湘纍〔一五〕。

江山忽改色，草木皆枯萎。受命松柏獨，不改青青姿〔一六〕。今年八十一，小字書新詩〔一七〕。方正既無詘〔一八〕，聰明矧未衰〔一九〕。吾聞王者興，巡狩名山來。百年且就見，況德爲人師〔二〇〕。唯此耇成人，皇天所慭遺〔二一〕。以洗多壽辱，以作邦家基〔二二〕。

【彙注】

〔一〕老者句　原注：漢書東方朔傳：老者，人所敬也。

〔二〕臨財句　徐注：禮：臨財毋苟得。管子：禮、義、廉、恥，國之四維。日知録：元祐初，知貢舉蘇軾、孔文仲奏言：此曹垂老，别無所望。布在州縣，惟務黷貨以爲歸計。又：及其老也，戒之在得。故有杖鄉之制，以尊高年；致仕之節，以養廉恥。若以賓王謁帝之榮，爲惘老酬勞之具，恐所益於儒林者小，而所傷於風俗者多。養陋識於泥塗，快羶情於升斗。豈有趙孟之禮絳人，穆公之思黄髪，足以裨君德而持國是者乎？

蘧常案：禮「臨財毋苟得」，無論老少也。此「得」字，蓋承上「老者」，兼用論語季氏「及其老也，戒之在得」語。集解：孔曰：得，貪得。

〔三〕造請　徐注：漢書張湯傳：其造請諸公，不避寒暑。

蘧常案：鄭玄周禮地官司門注：造，至也。

〔四〕趙孟句　徐注：左傳襄公三十一年：趙孟將死矣，且年未盈五十，而諄諄然如八九十者。

〔五〕煩亂句　徐注：漢書張敞傳：能吏任治煩亂。

〔六〕期頤句　原注：南史褚淵傳：齊受禪，拜司徒，賓客滿坐。其兄炤歎曰：彦回少立名行，何意披猖至此？門户不幸，復有今日之拜。使彦回作中書郎而死，不當是一名士邪？名德不昌，乃復有期頤之壽。

〔七〕耄齒句　原注：隋書蘇威傳：大唐秦王平王世充，坐於東都閶闔門内。威請謁見，稱老病不能拜起。王遣人數之曰：公隋朝宰輔，政亂不能匡救，遂令品物塗炭，君弑國亡。見李密、王世充皆拜伏舞蹈，今既老病，無勞相見也。尋歸長安，至朝堂請見，又不許。卒於家，年八十八。

〔八〕以此二句　徐注：行在春秋：隆武二年十二月十五日，清陷廣州。注：清將佟養甲、李成棟遣游擊龐起龍僞爲援兵，襲陷廣州，舊輔何吾騶等俱降。永曆二年，李成棟以肇慶内附，吾騶復入直。三年十一月初二，清陷廣州，屠之。南略：先朝輔黄士俊、何吾騶及鄉紳楊邦翰、李貞等俱投誠恐後。當時嘲士俊有「君王若問臣年紀，爲道今年方薙頭」之句。蓋崇禎末年，士俊曾膺存問也。士俊，萬曆癸卯舉人，丁未狀元，至是年已八十二。狀元宰相，他人以不壽爲不幸，而士俊又以多壽爲不幸也。

　蘧常案：不獨何、黄，意亦在錢謙益也。

〔九〕嶷嶷　徐注：史記帝嚳本紀注：嶷嶷，小兒有知也。

〔一〇〕自小句　徐注：杜甫詩：少小愛文辭。

蘧常案：王士禛池北偶談：林茂之先生攜其萬曆甲辰以後六十年所作，屬予論定。因爲披揀，得百五六十首。皆清新婉縟，有六朝初唐之風。施愚山過廣陵讀之，驚曰：世幾不知此老少年面目矣，子真茂之知己也。

〔一一〕彬彬二句　徐注：論語：文質彬彬。唐書盧鈞傳：以鈞名碩長者。

蘧常案：鄧之誠清詩紀事：古度少以撾鼓行受知屠隆，與曹學佺、吴非熊相唱和。案：屠、曹皆萬曆進士。

〔一二〕高會　徐注：江寧府志古蹟：白下亭在宋城東門外，當今通濟門外，亭以城名。

〔一三〕卜築句　徐注：上江兩縣志「鍾山林古度墓」注：待徵録：古度有別墅在溧水乳山，曾營生壙於此。

蘧常案：清溪，當作青溪，見卷三桃葉歌「青溪」注。

〔一四〕岱宗　蘧常案：見卷三登岱詩題注。

〔一五〕湘纍　蘧常案：見卷三京師作詩「悴比」句注。

〔一六〕受命二句　原注：莊子德充符：受命於地，唯松柏獨也，冬夏青青。

〔一七〕新詩　蘧常案：清詩紀事：王士禛盡去天啓甲子以後之作，于是古度故君故國之思，憑弔興亡之作，胥不傳矣。

〔一八〕方正句　蘧常案：江寧府志：年八十餘，貧甚，冬夜擁敗絮，旅寓蕭然。

〔一九〕聰明句　蘧常案：池北偶談云：予見之時，兩目已失明。則在五年後矣。

〔二〇〕吾聞四句　徐注：孟子：五百年必有王者興。禮王制：天子五年一巡狩。又：柴而望祀山川，覲諸侯，問百年者，就見之。後漢書伏湛傳：經爲人師。

〔二一〕耉成人二句　原注：書康誥：汝不遠惟商耉成人。徐注：詩：燕厥皇天。又：不憖遺一老。

〔二二〕多壽辱二句　原注：莊子天地：多壽則多辱。徐注：詩：樂只君子，邦家之基。

附：同志贈言林古度奉答寧人先生贈詩次韻

夙聞聖人言，老者曰安之。今世無聖人，久已弛四維。布内非不欲，有司非其時。予也每自省，平生生莫治。未能即仙去，學彼丁令威，躑躅廛市中，嘗爲俗世嗤。幸遇顧夫子，錯愛贈温辭。有若古賢哲，恍爾是天隨。忘形出至性，過從淮水湄。篋中寡庸言，著述頗累累。最要北游草，覽之不勝披。筆墨類容貌，端然忠義姿。謁拜十三陵，以死而託詩。直是紀朝代，切志興茲衰。旋當建功業，勿謂俟將來。老少不足論，儒雅真吾師。滔滔者斯世，賴有救孑遺。龍馬與鳳鳥，出圖而來儀。

羌胡引

【解題】

蘧常案：「羌胡」，孫校本作「陽虜」，蓋以韻目代「羌虜」，與此不同。考本集每以匈奴、胡、東胡、猾虜、東夷、戎虜、朔虜斥清，未嘗稱羌，蓋以羌在西，與清之在東絶不相類也。即此詩亦只言東夷、夷孽、建州，不一言「羌」，與題不相應。頗疑「陽」蓋代「王」。「陽」「羌」應乙，則爲「虜王」。虜王謂順治。詩首祖龍、佛貍皆比順治，下又歷言其三世入侵之憤。以此立題，似爲得之。此詩作於順治十七年，明年正月丁巳，順治病殁。意當時民間或亦有呪詛謡語流傳，故以祖龍、佛貍作比。所謂「明年」亡，「卯年」死，竟偶中矣。初學記：古琴曲有九引。白石詩説：載始末曰引。

今年祖龍死〔一〕，乃至明年亡〔二〕。佛貍死卯年〔三〕，却待辰年戕〔四〕。歷數推遷小贏縮〔五〕，天行有餘或不足〔六〕。東夷跳梁歷三世〔七〕，四十五年稱僞帝〔八〕。牂牁越嶲入輿圖〔九〕，兩戒山河歸宰制〔一〇〕。佳兵不祥〔一一〕，天道好還〔一二〕，爲賊自賊，爲殘自殘。我國金甌本無缺〔一三〕，亂之初生自夷孽〔一四〕。徵兵以建州〔一五〕，加餉以建州〔一六〕。土司一反西蜀憂〔一七〕，妖民一唱山東愁〔一八〕。以至神州半流賊〔一九〕，誰其嚆矢繇夷酋〔二〇〕。四入郊圻躪齊魯，破邑屠城不可數〔二一〕。刳腹絶腸，折頸摺頤〔二二〕，以澤量屍〔二三〕。幸而得囚〔二四〕，去乃爲夷。夷口呀呀〔二五〕，鑿齒鋸牙〔二六〕。建蚩旗〔二七〕，乘莽車〔二八〕。視千城之流血〔二九〕，擁豔女兮如花〔三〇〕。嗚呼！夷德之殘如此，而謂天欲與之國家〔三一〕！然則蒼蒼者〔三二〕，其果無知也耶？或曰完顏氏之興〔三三〕，不亦然與？中國之弱〔三四〕，蓋自五代。宋與契丹，爲兄爲弟〔三五〕，上告之明神，下傳之子孫〔三六〕。一旦與其屬夷〔三七〕，攻其主人。是以禍成於道君〔三八〕，而天下遂以中分〔三九〕。然而天監無私〔四〇〕，餘殃莫贖〔四一〕，汝水雲昏，幽蘭景促〔四二〕，彼守緒之遺骸，至臨安而埋獄〔四三〕。子不見夫五星之麗天，或進或退，或留或疾〔四四〕。大運之來，固不終日〔四五〕。盈而罰之，動而蹶之。天將棄蔡以壅楚〔四六〕，如欲取而固與〔四七〕。力盡敝五材〔四八〕，火中退寒暑〔四九〕。湯降文生自不遲〔五〇〕，吾將翹足而待之〔五一〕。

【彙校】

〔題〕此首朱刻本，孫託荀校本，孫、吳、汪各校本皆有；潘刻本、徐注本無。孫校本作「陽虞引」，則「羌虜」之代字也。朱刻本注云：「上章困敦」，在贈黃職方後，庚子。孫託荀校本注同，無紀年。

〔歷數句〕孫託荀校本、吳汪兩校本「歷」作「曆」；孫校本「贏」作「嬴」。丕績案：管子勢篇：成功之道，嬴縮爲寶。太玄玄數：推三爲嬴。皆假「嬴」爲「贏」也。

〔東夷跳梁〕朱刻本作「□□□□」；孫校本「夷」作「支」，韻目代字也。

〔僞帝〕朱刻本「僞」作「□」；孫校本「帝」作「霽」，韻目代字也。

〔爲賊二句〕朱刻本兩「賊」字、兩「殘」字皆作「□」。

〔夷孽〕朱刻本作「□□」；孫校本「夷」作「支」，韻目代字也。

〔徵兵二句〕孫校本兩「建」字並作「願」，韻目代字也。

〔夷酋〕朱刻本作「□□」，孫校本作「支尤」，韻目代字也。

〔齊魯〕孫校本作「魯、齊」。

〔破邑屠城〕孫校本作「破屠邑城」。

〔去乃爲夷二句〕朱刻本兩「夷」字作「□」；孫校本作「支」，韻目代字也。

〔千城〕孫校本「千」作「干」。

〔夷德之殘〕朱刻本「夷」、「殘」二字皆作「□」；孫校本「夷」作「支」，韻目代字也。

〔完顏氏〕孫託荀校本無「氏」字。

〔明神〕孫、吴、汪各校本作「神明」。丕績案：注文引葉隆禮契丹國志載契丹誓書，正作「明神」，則作「神明」非。

〔屬夷〕孫校本「夷」作「支」，韻目代字也。

〔汝水〕孫校本「汝」作「海」。

〔動而蹶之〕此句朱刻本，孫託荀校本，吴、汪兩校本皆有；孫校本無。

【彙注】

〔一〕今年句　蘧常案：見卷一秦皇行「隕石化」三句注。祖龍，裴駰史記集解：蘇林曰：祖，始也。龍，人君象。謂始皇也。

〔二〕明年亡　蘧常案：見卷一秦皇行詩題注。

〔三〕佛貍句　蘧常案：北史魏本紀：世祖太武皇帝諱燾。宋書索虜傳：魏明元帝子燾，字佛貍。南史臧質傳：文帝二十七年，魏太武帝率大衆數十萬向彭城，以質爲輔國將軍北救。始至盱眙，太武已過淮。二十八年，太武自廣陵北反，攻盱眙，就質求酒。質封溲便與之。太武怒甚，築長圍。質報太武書云：爾不聞童謡言耶？虜馬飲江水，佛貍死卯年。冥期使然，非復人事。寡人受命相滅，期之白登。師行未遠，爾自送死，豈容復令爾饗有桑乾哉！時魏地童謡曰：軺車北來如穿雉，不意虜馬飲江水；虜主北歸石濟死，虜欲渡江天不徙。故答書引之。

〔四〕辰年戕　蘧常案：北史魏本紀：太武帝正平二年三月甲寅，中常侍宗愛構逆，帝崩於永安宫，時年四十五。案：正平二年，太歲在壬辰，故云「却待辰年戕」也。

〔五〕歷數句　蘧常案：書洪範：五曰曆數。論語堯曰篇：天之曆數在爾躬。劉寶楠正義：書堯典云：乃命羲和，欽若昊天，曆象日月星辰，敬授民時。曆象，曆數，詞意並同，是歲月日星辰運行之法。史記天官書：歲星趨舍而前，曰贏；退舍，曰縮。

〔六〕天行句　蘧常案：易乾：天行健。明史志曆一：天行至健，確然有常，本無古今之異。其歲差、盈縮、遲疾諸行，古無而今有者，因其數甚微，積久始著，古人不覺而後人知之，而非天行之忒也。

〔七〕東夷句　蘧常案：「東夷」謂清，「三世」謂清太祖、太宗、世祖也。清史稿本紀云：其先蓋金遺部。始祖布庫里雍順，定三姓之亂，衆奉爲貝勒，居長白山東俄漠惠之野俄朵里城，號其部族曰滿洲，滿洲自此始。太祖姓愛新覺羅氏，諱努爾哈赤。自摧九部之師，境宇日拓。用兵三十餘年，建國踐祚。薩爾滸一役，翦商業定，遷都瀋陽。太宗，諱皇太極，太祖第八子。内修政事，外勤討伐，用兵如神，所向有功。雖大勳未集，而世祖即位朞年，中外即歸於一統。世祖，諱福臨，太宗第九子。入關定鼎，奄宅區夏，雖景命不融，而丕基已鞏。此所叙武功，即詩所謂「跳梁」也。漢書蕭望之傳：今羌一隅小夷，跳梁於山谷間。

〔八〕四十五年句　蘧常案：清史稿太祖本紀：天命元年丙辰春正月壬申朔，即位，建元天命，定國號曰金。諸貝勒大臣上尊號曰覆育列國英明皇帝。又，太宗本紀：崇德元年夏四月乙酉，行受尊號禮，定有天下之號曰大清，改元崇德。羣臣上尊號曰：寛温仁聖皇帝。案：清天命元年，爲明神宗四十四年，至清順治十七年凡四十五年。

〔九〕牂牁句　蘧常案：漢書地理志「牂牁郡」顔師古注：牂牁，係船杙也。華陽國志云：楚莊蹻伐夜郎，軍至且蘭，椓船於岸而步戰。既滅夜郎，以且蘭有椓船牂牁處，乃改其名爲牂牁。又「越巂郡」應劭注：故邛都國也。有巂水，言越此水以章休盛也。案：此似泛指黔與蜀西南。清史稿世祖本紀：十四年十二月，命洪承疇經略五省，同羅託等取貴州。十五年五月甲子，官軍復沅、靖，進取貴陽、平越、鎮遠等府，南丹、那地、獨山等州，撫寧土司皆降。六月戊辰，吴三桂等敗李定國將劉正國於三坡，克遵義，拔開州。辛未，以趙廷臣爲貴州巡撫。小腆紀年：十六年六月，清兵取成都，明總兵趙友鄢、御史龐之詠、主事賀奇等皆降。冬十月，明郝承裔以邛、眉等州降於清。後漢書鄧禹傳：光武舍城樓，披輿地圖。

〔一〇〕兩戒句　蘧常案：新唐書天文志：李淳風譔法象志，以爲天下山河之象，存乎兩戒：北戒自三危、積石，負終南地絡之陰；東及太華，踰河並雷首、底柱、王屋、太行，北抵常山之右，乃東循塞垣至濊貊、朝鮮，是謂北紀；所以限戎狄也。南戒自岷山、嶓冢，負地絡之陽；東及太華，連商山、熊耳、外方、桐柏，自上洛南踰江、漢，攜武當、荆山至於衡陽，乃東循嶺徼，達東甌、閩中，是謂南紀；所以限蠻夷也。故星傳謂北戒爲胡門，南戒爲越門。

〔一一〕佳兵不祥　蘧常案：老子：夫佳兵者，不祥之器。

〔一二〕天道好還　蘧常案：老子：以道佐人主者，不以兵强天下。其事好還。

〔一三〕我國句　蘧常案：南史朱异傳：侯景降，武帝欲納之，未決。嘗夙興至武德閤口，獨言：我國家猶若金甌，無一傷缺。承平若此，今便受地，詎是事宜！脱至紛紜，悔無所及。

〔一四〕亂之初生　蘧常案：詩小雅巧言：亂之初生。

〔一五〕徵兵句　蘧常案：明史熹宗本紀：天啓元年三月乙卯，清兵取瀋陽。壬戌，取遼陽，經略袁應泰等死之。丙寅，諭兵部：國家文武並用。頃承平日久，視武弁不啻奴隸，致令豪傑解體。今邊疆多故，大風猛士，深軫朕懷！其令有司於山林草澤間，慎選將材。夏四月戊寅，募兵於通州、天津、宣府、大同。甲午，募兵於陝西、河南、山西、浙江。二年三月甲辰，陽武侯薛濂管理募兵。清史稿太祖本紀：滿洲，元於其地置軍民萬户府。明初，置建州衛。

〔一六〕加餉句　蘧常案：明史神宗本紀：萬曆四十六年七月丙午，清兵克清河堡。八月壬申，海運餉遼東。壬辰，遼師乏餉，有司請發各省稅銀，不報。九月辛亥，加天下田賦。又，志食貨二：萬曆四十六年，驟增遼餉三百萬。時内帑充積，帝靳不肯發。户部尚書李汝華乃援征倭、播例，畝加三釐五毫，天下之賦增二百萬有奇。明年復加三釐五毫；明年，以兵、工二部請，復加二釐；通前後九釐，增賦五百二十萬，遂爲歲額。崇禎三年軍興，兵部尚書梁廷棟請增田賦，乃於九釐外畝復徵三釐，共增賦百六十五萬四千有奇；後五年，概徵每兩一錢，名曰助餉；越二年，復行均輸法，畝加徵一分四釐九絲；越二年，楊嗣昌督師，畝加練餉銀一分。御史郝晉言：萬曆末年，合九邊餉止二百八十萬，今加派遼餉至九百萬，勦餉三百三十萬，業已停罷，旋加練餉七百三十餘萬；自古有一年而括二千萬以輸京師，又括京師二千萬以輸邊者乎？疏語雖切實，而時事危急，不能從也。

〔一七〕土司句　蘧常案：明史土司傳：洪武初，西南夷來歸者，即用原官授之。其土司銜號曰宣慰司，曰宣撫司，曰招討司，曰安撫司，曰長官司，以勞績之多寡，分尊卑之等差。而府、州、縣之名亦往往有之。又熹宗本紀：天啓元年九月乙卯，永寧宣撫司奢崇明反，殺巡撫徐可求，據重慶。分兵陷合江、納溪、瀘州。丁卯，陷興文。冬十月乙酉，圍成都。二年正月，成都圍解。二月癸酉，水西土同知安邦彦反。三年五月辛丑，四川官軍敗賊於永寧，奢崇明走紅崖。秋七月壬辰，走龍場，與安邦彦合。六年三月庚戌，安邦彦犯貴州，官兵敗績。又莊烈帝本紀：崇禎二年秋八月甲子，總兵官侯良柱等擊斬奢崇明、安邦彦於紅土川，水西賊平。

〔一八〕妖民句　蘧常案：明史熹宗本紀：天啓二年五月丙午，山東白蓮賊徐鴻儒反，陷鄆城。六月戊午，陷鄒縣、滕縣。冬十月辛巳，官軍復鄒縣，擒徐鴻儒等，山東賊平。餘集三朝紀事闕文序：臣母授臣大學之年，而東方兵起，白氣亘天。明年三月，覆軍殺將。及臣讀周易，爲天啓之初元，而遼陽陷，奢崇明、安邦彦並反。其明年，廣寧陷，山東白蓮教妖民作亂。

〔一九〕以至句　蘧常案：明史熹宗本紀：天啓六年八月，陝西流賊起。甲申朝事小紀：流寇始於榆林軍劫掠近地，不即撲滅，遂至蔓延，由秦而晉而豫而楚而蜀，復返於秦。另詳卷一大行皇帝哀詩「萑苻」句注。

〔二〇〕嚆矢繇夷酋　蘧常案：莊子在宥篇：焉知曾、史之不爲桀、跖嚆矢也。經典釋文：向秀云：嚆矢，矢之鳴者。郭象注：言曾、史爲桀、跖之利用也。後引申謂事物之始，謂其矢未至而聲先至也。此用今義。繇夷酋　蘧常案：爾雅釋水：繇膝以下爲揭。邢昺疏：「繇」與「由」同。

〔二一〕四入二句　蘧常案：梅賾書畢命：申畫郊圻。明史莊烈帝本紀：崇禎二年十一月辛丑，清兵薄德勝門。十二年正月庚申，清兵入濟南，德王由樞被執，布政使張秉文等死之。二月，清兵北歸。三月，出青山口，凡深入二千里，閲五月，下畿内、山東七十餘城。十五年十一月壬申，清兵分道入塞，京師戒嚴。庚辰，清兵克薊州。閏月，清兵南下，畿南郡邑多不守。十二月，趨曹、濮，山東州縣相繼下，魯王以派自殺。

〔二二〕刳腹二句　蘧常案：水經注：榆次縣南側水，有鑿臺。韓、魏殺智伯瑶於其下，刳腹絶腸、折頸摺頤處也。説文解字：摺，敗也。

〔二三〕以澤量屍　蘧常案：莊子人間世篇：輕用民死，死者以國量乎？澤若蕉。成玄英疏：語其多少，以國爲量。案：詩語用莊而略改。

〔二四〕幸而得囚　蘧常案：左傳昭公十五年：吾幸而得囚。

〔二五〕呀呀　蘧常案：獨孤及射虎圖詩：饑虎呀呀立當路。

〔二六〕鑿齒鋸牙　蘧常案：鑿齒，見前卷一海上行「但見」二句注。

〔二七〕建蚩旗　蘧常案：漢書天文志：蚩尤之旗，類彗而後曲，象旗。

〔二八〕乘莽車　蘧常案：漢書王莽傳：或言黄帝時，建華蓋以登僊。莽乃造華蓋九重，高八丈一尺，金瑵羽葆，載以祕機四輪車。駕六馬，力士三百人，黄衣幘。車上人擊鼓。輓者皆呼登僊。莽出，令在前。百官竊言：此似輀車，非僊物也。案：此二句謂清人之入主中夏也。

〔二九〕視千城句　蘧常案：千城流血，不可勝紀。佚名痛史序云：值中邦之多難，來外族之憑陵。揚州慘史，周餘有垂盡之傷；江上孤城，父老皆登陴而哭。等衣冠於塗炭，易桑梓爲龍荒。「江上孤城」，謂江陰也。即就此兩役述之，亦可概其餘矣。王秀楚揚州十日記云：各寺院僧人焚化積尸，查焚尸簿，載數共八十餘萬。其落井投河閉門焚縊者不與焉。烈日蒸灼，尸氣熏人。前後左右，處處焚燒，煙結如霧，腥聞數十里。趙曦明江上孤忠録云：是役也，城守八十一日而破。通計清兵死事不下七萬五千有奇，而吾邑之殉節被難者且十萬矣。清軍於江陰城外一帶地方，逼各家獻寶，姿色婦女擄去者尤多，略不遂意，殺棄河干。甚至四五歲孩童，槍挑球玩，以爲笑樂。將領恨江陰打仗三月，殺傷無數，故不禁約，三日始離境。新縣丞卞化龍命舁尸城外焚瘞於築塘萬骨塋者，爲尸二萬七千餘；就地櫝瘞成阜者，不知其數。三街尸骸焚盡，遂移三街之外。死尸隨燒隨埋，比萬骨塋更多數倍。或山或田岸皆是。此乙酉年殉難紀實也。別見卷一上吳侍郎暘詩「殺戮」二句注。「千城」，孫校本作「干城」。或謂與下「艷女」作對，較工，上已言「破邑屠城」，此不應復言「千城流血」；「干城流血」，指明季遼左陣亡諸將之多。竊意不然。上云「破邑屠城」，指「四入郊圻躪齊、魯」而言，此則指入關以後而言，語非複也。且古體原不必作對，遼左諸將陣亡，亦指清人未入關時，不能與入關後併爲一談也。

〔三〇〕如花　蘧常案：王僧孺月夜詠陳南康新有所納詩：二八人如花。

〔三一〕天欲與之　蘧常案：國語越語：天予不取，反爲之災。史記越王句踐世家：天與不取，反受其咎。

〔三二〕蒼蒼　蘧常案：莊子逍遥遊篇：天之蒼蒼，其正色邪？

〔三三〕完顔氏　蘧常案：金史世紀：金之始祖諱函普，居完顔部僕幹水之涯。

〔三四〕中國之弱句　蘧常案：「中國之弱，蓋自五代」，當指石晉屈事契丹，受册爲兒皇帝。薛居正五代史謂「其圖始之初，强鄰來援。契丹自兹而孔熾，黔黎由是而罹殃。迨至嗣君，兵連禍結。卒使都城失守，舉族爲俘。亦由決鯨海以救焚，何逃没溺？飲鴆漿以止渴，終取喪亡」。蓋兩宋外禍，實由此啓。然文集與李紫瀾書，乃與此異。其言曰：城郭溝池以爲固，甲兵以爲防，米粟芻茭以爲守，三代以來，王者之所不廢。自宋太祖懲五季之亂，一舉而盡撤之，於是風塵乍起，而天下無完邑矣。姑兩著之，以觀其通。

〔三五〕宋與契丹二句　蘧常案：宋史真宗本紀：景德元年十一月，契丹兵至澶州北，直犯前軍西陣。其大帥撻覽耀兵出陣，俄中伏弩死。丙子，帝次澶州，渡河，幸北砦。十二月，契丹使韓杞來講和。遣李繼昌使契丹，定和。甲午，車駕發澶州。乙未，契丹以誓書來。丁酉，契丹兵出塞。戊戌，至自澶州。遼史聖宗本紀：統和二十二年十二月，宋遣李繼昌請和，以太后爲叔母；願歲輸銀十萬兩，絹二十萬匹，許之。畢沅續資治通鑑：曹利用至遼軍帳，議始定。遼主復遣王繼忠見利用，具言南北通和，實爲美事。主上年少，願兄事南朝。

〔三六〕上告二句　蘧常案：葉隆禮契丹國志：報宋誓書云：共議戢兵，復諭通好。兼承惠顧，持示誓書以風土之宜云云。某雖不才，敢遵此約，告之天地，誓之子孫。苟渝此盟，明神是殛。

〔三七〕一旦句　蘧常案：續通志金太祖紀：昭祖舒嚕，始立條教，約束部衆。及耀武於青嶺、白山，而勢乃寖强。遼主（案：契丹至太宗德光，改國號曰遼）官以特哩衮。生子景祖烏古鼐，稍役屬諸部。遼主以爲生女真節度使，稱都太師。遼主嘗欲刻印與之，使係籍，不從。子世祖和哩布。自世祖、肅宗、穆宗、康宗相繼爲節度使。康宗卒，太祖嗣節度使位。金史世紀：穆宗三年，紇石烈部阿疎阻兵爲難，自將伐阿疎，阿疎奔遼。又太祖紀：二年，遼使使來致襲節度之命。初，遼每歲遣使市名鷹海東青於海上，道出境内，徵索無藝，公私厭苦之。康宗嘗以不遣阿疎爲言，稍拒其使者。太祖嗣節度，亦往索阿疎，故常以此二者爲言。至是復遣習古迺往索阿疎。還，具言遼主驕肆廢弛之狀。於是召官僚耆舊，以伐遼告之。進軍寧江州，致遼之罪，克其城。攻賓州，拔之。降祥州、咸州。宋史趙良嗣傳：良嗣本燕人馬植，世爲遼國大族。政和初，童貫出使，植夜見，載與歸。獻策曰：結好女真，與之相約攻遼，其國可圖也。徽宗召見，賜姓趙氏，圖燕之議自此始。宇文懋昭大金國志：天輔三年正月，宋遣其使趙良嗣來議夾攻遼。使金人取中原，宋朝取燕京，許之歲幣。良嗣曰：燕京一帶，則并西京是也。國主亦許之。遂以手劄付良嗣，約以本國兵自平地松林趨古口；南朝兵自白溝夾攻。馬政使於金，國書略曰：共圖問罪之師，誠意不渝，義當如約。已差童貫勒兵相應。宋史徽宗本紀：宣和四年正月，金人破遼中京，遼主北走。三月，遼人立燕王淳爲帝。金人來約夾攻，命童貫爲河北河東宣撫使。五月，分道進兵，兵敗。九月，遼將郭藥師等以涿、易二州來降。郭藥師等出雄州，屢敗。十二月，金人入燕。五年正月，金人來議所許六州代租錢。夏四月，金人以誓書及燕京、涿、易、檀、順、景、薊州來歸。童貫入燕，時燕之職官富民金帛子女，先爲金人盡掠而去。

〔三八〕禍成於道君　蘧常案：宋史徽宗本紀：政和七年夏四月庚申，帝諷道籙院上章，册己爲教主道君皇帝。又：宣和五年六月，遼人張覺以平州來附。十一月，金人取平州。張覺走燕山，金人索之甚急，命王安中縊殺，函其首送之。七年十二月己酉，中山奏金人斡離不、粘罕分兩道入攻，郭藥師以常山叛，北邊諸郡皆陷，又陷忻、代等州，圍太原府。己未，下詔罪己。庚申，内禪。又欽宗本紀：靖康元年十一月丙辰，京城陷。二年三月丁巳，金人脅上皇北行。夏四月庚申朔，金人以帝及皇后、皇太子北歸。府庫蓄積，爲之一空。又：徽宗本紀贊曰：宋中葉之禍，章、蔡首惡，趙良嗣厲階。遼天祚之亡，張覺舉平州來歸，良嗣以爲納之失信於金，必啓外侮；使不納張覺，金雖强，何釁以伐宋哉！

〔三九〕天下遂以中分　蘧常案：宋史地理志：西事甫定，北釁漸起。建燕山、雲中兩路。粗閲三歲，禍變旋作，中原板蕩，故府淪没，職方所記，漫不可考。高宗蒼黄渡江，駐蹕吴會。中原陝右，盡入於金。東畫長淮，西割商、秦之半，以散關爲界。其所存者，兩浙、兩淮、江東西、湖南北、西蜀、福建、廣東、廣西十五路而已。案：西蜀分成都、潼川、利州、夔州四路，故爲十五也。

〔四〇〕天監　蘧常案：詩大雅大明：天監在下。

〔四一〕餘殃　蘧常案：易繫辭：積不善之家，必有餘殃。

〔四二〕汝水二句　蘧常案：金史哀宗本紀：天興二年六月己卯，決策遷蔡。辛卯發歸德。己亥入蔡州。九月辛亥，大元兵築長壘，圍蔡城。十一月，宋遣其將江海、孟珙帥兵萬人，助大元兵攻蔡。十二月丁丑，大元兵決練江，宋兵決柴潭入汝水。己卯，大元兵破外城。己丑，大元兵墮西城。三年正月戊申，傳位於東面元帥承麟。己酉，承麟即位畢，即出捍敵，而南面已立宋幟。俄頃，四面呼聲震天地，南面守者棄門，大軍入，帝自縊於幽蘭軒。末帝退保子城，入哭，謚曰哀宗。城潰，諸禁近舉火焚之，奉御絳山收哀宗骨，瘞之汝水上。末帝爲亂兵所害，金亡。案：瘞之汝水上，蓋爲分骨諱也。

〔四三〕彼守緒二句　蘧常案：金史哀宗本紀：哀宗諱守緒。續資治通鑑宋紀：理宗紹定六年八月，蒙古都元帥塔齊爾約攻蔡州，孟珙、江海帥師赴約。端平元年正月，城破，江海入宮，執參政張天綱以歸。孟珙問金主所在，天綱以實告曰：城危時，即取寶玉寘小室，環以草，號泣自經，曰：死便火我。煙燄未絶。珙乃與塔齊爾分金主骨及寶玉法物，并俘囚張天綱等，獻於行都。丙戌，備禮告於太廟，藏金哀宗骨于大理獄庫。案：宋史理宗本紀及孟珙、洪咨夔等傳，皆載完顏守緒遺骨事，此始末較具，采之。行都謂臨安，宋史高宗紀：建炎三年秋七月辛卯，以杭州爲臨安府。别詳後杭州詩第一首「宋世」二句注。

〔四四〕子不見三句　蘧常案：漢書律曆志：五星之合於五行，水合於辰星，火合於熒惑，金合於太白，木合於歲星，土合於填星。案：漢書天文志言五星吉凶，於歲星云「贏縮出入」；於熒惑云「乍前乍後，乍左乍右」；於太白言「進退留疾」；於辰星云「蚤晚」；於填星云「得失合闕近遠」。此所謂進、退、留、疾，舉其一端也。

〔四五〕不終日　蘧常案：易豫：介於石，不終日，貞吉。

〔四六〕盈而罰之三句　蘧常案：左傳昭公十一年：天將棄蔡以壅楚。盈而罰之，蔡必亡矣。案：第二句非此傳文。孫校本無此句。

〔四七〕如欲取句　蘧常案：老子：將欲奪之，必固與之。案：韓非子喻老篇作「將欲取之，必固與之」。史記管晏列傳索隱引老子同。

〔四八〕力盡句　蘧常案：左傳昭公十一年：天之假助不善，非祚之也，厚其凶惡而降之罰也。且譬之如天，其有五材而將用之，力盡而敝之，是以無拯，不可没振。

〔四九〕火中句　蘧常案：左傳昭公三年：譬如火焉。火中，寒暑乃退。杜預注：火，心星。心以季夏昏中而暑退，季冬旦中而寒退。

〔五〇〕湯降句　蘧常案：詩商頌長發：帝命不違，至于湯齊。湯降不遲，聖敬日躋。又大雅大明：大任有身，生此文王。

〔五一〕吾將句　蘧常案：是時明永曆帝方局蹐於緬甸之者梗；德陽王至濬原，匿交趾之高平，已勢窮出降；其他宗胤，芟刈幾盡。先生於明裔中興，已漸失望，然猶有待於湯降文生，其長策無止之情可見也。

贈黄職方師正　建陽人

【解題】

汪云：建陽黄澂之字靜宜，初名師正，字帥先，晚易今名。一字波民。初以布衣爲史忠正上客。史公殉國，以黄冠歸故鄉，居小桃源。小桃源者，武夷最勝處也。其後出游大江南北。康熙丁未，郡人葉思庵矯然遇之京口僧寮，意氣不少衰。後二十年，思庵至延令放生庵，見其壁上詩，詢之主僧，云化去五年。窮老無子，歿於維揚。長樂陳惕園爲作黄先生傳。

蘧常案：師正自揚州陷後歸故鄉，曾一仕隆武朝。詳下。隆武亡，始出游大江南北。汪未及。明史志地理六福建建寧府建陽注：府西北。

黄君濟川才〔一〕，大器晚成就〔二〕。一出事君王〔三〕，虜馬蹂嶺岫。元臣舉國降，天子蒙塵狩〔四〕。崎嶇遂奔亡，空山侶猿狖〔五〕。蕭然冶城側〔六〕，窮巷一廛僦〔七〕。數口費經營〔八〕，索飯兼穉幼。清操獨介然〔九〕，片言便拂袖。常思扶日月，摘却旄頭宿〔一〇〕。神州既陸沈〔一一〕，時命乃大謬。南望建陽山，荒阡餘石獸〔一二〕。生違鹿柴居〔一三〕，死欠狐丘首〔一四〕。矢口爲詩文〔一五〕，吐言每奇秀。揚州九月中〔一六〕，煨芋試新酎〔一七〕。猛志雷破山〔一八〕，劇談河放溜〔一九〕。否終當自傾〔二〇〕，佇待名賢救。落落我等存，一繩維宇宙〔二一〕。

【彙校】

〔虜馬〕潘刻本、徐注本、孫校本「虜」作「牧」；吴、汪兩校本作「胡」。

〔天子〕潘刻本、徐注本、孫校本作「羽葆」。

〔扶日月〕潘刻本、徐注本作「驅五丁」。徐并出注：華陽國志：惠王作石牛五頭，朝瀉金其後，曰牛便金。蜀人悦之，乃遣五丁迎石牛。又，惠王許嫁五女於蜀，蜀遣五丁迎。還到梓潼，見一大蛇入穴，一人攬其尾，五人相助，大呼抴蛇。山崩時，壓殺四五人及秦五女，而山分爲五。今其山或名爲五丁冢。

〔摘却句〕孫校本「却」作「起」；潘刻本、徐注本作「一起天柱仆」。徐并出注：文天祥正氣歌：天柱賴以立。一統志：江西南安府城東北有天柱峰，一峰插天如柱。廣韻：仆，偃也。

〔神州句〕潘刻本、徐注本作「微誠抱區區」。徐并出注：李商隱賀聖表：犬馬之微誠空切。

〔我等存〕潘刻本「我」作「□」；徐注本，吳、汪、曹三校本作「公」。

【彙注】

〔一〕濟川才　徐注：書：若濟巨川，用汝作舟楫。

〔二〕大器句　徐注：老子：大器晚成。後漢書馬援傳：朱勃年十二能誦書，援見之自失。援兄況曰：朱勃智盡此爾，勿畏也。爾大材當晚成。

〔三〕一出句　蘧常案：此謂師正仕隆武朝，以兵部主事監軍。思文大紀：隆武二年五月，監軍兵部主事黄師正進督師史可法遺表，上曰：可法名重山河，光争日月，至今兒童走卒咸知其名。應得贈恤祭葬易名未盡事宜，行在該部即行詳議具奏。聞其母、妻猶陷寇穴，一子未知存亡，作何獲尋，黄師正多方圖之。明末五小史亦載其進史可法遺表事。

〔四〕虜馬三句　蘧常案：事詳卷一精衛詩「大海」句注，卷二贈于副將元凱詩「平虜」句、「胡兵」句、「七閩」句各注。

〔五〕猿狖　徐注：屈原九章：深林杳以冥冥兮，乃猿狖之所居。

蘧常案：高誘淮南子覽冥訓注：狖，援屬也。長尾而昂鼻。

〔六〕冶城　蘧常案：見卷三桃葉歌「冶城」注。

〔七〕窮巷句　徐注：戰國策：且夫蘇秦特窮巷掘門桑户棬樞之士耳。孟子：願受一廛而爲氓。

廣韻：僦，即就切，賃也。

〔八〕數口句　遯常案：師正此時尚有幼稚，則汪云無子，或未確耶？

〔九〕介然　徐注：漢書律曆志：介然有常。

〔一〇〕旄頭宿　遯常案：漢書天文志：昴曰旄頭，胡星也。晉書天文志：昴大而數盡動若跳躍者，胡兵大起。一星獨跳躍，餘不動者，胡欲犯邊境也（案：「一星」下十五字據羣書拾補增）。

〔一一〕神州陸沈　遯常案：見卷一吴興行贈歸高士祚明「神州」句注。

〔一二〕南望二句　徐注：方輿紀要：建陽縣東山，縣東十里其相接者曰横山。又：西山，縣西北七十里，蔡元定讀書其中。對峙者曰蘆峰山，山接崇安界，朱子築草堂，讀書其中，名曰雲谷，晦庵在焉。又百丈山，又九峰山，又太平山，考亭在焉。又鷹山，游酢讀書處也。又縣西唐石山。謝枋得自信州敗，走入唐石山，轉茶坂，寓逆旅中，既而賣卜於建陽市。

遯常案：「建陽山」云云，似言其祖塋所在。其先有達者，故有石獸之制。下「死欠狐丘首」句，正應此。徐注列舉諸山古蹟，於「荒阡」句無關合，非。

〔一三〕鹿柴　徐注：王維鹿柴詩注：「輞川别墅中有鹿柴。」

〔一四〕死欠句　徐注：禮檀弓：狐死正首丘。

〔一五〕矢口句　徐注：揚子法言：聖人矢口而成言。同志贈言黄師正懷寧人客燕詩：故都那可入，遠覽逞雄心。陵廟風塵滿，關河雨雪深。寒驢歌出塞，倦鳥憶歸林。若遇荆高飲，傾囊好贈金。燕昭曾築館，祇爲報齊仇。君過金臺下，能無故國憂？霸才窺景略，義士訪田疇。望望龍文炯，留心過冀州。又寧人道兄歸自燕山出示近作詩：幾年離索動相思，多在停雲落月時。訪嶽先成登岱記，入都争誦謁陵詩。史遷歷覽文章古，季札觀風縞紵宜。獨愧故人匏繫久，天門日月未曾騎。又奉酬寧人廣陵客舍見贈之作：落木淮南惜歲餘，紙窗燈火伴離居。雲開睥睨遥帆轉，霜冷觚棱遠磬疏。此日依僧仍貰酒，從來爲客不歌魚。山經水志關王略，豈爲窮愁始著書。異時憂患共艱難，何意今朝續舊歡。激烈歌聲知近楚，繁華風物故稱邗。聞雞拔劍中宵舞，老蠹攤書盡日看。卻笑爲儒頭欲白，與君冠敝不須彈。汪云：其小桃源山居詩云：枘鑿方知入世非，幽尋勝踐豈全違？琴清月夜留僧宿，酒熟春山待客歸。自製竹皮籠短髮，新裁荷葉理初衣。平生羞乞陶奴米，橡實寒泉可療飢。

〔一六〕揚州句　徐注：徐譜：先生是時寓居淮上。案：書吴潘二子事云：潘子刻國史考異三卷，寄余於淮上。即謂是年也。贈黄師正詩：揚州九月中，煨芋試新酎。又顧與治詩序云：冬，余過六合，沈子遷出與治詩一編。皆先生此年南歸後行蹤也。

〔一七〕新酎　徐注：大招：四酎并孰。注：醇酒爲酎。

〔一八〕猛志句　徐注：莊子齊物論：疾雷破山。段注：後漢書公孫瓚傳：猛志益盛。

〔一九〕劇談句　徐注：漢書揚雄傳：口吃不能劇談。

蘧常案：梁元帝蕭繹早發龍巢詩：征人喜放溜，曉發晨陽隈。

〔二〇〕否終　徐注：易：否終則傾，何可長也。

〔二一〕一繩句　蘧常案：見卷二久留燕子磯院中有感而作詩「相逢」二句注。

元日　已下重光赤奮若

【解題】

蘧常案：是年明永曆十五年十二月戊申，永曆被執。明統絶。清順治十八年。公元一六六一年。冒云：是年先生年四十九。

霧雪晦夷辰〔一〕，麗日開華始〔二〕。窮陰畢除節〔三〕，復旦臨初紀〔四〕。夷曆元日，先大統一日。行宫刊木間〔五〕，輦路山林裏〔六〕。雲氣誰得闚〔七〕？真龍自今起〔八〕。天王未還京〔九〕，流離況臣子。奔走六七年〔一〇〕，率野歌虎兕〔一一〕。行行適吴會，三徑荒不理〔一二〕。鵬翼候扶摇〔一三〕，鯤鬐望春水〔一四〕。頹齡尚未衰〔一五〕，長策無中止〔一六〕。

【彙校】

〔題〕此首朱刻本，孫託荀校本，孫、吴、汪各校本皆有。潘刻本、徐注本無。朱刻本注云：以下重光赤奮若，在杭州詩前。辛丑。孫託荀校本注云：在贈黃職方詩後。

〔夷辰〕朱刻本「夷」作「□」；孫校本作「支」，韻目代字也。

〔麗日〕孫託荀校本「日」作「景」。

〔除節〕孫校本「除」作「餘」。

〔復旦句〕句下自注「夷曆元日先大統一日」九字，朱刻本「夷」作「□」，孫校本「夷」作「支」，韻目代字也。

〔蓽路〕孫託荀校本「蓽」作「篳」，孫校本「蓽」作「華」，丕績案：作「篳」是；作「華」當爲形近之誤。

〔誰得闕〕冒、吳、汪各校本「誰」作「雖」。

〔無中止〕孫託荀校本「中」作「終」。

【彙注】

〔一〕雰雪句　蘧常案：詩小雅信南山：雨雪雰雰。案：清紬明之大統曆，依西人新法推算，已詳卷二元日詩「反以」句注。是年元旦先明曆一日，故曰「夷辰」。小腆紀年：順治十八年春正月辛亥朔。

〔二〕麗日句　蘧常案：宋史樂志：麗日重光。漢書禮樂志：七始華始。注：華始，萬物英華之始也。案：，詩「華」字，假謂中華。小腆紀年云：明永曆十三年冬十月戊子朔，頒曆於緬甸，從鄧凱請也。本年大統曆當以正月壬子爲元旦。

〔三〕窮陰句　蘧常案：鮑照舞鶴賦：窮陰殺節。案：孫校本「除節」作「餘節」，於義爲長，應從改。

〔四〕復旦句　蘧常案：尚書大傳：舜將禪禹，百官相和而歌卿雲曰：卿雲爛兮，糺縵縵兮。日月光華，旦復旦兮。焦延壽易林：天地易紀，日月更始。

〔五〕行宮句　蘧常案：左思吴都賦：烏聞梁、岷有陟方之館，行宮之基與？書禹貢：隨山刊木。江聲集注音疏：刊，槎識也。謂槎其木爲表識，以表其道也。史記曰：行山表木。南疆逸史永曆帝紀略：己亥十三年五月戊辰，進赭硜。緬人于赭硜搆臺，以棲車駕，置草屋十間，編竹爲城，每日兵士百餘人護之。從官各結茅散處。案：赭硜一作者梗。

〔六〕篳路句　蘧常案：左傳宣公十二年：篳路藍縷，以啓山林。杜注：篳路，敝車；藍縷，敝衣。史記楚世家：篳露藍蔞，以處草莽。小腆紀傳永曆紀：順治十六年己亥，夏四月，移蹕至者梗，庶僚之貧者，飢寒藍縷。大臣有三日不舉火者。野史無文永曆皇帝兵敗入緬甸土司紀事：進至地名者梗，緬民每日貿易如市，我大臣等皆短衣跣足，混入民婦之内，互相交易。緬官譏曰：原來天朝大臣如此規矩禮貌，安有不失天下者乎？案：孫詒讓本作「篳路」，是，應從。

〔七〕雲氣句　蘧常案：史記高祖本紀：秦始皇帝常曰東南有天子氣，於是因東游以厭之。高祖即自疑，亡匿，隱於芒碭山澤巖石之間。吕后與人俱求，常得之。高祖怪問之。吕后曰：季所居上常有雲氣，故從往常得季。高祖心喜。沛中子弟或聞之，多欲附者矣。

〔八〕真龍　蘧常案：見卷一哭楊主事廷樞詩「真龍」句注。

〔九〕天王句　蘧常案：天王見卷二元日詩「天王春」注。小腆紀年：順治十八年春正月辛亥朔，明桂王在緬甸之者梗。

〔一〇〕奔走句　蘧常案：據年譜，自順治十一年春由洞庭東山至江寧後，流轉各地，至十七年冬，前後凡七年。七年中游縱如下：十一年春，游金山，至江寧，卜居鍾山下。出游儀真，歷太平、采石磯，東抵蕪湖。秋又游燕子磯，至冬始還。十二年春，歸崑山，因訟，移獄松江。十三年春，獄解，歸崑山。復至鍾山。夏秋之際，曾南游，未達而返。詳卷三出郭、旅中兩詩注。冬還鍾山。十四年，歸崑山後北游，至萊州、青州、濟南。十五年，至泰安、兖州、曲阜、鄒縣、鄒平、章丘、長山、北京、薊州、玉田、永平。十六年，出山海關，還至昌黎、昌平。出居庸關，返山東，南歸至揚州，旋復北上，至天津。十七年，至昌平，復返山東。旋南歸，過六合，抵江寧，寓居淮上。其冬歸吴，似仍還洞庭山也。

〔一一〕率野句　蘧常案：詩小雅何草不黄：匪兕匪虎，率彼曠野。史記孔子世家：陳、蔡大夫圍孔子於野，不得行，絶糧。顔淵入見，孔子曰：回，詩云：匪兕匪虎，率彼曠野。吾道非邪？吾何爲於此？顔回曰：夫子之道至大，故天下莫能容。雖然，夫子推而行之，不容何病？不容，然後見君子。裴駰集解：王肅曰：率，循也。言非兕虎而循曠野也。

〔一二〕行行二句　蘧常案：曹丕雜詩：吹我東南行，行行至吴會。吴會，見卷二翦髮詩「流轉」句注。三輔決録：蔣詡字元卿，舍中竹下開三徑，唯求仲、羊仲從之游。陶潛歸去來辭：三徑就荒，松菊猶存。案：諸年譜皆謂順治十八年回蘇，不言月，亦不言季。據上句，則十七年冬已適吴矣；據下句，則元日前已到家，故言三徑之不理也。或曰：起程在十七年冬，至則在本年春。然原寓淮上，去鄉固不甚遠。且舊俗歸必度歲，何至冬發而春至乎。又案：元譜與張譜皆云回蘇，吴譜云回吴門，皆謂回蘇州也。則歸非崑山，而爲郡城。徐譜順治十年云：先生去年自王家營仍歸洞庭山。是年有路舍人家詩。路居於洞庭東山也。由洞庭山至江寧，復自江寧歸吴。贈楊永言詩序云：今復來吴下，感舊有贈。皆在吴之跡也。據此則所云「三徑」，不在郡城而在洞庭山也。

〔一三〕鵬翼句　蘧常案：莊子逍遥遊篇：鵬之背，不知其幾千里也。怒而飛，其翼若垂天之雲。鵬之徙於南溟也，水擊三千里，摶扶摇而上者九萬里。爾雅釋天：扶摇謂之猋。郭注：暴風從下上也。案：至此猶不忘圖南也。

〔一四〕鯤鬐句　蘧常案：宋玉對楚王問：鯤魚朝發崑崙之墟，暴鬐於碣石，暮宿於孟諸。夫尺澤之鯢，豈能與之量江海之大哉！

〔一五〕頹齡句　蘧常案：陶潛九日閑居詩：酒能祛百慮，菊解制頹齡。

〔一六〕長策　蘧常案：漢書王吉傳：未有建萬世之長策。

杭州　二首

【解題】

徐注：明史志地理五：杭州府，元杭州路，屬江浙行省，太祖丙午年十一月爲府。領縣九：錢塘、仁和、海寧、餘杭、富陽、臨安、於潛、新城、昌化。元譜：指潞王監國時事。

宋世都臨安，江山已失據〔一〕。猶誇天目山，龍翔而鳳翥〔二〕。重江險足憑〔三〕，百貨東西聚〔四〕。於此號行都，六帝鑾輿駐〔五〕。西輸楚蜀資〔六〕，北擁淮海戍〔七〕。湖光映罘罳，山色連宮樹〔八〕。兩國罷干戈〔九〕，君臣日遊豫。襄樊一陷没，千里無完固〔一〇〕。梵唄響殿庭〔一一〕，番僧相陵墓〔一二〕。天運亦何常，以此思其懼〔一三〕。

【彙校】

〔題〕潘刻本、徐注本題下有自注「已下重光赤奮若」七字。蓋原在上元日詩題下，潘删元日詩，乃移此，徐從潘本也。

〔東西聚〕潘刻本、孫校本「西」作「南」。

【彙注】

〔一〕宋世二句　徐注：宋史地理志：建炎三年閏八月，高宗自建康如臨安，以州治爲行宫。宋史李綱傳：言車駕巡幸之所，關中爲上，襄陽次之，建康爲下。陛下縱未能行上策，猶當且適襄、鄧，示不忘故都，以繫天下之心。又曰：自古中興之主，起於西北則足以據中原而有東南，起於東南則不能以復中原而有西北。又建炎四年復上疏曰：往時，自南都退而至維揚，則河北、河東、關、陝失矣；自維揚退而至江、浙，則京東、京西失矣。萬一有敵騎南牧，將復退避，不知何所適而可乎？李注：宋玉神女賦：顛倒失據。

〔二〕猶詩二句　徐注：方輿紀要：天目山在杭州府臨安縣西五十里，於潛縣北四十里。唐六典：天目山，十道名山之一也。黄海長云：郭璞地記：天目山垂兩乳長，龍飛鳳舞向錢塘。蓋東西二瀑布噴流數里，下注成沼，曰蛟龍池，即苕溪、桐溪之上源也。

〔三〕重江句　徐注：宋史高宗紀：至鎮江，召從臣問去留。吕頤浩乞駐蹕京口，王淵獨言鎮江止可捍一面，不如錢唐有重江之險。

　　蘧常案：鮑照蕪城賦：重江複關之險。

〔四〕百貨句　徐注：古杭夢游録：自大内和寧門外新路南北，寶玉珍異及花果時新海鮮野味奇器，天下所無者，悉集於此。食物店鋪，人煙浩穰；其夜市，除大内前後，諸處亦然。

〔五〕於此二句　徐注：陳隨應南渡行宫記：杭州治，舊錢王宫也，紹興因之爲行宫，皇城九里。

岳珂桯史：行都之山，肇自天目。又曰：六龍南巡，四朝奠都，帝王之真，於是乎驗。案：宋都臨安，爲高宗、孝宗、光宗、寧宗、理宗、度宗。

蘧常案：鑾輿，見前卷一上吴侍郎暘詩「鑾輿」句注。

〔六〕西輸句　徐注：宋史李綱傳：南通荆、湖、巴、蜀，可以取貨財。明史史可法傳：宋之南也，其君臣盡力楚、蜀，而後可以保臨安。

〔七〕北擁句　徐注：宋史胡銓傳：疏言：淮、泗今日之藩籬咽喉也。又張浚傳：淮東宜於盱眙屯戍，以扼清河上流；淮西宜於濠、壽屯戍，以扼渦、潁之運。地理通釋：曾涣曰：淮東控扼有六：一曰海陵，二曰喻口，三曰鹽城，四曰寶應，五曰清口，六曰盱眙。

〔八〕湖光二句　徐注：杭州府志：西湖，故明聖湖也。周繞三十里，三面環山。漢書文帝紀：未央宫東闕罘罳災。注：師古曰：罘罳，謂連闕曲閣也，以覆重刻垣墉之處，其形罘罳然。説文新附字：罘罳，屏也。杭州府志：鳳凰山在城南十里。高宗南渡駐蹕，因州治建行宫，山遂環入苑内。宋史輿服志：奉太上則有德壽宫、重華宫、壽康宫，奉聖母則有慈寧宫、慈福宫、壽慈宫。北内苑則有大池，引西湖水注之。其上疊石爲山，象飛來峰。有樓曰聚遠，禁籞周迴。南渡行宫記：清霽亭前芙蓉，後木樨；玉質亭梅繞之。後苑梅花千樹曰梅岡亭。冰花亭枕小西湖曰水月境界。南宫門外垂楊夾道，間芙蓉，環朱闌二里，至外宫門。

〔九〕兩國句　徐注：宋史真德秀傳：國家南渡，駐蹕海隅，何異越棲會稽之日。而秦檜乃以議和移奪上心，粉飾太平，沮鑠士氣；士大夫豢於錢塘湖山歌舞之娱，無復故都黍離麥秀之歎，此檜之罪所謂上通於天而不可贖也。宋史陳亮傳：亮詣闕上書曰：其風俗固已華靡，士大夫又從而治園囿臺榭，以樂其生。於干戈之餘，上下晏安，而錢塘爲樂國矣。一隙之地，本不足以容萬乘，而鎮壓且五十年，山川之氣，蓋亦發洩而無餘。故穀粟桑麻絲枲之利，歲耗於一歲；禽獸魚鼈草木之生，日微於一日，而上下不以爲異也。公卿將相，大抵多江、浙、閩、蜀之人，而人才亦日以凡下。場屋之士以十萬數，而文墨小異，已足以稱雄於其間。陛下據錢塘已耗之氣，用江、浙日衰之士，而欲鼓東南習安脆弱之衆，北向以争中原，臣是以知其難也。續通鑑宋論：始終誤宋以至於亡者，和也。君昏臣闇，苟且歲月。真德秀疏請亟圖自安之策曰：以忍恥和戎爲福，以息兵忘戰爲常。積安邊之金繒，飾行人之玉帛，女真尚存，則用之女真，强敵更生，則施之强敵，此苟安之計也。

遷常案：盧湛贈崔悦温嶠詩：暇日聊游豫。「游」亦作「遊」。孟子梁惠王篇：一遊一豫，爲諸侯度。趙注：豫，亦遊也。又案：宋史真德秀傳，無徐注所引文。

〔一○〕襄樊二句 徐注：宋史度宗紀：咸淳五年正月，元史天澤圍襄陽。三月，元阿朮自白阿以師圍樊城。張世傑帥師救襄陽，及元人戰於赤灘圃，敗績。九年正月，元取樊城，守將張漢英、都統制范天順、牛富死之。二月，吕文焕以襄陽叛，降元。先生形勢論：孟珙言襄、樊國之根本，百戰復之，當加經理。及元取宋，果自襄陽、樊城以度鄂。故以天下之力圍二城者五年，及其渡江，不二年取臨安矣。

〔一一〕梵唄句　蘧常案：楞嚴經：梵唄詠歌。梁高僧傳經師篇論：天竺方俗，凡歌詠法言，皆稱爲唄。

〔一二〕番僧句　徐注：荀子正論：扣人之墓。蘧常案：元史釋老傳：有嘉木楊剌勒智者，世祖用爲江南釋教總統。發掘故宋趙氏諸陵之在錢塘、紹興者，及其大臣冢墳，凡一百一所。案：楊剌勒智一作楊璉真珈，又作嗣占妙高，實一人也。文集子胥鞭平王之尸辨云：楊璉真珈取宋諸帝之骸，雜牛馬同瘞。另詳後宋六陵詩題注。

〔一三〕以此句　徐注：唐書五行志：則思有以致而爲之戒懼。

浙西錢穀地，不以封宗室〔一〕。南渡始僑藩，懿親藉丞弼〔二〕。序非涿郡疎〔三〕，德則琅琊匹〔四〕。如何負扆謀，蒼黄止三日〔五〕。那肱召周軍〔六〕，匈奴王衛律〔七〕。所以敵國人，盡得我虚實。青絲江上來〔八〕，朱邸城中出〔九〕。一代都人士，盡屈穹廬膝〔一〇〕。誰爲斬逆臣，一奮南史筆〔一一〕。

【彙校】

〔匈奴句〕潘刻本，徐注本，孫、汪兩校本「匈奴」皆作「北庭」。孫託荀校本云：原本下有小注「真東谦」。

〔穹廬〕潘刻本、徐注本、曹校本作「旃裘」。

【彙注】

〔一〕浙西二句　徐注：浙江通志：宋紹興二年，分浙爲東西二路。西路治臨安府，嘉禾郡及湖、嚴二州皆屬焉。又圖書編：處置兩浙，當天下財賦之半。明史志地理：杭州府注：洪武三年四月建吴王府。十一年正月，改封周王，遷河南開封府。

〔二〕南渡二句　徐注：南略：甲申六月初八，命護送潞王於杭州。明史諸王傳：潞簡王翊鏐，穆宗第四子。萬曆十七年之藩衛輝。四十二年，太后哀問至，翊鏐悲痛廢寢食，未幾，薨。世子常淓幼，母妃李氏理藩事。四十六年，常淓嗣。崇禎中，流賊擾秦、晉、河北，常淓疏告急，言衛輝城卑土惡，請選護衛三千人助守，捐歲入萬金資餉，不煩司農，朝廷嘉之。盜發王妃塚，常淓上言：賊蔓延漸及江北，鳳、泗陵寢可虞，宜早行勦滅。時諸藩中能急國難者，惟周、潞二王云。後賊躪中州，常淓流寓於杭。全云：謂潞王也。段注：左傳僖公二十四年：如是則兄弟雖有小忿，不廢懿親。書：以旦夕承弼厥辟。

〔三〕涿郡　蘧常案：見卷三春半詩「晚世」二句注。

〔四〕琅琊　蘧常案：晉書元帝本紀：元皇帝諱睿，字景文。宣帝曾孫，琅琊恭王覲之子也。年十五，嗣位琅琊王。

面也。

〔五〕如何二句　徐注：聖安本紀：諸大臣皆欲立潞王。乙酉六月，杭州擁立潞王監國。南略：潞王監國僅三日。

蘧常案：淮南子氾論訓：負扆而朝諸侯。高誘注：負，背也。扆，户牖之間。言南面也。

〔六〕那肱句　原注：北齊書高阿那肱傳：後主還鄴，侍衛逃散，惟那肱及内官數十騎從行。後主走度太行，令那肱以數千人投濟州關，仍遣覘候。每奏云：周軍未至，且在青州集兵，未須南行。及周將尉遲迥至關，肱遂降。時人皆云肱表款周武，必仰生致齊主，故不述報兵至，使後主被擒。肱至長安，授大將軍，封郡公，爲隆州刺史，誅。　徐注：案南疆逸史：陸培，字鯤庭，仁和人。崇禎庚辰進士，不謁選。大兵至浙，培謁巡撫張秉貞，請兵拒守，而秉貞已與陳洪範謀挾潞王降，令曰：太后在此，危駕者誅。培慟哭去，曰：事難立矣。夏完淳續幸存録：迨清已有南下之志，始遣陳洪範、左懋第北行。洪範與敵合謀，夤夜逃歸，遂成秦檜之奸計。又：潞邸監國杭州，復遣陳洪範請割江南四郡以和。洪範陰與敵疾趨武林，潞邸手足無措，爲敵所縛。　全云：高阿那肱指陳洪範。

蘧常案：那肱似謂張秉貞，下始謂陳洪範也。

〔七〕匈奴句　徐注：漢書李陵傳：單于以衛律爲丁靈王。衛律者，父本長水胡人。律生長漢，善協律都尉李延年，延年薦律使匈奴。會延年家收，律懼并誅，還降匈奴。匈奴愛之，常在單于左右。又蘇武傳：陵見其至誠，喟然歎曰：嗟乎，義士！陵與衛律之罪，上通于天。

蘧常案：孫託荀校本云：元本句下有注云：「真東豏」，不可解。戴子高云「或是張秉貞」，而韻亦不類。尹炎武書亭林詩集後云：余試以韻目諧之，蓋陳洪範三字耳。尹說是。此注當係自注，而此本偶脱，賴孫本存之，亦潘抄之漏未改者。陳洪範款附於清，別詳卷一感事詩第六首「驛使」句注。封爵事未詳。

〔八〕青絲　蘧常案：見卷一海上詩第二首「名王」句注。

〔九〕朱邸句　徐注：南略浙紀：順治二年五月，豫王既定南都，分兵入浙，大帥貝勒博洛也。貝勒以書招潞王，王度力不能拒，又不忍殘民，遂身詣營，請勿殘民。貝勒許之，按兵入城。段注：謝朓拜中軍記室辭隋王子隆牋：朱邸方開。

蘧常案：徐芳烈浙東紀略：乙酉八月，月內，貝勒不復駐杭，率杭鎮陳洪範、降撫張秉貞擁惠、潞二王北去。

〔一〇〕一代二句　徐注：丘遲與陳伯之書：聞鳴鏑而股戰，對穹廬而屈膝。南略浙紀：杭州既降；故大學士劉宗周約與同郡祁彪佳同舉事，不果。彪佳先赴池水死，宗周絶粒死。大學士高弘圖不食死，行人陸培自縊死，杭州同知王道焜、錢塘知縣顧咸建、臨安知縣唐自綵皆死。案：杭州降，闔城紳士無死節者，惟陸鯤庭從容就縊。日知録：後世不知此，而文章之士，多護李陵；智計之家，或稱譙叟。此說一行，則國無守臣，人無植節，反顏事仇，行若狗彘而不知愧也。何怪乎五代之長樂老序平生以爲榮，滅廉恥而不顧者乎？

蘧常案：詩小雅都人士：彼都人士。鄭箋：城郭之域曰都。古明王時，都人之有士行者。王道焜，仁和人。官南雄、邵武二府同知，擢兵部職方主事。都城陷，南歸。爲紳士之殉節者，非杭州同知也。南略誤。

〔二〕誰爲二句　徐注：南略：馬士英以太后走杭州，守臣以總兵府爲母妃行宫。不數日，大鋮、國安俱倉皇至。次日，請潞王監國。不受。已從巡撫張秉貞及陳洪範等謀，決計迎款。大鋮、國安先後降。尋唐王走順昌，我兵搜龍扛得士英、大鋮、國安父子請王出關爲内應疏，遂駢斬士英、國安於延平城下。大鋮方游山，自觸石死，仍戮屍云。左傳襄公二十五年：太史書曰：崔杼弑其君。崔子殺之。其弟嗣書而死者二人。其弟又書，乃舍之。南史氏聞太史盡死，執簡以往，聞既書矣，乃還。揚雄解嘲：士頗得信其舌而奮其筆。

蘧常案：「逆臣」似謂張秉貞、陳洪範，與上文相應。張、陳惡不甚彰，如記載竟有言潞王與張秉貞、陳洪範決計迎欵者，如小腆紀年；又有謂潞王知力不能拒，身自詣營，語勿殘民者，如南略；言之較確者，如南疆逸史、續幸存録。然鮮及陳洪範北使欵附賣國賣友之罪，如清官書所記，其惡尤浮於張秉貞。然秉貞與同惡，亦豈得少從寬貸，故欲皆得而斬之，尤欲如南史氏者奮其筆而誅之於既死也。如馬、阮稔惡昭著，且已伏辜，又何必如此云云耶？

禹陵

【解題】

徐注：會稽縣志：禹陵在會稽山西北五里。

蘧常案：墨子節葬篇：禹東教乎九夷，道死，葬會稽之山。既葬，收餘壤其上，壟若參耕之畝，則止矣。史記夏本紀：禹會諸侯計功而崩，因葬焉，命曰會稽。會稽者，會計也。

大禹巡南守，相傳此地崩〔一〕。禮同虞帝陟〔二〕，神契鼎湖升〔三〕。窆石形模古〔四〕，墟宫世代仍〔五〕。探奇疑是穴〔六〕，考典或言陵〔七〕。玉帛千年會〔八〕，山河一氣憑。御香來敕使〔九〕，主守付髡僧〔一〇〕。樹暗巖雲積，苔深壑雨蒸。鵂鶹呼冢柏〔一一〕，蝙蝠下祠燈。餘烈猶於越〔一二〕，分封竝杞鄫〔一三〕。國詒明德胙〔一四〕，人有霸圖稱。往者三光墜，江干一障乘〔一五〕。投戈降北固〔一六〕，授孑守西興〔一七〕。沖主常虛己〔一八〕，謀臣動自矜〔一九〕。普天皆晉禄〔二〇〕，無地使賢能〔二一〕。合戰山回霧〔二二〕，窮追海踐冰〔二三〕。蠡城迷白草〔二四〕，鏡沼爛紅菱〔二五〕。樵採岡陵徧〔二六〕，弓刀塢壁增〔二七〕。遺文留仆碣，仄徑長荒藤。望古頻搔首，嗟今更撫膺〔二八〕。會稽山色好〔二九〕，悽惻獨攀登。

【彙校】

〔苔深〕徐注本，吴、汪、曹三校本「深」皆作「痕」。

〔明德胙〕徐注本，孫、吴、汪、曹各校本「胙」皆作「祚」。

〔晉禄〕潘刻本，徐注本，孫、冒、吴、曹各校本皆作「爵禄」。

〔岡陵〕潘刻本，徐注本、孫、吴、汪、曹各校本「陵」皆作「林」。

【彙注】

〔一〕大禹二句　蘧常案：史記夏本紀：十年，帝東巡狩至於會稽而崩。

〔二〕虞帝陟　徐注：書：舜五十載，陟方乃死。會稽嘉泰志：禹巡狩江南，死而葬焉。猶舜陟方而死，遂葬蒼梧。

〔三〕鼎湖升　蘧常案：見卷一十月二十日奉先妣葬詩「先皇」句注。

〔四〕窆石　徐注：會稽嘉泰志云：是山之東，隱若劍脊。西向而下，下有窆石，或曰：此正葬處。

〔五〕墟宫　徐注：禮檀弓：「虚墓之間」注：虚本作墟。

〔六〕探奇句　徐注：太史公自序：上會稽，探禹穴。吕祖謙入越記：龍瑞宫旁即禹穴，乃大石中斷成鎛，殊不古。殆非司馬子長所探也。浙江通志：陽明洞外飛來石下爲禹穴。一曰禹陵，或曰禹藏書處。

〔七〕考典句　徐注：皇覽：禹冢在會稽。自先秦古書帝王墳皆不稱陵，陵之名自漢始。

〔八〕玉帛句　蘧常案：見卷一帝京篇「玉帛」句注。

〔九〕御香句　徐注：明史志禮四：洪武三年，遣使訪先代陵寢，各製袞冕，函香幣，遣秘書監丞陶誼等往修祀禮，親製祝文遣之。仍令有司禁樵採，歲時祭祀，牲用太牢；仍命各行省具圖以進。在會稽者二祀：夏禹，宋孝宗。仲春仲秋朔，遣使詣各陵致祭。

〔一〇〕主守句　徐注：明史志禮四：禮部定議，陵立一碑，令有司歲時修葺。設陵户二人守視。說文：髡，鬄髮也。

〔一一〕鵂鶹　蘧常案：廣雅釋鳥：鵂鶹、茅鴟，鵄也。釋玄應一切經音義卷七引舍人云：茅鴟喜食鼠，大目也。太平御覽卷九百廿三引孫炎曰：大目，鵂鶹也。

〔一二〕餘烈句　原注：史記越世家贊：越世世爲公侯，蓋禹之餘烈也。

〔一三〕分封句　原注：周語：有夏雖衰，杞、鄫猶在。

〔一四〕明德　徐注：左傳昭公元年：美哉禹功！明德遠矣。

〔一五〕往者二句　蘧常案：三光墜，見卷二十廟詩「神奉」四句注。案：此謂南北都陷。一障，見前卷三京師作詩「居一障」注。小腆紀年：乙酉六月，杭州降。閏六月庚寅，明會稽生員鄭遵謙集其徒，號義興軍，搴旗過清風里，殺山陰知縣彭萬里、署紹興知府張愫。取庫中兵仗給士卒，襲殺招撫使於江上，表迎魯王監國。諸義旅一時並起。詔爲義興將軍。

〔一六〕投戈句　徐注：舊唐書李光顔傳：投戈請命。

蘧常案：北固，見卷二贈于副將元凱詩「北固」注。案：北固蓋謂鎮江。鎮江之陷，在乙酉五月己丑，下距魯王監國，已歷兩月，似無關涉。待考。

〔一七〕授孑句　原注：左傳莊公四年：授師孑焉以伐隨。徐注：輿地紀勝：西興，蕭山西。本名西陵，錢鏐以爲非吉語，改之。

蘧常案：小腆紀傳監國魯王紀：乙酉十一月，王勞軍江上，駐劄西興，築壇拜方國安爲帥。命各營僉聽節制。

〔一八〕沖主句　蘧常案：書盤庚：肆予沖人。謚法：幼少在位曰沖。石匱書後集魯王世家贊：實意虚心。人人響用。

〔一九〕謀臣句　徐注：史記項羽本紀贊：自矜功伐。

蘧常案：國語齊語：桓公曰：施伯，魯君之謀臣也。

〔二〇〕普天句　蘧常案：「晉爵」各本多作「爵禄」。汪云：作「爵禄」爲是。以下句對仗言，作「爵禄」是也。應從改。小腆紀年：乙酉十二月，明魯太常寺卿莊元辰疏言：五等崇封，有如探囊，有爲昔時佐命元臣所不能得者。則恩賞何其濫也！

〔二一〕無地句　蘧常案：「無地」，似謂江上兵敗，魯王入海之事。詳卷二贈于副將元凱詩「召對」句及「胡沙」句兩注。下二句皆言入海以後事也，可證。

〔二二〕合戰句　蘧常案：石匱書後集魯王世家：張名振、阮俊扈監國至舟山。辛卯，清大舉治艦，分三路入海，一從吴淞，一從台、温，一正出定海關。監國以八月之朔親出視師，嚴以待戰。十七日，清兵出定海，阮俊令水師江天保以四水船迎擊，敗清，沈其十三舟。據十餘人，斷其右臂而歸之曰：俾知我王師之不殺也。俊易清，以爲不復出定海，而分其勁師應南北二路，自當定海之衝。閱五月，清兵復出定海，天大霧，咫尺不能辨，不意其猝接，阮俊傍哨舟，兵少不能戰，急呼所坐最大船壓之，而風止，船不可動。俊負奇力，時清兵盡裹俊船，不敢上。俊乃手火桶，倉猝觸清桅，激，反入俊舟。俊躍水以解，清兵鈎起之，三日卒。此月二十有一日也。於是清兵直薄城下，相持十日，陷。定西侯張名振扶監國南泛。

〔二三〕窮追句　原注：通鑑：慕容皝攻慕容仁。時海凍，皝自昌黎東踐冰而進。
蘧常案：此事無考，當爲監國南泛後事，或在是年冬月歟？

〔二四〕蠡城　徐注：越絶書：山陰大城，范蠡所築。一統志：紹興府山陰故城，今府治。

〔二五〕鏡沼　徐注：一統志：府南，一名鏡湖。任昉述異記：軒轅氏鑄鏡湖邊。或云，黄帝獲寶鏡於此。又云，本王羲之語：山陰路上行，如在鏡中游。

〔二六〕樵採句　蘧常案：東華録：順治十三年，浙撫秦世楨以造戰船，伐宋陵樹木。

〔二七〕塢壁　原注：越絶書：防隖者，越所以遏吴軍也；杭塢者，勾踐杭也。

〔二八〕望古二句　藼常案：顔延之陶徵士誄：望古遥集。案：此二句總束上文。「人有霸圖稱」以上，望古也；「往者三光墜」以下，嗟今也。

〔二九〕會稽山　徐注：史記越世家：越王乃以餘兵五千人保棲於會稽。注：上會稽山也。方輿紀要：府東南十二里。其東西連阜接岫，如宛委、秦望、法華諸山稱名勝者，凡數十計，皆會稽之支阜也。

宋六陵

【解題】

徐注：一統志：宋欑宫在會稽，寶山凡六陵：高宗永思陵，孝宗永阜陵，光宗永崇陵，寧宗永茂陵，理宗永穆陵，度宗永紹陵。

六陵饒荆榛〔一〕，白日愁春雨。山原互起伏，井邑猶成聚〔二〕。偃折冬青枝，哀哀叫杜宇〔三〕。海水再桑田，江頭動金鼓〔四〕。躝屩一遷逡〔五〕，淚灑欑宫土〔六〕。

【彙注】

〔一〕六陵句　徐注：杜珪紀聞：至正中，西僧楊璉真珈（藼常案：元史作「楊剌勒智」，又或作

「嗣古妙高」）利宋諸陵寶物，因倡妖言惑主，盡發欑宫之在會稽者。斷殘支體，攫珠襦玉匣，焚其胔，棄草莽間。復斷理宗頂骨爲飲器。李材解酲語：諸髡所得寶物：徽宗陵走花鳥玉筆箱，銅涼撥繡管；高宗陵珍珠戲馬鞍，係嶺南劉鋹進太祖者；光宗陵交加百齒梳香骨案；理宗陵伏虎枕、穿雲琴，以金貓睛爲徽，龍肝石爲軫，唐宫故物也；度宗陵五色藤盤影魚黄瓊扇柄。其餘寶物，不可枚舉。

〔二〕井邑句　徐注：易井卦：改邑不改井。説苑：衆人成聚，聖人不犯。

〔三〕偃折二句　徐注：陶宗儀輟耕録：唐玨，字玉潛，會稽山陰人。戊寅十二月，有總統江南浮屠者曰楊璉真珈，率徒役頓蕭山，發趙氏諸陵寢。唐時聞之，痛憤，亟貨家具，邀里中少年，收遺骸共瘞之。又於宋常朝殿前掘冬青樹一株，植於兩函土堆之上。有夢中詩三首，其二云：一坏自築珠丘土，雙匣親傳竺國經。只有春風知此意，年年杜宇哭冬青。

　　蘧常案：通鑑後編：元至正二十二年，詔發宋會稽諸陵，從西僧嗣古妙高之請也。時宋遺民有好義者，潛取諸帝骨藏之，種冬青樹爲記。

〔四〕江頭句　徐注：左傳僖公二十二年，金鼓以聲氣也。

　　蘧常案：事見前禹陵詩「往者」二句及「授孑」句兩注。

〔五〕躡屩句　原注：楚辭九章：遷逡次而勿驅兮，聊假日以須時。洪興祖補注：遷逡，猶逡巡，行不進貌。逡，七旬反。

蘧常案：躡屩，見卷一擬唐人五言八韻申包胥乞師詩「躡屩」句注。

〔六〕欑宫　蘧常案：宋史禮志：靈駕既還，當崇奉陵寢，或稱欑宫。章炳麟新方言：江、淮、吴、越皆謂藁葬曰欑。義詳後三月十九日有事於欑宫詩題注。

顔神山中見橘

【解題】

徐注：明史志地理：青州府益都西南有顔神鎮，孝婦河出焉。入淄川縣界，有顔神鎮巡檢司。方輿紀要：顔神鎮，府西南百八十里，接萊蕪、淄川二縣界，以齊孝婦顔文妻居此得名。地宜陶，又産鉛及煤，居民稠密，商旅輻至，設巡司及税課局於此。青石岡在西南，兩山壁立，連亘數里，唐賽兒作亂，據此。

蘧常案：戴注：山在益都。

黄苞緑葉似荆南〔一〕，立雪凌寒性自甘。但得靈均長結伴〔二〕，顔神山下即江南〔三〕。

【彙校】

〔江南〕潘刻本，徐注本，吴、曹兩校本作「江潭」。

【彙注】

〔一〕黄苞句　徐注：楚辭屈原九章橘頌：青黄雜糅，文章爛兮。洪興祖補注：橘實初青，既熟則黄。又：緑葉素榮，紛其可喜兮。十國春秋荆南一：荆南舊統八州，昭、宣以來，爲諸道蠶食。高季昌至荆南，惟江陵一城。

蘧常案：橘頌：受命不遷，生南國兮。

〔二〕但得句　徐注：屈原離騷：名余曰正則兮，字余曰靈均。

蘧常案：橘頌：願歲并謝，與長友兮。王逸注：言己願與橘同心并志，歲月雖去，年且衰老，長爲朋友，不相離也。

〔三〕江南　徐注：楚辭漁父：屈原既放，游於江潭，行吟澤畔。

蘧常案：江南「南」字，與第一句韻複，且與第三句不相應，當誤。各本皆作「江潭」，是，應從改。

三月十九日有事於欑宫時聞緬國之報　已下玄黓攝提格

【解題】

徐注：康熙元年壬寅。先生謁欑宫文：伏念臣草野微生，干戈餘息。行年五十，慨駒隙之難留；涉路三千，望龍髯而愈遠。兹當忌日，祇拜山陵。履雨露之方濡，實深哀痛；睠松楸之勿蕑，猶藉神靈。敢陳于沼之毛，庶格在天之馭。臣某謹言。先生昌平山水記：昔宋之南渡，會稽諸陵皆曰欑宫，實陵而名不以陵。春秋之法，君弑，賊不討，不書葬，實陵而名未葬。今之言陵者，名也，未葬者，實也，實未葬而名葬，臣子之義所不敢出也。故從其實而書之也。明史諸王傳：十八年十二月，大兵臨緬，白文選自木邦降，定國走景綫，緬人以由榔父子送軍前。明年四月，死於雲南。南略：十七年庚子，永曆在緬甸，朝廷度外置之，議撤兵節餉。而三桂擅兵權，必欲俘獲永曆爲功。南疆逸史：夏四月望日戊午，王終，年三十有八。妃與王子俱從死。王豐頤偉幹，貌似神宗，而性惡繁華，素不飲酒，無聲色玩好，雖不甚學而喜聞講論忠義，事兩宫俱克盡孝。蒙難時，有暴風雷雨之異，士卒皆涕出。叢葬於雲南郡城北門外。康熙元年壬寅，詔免獻俘，故永明得終於滇。時李定國猶乞師車里、暹羅諸國，既聞王信，乃慟哭却食，旁皇於交趾境上，呼天祈死，即以是夏發病卒。冒云：先生是年年五十。

蘧常案：是年明統已絶，而海上鄭氏猶奉正朔，稱永曆十六年，明後多有依之者。直至清康熙二十二年鄭氏被滅，明朔始亡，先生捐館之明年也。此後仍年紀之，告朔餼羊之意，亦先生志歟？公元爲一六二二年。

此日空階薦一觴，軒臺雲氣久芒芒〔一〕。時來夏后還重祀〔二〕，識定凡君自未亡〔三〕。宿鳥乍歸陵樹穩，春花初放果園香〔四〕。年年霑灑頻寒食〔五〕，咫尺龍髯近帝旁〔六〕。

【彙校】

〔題〕潘刻本「緬」作「□」。

〔時來句〕潘刻本「后」、「重」字皆作「□」；徐注本、曹校本「重」作「存」。

不續案：徐注本無「時聞緬國之報」六字。

【彙注】

〔一〕軒臺　徐注：山海經：西王母山有軒轅之臺。舊唐書武宗紀：威靈皆盛於軒臺，風雲還疑於豐沛。

蘧常案：軒臺喻崇禎所葬地，即所謂「欑宫」者。芒芒，見前卷三山海關詩「芒芒」句注，惟此應用杜預左傳襄公四年「芒芒禹迹」注「遠貌」爲合。即謁欑宫文「望龍髯而愈遠」之意。

〔二〕時來句　徐注：東華録：永曆致書三桂，有云：逆賊授首之後，南方一帶土字，非復先朝有也。南方諸臣，不忍宗社之顛覆，迎立南陽。何圖枕席未安，干戈猝至。弘光殄祀，隆武慘誅。僕於此時，幾不欲生，猶暇爲宗社計乎？諸臣强之再三，謬承先緒。又云：山遥水遠，言笑誰歡？既失世守之河山，苟全微命於蠻服，亦自幸矣。乃將軍不避艱險，請命遠來。提數十萬之衆，窮追逆旅之身，何視天下之不廣哉？又云：若其轉禍爲福，或以南方寸土，仍存三恪，更非敢望。倘得與太平草木同霑雨露於聖朝，惟將軍是命。將軍臣事大清，亦可謂不忘故主之血食，不負先帝之大德也。

蘧常案：此用夏少康中興事，詳卷二隆武二年八月上出狩詩「夏后」四句及卷三濰縣詩「夏祚」四句兩注。意謂永曆雖亡，尚冀有如少康者出，即前羌胡行所謂「湯降文生」之意。徐注似非詩旨。

〔三〕識定句　原注：莊子田子方：楚王與凡君坐。少焉，楚王左右曰凡亡者三。凡君曰：凡之亡也，不足以喪吾存。夫凡之亡不足以喪吾存，則楚之存不足以存存。由是觀之，則凡未始亡，而楚未始存也。

蘧常案：經典釋文：司馬云：凡，國名，在汲郡共縣。春秋隱公七年：天王使凡伯來聘。杜注：凡伯，周卿士。凡國，伯爵也。共縣東南有凡城。

〔四〕果園　原注：三輔黃圖：安陵有果園。

〔五〕寒食　蘧常案：見卷一金陵雜詩第二首「百五日」注。

〔六〕咫尺句　蘧常案：咫尺，見卷三元日詩「咫尺」句注。龍髯，見卷一十月二十日奉先妣葬詩「先皇」句注。

古北口　四首

【解題】

徐注：明史志地理：順天府昌平州領縣三：密雲，元檀州，北有古北口。洪武十二年九月，置守禦千户所於此。三十年，改爲密雲後衛。又有石塘嶺、墻子嶺等關。昌平山水記：自石匣至古北口計程六十里。古北口城在山上，周四里三百一十步，三門。密雲後衛領左右中前後五千户所，其後以參將一人守之。古北口自唐始名。金史，古北口國言曰留斡嶺。元史，古北口千户所於檀州北面東口置司。唐莊宗之取幽州，遣劉光濬克古北口；遼太祖之取山南也，先下古北口；金之滅遼，希尹大破遼兵於古北口，其取燕京也，蒲莧敗宋兵於古北口；嘉靖二十九年，俺答之犯京師也，入古北口，出古北口。故中居庸、山海而制其阸塞者，古北、喜峰二口焉。永樂八年正月丙子，塞古北口小關口及大關外門，僅通一人一馬。方輿紀要：古北口在密雲縣東北百二十里，兩崖壁立，中有路僅容一車，下有深淵，巨石磊砢，凡四十五里，爲險絶之道。亦曰虎北口。

漢家亭障接山南〔一〕，光禄臺空倚夕嵐〔二〕。戍卒耕田烽火寂〔三〕，唯餘城下一茅菴。

【彙注】

〔一〕漢家句　徐注：昌平州志：四海治，内撫屬夷，外禦强敵。凡有警有事，輒報黄花，謂之山南。地理通釋：秦、漢之間，稱山北、山南、山東、山西者，皆指太行。

蘧常案：「漢家」似指明。明史志兵三：洪武二年，從淮安侯華雲龍言，自永平、薊州、密雲迤西二千餘里，關隘百二十有九，皆置戍守。九年，敕燕山前後等十一衛，分兵守古北口、居庸關、喜峰口、松亭關，烽堠百九十六處。二十年，置北平行都司於大寧及營州五屯衛。二十五年，又築東勝城於河州東。東受降城之東設十六衛，與大同相望。自遼以西數千里，聲勢相望。下皆謂未棄大小興州時邊疆靖謐之情也。

〔二〕光禄句　徐注：史記匈奴列傳：太初三年，漢使光禄徐自爲出五原塞數百里，遠者千餘里，築城障列亭至廬朐。王維逍遥谷宴集序：日在濛汜，羣山夕嵐。

〔三〕戍卒句　徐注：昌平山水記：自過古北口，居人草菴板屋。

蘧常案：明史志食貨一：屯田之制，曰軍屯，曰民屯。太祖初，立民兵萬户府，寓兵於農，其法最善。是時，遣鄧愈、湯和諸將屯陝西、彰德、汝寧、北平、永平，益講屯政。天下衛所州縣軍民，皆事墾闢矣。其制，移民就寬鄉，或召募，或罪徙者，爲民屯，皆領之有司；而軍屯則領之衛所。邊地三分守城，七分屯糧；内地二分守城，八分屯糧。每軍受田五十畝爲一分，給耕牛農具，教樹植，復租賦。

歲歲飛鴻出口迴，年年採木下川來〔一〕。川中鹿角都除却〔二〕，便似函關日夜開〔三〕。

【彙校】

〔川中〕徐注本，吴、汪、曹三校本「川」作「山」。

【彙注】

〔一〕採木　徐注：方輿紀要：霧靈山峰巒攢列，深松茂柏。内地之民，多取材焉。元有伐木官。

〔二〕川中句　徐注：諸葛武侯集軍令：敵已來進，持鹿角兵悉却在連衡後；敵已附，鹿角裏兵但得進踞，以矛戟刺之。

蘧常案：都印三餘贅筆：軍中寨柵，埋樹木外向，名曰鹿角。案：先生昌平山水記云：潮河即濼水，自塞外興州發源，入古北口，西南經密雲、懷柔至牛欄山與白河合，其寬處可一二里。昔人斫大樹倒著川中。狹處僅二三丈，以巨木爲柞，縱横布石，以限戎馬。此漢郎中侯應所謂木柴僵落，谿谷水門者。此即所謂「川中鹿角」也。山水記又云：然水性湍急，大雨則諸崖之水，奔騰而下，漂木走石，當歲歲修治。所云「功費久遠不可勝計也」。此

「都除却」之故也。徐注亦取此節，而注於上句，失其意矣。或本「川」作「山」，蓋不解川中之有鹿角而改之歟？

〔三〕便似句　徐注：明史志地理：河南府靈寶有函谷故關。水經注：函谷新關在新安東，關高嶮峽，路出廛郭。又：函谷關西去長安四百里。秦法：日入則閉，雞鳴則開。

蘧常案：括地志：函谷故關在陝州桃林縣南十一里，有關城在谷中。深險如函，東西十五里，絶岸壁立。漢武帝元鼎三年，從楊僕言，徙故關於新安東界，以故關爲弘農縣。東徙蓋三百里，謂之新關。

白髮黄冠老道流〔一〕，自言家世小興州〔二〕。一從移向山南住，吹角孤城二百秋〔三〕。永樂初棄大、小興州

【彙校】

〔吹角句〕句下自注「永樂初棄大小興州」八字，徐注本在「州」韻下。

【彙注】

〔一〕黄冠老道流　徐注：唐書方伎傳：李淳風父播仕隋高唐尉。棄官爲道士，號黄冠子。

〔二〕小興州　徐注：昌平山水記：小興州直古北口外九十里，大興州直曹家寨東北，距古北口

可三日程。本漢女祁縣地。遼爲北安州興化軍興化縣。金承安五年，升爲興州。洪武二年六月，命副將軍常遇春、偏將軍李文忠率軍次全寧，敗元丞相也速，進攻大興州。也速夜遁，設伏大敗之。自新開嶺進，下開平。三年七月辛卯，以古北口山外雲州、興州隸北平府。四年，罷山後諸州，徙民於山南。及營建大寧，立興州，左右中前後五衛實居其地，後之記載闕焉。故從邊人之稱曰大興州、小興州也。

〔三〕一從二句　徐注：通禮義纂：蚩尤與黄帝戰，帝命吹角作龍鳴以禦之。郡國利病書：太寧淪失，天壽與異域爲鄰。

蘧常案：明史志兵三：文帝即位，改北平行都司爲大寧都司，徙之保定。調營州五屯衛於順義、薊州、平谷、香河、三河，以大寧地畀兀良哈。自是遼東與宣、大聲援阻絶。又以東勝孤遠難守，調左衛於永平，右衛於遵化，而墟其地。昌平山水記：永樂元年，泰寧、福餘、朵顔三衛益求内附，畀以大寧故衛地，使爲外藩。自古北口至山海關外，爲朵顔；自廣寧前屯衛至廣寧白雲山外，爲泰寧；自大雲山至開元外，爲福餘。歲許兩貢，繇喜峰口入。或曰：靖難兵之起，三衛夷人從戰有功，故畀之。國史不書，莫可考焉。尋叛附阿魯台。二十年七月，上親征，大敗其衆。宣德三年九月，上巡邊，適其入寇，逆擊，大破之。正統九年七月，兀良哈入寇，發兵二十萬，分四道，朱勇出喜峰口，馬諒出界嶺口，徐亨出劉家口，陳懷出古北口，逾灤江，渡柳河，經大小興州，過神樹，破福餘于全寧，又破泰寧、朵顔于虎頭山。自是三衛雖衰，而怨中國益深。因通也先，爲嚮導入寇。後復謝罪入貢，國家亦撫納，而小小爲寇鈔不絶，正德十年，朵顏入馬蘭峪殺參將陳乾，故有「吹角孤城二百秋」之歎也。

霧靈山上雜花生，山下流泉入塞聲〔一〕。却恨不逢張少保，磧南猶築受降城〔二〕。

霧靈山在曹家寨邊外。嘉靖初，巡撫王大用欲賂三衛，取其山城之，不果。

【彙校】

〔霧靈山上〕徐注本「上」作「下」。丕績案：與下句複，誤。

〔磧南句〕句下自注，徐注本在「山下」句下。

【彙注】

〔一〕霧靈二句　徐注：方輿紀要：古北口外有萬塔、黄崖，西南接潮河川，即霧靈山之支麓也。案，霧靈山在密雲縣東北二百里，南距邊四十里。一名萬花臺。

〔二〕却恨二句　徐注：明史張臣傳：臣更歷四鎮，名著塞垣，爲一時良將。子承廕，代麻貴爲遼東總兵官，擊蟒、金諸部出塞。又虎墩兔所屬貴、英、哈等三十餘部悉奉約束，遼西得少安。後於撫順戰死，贈少保。昌平山水記：正德中，撫臣王大用議據霧靈以守，則徑直而易，請出不意，築城守之，以扼其險，如唐、宋受降大順故事。不果。

蘧常案：張少保似指唐張仁愿。仁愿，開元二年卒，贈太子少保，見唐書本傳。傳謂仁愿爲朔方軍總管，請乘虛取漠南地，於河北築三受降城，絶虜南寇路。以拂雲爲中城，南直朔方，西城南直靈武，東城南直榆林，三壘相距各四百餘里。其北皆大磧也。自是突厥不敢逾山牧馬。與此所謂磧南築受降城者合；且與昌平山水記所云王大用議請出不意，築城守之，事尤相類。蓋取喻以惜王議之不見用也。徐注引張臣父子事；張臣父子無築城事，與下句不相應，非。

五十初度時在昌平

【解題】

徐注：元譜：五月二十八日，先生誕辰，致饋者，作書辭之。日知録生日條下自注：余昔年薊門生日，有致饋者，答以書。先生與友人辭祝書：竊惟生日之禮，古人所無。小弁之逐子，始説我辰；哀郢之故臣，乃言初度。故唐文皇以劬勞之訓，垂泣以對羣臣，而近時孫退谷、張簣山著論欲廢此禮。彼居常處順者猶且辭之，況鄙人生丁不造，情事異人，流離四方，偷存視息。又：知我者當閔其不幸而弔慰之，不當施之以非禮之禮，使之拂其心而夭其性也。

蘧常案：昌平，見卷三恭謁天壽山十三陵詩「昌平」句注。

居然濩落念無成〔一〕，隙駟流萍度此生〔二〕。遠路不須愁日暮〔三〕，老年終自望河清〔四〕。常隨黄鵠翔山影，慣聽青驄別塞聲〔五〕。舉目陵京猶舊國〔六〕，可能鐘鼎一揚名〔七〕？

【彙校】

〔終自〕吴、汪、曹三校本「終」作「猶」，與七句複，非。

【彙注】

〔一〕居然句　蘧常案：見卷三前詩意有未盡再賦四章詩第一首「濩落」句注。

〔二〕隙駟句　徐注：杜甫佐還山後寄詩：浩蕩逐流萍。

〔三〕遠路句　徐注：史記伍子胥列傳：吾日暮而途遠，吾倒行而逆施之矣。

〔四〕老年句　徐注：左傳襄公八年：俟河之清，人壽幾何？

〔五〕青驄　徐注：古樂府：青驄白馬紫絲繮。

〔六〕陵京　蘧常案：明史志地理一昌平州注：北有天壽山，成祖以下陵寢咸在。詳卷三恭謁天壽山十三陵詩諸注。陵京，見前同詩「一朝」二句注。

〔七〕鐘鼎　蘧常案：墨子：琢之盤盂，銘於鐘鼎，傳於後世。

北嶽廟

【解題】

徐注：先生北嶽辨：考之虞書：十有一月朔，巡狩，至於北嶽。周禮：并州其山鎮曰恒。爾雅：恒山爲北嶽。注並指爲上曲陽。三代以上，雖無其迹，而史記云：常山王有罪，遷，天子封其弟於真定，以續先王祀，而以常山爲郡。然後五嶽皆在天子之邦。漢書云：常山之祠於上曲陽。應劭風俗通云：廟在中山上曲陽縣。後漢書：章帝元和三年春二月戊辰，幸中山。遣使者祠北嶽於上曲陽。真定府志祀典：北嶽廟在曲陽縣西，附城，距恒山百餘里，舊在山西渾源州恒山之麓，而嶽名不著。括地志云：北嶽有五別名：一曰蘭臺府，二曰列女宮，三曰華陽臺，四曰紫臺，五曰太乙宮。其立祠於此，不知始於何年。

曲陽古名邦，今日稱下縣〔一〕。嶽祠在其中，巍峩奉神殿〔二〕。體制匹岱宗，經營自雍汴〔三〕。鶴駕下層霄〔四〕，宸香閟深院〔五〕。睒賜鬼目獰〔六〕，盤蹙松根轉〔七〕。白石睇穹文〔八〕，丹楹仰流絢〔九〕。肇典在有虞，望秩羣神徧。時巡歲即暮，歸格牲斯薦〔一〇〕。自此沿百王，彬彬著紀傳〔一一〕。恒山跨北極〔一二〕，自古無封禪。賴以鎮華戎，帝王得南面〔一三〕。河朔多彊梁，燕雲屢征戰〔一四〕。赫赫我皇明，區分入邦甸〔一五〕。告祈無闕事，降福蒙深眷〔一六〕。周封喬嶽柔，禹别高山奠〔一七〕。疆吏少干城，神州恣奔踐〔一八〕。祠同宋社亡〔一九〕，時嶽祀移渾源州。祭卜伊川變〔二〇〕。再拜出廟門，嗚呼淚如霰〔二一〕。

【彙校】

〔皇明〕潘刻本、徐注本、孫校本作「陽庚」。丕績案：徐注不解，列入凡例，實則韻目代字也。

〔恣奔踐〕潘刻本「恣奔」作「□□」；冒校本作「戎馬」。

〔伊川〕潘刻本「伊」作「□」。

〔嗚呼〕潘刻本作「□□」；冒校本作「臨風」。

【彙注】

〔一〕曲陽二句　徐注：明史志地理一真定府定州曲陽縣注：州西北，元屬保定路。定州，元中山府。洪武二年來屬。恒山在西北，恒水出焉。

〔二〕嶽祠二句　徐注：北嶽辨：元和十五年，更恒嶽曰鎮嶽，有嶽祠。又言：張嘉貞爲定州刺史，於恒嶽廟中立頌。余嘗親至其地，則嘉貞碑故在。又有唐鄭子春、韋虚心、李荃、劉端碑文凡四，范希朝、李克用題名各一。而碑陰及兩旁刻大曆、貞元、元和、長慶、寶曆、太和、開成、會昌、大中、天祐年號，某月某日祭，初獻、亞獻某官姓名，凡百數十行。宋初，廟爲契丹所焚。淳化二年重建，而唐之碑刻未嘗毀。至宋之醮文、碑記尤多，不勝録也。金石文字記：北嶽廟李夐詩下云：右詩在真定府曲陽縣北嶽廟。中有唐時大碑五，其上層爲積土所蓋，而余至時倉猝，求梯不可得，止就下方讀之。恒嶽志：廟創自魏太武太延元年，景明元年災，唐武德間復建。唐末頽圮，金復建。天會、大定間重修，金末燬於兵，元復建。元末復燬，明洪武中都指揮周立復建。成化初，都御史王世昌檄知州關宗重修；弘治初，知府閻鉦檄知州董錫重修。二十四年，奉敕擴修，都御史劉宇行視，以古廟陋隘，度地中峰之陽嶺，朝殿廡門規制始備。改古廟爲寢宮。朝殿在中峰前，去宮里許，負坎抱離。正殿七楹，壯麗聳觀。殿前臺高十餘丈。臺南地陡下百陛，百級乃至中阪。東西爲兩廡，廡脊不及陛之半。外建門三楹，額曰崇靈。正殿奉嶽神，從祀部使者。祈方郡守修常秩，必駿奔於此；其士女祝釐走望，仍頂禮於寢宮焉。

〔三〕體制二句　徐注：宋真宗御製醮告文：載念始繕，儀於岱嶽。夢溪筆談：唐貞觀間，有飛石墜於曲陽縣西，因建祠，於是望而祭之。初稱北嶽府君，開元中封安天王，宋真宗祥符四年，復加安天元聖帝。慶曆八年，安撫使韓琦領定州事，責員外郎游君開重修立碑。

〔四〕鶴駕句　徐注：庾闡游仙詩：層霄映紫芝。

蘧常案：列仙傳：王子喬，周靈王太子晉也。吹笙作鳳鳴，後於緱氏山乘白鶴而去。

薛道衡老氏碑：蜺裳鶴駕，往來紫府。

〔五〕宸香　徐注：杜敬祖恒嶽記：親齎御香、銀盒、錦旛。劉源祀恒嶽記：太府監出名香千兩，上御嘉禧殿，丞相以香貯盒，使人膝御前奉告以進。上舉香加額，密祝良久。又曰：天香芬馥，藹然塞乎天地之間。

〔六〕睒睗　原注：左太沖吴都賦：忘其所以睒睗，失其所以去就。李善注：説文曰：睒，蹔視也；睗，疾視也。

〔七〕盤蹙句　徐注：三才圖會恒山圖考：其間多横松彊柏，狀如飛龍怒虬，葉皆四衍。鄭子春祀北嶽祠序：長松靡柏，逕隧猶徧。

〔八〕白石句　原注：舊唐書張嘉貞傳：爲定州刺史，至州，于恒嶽廟中立頌，自爲文，書於石。其碑用白石爲之，素質黑文，甚爲奇麗。今碑在廟中。徐注：説文：睇，目小視也。

蘧常案：先生金石文字記：恒山祠碑，張嘉貞撰并書。行書。開元十五年八月。今在曲陽縣北嶽廟中。

〔九〕丹楹句　徐注：左傳莊公二十三年：丹桓宫之楹。説文：絢，采色。

〔一〇〕肇典四句　蘧常案：書舜典：望于山川，徧於羣神。又：歲二月，東巡守，至於岱宗，望秩于山川。又：十有一月朔，巡守至于北嶽。如西禮。歸格于藝祖，用特。

〔一一〕自此二句　徐注：張嘉貞北嶽廟碑：粵自嬴、漢，爰逮周、隋。明太祖錫告恒嶽文：古昔帝王登之，察地利以安生民，故祀之，曰恒山。自唐始加神之封號，歷代相因至今。

蘧常案：漢書董仲舒傳：蓋聞五帝三王之道，改制作樂，而天下洽和，百王同之。

〔一二〕恒山句　徐注：楊述程登恒山記：視五臺諸山，環向北拱，森森臣庶。界華夷而稱帝尊，埒四嶽而號北極，非耶？

〔一三〕賴以二句　徐注：胡宗憲登恒嶽詩：三關亘地鎮華戎。續文獻通考：嘉靖初，科臣陳棐請正嶽祀疏：臣考舜典，十有一月巡狩，至於北嶽；周禮載恒山爲并州之鎮；水經謂北嶽爲玄嶽。三代而下歷隋、唐，俱於渾源州致祭。石晉失燕、雲十六州之地，宋未能混一，北爲契丹所據，無緣至幽、薊之域而覿所謂北嶽者，所以止得祭之於曲陽。又曰：我成祖都北平而真定已在京師之南，使當時有禮官建明，顧有南面而登，踵宋人削弱之迹哉？

〔一四〕河朔二句　徐注：方輿紀要：真定府控太行之險，包河朔之要。後漢書蘇竟傳：彊梁不能與天爭。明史熹宗紀：天啓元年五月，陝西都指揮使陳愚直以固原兵入援，潰於臨洺。未幾，寧夏援遼兵潰於三河。又：莊烈帝紀：崇禎二年十一月，袁崇煥入援，次薊州，宣大、保定兵相繼入援。十二月，山西援兵潰於良鄉。三年正月，陝西諸路總兵官吴自勉等入衛，延綏、甘肅兵潰，西去與羣寇合。四年正月己卯，流賊陷保安。四月，延綏副將曹文詔擊賊於河曲，王嘉胤敗死。六年正月，詔曹文詔節制山、陝諸將討賊。癸酉，流賊犯畿南。曹文詔擊山西賊，屢敗之。八月，敗賊於濟源，又敗之於懷慶。十一月，詔保定、河南、山西會兵討賊。七年七月，總兵官陳洪範守居庸，巡撫丁魁楚等守紫荆、鴈門。八月，分遣總兵官尤世威等援邊，宣大總督張宗衡節制各鎮援兵。十一月，洪承疇兼攝五省軍務。九年七月，盧象昇入援。九月，改象昇總督宣大、山西軍務。十一年九月，京師戒嚴。十月，盧象昇入援，十二月，敗於鉅鹿，死之。孫傳庭爲兵部侍郎督援軍，徵洪承疇入衛。十二年正月，改承疇總督薊遼，傳庭總督保定、山東、河北。十六年十二月，賊渡河陷平陽，山西州縣相繼潰降。十七年二月，李自成陷汾州；別賊陷懷慶，陷太原、潞安；別賊陷固關，犯畿南。真定知府丘茂華殺總督侍郎徐標，檄所屬降賊。又李自成傳：初，賊之破澤州也，分其衆南踰太行，掠濟源、清化、修武，圍懷慶，官軍擊之。別賊復闌入西山，大掠順德、真定間，大名道盧象昇力戰却賊。賊自邢臺摩天嶺西下抵武安，敗左良玉，河北三府焚掠殆盡。又：及釁起，燕、雲、真定先罹其毒。

蘧常案：「河朔彊梁」，似謂遼、金。下句「燕、雲」云云可證。蓋燕、雲之名，始於遼事。遼原號契丹，詳前羌胡引「一旦」句注。先生京東考古録云：世言燕、雲十六州，自石敬瑭以賂契丹，不屬中國者四百四十餘年，蓋不盡然。考之于史，晉高祖所割以畀契丹者：山前之州七，曰幽、薊、瀛、莫、涿、檀、順；山後之州九，曰新、嬀、儒、武、雲、應、寰、朔、蔚。而營、平則後唐時契丹自以兵取之者。其後周世宗復關南北，則瀛、莫二州復歸中國。其餘十四州，遂淪於契丹。征戰事略見於羌胡引「宋與契丹」二句、「一旦」句、「禍成於道君」句各注。

「赫赫我皇明」以下，始言明事。徐注歷述啓、禎兩朝兵事當之，非。

〔一五〕區分句　徐注：周禮太宰以九賦斂財賄，三曰邦甸之賦注：邦甸，二百里。

蘧常案：明史志地理一：陽曲縣爲京師所統一百一十六縣之一，故曰「區分入邦甸」也。

〔一六〕告祈二句　徐注：恒嶽志：自明太祖洪武二年春正月遣内藏庫副使魏士舉代祀北嶽於上曲陽，暨愍帝崇禎元年遣禮部儀制司主事張定志告祀北嶽於廟，列聖凡告祈禱祀二十六次。詩：降福簡簡。

〔一七〕周封二句　徐注：詩周頌：懷柔百神，及河喬嶽。書禹貢：奠高山大川。

〔一八〕疆吏二句　徐注：左傳桓公十七年：疆吏來告。詩：公侯干城。案：明史周遇吉傳：十五年冬，爲山西總兵，至則汰老弱，繕甲仗，練勇敢，一軍最精。明年十二月，李自成陷全陝，犯山西。二月七日，太原陷，賊遂陷忻州，圍代州。遇吉遏其北犯，乃憑城固守，食盡援絶，退保寧武。賊用礮攻，城圮復完者再，傷其四驍將，自成懼，欲退。其將曰：我百倍彼，但用十攻一，番進，蔑不勝矣。自成從之。前隊死，後復繼，官軍力盡，城遂陷。遇吉巷戰，竟爲賊執，叢射殺之。闔家盡死。自成集衆計曰：寧武雖破，吾將士死傷實多。自此達京師，歷大同、陽和、宣府、居庸，皆有重兵，倘盡如寧武，吾部下寧有孑遺哉？不如還秦休息，圖後舉。刻期將遁，而大同總兵姜瓖降表至，自成大喜。方宴其使者，宣府總兵王承廕表亦至，自成益喜。歷大同、宣府抵居庸，杜之秩、唐通復開門延之，京師遂不守矣。

蘧常案：「恣奔踐」暗承上文「河朔彊梁」言，當指清。羌胡引所謂「四入郊圻躪齊、魯，破邑屠城不可數」者也，事詳詩注。此意潘耒知之，故其刻本諱「恣奔」作「□□」。徐注以義軍破山西當之，非。

〔一九〕祠同句　原注：漢書郊祀志：周顯王之四十二年，宋太丘社亡。

〔二〇〕祭卜句　蘧常案：左傳僖公二十二年：初，平王之東遷也，辛有適伊川，見被髮而祭於野者。曰：不及百年，此其戎乎？其禮先亡矣。

〔二一〕淚如霰　徐注：江淹擬李陵從軍詩：日暮浮雲滋，握手淚如霰。

井陘

【解題】

徐注：明史志地理一真定府井陘注：府西南。元屬廣平路威州，洪武二年，來屬。東南有城山，又有甘淘河，亦名冶河，南與綿蔓水合。又：故關在其西，又有土門關在西，亦曰井陘關。一統志：正定府井陘關在井陘縣東北井陘山上。

水折通燕海〔一〕，山盤上趙陘〔二〕。權謀存史册〔三〕，險絶著圖經〔四〕。瞰下如臨井〔五〕，憑高似建瓴〔六〕。鑿冰當路白〔七〕，窯火出林青〔八〕。頗憶三分國〔九〕，曾觀九地形〔一〇〕。秦師踰上黨〔一一〕，齊卒戍熒庭〔一二〕。獨此艱方軌〔一三〕，於今尚固扃〔一四〕。井陘之道，春秋戰國用兵未有由之者。自王翦、韓信伐趙始開此路；而魏道武伐燕，使公孫蘭、于栗磾帥步騎二萬自太原開井陘關路襲燕慕容寶於中山，於今遂爲通塗。連恒開晉索〔一五〕，指昴逼胡星〔一六〕。乞水投孤戍〔一七〕，炊藜舍短亭〔一八〕。却愁時不會，天地一流萍〔一九〕。

【彙校】

〔胡星〕孫託荀校本，吴、汪兩校本皆同；潘刻本，徐注本，孫、曹兩校本「胡」作「虜」，韻目代字也。

【彙注】

〔一〕燕海　徐注：唐書地理志：傍碎卜水五十里至燕海。

〔二〕山盤句　徐注：方輿紀要：陘山縣東北五十里井陘之險，爲河北、河東之關要。今縣境諸山錯列，大約與陘山相連接，俱太行之支隴也。一統志：井陘，趙地名，漢置縣，隋置井州，宋設天威軍，金改爲威州。

蘧常案：潘道根吴譜校補：井陘舊關；地狹山卓；今關絶壁造天，石色如鐵，鳥道百折，始及關門。

〔三〕權謀句　徐注：漢書藝文志：兵權謀十三家，二百五十九篇。

蘧常案：此當謂韓信出井陘口破趙陳餘軍事。史記淮陰侯列傳：未至井陘口三十里，止舍。夜半傳發，選輕騎二千人，人持一赤幟，從間道萆山而望趙軍，誡曰：趙見我走，必空壁逐我，若疾入趙壁，拔趙幟，立漢赤幟。令其裨將傳飱，曰：今日破趙會食！使萬人先行，出，背水陳。平旦，信建大將之旗鼓，出井陘口，趙開壁擊之，大戰良久。於是信佯棄鼓旗，走水上軍，水上軍開入之。趙果空壁爭漢鼓旗，韓信軍皆殊死戰，不可敗。信所出奇兵二千騎，則馳入趙壁，皆拔趙旗，立漢赤幟。趙軍已不勝，欲還歸壁，壁皆漢赤幟，而大驚，以爲漢皆已得趙王將矣，兵遂亂，遁走。於是漢兵夾擊，大破虜趙軍，斬成安君泜水上，禽趙王歇。諸將效首虜，休畢賀，因問信曰：兵法：右倍山陵，前左水澤。今者將軍令臣等反背水陳，臣等不服，然竟以勝，此何術也？信曰：此在兵法，顧諸君不察耳。兵法不曰陷之死地而後生，置之亡地而後存？且信非得素拊循士大夫也，此所謂驅市人而戰之，其勢非置之死地，使人人自爲戰；今予之生地，皆走，寧尚可得而用之乎？諸將皆服曰：善。非臣所及也。此與漢志兵志略權謀敘所謂「以奇用兵，先計而後戰，兼形勢，包陰陽，用技巧」者，皆合。

〔四〕圖經　徐注：隋書經籍志：隋諸州圖經集一百卷。

蘧常案：隋志有冀、齊、幽各州圖經，皆北朝人作。井陘屬古冀州，太平御覽地部引冀州圖經，太平寰宇記亦多引之，隋圖經集此二書亦多引，但皆不及井陘。此不過泛言地志，如元和志等所言，非必圖經也。

〔五〕瞰下句　徐注：元和志：陘山在井陘縣東南八十里，四面高，中下如井，故曰井陘。

〔六〕憑高句　徐注：漢書高帝紀：秦地勢便利，其以下兵於諸侯，猶居高屋之上建瓴水也。

蘧常案：戴侗六書故：瓴，牝瓦仰蓋者也。仰受覆瓦之流，所謂瓦溝也。

〔七〕鑿冰句　蘧常案：徐譜據此句及下一鴈詩「河邊積雪多」句，謂先生是年西征，以初冬就道。

〔八〕窯火　徐注：一切經音義十一引蒼頡篇：窯，燒瓦竈也。正韻：與窑同。

〔九〕三分國　徐注：杜甫八陣圖詩：功蓋三分國。

蘧常案：「三分國」，謂三家分晉之韓、趙、魏，故下言韓、趙及晉事。徐注非。

〔一〇〕九地形　蘧常案：孫子九地篇：用兵之法，有散地，有輕地，有争地，有交地，有衢地，有重地，有圮地，有圍地，有死地。諸侯自戰其地，爲散地；入人之地而不深者，爲輕地；我得則利，彼得亦利者，爲争地；我可以往，彼可以來者，爲交地；諸侯之地三，屬先至而得天下之衆者，爲衢地；入人之地深，背城邑多者，爲重地；行山林險阻沮澤，凡難行之道者，爲圮地；所由入者隘，所從歸者迂，彼寡可以擊吾之衆者，爲圍地；疾戰則存，不疾戰則亡者爲死地。

〔一一〕秦師句　蘧常案：史記韓世家：桓惠王十年，秦擊我於太行，我上黨郡守以上黨郡降趙。

十四年，秦拔趙上黨，殺馬服子卒四十餘萬於長平。二十六年，秦悉拔我上黨。

〔一二〕齊卒句　原注：左傳襄公二十三年：齊侯伐晉，張武軍於熒庭，戍郫邵，封少水，以報平陰之役。

〔一三〕艱方軌　徐注：史記淮陰侯列傳：今井陘之道，車不得方軌。

〔一四〕於今句　徐注：杜甫有事於南郊賦：神仙戍削以落羽，魍魎幽憂以固扃。

〔一五〕連恒句　原注：左傳定公四年：命以唐誥而封於夏墟，啓以夏政，疆以戎索。

蘧常案：連恒，見前北嶽廟詩「恒山」句注。

〔一六〕指昴句　蘧常案：見前贈黄職方師正詩「旄頭宿」注。

〔一七〕孤戍　徐注：杜甫發秦州詩：日色隱孤戍。

〔一八〕炊藜句　徐注：王維積雨輞川詩：蒸藜炊黍餉東菑。白孔六帖：十里一長亭，五里一短亭。

〔一九〕天地句　徐注：杜甫旅夜書懷詩：天地一沙鷗。

蘧常案：流萍，見前五十初度詩「流萍」注。

一鴈

一鴈度汾河〔一〕，河邊積雪多。水枯清澗曲，風落介山阿〔二〕。塞上愁書信〔三〕，人間畏網羅〔四〕。覆車方有粟，飲啄意如何〔五〕？

【彙注】

〔一〕汾河　蘧常案：水經：汾水出太原汾陽縣北管涔山，西至汾陽縣北，西注於河。案：汾水一稱汾河。今由河津縣西南注河。

〔二〕介山　徐注：明史志地理二山西汾州府介休縣注：南有介山，亦曰綿山。史記晉世家：介之推入綿上山中。文公環綿上山中而封之，以爲介推田，號曰介山。

〔三〕塞上句　徐注：漢書蘇武傳：言天子射上林中，得鴈，足有繫帛書，言武等在大澤中。

〔四〕畏網羅　蘧常案：見卷一塞下曲第二首「鴈蘆」注。

〔五〕覆車二句　徐注：杜甫孤鴈詩：孤鴈不飲啄。

蘧常案：皇侃論語集解義疏「公冶長可妻也」章疏：論釋云：冶長在獄六十日，有雀緣獄柵相呼，冶長含笑。吏啓獄主，冶長似解鳥語。主教問冶長：雀何所道？冶長曰：雀鳴嘖嘖唶唶，白蓮水邊，有車翻覆黍粟，牡牛折角，收斂不盡，相呼往啄。遣人往看，果如所言。

堯廟

【解題】

徐注：一統志平陽府：堯廟在臨汾縣。魏書孝文帝紀：太和十六年，詔祀唐堯於平陽。水經注：汾水南逕平陽故城東，水側有堯廟，前有碑。元和志：堯廟在縣東八里汾水東。元史世祖紀：中統四年六月，建帝堯廟於平陽，給田四十五頃。新志：在縣南八里，明正統間重修。又：洪洞、浮山、太平、垣曲、霍州等處皆有堯廟。又：堯山在浮山縣東八里，上有帝堯廟。又：南堯山在縣東南五里，北堯山在縣東北二十里，上俱有堯祠。戴注：山西臨汾縣志：堯陵在城東七十里，有廟，有金泰和二年碑記。先生日知録帝王陵條詳辨之。

蘧常案：戴注取元譜，元譜又約取日知録引臨汾縣志。下云：先生於日知録帝王陵條詳載諸説，頗以臨汾志爲疑。是時先生經游其地，故有此作。考日知録言堯陵在堯冢靈臺條，元譜誤爲帝王陵條，戴又沿其誤。堯冢靈臺條引臨汾志云：堯陵俗謂之神林，高一百五十尺，廣二百餘步。旁皆山石，惟此地爲平土，深丈餘。其廟正殿三間，廡十間。山後有河一道。竊考舜陟方乃死，其陵在九疑；禹會諸侯於江南，計功而崩，其陵在會稽；惟堯之巡狩不見經傳，而此其國都之地，則此陵爲堯陵無疑也。按志所論，似爲近理。但自漢以來，皆云堯葬濟陰成陽，未敢以後人之言爲信。故謂以臨汾志爲疑。題作堯廟，不曰堯陵，蓋其慎歟？

舊俗陶唐後〔一〕，嚴祠古道邊〔二〕。土階依玉座〔三〕，松棟冠平田〔四〕。霜露空林積，丹青彩筆鮮〔五〕。垂裳追上理〔六〕，曆象想遺篇〔七〕。鳥火頻推革〔八〕，山龍竟棄捐〔九〕。汾方風動壑〔一〇〕，姑射雪封顛〔一一〕。典册淪幽草〔一二〕，文章散暮煙。滔天非一族〔一三〕，猾夏已三傳〔一四〕。歲至澆村酒，人貧闕社錢〔一五〕。相逢華髮老〔一六〕，猶記漢朝年。

【彙校】

〔猾夏〕潘刻本、徐注本、孫校本「夏」作「馬」。丕績案：此亦韻目代字也。

【彙注】

〔一〕舊俗句　徐注：詩唐風傳：此晉也，而謂之唐，本其風俗。憂深思遠，儉而用禮，乃有堯之遺風焉。

〔二〕嚴祠　徐注：張衡周天大象賦：天廣嚴祠而毓粹。

〔三〕土階句　徐注：墨子：堯堂高三尺，土階三等，茅茨不翦。

　　蘧常案：玉座，見卷二僑居神烈山下詩「玉座」句注，及卷三賦得秋柳詩「先皇」二句注。

〔四〕松棟句　原注：符子：堯曰：余坐華殿之上，森然而松生於棟；余立檽扉之内，霏然而雲生於牖。徐注：詩「維禹甸之」箋：禹決除其災，使成平田。

〔五〕丹青句　蘧常案：漢書蘇武傳：竹帛所載，丹青所畫。

〔六〕垂裳句　徐注：易：黄帝、堯、舜，垂衣裳而天下治。

〔七〕曆象句　徐注：書：曆象日月星辰。

蘧常案：「曆象遺篇」蓋謂堯典「乃命羲和」至「庶績咸熙」一段而言。

〔八〕鳥火句　徐注：書：日中星鳥。日永星火。易程傳「天地革而四時成」注：推革之道，極乎天地變易，時運終始也。

蘧常案：蔡沈書集傳：星鳥，南方朱鳥七宿，唐一行推以鶉火爲春分昏之中星也。星火，東方蒼龍七宿，火謂大火，夏至昏之中星也。

〔九〕山龍句　徐注：書：日、月、星、辰、山、龍、華蟲，作會。

蘧常案：蔡傳：易曰：黄帝、堯、舜垂衣裳而天下治，蓋取諸乾坤。則上衣下裳之制，創自黄帝，而成於堯、舜也。日月星辰，取其照臨，山取其鎮，龍取其變，華蟲、雉，取其文也。會，繪也。六者繪之於衣。案：「棄捐」似謂清代胡服，棄捐古制也。

〔一〇〕汾方　原注：詩：彼汾一方。

〔一一〕姑射　徐注：明史志地理二山西平陽府：臨汾倚。西有姑射山，西南有平山。元和郡國志：平山一名壺口山，今名姑射山，在晉州臨汾縣西。

〔一二〕典册　徐注：西京雜記：揚子雲曰：高文典册用相如。

〔一三〕滔天句　徐注：書：象恭滔天。

蘧常案：孔穎達尚書正義：共工貌象恭敬，而心傲很。其侮上陵下，若水漫天。案：此以共工喻清。「非一族」，謂非我族類也。

〔一四〕猾夏句 蘧常案：書舜典：蠻夷猾夏。傳：猾，亂也。三傳，見前羌胡引「東夷」句注。
〔一五〕社錢 徐注：南史宋高祖紀：上負刁逵社錢三萬。
〔一六〕華髮 徐注：後漢書邊讓傳：華髮舊德，並爲元龜。

十九年元旦 已下昭陽單閼

【解題】
徐注：康熙二年癸卯。案：先生是年五十一歲，去崇禎甲申，十九年矣。冒云：十九年者，用弘光十九年之數也。
蘧常案：是年海上鄭氏稱永曆十七年。公元一六六三年。十九年説，徐注似勝。

平明遥指五雲看〔一〕，十九年來一寸丹〔二〕。合見文公還晉國〔三〕，應隨蘇武入長安〔四〕。驅除欲淬新硎劍〔五〕，拜舞思彈舊賜冠〔六〕。更憶堯封千萬里〔七〕，普天今日望王官。

【彙校】
〔題〕潘刻本、徐注本無「十九年」三字。

【彙注】

〔一〕平明句　徐注：杜甫送李祕書赴杜相公幕詩：五雲多處是三臺。

蘧常案：史記留侯世家：平明，與我會此。

〔二〕一寸丹　徐注：杜甫鄭駙馬池臺詩：丹心一寸灰。

〔三〕合見句　徐注：左傳僖公二十八年：晉侯在外十九年矣。

蘧常案：史記晉世家：晉惠公卒，太子圉立，是爲懷公。秦繆公發兵送内重耳，使人告欒、郤之黨爲内應，殺懷公於高梁，入重耳，是爲文公。文公，晉獻公之子也。獻公二十一年，殺太子申生，驪姬譖之。二十二年，獻公使宦者趣殺重耳，重耳遂奔狄，是時年四十三。重耳出亡，凡十九歲而得入，時年六十二矣。

〔四〕應隨句　蘧常案：蘇武傳：昭帝即位，匈奴與漢和親。漢求武等，單于召會武官屬，前以降及物故，凡隨武還者九人。武以始元六年春至京師，留匈奴凡十九歲，始以强壯出，及還，鬚髮盡白。

〔五〕驅除句　原注：莊子養生主：今臣之刀十九年矣，所解數千牛矣，而刀刃若新發于硎。段注：淬，説文：火器也。徐曰：淬，劍燒入水也。

蘧常案：驅除，見卷二昔有詩第二首「或爲」句注。案：以上三句，皆用「十九年」故事以應題，此宋楊察詩例也。魏泰臨漢詩話：楊察謫守信州，餞之者十二人，察於筵上作詩以謝，皆用十二故事。其詩曰：十二天之數，今宵座客盈。位如星占野，人若月分卿。極醉巫山側，聯吟嶰琯清。他年爲舜牧，協力濟蒼生。

〔六〕拜舞句　徐注：老學庵筆記：舊制，朝參拜舞而已。政和以後，增以喏。漢書王吉傳：吉與貢禹爲友，世稱王陽在位，貢禹彈冠，言其取舍同也。

〔七〕堯封　徐注：杜甫諸將詩：薊門何處盡堯封。左傳成公十一年：若治其故，則王官之邑也。杜甫王命詩：慟哭望王官。

霍山

【解題】

徐注：山西通志山川：霍山，一名大岳，在平陽府霍州東南三十里，岳陽縣西北九十里。南接趙城，北跨靈石，東抵沁源。古爲冀州之鎮，今爲中鎮。

蘧常案：元譜：康熙二年正月，自平陽登霍山。

霍山古帝畿〔一〕，崔嵬據汾左〔二〕。東環太行趨〔三〕，北負恒山坐〔四〕。幽泉迸雷出〔五〕，奇峰挾雲墮。百物饒姿容，名花獻千朵〔六〕。廟食當山阿，重門奠磊砢〔七〕。

像設猶古先〔八〕，冠裳蒙堀堁〔九〕。春雪覆松杉〔一〇〕，堂基對蓬顆〔一一〕。主守各散亡，空室無一鎖。五鎮稱副嶽〔一二〕，亦能降淫禍。豈忘帝王朝，時陟高山墮〔一三〕。黍稷既非馨〔一四〕，趨蹌況云惰〔一五〕。神人一失職，庶事交叢脞〔一六〕。有寺號興唐，近在祠東埵〔一七〕。昔日義旗來，列宿紛旖㫊〔一八〕。更念七雄時〔一九〕，晉卿特么麽。茫然二節竹，刻期兆猶果〔二〇〕。寶命何邇封〔二一〕？四荒無不可〔二二〕。再拜霍山神〔二三〕，惟神實知我。

【彙校】

〔春雪〕徐注本、曹校本「雪」作「雲」，誤。

〔高山墮〕徐注本，汪、曹兩校本「墮」作「嶞」。

〔趨蹌〕潘刻本，徐注本，汪、曹兩校本「蹌」作「將」。丕績案：「將」與「蹌」通，故「蹌蹌」亦作「蹡蹡」。王念孫廣雅疏證云：蹡、蹌字異而義同。

【彙注】

〔一〕霍山句　蘧常案：書禹貢：至于岳陽。蔡沈集傳：周職方，冀州，其山鎮曰霍山；地志謂霍太山即太岳。山南曰陽，即今岳陽縣，堯之所都。

〔二〕據汾左　徐注：明史志地理：霍山西有汾水。又有霍水、彘水俱出霍山下，流俱入汾。霍州志：州縈迴皆水，均之霍山之發源，聚於汾以入河者也。

〔三〕東環句　徐注：明史志地理：平陽府絳州絳縣東有太行山。唐樞游太行山録：山自北紀、雲中發宗，行平定州至上黨，遼、沁、潞、澤，衍亙多起。至雷首東發爲燕山，至碣石左右行，皆其託祖，故名太行。又以介省，故名省曰山東、山西。

〔四〕北負句　蘧常案：見前北嶽廟詩「恒山」句注。

〔五〕幽泉句　徐注：霍州志：打鼓泉在霍山，泉自山頂而下注於地，聲如播鼓。又：轟轟澗流入汾水，聲如雷。

〔六〕名花句　徐注：山西通志：霍山其東有峰，上圓，名觀埢峰。其山極高峻，形勢巍然，迴出雲霄。上有五色花。

蘧常案：欒史李翰林别集：賞名花，宋張景修作。「名花十二客」，稱牡丹、梅、菊、瑞香、丁香、蘭、蓮、荼蘼、桂、薔薇、茉莉、芍藥也。

〔七〕廟食二句　徐注：霍州志祠宇：中鎮廟在霍山麓，唐初建。明洪武正神號，御製。增建東西廊房并官廳。國有大事，則差官致祭。嘉靖三十六年，知州褚相重脩，題曰：「中鎮霍山神廟。」一統志：霍山廟有三：一在霍州，一在趙城。世説：庾子嵩目和嶠，森森如千丈松，雖磊砢多節目，施之大廈，有棟梁之用。

蘧常案：史記滑稽列傳：廟食太牢。

〔八〕像設　蘧常案：楚辭宋玉招魂：像設君室，静閒安些。

〔九〕堀堁　徐注：宋玉風賦：墒然起於窮巷之中，堀堁揚塵，勃鬱煩冤。

〔一〇〕春雪句　徐注：喬宇霍山記：廟前有古松數株，高數丈，槎枒詭怪，如青幢鐵幹。

蘧常案：車譜據此句，知登山在正月。

〔一一〕堂基句　徐注：詩：自堂徂基。漢書賈山傳：秦爲葬埋之侈，使其後世曾不得以蓬顆蔽冢。

〔一二〕五鎮句　徐注：明史志禮三：洪武三年，詔定嶽鎮海瀆神號，五鎮稱：東鎮沂山之神，南鎮會稽山之神，中鎮霍山之神，西鎮吴山之神，北鎮醫無閭山之神。

〔一三〕豈忘二句　徐注：明史志禮三：洪武二年，命官十八人祭天下嶽鎮海瀆之神。帝皮弁御奉天殿，躬署御名，以香親授使者，百官公服送至中書省。有黄金合貯香，黄綺旛二，白金二十五兩，市祭物。

蘧常案：下句用詩周頌般：「陟其高山，嶞山喬嶽。」毛傳：高山，四嶽也。嶞山，山之嶞嶞小者也。則「墮」當作「嶞」。徐注本作「嶞」，是，應從改。

〔一四〕黍稷句　徐注：書：黍稷非馨。

〔一五〕趨蹌　徐注：詩：巧趨蹌兮。

蘧常案：孔穎達詩正義：禮有徐趨疾趨，爲之有巧有拙，故美其巧趨蹌兮。

〔一六〕神人二句　徐注：史記燕世家：各得其所，無失職。書：庶事康哉！又：元首叢脞哉！明史志禮一：洪武元年，命中書省下郡縣訪求應祀神祇，釐正祀典。凡天皇太乙、六天五帝之類，皆爲革除，而諸神封號，悉改從本稱，一洗矯誣陋習。

蘧常案：「五鎮」以下八句，似爲清而發也。意謂霍山爲副嶽，其神亦能降禍於人，豈已忘前時遺使之精誠致祭乎？今則黍稷非馨，禮容亦惰，奈何不能降禍？是神失其職，萬事忘其大略矣。書孔傳：叢脞，細碎無大略。徐注非。

〔一七〕有寺二句　徐注：一統志：平陽府興唐寺在趙城縣東北，依山帶壑。唐貞觀元年建，斷碑猶存。霍州志：觀堆、靈應在霍山西，上有宣貽真君祠，即遺趙襄子朱書及爲唐太宗導兵克霍邑者。後人於南麓立廟，每三月間，遠近瓣香走祭不絕。一切經音義：埵，堅土也。

〔一八〕昔日二句　原注：舊唐書高祖紀：師次靈石，隋武牙郎將宋老生屯霍邑以拒義師。會霖雨積旬，餽運不給。有白衣老人詣軍門曰：余爲霍山神使，謁唐皇帝曰：八月雨止，路出霍邑東南，吾當濟師。高祖曰：此神不欺趙毋卹，豈負我哉？八月辛巳，高祖引師趨霍邑，斬宋老生。徐注：晉書温嶠傳：義旗將回指於公矣。史記天官書：天則有列宿。楚辭九辨：紛旖旎。集韻：或省作旑旎，旌旗從風之貌。

〔一九〕七雄　徐注：班固答賓戲：七雄虓闞。

〔二〇〕晉卿三句　原注：史記趙世家：襄子奔晉陽，原過從。後，至于王澤，見三人，自帶以上可見，自帶以下不可見，與原過竹二節，莫通，曰：爲吾以是遺趙毋卹。原過既至，以告襄子。

襄子齊三日，親自剖竹，有朱書曰：趙毋卹，余霍泰山山陽侯天使也。三月丙戌，余將使女反滅智氏，女亦立我百邑，余將賜女林胡之地。襄子既并智氏，遂祠三神于百邑，使原過主霍泰山祠祀。

蘧常案：鶡冠子道端篇：無道之君，任用么麽；有道之君，任用俊雄。通俗文：不長曰么，細小曰麽。

〔二一〕何邇封　原注：左傳昭公九年：吾何邇封之有？

〔二二〕四荒　原注：爾雅：觚竹、北户、西王母、日下，謂之四荒。　徐注：明史志禮：洪武二年，臣附，其國内山川，宜與中國同祭。諭中書及禮官考之，命著祀典，設位以祭。

〔二三〕霍山神　徐注：趙城縣志：唐開元八年，封霍山中鎮爲應聖公，宋政和二年封應靈王，元加崇德應靈王，至明改稱霍山中鎮之神。

書女媧廟

【解題】

徐注：明史志禮：洪武四年，禮部定議合祀帝王增媧皇於趙城。續通志：在縣東侯村里，宋開寶元年建，明代命有司修理，春秋致祭，每三年遣官致祭。有碑文。又臨汾、洪洞、太平、蒲縣、靈石等處皆有廟。　戴注：在趙城縣東八里。

蘧常案：戴注蓋取元譜，元譜又取詩「至今趙城之東八里有冢尚崔嵬」句。然一統志謂在東五里，與詩説不同。

吁嗟乎！三代以後天傾西北不復補〔一〕，但見悲風淅淅吹終古〔二〕。日月星辰若綴旒〔三〕，赤黄青白交旁午〔四〕。北極偏高南極低，四時錯迕乖寒暑〔五〕。城淪洪水海成田〔六〕，六鼇簸蕩中流柱〔七〕。羲和益稷不任事〔八〕，晝州造曆迷堯禹〔九〕。彎弓不射九日落〔一〇〕，蒼蒼列象生毛羽。仁人志士久鬱邑〔一一〕，精衛空費西山土〔一二〕。排天門，盪地户〔一三〕，見天皇，與天姥〔一四〕。五色之石空煸爛〔一五〕，道旁委棄無人取。長人十二來臨洮〔一六〕，苻姚劉石相雄豪〔一七〕。天竺之書入中國〔一八〕，三千弟子多其曹〔一九〕。涼州龜兹奏宫廟，漢魏雅樂隨波濤〔二〇〕。花門吐蕃日侵軼〔二一〕，天子數出長安逃。人似魚蝦隨水落〔二二〕，世以東南爲大壑〔二三〕。一半乾坤長草萊，山南代北虚城郭〔二四〕。百年舊跡邈難記，遺宫别寢屯狐貉〔二五〕。至今趙城之東八里有冢尚崔嵬〔二六〕，不見媧皇來制作。里人言是古高禖，萬世昏姻自此開〔二七〕。華渚虹藏河馬去〔二八〕，三皇五帝愁胚胎〔二九〕。奇功異事不可問〔三〇〕，汾邊山下餘蘆灰〔三一〕。惟天生民，無主乃亂〔三二〕，必有聖人，以續周漢〔三三〕。如冬復如春，日月如更旦。剥復相乘除〔三四〕，包犧肇爻象〔三五〕。不見風陵之堆高突兀，没入河中尋復出，天迴地轉無多日〔三六〕。

【彙校】

〔多日〕潘刻本闕。

【彙注】

〔一〕三代句　徐注：列子：共工氏與顓頊争爲帝，怒而觸不周之山，折天柱，絶地維。故天傾西北，日月星辰就焉。地不滿東南，故百川水潦歸焉。又：天地，亦物也。物有不足，故昔者女媧氏鍊五色石以補其闕。

〔二〕悲風淅淅　徐注：杜甫昔游詩：萬里悲風來。又遣興詩：朔風鳴淅淅。

〔三〕綴旒　徐注：詩：爲下國綴旒。

　蘧常案：詩鄭箋：綴，結也。旒，旌旗之垂者也。周禮春官「巾車」鄭注：縿，爲旒所屬者。案：縿爲旌旗正幅。鄭意綴旒爲衆旒附着於旗之正幅。此亦附着之意，即列子所謂「日月星辰就焉」也。

〔四〕赤黄句　徐注：明史志禮二：自秦立四時，以祀白青黄赤四帝。漢書霍光傳：使者旁午。注：如淳曰：旁午，分布也。師古曰：一縱一横爲旁午，猶言交横也。

蘧常案：此承上句，則「赤黄青白」當謂日月星辰之色也，非謂四帝，徐注誤。「旁午」當用如淳説。如師古説，則與上「交」字義複矣。

〔五〕錯迕　蘧常案：宋玉風賦：迴穴錯迕。

〔六〕洪水　徐注：書：洪水滔天。

〔七〕六鼇句　原注：列子：龍伯之國有大人，一釣而連六鼇，于是岱輿、員嶠二山，流于北極，沈於大海。徐注：水經注：大碣石山，當山頂有大石如柱形，立於巨海之中流。

〔八〕羲和句　蘧常案：書堯典：乃命羲、和，欽若昊天，曆象日月星辰，敬授民時。賈公彦周禮疏叙引鄭玄書注：高辛氏之世，命重爲南正，司天。黎爲火正，司地。堯育重、黎之後羲氏、和氏之賢者，使掌舊職天地之官。又：帝曰：棄！黎民阻飢，汝后稷，播時百穀。又：帝曰：疇若予上下草木鳥獸？僉曰：益哉！帝曰：俞，咨汝作朕虞。又，皋陶謨：禹曰：洪水滔天，浩浩懷山襄陵，下民昏墊。予乘四載，隨山刊木，曁益奏庶鮮食；予決九川，距四海，濬畎澮，距川。曁稷播奏庶艱食鮮食，懋遷有無化居，烝民乃粒，萬邦作乂。案：「不任事」，亦歸莊擊筑餘音之意。下同。

〔九〕晝州句　徐注：通鑑外紀：黄帝於是晝野分州。又：黄帝受河圖，見日月星辰之象，於是始有星官之書。命大撓探五行之精。占斗綱所建，始作甲子。乃迎日推策，造十六神曆。

〔一〇〕彎弓句　徐注：淮南子：堯之時，十日並出，草木焦枯。命羿仰射十日，中其九。烏死，墮羽翼。

蘧常案：屈原天問：羿焉彃日，烏焉解羽？

〔一一〕仁人句　徐注：論語：志士仁人。司馬遷報任少卿書：是以獨鬱邑而誰與語。

〔一二〕精衛句　蘧常案：見卷一精衛詩題注及「長將」四句注。

〔一三〕排天門二句　徐注：河圖括地經：西北爲天門，東南爲地户。

〔一四〕見天皇二句　蘧常案：抱朴子：黄帝陟王屋，得神丹九鼎。到峨嵋山，見天皇真人於玉堂。陸機列僊賦：覲天皇於紫微。案：下「天姥」爲仙人，則此亦當爲仙人。或以司馬貞補史記三皇本紀之天皇當之，非。後吴録：剡縣有天姥山，傳云登者聞天姥歌謡之響。

〔一五〕五色句　徐注：集韻：斒爛，色不純也。

蘧常案：五色石見上「三代」句注。

〔一六〕長人句　蘧常案：漢書五行志：秦始皇二十六年，有大人長五丈，足履六尺，皆夷狄服，凡十二人，見于臨洮。

〔一七〕苻姚句　徐注：十六國春秋：氐酋苻洪據長安，爲前秦。又：羌姚弋仲據長安，爲後秦。又：匈奴劉淵據平陽，爲前趙。又：羯石勒據襄國，爲後趙。宋崔伯易感山賦：太行山上有女媧廟云云，自後聰、曜、石勒、姚萇、季龍、元魏、高齊、諸苻、慕容，呼侣嘯類，提羌占戎，或屯於定襄，或保於居庸，或建都鄴下，或渡軍河中，或改元離石之北，或僭號沙河之東。

〔一八〕天竺句　蘧常案：魏書釋老志：漢開西域，遣張騫使大夏還，傳其旁有身毒國，一名天竺，始聞有浮屠之教。哀帝元壽元年，博士弟子秦景憲受大月氏王使伊存口授浮屠經，中土聞之，未之信了也。後孝明帝夜夢金人，頂有白光，飛行殿庭。乃訪羣臣，傅毅始以佛對。帝遣郎中蔡愔、博士弟子秦景憲等使於天竺，寫浮屠遺範。愔仍與沙門攝摩騰、竺法蘭東還洛陽。愔又得佛經四十二章及釋迦立像。明帝令畫工圖佛像，置清涼臺，經緘於蘭臺石室。

〔一九〕三千句　徐注：史記孔子世家：孔子以詩書禮樂教弟子，蓋三千焉。韓愈原道：佛者曰：孔子，吾師之弟子也。爲孔子者，習聞其説，樂其誕而自小也，曰：吾師亦嘗師之云爾。不惟舉之於其口，而又筆之於其書。

〔二〇〕涼州二句　徐注：隋書音樂志：西涼樂者，起苻氏之末，吕光、沮渠蒙遜等據有涼州，變龜兹聲爲之。魏太武既平河西得之，謂之西涼樂。舊唐書音樂志：自破陣舞以下，皆雷大鼓，雜以龜兹之樂，聲震百里，動盪山谷。新唐書禮樂志：周、隋管絃雜曲，皆西涼樂也；鼓舞曲，皆龜兹樂也。漢書河間獻王傳：武帝時，獻王來朝，獻雅樂。後漢書禮儀志注：蔡邕禮樂志曰：周頌雅樂典辟雍、饗射、六宗、社稷之樂。牛弘定樂奏：魏武平荆州，獲杜夔，以爲軍謀祭酒，使創雅樂。

〔二一〕花門句　徐注：唐書地理志：居延海北三百里有花門山堡，又東北十里至回紇牙帳。杜甫留花門詩：花門既須留，原野轉蕭瑟。左傳隱公九年：彼徒我車，懼其侵軼我也。

去，自爲俟斤，稱回紇。天寶初，盡得古匈奴地。德宗建中中，突厥可汗請易回紇曰回鶻。

蘧常案：唐書回鶻傳：回紇者，亦曰烏護，曰烏紇，至隋曰韋紇，臣於突厥。大業中，叛又，吐蕃傳：吐蕃本西羌屬，蓋百有五十種，散處河、湟、江、岷間。樊泥率兵西濟河，逾磧石，遂撫有羣羌。舊唐書吐蕃傳：咸亨元年，詔討之，爲所敗。自是吐蕃連歲寇邊，當、悉等州諸羌盡降之，盡收羊同、党項及諸羌之地，東與涼、松、茂、嶲等州相接，南至婆羅門，西又攻陷龜兹、疎勒等四鎮，北抵突厥，地方萬餘里。自漢、魏以來，西戎之盛，未之有也。睿宗即位，吐蕃請河西九曲之地。既得其地，堪頓兵畜牧，又與唐境接近，自是復叛，始率兵入寇，連年犯邊。天寶十四載，安禄山竊據洛陽，潼關失守，河、洛阻兵，於是盡徵河隴、朔方之將鎮兵入靖國難，邊州無備預。吐蕃乘我間隙，日蹙邊城。數年之後，鳳翔之西，邠州之北，盡蕃戎之境，堙没者數十州。唐書吐蕃傳：寶應元年，陷臨洮，取秦、成、渭等州。三年，入大震關，取蘭、河、鄯、洮等州，於是隴右地盡亡。進圍涇州，入之。又破邠州，入奉天，代宗幸陝。入長安，立廣武王承宏爲帝，改元，擅作赦令，署官吏，留京師十五日乃走。天子還京。舊唐書吐蕃傳：永泰元年，九月，僕固懷恩誘吐蕃、回紇之衆南犯王畿。案：回紇内犯，史僅一言，吐蕃雖屢侵軼，而使天子出走，亦僅代宗奔陝而已。詩謂「數出長安逃」，或合安禄山叛、玄宗奔蜀、李懷光叛聯朱泚、德宗奔梁州事言之。禄山，營州柳州胡；李懷光，靺鞨屬；皆胡人也。或又以李希烈、朱泚稱兵陷長安當之，非。

〔二二〕人似句　徐注：蘇軾連雨漲江詩：龍卷魚蝦並雨落。

〔二三〕世以句　徐注：列子：有大壑焉，實爲無底之谷。

蘧常案：東南，見上「三代」句注。

〔二四〕山南句　徐注：宋史韓琦傳：契丹來求代北地，帝手詔訪琦。左傳哀公十三年：以六邑爲虚。注：城郭丘墟。

蘧常案：山南，見前古北口詩「漢家」句注。

〔二五〕遺宫句　蘧常案：班固西都賦：徇以離宫别寢。爾雅釋獸：貍狐貒貈醜。玉篇：狐貉。廣雅：貉，作貈。案：自「長人十二」至此十四句，似亦借古以斥清。長人來臨洮，謂清來預兆。苻、姚、劉、石皆喻清也。「天竺之書」，當即贈潘檉章詩所謂「同文化夷字」意也。清史稿選舉志云：初，太宗於蒙古文字外，製爲清書。又：順治九年，選庶常四十人。擇年青貌秀者二十人，習清書。嗣每科派習十數人不等，散館試之。「涼州」二句，謂清用胡樂。清史稿樂志云：清起僻遠，仰神祭天，初沿邊俗。及太祖受命，始習華風。世祖入關，修明之。而滿洲舊舞，是曰莽式。率以蘭錡世裔充選，所陳皆遼、瀋故事，歌辭異漢，不須太常。「花門」、「吐蕃」亦借謂清人。「日侵軼」，即羌胡引所謂「四入郊圻躪齊、魯，破邑屠城不可數」者也。「天子數出」，蓋指弘光、隆武、永曆諸帝播遷。「東南爲大壑」，似爲南渡君臣言。「一半」以下四句，則總言亂後景況。「百年舊跡」，蓋變幻迷惑之語。若以苻、姚、劉、石言，則相距千三百餘年，即回紇、吐蕃之侵軼，亦餘八百年，今不曰千年，而曰百年，明別有所指矣。

〔二六〕至今句　蘧常案：一統志：平陽府媧皇廟在趙城縣東五里許，松柏圍二丈有奇者百餘株。

〔二七〕里人二句　原注：路史：古高禖祀女媧。徐注：兖州府志引太昊紀：女皇，氏炮媧，雲姓，太昊之女弟也。出於承匡，少佐太昊，禱於神祠而爲女婦，正姓氏，職婚姻，通行媒，以重萬民之命，是曰神媒。

〔二八〕華渚句　徐注：路史：太昊之母，居於華胥之渚，履巨人跡，意有所動，虹且遶之，因而始娠，生帝於成紀。又因龍馬負圖出於河之瑞，遂則其文以畫八卦，以龍紀官，故爲龍師而龍名。

〔二九〕三皇句　徐注：説文：胚，婦孕一月；胎，婦孕三月。

蘧常案：趙翼陔餘叢考：大戴禮五帝德及史遷五帝本紀皆專言五帝，而不言三皇。然三皇之號，見於周禮外史掌三皇五帝之書，第未有專指其名者。其見秦博士所議，但言天皇、地皇、人皇而已。孔安國書序乃以伏羲、神農、黄帝爲三皇，少昊、顓頊、高辛、堯、舜爲五帝。司馬遷則以黄帝入五帝之内，而無少昊。鄭康成注尚書中候則以伏羲、女媧、神農爲三皇，金天、高陽、高辛、唐、虞爲五帝。司馬貞因之作三皇本紀，亦以伏羲、女媧、神農爲三皇。要之去古愈遠，載籍無稽，傳以異詞，迄無定論。

〔三〇〕奇功異事　徐注：漢書陳湯傳：湯爲人多策謀，喜奇功。禮不有異事，必有異慮。

〔三一〕汾邊句　徐注：淮南子覽冥訓：女媧積蘆灰以止淫水。

〔三二〕惟天二句　徐注：書：惟天生民有欲，無主乃亂。

〔三三〕周漢　徐注：杜甫北征詩：周、漢獲再興。

〔三四〕剥復句　徐注：宋史陳元鳳傳：極論世運剥復之機。　蘧常案：易象：山附於地剥，雷在地中復。朱熹易本義：剥，落也。陰盛長而陽消落，小人壯而君子病。復，反復之復。陽復生於下也。韓愈三星行詩：名聲相乘除。案：算法，乘爲長，除爲消。故乘除爲消長也。

〔三五〕包犧句　蘧常案：易繫辭：古者包犧氏之王天下也，仰則觀象於天，俯則觀法於地，觀鳥獸之文，與地之宜，於是始作八卦。又：象者，材也。爻也者，效天下之動者也。劉恕通鑑外紀：伏羲始作三畫，以象二十四氣，因而重之，爻象備矣。

〔三六〕不見三句　原注：唐書五行志：天寶十三載，虢州閿鄉縣界黄河中女媧墓因大雨晦冥，失其所在。乾元二年六月一日，夜，河濱人家忽聞風雨聲，曉見其墓湧出，上有雙柳樹，下有巨石。二柳各長丈餘，今謂之風陵堆。　徐注：白居易長恨歌：天旋地轉迴龍馭。

晉王府

【解題】

徐注：明史志地理山西太原府陽曲注：洪武三年四月，建晉王府於城外東北維。

蘧常案：大事紀：於太原新城建晉王府，圍三百丈餘，東西一百五十丈，南北一百九十七丈。

卜雒方遷鼎〔一〕，封唐次翦珪〔二〕。國分河華北〔三〕，星主實沈西〔四〕。攘狄威名重〔五〕，垂昆敬德躋〔六〕。寵光延白屋〔七〕，惠澤普黔黎。别殿俄傳燧，深宫早聽鼙〔八〕。梯衝臨玉壁，戈擔繞銅鞮〔九〕。井竭龍池水〔一〇〕，梁空燕壘泥〔一一〕。圃花游鹿采〔一二〕，山木化鵑啼〔一三〕。國語春秋志，賢王暇日題〔一四〕。壁上大書楚語「靈王爲章華之臺」一篇。定知慈儉理，得與禹湯齊〔一五〕。玉葉衣冠盡〔一六〕，金刀姓字迷〔一七〕。那堪梁苑草，春日更萋萋〔一八〕。

【彙注】

〔一〕卜雒　蘧常案：卜雒，見卷一帝京篇「車書」句注。雒，詳後陸貢士來復詩「雒蜀」句注。

〔二〕封唐句　徐注：史記晉世家：成王與叔虞戲，削桐葉爲珪，以與叔虞，曰：以此封若。史佚因請擇立叔虞。明史諸王傳：晉恭王棡，太祖第三子也。洪武三年封，十一年，就藩。

〔三〕河華　原注：張衡西京賦：東暨河、華。

〔四〕星主句　徐注：左傳昭公元年：昔高辛氏有二子，伯曰閼伯，季曰實沈。遷實沈於大夏，主參。

〔五〕攘狄句　徐注：詩車攻集傳：内修政事，外攘夷狄。明史諸王傳：棡修目美髯，顧盼有威，多智數，然性驕。洪武二十四年來朝，自是折節。是時，帝念邊防甚，且欲諸子習兵事。諸王封並塞居者，皆預軍務，而晉、燕二王尤被重寄，數命將兵出塞及築城屯田。大將如宋國公馮勝、潁國公傅友德皆受節制。又詔二王，軍中事大者方以聞。

〔六〕垂昆句　徐注：書：垂裕後昆。又：嗣王疾敬德。

〔七〕寵光句　徐注：漢書蕭望之傳：説霍光曰：恐非周公躬吐握之禮，致白屋之意。注：白屋，賤人所居也。

蘧常案：詩小雅蓼蕭：既見君子，爲龍爲光。毛傳：龍，寵也。疏：爲君所寵遇，爲君所光榮。陳奐傳疏：龍，古寵字。左傳昭公十二年：寵光之不宣。明史諸王傳：棡待官屬皆有禮。

〔八〕别殿二句　徐注：顔延之曲水詩序：别殿周徼。禮：君子聽鼓鼙之聲，則思將帥之臣。

蘧常案：後漢書光武紀注：邊方築高土臺，多積薪，寇至，即燔之。望其煙曰燧。晝則燔燧，夜乃舉烽。明史諸王傳：晉穆王敏淳，萬曆三十八年薨，子求桂嗣。北略：崇禎十六年正月初八丁酉，自成陷平陽。沿河州縣，望風瓦解。三十己未，晉王奏晉疆萬分危急。

〔九〕梯衝二句　徐注：明史蔡懋德傳：十六年冬，中朝益積憂山西，言防河者甚衆，然無兵可援。懋德以疲卒三千，當百萬狂寇。時太原洶洶，晉王手教趣懋德還省。十二月二十八日，懋德還太原。賊既渡河，轉掠河東，列城皆陷，巡按御史汪宗友劾懋德不防河。詔奪官候勘，以郭景昌代之。正月二十三日，副將陳尚智叛降於賊。於是懋德誓師太原，布政使趙建極，監司毛文炳、藺剛中、畢拱辰，太原知府孫康周，署陽曲縣事范志泰等官吏軍民咸在。懋德哭，衆亦哭，罷官命適至。或請出城候代，懋德不可，曰：吾已辦一死矣。調陽和兵三千協守東門。剛中慮其内應，移之南關之外。遣部將張雄分守新南門。召中軍副總兵應時盛入參謀議，懋德等登城。二月五日，賊至，部將牛勇等出戰，死之。明日，自成督衆攻城，陽和兵叛降賊。又明日，晝晦，懋德草遺表。須臾大風起，拔木揚砂，張雄縋城出降，並以火藥焚樓。賊登城，懋德北面再拜，曰：吾學道有年，今日吾致命時也。時盛曰：請與公俱死。遂偕至三立祠自經。自成執晉王，據王宮。

蘧常案：梯衝，見卷一秋山詩第一首「梯衝」句注。通鑑：東魏丞相高歡攻玉壁，晝夜不息，魏韋孝寬隨機拒之。敵以攻車撞城，車之所及，莫不摧毁，無能禦者。孝寬縫布爲嵎，隨其所向張之，布既懸空，車不能壞。杜佑通典：玉壁城在絳州稷山縣西南十二里。左傳桓公五年：旝動而鼓。賈逵注：旝爲發石。漢書地理志：上黨郡銅鞮。一統志：故城今沁州西南四十里。史記周勃世家：以將軍從高帝擊反韓王信於代，擊胡騎，破之武泉北，轉攻韓信軍銅鞮，破之。

〔一〇〕井竭句　原注：唐六典：玄宗所居隆慶坊宅之東，有井，忽湧爲小池，周袤十數丈，常有雲氣或黄龍出其中。至景龍中，潛復出水，其沼浸廣，里中人悉移居，遂鴻洞爲龍池。

〔一一〕梁空句　徐注：薛道衡昔昔鹽詩：苔壁涎蝸篆，空梁落燕泥。

〔一二〕游鹿　徐注：吴越春秋：將見麋鹿游姑蘇之臺矣。

〔一三〕化鵑啼　蘧常案：見卷一大行皇帝哀詩「望帝」注。案：「化鵑啼」似謂求桂之不善終。明史諸王傳：李自成陷山西，求桂與秦王由樞並爲所執，入北京，不知所終。

〔一四〕國語二句　蘧常案：此承上句，則賢王當謂求桂。或據明史諸王傳「晉恭王棡學文於宋濂，學書於杜環」，以爲謂棡，非。

〔一五〕定知二句　徐注：老子：我有三寶，持而保之，一曰慈，二曰儉，三曰不敢爲天下先。

蘧常案：楚語：靈王爲章華之臺，伍舉所諫，引先王之爲臺榭：其所不奪穡地，其日不廢時務，是慈也；其爲不匱財用，其事不煩官業，是儉也。故詩云云。「攘狄」四句，已言晉王棡，此不應複言，益可證賢王之爲求桂矣。

〔一六〕玉葉句 徐注：明史諸王傳：新堞，恭王七世孫，家汾州。崇禎十四年，由宗貢生爲中部知縣。署事者聞賊且至，亟欲解印去。新堞毅然曰：此我致命秋也。議拒守。邑新遭寇，無應者。乃屬父老速去，而己誓必死。妻盧氏，妾薛氏、任氏，請先死。許之。有女數歲，拊其背而勉之縊，左右皆泣下。遂自經。

蘧常案：玉葉，見卷三賦得秋柳「昔日」句注。任氏，當作馮氏。

〔一七〕金刀句 徐注：漢書王莽傳：劉之爲字，卯金刀也。正月剛，卯金刀之利皆不得行。

〔一八〕那堪二句 徐注：楚辭招隱士：王孫游兮不歸，春草生兮萋萋。冒云：「梁苑」，指福王。

蘧常案：史記梁孝王世家：孝王築東苑。詳卷六梁園詩題注。案：梁苑指福恭王常洵，非謂其子由崧也。明史諸王傳：福恭王常洵，神宗第三子。二十九年，封福王。營洛陽邸第，十倍常制。四十二年，始令就藩。崇禎十三年冬，李自成連陷永寧、宜陽。明年正月，攻城。常洵縋城出，匿迎恩寺，翌日，跡而得之。遂遇害。火王宮，三日不絶。

贈傅處士山

【解題】

徐注：元譜：傅山，字青主，初字青竹，號嗇廬，别號公之它，陽曲人。少受知於袁臨侯繼咸。崇禎中，臨侯擢山西提學僉事（蘧常案：依張穆説改），爲巡按御史張孫振誣劾，被逮。山職納橐饘，伏闕上書，白其冤。馬君常作義士傳，比之裴瑜、魏劭。亂後爲道士裝，以醫爲業。工詩文，書畫入逸品。康熙己未，召試博學鴻詞，不應。授中書舍人，復不就。張譜：青主生於萬曆三十四年丙午，長先生七歲。閻若璩潛丘劄記：山右傅青主先生，顧寧人極稱其識字。先生廣師篇云：蕭然物外，自得天機，吾不如傅青主。遂初堂集：出太原郡城東行可七八里，有寺曰永祚，雙塔巍然，捎雲礙日，見之四十里外，浮浮若旌幢。其下爲松莊，傅隱君先生所居也。先正事略：所著霜紅龕集十二卷，子眉詩附焉。

蘧常案：章炳麟書顧亭林軼事：近聞山西人言亭林嘗得李自成窖金，因設票號，屬傅青主主之。始明時票號規則不善，亭林與青主更立新制，天下信從，以是饒於財用。清一代票號制度，皆亭林、青主所創也。案：其説甚怪，始著之以廣異聞。

爲問明王夢，何時到傅巖〔一〕？臨風吹短笛〔二〕，劚雪荷長鑱〔三〕。老去肱頻折〔四〕，愁深口自緘〔五〕。相逢江上客，有淚溼青衫〔六〕。

【彙注】

〔一〕爲問二句　徐注：李嶠詩：祇應感發明王夢。水經注：傅説隱於虞、虢之間，即此處。傅巖東北十餘里即顛軨坂。

蘧常案：書序：高宗夢得説，使百工營求諸野，得諸傅巖。

〔二〕吹短笛　徐注：晉書律曆志：歌聲清者，用短笛短律。

蘧常案：似用袁凱事，比傅山之黄冠自晦。朱彝尊静志居詩話：海叟賦楊白花，有讒之者，海叟聞之，遂佯狂，騎烏犍，杖木笛，行九峰三泖間。

〔三〕斸雪句　徐注：廣韻：斸，斫也。杜甫同谷七歌詩：長鑱長鑱白木柄，我生託子以爲命。

蘧常案：徐引杜詩，應補「黄精無苗山雪盛，短衣數挽不掩脛」二句。「黄精」從蘇軾説，山谷謂「黄獨」，江東謂之「土芋」，梁、漢人蒸食之，杜甫此歌專爲救飢而言，與下句注「六歲啖黄精，不樂穀食」相應。

〔四〕老去句　徐注：左傳定公十三年：三折肱，知爲良醫。

蘧常案：全祖望陽曲傅先生事略：先生六歲啖黄精，不樂穀食；强之，乃復飯。又，先生既絶世事，家傳故有禁方，乃資以自活。嘗走平定山中爲人視疾，失足墮崩崖，僕夫驚哭曰：死矣！先生旁皇四顧，見有風峪甚深，中通天光，一百二十六石柱林立，則高齊所書佛經也，摩挲視之，終日而出，欣然忘食，其嗜奇如此。阮葵生茶餘客話：古晉陽城中，有傅先生賣藥處，立牌書「衛生堂藥餌」五字，先生筆也。青主善醫，而不耐俗，病者多不能致。然喜看花，病者於有花木寺觀中，令善先生者招致之。聞病中呻吟，僧爲言羈旅無力延醫耳，先生即爲治。雖劇，無不應手而愈。

〔五〕口自緘　徐注：家語：孔子觀於周廟，見金人三緘其口。

〔六〕相逢二句　徐注：白居易琵琶行詩：江州司馬青衫濕。

蘧常案：「江上客」似謂袁繼咸幕客。繼咸總督江西等處軍務，駐九江，故曰「江上」。

附：同志贈言傅山復惠佳什再如賜韻

好音無一字，文采會賁巖。正選高松坐，全忘小草鑱。天涯之子對，真氣不吾緘。祕讀朝陵記，臣躬汗浹衫。

蘧常案：據和詩題，則此詩應在下詩之後。

又酬傅處士次韻　二首

清切頻吹越石笳〔一〕，窮愁猶駕阮生車〔二〕。時當漢臘遺臣祭〔三〕，義激韓讐舊相家〔四〕。陵闕生哀迴夕照，河山垂淚發春花。相將便是天涯侶〔五〕，不用虛乘犯斗槎〔六〕。

【彙校】

〔迴夕照〕潘刻本，徐注本，孫、吳、汪、曹各校本「迴」皆作「回」。丕績案：正字通：「迴」同「回」。

【彙注】

〔一〕清切句　徐注：晉書劉琨傳：琨在晉陽，嘗爲胡騎所圍，乃乘月登樓清嘯，中夜奏胡笳。賊流涕歔欷，有懷土之切。曉復吹之，賊並棄圍而走。

蘧常案：晉書劉琨傳：字越石。全祖望傳先生事略：甲午，以連染遭刑戮，抗詞不屈，絶粒九日，幾死。門人有以奇計救之者，得免。然先生深自咤恨，以爲不如速死之爲愈。而其仰視天俯畫地者，未嘗一日止。如是者二十年，天下大定，始以黄冠自放，稍稍出土穴與客接。又自歎曰：彎彊躍駿之骨而以佔畢朽之，是則埋吾血千年而碧不可滅者矣。

〔二〕窮愁句　蘧常案：史記虞卿列傳贊：虞卿非窮愁，亦不能著書以自見於後世云。「阮生車」，見卷一將有遠行作「窮途」注。傳先生事略：其子曰眉，能養志。或時出游，眉與子共挽車。暮宿逆旅，仍篝燈課讀經史騷選諸書。詰旦，必成誦始行。

〔三〕時當句　蘧常案：見卷三陳生芳績兩尊人先後即世詩第三首「祭禰」句注。

〔四〕義激句　徐注：史記留侯世家：悉以家財求客刺秦王，爲韓報讐，以大父、父五世相韓故。

蘧常案：此疑指袁繼咸。繼咸官止兵部右侍郎兼右僉都御史，總督江西、湖廣、應天、安慶軍務。曰「舊相」，特以比耳。小腆紀傳：繼咸爲郝效忠所給，赴其軍，劫之北去。抵大勝關，我豫王傳語：袁總督隨行，與以大官作。見豫王，長揖不拜，爲設宴，不飲亦不言。在道自縊，不死，絶粒八日，又不死。入京就館，内院學士剛林勸之朝，且曰：君入仕，可爲明帝報讐。繼咸曰：今弘光何在，而臣子圖富貴乎？剛林又言弘光不道事。曰：君父之過，臣子何敢知？乃改館，邏卒守之，兀坐讀書，終不薙髮。明年六月二十四日，出至菜市就刑，曰：吾得死所矣。傅先生事略云：袁公自九江羈於燕邸，以難中詩貽先生曰：蓋棺不遠，斷不敢負知己，使異日羞稱友生也。先生得書，慟哭曰：公乎！吾亦安敢負公哉？此所謂「義激」也。

〔五〕天涯侶 徐注：崔塗孤鴈詩：不知天涯侶，何時下平蕪？

〔六〕犯斗槎 徐注：宋之問詩：星無犯斗槎。

蘧常案：見前卷一帝京篇「海槎」句注。

愁聽關塞徧吹笳，不見中原有戰車〔一〕。三户已亡熊繹國〔二〕，一成猶啓少康家〔三〕。蒼龍日暮還行雨，老樹春深更著花。待得漢廷明詔近，五湖同覓釣魚槎〔四〕。

【彙注】

〔一〕戰車 徐注：郡國利病書：戚繼光議以車騎合練。昔太公對武王曰：車者，軍之羽翼也，所以陷堅陣，要强敵，遮走北也。永平道葉夢熊有戰車議。

〔二〕三户句 蘧常案：史記楚世家：熊繹當周成王之時，舉文、武勤勞之後嗣，而封熊繹於楚蠻，封以子男之田。姓芈氏，居丹陽。又：負芻爲王五年，秦將王翦、蒙武破楚國，虜負芻，滅楚國，名爲楚郡云。

〔三〕一成句　原注：楚辭離騷：及少康之未家兮。

　蘧常案：左傳哀公元年：少康逃奔有虞，虞思於是妻之以二姚而邑諸綸，有田一成，有衆一旅。能布其德，而兆其謀，以收夏衆，撫其官職，遂滅過、戈，復禹之績。杜注：方十里爲成。互詳卷二隆武二年八月上出狩詩「夏后」四句注，及濰縣詩「夏祚」四句注。

〔四〕五湖句　徐注：段成己詩：擬把餘生釣江海，爲煩嚴子借魚槎。

　蘧常案：五湖，見卷一將有遠行作詩「浮五湖」注。

附：同志贈言傅山晤言寧人先生還村途中歎息有詩

河山文物卷胡笳，落落黄塵載五車。方外不嫺新世界，眼中偏認舊年家。乍驚白羽丹楊策，徐領雕胡玉樹花。詩詠十朋江萬里，閣吾傖筆似枯槎。

陸貢士來復　武進人　述昔年代許舍人曦草疏攻鄭鄤事

【解題】

徐注：烈皇小識：八年十一月，下庶吉士鄭鄤於錦衣獄。鄤爲壬戌庶吉士，建言蒙譴，林居二十四年矣，與嘉善皆出華亭之門。嘉善既入政府，即力譽鄭於烏程，至是赴京補官。武進舊輔吴宗達，鄭族母舅也，力毁鄭於烏程。烏程遂具疏糾鄭杖母事。上方欲以孝弟風勵天下，覽疏震怒，下鄤於錦衣獄。杖母者，鄤父振先私寵一婢，爲嫡吴氏所虐。振先與子謀，假乩仙以怵之。吴氏懼，甚願受杖。即令此婢行杖，鄤不禁失笑。吴大怒，訴三黨。然事已三十年，不可得而究竟也。衛帥吴孟明謂按律，忤逆惟父母告乃坐。今鄤父母皆亡，事遠在數十年之前，不能定讞。烏程乃以特授科道爲餌。于是同里中書許爆應募上疏，證鄤杖母。嚴旨切責吴孟明不能治獄，革任。至是獄具，遂磔於市。北略：中書舍人許曦奏鄤不孝瀆倫，與體仁疏合。案：爆或曦之誤。

蘧常案：黄宗羲鄭峚陽先生墓表：公諱鄤，字謙止，號峚陽，姓鄭氏。常州武進人也。登天啓壬戌進士第，改庶吉士。文文肅（案：名震孟，文肅其謚。）以朝講建言，刺及宫奴客、魏，疏上留中。公諫留中非制，與文肅皆降二級調任。丁卯，削籍爲民。逆閹伏誅，原官起用。崇禎乙亥，入京待補。時温體仁當國，媢嫉異己，既排文肅去之，以公爲文肅所援，必爲己患，遂以惑父披薙，迫父杖母，特疏參公。下於刑部獄，屬司寇殺之，司寇不可。改入錦衣獄，金吾亦不敢承。體仁乃使其門人主之。黄石齋先生召對，以爲衆惡必察。劉念臺先生亦疏言杖母之獄不可以無告坐。體仁之黨募公同鄉之市儈以證之。己卯八月，擬辟，上命加等，公遂死於西市。從來縉紳受禍之慘，未有如公者也！楊絹庵峚陽公冤案傳信録序：訟峚陽之冤者多矣，如黄石齋、劉念臺、黄黎洲諸公，此主持清議之得中者也。博通古今如顧寧人，亦誤聽人言，作詩譏刺。又，謙止自叙極言鳳臺尚書之下石，則來復之攻擊謙止，或即鳳臺主持，正未可定。某氏云：鳳臺者，陸完學也。來復或其子姓。案：許舍人曦當即黄宗羲所謂市儈歟？又案：鄠鄉人陸繼輅合肥學舍札記辨鄠冤甚詳，其言曰：鄠以孝聞于鄉里。初，鄭太公有妾頗擅寵，而鄭太夫人奇妒，素信二氏之教，太公因假扶乩之術，爲神言責數之，且命與杖。鄠方少，叩頭涕泣請代，贖母罪。通籍後，屢以直言忤烏程（案：温體仁烏程人），烏程思中傷之，謀于中書舍人許某。許某者，亦武進人也。誣奏鄠杖母，大逆不孝，而鄠弟號四將軍者，受許賂，證成之。鄠不忍自明，以顯二親之過，遂論死。劉宗周、黄道周先後上疏申救甚力，爲烏程所持，竟棄市。此事我鄉少長皆知之。偶閲顧亭林詩，乃斥爲宵人，而深許許爲義俠，又稱代許草疏之陸貢士某者，爲同方之友。亭林，君子也，其言將爲百世所信，特申辨之。

雒蜀交争黨禍深〔一〕，宵人何意附東林〔二〕？然犀久荷先皇燭〔三〕，射隼能忘俠士心〔四〕！梅福佯狂名字改，子山流落鬢毛侵〔五〕。愁來忽遇同方友，相對支牀共越吟〔六〕。

【彙校】

〔題〕徐注本題作贈陸貢士來復。

〔何意附〕孫校本作「依附半」。

【彙注】

〔一〕雒蜀句　徐注：小學紺珠：元祐三黨：洛黨，程頤、賈易等；蜀黨，蘇軾、吕陶等；朔黨，劉摯等。案明史葉向高傳：其時黨論已大起，向高請盡下諸疏，敕部院評曲直，罪其論議顛倒者，以警其餘。帝不報。諸臣益樹黨相攻，未幾，又争李三才之事，黨勢乃成。無錫顧憲成家居，講學東林書院，朝士争慕與游。三才被攻，憲成移書向高暨尚書孫丕揚訟其賢。會辛亥京察，攻三才者劉國縉以他事挂察典，喬應甲亦用年例出外。其黨大譁。向高以大體持之，察典得無撓，而兩黨之争遂不可解。及後，齊、楚、浙黨人攻東林殆盡。浸尋至天啓時，王紹徽等撰東林點將録，令魏忠賢按名逐朝士。以向高嘗右東林，指目爲黨魁云。

〔二〕宵人句　蘧常案：莊子列禦寇篇：宵人之離外刑者。俞樾諸子平議：宵人，猶小人也。陸繼輅合肥學舍札記：吾鄉鄭峚陽先生鄤，早從東林講學。阮大鋮東林點將録：白面郎君鄭鄤。

〔三〕然犀句　徐注：晉書温嶠傳：至牛渚磯，水深不可測。世云其下多怪物，嶠遂然犀角而照之。須臾，見水族覆火，奇形怪狀。

蘧常案：北略：京師夏旱，諭各衙門陳弊政，宣冤抑。大金吾吴孟明奏曰：臣衙門冤抑，自有法司平允，非所敢與聞。但幽禁三年，無人爲之雪理如鄭鄤者，或當釋放，以召天和者也。疏入，則蒙極嚴之旨，謂杖母逆倫，干憲非輕，如果無辜，何無人爲之申理？又：鄤在獄，以萬金乞周奎通皇后關説。一日，上入宫，后曰：聞得常州鄭鄤……語未畢，上即目視之曰：汝在宫中，那裏曉得鄭鄤？后懼而止。

〔四〕射隼句　徐注：易：公用射隼於高墉之上。

蘧常案：此謂陸來復代許曦草疏攻鄭鄤事。北略：旨着常州人在京者從公回話。時臺中三人，劉光斗、劉呈瑞、王章正在憂虞。適有武進落魄生員許曦，與管紹寧同入泮，無聊至京，會際考武英殿中書，管因取許，每月支俸米一石，一無事事，猶未提授實職，非官而似官之流也。主計者代爲草疏，實其杖母，再指姦媳姦妹以實之。

〔五〕梅福二句　原注：庾信哀江南賦：年始二毛，即逢喪亂。（嘉案：庾信，字子山。）徐注：漢書梅福傳：王莽專政，福一朝棄妻子，去九江，至今傳以爲仙。其後，人有見福於會稽者，變名姓爲吴門市卒云。段注：杜甫詩：天涯故人少，更憶鬢毛侵。

蘧常案：此二句，蓋先生自謂。上句即前旅中詩所謂「甘心變姓名」也；下句即五十初度詩所謂「隙駟流萍度此生」也。

〔六〕相對句　徐注：史記張儀列傳：陳軫曰：越人莊舄仕楚執珪，有頃而病。楚王曰：舄故越之鄙細人也。今仕楚執珪，貴富矣，亦思越不？中謝對曰：凡人之思故，在其病也。彼思越則越聲，不思越則楚聲。使人往聽之，猶尚越聲也。王粲登樓賦：莊舄顯而越吟。

蘧常案：史記龜策列傳：江淮間居人爲兒時，以龜支牀，後死移牀，而龜猶生。庾信小園賦：支牀有龜。倪璠注：喻己久居長安，若龜支牀也。案：信以梁散騎常侍聘于西魏，被留長安。

聞湖州史獄

【解題】

全云：時史禍已作。戴注：爲莊氏史禍而作。莊名廷鑨，嘗得故閣輔朱國楨遺稿，輯爲明書百餘帙，頗多忌諱。列吴炎、潘檉章於參閱姓名中，尋爲人首於朝，殺七十餘人，吴、潘亦與難。

蘧常案：徐注本、潘刻本題作詠史，全據潘本，故云。戴注亦然。莊廷鑨，湖州歸安南潯鎮人，故曰湖州史獄。考陸莘行秋思草堂遺集老父雲游始末謂：康熙元年二月，或有告其父圻：湖州莊姓者，所著穢史，抵觸本朝，兼有查、陸、范評定姓名，大爲不便。查者名繼佐，范者名驤，陸者其父也。其父等即具牒請趙教諭查驗。六月，吴之榮者，有憾於莊、查，遂抱書擊登聞鼓以進。十一月十五日，其父被捕。十二月，與查、范起解，癸卯正月，到京，同入刑部牢。不數日，命下，回浙候審，即日出京。三月初六抵杭，入營監守。計營中所繫莊氏父子、朱氏父子、花里茅氏、趙教諭等，尚有評文姓氏多人。題曰「聞」，當在此時。先生書吴潘二子事云：湖州莊氏難作。莊名廷鑨，目雙盲，不甚通曉古今，以史遷有「左丘失明乃著國語」之説，奮欲著書。其居鄰故閣輔朱公國楨家，朱公嘗取國事及公卿誌狀疏草，命胥鈔録，凡數十袠，未成書而卒。廷鑨得之，則招致賓客，日夜編輯爲明書。書冗雜不足道也。廷鑨死，無子，家貲可萬金。其父胤城流涕曰：吾三子皆已析産，獨仲子死無後。吾哀其志，當先刻其書，而後爲之置嗣。遂梓行之。書凡百餘袠，頗有忌諱，語本前人詆斥之辭，未經刪削者。莊氏既巨富，浙人得其書，往往持而恐嚇之，得所欲以去。歸安令吴之榮者，以贓繫獄，遇赦得出，有吏教之買此書，恐嚇莊氏。莊氏欲應之，或曰：踵此而來，盡子之財，不足以給，不如以一訟絶之。遂謝之榮。之榮告諸大吏，大吏右莊氏，不直之榮。之榮入京師，摘忌諱語密奏之。四大臣大怒，遣官至杭，執莊生之父及其兄廷鉞及弟姪等，并列名於書者十八人，皆論死。其刻書、鬻書，并知府、推官之不發覺者，亦坐之。發廷鑨之墓，焚其骨，籍没其家産。所殺七十餘人。方莊生作書時，屬客延予一至其家，予薄其人不學，竟去。以是不列名，獲免於難。案：佚名榴龕隨筆云：書無志、表、帝紀、世家，止有列傳。即王陽明一傳，有上下卷，共三百餘頁。其冗長無體裁可知已。故先生謂其冗雜不足道。先生赴邀時，王潢有詩送之，見同志贈言。

永嘉一蒙塵，中原遽翻覆〔一〕。名胡石勒誅，觸眇苻生戮〔二〕。哀哉周漢人〔三〕，離此干戈毒。去去王子年，獨向深巖宿〔四〕。

【彙校】

〔題〕孫託荀校本有注云：此爲莊氏史禍而作。孫案云：疑非先生自注。今檢幽光閣本，知此八字乃戴注也。潘刻本、徐注本作「詠史」；孫校本作「聞湖州」。

〔遽翻覆〕吴、汪、曹三校本同，潘刻本、徐注本、孫校本「遽」作「遂」。

〔名胡〕潘刻本「胡」作「弧」。

【彙注】

〔一〕永嘉二句　徐注：庾信哀江南賦：逮永嘉之艱虞，始中原之乏主。

蘧常案：晉書孝懷帝紀：永嘉五年，六月癸未，劉曜、王彌、石勒同寇洛川，王師頻爲賊所敗。丁酉，劉曜、王彌入京師，帝開華林園門，出河陰藕池，欲幸長安，爲曜所追及。曜等遂焚燒宫廟，逼辱妃后，百官士庶死者三萬餘人。帝蒙塵於平陽。劉聰以帝爲會稽公。八月，劉聰使子粲攻陷長安。九月，石勒襲陽夏，至於蒙縣。冬十月，寇豫州諸郡，至江而還。案：此以永嘉之亂比清之入關也。

〔二〕名胡二句　徐注：後趙録：勒宫殿及諸門始就，制法令甚嚴，諱「胡」尤峻，胡物皆改名，如胡餅曰麻餅，胡荽曰香荽，胡豆曰國豆。初有門户之禁，有醉胡乘馬突入府門，勒大怒，責宫門小執法馮翥。翥惶遽忘諱，對曰：向有醉胡乘馬馳入，即已呵禁而不可與語。所謂胡人難與言，非小吏所能制。勒笑曰：胡人正自難與言。恕而不罪。前秦録：苻生乘醉多所殺戮，自以眇目，諱殘、缺、偏、隻、少、無、不具之類，誤犯而死者，不可勝數。

蘧常案：此喻清多忌諱，興文字之獄也。佚名榴龕隨筆云：或問逆書致罪之由，余不知其細，但聞之前人曰：如書中所云王某孫壻，即清之德祖，所云建州都督，即清之太祖也，而直書名。又云「長山衄而鋭士飲恨於沙燐，大將還而勁卒銷亡於左衽」，如此之言，散見於李如柏、李化龍、熊明遇傳中，又指孔、耿爲叛。又自丙辰迄癸未，俱不書清年號，而於隆武、永曆之即位正朔，必大書特書。其取禍之端有如此。

〔三〕周漢人　蘧常案：見前書女媧廟詩「周漢」注。案：謂漢族人也。

〔四〕去去二句　蘧常案：世説新語寵禮篇：去去，無可復用相報。晉書藝術傳：王嘉，字子年，隴西安陽人也。不食五穀，清虚服氣。隱於東陽谷，鑿崖穴居。石季龍之末，至長安，潛隱於終南山，遷於倒獸山。苻堅累徵不起，問其當世事者，皆隨問而對，言未然之事，辭如讖記。姚萇之入長安，逼以自隨，戮死。案：「去去」，促人速去之辭。王子年，比當時文人，勸其速去韜隱，勿再受禍也。

李克用墓　在代州西八里

【解題】

徐注：舊五代史後唐武皇紀：莊宗即位，追謚武皇帝，廟號太祖，陵在鴈門。戴注：即晉王墓，在代州柏林寺東。

蘧常案：此取吴譜。

唐綱既不振，國姓賜沙陀〔一〕。遂據晉陽宫〔二〕，表裏收山河〔三〕。朱温一簒弑〔四〕，發憤横琱戈〔五〕。雖報上源讐〔六〕，大義良不磨〔七〕。竟得掃京雒，九廟仍登歌〔八〕。伶官隕莊宗〔九〕，愛壻亡從珂〔一〇〕。傳祚頗不長，功名誠足多〔一一〕。我來鴈門郡〔一二〕，遺冢高嵯峨。寺中設王像，緋袍熊皮韡〔一三〕。旁有黄衣人，年少神磊砢。想見三垂岡，百年淚滂沱〔一四〕。敵人亦太息，如此孺子何〔一五〕！千載賜姓人，流汗難重過〔一六〕。

【彙校】

〔千載二句〕各本皆有，惟孫校本無。

【彙注】

〔一〕唐綱二句　徐注：新五代史唐紀：其先本號朱邪，蓋出於西突厥，至其後世，别自號曰沙陀。又：朱邪盡忠戰死，其子執宜，部落萬騎，皆驍勇善騎射，號沙陀軍。其子曰赤心，賜姓名李國昌。五代史補：太祖武皇帝，本朱邪赤心之後，沙陀部人也。其先，生於雕窠中，酋長以其異生，諸族傳養。又：太祖生眇一目，驍勇善騎射，所向無敵，時謂之獨眼龍，大爲部落所疾。太祖恐禍及，遂舉族歸唐，授雲州刺史，賜姓名李克用。

〔二〕遂據句　徐注：五代史補：黄巢犯長安，克用自北引兵赴難，功成，遂拜太原節度使，封晉王。又：武皇有疾，晉陽城無故自壞。次年，崩於晉陽。隋書煬帝紀：大業三年秋八月壬寅，詔營晉陽宫。地理志：太原縣有晉陽宫。

〔三〕表裏句　徐注：左傳僖公二十八年：表裏山河，必無害也。

　　蘧常案：杜預注：晉國外河而内山。舊五代史唐武皇紀：史臣曰：賜姓受封，奄有汾、晉。

〔四〕朱温句　徐注：五代史梁紀：天佑元年，全忠使朱友恭、氏叔琮弑帝於洛陽椒殿。二年，全忠使蔣元暉邀德王裕等置酒九曲池，悉縊殺之，並誣何太后而弑之。四年，遂篡，敕封唐帝爲濟陰公，復弑之。

　　蘧常案：胡三省通鑑後梁紀注：太祖姓朱氏，名温。宋州碭山午溝里人。背黄巢歸唐，賜名全忠。即位，改名晃。

〔五〕發憤句　徐注：舊五代史：蜀王建遺李克用書曰：請各帝一方，俟朱温既平，乃訪唐宗室立之。晉王復書不許，曰：誓於此生靡敢失節，仰憑廟算，早殄寇仇。又：輝王即位，告哀使至晉陽，武皇南向痛哭，三軍縞素。國語：晉惠公令韓簡挑戰，穆公横琱戈，出見使者。

蘧常案：通鑑：朱温既稱帝，晉王約契丹王邪律阿保機共擊梁。阿保機歸而背盟附梁，晉王恨之。六月，攻梁澤州。十一月，晉王命李存璋攻晉州。丁卯，晉兵攻洺州。明年正月，晉王疽發於首，卒。此所謂「發憤橫琱戈」也。

〔六〕上源讐　徐注：舊五代史：武皇班師過汴，汴帥迎勞於封禪寺（蘧常案：汴帥，朱温也）。請武皇休於府第，乃以從官三百人及陳景思館於上源驛。汴帥素忌武皇，乃與其將楊彥洪密謀竊發。彥洪於巷陌連車樹栅，以扼奔竄之路。時從官皆醉，伏兵竊發，攻傳舍。武皇方大醉，譟聲動地，從官十餘人捍賊。侍人郭景銖滅燭，以茵幕裹武皇匿牀下，以水灑面，徐曰：汴帥謀害司空。武皇方張目而起，引弓抗賊，煙火四合，復大雨震電，得從者薛鐵山、賀回鶻數人而去。雨水如注，隨電光登尉氏門，縋而出，得還營。監軍陳景思、大將史敬思並遇害。又明宗紀：武皇遇上源之難，將佐罹害甚衆。時年十七，翼武皇踰垣脱難於亂兵流矢之内，獨無所傷。

〔七〕大義句　段注：范成大詩：道義不磨雙鯉在。

〔八〕竟得二句　徐注：新五代史唐莊宗紀：同光元年冬十月壬申，如鄆州以襲梁。甲戌，取中都。丁丑，取曹州。己卯，滅梁。十一月丙辰，復汴州爲宣武軍。甲子，如洛京，又立廟於太原。自唐高祖、太宗、懿宗、昭宗爲七廟。五代史闕文：世傳武皇臨薨，以三矢付莊宗曰：以一矢討劉仁恭，一矢擊契丹，一矢滅朱温。汝能成吾志，死無憾矣。莊宗藏三矢於武皇廟庭。及討劉仁恭，命幕吏以少牢告廟，請一矢，盛以錦囊，使親將負之，以爲前驅。凱旋之日，隨俘馘納矢於太廟。伐契丹，滅朱氏，亦如之。段注：禮：登歌清廟。

〔九〕伶官句　徐注：舊五代史莊宗紀：從馬直指揮使郭從謙率所部抽戈露刃，至興教門大呼，與黄甲兩軍引弓射興教門。帝御親軍格鬬，爲流矢所中，亭午，崩於絳霄殿之廡下。五坊人善友，斂廊下樂器，籠於帝尸之上，發火焚之。及明宗入洛，止得其燼骨而已。

〔一〇〕愛壻句　徐注：舊五代史末帝紀：諱從珂，本姓王氏，鎮州人，母魏氏。明宗爲武皇騎將，略地至平山，遇魏氏，擄之。帝時年十餘歲，明宗養爲己子。以力戰知名，封潞王，鎮太原。後以兵偪閔帝自殺，遂即帝位。清泰三年，石敬瑭拒命，以契丹兵入寇。臣下勸帝親征，則曰：卿輩勿説石郎，使我心膽墮地。又，正月，唐主于春節置酒，晉國長公主上壽畢，辭歸晉陽，唐主醉曰：何不且留，遽歸欲與石郎反耶？又：掌書記桑維翰謂敬瑭曰：明宗遺愛在人，主上以庶孽代之，羣情不附。公，明宗愛壻。

〔一一〕傳祚二句　徐注：舊五代史：史臣曰：莊宗以雄圖而起河、汾，以力戰而平汴、洛，家讐既雪，國祚中興，雖少康之嗣夏配天，光武之膺圖受命，亦無以加也。然得之孔勞，失之何速，足以爲萬世之炯戒也。

〔一二〕鴈門郡　徐注：方輿紀要：山西朔州，戰國時燕地，秦爲鴈門、代二郡，漢爲定襄、鴈門二郡，後漢爲雲中、鴈門二郡。又：代州，秦爲太原、鴈門二郡之地，唐天寶初曰鴈門。中和二年，置鴈門節度使。又：鴈門關在今馬邑縣東南七十里。

〔一三〕緋袍　蘧常案：唐書車服志：衣緋者，以銀飾之。玉篇：緋，絳練也。

〔一四〕旁有四句　原注：新五代史唐本紀：存勗，克用長子也。初，克用破孟方立於邢州，還軍上黨，置酒三垂岡。伶人奏百年歌，至於衰老之際，聲甚悲，坐上皆悽愴。時存勗在側，方五歲，克用慨然捋鬚指而笑曰：吾行老矣！此奇兒也。後二十年，其能代我戰於此乎！及克用卒，存勗即王位。梁人圍潞州，王乃出兵趨上黨。行至三垂岡，歎曰：此先王置酒處也。會天大霧晝暝，兵行霧中。攻其夾城，破之。梁軍大敗，凱旋告廟。世説：其人磊砢而英多。

蘧常案：明史志地理二山西潞安府潞城注：西有三垂山。案：三垂山即三垂岡也。

〔一五〕敵人二句　徐注：舊五代史莊宗紀：謂將佐曰：汴人聞我有喪，必謂不能興師；又以我年少嗣位，未習戎事，必有驕怠之心。若簡軍倍道，出其不意擊之，解圍定霸，在此一役。五月辛未朔，帝率親軍伏三垂岡下。詰旦，天復昏霧，進軍直抵夾城。時李嗣源總帳下親軍攻東北隅，李存璋、王霸率丁夫燒寨，劚夾城爲二道，周德威、李存審各分道進攻，軍士鼓噪。嗣源壞夾城東北隅，率先掩擊，梁軍大奔，斬萬餘級，獲其副招討使符道昭洎大將三百人，芻粟百萬。康懷英得百餘騎，出天井關而遁。梁主聞其敗也，既懼而歎曰：生子當如是，李氏不亡矣。若吾諸子乃豚犬爾！

〔一六〕千載二句　徐注：邵廷采東南紀事：鄭成功，本名森，字大木，芝龍子也。天啓七年，生於日本。幼讀書，爲南安諸生。唐王立，召見，奇其狀貌，賜國姓及今名，封忠孝伯。貝勒入閩，芝龍諭成功降。成功不從曰：父教子忠，未聞以貳。叔父鴻逵令逸去，得免。遂謀舉兵，乃往南粤召募。順治四年，成功自南粤回，會故臣將吏，設高皇帝位，矢盟恢復。以故唐王封賜姓，仍遵隆武年號，自稱招討大將軍罪臣成功。年少有文武略，拔出諸父兄中，近遠皆屬心。後取臺灣，奉永曆年號終身，卒年三十九。小腆紀年：徐鼒曰：朱成功憑賜姓之寵，王扶餘之國，使劉淵以漢甥自許，尉陀假帝號自娱，夫誰得而禁之？而乃田横恥爲亡虜，克用靡失臣節。彤弓之錫，拜命遐荒；縞素之師，灑淚宫闕。附共和之義，用天復之年，亡國逋臣，於義無愧。漢書王莽傳：未嘗不流汗而慚愧也。全云：譏延平也。

蘧常案：鄭成功已卒於上年五月庚辰。小腆紀年云：疾革，猶日强起登將臺，持千里鏡視澎湖諸島。五月初八日庚辰，登臺，罷冠帶，請太祖祖訓出，坐胡牀進酒。讀至第三帙，歎曰：吾有何面目見先帝於地下也？兩手掩面而逝。計成功自隆武二年丙戌起兵抗清，至此凡十有七年。此十七年中，大小無慮數十百戰，至死不忘復國。其尤足稱道者，如掃紅夷於赤嵌，重光漢土；滅私情以大義，不共胡天。非直徐鼒所謂「田横恥爲亡虜，克用靡失臣節」而已。先生蓋亦責備賢者之意云爾。孫校本無末二句，則徒爲詠史而已。

五臺山

【解題】 徐注：太原府志山川：五臺山在五臺縣東北一百四十里，環五百餘里。華嚴大疏：清涼山即代州五臺山也。積冰仍雪，曾無炎暑，故曰清涼；五峰特出，頂無林木，有如壘土之臺，故曰五臺。先生五臺山記云：在五臺縣東北一百二十里，西北距繁峙縣一百三十里。史炤通鑑注曰：北臺最高，後人名之葉斗峰，有龍湫。其東二十里爲華嚴嶺。又東二十里爲東臺，上可觀日出。其東爲龍泉關。路自北臺而南二十里爲中臺，其巔西北有太華泉。又西十五里爲西臺，其西疊嶂數十里；北有祕魔崖；東南有清涼嶺。惟南臺稍遠，去中臺可五十里。五峰周遭如城，其巔風甚烈，不可居。

東臨真定北雲中〔一〕，盤薄幽并一氣通〔二〕。欲得寶符山上是〔三〕，不須參禮化人宮〔四〕。

【彙注】

〔一〕東臨句　徐注：一統志：真定府周爲并州，晉鮮虞、奚、極、肥、揚、鼓諸國，戰國屬趙，秦屬鉅鹿，漢置恒山郡，又置真定國，後周置恒州，唐改鎮州，後升成德軍，五代梁改武順軍，宋爲真定府。一統志：明隆慶間，封俺答爲順義王。名其城曰歸化，在殺虎口北二百里，本漢定襄、雲中二郡地。後漢屬雲中郡，後魏建都於此，號盛樂城。後置雲州，領盛樂、雲中二郡。

〔二〕盤薄句　蘧常案：郭璞江賦：荆門闕竦而盤礴。「盤薄」義同旁礴、旁魄。漢書司馬相如傳：旁魄四塞。注：旁魄，廣被也。此正用廣被之意。周禮夏官職方氏：東北曰幽州，正北曰并州。太平御覽卷百六十二引晉地道記：舜以冀州南北廣大，分燕地北地爲幽州。幽州因幽都以爲名。元和郡縣圖志引太康地記：并州云「并」者，蓋以其在兩谷之間也。

〔三〕欲得句　徐注：史記趙世家：簡子乃告諸子曰：吾藏寶符於常山上，先得者賞。諸子馳至常山上，求無所得。毋卹還曰：已得之矣。簡子曰：奏之。毋卹曰：從常山上臨代，代可取也。先生五臺山記云：東埵，爲趙襄子所登，以臨代國。

〔四〕不須句　徐注：先生五臺山記：唐書王縉始言五臺山有金閣事，鑄銅爲瓦，塗金於上，照耀山谷，費錢巨億萬。縉爲宰相，給中書符牒，令五臺山僧數十人分行郡縣，聚徒講説，以求貨利。於是此山名聞外夷，至吐蕃求此山圖，見於敬宗之紀。而五代史則書有胡僧遊五臺山，莊宗遣中使供頓，所至傾動城邑。元史則武宗至大二年二月，皇太后幸五臺山，三月，令高麗王隨太后至五臺山。英宗至治二年五月，車駕幸五臺山，庚寅，滎星見於五臺山。夫以王縉之爲相，莊宗、武宗、英宗之爲君，其事亦可知矣。列子：周穆王時，西域之國有化人來，謁王同游。王執化人之袪，騰而上者，中天乃止，暨及化人之宫。

遷常案：此二句，雄心壯志，躍然紙上。不獨持論正，一掃文人佞佛積習也。

酬李處士因篤

【解題】

徐注：元譜：李字天生，更字子德，陝西富平籍，山西洪洞人。邃於經學，著有受祺堂集。康熙己未，試鴻博，授檢討，以母老辭，不許。表三上，乃允。鶴徵録：子德先生少孤，外祖田時需撫之成立，受業其門。吾鄉曹倦翁先生觀察三晉，以故人子相從，因識代州馮觀察雲驤，雅愛其風土人物，居句注、夏屋間者十年。

三晉阸河山〔一〕，登覽苦不暢。我欲西之秦〔二〕，潛身睨霸王〔三〕。一朝得李生〔四〕，詞壇出飛將〔五〕。撝呵斗極迴〔六〕，含吐黃河漲〔七〕。上論周漢初，規模迭開創。以及文章家，流傳各宗匠〔八〕。道術病分門〔九〕，交游畏流宕〔一〇〕。朋黨據國中〔一一〕，雌黃恣騰謗〔一二〕。吾道貴大公〔一三〕，片言折邪妄〔一四〕。論事如造車，欲決南轅向〔一五〕；觀人如列鼎，欲察神姦狀〔一六〕。稍存俞咈詞〔一七〕，不害于喁唱〔一八〕。君無曲學呵〔一九〕，我弗當仁讓〔二〇〕。更讀詩百篇，陡覺神采壯〔二一〕。游五臺山諸作。先我入深巖，嶔崟剖重嶂〔二二〕。高披地絡文〔二三〕，下挈竺乾藏〔二四〕。大氣橐山川〔二五〕，雄風被邊障〔二六〕。泚筆作長歌，臨歧爲余貺〔二七〕。自哂同坎蛙，難佐北溟浪〔二八〕。惟此區區懷〔二九〕，頗亦師直諒〔三〇〕。竊聞關西士〔三一〕，自昔多風尚〔三二〕。豁達貫古今〔三三〕，然諾堅足仗〔三四〕。如君復幾人，可愜平生望〔三五〕。東還再見君，牀頭倒春釀〔三六〕。

【彙校】

〔文章家〕徐注本「家」作「蒙」。誤。

〔于喁唱〕「于」原作「千」，潘刻本同，誤，徐注本，孫、吳、汪、曹各校本皆作「于」，從改。「于喁」，見莊子齊物論。

〔曲學呵〕潘刻本，徐注本，孫、曹兩校本「呵」作「阿」；冒、吳、汪各校本皆作「訶」。丕績案：呵、訶通。

〔竺乾〕孫校本作「胡僧」。

【彙注】

〔一〕三晉　蘧常案：史記楚世家：宣王六年，三晉益大。趙岐孟子梁惠王篇「晉國天下莫强焉」注：韓、趙、魏本晉六卿，當此時，號三晉。案：三晉約當今河北省西南部，及河南、山西兩省之地。

〔二〕西之秦　蘧常案：史記秦本紀：非子居犬丘，周孝王邑之秦。孝公十二年，作爲咸陽，徙都之。讀史方輿紀要：陝西，秦孝公徙都之，謂之秦川，亦曰關中。

〔三〕睨霸王　徐注：杜甫劍門詩：至今英雄人，高視見霸王。

〔四〕得李生　蘧常案：元譜：康熙二年，至代州，游五臺。與富平李子因篤遇，遂訂交。李因篤受祺堂詩集詠懷五百字奉亭林先生詩：班荆鴈門邸，傾囊出夙撰，慨然弟畜予，札僑風斯踐。

〔五〕詞壇句　徐注：歐陽修答梅聖俞詩：文會忝予盟，詩壇推子將。史記李將軍列傳：匈奴聞之，號曰漢之飛將軍。先正事略：時阮亭、堯峰主盟壇坫，先生與抗禮。

〔六〕撝呵　徐注：韓愈石鼓歌：鬼物守護煩撝呵。

〔七〕含吐　徐注：淮南子：含吐陰陽。

〔八〕上論四句　徐注：先正事略：因篤，明季爲諸生，見天下大亂，走塞上，訪求奇傑士，無應者。歸而鍵户讀經，貫穿注疏。顧亭林著音學五書，先生與討論。所著詩説，亭林稱之曰：毛、鄭有嗣音矣。其春秋説，堯峰亦心折焉。又曰：其學以朱子爲宗。時李中孚提倡良知，晚年移家富平，與先生過從最密，然各尊所聞，不爲同異之説。性樸直，博學能强記。初入都，南人多易之。一日，宴集論杜詩，先生應口誦。或曰：偶然耳。詰其他，輒舉全部無所遺。

蘧常案：漢書高帝紀：雖日不暇給，而規摹宏遠矣。摹通模。袁宏三國名臣贊序：莫不宗匠陶鈞，而羣才緝熙。李因篤詠懷五百字奉亭林先生詩：閉門治九經，溯流兼史傳。

〔九〕道術句　蘧常案：莊子天下篇：道術將爲天下裂。

〔一〇〕交游句　徐注：禮：交游稱其信也。後漢書方術傳叙：甚有雖流宕過誕，亦失也。

〔一一〕朋黨句　蘧常案：見前陸貢士來復詩「雒蜀」句注。

〔一二〕雌黄句　徐注：晉陽秋：王衍能言，於意有不安者，輒更易之，時號口中雌黄。湘山野録：石守道康定中主盟上庠，晨興，鳴鼓於堂，集諸生謂之曰：此輩鼓篋游上庠，提筆場屋，稍或黜落，尚騰謗言有司，悲哉！吾道之衰也。

蘧常案：沈括夢溪筆談：館閣浄本有誤書處，以雌黄塗之，即滅。久而不脱。

〔一三〕吾道句　蘧常案：爾雅釋詁邢昺疏引尸子廣澤篇：孔子貴公。禮記禮運篇：孔子曰：大道之行也，天下爲公。

〔一四〕片言句　蘧常案：論語顔淵：片言可以折獄者，其由也歟？太平御覽卷六百三十九引鄭玄注：片讀爲半，半言爲單詞。折，斷也。

〔一五〕論事二句　徐注：宋史輿服志：司南車周公所作，以送荒外遠使。地域平漫，迷於東西，造此車使常知南北。段注：左傳宣公十二年：令尹南轅反旆。

〔一六〕觀人二句　徐注：左傳宣公三年：貢金九牧，鑄鼎象物，百物而爲之備，使民知神姦。

〔一七〕俞咈　蘧常案：書堯典：帝曰：俞。傳：俞，然也。又：帝曰：吁，咈哉！傳：咈，戾也。

〔一八〕于喁　徐注：莊子齊物論：前者唱于而隨者唱喁。蘧常案：經典釋文：李頤云：于喁，聲之相和。

〔一九〕曲學呵　徐注：史記儒林列傳：轅固謂公孫弘曰：務正學以言，無曲學以阿世。蘧常案：據史記儒林列傳，則「呵」應作「阿」，潘、徐本是。

〔二〇〕我弗句　徐注：論語：當仁不讓於師。蘧常案：「上論周漢初」以下十八句，皆記當時論學之情狀。李因篤詠懷五百字亦有記之者，可相印證。其詩曰：泣麟久不作，蛙鳴紛相扇，横議逐頹波，吾道存如綫。側聞正始音，黄鐘垂古憲，大旨歸風騷，旁求逮爻象。持以告時賢，疑信乃滋蔓。聊取枕中祕，知希遽獨擅。

〔二一〕更讀二句　徐注：晉書王戎傳：神采秀澈。潘耒李天生詩集序：其詩原本風騷，出入古歌謡樂府而以少陵爲宗。意象蒼莽，才力雄贍，既與杜冥合，而章法句法講之尤精，千錘百鍊而出之。此學杜而得其神理，非襲其皮毛者也。段注：杜甫飲中八仙歌：李白斗酒詩百篇。

蘧常案：受祺堂詩集卷三早秋遊五臺以下一百首，皆順治十八年遊五臺山時作也。曹溶靜惕堂詩集有懷天生五律注：天生遊五臺三日，得詩百首。

〔二二〕先我二句　徐注：漢書司馬相如傳：潛處乎深巖。韻會：嶔崟，或作嶔崯，險峻貌。

蘧常案：所云深巖重嶂，謂五臺山也。

〔二三〕地絡　原注：後漢書隗囂傳：斷截地絡。

蘧常案：此注原在卷六雒陽詩「三川」句下，徐注本移此，仍之。

〔二四〕竺乾　徐注：白居易詩：大抵宗莊叟，私心事竺乾。

〔二五〕大氣句　蘧常案：老子：天地之間，其猶橐籥乎？吴澄道德經注：橐，象太虚包函周徧之體；籥，象元氣絪緼流行之用。

〔二六〕雄風句　徐注：宋玉風賦：此大王之雄風也。舊唐書劉昌傳：邊障妥寧。

蘧常案：朱樹滋李文孝行狀：居鴈門數年，詩文益高古精邃，名播海内。一時騷人詞客趨之若鶩，至邸舍不能容。

〔二七〕泚筆二句　徐注：舊唐書岑文本傳：文本爲中書舍人，或策令叢遽，敕吏五六人泚筆待，分口占授，成無遺意。段注：鮑照舞鶴賦：臨歧距步。

蘧常案：徐注原録同志贈言詩，兹移作本詩附録。北溟，見卷一海上行「北溟」句注。

〔二八〕自哂二句　徐注：抱朴子：猶坎蛙之疑海鼇，螣蛇之嗤應龍也。莊子秋水：井蛙不可以語於海者，拘於墟也。

〔二九〕區區　蘧常案：見前再謁天壽山陵詩「區區」句注。

〔三〇〕直諒　徐注：論語：友直友諒。

〔三一〕關西　蘧常案：後漢書楊震傳：關西孔子楊伯起。案：楊震，華陰人。古稱函谷關以西曰關西，亦稱關右、關内。

〔三二〕風尚　徐注：北史崔振傳：少温厚有風尚。史記貨殖列傳：關中自汧、雍以東至河、華，猶有先王之遺風。

〔三三〕豁達　徐注：潘耒李天生詩集序：爲人豁達慷慨，自負經世大略。

〔三四〕然諾　徐注：史記游俠列傳：布衣之徒，設取予然諾，千里誦義。

〔三五〕如君二句　徐注：潘耒李天生詩集序：誠得先生輩數人立詞盟而樹之幟，大雅元音，庶幾不墜矣乎？微獨先生之詩進於古也，先生之爲人，更高邁卓犖，與古爲徒。

〔三六〕牀頭句　徐注：高適贈張旭詩：牀頭一壺酒。齊民要術：造酒法，春釀，十日熟。

附：同志贈言李子德鴈門邸中值寧人先生初度製二十韻以代洗爵詩

海内求遺逸，如君氣自豪。名成郎位晚，地闊少微高。已往長孤憤，相逢遽二毛。客身霜露浹，歲事豆籩勞。宿衛惟占斗，晨征遂渡濠。故宫歌黍稷，九廟達焄蒿。入世深肥遯，同羣識勁操。尚懷游嶽計，不問過江艘。車馬隨書局，乾坤到彩毫。丁年無曠日，乙夜有然膏。獨樹三吴幟，旁窺兩漢濤。經邦籌利病，好古博風騷。負版悲天塹，班荆慰塞壕。亂離途迥別，今昔首重搔。暑雨留前席，昏鐙對濁醪。落花餘滿袖，逝水各霑袍。白雪吹炎夏，丹經照蟹螯。幽貞恒坦坦，窮達任囂囂。莫訝聲聞闊，曾知寵命褒。紵衣如可賦，堪比吕虔刀。

雨中送申公子涵光

【解題】

徐注：先生送韻譜小帖：申凫盟，名涵光，永年人。太僕公之長子，今庶常隨叔之兄也。太僕公甲申殉國難。

蘧常案：張譜：太僕公，名佳胤，謚節愍。隨叔，名涵盼，順治辛丑進士。先正事略：申涵光少以詩名河朔間，與殷岳、張蓋稱畿南三才子。以理學訓其兩弟，皆能立身揚名。明亡後，絶意進取。晚年名益高。著有聰山集、荆園小語諸書。

十載相逢汾一曲〔一〕，新詩歷落鳴寒玉〔二〕。懸甕山前百道泉〔三〕，臺駘祠下千章木〔四〕。登車衝雨馬頻嘶，似惜連錢錦障泥〔五〕。并州城外無行客〔六〕，且共劉琨聽夜雞〔七〕。

【彙注】

〔一〕十載句　徐注：詩：彼汾一曲。

蘧常案：「十載相逢」，謂初晤於前十載，今又相逢也。前十載爲癸巳，清順治十年，先生四十一歲。徐譜云：先生去年自王家營仍歸洞庭山。是年有路舍人家詩，路居洞庭東山也。路舍人，路澤溥也。申涵光爲澤溥季弟澤濃内兄，見申鳧盟年譜；涵光又與澤溥善，其聰山詩選屢有寄詩。則先生之識涵光，其在澤溥昆仲家乎？

〔二〕新詩句　徐注：杜陽雜編：唐盧萬有寶瑟各數十，内有寒玉、響泉之號。段注：晉書桓彝傳：茂倫嶔崎歷落，固可笑人也。

蘧常案：王士禛漁洋詩話：涵光稱詩廣平，開河朔詩派。

〔三〕懸甕句　徐注：明史志地理：太原府太原縣注：洪武四年移於汾水西故晉陽城之南關，八年，更名太原。西有懸甕山，一名龍山。山海經：縣雍之山，晉水出焉。注：今名爲汲雍。雍，音甕。潘耒望川亭記：懸甕之山，空中而多竇，晉水自其竇出，沸而爲泉，噴而爲瀑，瀦而爲流，而爲溪。來游之士，率及泉而止，謁晉祠而休，若不知有懸甕者。沈佺期奉和春初幸太平公主南莊詩：竹裏泉聲百道飛。

〔四〕臺駘句　徐注：方輿紀要：臺駘澤在太原縣南十里，即晉澤也。山西通志：太原府臺駘神廟在晉澤南。金天氏有裔子生臺駘，能業其官，宣汾、洮，障大澤，以處太原。帝嘉之，封諸汾州，後人立廟祀之。又汾州曲沃沿河等處，皆有行祠。

蘧常案：史記貨殖列傳：山居千章之材。索隱：孟康云：章，大材也。

〔五〕登車二句　徐注：晉書王濟傳：濟善解馬性。嘗乘一馬，著連錢障泥，前有水，終不肯渡。濟曰：此必是惜障泥。使人解去，便渡。

〔六〕并州城　蘧常案：讀史方輿紀要：後漢以并州治晉陽。太平寰宇記：并州平晉縣，即晉陽城也。晉陽舊城，故老傳晉并州刺史劉琨築。

〔七〕且共句　蘧常案：晉書劉琨傳：琨字越石，中山魏昌人。惠帝時，以勳封廣武侯。永嘉元年，爲并州刺史。轉鬬至晉陽，撫循勞徠，甚得物情。劉元海時在離石，琨密遣離間其部雜虜，降者萬餘落。劉聰遣子粲襲晉陽，琨大敗之。愍帝即位，拜大將軍，都督并、冀、幽三州諸軍事。元帝建武元年，轉琨爲侍中太尉。後爲幽州刺史段匹磾所拘，王敦密使殺琨，遂縊之。琨與范陽祖逖爲友，聞逖被用，與親故書曰：吾枕戈待旦，志梟逆虜，常恐祖生先吾著鞭。其意氣相期如此。聽夜雞，見卷一擬唐人五言八韻祖豫州聞雞題注。

酬史庶常可程

【解題】

徐注：元譜：可程，字赤豹。崇禎癸未進士，改庶吉士。可法同祖弟。京師陷，可程降賊。

賊敗，南歸。可法請置之法。福王以可法故，令養母。可程遂寓南京。後寓宜興，閱四十年乃卒。張譜：睿親王致可法書所云「及入關破賊，識介弟於清班」者，謂可程也。戴注：可程有觀槿堂文集。先生酬詩時在絳州。尹云：史庶常可程既降李，又降清，明季實録亦屢言之。集中既有與其酬和之作，同志贈言又録其詩甚多，究何所取耶？

蘧常案：書立政：太史、尹伯、庶常吉士。明史志職官二：翰林院庶吉士，自洪武初，有六科庶吉士。十八年，以進士在翰林院承敕監等近侍者俱稱庶吉士。永樂二年，始定爲翰林院庶吉士。選進士文學優等及善書者爲之。清史稿職官志二：翰林院建庶常館。案：詩首四句，深諷之意灼然，則先生之於可程，非苟焉而已。檢同志贈言可程太原喜晤寧人先生賦贈詩云：翰墨遥傳十載餘，却憐邊郡識君初。又云：我自歸來甘閉户，相思頻展扇頭詩。又贈寧人社翁詩云：客遊與子親，立談愧我疏。其欽感可知。其酬答此詩，題云受惠難負荷君子哉言乎載賡一章寄謝寧人知不我遐棄也，詩云：幸有同心侶，隱然無苟甜。展讀未及終，汗浹敝衣霑。其愧悔可知。則先生取之，亦與其潔不保其往之意。其後可程閉户四十年，終不再仕清，或亦先生有以成之歟？又案：文集與人書六云：赤豹，君子也，久居江東。其所取或在此。然屈膝清廷，大節已虧，所可取者亦僅矣。

伊尹適有夏〔一〕，太公之朝歌〔二〕。吾儕亦此時，將若蒼生何〔三〕？跨驢入長安，七貴相經過〔四〕。不敢飾車馬〔五〕，資用防其多。豈無取諸人，量足如飲河〔六〕。顧視世間人〔七〕，夷清而惠和〔八〕。丈夫各有志，不用相譏訶〔九〕。君今寓高都〔一〇〕，連山阻巍峨。佳詩遠寄將〔一一〕，建安激餘波〔一二〕。想見蕭寺中〔一三〕，抱膝苦吟哦〔一四〕。古人尚酬言〔一五〕，亦期相切磋。願君無受惠，受惠難負荷〔一六〕；願君無倦游〔一七〕，倦游意蹉跎。

【彙注】

〔一〕伊尹句　原注：書序：伊尹去亳適夏，既醜有夏，復歸於亳。

〔二〕太公句　徐注：史記齊太公世家：蓋嘗窮困年老矣。索隱：譙周曰：吕望嘗屠牛於朝歌，賣飲於孟津。楚辭天問：鼓刀揚聲后何喜？王逸注言：吕望鼓刀在列肆，文王親往問之。吕望對曰：下屠屠牛，上屠屠國。文王喜，載與俱歸。又惜往日：吕望屠於朝歌兮。

〔三〕吾儕二句　全云：二句深誚之。

蘧常案：「將若蒼生何」，見卷一上吴侍郎暘詩「東山」句注。

〔四〕七貴　徐注：西征賦：窺七貴於漢庭，疇一姓之或在？注：漢庭七貴，吕、霍、上官、丁、傅、趙、王，並后族也。

〔五〕不敢句　徐注：莊子讓王：輿馬之飾，憲不忍爲也。阮籍詠懷詩：黄金百鎰盡，資用常苦多。

〔六〕豈無二句　徐注：孟子：一介不以取諸人。莊子逍遥遊：鼴鼠飲河，不過滿腹。

〔七〕顧視句　李注：古樂府隴西行：顧視世間人，爲樂甚獨殊。

〔八〕夷清句　徐注：孟子：伯夷，聖之清者也；柳下惠，聖之和者也。

〔九〕譏訶　徐注：倉曹人物志：清節之流，不能宏恕，好尚譏訶。

〔一〇〕高都　徐注：史記周本紀：蘇代曰：臣能使韓毋徵甲與粟於周，又能爲君得高都。索隱：高都，韓邑。

〔一一〕佳詩句　蘧常案：「佳詩」似指同志贈言史可程贈寧人社翁詩。中有云：玄覽搜星嶽，夙志鄙蟲魚。文字經討論，犂然復皇初。籌時擴大猷，皭乎管、晏除。願弘無猝獲，行邁日勞劬。伊余傷老大，得子心神舒。

〔一二〕建安句　徐注：李白古風：揚、馬激頹波。又：自從建安來，綺麗不足珍。書禹貢：餘波入於流沙。

〔一三〕蕭寺　蘧常案：見卷二贈路舍人澤溥詩「蕭寺」注。

〔一四〕抱膝句　徐注：蜀志諸葛亮傳：亮每晨夕，從容常抱膝長嘯。

〔一五〕酬言　徐注：詩：無言不讐。集傳：讐，答也。

〔一六〕負荷　原注：黄氏日鈔：柳子厚平淮夷雅「威命是荷」，音何。注引左傳昭七年「弗克負荷」，平聲。按：後漢書班超傳贊、魏嵇康答二郭詩、晉潘岳河陽縣作、劉琨答盧諶詩，並作平聲。

〔一七〕願君句　徐注：史記司馬相如列傳：長卿故倦游。　李注：謝琨游西池詩：良游常蹉跎。

蘧常案：文集與人書六云：赤豹昔在澤州，得拙詩，深有所感，復書曰：老則息矣，能無倦哉？此言非也。夫子「歸與歸與」，未嘗一日忘天下也。故君子之學，死而後已。即此「無倦游」之確詁。「倦游」，史記集解引郭璞曰：厭游宦也。漢書文穎注：倦，疲也。言倦厭游學，博學多能也。玩詩意，似謂倦於游旅，故下句云云。蓋倦於游旅，則壯志蹉跎矣。舊説皆所不用，郭説尤與此不合，豈有勸其游宦之理。「願君無受惠」，承上「不敢飾車馬」四句而言。「願君無倦游」，承上「伊尹適有夏」四句而言。蓋恐其晚年復有所漸染，故諷其「無受惠」，「無倦游」。可程答詩，雖未甚領悟，然其後終流寓宜興以没，或亦先生有以開之歟？全祖望謂末二句可芟，非。

附：同志贈言史可程寧人盟長答余詩云願君無受惠受惠難負荷願君無倦游倦游意蹉跎物老則息游何可長耶受惠難負荷君子哉言乎載賡一章寄謝寧人知不我遐棄也詩

孔説七十二，墨突不至黔，所由塗已廣，利己一何廉。廓然觀天道，陰符教我嚴。受命爲孤蓬，乘風未得淹。飢來四方走，避惠如避鉗。偶至逢人喜，事過心愈阽。束舟嚮皎日，安得以影潛？幸有同心侶，隱然無苟甜。展卷未及終，汗浹㴖衣沾。白藏適當令，羈懷屬惔惔。資世何必多，儉德足自占。跽承仁者贈，拜手想三緘。

汾州祭吴炎潘檉章二節士

【解題】

徐注：明史志地理：元汾州屬太原路，明初以州治西河省入。萬曆中，升爲汾州府。

蘧常案：徐注本吴、潘下不署名。元譜：癸卯在汾州，聞執友吴赤溟炎、潘力田檉章遭湖州莊氏私史之難，遥祭旅舍。先生書吴潘二子事：蘇之吴江有吴炎、潘檉章，二子皆高才。當國變後，年皆二十以上，並棄其諸生，以詩文自豪。既而曰：此不足傳也；當成一代史書，以繼遷、固之後。於是懷紙吮筆，早夜矻矻，其所手書，盈牀滿篋，而其才足以發之。及數年而有聞，予乃亟與之交。二子皆居江村，潘相近，每出入，未嘗不相過。會湖州莊氏難作，莊廷鑨爲明書，其父胤城梓行之，慕吴、潘盛名，引以爲重，列諸參閲姓氏中。二子與其難。陳去病吴節士赤民先生傳：先生，吴江之爛溪人也。諱炎，字赤溟，又字如晦，號媿庵。以遭逢鼎革，繫心故國，更號赤民。爲歸安諸生。國變，遯跡湖州山中。久之，出與其伯叔昆季爲逃之盟於溪上。夙與同邑潘檉章交莫逆，其才學識又相埒，因相與爲明史記。成且有日，而南潯莊氏史獄起，辭連先生，與檉章同磔於杭州。潘檉章，見卷三贈潘節士檉章詩題注。莊氏史獄，别詳前聞湖州史獄詩題注。

露下空林百草殘〔一〕，臨風有慟奠椒蘭〔二〕。韭溪二子所居血化幽泉碧，蒿里魂歸白日寒〔三〕。一代文章亡左馬〔四〕，千秋仁義在吴潘〔五〕。巫招虞殯俱零落〔六〕，欲訪遺書遠道難〔七〕。

【彙注】

〔一〕露下句　原注：楚辭九辯：白露既下百草兮，奄離披此梧楸。

蘧常案：此喻史案被禍之多也。研堂見聞雜記：吴興朱國楨撰明史，其子孫以其稿本貿之莊姓者，莊續成之而布之板。其所續烈皇帝諸傳，於我朝龍興事有犯，盛行於坊間。有縣令首之朝，天子震怒，逮繫若干人。如查繼佐、陸圻、范驤皆浙中名宿，其他姻黨親戚，一字之連，一詞之及，無不就捕。每逮一人，則其家男女百口皆鋃鐺同縛，杭州獄中至二千餘人。又：明史之獄發難於吴之庸（案：即吴之榮），決於康熙二年之五月二十六日。得重辟者七十人，凌遲者十八人。茅氏一門得其七，當是鹿門後人。如莊如朱皆在數中。朱字右明，出貲四五百萬助刻，故亦株連。其餘絞者數人，郡伯、司理皆與焉，外皆駢首就戮。滸墅榷關使者李繼白止以買書一部，亦與禍；書賈陸德儒及刻匠若干人，皆不免。若范驤、陸圻、查繼佐之屬，皆首在事前，得免死釋歸。是役也，或謂吴之庸實僞刻數葉，以成其罪，故所行之書，大有異同。於是賈人刻手，紛紛鍛鍊而竟不免。一夫作難，禍及萬家，慘矣哉！

考榴龕隨筆，同時文人受禍除吴、潘外，可考者尚有蔣麟徵、張文通、張雋、董二酉、茅元銘、黎元寬、吴心一諸人。刻工之可考者曰湯達甫，刷匠之可考者曰李祥甫。

〔二〕奠椒蘭　蘧常案：楚辭屈原九歌東皇太一：蕙肴蒸兮蘭藉，奠桂酒兮椒漿。

〔三〕韭溪二句　蘧常案：韭溪，詳卷三酬歸祚明戴笠王仍潘檉章四子韭溪草堂聯句見懷詩題注。蒿里，見卷二淮東詩「具獄」六句注。研堂見聞雜記：吴江有兩生，一爲潘檉章，一爲吴炎，平日閉門讀書，亦私著明史。莊允成（案：即莊胤城）以其同心也，列之參評。後按籍擒捕，兩縣令、一司理登門親緝，一則方巾大袖以迎，一則儒巾襤衫以迎，辭氣慷慨，凡子女妻妾，一一呼出，盡以付之。兩縣令、一司理謂：君家少子姑藏匿，何必爲破卵？兩生曰：吾一門已登鬼籙，豈望覆巢完卵耶？悉就械，挺身至杭就訊。先生書吴潘二子事：當鞫訊時，或有改辭以求脱者，吴子獨慷慨大駡，官不能堪，至拳踢仆地。潘子以有母故，不駡亦不辯。陳去病吴節士赤民傳：在獄中意氣自若，與同坐者賦詩酬唱，陽陽如平時。以康熙二年癸卯五月二十六日與檉章同磔於杭州之弼教坊。先夕，先生知不免，謂其弟曰：吾輩罹極刑，血肉狼籍，豈能辨識。汝第視兩股有火字者，即吾尸也。聞者悲之。

〔四〕一代句　徐注：漢書司馬遷傳贊：司馬遷據左氏、國語，采世本、戰國策，述楚漢春秋，接其後事，訖於天漢。其言秦、漢詳矣。又云：貫穿經傳，馳騁古今，上下數千載，斯已勤矣。

蘧常案：蘇州府志：吴炎與潘檉章共撰明史，美惡不掩，有古良史風。陳去病吴節士赤民傳：先生夙與同邑潘檉章交莫逆，因相與定爲目，凡得紀十八、書十二、表十、世家四十、列傳二百，爲明史記。戴笠潘力田傳：檉章專精史事，謂諸史唯司馬遷書最有條理，欲倣之作明史記。而友人吴炎所見略同，遂與同事。檉章分撰本紀及諸志，炎分撰世家、列傳，其年表、曆法則屬諸王錫闡，流寇志則笠任之。撰述數年，其書既成十之六七，而南潯莊氏史獄起，兩人遂罹慘禍。天下既惜兩人之才，更痛其書之不就，並已就者亦不傳也。

〔五〕千秋句　原注：宋書孝義傳王韶之贈潘綜吴逵詩：仁義伊在？惟吴惟潘。心積純孝，事著艱難。投死如歸，淑問若蘭。

〔六〕巫招虞殯　原注：左傳哀公十一年：公孫夏命其徒歌虞殯。徐注：楚辭招魂：帝告巫陽曰：有人在下，我欲輔之。魂魄離散，汝筮予之。

〔七〕欲訪句　徐注：先生與次耕書：吾昔年所蓄史事之書，並爲令兄取去。令兄亡後，書既無存，吾亦不談此事。

蘧常案：「遺書」，謂吴、潘等所著明史記稿也。陳去病吴赤民傳云：聞之晚村吕氏，嘗欲就先生遺稿與曉闇王氏繼賡爲之。而王、吕遽喪，事卒無成。及潘耒之歸，且求其稿而無獲焉。徐注非。

寄潘節士之弟耒

【解題】

徐注：先正事略：次耕，父名凱，列名復社。先生資禀絶人，有神童之目。從顧亭林、徐俟齋、戴耘野三先生游，故其學貫穿淹洽，無所不通。詩、古文尤精博無涯涘。嘉定陸翼王、平湖陸稼書交口許爲淹博。康熙己未，以布衣舉博學鴻詞，官檢討，纂修明史，充日講起居注官。其時，與館選者，皆起家進士，先生與朱竹垞、嚴蓀友獨由布衣入選，文又最有名，凡館閣經進文字，必出三布衣手，同列忌之。先生尤精敏敢言，無稍遜避，爲忌者所中，坐降調。以母憂歸，遂不復出。

蘧常案：沈彤翰林院檢討潘先生行狀：吴江縣潘耒年六十三狀：先生字次耕，號稼堂，晚自號止止居士。生而聰警，善記。比長，復得賢師友之助。若顧炎武、徐枋、王錫闡、吴炎、兄檉章諸君，皆名德高才，先生並承指授，集其長。於經籍子史詩賦古文詞曆算聲音之學，本末表裏，遂無不洞達。

筆削千年在〔一〕，英靈此日淪〔二〕。猶存太史弟，莫作嗣書人〔三〕。門户終還汝〔四〕，男兒獨重身〔五〕。裁詩無寄處〔六〕，掩卷一傷神。

【彙注】

〔一〕筆削　徐注：史記孔子世家：孔子爲春秋，筆則筆，削則削，游、夏之徒不能贊一辭。

〔二〕英靈　徐注：隋書李德林傳：江總目送之曰：此河朔之英靈也。

〔三〕猶存二句　蘧常案：見前杭州詩第二首「誰爲」二句注。

〔四〕門户句　蘧常案：先生文集卷六與潘次耕書：古人于患難之餘，而能奮然自立以亢宗而傳世者，正自不少，足下勉旃！

〔五〕男兒句　徐注：潘耒沈兼人六十壽序：予年十八，亡兄蒙難，嫂姪北徙。思爲存孤計，尾其後以行。抵燕山，見事不可爲，力盡而返。遂使兩孤兒長淪絶域，生死不知。

蘧常案：「重身」，似謂自愛其身，弗輕於出山。即後來戒耒所謂「處鐔守拙，不至爲龔生之夭天年」是已。見蔣山傭殘稿卷三。

〔六〕裁詩句　蘧常案：時潘耒變姓名，匿山中。歸莊觀梅日記：吴生開奇者，亡友潘力田之弟，吴赤溟之門人也。二君以國史事被殺，家徙塞外，故生改姓，竄於山中。改姓吴，蓋從母。徐枋潘母吴太君壽序自注：門人潘耒時避難，變姓名吴琦，奉母居山中。故詩無寄處也。

王官谷

【解題】徐注：一統志：蒲州府王官谷在虞鄉縣東南十里中條山中。舊志：王官谷深十里，巖洞奥邃，泉谷幽奇，有天柱、挂鶴諸峰，瀑布、貽溪諸水。山水之勝，甲於河東。方輿紀要云：在臨晉縣東南七十里，以王官廢壘得名。司空圖有中條山居記。

士有負盛名，卒以虧大節〔一〕。咎在見事遲，不能自引決。所以貴知幾，介石稱貞潔〔二〕。唐至昭宗時，干戈滿天闕〔三〕。賢人雖發憤〔四〕，無計匡杌隉。邈矣司空君，保身類明哲。墜笏雒陽墀，歸來卧積雪〔五〕。視彼六臣流〔六〕，恥與冠裳列。遺像在山厓，清風動巖穴〔七〕。堂茆一畝深，壁樹千尋絶。不復見斯人，有懷徒鬱切〔八〕。

【彙校】

〔昭宗〕顔氏家藏尺牘顧亭林手札作「僖、昭」。

〔墜笏二句〕顔氏家藏尺牘顧亭林手札作「放逐歸山阿，閉門卧積雪」。

【彙注】

〔一〕士有二句　徐注：漢書黄瓊傳：盛名之下，其實難副。先生日知録：嗟乎！士君子處衰季之朝，常以負一世之名而轉移天下之風氣者，視伯喈其戒之哉！

〔二〕所以二句　徐注：易：知幾其神乎？又：介于石，不終日，貞吉。

〔三〕唐至二句　徐注：通鑑：唐昭宗龍紀元年，朱全忠大破秦宗權，斬之。大順元年，王建攻邛州，李克用遣兵拒官軍於趙城。二年，王建克成都，自稱西川留後。景福元年，楊行密擊孫儒，斬之，遂歸揚州。李茂貞、王行瑜合兵六萬，拒官軍於興元，京師大震。乾寧二年，李茂貞、王行瑜、韓建各舉兵犯闕。李克用舉兵討三鎮。三年七月，李茂貞舉兵犯闕，上如華州。光化元年，朱全忠取瀛、景、莫州。十一月，劉季述幽上於少陽院。朱全忠表請上幸東都。韓全誨劫上如鳳翔。朱全忠進攻鳳翔。

蘧常案：曲阜顏氏家藏先生手札，「昭宗」作「僖、昭」。考黄巢義軍起於僖宗時，唐書稱廣明元年十一月陷東都，十二月入長安，光啓元年李克用逼京師。則所謂「干戈滿天闕」者，不始於昭宗，作「僖、昭」是。曰「天闕」，明謂京都或行在。則昭宗時，亦當舉乾寧二年李茂貞、王行瑜、韓建各舉兵犯闕、三年七月李茂貞舉兵犯闕、光化元年韓全誨劫上如鳳翔、朱全忠進攻鳳翔諸事，不當如徐注之泛及各地也。

〔四〕賢人句　徐注：俞充貽溪懷古詩序：唐衰，全忠僭竊，士有忠義之心者，皆深嫉之。而能灑然脱去不污其身得全其節者，表聖一人而已。書：邦之杌隉。

〔五〕遯矣四句　徐注：新唐書司空圖傳：字表聖，河中虞鄉人。咸通末進士，累官禮部郎中。黄巢陷長安，圖間關至河中。昭宗遷洛陽，柳璨希賊臣意，誅天下才望。詔圖入朝，圖陽墮笏，趣意野髦。璨知無意人世，乃聽還。圖本居中條山王官谷，有先人田，遂隱不出。作亭觀素室，悉圖唐興節士文人，名亭曰休休。時寇盜所過殘暴，獨不入王官谷，士人依以避難。朱全忠已篡，召爲禮部尚書，不起。及哀帝弑，不食而卒。

蘧常案：詩大雅烝民：既明且哲，以保其身。

〔六〕六臣　徐注：新五代史唐六臣傳：帝禪位於梁，以攝中書張文蔚爲册禮使，禮部尚書蘇循副之。攝侍中楊涉爲押傳國寶使，翰林院張策副之。御史大夫薛貽矩爲押金寶使，尚書左丞趙光逢副之。率百官，備法駕，詣梁。全忠即帝位。張文蔚、蘇循奉册升殿進讀，楊涉、張策、薛貽矩、趙光逢以次奉寶升殿。讀已，降。率百官舞蹈稱賀。

〔七〕遺像二句　徐注：元王惲游記：中條山又東得王官谷，漢故壘也。有唐司空表聖之别業，至今遺像在焉。俞充表聖影堂詩：事去惟山存，遺祠臨水曲。勁節凌雪霜，英顔瑩冰玉。

〔八〕堂茆四句　徐注：司空圖中條山居記：西南之亭曰濯纓，濯纓之窗曰一鳴，皆有所警。堂曰三詔之堂。黄通題王官谷碑：人亡迹在。登休休亭，望瀑布泉，思其人，愛其景，嗟嘆而不忍去者久之。

蘧常案：明吕柟游王官谷記：至故市西折而南，谷水北流入市，即貽溪也。溪上結屋名休休亭，司空圖隱處也。玩詩意自有所諷。當慨明、清之際明臣失節之多。詩首四句，似隱刺錢謙益、王鐸、龔鼎孳輩，然其辭甚微，亦非可刻舟以求也。舊注專以投款大順者當之，非。今一概不取，而附識於後。

蒲州西門外鐵牛唐時所造以繫浮橋者今河西徙十餘里矣

【解題】

徐注：明史志地理：平陽府蒲州，元河中府。洪武二年，改爲蒲州，以州治河東縣省入。注：大河自榆林折而南，經州城西，又經中條山麓，又折而東，謂之河曲。

蘧常案：徐注本無「唐時所造」以下十七字。唐書地理志：河中府河東郡，本蒲州。縣河西，有蒲津關。開元十二年，鑄八牛，牛有一人策之，牛下有山，皆鐵也，夾岸以維浮梁。

唐代浮梁處，遺牛制尚新〔一〕。一朝移岸谷〔二〕，千載困風塵。失水黿鼉没〔三〕，依城鸛雀鄰〔四〕。舊有鸛雀樓在城西南黄河中高阜處。時有鸛雀棲其上，遂名。後爲河流衝没，即城角樓名之，以存其蹟。應無丞相問〔五〕，儻與牧童親。世變形容老，年深戰伐頻。無窮懷古意〔六〕，舍爾適西秦〔七〕。

【彙校】

〔依城句〕句下自注「舊有鸛雀樓」云云四十字，徐注本誤作原注。

【彙注】

〔一〕唐代二句　徐注：日知録：唐六典「凡天下造舟之梁四」注：河則蒲津、太陽、河陽，雒則孝義。齊方言，艁舟謂之浮梁。元和志：蒲津關今造舟爲梁，其置甚盛，每歲徵竹索價，謂之橋脚錢，數至二萬，亦關、河之巨防焉。嘉案：史記秦本紀：昭襄王五十年，初作河橋。正義曰：在同州臨晉縣東，渡河至蒲州。文獻通考：河中蒲津關，後魏大統四年，造浮橋。是浮橋不始於唐也。

蘧常案：「唐代」云云，蓋貫下文言之，謂遺牛，非謂浮橋也。徐注未會。遺牛詳題注。

〔二〕移岸谷　徐注：詩：高岸爲谷，深谷爲陵。

〔三〕失水句　原注：竹書紀年：周穆王三十七年，伐楚，起師至于九江，叱黿鼉以爲梁。

蘧常案：「移岸谷」，謂黄河西徙也。

〔四〕依城句　蘧常案：沈括夢溪筆談云：河中鸛雀樓三層，前瞻中條，下瞰大河。則宋時樓尚在河中也。

〔五〕丞相問　徐注：漢書丙吉傳：吉爲相，出，逢死傷不問；逢人逐牛，牛喘吐舌，使騎吏問，逐牛行幾里矣。或以譏吉，吉曰：三公典調和陰陽，職所當憂。

〔六〕無窮句　徐注：先生日知録：太原下蒲律鐵牛求一僧懷丙其人，不可得。懷丙見宋史方伎傳。又如長安東中西三渭橋昔爲方軌，今則咸陽縣每至冬月，乃設一版。河陽驛杜預所立浮橋，其遺蹟亦復泯然。國有六職，百工與居一焉。不但坐而論道者不如古人而已。

蘧常案：張衡東京賦：望先帝之舊墟，慨長思而懷古。案：此句承上「年深戰伐頻」句。蒲州爲自古用兵之地，明末農民起義軍亦屢出入焉，蓋撫今而思昔也，故曰「無窮」。豈僅區區橋梁之政而已。

〔七〕舍爾句　原注：甯戚飯牛歌：吾將舍爾相齊國。

潼關

【解題】

徐注：方輿紀要：潼關，在今華陰縣東四十里，東至河南閿鄉縣六十里，古桃林塞也。左傳文公十三年：守桃林之塞。杜注：在弘農華陰縣東。案：潼關有關城十二里。洪武三年，置潼關衛。五年，修築舊城。九年，增修，依山勢曲折爲門六，又水門三。建安（文）中，移函谷關於此，自是常爲天下之襟要。今關北六十里爲大慶門巡司，即山西之蒲津矣。

蘧常案：明史志地理三：陝西西安府華州華陰注：東北有潼水，入於大河。東有潼關。洪武七年，置潼關守禦千户所。九年十一月，升爲衛，屬河南都司。永樂六年，直隸中軍都督府。

黄河東來日西没〔一〕，斬華作城高突兀〔二〕。關中尚可一丸封〔三〕，奉詔東征苦倉卒〔四〕。紫髯豈在青城山〔五〕？白骨未收殽澠間〔六〕。至今秦人到關哭〔七〕，淚隨河水無時還。

【彙注】

〔一〕黄河句 徐注：方輿紀要：自函谷至斯，高出雲表，幽谷密邃，深林茂木，白日成昏，又名雲潼關。左曰衝關，河水自龍門衝激至華山東也。

〔二〕斬華作城 徐注：史記秦始皇紀贊：然後斬華爲城，因河爲池。

〔三〕關中句 徐注：先生書故總督兵部尚書孫公清屯疏後：方崇禎朝，流賊爲秦患且五六年。天子一旦用公巡撫陝西，而關中之賊或斬或擒或撫。三年幾無賊矣，而東邊告急。天子用武陵楊公之言，召公入援。及賊陷襄、雒，復出公總督軍務。公至關中而事已不可爲矣。使當日用他將勤王，而自陝以西，悉委之公，十年而奏其效，則他邊方雖潰敗，而公必能爲國家保有關中，以待天子。且使賊不得關中，必不敢長驅而向闕也。一詔移公，而國之存亡乃判於此。

蘧常案：全祖望屢引長興王詩言，以先生持論獨不非武陵爲怪。然此言天子用武陵言，召公入援，「一詔移公，而國之存亡判於此」，則其責楊嗣昌者亦至矣！

〔四〕奉詔句　徐注：明史孫傳庭傳：陝西巡撫甘學闊不能討賊，推邊才，用傳庭受代。嚴徵發期會，設方略，先後擊斬賊首，招還脅從。會楊嗣昌爲本兵，議加派至二百八十萬，期百日平賊。傳庭移書争之，累數千言，以爲賊不必盡而害中於國家。嗣昌大忤。傳庭兩奉詔進秩，當加部銜，嗣昌抑弗奏。十一年，傳庭出扼商、雒，破賊於合水，追擊之延安；分兵破過天星、混天星等賊，斬首二千餘級；伏兵三敗賊，死者無算，混天星等並降。又設伏於潼關原，曹變蛟逐賊入伏。李自成爲承疇所逐，盡亡其卒，以十八騎潰圍遁，關中羣盜悉平。捷聞，大喜，命加部銜，嗣昌仍格不奏。是時，總理熊文燦主撫，獻忠已降，惟河南賊羅、馬、賀、左等十三部西窺潼關，聯營數十里。傳庭計曰：天下大寇盡在此矣。我出擊其西，總理擊其東，此賊平，天下無賊矣。引兵東，大敗賊閿鄉、靈寶山間。貫其營而東，復自東以西。賊窘甚。文燦、嗣昌以撫誤之，傳庭怏怏撤兵還。十月，京師戒嚴，傳庭及承疇入衛，嗣昌欲留秦兵之入援者守薊、遼。傳庭曰：秦兵不可留，留則賊勢張，無益於邊，是代賊撤兵也。嗣昌不聽，傳庭鬱鬱，耳遂聾。明年，帝移傳庭總督保定、山東、河南軍務。既解嚴，疏請陛見。

嗣昌還其疏，傳庭引疾乞休。嗣昌又劾其託疾。傳庭繫獄待決，在獄三年。是時，文燦、嗣昌相繼敗，李自成已攻破河南矣。十五年正月，起傳庭兵部右侍郎，賊已殺陝督汪喬年，即命往代。大集諸將於關中，日夜治兵，爲平賊計，而賊遂已再圍開封。詔趣傳庭出關。傳庭上言兵新募，不堪用。帝不聽。傳庭不得已出師。以九月抵潼關。大雨連旬，開封已陷，自成西行逆秦師。傳庭設三伏以待賊，牛成虎將前軍，左勷將左，鄭嘉棟將右，高傑將中軍，誘賊入伏中，左右橫擊之。賊潰東走，斬首千餘級，追三十里，及之郟縣之塚頭，賊棄軍資於道，秦兵趨利，賊反兵乘之。勷與蕭慎鼎之師潰，諸軍皆潰。傳庭走鞏，由孟津入關，執誅慎鼎。是役也，天大雨，糧不至，士卒採青柿以食，凍且餒，故大敗。豫人所謂「柿園之役」也。傳庭既已敗歸陝西，計守潼關，扼上游。秦士大夫相與譁於朝曰：秦督翫寇矣。又相與危語恫脅之曰：秦督不出關，收者至矣。明年五月，命兼督河南、四川，改稱督師，趣戰益急。傳庭頓足歎曰：奈何乎？吾固知往而不返也！遂再議出師。是時，自成已據有河南、湖北十餘郡，自號新順王，設官置戍，盡發荆、襄兵會汜水、滎澤，謀渡河。傳庭分兵防禦。八月十日，傳庭出師潼關，次閿鄉。二十一日，師次陝州，檄河南諸軍渡河進勦。九月八日，師次汝州，僞都尉李養純降。養純言賊老營在唐縣，將吏屯寶豐，精鋭悉聚襄城。傳庭遂破賊寶豐，擣唐縣，殺賊家口殆盡，賊滿營哭。轉戰至郟縣，禽謝君友，斫賊坐纛，幾獲自成。自成奔襄城，大軍進逼襄城。賊懼謀降，自成曰：姑決一死戰，不勝則殺我而降未晚也。大軍時皆露宿與賊持，久雨道濘，糧車不能前，士饑。攻郟破之，獲馬嬴噉之立盡。雨七日夜不止，後軍譁於汝州。賊大至，流言四起，不得已還軍迎糧，留陳永福爲後拒。前軍既移，後軍亂，賊追及之南陽。官軍還戰，賊驍騎殊死鬬。我師陣稍動，白廣恩軍將火車者呼曰：師敗矣！車傾塞道，馬絓於衡，賊之鐵騎凌而騰之。自成空壁躡我，一日夜官軍狂奔四百里。至於孟津，死者四萬餘。傳庭單騎渡垣曲，由閿鄉濟。賊獲督師坐纛，乘勝破潼關，大敗官軍。傳庭與監軍副使喬遷高躍馬大呼而歿於陣。廣恩降賊。傳庭死而關内無堅城矣！

〔五〕紫髯句　原注：陸游（南唐書）姚平仲傳：欽宗即位，金人入寇。平仲請出死士斫營，不利，遂乘青騾亡命至青城山上清宫，留一日，復入大面山，乃解縱所乘騾，得石穴以居。朝廷數下詔物色求之，弗得也。乾道、淳熙間，始出至丈人觀道院，自言如此。年八十餘，紫髯鬱然，長數尺。　全云：世有妄傳孫督師未死者，故云。　冒云：或言未死之訛。

蘧常案：明史孫傳庭傳：或言傳庭未死者，帝疑之，故不予贈廕。

〔六〕白骨句　蘧常案：左傳僖公三十二年：蹇叔之子與師，哭而送之曰：晉人禦師必於殽。殽有二陵焉，必死是間。余收爾骨焉。又文公三年：秦伯伐晉，取王官及郊，晉人不出。遂自茅津濟，封殽尸而還。案：崤山東接澠池，故曰「崤澠」。北略：官軍陷伏中，大敗，自成驅大隊疾追。官軍死亡四萬餘人，喪其軍資數萬。

〔七〕至今句　蘧常案：吴偉業鴈門太守行序：公長子世瑞重趼入秦，得弟相扶還，見者泣下。

蓋公素有德秦人云。

華山

【解題】 徐注：周禮職方：豫州，其山鎮曰華山。山海經：太華之山削成而四方，高五千仞，廣十里，遠而望之若華然。明史志地理陝西華州注：南有少華山，亦曰太華，即西嶽也。唐六典：關内道名山曰泰華。白虎通：西嶽爲華。華之爲言穫也，言萬物成熟可得穫也。華州志：嶽頂中爲蓮花峰、太上山、明星玉女祠、玉女洗頭盆、石馬、玉泉、躡鎮嶽宫、玉井蓮；嶽頂東峰爲仙人掌、石月；西峰爲巨靈足；南峰爲落鴈峰、黑龍潭、五粒松、仰天池、金真人。嶽北腹中爲石仙人洞、水簾洞瀑布。嶽頂東南爲老君洞、太上泉、丹鑪、菖蒲池、焦公巖、白鹿龕。近嶽西北爲長女峰、壺公石諸勝；東北爲雲壺峰、試鑿穴、長春石室諸勝。

四序乘金氣〔一〕，三峰壓大河〔二〕。巨靈雄贔屭〔三〕，白帝儼巍峩〔四〕。地劣窺天井〔五〕，雲深拜斗阿〔六〕。夕嵐開翠巘，初月上青柯〔七〕。欲摘星辰墮〔八〕，還虞虎豹訶〔九〕。正冠朝殿闥〔一〇〕，持杖叱羲和〔一一〕。勢扼雙崤壯〔一二〕，功從駟伐多〔一三〕。未歸桃塞馬〔一四〕，終負魯陽戈〔一五〕。山鬼知秦帝〔一六〕，蠻王屬趙佗〔一七〕。出關收楚魏〔一八〕，浮水下江沱〔一九〕。老尚思三輔〔二〇〕，愁仍續九歌〔二一〕。唯應王景略〔二二〕，歲晚亦來過。

【彙校】

〔亦來過〕潘刻本，徐注本，孫、吴、曹三校本「亦」作「一」。

【彙注】

〔一〕四序句　徐注：唐玄宗西嶽華山碑銘：天有四序。又曰：其行配金，其辰直酉。

〔二〕三峰句　徐注：水經注：華嶽有三峰。勝覽云「芙蓉、明星、玉女三峰」是也。方輿紀要：山盤迴峻挺，翼帶河濱，控臨關、陝，壯都邑之形勝，扼雍、豫之襟喉。秦中險塞，甲於天下。豈不因踐華爲城，因河爲池。山川之雄，泰華裦然稱首哉。

〔三〕巨靈句　徐注：張衡西京賦：綴以二華，巨靈贔屭，高掌遠蹠，以流河曲。華嶽志：嶽頂中峰曰蓮華峰，東峰曰仙人掌，西峰曰巨靈足。世傳華山初與蒲州首陽山爲一山，河神巨靈劈分爲兩，以通河流，掌迹猶存。雲笈七籤：華山名太極總仙之天，巨靈手擘其上，足踏其下，以通河流。

　　蘧常案：遁甲開山圖：有巨靈胡者，徧得坤元之道，能造山川，出江河。薛綜西京賦注：贔屭，作力之貌。

〔四〕白帝句　徐注：洞淵集：少昊爲白帝，主西嶽。

〔五〕地劣句　徐注：水經注：華山中路名天井，纔容人行。紆迴頓折而上，可高六丈餘。山上有微涓細水，流入井中。郭緣生述征記：從山麓至山頂，升降紆迴，凡三十三里。有天井、青柯坪、百丈崖、夾嶺以上，至屈嶺爲極頂。

蘧常案：廣雅釋詁：劣，少也。

〔六〕雲深句　華嶽志：青柯坪西，有峰插天，名曰北斗坪，蓋毛女拜斗得仙之地也。

〔七〕青柯　蘧常案：謂青柯坪。

〔八〕欲摘　徐注：楊億詩：危樓高百尺，手可摘星辰。

〔九〕虎豹訶　原注：楚辭招魂：虎豹九關。

〔一〇〕正冠句　徐注：袁宏道嵩游（第四）記：華山如峨冠道士。華陰縣志秩祀：西嶽廟自漢武帝始，唐增雄麗，今制：灝靈正殿六楹，寢殿四楹，兩翼司房八十餘間。歷代秩祀之所，真稱巍然宇内矣。

蘧常案：「正冠」當謂正其衣冠，如莊子所謂「曾子正冠而絶纓」。徐注鑿。闉，見卷三恭謁天壽山十三陵詩「茂陵」四句注。

〔一一〕持杖句　段注：書：乃命羲和。

蘧常案：持杖，見卷三秋雨詩「夸父」句注。案：此羲和蓋謂日御。屈原離騷：吾令羲和弭節兮。王逸注：羲和，日御也。初學記引淮南子天文訓：爰止羲和。許慎注：日乘車，駕以六龍，羲和御之。故上用夸父逐日事。非謂主曆之羲與和也。段注誤。

〔二〕雙崤　原注：謝朓和王著作八公山詩：二别阻漢坻，雙崤望河澳。

　　蘧常案：元和志：自東崤至西崤，三十五里。東崤長坂數里，峻阜絶澗，車不得方軌。西崤全是石坂，十二里，險絶不異東崤。

〔三〕駟伐　徐注：禮樂記：夾振之而駟伐，盛威於中國也。注：駟，當作四。

　　蘧常案：陳澔禮記集説：伐，如泰誓四伐五伐之伐。此象武王之兵所以盛威於中國也。

〔四〕未歸句　原注：水經注：湖水出桃林塞之夸父山。武王伐紂，天下既定，王及嶽瀆，放馬華陽，散牛桃林，即此處也。其中多野馬。

　　蘧常案：梅賾書武成：歸馬於華山之陽，放牛於桃林之野。

〔五〕魯陽戈　蘧常案：見卷三松江别張處士慤詩「日爲」句注。

〔六〕山鬼句　蘧常案：見卷一秦皇行「隕石化」三句注。

〔七〕蠻王句　徐注：史記南越尉佗列傳：南越王尉佗者，真定人也，姓趙氏。佗，秦時用爲南海龍川令。二世時，南海尉任囂病且死，召佗行尉事。秦已破滅，佗即擊并桂林、象郡，自立爲南越王。文帝元年，初鎮撫天下，使告諸侯四夷從代來即位意。召陸賈往使佗，因讓。

佗乃爲書謝，稱「蠻夷大長老夫臣佗」。

〔一八〕出關句　史記淮陰侯列傳：漢二年，出關收魏、河南，韓、殷王皆降。

〔一九〕浮水句　原注：蘇代傳：蜀地之甲乘船浮于汶，乘夏水而下江，五日而至郢；漢中之甲乘船出於巴，乘夏水而下漢，四日而至五渚。

蘧常案：爾雅釋水：水自江出曰沱。書正義引鄭注云：華容有夏水，首出江、尾入沔，蓋此即所謂沱也。

〔二〇〕三輔　蘧常案：見卷一京口即事詩第二首「三輔」句注。

〔二一〕續九歌　徐注：屈原九歌、九章後，宋玉九辯、王褒九懷、劉向九歎、王逸九思，皆續九歌類也。

〔二二〕王景略　原注：晉書：王猛隱於華陰山，懷佐世之志，希龍顔之主；斂翼待時，候風雲而後動。

蘧常案：晉書前秦載記王猛傳：猛字景略，北海劇人也。家於魏郡。少貧賤，博學好兵書，謹重嚴毅。桓温入關，猛詣之，談當世之務，温異之。苻堅將有大志，聞猛名，招之，一見便若生平。及堅僭位，以猛爲中書侍郎，一歲五遷。遷尚書令，率諸軍討慕容暐，以功封清河郡侯。留鎮冀州。俄入爲丞相，加都督中外諸軍事。於是兵彊國富，垂及昇平，猛之力也。死謚武。案：此詩後半，皆隱寓其素抱。「勢扼」二句，蓋欲據華陰以整軍經武。即與三姪書所謂「華陰綰轂關河之口。一旦有警，入山守險，不過十里之遥。若志在四方，則一出關門，亦有建瓴之便」也。「未歸」二句，傷不能戡定天下，辜負此魯陽之戈。「山鬼」二句，詛清之不能久享，極其至亦不過如趙佗之自娱而已。「出關」二句，則其恢復戰略。即形勢論所謂「經營中原自關中始，經營關中自蜀始。若輯蜀之人，因其富，出兵秦、鳳、涇、隴之間，以撼天下不難。取天下者，必居天下之上游，而後可以制人」者也。「老尚」二句，謂至老不忘收京。「唯應」二句，原注詳之，其意灼然，則僧繇之點睛也。或曰：王景略謂王弘撰。弘撰，詳卷六二月十日有事於先皇帝欑宫詩「華陰」句注。「亦來過」，各本「亦」皆作「一」，義長，應從改。

驪山行

【解題】徐注：明史志地理西安府臨潼縣注：東南有驪山，有温泉，北有渭水，西有潼水。

遽常案：續漢書郡國志：新豐有驪山。劉昭注：杜預曰：古驪戎國。韋昭曰：戎來居此山，故號。

長安東去是驪山〔一〕，上有高臺下有泉〔二〕。前有幽王後秦始，覆車在昔良難紀〔三〕。華清宫殿又何人？至今流恨池中水〔四〕。君不見天道幽且深，敗亡未必皆荒淫。亦有英君御區宇，終日憂勤思下土〔五〕；賢妃助内詠鷄鳴；節儉躬行邁往古〔六〕。一朝大運合崩頹，三宫九市横豺虎〔七〕。玄宗西幸路仍迷，宜臼東遷事還沮〔八〕。我來驪山中哽咽，四顧徬徨無可語。傷今弔古懷坎軻〔九〕，嗚呼其奈驪山何！

【彙校】

〔大運〕徐注本，吴、汪、曹三校本「大」作「天」。

【彙注】

〔一〕長安句　蘧常案：宋敏求長安志：述征記曰：長安東則驪山。

〔二〕上有句　徐注：臨潼縣志：驪山烽火樓在驪山第一峰，老母殿在驪山西北第二峰露臺遺址，朝元閣今尚存。驪山圖攷：縣南半里即抵其麓。經雷神殿東折，門有綽楔，榜曰温泉池。過北，有室三楹，啓其扃，即温泉也。人呼爲官池。

〔三〕前有二句　原注：唐敬宗紀：上欲幸驪山温湯，左僕射李絳、諫議大夫張仲方等屢諫，不聽。拾遺張權輿伏紫宸殿下叩頭諫曰：昔周幽王幸驪山，爲犬戎所殺；秦始皇葬驪山，國亡；玄宗宫驪山而禄山亂；先帝幸驪山，享年不長。上曰：驪山若此之凶耶？我宜一往，以驗彼言。

蘧常案：史記周本紀：幽王廢申后，以褒姒爲后。褒姒不好笑，幽王舉烽火，諸侯悉至，至則無寇，褒姒乃大笑。申侯與繒、西夷犬戎攻幽王，王舉烽火徵兵，兵莫至，遂殺幽王驪山下。一統志：臨潼東南，左曰東繡嶺，右曰西繡嶺，即周幽王舉火地也。史記秦始皇本紀：三十七年九月，葬始皇驪山。始皇初即位，穿治驪山。及并天下，天下徒送詣七十餘萬人，穿三泉，下銅而致椁，宮觀百官奇器珍怪徙藏滿之。後宮非有子者，二世皆令從死。葬既已下，盡閉工匠臧者，無復出者。荀子成相篇：前車已覆後未知，更無覺時。説苑善説篇：周書曰：前車覆，後車戒。

〔四〕華清二句　蘧常案：長安志：臨潼温湯在縣南一百五十步，驪山之西北。貞觀十八年，營建宮殿，賜名温湯宮；咸亨二年，名温泉宮；天寶六載，改爲華清宮。驪山上下，益治湯井爲池，臺殿環列山谷，明皇歲幸焉。又築會昌城，即於湯所置百司及公卿邸第焉。禄山亂後，天子罕復游幸。後晉天福中，改爲靈泉觀，賜道士居之。

〔五〕亦有二句　蘧常案：明史莊烈帝紀贊：在位十有七年，不邇聲色，憂勤惕厲，殫心治理。

〔六〕賢妃二句　徐注：詩「雞既鳴矣」傳：雞鳴，思賢妃也。段注：詩小序：葛覃，后妃之本。躬節儉，用服澣濯之衣。

蘧常案：明史后妃傳：莊烈帝愍皇后周氏，其先蘇州人，徙居大興。后性嚴慎，嘗以寇急，微言曰：吾南中尚有一家居。帝問之，遂不語，蓋意在南遷也。至他政事，則未嘗預。田貴妃有寵而驕，后裁之以禮。崇禎十七年三月十八日，暝，都城陷。帝泣語后曰：大事去矣！后頓首曰：妾事陛下十有八年，卒不聽一語，至有今日。帝令后自裁，遂先帝崩。

〔七〕三宮句　徐注：張衡東京賦：乃營三宮，布教頒常。班固西京賦：九市開場，貨別隧分。庾信哀江南賦：路交横於豺虎。

〔八〕玄宗二句　徐注：史記周本紀：於是諸侯乃即申侯而共立故幽王太子宜臼，是爲平王，以奉周祀。平王立，東遷於雒邑。案：烈皇小識：先是，李建泰疏請南遷，左都御史李邦華密疏請擇大臣奉太子南行，臣等輔皇上固守，聖意頗以爲然。大學士陳演微洩之。是日召對，庶子項煜面具小疏，極言當南巡者八。大學士范景文同邦華擬申前議，給事中光時亨大聲曰：奉太子往江南，諸臣意欲何爲？將欲爲唐肅宗靈武故事乎？二臣乃不敢言，其議亦寢。

蘧常案：玄宗西幸，見卷一浯溪碑歌「昔在」四句注。

〔九〕坎軻　徐注：馮衍顯志賦：非惜身之坎軻兮。

蘧常案：「坎軻」同「坎坷」。漢書揚雄傳：濊南巢之坎坷兮。顔師古注：坎坷，不平貌。

長安

【解題】

徐注：明史志地理陝西西安府長安注：治西偏。洪武三年四月，建秦王府。北有龍首山；南有終南山；西南有太一山；又有子午谷，谷中有關，北有渭水，源出鳥鼠山，流經縣界，至華陰入黄河。

蘧常案：張譜：長安詩云：積雨乍開褰，淒其秋已半。是先生以八月至西安也。

東井應天文，西京自炎漢〔一〕。都城北斗崇〔二〕，渭水銀河貫〔三〕。千門舊宫掖〔四〕，九市新廛閈〔五〕。雲生百子池〔六〕，風起飛廉觀〔七〕。呼韓拜殿前〔八〕，頡利俘橋畔〔九〕。武將把雕戈，文人弄柔翰〔一〇〕。遺跡俱煙蕪，名流亦星散〔一一〕。愁聞赤眉入，再聽漁陽亂〔一二〕。論都念杜篤〔一三〕，去國悲王粲〔一四〕。積雨乍開褰，淒其秋已半〔一五〕。惆悵遠行人，單衣裁至骭〔一六〕。

【彙校】

〔呼韓二句〕孫校本作「橋邊拜單于，闕下俘可汗」。

【彙注】

〔一〕東井二句　徐注：班固西都賦：仰悟東井之精，俯協河圖之靈。注：漢書：漢元年十月，五星聚于東井。又：漢之西都，在于雍州，實曰長安。張衡西京賦：左有崤、函重險，桃林之塞；右有隴坻之隘，隔閡華、戎。

蘧常案：長安志：漢書地理志曰：自東井十六度至柳八度爲鶉首，於辰在未，秦之分也。漢書高帝紀：五年，帝乃西都洛陽。戍卒婁敬説上曰：陛下取天下與周異而都雒陽，不便；不如入關據秦之固。上以問張良，良因勸上，即日車駕西都長安。

〔二〕都城句　徐注：三輔黄圖：斗城，長安舊城，漢之舊都，本秦離宫也。城南爲南斗形，北爲北斗形，至今呼爲斗城。

〔三〕渭水句　原注：史記秦始皇本紀：爲複道，自阿房渡渭，屬之咸陽，以象天極閣道絶漢抵營室也。　徐注：水經注：渭水出臨洮府渭源縣西二十五里之南谷山，流經鳥鼠山下，至西安府，東經鄠縣北，咸陽縣南。　李注：庾信哀江南賦：渭水貫於天門。　段注：白帖：天河謂之銀漢，亦曰銀河。

〔四〕千門句　徐注：漢郊祀志：武帝作建章宫，度爲千門萬户。

〔五〕九市　蘧常案：見前驪山行「三宫」句注。長安志「街陌里第章」注：長安有九市，六市在道東，三市在道西。

〔六〕百子池　徐注：西京雜記：漢宫七夕臨百子池，以五色縷相羈，謂爲相連愛。

〔七〕風起句　徐注：漢書武帝紀「作飛廉館」音義：飛廉，神禽，能致風雲。身似鹿，頭如雀，有角而虵尾，文如豹文，因畫以名館。段注：三輔黄圖：飛廉館在上林，武帝元封六年作。

〔八〕呼韓句　徐注：漢書宣帝紀：詔曰：匈奴虚閭權渠單于請求和親，病死。大臣立單于子呼韓邪單于。單于稱臣，使弟奉珍朝賀正月。

〔九〕頡利句　徐注：舊唐書李靖傳：貞觀四年正月，靖帥驍騎三千自馬邑進屯惡陽，夜襲定襄，破之。突厥頡利可汗不意靖猝至，大驚。靖勒兵夜發，世勣繼之，大破突厥於陰山，斬首萬餘級，俘男女十餘萬。頡利敗走，往依沙鉢羅設蘇尼失部落。任城王道宗引兵逼之，使蘇尼失執頡利。行軍副總管張寶相受之以獻。上御樓受俘。又：初，突厥頡利可汗入寇，進至渭水便橋之北，遣其腹心執失思力入見，以覘虚實，上囚之。

蘧常案：頡利爲張寶相俘於沙鉢羅營，無橋畔被俘之事。考史，頡利俘至長安，太宗御順天樓，數以五罪。蓋獻俘於樓下。則「橋」當爲「樓」之誤。又：武德末，頡利入寇，進至渭水便橋之北。太宗親出，責以負約，頡利請和，與盟于便橋之上。或以此而誤耶？徐注以囚執失思力當之，非。

〔一〇〕武將二句　徐注：左思詠史詩：弱冠弄柔翰。

蘧常案：雕戈，見前李克用墓詩「發憤」句注。

〔二二〕遺跡二句　徐注：周易正義序：康成之説，遺跡可尋。權德輿九日詩：煙蕪斂暝色。世説：孫綽、許詢，皆一時名流。蜀志王平傳：衆盡星散。

〔二三〕愁聞二句　徐注：明史馮師孔傳：是時，自成尤强，據襄陽。以河、洛、荆、襄，四野之地；關中其故鄉，士馬甲天下，據之可以霸，決策西向。憚潼關天險，將自淅川龍且寨間道入陝西。傳庭聞之，令師孔率四川、甘肅兵駐商、雒爲犄角，而師孔趣戰。無何，我師敗於南陽，賊遂乘勝破潼關。大隊長驅，勢如破竹。師孔整衆守西安。或咎師孔趣師致敗也。賊至，守將王根子開門入之。十月十一日，城陷，師孔投井死。賊遂執秦王存樞。處其官署，置百官，稱王西安。

蘧常案：後漢書劉盆子傳：琅琊人樊崇起兵於莒，北入青州。王莽遣廉丹、王匡擊之。崇等恐其衆與莽兵亂，乃朱其眉，以相識别，由是號曰赤眉。遂大破丹、匡軍，掠楚、沛、汝南、潁川。雖數戰勝而疲敝，欲東歸。崇等慮衆東向必散，不如西攻長安。軍至高陵，與更始叛將張卬等連和，攻東都門，入長安城。赤眉貪財物，出大掠，城中糧食盡，遂收載珍寶，因大縱火燒宫室，引兵而西。唐書安禄山傳：天寶十四載十一月，反范陽。禄山所有，盧龍、密雲、漁陽、汲、鄴、陳留、滎陽、陜郡、臨汝而已。又地理志：薊州漁陽郡，開元十八年置。白居易長恨歌：漁陽鼙鼓動地來，驚破霓裳羽衣曲。九重城闕煙塵生，千乘萬騎西南行。明史莊烈帝紀：十六年十月壬申，李自成陷西安。秦王存樞降，巡撫都御史馮師孔、按察使黄炯等死之。

〔一三〕論都句　原注：後漢書杜篤傳：上奏論都賦。（蘧常案：此系原注，徐注本失收。）徐注：後漢書杜篤傳：字季雅，京兆杜陵人。少博學，不修小節。篤以關中表裏山河，先帝舊京，不宜改營洛邑，廼上奏論都賦。

〔一四〕去國句　徐注：魏志王粲傳：粲字仲宣，山陽高平人。獻帝西遷，粲從至長安。以西京擾亂，乃之荆州依劉表。

〔一五〕積雨二句　徐注：杜甫雨詩：褰裳蹈寒雨。詩：淒其以風。杜甫九日曲江詩：百年秋已半。

〔一六〕單衣句　徐注：甯戚飯牛歌：短布單衣裁至骭。

樓觀

【解題】錢云：李吉甫元和郡縣圖志：盩厔縣樓觀，在縣東三十七里，本周康王大夫尹喜宅也。穆王爲召幽逸之人，置爲道士。相承至秦、漢，皆有道士居之。晉惠帝時重置。其地舊有尹先生樓，因名樓觀。武德初，改名宗聖觀。

蘧常案：尹喜即關尹子，漢書藝文志道家關尹子班固自注：名喜。考莊子、列子、史記、抱朴子諸書，皆謂關尹與老子同時，即荒誕如列仙傳，亦言與老子同游，安得爲周康王大夫乎？元和志誤。元譜云：癸卯十月過訪李處士中孚於盩厔。詩當作於此時。據徐譜，先至乾州，後至盩厔，則此詩應次乾陵詩之後。

顏得玄元意〔一〕，西來欲化胡〔二〕。青牛秋草没〔三〕，日暮獨躊躕〔四〕。

【彙校】

〔題〕此首朱刻本，孫託荀校本，吴、汪兩校本皆有；潘刻本，徐注本，孫校本無。朱刻本注云：昭陽單閼，補卷四長安詩後。孫託荀校本同，無紀年。

【彙注】

〔一〕顏得句　蘧常案：舊唐書高宗本紀：乾封元年二月，次亳州，幸老君廟，追號曰太上玄元皇帝。又玄宗本紀：開元二十九年正月，制：兩京諸州，各置玄元皇帝廟。天寶元年正月，陳王府參軍田同秀上言：玄元皇帝降見於丹鳳門之通衢，告賜靈符在尹喜之故宅。上遣使就函谷故關尹喜臺西發得之。清一統志：老子廟在盩厔縣樓觀南。案：莊子天下篇云：以本爲精，以物爲粗，以有積爲不足，澹然獨與神明居，古之道術有在於是者，關尹、老聃聞其風而説之。史記老子列傳：老子見周之衰，迺遂去。至關，關令尹喜曰：子將隱矣，彊爲我著書。高誘吕氏春秋不二篇「關尹貴清」注：師老子。故曰「顏得玄元意」。

〔二〕西來句　蘧常案：列仙傳：關令喜與老子俱游流沙，化胡，服巨勝實，莫知其所終。羅泌路史：孔子没十九歲而老聃入秦，西歷流沙，化胡成佛。案：晉道士王浮撰老子化胡經，見上虞羅氏鳴沙石室叢書中。大致造爲老子出關，西渡流沙，訓誨佛陀之説。此句蓋自喻。其所以入秦而有安土之意者，一以其形勝，已見前華山詩「王景略」注，又與李星來書亦云「三十年來，在在築堡，一縣之境，多至千餘。人自爲守，敵難偏攻。此他省之所無。即天下有變，而秦獨完」。二以其俗淳。與李霖瞻書云「此間風俗，大勝東方」。又與三姪書云「秦人慕經學，重處士，持清議，實與他省不同」。合前華山詩後半觀之，則其「欲化」之意，思過半矣。「欲化」者，欲化其從義也。

〔三〕青牛句　蘧常案：青牛，見卷三前詩意有未盡再賦四章詩第四首「門前」句注。案：後卷六霍北道中懷關西諸君詩云：遥知關令待，計日盼青牛。蓋以老君自況。則此或亦自比歟？「秋草没」，蓋有道茀難行之意。

〔四〕日暮句　蘧常案「日暮」，謂日暮途遠。蓋有人間何世之慨。

乾陵

【解題】

徐注：方輿紀要：乾州奉天廢縣，在州治東，隋爲醴泉縣地，唐初因之。高宗葬梁山，謂之乾陵。文明元年，因析醴泉、好畤等地，置縣曰奉天，以奉陵寢。寰宇記：乾陵周八十一里。戴注：即中宗陵。

蘧常案：舊唐書高宗紀：文明元年八月庚寅，葬於乾陵。中宗紀：景龍四年，十一月己酉，葬於定陵。徐注引方輿紀要，是。戴蓋承吴譜而誤。吴以乾陵屬諸中宗也。

代運當中絶〔一〕，房幃召女戎〔二〕。誅鋤宗子盡〔三〕，羅織庶僚空〔四〕。典祏遷新主〔五〕，司筵掃故宫〔六〕。貞符疑改卜〔七〕，大禮竟升中〔八〕。復子仍明兩〔九〕，登遐獲令終〔一〇〕。彌縫由密勿，迴斡賴元功〔一一〕。祔廟尊親竝〔一二〕，因山宅兆同〔一三〕。至今尋史傳，猶想狄梁公〔一四〕。

【彙校】

〔迴斡〕潘刻本「斡」作「幹」，誤。

【彙注】

〔一〕代運句　徐注：新唐書方伎李淳風傳：太宗得秘讖，言「唐中弱，有女武代王」。以問淳風，對曰：其兆既成，已在宫中。又四十年而王，夷唐子孫且盡。

〔二〕房幃句　徐注：國語晉語：史蘇曰：夫有男戎者，必有女戎。注：戎，兵也，言其禍猶兵也。舊唐書則天后紀：武氏，諱曌，并州文水人。年十四，太宗聞其美容止，召入宮，立爲才人。及太宗崩，遂爲尼，居感業寺。帝復召入宮，拜昭儀，進號宸妃。永徽六年，廢王皇后而立宸妃爲皇后。高宗稱天皇，武后亦稱天后。百司表奏，皆委天后詳決，自此内輔國政，威勢與帝無異，時稱二聖。弘道元年十二月丁巳，帝崩。皇太子顯即位，尊天后爲皇太后。既將篡奪，是日，自臨朝稱制。通鑑唐高宗永徽六年：將立武氏爲后，長孫無忌、褚遂良、韓瑗、來濟瀕死固争，帝猶豫。而中書舍人李義府、衛尉卿許敬宗素險側狙勢，即表請昭儀爲后。帝意决。詔李勣、于志寧奉璽綬進昭儀爲皇后，命羣臣及四夷酋長朝后肅儀門。

〔三〕誅鋤句　徐注：曹冏六代論：至今趙高之徒，誅鋤宗室。詩：宗子維城。舊唐書高宗諸子列傳：燕王忠，高宗長子。永徽三年，立爲皇太子。顯慶元年廢爲梁王，五年，廢爲庶人，徙居黔州。麟德元年，誣以謀反，賜死流所。澤王上金，高宗第三子，許王素節，高宗第四子。載初元年，武承嗣使酷吏周興誣告上金、素節謀反，殺素節於都城南驛。上金懼，自縊死。子義珍、義政、義璋、義環、義瑾、義璲七人並配流顯州而死；素節子瑛、琬、璣、瑒等九人並爲則天所殺。孝敬皇帝弘，高宗第五子，顯慶元年，立爲皇太子。上元二年，從幸合璧宫，爲武后所酖。章懷太子賢，高宗第六子，上元二年立爲皇太子；調露二年廢爲庶人，幽於别所；文明二年，偪令自殺。子光順被誅。又武后紀：嗣聖元年二月，廢皇帝爲廬陵王，幽於别所，仍改賜名哲。立豫王輪爲皇帝，令居於别殿。及革命，改國號爲周，降帝爲皇嗣，又改名旦，不得有所豫。趙翼廿二史劄記武后之忍：越王貞、琅琊王沖起兵謀復王室，事敗被誅。於是殺韓王元嘉、魯王靈夔、范陽王靄、黄公譔、東莞公融、霍王元軌、江都王緒、舒王元名、汝南王瑋、鄱陽王諲、廣漢王謐、汶山公蓁、廣都王璹、恒山王厥、江王知祥（蘧常案：新唐書江王作元祥。）及其子晈、鄭王璥、豫章王亶、蔣王煒、安南郡王穎、鄅國公昭、滕王元嬰子六人、紀陽王慎之子義陽王琮、楚國公璿、襄陽公秀、建平公欽、廣化公獻、曹王明及諸宗室數百人，除其屬籍，幼者流嶺表，又爲六道使所殺。

〔四〕羅織句　徐注：趙翼廿二史劄記：誅戮無虚日，大臣則裴炎、劉禕之、鄧元挺、閻温古、張光輔、魏元同、劉齊賢、王本立、范履冰、裴居道、張行廉、史務滋、傅游藝、岑長倩、格輔元、歐陽通、樂思晦、蘇幹、李昭德、李元素、孫元亨、石抱忠、劉奇等數十人，大將則程務挺、李光誼、黑齒常之、趙懷節、張虔勖、泉獻誠、阿史那元慶等亦數十人，庶僚則周思茂、郝象賢、薛顗、裴承光、弓嗣業、弓嗣明等數百人，皆駢首就戮，如刲羊豕。甚至丘神勣、來俊臣向爲后出死力以害朝臣者，亦殺之。其流徙在外者，又遣萬國俊至嶺南殺三百餘人；又分遣六御史至劍南、黔中等郡，盡殺流人。

蘧常案：舊唐書來俊臣傳：招集亡賴，令其告事，共爲羅織，千里響應。又解琬傳：儀刑庶僚。

〔五〕典祏句　徐注：左傳莊公十四年：先君桓公命我先人典司宗祏。注：祏，宗廟中藏主石室。舊唐書則天后紀：載初元年，立武氏七廟於神都。罷唐廟爲享德廟。四時祠高祖以下三室，餘廢不享。至日，祀上帝萬象神宮，以始祖及考妣配，以百神從祀。（案：見新唐書后妃傳，紀不載。）

〔六〕司筵　原注：周禮司几筵：下士二人。

〔七〕貞符句　原注：陸機漢高帝功臣頌：三靈改卜。徐注：通鑑：春官尚書李思文詭言周書武成篇詞有「垂拱天下治」，爲受命之符，御史傅游藝妄言鳳集上林宮，赤雀見朝堂。因大赦天下，改國號周，改帝氏爲武。始用周正，改十一月爲正月，夏正月爲一月。段注：唐書五行志：迨於皇太子治，亦降貞符，具紀姓氏。柳宗元有貞符序。

〔八〕大禮句　徐注：禮：因名山升中於天。注：中，成也，登天以告成功也。新唐書后妃傳：證聖元年，太后祀天南郊，以文王、武王、士彠與唐高祖並配。太后加號天册金輪聖神皇帝。遂封嵩山，禪少室，册山之神爲帝，配爲后，自制升中述志，刻石示後。改明堂爲通天宮。

〔九〕復子句　徐注：書洛誥：朕復子明辟。易離卦：明兩作離。新唐書后妃傳：神龍元年，太后有疾，久不平，居迎仙院，宰相張柬之與崔玄暐等建策，請中宗以兵入誅易之、昌宗。於是羽林將軍李多祚等率兵自玄武門入，斬二張於院左。太后聞變而起，桓彦範進，請傳位，太后返卧不復語。中宗於是復即位。

〔一〇〕登遐句　徐注：新唐書后妃傳：徙太后於上陽宮，帝率百官詣觀風殿問起居。後率十日一詣宮。俄朝朔望，廢奉宸院官。是歲，太后崩，年八十三（蘧常案：「三」當作「一」）。遺制稱則天大聖皇太后，去帝號，祔乾陵。

蘧常案：登遐，見卷三陳生芳績兩尊人先後即世詩第二首「帝后」句注。

〔一二〕彌縫二句　徐注：左傳僖公二十六年：彌縫其闕。謝惠連七月七日詠牛女詩：傾河易迴斡。舊唐書狄仁傑傳：初，中宗在房陵，而吉頊、李昭德皆有匡復讜言，則天無復辟意。仁傑每從容奏對，無不以子母恩情爲言，則天亦漸省悟，竟召還中宗，復爲儲貳。中宗自房陵還宮，則天匿之帳中，召仁傑以廬陵爲言。仁傑慷慨敷奏，言發涕流。遽出中宗謂仁傑曰：還卿儲君。仁傑降階泣賀。既已，奏曰：太子還宮，人無知者，物議安審是非。則天以爲然。乃復置中宗龍門，具禮迎歸，人情感悦。仁傑前後匡復召對凡數萬言。通鑑：武承嗣、三思營求爲太子，太后意未決。狄仁傑從容言於太后曰：陛下立子則千秋萬歲，配享太廟，承繼無窮；立姪則未聞姪爲天子而祔姑於廟者也。因勸太后召還廬陵王。太后意稍寤。他日，謂仁傑曰：朕夢大鸚鵡兩翼皆折，何也？對曰：武者，陛下之姓；兩翼，兩子也。陛下起二子則兩翼振矣。太后由是無立承嗣、三思意。

蘧常案：密勿，見卷二帝京篇「密切」句注。元功，見卷二恭謁太祖高皇帝御容於靈谷寺詩「元功」句注。

〔一三〕祔廟句　徐注：孟子：尊親之至。通鑑：唐玄宗開元四年，太常卿姜皎建言則天皇后配高宗廟，主題「天后聖帝」，非是，請易題爲「則天皇后武氏」。制可。

蘧常案：説文解字：祔，後死者合食於先祖也。

〔一三〕因山句　徐注：方輿紀要：乾陵在梁山，山勢紆迴，接扶風、岐山二縣之境。　李注：孝經：卜其宅兆而安厝之。

〔一四〕猶想句　冒云：通篇用意在此句。

蘧常案：唐書狄仁傑傳：仁傑，字懷英，并州太原人。閻立本薦授并州法曹參軍。遷大理丞，歲中斷久獄萬七千人，時稱平恕。拜冬官侍郎，持節江南巡撫使。吴、楚多淫祠，仁傑一禁止，凡毁千七百房。天授二年，以地官侍郎同鳳閣鸞臺平章事。貶彭澤令。萬歲通天中，契丹陷冀州，擢爲魏州刺史。前刺史懼賊至，驅民保城；仁傑至，曰：何自疲民？萬一虜來，我自辦之。悉縱就田。虜聞亦引去。拜鸞臺侍郎，復同鳳閣鸞臺平章事。突厥入趙、定，詔爲河北道行軍元帥。還除内史。卒贈文昌右相，謚文惠。中宗即位，追贈司空。睿宗又封梁國公。餘詳上「彌縫」二句注。

將去關中别中尉存杠於慈恩寺塔下

【解題】

徐注：明史諸王傳：明制：皇子封親王，嫡長子年及十歲，立爲王世子，長孫立爲世孫，冠服視一品。諸子年十歲，封爲郡王，嫡長子爲郡王世子，嫡長孫則授長孫，冠服視二品；諸子，授鎮國將軍；孫，輔國將軍；曾孫，奉國將軍；四世孫，鎮國中尉；五世孫，輔國中尉；六世以下皆奉國中尉。元譜：存杠，字伯常，朱子斗誼沭之子。長安志：慈恩寺在縣東南八里，西院浮圖七級，崇三百尺。摭言：進士自神龍後率皆期集慈恩塔下題名，亦名鴈塔。

蘧常案：先生送韻譜帖子：楊伯常，名謙，故王孫也。住西安府南八里大塔堡内。大塔者，慈恩寺塔也。王弘撰山志：子斗翁没，其子孫冒楊氏，蓋從翁之母姓也。

廓落悲王子〔一〕，棲遲愛友朋〔二〕。荒郊紆策馬，獵徑傍韝鷹。土室人稀到，衡門客少應。傾壺頻進酒，散帙每挑燈〔三〕。歎昔當憂患，先人獨戰兢〔四〕。薄田遺豆菽〔五〕，童阜剩薪蒸。疾病嗟年老，虔恭尚夙興〔六〕。芋魁收蜀郡〔七〕，瓜種送東陵〔八〕。世業爲奴有〔九〕，空名任盜憎〔一〇〕。幸餘忠厚福〔一一〕，猶見子孫承。渭水徂年赤，岐山一夜崩〔一二〕。低頭從竈養，脱跡溷林僧〔一三〕。毒計哀阮趙，淫刑虐用鄫〔一四〕。忠魂依井植，碧血到泉凝〔一五〕。賊陷西安，令弟存柘投井死。困鬣時防罟，驚禽早避矰。屢捫追駟舌，莫運擊蛇肱〔一六〕。謬忝師資敬〔一七〕，中尉子及甥，皆執經于余。多將氣誼憑〔一八〕。深情占復始〔一九〕，積德望高升〔二〇〕。子建工詩早〔二一〕，河間好學稱〔二二〕。堂垣逾舊大，國邑與前增。九鼎知猶重〔二三〕，三光信有徵〔二四〕。沈埋隨劍璽〔二五〕，變化待鯤鵬〔二六〕。樹落龍池雪，風懸鴈塔冰〔二七〕。更期他日會，拄杖許同登。

【彙校】

〔占復始〕徐注本、曹校本「占」作「由」。丕績案：「必復其始」，爲畢萬筮辭，則作「占」是也。

【彙注】

〔一〕廓落句　蘧常案：「廓落」，見卷三酬歸祚明戴笠王仍潘檉章四子聯句見懷時「廓落」注。先生朱子斗詩序：余聞萬曆以來，宗室中之文人，莫盛於秦。秦之宗有七子，而子斗最少。子斗，名誼泹，永興王府奉國中尉。久以詩文爲關中士人領袖。長子存杠伯常，余至關中，年已六十二。王子，見卷一千里詩「王子」句注。

〔二〕棲遲句　徐注：詩：衡門之下，可以棲遲。左傳莊公二十二年：畏我友朋。

〔三〕荒郊六句　徐注：隋書劉昶傳：昶子居士，不遵法度。每韝鷹紲犬，連騎道中。後漢書袁閎傳：少有操行，以耕學爲業。見時方險亂，而家門富盛。及黨事起，以母老不忍去，乃築土室四周於庭，不爲户，自牖納飲食，潛身十八年，卒於土室。晉書李密傳：内無應門五尺之童。杜甫追酬高蜀州人日見寄詩：今晨散帙眼忽開。蘧常案：以上六句，述過訪情況。王弘撰山志云：青門七子，皆宗室之賢而篤學者也。

余所及與之友者，子斗翁而已。嘗與亭林言，及亭林入青門，特訪之。時翁已没，見伯嘗，索著作讀之。伯嘗即伯常，楊鍾羲雪橋詩話引山志，作伯常。伯常居大塔堡内，故以袁閎土室擬之。「散帙」似謂索讀子斗翁著作。

〔四〕歎昔二句　徐注：孟子：然後知生於憂患。詩：念昔先人。又：戰戰兢兢。

蘧常案：「先人」謂存杠父子斗翁。

〔五〕薄田句　徐注：蜀志諸葛亮傳：成都有桑八百株，薄田十五頃。玉篇：麫，堅麥也。廣韻：䊦也，通作䴬。爾雅注：山無草木曰童。詩：如山如阜。疏：大陸曰阜。又：以薪以蒸。

蘧常案：王鴻緒明史稿：啓、禎時軍餉告絀，大農蒿目日憂難支，安能顧贍藩維？親王或可自存，郡王以至中尉，仰給不賙。

〔六〕虔恭句　徐注：陸雲詩：古賢受爵，循墻虔恭。詩：夙興夜寐。

蘧常案：先生朱子斗詩序：聞其人孝弟忠信。

〔七〕芋魁　徐注：漢書翟方進傳：童謡曰：壞陂誰？翟子威。飯我豆食羹芋魁。

蘧常案：齊民要術引廣志：蜀漢既繁芋，民以爲資，有十四等。有淡善芋魁，大如缾，少子，葉如繖蓋，紺色紫莖，長丈餘，易熟長味，芋之最善者也。王念孫廣雅疏證：芋之大根曰渠，或謂之芋魁。渠、魁一聲之轉，皆訓爲大。

〔八〕瓜種句　徐注：史記蕭相國世家：召平者，故秦東陵侯。秦破爲布衣，種瓜於長安城東。瓜美，故世俗謂之東陵瓜。

〔九〕世業句　徐注：日知録：爲宗屬者，大抵皆溺於富貴，妄自驕矜，不知禮義；至其貧者，則游手逐食，靡事不爲，名曰天枝，實爲棄物。曹冏所謂今之州牧郡守，古之方伯諸侯，或比國數人，或兄弟並據，而宗室子弟，曾無一人間廁其間，正有明當日之事也。又：景泰三年七月甲辰，陝西布政司言：秦愍王子故庶人尚炌男女十人，皆未有室家。請詔於軍民之家，自擇昏配。從之。時其長女年四十，長子年三十六矣。去開國八、九十年，太祖之曾孫，而怨曠之感不得上聞已如此，況數傳而下者乎？於是請名請婚，無不有費，不副其意，即部中爲之沈閣。杜甫哀王孫詩：但道困苦乞爲奴。

蘧常案：徐注未得詩意，末引杜詩尤牽强！以未得確詁，姑存之。日知録奴僕條云：太祖數涼國公藍玉之罪，曰家奴至於數百。今江南士大夫多有此風。一登仕籍，此輩競來門下，謂之投靠。而用事之人，則主人之起居食息，以至於出處語默，無一不受其節制，有甘心於毀名喪節而不顧者。奴者主之，主者奴之，此六逆之所由來矣。此真所謂「爲奴有」矣。王族中或亦有類是者乎？姑備一說。

〔一〇〕空名句　徐注：左傳成公十五年：盗憎主人，民怨其上。日知録：唐末屯田郎中李衢作皇室維城録，其有感於宗枝不振乎？使得自樹功名，參錯天下爲牧帥，亦何至大盗覆都，彊臣問鼎，而十六宅諸王並殲於逆豎之手也！段注：新書：善守上下之分者，空名弗使踰焉。

〔一一〕幸餘句　徐注：詩序：行葦，忠厚也。周家忠厚，仁及草木，故能内睦九族，外尊事黄耇，養老乞言，以成其福禄焉。詩：子孫繩繩，萬民靡不承。

〔一二〕渭水二句　徐注：史記商君列傳裴駰集解引新序：一日臨渭而論囚七百餘人，渭水盡赤。

蘧常案：國語周語：幽王二年，西周三川皆震。伯陽父曰：周將亡矣。是歲也，三川竭，岐山崩。一統志：岐山在岐山縣北一十里。案：此謂崇禎十六年十月西安之陷，事詳前長安詩「愁聞」二句注。吴偉業鹿樵紀聞：太原之陷，晉王降，賊臣韓文銓捕晉宗室四百餘人送西安，悉殺之。

〔一三〕低頭二句　徐注：後漢書梁鴻傳：無乃欲低頭就之乎？又劉聖公傳：長安爲之謡曰：竈下養，中郎將。

蘧常案：朱子斗詩序：賊陷西安，長子存杠伯常扶其父逃之村墅，得免。漢書高祖功臣頌：張耳脱迹違難。姚合詩：林僧默悟禪。

〔一四〕毒計二句　徐注：史記白起列傳：阬趙降卒四十萬。左傳僖公二十三年：淫刑以逞。又十九年：用鄫子於次睢之社。

蘧常案：西安之陷，殺傷不多，亦無用鄫之事。文秉烈皇小識云：闖據秦王府，授秦王將軍。則不特不殺，且授之以官矣。與此不符。考明季北略云：崇禎十四年二月，李自成圍開封。九月，河決，勢如山岳，水驟長二丈，士民溺死數十萬。又云：辛巳正月，李自成圍河南府，緣城而上，叛兵迎之入。自成發藩邸及巨室米數萬石，金錢數千萬，賑飢民。丁酉，跡福王所在，執之，見害。王體肥，重三百餘斤，賊置酒大會，以王爲葅。此或據開封、洛陽之傳説，以張大秦事乎？姑著之。

〔一五〕忠魂二句　徐注：先生朱子斗詩序：當天啓時，開科舉之途，其次子存柘彦衡乃得爲諸生，中副榜。賊陷西安，存柘不屈，投井死。又有誼衆明遠、存樨春夫二中尉者，賊至時，同不屈死。

蘧常案：吴偉業鹿樵紀聞秦晉宗人條謂存柘自縊死。

〔一六〕困鬣四句　徐注：增韻：凡魚龍頷旁小鬐皆曰鬣。爾雅釋器：魚罟謂之罛。鮑照代東門行：傷禽惡弦驚，倦客惡離聲。禽經：鳥之巨觜者，善避矰弋彈射。詩：莫捫朕舌。論語：駟不及舌。左傳成公二年：丑父寢於轏中，蛇出於其下，以肱擊之，傷而匿之。朱子斗詩序：伯常爲人亦温恭葸慎，以求全於世，惟恐人目之爲故王孫者。反不若庶姓之人，猶得盱衡扼腕，言天下之事於朋友之前而無所忌。雖時勢則然，亦由國家向日裁抑太過，無有彊宗大豪如南陽諸劉以撓新莽之威，而保先人之祚者也。

〔一七〕謬忝句　李注：穀梁傳注：師資辨説，日用之常義。

蘧常案：徐譜：存杠命子烈及甥王太和受業。案：後漢書廉范傳：范對明帝曰：不勝師資之情，罪當萬坐。語本老子「善人爲不善人之師，不善人爲善人之資」語。

〔一八〕氣誼　徐注：戴復古詩：氣誼無窮達。

〔一九〕占復始　蘧常案：見卷一十月二十日奉先妣葬詩「公侯」句注。

〔二〇〕積德句　原注：易升大象：地中生木，君子以順德，積小以高大。

〔二一〕子建句　徐注：魏志陳思王傳：植，字子建。年十歲餘，誦讀詩論及辭賦數十萬言。善屬文。時鄴銅爵臺新成，太祖悉將諸子登臺，使各爲賦。植援筆立成可觀，太祖甚異之。鍾嶸詩品：子建詩原出國風，卓爾不羣。先生朱子斗詩序：及崇禎之末，子斗獨年至八十，後先帝十一年卒。故其爲詩多離亂之作，有閔周哀郢之意而不敢深言。

蘧常案：上「困鬣」四句，係叙存杠；「謬託」四句，係叙二人交誼；則此「子建」與下「河間」云云，自皆指存杠。徐注以子斗當子建，非。

〔二二〕河間句　徐注：史記五宗世家：河間獻王德好儒學，被服造次必於儒者，山東諸儒，多從之游。

〔二三〕九鼎句　徐注：左傳宣公三年：鼎之輕重，未可問也。

蘧常案：漢書郊祀志：禹收九牧之金，鑄九鼎，象九州。見卷三前詩未盡再賦四章校及注。

〔二四〕三光句　徐注：易林：積善有徵。

蘧常案：淮南子氾論訓：上亂三光之明。班固白虎通義封公侯：天有三光日月星。

〔二五〕劍璽　原注：謝靈運和伏武昌登孫權故城詩：炎靈遺劍璽。
　蘧常案：此謝玄暉詩句，作靈運誤。
〔二六〕變化句　徐注：莊子逍遥游：北冥有魚，其名爲鯤。鯤之大，不知其幾千里也。化而爲鳥，其名爲鵬。鵬之背，不知其幾千里也。
　蘧常案：杜甫泊岳陽城下詩：變化有鯤鵬。
〔二七〕樹落二句　徐注：長安志：龍池在躍龍池南，自垂拱初載後，因雨水流潦爲小池。後又引龍首渠水溉之，日以滋廣。至景龍中，常有雲龍之祥，因名龍池。方輿紀要：在府城東隆慶坊南，亦有隆慶池。西域記：昔有比丘見雙鴈飛翔，思曰：若得此鴈，可充飲食。忽有一鴈投下自隕，於是瘞鴈建塔。沈佺期詩：鴈塔風霜古，龍池歲月深。
　蘧常案：長安志：大慈恩寺：寺西院浮圖六級，崇三百尺。注：永徽三年，沙門玄奘所立。初唯五層，長安中改造，特崇於前。案：句有冰雪字，則相見當在冬季。

后土祠　有序　已下闕逢執徐

【解題】
徐注：康熙三年甲辰。冒云：先生是年年五十二。
蘧常案：是年海上鄭氏稱永曆十八年，公元一六六四年。

漢孝武所立后土祠，在今榮河縣北十里，地名郊上，或曰脽上〔一〕。史所云幸河東祠后土者，蓋屢書焉〔二〕。其後宣、元、成三帝及唐、宋二宗皆嘗親幸〔三〕。以及國朝，雖不親祀典，而歷代相傳，宫殿之巍峨，像設之莊静〔四〕，香火之駢闐〔五〕，未嘗廢也。歲閼逢執徐，王正五日，予至其下。廟祝云：距此十五年，爲黄河所齧，神宇圮焉。乃徙像於東南二里坡下今所謂行宫者。而古柏千章，盡伐之以充改造之用。廟未成而木盡矣。是日，大雪，令祝引導，策馬從之。逶迤而登，則坊門堀廡宛然。東有大寧宫〔六〕，亦存遺址。惟正殿及秋風、洗粧二樓，皆已蕩然爲斷崖絶壑。而王文正旦之碑〔七〕，猶卧雪中，不能洗而讀也。愴然有感，乃作是詩。

靈格移郊上〔八〕，洪流圮故宫〔九〕。事同淪泗鼎〔一〇〕，時接墮天弓〔一一〕。古木千章盡，層樓百尺空〔一二〕。地維疑遂絶〔一三〕，皇鑒豈終窮〔一四〕？髣髴神光下〔一五〕，昭回治象通〔一六〕。雄才應有作〔一七〕，灑翰續秋風〔一八〕。

【彙校】

〔以及國朝〕孫校本「國」作「本」。

〔莊静〕孫校本「静」作「靚」。案：此係通假字。

【彙注】

〔一〕漢孝武四句　原注：漢書武帝紀：元鼎四年十一月甲子，立后土祠于汾陰脽上。師古曰：脽者，以其形高起如人尻脽，故以名云。一説此臨汾水之上，地本名鄈，音與葵同。彼鄉人呼葵音如誰，故轉而爲脽焉耳，故漢舊儀云葵上。

蘧常案：漢書郊祀志：其明年，天子郊雍。曰：今上帝，朕親郊，而后土無祀，則禮不答也。有司與太史令談、祠官寬舒議：后土宜於澤中圜丘。於是天子東幸汾陰。汾陰男子見汾旁有光如絳，上遂立后土祠於汾陰脽上。案：滎河原作滎河。滎爲澤名，在今河南成皋縣境，即禹貢所謂「滎波溢爲滎」之「滎」。滎河，今縣名。明屬蒲州，戰國爲魏汾陰邑，漢爲汾陰縣，正漢后土祠所在地。作「滎河」非。兹從潘刻本正。

〔二〕史所云二句　蘧常案：漢書武帝紀：元封四年，幸河東，春三月，祠后土。太初元年十二月，祠后土。二年三月，行幸河東，祠后土。天漢元年，三月，行幸河東，祠后土。

〔三〕其後宣、元、成句　徐注：方輿紀要：唐開元十年，幸東都。張説曰：汾陰脽上有漢家后土祠，宜因巡幸脩之，爲農祈穀。從之。明年，祀后土。二十年，復祀焉。又：萬歲宮在汾陰故城内城西北二里，即后土祠，又有大寧宮在今城内東北隅，宋真宗祀汾陰，此其齋宮云。

蘧常案：漢書宣帝紀：神爵元年三月，行幸河東，祠后土。四年春二月，詔修興泰一、五帝、后土之祠。五鳳三年三月，行幸河東，祠后土。元帝紀：永光五年三月，上幸河東，祠后土。建昭二年三月，行幸河東，祠后土。成帝紀：建始元年十二月，作長安南北郊，罷甘泉、汾陰祠。二年春正月，詔曰：迺者徙泰畤、后土於南郊、北郊。永始三年冬十月庚辰，皇太后詔有司復甘泉泰畤、汾陰后土、雍五畤、陳倉陳寶祠。四年三月，行幸河東，祠后土。元延二年三月，行幸河東，祠后土。四年三月，行幸河東，祠后土。綏和二年三月，行幸河東，祠后土。

〔四〕像設句　蘧常案：像設，見前霍山詩「象設」注。又莊静，孫校本作「莊靚」。漢書司馬相如傳：靚莊刻飾。郭璞曰：靚莊，粉白黛緑也。后土，女像，似作「莊靚」是。王先謙漢書補注則謂静同靚。

〔五〕香火句　蘧常案：釋道宣續高僧傳：香火梵音。「駢闐」同駢田。張衡西京賦：駢田偪仄。薛綜注：聚會之意。

〔六〕大寧宫　蘧常案：見上「其後宣、元、成」句注。

〔七〕王文正句　蘧常案：孫星衍、邢澍寰宇訪碑録：山西汾州祀汾陰碑，王旦撰，尹熙古行書。大中祥符五年。宋史王旦傳：旦太平興國五年進士及第。真宗朝，拜工部尚書，同中書門下平章事，集賢殿大學士。帝久益信之。天禧初，進太保。卒謚文正。

〔八〕靈格句　蘧常案：郰上，已見序原注。錢大昭漢書辨疑：説文：郰，河東臨汾地，即漢之所祭后土處，從邑，癸聲。郰正字，脽借用字。酈道元分郰丘與脽爲二，失之。

〔九〕洪流句　蘧常案：序言「距此十五年，爲黄河所齧」，則清順治五年也。考清史稿世祖本紀：順治六年五月，免太原、平陽、汾州三府災賦。或即是年河患歟？

〔一〇〕淪泗鼎　蘧常案：見卷三陳生芳績兩尊人先後即世詩第二首「五嶽」句注。

〔一一〕墮天弓　蘧常案：見卷一十月二十日奉先妣葬詩「先皇」句注。

〔一二〕古木二句　徐注：三國志陳登傳：如小人，欲卧百尺樓上，卧君於地，何但上下牀之間耶！

蘧常案：古木層樓，見序。千章，見前雨中送申公子詩「臺駘」句注。

〔一三〕地維句　蘧常案：見前書女媧廟詩「三代」句注。案：此痛明之亡。

〔一四〕皇鑒句　徐注：潘岳西征賦：皇鑒揆余之忠誠，俄命余以末班。

蘧常案：此於絶望中猶存希望，時去南明之亡已三年矣。

〔一五〕髣髴句　徐注：司馬相如子虚賦：若神仙之髣髴。漢書武帝紀：詔祭后土，神光三燭。

〔一六〕昭回句　徐注：詩：昭回於天。周禮太宰：縣治象之法於象魏。

〔一七〕雄才句　徐注：漢書武帝紀贊：如武帝之雄才大略。

蘧常案：此望明裔有才如漢武者中興也。

〔一八〕灑翰句　徐注：漢武帝秋風辭曰：秋風起兮白雲飛，草木黄落兮鴈南歸。蘭有秀兮菊有芳，懷佳人兮不能忘。汎樓船兮濟汾河，横中流兮揚素波。段注：杜甫陳拾遺故宅詩：到今素壁滑，灑翰銀鉤連。

龍門

【解題】

徐注：書禹貢「至于龍門西河」注：龍門山，地志「在馮翊夏陽縣」，今河中府龍門縣也。山西通志：圖攷：龍門在河津縣西北二十五里，即大禹所鑿，一名禹門渡，與陝西韓城梁山並峙。韓城縣志：門之成也，山海經謂應龍相之，故於門加龍字，蓋歸功於龍也。山有渡，爲龍門渡。

亘地黄河出，開天此一門〔一〕。千秋憑大禹〔二〕，萬里下崑崙〔三〕。入廟焄蒿接〔四〕，臨流想像存〔五〕。無人書壁問〔六〕，倚馬日將昏。

【彙注】

〔一〕亘地二句　徐注：平陽府志：河自西北山峽中來，至是山斷河出，兩崖壁立，形如門闕，東西闊八十步，而奔濤巨浪，旦夕沖激，爲天下奇觀。三才圖會禹門圖考：宋熙寧初，李公壽刻石縣學，歌曰：龍門兮天開，河水兮天來。

〔二〕千秋句　蘧常案：水經注：此石經始禹鑿，河中漱廣，夾岸崇深，傾崖反捍，巨石臨危，若墜復倚。魏土地記曰：龍門山，大禹所鑿，巖際鐫迹，遺功尚存。

〔三〕萬里句　徐注：爾雅：河出崑崙虚，色白。水經：崑崙墟在西北，去嵩高五萬里，地之中也。

蘧常案：水經云云，蓋古人相承之夸言，故酈道元云「禹本紀與此同」。山海經云「自崑崙至積石一千七百四十里，自積石出隴西郡至洛，準地志可五千餘里」，雖亦非確數，較爲近情矣。此曰「萬里」，舉成數也。

〔四〕入廟句　徐注：河津縣志：山巖建禹廟，有殿閣亭觀碑詠。禮：其氣發揚於上爲昭明，焄蒿悽愴，此百物之精也。注：焄，謂香臭也；蒿，氣烝出貌。

〔五〕臨流句　徐注：吕楠游龍門記：樓外俛黄流，凌白雲，孤山直對，而雷首、中條，渺渺冥冥，乍見乍没。曹植洛神賦：遺情想像。

〔六〕書壁問　原注：王逸楚辭天問序：仰見圖畫，因書其壁，呵而問之。

自大同至西口　四首

【解題】

徐注：明史志地理山西大同府大同縣注：有孤店、開山、虎峪、白陽等口。

蘧常案：元譜：自大同至西口入都。案：西口不屬於大同，徐注似非。

舊府荒城内，頹垣只四門〔一〕。先朝曾駐蹕〔二〕，當日是雄藩〔三〕。綵帛連樓滿，笙歌接巷繁〔四〕。一逢三月火，惟弔國殤魂〔五〕。

【彙校】

〔頹垣句〕徐注本句下有注「即代王府」四字，底本及潘刻本，孫、吴、汪各校本皆無。

【彙注】

〔一〕舊府二句　蘧常案：徐注本，有自注「即代王府」。其語不誤。各本皆無，不知何據。明史志地理二山西大同府大同注：洪武二十五年三月，建代王府。又諸王傳：代簡王桂，太祖十三子。洪武十一年，封豫王，二十五年，改封代，是年就藩大同。崇禎二年，傳至傳𪄌。崇禎十七年三月，李自成入大同，闔門遇害。

〔二〕先朝句　徐注：明史武宗紀：十二年十月癸卯，駐蹕順聖川。甲辰，小王子犯陽和，掠應州。丁未，親督諸軍禦之，戰五日，辛亥，寇引去。駐蹕大同。戊子，還至宣府。

〔三〕當日句　徐注：方輿紀要：大同府東連上谷，南達并、恒，西界黄河，北控沙漠，居邊隅之要害，爲京師之藩屏。明初，封代藩於此，置大同五衛及陽和五衛、東勝五衛，衛各五千六百人，以屯田戍邊。又設大邊、二邊以爲扞蔽。是時，雲内、豐州，悉爲内地，邊圉寧謐者數十年。後乃多故矣。

〔四〕綵帛二句　徐注：明史武宗紀：十三年春正月丙午，至自宣府，命羣臣具綵帳羊酒郊迎，御帳殿受賀。閻朝隱九日應制詩：笙歌接御筵。

蘧常案：明史武宗紀所云「至自宣府」，謂自宣府至京也，與大同無涉。徐注非。惟至京如此舖張，則至大同，亦可推想耳。

〔五〕一逢二句　徐注：史記項羽本紀：燒秦宮室，火三月不滅。楚辭九歌國殤：魂魄毅兮爲鬼雄！王逸注：國殤，謂死於國事者。明史衛景瑗傳：十五年春，擢右僉都御史，巡撫大同。十七年正月，李自成將犯山西，宣大總督王繼謨檄大同總兵官姜瓖扼之河上。瓖潛使納欵。景瑗不知其變也，邀瓖歃血守，瓖出告人曰：巡撫，秦人也，將應賊矣。代王疑之。瓖犒其下銀，言勵守城將士，代王信之。諸郡王分門守，瓖每門遣卒助守。三月朔，賊抵城下，瓖即射殺永慶王，開門迎賊入。景瑗自墜馬下，據地坐，大呼皇帝而哭。賊不殺，景瑗猝起，以頭觸階石，血淋漓。初六日，自縊於僧寺。又副使朱家仕盡驅其妻妾子女入井，而己從之，死者十有六人。督儲郎中徐有聲、山陰知縣李倬亦死之。諸生李若蔡一家九人自經，自題其壁曰「一門完節」。

落日林胡夜〔一〕，南風盛樂春〔二〕。地當天北極〔三〕，山是國西鄰〔四〕。冠帶中原隔〔五〕，金繒異域親〔六〕。武靈遺策在，猶可制秦人〔七〕。

【彙注】

〔一〕林胡　蘧常案：見前霍山詩「晉卿」三句注。

〔二〕盛樂　原注：宋白續通典：唐振武軍、漢定襄郡之盛樂也，在陰山之陽，黄河之北，後魏所都盛樂是也。在唐朔州北三百餘里。

蘧常案：盛樂於明屬歸綏道，置玉林、雲川二衛。於清爲和林格爾直隸廳。今屬内蒙古自治區伊克昭盟，仍名和林格爾。

〔三〕天北極　徐注：爾雅：北極謂之北辰。

蘧常案：林胡、盛樂，位大同之北，於明爲極邊，故云。

〔四〕山是句　徐注：方輿紀要：大同府有白登山、火山、雷公山、紇真山、武州山、方山、栲栳山、磨兒山、大峨山、爾寒山、和兜山、柞山、彈汗山、蟠羊山、青山、晚霞山、意辛山、七介山、官山、七寶山、箭笴山、夾山、東木根山。左傳僖公十五年：西鄰責言。

蘧常案：此句承首二句，則「山」當指胡林、盛樂之山。明史志地理二山西玉林衛注：東有玉林山。清史稿地理志七「和林格爾」注：東九峰山，西摩天嶺。「國」，承上詩，謂代王所在地，當古代國。蓋謂玉林、九峰、摩天諸山，與代國爲西鄰也。徐注以大同四面諸出當之，非。

〔五〕冠帶句　徐注：史記匈奴列傳：冠帶戰國七，而三國邊於匈奴。

〔六〕金繒句　蘧常案：宋史食貨志：外無金繒之遺。明史韃靼傳：虎墩兔者，居插漢兒地，元裔也。數犯遼東，大清兵起，插部乘隙擁衆挾賞，於是薊遼總督文球等以利啗之，俾聯諸部，以捍清兵，給白金四千。明年，爲泰昌元年，加賞至四萬。虎邀索無厭。崇禎元年入犯宣、大塞。總督王象乾奏言，不如撫而用之，與督師袁崇焕議合，因定歲予插金八萬一千兩，以示羈縻。大同巡撫張宗衡上言：插來宣、大，駐新城，去大同僅二百里，三閱月未敢近前。飢餓窮乏，插與我同耳。插恃撫金爲命，兩年不得，資用已竭，食盡馬乏，暴骨成莽，插之望欵不啻望歲，而遺之金繒牛羊茶果米穀無算，是我適中其欲也。帝詔無得異同。明年秋，虎復乞增賞，未遂，即縱掠塞外。既而東附。當事者狃於俺答等貢市之便，見插之恣於東也，謂歲捐金錢數十萬，冀苟安旦夕，且覬收之爲用，而卒不得。案：句意謂將金繒以求異域之親，而不知其終不可得，蓋深傷之也。

〔七〕武靈二句　原注：史記趙世家：主父欲從雲中九原直南襲秦。徐注：史記趙世家：二十四年，肅侯卒，子武靈王立。又自號爲主父。索隱曰：名雍。

駿骨來蕃種，名茶出富陽〔一〕。年年天馬至，歲歲酪奴忙〔二〕。蹴地秋雲白〔三〕，臨壚早酎香〔四〕。和戎真利國，烽火罷邊防〔五〕。

【彙校】

〔駿骨〕戴藏别鈔本「骨」作「首」，曹校本同，皆形近而誤。

【彙注】

〔一〕駿骨二句　徐注：明史志食貨四茶法：産茶之地有浙江湖、嚴、衢、紹，商人中引則於應天、宜興、杭州三批驗所。案：唐書地理志，富陽屬杭州。

蘧常案：杜甫畫馬讚：瞻彼駿骨，實惟龍媒。案：杜用戰國策燕策郭隗語。唯國策本以喻賢才，而杜則直謂駿馬。此與杜同。或以任昉策秀才文「傾心駿骨」注之，任昉取國策原意，與此不合。

〔二〕年年二句　徐注：明史志食貨四茶法：番人嗜乳酪，不得茶則困病。故唐、宋以來，行以茶易馬法。而明制尤密，有官茶，有商茶，皆貯邊易馬。犯私茶者與私鹽同罪。設茶馬司於秦、洮、河、雅諸州，山後歸德諸州，西方諸部落，無不以馬售者。行茶之地五千餘里。又製金牌信符，下號降諸番，上號藏内府，以爲契，三歲一遣官合符。其道有二：一出河州，一出碉門。太祖之馭番如此。武宗寵番僧，許西域例外帶私茶，自是茶法遂壞。又：嘉靖十五年，御史劉良卿奏言：律例：私茶出境，與關隘失察者，並凌遲處死。蓋番人恃茶以生，故嚴法以禁之，易馬以酬之，以制番人之死命，壯中國之藩籬，斷匈奴之右臂，非可以常法論也。

蘧常案：漢書禮樂志郊祀歌天馬十：元狩三年，馬生渥洼水中，作「太一況，天馬下」。太初四年，誅宛王，獲宛馬，作「天馬徠，從西極」。洛陽伽藍記：王肅曰：羊比齊、魯大邦，魚比邾、莒小國。惟茗不中，與酪作奴。彭城王謂肅曰：明日顧我，爲卿設邾莒之飧，亦有酪奴。又案：明史志兵四馬政，言歷年茶馬交易事尤詳。其言曰：茶馬司，洪武中立於川、陝，聽西番納馬易茶，賜金牌信符，合符交易。上馬茶百二十觔，中馬七十觔，下馬五十觔。以私茶出者罪死，雖勳戚無貸。末年，易馬至萬三千五百餘匹。永樂中，禁稍弛，易馬少，乃命嚴邊關茶禁。正統末，罷金牌，歲遣行人巡察，邊氓冒禁私販者多。弘治間，大學士李東陽言：金牌制廢，私茶盛，有司又屢以敝茶給番族，番人抱憾，往往以羸馬應。宜復金牌之制，嚴收良茶，頗增馬直，則得馬必蕃。及楊一清督理苑馬，遂命并理鹽、茶。一清申舊制，禁私販，種官茶。四年間易馬九千餘匹，而茶尚積四十餘萬觔。正德初，請令巡茶御史兼理馬政，行太僕，苑馬寺官聽其提調。報可。御史翟唐歲收茶七十八萬餘觔，易馬九千有奇。後法復弛。嘉靖初，户部請揭榜禁私茶，凡引俱南户部印發。三十年，詔給番族勘合，然初制訖不能復矣。於詩意爲合。「年年至」，「歲歲忙」，蓋傷茶馬舊制不復，徒多擾攘也。

〔三〕蹴地句　徐注：宋書劉瑀傳：一蹴自造青雲，何至與駑馬争路？

〔四〕臨壚句　原注：禮記月令：孟夏，天子飲酎。注：酎之言醇也，謂重釀之酒也。楚辭大招：四酎并熟。徐注：楚辭九歌：徜徉壚坂。注：黄黑色土也。

蘧常案：徐注未確。下云「酎香」，原注以重釀釋之，則「壚」當謂酒壚。史記司馬相如列傳「令文君當壚」，漢書作「盧」。顏師古曰：賣酒之處，累土爲盧，以居酒瓮。四邊隆起，其一面高，形如鍛盧；故名盧耳。王先謙補注云：字當作壚。

〔五〕和戎二句　徐注：左傳襄公四年：和戎有五利焉。

蘧常案：此二句，似有所刺，其意若曰：和戎果能利國乎？雖烽火未靖，而遽罷邊防。蓋深刺仇鸞等開馬市誤國，背太祖茶馬之策，所謂正言若反也。明史志食貨五馬市云：嘉靖三十年，以總兵仇鸞言，詔於宣府、大同開馬市，俺答旋入寇抄。大同市則寇宣府，宣府市則寇大同，幣未出境，警報隨之。明年，罷大同馬市，宣府猶未絶，抄掠不已。隆慶四年，俺答孫把漢那吉來降，於是封貢互市之議起，而宣、大互市復開，邊境稍静。然撫賞甚厚，邀求滋甚，司事者復從中乾没，邊費反過當矣。又志兵三馬政云：嘉靖二十九年，俺答攻古北口，從間道直薄東直門。敵退，大將軍仇鸞力主貢市之議。明年，開馬市於大同。然寇掠如故。又明年，馬市罷。先是，翁萬達之總督宣大也，籌邊事甚悉。請修宣、大邊墻千餘里，烽堠三百六十三所。後以通市故，不復防，遂爲敵毁。上云臨壚酎香，原注引月令「天子飲酎」，似得緒論，蓋有所諷。此時仇鸞方用事，以大同總兵拜大將軍。或馬市之開，世宗過信，以爲邊事永寧而稱觴乎？故此亦不欲斥言，而以然疑之詞出之。

舊説豐州好〔一〕，於今號板升〔二〕。印鹽和菜滑〔三〕，挏乳入茶凝〔四〕。塞北思脣齒〔五〕，河東問股肱〔六〕。獨餘京雒叟，終日戍樓憑〔七〕。

【彙注】

〔一〕舊説句　原注：舊唐書唐休璟傳：超拜豐州司馬。永淳中，突厥圍豐州，都督崔智辨戰没，朝議欲罷豐州，徙百姓于靈夏。休璟以爲不可，上書曰：豐州控河遏賊，實爲襟帶，自秦、漢以來，列爲郡縣，田疇良美，尤宜耕牧。隋季喪亂，不能堅守，乃遷徙百姓就寧、慶二州，致使戎、羯交侵。乃以靈夏爲邊界。貞觀之末，始募人以實之，西北一隅，方得寧謐。今若廢棄，則河旁之地，復爲賊有；寧夏等州，人不安業，非國家之利也。朝廷從其言，豐州復存。

蘧常案：明史志地理二山西東勝衛注：西北有豐州，元屬大同路，洪武中廢。宣德元年復置，正統中内徙，復廢。

〔二〕於今句　徐注：明史外國韃靼傳：丘富等在敵招集亡命，居豐州，築城自衛。搆宮殿，墾水山，號曰板升，華言屋也。嘉靖三十九年，總兵劉漢興、參將王孟夏等搗豐州，禽斬一百五十人，焚板升略盡。又李成梁傳：萬曆十九年，使副將李寧等出鎮夷堡，潛襲板升，殺二百八十人。方輿紀要：明嘉靖初，中國叛人逃出邊者，升板築墻，蓋屋以居，號爲板升。

〔三〕印鹽　原注：唐書地理志：豐州九原郡貢印鹽。　徐注：齊民要術造花鹽印鹽法：花鹽厚薄光澤似鍾乳，久不接取，即成印鹽，大如豆粒，四方，千百相似而成印鹽。日知録：及游大同，所食皆蕃鹽，堅緻精好。此地利便，非國法之所能禁也。

〔四〕挏乳　原注：漢書禮樂志：給大官挏馬酒。李奇曰：以馬乳爲酒，撞挏乃成也。

〔五〕塞北句　徐注：明史志兵邊防：嘉靖十八年，移三邊制府鎮花馬池。是時，俺答諸部强横，屢深入大同、太原之境，晉陽南北，烽火蕭然。巡撫陳講請以兵六千戍老營堡東界之長峪，請以山西兵守大同。三關形勢，寧武爲中路，莫要於神池；偏頭爲西路，莫要於老營堡；鴈門爲東路，莫要於北樓諸口。

蘧常案：左傳僖公五年：諺所謂輔車相依，脣亡齒寒者，其虞、虢之謂也。案：此句似應引翁萬達「極邊」「次邊」之説釋之。明史志兵三邊防：翁萬達之總督宣大也，籌邊事甚悉。其言曰：山西保德州河岸，東盡老營堡，凡二百五十四里；西路丫角山迤北而東，歷中北路，抵東路之東陽河鎮口臺，凡六百四十七里；宣府西路西陽河迤東，歷中北路，抵東路之永寧四海冶，凡一千二十三里；皆偪臨巨寇，險在外者，所謂極邊也。老營堡轉南而東，歷寧武、鴈門、北樓至平型關盡境，約八百里；又轉南而東，爲保定界，歷龍泉、倒馬、紫荆、吴王口、插箭嶺、浮圖峪至沿河口，約一千七十餘里；又東北爲順天界，歷高崖、白羊、抵居庸關，約一百八十餘里；皆峻嶺層岡，險在内者，所謂次邊也。敵犯山西必自大同，入紫荆必自宣府。未有不經外邊能入内邊者。乃請修築宣、大邊墻。

〔六〕河東句　徐注：明史志兵邊防：正德元年春，總制三邊楊一清請復守東勝，因河爲固，東接大同，西屬寧夏，使河套千里沃壤，歸我耕牧，則陝右猶可息肩。上修築定邊營等大事，帝可其奏。旋以忤中官劉瑾罷，所築塞垣僅四十餘里。

蘧常案：股肱，見前卷二太平詩「股肱郡」注。

〔七〕獨餘二句　徐注：班固東都賦：子徒習秦阿房之造天，而不知京雒之有制。明史志邊防：天順八年，御史陳選言：邊關守臣，因循怠慢，城堡不修，甲仗不利，軍士不操習，甚至富者納月錢而安閒，貧者迫飢寒而逃竄。乞敕諸臣痛革前弊（蘧常案：上文引自明史外國韃靼傳，徐誤）。嘉案：明自正統十七年也先擁衆從大同入，大同無歲不被寇抄。天順初，有阿羅出者，率屬潛入河套居之，遂逼近西邊。李來與小王子、毛黑孩等先後繼至，擄中國人爲鄉導，抄掠無虛時，而邊事以棘。

孟秋朔日有事於先皇帝欑宮

【解題】　徐注：謁欑宮文云：自違陵下，即度太行，遠歷關河，再更寒暑。茲以孟秋之望，重修拜奠之儀。身先旅鴈，過絶塞而南飛；跡似流萍，隨百川而東下。感河山之如故，悲灌莽之方深。庶表忱思，伏祈昭鑒。

蘧常案：元譜：七月，至昌平，四謁天壽山，奠懷宗欑宮。案：題作「孟秋朔旦有事於欑宮」，而文集卷五謁欑宮文二則作「兹以孟秋之望，重修拜奠之儀」；同一事也，而朔望兩異，必有一誤，不能定其孰是孰非矣。

秋色上陵垌〔一〕，新松夾殿青。草深留虎跡，茂陵寶城内獲二虎。山合繞龍形〔二〕。放犢朝登壠〔三〕，司香月掃庭〔四〕。不辭行潦薦，髣髴近惟馨〔五〕。

【彙校】

〔題〕潘刻本、徐注本無「先皇帝」三字。

【彙注】

〔一〕陵垌　蘧常案：見卷二恭謁孝陵詩「郊垌」注。

〔二〕山合句　徐注：昌平山水記：陵西南數十里爲京師西山。嘉靖十一年三月，敕金山、玉泉山、七岡山、紅石山、甕山、香峪山皆山陵龍脈所在，毋得造墳建寺，伐石燒灰。

〔三〕放犢句　徐注：馬戴過野叟居詩：放犢飲溪泉。禮：適墓不登壠。注：壠，冢也。

〔四〕司香　蘧常案：見卷三恭謁天壽山十三陵詩「每陵」二句注。

〔五〕不辭二句　徐注：左傳隱公三年：潢汙行潦之水，可薦於鬼神。書：明德惟馨。

贈孫徵君奇逢

【解題】

徐注：張譜：先生丙午年送韻譜小帖：孫徵君名奇逢，字啓泰，容城人，今住輝縣。萬曆庚子舉人，今八十三，河北學者之宗師也。元譜：夏峰先生年十七，領鄉薦。嘗參高陽孫承宗督師關門軍事，與左忠毅、魏忠節、周忠介相善。天啓末，三公忤逆奄，相繼逮繫，先生拮据調護，供橐饘。令弟奇彦同鹿監軍善繼子馳書督師求援，督師因上書以邊事請陛見。都人喧傳興兵至闕，逆奄聞之，繞御床泣。督師方抵通州，降旨勒回，諸公遂不免。崇禎丙子，容城被圍，設方略拒守，城賴以全。事聞，特詔褒嘉。寇氛漸逼，移家五峰。順治初，復移家輝縣之夏峰。生平讀書談道，務爲聖賢之學，兩朝徵聘凡十一次，輒堅謝不出。

蘧常案：此詩編於甲辰，元譜云：康熙三年甲辰，至河南輝縣，訪孫夏峰先生。然考孫徵君年譜「甲辰二月，聞濟上事，余具呈當事，北行」注云：先生故有甲申大難録一編，濟寧州牧李爲授梓，至是以嚴野史之禁，有老蠹首大部，李被逮，遂自請赴部。三月，至中途，聞檢原書特爲表忠，毫無觸忌，釋濟守歸，余遂返。輝令知余歸，復聞之督撫諸公，豫督劉疑之，余復北上。五月，抵里門（案：容城縣北城村），次涿州。聞事寢，因旋車歸北城。七月望日，修祀事。十二月，里門族黨觴余。據此，則是年奇逢於二月離輝縣，三月暫歸，旋又北去，至年終尚留原籍。此詩編於孟秋朔日有事於欑宮詩後，則應爲甲辰秋後事，然是年秋後奇逢尚留容城原籍，何緣於輝縣見之也？此必有誤。孫譜云「四年乙巳五月，再抵夏峰」，則訪奇逢當在明年五月以後，不當編在本年。詩既誤編於前，譜又誤從於後，不可不正也。

海内人師少〔一〕，中原世運屯〔二〕。微言垂舊學，懿德本先民〔三〕。早歲多良友〔四〕，同時盡諍臣〔五〕。蒼黄悲詔獄〔六〕，慷慨急交親〔七〕。天啓中，左光斗、魏大中、周順昌三君被逮至京，君爲周旋營救，不辟禍患。黨錮時方解〔八〕，儒林氣始申〔九〕。明廷來尺一，空谷賁蒲輪。未改幽棲志，聊存不辱身〔一〇〕。名高懸白日，道大屈黄巾〔一一〕。衛國容尼父〔一二〕，燕山住子春〔一三〕。門人持笈滿〔一四〕，郡守式廬頻〔一五〕。竹柏心彌勁〔一六〕，陶鎔化益醇〔一七〕。登年幾上壽〔一八〕，樂道即長貧〔一九〕。尚有傳經日，非無拜老辰。伏生終入漢，綺里只辭秦〔二〇〕。自媿材能劣，深承意誼真。惟應從卜築，長與講堂鄰〔二一〕。

【彙校】

〔慷慨句〕句下自注「天啓中」等二十八字，各本皆有，徐注本無。

〔意誼真〕徐注本，吴、汪、曹三校本「誼」作「氣」。

【彙注】

〔一〕海内句　徐注：荀子：四海之内爲一家，通達之屬，莫不從學，謂之人師。

〔二〕世運屯　蘧常案：易屯卦：屯如邅如。孔疏：屯是屯難。

〔三〕微言二句　徐注：論語讖：子夏六十四人共撰仲尼微言。孫徵君年譜答費密書云：少承家學。詩：好是懿德。又：先民有言。

蘧常案：孫徵君年譜：十九歲，父命從季父成軒公學。注：成軒公醇篤性成，其學得之河東公庭訓（案：河東公爲奇逢之祖，名臣）。先生家學淵源，蓋本諸此。又「二十二歲」注：居喪一意讀禮，設苫席，長枕大被，四昆合寢，如是者六年，終始如一。「三十九歲」注：「高陽孫閣部承宗督師，鹿公伯順從，約先生過塞上。高陽公欲留之，先生急歸。後高陽公序孝友堂家乘有云：尹吉甫中興，乃歸功於張仲孝友。其推重先生如此。」

〔四〕早歲句　蘧常案：湯斌等孫徵君年譜：萬曆二十五年丁酉，十四歲。與鹿伯順論交（注：鹿公諱善繼，家定興之江村，距先生所居三十里，相過論交）。二十七歲，居母憂，廬墓。邑學博謝慕劬嘗過廬居論學（注：謝名夢豹，廣東人。正身率士，著脩齋録）。二十八歲，秋，寓京師，館兵部郎杜友白家（注：友白名詩，山東人。慕先生爲人，以其子受學）。二十九歲，晤曹貞子先生，舉仁體以告（注：貞子，名于汴。山西安邑人。以正學自任。語先生仁體，反覆發明。先生言下恍然，覺此心與天地萬物相通）。三十歲，下第，仍寓京師，居停牛俊臣家（注：俊臣，字仰泉。任俠好客，重先生品行，願假館。一時正人，皆與之游）。與周景文論交（注：伯順是年舉進士。景文，名順昌，其同年友也。因伯順與先生友）。同伯順讀王文成公傳習録（注：先生初守程朱，鹿先生每舉姚江語，先生因讀傳習録知行合一，躍然有得，自是寢食其中焉）。三十一歲，在京師。周緜貞時過邸舍（注：緜貞，名起元，江西人）。三十四歲，歸容城（注：先生居京師者六年，皆鹿伯順、范一泉兩先生爲之左右。先生嘗云：余生平稍知自勵，即服膺伯順與一泉先生（案：范一泉當即范懷洙）。三十五歲，冬，同楊太僕讀書西張寺（注：楊名茂，定興人）。三十七歲，魏廓園出使江右，訪余北城，定交楊忠愍祠（注：嘉善魏公名大中）。三十八歲，左浮丘督學畿輔，晤於別墅（注：左公，名光斗，桐城人）。霍舫孫徵君年譜序：初交鹿伯順，即力任聖學；一見曹貞子，即怳然仁體。又九十歲，爲懷友詩（注：自序云：余生平藉良友提撕之益）。

〔五〕同時句 徐注：孝經：「天子有争臣」注：争，謂諫也，一作諍。

蘧常案：此句承上句，謂良友中多諍臣也。蓋指左光斗、魏大中、周起元、周順昌諸人，啓下「蒼黄」二句。明史左光斗傳：光宗崩，李選侍據乾清宮，迫皇長子封皇后。光斗上言：將借撫養之名，行專制之實。武氏之禍，再見於今。選侍大怒，熹宗心以爲善，趣擇日移宫。當是時，宫府危疑，人情洶懼，光斗與楊漣協心建議，排閹奴，扶沖主。宸極獲安，兩人力爲多。由是朝野並稱楊、左。是時韓爌、趙南星、高攀龍、楊漣、鄭三俊、李邦華、魏大中諸人咸居要地，光斗與相得，務爲危言覈論，甄别流品。正人咸賴之，而忌者浸不相容。又魏大中傳：偕同官周朝瑞等兩疏劾大學士沈㴶，語侵魏進忠、客氏。及議紅丸事（案：見卷三贈潘節士檉章詩「三案」四句注），力請誅方從哲、崔文昇、李可灼等，持論峻切，大爲邪黨所仄目。未幾，楊漣疏劾忠賢。大中亦率同官上言：忠賢、客氏一日不去，恐禁廷左右悉忠賢、客氏之人，非陛下之人。陛下真孤立於上耳。忠賢大怒。又周起元傳：擢右僉都御史，巡撫蘇、松十府，織造中官李實素貪横，恣誅求。蘇州同知楊姜署府事，實惡其不屈，劾之。起元至，即爲辯寃，且上去蠹七事，語多侵實。魏忠賢庇實，取嚴旨責起元，起元益頌姜廉謹，詆實誣毁。忠賢大怒。又周順昌傳：順昌爲人剛方貞介，疾惡如讎。巡撫周起元忤忠賢削籍，順昌爲文送之，指斥無所諱。魏大中被逮，道吴門，順昌出餞，與同卧起者三日。旗尉趣行，順昌瞋目曰：若不知世間有不畏死男子耶？歸語忠賢：我，故吏部郎周順昌也。因戟指呼忠賢名，罵不絶口。案：順昌雖不見有諍諫事，然與左、魏諸人同禍，故亦出之。

〔六〕蒼黄句　蘧常案：漢書王商傳：召商詣若盧詔獄。明史熹宗本紀：天啓四年六月癸未，左副都御史楊漣劾魏忠賢二十四大罪，南北諸臣論忠賢者相繼，皆不納。冬十月，削吏部侍郎陳于廷、副都御史楊漣、僉都御史左光斗籍。十二月辛巳，逮内閣中書汪文言下鎮撫司獄，五年三月丁丑，讞汪文言獄，逮楊漣、左光斗、袁化中、魏大中、周朝瑞、顧大章，削尚書趙南星籍。未幾，漣等逮至，下鎮撫司獄，相繼死獄中。六年二月戊戌，以蘇、杭織造太監李實奏，逮前應天巡撫周起元，吏部主事周順昌、左都御史高攀龍、諭德繆昌期、御史李應昇、周宗建、黄尊素。攀龍赴水死，起元等下鎮撫司獄，相繼死獄中。

〔七〕慷慨句　徐注：先正事略：左公弟光明、魏公子學洢，皆主鹿氏。鹿忠節公之父正，世所稱鹿太公也，與先生及新城張果中各出身營救。謀設匭建表於門曰：「願輸金救左督學者，聽。」於是投匭者雲集，得金數千，齎入都而左、魏已先斃獄中。明年，忠介公逮至，擬贓五千，先生復爲營畫，得金數百，而忠介復斃獄矣。乃皆經紀其喪，且按籍還金。時邏校嚴急，士大夫觸手糜爛，容城去京師不二百里，舉旛擊鼓，衆皆爲先生危。而忠賢左右，皆近畿人，夙重先生質行，或陰爲之地，以故卒免禍。左、魏遺骨藉以歸。海内有范陽三烈士之稱，謂先生及正、果中也。孫徵君年譜：天啓乙丑，先生四十二歲。左浮丘、魏廓園相繼逮下鎮撫司。注：左、魏兩君被逮，魏長君學洢先至，有緹縈上書之志，周文選順昌亦遣使護學洢。時鹿先生以職方贊孫閣部於山海，先生與鹿太公毅然爲之保護。凡脱禍而解厄者，不獨破家不恤，亦且身命不顧。左、魏諸公子弟僕從，以兩先生爲歸矣。左、魏既下錦衣獄，左擬贓三萬，魏五千，立限嚴比。鹿太公與先生率同志者力爲區處，炎蒸策蹇，醵得三百金付魏，使持北上，隨聞廓園公斃杖下一日矣。又璫難作，左僉都有書遺先生與鹿化麟云：二公道義之雅，須得一人親詣關門。知秦庭之哭，不同於泛泛。翌日，化麟與先生之弟啓美遂東行。先生上高陽書略云：左、魏諸君子，清風大節，必不染指，以庇罪人，此何待言。獨以善類之宗，功臣之首，横被奇冤，自非有胸無心，誰不扼腕？維桑與梓，固浮丘舊履地也。遺愛在人，不止門墻之士興歌黄鳥。昔盧次楩一莽男子耳！謝茂秦以眇布衣爲行哭於燕市，曰：諸君子不生爲盧生地，乃從千載下哀湘而弔賈乎？李獻吉在獄，何仲默致書楊邃菴，求爲援手。康德涵義急同調，至不自愛其名。浮丘、廓園之品，固當直踞獻吉，何次楩敢望！恨某等一介書生，無由哭訴，尚負慚於茂秦。閣下功德前無，邃菴憐才扶世之感，諒亦有激於中，稍一斡旋，且有出德涵上者。況兩君子以道義臭味之雅，受知於閣下最深且久，閣下豈無意乎？孫公見書，隨具疏爲闕門事欲請入覲面奏機宜。又魏給事既死，左僉都之追比正嚴。先生與鹿太公計，僉都舊爲屯田使，曾以十三場籽粒，爲定興開永賴之利；又爲學使者簡拔高等，悉知名士。因與鄉民約，凡十三場籽粒地，畝捐一錢，便可得數十萬緡；與青衿約，各隨心力捐輸。數日之内，義集數百金。張果中、王拱極接替馳送，甫至而僉都亦斃杖下矣。時道路訌傳，宦官有指而目之者曰：爲左家斂銀若干。衆皆危語勸止，太公曰：不知命，無以爲君子。老夫固籌之熟矣。先生曰：拚此一路，便無不可爲之事。今日無不盡心，免得異日生悔。又周文選被逮，亦坐贓五千。周貧不減於魏，太公與先生移貸百餘金。又張希皋八十，羅萬象五十，茅元儀三十，王永吉二十，皆義助也。伯順復函范質公，亦得二百。先生令季弟啓美率鹿僕送京師，周公又斃杖下矣。

〔八〕黨錮句　徐注：後漢書黨錮列傳：凡黨事始自甘陵、汝南，成於李膺、張儉。海内塗炭二十餘年，諸所蔓衍皆天下善士。中平元年，黄巾賊起，中常侍吕彊言於帝曰：黨錮久積，人情多怨。又：黨錮自從祖已下，皆得解釋。

蘧常案：明史傳宦官二魏忠賢傳：用崔呈秀爲御史，呈秀乃造天鑒、同志諸録，王紹徽亦造點將録，皆以鄒元標、顧憲成、葉向高、劉一燝等爲魁，盡羅入不附忠賢者，號曰東林黨人，獻於忠賢，忠賢喜。於是羣小益求媚忠賢，攘臂攻東林，欲藉忠賢力，傾諸正人，遂相率歸忠賢，稱義兒，且云東林將害翁，以故忠賢欲甘心焉。從霍維華言，命顧秉謙等修三朝要典，極意詆諸黨人惡。御史盧承欽又請立東林黨碑，海内皆屏息喪氣。又莊烈帝紀：即皇帝位，大赦天下。十一月甲子，安置魏忠賢於鳳陽。己巳，魏忠賢縊死。癸酉，免天啓時逮死諸臣贓，釋其家屬。崇禎元年正月丙戌，戮魏忠賢及其黨崔呈秀尸。三月乙酉，卹冤陷諸臣。五月庚午，燬三朝要典。

〔九〕儒林句　蘧常案：史記太史公自序：自孔子卒，京師莫崇庠序，唯建元、元狩之間，文辭粲如也，作儒林列傳。正義：姚承云：儒，謂博士，爲儒雅之林。綜理古文，宣明舊藝，咸勸儒者，以成王化者也。明史傳宦官二魏忠賢傳：崇禎二年，命大學士韓爌等定逆案，始盡逐忠賢黨，東林諸人復進用。

〔一〇〕明廷四句　徐注：詩：在彼空谷。前漢書儒林傳：於是上使使束帛加璧，安車，以蒲裹輪，駕駟，迎申公。弟子二人，乘軺傳從。杜甫寄李十二白詩：未負幽棲志，兼全寵辱身。先正事略：先生義聲震一世，御史王宗昌、給事中王正志交薦之。屢徵不起。崇禎九年，大清兵薄容城。先生率兄弟族黨與有司薦紳分城守禦，先生獨領西北隅。雉堞久圮，兵突至，隨禦隨築。鄰邑多陷而容城獨完。巡撫張其平上其事，詔優秩擢用。會南都兵部尚書范景文亦以贊畫軍務聘，先生俱辭之。孫徵君年譜：國初，先生被薦，嚴催就道，部郎胡廷佐向輦下大列曰：堯、舜在上，下有巢、由；我輩浮沈仕路，使孫公幽栖長林豐草間，是亦聖朝寬大美事也。可稱先生知己。又：徵君致魏裔介書：無使虧體辱親，抱千古之恨。又：遺像自贊：長知立身，頗愛廉恥；骨脆膽薄，不慕榮仕。段注：史記封禪書：黄帝接萬靈明廷。

蘧常案：尺一，見卷一聞詔詩「殊方」句注。詩小雅白駒：賁然來思。毛傳：賁，飾也。詩集傳：賁然，或以爲來之疾也。案：「明廷」二句，承上「黨錮」二句，當指明時事。徐注以清廷强徵與明之擢用並舉，非。先生未嘗以正統予清，安有與明同稱明廷，同稱尺一之詔耶？

〔一一〕道大句　徐注：先正事略：時畿内盗賊數駭，先生率子弟門人入易州五公山，結茅雙峰，戚族相依者數百家。乃飭戎器，徛糗糧，部署守禦；又以其暇賦詩習禮，絃歌聲相聞，盜賊皆屏跡。時以方田子春之在無終山焉。

蘧常案：史記孔子世家：顔回曰：夫子之道至大。黄巾，見卷三不其山詩「爲問」二句注。

〔一二〕衛國句　蘧常案：史記孔子世家：孔子適衛，主於子路妻兄顏濁鄒家。衛靈公問孔子居魯得禄幾何。對曰：奉粟六萬。衛人亦致粟六萬。尼父，見卷三贈潘節士檉章詩「同文」四句注。案：此句似謂清廷容其不仕。胡廷佐請於諸大列，所謂「使孫公得遂其志于長林豐草間，是亦聖朝寬大美事也」。

〔一三〕燕山句　徐注：茅元儀掃盟餘話序：戊寅，率其宗族鄉黨入雙峰。及兵入，從之者數縣，累數千百人，多衣冠禮樂之士。所以整齊而約束之者，一如子春。

蘧常案：燕山子春，見卷三玉田道中詩「豈有」二句注。

〔一四〕門人句　蘧常案：論語述而：門人惑。史記蘇秦列傳：負笈從師。釋玄應一切經音義引風土記：笈，謂學士所以負書箱，如冠箱而卑者也。

〔一五〕郡守句　徐注：先正事略：晚歲渡河，慕蘇門百泉之勝，且爲康節、魯齋講學地，部郎馬光裕奉以夏峰田廬，遂移家。築堂曰兼山，講易其中，率子弟躬耕。四方來學願留者，亦授田使耕，所居成聚。公卿持使節過衛源，輒屏騶從，以一見先生爲快。

蘧常案：吕氏春秋：段干木者，魏文侯敬之，過其廬而軾之。詩大雅韓奕疏：軾者，兩較之間，有横木可憑者也。同式。梅賾書式商容閭疏：式，車上之横木。男子立乘，有所敬，則俯而憑式，遂以式爲敬名。

〔一六〕竹柏句　徐注：顏延之陽給事詩：如彼竹柏，負雪懷霜。先正事略：國朝順治初，以國子監祭酒徵，有司敦促，卒固辭。兵部侍郎劉餘祐、巡按御史柳寅東、陳棐交章薦，皆堅卧不應。自有明及本朝，前後十一徵，不起。

〔一七〕陶鎔句　徐注：漢書董仲舒傳：夫上之化下，下之從上，猶金之在鎔。

蘧常案：方苞孫徵君傳：有問學者，隨其高下淺深，必開以性之所近，使自力於庸行。上自公卿大夫及野人牧豎，工商隸圉，武夫悍卒，一以誠意接之，用此名在天下而人無忌嫉者。山中花放，鄰村争置酒相邀，咸知愛敬。

〔一八〕登年句　蘧常案：莊子盜跖篇：上壽百歲，中壽八十，下壽六十。案：此詩如爲乙巳所作，則奇逢爲八十二歲，已逾中壽，故曰「幾上壽」也。

〔一九〕樂道句　徐注：孫徵君年譜：嘗至饘粥不給，而守貧彌堅。又：先生語餘祐諸子曰：余年五十，始識一「貧」字，正賴有同志者實履其境而深咀其味。

蘧常案：孫譜注：先生謂御衆諸子曰：素貧賤，行乎貧賤，此是我輩今日第一緊要語。聖人不去非道之貧賤，況今日乃道中之貧賤乎？第貧賤實有不堪之憂，苦心志，勞筋骨，餓體膚，俱不必言；至拂亂所爲，英雄豪傑，幾不能自主，此而不移也誠難矣。然動心忍性，增益不能者，卻在此時。孔子曰：志士不忘在溝壑。孟子曰：貧賤不能移。此是聖賢豪傑的底本。

〔二〇〕尚有四句　徐注：後漢書明帝紀贊：臨雍拜老。漢書王貢兩龔鮑傳序：漢興，有東園公，綺里季、夏黄公、用里先生，此四人者，當秦之世，避而入商雒深山，以待天下定也。

蘧常案：「尚有」句與下「伏生」句，「非無」句與下「綺里」句，交錯相應。謂奇逢尚有傳經之日，如伏生入漢，得教魯、齊；非無拜老之辰，如綺里辭秦，爲漢羽翼也。史記儒林列傳：伏生者，濟南人也。故爲秦博士。孝文帝時，欲求能治尚書者，天下無有。乃聞伏生能治，欲召之。是時伏生老不能行，於是乃詔太常，使掌故朝錯往受之。秦時焚書，伏生壁藏，其後兵大起，流亡。漢定，求其書，獨得二十九篇，即以教於齊、魯之間，學者由是頗能言尚書。高士傳四皓傳：始皇時，見秦政虐，乃退入藍田山而作歌曰：莫莫高山，深谷逶迤。曄曄紫芝，可以療飢。唐、虞世遠，吾將何歸？駟馬高蓋，其憂甚大。富貴之畏人，不如貧賤之肆志。乃共入商雒，隱地肺山，以待天下定。史記留侯世家：上欲廢太子，吕后恐，乃使吕澤劫留侯。留侯曰：上有不能致者，天下有四人，年老矣，皆以爲上侮慢人，故逃匿山中。然上高此四人。今公誠能令太子爲書，卑辭安車，使辯士固請，宜來。來，以爲客，時時從入朝。上知此四人賢，則一助也。於是吕后使人奉太子書，卑辭厚禮，迎此四人。陝西商州商雒山，相傳高后使高車駟馬以迎四皓處。此蓋以秦喻清，以漢喻明之復興也。

〔二〕講堂　徐注：孫徵君年譜：壬辰，六十九歲，春，衛河使馬玉筍以夏峰田廬見贈，爲諸子躬耕之地，先令韻雅督治。注：玉筍，名光裕，山西安邑人。十月，移居夏峰。七十三歲，九月，題夏峰草堂曰兼山堂。又：諸子立會孟城，月兩會文。每會，問先儒學術異同，或禮制祠祀錢穀之事，使自爲條議以質之。又：七十八歲，五月，寧國吳生訪余夏峰，集諸友於孟城，爲講習之會。注：每月以十六日爲期，同人遠邇畢至。

酬程工部先貞

旃蒙大荒落

【解題】

徐注：康熙四年乙巳。元譜：先貞，字正夫，德州人。明工部侍郎紹孫，以祖廕歷官工部員外郎。濟南府志：工部告病歸，家居二十年，以扶風教崇簡樸相勖勉。里中節義之事，搜采成帙。年六十七，豫置一棺，題曰休息庵。所著有燕山游稿、葸庵詩草若干卷。張譜：復社姓氏，先貞名列德州第一。戴注：亂後隱居，著有海右陳人集。冒云：先生是年五十三。

蘧常案：是年海上鄭氏稱永曆十九年，公元一六六五年。吳譜引山左詩鈔小傳云：分其才具，足了十人。年甫及強，遽長揖歸。洵輞川之上客，花溪之好友也。清詩紀事：先貞，通判泰子，官工部員外郎。順治三年告終養。自題小像第三像云：乙酉（案：順治二年）北謁，賜蟒衣一襲。灄江干之役，腰橫玉具，行色匆匆。據此，知清師南下，先貞亦在行間，所以招錢謙益也。謙益于崇禎十年被逮，勾留德州者匝月，主先貞家。有學集中「何處東樓好」詩，即爲先貞父子作。大約先貞不斤斤于細節，亦不榮於一官，父子皆好事，艱難之際，可以依倚。故顧炎武過德州，亦主先貞。集中相贈詩多至數四，必有相喻於無言者，不只以講易投契也。又案：元譜謂先貞以祖廕歷官工部，清詩紀事謂以順治三年告終養，則曾降清，以原官用，且曾腰玉爲清效奔走。雖爲時甚暫，而大節終虧。紀事以爲細節，過已！先生以撐拄正氣爲己任，而相契之深如此，尤過於史可程，同一不可解者也。

緜上耕山日〔一〕，青門灌圃時〔二〕。懷人初有歎〔三〕，裂素便成辭〔四〕。一鴈陵秋闊，雙魚入水遲。任城樓突兀〔五〕，大野澤參差〔六〕。物象今來異，天心此際疑〔七〕。風沙春氣亂〔八〕，彗孛夜芒垂〔九〕。見魃當郊舞〔一〇〕，聞人叫廟譆〔一一〕。頻翻坤軸動〔一二〕，乍鬬日輪虧〔一三〕。水竭愁魚鼈〔一四〕，山空困鹿麋〔一五〕。傷心猶賦斂，舉目盡流離〔一六〕。旅計真無奈〔一七〕，朋歡可更追〔一八〕？秋吟酬鮑照〔一九〕，日飲對袁絲〔二〇〕。蛬急當軒響〔二一〕，花繁繞砌枝。朱絃彌唱古，白雪每誇奇〔二二〕。劍術人誰學？琴心爾共知〔二三〕。三年嗟契闊，隻羽倦差池〔二四〕。尚媿劬勞憶〔二五〕，來詩云：「看君行邁劬勞甚。」還添老大悲〔二六〕。幾闋尼父室〔二七〕，獨近董生帷〔二八〕。相傳德州有董子讀書臺。器忝南金許〔二九〕，文承繡段詒〔三〇〕。清風來彩筆〔三一〕，疎韻落芳巵〔三二〕。西蜀玄方草〔三三〕，東周夢未衰〔三四〕。會須陪燕笑，重和鄴中詩〔三五〕。

【彙校】

〔陵秋闕〕孫校本「陵」作「凌」。

【彙注】

〔一〕緜上句　蘧常案：左傳僖公二十四年：介之推隱而死。晉侯求之弗獲，以緜上爲之田。

〔二〕青門句　徐注：先生歷代帝王宅京記：長安城東出南頭第一門曰霸城門，民見門色青，名曰青城門，或曰青門。

蘧常案：灌園，見卷二江上詩第二首「抱甕」注。案：此二句蓋自謂。考年譜，前二年至太原，由汾州出潼關，游西嶽，至西安。緜上在介休，明、清皆屬汾州府。青門，西安古城門名。游蹤在與先貞契闊三年之中，故詩云云。

〔三〕懷人　蘧常案：見卷二懷人詩題注。

〔四〕裂素句　徐注：班婕妤怨歌行：新裂齊紈素，皎絜如霜雪。

〔五〕任城句　徐注：漢書郡國志：章帝元和元年，分東平爲任城。注：任城本任國。沈先有任城李白酒樓碑記。

蘧常案：明史志地理二：山東兗州府濟寧州，太祖吴元年爲濟寧府，十八年降爲州，以州治任城縣省入。一統志：李白酒樓，在濟寧州南城上。唐李白客任城時，縣令賀知章觴之於此。今樓與當時碑刻俱存。案：知章未嘗爲任城令。太平廣記謂：任城酒樓，爲李白自搆。似皆附會。

〔六〕大野句　徐注：書：大野既瀦。周禮職方氏：河東曰兖州，其澤藪曰大野。

蘧常案：爾雅釋地：魯有大野。邢昺疏：大野澤在鉅野縣北。鉅者，大也。由其旁有大野澤，故名。明史志地理二山東兖州府鉅野注：東有鉅野澤，元末爲黄河所決，遂涸。

〔七〕物象二句　蘧常案：「物象」「天心」，指下風沙、彗孛、魃舞、人譆、坤動，日虧、水竭、山空而言。

〔八〕風沙句　徐注：東華録：康熙二年四月二十二日未刻，遼陽殺布台有黑風從南而東，摧民房四百三十餘間，斃男婦五百餘口。

蘧常案：此當謂大風沙在春令，然於史無徵。徐注未確，姑存之。

〔九〕彗孛句　徐注：漢書天文志：彗孛飛流，日月薄蝕。東華録：康熙三年十月彗星見翼宿，度指西北方。十一月，彗星犯井宿。丙午，彗星犯胃宿，尾指東宿。十二月壬戌，彗星在奎宿，度形漸小。甲戌，金星生白氣，長三丈。四年二月，彗星見女度。乙酉，彗星見壁度。己丑，入奎宿。下詔肆赦。

蘧常案：公羊傳昭公十七年：孛者何，彗星也。漢書孝文紀文穎注：孛、彗，形象小異。孛星光芒短，其光四出，蓬蓬孛孛也；彗星光芒長，參參如埽彗。

〔一〇〕見魃句　徐注：詩：旱魃爲虐。傳：魃，旱神也。

不得復上，所居不雨。蘧常案：山海經：大荒之中，有山名不句，有黄帝女妭，本天女也，黄帝下之殺蚩尤，不得復上，所居不雨。陳奐詩毛氏傳疏：妭與魃同。古者求雨以女巫，其即祓除女魃之意歟？案：山海經所云，即古旱神之傳説，詩孔疏引神異經，尤荒誕，不取。清史稿災異志四：康熙四年春，朝城、城武、恩縣、堂邑、夏津、萊州、東明、靈壽、武邑大旱。高密自三月至次年四月不雨，大旱。夏，登州府屬大旱。七月，文水、平定、壽陽、盂縣、代州、蒲縣旱。八月，兗州濟寧州旱。

〔一一〕聞人句　徐注：左傳襄公三十年：或叫於宋太廟，譆譆出出。

〔一二〕頻翻句　徐注：張嘉貞恒山碑銘：下捺坤軸元神之都府。

蘧常案：清史稿災異志五：康熙四年二月初四日，平陰地震。三月初二日，京師地震，有聲。初四日，景州地震。四月十五日，灤州、東安、昌平、順義地震二次，房垣皆傾。七月十五日，大城地震。

〔一三〕乍闘句　原注：淮南子：麒麟闘而日月食。

蘧常案：日輪，見卷二元日詩「日出」句注。清史稿天文志十二：康熙三年十二月戊午朔申時，日食九分弱，次於南斗。

〔一四〕水竭句　徐注：禮記：水煩則魚鼈不大。

〔一五〕山空句　徐注：楚辭遠遊：山蕭條而無獸兮。

〔一六〕傷心二句　蘧常案：李因篤舊年寧人以無妄繫濟南余馳往視之承贈行三十韻今春相見奉答前詩詩：水旱憂兼最，誅求慘自鳴。注：道多流亡。

〔一七〕旅計　徐注：劉基詩：風波無定時，羈旅難爲計。

〔一八〕朋歡句　徐注：杜甫九日登梓州城詩：追歡筋力異。

蘧常案：下八句皆追憶朋歡事。

〔一九〕秋吟句　原注：宋鮑照有園中秋散詩。

蘧常案：宋書：鮑照，字明遠，東海人。文辭贍逸。世祖時爲中書舍人。上好爲文章，自謂物不能及，照悟其旨，爲文多鄙言累句。當時咸謂照才盡，實不然也。臨海王子頊爲荆州，照爲前軍行參軍，掌書記之任。子頊敗，爲亂兵所殺。又案：同志贈言程先貞再次酬亭林先生詩云：小院空堂聚舊朋，一簾秋氣冷於冰。幽人自比陶彭澤，詩客渾如杜少陵。當亦謂此時酬唱事。

〔二〇〕日飲句　原注：史記袁盎傳：盎兄子種謂盎曰：南方卑溼。君能日飲，毋苛。

蘧常案：史記袁盎列傳：袁盎者，楚人也。字絲。文帝即位，爲中郎。常引大體，忼慨。以數直諫，不得久居中，調隴西都尉，遷吳相。盎素不好鼂錯，景帝即位，鼂錯爲御史大夫，使吏按盎，抵罪，赦爲庶人。吳、楚反聞，上召見，盎具言吳所以反狀，以錯故，獨急斬錯以謝吳。錯既誅，吳、楚已破，爲楚相。病免。帝時時使人問籌策。梁王欲求爲嗣，盎進說。梁王怨盎，使人刺殺盎。

〔二一〕蛬急句　徐注：爾雅釋蟲「蟋蟀、蛬」郭注：今促織也。
蘧常案：陸璣毛詩鳥獸草木蟲魚疏：蛬，幽州人謂之趨織。里語曰「趨織鳴，嬾婦驚」是也。

〔二二〕朱絃二句　徐注：禮樂記：清廟之瑟，朱弦而疏越。楚辭宋玉對楚王問：其爲陽春、白雪。先生程正夫詩序：余過德州，工部正夫程君出其所作。於其州之自國初以來士大夫二十一人，合爲一章，而序之曰先賢詩；於其高祖以下四公，各爲一章，而序之曰程氏先賢詩。是諸君子者，行誼不同，而無不明於出處取與之分，有古賢人之遺焉。工部之爲是作也，其亦所謂景行行止者乎？漁洋詩話：正夫有海右陳人集，才情不及盧德水而深隱過之。如豐俟歌、葛巴刺椀歌、火蓮行，皆有逸氣。

〔二三〕劍術二句　徐注：史記刺客列傳：魯句踐已聞荆軻之刺秦王，私曰：嗟乎，惜哉其不講於刺劍之術也！漢書司馬相如傳：相如以琴心挑之。
蘧常案：先貞答詩有云「匣中孤劍起寒稜」，又酬詩有云，「琵琶哀響撥稜稜」，疑與此「劍術」「琴心」有關，然已不能考其本事矣。

〔二四〕三年二句　徐注：詩：死生契闊。又：差池其羽。

〔二五〕尚媿句　蘧常案：先貞來詩不見同志贈言。此詩上云「三年甘契闊」；此三年中，初往來秦、晉，繼又入京而豫而齊，跋涉四省，故曰「尚媿劬勞憶」也。

〔二六〕老大悲　徐注：古詩長歌行：老大徒傷悲。

〔二七〕幾闕句　蘧常案：論語先進：子曰：由也升堂矣，未入於室也。朱熹注：升堂入室，喻入道之次第。

〔二八〕董生帷　蘧常案：漢書董仲舒傳：董仲舒，廣川人也。以治春秋，孝景時爲博士。下帷講誦，弟子傳以久次相授業，或莫見其面。蓋三年不窺園，其精如此。武帝即位，以賢良對策，天子以爲江都相。中廢爲中大夫。相膠西王，病免。凡相兩國，輒事驕王，正身以率下，所居而治。以壽終於家。

〔二九〕器忝句　徐注：晉書薛兼傳：兼清素有器宇。少與紀瞻、閔鴻、顧榮、賀循齊名，號爲五雋。初入洛，司空張華見而奇之，曰：皆南金也。

〔三〇〕繡段詒　徐注：張衡四愁詩：美人贈我錦繡段，何以報之青玉案。

〔三一〕彩筆　蘧常案：見卷一帝京篇「小臣」句注。

〔三二〕疏韻句　徐注：白居易詩：風竹含疏韻。劉筠詩：幾人河朔飲芳卮？

〔三三〕西蜀句　徐注：漢書揚雄傳：蜀郡成都人。少好學。董賢用事，附離之者，或起家至二千石，雄時方草太玄，有以自守，泊如也。又贊：雄以爲經莫大於易，故作太玄。鉅鹿侯芭常從雄居，受其太玄、法言焉。

〔三四〕東周句　徐注：論語：吾其爲東周乎？又：甚矣，吾衰也！久矣，吾不復夢見周公。

〔三五〕會須二句　徐注：詩：燕笑語兮。

蘧常案：謝靈運有擬太子鄴中集詩，江淹有擬魏文帝丕遊宴、陳思王植贈友、劉文學楨感遇、王侍中粲懷德諸詩。其他袁淑有效曹子建樂府白馬篇，鮑照有學劉公幹體，皆所謂和鄴中詩也。同志贈言程先貞謝亭林先生爲予序詩詩有云「詩章頻和似松陵」，或謂是歟？然詩皆無考。至謝序詩二首及用謝序詩原韻酬答二首，則在二年後，似不能當之也。

〔清〕顧炎武 著
王蘧常 輯注
吴丕績 標校

顧亭林詩集彙注

下

上海古籍出版社

顧亭林詩集彙注卷五

王蘧常 輯注
吴丕績 標校

寄劉處士大來 已下柔兆敦牂

【解題】

徐注：康熙五年丙午。元譜：處士無考，玩詩中云云，蓋山左人而嘗客代州牧幕者。案：同志贈言李因篤奉答前詩「徘徊違魯膊」自注「劉六如新故，未能往弔」，未知即其人否？冒云：先生是年年五十四。

蘧常案：是年海上鄭氏稱永曆二十年，公元一六六六年。「六如」應作「六茹」。吴懷清李天生年譜云：六茹名大來。考李因篤受祺堂詩集贈劉大六茹詩注：劉有詩：再三問姓名，但道籍兖州。又存没口號第三十首注：濟寧劉高士諱大來。則可知其爲山東兖州濟寧州人。贈劉大六茹詩有「髯客擔簦至，酒酣拔吴鈎。絺衣走大雪，掉臂凌王侯。避人瞀竹策，蝌蚪文相樛。自云兖州籍，無乃滄海流」云云，可想見其爲人。據此詩，則曾爲涇固道陳上年上客。又受祺堂詩集（彊圉協洽）有安邑過趙大令講村並問六茹起居詩，中有云：聞君頗洽青藜客，不必膺門峻似龍。彊圉協洽，爲康熙六年。趙講村，名增，山西通志謂其康熙五年宰安邑。則知大來晚年曾爲安邑令幕客。又同集屠維作噩有舊年寧人先生以無妄繫濟南走書報我詩注「劉六茹新故」，則知其卒於康熙八年。觀其存没口號第三十首「濟水丹心送碧山」，呈六茹初度詩「雞澤尚懷遺世典」及贈劉大六茹詩「避人」四句，則知其亦爲繫心前朝陰圖恢復者，宜與先生有深契矣。

劉君東魯才，頗能究經傳〔一〕。時方渾九流〔二〕，發憤焚筆硯〔三〕。久客梁宋間〔四〕，落落無所見〔五〕。棄家走關中，自結三秦彦〔六〕。便居公瑾宅，直上高堂宴〔七〕。館李子德家。憶昨出門初，朔風灑冰霰〔八〕。獨身跨一驢，力比蒼鷹健。崎嶇上太行〔九〕，彳亍甘重趼〔一〇〕。一過信陵君〔一一〕，陳君上年。下士色無倦〔一二〕。贈别寶刀裝〔一三〕，賓僚陪祖餞〔一四〕。麾檝渡蒲津〔一五〕，駿馬如奔電〔一六〕。上下五陵間〔一七〕，秦郊與周甸〔一八〕。花殘御宿苑〔一九〕，麥秀含元殿〔二〇〕。常過韋杜家〔二一〕，早識嚴徐面〔二二〕。意氣何翩翩，交游良可羨。回首憶故人，久滯臨淄縣〔二三〕。黄塵汙人衣，數舉西風扇〔二四〕。山東不足居，苦爲相知勸〔二五〕。世路況悠悠〔二六〕，窮愁儻能遣。聊裁一幅書，去託雙飛燕〔二七〕。

【彙注】

〔一〕劉君二句　徐注：梁簡文帝請賀琛奉述毛詩義表：東魯夢周，窮兹删采。漢書藝文志：詔光禄大夫劉向校經傳。

〔二〕渾九流　原注：晉韓延之復劉裕書：假令天長喪亂，九流渾濁。　徐注：先生日知録：唐時凡九流百家之士，並附諸國學，而授之以經。案：穀梁傳序：九流分而微言隱。漢書藝文志：孔子既没，諸弟子各編成一家之言，凡爲九：一曰儒家流，二曰道家流，三曰陰陽家流，四曰法家流，五曰名家流，六曰墨家流，七曰縱横家流，八曰雜家流，九曰農家流。

〔三〕焚筆硯　徐注：晉書陸機傳：弟雲嘗與書曰：崔君苗見兄文，輒欲焚其筆硯。

蘧常案：王應麟困學紀聞：考陸雲集有與平原書，始知其爲崔君苗。徐注「君苗」上有「崔」字，非史文也。

〔四〕梁宋　徐注：史記貨殖列傳：自鴻溝以東，芒、碭以北，屬鉅野，此梁、宋也。

〔五〕落落　徐注：後漢書耿弇傳：常以爲落落難合，有志者事竟成也。

蘧常案：耿弇傳李賢注：落落，猶疏闊也。與卷四贈黄職方師正詩「落落我等存」義别。

〔六〕三秦　徐注：史記淮陰侯列傳：三秦可傳檄而定也。按高祖本紀：項羽三分關中，立秦三將：章邯爲雍王，司馬欣爲塞王，董翳爲翟王，是爲三秦。

〔七〕便居二句　徐注：吴志周瑜傳：字公瑾。孫堅家於舒，堅之子策與瑜善，瑜推道南大宅以舍策。

蘧常案：李因篤庚子春日寄六茹詩題注：時下榻余齋。

〔八〕朔風句　徐注：淮南子：北方之極，有凍寒積冰，雪雹霜霰。

〔九〕太行　蘧常案：見卷二贈人詩第二首「太行山」注。

〔一〇〕重趼　徐注：莊子天道篇：百舍重趼而不敢息。

〔一一〕一過句　蘧常案：信陵君，見卷一哭陳太僕子龍詩「魏齊」二句注。元譜：陳上年，字祺公，清苑人。順治己丑進士。吴譜：康熙丁未，上年由代州守遷山西布政使參議，見朱彝尊曝書亭集。楊謙曝書亭詩集注：上年官鴈平兵備道。

〔一二〕下士句　徐注：史記信陵君列傳：公子爲人，仁而下士。又：公子顔色愈和。

〔一三〕贈别句　蘧常案：李白詩：知君先負廟堂器，今日還須贈寶刀。

〔一四〕賓僚句　徐注：舊唐書宣宗紀論：儼然煦接，如待賓僚。南史虞玩之傳：朝廷無祖餞耳。

〔一五〕蒲津　徐注：方輿紀要：蒲津關在平陽府蒲州西門外，黄河西岸。

〔一六〕奔電　徐注：漢書王褒傳：追奔電。

〔一七〕五陵　蘧常案：漢書遊俠列傳原涉傳：長安五陵。顔師古注：五陵謂長陵、安陵、陽陵、茂陵、平陵也。班固西都賦曰：南望杜、霸，北眺五陵。是以知霸陵、杜陵，非比五陵之數。

而説者以爲高祖以下至茂陵爲五陵，亦非。

〔一八〕秦郊句　徐注：北史突厥鐵勒傳論：負其衆力，將蹈秦郊。陳子昂白帝城懷古詩：荒服仍周甸。

〔一九〕御宿苑　蘧常案：元和郡縣志：御宿川在萬年縣南三十七里。漢書揚雄傳羽獵賦序曰：武帝開上林，南至御宿。孟康注：爲諸離宫别館禁御，不得使人往來遊觀，止宿其中。又元后傳：夏遊禦宿。顔師古注：禦宿苑在長安城南，今之御宿川也。

〔二〇〕麥秀句　徐注：唐六典：大明宫在禁苑之東南，南面五門：正南曰丹鳳，丹鳳門内正殿曰含元殿，殿即龍首山之東趾。元正、冬至，於此聽朝也。

蘧常案：麥秀，見卷三京師作「愁同」句注。

〔二一〕韋、杜家　徐注：雍録：韋曲在明德門外，韋后家在此，蓋皇子陂之西也；杜曲在啓夏門外，西向即少陵原。所謂「城南韋、杜，去天尺五」者。韓愈出城詩：應須韋杜家家到，祇有今朝一日閒。

〔二二〕嚴、徐　徐注：漢書嚴朱吾丘主父徐嚴終王賈傳：郡舉賢良對策百餘人，武帝善（嚴）助對，繇是獨擢助爲中大夫。後得朱買臣、吾丘壽王、司馬相如、主父偃、徐樂、嚴安、東方朔、枚皋、膠倉、終軍、嚴葱奇等，並在左右。又：嚴安者，臨淄人也。以故丞相史上書，後以安爲騎馬令。又：徐樂，燕郡無終人也。任昉奉答敕示七夕詩啓：比嚴、徐而待詔。

〔二三〕久滯句　蘧常案：明史志地理二山東青州府臨淄注：府西北。別詳卷三勞山歌「古言」句注。元譜：康熙三年至泰安州度歲，四年由泰安至德州，復回濟南，置田舍於章丘之大桑家莊，秋至曲阜，再謁孔林，游闕里，五年春由大桑家莊過兗州，至廣平之曲周。在山左前後及三載，獨不言至臨淄，或以臨淄爲古齊都，故以賅山左歟？

〔二四〕黄塵二句　原注：世説：庾公在石頭，王公在冶城坐，大風揚塵，王以扇拂塵曰：元規塵污人。徐注：古詩：黄塵汙人衣。

〔二五〕山東二句　徐注：先生萊州任氏族譜序：齊民之俗有三：一曰逋税，二曰劫殺，三曰訐奏。而余往來山東者十餘年，則見夫巨室之日以微，而世族之日以散，貨賄之日以乏，科名之日以衰，而人心之日以澆且僞。盜誣其主人而奴訐其長，日趨於禍敗而莫知其所終。

〔二六〕世路句　蘧常案：王粲贈蔡子篤詩：悠悠世路。

〔二七〕聊裁二句　蘧常案：江淹雜體李都尉從軍詩：袖中有短書，願寄雙飛燕。

朱處士彝尊過余於太原東郊贈之

【解題】

徐注：竹垞年譜：康熙四年秋，至太原。五年春，客山西布政使王公顯祚幕。其年二月初，游晉祠。三月，游風峪。曝書亭集與顧寧人書：太原客館，兩辱賜書，贈以長律二百言。尹云：竹垞等仕清後，名字即不再入集。

蘧常案：陳廷敬竹垞朱公墓志銘：君諱彝尊，錫鬯其字，號竹垞。先世居吳中，自吳江遷秀水。君少而聰慧絶人，工詩。後名益高，所至皆以賓師之禮遇焉。以博學徵，召以檢討充起居注日講官。被劾罷，尋復原官，歸里卒，年八十一。秀水縣志朱彝尊傳：康熙四年秋，至太原。五年春，客山西布政使王公顯祚幕。讀史方輿紀要：山西太原府，秦置郡，兼置并州，治焉。開元十一年，又置北都，改并州爲太原府。

詞賦雕鐫老〔一〕，河山騁望頻〔二〕。末流彌宇宙〔三〕，大雅接斯人〔四〕。世業推王謝〔五〕，儒言纂孟荀〔六〕。書能搜五季〔七〕，字必準先秦〔八〕。攬轡長城下〔九〕，回車晉水濱〔一〇〕。秋風吹鴈鶩〔一一〕，夜月卧麒麟〔一二〕。玉盌人間有，珠襦地上新〔一三〕。吞聲同太息，吮筆一酸辛。盜發晉王墓，得黄金數百斤。與爾皆椎結〔一四〕，於今且釣緡〔一五〕。羈心縈故跡〔一六〕，殊域送良辰〔一七〕。草没青驄晚〔一八〕，霜浮白墮春〔一九〕。自來賢達士，往往在風塵〔二〇〕。

【彙注】

〔一〕詞賦句　徐注：先正事略：竹垞以布衣試博學鴻詞科，授檢討。既入詞館，日與諸名宿掉鞅文壇。時王漁洋工詩而疏於文，汪苕文工文而疏於詩，閻百詩、毛西河工考證而詩文皆次乘，獨先生兼有諸公之勝。所爲文雅潔淵懿，根柢槃深。其題跋諸作，實跨劉敞、黄思伯、樓鑰之上；詩牢籠萬有，與漁洋並峙，爲南北二大宗。

蘧常案：朱彝尊與顧寧人書：去夏過代州，遇翁山、天生，道足下盛稱僕古文辭。

〔二〕河山句 徐注：楚辭：登白蘋兮騁望。先正事略：竹垞所至，叢祠荒冢金石斷缺之文，莫不搜剔考證，與史傳互參同異，其爲文章益奇。

蘧常案：高層雲笛漁小稾序：秀水朱供奉竹垞先生，方其攜書載酒，南窮海陬，北極關塞，凡齊、楚、燕、趙、甌、閩間，所過却埽，學士大夫惟恐朱先生不一至。碑版屏障，照耀四裔，下至旗亭酒肆，兒童婦女，無不邀片詞隻字以爲榮。

〔三〕末流句 徐注：杜甫寄張十二山人彪詩：羣凶彌宇宙。潘耒朱竹垞文集序：自明中葉，僞文競起，擬仿蹈襲，浮囂鈎棘之病，紛然雜出。二三君子以清真矯之，而莫能救也。迄於末年，纖佻譎詭，軌則蕩然，道喪文弊，於斯爲極！

蘧常案：漢書游俠傳序：惜乎不入于道德，苟放縱于末流。

〔四〕大雅句 徐注：先生廣師篇云：文章爾雅，宅心和厚，吾不如朱錫鬯。潘耒朱竹垞文集序：竹垞之學，邃於經，淹於史，貫穿於諸子百家。墜文逸事，無弗記憶。藴蓄弘深，蒐羅繁富，析理論事，考古證今，元元本本，精詳確當，發前人未見之隱，剖千古不決之疑。其文不主一家，天然高邁，精金百鍊，削膚見根，辭約而義豐，外澹而中腴，探之無窮，味之無厭，是謂真雅真潔。

蘧常案：漢書景十三王傳贊：夫惟大雅，卓爾不羣。

〔五〕世業句　徐注：嚴有翼藝苑雌黄引輿地志云：王氏、謝氏乃江左衣冠之盛者，故杜甫詩云：王、謝風流遠。

蘧常案：孔叢子執節篇：仲尼重之以大聖，自兹以降，世業不替。陳廷敬竹坨朱公墓誌銘：曾祖諱國祚，由順天府學中萬曆壬午鄉試，癸未進士第一人，除翰林院修撰。歷官吏部右侍郎，引疾歸。光宗初，起南京禮部尚書，入東閣。加太子太保，進文淵閣。尋以户部尚書兼武英殿大學士，加少傅。歸卒，贈太傅，謚文恪。文恪公六子，長諱大競，仕至雲南楚雄府知府。子五人，長茂暉，以廕授中書科中書舍人，爲復社宗盟。君嗣父也。本生父諱茂曙，天啓初，補秀水學生，卒私謚安度先生。

〔六〕儒言句　蘧常案：陳廷敬竹坨朱公墓誌銘：客遊南北，必槖載十三經、二十一史以自隨。遊京師，孫公退谷過君寓，見插架書，謂人曰：吾見客長安者，務攀援馳逐，車塵蓬勃間不廢著述者，惟秀水朱十一人而已！比召試，相國馮公溥得其文，歎曰：奇才，奇才！既退而著書，有經義考等三百卷。

〔七〕書能句　徐注：文獻徵存録：彝尊嗜書成癖，家藏舊本，兵後散佚。及客粤還，過豫章書肆，買得五箱，成一櫝。又客永嘉時，方起明私史之獄，凡涉明事者，争相焚棄，比還，則并櫝亡之。後留江都一年，稍稍收集。遇故人項氏子，稱有萬卷樓殘帙，因予二十金購之。自是束脩之入，悉以買書。鄞范氏天一閣、禾中曹氏倦圃、温陵黄氏千頃堂秘本，往往借抄得之。又自通籍後，抄得宛平孫氏、無錫秦氏、崑山徐氏、晉江黄氏、錢唐龔氏各家之書，所藏日益富。直史館日，私以楷書手王綸自隨，録四方經進書。既歸，買墅起曝書亭以庋卷帙，續收得四萬卷，上海李處士延昰又以所儲二千五百卷貽之，所藏幾八萬卷。（案：此取朱彝尊曝書亭著録序。）

蘧常案：五季即五代。李綱江上愁心賦云：「歷隋、唐而混一兮，迄五季而割據。」書能搜五季，謂彝尊注五代史記也。彝尊徐章仲五代史記注序云：「予年三十，即有志注是書，引同里鍾廣漢爲助。廣漢力任抄撮羣書，凡六載，考證十得四五。俄而卒於都城逆旅，檢其巾箱，遺稿不復有也。予從雲中轉客汾、晉，歷燕、齊，所經荒山廢縣，殘碑破冢，必摩挲其文響拓之，考其與史同異。又薛氏舊史雖佚，其文多采入册府元龜、太平御覽諸書。兼之十國分裂，識大識小有人，自分編香成書，可與劉、裴鼎足。」「考其與史同異」，謂考五代史記也。先生晤彝尊於太原，正其搜剔最勤之時，故贈詩特言之。徐注以搜購羣書當之，搜購豈僅五季之書乎？似不然矣。李元度國朝先正事略以「搜剔叢殘，泛言考史」，其後清史稿文苑傳承之，亦誤也。陳廷敬竹垞朱公墓誌銘叙著書，有「五代史注□□卷」，其實未成。其五代史記序云「是編置之笥中，歸田視之，則大半爲壁魚穴鼠所齧，無完紙。撫躬自悼，五十年心事，付之永歎」，可知也。

〔八〕字必句　遷常案：漢書景十三王傳：獻王所得書，皆古文先秦舊書。顏師古注：先秦猶言秦先，謂未焚書之前。案：朱彝尊合刻集韻類篇序云：六藝，其五曰書，保氏以書教國子，國史六書著録次于經典。唐、宋小學，恒與太學並設，分教子弟。紹興中猶然。淳熙以後，更灑埽應對進退之節爲小學，徽國文公別撰書一編，頒諸學官。功名之士，習四子書，贏通一經，足以應舉。古文奇字，安所用之？昌黎韓子有云：凡爲文辭，宜略識字。江都李氏亦云：人讀書，須是識字。其亦不得已而言之也歟？又重刻玉篇序云：以予思之，學奚大小之殊哉？毋亦論其終始焉可也。講習文字於始，窮理盡性、官治民察要其終，未有不識字而能通天地人之故者。宋儒持論，以灑埽應對進退爲小學，由是小學放絶焉。是豈形聲文字之末歟？推而至於天地人之故，或窒礙而不通，是學者之所深憂也。

〔九〕攬轡句　徐注：後漢書范滂傳：登車攬轡，慨然有澄清天下之志。
遷常案：曝書亭詩集闕逢執徐（案：即康熙三年甲辰）八月十五夜集天津曹武備斌官舍分韻詩有注云：時余將適雲中。下有出居庸關、土木堡、宣府鎮、上谷道中諸詩，諸地皆在長城下也。曹溶静惕堂集有甲辰冬月朱十訪我塞上賦對月詩奉答三首，亦正其時。

〔一〇〕回車句　遷常案：晉水，見卷四雨中送申公子涵光詩「臺駘」注。案：朱彝尊曝書亭集，康熙四年，有將之晉陽、再度鴈門關、晉祠、唐太宗碑亭題壁諸詩，五年，有臺駘廟、太原客舍諸詩。蓋自雲中回車至太原也。別詳題注。

〔一一〕秋風句　徐注：劉峻廣絶交論：分鴈鶩之稻粱。國朝先正事略：先生少貧，值歲凶，午無炊煙，而書聲琅琅出户外。比鄰王氏有老僕訝之，叩門，餉以豆粥，先生以奉父，而忍飢讀自若。

蘧常案：此句蓋點竹垞回車太原之時令。彝尊年譜「康熙四年秋至太原」可證。徐注引彝尊少時食貧事，似附會，以上下語氣論，亦不得闌入此事也。

〔一二〕夜月句　徐注：西京雜記：五柞宫有麒麟二枚，刻其脇爲文字，是秦始皇驪山墓上物也。

蘧常案：此寫景，引出盜發晉王墓事。

〔一三〕玉盌二句　徐注：沈炯通天臺表：茂陵玉盌，遂出人間。吴越春秋：吴王有女，葬於國西閶門外，金鼎玉杯，銀樽珠襦之寶，皆以送女。

〔一四〕椎結　徐注：漢書陸賈傳：尉佗魋結箕踞。師古曰：結，讀曰髻。椎結者，一撮之髻，其形如椎。

〔一五〕釣緡　徐注：詩：其釣維何？維絲伊緡。

蘧常案：爾雅釋言：緡，綸也。郭璞注：緡，繩也。江東謂之綸。

〔一六〕羈心句　徐注：鮑照還都道中詩：羈心苦獨宿。晉書樂志：殊域既賓。楚辭：吉日兮良辰。

〔一七〕殊域句　蘧常案：徐譜：竹垞年譜：康熙五年，六月，遊晉祠。三月，游風峪。先生贈詩言：殊域送良辰。

〔一八〕青驄　蘧常案：見卷四五十初度詩「青驄」注。

〔一九〕白墮春　徐注：洛陽伽藍記：河東人劉白墮善釀酒，盛夏暴於日中，味不變，飲之，經月不醒。

蘧常案：應補洛陽伽藍記「永熙中，青州刺史毛鴻賓齎酒之蕃，遇劫盜，以酒飲之，醉，皆被擒。時語曰：『不怕張弓挾矢，惟怕白墮春醪』」一節，於「春」字方有着落。徐譜云：據「殊域」三句，則相見必於本年之春也。

〔二〇〕自來二句　徐注：後漢書李固傳：是以賢達功遂身退。

蘧常案：清詩紀事：彝尊壯歲欲立名行，主山陰祁氏兄弟，結客共圖恢復，魏耕之獄，幾及於難，踉蹌走海上，會事解，乃賦遠游，以布衣自尊。

屈山人大均 南海人 自關中至

【解題】

徐注：先正事略：嶺南三家，首陳先生元孝，而屈翁山、梁藥亭次之。翁山，名大均，番禺人，著有翁山集。元譜：曝書亭集注：屈五少爲番禺諸生。名紹隆。車譜：謙案：屈，字介子，一字翁山。爲僧名今種，字靈一。後加冠巾。戴注：屈少名紹隆，亂後爲僧，中年返儒服，迺更名大均。

蘧常案：徐釚續本事詩小序云：屈爲僧，字一靈，王士禛有寄一靈道人詩。則車譜作「靈一」誤。小腆紀傳文苑屈大均傳：自固原攜妻至代州，與顧炎武、朱彝尊遇於太原。又案：鄔慶時、屈向邦編廣東詩彙屈大均小傳云：大均，番禺人。生於南海邵氏，年十六，以邵龍姓名補南海縣學生員。（案：據南宗屈氏家譜。）其父攜之歸沙亭，復姓屈氏，易名紹隆。永曆元年，從師陳邦彥起義。邦彥殉難，大均赴肇慶行在，上中興六大典書。大學士王化澄疏薦，將官以中祕，聞父病遽歸。父没，入雷峰爲僧，名今種，字一靈。逾年，出遊大江南北，徧交其豪傑，聯絡鄭成功，入鎮江，攻南京。鄭敗，大均歸里，反於儒，更今名。復遊秦、隴，回粤。吴三桂反清，以蓄髮復衣冠號召天下，大均建義始安，以廣西按察司副使監安遠大將軍孫延齡軍於桂林。後知三桂有僭竊之意，謝歸，年六十七卒。所述多前人所未及。此自注云「南海人」，蓋舉其原籍也。

弱冠詩名動九州〔一〕，紉蘭餐菊舊風流〔二〕。何期絶塞千山外，幸有清樽十日留〔三〕。獨漉泥深蒼隼没〔四〕，五羊天遠白雲秋〔五〕。誰憐函谷東來後〔六〕，班馬蕭蕭一敝裘〔七〕。

【彙注】

〔一〕弱冠句　徐注：潘耒廣東新語序：先生以詩名海內，宗工哲匠，無不斂衽歎服，比於有唐名家。文獻徵存録：屈大均有九歌草堂集、翁山詩外。王士禛嘗語程可則曰：東粤人才最盛，正以僻在嶺海，不爲中原江左習氣熏染，故尚存古風耳。金陵龔賢稱之曰：龍章鳳姿，輝映南海。繆天白嘗曰：詩有俚語，經顧亭林筆輒典；詩有庸語，經屈今種筆輒超。

蘧常案：屈大均翁山詩外屢得朋友書札感賦詩有云：名因錫鬯起詞場，未出梅關名已香。遂使三閭長有後，美人芳草滿番陽。自注云：予得名自朱錫鬯始，未出嶺時，錫鬯已將予詩偏傳吴下矣。朱彝尊九歌草堂詩集序：今海內之士，無不知有翁山者。徐嘉炎屈翁山詩集序：辛丑歲，翁山至禾，偕竹垞同年訪余南洲草堂，時翁山尚服緇服，正撰道援堂詩集。朱希祖屈翁山詩集跋：道援堂集皆翁山少壯時作。

〔二〕紉蘭句　徐注：楚辭離騷：紉秋蘭以爲佩。又：夕餐秋菊之落英。潘耒廣東新語序：翁山之詩，祖靈均而宗太白，感物造端，比類託風，大都妙於用虛。世説傷逝篇：王丞相教曰：此君風流名士，海內所瞻。

蘧常案：同志贈言屈大均送寧人先生之雲中詩：君追孔氏著麟書，我學三閭持橘頌。朱彝尊九歌草堂詩集序：予友屈翁山，爲三閭大夫之裔。其所爲詩，多愴怳之言，皭然自拔于塵壒之表。蓋二十年來，煩冤沈菀，至逃於佛老之門，復自悔而歸於儒。辭鄉土，跕塞上，走馬射生，縱博飲酒，其儻蕩不羈，往往爲世俗所嘲笑者，予以爲皆合乎三閭之志者也。嗟夫！三閭悼楚之將亡，不欲自同於混濁，其歷九州，去故都，登高望遠，游仙思美人之辭，僅寄之空言；而翁山自荆、楚、吴、越、燕、齊、秦、晉之鄉，遺墟廢壘，靡不攀涕過之，其憔悴枯槁，宜有甚焉者也。

〔三〕何期二句　徐注：王勃春日宴樂遊園詩：清尊湛不空。史記范雎列傳：秦昭王遺平原君書曰：幸過寡人，願與君爲十日之飲。

蘧常案：翁山文外與孫無言書：有出塞詩數十章。今已佚。

〔四〕獨漉句　徐注：古樂府：獨漉獨漉，水深泥濁，泥濁猶可，水深殺我。説苑：要離刺王子慶忌，蒼隼擊於臺上。

蘧常案：此句似影射陳恭尹。恭尹號獨漉子，有獨漉堂詩集，與大均同學同志，其父邦彦即大均之師，相從起義者也。鄧之誠清詩紀事陳恭尹小傳云：字元孝，順德人。父邦彦，死節。恭尹襲錦衣指揮僉事。順治八年，鄭成功方起海上，思就之，入閩不達。自贛出九江，順流至蘇、杭，復往返杭州、寧國間，蓋密有結連，歷四年無成。又四年，入海收合餘衆，又無成。十六年，將入滇從桂王，道阻，乃北走衡、湘，渡彭蠡，下至池州，寓蕪湖。值成功大舉圍金陵，張煌言進取徽、寧，恭尹與共策畫。旋成功敗走，煌言間道入海，恭尹遂北游汴梁。逾年歸，則桂王已入緬甸矣。恭尹之間關跋涉，迄無所成，故謂之「獨漉泥深」歟？廣東詩彙恭尹小傳云：永曆走緬甸，遂歸隱，居羊額鄉，與何衡、何絳、梁璉、陶璜游，時稱北田五子。已往來羅浮諸山中，自號羅浮布衣。馮奉初陳元孝先生傳云：恭尹知桂王將亡，鬱鬱南歸，逾年驃人獻王於大軍，王至雲南府殂。恭尹聞之，大慟，自是戢影田間，無復逐日攀髯之望矣。故謂之「蒼隼没」歟？

〔五〕五羊句　蘧常案：太平寰宇記：羊城在南海縣，城周十里。初，有五色羊執六穗秬而至，城呼五羊以此。趙佗始築之。案：此謂大均久離家鄉。

〔六〕誰憐句　蘧常案：函谷，見卷四古北口第二首「便似」句注。東來，詳題注。

〔七〕班馬句　徐注：李白送友人詩：蕭蕭班馬鳴。戰國策：蘇秦黑貂之裘敝。

重過代州贈李子德在陳君上年署中

【解題】

蘧常案：唐書地理志：代州鴈門郡。明史志地理二：山西太原府代州，洪武二年降爲縣，八年二月，復升爲州。西南距府三百五十里。陳上年，見前寄劉處士大來詩「一過」句注。李子德，詳前卷四酬李處士因篤詩題注。王弘撰山志：天生從陳祺公於塞上，日事博綜，九經諸史，靡不淹通。祺公視爲畏友，投契之深，有同骨肉。天生以是無內顧憂而益肆力於學。及祺公備兵鴈平，攜以入代，復爲具橐資游，圭組之英，蓬蓽之彦，俱與交懽。傅青主、顧寧人、朱錫鬯輩，尤以古道相砥厲。案：元譜：康熙五年，遊太原，出鴈門，適應州，重過大同，訪李子德於代州。據詩次則至代州在游太原之後，出鴈門之前，詩出先生自編，宜可信。蓋由南而北，於途爲順，由大同至北京，實爲通達直道。康熙三年，亦自大同入都，不應由太原北上，不過代州而出鴈門，復由大同至代州，然後至京，如此不憚跋踄，紆回往復也。元譜疑誤。又案：清詩紀事云：壬寅後二十年間，蹤跡多在山左右。嘗出鴈門，兩至大同，蓋明亡，邊兵多有存者，姜瓖之變，募邊兵，事攻戰，期年清人不能克。李因篤、屈大均走塞上，意即在此。知炎武始終不忘恢復。

鴈門春草碧，且復過滹沱〔一〕。爲念離羣友，三年愁緒多〔二〕。魯酒千鍾意不快〔三〕，軀山蔽目齊都隘〔四〕。却來趙國訪廉頗〔五〕，還到關中尋郭解〔六〕。陳君心事望諸儔〔七〕，吾友高才冠雍州〔八〕。玉軸香浮鈴閣曉〔九〕，彩毫光照射堂秋〔一〇〕。人來楚客三閭後〔一一〕，賦似梁園枚馬遊〔一二〕。句注山邊餘舊壘〔一三〕，五原關下臨河水〔一四〕。青冢哀笳出漢宮〔一五〕，白登奇計還天子〔一六〕。窮愁那得一篇書〔一七〕？幸有心期託後車〔一八〕。又逐天風歸大海〔一九〕，好憑春水寄雙魚〔二〇〕。

【彙校】

〔題〕潘刻本，孫、吴兩校本「李子德」作「李處士因篤」。

【彙注】

〔一〕鴈門二句　徐注：明史志地理太原府代州注：句注山在西，亦名西陘，亦曰鴈門山。其北爲鴈門關。江淹別賦：春草碧色。方輿紀要：代州，滹沱河在州南，自繁畤縣西流入州界，又西南入崞縣境。

蘧常案：元譜：康熙五年丙午，出鴈門。張穆案：重至代州詩「鴈門」二句，蓋在三月杪也。案：先生與顏修來書云：弟以六月至鴈門，時李君天生自關中來。似與詩不符。蓋太原至代州，相去不遠，不應春暮發而夏季始至，或中途別有淹留歟？考同志贈言李因篤有鴈門邸中值寧人先生初度製二十韻以代洗爵詩，先生生辰，爲夏正五月二十八日，則至代，必在五月二十八日以前。六月至鴈門之説，疑有誤。

〔二〕爲念二句　徐注：禮檀弓：余離羣而索居。杜甫客舊館詩：愁緒日冥冥。

蘧常案：元譜：康熙二年癸卯，至代州，與富平李子因篤遇，遂訂交。至今歲正三年。

〔三〕魯酒句　徐注：列子：公孫朝之室，聚酒千鍾。

蘧常案：莊子胠篋篇：魯酒薄而邯鄲圍。庾信哀江南賦序：魯酒無忘憂之用。

〔四〕龜山句　徐注：讀史方輿紀要：臨淄，齊都。

蘧常案：見卷三秋雨詩「眼中」二句注。明史志地理二山東濟南府泰安州新泰注：西南有龜山。此句即寄劉處士詩所謂「山東不足居」之意。

〔五〕却來句　蘧常案：見卷二郝將軍太極詩「入楚」句注。

〔六〕還到句　蘧常案：史記游俠列傳：郭解，軹人也。字翁伯。少時陰賊，藏命作姦。年長，折節爲儉，以德報怨，然其自喜爲俠益甚。少年慕其行，諸公嚴重之，争爲用。及徙豪富茂陵也，衛將軍爲言郭解家貧，不中徙。上曰：布衣權至使將軍爲言，不貧。遂徙。解入關，關中賢豪知與不知，聞其聲，争交驩解。已又殺人，上聞，遂族郭解。

〔七〕陳君句　蘧常案：陳君見寄劉處士大來詩「一過」注。史記樂毅列傳：樂毅者，好兵，趙人舉之。去趙適魏，使燕，燕昭王以爲亞卿。當是時，齊湣王自矜，百姓弗堪。昭王使毅爲上將軍，伐齊，攻入臨菑，昭王封毅於昌國，五歲，下齊七十餘城。昭王死，子立，爲惠王，嘗不快於毅，召毅。毅畏誅，遂西降趙，趙封於觀津，號曰望諸君。惠王後悔，復以毅子間爲昌國君，而毅往來復通燕。燕、趙以爲客卿，卒於趙。案：詩於寄劉大來，擬上年爲信陵，此又擬爲望諸，意其人必時號賢而下士者。「心事」云云，或如望諸身在趙而不忘燕歟？

〔八〕吾友句　徐注：書禹貢：黑水、西河惟雍州。

蘧常案：「吾友高才」，詳題注，及卷四酬李處士因篤詩「上論」四句注。

〔九〕玉軸句　徐注：庾信哀江南賦：乃使玉軸揚灰。晉書羊祜傳：在軍輕裘緩帶，身不披甲，鈴閣之下，侍卒不過十人。

蘧常案：宋書五行志：干寶曰：鈴閣，尊貴者之儀。

〔一〇〕射堂　徐注：晉書成帝紀：帝嘗欲於後園作射堂。庾信春賦：拂塵看馬埒，分朋入射堂。

〔一一〕人來句　徐注：王逸楚辭注序：屈原與楚同姓，仕於懷王，爲三閭大夫。三閭之職，掌王族三姓，曰：昭、屈、景。陳上年贈寧人詩：渭水、吴門方駕久，更來彼美説三閭。

蘧常案：三閭，謂屈大均也。鄔慶時屈翁山年譜：康熙五年，六月，偕李因篤自富平同至代州，客副將陳上年尚友齋中，識顧炎武。

〔一二〕賦似句　蘧常案：梁園，詳卷六梁園詩題注。「枚」謂枚乘，見前帝京篇「賦客」句注。「馬」謂司馬相如。史記司馬相如列傳：相如，蜀郡成都人也。既學爲郎。梁孝王來朝，從游説之士，相如見而説之，因客遊梁。數歲，乃著子虚之賦。上讀而善之，乃召問，請爲天下游獵賦奏之，以爲郎。數歲，拜爲中郎將，略定西夷。病免。

〔一三〕句注山　徐注：方輿紀要：句注山，代州西北二十五里，有太和嶺，當出入之衝。吕氏春秋：天下九塞，句注其一。

〔一四〕五原關　蘧常案：漢書地理志：代郡有五原關。説文解字「阮」下作「五阮關」。段玉裁注：阮者，正字；原者，段借字也。舊注以并州之五原郡當之，非。

〔一五〕青冢　徐注：朔平府志：青冢在府西北，一在殺虎口外歸化城東南黑河南岸。土人云：西黄河岸及瓦剌地亦有二處。

〔一六〕白登句　蘧常案：漢書高帝紀：七年，冬十月，上自將擊韓王信，信亡走匈奴，與匈奴共距漢。上從晉陽連戰逐北，遂至平城，爲匈奴所圍，七日，用陳平秘計得出。又匈奴傳：冒頓圍高帝於白登。案：祕計傳説有三：桓譚新論以爲陳平往説閼氏，必言漢有美女，已迎取，欲進單于，閼氏妒媢，增惡而剗去之；樂府雜録以爲陳平造木偶，舞於陴間，遂退軍；梁玉繩史記質疑以爲重賂。皆臆測，姑存之。括地志：朔州定襄縣本漢平城縣。縣東北三十里有白登山。山上有臺，名曰白登臺，冒頓圍高帝，即此也。明史志地理二山西大同府大同注：東北有白登山。又案：「句注山邊」以下各句，皆用代州左近故實，而隱慨時事。句注、五原爲明季四戰之地；青冢似慨明宮人之没於清；白登則痛不得如陳平者以全明帝也。

〔一七〕窮愁句　蘧常案：見卷三贈錢行人邦寅詩「窮愁」注。此句蓋先生自謂。

〔一八〕幸有句　徐注：楊公筆録：宋向柳與顔竣友善，竣貴柳貧，曰：我與士遜心期久矣，豈可以勢利處之！詩：命彼後車，謂之載之。

蘧常案：詩小雅緜蠻「命彼後車」鄭箋：後車，倅車也。案：倅車即副車，蓋謂李因篤。因篤在上年幕，故曰「後車」。「心期」謂感懷故國之意，因篤能知之也。

〔一九〕又逐句　徐注：李白詩：海客乘天風。

蘧常案：此當謂將歸山東。年譜：訪李子德於代州，與子德輩匃貲墾荒於鴈門之北。後云：入京師，復往山東，游泰山。至兖州守署度歲。

〔二〇〕好憑句　徐注：杜甫送梓州李使君之任詩：雙魚會早傳。陳上年贈先生詩：此去秋山遲好會，傳魚早晚過中都。

偶題

【解題】蘧常案：此詠屈大均。無忌諱語，而潘刻本無之，殊不解其故。或以其語涉詼嘲而删之歟？

六代詞人竟若何〔一〕？風流似比建安多〔二〕。湯休舊日空門侶〔三〕，情至能爲白紵歌〔四〕。

【彙校】

〔題〕此首朱刻本，孫託荀校本，吳、汪兩校本皆有；潘刻本、徐注本、孫校本無。朱刻本注云：柔兆敦牂，在出鴈門關前，丙午。孫託荀校本注云：重過代州贈李處士詩後。

【彙注】

〔一〕六代句　蘧常案：魏萬金陵酬李翰林詩：金陵百萬户，六代帝王都。揚子法言吾子篇：

詩人之賦麗以則，詞人之賦麗以淫。案：詞人本謂善於詞賦者，故揚雄與詩人分言。後人即以稱詩人，如舊唐書杜甫傳云：元和中，詞人元稹論李、杜優劣。此亦謂詩人。

〔二〕風流句　蘧常案：宋書謝靈運傳論：至於建安，曹氏基命。二祖、陳王，咸蓄盛藻，甫乃以情緯文，以文被質。曹丕典論論文：今之文人，魯國孔融文舉、廣陵陳琳孔璋、山陽王粲仲宣、北海徐幹偉長、陳留阮瑀元瑜、汝南應瑒德璉、東平劉楨公幹，斯七子者，咸以自騁驥騄于千里，仰齊足而並馳。鍾嶸詩品：降及建安，曹公父子，篤好斯文，平原兄弟，鬱爲文棟；劉楨、王粲，爲其羽翼。次有攀龍託鳳自致於屬車者，蓋將百計。彬彬之盛，大備於時矣。南齊書文學傳論：習玩爲理，事久則瀆。在乎文章，彌患凡舊，若無新變，不能代雄。建安一體，典論短長互出；潘、陸齊名，機、岳之文永異。江左風味，盛道家之言。郭璞舉其靈變，許詢極其名理。仲文玄氣，猶不盡除；謝混情新，得名未盛。顔、謝並起，乃名擅奇；休、鮑後出，咸亦標世。朱藍共研，不相祖述。案：上所引述，第明建安逮乎六代之流變，至所謂風流，當指六代多豔體，如劉肅大唐新語所云：梁簡文爲太子，好作豔詩，境内化之。晚年欲改作，追之不及。乃令徐陵爲玉臺集以大其體。今傳玉臺新詠所録，十九皆綺羅脂粉之辭也。此建安諸人所鮮，故曰「似比建安多」歟？

〔三〕湯休句　蘧常案：宋書徐湛之傳：時有沙門釋惠休，善屬文，辭采綺豔，湛之與之甚厚。世祖命使還俗，本姓湯，位至揚州從事史。鍾嶸詩品：惠休淫靡，情過其才，世遂匹之鮑照，似也。

善詩，遭亂棄諸生爲僧，後又返儒服。（詳前屈山人大均自關中至詩題注。），與湯休不無相

恐商、周矣。智度論：涅槃城有三門，所謂空、無相、無作。案：此以湯休比屈大均。大均

〔四〕情至句　錢云：屈向邦粤東詩話：華姜育於諸姑侯氏家，長而端麗幽嫻，文事武功，皆所素習。聞天生言，曰：是隱君子也，無媿吾先將軍矣！遂嬪焉。

蘧常案：樂府古題要解：白紵歌古辭，盛稱舞者之美，宜及芳時爲樂。其譽白紵曰：質如輕雲色如銀，製以爲袍餘作巾，袍以光軀巾拂塵。郭茂倩樂府詩集有惠休白苧歌二首。其二曰：少年窈窕舞君前，容華豔豔將欲然。爲君嬌凝復遷延，流目送笑不敢言。長袖拂面心自煎，願君流光及盛年。王士禛池北偶談：南海屈介子遊秦、隴，與秦中名士王無異弘撰、李天生因篤輩爲友。作華嶽百韻詩，固原守將某見而慕其才，以甥妻之。翁山愛玩少室，賦詩云：同棲紅翠三花樹，對寫丹青五嶽圖。自固原攜妻至代州上谷，再遊京師歸粤。又，翁山歸風詞：南越輕綃似碧雲，裁爲飛燕御風裙，中流舞罷將仙去，萬歲千秋復就君。案：翁山詩外有述昏及攜姜遊華山詩。皆所謂「情至能爲白紵歌」也。又，翁山文外繼室王孺人行略：王氏字華姜，榆林人。父都督壯猷，順治乙酉建義旗於園林驛，戰敗死之。時華姜生始三日，母任懷之走侯公家，孀守十七年没。侯及繼室趙夫人篤愛之，欲得才賢士爲配。趙公彝鼎者，趙夫人之弟也，以參將守代州，與李因篤交最歡。侯託趙公求壻，

趙更以屬李。丙午，余有事華山，賦西嶽詩百韻，李子見而驚歎。以書告趙，使使來迎至代，李子爲蹇修，華姜自固原至。既嬪，戊申秋出鴈門，己酉秋抵番禺。據此，則士禛所謂固原守將以甥妻之者，誤也。

出鴈門關屈趙二生相送至此有賦 二首

【解題】

徐注：先生與潘耒書有云：近稍貸貲本，於鴈門之北，五臺之東，應募墾荒。闢草萊，披荆棘，而立室廬。同志贈言屈大均送寧人先生詩云：鴈門北接長山路，爾去登臨勝概多。天上三關橫朔漠，雲中八水會渾河。飄零且覓藏書洞，慷慨休聽出塞歌。我欲巾箱圖五嶽，相從先向曲陽過。又，趙勔鼎送先生詩云：文學東吳傑，平生好遠游。飛來太湖月，散作鴈門秋。大道天人貫，遺民海嶽留。相逢思惠教，無奈別悠悠！

蘧常案：鴈門，見前重過代州詩「鴈門」二句注。元譜：與子德輩二十餘人，勼貲墾荒於鴈門之北。案：屈生即屈大均。趙生名勔鼎，字季襄，寧夏人。見同志贈言。鄔慶時屈翁山年譜引其母屈鳳竹云：先生知山、陝之間，僻處一隅，清不甚防閑，有志之士，多匿處以圖恢復，因與杜蒼舒入陝聯絡。顧亭林、李天生、朱竹垞、傅青主等先後集太原，定計分進，送顧、李出鴈門之後，先生亦即南歸，徧遊廣東南路，事雖未成，而其志可知矣。備一說。

一鴈孤飛日，關河萬里秋。雲横秦塞白〔一〕，水入代都流〔二〕。烽火傳西極〔三〕，琴樽聚北州〔四〕。登高欣有賦〔五〕，今見屈千牛〔六〕。

【彙注】

〔一〕秦塞　徐注：駱賓王帝京篇：秦塞重關一百二。

〔二〕水入句　徐注：史記孝文本紀：高祖十一年，立爲代王，都中都。

蘧常案：代都似謂明代王所都之大同也，見卷四自大同至西口詩第一首「舊府」二句注。徐注非。水，似謂鴈門關北黄水河，此水與灰河合，入桑乾河，而大同之武州水亦入桑乾，水脈相通，故云然歟？

〔三〕烽火句　徐注：東華録：康熙四年三月，吴三桂奏言：迤東土酋王耀祖等，竊踞新興，僭號大慶，謀犯省城，分遣賊黨攻陷各府縣。五年三月，三桂報勦土司禄昌賢於隴箐，取塞數十，迤東土賊俱平。設開化府永定州。

蘧常案：此似謂青海額魯特入侵事。清史稿藩部五青海額魯特：康熙五年，甘肅提督張勇奏：青海雖通西藏，不過荒徼絶塞，朝廷曲示招徠，准開市，自應鈐束部落，各安邊境。乃邇來蜂屯祁連山，縱牧内地大草灘，曾遣諭徙，復抗拒定羌廟，官軍敗之。猶不悛，聲言糾衆分入河州、臨洮、鞏昌、西寧、涼州諸地，請設兵備。詔嚴防禦，仍善撫以柔其心。勇等乃自扁都口、西水關至嘉峪關固築邊墻。六年，川陝總督盧崇峻奏青海諸頭目偵於八月將入寇，因赴莊浪所備之。達賴喇嘛尋檄額魯特諸台吉毋擾内地，獻駝馬等服罪，請撤駐防兵，允之。此役至六年八月以後始定。作詩時當已入秋，邊烽猶未靖也。青海在當時爲極西，故云。徐注所引，皆爲雲南土司事，不得曰「西極」；且事在五年三月已報俱平，不得作詩時猶曰「烽火」也。非是。

〔四〕琴樽句　徐注：楊炯李君碑：彭澤琴樽，散誕羲皇之表。

蘧常案：鮑照拜侍郎上疏：臣北州衰淪。案：北州蓋泛稱，猶秦號西州，南方曰南州也。此指代州。

〔五〕登高句　徐注：漢書藝文志：傳曰：登高能賦，可以爲大夫。

蘧常案：詩衛風定之方中傳：建邦能命龜，田能施命，作器能銘，使能造命，升高能賦，師旅能誓，山川能説，喪紀能誄，祭祀能語，君子能此九者，可謂有德音，可以爲大夫也。

〔六〕屈千牛　徐注：隋書百官志：後齊制官領左右府，有領左右將軍，千牛備身。唐書百官志：顯慶五年，改左右府曰左右千牛府。龍朔二年，改左右千牛府曰左右奉宸衛。李注：定有古人屈姓官千牛將軍者。

蘧常案：通典：千牛，刀名。後魏有千牛備身，掌執御刀，因以名職。

趙國佳公子，翩翩又一時〔一〕。滿壺桑落酒〔二〕，臨别重相思。路絶花驄汗〔三〕，情深越鳥枝〔四〕。賢兄煩鎖鑰，邊塞寄安危〔五〕！趙生之兄爲鴈門參將。

【彙注】

〔一〕趙國二句　蘧常案：史記平原君列傳：平原君趙勝者，趙之諸公子也。太史公曰：平原君，翩翩濁世之佳公子也。

〔二〕桑落酒　徐注：霏雪録：河東桑落坊有井，每至桑落時，取水釀酒，甚美，故名桑落酒。

〔三〕花驄汗　徐注：史記樂書：霑赤汗兮沫流赭。

蘧常案：明皇雜録：上所乘馬有玉花驄。

〔四〕越鳥枝　蘧常案：見卷一賦得越鳥巢南枝詩題注。

〔五〕賢兄二句　徐注：朱彝尊王處士墓志銘：彝陵之州，有處士王君，客代州，以疾卒。其友人管代州參將事榆林趙君，斂而葬之州城之南演武場之右。山西布政司參議清苑陳君首爲詩悼之。宋史寇準傳：北門鎖鑰，非準不可。

蘧常案：趙參將名彝鼎，見屈大均翁山文外，詳前偶題詩「情至」句注。

應州　二首

【解題】徐注：明史志地理：大同府應州，洪武中以州治金城縣省入。注：北有桑乾河，西有小石口，東南有胡峪口。

灅南宫闕盡〔一〕，一塔挂青天〔二〕。法象三千界〔三〕，華夷五百年〔四〕。空旛摇夜月，孤磬落秋煙。頓覺諸緣滅〔五〕，臨風獨灑然。城内木塔，遼清寧二年建。

【彙校】

〔華夷〕潘刻本、徐注本、孫校本「夷」作「戎」。

〔諸緣滅〕潘刻本，徐注本，孫、吴、汪、曹各校本「滅」皆作「減」。

【彙注】

〔一〕灅南句　原注：魏書：太祖天賜三年六月，發八部五百里内男丁築灅南宫，門闕高十餘丈。太宗泰常五年四月丙寅，起灅南宫。　徐注：大同志：灅水一名治水，又名濕水。水經

注：水出右北平俊靡縣。

〔二〕一塔句　徐注：一統志大同府：佛宮寺在應州治西南隅。寺初名寶宮寺，晉天福間建。遼清寧二年重建。元延祐二年改名。有木塔五層，額書釋迦塔，高三十六丈，周圍如之。六檐八角，玲瓏宏敞，爲天下浮圖第一。明永樂四年北征，駐蹕塔上，親題「峻極神功」四字。正德三年，武宗亦幸此。

〔三〕法象句　徐注：王同虎窟山寺詩：法象無塵染。王惲送佛智師南還詩：經來震旦三千界。方輿紀要：灅南宮下有道壇、静輪宮、崇虛寺、鹿苑，北踞長城，東包白登，屬之西山，廣輪數百里。

蘧常案：大智度論：問曰：云何爲三千大千世界？答曰：佛雜阿含中分別説：千日、千月、千閻浮提、千衢陀尼、千鬱怛羅、千弗婆提、千須彌山、千四天王天處、千三十三天、千夜摩天、千兜率陁天、千化自在天、千他化自在天、千梵世天、千大梵天，是名小千世界，名周利；以周利千世界爲一，一數至千，名二千中世界；以二千中世界爲一，一數至千，名三千大千世界。

〔四〕華夷句　徐注：明史外國傳韃靼：正德十二年，小王子以五萬騎自榆林入寇，圍總兵王勛等於應州。帝幸陽和，親部署，督諸將往援，殊死戰，敵稍卻。明日復來攻，自辰至酉，戰百餘合，敵引而西，追至平虜、朔州，值大風黑霧，晝晦，帝乃還。

蘧常案：唐書狄仁傑傳：天限華、夷。

〔五〕諸緣　徐注：寶積經：云何依趣於法，不依趣數取者？若有依止，數取之見諸所緣法，如是之相名數取者。蘇軾詩：安能觀諸緣。

尚憶沙陀事〔一〕，明宗此郡生〔二〕。艱難當亂世，太息軫遺氓〔三〕。鳳彩留荒井，龍文照古城〔四〕。焚香祝天願，何日見昇平？五代史：唐明宗，應州人。志云：州有金鳳城，明宗生於此，有金鳳井。

【彙校】

〔何日〕潘刻本、徐注本、孫校本作「果得」。又句下自注「五代史」等二十五字，徐注本在「荒井」句下。

【彙注】

〔一〕沙陀　蘧常案：見卷四李克用墓詩「唐綱」二句注。

〔二〕明宗句　徐注：五代史明宗紀：初名嗣源，即位改名亶，小字邈佶烈。以唐咸通丁亥九月九日懿皇后生帝於應州之金城縣。帝嘗宿於鴈門逆旅，媪方娠，不時具饌，媪聞腹中兒語云：大家至矣，速宜進食！

〔三〕太息句　徐注：五代史闕文：帝每夕宫中焚香，仰天禱祝云：某，蕃人也，遇亂世，爲衆推戴，事不獲已，願上天早生聖人，與百姓爲主。故天成、長興間，比歲豐登，中原無事，言於五代，粗爲小康。

〔四〕龍文句　徐注：方輿紀要：應州金城廢縣本名金鳳城。又：龍首山，州東北三十里；龍灣山州南四十里，上有龍池，接代州繁畤縣界。

蘧常案：楚辭九章哀郢：出國門而軫懷兮。王逸注：軫，痛也。

重至大同

【解題】

蘧常案：元譜：康熙五年，重過大同，遇故代府中尉俊晰。

頻年落落事孤征〔一〕，每到窮邊一寄情〔二〕。馬跡未能追穆后〔三〕，虎頭空自相班生〔四〕。風吹白草桑乾岸〔五〕，月照黄沙盛樂城〔六〕。忽見丹青意惆悵，君看曹霸阨才名〔七〕。代府中尉俊晰能畫。

【彙注】

〔一〕頻年句　徐注：陶潛辛丑歲七月赴假還江陵詩：中宵尚孤征。先生與次耕書：頻年足蹟所至，無三月淹，一年之中，半宿旅店。

蘧常案：落落，見前寄劉處士大來詩「落落」注。

〔二〕每到句　徐注：全祖望先生神道表：次年，復北謁思陵，由太原、大同以入關中，直至榆林。甲辰，四謁思陵。事畢，墾田於鴈門之北，五臺之東。

蘧常案：全所云次年，爲康熙二年。據年譜，謁思陵在元年，游太原出關爲二年，至大同則在三年，墾荒鴈門之北；則在四年，頗多舛誤。應以年譜爲准。

〔三〕馬跡句　徐注：左傳昭公十二年：昔穆王欲肆其心，周行天下，將皆必有車轍馬跡焉。

〔四〕虎頭句　蘧常案：見卷一帝京篇「虎頭」句注。

〔五〕風吹句　徐注：岑參輪臺歌送封大夫出師西征詩：北風捲地白草折。

〔六〕盛樂城　蘧常案：見卷四自大同至西口詩第二首「盛樂」注。

蘧常案：水經注「㶟水」引魏土地記：代城北九十里，有桑乾城，城西桑乾水。

〔七〕忽見二句　徐注：日知録「九族」自注：余丁未歲在大同，遇代府中尉俊㫽，年近五十，考其世次，於孝宗爲昆弟，而上距弘治之元，已一百八十年。秦、晉二府見在者多其六七世孫。宣和畫譜：曹霸，天寶末，每詔寫御馬及功臣像。杜甫丹青引贈曹將軍霸詩：丹青不知老將至。

蘧常案：元譜：日知録九族條自注云云。案：先生游代州，在丙午年，丁未則未嘗至代。編年詩譜系此詩於丙午，原自符合，或日知録誤寫作丁未耳。又案：杜甫丹青引贈曹將軍霸云：將軍畫妙蓋有神，偶逢佳士亦寫真。即今漂泊干戈際，屢貌尋常行路人。途窮反遭俗眼白，世上未有如公貧。但看古來盛名下，終日坎壈纏其身。此所謂「阨才名」也。

得伯常中尉書卻寄并示朱烈王太和二門人

【解題】

徐注：先生寄顔修來書手札云：山史兄、王、楊兩敝門人并得一見否？戴注：代府中尉俊晰，即伯常中尉也。

蘧常案：伯常中尉名存杠，詳卷四將去關中別中尉存杠詩題注。俊晰居大同，世次於明孝宗爲昆弟，存杠居西安，爲明秦愍王九世孫，與俊晰行輩懸絶。戴注合爲一人，非。蓋承吴譜之誤。錢邦彦吴譜校補云：俊晰、謙皆存杠之改名。亦承吴誤也。存杠易姓名曰楊謙，亦見卷四將去關中別中尉存杠詩題注。車譜：案詩意，烈爲中尉之子，太和爲中尉之甥。

岱雲東浮日西晻〔一〕，下有畸人事鉛槧〔二〕。忽來青鳥銜尺書〔三〕，月入軒櫺燈吐餤。別子三年斷音問〔四〕，敝裘白髮空冉冉。引領常晞函谷關〔五〕，停驂尚憶終南广〔六〕。瀕行把酒送余去，重來何日當分陝〔七〕？腐儒衰老豈所望〔八〕，感此深情刻琬琰〔九〕。擔簦百舍不自量〔一〇〕，可能再上三峰險〔一一〕。君家賢甥與令嗣〔一二〕，舞雩歸詠同曾點〔一三〕。尚論千秋品並堪〔一四〕，以吾一日年猶忝〔一五〕。期君且復慰離愁，勿向流光悲荏苒〔一六〕。

【彙校】

〔常晞〕潘刻本、孫校本「晞」作「睎」，是。

〔琬琰〕潘刻本「琰」作「□」。丕績案：此後人重印避清仁宗顒琰諱。

【彙注】

〔一〕岱雲句　徐注：博雅：晻，障也，又冥也。張譜：是年先生復往山東，游泰山，謁天慶宮。先生寄顏修來手札云：弟頃至岱下，侯主人之歸，即過兗郡，先此奉候，并問秦中諸子消息。

〔二〕下有句　徐注：莊子大宗師篇：畸人者，畸於人而侔於天。

蘧常案：畸人，自謂也。西京雜記：楊子雲好事，常懷鉛提槧，從諸計吏，訪殊方絕域四方之語。任昉爲范始興作求立太宰碑表：家懷鉛筆。文選五臣注：鉛，粉筆也，所以理書也。説文解字：槧，牘樸也。段玉裁注：槧謂書板之素未書者也。

〔三〕忽來句　徐注：雲笈七籤：元始天王與太帝君共登九元之崖，徘徊洞天，逍遥極玄。有青鳥來翔，口銜書集於玉軒，奉受記文。古詩：中有尺素書。

〔四〕別子句　蘧常案：元譜：康熙二年，往驪山，訪明宗室存杠。至本年正三年。

〔五〕引領句　蘧常案：左傳成公十三年：我君景公引領西望。説文解字：晞，乾也。與此無當，當從潘刻本作「睎」。説文：海岱之間，謂眄曰睎。函谷關，見卷四古北口第二首「便似」句注。

〔六〕停驂句　徐注：地理通釋十道山川考：武功縣太乙山，古文以爲終南，亦名中南，左傳：中南，九州之險也。柳宗元謂據天之中，在都之南，西至於褒斜，又西至於隴首以臨於戎；東至於商顔，又東至於太華，以距於關。關中記：終南山連綿八百里，有太乙山、豹林谷、少陵原、細柳原諸勝。又：在盩厔縣南三十里。説文：广，因厂爲屋也。象對刺高屋之形。蘧常案：獨孤及古函谷關銘序：停驂塞門，憑覽舊國。

〔七〕分陝　蘧常案：見卷一感事詩第三首「分陝」句注。

〔八〕腐儒句　徐注：史記黥布列傳：上折隨何之功，謂何爲腐儒，爲天下安用腐儒。杜甫題省院壁詩：腐儒衰晚謬通籍，退食遲回違寸心。楚辭惜誓：惜余老而日衰兮。

〔九〕琬琰　徐注：蔡邕胡公碑：論集行跡，銘諸琬琰。蘧常案：琬琰，謂琬圭、琰圭也。孝經序：寫之琬琰，庶有補於將來。疏：寫之琬圭琰圭之上，若簡册之爲，庶幾有所裨補於將來學者。或曰：謂刊石也，而言寫之琬琰者，取其美名耳。

〔一〇〕擔簦句 蘧常案：史記虞卿列傳：躡蹻擔簦。説文解字：簦，笠蓋也。段玉裁注：即今之雨繖。百舍，見前寄劉處士大來詩「彳亍」句注。

〔一一〕三峰 蘧常案：見卷四華山詩「三峰」句注。

〔一二〕君家句 徐注：王維詩：似舅即賢甥。文苑張九皋神道碑：餘慶遺芳，襲於令嗣矣。

〔一三〕舞雩句 徐注：論語：風乎舞雩，詠而歸。夫子喟然歎曰：吾與點也。

〔一四〕尚論句 徐注：孟子：以友天下之善士爲未足，又尚論古之人。

〔一五〕以吾句 徐注：論語：以吾一日長乎爾。

〔一六〕勿向句 蘧常案：李白古風五十九首之十一：逝川與流光，飄忽不相待。

淮上别王生略 已下彊圉協洽

【解題】 徐注：康熙六年丁未。元譜：先生是年南歸，至山陽，主王起田。案：王略，字起田。因先生之故，以女妻潘耒。是年，耒至山陽，成婚於王氏，見稼堂撰亡妻王孺人壙志。先生别略，時耒尚未至。先生王起田墓志銘：往余在吴中，嘗鬱鬱無所交，出門至於淮上，臨河不渡，徬徨者久之。因與其地之賢人長者相結，而王君起田最與余善，自此一二年或三四年一過也。王君與余同年月生，而長余二十餘日。其行事雖不同，而意相得，凡余心之所存及其是非好惡無不同者。雖不學古而闇合於義，仁而愛人，樂善不倦，其天性然也。生八歲而孤，事母孝，事其兄恭，其居財也有讓。少爲帖括之學，及中年，遂閉户不試。家頗饒，每受人之負，折券不校，以是其産日落，而四方賓客至者，未嘗不與之周旋。又：每爲余言：子行游天下二十年，年漸衰，可已矣！幸過我卜築，一切居處器用，能爲君辦之，逡巡未果。又云：山陽人。家於清江浦之南，卒年五十七。娶方氏。子一，寬。山陽縣志：樂善不倦，性尤篤於朋友，與顧炎武善。冒云：先生是年年五十七。

蘧常案：是年海上鄭氏稱永曆二十一年，公元一六六七年。

子高徒抗手，君獨淚沾衣〔一〕。送我山東去〔二〕，春空一鴈飛〔三〕。沂山朝靄合〔四〕，淮水夜燈微〔五〕。去去懷知己〔六〕，愁來不可揮。

【彙注】

〔一〕子高二句 原注：孔叢子：子高遊趙，平原君客有鄒文、李節者，與相友善。及將還魯，諸故人訣既畢，文、節送行，三宿，臨別，文、節流涕交頤，子高徒抗手而已。徐注：先生王起田墓誌銘：別君之日，持觴送我大河之北，留一宿，視余上馬，爲之出涕，若將不復見者。

〔二〕送我句　蘧常案：吴譜：（先生）康熙六年，南旋至淮安，自六合至山東。

〔三〕春空句　蘧常案：據此句，則與王略別猶在春日，則其南旋必在初春矣。

〔四〕沂山句　徐注：山東通志：沂山在臨朐縣南一百二十五里，西接岱宗，東連琅琊巨海，即沂水所出。山半有東鎮廟，周官職方「正東青州，其山鎮曰沂山」是也。江淹表：朝靄方卷。

〔五〕淮水　徐注：水經注：淮水歷淮陽城又東北至淮陰。

〔六〕去去句　徐注：陶潛雜詩：去去欲何之？先生王起田墓誌銘：惟君生平以朋友爲天倫，其待余如昆弟，而余以窮戹蹇連，無能申大義於詐愚淩弱之日者。以十九年之交，再三之約，而不獲與之分宅卜鄰，同晨共夕。

贈蕭文學企昭　漢陽人

【解題】徐注：張譜：四庫全書存目「企昭性理譜五卷」云：其書大旨在於伸程、朱，闢陸、王，與熊賜履閑道録所見同。又：闇脩齋稿一卷，凡文三十二篇。前有其兄廣昭序，述企昭始末甚詳，蓋無所師承而篤志自立之士也。

蘧常案：四庫全書提要子部儒家類存目三：性理譜，蕭企昭撰。企昭字文超，漢陽人。順治丁酉副榜貢生。所著有客窗隨筆一卷、再筆二卷、闇修齋日記一卷，雜筆一卷。企昭卒後，其兄廣昭裒爲一編，總名之曰性理譜，亦曰蕭季子語録。

生年十五餘，即與人事接〔一〕。中更世難嬰，書史但涉獵。率爾好爲文〔二〕，蔚然富枝葉〔三〕。終媿康成學〔四〕，久曠周孔業〔五〕。日西歲將晏〔六〕，行事苦不立〔七〕。禮堂寫六經，庶幾猶可及〔八〕。俗流好鄭衛，淫詞自親狎〔九〕。用以扶道真〔一〇〕，十無一二合。出門游萬里〔一一〕，踽踽恒負笈〔一二〕。晚得逢蕭君，探賾窮魯汲〔一三〕。車中服子慎，一見語便洽〔一四〕。上考三傳訛，獨授尼父法〔一五〕。方深得朋喜，豈料歸歟急〔一六〕。黄鶴對青山，翩然鼓江檝〔一七〕。浮雲翳楚天，引領空於邑〔一八〕。何時復相從？問奇補三篋〔一九〕。惟期夕惕心，不負朋簪盍〔二〇〕。

【彙注】

〔一〕生年二句　徐注：張譜：先生十四歲入本學二十二名，庠名繼紳。入復社有名。静志居詩話：寧人早年入復社，與同邑歸莊齊名。

〔二〕率爾句　徐注：論語：子路率爾而對曰。李注：曹植與楊德祖書：僕少好爲文章。

〔三〕蔚然句　徐注：禮：天下有道，則行有枝葉；天下無道，則詞有枝葉。先生與施愚山書：近來刊落枝葉，不作詩文。

蘧常案：高誘淮南子兵略注：草木蕃盛曰蔚。

〔四〕終媿句　徐注：潘耒先生六十壽序：先生之學，邃於經術而又洞達當世之故。其言覈而通，大而有體，上至經籍圖史方輿，下至名物器數，元元本本，至精至悉，有功後學，不在康成下。

蘧常案：康成，見卷三不其山詩「爲問」二句注。後漢書鄭玄傳論：鄭玄括囊大典，網羅衆家，删裁繁誣，刊改漏失，自是學者略知所歸。王父豫章君（案：范曄謂其祖父范寧）每考先儒經訓，而長於玄，常以爲仲尼之門，不能過也。程先貞贈先生序：其著述之富，汗牛充棟，要皆崇正黜邪，一軌于聖賢之微旨。其辯詳以覈，其論典以要，其思平實以遠，其義純粹以精。本于經而不泥於昔聞，原於史而不拘于成説，多前賢所未明，一旦自我發之者。自漢、唐以來，諸儒林立，觀其意思，略與鄭康成、王文中輩相仿佛，皆能深造理窟，力追大雅，以斯文爲己任者也。

〔五〕周孔　徐注：文中子王道篇：卓哉！周、孔之道，其神之所爲乎？

〔六〕日西句　蘧常案：日西，見下「禮堂」二句注。楚辭九歌山鬼：留靈修兮憺忘歸，歲既晏兮孰華予？

〔七〕行事句　徐注：易：終日乾乾，行事也。楚詞離騷：恐修名之不立。

〔八〕禮堂二句　原注：後漢書鄭玄傳：戒其子益恩曰：所好羣書，率皆腐敝，不得於禮堂寫定，傳之其人，日西方暮，其可圖乎？

〔九〕俗流二句　徐注：禮樂記：鄭、衛之音，亂世之音也。孟子：放淫辭。晉書諸葛恢傳：其見親狎如此。日知録：自世尚通方，人安媟慢，宋玉登墻之見，淳于滅燭之歡，遂乃告之君王，傳之文字，忘其穢論，叙爲美談。以至執女手之言，發自臨喪之際；齧妃脣之詠，宣於侍宴之餘。於是摇頭而舞八風，連臂而歌萬歲，去人倫，無君子，而國命隨之矣！

〔一〇〕道真　原注：漢書劉歆傳：黨同門，妒道真。

〔一一〕出門句　徐注：陶潛擬古詩：出門萬里客。程先貞贈先生序云：以故北游上國，歷燕、趙之墟，上太行，渡黄河，出塞入關，極秦、晉之鄙，折而留滯於齊、魯間。

〔一二〕踽踽句　徐注：詩：獨行踽踽。後漢書范冉傳注引謝承後漢書：王奂明五經，負笈追業。

蘧常案：全祖望先生神道表：凡先生之游，以二馬二騾載書自隨。

〔一三〕探賾句　徐注：晉書束皙傳：太康元年，汲郡人發魏襄王冢，得竹書數十車，皆蝌蚪字，武帝以其書付祕書校綴次第，尋考指歸，而以今文寫字。

蘧常案：易繫辭：探賾索隱。又：聖人有以見天下之賾。孔穎達正義：賾，謂幽深難見。劉歆移書讓太常博士：魯恭王壞孔子宅，欲以爲宫，得古文於壞壁中。

〔一四〕車中二句　原注：世説：鄭玄欲注春秋傳，尚未成，時行，與服子慎遇，宿客舍，先未相識。

服在外車上與人說己注傳意，玄聽之良久，多與己同，乃就車與語曰：吾久欲注，尚未了，聽君向言，多與吾同，今當盡以所注與君。遂爲服氏注。

蘧常案：後漢書儒林傳：服虔字子慎，河南滎陽人也。作春秋左氏傳解，行之至今。舉孝廉，稍遷。中平末拜九江太守。免。遭亂行客，病卒。

〔一五〕上考二句　蘧常案：北史張彫武傳：彫武通五經，尤明三傳。漢書藝文志：左氏傳三十卷。注：左丘明，魯太史。公羊傳十一卷。注：公羊子，齊人。穀梁傳十一卷。注：穀梁子，魯人。先生左傳杜解補正序：經文大義，左氏不能盡得，而公、穀得之；公、穀不能盡得，而啖、趙及宋儒得之者，則別記之於書。案：據此則先生於三傳大義，宜別有書。蕭氏之說，或多契合，故以服虔相擬歟？

〔一六〕方深二句　徐注：易：西南得朋。論語：歸歟，歸歟！

〔一七〕黄鶴二句　徐注：廣輿記：黄鶴樓在武昌府黄鵠磯上。龔璛詩：當時再鼓荆江檝。

〔一八〕於邑　蘧常案：楚辭九章悲回風：氣於邑而不可止。王逸注：氣逆憤懣結不下也。

〔一九〕問奇句　徐注：漢書揚雄傳：嘗載酒就雄問奇字。又張安世傳：武帝幸河東，亡書三篋。詔問莫知，惟安世識之，具記其事。

〔二〇〕惟期二句　徐注：易：君子終日乾乾，夕惕若。又：朋盍簪。

蘧常案：王弼易豫「朋盍簪」注：盍，合也。簪，疾也。孔穎達正義：羣朋合聚而疾來也。

曲周拜路文貞公祠

【解題】徐注：明史志地理：廣平府曲周縣。府東北，西南有漳水，東有滏陽河。戴注：即路振飛。

蘧常案：路文貞公，見卷二贈路舍人澤溥詩「先大夫」注。

凌煙當日記形容〔一〕，閩海風飈未得從〔二〕。故里尚留旋馬宅〔三〕，他鄉遥起若堂封〔四〕。公葬吴之洞庭山。苔生宋璟祠前碣〔五〕，雪覆要離墓上松〔六〕。借問家聲誰可似？只今荀氏有雙龍〔七〕。

【彙注】

〔一〕凌煙句　徐注：唐書太宗紀：貞觀十七年，圖功臣於凌煙閣。又，代宗紀：廣德元年，給功臣鐵券，藏名太廟，圖形凌煙閣。

蘧常案：歸莊路文貞公行狀：公貌魁碩，舉止端方。

〔二〕閩海句　蘧常案：見卷二贈路舍人澤溥詩「一死」句注。

〔三〕旋馬宅　蘧常案：宋史李沆傳：沆爲相，廳事前僅容旋馬。

〔四〕他鄉句　徐注：禮檀弓：吾見封之若堂者矣。

蘧常案：路文貞公行狀：澤溥、太平以庚子歲二月二十九日葬公於洞庭東山法海隖之新阡。

〔五〕宋璟祠　徐注：一統志順德府三：宋文貞公祠在府治東。又：宋璟墓在沙河縣西北八里，顏真卿書墓碑。

蘧常案：唐書宋璟傳：宋璟，邢州南和人。耿介有大節，好學工文辭。爲宰相務清刑政，使官人皆任職。張嘉貞後爲相，閱堂按見其危言切議，未嘗不失聲歎息。案：宋璟亦謚文貞，鄉里亦相近，故以作比。此句承上第三句。

〔六〕要離墓　徐注：後漢書逸民傳：梁鴻卒，皋伯通等爲求葬於要離冢側，咸曰：要離烈士，伯鸞清高，可相近。注：在閶門泰伯廟南。

蘧常案：此句承上第四句。

〔七〕借問二句　徐注：張璠漢紀荀淑傳：有子八人，居西豪里。縣令范康曰：昔高陽氏有才子八人。遂名其里爲高陽里。時人號曰「八龍」。

蘧常案：歸莊路文貞行狀云：生子三人，長澤溥，次澤淳，已前卒，次太平。故詩云云。

德州過程工部

【解題】

蘧常案：明史志地理二：山東濟南府德州，洪武元年降爲陵縣，屬濟寧府。二年七月，改屬德州。七年七月，省陵縣，移德州治焉。東南距府二百八十里。程工部，見卷四酬程工部先貞詩題注。

海上乘槎客，年年八月來〔一〕。每逢佳節至，長得草堂開〔二〕。老桂香猶吐〔三〕，孤鴻影自迴〔四〕。未論千里事，一見且銜杯〔五〕。

【彙注】

〔一〕海上二句　蘧常案：見卷一帝京篇「海槎」句注。

〔二〕每逢二句　徐注：王維九月九日詩：每逢佳節倍思親。程先貞贈先生序云：每過吾州，輒見訪，如僑、札之歡，皋、梁之託也。爲余談經説史，不憚娓娓，或留信宿，或浹月經時，然後乃去。又贈詩云：草堂暫住往來朋。

蘧常案：草堂句，爲謝序詩詩，非贈詩也。

〔三〕老桂句　蘧常案：此喻先貞，似兼寓晏亭蕫桂語意，見前卷二贈鄔處士繼思詩「蕫桂」句注。

不獨寫時令也。

〔四〕孤鴻句　徐注：程先貞奉答先生詩：世局頻勞悲失馬，天涯漫遣慕冥鴻。

蘧常案：此蓋自喻。

〔五〕銜杯　徐注：劉伶酒德頌：捧罌承槽，銜杯漱醪。

過蘇禄國王墓　有序

【解題】

戴注：蘇禄國在東南海外。

蘧常案：明史列傳外國六：蘇禄地近浡泥、闍婆。其國於古無所考。地瘠，寡粟麥，民率食魚蝦。煮海爲鹽，釀蔗爲酒，織竹爲布，氣候常熱。清史稿屬國傳：蘇禄，南洋島國也。本巫來由番族，悍勇善鬥。西班牙既據吕宋，欲以蘇禄爲屬國，蘇禄不從，西人以兵攻之，爲所敗。其國小，有巉巖之嶺，其極南爲石崎山、犀角嶼、珠池，因島環繞海，内有珍珠，土人與華商市易，大者利數倍。此外土産則蘇木、荳蔻、降香、藤條、蓽茇、鸚鵡之類。户口繁多，地磽瘠，食不足，常糴於别島。土人奉回教。王士禛蘇羅國王墓詩自注：在德州。案：蘇羅爲蘇禄之異譯。又案：元譜：康熙六年，東還，主德州程工部正夫、李刑部紫濤家。此行與程先貞偕，詩有「九河冰壯」

云云，蓋在隆冬時。程亦有詩，見後附。

永樂十五年九月，蘇禄國東王來朝〔一〕。歸次德州，病卒。遣官賜祭，命有司營墳，葬以王禮〔二〕。上親爲文，樹碑墓道。留其傔從十人守墓，其後子孫依而居焉〔三〕。余過之。出祝版一通，乃嘉靖年者，宛然如故，其字體今人亦不能及矣。

豐碑遥見炳奎題〔四〕，尚憶先朝寵日磾〔五〕。世有國人供灑掃〔六〕，每勤詞客駐輪蹄〔七〕。九河冰壯龙狐出〔八〕，十二城荒白鶴棲〔九〕。州北有十二連城。下馬一爲郯子問，中原雲鳥正淒迷〔一〇〕。

【彙校】

〔龙狐〕徐注本，汪、曹兩校本「龙」作「庬」。

〔十二城荒〕徐注本，吴、汪、曹三校本「城」作「樓」。丕績案：當從自注，作「樓」誤。

【彙注】

〔一〕永樂二句　蘧常案：明史成祖紀：永樂十五年，是年西洋蘇禄東、西、峒王來朝。又，列傳外國六蘇禄，永樂十五年，其國東王巴都葛叭哈剌、西王麻哈剌叱葛剌麻丁、峒王妻叭都葛巴剌卜，並率其家屬頭目，凡三百四十餘人，浮海朝貢。進金鏤表文，獻珍珠、寶石、玳瑁諸物。禮之若滿剌加。尋並封爲國王，賜印誥、襲衣、冠帶及鞍馬、儀仗器物。其從者亦賜冠帶有差。車譜：相傳其國分爲東、西、峒三王，而以東王爲尊。案：據明史則是年來朝者不僅東王，而此只言東王者，簡言之。

〔二〕歸次數句　蘧常案：明史列傳外國六：三王居二十七日辭歸，各賜玉帶一，黄金百，白金二千，羅錦文綺二百，帛三百，鈔萬錠，錢二千緡，金繡蟒龍、麒麟衣各一。東王次德州，卒於館，帝遣官賜祭，命有司營葬，勒碑墓道，謚曰恭定。

〔三〕留其二句　蘧常案：玉篇：傔，侍從也。唐書封常清傳：奏傔從三十人。明史列傳外國六：留其妻妾傔從十人守墓，俟畢三年喪，遣歸。清史稿屬國傳：蘇禄國東王巴都噶叭哈答殁，長子都馬含歸國襲封，次子安都禄、三子温哈喇留居守塋，其子孫以祖名分爲安、温二姓。車譜：永樂十九年，東王母遣使貢大珠一，重七兩有奇。二十二年，復入貢，自後不復至。

〔四〕豐碑句　徐注：禮檀弓：公室視豐碑。
　　蘧常案：奎題，見卷二螐磯詩「高皇」二句注。案：此謂永樂親爲文，樹碑墓道也。見序。

〔五〕尚憶句　徐注：漢書金日磾傳：字翁叔，本匈奴休屠王太子也。以父不降見殺，與母閼氏，弟倫，并没入宫，輸黄門養馬，武帝奇焉，賜湯沐，拜爲馬監。既親近，未嘗有過失，上甚信愛之。及上屬霍光以輔少主，光讓日磾，遂爲光副。

蘧常案：漢書金日磾傳：輔政歲餘，薨，賜葬具冢地，送以輕車介士，軍陳至茂陵。謚曰敬侯。與蘇禄東王之得賜葬、賜謚有相似，故以擬之。

〔六〕世有句 徐注：詩：於粲灑掃。

蘧常案：謂其傔從守墓，見序，蓋不知並留其二子也。

〔七〕每勤句 徐注：杜甫詠懷古迹詩：詞客哀時且未還。韓愈南内朝賀歸呈同官詩：涣散馳輪蹄。

蘧常案：説文解字：勤，勞也。

〔八〕九河句 蘧常案：書禹貢：九河既道。爾雅釋水：九河：徒駭、太史、馬頰、覆鬴、胡蘇、簡、絜、鉤盤、鬲津。郝懿行爾雅義疏：導河書云：太史在德州安德縣東南，經滄州臨津縣西。元和郡縣志：德州安德縣，馬頰河在縣南五十里。後漢書袁紹傳：還屯槃河。章懷注：槃即爾雅九河鉤槃之河也。故河道在今德州平昌縣界，入滄州樂陵縣，今名枯槃河。元和郡縣志：德州安德縣，鬲津枯河在縣南七十里。平昌縣，鬲津枯河，南去縣四十里。明史志地理二山東濟南府德州德平注：東北有般河，曰盤河，或以爲古鉤盤也。又，武定州海豐注：北有鬲津河。禮記月令：仲冬之月，冰益壯。案：慧琳大藏音義引説文：尨，犬之多毛雜色不純者。則庬狐當亦謂狐之多毛雜色不純者也。或以爲用左傳僖公五年「狐裘龙茸」義，則「龙」當讀若「蒙」，爲亂義，疑非。郭緣生述征記：北風勁，河冰始合，要須狐行，云此物善聽，聽冰下無水聲，然後過河。蓋隆冬狐不易得食則出掠。故云。舊注引宋書符瑞志「禹有白狐九尾之瑞」，誤。

〔九〕十二城　徐注：程先貞有陪寧人先生過蘇禄國東王墓地近白草洿李景隆十二連城在焉詩。

〔一〇〕下馬二句　徐注：左傳昭公十七年：郯子來朝，叔孫昭子問焉：少皞氏鳥名官，何故也？郯子曰：吾祖也，我知之。昔者黄帝氏以雲紀，故爲雲師而雲名；炎帝以火紀，故爲火師而火名；共工氏以水紀，故爲水師而水名；太皞氏以龍紀，故爲龍師而龍名；我高祖少皞之立也，鳳鳥適至，故紀於鳥，爲鳥師而鳥名。

蘧常案：末句蓋慨清之入據中夏，爲其官守而發也。

附：同志贈言程先貞陪寧人先生過蘇禄國東王墓地近白草洿李景隆十二連城在焉詩：

萬里遺魂滯北方，孤亭猶自焕奎章。衣冠特覲中朝主，玉帛何殊異姓王。月滿蒼松棲鸛鶴，雲連白草散牛羊。無端極目生遥慨，十二城邊古戰場。

赴東　六首　有序　已下著雍涒灘

【解題】

徐注：康熙七年戊申。戴注：案先生年譜，是年春，先生在都，適以萊州黄培詩獄牽連，先生聞之，即星馳赴鞫。三月，下濟南府獄。十月，獄解，先生得釋。冒云：先生是年年五十六。

蘧常案：是年海上鄭氏稱永曆二十二年，公元一六六八年。蔣山傭殘稿與人書云：秋杪一函，并赴東詩，想已塵覽。則此詩必作於九月。書下云「弟以九月二十日保出」，則作於九月下旬乎？

萊人姜元衡訐告其主黄培詩獄，株連二三十人〔一〕；又以吴郡陳濟生忠節録二帙呈官〔二〕，指爲余所輯。書中有名者三百餘人〔三〕。余在燕京聞之，亟馳投到，訟繫半年。當事審鞫，即上年沈天甫陷人之書，竟得開釋，因有此作〔四〕。

人生中古餘，誰能免尤悔〔五〕？況余庸駑姿〔六〕，側身涉危殆〔七〕。窫窳起東嵎〔八〕，長鯨翻渤澥〔九〕。斯人且魚爛〔一〇〕，士類同禽駭〔一一〕。禀性特剛方〔一二〕，臨難詎可改〔一三〕。偉節不西行，大禍何繇解〔一四〕？

【彙校】

〔呈官〕潘刻本、徐注本、曹校本作「首官」。

〔訟繫半年〕潘刻本、徐注本、曹校本「訟」作「頌」。又，句下無「當事審鞫，即上年沈天甫陷人之書」十四字。

〔上年〕孫託荀校本下有「奸徒」二字。

【彙注】

〔一〕萊人二句　蘧常案：先生佚文與人書：姜元衡者，萊州即墨縣故兵部尚書黄公家僕黄寬之孫，黄瓚之子，本名黄元衡。中進士，官翰林。以養親回籍，揭告其主原任錦衣衛都指揮使黄培、見任浦江縣黄坦、見任鳳陽府推官黄貞麟等一十四人逆詩一案。於五年六月奉旨發督撫親審。張譜：進士履歷便覽：黄元衡字元璿，即墨縣籍，膠州人。順治己丑科會試十八名，欽授内翰林國史院庶吉士。辛卯升弘文院編修。

〔二〕又以句　蘧常案：先生佚文與人書：元衡稟稱有忠節録即啓禎集一書，陳濟生所作。張譜：先生一女兄，一女弟，皆嬪於徐。又一女兄，嫁陳皇士濟生。案：皇士，長洲人。明南京國子祭酒仁錫子。官至太僕寺丞。輯有啓禎詩選，又名啓禎集，即此所謂忠節録也。今江安傅氏、武進陶氏，皆藏有殘本。

〔三〕指爲二句　蘧常案：先生佚文與人書云：姜（黄）元衡揭告其主黄培、黄坦、黄貞麟等一十四人逆詩一案，事歷三載，初無干涉。忽於今正月三十日撫院審時稟稱：有忠節録即啓禎集一書，（自注：元衡口供「啓禎集二本皮面上有舊墨筆寫忠節録字樣」。）陳濟生所作，係崑山顧寧人到黄家搜輯發刻者。咨行原籍逮證。據其所告，此書中有黄御史（自注：宗昌，即坦之父。）傳一篇，有云：家居二年，握髪以終。以爲坦父不曾剃頭之證。有顧推官（自注：咸正。）傳一篇，有云：晚與寧人游。有云：有寧人所爲狀在。以爲寧人搜輯此書之證。又：元衡欲以此牽事外之人，而翻久定之案。其南北通逆一稟云：據各刻本，山左有丈石詩社，有大社；江南有吟社，有遺清等社，皆係故明廢臣與招羣懷貳之輩，南北通信書中，確載有隱叛與中興等情，或宦孽通奸，或匹夫起義，小則謗讟，大則悖逆。職係史臣，宜明目張膽，秉筆誅逆，故敢冒死陳揭。逆刻種種，罪在不赦。北人之書削我廟號，仍存明號，且感憤乎鴟張，虎豹乎王侯。南人之書以我朝爲東國，爲虎穴；以僞王爲福京，爲行在。北人之書曰斬虜首，（自注：黄培刻郭汾陽王考傳中有「斬首四千級，捕虜五千人」，乃子儀敗安禄山兵紀功之語。）擁胡姬，征鐵嶺，（自注：黄培詩有云：怨女金閨裏，征夫鐵嶺頭。）殺金微；又有思漢威儀，紀漢春秋。南人之書有黄御史握髪一傳，又有起義，有舉事，有勸衡王倡義及迎魯王、浙東王，上益王等事。又有吴人與魯藩舟中密語，又有平敵將軍，有懸高皇帝像慟哭及入閩、入海等事。北人之書有含辛館詩集、友晉軒詩集、夕霏亭詩、郭汾陽王考傳。南人之書有啓禎集即忠節録、歲寒詩、東山詩史倣文信國集子美句八十章。其北人則黄培所刻十二君唱和序跋等人，其南人則啓禎集所載，姓名籍貫俱在刻本中約三百餘人。是元衡之意，不但陷黄坦、陷顧寧人，而並欲陷此刻本之有名三百餘人也。

〔四〕余在七句　戴注：按康熙六年四月，江南奸民沈天甫、吕中、夏麟奇撰逆詩一卷，詭稱黄尊素等一百七十人作，陳濟生編輯，故明大學士吳甡等爲之序。沈天甫使夏麟奇詣吳甡子中書吳元萊所索詐財物，元萊察其書非父手迹，控於巡城御史，以聞，下所司鞫訊。奉旨：沈天甫等所指，茫無確據，編詩之陳濟生，久經物故，帶詩之施明，又經遁逃，顯係奸徒挾詐。沈天甫、吕中、夏麟奇著俱處斬，被誣者悉不問。又按先生年譜云：是獄爲章丘人謝長吉主唆。長吉，即乙巳歲負先生貲不償而以大桑家莊房屋作抵者。是歲秋九月，與長吉對簿，先生始得開釋。

蘧常案：戴語全取吳譜。所謂「年譜」，則元譜也。案：徐譜：七年春，在都寓慈仁寺，聞萊州黄培詩牽連，即星馳赴鞫。蔣山傭殘稿上國馨叔：二月十五日，報國寺寓中見徐廉生兄，備知吾叔近履。其時姪已聞蜚語，即以次日出都。又與人書：前歲在大名接到手札，無緣奉復，而弟旋有意外之事。釁起於章丘，禍成於即墨，遂以三千里外素不識面之人，而請旨逮問。當時移文崑山提顧寧人，業稱無憑查解。獨念事關公義，不宜避匿。又恐久而滋蔓，貽禍同人，故重趼赴濟，徑自投到，南冠就縶。區區自矢，不惜以一簣障江河，神之聽之，事果得白。證佐之人杜廷蛟既供從不相識，而黄御史傳中並無賤名；其別篇中有「晚與寧人游」一句，亦無顧姓。又審出此書即係去年斬犯沈天甫詐騙吳中翰（自注：名元萊，鹿友相公之子。）之書，奉旨所云「海中帶來者」。原告當堂口稟，求不深究，不惟孱儒得全，而士林並受其福，此皆上臺淑問之明，衆君子孚號之助，故使乘墉自屈，見晛俄消。而弟鋭身一出，似亦可以慰知己之心，而增吾黨之氣者矣！案：「訟繫」，潘刻本作「頌繫」。漢書惠帝紀：爵五大夫，吏六百石以上，及宦皇帝而知名者有罪當盜械者，皆頌繫。注：如淳曰：頌者，容也。但處曹吏舍，不入狴牢也。沈欽韓疏證：此「頌繫」即唐律之「散繫」，非謂不入狴牢也。荀悅漢紀「頌繫」作「容繫」。淮南子泰族訓：訟繆胸中。高誘注：訟，容也。則「訟繫」即「頌繫」也。又張譜：赴東詩序墨迹本，有撫院劉公之語，後來刻集乃删去。劉公即劉芳躅，見下第六首「下閔」二句注。

〔五〕人生二句　徐注：易：易之興也，其於中古乎？漢書叙傳：淺爲尤悔。

蘧常案：論語爲政：言寡尤，行寡悔。包咸注：尤，過也。皇侃義疏：悔，恨也。

〔六〕庸駑　徐注：後漢書馮衍傳：與陰就書：材素庸駑。

〔七〕側身句　徐注：徐陵王勵德政碑：惟濟危殆。

蘧常案：詩大雅雲漢序：側身修行。孔穎達正義：側者，不正之言，謂反側也。憂不自安，故處身反側。

〔八〕窫窬句　蘧常案：山海經北山經：少咸之山，有獸焉，其狀如牛，而赤身，人面馬足，名曰窫窳，其音如嬰兒，是食人。案：海内南經、西經皆言窫窳，其形雖不一，而字相同，此作「窫窬」，疑誤。爾雅釋獸作「貏貐，曰類貙，虎爪，食人，迅走」。或以爾雅作「貐」而誤作「窬」歟？爾雅釋文：貏貐，韋昭：烏繼反，餘彼反。「窫窳」當同。窫窳當喻清，故曰「起東嵎」。

書堯典：宅嵎夷。孔傳：東表之地稱嵎夷。蔡沈傳：即禹貢嵎夷既略者也。其意甚明。下句亦同。此潘刻删改忌諱之偶漏者。

〔九〕長鯨句　徐注：左思吴都賦：長鯨吞航。博物志：東海之别有渤澥，故東海稱渤澥。

蘧常案：渤澥，初見文選司馬相如子虚賦「浮渤澥」。史記、漢書司馬相如傳皆作「勃澥」。顔師古漢書注：勃澥，海别枝也。蓋取舊解應劭説。此似用博物志，徐注是。鯨翻東海，仍喻清之自東入侵也。

〔一〇〕斯人句　徐注：春秋公羊傳：直言梁亡何？自亡也，魚爛而亡。注：梁峻法，百姓俱去，故若魚爛然。

蘧常案：此怵於湖州史禍而言也。

〔一一〕士類句　徐注：吴志薛綜傳：鳥驚獸駭，長驅奔竄。

蘧常案：此即先生所謂「欲陷此刻本之有名三百餘人也」。

〔一二〕稟性句　徐注：詩思齊序疏：聖人稟性自天，不由於母。後漢書祭彤傳論：武節剛方。

蘧常案：全祖望先生神道表：耿介絶俗，雖世籍江南，顧其姿稟，頗不類吴會人，甚厭裙屐浮華之習。

〔一三〕臨難　徐注：禮記曲禮：臨難毋苟免。

〔一四〕偉節二句　原注：後漢書賈彪傳：字偉節。延熹元年，黨事起，太尉陳蕃争之，不能得，朝廷寒心，莫敢復言。彪謂同志曰：吾不西行，大禍不解。乃入雒陽，説城門校尉竇武、尚書霍諝等，使訟之，桓帝以此大赦黨人。

蘧常案：後漢書黨錮傳：賈彪，字偉節，潁川定陵人也。少遊京師，志節忼慨。初仕州郡，舉孝廉，補新息長。以黨禁錮，卒於家。蔣山傭殘稿與人書：怨讎對，自古有之，至遷怒於一書之三百餘人，而幾起大獄，則非常情所料。區區自矢，不惜以一簣障江河，天牖其衷，事果得白。餘詳上序「余在」七句注。

行行過瀛莫，前途憩廣川〔一〕。所遇多親知〔二〕，摇手不敢言。爾本江海人，去矣足自全。無爲料虎鬚，危機竟不悛〔三〕。下有清直水，上有蒼浪天〔四〕。旦起策青騾，夕來至華泉〔五〕。

【彙注】

〔一〕行行二句　徐注：方輿紀要：河間府。後魏爲瀛州任丘縣，唐分鄚州置景州，漢爲廣川。

〔二〕親知　徐注：謝朓和王著作融詩：浩蕩别親知。

蘧常案：太平寰宇記：莫州，漢鄚縣，唐置。開元中，以鄚字類鄭，改爲莫字。

〔三〕爾本四句　徐注：莊子刻意篇：就藪澤，處閒曠，釣魚閒處，無爲而已矣。此江海之士，避世之人，閒暇者之所好也。杜甫贈王二十四侍御詩：時邀江海人。莊子盜跖：料虎頭，編虎鬚，幾不免虎口哉！左傳隱公六年：長惡不悛。晉書諸葛長民傳：富貴必履危機。蘧常案：成玄英莊子疏解：料，觸虎頭。案：或解「料」爲「捋」，非。此前三句，蓋親知相勸之言也。

〔四〕下有二句　原注：詩：河水清且直猗。古樂府東門行：上用蒼浪天故，下爲黄口小兒。

〔五〕華泉　徐注：左傳成公二年：丑父使公下如華泉取飲。水經注：華不注山下有華泉。

苦霧凝平皐〔一〕，浮雲擁原隰。峰愁不注高，地畏明湖溼〔二〕。客子從何來？徬徨市邊立〔三〕。未得訴中情，已就南冠縶〔四〕。夜半鵂鶹鳴〔五〕，勢挾風雨急。枯魚問河魴，嗟哉亦何及〔六〕！

【彙注】

〔一〕平皐　徐注：王屮頭陀寺碑文：東望平皐，千里超忽。

〔二〕峰愁二句　徐注：山東通志：華不注山在濟南府城東北十五里，一名金輿山，言此山孤秀如華跗之注於水。九域志：大明湖望華跗注山如在水中。

〔三〕客子二句　蘧常案：先生佚文與人書：康熙七年二月十五，在京師，忽聞山東有案株連，即出都，於三月二日抵濟南。

〔四〕南冠縶　徐注：先生手札：弟不遵明哲之訓，果有此累，南冠而縶，竟不得出。蘧常案：南冠，見卷一哭楊主事廷樞詩「竟入」二句注。先生佚文與人書：今於三月四日，束身詣院投到，伏聽審鞫。

〔五〕鵂鶹　蘧常案：見卷四禹陵詩「鵂鶹」注。

〔六〕枯魚二句　原注：古樂府：枯魚過河泣，何時悔復及。作書與魴鱮，相教慎出入。

茌苒四五日，乃至攀髯時〔一〕。夙興正衣冠〔二〕，稽首向園墀〔三〕。詩人岸獄中〔四〕，不忘恭敬辭〔五〕。所秉獨周禮〔六〕，顛沛猶在斯〔七〕。北斗臨軒臺〔八〕，三辰照九疑〔九〕。可憐訪重華，未得從湘纍〔一〇〕。三月十九日。

【彙校】

〔園墀〕徐注本、吳、汪、曹三校本「園」作「圜」。

〔未得句〕句下自注，孫託荀校本、吳、汪、曹三校本有；潘刻本、徐注本、孫校本無。

【彙注】

〔一〕茌苒二句　徐注：徐譜：案「茌苒」二語，云是訟繫時當三月十九日也。張譜：李子德答先生贈詩有云：節至通蘋藻。自注：先生在難，不廢時祭。
蘧常案：潘刻本、徐注本無自注，故引徐譜爲注。攀髯，見卷一十月二十日奉先妣葬詩「先皇」句注。

〔二〕夙興句　徐注：詩：夙興夜寐。論語：君子正其衣冠。

〔三〕園塀　蘧常案：園塀者，園寢之塀也。

〔四〕岸獄　蘧常案：詩小雅小宛：宜岸宜獄。經典釋文：韓詩作「犴」，音同。鄉亭之獄曰「犴」，朝廷曰「獄」。

〔五〕不忘句　徐注：左傳宣公二年：不忘恭敬。

〔六〕所秉句　徐注：左傳閔公元年：猶秉周禮。

〔七〕顛沛句　蘧常案：詩大雅蕩：顛沛之揭。毛傳：顛，仆也。沛，拔也。論語里仁篇：顛沛必於是。馬融注：顛沛，偃仆也。案：仆、拔、偃仆，皆困頓之意。

〔八〕北斗句　徐注：史記天官書：北斗七星所謂璇璣玉衡，以齊七政。
蘧常案：軒臺，見卷四三月十九日有事於欑宫詩「軒臺」注。

〔九〕三辰句　蘧常案：「三辰」屢見。九疑一作「九嶷」。漢書武帝紀：望祀虞舜於九嶷。注：如淳曰：舜葬九嶷。水經注：九疑山，盤基蒼梧之野，峰秀數郡之間，羅巖九舉，各導一谿，岫壑負阻，異嶺同勢，遊者疑焉，故曰九疑山。大舜窆其陽，山南有舜廟。

〔一〇〕可憐二句　徐注：楚辭離騷：濟沅、湘以南征兮，就重華而陳詞。

遽常案：史記五帝本紀：虞舜者，名曰重華。湘纍，見卷三京師作詩「悴比」句注。

義仲殷東方，伶倫和律管〔一〕。陰崖見白日，黍谷回春煗〔二〕。柔艣下流澌〔三〕，輕車度危棧〔四〕。草木皆欣欣，不覺韶光晚〔五〕。大造雖無私，薰蕕不同產〔六〕。奈此物性何，鳩化猶鷹眼〔七〕。

【彙注】

〔一〕義仲二句　徐注：書：分命羲仲，宅嵎夷，曰暘谷。又：以殷仲春。注：嵎夷，東方也。史記曆書：黄帝考定星曆。索隱：按伶倫造律吕。

〔二〕陰崖二句　徐注：潘岳西征賦：眺華嶽之陰崖。蔣一葵長安客話：黍谷山在白河之東，亦名燕谷，鄒衍廟遺址猶存，古今談懷柔勝蹟者，必言「黍谷回春」。先生與人書云：五月十九院審，先取有同案中年老者四五人保識黄御史曾已剃頭口供，次辯啓禎集中有寧人字，無顧姓，又不在黄御史一篇傳内，並審出章丘地土情由。惟問姜要顧寧人輯書實證，無詞以對。又扳即墨老諸生杜廷交（自注：此人從不識面。）爲證。又展轉推出所從得書之人爲萊陽縣孫榮之，乃積年走空之人，今並行提去矣。雖未保出，而是非已定。此皆上臺秉公持正及大人君子孚號壯拯之力，惟有世世尸祝。

蘧常案：清一統志：劉向別録：燕有黍谷，美而寒，不生五穀，鄒子居之，吹律而温氣生。舊有鄒衍祠，在山上。舊志：亦名燕谷山，亦謂之寒谷。左思賦「寒谷豐黍，吹律以暖之」是也。

〔三〕柔艣句　徐注：杜甫船下夔州别王判官詩：柔艣輕鷗外。

蘧常案：楚辭九歌河伯：流澌紛兮將來下。王逸注：流澌，解冰也。

〔四〕輕車句　徐注：周禮：車僕，輕車之萃。宋史孫長卿傳：上構危棧，下臨不測之淵。

蘧常案：以上二句皆喻入險能出，困而不躓之辭。

〔五〕草木二句　徐注：陶潛歸去來詞：木欣欣以向榮。唐太宗春日宴羣臣詩：韶光開令序。

蘧常案：先生於三月四日投案，經五月十九日院審後，獄事始有解望，自春入夏，不覺韶光之晚也。

〔六〕大造二句　徐注：梁書馬仙琕傳：蒙大造之恩，未獲上報。禮：天無私覆，地無私載，日月無私照。左傳僖公四年：一薰一蕕。

蘧常案：孔子家語：薰蕕不同器而藏。

〔七〕奈此二句　徐注：世説：蘇峻時，孔羣在横塘爲匡術所逼，王丞相保存術，因衆坐令術勸羣酒，以釋横塘之憾。羣答曰：德非孔子，厄同匡人，雖陽和布氣，鷹化爲鳩，猶憎其眼。

蘧常案：鷹眼，似指黄氏兄弟。蔣山傭殘稿與原一甥書云：天水亦甚悔此一節，對簿析辯，俱是皮毛之語，而此書之所從來，竟無着落，乃反以不刻揭之故，取怒於江夏而多方下石。凡當日撫軍止批審後酌奪，臬司徑發府送羈，以至院示取保而不得保，已准保而不得出，皆江夏之爲也，可謂中山狼矣！又佚文與人書云：今江夏之驕吝，足以致敗，而與之同事，奈何！奈何！天水謂姜元衡，姜氏望出天水。江夏謂黄氏，黄氏望出江夏。先生之鋭身一出，不獨欲解同人之厄，抑亦可解黄氏之危，乃黄氏初則絶不照顧，見佚文與人書，既又多方下石，故以「鷹化爲鳩」比之。先生與黄氏兄弟共訟事，故有「薰蕕不同産」之慨。或謂指章丘謝長吉而言。然與長吉對簿在是年十一月，此時猶未相質也。又案：此詩極寫獄事將解之欣悦，爲六章之轉軸。全祖望以爲可芟，謬矣。

天門詄蕩蕩〔一〕，日月相經過。下閔黄雀微，一旦決網羅〔二〕。平生所識人，勞苦云無他〔三〕。騎虎不知危，聞之元彦和〔四〕。尚念田晝言，此舉豈足多〔五〕。永言矢一心，不變同山河〔六〕！

【彙注】

〔一〕天門句　徐注：漢書樂志：天門開，詄蕩蕩。

蘧常案：漢書禮樂志注：如淳曰：詄讀如迭。詄蕩蕩，天體堅清之狀也。

〔二〕下閔二句　徐注：野田黄雀行：拔劍捎羅網，黄雀得飛飛。徐譜：案是年春，竹垞至山東，客撫院劉公幕中，則先生之脱於患難，竹垞當與有力焉。張譜：顔修來有送朱錫鬯之濟南詩曰：攜手河梁悵去塵，歷山遥望柳條春。訟庭尚有南冠客，莫向燕臺思故人。自注：亭林時以詔獄在濟南。何氏紹基曰：札中所稱撫院者，宛平劉公芳躅也。案：國史漢名臣傳：劉芳躅，康熙七年正月，擢山東巡撫。九年四月，丁母憂去。

蘧常案：蔣山傭殘稿與人書云：弟以九月二十日保出，十一月十日再審，當事頗留心開豁，而章丘陷害之謀，亦已畢露，見批未審。可證徐譜所云之確。而李因篤之急難，奔走南北，尤爲與有力焉者也。詳下詩。又，佚文與人書云：十一月十日，一案之人，俱已赴院畫供，想有題結之望。則元譜謂「十月獄解，得釋」爲不確。殘稿又有與人書云，弟于正月四日入都，即墨一案，至三月十六日始結，則獄解實在明年三月矣。

〔三〕勞苦句　徐注：漢書張耳傳：廷尉以貫高詞聞上，上使泄公持節問之，勞苦如平生歡。

蘧常案：「勞苦」之者，平生所識之人；「云無他」者，先生所答之辭。起下數句。

〔四〕騎虎二句　原注：彭城王勰傳：孝文之崩，咸陽王禧謂勰曰：汝非但辛勤，亦危險之至。勰對曰：兄識高年長，故知有夷險。彦和握蛇騎虎，不覺艱難。

蘧常案：北史彭城王勰傳：獻文帝子，字彦和。封始平王。雅好屬文，長值禁内。改封彭城王。宣武即位，以爲宰輔，固辭。平淮西還朝，除録尚書侍中。勰雅好恬素，不以勢利嬰心，爲高肇所譖，被誅。

〔五〕尚念二句　原注：宋史田晝傳：鄒浩諫立劉后得罪，竄新州。晝迎諸塗，浩出涕，晝正色責曰：使志完隱默，官京師，遇寒疾不汗，五日死矣，豈獨嶺海之外能死人哉！願君毋以此舉自滿，士所當爲者未止此也！

蘧常案：田晝傳：陽翟人。字承君。爲校書郎。知西河縣，有善政。與鄒浩以氣節相激厲。知淮陽軍卒。

〔六〕永言二句　徐注：詩：永言配命。書泰誓：惟一心。先生答次耕書：耿耿此心，終始不變。

蘧常案：答次耕兩語，爲却修史言，非涉此事也。

附：歸莊歸高士遺集顧寧人去冬寄詩次韻答之五首

中材涉末流，動即生尤悔。禍機非一端，前年事幾殆。譬若無維檝，孤舟涉滄澥。恬然卧舟中，旁人爲震駭。有口自須言，非過何由改？皇天終愛材，涣然幸冰解。其一　忽聞吾友事，亦如涉大川。迢迢三千里，惟聞道路言：事起兩相讎，客子宜得全！但憂吾友性，迂怪終不悛。遠禍在人爲，豈容獨恃天。此世宜斂跡，知我惟龍泉。其二　貞松挺高岡，芳蘭被皋隰。四皓老深山，賈生夭卑溼。人生何必同，要在有所立。近傳我故人，株連竟囚縶。情事不能悉，猶幸獄未急。永歎愧良朋，救患非所及。其三　尺素從天來，乃在孟冬時。開緘得新詠，朗吟步階墀。徐生從北還，（案：徐生當是徐廉生。）亦多贊歎辭。寵辱不曾驚，面目只如斯。微聞讞獄者，此案在矜疑。著書猶未就，不願脱囚纍。其四　君詩古風調，應、劉不能過。惟恐賢諸侯，或以禮爲羅。將使江南産，有耀翻自他。南皮名建安，蘭亭著永和，興到不自禁，著述應更多。故人在廬中，相望隔山河。其六

蘧常案：歸高士遺集有與顧寧人書云：得所寄書及六詩，讀之，深歎兄之善處憂患，不惟舉動光明，揆之事理，亦自宜爾。六詩已和得，奉覽。今只存其五，第五首已佚。書又云：其中「迂怪不悛」及「江南樂土」等語，初非因此事而發，蓋别有爲。友人頗傳兄論音韻，必宗上古，謂孔子未免有誤，此語大駭人聽。其他議論，倘或類此，不亦迂怪之甚者乎！願兄抑賢智之過，以就中庸也！兄之去墳墓十餘年矣，初因避仇，勢非得已，歲月既久，怨仇已釋，柳子厚竄南方，惟以不得上丘墓爲恨，彼以得罪不能歸，兄今欲歸，其孰禦之？獨無丘墓之思乎？此又平生故人所懇懇於懷者也。「迂怪不悛」，見第二首。「江南樂土」云云，不見於此，或在佚去之第五首中乎？

子德李子聞余在難特走燕中告急諸友人復馳至濟南省視於其行也作詩贈之

【解題】

徐注：全祖望先生神道表：先生訟繫半年，富平李因篤自京師爲告急於有力者，親至歷下

解之，獄始白。張譜：穆案：子德春懷詩之第五章有云：歷下東湖青溟洲，歷山東望白雲樓。深知鄒子繫非罪，敢謂魯連排衆謀。欲陟岱宗俟它日，將觀滄海難久留。詠此年赴東馳救及因疾先還事也。

急難良朋節，扶危烈士情〔一〕。平居高獨行，此去爲同盟〔二〕。撫劍來燕市〔三〕，揚鞭走易京〔四〕。黄埃隨馬漲，黑水繫船横〔五〕。救宋裳初裹〔六〕，囚梁獄未成〔七〕。盈庭多首鼠〔八〕，中路復怔營〔九〕。已涉平原里〔一〇〕，遄驅歷下城〔一一〕。雲浮泉氣活，日麗嶽林明。夜樹蟬初引〔一二〕，晨巢鵲亟鳴。喜猶存卞璞〔一三〕，幸不蹈秦坑〔一四〕。勞苦詞難畢，悲歡事忽并。橐饘勤問遺〔一五〕，寢息共論評〔一六〕。發憤皆公正〔一七〕，姱修自幼清〔一八〕。君賢關羽弟，我媿季心兄〔一九〕。將伯呼朝士〔二〇〕，同人召友生〔二一〕。詩書仍燼溺〔二二〕，禹稷竟冠纓〔二三〕。頗憶過從數，深嗟歲序更〔二四〕。川巖句注險〔二五〕，池館薊丘平〔二六〕。每並登山屐〔二七〕，常隨泛月觥〔二八〕。詩從歌伎采〔二九〕，辯使坐賓驚〔三〇〕。禄位揚雄小〔三一〕，囊錢趙壹輕〔三二〕。與君俱好遯〔三三〕，於世本無争〔三四〕。史論悲鉤黨〔三五〕，儒流薄近名〔三六〕。材能尊選愞〔三七〕，仁義怵孤婷〔三八〕。自得忘年老，聊存處困貞〔三九〕。不才偏累友〔四〇〕，有膽尚談兵。坎窞何當出〔四一〕？虞機詎可攖〔四二〕！殷勤申別欵，落莫感精誠〔四三〕。禽海填應滿〔四四〕，鼇山抃豈傾〔四五〕。相期非早暮，渭釣與莘耕〔四六〕。

【彙校】

〔鼇山抃〕徐注本，吴、汪、曹三校本「抃」作「忭」。丕績案：屈原天問及張衡思玄賦「鼇抃」皆作「抃」，作「忭」誤。

【彙注】

〔一〕急難二句　徐注：詩：脊令在原，兄弟急難。每有良朋，況也永歎。吴均連珠：烈士赴危。同志贈言：李因篤奉答前詩詩：急難睽良友，端居惕遠征。先生手札云：弟於九月二十日保出，十一月十日，一案之人俱已赴院畫供，想有題結之望。凡所以入險能出，因而不躓者，皆知己扶持之力。

〔二〕平居二句　徐注：禮儒行：其特立獨行有如此者。蘧常案：阮籍詠懷詩：念我平居時。又，李因篤奉答前詩詩：曾邀肝膽契，況忝雪霜盟。

〔三〕燕市　蘧常案：見卷四送王文學麗正歸新安詩「燕市酒」注。

〔四〕易京　徐注：通典：歸義縣南十八里即易京城。後漢書：公孫瓚築易京城，修營壘樓觀，臨易河，通遼海，以鐵爲門。

蘧常案：易京故城，在今河北省雄縣西北。

〔五〕黑水句　徐注：書禹貢：導黑水。

蘧常案：禹貢：導黑水，通典云：孔、鄭通儒，莫知其所，或是年代久遠，遂至堙涸，無以詳焉。水經注以爲出張掖，南流至敦煌，過三危山，南流入於南海。因篤自關中至北京，必無經其故道之理，徐注疑非。或以禹貢梁州之黑水爲若水，亦不相及。其他名黑水者，皆在西北或西南，更不相涉矣。此與上句「黄埃」作偶，當泛指水渾色黑者而言。猶白居易遊寺詩，以「黑水」對「白雲」，云：「黑水澄時潭底出，白雲破處洞門開」也。

〔六〕救宋句　原注：墨子：公輸般爲楚設機械以攻宋，墨子聞之，自魯往，裂裳裹足，日夜不休，十日十夜，而至於郢。

〔七〕囚梁句　徐注：史記鄒陽傳：遊於梁，羊勝、公孫詭等惡之。梁孝王怒，下之獄。乃從獄中上書。杜甫秦州見敕目詩：囚梁亦固扃。同志贈言李因篤奉答前詩：巷伯詩難讀，梁園獄已平。

〔八〕盈庭句　徐注：詩：發言盈庭。

蘧常案：史記灌夫列傳：何爲首鼠兩端？集解：首鼠，一前一卻也。蔣山傭殘稿與原一甥書：此事上臺不肯擔當結案，今又題展限兩月。又，此案扳蔓，非旦夕所能了也。

〔九〕中路句　原注：後漢書鄧隲傳：惶窘怔營。徐注：宋玉九辨：然中路而迷惑兮。

〔一〇〕平原里　徐注：一統志：濟南府平原縣，平原君故里。

〔一一〕嵩驅句　徐注：史記淮陰侯列傳：信用蒯通計，度平原襲破齊歷下軍。案：今濟南府歷城縣。

〔一二〕蘧常案：三齊記：歷下城南對歷山，城在山下，故名。李因篤奉答前詩詩云：草茀虛炎月，雲高隱暮旌。罷呼燕市酒，嵩決薊門程。戍角迷丹嶂，河陰護緑蘅。崩隄頻淖馬，廢隝剩聞鶯。又云：馳聞瀛隰盡，頗喜岱嵐迎。此與「撫劍來燕市」已下十句合觀之，可知因篤良朋急難，暑月嵩征情況。

〔一二〕夜樹蟬　徐注：武元衡詩：官渡含風夜樹蟬。

〔一三〕卞璞　蘧常案：韓非子和氏篇：楚人卞和（案：今本作和氏，依藝文類聚七、孔白六帖引改。）得玉璞楚山中，奉而獻之。厲王使玉人相之，曰：石也。王以和爲誑，而刖其左足。及武王即位，又獻之，玉人又曰：石也。王又以和爲誑，而刖其右足。文王即位，和乃抱其璞而哭三日三夜。王聞之，使人問其故，和曰：吾非悲刖也，悲夫寶玉而題之以石，貞士而名之以誑，此吾所以悲也。王乃使玉人理其璞而得寶焉，遂命曰「和氏之璧」。

〔一四〕秦坑　蘧常案：見卷三贈路光禄太平詩「畫地」句注。

〔一五〕橐饘句　蘧常案：見卷三松江別張處士慤王處士煒詩「橐饘」句注。

〔一六〕寢息　徐注：李尤室銘：寢息幽閒。

蘧常案：李因篤奉答前詩詩：「膏沐誰遑理，壺飧欲就傾。畏途晨上謁，羈邸夜班荆。續燭探行笥，聯牀敞外楹。年華窮不減，日録老逾精。」即「勞苦」四句注脚也。

〔一七〕發憤句　原注：史記伯夷列傳：非公正不發憤。

〔一八〕姱修句　徐注：楚辭招魂：朕幼清以廉潔兮。蘧常案：楚辭離騷：余雖好脩姱以鞿羈兮。洪興祖補注：脩姱，謂脩潔而姱美也。姱，苦瓜切。

〔一九〕君賢二句　原注：史記季布列傳：布弟季心，氣蓋關中，爲任俠，長事袁絲，弟畜灌夫、籍福之屬。徐注：三國志蜀志關張傳：先主與二人寢則同牀，恩若兄弟。蘧常案：李因篤詠懷五百字奉亭林先生詩：「慨然弟畜予，札、僑風斯踐。」別詳卷六過李子德詩第一首「讓齒」句注。

〔二〇〕將伯句　徐注：詩：將伯助予。周禮秋官：朝士掌建邦外朝之法。蘧常案：詩小雅正月：將伯助予。傳：將，請也。伯，長也。正義：請長者助我。朝士，似泛謂士大夫之在朝者，如孔融上書薦謝該所云「朝士益重儒術」也。徐注非。

〔二一〕同人句　徐注：易：同人于門。詩：不如友生。

〔二二〕詩書句　徐注：史記秦始皇本紀：丞相李斯言：非博士官所職，天下敢有藏詩、書、百家語者，悉詣守尉雜燒之。有敢偶語詩、書，棄市；以古非今者族；令下三十日不燒，黥爲城旦。

蘧常案：史記酈生列傳：沛公不好儒。諸客冠儒冠來者，沛公輒解其冠，溲溺其中。

〔二三〕禹稷句　徐注：孟子：禹、稷當平世。又：被髮纓冠而往救之。

蘧常案：蔣山傭殘稿與人書：富平李天生因篤者，三千里赴友人之急，疾呼輦下，協計橐饘，馳至濟南，不見官長一人而去。此則季心、劇孟之所長，而乃出于康成、子慎之輩，又可使薄夫敦而懦夫立者也！詩自起至此一段，即此數語意而加以舖張排比者也。

〔二四〕頗憶二句　徐注：令狐楚詩：休澣許過從。

蘧常案：年譜：康熙二年，始與李因篤訂交，五年，訪於代州，與因篤鳩貲墾荒于鴈門之北。又案：李因篤受祺堂詩自注：七年春既見於京師，先生入獄，因篤馳至濟南，故曰「過從數」。自訂交至此時，已歷六年，故嗟歲序之更也。

〔二五〕川巖句　徐注：水經注：鹽澤川巖雲秀。

蘧常案：見前重過代州贈李子德詩「句注山」注。

〔二六〕池館句　徐注：謝朓游後園賦：清陰起兮池館涼。

蘧常案：薊丘，見前卷一高漸離擊筑詩「薊丘」注。

〔二七〕每並句　南史謝靈運傳：上山則去其前齒，下山則去其後齒。　段注：引謝靈運傳，當增「靈運登躡，常著木屐」八字。

〔二八〕常隨句　徐注：王勃拜南郊頌：戈船泛月。

蘧常案：此句承「川巖」句，謂重過代州時也。

蘧常案：此句承「池館」句，謂前年同客京師慈仁寺事。李因篤奉答前詩詩云：憶折前津柳，同炊古寺羹。注：前年與先生同客慈仁寺，余先别去。此詩全題首句云：舊年寧人以無妄繫濟南。則謂本年康熙七年，而詩注云「前年」，則康熙六年事也。

〔二九〕詩從句　蘧常案：集異記：開元中，詩人王昌齡、高適、王之涣齊名。一日共詣旗亭貰酒，忽有伶官十數人會讌。三人因私約曰：我輩各擅詩名，今觀諸伶謳，若詩人歌詞者爲優。俄一伶唱「寒雨連江夜入吴」，昌齡引手畫壁曰：一絶句。又一伶謳「開篋淚沾臆」，適引手畫壁曰：一絶句。尋又一伶謳「奉帚平明金殿開」，昌齡又畫壁曰：二絶句。之涣因指諸妓中最佳者曰：此子所唱，如非我詩，終身不敢與争衡矣。須臾，雙鬟發聲，曰「黄河遠上白雲間」。之涣大笑，飲醉竟日。

蘧常案：富君壽蓀校唐詩别裁云：王詩寫玉門關荒涼景象，當從全唐詩注及文苑英華（卷二九九）、樂府詩集（卷二二）、唐詩紀事（卷二六）作「黄沙直上」。備一説。

〔三〇〕辯使句　段注：杜甫飲中八仙歌：高談雄辯驚四筵。

〔三一〕禄位句　原注：漢書揚雄傳：凡人賤近而貴遠，親見揚子雲禄位容貌，不能動人，故輕其書。

〔三二〕囊錢句　原注：後漢書趙壹傳：文籍雖滿腹，不如一囊錢。

〔三三〕與君句　徐注：易遯卦：好遯，君子吉。

蘧常案：李因篤鴈門邸中值寧人先生初度詩：入世深肥遯，同羣識勁操。

〔三四〕於世句　徐注：戰國策：江辛曰：自以爲無患，與人無争也。

〔三五〕史論句　徐注：後漢書靈帝紀：制詔州郡大舉鉤党。注：鉤，謂牽引也。

蘧常案：事詳卷四贈孫徵君奇逢詩「黨錮」句注。

〔三六〕儒流句　徐注：莊子：爲善無近名。

蘧常案：儒流，見前寄劉處士大來詩「渾九流」注。

〔三七〕選愞　蘧常案：漢書西南夷傳：恐議者選耎，復守和解。注：師古曰：選耎，怯不前之意也。案：選愞，同選耎，徐灝段氏説文注疏：巽即古選字。巽爲順而柔弱，怯懦謂之選懦，亦曰選耎，此古時字少以引申、假借通用也。

〔三八〕孤嫭　徐注：曹植靈芝篇：自傷早孤嫭。

〔三九〕處困貞　徐注：易困卦：困，亨貞。程傳：況隨時善處，復有裕乎？

〔四〇〕不才句　蘧常案：即與人書所謂「三千里赴友人之急」者也。

〔四一〕坎窞　徐注：易：習坎，入於坎窞。同志贈言李因篤奉答前詩：周行坎窞并。

〔四二〕虞機　徐注：書：若虞機張。

〔四三〕落莫句　徐注：釋辯才以缸面酒飲蕭翼詩：披雲同落莫。班彪王命論：精誠通於神明。

〔四四〕禽海句　蘧常案：見卷一精衛詩題注，及「長將」四句注。

〔四五〕鼇山句　原注：楚辭天問：鼇戴山抃。張衡思玄賦：鼇雖抃而不傾。

〔四六〕渭釣句　徐注：孟子：伊尹耕於有莘之野。

蘧常案：史記齊太公世家：吕尚以漁釣奸周西伯。西伯將出獵，卜之曰：所獲非龍非彨，非虎非羆，所獲霸王之輔。於是周西伯獵，果遇太公於渭之陽。

附：李因篤受祺堂詩集舊年寧人先生以無妄繫濟南走書報我觸暑馳視苦疾作辭還先生贈行三十韻詩春日晤保州重會薊門奉答前詩廣二十韻

卧病三秋色，懷人五嶽情。涼颸吹夢起，啄雀唤愁生。客返關中路，書傳歷下城。（蘧常案：原有注，今删，下同。凡有關者已取入各注，不復出矣。）倒衣初罷枕，垂涕復沾纓。巷伯詩難讀，梁園獄已平。長吟歸黯淡，别緒鬱縱横。憶折前津柳，同炊古寺羹。有孚謀且窒，無角兆先成。遠道蒹葭隔，周行坎窞并。莒萊矜野語，虞芮亂囂聲。欻櫂江波大，潛揚海汐輕。羣疑紛所出，衆口漫多驚。智勇微夫子，艱危詎此行。奮身甘下吏，微服恥爲氓。易象繇斯昉，騷歌比類明。經旬喧地岌，舉國丐天晴。節至通蘋藻，愁來憶弟兄。曾要肝膽契，況忝雪霜盟。草茀虚炎月，雲高隱暮旌。罷呼燕市酒，遄決薊門程。戍角迷丹嶂，河陰護緑蘅。崩隄頻淖馬，廢隝剩聞鶯。水旱憂兼劇，誅求慘自鳴。此邦哀瑣尾，何室厭香橙？觸目難俱述，驚時已漸更。馳聞瀛隰盡，頗喜岱嵐迎。膏沐誰遑理，壺飧欲就傾。畏途晨上謁，羈邸夜班荆。續燭探行笥，聯牀敞外楹。年華窮不減，日録老逾精。恨失登山約，嗟爲抱蹇貞。徘徊違魯酺，邂逅合秦箏。閣訪滄溟峻，泉憐趵突清。狂濤終砥柱，直道益崢嶸。旅食悲寒及，歸舟阻潦盈。依然垂橐去，率爾采薪嬰。左次才彌拙，西還意若酲。貧非荒竹徑，渴豈慕金莖。急難睽良友，端居惕遠征。寸心如濩落，中夜幾屛營。自得分魚素，空教怨鹿苹。川原仍獨往，伏臘互相衡。甫定他鄉榻，俄從上日觥。好音隨杖屨，佳會足公卿。律轉堅冰解，春迴早卉榮。斂才期近物，逃俗勵脩名。忽復追鞭弭，還來過帝京。每詢邙邑樹，誰薦寢園櫻？進履眈逢石，將詩悚報瓊，雍田關華好，爲耦待躬耕。

贈同繫閻君明鐸先出

【解題】

蘧常案：同繫，謂同繫濟南府獄者。李因篤奉答前詩廣二十韻詩「邂逅合秦箏」注云：閻天木，鄉人，以事滯山左。天木，當爲明鐸字，蓋取論語八佾篇「天將以夫子爲木鐸」義。曰鄉人，則亦陝西富平人。以事滯山左，謂其受羈山東。「邂逅合秦箏」，謂二人同繫也。此詩實無忌諱處，而潘、徐本亦不收。

鄒陽方入獄，未上大王書〔一〕。一遇韓安國，同悲待溺餘〔二〕。春風吹卉木〔三〕，大海放禽魚〔四〕。莫作臨歧歎，行藏總自如〔五〕。

【彙校】

〔題〕此首孫託荀校本，吴、汪兩校本皆有；潘刻本，徐注本，孫校本無。朱刻本「明鐸」作小字偏右。注云：著雍涒灘，在樓桑廟前，戊申。孫託荀校本同，無紀年。

【彙注】

〔一〕鄒陽二句　蘧常案：漢書鄒陽傳：鄒陽，齊人也。仕吴，以文辯著名。吴王怨望，陽奏書諫，吴王不内。去之梁，從孝王游。陽爲人有智略，忼慨不苟合，介于羊勝、公孫詭之間，勝等疾陽，惡之孝王。孝王怒，下陽吏，將殺之，迺從獄中上書，書奏，孝王立出之。卒爲上客。初，勝、詭欲使王求爲漢嗣，爰盎等皆建以爲不可，天子不許。梁王怒，令人刺殺盎，上疑梁殺之，使者冠蓋相望，責梁王。梁王始與勝、詭有謀，陽爭以爲不可，故見讒。案：鄒陽蓋以自喻。

〔二〕一遇二句　蘧常案：漢書韓安國傳：字長孺。梁成安人也。事梁孝王，爲中大夫。武帝即位，以爲北地都尉，遷大司農，爲御史大夫。爲人多大略，知足以當世取舍，而出於忠厚，貪耆財利，唯天子以爲國器。後稍下遷，病歐血死。溺餘，見前卷三贈路光禄太平詩「獄卒」

句注。

〔三〕春風句　蘧常案：詩小雅出車：春日遲遲，卉木萋萋。

〔四〕大海句　蘧常案：魏書崔鴻傳：感彼禽魚。此或用明初袁凱「大海鰻魚」事。朱彝尊静志居詩話云：袁海叟，居松江府治東門外，單恂即其地構白燕菴。李舍人待問書聯於柱曰：春風燕子依然在，大海鰻魚不可尋。相傳孝陵有言：東海走却大鰻魚，何處尋得？蓋爲海叟發也。海叟，袁凱字，嘗賦楊白花詩被譏，幾不免，遂佯狂於九峰、三泖間。豈閻明鐸亦以文字被累，事或有類，故以相比擬歟？

〔五〕行藏　蘧常案：論語述而篇：用之則行，舍之則藏。

爲黄氏作

【解題】蘧常案：黄氏當謂萊州詩獄之黄培兄弟等。詳前赴東詩序「萊人」二句注，及第五首「奈此」二句注。

齊虜重錢刀〔一〕，恩情薄兄弟〔二〕。蟲來齧桃根，桃樹霜前死〔三〕。

【彙校】

〔題〕此首孫託荀校本，吴、汪兩校本皆有；潘刻本、徐注本、孫校本無。朱刻本注云：「屠維作噩，在樓桑廟後，己酉。」孫託荀校本同，無紀年。

【彙注】

〔一〕齊虜句　蘧常案：史記劉敬列傳：上怒罵劉敬曰：齊虜以口舌得官。風俗通：錢刀，俗説利傍有刀，言治生得金者，必有刀錢之禍。又案：先生佚文與人書：江夏之驕且吝，足以致敗。江夏指黄，前已言之，當謂黄氏昆弟。黄氏即墨人，故曰「齊虜」；吝，故曰「重錢刀」。

〔二〕恩情句　蘧常案：兄弟當指黄培、黄坦。所謂「恩情薄」，無文獻足徵。先生佚文與人書五：弟不惜危軀，出而剖白此事；又云：黄氏絶不照管；蔣山傭殘稿與原一甥書云：江夏多方下石，可謂中山狼矣！黄氏於仗義之人，涼薄至此，不獨不德，而又害之，則於骨肉之間，亦可知已。

〔三〕蟲來二句　蘧常案：古樂府：蟲來齧桃根，李樹代桃僵。王獻之桃葉歌：桃樹連桃根。又案：「蟲來齧」，似謂姜元衡誣告黄氏兄弟，並及其父宗昌，詳前赴東詩序「萊人」二句及「指爲」二句注。先生佚文與人書云：黄氏詩獄發，督撫親審，事歷三載。其久訟破家可知，「霜前死」，或謂此乎？

樓桑廟 已下屠維作噩

【解題】

徐注：康熙八年己酉。蜀志：涿州即漢昭烈故居，東南舊有桑高五丈，因號樓桑村。一統志：順天府漢昭烈廟在涿州西南樓桑村，唐乾寧四年建，碑尚存。金承安初重修，王庭筠有記。明弘治二年再修，以關、張配享。冒云：先生是年年五十七。

蘧常案：燕山叢談：漢昭烈宅在涿州樓桑村，有桑層蔭如樓，故名。是年海上鄭氏稱永曆二十三年；公元一六六九年。

大雪閉河山，停驂阻燕界〔一〕。日出見平岡，廟制頗弘大。昭烈南面尊〔二〕，其旁兩侯配〔三〕。陰森宮前木，蕪没畦首菜〔四〕。遺像纏風塵，荒碑委榛薊〔五〕。痛惟初平時，中原已横潰〔六〕。跳身向荆益，歷險誠不悔〔七〕。終焉嗣漢業，上帝居禋類〔八〕。獨此幽并區，頻在衣冠外〔九〕。不得比南陽〔一〇〕，何由望豐沛〔一一〕？尚想舊宅桑，童童狀車蓋〔一二〕。黄屋既飄飖〔一三〕，霓旌亦杳靄〔一四〕。惟有異代臣〔一五〕，過瞻常再拜。不及二將軍，提戈當一隊〔一六〕。

【彙注】

〔一〕停驂句　徐注：史記燕召公世家：燕界北迫蠻貊，内措齊、晉。

〔二〕昭烈　徐注：三國志蜀志先主傳：梓宫自永安還成都。謚曰昭烈皇帝。

〔三〕兩侯　徐注：三國志蜀志關張馬黄趙傳：曹公表封羽爲漢壽亭侯。又追謚羽曰壯繆侯。又進封飛西鄉侯，追謚飛曰桓侯。

〔四〕蕪没句　徐注：南史梁元帝紀：庭草蕪没。

蘧常案：畦首菜，見卷三酬陳生芳績詩「但掩」句注。

〔五〕荒碑句　徐注：先生金石文字記：蜀先主廟碑，郭□撰，正書，乾寧四年。今在涿州樓桑村廟中，剥蝕，其首行曰：「婁居道重修。」梁宣帝游七山寺賦：撥榛蒯之瀰蒙。

〔六〕痛惟二句　徐注：蜀志先主傳：上言漢帝曰：曩者董卓造爲亂階，自是之後，羣凶縱横，殘剥海内。謝靈運擬鄴中詩：天地中横潰。

蘧常案：後漢書孝獻帝紀：初平元年春正月，董卓殺弘農王。白波寇東郡。二月丁亥，遷都長安。三月己酉，董卓焚洛陽宫廟及人家。二年十一月，黄巾寇太山，轉寇勃海。三年四月辛巳，誅董卓。五月，董卓部曲將李傕、郭汜、樊稠、張濟等，反攻京師。六月戊午，陷長安城。四年夏五月，下邳賊闕宣自稱天子。

〔七〕跳身二句　徐注：漢書蕭何曹參傳：失軍亡衆，跳身遯者數矣。

也。又，蕭相國世家：夫上與楚相距，逃身遁者數矣。蕭常續後漢書昭烈帝紀：建安六年，昭烈頓軍汝南，曹操來攻，昭烈與劉表相聞，表郊迎之，待以上賓之禮。益其兵，使屯新野。十三年，操攻劉表，會表卒，子琮代立，約降。昭烈遂將其衆去，操以精騎來追，昭烈兵不利，從間道走漢津，濟沔。會表長子江夏太守琦衆萬餘人，未有所鄉，乃與俱至夏口。遣諸葛亮詣孫權，請兵擊操。十二月，昭烈以其衆會吴師，及操戰於赤壁，大敗之。表劉琦爲荆州刺史。十四年，劉琦卒，羣下推昭烈爲荆州牧。十六年，益州牧劉璋聞操將向漢中攻張魯，大恐。張松説璋曰：劉豫州，使君之肺腑，而曹操之深讎也，且善用兵，若使之討魯，魯必破，魯破，則操無能爲也。璋然之，使法正迎昭烈。昭烈遂自將萬人入益州，至涪，璋自出迎。張松使法正啓昭烈，可於會襲璋。昭烈曰：恩信未孚，不可倉卒。十七年，松兄肅懼禍及，發其謀。於是璋收斬松，敕關戍諸將文書，勿使關通昭烈。昭烈大怒。十八年，分遣諸將，平定郡縣。十九年，拔雒城，進圍成都，劉璋出降，遷之於南郡、公安。昭烈復領益州牧。

〔八〕終焉二句　蕭常案：續後漢書昭烈帝紀：建安二十四年秋七月，羣下上昭烈爲漢中王，表於天子。二十五年，曹丕篡帝位。或傳天子遇害，王乃發喪制服。章武元年春，羣臣上尊號。夏四月，即皇帝位於成都，燔柴告天。其祝文曰：謹擇元日，與百僚登壇，受皇帝璽綬，修燔瘞告，類於天神，惟神饗祚於漢家，永綏四海。於是建元爲章武，大赦天下。置百官，立宗廟，祫祭高皇帝以下。

〔九〕獨此二句　蘧常案：幽、并，見卷四五臺山詩「盤礴」句注。詩大雅召旻：不云自頻。鄭箋：頻當作濱。案：蓋謂涿州處幽、并之間，濱於荒厓遠水，衣冠文物之外也。明史志地理一涿州注：北有涿水，西北有挾河合焉，南有范水。

〔一〇〕南陽　蘧常案：見卷一大漢行「次第」句注。

〔一一〕豐沛　徐注：史記高祖本紀：沛豐邑中陽里人也。

〔一二〕尚想二句　徐注：三國志蜀志先主傳：舍東南角籬上有桑樹生，高五丈餘，遥望見童童如小車蓋，往來者皆怪此樹非凡，或謂當出貴人。先主少時，與宗中諸小兒於樹下戲曰：吾必當乘此羽葆車蓋。叔父子敬謂曰：汝勿妄言，滅吾門也。

〔一三〕黄屋　蘧常案：見卷二金壇縣南五里顧龍山詩「黄屋」句注。

〔一四〕霓旌句　徐注：符載襄陽北樓記：香靄静深。蘧常案：宋玉高唐賦：蜺爲旌，翠爲蓋。蜺同霓。班固兩都賦：虹旃霓旌。

〔一五〕惟有句　蘧常案：謝靈運七里瀨詩：異代可同調。

〔一六〕不及二句　徐注：三國志蜀志關張馬黄趙傳：先主爲漢中王，拜羽爲前將軍，拜飛爲右將軍。章武元年，遷車騎將軍。漢書李陵傳：願得自當一隊。

三月十二日有事於先皇帝欑宮同李處士因篤

【解題】

徐注：張譜：案受祺堂詩集有舊年顧寧人先生以無妄繫濟南走書報我觸暑馳視苦疾作馳還先生寄贈行三十韻詩春日晤保州重會薊門奉答前詩廣二十韻一首。詩有云：甫定他鄉榻，俄從上日觥。自注：先生以二月朔至。又云：每詢邙邑樹，誰薦寢園櫻？自注：時在清明。是先生此年與子德會合及謁陵之時日也。「二月朔，至保定」一節，譜亦失載。文集謁欑宮文云：臣炎武、臣因篤，江左豎儒，關中下士。相逢燕市，悲一劍之猶存；旅拜橋山，痛遺弓之不見。時當春暮，敬擷村蔬，聊攄草莽之心，式薦園陵之事。告四方之水旱，及此彌年；乘千載之風雲，未知何日？伏惟昭格，俯鑒丹忱。

蘧常案：元譜：八年己酉，三月，往昌平，五謁天壽山及懷宗欑宮。是行也，與李子德偕。李天生年譜：康熙八年，元日，由霍州經靈石抵保定，與顧寧人會，遂入都，尋寧人亦自山東至，清明同謁懷宗欑宮。

餘生猶拜謁，吾友復同來。筋力愁初減〔一〕，天顏佇一迴。巖雲隨馭下〔二〕，寢仗夾車開〔三〕。未得長陪從，辭行涕泗哀。

【彙校】

〔題〕潘刻本、徐注本、孫校本無「先皇帝」三字。

【彙注】

〔一〕筋力　徐注：禮：老者不以筋力爲禮。

〔二〕隨馭　徐注：宋史樂志：迴飈隨馭。

〔三〕寢仗　徐注：唐書百官志：司仗、典仗、掌仗各二人。皇甫曾詩：爐煙乍起開仙仗。

蘧常案：謂帝王園陵寢廟之儀仗也。續漢書祭祀志：漢諸陵皆有園寢，承秦所爲。車，當謂「雲車」，與上馭謂「龍馭」作對，所謂「雲車風馬」也。或以爲指「天子之殯，菆塗龍輴」而言，然此時殯已久矣，疑非。

附：李因篤受祺堂詩集三月十二日有事於欑宮同顧徵士炎武賦用來字詩

再出松楸路，初將灑埽盃。百神春轉肅，孤寢墓同哀。渚鴈依靈藻，峰霞拂繡苔。葱葱橋嶽氣，日向五雲來。

贈李貢士嘉 故城人 時年八十

【解題】

蘧常案：李嘉無考。故城，明屬河間府景州。明史志地理一：州南少西。今屬河北省。

居然漢代表遺民，猶向甘陵説黨人〔一〕。久矣泥塗嗟絳縣〔二〕，不妨漁釣老河濱〔三〕。花香元亮籬前酒〔四〕，雨墊林宗野外巾〔五〕。此日耆英誰得似〔六〕？飲和先作一方春〔七〕。

【彙注】

〔一〕猶向句　徐注：後漢書黨錮傳序：初，桓帝受學於甘陵周福。及即位，擢爲尚書。時同郡河南尹房植有名當朝，二家賓客，互相譏揣，遂各樹朋徒，漸成尤隙，由是甘陵有南北部。

蘧常案：徐注末應增引「黨人之議自此始矣」句。續漢書郡國志：冀州清河國甘陵，故厝，安帝更名。

〔二〕久矣句　蘧常案：左傳襄公三十年：晉悼夫人食輿人之城杞者，絳縣人，或年長矣，無子，而往與於食。有與疑年，使之年，曰：臣，小人也，不知紀年。臣生之歲，正月甲子朔，四百有四十五甲子矣，其季於今三之一也。吏走聞諸朝，師曠曰：七十三年矣。趙武問其縣大夫，則其屬也。召之而謝過焉，曰：使吾子辱在泥塗久矣，武之罪也，敢謝不才。遂仕之。

〔三〕不妨句　蘧常案：漁釣，見前子德李子聞余在難詩「渭釣」句注。

〔四〕花香句　蘧常案：元亮，見卷一擬唐人五言八韻陶彭澤歸里詩題注。陶潛飲酒詩：采菊東籬下，悠然見南山。又：秋菊有佳色，裛露掇其英。汎此忘憂物，遠我遺世情。

〔五〕雨墊句　徐注：後漢書郭泰傳：嘗遇雨，巾一角墊，時人乃故折巾一角，以爲「林宗巾」，其見慕如此。

〔六〕耆英　蘧常案：見卷三賈倉部必選説易詩「耆英」注。

〔七〕飲和句　原注：淮南子：不言而能飲人以和。

邯鄲

【解題】徐注：明史志地理：廣平府邯鄲。府西南。元屬磁州，洪武元年來屬。西北有洺河，東有滏陽河。方輿紀要：戰國時趙都也。秦置邯鄲郡於此，漢爲邯鄲縣，趙國治焉。更始二年，世祖擒王郎，幸邯鄲，其後仍爲趙國治。志云：舊城，俗呼爲趙王城。

蘧常案：漢書地理志邯鄲張晏注：邯，山名；鄲，盡也。邯山至此而盡，故名。

趙國地生毛〔一〕，叢臺野火燒〔二〕。平原與馬服，纍纍葬枯蒿〔三〕。饑烏啄冬雪，獨鴈號寒郊。有策無所用，拂拭千金刀〔四〕。豈聞蕭王來〔五〕，北發漁陽豪〔六〕。晝卧温明殿〔七〕，蒼生正嗷嗷。太息復何言，此身隨所遭〔八〕。

【彙注】

〔一〕趙國句　原注：史記趙世家：民譌言曰：趙爲號，秦爲笑，以爲不信，視地之生毛。

蘧常案：「地生毛」，當謂地動坼。史記趙世家：幽繆王遷五年，代地大動，自樂徐以西，北至平陰，臺屋墻垣，太半壞，地坼東西百三十步。正義：其坼溝見在，在晉、汾二州界也。

〔二〕叢臺句　原注：漢書五行志：高后元年五月丙申，趙叢臺災。徐注：方輿紀要：叢臺在邯鄲縣城東，世傳趙武靈王所築，以其連聚非一，故曰叢臺。光武拔邯鄲，置酒高會，與馬武登叢臺。

〔三〕平原二句　蘧常案：平原，見前出鴈門關詩第二首「趙國」二句注。史記平原君列傳：喜賓客，蓋至者數千人。相趙惠文王及孝成王，三去相，王復位，封於東武城，以孝成王十五年卒。一統志：平原君墓，在肥鄉縣東南七里。史記廉頗藺相如列傳：趙奢者，趙之田部吏也。平原君以爲賢，王用之治國賦。秦伐韓，軍於閼與，王令奢將救之，大破秦軍，遂解閼與之圍而歸。惠文王賜奢號爲馬服君。集解：張華曰：趙奢冢在邯鄲界西山上，謂之馬服山。

〔四〕拂拭句　徐注：李白留别賈舍人至詩：拂拭倚天劍。吴越春秋：子胥以劍贈漁父曰：此千金劍也。

〔五〕蕭王　徐注：後漢書光武紀：更始元年，故趙繆王子林乃詐以卜者王郎爲成帝子子輿，立郎爲天子，都邯鄲。二年，光武移檄邊郡，共擊邯鄲。又四月，進圍邯鄲，連戰破之，誅王郎。更始遣侍御史持節立光武爲蕭王。

〔六〕北發句　徐注：後漢書耿弇傳：至長安，陳漁陽、上谷兵可用，又與吴漢北發幽州十郡兵。杜甫後出塞詩：漁陽豪俠地。

〔七〕晝卧句　徐注：後漢書耿弇傳：光武居邯鄲宫，晝卧温明殿，弇入造牀下請閒，因説曰：今更始失政，百姓不知所從，士人莫敢自安，其敗不久，公首事南陽，破百萬之軍，今定河北，據天府之地，以義征伐，發號響應，天下可傳檄而定，天下至重，不可令它姓得之。

〔八〕此身句　徐注：杜甫避地詩：此生隨所遭。

邢州

【解題】

徐注：明史志地理：順德府領縣九：邢臺、沙河、南和、任、内丘、唐山、平鄉、鉅鹿、廣宗。案：隋曰邢州。元和志：後魏鉅鹿郡及北廣平郡地，隋改邢州，宋仍。邢州府，西帶上黨，北控常山。冒云：此首爲盧象昇作。

太行從西來，勢如常山蛇〔一〕。邢洺在其間〔二〕，控壓連九河。唐人守昭義，桀驁不敢過。憑此制山東，腹心實非他〔三〕。事已遡悲風，芒然吹黄沙〔四〕。乞食向野人〔五〕，從之問桑麻〔六〕。

【彙注】

〔一〕太行二句　徐注：蘇轍詩：燕山如長蛇，千里限夷漢。

蘧常案：太行，見卷二贈人詩「太行山」句、卷三京師作詩「西來」二句、卷四霍山詩「東環」句諸注。常山蛇，見卷三江上詩「勢如」三句注。

〔二〕邢洺句　徐注：唐書地理志：邢、洺、貝、冀、深、趙、鎮，定爲大梁分。議者謂自河東下太行，拔邢州而守之，則洺州之肩臂舉而河北之腰膂絶矣。

蘧常案：北周於廣平郡置洺州，隋改爲武安郡，唐復爲洺州，其後仍之，元爲廣平路，入明爲永年，屬廣平府。九河，見前過蘇禄國王墓詩「九河」句注。

〔三〕唐人四句　原注：舊唐書李抱真傳：爲昭義軍節度使，時田悦、朱滔、王武俊相繼反叛。及上幸梁州，抱真獨于擾攘傾潰之中，以山東三州，外抗羣賊，内輯軍士，羣賊深憚之。徐注：唐書契丹傳：魏青龍中，部酋北能稍桀驁。

蘧常案：左傳宣公十二年：敢布腹心。

〔四〕事已二句　徐注：明史盧象昇傳：崇禎十年，九月，清兵入墻子嶺青口山，駐於牛蘭。召宣、大、山西三總兵楊國柱、王樸、虎大威入援。賜象昇尚方劍，督天下援兵，實不及二萬。當是時，象昇自將馬步兵列營都城之外，衝鋒陷陣，軍律甚整。清兵南下，三路出師：一由淶水攻易，一由新城攻雄，一由定興攻安肅。象昇遂由涿進據保定，命諸將分道出擊，大戰於慶都。編修楊廷麟上疏言：南仲在内，李綱無功；潛善秉成，宗澤殞恨。國有若人，非封疆福。嗣昌大怒，改廷麟兵部主事，贊畫行營，奪象昇尚書，侍郎視事。命大學士劉宇亮督師，巡撫張其平閉闉絶餉。俄，又以雲、晉警，趣出關，王樸徑引兵去。象昇提殘卒，次宿三宫野外，畿南三郡父老咸叩軍門請曰：天下洶洶且十年，明公出萬死不顧一生之計爲天下先，乃奸臣在内，孤忠見嫉。三軍捧出關之檄，將士懷西歸之心。棲遲絶野，一飽無時。明公誠從愚計，移軍廣順，召集義師。三郡子弟喜公之來，皆以昔非公死賊，今非公死兵，同心勠力，一呼而裹糧從者可十萬，孰與隻臂無援，立而就死哉！象昇泫然流涕而謂父老曰：感父老義，雖然，自予與賊角，經數十百戰未嘗衄。今者，分疲卒五千，大敵西衝，援師東隔，事由中制，食盡力窮，旦夕死矣，無徒累爾父老爲也。衆號泣雷動，各攜牀頭斗粟餉軍，或貽棗一升，曰：公煮爲糧。十二月十一日進師至鉅鹿賈莊。起潛擁關、寧兵在雞澤，距賈莊五十里而近。象昇遣廷麟往乞援，不應。師至蒿水橋，遇清兵，象昇將中軍，大威帥左，國柱帥右，遂戰。夜半，觱篥聲四起。旦日，騎數萬環之三匝。象昇麾兵疾戰，呼聲動天，自辰迄未，礮盡矢窮，奮身鬭，後騎皆進，手擊殺數十人，身中四矢三刃，遂仆。掌牧楊陸凱懼衆殘其屍而伏其上，背負二十四矢以死，僕顧顯者殉，一軍盡覆。大威、國柱潰圍得脱。起潛聞敗，倉皇遁，不言象昇死狀。嗣昌疑之，有詔驗視。廷麟得其屍戰場，麻衣白網巾，一卒遥見，即號泣曰：此吾盧公也！三郡之民聞之，哭失聲。順德知府于潁上狀，嗣昌故靳之，八十日而後斂。明年，象昇妻王請卹。又明年，其弟象晉、象觀又請，不許。嗣昌敗，乃贈太子少師、兵部尚書，賜祭葬，世廕錦衣千户。福王時，追謚忠烈，建祠奉祀。方象昇之戰歿也，嗣昌遣三邏卒察其死狀，其一俞躍龍者，歸言象昇實死。嗣昌怒，鞭之三日夜，且死，張目曰：天道神明，無枉忠臣！於是天下聞之，莫不欷歔，益恚嗣昌矣！

蘧常案：儲欣盧忠烈公傳云：公死後，或言降，或言竄，有司禮監旗官俞振龍者訪緝歸，獨稱公死甚烈。嗣昌大怒，極刑掠治，終填牢户。于是公家惴惴不敢斂，人以此尤切齒嗣昌。較明史爲詳。象昇之死，楊嗣昌實尸其責，死後猶欲陷之，而詩無一語涉及，宜啓全祖望、王豫之疑矣。然云「腹心實非他，事已遡悲風」，其有言外意歟？

〔五〕乞食句　徐注：左傳僖公二十三年：出於五鹿，乞食於野人。

〔六〕桑麻　冒云：以「桑麻」代「桑田」，爲韻所限，而不覺其湊。

白大名至保定子德已先一月西行賦寄

【解題】徐注：明史志地理：大名府，北距京師千一百六十里；保定府東北距京師三百五十里。方輿紀要：大名府，戰國魏地，秦屬東郡，漢屬魏郡，五代漢改曰大名府，宋之北京也。保定府，秦爲上谷、鉅鹿二郡，漢爲涿郡，晉屬范陽，至元十三年，改保定路，明初爲保定府。李因篤受祺堂集有答顧徵君保州見懷之作云：翻愁先夙駕，不及共臨歧。夜雪懷人迥，春堂入夢遲。蘧常案：吴譜：八年己酉，至大名，過保定。案：詩有「木落」、「霜封」云云，則在秋時也。李天生年譜：康熙八年秋，由保定赴大同，秋杪抵里。

念爾西歸日，嗟余望路歧〔一〕。殊方頻邂逅，千里各差池。木落燕臺早〔二〕，霜封華掌遲〔三〕。秦郊須置驛，莫後鄭當時〔四〕。

【彙注】

〔一〕路歧　徐注：列子：歧路之中，又有歧焉，吾不知所之，所以反也。

〔二〕燕臺　蘧常案：別見卷二贈人詩第一首「楊朱」四句注。

〔三〕華掌　蘧常案：見卷四答徐甥乾學詩「今日」句注。

〔四〕秦郊二句　蘧常案：秦郊，見前寄劉處士大來詩「秦郊」句注。史記汲鄭列傳：鄭當時者字莊，陳人也。孝景時爲太子舍人，每五日洗沐，常置驛馬長安諸郊，存諸故人，請謝賓客，夜以繼日。遷爲大農令，莊爲大史，誡門下：客至，無貴賤無留門者。執賓主之禮，以其貴下人。陷罪，贖爲庶人。頃之，爲汝南太守。以官卒。

亡友潘節士之弟耒遠來受學兼有投詩答之

【解題】

蘧常案：潘節士詳卷三贈潘節士檉章，卷四汾州祭吴炎潘檉章二節士兩詩各注。弟耒，見卷四寄潘節士之弟耒詩題注。徐譜：案是年潘耒將讀書於婦翁王略家，六月，略卒；十一月，耒妻亦卒，故耒去山陽至平原也。張譜：八年己酉冬，抵平原，潘次耕耒來受學。穆案：遂初堂集補遺有己酉冬自淮陰抵平原呈亭林先生六十韻詩，詩末云：「汶野黄雲凍，沂山白草枯。隻身經雨雪，遠道涉崎嶇。」先生答詩云「蕭蕭行李鴈飛秋」，是次耕以冬初謁先生於平原也。案：潘耒亡妻王孺人壙誌銘云：康熙己酉歲，十一月乙未，亡妻王氏卒於淮陰，將以其月戊申，厝於清江浦魯橋之原。十一月乙未，爲初六日，而戊申則十九日也。潘耒之起程赴平原，必在是年十一月二十以後，張譜謂「以冬初謁先生」，非。

生平不擬託諸侯〔一〕，吾道仍須歷九州〔二〕。落落關河蓬轉後〔三〕，蕭蕭行李鴈飛秋〔四〕。爲秦百姓皆黔首〔五〕，待漢儒林已白頭〔六〕。何意故人來負笈，艱難千里媿從游〔七〕。

【彙注】

〔一〕生平句　徐注：沈約別范安成詩：生平少年日。孟子：士之不託諸侯。先生答李紫瀾書：此來關右，不干當事。蘧常案：蔣山傭殘稿與李紫瀾書：因有帥府欲相招致，及今未至，飄然去之。鴻鵠之飛，意南而至於南，意北而至於北，此亦中材而處末流之一術矣。

〔二〕吾道句　徐注：先生與戴耘野書：弟身罹多難，淪落異邦，長爲率野之人，無復首丘之日。然而九州歷其七，五嶽登其四。

蘧常案：書禹貢：冀州，濟、河惟兖州，海、岱惟青州，海、岱及淮惟徐州，淮海惟揚州，荆及衡陽惟荆州，荆、河惟豫州，華陽、黑水惟梁州，黑水、西河惟雍州。又：九州攸同。

〔三〕落落句　徐注：東觀漢紀：太史公曰：票駭蓬轉。

〔四〕蕭蕭句　徐注：左傳僖公三十年：行李之往來。

蘧常案：「秋」訓爲「時」。如曹植七啓云：此甯子商歌之秋。張譜據潘耒呈詩「黄雲凍」、「白草枯」云云與此句，以爲耒以初冬謁先生，則是以秋爲時令矣，非。

〔五〕爲秦句　徐注：史記秦始皇本紀：更民名曰黔首。應劭曰：黔，亦黎黑也。冒云：以「黔首」二字代「薙髮」而恰好，有宗周之思，而不嫌其泛。

〔六〕待漢句　蘧常案：此謂伏生，見卷四贈孫徵君奇逢詩「尚有」四句注。蓋先生自喻。文集答曾庭聞書，云「弟白首窮經，使天假之年，不過一伏生而已」可證。

〔七〕何意二句　徐注：先生與次耕書：承諭，負笈從游，古人之盛節，僕何敢當！然中心惓惓，思共晨夕，亦不能一日忘也。

十年離別未言還，楚水楓林極望間〔一〕。野雀暮歸吴季廟〔二〕，寒濤秋擁伍胥山〔三〕。

人琴已逝增哀涕〔四〕，笠屩相看失壯顔〔五〕。獨有士龍年最少，一朝詞筆動江關〔六〕。

【彙注】

〔一〕楚水楓林　徐注：庾信華林園馬射賦：横弧於楚水之蚊。杜甫夢李白詩：魂來楓林青。

〔二〕吳季廟　徐注：蘇州府志：延陵季子廟在武山錦鳩峰下，祀吳公子季札，元至正二年建。

〔三〕伍胥山　徐注：史記伍子胥列傳：吳人憐之，爲立祠江上，命曰胥山。蘇州府志：胥山，在香山東南太湖口，今名清明山。

蘧常案：越絶書於闔閭時已言胥山，則胥山非以祀伍子胥而名。此猶用傳説也。

〔四〕人琴句　蘧常案：世説新語傷逝篇：子敬先亡，子猷索輿來奔喪，便徑入，坐靈牀上。取子敬琴彈，久既不調，擲地云：子敬！子敬！人琴俱亡！案：此謂潘檉章之遇害，詳卷四汾州祭吳炎潘檉章二節士詩題注，及「悲溪」二句注。

〔五〕笠屩句　徐注：詩小雅無羊「荷蓑荷笠」傳：笠，所以禦暑雨。説文：屩，屐也。冒云：「壯顔」句自悼。

〔六〕獨有二句　徐注：杜甫詠懷古蹟詩：庾信平生最蕭瑟，暮年詞賦動江關。

蘧常案：晉書陸雲傳：雲字士龍，少與兄機齊名。幼時，吳尚書廣陵閔鴻見而奇之，曰：此兒若非龍駒，當是鳳雛。後舉雲賢良，時年十六。吳平入洛，補浚儀令，一縣稱其神明。成都王穎表爲清河内史，轉大將軍右司馬，屢以正言忤旨。機之敗也，並收殺雲。世説新語賞譽篇注引陸雲別傳：「雲雅有俊才，博聞彊記，善著述。六歲便能賦詩，時人以爲項橐、揚烏之疇也。」案：張譜：「次耕生於順治三年丙戌，少先生三十三歲。」則是年潘耒年才二十有四，故曰「士龍年最少」也。

附：潘耒遂初堂集補遺己酉冬自淮陰抵平原呈亭林先生六十韻詩

耆德何寥落，人倫孰楷模？斯文知未墜，夫子實通儒。世德推江表，高名冠海隅。才猷鼎鼐重，器略廟堂須。妙譽歸人傑，英姿識鳳雛。風雲遲絶足，羽翼礙天衢。築版功名遠，躬耕心事紆。勞勞悲擊楫，渺渺欲乘桴。廿載中原客，單車萬里驅。北游頻五嶽，作賦幾三都。漢塞雲隨鴈，秦關月炤榆。胸中百郡志，掌上列邊圖。結客傾豪俊，論文盡顧廚。襟懷小天地，聞見溢寰區。學貫天人奧，身苞造化樞。大文經緯著，讜論古今臚。賈馬寧方駕，班楊敢並趨。才高道乃契，心小聖爲符。雅痛微言絶，深嗟學術殊。幾年犂傳注，百代掃榛蕪。精理通爻象，鴻猷擴典謨。禮堂尊講席，絳帳盛生徒。小子深瞻仰，通家自友于。追陪憶往歲，侍從足歡娱。嵇阮交原厚，陳雷好不渝。時時枉高駕，往往到菰蘆。永漏杯同把，明燈筆共濡。情深等膠漆，調叶比笙竽。各矢青雲志，祇愁白日徂。龍蛇夢俄兆，鵩鳥讖堪吁。向子聞鄰笛，王公憶酒壚。遥知悲宿草，無處奠生芻。落魄餘文舉，伶仃有少孤。素絃哀絶調，枯樹慘同株。戢影依慈母，含辛對阿奴。向人言慷慨，伏枕淚模糊。流浪來淮市，飄零客射湖。江關淹歲月，踪跡混泥塗。范叔綈袍盡，相如四壁無。三秋長旅食，半刺只窮途。詎敢題鸚鵡，那堪聽鷓鴣。壯懷感馬援，歧路畏楊朱。愁到思投筆，窮來未棄繻。橘寧爲枳變，蘭不效蕭敷。把卷難窮牖，編書亦絶蒲。三冬曼倩惜，一榻幼安俱。汲古慚修綆，攻文愧小巫。孤生原譾劣，曲學況牽拘。窺豹非全目，雕蟲豈壯夫！夙懷期負笈，雅志有懸弧。碩德惟劉董，儒宗有鄭盧。龍門雖自峻，蠡測肯辭愚。問字侯芭去，傳經服慎呼。羸糧非早暮，命駕敢踟躕。汶野黄雲凍，沂山白草枯。隻身經雨雪，遠道涉崎嶇。捧杖微誠遂，横經鄙願輸。駑駘還賴策，蓬草或堪扶。斧削資良匠，陶鎔付大爐。垂恩無以報，感激一微軀！

述古 已下上章閹茂

【解題】徐注：康熙九年庚戌。案：第一首述董仲舒，第二首述鄭康成，第三首述文中子。蓋先生自喻也。冒云：先生是年年五十八。

蘧常案：程先貞贈先生序：自漢、唐以來，諸賢林立，觀其意思，略與鄭康成、王文中輩相仿佛，皆能深造理窟，力追大雅，以斯文爲己任者也。

微言既以絶，一變爲從横〔一〕。下以游俠權，上以刑名衡〔二〕。六國固蚩蚩〔三〕，漢興亦攘攘〔四〕。不有董夫子，大道何由明〔五〕？孝武尊六經，其功冠百王〔六〕。節義生人材，流風被東京〔七〕。世儒昧治本〔八〕，一槩而相量〔九〕。於乎三代還，此人安可忘！

【彙注】

〔一〕微言二句　蘧常案：漢書藝文志序：昔仲尼没而微言絶，七十子喪而大義乖。戰國從衡，真僞分争，諸子之言，紛然殽亂。

〔二〕下以二句　徐注：史記游俠列傳索隱述贊：游俠豪倨，籍籍有聲，權行州里，力折公卿。蘧常案：史記游俠列傳郭解傳：及徙豪富茂陵也，解家貧，不中訾，吏恐，不敢不徙。衛將軍爲言郭解家貧，不中徙。上曰：布衣權至使將軍爲言，此其家不貧。又，儒林列傳：孝文帝本好刑名之言，及至孝景，不任儒者。

〔三〕蚩蚩　徐注：詩：氓之蚩蚩。蘧常案：朱熹詩集傳：蚩蚩，無知之貌。

〔四〕漢興句　徐注：太公六韜：天下攘攘。蘧常案：「攘攘」或作「壤壤」，史記貨殖列傳：天下壤壤，皆爲利往。壤壤，紛錯之意。儒林列傳云：故漢興，然後諸儒始得修其經藝。然尚有干戈，平定四海，亦未暇遑庠序之事也。漢書董仲舒傳：仲舒遭漢承秦滅學之後，六經離析。此皆所謂攘攘者歟？

〔五〕不有二句　徐注：漢書董仲舒傳：策云：諸不在六藝之科、孔子之術者，皆絶其道，勿使並進。邪辟之説滅息，然後綱紀可一，而法度可明。

〔六〕孝武二句　徐注：漢書武帝紀贊：漢承百王之弊，高祖撥亂反正，文、景務在養民，至於稽古禮文之事，猶多闕焉。孝武初立，卓然罷黜百家，表章六經。師古注：六經：易，詩，書，春秋，禮，樂也。

〔七〕節義二句　徐注：先生日知録：如董生之言正誼明道，不一二見也。蓋自春秋以後，至東京而其風俗稍復乎可。又：夫以經術之治，節義之防，光武、明、章數世爲之而未足；毁方敗常之俗，孟德一人變之而有餘。又：光武躬行儉約，以化臣下，講論經義，常至夜分，故東漢之世，雖人才倜儻不及西京，而士風家法，似過前代。又云：論世而不考其風俗，無以明人主之功，余之所以斥周末而進東京，亦春秋之意也。冒云：「節義」五字是詩眼。

〔八〕治本　徐注：淮南子：仁義者，治之本也。

〔九〕一槩　原注：楚辭九章懷沙：同糅玉石兮，一槩而相量。

蘧常案：洪興祖楚辭補注：槩，平斗斛木。

六經之所傳，訓詁爲之祖〔一〕。仲尼貴多聞，漢人猶近古。禮器與聲容，習之疑可睹〔二〕。大哉鄭康成，探賾靡不舉。六藝既該通，百家亦兼取〔三〕。至今三禮存，其學非小補〔四〕。後代尚清談〔五〕，土苴斥鄒魯〔六〕。哆口論性道〔七〕，捫籥同矇瞽〔八〕。

【彙注】

〔一〕六經二句　蘧常案：馬瑞辰毛詩傳箋通釋：詁訓本爲故言，由今通古，皆曰詁訓，亦曰訓詁，而單詞則爲詁，重語則爲訓。詁第就其義而證明之，訓則兼其言之比興而訓導之，此詁與訓之辨也。漢書藝文志：書有大小夏侯解故；詩有魯故、齊后氏故、齊孫氏故、韓故、毛詩故訓傳。姚振宗後漢藝文志：書有衛宏古文訓旨、賈逵古文訓；詩有謝曼卿毛詩訓；禮有鄭興周禮解詁、鄭衆周禮解詁、衛宏周禮解詁、賈逵周官解故、張衡周官訓詁、盧植禮記解詁；春秋有鄭興左氏條例訓詁、章句訓詁，陳元左氏訓詁，孔奇左氏傳義詁，賈逵左氏傳解詁、春秋釋訓、三家經本訓詁，劉陶春秋訓詁，何休公羊解詁。此皆兩漢經解之以訓詁著名者也。

〔二〕仲尼四句　徐注：論語：多聞，擇其善者而從之。史記孔子世家贊：觀仲尼廟堂、車服禮器。漢書禮樂志：隆雅、頌之聲，盛揖讓之容。

〔三〕大哉四句　徐注：後漢書鄭玄傳：所注周易、尚書、毛詩、儀禮、禮記、論語、孝經、尚書大傳、中候、乾象歷，又著天文七政論、魯禮禘祫義、六藝論、毛詩譜、駁許慎五經異義、答臨孝存周禮難，凡百餘萬言。論曰：玄括囊大典，網羅衆家，刪裁繁誣，刊改漏失，自是學者略知所歸。

蘧常案：鄭康成，見前卷三不其山詩「爲問」二句注。

〔四〕至今二句　徐注：孟子：豈曰小補之哉！

蘧常案：後漢書儒林傳：馬融作周官傳授鄭玄，玄作周官注。玄本習小戴禮，後以古經校之，取其義長者，故爲鄭氏學。玄又注小戴所傳禮記四十九篇，通爲三禮焉。唐賈公彦序周禮廢興：鄭玄徧覽羣經，知周禮者，乃周公致太平之迹，使周禮義得條通。又疏序：周禮爲末，儀禮爲本，本則難明，末便易曉，是以周禮注者則有多門；儀禮所注，後鄭而已。陳邵周禮論序：戴聖刪大戴禮，是爲小戴禮，後漢馬融、盧植考諸家異同，行於世，鄭玄依盧、馬之本而注焉。又今大戴無傳，學者唯鄭注周禮、儀禮、禮記並列學官。

〔五〕後代句　徐注：日知録：劉、石亂華，本於清談之流禍，人人知之。孰知今日之清談，有甚於前代者。昔之清談，談老、莊；今之清談，談孔、孟。不習六藝之文，不考百王之典，不綜當代之務，舉夫子論政論學之大端，一切不問，以明心見性之空言，代脩己治人之實學，股肱惰而萬事荒，爪牙亡而四國亂，神州蕩覆，宗社丘墟。昔王衍爲石勒所殺，將死，顧而言曰：嗚呼！吾曹雖不如古人，若不祖尚虛浮，戮力以匡天下，猶可不至於此！今之君子得不有愧其言！

〔六〕土苴句　蘧常案：莊子讓王篇：其土苴以治天下。司馬彪注：土苴，如糞草也。韋孟在鄒詩，濟濟鄒、魯，禮義惟恭。日知録正始條：魏明帝殂，少帝即位，改元正始，凡九年。其十年，則司馬懿殺大將軍曹爽，而魏之大權移矣。三國鼎立，至此垂三十年，一時名士風流，盛于雒下。乃其棄經典而尚老、莊，蔑禮法而崇放達，視其主之顛危若路人然，即此諸賢爲之倡也。自此之後競相祖述。晉書儒林傳序云：擯闕里之典經，習正始之餘論，指禮法爲流俗，目縱誕以清高。此則虚名雖被於時流，篤論未忘乎學者。是以講明六藝，鄭、王爲集漢之終；演説老、莊，王、何爲開晉之始。以至國亡於上，教淪於下，羌、戎互僭，君臣屢易，非林下諸賢之咎而誰咎哉！又，朱子晚年定論條：蓋自弘治、正德之際，天下之士，厭常喜新，而王文成以絶世之資，倡其新説，鼓動海内。嘉靖以後，從王氏而詆朱子者，始接踵於人間。而王尚書（世貞）發策謂「今之學者，偶有所闚，則欲盡廢先儒之説而出其上；不學則借一貫之言，以文其陋；無行則逃之性命之鄉，以使人不可詰」，此三言者，盡當日之情事矣。

〔七〕哆口句　徐注：詩巷伯「哆兮侈兮」疏：張口也。先生與友人論學書：百餘年來之爲學者，往往言心言性，而茫然不得其解也。命與仁，夫子所罕言；性與天道，子貢未得聞。性命之理，著之易傳，未嘗數以語人，其答問士，則曰「行己有恥」；其爲學，則曰「好古敏求」；其與門弟子言，但曰「允執厥中，四海困窮，天禄永終」；其告哀公，「明善之功，先之以博學」。顔子幾於聖人，猶曰「博我以文」，自曾子而下，篤實莫若子夏，言仁則曰「博學而篤志，切問而近思」。今之君子則不然，聚賓客門人數十百人，與之言心言性。舍多學而識，以求一貫之方；置四海困窮不言，而講危微精一。是必高於夫子，而其弟子賢於子貢，我弗敢知也。

〔八〕捫籥句　原注：蘇子瞻日喻：生而眇者不識日，或告之曰：日之光如燭，捫燭而得其形。他日揣籥，以爲日也。　徐注：嵇康聲無哀樂論：矇瞽面墻而不悟。

五國並時亡，世道當一變。掃地而更新，三王功可見〔一〕。鼓琴歌有虞，釣者知其善。區區山澤間，道足開南面〔二〕。天步未回旋〔三〕，九州待龍戰〔四〕。空有濟世心〔五〕，生不逢堯禪〔六〕。何必會風雲〔七〕，弟子皆英彦〔八〕。俗史不知人，寥落儒林傳〔九〕。

【彙校】

〔俗史〕徐注本、曹校本「史」作「吏」，誤。

【彙注】

〔一〕五國四句　原注：文中子書：五國並時而亡，蓋傷先王之道盡墜，故君子大其言，極其敗，於是乎掃地而求更新也。　徐注：文中子天地篇：二帝三王，吾不得而見也。又，問易篇：三王之誥，粲然可見矣。　先生與潘次耕札：六代之末，猶有一文中子者，讀聖人之書，而倦倦然以世之不治民之無聊爲亟。没身之後，唐太宗用其言，以成貞觀之治。而房、杜諸公，皆出於文中子之門，雖其學未粹於程、朱，要豈今人之可望哉！

蘧常案：王通元經：隋九年，春帝正月，晉、宋、齊、梁、陳亡。文中子述史篇：叔恬曰：敢問元經書陳亡而具五國，何也？子曰：江東，中國之舊也，衣冠禮樂之所就也。永嘉之後，江東貴焉，而卒不貴，無人也，齊、梁、陳於是乎不與其爲國也。及甚亡也，君子猶懷之，故書曰：晉、宋、齊、梁、陳亡，具五以歸其國，且言其國亡也。

〔二〕鼓琴四句　原注：文中子：子游汾亭，坐鼓琴。有鈞者過曰：美哉琴心也！傷而和，怨而静，在山澤而有廊廟之志。子驟而歌南風，鈞者曰：嘻！非今日事也。道能利生民，功足濟天下，其有虞氏之心乎？不如舜自鼓也，聲存而操變矣。徐注：文中子問易篇：我何爲哉？恭己南面而已。孫奇逢理學宗傳：程子謂仲淹隱德君子，余謂仲淹太平十二策是隱者所爲耶？因隋無可行道之機，故隱居教授，以洙、泗之事爲事，粹然無復可議者。

〔三〕天步　蘧常案：見卷一表哀詩「淒其」句注。

〔四〕九州句　徐注：易：龍戰於野。

蘧常案：九州，見前亡友潘節士之弟遠來受學詩「吾道」句注。杜淹文中子世家：文中子十歲矣，曰：魏、晉以下數百年，九州無定主也。上失其道，民散久矣。

〔五〕空有句　徐注：杜淹文中子世家：隋仁壽三年，文中子冠矣，慨然有濟蒼生之心。西游長安，見帝。帝坐太極殿召見，因奏太平策，尊王道，推霸略，稽今驗古，恢恢乎運天下於指掌矣！

〔六〕生不逢句　徐注：甯戚飯牛歌：生不逢堯與舜禪。文中子王道篇：生民厭亂久矣，天其或者將啓堯、舜之運！

〔七〕會風雲　徐注：後漢書二十八將傳論：咸能感會風雲。

〔八〕弟子句　徐注：文中子世家：門人自遠而至，河南董常、太山姚義、京兆杜淹、趙郡李靖、南陽程元、扶風竇威、清河房玄齡、鉅鹿魏徵、河東薛收、中山賈瓊、太原温大雅、潁川陳叔達等，咸稱師北面，受王佐之道焉。阮逸文中子説序：若房、杜、李、魏、二温、王、陳輩，迭爲將相，實永三百年之業，斯門人之功半矣。

〔九〕俗史二句　徐注：新唐書文苑王勃傳：祖通，隋蜀郡司户書佐。大業末，棄官歸，以著書講學爲業。依春秋體例，自獲麟復歷秦、漢至於後魏，著紀年之書，謂之元經。又依孔子家語、揚雄法言例，爲客主對答之説，號曰中説，皆爲儒士所稱。義寧元年卒，門人薛收等相與謚曰文中子。吴敏樹柈湖文集書文中子中説：後世多疑文中子王通之書，以謂隋書無通傳，而其門人多唐初將相大臣，不應其師之賢如此而没之使不彰顯於時，則疑其書之僞作，而其人亦若未可知者。然後之言道學者，獨多其書，謂孟子而後，莫之能及。

蘧常案：阮逸文中子中説序：文中子世家，乃杜淹授與尚書陳叔達編諸隋書而亡矣。

案：此謂王通不入隋書，使儒林之傳寥落也。

德州講易畢奉柬諸君

【解題】

徐注：李濤，字紫瀾，號述齋，芮城令李霖瞻浹弟。康熙丙辰翰林，官至刑部侍郎。程先貞贈先生序云：今年結夏於此，與二三同人講易，復得發其日知録一書觀之，多考古論世之學，而其大指在於明經術、扶王道，爲之三歎服膺，勸其出以惠學者。同志贈言李因篤講易畢奉謝寧人先生詩：世衰道微日，儒術幾寖滅。東吴山澤間，有客饒高潔。抗志薄今人，懔懔秉大節。讀書破萬卷，學道追往哲。九經能闡明，周易尤精徹。緊余本齊傖，自顧慚薄劣。行年五十餘，悔吝滋玷缺。荷君不遐遺，愛我忘醜拙。針芥頗相投，此中一寸折。年齒序鴈行，實同弟子列。攝袵師席前，談經聆霏屑。大義與微言，不憚日申説。淹貫兼經史，引喻通一切。斯理本難傳，研究蒙初發。敢云無大過，願學韋編絶。譬諸草木生，大小區以别。秋氣正離離，雨餘風清冽。松柏滿荒園，蒼翠如綴纈。尊酒恣討論，二篋無甚設。放眼天地間，陶寫邀明月。戴注：案先生年譜：是年四月往德州，六月，程工部先貞、李紫瀾濤延先生於家講易。九月初講畢，即入都。

蘧常案：此似非李因篤詩。因篤，山西洪洞人，原籍陝西富平，不得曰「齊傖」；因篤生於崇禎四年，少先生十八歲，則是年才三十九歲，不得曰行年五十餘。同志贈言屬諸因篤，誤矣。當爲李濤所作。德州，見前德州過程工部詩題注。

在昔尼父聖，韋編尚三絶〔一〕。况於章句儒〔二〕，未曉八卦列〔三〕。相看五十餘〔四〕，行事無一達。坐見悔吝叢，舉足防蹉跌〔五〕。日昃乃研思，猶幸非大耋〔六〕。微言詎可尋，斯理庶不滅！寡過殊未能〔七〕，豈厭丁寧説。是時秋雨開，涼風起天末〔八〕。蟋蟀吟堂階，疎林延夕月。草木得堅成〔九〕，吾人珍晚節。亮哉歲寒心〔一〇〕，不變霜與雪。憂患自古然，守之俟來哲〔一一〕。

【彙注】

〔一〕在昔二句　徐注：史記孔子世家：孔子晚而喜易，序彖、繫、象、説卦、文言，讀易韋編三絶。先生與友人論易書：易之爲書，廣大悉備，一爻之中，具有天下古今之大，而注解之文，豈能該盡。又：盡天下之書皆可以注易，而盡天下注易之書，不能以盡易。此聖人所以立象以盡意，而夫子作大象，多於卦、爻之辭之外，别起一義，以示學者，使之觸類而旁通，此即舉隅之説也。天下之變無窮，舉而措之天下之民者亦無窮，若但解其文義而已，韋編何待於三絶哉！

〔二〕章句儒　蘧常案：漢書夏侯勝傳：勝傳從兄子建，從五經諸儒問，與尚書相出入者，牽引以次章句，具文飾説，勝非之，曰：建所謂章句小儒，破碎大道。

〔三〕八卦列　徐注：宋元學案邵康節百源學案啓蒙曰：以洛書言之，四象上各生一奇一偶，而爲三畫者八，於是三才略具，而有八卦之名。其位則乾一、兑二、離三、震四、巽五、坎六、艮七、坤八。在河圖則乾、坤、離、坎分居四實，兑、震、巽、艮分居四虚；在洛書則乾、坤、離、坎分居四正，兑、震、巽、艮分居四隅。周禮所謂掌三易之法，夏曰連山，商曰歸藏，周曰周易，其經卦皆八也。大傳所謂八卦成列也。先生五經同異上：楊中立書云：夫八卦有伏犧、文王之辨，於經無見也。又云：自羲、農以來，更六七聖，人所因習者，八卦而已，六十四卦之名未有也。其制器尚象，乃有取於十三卦，則羲、農之世，卦雖未重，而六十四卦之用已在鑪錘之中矣，特其名未顯也。故曰八卦成列，象在其中矣。

蘧常案：先生不信圖書象數之説，以圖書説易，似非先生之旨。

〔四〕相看句　徐注：先生是年五十八。

蘧常案：曰「相看」，則言彼此也。時程先貞、李濤當皆五十外人，講易畢奉謝詩可證。

〔五〕坐見二句　徐注：易繫辭上傳：悔吝者，憂虞之象也。禮記：一舉足而不敢忘父母。漢書陳遵傳：苦身自約，不敢蹉跌。

〔六〕日昃二句　徐注：易離卦：日昃之離，不鼓缶而歌，則大耋之嗟，凶。晉書杜夷傳：君下帷研思。先生與汪苕文書：弟方纂録易解，程、朱各自爲書，以正大全之謬，而桑榆之年，未卜能成與否。

〔七〕寡過　徐注：論語：夫子欲寡其過而未能也。先生與次耕書：退而修經典之業，假年學易，庶無大過，不敢以草野之人，追論朝廷之政也。

〔八〕涼風句　徐注：杜甫天末懷李白詩：涼風起天末。

〔九〕草木句　徐注：陸璣毛詩疏：蒹葭蒼蒼，至秋堅成，則謂之萑。冒云：言皆有物。

〔一〇〕歲寒心　徐注：張九齡感遇詩：自有歲寒心。

蘧常案：見卷二歲九月虜令伐我墓柏詩「後凋節」注。

〔一一〕憂患二句　徐注：易繫辭：作易者其有憂患乎？潘岳西征賦：如其禮樂，以俟來哲。

輓殷公子岳

【解題】 蘧常案：朱彝尊殷先生墓誌銘：先生諱岳，字伯巖，一字宗山，姓殷氏。先世自山西遷雞澤。父太白，舉人，仕至陝西按察副使。先生少蹶弛，崇禎三年舉鄉試。會閣臣楊嗣昌惡副使抗直，誣以違令，坐法，病卒。先生疏爲父乞遺骸，歸及家，京師已陷。先生遁居西山，與弟淵討賊，事洩淵死。永年申涵光脱先生于難。吏部按籍除知睢寧縣事，涵光勸之歸，先生慨然曰：我豈以一官易我友哉！遂投劾歸。所居鄉曰小砦，草屋三楹，與涵光晨夕唱和，相樂也。先生爲詩，自魏、晉下屏不觀，尤不喜律詩，謂徒費對儷，無益性情，故平生所作，惟五言古風一體，莽莽然肖其爲人。享年六十有八。元譜：岳有留耕草堂詩集。

憶昔過從日，偏承藻鑑殊〔一〕。堂中延太守，門外揖王符〔二〕。木葉空郊晚，魚鱗大澤枯。邈如人世隔，無復問黄壚〔三〕。

【彙注】

〔一〕藻鑑　蘧常案：杜甫上韋左相詩：持衡留藻鑑。案：藻鑑，蓋品藻鑑别之意，猶六朝人所謂藻鏡也。

〔二〕堂中二句　徐注：後漢書王符傳：符，字節信，安定臨涇人也。耿介不同於俗，以此遂不得升進。志意藴憤，乃隱居著書三十餘篇，以譏當時得失，不欲章顯其名，故號曰潛夫論。後度遼將軍皇甫規解官歸，安定鄉人有以貨得鴈門太守者，書刺謁規，規卧不迎。既入，問：卿前在郡食鴈美乎？有頃，又曰：王符在門。規素聞符名，乃驚遽而起，衣不及帶，屣履出迎，援符手而還與同坐，極歡。時人爲之語曰：徒見二千石，不如一縫掖。

〔三〕邈如二句　蘧常案：世説新語傷逝：王濬沖戎爲尚書令，乘軺車，經黄公酒壚下過，顧謂後車客：吾昔與嵇叔夜、阮嗣宗共酣飲於此壚，竹林之游，亦預其末。自嵇生夭，阮生亡以來，便爲時所羈紲，今日視此雖近，邈若山河。

八俊名空大〔一〕，千秋事已違。嶺雲緣旐下，溪鳥夾棺飛〔二〕。薏苡當含貝〔三〕，桄榔待復衣〔四〕。寂寥漳水上，猶望楚魂歸〔五〕。

【彙注】

〔一〕八俊　徐注：後漢書黨錮傳：李膺、荀昱、杜密、王暢、劉祐、魏朗、趙興、朱寓爲八俊。俊者，言人之英也。

蘧常案：殷先生墓誌銘：先生與其弟淵並負才名。

〔二〕嶺雲二句　徐注：方輿紀要：相思嶺、分水嶺、梅溪、桃溪，皆在福州。

蘧常案：丁儀妻寡婦賦：旐繽紛以飛揚。李善文選注：旐，喪柩之旌也。凶旛即今之旐旐。殷先生墓誌銘：今年春，先生遊福建，次桃源，猶寄予書。比予至京師，而先生凶問至，以六月日病死福州。

〔三〕薏苡句　徐注：後漢書馬援傳：援在交阯，嘗餌薏苡實，用能輕身省欲，以勝瘴氣。南方薏苡實大。本草綱目：有薏苡飯。儀禮士喪：受貝奠于尸西。疏：以待主人親含也。

〔四〕桄榔句　徐注：本草綱目：桄榔木，嶺南二廣州郡皆有之，樹似栟櫚而堅靱，可作綆。劉恂嶺表録：桄榔葉下生，鬚如粗馬尾，廣人採作巾。禮喪大記：復衣不以衣尸。注：復衣，初用以覆尸，浴則去之。

〔五〕寂寥二句　徐注：寰宇記：雞澤漳、洺二水，俱在縣東南。今縣東二十里有漳河隄。楚詞招魂：魂兮歸來哀江南。

寄張文學弨時淮上有築堤之役

已下重光大淵獻

【解題】

徐注：康熙十年辛亥。元譜：弨，字力臣，號亟齋，山陽諸生。以賣書畫自活，尤精六書之學。先生廣師云：精心六書，信而好古，吾不如張力臣。元譜：是年，奏淮於淮、揚界築翟家壩，至十八年七月蔵功。山陽、寶應、高郵、江都四州縣河西諸湖涸出者，招民佃之。

蘧常案：小腆紀傳逸民傳：張弨父致中，爲復社領袖。尊經博古，家貧而儲金石文頗富。弨承家學，棄諸生，不就試。是年，海上鄭氏稱永曆二十五年，公元一六七一年。

冬來寒更劇，淮堰比何如〔一〕？遥憶張平子〔二〕，孤燈正勘書〔三〕。江山雙鬢老，文字六朝餘〔四〕。得所寄瘞鶴銘辨。愁絶無同調，蓬飄久索居。

【彙注】

〔一〕冬來二句　原注：南史康絢傳：天監十四年，築浮山堰。是冬，寒甚，淮、泗盡凍，士卒死者十七八。

蘧常案：曹禾未庵詩集有淮水歎，自序云：黄河決，淮水漲溢，人民漂流。縣官役民夫築堤，鞭楚之聲數百里。詩作於丁未，蓋在前四年，已有築堤之事矣。

〔二〕張平子　蘧常案：見卷一帝京篇「張衡」注。

〔三〕孤燈句　徐注：劉克莊詩：青燈細勘書。

蘧常案：元譜：康熙六年，開雕音學五書於淮上，張力臣弨父子任校寫之役。文集音學五書後序：得張君弨爲之考説文，采玉篇，倣字樣，酌時宜而手書之。鳩工淮上，不遠數千里累書往復，必歸於是。又：與潘次耕書：近日力臣札來，五書改正約一二百處。

〔四〕文字句　蘧常案：先生金石文字記：瘞鶴銘今在丹徒縣焦山下，刻於厓石，予友淮陽張弨以丁未十月探幽山下，復得七字，皆昔人之所未見也。朱彝尊静志居詩話：力臣躬歷焦山水澨，手拓瘞鶴銘而考證之。王士禛池北偶談：力臣觀瘞鶴銘，得仰石一，凡六行，存二十六字；仆石一，字在石下，存三十字，又殘字二；又一石側立，剥甚，存七字；仆石之背，有宋人補刻三行。力臣據焦氏筆乘，斷其爲顧況書。吴德旋初月樓聞見録：力臣證瘞鶴銘爲唐顧逋翁書。謂逋翁故宅雖在海鹽之横山，而學道句曲，遂移居於此。集中有謝王郎中見贈琴鶴詩，鶴特出於性所好，故瘞之而作銘也。案：瘞鶴銘署華陽真逸撰。歐陽修已疑爲顧況書，以況號華陽真逸也。黄長睿東觀餘論則謂：陶弘景嘗居華陽，故自號華陽隱居；弘景著書不稱建元，今此銘曰壬辰，曰甲午、壬辰，梁天監十一年；甲午，十三年也。先生金石文字記是其言，以爲此銘字體與陶弘景書舊館壇碑正同，其爲隱居書無疑。詩云「文字六朝餘」，其不信顧況書，躍然言外，可謂微而婉矣。

雙鴈

【解題】

蘧常案：取鴈足傳書，以發其意。

雙鴈東北飛，飛飛向城闕。聲含海上飈，影帶吴山月〔一〕。有客從南來，遺我一書札〔二〕。上寫召旻詩，如彼泉池竭〔三〕；下列周鼎文，食人象饕餮〔四〕。書成重密緘，一字一泣血〔五〕。傳之與貴人，相視莫敢發。所計一身肥，豈望天下活！

【彙注】

〔一〕吴山　徐注：浙江通志山川：吴山在杭州府鎮海樓之右，春秋時爲吴南界，以别於越，故曰吴山，又稱胥山。

蘧常案：「吴山」疑泛指吴地之山，非謂杭州之吴山也。

〔二〕有客二句　徐注：古詩：客從遠方來，遺我一書札。

〔三〕上寫二句　徐注：詩序：召旻，凡伯刺幽王大壞也。旻，閔也，閔天下無如召公之臣也。又，詩：池之竭矣，不云自頻；泉之竭矣，不云自中。

蘧常案：陳奂詩毛氏傳疏：言池竭自厓，泉竭自中耳。池竭喻王政之亂，由外無賢臣；泉竭喻王政之亂，由内無賢妃。案：此刺清廷内外交亂。

〔四〕下列二句　原注：吕氏春秋：周鼎著饕餮，有首無身，食人未咽，害及其身。徐注：左傳文十八年：謂之饕餮。賈、服及杜皆曰：貪財爲饕，貪食爲餮。先正事略：魏敏果公象樞首疏申明憲綱十事，謂「國家根本在百姓，百姓安危在督撫，督撫廉則物富民安，督撫貪則民窮財盡，願諸臣爲百姓留膏血，爲國家培元氣」。又語副都御史施維翰云：今百姓困苦已極，而大臣家益富。地方吏剥民媚上，督撫司道，又轉饋政府。小民愁苦之氣，上干天和。蠲免錢糧，災黎不沾實惠。刑官鬻獄，豪右爲奸，皆可憂可危之事。先生與潘次耕書：若今日之江南，錐刀之末，將盡争之，雖微如蟣蠓，亦豈得容身於其間乎？

蘧常案：佚名筆記：康熙某年七月二十三日，早朝，上諭謂：貪官污吏，刻剥小民，百端科派，多加火耗，賄賂公行，道府庇而不舉，督撫知而不奏，吏治益壞，盜賊益多，民生益促，皆由督撫納賄徇情所致。許科道各官從公糾舉，拿問得實，督撫定行處死。蓋京師有謡云：若要百姓安，除非殺三南。三南者，江南、河南、湖南三撫也。聖祖已微聞之，言官無劾奏者，故上諭嚴重如此。案：江蘇巡撫順治十七年爲朱國治，康熙元年丁憂；河南巡撫康熙八年郎廷相，十一年佟鳳彩；湖廣順治十七年楊茂勳，十八年劉兆麒，康熙九年董國興，十一年休致。又案：詩上曰「影帶吴山月」，又曰「有客從南來」，蓋託言其鄉人述鄉事，則所謂「饕餮」，指江南巡撫以次官吏也。考清史稿疆臣年表：順治十七年正月，朱國治巡撫江寧，十八年十月罷。韓世琦繼，康熙八年免。八月馬祐繼，十五年卒。無名氏研堂見聞雜記謂：吴縣令任某，以漕米徧糶易金，以飽撫臣朱國治。又謂：朱國治以錢糧興大獄，株連紳衿萬餘，又殺吴郡諸生一二十人，人怨之入骨。然此在順治末，非康熙初年事。國治罷，繼之者爲韓世琦，世琦免，繼之者馬祐，祐卒於任，則所謂三南之蘇撫，或即韓世琦乎？第其貪墨無可徵，待考。又案：此四句，云「上寫」，云「下列」，亦效古詩「上言加餐飯，下言長相憶」、「上言長相思，下言久離别」也。

〔五〕泣血　徐注：詩：癙思泣血。

夏日　二首

首夏多恒風，塵霾蔽昏旦〔一〕。舞雩告山川〔二〕，白紙催州縣〔三〕。未省荅天心，且望除民患。黍苗不作歌〔四〕，碩鼠徒興歎〔五〕。仗馬適一鳴，身名已塗炭〔六〕。貝玉方盈朝，此曹何所憚〔七〕？博士有正先，實趣秦時亂〔八〕。

【彙校】

〔題〕徐注本題下有「二首」兩字。

【彙校】

〔一〕首夏二句　徐注：魏文帝槐賦：即首夏之初期。書洪範曰：蒙，恒風若。詩：終風且霾。傳：霾，雨土也。爾雅釋天：風而雨土爲霾。疏：孫炎曰：大風揚塵，土從上下也。

〔二〕舞雩　徐注：周禮司巫：國大旱，則師巫舞雩。禮月令：命有司爲民祈祀山川百源。

〔三〕白紙句　徐注：范成大後催租詩：黄紙放盡白紙催。先生錢糧論下：州縣火耗，於是正賦之加焉十二三，而雜賦之加焉或至十七八矣。解之藩司，謂之羨餘，貢諸節使，謂之常例。責之以不得不爲，護之以不可破，而生民之困，未有甚於此時者矣。

〔四〕黍苗句　蘧常案：詩小雅黍苗：芃芃黍苗，陰雨膏之。悠悠南行，召伯勞之。陳奂毛氏傳疏：天有陰雨，膏澤百物，以喻古賢伯承順王者之恩施，膏潤天下，亦如陰雨之膏黍苗，芃芃然長大也。召伯，召穆公虎。申伯封謝，召公述職。

〔五〕碩鼠句　徐注：東華録：康熙八年六月，禮科給事中吴國龍奏：今日百姓誠有二病如上諭，財盡力窮，民不聊生矣。但疾苦固多端，而催科較甚；拯救鮮良法，而除豁爲恩。請自康熙八年以前軍民尾欠錢糧盡蠲免，以豁窮黎。案：徐注於此引先正事略魏文毅公裔介應詔陳言，則在順治九年，非此時事，故刪。

蘧常案：詩魏風碩鼠序：刺重斂也。國人刺其君重斂，蠶食於民，不脩其政，貪而畏人，若大鼠也。案：易晉卦、爾雅釋獸作「鼫鼠」。別詳卷一大行皇帝哀詞「求官」句注。

〔六〕仗馬二句　徐注：唐書李林甫傳：林甫居相，諫官無敢正言，杜璡上書，斥爲下邽令，因以語動其餘曰：君獨不見立仗馬乎？終日無聲而食三品，一鳴則斥之矣。書：民墜塗炭。全云：不知何指。

蘧常案：此當謂熊賜履。清史稿熊賜履傳：康熙六年，聖祖詔求直言，時輔臣鼇拜專政，賜履上疏幾萬言。略謂：民生困苦孔亟，私派倍於官徵，雜項浮於正額，一旦水旱頻仍，蠲豁則吏收其實，而民受其名，振濟則官增其肥，而民重其瘠。然非獨守令之過也，上之有監司，又上之有督撫。朝廷方責守令以廉，而上官實縱之以貪；方授守令以養民之職，而上官實課以厲民之行。故督撫廉則監司廉，守令亦不得不廉；督撫貪則監司貪，守令亦不得不貪。此又理勢之必然者也。伏乞甄別督撫，以民生苦樂爲守令之賢否，以守令貪廉，爲督撫之優劣，督撫得人，守令亦得人矣。雖然，內臣者，外臣之表也，本原之地，則在朝廷。其大者，尤在立綱陳紀用人行政之間。今朝廷之可議者，不止一端：一曰政事極其紛更，而國體因之日傷也；一曰職業極其隳窳，而士氣因之日靡也；一曰學校極其廢弛，而文教因之日衰也；一曰風俗極其僭濫，而禮制因之日壞也。乞明詔内外臣民，一以儉約爲尚，則貪風自息，民俗漸醇矣。疏入，鼇拜惡之，請治以妄言罪，上勿許。七年，遷祕書院侍讀學士。疏言：朝廷積習未除，國計隱憂可慮，年來災異頻仍，饑荒疊見，正宵旰憂勤徹懸減膳之日。講學勤政，在今日最爲切要，乞時御便殿，接見羣臣，講求政治，行之以誠，持之以敬，庶幾轉咎徵爲休徵。疏入，鼇拜傳旨詰問積習隱憂實事。以所陳無據，妄奏沽名，下吏議，鐫二秩。與此情事恰符，「身名塗炭」，當爲夸辭，或傳聞異辭，與末引正先事亦合，與下秋風辭言鼇拜敗，正相銜接。惟此爲七年事，秋風辭爲八年事，而詩在本年者，或當時在野傳聞較晚，情事未明，至此始補作歟？又案：徐注引書「民墜塗炭」，此梅賾書仲虺之誥語也。

〔七〕貝玉二句　徐注：書：具乃貝玉。

蘧常案：「貝玉盈朝」，謂鼇拜之貪；「此曹」，謂外官。

〔八〕博士二句　原注：漢書京房傳：昔秦時趙高用事，有正先者，非刺高而死，高威自此成。故秦之亂，正先趣之。

蘧常案：漢書京房傳注：孟康曰：姓正名先，秦博士也。顔師古曰：趣讀曰促。案：此蓋以正先況熊賜履，趙高況鼇拜也。

末俗無恒心〔一〕，疾貧而好勇〔二〕。不能事田園〔三〕，何況談周孔。出門持尺刀，鑄錢兼掘冢〔四〕。矧此大東謡，齊民半流冗〔五〕。不見瓜寧男，死猶被天寵〔六〕。嗚弓宿鳥驚，躍馬浮埃動。顧謂同行人，王侯寧有種〔七〕！

【彙注】

〔一〕末俗句　徐注：漢書朱博傳：今末俗之弊，政事煩多。日知録：人聚於鄉而治，聚於城而亂。聚於鄉則土地闢，田野治，欲民之無恒心，不可得也；聚於城則徭役繁，獄訟多，欲民之有恒心，不可得也。

蘧常案：孟子梁惠王篇：無恒産而有恒心者，惟士爲能。趙岐注：恒心，人常有善心也。

〔二〕疾貧句　徐注：論語：好勇疾貧，亂也。

〔三〕不能句　徐注：日知録：舍其田園，徙於城郭，又一變而爲求名之士，愬枉之人，悉至京師，輦轂之間，易於郊坰之路矣。錐刀之末，將盡争之，五十年來，風俗遂至於此！

〔四〕鑄錢句　徐注：日知録：吕氏春秋：憚耕稼采薪之勞，不肯官人事，而祈美衣侈食之樂，智巧窮屈，無以爲之，於是乎聚羣多之徒，以深山廣澤林藪，扑擊遏奪，又視名丘大墓葬之厚者，以微扣之。（蘧常案：扣，原注：讀如「掘」。）

蘧常案：史記游俠列傳郭解傳：解藏命作姦，剽攻不休，及鑄錢掘冢，固不可勝數。

〔五〕矧此二句　徐注：漢書食貨志：世家子弟富人或鬬鷄走狗馬，弋獵博戲，亂齊民。注：齊，等也。後漢書安帝紀：元初二年，詔禀三輔及并、涼六郡流冗貧人。日知録：愚嘗久於山東，山東之民，無不疾首蹙額而訴火耗之爲虐，又豈獨今之貪吏倍甚於唐、宋之時，河、朔之間所名爲響馬者，亦當倍甚於唐、宋之時矣！

蘧常案：詩小雅大東序：大東，刺亂也。東國困於役而傷於財，譚大夫作是詩以告病焉。

〔六〕不見二句　原注：漢書王莽傳：上谷儲夏自請願説瓜田儀，莽以爲中郎，使出儀。儀文降，未出而死。莽求其尸葬之，爲起冢、祠室，謚曰瓜寧殤男，幾以招來其餘（蘧常案：原注末脱「其餘」兩字，今據漢書補）。　徐注：易師卦：承天寵也。

〔七〕王侯句　徐注：史記陳涉傳：壯士不死則已，死則舉大名耳，侯王將相，寧有種乎！

蘧常案：史記有陳涉世家，無陳涉傳，此漢書陳勝傳語，非出史記，徐注誤。

秋風行

【解題】

蘧常案：此詩蓋述清輔臣鼇拜之敗，以篇首「秋風」字爲題。清史稿鼇拜傳：鼇拜，瓜爾佳氏，滿洲鑲黄旗人。從征屢有功。順治元年，隨大兵定燕京，世祖考諸臣功績，以鼇拜忠勤戮力，進一等昂拜章京。世祖親政，授議政大臣，累進二等公。十八年受顧命輔政，名列遏必隆後。（案清史稿聖祖本紀：四大臣之輔政也，皆以勳舊。索尼年老，遏必隆闇弱，蘇克薩哈望淺，心非鼇拜所爲而不能争。鼇拜横暴，叙名在末，而遇事專横，屢興大獄，雖同列亦側目焉。）自索尼卒，班行章奏皆首列。日與弟穆里瑪、姪塞木得納莫等黨比營私，凡事即家定議，然後施行。請禁言官不得陳奏。上親政，加一等公，益專恣。八年，上以鼇拜結黨專擅，下詔數其罪。康親王傑書等會讞，列上大罪三十，論大辟，上親鞫俱實。詔謂效力年久，不忍加誅，但褫職籍没，予禁錮。鼇拜死禁所。

白露早下秋風涼，誰家置酒開華堂〔一〕？秦國丞相南面坐，三川郡守趨奉觴〔二〕。燕娥趙女調清瑟〔三〕，六博彈棋費白日〔四〕。致富應多文信金〔五〕，論功詎足穰侯匹〔六〕。莫欺張耳鬢如絲，及見夷門大會時。車中公子常虛左，上客侯生衣弊衣〔七〕。人生富貴駒過隙〔八〕，唯有榮名壽金石〔九〕。嗟嗟此曲難重陳〔一〇〕，柱摧絃斷長愁人！

【彙注】

〔一〕白露二句　遼常案：清史稿聖祖本紀：康熙六年，七月己酉，上親政。己未，輔臣鼇拜擅殺輔臣蘇克薩哈及其子姓。癸亥，賜輔臣鼇拜加一等公。考曆書是年七月癸亥爲廿一日，白露節。當其加官之日，宴慶之時，正節令由炎夏轉涼秋之候，亦鼇拜由盛極入將敗之初，故以「白露秋風」起興，其猶阮籍詠懷「徘徊池上，日月相望」之微旨歟？白露節類在八月交入，今在七月，故曰「早下」，無一字虛設也。白露早下，見卷四汾州祭吴炎潘檉章二節士詩「露下」句注。

〔二〕秦國二句　原注：史記李斯列傳：以斯爲丞相，長男由爲三川守，告歸咸陽，李斯置酒于家，百官長皆前爲壽，門廷車騎以千數。

遽常案：史記秦本紀：莊襄王元年，東周君謀秦，秦誅之，盡入其國。伐韓，韓獻成皋、鞏，秦界至大梁，初置三川郡。集解：韋昭曰：有河、洛、伊，故曰三川。駟案：地理志：漢高祖更名河南郡。案：此以李斯況鼇拜，李由況鼇拜子納穆福也。清史稿鼇拜傳：鼇拜加一等公，子納穆福襲二等公。世祖配天，加太師；納穆福加太子少師。後得罪，鼇拜逮治，納穆福亦論死，後詔免。故以李斯父子爲況。

〔三〕燕娥句　徐注：于濆古宴曲：燕娥奉卮酒。漢書楊惲傳報孫會宗書：婦，趙女也，雅善鼓瑟。

〔四〕六博句　徐注：宋玉招魂：箟蔽象棊，有六簙些。又：晉制犀比，費白日些。又，後漢書梁冀傳：能挽滿彈棊，格五、六博，蹴踘、意錢之戲。

〔五〕致富句　蘧常案：史記呂不韋列傳：呂不韋者，陽翟大賈人也，家累千金。秦昭王四十年，以次子安國君爲太子。安國君中男名子楚，質於趙，不得意。不韋賈邯鄲，見之曰：此奇貨可居！乃往見子楚説曰：請以千金爲子西游事安國君及華陽夫人，立子爲適嗣。乃以五百金與子楚爲進用結賓客，而復以五百金買奇物玩好自奉而西游秦。又：趙欲殺子楚，子楚與呂不韋謀，行金六百斤予守者吏，得脱，亡赴秦軍，遂以得歸。安國君立，子楚爲太子。子楚立，是爲莊襄王。莊襄王元年，以呂不韋爲丞相，封文信侯，食河南雒陽十萬户。

〔六〕論功句　徐注：史記穰侯列傳：穰侯魏冉者，秦昭王母宣太后弟也。太史公曰：穰侯，昭王親舅也，而秦所以東益地，弱諸侯，嘗稱帝於天下，天下皆西鄉稽首者，穰侯之功也。及其貴極富溢，一夫開説，身折勢奪而以憂死，況於羈旅之臣乎！

蘧常案：清史稿聖祖本紀：鼇拜宿將，多戰功。又，鼇拜傳贊：鼇拜多戮無辜，功不掩罪。

〔七〕莫欺四句　原注：史記張耳列傳：張耳者，大梁人也。其少時，及魏公子無忌爲客。

蘧常案：餘見卷一海上詩第四首「今日」二句注。

〔八〕人生句　徐注：史記留侯世家：學辟穀導引輕身。呂后德留侯，乃强食之曰：人生一世間，如白駒過隙，何至自苦如此乎！

蘧常案：清史稿聖祖本紀：康熙八年五月戊申，詔逮輔臣鼇拜，交廷鞫。上久悉鼇拜專横亂政，特慮其多力難制，乃選侍衛、拜唐阿年少有力者爲撲擊之戲。是日，鼇拜入見，即令侍衛等掊而縶之。（案：拜唐阿，滿語親侍之年稚者。）

〔九〕唯有句　原注：古詩：奄忽隨物化，榮名以爲寶。蘧常案：應增引古詩前二句「人生非金石，豈能常壽考」，於詩義方足。

〔一〇〕嗟嗟句　徐注：劉琨扶風歌：此曲悲且長，棄置勿重陳！

静樂

【解題】

徐注：明史志地理太原府静樂注：府西北。元管州，洪武二年改爲静樂縣。戴注：先生年譜，是年在太原，遇傅青主，診先生脈云：尚可得子。後四年，即納妾於静樂。

邑枕汾川首〔一〕，城分并塞支〔二〕。馬牛遺牧地〔三〕，林木剩山陲〔四〕。冱澤魚空後〔五〕，腥風虎下時〔六〕。樓煩雖善射，不救漢王危〔七〕。

【彙校】

〔汾川〕徐注本「川」作「州」。丕績案：汾州在静樂南數百里，何得曰「枕」？作「州」誤。

〔并塞支〕汪校云：「支」當作「夷」，韻目代字也。

〔林木〕潘刻本，孫、曹兩校本「林」作「材」。

【彙注】

〔一〕邑枕句　蘧常案：明史志地理二静樂注：東北有管涔山，汾水所出。案：其地正當汾水之首，故隋稱汾源。

〔二〕城分句　蘧常案：漢書地理志：太原屬并州。續漢書郡國志：太原刺史治。故并指太原。句意謂静樂之城，爲郡治要塞之分支也。以「支」對「首」爲工。汪校云「支」應作「夷」，蓋以爲韻目代字，非。

〔三〕馬牛句　徐注：史記匈奴列傳：居於北蠻，隨畜牧而轉移，其畜之所多則馬牛羊。然亦各有分地。

〔四〕山陲句　蘧常案：陲，見前卷三江上詩「江上」二句注。案：此寫兵燹後情形。

〔五〕沍澤句　蘧常案：莊子齊物論：河、漢沍而不能寒。向秀注：凍也。案：「魚空」，謂竭澤而漁，當有所諷。似刺清廷之横徵暴斂也。

〔六〕腥風句　徐注：易：風從虎。
　蘧常案：似刺苛政猛於虎也。

〔七〕樓煩二句　蘧常案：史記項羽本紀：楚、漢久相持，項王令壯士出挑戰。漢有善騎射者樓煩，楚挑戰三合，樓煩輒射殺之。項王大怒，乃自被甲持戟挑戰，樓煩欲射之，項王瞋目叱之，樓煩目不敢視，手不敢發，遂走還入壁，不敢復出。於是項王乃即漢王相與臨廣武間而語。漢王數之，項王怒欲一戰。漢王不聽，項王伏弩射之，中漢王，漢王傷，走入成皋。集解：應劭曰：樓煩，胡也，今樓煩縣。明史志地理二太原府静樂注：南有樓煩鎮。日知録：樓煩，其人强悍善騎射。案：此二句，似假謂明晉王求桂被執事。晉王府在太原府陽曲，見卷四晉王府詩題注。被執事見同詩「化鵑啼」注。意謂王雖有樓煩人之强悍善射，而不能救其被執之危也。

太原寄王高士錫闡

【解題】

徐注：先正事略：王先生錫闡，字寅旭，吴江人。博覽羣書，守義樹節，與張楊園講濂、洛之學，兼通中西天學。先生之於明季，當徐光啓輩修新法之時，聚訟盈廷，先生獨閉户著書，潛心測算，遇天色晴霽，輒升屋卧鴟吻間，仰觀景象，竟夕不寐，務求精符天象，不屑屑於門户之分。著曉庵新法六卷，考古之誤而存其是，擇西説之長而去其短。元譜：一字昭冥，號餘不，亦號曉庵，又號天同一生。精於曆學，著有大統曆、西曆啓蒙、丁未曆稿、推步交食測日小記、三辰晷志圜解、曉庵新法曆説、曆策左右旋問答諸書。先生廣師云：學究天人，確乎不拔，吾不如王寅旭。蘇州府志人物：吴江王錫闡，葵南先生雲之曾孫。生而穎異，多深湛，文峭勁有奇氣，博極羣書。

蘧常案：太原，見前朱處士彝尊過予詩題注。

游子一去家，十年愁不見〔一〕。愁如汾水東〔二〕，不到吴江岸〔三〕。異地各榮衰，何繇共言晏〔四〕？忽睹子綱書，欣然一稱善〔五〕。王君尺牘多作篆書。知交盡四海，豈必無英彦〔六〕！貴此金石情〔七〕，出處同一貫。太行冰雪積〔八〕，沙塞飛蓬轉〔九〕。何能久不老？坐看人間换。惟有方寸心，不與玄鬢變〔一〇〕。

【彙注】

〔一〕游子二句　蘧常案：吴譜：順治十八年辛丑，是年回吴門。

〔二〕汾水東　徐注：方輿紀要：府西二里，宋天禧中，陳堯佐知并州，因汾水屢漲，於東岸築隄，周五里，引水東注。

〔三〕吴江　蘧常案：見卷二秀州詩「吴江濆」注。

〔四〕言晏　徐注：詩：言笑晏晏。

〔五〕忽睹二句　原注：三國志注：張紘，字子綱。好文學，又善楷篆，與孔融書皆自書。融報紘曰：前勞手筆多篆書，每舉篇見字，欣然獨笑，如復覩其人也。

〔六〕英彦　蘧常案：見前述古詩第三首「弟子」句注。

〔七〕貴此句　徐注：史記淮陰侯列傳：武涉説信曰：足下自以爲與漢王爲金石交。蘧常案：此似用後漢書王常傳光武稱常「輔翼漢室，心如金石，真忠臣也」語。下云「出處同一貫」，又云「唯有方寸心，不與玄鬢變」，其意可見。

〔八〕太行句　徐注：陵川縣志：太行山，漢馬武築此石屯兵，山陰積雪，經暑不消。

〔九〕沙塞　徐注：北史周文帝紀：北撫沙塞。蘧常案：潘岳西征賦：飄萍浮而蓬轉。

〔一〇〕玄鬢變　徐注：謝朓晚登三山還望京邑詩：有情知望鄉，誰能鬢不變？

盂縣北有藏山云是程嬰公孫杵臼藏趙孤處

【解題】徐注：寰宇通志：盂縣有藏山，相傳藏趙孤處，上有二義士祠。方輿紀要：藏山，在縣北五十里，巖疊環堵，石溜灌鎔。旁有泉曰聖水。又：忻州北程侯山，俗傳程嬰匿趙孤於此山下。有採金穴，亦名金山。戴注：宋神宗元豐四年五月，吴處厚以帝闕嗣，請立程嬰、公孫杵臼廟，從之。事見宋史。

蘧常案：明史志地理二山西太原府盂注：府東北，元盂州。洪武二年，降爲縣。程嬰、公孫杵臼藏趙孤事，詳卷一義士行詩題注。

空山三尺雪，匹馬向荒榛。窈洞看冰柱，危峰遲日輪〔一〕。水邊寒啄鶴，松下晚樵人。恐有孤兒在，尋幽一問津。

【彙注】

〔一〕窈洞二句　徐注：李白寄太白隱者詩：棧閣連冰柱，耕樵隔日輪。

蘧常案：後漢書章帝紀：朕思遲直士。何若瑶兩漢考證：遲者，待也。

讀李處士顒襄城紀事有贈

有序　已下玄黓困敦

【解題】

徐注：康熙十一年壬辰。冒云：先生是年年六十。

蘧常案：清史稿儒林傳：李顒字中孚，盩厔人。又字二曲。二曲者，水曲曰盩，山曲曰厔也。布衣安貧，以理學倡導關中，關中士子多宗之。康熙十八年，薦舉博學鴻儒，稱疾篤，舁至省，水漿不入口，乃得予假。自是閉關晏息土室，惟崑山顧炎武至則款之。所著四書反身録、二曲集。居恒教人，一以反身實踐爲事，門人録之爲七卷。是時，容城孫奇逢之學盛於北，餘姚黄宗羲之學盛於南，與顒鼎足，稱三大儒。先生文集廣師篇：堅苦力學，無師而成，吾不如李中孚。案：襄城紀事者，顒自記徒步至襄城求其父遺骸也。事詳序文。明史志地理三河南開封府許州襄城注：州西南。是年，海上鄭氏稱永曆二十六年，公元一六七二年。

處士之父可從，崇禎十五年，以壯士隸督師汪公喬年麾下，以五千人勦賊至襄城，死之〔一〕。處士年十六，貧甚，與其母彭氏并日而食，力學有聞〔二〕。越二十九年，始得走襄城，爲汪公及其父設祭招魂以歸〔三〕。余與處士交〔四〕，爲之作詩。

躑躅荒郊酹一樽，白楊青火近黄昏。終天不返收嶠骨〔五〕，異代仍招復楚魂〔六〕。湛阪愁雲隨獨鴈〔七〕，潁橋哀水助啼猿〔八〕。五千國士皆忠鬼〔九〕，孰似南山孝子門〔一〇〕？

【彙校】

〔題〕潘刻本「顒」作「□」；羣書斠識作「容」。丕績案：皆避清仁宗顒琰諱也。徐注本無「有贈」二字。

【彙注】

〔一〕處士五句 徐注：二曲集惠龗嗣盩厔李氏家傳：盩厔李隱君之父，名可從。爲人慷慨有智略，里中呼爲李壯士。明季闖賊犯河南，朝議以汪公喬年督師討賊，中軍監紀同知孫公兆禄，招壯士與俱，將行，壯士抉一齒，留於家曰：我此行，誓不殲賊不生還家。無憶我，有齒在也。汪公督諸帥兵出關，聞襄城已陷，闖賊拒左良玉於郾城，乃留步兵於雒，自率精騎倍道趨襄城，壯士持戈躍馬從孫公。行抵襄，汪公分賀人龍、鄭嘉棟、牛成虎軍三路，駐城東，逼郾城而軍，自勒馬駐城外，賊果解圍而救襄城。賊至，三帥奔而良玉救不至，汪公乃急乘城自當敵衝處，以孫公參幕留中軍。壯士從孫公後，汪公數目奇之，問曰：若何官？曰：材官耳！汪公曰：若立功，題授若軍職。壯士拜曰：敢不效死命！賊來攻城，鑿穴置火藥，火發城崩，其法甚烈，名曰「放甕」。汪公亦穿阱隨所鑿處，長矛刺之，賊死千人。又負門車向城，汪公命飛大石擊之。其他槍礮弓箭，斃賊無數，壯士無不以身争士卒先者。會天大雨雪，賊攻城之西隅，崩，汪公亟命壯士取荆囤以土築而完之，守如故。賊攻愈急，雉堞盡碎，力不支，遂陷。汪公自刎，殊不死，賊執之，大罵，賊割其舌，磔死。監紀孫公，裨將張國欽、張一貫、党亦威、李萬慶及壯士皆死焉。

蘧常案：全祖望二曲先生窆石文：父可從，字信吾。以壯武從軍爲材官。明史汪喬年傳：字歲星，遂安人。天啓二年進士。授刑部主事，歷郎中、青州知府、登萊兵備副使、陜西右參政，按察使。自負才武，休沐輒馳騎習弓刀擊刺，寢處風雨中。崇禎十四年，擢右僉都御史，巡撫陝西。時李自成已破河南，聲言入關。喬年疾馳至商、洛，而三邊總督傅宗龍敗没於項城，詔擢喬年兵部右侍郎，代宗龍，趣出關。是時，關中精鋭盡没於項城，乃收散亡，調邊卒。十五年正月，出潼關。先是，自成攻左良玉，良玉退保郾城，賊圍之急。喬年曰：吾聞襄城距郾四舍，賊老砦咸在，吾舍郾而攻其必應，賊必還兵救，則郾城解矣。郾城解，我擊其前，良玉乘其背，可大破也！諸將皆曰善。自成果解郾城而救襄城，良玉救不至，軍大潰。喬年歎曰：此吾死所也！入城守二十七日，城陷，死之。

〔二〕處士年十六四句　蘧常案：諸葛亮出師表：并日而食。清史稿儒林傳：顒父可從隨征，兵敗死之。時顒年十六，母彭氏，日言忠孝節義以督之。顒亦事母孝，飢寒清苦，無所憑藉，而拔流俗，以昌明關學爲己任。有餽遺者，雖十反不受。或曰交道接禮，孟子不卻。顒曰：我輩百不能學孟子，即此一事不守孟子家法，正自無害。

〔三〕越二十九年三句　蘧常案：詳下「終天」、「異代」二句注。

〔四〕余與句　蘧常案：元譜：康熙二年癸卯十月，過訪李處士中孚於盩厔，遂訂交。張譜：處士生於天啓七年丁卯，少先生十四歲。二曲集處士年譜云：癸卯十月朔，東吴顧寧人來訪，寧人博物弘通，上下古今，靡不辨定。既而嘆曰：堯、舜之知而不徧物，急先務也。吾人當務之急，原自有在，若舍而不務，惟騖精神於上下古今之間，正昔人所謂「抛却自家無盡藏，沿門託鉢效貧兒」也。寧人爲之憮然。

〔五〕終天句　蘧常案：見卷三爲丁貢士亡考生日作詩「終天」注。左傳僖公三十二年：蹇叔之子與師，哭而送之曰：晉人禦師必於殽，殽有二陵焉，必死是間，余收爾骨焉！清史稿儒林傳：顒聞父喪，欲之襄城求遺骸，以母老不可一日離，乃止。既丁母憂，廬墓三年，乃徒步之襄城，覓遺骸不得。

〔六〕異代句　蘧常案：禮喪大記：復有林麓，則虞人設階。鄭注：復，招魂復魄也。又，禮運：升屋而號，告曰：皋某復！楚魂，見前輓殷公子岳詩第二首「寂寥」二句注。二曲先生窆石文：庚戌，徒步之襄城，徧覓遺蜕不得。乃爲文禱於社，服斬衰，晝夜哭不絶聲，淚盡繼之以血。襄城縣張允中出迎，適館，不可，乃亦爲之禱，卒不得。先生設招魂之祭，狂號。允中議爲立信吾祠，且造塚故戰場，以慰孝子之心。祠事畢，允中乃爲先生設祭，上則督師汪公、監紀孫公，配以信吾；下設長筵，徧及同時死者。先生伏地大哭，觀者皆哭。於是立碑曰「義林」，奉招魂之主。取其冢土而歸。告於母墓，附之齒塚中，更持服如初喪。

〔七〕湛阪　原注：左傳襄公十六年：楚公子格帥師及晉師戰于湛阪。
　　蘧常案：左傳杜預注：襄城昆陽縣北有湛水，東入汝。

〔八〕潁橋　徐注：方輿紀要：許州襄城縣潁水源出登封潁谷，至臨潁西襄城瑪瑙河，東北流達臨潁，入潁水。

〔九〕五千國士句　蘧常案：國士，見卷一感事詩第三首「登壇」二句注。二曲先生窆石文：先生祝於父祠，願以五千國殤魂同返關中。

〔一〇〕孰似句　徐注：二曲集賢母祠記：終南太乙之旁，二曲先生在焉。漢書第五倫傳：賢以孝行爲先，是以求忠臣必於孝子之門。二曲集義林記序：褒人憫烈士之忠，而憐二曲先生之孝也，於是，起塚西郭門外，鐫姓字、庚甲於石而葬之，表於道曰「義林」。

寄楊高士

【解題】

徐注：車譜：瑀，字雪臣，武進人，著有飛樓集一百二十卷，年七十餘卒。廣師云：讀書爲己，探賾隱微，吾不如楊雪臣。徐健庵雪臣七十壽序：先生少日好立奇節，既而厚自刻厲，韜光滅影，率諸子鍵户讀書，自經史而外，分授天官、地理、曆律、兵農之書。出則與惲遜庵講學南田及東林書院，如是者餘三十年。

蘧常案：毘陵楊氏譜：瑀，字組玉，號雪臣，又號旭樓。雲門中丞惟和第三子。前諸生。著有四子書義、旭樓詩集。别有經部、史部、語部、文部、詩部未刊。康熙乙酉卒，年七十七。案：楊氏譜可補車、張諸譜之闕，並可知「飛樓」爲「旭樓」之誤，所謂一百二十卷，蓋合經、史諸部而言也。又案：文集與楊雪臣書云：愚所深服先生者，在不刻文字，不與時名。至于朋友之中，觀其後嗣，象賢食舊，頗復難之。郎君博探文籍，而不赴科場，此又今日教子者所當取法也。稱之曰高士，洵無愧矣。

廿載江南意〔一〕，愁來更渺茫。友朋嗟日損，雞犬覺年荒〔二〕。水歷書池淨〔三〕，山連學舍長〔四〕。但聞楊伯起〔五〕，弦誦夜琅琅〔六〕。

【彙校】

〔題〕潘刻本，徐注本，孫、吴、汪、曹本「高士」下皆有「瑀」字。

【彙注】

〔一〕廿載句　徐注：先生是年六十歲。自四十四歲春獄解還崑山，四十五歲避讐北游，遂未復歸，故云廿載。

蘧常案：據年譜，順治十八年，先生四十九歲，曾回吴門，似不得如徐注所云。疑所謂「江南意」者蓋隱指三十三歲以後，歷年所懷規復江南之志，至此已無可望，故曰「愁來更渺茫」。曰廿年者，舉成數也。

〔二〕友朋二句　蘧常案：上句蓋傷同志之日稀，下句痛民生之日苦也。

〔三〕書池　徐注：王羲之與人書：張芝臨池學書，池水盡黑。

〔四〕學舍　徐注：後漢書儒林傳：學舍穨敝。南史何胤傳：乃徙秦望山，起學舍。

〔五〕楊伯起　蘧常案：後漢書楊震傳：字伯起，弘農華陰人也。少好學，受歐陽尚書於太常桓郁，明經博覽，無不窮究。諸儒爲之語曰：「關西孔子楊伯起。」常客居於湖，不答州郡禮命數十年。年五十，乃始仕州郡，舉茂才，四遷荆州刺史。元初四年，徵入爲太僕，遷太常，代劉愷爲司徒，爲太尉。時中常侍樊豐等更相扇動，傾摇朝廷，震連切諫，帝既不平之，而樊豐等皆側目憤怨，策收太尉印綬，遣歸本郡，飲酖而卒。

〔六〕弦誦句　徐注：司馬相如子虚賦：琅琅礚礚。

蘧常案：禮記文王世子：春誦夏絃。武進縣志儒林引董潮所撰傳：瑀鼎革後，與惲日初講學延陵書院，又以梁谿高世泰邀請，講學東林書院，四方問業者日至，發揮奥旨，灑然傾聽。故詩言「學舍」、言「絃誦」也。

齊祭器行

歲重光大淵獻　臨淄發地得古祭器數十事，監司攫而有之。

【解題】

戴注：即康熙辛亥年事。　應仲蒙云：蓋追溯得祭器之年也。

蘧常案：史記齊太公世家：武王已平商而王天下，封師尚父於齊營丘，胡公徙都薄姑，獻公徙薄姑都治臨淄。韓非子十過：禹作爲祭器，墨染其外，而朱畫其内。王士禛池北偶談談異云：庚戌，臨淄人於古城耕田，得銅器數百枚，形制瑰異。白諸官，悉取入藩庫，無從考其欵識，殊可惜也。當爲一事。康熙辛亥，是爲公元一六七一年。

太公封齊廿八世〔一〕，春禘秋嘗長有事〔二〕。猶從三代識遺聲〔三〕，每見九夷朝祭器〔四〕。器歷商周制度工，相傳丁癸及桓公〔五〕。花紋不似萊人物〔六〕，法象仍疑兩敦同〔七〕。牛山下涕何悲苦〔八〕！歲久光華方出土。夏后璜偏入向魋〔九〕，魯宮寶又歸陽虎〔一〇〕。歷下秋風動夕螢〔一一〕，古來神物亦飄零〔一二〕。誰知柏寢千年器，異日還陳漢武庭〔一三〕。

【彙注】

〔一〕太公句　徐注：史記齊太公世家：自太公至康公凡二十八世。

〔二〕春禘句　蘧常案：禮記王制：天子諸侯宗廟之祭，春曰礿、夏曰禘、秋曰嘗、冬曰烝。鄭氏曰：此蓋夏、殷之祭名。周則春曰祠、夏曰礿。以禘爲殷祭。

〔三〕猶從句　原注：禮記樂記：齊者，三代之遺聲也。齊人識之，故謂之齊。

〔四〕九夷　蘧常案：郭璞爾雅釋地「九夷」注：九夷在東。淮南子：泗上十二諸侯率九夷以朝越王勾踐。據此，則九夷與齊近。九言其多，非定九也。後漢書東夷傳云：夷有九種：曰畎夷、于夷、方夷、黄夷、白夷、赤夷、玄夷、風夷、陽夷。而不數與齊争國之萊夷。皇侃論語「子欲居九夷」疏以玄菟、樂浪、高麗、倭人等當之，似皆附會。

〔五〕相傳句　徐注：古器評：商父丁，舉卣祭之名。舉者多矣，類皆取獻酬而舉之義。若父丁則商號也。是器文鏤簡古，有尚質之風。又，周單癸卣，周有單子，歷世爲賢卿士。博古圖：商尊祭爵銘二字，曰「尊癸」。案：癸者，湯之父。

蘧常案：史記齊太公世家：太公之卒百有餘年，子丁公吕伋立；丁公卒，子乙公得立；乙公卒，子癸公慈母立。又，襄公十二年：無知弒襄公自立，雍林人殺無知，議立君，高、國召小白於莒，立之，是爲桓公。案：詩意凡祭器有「丁、癸」字者以爲丁、癸二公物，此外尚有桓公時器。曰「相傳」者，器已爲人攫去，不能目驗，第憑耳聞也。徐注泛及商、周，非。

〔六〕萊人物　原注：左傳襄公六年：陳無宇獻萊宗器于襄宫。

〔七〕法象句　原注：禮記明堂位：有虞氏之兩敦。

蘧常案：法象，見前應州詩第一首「法象」句注。

〔八〕牛山句　徐注：晏子春秋：景公游於牛山，北臨其國城而流涕，曰：若何滂滂去此而死乎！

〔九〕夏后句　原注：左傳哀公十四年：向魋出於衛地，公文氏攻之，求夏后氏之璜焉。與之他玉而奔齊。

〔一〇〕魯宫句　蘧常案：春秋定公八年：盜竊寶玉大弓。左傳：陽氏敗，陽虎説甲如公宫，取寶玉大弓以出，入於讙、陽關以叛。穀梁傳：寶玉者，封圭也。大弓者，武王之戎弓也。周公受賜，藏之魯。

〔一一〕歷下　蘧常案：見前子德李子聞余在難詩「邍驅」句注。

〔一二〕神物　蘧常案：見卷一寄薛開封寀詩「神物」句注。

〔一三〕誰知二句　原注：史記封禪書：少君見上，上有故銅器，問少君，少君曰：此器齊桓公十年陳于柏寢。已而案其刻，果齊桓公器。

蘧常案：此詩斥清吏之貪。末二句，仍望明之復興也。

題李先生矩亭 有序

德州東二十五里矩亭〔一〕，故鄉舉思伯李君誠明讀書處。天啓中，權奄柄國〔二〕，聞君通陰陽象緯之學〔三〕，遣使徵之。辭疾不就，潔志以終。其子源修是亭以表遺躅〔四〕，余爲之詩。

董生祠畔子雲亭〔五〕，澗雨巖虹望獨扃。門外曉寒縈帶草〔六〕，林端秋散照書螢〔七〕。長留直道扶千載〔八〕，自見遺文表六經。今日似君還肯構〔九〕，應知家學本趨庭〔一〇〕。

【彙注】

〔一〕德州　蘧常案：見前德州過程工部詩解題。

〔二〕權奄柄國　蘧常案：明史宦官魏忠賢傳：忠賢恣爲威虐，欲盡殺異己者，正人去國紛紛若振槁，於是忠賢之黨徧要津矣。東廠番役横行，所緝訪無論虛實輒糜爛。民間偶語或觸忠賢，輒被禽僇，甚至剥皮刲舌，所殺不可勝數，道路以目。當此之時，内外大權，一歸忠賢，自内閣六部至四方總督巡撫，徧置死黨。

〔三〕陰陽象緯　蘧常案：王嘉拾遺記：師延精述陰陽，曉明象緯，莫測其爲人。

〔四〕其子源　徐注：惠周惕李君墓表：君諱源，字江餘，一字星來，德州人。順治丙戌進士，授河津令，有能稱，罷歸。爲人和易恬退，好讀書，至老不倦。於古今河渠、漕屯、兵農諸事，討論尤精云云。濟南府志：源歸里後，築退庵，因以自號。植花木，購圖書，崑山顧處士炎武聞源談易數，歎曰：今之管輅也。張譜：此即先生戊申赴東手蹟所謂北李家。同志贈言有李源雪霽霖瞻宅陪飲即席賦呈亭林先生詩。

蘧常案：遺躅，蘇軾詩：西嶺訪遺躅。

〔五〕董生句　徐注：一統志：河間府董子祠在景州治東南崇臺山，舊祠在西南廣川鎮，元天曆初，縣尹吕思誠移此。廣川鎮一名董學村。劉禹錫陋室銘：西蜀子雲亭。

　　蘧常案：卷四酬程工部先貞詩云：獨近董生帷。自注：相傳德州有董子讀書處。先貞德州人，故云。此李誠明亦德州人，宜亦謂此。徐注引河間董子祠當之，遠在河北，非。

〔六〕帶草　蘧常案：張孚齊略：鄭公刊注詩、書，教授生徒，日棲遲於此山，因名黌山。上有古井不竭。獨生細草，形似韭，俗謂之鄭公書帶草。

〔七〕照書螢　徐注：續晉陽秋：車胤，字武子，南平人。就業恭勤，博覽不倦。家貧，不常得油，夏月則練囊盛數十螢火，以繼日焉。

〔八〕直道　徐注：論語：三代之所以直道而行也。

〔九〕肯構　蘧常案：書大誥：若考作室，既底法，厥子乃弗肯堂，矧肯構。蔡沈集傳：以作室喻之，父已底定廣狹高下，其子不肯爲之堂基，況肯爲之造屋乎？

〔一〇〕趨庭　蘧常案：論語季氏：嘗獨立，鯉趨而過庭。何晏集解：孔曰：獨立謂孔子。劉寶楠正義：趨而過庭者，禮，臣行過君前，子行過父前，皆當徐趨，所以爲敬也。孟浩然詩：趨庭沾末躬。

瓠

【解題】

徐注：詩小雅：幡幡瓠葉，采之亨之。

蘧常案：詩邶風匏有苦葉毛傳：匏，謂之瓠。陳奂傳疏：匏與瓠，渾言不別，析言之，則有異。豳風「斷瓠」、小雅「瓠葉」，瓠皆可食；公劉「酌之用匏」，匏不可食。是匏、瓠一物異名。匏，瓠之堅强者也；瓠，匏之始生者也。瓠其大名也。陸佃埤雅云：長而瘦上曰匏，短頸大腹曰瓠。瓠性甘，匏性苦。後人皆合匏、瓠爲一。案：玩詩意，似以自喻，非僅詠物也。

瓠實向秋侵〔一〕，呺然繫夕林〔二〕。不材留苦葉〔三〕，槁死亦甘心。偶伴嘉蔬植〔四〕，還依舊圃尋〔五〕。削瓜輸上俎〔六〕，剥棗遜清斟〔七〕。衛女河梁迥〔八〕，涇師野渡深〔九〕。未須驚五石〔一〇〕，應信直千金〔一一〕。作器疑無用〔一二〕，隨流諒不沉〔一三〕。試充君子佩〔一四〕，聊比國風吟〔一五〕。

【彙注】

〔一〕瓠實句　蘧常案：詩匏有苦葉鄭玄箋：瓠葉苦，謂八月之時。

〔二〕呺然句　徐注：莊子逍遥遊：惠子曰：魏王貽我大瓠之種，我樹之成而實五石，以盛水漿，其堅不能自舉也。剖之以爲瓢，則瓠落而無所容，非不呺然大也，吾爲其無用而掊之。莊子曰：子有五石之瓠，何不慮以爲大樽而浮乎江湖，而憂其瓠落無所容？

蘧常案：經典釋文：李頤云：呺然，虚大貌。

〔三〕不材句　蘧常案：不材，見卷三淮北大雨詩「且復」句注。詩匏有苦葉毛傳：匏葉苦，不可食也。

〔四〕嘉蔬　見卷二桃花溪歌「嘉蔬」句注。

〔五〕舊圃　徐注：潘岳懷舊賦：舊圃化而爲薪。

〔六〕削瓜句　徐注：禮曲禮：爲天子削瓜者副之。

蘧常案：謂不如削瓜之能登上俎也。

〔七〕剥棗句　蘧常案：詩豳風七月：八月剥棗，十月穫稻，爲此春酒，以介眉壽。又：八月斷壺。陳奂傳疏：壺，讀與「瓠」同。未至八月，兼食瓠葉；至八月葉苦，不能作菜，則斷以爲菹。案：謂不能如棗之得佐春酒，故曰「遜」也。

〔八〕衛女句　徐注：詩泉水傳：衛女思歸也。李陵與蘇武詩：攜手上河梁。

〔九〕涇師句　原注：左傳襄十四年：諸侯之大夫從晉侯伐秦，及涇，不濟。叔向見叔孫穆子，穆子賦匏有苦葉。叔向退而具舟，魯人、莒人先濟。

〔一〇〕五石　蘧常案：見上「呺然」句注。

〔一一〕千金　徐注：鶡冠子：賤生於無所用，中流失船，一壺千金。壺、瓠通。

〔一二〕作器句　蘧常案：見上「呺然」句注。案：應上「未須」句。

〔一三〕隨流句　徐注：埤雅：壺性善浮，要之可以涉水，南人謂之要舟。

蘧常案：應上「應信」句。

〔一四〕君子佩　徐注：郭璞蘭草贊：君子是佩，人服媚之。

〔一五〕聊比句　徐注：毛詩序：是以一國之事，繫一人之本，謂之風。

蘧常案：謂比邶風之詠匏有苦葉也。此詩眼目所在，似在涇師數語，意謂時雖無望，未嘗無先濟之心，莫謂不材，或尚有千金之用。與下詩「尼公」二句同意。

土門旅宿　在獲鹿縣西南十里

【解題】徐注：明史志地理真定府獲鹿注：府西南，西有抱犢山，有西屏山。又有蓮花山，白鹿泉出焉。又有土門關在西，亦曰井陘關。方輿紀要：土門關或以爲即故關。蓋井陘西出之道耳。

戴注：土關，即史所稱井陘口。

蘧常案：新唐書地理志：獲鹿縣有故井陘關，一名土門關。

歲歲征驂詎有期〔一〕，棲棲周道欲安之〔二〕？尼公匪兕窮何病〔三〕？尚父維鷹老未衰〔四〕。市酒薄驅冬宿冷。山粦輕壓曉行饑〔五〕。從知宇宙今來闊，不似園林獨卧時！

【彙注】

〔一〕征驂　徐注：王勃桑皋别少府序：長路曉而征驂動。

〔二〕棲棲句　徐注：詩：顧瞻周道。

蘧常案：棲棲，見卷三謁夷齊廟詩「楚狂」四句注。

〔三〕尼公句　原注：漢書平帝紀：追謚孔子曰襃城宣尼公。

蘧常案：匪兕，見前卷四元日詩「率野」句注。

〔四〕尚父句　徐注：詩：維師尚父，時維鷹揚。

蘧常案：毛傳：師，大師也。尚父，可尚可父。鷹揚，如鷹之飛揚也。鄭箋：尚父，吕望也。尊稱焉。正義引劉向别録：師之，尚之，父之，故曰師尚父。後漢書文苑高彪傳：彪作箴曰：吕尚七十，氣冠三軍，詩人作歌，如鷹如鸇。

〔五〕山粦　蘧常案：説文解字：來粦，麥也。廣雅：大麥，粦。小麥，麳。

燕中贈錢編修秉鐙 已下昭陽赤奮若

【解題】

徐注：康熙十二年癸丑。冒云：先生是年年六十一。蘧常案：吴譜：康熙十二年二月，抵都。徐譜：欽光於壬子冬入都，館龔尚書鼎孳家，見憺園集，故得相遇於燕中也。小腆紀傳文苑錢秉鐙傳：秉鐙，字幼光，後改名澄之，字飲光，桐城人。嘗學易於黄道周。弘光時，馬、阮興大獄，秉鐙名在捕中，變姓名逸去。南都亡，走閩中，道周薦授推官，秉鐙以薦舉得官爲恥，請候鄉試，不許。閩亡，自江南入粤。永曆三年，臨軒親試，授庶吉士，改編修。尋因病乞假至桂林。桂林陷，祝髮爲僧，名西頑。久之返里。所著有易學、詩學、藏山閣稿、田間集、所知録。是年海上鄭氏稱永曆二十七年，公元一六七三年。

一别秦淮將廿載〔一〕，天涯垂老看猶在〔二〕。斷煙愁竹泣蒼梧，禿筆悽文來漲海〔三〕。燕市鷄鳴動客輪〔四〕，九門馳道足黄塵〔五〕。相逢不見金臺侶〔六〕，但説荆軻是酒人〔七〕。

【彙注】

〔一〕一别句　蘧常案：據年譜，順治十一年，遷居金陵鍾山之陽；十四年，北游。别秉鐙當在此數年中。同志贈言錢秉鐙懷寧人道長詩云：憶别梅崗舊酒壚，憐君行脚一身孤。性難合處原知僻，跡太奇時漸近愚。闕里志書修得否？孝陵圖本搨殘無？白門相念瘴禪外，尚有南陔老病夫。當爲當時别後所寄，「憐君」云云，似指先生北遊，則别在十四年，至此蓋已十六年矣，故曰「將廿載」。秦淮，見卷三常熟歸生晟陳生芳績書來詩「石頭」句注及桃葉歌「秦淮」注。

〔二〕天涯句　蘧常案：天涯謂燕中。蔡邕房楨碑：享年垂老。

〔三〕斷煙二句　徐注：博物志：舜二妃曰湘夫人，舜死蒼梧，二女啼於洞庭，以淚揮竹，竹盡斑。杜甫大曆三年白帝城放船詩：同泣舜蒼梧。杜甫題壁上韋偃畫馬詩：戲拈秃筆掃驊騮。鮑照蕪城賦：南馳蒼梧、漲海。

蘧常案：張譜：欽光所撰明末野史，其永曆紀事篇云：永曆三年十二月二十四日，上臨軒親試，取中八人，授翰林院庶吉士，秉鐙名在第二。又云：庚寅冬，蒙臨軒特典，改授庶吉士。予出山陰嚴公起恒門。公在上前，極稱予有制誥才，請改編修，管制誥，上頷之。然則飲光乃桂王間關從龍之彦矣，故先生詩曰「斷煙愁竹泣蒼梧，秃筆悽文來漲海」也。案：小腆紀傳謂「秉鐙南都亡後，走閩中，黄道周薦授推官，閩亡，始入粤」，則上句似當謂隆武之亡。南疆逸史紹宗紀：隆武二年九月辛丑朔，上駐汀州，將至江西，命忠誠伯周之藩護曾后先行，出西門，大兵追至羅漢嶺，之藩戰死，后自投於水。上戎裝將發，大兵猝至，從官迸散，見害于都司署。「愁竹」，謂曾后；「蒼梧」，謂隆武。考列女傳：舜陟方死於蒼梧，二妃死於江、湘之間。曾后死於水，故以舜二妃爲比也。下句始言入粵之事，故曰來漲海。漲海者，南海也。張譜混爲一事，非。

〔四〕燕市　蘧常案：見卷四送王文學麗正歸新安詩「燕市酒」注。

〔五〕九門句　徐注：史記秦始皇本紀：二十七年，治馳道。注：應劭注：馳道，天子道也。

蘧常案：見卷二淮東詩「長安」句注。

〔六〕金臺侶　徐注：潘檉章送寧人北游詩：登岱後應探玉簡，游燕客豈市黄金！

蘧常案：見卷四答徐甥乾學詩「今日」句注。

〔七〕但説句　徐注：史記刺客列傳：荆軻雖游於酒人乎，然其爲人沉深好書，至所游諸侯，盡與其賢豪長者相結。先正事略：秉鐙弱冠時，有御史某，閹黨也，巡按至皖，盛威儀。謁孔子廟，諸生方出迎，先生忽前攀輿而攬其帷，衆莫知所爲，御史大駭，命停車，而溲溺已濺其衣矣。先生徐正衣冠，昌言以抵之，騶從數十百人莫敢動，而御史方自幸脱於逆案，懼其聲之著也，漫以爲酒狂而舍之，由是名聞四方。

先妣忌日

【解題】

蘧常案：先妣，見卷一表哀詩題注，及十二月十九日奉先妣藁葬詩解題。忌日，見卷三爲丁貢士亡考衢州君生日作詩序及注。

風木凋零已過時〔一〕，一經猶得備人師〔二〕。聞絲欲下劉䜣泣〔三〕，執卷方知孟母慈〔四〕。秋雨季連中野蔚〔五〕，夕陽光起北園葵〔六〕。無窮明發千年慨〔七〕，豈獨杯棬忌日思〔八〕！

【彙校】

〔一經句〕句下原注，徐注本無「雖奕葉冠冕」等十六字。

【彙注】

〔一〕風木　徐注：陸游焚黄詩：早歲已興風木歎。

蘧常案：韓詩外傳：皋魚曰：樹欲静而風不止，子欲養而親不待。

〔二〕一經句　原注：顔氏家訓：荒亂以來，雖寒畯之子，能讀孝經、論語者，尚爲人師，雖奕葉冠晁，不曉書記者，莫不耕田養馬。徐注：漢書韋賢傳：魯語曰：遺子黄金滿籯，不如教子一經。

〔三〕聞絲句　原注：南齊書劉瓛傳：母没十餘年，每聞絲竹之聲，未嘗不欷歔流涕。

〔四〕孟母慈　蘧常案：列女傳：鄒孟軻之母也，號孟母。孟子長，既學而歸，孟母方績，問曰：學所至矣？曰：自若也。孟母以刀斷其織。孟子懼而問其故，孟母曰：子之廢學，若吾斷斯織也。孟子懼，旦夕勤學不息，師事子思，遂爲天下之名儒。孟氏譜：軻母仉（案：廣韻：諸兩切）氏。張頦（案：正字通：與「須」同）孟母墓碑作「李氏」。餘詳卷一表哀詩「黽勉」句及「荻字」句注。

〔五〕中野蔚　蘧常案：詩小雅蓼莪：蓼蓼者莪，匪莪伊蔚。哀哀父母，生我勞瘁。説文解字：蔚，牡蒿也。

〔六〕北園葵　原注：晉陸機園葵詩：種葵北園中，葵生鬱萋萋。

〔七〕明發　徐注：詩：明發不寐，有懷二人。

蘧常案：詩小宛毛傳：明發，發夕至明。

〔八〕杯棬　蘧常案：禮記玉藻：母没而杯圈不能飲焉，口澤之氣存焉耳。鄭注：圈，屈木所爲，謂卮匜之屬。案：杯圈，孟子告子篇作「桮棬」。

自章丘回至德州則程工部逝已三日矣

【解題】

徐注：明史志地理濟南府章丘注：府東。

蘧常案：吳譜：是年四月，往德州，訂州志。返章丘桑家莊。冬十月，自章丘至德州，哭程工部先貞。先貞，見卷四酬程工部先貞詩解題。

蘧常案：徐注本題作哭程工部。

高秋立馬鮑山旁〔一〕，旅鴈初飛木葉黃。十載故人泉下別〔二〕，交情多媿郅君章〔三〕。時張文學弨自燕中來，視其含殮。

【彙注】

〔一〕鮑山　徐注：寰宇志：鮑城，在濟南歷城縣東，鮑叔牙所食邑也。齊乘：在鮑山下。

〔二〕十載　蘧常案：康熙四年作酬程工部先貞詩有「三年嗟契闊」，似訂交在三年前，則至此正十年也。

〔三〕交情句　原注：後漢書獨行傳：范式，字巨卿，與汝南張劭爲友。劭字元伯。後元伯寢疾，同郡郅君章、殷子徵晨夜省視，元伯臨盡，歎曰：恨不見吾死友！子徵曰：吾與君章盡心于子，是非死友，復欲誰求？元伯曰：若二子者，吾生友耳，山陽范巨卿，所謂死友也。元伯尋卒，式往奔喪，未及到而喪已發引，柩不肯進，停柩移時，見有素車白馬號泣而來，其母望之，曰：是必范巨卿也。式執紼引柩，于是乃前。

有嘆 二首

【解題】

蘧常案：此兩詩，徐注前後引李良年秋錦山房序、先生寄李良年書、先正事略李良年事略、徐乾學李分虎詩集序、元譜等，其意以爲歎李良年，故徐邦彦車譜校補云：徐遯庵注，此詩似爲李武曾作。武曾，良年字也。然以朱彝尊徵士李君行狀及他書核之，蓋無一相合者。行狀言「曾祖國子監博士，祖同知，考國子監生」，而詩曰「家世二千石」，又言「優遊幕府，偃息田里」，而詩曰「門庭正翕集，車騎來千數」。某筆記言徵士高瞻雅步，不肯爲翕翕熱。寶應喬萊語之曰：高陽論海内詩家，首推子矣。他日，有謂宜造謝者，徵士曰：窮達命也，相公知吾詩，孰與相公知我守乎？堅不往。而詩曰「如何壯士懷，但慕倉中鼠」，惟行狀言被薦，召試體仁閣下，有似詩曰「西游到咸陽，上書寤英主」，第此爲後七年事，豈得於此時言之！徐蓋見車譜本年有先生答李武曾書，遂漫爲牽合耳。且先生是書有「比客維揚，頗能攝疾」，車譜已言「元譜於今年亦未有揚州養痾之事」，則此書之答必不在本年，更不足援爲佐證矣。玩詩意，似刺徐乾學。

少小事荀卿〔一〕，佔畢更寒暑〔二〕。慨然青雲志〔三〕，一旦從羈旅〔四〕。西游到咸陽，上書寤英主〔五〕。門庭正翕集，車騎來千數〔六〕。復有金石辭〔七〕，粲爛垂千古。如何壯士懷，但慕倉中鼠〔八〕！

【彙注】

〔一〕少小句　徐注：史記李斯列傳：李斯者，楚上蔡人也。年少時爲郡小吏，乃從荀卿學帝王之術。

〔二〕佔畢　徐注：禮學記：呻其佔畢。注：佔，視也。簡謂之畢。今之師自不曉經之義，但吟誦其所視簡之文。

蘧常案：王引之經義述聞十五：佔讀爲笘，亦簡之類，故以「佔畢」連文。是讀書吟誦之泛稱。

〔三〕青雲志　徐注：淮南子：志厲青雲，非夸矜也。

〔四〕羈旅　蘧常案：「羈」同「羇」。左傳莊公二十二年：羇旅之臣。杜注：羇，寄也。旅，客也。

〔五〕西游二句　蘧常案：史記李斯列傳：學已成，度楚王不足事，而六國皆弱，無可爲建功者，欲西入秦，辭於荀卿。至秦，會莊襄王卒，李斯乃求爲秦相文信侯吕不韋舍人，不韋賢之，任以爲郎。李斯因以得説，説秦王曰：夫以秦之彊，大王之賢，由竈上騷除，足以滅諸侯，成帝業，爲天下一統，此萬世一時也。今怠而不急就，諸侯復彊，相聚約從，雖有黄帝之賢，不能并也。秦王乃拜斯爲長史。聽其計，陰遣謀士齎持金玉以游説諸侯，諸侯名士可下以財者，厚遺結之；不肯者，利劍刺之，離其君臣之計，秦王乃使其良將隨其後。拜斯爲客卿。案：此似影射徐乾學之殿試對策。徐乾學書錢糧論後曰：舅氏亭林先生錢糧論至爲痛切，仲長統昌言、崔寔政論之匹儔也。某昨歲對策，謂須得公忠强幹之臣，權萬物之有無，計百姓之贏絀，而爲之變通，蓋寔本於先生之論。張譜：何紹基云：健庵對策云：漢、唐三代以帛爲租，宋始用錢，金章宗鑄銀曰「承安寶貨」，公私迄今用之。礦脈久閉，海舶已停，民間之銀日耗而不生，而上供者必以常額，宋齊丘有言：錢非耕桑所得，以錢收税，是教民棄本逐末也。此寔本於錢糧論。

〔六〕門庭二句　蘧常案：見前秋風行「秦國」二句注。案：此疑影射徐乾學之怙勢好客。先生於康熙十五年與潘次耕書勸次耕毋應乾學之招，有云：世風日下，人情日諂，彼之官彌貴，客彌多，便佞者留，剛方者去，吾以六十四之舅氏，主於其家，見彼蠅營蟻附之流，駭人耳目，至於徵色發聲而拒之，乃僅得自完而已。別詳卷三七十二弟子詩「門人」二句注。石韞玉徐健庵傳云：勤於獎進人物，海内之士，輻輳其門。佚名野史云：先輩言徐健庵乾學在康熙中，以文學受知，方其盛時，權勢奔走天下，務以獎拔寒畯，籠絡人才爲邀名計，故時譽歙然歸之。其所居繩匠胡同，後生之欲求進者，必僦屋於傍，俟其五更入朝，輒朗誦詩文使聞之，如是數日，徐必從而物色，有所長，輒爲延譽。當時繩匠胡同宅子僦價倍他處。所云雖皆在後，然亦可以概其前矣。

〔七〕復有句　徐注：史記秦始皇本紀：羣臣相與誦皇帝功德，刻於金石，以爲表經。

蘧常案：先生金石文字記：泰山石刻、嶧山石刻，李斯篆。

〔八〕但慕句　徐注：史記李斯列傳：爲郡小吏，見吏舍厠中鼠，食不潔，近人犬，數驚恐之。觀倉中鼠，倉積粟，不見人犬之憂。於是李斯嘆曰：人之賢不肖譬如鼠矣，在所自處耳！

家世二千石，結髮常自修。譬如寡婦心，本慕共姜儔。不幸污盜賊，遂忘淫佚羞。念彼巨先語，撫心悼遷流〔一〕。如登千仞岡〔二〕，失足竟不收〔三〕。勉哉堅自持〔四〕，無遺朋友憂！

【彙注】

〔一〕家世八句　原注：漢書游俠傳：原涉，字巨先。客或譏涉曰：子本結髮自修，以行喪推財禮讓爲名，正復讐取仇，猶不失仁義，何故遂自放縱，爲輕俠之徒乎？涉應曰：子獨不見家人寡婦耶？始自約敕之時，意乷慕宋伯姬及陳孝婦，不幸壹爲盜賊所污，遂行淫佚，知其非禮，然不能自還，吾猶此矣。

蘧常案：據漢書原文「子本」下，應補「二千石之世」五字，蓋謂涉父哀帝時爲南陽太守，首句方有著落。漢書循吏傳序：與我共此者，其唯良二千石乎？顔師古注：謂郡守諸侯相。又，百官公卿表：郡守秩二千石。又案，共姜，依原涉傳當作共姬，事見穀梁襄公三十年傳，顔師古即據以注涉傳。共姜則衛世子共伯妻，共伯蚤死，共姜守義，詩鄘風柏舟序所謂「共姜自誓也」。一魯女，歸宋共公；一齊女，歸衛世子。其守義雖相似，實爲二人。下既曰「念彼巨先語」，則當用原涉傳爲「共姬」，詩或失誤。又案，乾學曾祖應聘官太僕寺少卿。明史職官志：少卿正四品。世以知府當漢太守，知府亦正四品，故以相比乎？

〔二〕千仞岡　徐注：左思詠史詩：振衣千仞岡。

〔三〕失足句　徐注：唐寅詩：一失足成千古恨，再回頭已百年身。

〔四〕堅自持　原注：後漢書馬援傳：居高堅自持。

哭歸高士　四首

【解題】

徐注：張譜：「聞叔父穆庵及歸玄恭訃，設祭於桑家莊。先生書孔廟兩廡位次考後：歸生名莊，更名祚明。工草隸，爲吴中高士。」

蘧常案：歸高士，詳卷一吴興行贈歸高士祚明詩解題。元譜於「聞歸玄恭訃設祭」下云「入都得滇南報」；詩及雲南舉兵，舉兵在十一月；則此詩作於入都以後，其十一、十二兩月之間乎？歸聖脈玄恭兄行略云：公喜飲酒，時時不離手，遂中酒，病肺不休。及垂逝，夢故友招之入社，分韻賦詩，公自知不起。趙經達歸玄恭年譜：癸丑，六十一歲，仲秋卒。

弱冠始同遊〔一〕，文章相砥厲〔二〕。中年共墨衰，出入三江汭〔三〕。悲深宗社墟〔四〕，勇畫澄清計〔五〕。不獲騁良圖〔六〕，斯人竟云逝。

【彙校】

〔題〕徐注本注云：「一本分四首」（丕績案：原鈔本同）。徐注本則合爲一首。

【彙注】

〔一〕弱冠句　蘧常案：歸莊送顧寧人北游序云：余與寧人之交二十五年矣。時爲永曆十一年丁酉，即順治十四年，二人同歲，皆四十五歲。上溯二十五年則訂交在崇禎六年癸酉，皆二十一歲。

〔二〕文章句　原注：禮記儒行：近文章，砥厲廉隅。

〔三〕中年二句　蘧常案：左傳僖公三十三年：子墨衰絰。杜注：晉文公未葬，故襄公稱子；以凶服從戎，故墨之。三江，見前卷二贈于副將元凱詩「三江」注及哭楊主事廷樞詩「松江」句注。案：年譜：順治二年七月，師下崑山、常熟，貞孝（案：即先生嗣母）聞變即絶食，至三十日乃終。歸玄恭年譜同年九月四日，文休公（莊父昌世）卒。故時兩人皆凶服。三江爲松江、東江、婁江，此似指松江提督吴勝兆反正事，詳卷一哭顧推官詩「主帥」及「大本」兩注。全祖望先生神道表所謂「幾豫吴勝兆之禍」者也。歸莊當亦豫其謀，故祖望題歸恒軒萬古愁曲子亦云「恒軒同顧推官舉師不克，行遯得免」也。他事無可徵。乾隆崑新志稱「其亡命棄儒冠，往來湖山間，遠近談忠義者，以莊爲歸」，殆謂是歟？舊注以先生與莊及吴其沆等守崑拒清事當之，時兩人尚未持服，何能謂之「共墨衰」耶？

〔四〕悲深句　蘧常案：史記宋微子世家：箕子朝周，過故殷虚，感宫室毁壞，生禾黍，箕子傷之，欲哭則不可，欲泣爲其近婦人，乃作麥秀之詩。

〔五〕澄清志　蘧常案：後漢書范滂傳：慨然有澄清天下之志。

〔六〕騁良圖　蘧常案：見卷一海上詩第二首「夢想」句注。

峻節冠吾儕〔一〕，危言驚世俗〔二〕。常爲扣角歌〔三〕，不作窮途哭〔四〕。生耽一壺酒〔五〕，没無半間屋〔六〕。惟存孤竹心〔七〕，庶比黔婁躅〔八〕。

【彙校】

〔驚世俗〕徐注本「驚」作「警」，誤。

【彙注】

〔一〕峻節句　徐注：晉書列女傳序：挺峻節而孤標。

蘧常案：張應麟歸莊傳：爲人豪邁尚氣節。

〔二〕危言句　徐注：論語：危言危行。

蘧常案：鄭玄論語注：危，高也。魏禧歸玄恭六十序：有傳其長歌於山中者，凡三千餘言，上溯鴻濛，下及季世，驅使神仙鬼怪之物，呵帝王，笞卿相，踐籍古之文人，恣睢佯狂，若屈平、李白沈冤醉憤無聊之語。予驚怖其人，疑不可近。全祖望題歸恒軒萬古愁曲子：瑰瑋恣肆，於古之聖賢君相，無不詆訶，而獨痛哭於桑海之際，蓋離騷、天問一種手筆。

〔三〕常爲句　徐注：三齊略紀：甯戚叩牛角而歌。
　　蘧常案：錢謙益贈歸玄恭戲效玄恭體詩紀其好爲歌詩。錢詩見本詩附録一。

〔四〕不作句　蘧常案：窮途哭，見卷一將遠行作詩「窮途」注。歸莊寓言詩：自從名教壞，更不哭途窮。案：張傳言：嘗南渡錢塘，北涉江、淮，所至遇名山川，憑弔古今，輒大哭。見者驚怪，而公不顧也。與此不同。

〔五〕生耽句　徐注：李白月下獨酌詩：花間一壺酒。
　　蘧常案：楊鳳苞歸恒軒紀略：爲人嗜酒，每試必攜酒以入，後益縱酒狂歌。

〔六〕没無句　蘧常案：乾隆崑新志歸莊傳：晚年不能自給，寄食僧舍。

〔七〕孤竹心　蘧常案：見前卷三謁夷齊廟詩題注。

〔八〕黔婁　徐注：高士傳：黔婁先生者，齊人也。魯恭公聞其賢，遣使致禮，致粟三千鍾，欲以爲相，辭不受。齊王又禮之以黄金百斤，又不就。著書四篇，言道家之務。

　　太僕經鏗鏗，君曾祖，諱有光，字熙甫，世稱震川先生。三吴推學者〔一〕。安貧稱待詔，君叔祖諱子慕，字季思。清風播林野〔二〕。及君復多材，儒流嗣弓冶〔三〕。已矣文獻亡，蕭條玉山下〔四〕！

【彙注】

〔一〕太僕二句　原注：後漢書儒林傳：説經鏗鏗楊子行。徐注：明史文苑傳：歸有光九歲能屬文，弱冠盡通五經三史諸書。嘉靖十九年，舉鄉試，八上春官不第。徙居嘉定安亭江上，讀書談道，學徒嘗數百人，稱爲震川先生。四十四年，始成進士。隆慶四年，大學士高拱、趙貞吉雅知有光，引爲南京太僕丞，留掌内閣制敕房，修世宗實録，卒官。有光爲古文，原本經術，好太史公書，得其神理。時王世貞主盟文壇，有光力相觝排，目爲妄庸巨子，世貞大憾。其後亦心折有光，爲之贊曰：千載有公，繼韓、歐陽。余豈異趨？久而自傷。其推重如此。

蘧常案：「經鏗鏗」，似謂有光制舉義，所謂經義也。明史歸有光傳云：有光制舉義，湛深經術，卓然成大家。又云：明代舉子業最擅名者，前則王鏊、唐順之，後則震川、思泉，胡友信别號也，故特言之。三吴，見前卷一哭顧推官「三吴」注。

〔二〕安貧二句　徐注：明史文苑傳：有光少子子慕，字季思。舉萬曆十九年鄉試。再被放，即屏居江村。與無錫高攀龍最善。其殁也，巡按御史祁彪佳請於朝，贈翰林院待詔。

蘧常案：歸莊展墓黄墩詩自注：穆穴爲先從祖待詔府君，崇禎七年，巡按御史具題，奉旨特贈翰林院待詔，旨有「孝友廉静、安貧力學」之褒。

〔三〕及君二句　徐注：書：不若旦多材多藝。禮學記：良冶之子，必學爲裘；良弓之子，必學爲箕。孔穎達正義：積世善治之家，其子弟見其父兄陶鑄金鐵，使之柔合，以補治破器，故此弟子能學爲裘袍，補續獸皮，片片相合，以至完全也；善爲弓之家，使角幹撓屈，調和成弓，故其子弟亦觀其父兄世業，學取柳條和軟，撓之成箕也。乾隆崑新志：（莊）少通五經，工諸體書，酒酣落筆，輒數千言不能止。爲諸生應院試，酒瓶纍纍筆墨間。日未晡，成七義，分真、草、隸、篆書五經文字。提學御史亓煒怪而黜之，惜其才，旋復焉。吴炎歸玄恭古文序：夫世、穆、神三廟間，海内古文家爲最盛，而玉峰歸太僕先生其最也。太僕之爲文，粹於理，豪於氣，不斤斤剽拾秦、漢以來緒餘，而獨出其性靈才識，以推擴塵氛而磅礴上下。太僕之曾孫玄恭，乃今復以文特名，繼太僕而起。太僕没後，有季思先生爲之子，文休先生爲之孫，而玄恭爲之曾孫，歸氏之福亦厚矣！玄恭之文，固所謂粹於理而豪於氣者。張譜：徵雲堂雜記：玄恭旋殁，爲文祭之曰：漁獵子史，貫穿經傳，志高氣盛，雄傑魁岸。又，抱太僕文，蒐羅拾攟。

〔四〕玉山　蘧常案：見卷一哭陳太僕子龍詩「玉山」注。

鄜生雖酒狂，亦能下齊軍〔一〕。發憤吐忠義，下筆驅風雲〔二〕。平生慕魯連，一矢解世紛。碧雞竟長鳴，悲哉君不聞〔三〕！君二十五年前嘗作詩，以「魯連一矢」寫意，君没十旬，而文覃舉庚。

【彙校】

〔悲哉句〕句下自注，孫託荀校本、吴校本，同。惟「寫意」作「寓意」。孫託荀校本云：末四字未詳。潘刻本、徐注本無。

【彙注】

〔一〕酈生二句　徐注：漢書蓋寬饒傳：寬饒曰：無多酌我，我迺酒狂。

蘧常案：史記酈生列傳：酈生食其者，陳留高陽人也。好讀書，家貧落魄，爲里監門吏，然縣中賢豪不敢役，縣中皆謂之狂生。又：初，沛公引兵過陳留，酈生踵軍門上謁，使者出謝曰：沛公方以天下爲事，未暇見儒人也。酈生瞋目案劍叱曰：走！復入言沛公：吾高陽酒徒也。又：酈生曰：臣請得奉明詔説齊王，使爲漢而稱東藩。上曰：善！使説齊王。田廣以爲然，迺聽酈生，罷歷下兵守戰備。淮陰侯聞酈生伏軾下齊七十餘城，迺夜度兵平原，襲齊。齊王聞漢兵至，以爲酈生賣己，遂亨酈生。

〔二〕發憤二句　蘧常案：楊鳳苞歸恒軒紀略：長篇短詠，揮灑淋漓，用以寄託無聊而銷其飛揚崒屼之氣。

〔三〕平生四句　原注：左傳文公十八年：卜楚丘，占之曰：齊侯不及期，非疾也，君亦不聞。

徐注：史記魯仲連列傳：齊田單攻聊城歲餘，士卒多死，而聊城不下。魯連乃爲書，約之矢，以射城中遺燕將。又：燕將見魯連書，泣三日，猶豫不能自決。又：所貴於天下士者，爲人排患釋難解紛亂而無所取也。陶潛述酒詩：閒居離世紛。左思蜀都賦：碧雞倏忽而曜儀。注：地理志：金馬、碧雞在越嶲青蛉縣禺同山。漢宣帝時，方士言益州有金馬碧雞之神，可醮祭而致。帝使諫議大夫王褒持節求之，道病卒，竟不能致。楊慎雲南山川志：碧雞山在城西南三十里，東瞯滇池，蒼崖萬丈，綠水千尋，下有碧雞關。庾信慨然成詠詩：寶雞雖有祀，何時能更鳴。案：是年吳三桂反雲南。孫詒讓云：自注末四字未詳。尹云：「文覃舉庚」四字，余諧以韻目，蓋雲南舉兵之隱。玄恭卒康熙癸丑，吳映奎輯亭林年譜於祭玄恭後，即書入都聞滇南報，亭林嚴夷夏之大防，雖以三桂之反覆，猶冀其復辟焉。

蘧常案：自注謂「二十五年前作詩」，從本年上溯，則爲永曆元年，即順治四年。考莊詩集是年全佚，已無可徵，惟補遺詩古意第十首，有「魯連恥帝秦，東海寧隕命」云云，無「一矢」語。玩下文，此似與吳三桂有關，或欲遺之書而勸其反正耶？詳前卷三山海關詩「辮頭」句注。其舉兵事，佚名平西王吳三桂傳及孫旭吳三桂始末，言之綦詳。見本詩附録二。據此，三桂將起，猶以先朝故君動三軍；既起，亦未稱帝，故先生尚寄以厚望焉。

附一：錢謙益贈歸玄恭戲效玄恭體詩

子有百篇詩，稿本皮我甗。元氣含從衡，冥溟失津涘。四遊圍尺幅，八極步寸跬。逐日杖不休，飲河暍未止。宋玉賦大言，莊生喻非指，唐衢哭蒼茫，賈生涕重累。西音起促柱，易水歌變徵。望氣指鍾離，步天肇星紀。戲帝笑爭博，叫天苦填珥。夔來每長吟，詠罷自拊髀。臨風歌激昂，巡檐嘆徙倚。中夜看牛斗，角芒正邐迤。飛動防出匣，封題謹累紙。

附二：佚名平西王吴三桂傳

康熙十一年秋，上以三桂逆謀漸著，欲先發制之，特召移鎮關東，予以世職。詔至雲南，全藩震動。使日以上命促之，督責過深，頗凌辱其將吏。始請改期，繼請緩行，皆持不可。三桂欲反，恐其下不從，乃設宴，大會諸將，酒三行，起而歎曰：老夫與諸君共事，垂三十年。今四海昇平，無所用，吾輩行且遠矣，未知聖意所在？且盡今日歡，與諸君叙故，未識異日復得相見否？諸將聞言皆泣下。越兩日，促益急。三桂下教會諸將曰：行期迫矣，朝廷之嚴譴，不可逃也。若使臣之驅策，老夫不意至此。諸君行矣，毋徒受使臣辱也！諸將怒曰：行即行耳，何相逼爲？三桂復慰之曰：朝命也，誠不可緩，但向者諸君得處此土，以有其家，以享富貴，伊誰之賜？願諸君思之！諸將皆稽首曰：邀殿下之福！曰：非也！曰：然則君上之恩。曰：是已，未盡然也。昔我受先朝厚恩，待罪東陲，值闖賊搆亂，召衛神京，計不能兩全，乃乞師本朝，以復君父大讎。繼平滇、蜀，得棲息於此，今日之富貴，皆先朝餘廕耳。故君之陵寢，可無別乎？先是辛丑冬，三桂兵臨阿瓦，檄取永曆以歸，縊死，藁葬府城外，故云爾。又：諸將皆拜聽命。於是卜日謁陵，三桂易方巾素服，酹酒山呼，再拜慟哭，伏地不能起。三軍皆哭，聲震如雷，人懷異志，蓋至是而三桂之反謀成矣。冬，三桂就道，命前隊先行，自擁大軍殿後。數日，即稱疾不起，撫臣驅之急，使者日三四輩至榻前，詞益峻，色益厲，三桂堅卧不起。諸將數來問疾，勸進藥餌，不聽。故以言激之，曰：吾疾在心，豈藥石所能愈！想曩者披堅執鋭，開拓疆宇，有大勳于王室，章皇帝不以老臣爲不肖，錫之藩封，載之盟府。今撫臣一外吏，相凌乃爾！一旦入國門，付廷尉，我豈有生路耶？諸將果忿忿而出。軍士裹甲露刃，矢在弦，馬塞道，風動塵生，日色慘澹，居民皆駭走，襲執撫臣殺之，持其首見三桂。三桂頓足失聲，以頭搶地曰：爾輩殺我！爾輩殺我！我三百口死不旋踵，即爾輩亦且族矣！諸將大呼曰：惟有反耳！反耳！三桂大喜，霍然而起。即部署諸將，囚執二使，以撫首祭旗纛，傳檄四方，前隊在荆、楚者，皆舉兵反。奉使筆帖式王新命乘間得脱，疾馳五晝夜至京師，赴兵部告變，氣厥不能出一語，半日始甦，乃大言曰：三桂反矣！舉朝震動。孫旭吴三桂始末：癸丑十一月二十五日五鼓，三桂集藩下官屬於殿上，擲帽棄辮髮。鑄僞印曰「天下都招討兵馬大元帥之印」。十二月初一日，自雲南起兵。

廣昌道中

二首　已下闕逢攝提格

【解題】

徐注：康熙十三年甲寅。明史志地理山西大同府蔚州廣昌注：州東南，元曰飛狐，洪武初更名。方輿紀要：廣昌縣，古飛狐口也，宋置飛狐軍，遼復爲飛狐縣。今縣治，相傳即古飛狐道。冒云：先生是年年六十二。

蘧常案：是年海上鄭氏稱永曆二十八年，公元一六七四年。元譜：正月，出京，由易州往汾州。吴譜：廣昌在易州西百八十里。易京，見前子德李子聞余在難詩「易京」注。

匹馬去燕南，易京大如礪〔一〕。五迴春雪深〔二〕，淶上孤城閉〔三〕。行行入飛狐〔四〕，夕駕靡遑税〔五〕。融冰見晛流〔六〕，老樹陵寒霽。啄鵲馴不驚，卧犬安無吠〔七〕。問客何方來？幽都近如沸〔八〕。出車日轔轔，戈矛接江裔〔九〕。此地幸無兵，山田隨樹藝。且偷須臾閒〔一〇〕，未敢謀卒歲。

【彙注】

〔一〕匹馬二句　原注：後漢書公孫瓚傳：前此，有童謡曰：燕南垂，趙北際，中央不合大如礪。

〔二〕五迴　原注：水經注：代郡廣昌縣東南有大嶺，世謂之廣昌嶺。嶺高四十餘里。二十里中，委折五回，方得達其上嶺，故嶺有五回之名。

〔三〕淶上　蘧常案：明史志地理二廣昌注：淶水在東，源出北厓古塔，與縣南之拒馬河合，東入北直淶水縣界。

〔四〕行行句　蘧常案：飛狐，詳解題。明史志地理二廣昌注：飛狐關在北，今爲黑石嶺堡。

〔五〕夕駕句　蘧常案：見卷一哭顧推官詩「駕所税」注。

〔六〕融冰句　蘧常案：詩小雅角弓：雨雪浮浮，見晛曰流。毛傳：晛，日氣也。陳奂疏：傳但釋晛，不解見字，疑有奪字。當云見晛，日出氣也，文義始備。又傳：流，流而去也。

〔七〕卧犬句　原注：左傳昭公元年：趙孟曰：吾兄弟比以安，尨也可使無吠。

〔八〕問客二句　徐注：韋應物長安逢韋著詩：問客何爲來？方輿紀要：契丹改燕京城爲南京幽都府。詩：如沸如羹。東華録：康熙十二年十二月，川湖總督蔡毓榮疏報吴三桂反，僞稱天下都招討兵馬大元帥。以明年甲寅爲周王元年，改元昭武。貴州提督李本深叛應之。前差往主事辛珠、筆帖式薩爾圖不屈死。總督甘文焜聞變出走，至鎮遠自殺。巡撫曹申吉降賊，賊逼鎮遠。又奸民楊起隆僞稱朱三太子，糾黨謀叛，約於京城内外放火舉事。潛聚鼓樓西街降將周全斌家。全斌子公直首于都統祖永烈。永烈與滿洲都統圖海等率兵圍之，生擒其黨焦三等，起隆逃去。又：上諭：兵部近聞京城小民驚恐，欲於城外西山處遷移逃避，殊非朕安撫百姓之意。前令緝獲假稱朱三之楊起隆，與良民毫無干涉。

〔九〕出車二句　徐注：詩：出車彭彭。杜甫兵車行：車轔轔。詩：修我戈矛。

蘧常案：江裔，見卷一哭顧推官詩「江裔」注。案：清史稿聖祖本紀云：十二年癸丑，十二月壬子，吴三桂反。丙辰，反問至，命前鋒統領碩岱率禁旅守荆州。丁巳，命加孫延齡撫蠻將軍，線國安爲都統，鎮廣西；命西安將軍瓦爾喀進守四川。己未，命順承郡王勒爾錦爲寧南靖寇大將軍，討吴三桂。庚申，命副都統馬哈達率師駐兖州，擴爾坤駐太原，備調遣。壬戌，命都統赫業（案：東華録作「葉赫」）爲安西將軍，會瓦爾喀守漢中；以倭内爲奉天將軍。十三年甲寅，春正月乙亥，勒爾錦師行。此所謂「出車日轔轔」也。本紀又云：十二年十二月壬戌，吴三桂陷辰州。十三年正月庚辰，陷沅州。此所謂「戈矛接江裔」也。此詩作於十三年正月，舊注以是年四月六月九月之事當之，非。

〔一〇〕且偷句　徐注：離騷：聊須臾以相羊。段注：白居易詩：偷閒意味勝常閒。

久客燕代間〔一〕，遂與關山老。流連王霸亭〔二〕，躑躅劉琨道〔三〕。枯荑春至遲〔四〕，落木秋來早。獨往兹愴然〔五〕，同游昔誰好？三楚正干戈，沅湘彌浩浩〔六〕。世乏劉荆州，託身焉所保？縱有登樓篇，何能盪懷抱〔七〕？思因塞北風，一寄南飛鳥〔八〕。昔年與李子德同宿此縣。

【彙校】

〔思因〕徐注本，吴、汪、曹三校本作「因思」。

【彙注】

〔一〕燕、代　蘧常案：見卷三居庸關詩第一首「燕、代」注。

〔二〕流連句　原注：後漢書王霸傳：將弛刑徒六千餘人與杜茂治飛狐道。堆石布土，築起亭障，自代至平城三百餘里。

〔三〕躑躅句　原注：晉書劉琨傳：率衆赴段匹磾，從飛狐入薊。

蘧常案：荀子禮論：躑躅焉，踟蹰焉。李賢後漢書隗囂傳注：躑躅，猶踟蹰也。

〔四〕枯荑　蘧常案：易大過卦：枯楊生稊。鄭玄注：稊作荑，云木更生也。

〔五〕獨往句　徐注：陳子昂登幽州臺歌：獨愴然而涕下。

〔六〕三楚二句　蘧常案：三楚見卷三王徵君潢具舟城西詩「三楚」注。楚辭九章懷沙：亂曰：浩浩沅、湘，分流汩兮。清史稿吳三桂傳：康熙十二年十二月，三桂反問聞，上以荆州咽喉地，即日遣前鋒統領碩岱率禁旅馳赴鎮守。三桂兵陷清浪衛，川湖總督蔡毓榮遣總兵崔世禄防沅州。三桂兵至，以城降。復進陷辰州。十三年正月，三桂僭稱周王元年。部署諸將，楊寶應陷常德，夏國相陷澧州，張國柱陷衡州，吳應麒陷岳州。

〔七〕世乏四句　徐注：魏志王粲傳：嘗於荆州依劉表，著登樓賦。冒云：此歎荆州無人，不能往爲策應。其懷抱固與仲宣不同也。

蘧常案：後漢書劉表傳：劉表，字景升，山陽高平人。與同郡張儉等俱被訕議，號爲八顧。詔書捕案黨人，表亡走得免。黨禁解，辟大將軍何進掾。初平元年，長沙太守孫堅殺荆州太守王叡，詔書以表爲荆州刺史。李傕等入長安，以表爲鎮南將軍、荆州牧，封成武侯。於是開土遂廣，南接五嶺，北據漢川，地方數千里，帶甲十餘萬。初，荆州人情好擾，加四方震駭，寇賊相扇，處處糜沸。表招誘有方，威懷兼洽，其姦猾宿賊，更爲效用，萬里肅清，大小咸悦而服之。建安十三年八月，疽發背卒。

〔八〕思因二句　徐注：杜甫洗兵馬詩：南飛覺有安巢鳥。冒云：南飛鳥，指南中同志。

寄問傅處士土堂山中

【解題】

蘧常案：傅處士，見卷四贈傅處士山詩解題。全祖望傅先生事略：甲申，夢天帝賜之黄冠，乃衣朱衣，居土穴以養母。

向平嘗讀易，亦復愛名山〔一〕。早跨青牛出〔二〕，昏騎白鹿還〔三〕。太行之西一遺老〔四〕，楚國兩龔秦四皓〔五〕。春來洞口見桃花，儻許相隨拾芝草〔六〕。

【彙注】

〔一〕向平二句　蘧常案：後漢書逸民傳：向長，字子平，河内朝歌人也。隱居不仕，好通老、易。王邑欲薦之於莽，固辭乃止。潛隱於家，嘗讀易至損、益卦，喟然歎曰：吾已知富不如貧，貴不如賤，但未知死何如生耳。建武中，男女娶嫁已畢，於是遂肆意，與同好北海禽慶俱遊五嶽名山，竟不知所終。

〔二〕跨青牛　蘧常案：見卷三前詩意有未盡再賦四章詩第四首「門前」句注。

〔三〕騎白鹿　原注：晉書：陶淡結廬于長沙臨湘山中，養一白鹿以自偶。親故有候之者，輒移渡澗水，莫得近之。

蘧常案：此見晉書隱逸傳，首句原作「於長沙臨湘山中結廬居之」。

〔四〕太行句　徐注：史記樊酈傳贊：問其遺老。

蘧常案：太行見卷二贈人詩第二首「太行山」注。

〔五〕楚國句　蘧常案：楚國兩龔，見卷一哭楊主事廷樞詩「齊噣」句注。漢書張良傳：上有所不能致者四人。顏師古注：四人謂園公、綺里季、夏黃公、甪里先生，所謂商山四皓也。高士傳：四皓者，皆河內軹人也，或在汲。詳見卷四贈孫徵君奇逢詩「尚有」四句注。

〔六〕春來二句　徐注：陶潛桃花源記：忽逢桃花林，山有小口，髣髴若有光，便舍船從口入。雲笈七籤：鹿皮翁食芝草，飲神泉，且七十年。後百餘年，賣藥於市。

蘧常案：洞口桃花，言避秦。高士傳：四皓作歌曰：曄曄紫芝，可以療飢。即此所謂「芝草」。皆承上言。徐注非。

與胡處士庭訪北齊碑

【解題】

徐注：車譜：庭，字季子，汾陽人，青主弟子。戴東原汾州志：庭父名遇春，崇禎戊辰進士。由聊城知縣擢户部主事。庭自李自成之亂，遂與弟同並隱居講學。庭於易、詩、春秋、論語、大學、孟子皆有論著。又曰：顧炎武，其學上繼漢、唐考核之儒，其金石文字記所載大相里齊天保三年相里寺碑、郭社村唐乾封二年郭君碑文、侯村唐上元三年任君碑、小相里唐相里瑞碑、晉天福五年相里金碑，皆身至其地摹拓者。

蘧常案：北齊碑在汾陽。先生是年正月由易州往，晤胡庭，同往訪之。庭善詩，傅山有書胡季子詩稿後詩：風流胡季子，花筆起河西。艷還徐陵勝，奇添李賀悽。大巫爲氣盡，老腐但頭低。公子争裘馬，文章有駃騠。見潘道根吴譜校。

春霾亂青山，卉木苞未吐〔一〕。繞郭號荒雞，中田散野鼠〔二〕。策杖向郊坰〔三〕，幽人在巖户〔四〕。未達隱者心，聊進蒼生語。一自永嘉來〔五〕，神州久無主〔六〕。十姓迭興亡〔七〕，高光竟何許〔八〕？棲棲世事迫，草草朋儕聚。相與讀殘碑〔九〕，含愁弔今古。

【彙注】

〔一〕卉木　蘧常案：見前贈同繫閻君明鐸先出詩「春風」句注。

〔二〕中田　徐注：詩：中田有廬。

〔三〕策杖句　蘧常案：曹植苦思行　策杖從吾游。郊坰，見卷二恭謁孝陵詩「郊坰」注。

〔四〕幽人　徐注：易：幽人貞吉。高適送蕭十八詩：遊方出巖户。

〔五〕永嘉　蘧常案：見卷四聞湖州史獄「永嘉」二句注。

〔六〕無主　徐注：書：無主乃亂。

蘧常案：此梅賾書仲虺之誥文。

〔七〕十姓句　徐注：前趙匈奴劉淵據平陽，後趙羯石勒據襄國，前秦氐苻洪據長安，後秦羌姚弋仲據長安，前燕鮮卑慕容廆據鄴，是爲五胡。又北朝後魏鮮卑拓跋珪據有中原，東魏元善見據鄴，西魏元寶炬據長安，北齊高洋篡東魏，北周宇文泰篡西魏。

〔八〕高、光　蘧常案：班固典引：高、光二聖，宸居其域。注：高祖、光武。案：以上四句，亦借古以慨今，故結曰「含愁弔今古」也。

〔九〕殘碑　蘧常案：金石文字記：北齊相里寺碑，八分書，天保三年正月。今在汾陽縣大相里崇勝寺。碑刻佛像，其下方及兩傍皆題名，碑陰有文并頌一通，漫滅。

王良　二首

【解題】

蘧常案：車譜：上首秦始皇，下首商王受、楚靈王，寓言也。

王良既策馬〔一〕，天弧亦直狼〔二〕。中夜視北辰〔三〕，九野何茫茫〔四〕！秦政滅六國，自謂過帝皇〔五〕。豈知漁陽卒，狐鳴叢祠旁〔六〕！誰爲刑名家？至今怨商鞅〔七〕！

【彙校】

〔題〕潘刻本、徐注本作「詠史」。

【彙注】

〔一〕王良　原注：史記天官書：王良策馬，車騎滿野。

〔二〕天弧句　原注：宋史天文志：弧矢九星在狼星東南，天弓也。矢不直狼，爲多盜。

〔三〕北辰　蘧常案：論語爲政：爲政以德，譬如北辰，居其所而衆星拱之。鄭玄注：北極謂之北辰。案：鄭注蓋本爾雅釋天。

〔四〕九野句　徐注：古詩：四顧何茫茫。九野，見卷一贈顧推官咸正詩「九野」句注。案：此二句，即前詩「神州久無主」之意，蓋不以清爲正統也。

〔五〕秦政二句　蘧常案：秦政，見卷一秦皇行題注。史記秦始皇本紀：二十六年，令曰：六王咸伏其辜，天下大定，共議帝號。廷尉等皆曰：今陛下平定天下，海内爲郡縣，法令由一統，自上古以來未嘗有，五帝所不及。臣等昧死上尊號，王爲泰皇。王曰：去泰著皇，采上古帝位號，號曰皇帝。案：此以秦喻清。

〔六〕豈知二句　徐注：史記陳涉世家：適戍漁陽九百人，屯大澤旁。又：間令吴廣之次近所旁叢祠中，夜篝火狐鳴，呼曰：大楚興，陳勝王。卒皆夜驚恐。

蘧常案：此當以陳涉喻吴三桂。

〔七〕誰爲二句　原注：鹽鐵論：商鞅峭法長利，秦人不聊生，相與哭孝公。徐注：史記商君列傳：少好刑名之學。太史公曰：商君，其天資刻薄人也。余嘗讀商君開塞、耕戰書，與其人行事相類，卒受惡名於秦，有以也夫！

商紂爲黎蒐，遂啓東夷叛〔一〕。楚靈一會申，俄召乾谿患〔二〕。甲兵豈不多，人人欲從亂〔三〕。惟民國所依，疾乃盈其貫〔四〕。皇矣監四方〔五〕，得民天所贊〔六〕。

【彙注】

〔一〕商紂二句　徐注：左傳昭公四年：商紂爲黎之蒐，東夷叛之。

能如是，豈其辱於乾谿！

〔二〕楚靈二句　徐注：左傳昭公四年：楚子合諸侯於申。又：楚子示諸侯侈，申無宇曰：楚禍之首，將在此矣。又昭公十二年：仲尼曰：古也有志，克己復禮，仁也，信善哉！楚靈王若

蘧常案：春秋經：昭公十有三年，夏四月，楚公子比自晉歸于楚，弒其君虔于乾谿。杜注：乾谿在譙國城父縣南。案：今河南寶豐縣城父堡南。此四句，似喻清帝玄燁告成二陵事。清史稿聖祖本紀：十年，九月庚戌，上以寰宇一統，告成於二陵。辛亥，上奉太皇太后、皇太后啓鑾，蒙古科爾沁、喀喇沁、土默特、敖漢諸部王、貝勒、公朝行在。丁卯，謁福陵、昭陵。戊辰，祭福陵，行告成禮。庚午，祭昭陵，行告成禮。辛未，上幸盛京，御清寧宮，賜百官宴。辛卯，謁福陵、昭陵，命文武官較射，命來朝外藩較射。壬辰，迴鑾。不二年而吴三桂舉兵雲南。與此二事，頗相似也。

〔三〕人人句　徐注：左傳昭公十三年：民患王之無厭也，故從亂如歸。

蘧常案：清史稿聖祖本紀：十三年正月，總兵吴之茂以四川叛。二月，壬寅，賊犯澧州，守卒以城叛。甲寅，吴三桂陷長沙，副將黄正卿叛應之。孫延齡以廣西叛，殺都統王永年，執巡撫馬雄鎮幽之。三月，庚辰，耿精忠反，執福建總督范承謨幽之，巡撫劉秉政降賊。癸未，鄖陽副將洪福叛。壬辰，襄陽總兵楊來嘉以穀城叛。四月甲寅，潮州總兵劉進忠以城叛。河北總兵蔡禄謀叛，命阿密達襲誅之。五月壬午，浙江平陽兵變，執總兵蔡朝佐，應耿

精忠將曾養性，圍瑞安。六月庚戌，總兵祖宏勳以温州叛。浙江、温州、黄巖、太平諸營相繼叛。案：此詩不知作於何時，姑以春夏間事當之。

〔四〕疾乃句　徐注：書泰誓：商罪貫盈。

蘧常案：此梅賾書。

〔五〕皇矣句　徐注：詩：皇矣上帝，臨下有赫！監觀四方，求民之瘼。

〔六〕得民句　徐注：左傳昭公二十七年：季氏甚得其民。又曰：有天之贊，有民之助。

路光禄書來叙江東同好諸友一時徂謝感歎成篇

【解題】

蘧常案：徐注本無「諸友」二字。路光禄，見卷三贈路光禄太平詩題注。

削迹行吟久不歸〔一〕，修門舊館露先晞〔二〕。中年早已傷哀樂〔三〕，死日方能定是非〔四〕。彩筆夏枯湘水竹〔五〕，清風春盡首陽薇〔六〕。斯文萬古將誰屬？共爾衰遲老布衣〔七〕。

【彙校】

〔首陽〕潘刻本，徐注本，孫、吴、汪、曹各校本皆作「首山」。

【彙注】

〔一〕削迹句　徐注：莊子天運：師金對顏淵曰：而夫子取先王已陳芻狗，聚弟子游居寢卧其下，故伐樹於宋，削迹于衛，窮於商、周，是非其夢耶？

蘧常案：成玄英疏：削，剗也。剗削其迹，不見用也。

〔二〕修門　原注：楚辭招魂：魂兮歸來，入修門些。　徐注：禮檀弓：脱驂於舊館。詩：湛湛露斯，匪陽不晞。

蘧常案：王逸楚辭注：修門，郢城門也。案：此似謂南京。弘光時，先生曾應召赴南都。「露先晞」，蓋用漢書蘇武傳「人生如朝露」語。顏師古注：朝露見日則晞，人命短促亦如之。先生吴同初行狀云：出赴楊公之辟，未旬日而南都陷，余從軍於蘇。疑此即指同徵同館或同從事之人一時徂謝，傷其如朝露之晞也。章有謨景船齋雜録：顧亭林炎武於唐王（案：「唐」應作「福」）時，嘗爲兵部司務，韓友一范爲吏部司務，二人見不可爲，皆棄去。范，吾郡蕭塘人。此同徵者也。

〔三〕中年句　原注：晉書王羲之傳：謝安嘗謂羲之曰：中年傷於哀樂，與親友別，輒作數日惡。

〔四〕死日句　徐注：太史公報任少卿書：要之死日，然後是非乃定。

蘧常案：此時變節者多，故云。

〔五〕彩筆句　蘧常案：彩筆，見卷一大行皇帝哀詩「小臣」句注。湘水竹，見前燕中贈錢編修秉鐙詩「斷煙」三句注。案：此悼文彩銷亡。「湘水竹」，猶言斑竹管，不涉湘水二妃也。孫光憲北夢瑣言：元帝爲湘東王時，好學著書，常記忠臣義士及文章之美者。筆有三品，文章贍麗者，用斑竹管書之。

〔六〕清風句　徐注：孟子：伯夷，聖之清者也。又：故聞伯夷之風者。

蘧常案：首陽薇，見卷一精衛詩「西山」句注，及卷三謁夷齊廟詩「甘餓」三句注。案：此悼守義槁死者。

〔七〕共爾句　徐注：元德明詩：衰遲愧蒲柳。

蘧常案：史記李斯列傳：夫斯乃上蔡布衣。桓寬鹽鐵論散不足篇：古者庶人耋老而後衣絲，其餘則麻枲而已，故命曰布衣。

過矩亭拜李先生墓下

【解題】

蘧常案：見前題李先生矩亭詩序。

人生無賢愚，大節本所共。蹉跎一失身〔一〕，豈不負弦誦！卓哉李先生，九流稱博綜〔二〕。心鄙馬季長〔三〕，不作西第頌。屏居向郊坰〔四〕，食淡常屢空〔五〕。清修比范丹〔六〕，聰記如應奉〔七〕。力學不求聞〔八〕，終焉老家衖〔九〕。同時程中丞，一疏亦驚衆。玉璽安足陳！亟進名臣用〔一〇〕。中丞名紹，德州左衛人。巡撫河南時，漳河旁得玉璽，上疏言：秦璽不足珍，國家以賢爲寶。薦黨籍諸臣十餘人，不納，遂謝病歸。黨論正紛拏，中朝並囂訟。世推山東豪，三李尤放縱〔一一〕。祠奄與哭典，後先相伯仲〔一二〕。名並見欽定逆案。初踰士類閑，竟折邦家棟〔一三〕。悲哉五十年〔一四〕，胡塵尚澒洞〔一五〕。我來拜遺阡〔一六〕，增此儒林重。雖無謦咳接〔一七〕，猶有風流送。自非隨武賢，九原誰與從〔一八〕？

【彙校】

〔後先句〕句下「自注」，徐注本無。

〔胡塵〕潘刻本，徐注本，孫、吴、汪各校本皆作「風塵」。

〔九原〕徐注本、曹校本作「九京」。

【彙注】

〔一〕蹉跎句　蘧常案：楚辭王褒九懷：驥垂兩耳兮，中坂蹉跎。洪興祖補注：蹉跎，失足。

〔二〕九流句　徐注：晉書王導傳：博綜萬幾。

蘧常案：九流：見前寄劉處士大來詩「渾九流」注。

〔三〕心鄙句　後漢書馬融傳：爲梁冀作大將軍西第頌，以此頗爲正直所羞。　蘧常案：此謂李誠明却權閹魏忠賢之徵，事詳前題李先生矩亭詩序。

〔四〕屏居　蘧常案：史記魏其列傳：魏其謝病，屏居藍田南山之下。顔師古漢書注：屏，隱也。

〔五〕食淡句　蘧常案：史記叔孫通傳：吕后與陛下攻苦食啖。集解：啖一作淡。索隱：與帝共攻冒苦難，俱食淡也。論語先進：回也其庶乎，屢空。何晏集解言：回庶幾聖道。雖數空匱，而樂在其中。

〔六〕清修句　徐注：後漢書范冉傳：字史雲。（蘧常案：注云：「冉」或作「丹」。）陳留外黄人也。好違時絶俗，爲激詭之行，常慕梁伯鸞、閔仲叔之爲人。與漢中李固、河内王奂親善，而鄙賈偉節、郭林宗焉。桓帝時，以冉爲萊蕪長，不到官。議者欲以爲侍御史，因遁身逃命於梁、沛之間。徒行敝服，賣卜於市。遭黨人禁錮，遂推鹿車，載妻子，捃拾自資。或寓息客廬，或依宿樹蔭。如此十餘年，乃結草室而居焉。所止單陋，有時絶粒，窮居自若，言貌無改。閭里歌之曰：甑中生塵范史雲，釜中生魚范萊蕪。段注：後漢書宋均傳：清修雪白。

〔七〕聰記句　原注：後漢書應奉傳：奉少聰明，自爲童兒及長，凡所經履，莫不暗記。讀書五行並下。　徐注：應奉傳：字世叔，汝南南頓人也。永興元年，拜武陵太守，爲蠻夷所服。車騎將軍馮緄薦爲司隸校尉。及黨事起，乃慨然以疾自退。追愍屈原，因以自傷，著感騷三十篇，數十萬言。

〔八〕不求聞　徐注：蜀志諸葛亮傳：不求聞達於諸侯。

〔九〕家衖　原注：漢司隸校尉魯峻碑：休神家衖。

〔一〇〕同時四句　徐注：北略：天啓四年九月四日，臨漳縣民邢一泰於磁州八里漳河西畔耕地，忽匡塌，聲震如雷，閃出黄白色物，大如斗，視有篆文，一泰不能識，隨與本邑生員王思桓、王燦呈縣。知縣何可及稟兩院，具疏恭進。龍紐斗形，方各四寸，厚三寸，重一百十餘兩，文曰「受命于天，既壽永昌」。　冒云：因李爲德州人，遂及德州之程紹。

蘧常案：程紹，即先生友程先貞之祖，官工部侍郎，見卷四酬程工部先貞詩解題。

〔一一〕黨論四句　徐注：明史閹黨傳：李蕃，日照人；李魯生，霑化人；李恒茂，邢臺人，皆爲魏忠賢心腹。同官排擊忠良，蕃多代草。始與魯生諂事魏廣微；廣微敗，改事馮銓；銓寵衰，又改事崔呈秀，時號兩人爲四姓奴。蕃督畿輔學政，建祠天津、河間、真定，呼忠賢九千歲。魯生爲十孩兒之一，嘗薦阮大鋮、李嵩、張捷輩十一人，皆其私黨也。典試湖廣，發策詬楊漣，因歷詆屈原、宋玉等。疏詆家居大學士韓爌，削其籍。欲令馮銓入閣，上言「成即爲老，幹乃稱濟」云云，銓果柄用。恒茂與呈秀深相得，三人皆日走吏、兵二部，交通請託。時人爲之語曰：官要起，問三李。逆案既定，魯生遣戍，蕃、恒茂贖徒爲民。漢書王吉傳：放縱自若。冒云：此借誡明之賢，而發揮同時諸李之不肖也。

蘧常案：漢書霍去病傳：昏，漢匈奴相紛拏。顔師古注：紛拏，亂相持搏也。書堯典：嚚訟可乎？蔡傳：嚚，口不道忠信之言。訟，争辯也。案：蔡釋嚚，用左氏僖公二十四年傳文。

〔三〕祠奄二句　徐注：明史閹黨傳：生祠之建，始於潘汝楨巡撫浙江，建祠西湖，疏聞於朝，詔賜名普德。自是諸方效尤，幾徧天下。南京、宣府、大同、虎丘、景忠山、西協密雲丫髻山、昌平、通州、房山、寧前、五臺山、蕃育署、盧溝橋、宣武門外、延綏、順天、崇文門、藥王廟、五軍營大教場、蓬萊閣、寧海院、河間、天津、開封、上林良牧、嘉蔬、林衡三署、都督府、錦衣衛、淮安、濟南、長蘆、淮揚、應天、陜西、濟寧、武昌、承天、均州、固原太白山、高觀山、河東。每一祠之費，多者數十萬，少者數萬，剥民財，侵公帑，伐樹木無算。開封之建祠也，至毁民舍二千餘間，創宫殿九楹，儀如帝者。而都城數十里間，祠宇相望。有建之内城東街者，工部郎中葉憲祖歎曰：此天子幸辟雍道也，土偶能起立乎？忠賢聞，即削其籍。上林一苑，至建四祠。朱童蒙建祠延綏，用琉璃瓦。劉詔建祠薊州，金像用冕旒。凡疏詞揄揚，一如頌聖，稱以「堯天帝德，至聖至神」。閣臣輒以駢語褒答。監生陸萬齡至謂孔子作春秋，忠賢作要典，宜建祠國學西，與先聖並尊。司業朱之俊輒爲舉行。無何，忠賢誅，諸祠悉廢。凡建祠者概入逆案云。明史倪元璐傳：疏言：三案者。天下之公議；要典者，魏氏之私書。三案自三案，要典自要典也。今爲金石不刊之論者，誠未深思。臣謂翻即紛囂，改亦多事，惟有燬之而已。帝命禮部會詞臣詳議。議上，遂焚其板。侍講孫之獬，忠賢黨也，聞之，詣闕大哭，天下笑之。

蘧常案：明史熹宗本紀：天啓六年，春正月，修三朝要典。六月，三朝要典成。莊烈帝本紀：崇禎元年五月，燬三朝要典。又閹黨顧秉謙傳：三朝要典之作，秉謙爲總裁，復擬御製序冠其首，欲以是箝天下口。黄汝成日知録集釋：楊寧曰：要典者，一爲「梃擊」，萬曆四十三年五月事；一爲「紅丸」，泰昌元年，即四十八年九月朔事；一爲「移宫」，是年是月初五事。

〔一三〕初踰二句　徐注：論語：大德不踰閑。左傳襄公三十一年：子於鄭國，棟也。棟折榱崩，僑將厭焉。　冒云：此十字，全篇命意所在。

蘧常案：明史閹黨傳序：明代閹宦之禍酷矣！然非諸黨人附麗之，羽翼之，張其勢而助之攻，虐焰不若是其烈也。中葉以前，士大夫知重名節，雖以王振、汪直之横，黨與未盛。至劉瑾竊權，焦芳以閣臣首與之比，於是列卿争先獻媚，而司禮之權居内閣上。迨神宗末年，訛言朋興，羣相敵讎，門户之争，固結而不可解。凶豎乘其沸潰，盜弄太阿，黠桀渠憸，竄身婦寺，淫刑痛毒，快其惡正醜直之私。衣冠填於狴犴，善類殞於刀鋸。迄乎惡貫滿盈，亟伸憲典，刑書所麗，跡穢簡編，而遺孽餘燼，終以覆國。莊烈帝之定逆案也，以其事付大學士韓爌等，因慨然太息曰：忠賢不過一人耳，外廷諸臣附之，遂至於此，其罪何可勝誅。痛乎哉！患得患失之鄙夫，其流毒誠無所窮極也。

〔一四〕悲哉句　蘧常案：自本年上溯至天啓三年，魏忠賢提督東廠，始用事，凡五十三年。

〔一五〕胡塵句　徐注：杜甫公孫大孃舞劍器行詩：五十年來事翻掌，風塵澒洞昏王室。蘧常案：古文苑賈誼旱雲賦：運混濁而澒洞兮。章樵注：澒洞，洶涌貌。

〔一六〕遺阡　徐注：劉長卿詩：遺阡斷兮誰重過？蘧常案：謂墓道，或作「仟」。漢書原涉傳：京兆尹曹氏葬茂陵，民謂其道曰「京兆仟」。

〔一七〕謦咳　蘧常案：莊子徐无鬼：況乎昆弟親戚之謦咳其側者乎？釋文：李云：謦咳，喻言笑也。

〔一八〕自非二句　徐注：禮檀弓：趙文子與叔譽觀乎九原，曰：死者如可作也，吾誰與歸？又：我則隨武子乎？利其君，不忘其身；謀其身，不遺其友。蘧常案：九原，見卷一哭顧推官詩「倉皇」二句注。

潘生次耕南歸寄示

【解題】徐注：先生與次耕札：楊惲所云，足下離舊土，臨安定，而習俗之移人者，其能自保乎？時歸溪上，宜常與令兄同志諸友往來講論。一暴之功，猶愈於十日之寒也。

蘧常案：潘次耕見卷四寄潘節士之弟耒詩解題。沈彤翰林院檢討潘先生行狀：尚志廓情，不慕榮禄。

知君心似玉壺清〔一〕，未肯緇塵久雒京〔二〕。若到吴閶尋舊跡〔三〕，五噫東去一梁生〔四〕。

【彙注】

〔一〕玉壺清　李注：鮑照代白頭吟：清如玉壺冰。

〔二〕未肯句　徐注：古詩：京雒多風塵，素衣化爲緇。

蘧常案：此二句乃陸機爲顧彦先贈婦詩。

〔三〕吴閶　蘧常案：見卷二贈路舍人澤溥詩「相逢」句注。

〔四〕五噫句　徐注：後漢書梁鴻傳：東出關，過京師，作五噫歌曰：陟彼北芒兮，噫！顧瞻帝京兮，噫！宫闕崔巍兮，噫！民之劬勞兮，噫！遼遼未央兮，噫！遂至吴，依大家皋伯通，居廡下。

蘧常案：後漢書逸民傳：梁鴻字伯鸞，扶風平陵人也。受業太學，家貧而尚節介，入霸陵山中，以耕織爲業。因東出關，過京師，作五噫之歌。肅宗聞而非之，求鴻不得。乃易姓名，居齊、魯之間。又去適吴。卒葬吴要離冢傍。

子房

【解題】

蘧常案：詳卷二贈于副將元凱詩「張子房」注。案：此詩寓意待時復讎也。

天道有盈虚，智者乘時作〔一〕。取果半青黄，不如待自落〔二〕。始皇方侈時，土宇日開拓。海上標東門，長城繞北郭〔三〕。欲傳無窮世，更乞長生藥〔四〕。子房天下才〔五〕，是時無所託。東見倉海君，用計亦疎略。狙擊竟何爲？煩彼十日索〔六〕。譬之虎負嵎，矜氣徒手搏〔七〕。歸來遇赤精，奮戈起榛薄〔八〕。嶢關一戰破，藍田再麾却。嘖嘖軹道旁，共看秦王縛〔九〕。既已報韓仇，此志誠不怍〔一〇〕。遂赴赤松要，無負圯橋諾〔一一〕。

【彙注】

〔一〕天道二句　徐注：易：天道虧盈而益謙。又：君子尚消息盈虚。史記孔子世家：聖人之興，因時而作。

〔二〕取果二句　原注：通鑑：慕容農言於慕容垂曰：夫取果於未熟與自落，不過早晚旬日之間，然其難易美惡，相去遠矣。南史陸法和傳：侯景之圍臺城也，或問之曰：事將何如？法和曰：凡人取果，宜待熟時，不撩自落。

〔三〕始皇四句　徐注：詩：爾土宇昄章。史記秦始皇本紀：地，東至海、朝鮮；西至臨洮、羌中；南至北嚮户；北據河爲塞，並陰山至遼東。又：於是立石東海上朐界中，以爲秦東門。又：始皇乃使將軍蒙恬發兵三十萬人北擊胡，城河上爲塞。三十四年，適治獄吏不直者築長城。

〔四〕欲傳二句　徐注：史記秦始皇本紀：朕爲始皇帝，後世以計數，二世三世，至千萬世，傳之無窮。又：於是遣徐市發童男女數千人，入海求仙人。又：因使韓終、侯公、石生求仙人不死之藥。晉書哀帝紀：斷穀，餌長生藥。

〔五〕天下才　徐注：齊語：施伯曰：夫管子，天下之才也。

〔六〕東見四句　蘧常案：見卷一秦皇行「博浪」二句注。

〔七〕譬之二句　徐注：孟子：虎負嵎。爾雅：暴虎，徒搏也。疏：無兵，空手搏之。

〔八〕歸來二句　徐注：淮南子：隱於榛薄之中。

蘧常案：赤精謂漢高祖劉邦，見卷二春半詩「漢道」句注引漢書哀帝紀待詔夏賀良等言。注引應劭曰：高祖感赤龍而生，自謂赤帝之精，良等因是作此讖文。史記留侯世家：良亡匿下邳。後十年，陳涉等起兵，良亦聚少年百餘人。景駒自立爲楚假王，在留。良欲往從之，道遇沛公，遂屬焉。

〔九〕嶢關四句　蘧常案：史記留侯世家：沛公與良俱南，攻下宛，西入武關。沛公欲以兵二萬人擊秦嶢下軍，良説曰：秦兵尚强，未可輕。臣聞其將屠者子，賈豎易動以利。令酈食其持重寶啗秦將，秦將果叛。欲連和俱西襲咸陽。良曰：不如因其懈擊之。沛公乃引兵擊秦軍，大破之，遂北至藍田。再戰，秦兵竟敗，遂至咸陽。秦王子嬰降沛公。史記高帝本紀：子嬰素車白馬，繫頸以組，封皇帝璽符節，降軹道旁。案：爾雅釋鳥：宵鳸嘖嘖。「嘖嘖」本鳥聲，此則用作贊歎聲，似取宋、元間俚語。

〔一〇〕既已二句　蘧常案：見卷四又酬傅處士次韻第一首「義激」句及卷二贈于副將元凱詩「張子房」兩注。案：張良助漢滅秦、滅楚，皆所以報韓仇也。論語憲問篇：其言之不怍。馬融注：怍，慚也。

〔一一〕遂赴二句　徐注：史記留侯世家：子房始所見下邳圯上老父與太公書者。後十三年，從高帝過濟北，果見穀城山下黄石，取而葆祠之。留侯死，並葬黄石冢。每上冢伏臘祠黄石。杜甫昔游詩：丹砂負前諾。
　蘧常案：赤松見卷三張隱君元明詩「赤松」注。左傳哀公十四年：使季路要我。注：

要，約也。黄石，見卷一帝京篇「黄石」句注。

刈禾長白山下

【解題】

徐注：濟南府志：長白山又名會仙山，山中雲氣長白，跨連四縣之界。其東北屬長山，北屬鄒平，西南屬章丘，東南屬淄川。朱彝尊静志居詩話：先生兵後盡鬻其産，寄居章丘，別治田舍，久而爲土人攘奪。元譜：案長白山在章丘、長山二縣之交。刈禾處，即桑家莊産業也。又癸丑寓通志局與顔修來手札云：汶陽歸我，治之四年，始得皆爲良田。今將覓主售之，然後束書西行，爲入山讀書之計。

載耒來東國〔一〕，年年一往還。禾垂墟照晚，果落野禽閒。食力終全節〔二〕，依人尚厚顔〔三〕。黄巾城下路，獨有鄭公山〔四〕。

【彙注】

〔一〕載耒句　徐注：鄭元祐詩：載耒東尋谷口耕。詩大東序：東國困於役而傷於財。

〔二〕食力句　徐注：國語：庶人食力。漢書昭帝紀：蘇武留單于庭十九歲乃還，奉使全節。先生答子德書：恐爲有力者所牽挽，不得全其節。

〔三〕厚顔　徐注：詩：顔之厚矣。

〔四〕黄巾二句　原注：齊乘：北齊以黄巾城立章丘縣，其東有黌山，鄭康成注書其上。

蘧常案：鄭公山，見卷三不其山詩解題。

歲暮　二首

【解題】陳裴之云：作者用世之志，具見此篇。

蘧常案：詩唐風蟋蟀：歲聿其莫。薛君章句：莫，晚也。陳奂傳疏：莫、暮，古今字。

平生慕古人〔一〕，立志固難滿。自覺分寸長，用之終已短〔二〕。良友日零落〔三〕，悽悽獨無伴。流離三十年〔四〕，苟且圖飽煖。壯歲尚無聞〔五〕，及今益樗散〔六〕。治蜀想武侯〔七〕，匡周歎微管〔八〕。願一整頽風〔九〕，俗人謂迂緩。孤燈照遺經，雪深坐空館。

【彙注】

〔一〕平生句　蘧常案：慕古人，見前述古詩題注。案：下武侯、管仲亦所慕之古人，所謂志難滿也。

〔二〕自覺二句　徐注：楚辭卜居：尺有所短，寸有所長。杜甫前出塞詩：能無分寸功。先生病起與薊門當事書：拯斯人於塗炭，爲萬世開太平，此吾輩之任。故一病垂危，神思不亂。使遂溘然長逝，而其於此任已不可謂無尺寸之功。湯斌答先生書云：前歲山史自關中見訪，詢及交游名賢，即曰吳郡顧先生品高學博，國家典制、郡邑掌故、天文、曆象、河漕、兵農之屬，無不洞悉源委。坐而言，起而行，見諸行事。當今第一有用儒者也。

〔三〕良友句　蘧常案：先生壬寅書楊彝、萬壽祺等爲徵天下書籍啓後云：如麟士（案：太倉顧夢麟）、年少（案：萬壽祺）、菡生（案：疑毛騤）、于一（案：王猷定），相繼即世。年譜：康熙二年癸卯，執友吳赤溟炎、潘力田檉章遭湖州莊氏私史之難；八年己酉，執友王起田、王思齡殁；九年庚戌，有輓殷岳詩；十二年癸丑，至德州哭程正夫，又聞歸玄恭訃；十三年甲寅，路光禄書來，叙江東同好諸友，一時徂謝，故有良友零落之感。

〔四〕流離句　蘧常案：自本年逆數至崇禎十七年四月，避亂遷居常熟，其間不遑寧處者，正三十年。

〔五〕壯歲句　徐注：論語：四十五十而無聞焉。

蘧常案：禮記曲禮：三十曰壯。

〔六〕樗散　徐注：杜甫送鄭十八虔詩：鄭公樗散鬢成絲。

蘧常案：仇兆鼇詳注：樗樹、散木，見莊子，言材不合世用也。

〔七〕治蜀句　徐注：日知録：諸葛孔明開誠心，布公道，而上下之交，人無間言，以蕞爾之蜀，猶得小康；而魏操、吴權、任法術以御其臣，而篡逆相仍，略無寧歲。天下之事，固非法之所能防也。

〔八〕匡周句　徐注：日知録：君臣之分，所關者在一身；華裔之防，所繫者在天下。故夫子之於桓管，略其不死子糾之罪，而取其一匡九合之功。謝朓和王著作八公山詩：微管寄明牧。任昉勸進今上牋：歎深微管。皆截用論語句。

〔九〕顧一句　徐注：先生與人書：目擊世趨，方知治亂之關，必在人心風俗。而所以轉移人心，整頓風俗者，則教化紀綱爲不可闕矣。

一歲倏遒盡〔一〕，我行復何如？何爲窮巷中，悄然日閒居！未敢聽輪扁，且讀堂上書。糟粕雖已陳，致治良有餘〔二〕。典謨化刀筆〔三〕，衣冠等猿狙〔四〕。孰令六代後，一變貞觀初？四海皆農桑，弦歌徧井閭〔五〕。我亦返山中，耦耕伴長沮〔六〕。

【彙注】

〔一〕一歲句　徐注：楚辭九辯：歲忽忽其遒盡兮。

蘧常案：洪興祖補註：遒，迫也。

〔二〕未敢四句　徐注：莊子天道：桓公讀書於堂上，輪扁斲輪於堂下。釋椎鑿而上，問桓公曰：敢問公之所讀何言耶？公曰：聖人之言也。曰：然則公之所讀者，古人之糟粕已夫！王昶與汪容甫書：聞顧亭林先生少時，每年以春夏温經。請文學中聲容宏敞者四人，設左右座，置注疏本於前，先生居中，其前亦置經本，使一人誦而已聽之，其中字句不同或偶忘者，詳問而辯論之。凡讀二十紙，再易一人，四人周而復始，計一日温書二百紙。十三經畢，接温三史或南、北史。顧亭林先生之學，如此習熟而纖悉不遺也。漢書王吉傳：周之所以能致治，刑措而不用。程晉芳正學論：亭林、黎洲，博極羣書，其於古今治亂興廢得失之數，皆融貫於胸中，因筆之於書，以爲世之法。先生與黄太沖書云：伏念炎武自中年以來，不過從諸文士之後，注蟲魚，吟風月而已。積以歲月，窮探古今，然後知後海先河，爲山覆簣，而於聖賢六經之指，國家治亂之原，生民根本之計，漸有所窺。又云：古之君子所以著書待後，有王者起，得而師之。然而易窮則變，變則通，通則久，聖人復起，不易吾言，可預信於今日也。

〔三〕典謨句　徐注：孔安國尚書序：典謨訓誥誓命之文。日知録：今奪百官之權而一切歸之吏胥，是所謂百官者虚名，而柄國者吏胥而已。秦以任刀筆之吏而亡天下，此固已事之明驗也。又：人主既委其太阿之柄，而其所謂大臣者，皆刀筆筐篋之徒，毛舉細故，以當天下之務。吏治何由而善哉？

〔四〕衣冠句　原注：莊子天運：今取猿狙而衣以周公之服，彼必齕齧挽裂，盡去而後慊。

〔五〕孰令四句　蘧常案：孰令二句，見前述古詩第三首「五國」四句注。唐書魏徵傳：天下大治，東薄海，南踰嶺，户闔不閉，行旅不齎糧，取給於道。通鑑唐紀九：貞觀四年，天下大稔，流散者咸歸鄉里，米斗不過三四錢。文獻通考學校考：武德七年，詔諸州縣及鄉，並令置學。又：太宗貞觀五年以後，數幸國學。其屯營飛騎，亦給博士，授以經業。弦歌，見卷三七十二弟子詩「弦歌」句注。

〔六〕耦耕句　徐注：論語：長沮、桀溺耦而耕。

兄子洪善北來言及近年吴中有開淞江之役書此示之　已下旃蒙單閼

【解題】　徐注：康熙十四年乙卯。張譜：壬午，先生三十歲。兄遐篆卒，弟子叟生子洪善，嗣遐篆後。車譜：洪善，字達夫，號柏亭。康熙丙辰進士，官中書，年未四十卒。元譜：案：康熙十年二月，江蘇巡撫馬祐奏濬劉家河五千一百八十丈。十二月，委蘇松常道參議韓佐周及蘇、松二府同知、通判師佐、王永熙、周祚昌等董濬吴淞江一萬四百九十一丈，各於海口置閘。其經費則奏准留蘇、松、常三府漕折銀九萬兩，浙省杭、嘉、湖三府漕折銀五萬兩充費，同藩司慕天顔檄行所屬督理。是年九月，崑山知縣董正位申詳開濬瓦浦凡三十六里。是月興工，至十二年五月訖工。邑諸生朱青，以歲旱請於巡撫，濬注浦自刁家橋東出吴淞，民賴其利，改注浦曰朱浦。蘇州府志水利：康熙十年，巡撫都御史馬祐奏請開濬劉河吴淞江疏云：上年夏月，霪雨連旬，潮水汎濫，禾苗悉淹，民居胥溺。積水三月不消，農工廢業，人户流亡。總由劉河、吴淞入海之口淤塞湧聚，無從洩水故也。冒云：先生是年年六十三。

蘧常案：是年海上鄭氏稱永曆二十九年，公元一六七五年。

淞江東流水波緩，王莽之際尤枯旱〔一〕。平野雲深二陸山〔二〕，荒陂草没吴王館〔三〕。五十年來羹芋魁〔四〕，頓令澤國生蒿萊〔五〕。豈無循吏西門豹〔六〕，停車下視終徘徊〔七〕。少時來往江東岸，人代更移年紀换。即今海水變桑田，況於爾等皆童丱〔八〕。乍看畚鍤共歡呼〔九〕，便向汙邪祝一壺〔一〇〕。豈知太平之世飴甘荼〔一一〕，川流不盈澤得瀦〔一二〕，風雨時順通祈雩〔一三〕！春祭三江，秋祭五湖〔一四〕。衣冠濟濟郊壇趨〔一五〕，歲輸百萬供神都〔一六〕。江頭擔酒肴，江上吹笙竽〔一七〕，吏無敲扑民無逋〔一八〕。嗟余已老何時見？久客中原望鄉縣〔一九〕。那聞父老復愁兵，秦關楚塞方酣戰〔二〇〕！忽憶秋風千里蓴〔二一〕，淞江亭畔坐垂綸〔二二〕。還歸被褐出負薪〔二三〕，相逢絶少平生親〔二四〕，怪此傖夫是何人〔二五〕？

【彙校】

〔王莽之際〕徐注本，吴、汪、曹三校本「際」作「時」。

【彙注】

〔一〕王莽句　原注：漢書翟方進傳：汝南有鴻卻陂，王莽末常枯旱。徐注：王莽傳：費興對曰：荆、揚之民，率依阻山澤，以漁采爲業。間者國張六筦，税山澤，妨奪民之利，連年久旱，百姓飢窮，故爲盜賊。

　　蘧常案：此似以王莽喻清。否則五十年間事，何以遠徵王莽；近在淞江，何以遠及汝南，使事不應不切如是。清史稿聖祖本紀：二年至十一年連免江南災賦，十三年又免。可知災情之重。雖地域不言蘇、松，災情不言旱澇，可以意推。

〔二〕二陸山　徐注：松江府志：府西北機山，因陸機名。又：二陸草堂在干山圓智寺。

〔三〕吴王館　徐注：松江府志：周爲吴地。吴滅，入越。楊萬里詩：姑蘇臺上吴王館。

〔四〕五十句　蘧常案：羹芋魁，見卷四將去關中别中尉存杠詩「芋魁」注。案：此言五十年來陂塘傾壞。

〔五〕頓令句　徐注：蘇州府志災異：萬曆十六年、十七年，連大旱，太湖爲陸地。十九年六月，大水，溺人無算。秋七月，海溢。天啓七年，太湖溢入吴江簡村，漂溺千餘家。崇禎十七年，大饑。周禮地官：行澤國用龍節。

蘧常案：此句承上「枯旱」言，意謂蘇、松多水之鄉，因久枯旱，而亦生蒿萊矣。徐注非。

〔六〕循吏西門豹　徐注：史記滑稽列傳：魏文侯時，西門豹爲鄴令，發民鑿十二渠，引河水灌民田，田皆溉。當其時，民治渠少煩苦，不欲也。豹曰：民可以樂成，不可與慮始。今父老子弟雖患苦我，然百歲後，期令父老子孫思我言。至今皆得水利，民人以給足富。

蘧常案：史記太史公自序：奉法循理之吏，不伐功矜能，百姓無稱，亦無過行，作循吏列傳。

〔七〕停車　徐注：後漢書鄧禹傳：所至停車慰勞。

〔八〕童丱　蘧常案：詩齊風甫田：總角丱兮。傳：丱，幼稺也。陳奂疏：昭公十九年穀梁傳：羈貫成童。貫亦丱也。

〔九〕畚鍤　蘧常案：左傳宣公十一年杜注：畚，盛土器。漢書王莽傳注：鍤，鍫也。

〔一〇〕便向句　徐注：史記滑稽列傳：髡曰：今者臣從東方來，見道旁穰田者，操一豚蹄，酒一盂而祝曰：甌窶滿篝，汙邪滿車，五穀蕃熟，穰穰滿家。」蘧常案：史記集解：司馬彪曰：「汙邪，下地田也。」案：司馬説是。説苑復恩篇：「下田洿邪，得穀百車。」洿邪，即汙邪也。

〔一一〕飴甘茶　徐注：詩：「菫荼如飴。」鄭箋：「周原肥美，其所生菜雖有性苦者，甘如飴也。」

〔一二〕川流句　原注：易：「水流而不盈。」　徐注：書：「大野既豬。」説文：「豬，水所停也。」蘧常案：日知録河渠：「禹貢之言治水也，曰播，曰豬。水之性，合則衝，驟則溢，故别而疏之，所以殺其衝也，『又北播爲九河』是也；旁而蓄之，所以節其溢也，『大野既豬』是也。」

〔一三〕風雨句　徐注：日知録：「洪武中，令天下州縣長吏月奏雨澤，蓋古者龍見而雩，春秋三書之意也。承平日久，率視爲不急之務。嗚呼！太祖起自側微，升爲天子，其留心民事如此。當時長吏得以言民疾苦，而里老亦得詣闕自陳。後世雨澤之奏，遂以寖廢，天災格而不聞，民隱壅而莫達，然後知聖主之意，有不但於祈年望歲者。民親而國治，有以也夫！」左傳：「龍見而雩。」疏：「郊、雩俱是祈穀。」

〔一四〕春祭二句　原注：越絶書：「春祭三江，秋祭五湖，因以其時，爲之立祠。」　徐注：明史志禮三：「凡嶽鎮海瀆及他山川所在，令有司歲二祭，以清明、霜降。」

〔一五〕衣冠句　徐注：南齊書禮志：「郊壇旅天。」

蘧常案：禮玉藻：朝廷濟濟翔翔。注：濟濟，莊敬貌。

〔一六〕歲輸句　蘧常案：見卷一京口詩第一首「囊括」句注。

〔一七〕吹笙竽　徐注：左思詠史詩：北里吹笙竽。

〔一八〕民無逋　徐注：明史周忱傳：蘇州一郡積逋至八百萬石，忱初至，召父老問逋税故，皆言豪户不肯加耗，並徵之細民，民貧逃亡而税額益缺。忱乃創爲平米法，令出耗必均。又請敕工部頒鐵斛，下諸縣準式，革糧長之大入小出者。令諸縣於水次置囤，奏減官田租，民始少甦。置濟農倉，歲有餘羨。終忱在任，江南數大郡小民不知凶荒，兩税未嘗逋負，忱之力也。

蘧常案：漢書昭帝紀：三年以前逋更賦未入者，皆勿收。洪武正韻：逋，欠也。凡欠負官物亡匿不還，皆謂之逋。

〔一九〕嗟余二句　徐注：先生是年六十三歲。自四十五歲避讐北游，故云「久客中原」。

〔二〇〕秦關句　徐注：逆臣傳：王輔臣留其黨據秦州而自歸平涼，爲布逆書，要約黨附，固原道陳彭等並叛，據鞏昌、階、文、洮、臨洮、蘭州、同州等郡邑，並攻陷洛川、宜川、鄜川，陝西郡邑騷動。延綏鎮屬之響水、魚河、波羅各營，葭州及吴堡、清澗、米脂等縣，先後附賊。又，吴三桂傳：賊堅守萍鄉，於醴陵築木城以扞長沙，於岳州城外掘壕爲阱，於洞庭湖峽口立樁阻舟。三桂自常德至松兹，布賊船於虎渡上游，截荆、岳大兵，使不相應。陽言將攻荆州，決隄灌城，潛分岳州賊衆踞宜昌，糾楊來嘉、洪福掠穀城、鄖陽、均州、南漳。順承郡王令貝勒察尼、都統宜理布等擊敗之，賊勢稍沮。戴注：是歲以吴三桂、耿精忠背叛，天下騷然，所在蠢動。

蘧常案：清史稿聖祖本紀：十三年七月丁亥，貝勒察尼大戰賊將吴應麒於岳州七里山，敗之。十一月庚申朔，莫洛報吴之茂兵入朝天關，饟路中阻，洞鄂退守西安。十二月，王輔臣叛，經略莫洛死之。十四年二月，王輔臣陷蘭州，西寧總兵王進寶大戰於新城，圍蘭州。案：此數大役，所謂「酣戰」也。

〔二一〕忽憶句　徐注：世説：陸機詣王武子，武子前置數斛羊酪，指以示陸曰：卿江南何以敵此？陸曰：有千里蓴羹，但未下鹽豉耳。

蘧常案：此句似兼用張翰事。世説新語識鑒：張季鷹在洛，見秋風起，因思吴中菰菜羹、鱸魚膾。

〔二二〕淞江亭　徐注：蘇州府志古蹟：吴江淞江亭在縣東江口，自唐有之，蓋即驛也。宋天聖中，知縣趙球修築，葉清臣作記，改爲如歸。張先子野撤而新之。治平中，復舊名。

〔二三〕被褐出負薪　徐注：史記滑稽列傳：子孫困窮，被褐而負薪。

〔二四〕平生親　徐注：蘇武詩：叙此平生親。

〔二五〕傖夫　徐注：先生丙辰年與黄太沖書云：及至北方，十有五載，流覽山川，周行邊塞，粗得古人之陳迹。而離羣索居，幾同傖父，年逾六十，迄無所成。

蘧常案：一切經音義引晉陽秋：吴人謂中州人爲傖人。

閏五月十日　二首

重逢閏五日〔一〕，澶漫客山東〔二〕。郡國戈鋋裏〔三〕，園陵灌莽中〔四〕。草穿新壘緑，花隔舊京紅。更憶王符老，飄淪恨不同〔五〕。王徵君潢，昔日同詣孝陵行香，今年七十七歲矣。

【彙注】

〔一〕重逢句　徐注：先生曾於順治十三年閏五月十日恭謁孝陵。詩末自注「王徵君潢」云云，故曰「重逢閏五日」。

蘧常案：卷三有閏五月十日恭謁孝陵詩。案：「閏五日」，即題「閏五月十日」之簡。或謂「日」當作「月」，非。

〔二〕澶漫句　原注：杜甫詩：澶漫山東一百州。　徐注：元譜：是時赴濟南訪張稷若，故云「澶漫客山東也」。

蘧常案：西京賦：澶漫靡迤，作鎮於近。澶漫，廣遠貌。

〔三〕郡國句　徐注：逆臣傳：吴三桂據雲南、貴州、湖南三省，福建則耿精忠，廣西孫延齡、馬雄。四川鄭蛟龍、吴之茂、譚宏，陝西王輔臣，並據地叛附。三桂使僞將軍吴應麟、廖進忠、馬寶、張國柱、柯鐸、高起龍等抗大兵。又分兵窺江西：一由大江達南康境，陷都昌；一由長沙入袁州境，陷萍鄉、安福、上高、新昌。又耿精忠傳：十三年三月，踞福州反，以曾養性、白顯忠、江元勳爲僞將軍，分陷延平、邵武、福寧、建寧、汀州。約三桂分寇江南；約潮州總兵劉進忠擾廣東，通海賊鄭經於臺灣。復遣賊衆突越仙霞嶺寇浙江，陷江山、温州、處州；又别趨江西，寇廣信、建昌。養性誘温州總兵祖宏勳、游擊周定猷並以城叛，陷瑞安、樂清及仙居、太平、黄巖，窺寧波、紹興；陷嵊縣，連陷處州郡邑，進犯金華。精忠偕僞左軍都督周列等陷廣信、建昌、饒州，復糾玉山、永豐土賊東犯常山，陷開化、壽昌、淳安、遂安，别犯徽州、婺源、祁門，勢日猖獗。又王輔臣傳：其叛黨吴之茂、譚宏等由興化犯商州，復引四川賊犯秦州，屯居北山，截我臨、鞏援師。輔臣復使李國良以衆八千由寧朔入寇，别使賊犯靈州。

蘧常案：漢書地理志：本秦分天下爲三十六郡。漢興，以其郡太大，稍復開置，又立諸侯王國，訖於孝平，凡郡國一百三。戈鋋，見卷三萊州詩「磤甲」二句注。

〔四〕園陵句　徐注：柳宗元龍丘寺東丘記：伏灌莽。

蘧常案：園陵，見卷四再謁天壽山十三陵詩「小修」句注。爾雅釋木：木族生爲灌。杜甫洞房詩：園陵白露中。

〔五〕更憶二句　蘧常案：王符見前輓殷公子岳詩「堂中」二句注。王潢，見卷三王處士自松江來拜陵畢遂往蕪湖詩題注。

春秋書魯月，猶是謂文王〔一〕。舊國還豐鎬〔二〕，遺民自夏商〔三〕。神遊弓劍遠〔四〕，天與卦爻長〔五〕。此日追休烈〔六〕，於戲不可忘〔七〕！

【彙注】

〔一〕春秋二句　原注：公羊傳隱公元年春王正月：王者孰謂？謂文王也。

〔二〕舊國句　蘧常案：史記周本紀贊：成王使召公卜居，居九鼎焉，而周復都豐、鎬。漢書郊祀志：太王遷國于郊梁，文武興於酆鎬。由此言之，郊梁、酆鎬之間，周舊居也。

〔三〕遺民句　徐注：書多士：殷革夏命。注：周公舉商革夏命，以諭頑民。

蘧常案：見卷二桃花溪歌「只今」句注。

〔四〕弓劍　蘧常案：水經注：黄帝崩，惟弓劍存焉，故世稱黄帝仙矣。

〔五〕天與句　徐注：易：八卦成列，象在其中矣。因而重之，爻在其中矣。宋史隱逸傳：郭雍曰：伏羲之畫卦，得於天而明天文。

〔六〕休烈　蘧常案：漢書匡衡傳：休烈盛美。注：休，美也。烈，業也。

〔七〕於戲句　蘧常案：禮記大學篇引詩云：於戲！前王不忘。案：毛詩「於戲」作「於乎」。顔師古匡謬正俗：今文尚書悉爲「於戲」字，古文尚書悉爲「烏呼」字，而詩皆云「於乎」。

過張貢士爾岐

【解題】

徐注：先正事略：所著有夏小正傳注、儀禮鄭注句讀、儀禮考注訂誤、弟子職注、周易説略、春秋傳義、蒿庵集、蒿庵閒話。　戴注：字稷若，號蒿庵。

蘧常案：年譜：康熙十四年，赴濟陽訪張稷若。潘道根吳譜校云：他本濟陽作濟南，羅有高張爾岐傳同。案：爾岐，濟陽人，則作濟陽是。又案：元譜：順治十四年，由青州至濟南，與張稷若爾岐定交。則至此相識已十有八年矣，而詩起句與落句云云，尚似初交，不知何故。據羅有高張傳（見下引）則似此時始定交也。清史稿儒林傳張爾岐傳：爾岐，濟陽人，明諸生。順治七年，貢成均，亦不出。遂志好學，篤守程、朱之説，著天道論、中庸論，爲時所稱。又著學辨五篇，曰辨志，曰辨術，曰辨業，曰辨成，曰辨徵。又著立命説，辨斥袁氏功過格立命説之非。所居敗屋不修，藝蔬果養母。集其弟四人，講説三代古文於母前，愉愉如也。遂教授鄉里終其身。康熙十六年卒，年六十六。乾隆中，按察使吳江陸燿建蒿庵書院以祀之，而顔其堂曰辨志。

緇帷白室覩風標〔一〕，爲歎斯人久寂寥。濟水夏寒清見底〔二〕，石田春潤晚生苗〔三〕。

長期六籍傳無絶〔四〕，能使羣言意自消〔五〕。竊喜得逢黄叔度，頻來聽講不辭遥〔六〕。

【彙注】

〔一〕緇帷句　原注：莊子漁父：孔子游乎緇帷之林，休坐乎杏壇之上。又天運：瞻彼闚者，虚室生白。　徐注：南史文學傳論：文章者，蓋性情之風標。

蘧常案：清史稿張爾岐傳：父行素，官石首縣丞，罹兵難。爾岐欲身殉，以母老止。取蓼莪詩意，題其室曰蒿庵。

〔二〕濟水句　徐注：方輿紀要：濟陽縣以在濟水北也。大清河在縣南門外，自臨邑縣流入境，又東北入齊東縣界。

蘧常案：據此「夏寒」字，訪爾岐當在夏季；詩次閏五月十日詩後，或亦在此月歟？清見底，見卷三酬陳生芳績詩「笠澤」二句注。此喻爾岐之清修孤潔。

〔三〕石田句　蘧常案：左傳哀公十一年：得志於齊，猶獲石田也，無所用之。案：張譜：稷若生於萬曆四十年壬子，長先生一歲。此謂「石田雖無稼，而得潤生苗」，喻晚境漸亨也。

〔四〕長期句　徐注：先生與汪琬論師道書曰：獨精三禮，卓然經師，吾不如張稷若。日知録於喪禮、停喪二條内，備載爾岐之説。

蘧常案：班固東都賦：蓋六籍之所不能談。李善注：六籍，六經也。封禪書：六經載籍之傳。清史稿張爾岐傳：年三十，覃思儀禮。以鄭康成注文古質，賈公彦釋義曼衍，學者不能尋其端緒，乃取經與注章分之，定其句讀，疏其節，録其要，取其明注而止。有疑義，則以意斷之，亦附於末，成儀禮鄭注句讀十七卷。附以監本正誤、石經正誤二卷。顧炎武游山東，讀而善之曰：炎武年過五十，乃知不學禮無以立。若儀禮鄭注句讀一書，根本先儒，立言簡當，以其人不求聞達，故無當世名。然書實可傳，使朱子見之，必不僅謝監獄之稱許矣。爾岐又著周易説略八卷，詩説略五卷。

〔五〕能使句　徐注：後漢書蔡邕傳：斟酌羣言。莊子田子方：正容以悟之，使人之意也消。

〔六〕竊喜二句　徐注：後漢書黄憲傳：憲，字叔度，汝南慎陽人。潁川荀淑至慎陽，遇憲於逆旅，時年十四，淑竦然異之，揖與語，移日不能去，曰：子，吾之師表也。既而前至袁閎所，未及勞問，逆曰：子國有顔子，寧識之乎？閎曰：見吾叔度耶？

蘧常案：羅有高張爾岐傳：崑山顧炎武以博洽名天下。游濟南，偶於官所聞人談儀禮。駐聽之，則纚纚數千言，條理純貫，并辨不闐，大驚。問館人曰：彼何者？曰：是故鄉里句讀師張生也。厥明，炎武戒僮僕，肅名刺，修古相見禮，相與論議甚歡，恨相見晚，定交。

送程工部葬

【解題】

蘧常案：程工部，見卷四酬程工部先貞詩題注。元譜：康熙十四年往德州送程工部葬。

文獻已淪亡，長者復云徂。一往歸重泉〔一〕，百年若須臾。寥寥楊子宅〔二〕，惻惻黄公壚〔三〕。揮涕送故人，執手存遺孤〔四〕。末俗雖衰漓〔五〕，風教猶未渝。願與此邦賢，修古敦厥初〔六〕。

【彙注】

〔一〕重泉　徐注：潘岳悼亡詩：之子歸重泉。

〔二〕寥寥句　徐注：左思詠史詩：寂寂楊子宅，門無卿相輿。　李注：左思詠史詩下二句「寥寥空宇内，所講在玄虚」宜并引。

〔三〕黄公壚　蘧常案：見前輓殷公子岳詩第一首「邈如」二句注。

〔四〕存遺孤　徐注：禮月令：存諸孤。説文：存，恤問也。

〔五〕末俗　徐注：漢書朱博傳：今末俗之弊，政事煩多。

〔六〕修古　徐注：禮記：禮也者，反本修古，不忘其初者也。

路舍人客居太湖東山三十年寄此代柬

【解題】

蘧常案：路舍人見卷二贈路舍人澤溥詩題注。東山，見同詩「東山」句注。

翡翠年深伴侣稀〔一〕，清霜憔悴減毛衣。自從一上南枝宿，更不回身向北飛〔二〕。

【彙注】

〔一〕翡翠句　徐注：埤雅：翠鳥，或謂之翡翠，名前爲翡，名後爲翠。舊云，雄赤爲翡，雌青爲翠。　段注：戴叔倫詩：落日深山伴侣稀。

〔二〕自從二句　蘧常案：此謂澤溥從其父振飛於南明，歸莊路文貞公行狀所謂數千里省父也。振飛卒，扶其柩歸葬蘇州，隱居不仕也。南枝宿，見卷一賦得越鳥巢南枝詩題注。

孫徵君以孟冬葬於夏峰時僑寓太原不獲執紼適吴中有傳示同社名氏者感觸之意遂見乎辭

【解題】

徐注：魏裔介孫徵君傳：水部郎馬光裕贈夏峰田廬，闢兼山堂，讀易其中；率子若孫，躬耕自給。費密孫徵君傳：田四十餘頃，在輝縣郭外夏峰村，學者因稱夏峰先生。嘉案：先生卒年九十二。先正事略：先生嘗語學者曰：吾始自分與楊、左諸賢同命，及涉亂離，犯死者數矣，而終無恙，是以學貴知命而不惑也。河南、北學者歲時祀先生於百泉書院。易州學者就故宅爲雙峰書院。而容城與劉静修、楊忠愍同祀，保定與孫文正、鹿忠節並祀。道光八年，詔從祀孔子廟庭。子博雅最知名。徵君卒，偕兄望雅，弟韻雅廬墓三年，哀毁骨立，葬祭以禮。案：先生是時寓太原祁縣，主戴楓仲廷栻。楓仲爲築室南山，先生因置書堂，故云「僑寓太原」。朱彝尊靜志居詩話：崇禎之初，嘉魚熊開元宰吴江，進諸生而講藝。於時孫淳孟樸結吴翻扶九、吴允夏去盈、沈應瑞聖符等肇舉復社。於時雲間有幾社，浙西有聞社，江北有南社，江西有則社，又有歷亭席社、崑陽雲簪社；而吴門别有羽明社、匡社；武林有讀書社；山左有大社，僉會於吴，統合於復社。其盟書曰：學不殖將落，毋蹈匪彝，毋讀非聖書，毋違老成人，毋矜厥長，毋以辯言亂政，毋干進喪乃身。嗣今以往，犯者小用諫，大用擯。僉曰諾。是役也，孟樸渡淮、泗，歷齊、魯以達於京師，賢大夫士必審擇而定交契，然後進之於社。先後大會者三，復社之名動朝野。又云：復社諸君，多以文章經濟自負，韻語不甚專心，若桐城之方密之、錢幼光、周晨父，華亭之陳卧子，吴江之吴日生，長洲之陳玉立，崑山之顧寧人，是皆娴羣雅而繼國風者焉。

蘧常案：徐注本無「以孟冬」、「時」四字。孫徵君，見卷四贈孫徵君奇逢詩題注。孫夏峰年譜：康熙十四年乙卯四月二十一日，先生卒。十月十六日，葬於夏峰東原。

老不越疆弔〔一〕，吾衰況疎慵。遥憑太行雲，迢遰過夏峰〔二〕。泉源日清泚〔三〕，上有百尺松〔四〕。憶叨忘年契〔五〕，一紀秋徂冬〔六〕。常思依蜀莊〔七〕，有懷追楚龔〔八〕。不得拜靈輀〔九〕，限此關山重。會葬近千人〔一〇〕，來觀馬鬣封〔一一〕。儻有徐孺子，隻雞遠奔從。一時諸生間，得無少茅容〔二〕。俗流騖聲華，考實皆凡庸〔三〕。淄澠竟誰知〔四〕？管華稱一龍〔五〕。我無人倫鑒，焉敢希林宗〔六〕！惟願師伯夷，寧隘毋不恭〔七〕。嗟此衰世意〔八〕，往往纏心胸。回首視秋山，肅矣霜露濃。

【彙校】

〔竟誰知〕徐注本、曹校本「竟」作「意」，誤。

〔惟願〕徐注本，冒、曹兩校本「願」作「有」。

【彙注】

〔一〕老不句　原注：禮記檀弓：五十無車者，不越疆而弔人。

〔二〕夏峰　徐注：水經注：迢遰相望。費密孫徵君傳：夏峰村鉅木極漢，樫杞叢水，耕人散野，車馬絶塗，肥遯善地也。

〔三〕泉源句　徐注：衛輝府志山川：百門泉源出蘇門山下，泉通百道。輝縣志：其泉雖以百門名，然實踰千萬。自山麓過灣石竇中及平地仰出，纍纍若珠樹，滙爲巨陂，淵涵澄澈，凈無滓澱。

〔四〕百尺松　蘧常案：見卷三張隱君元明於園中寘一小石龕詩第二首「百尺」句注。案：此喻奇逢歲寒之節也。元譜：夏峰兩朝徵聘凡十一次，輒堅謝不出。

〔五〕忘年契　徐注：陳書江總傳：范陽張纘、琅琊王筠、南陽王之遴並高才碩學。總時年少有名，纘等雅相推重，爲忘年交。

　蘧常案：孫夏峰年譜：生於明萬曆十二年甲申。長先生二十九歲，故曰「忘年契」。

〔六〕一紀句　蘧常案：國語晉語：畜力一紀。韋昭注：十二年歲星一周爲一紀。案元譜：康熙三年，至河南輝縣訪孫夏峰先生。予疑「三年」爲「四年」之誤，别有考，詳卷四贈孫徵君奇逢詩解題。四年至本年爲十一年；曰一紀；舉成數也。始訪奇逢在秋時，亦詳前詩解題。曰「秋徂冬」，當謂初晤在秋，今葬在冬也。

〔七〕蜀莊　原注：揚子法言：蜀莊沈冥。

　蘧常案：法言問明篇李軌注：蜀人，姓莊，名遵，字君平。沈冥，猶玄寂，泯然無迹之貌。是故成、哀不得而利之，王莽不得而害也。

〔八〕楚龔　蘧常案：法言問明篇：楚兩龔之絜，其清矣乎？别詳卷一哭楊主事廷樞詩「齊蠋」句注。

〔九〕靈輀　徐注：説文，輀，喪車也。

〔一〇〕會葬句　徐注：魏裔介孫徵君先生傳：殁後，官吏紳士，以及窮鄉老幼殘疾貧窶之人，無不奔走哭弔。門人千餘里皆服心喪，會葬事。

　蘧常案：後漢書郭泰傳：卒於家，四方之士千餘人皆來會葬。

〔一一〕來觀句　蘧常案：禮記檀弓：孔子之喪，有自燕來觀者，舍於子夏氏。子夏曰：聖人之葬人歟？人之葬聖人也，又何觀焉？昔者夫子言之曰：吾見封之若堂者矣，見若坊者矣，見若覆夏屋者矣，見若斧者矣，從若斧者焉，馬鬣封之謂也。今一日而三斬板而已封，尚行夫子之志乎哉？

〔一二〕儻有四句　蘧常案：後漢書徐穉傳：穉嘗爲太尉黃瓊所辟，不就。及瓊卒歸葬，穉乃負糧徒步，到江夏赴之，設雞酒薄祭，哭畢而去，不告姓名。時會者四方名士郭林宗等數十人聞之，疑其穉也，乃選能言語生茅容輕騎追之，及於塗，容爲設飯，共言稼穡之事。徐孺子，見卷二久留燕子磯詩「相逢」二句注。

〔一三〕俗流二句　徐注：日知録：近日講學之輩，彌近理而大亂真，士附其門者，皆取榮名，於是一唱百和，如伐木者呼邪許然。徐而叩之，不過徼捷徑於終南而其中實莫之能省也。

〔一四〕淄澠　原注：吕氏春秋：孔子曰：淄、澠之水合，易牙嘗而知之。

〔一五〕管、華句　蘧常案：魚豢魏略：華歆與邴原、管寧俱游學，三人相善，時人號三人爲一龍。歆爲龍頭，原爲龍腹，寧爲龍尾。

〔一六〕我無二句　蘧常案：郭林宗善人倫鑒，見卷二久留燕子磯詩「相逢」二句注。

〔一七〕惟願二句　徐注：孟子：伯夷隘，柳下惠不恭。

〔一八〕衰世意　徐注：易：于稽其類，其衰世之意邪？

漢三君詩 三首　已下柔兆執徐

【解題】

徐注：康熙十五年丙辰。　冒云：先生是年年六十四。

蘧常案：漢三君詠高祖、光武、昭烈，蓋猶冀明之中興，上則能不失舊物，下亦可得偏安，非苟爲懷古也。是年海上鄭氏稱永曆三十年，公元一六七六年。

父老苦秦法，顧見除殘兇。三章布國門，企踵咸樂從〔一〕。雖非三王仁，寬大亦與同〔二〕。傳祚歷四百〔三〕，令名垂無窮。

右高祖

【彙注】

〔一〕父老四句　徐注：漢書蕭望之傳：延頸企踵。

蘧常案：史記高祖本紀：沛公西入咸陽，還軍霸上，召諸縣父老豪傑告之曰：父老苦秦苛法久矣。吾與諸侯約，先入關者王之，吾當王關中。與父老約法三章耳。殺人者死，傷人及盜抵罪，餘悉除去秦法，諸吏人皆案堵如故。凡吾所以來，爲父老除害，非有所侵暴，無恐！且吾所以還軍霸上，待諸侯至而定約束耳。乃使人與秦吏行縣鄉邑告諭之。秦人大喜，爭持牛羊酒食獻饗軍士。沛公又讓不受曰：倉粟多，非乏，不欲費人。人又益喜，唯恐沛公不爲秦王。

〔二〕雖非二句　徐注：漢書高帝紀：沛公素寬大長者。

〔三〕傳祚句　徐注：西漢、東漢、蜀漢共四百六十九年。

蘧常案：明太祖嘗以漢高自期。明史孔克仁傳：帝謂克仁曰：秦政暴虐，漢高帝起布衣，以寬大馭羣雄，遂爲天下主。今羣雄蜂起，皆不知修明法度以明軍政，此其所以無成也。李善長亦請明祖以漢高爲法，見李善長傳。此詩似隱寓明祖也。

文叔能讀書〔一〕，折節如儒生〔二〕。一戰摧大敵〔三〕，頓使海寓平。改化名節崇，磨鈍人才清。區區黨錮賢，猶足支危傾〔四〕。

右光武

【彙校】

〔海寓〕各本同，徐注本「寓」作「寓」。誤。

【彙注】

〔一〕文叔句　徐注：後漢書光武帝紀：天鳳中，廼之長安，受尚書，略通大義。東觀記曰：受尚書於中大夫魏江許子威。

蘧常案：後漢書光武帝紀：世祖光武皇帝諱秀，字文叔。

〔二〕折節　徐注：戰國策：武安君曰：主折節以下其臣。

〔三〕一戰句　蘧常案：後漢書光武帝紀：更始元年三月，光武別與諸將徇昆陽、定陵、郾，皆下之。莽聞漢帝立，大懼，遣大司徒王尋、大司空王邑將兵百萬，其甲士四十二萬人，旌旗輜重，千里不絶，自秦、漢出師之盛，未嘗有也。光武將數千兵，徼之於陽關。諸將見尋、邑兵盛，反走，馳入昆陽，皆惶怖欲散歸。光武議曰：今兵穀既少，而外寇彊大，并力禦之，功庶可立；如欲分散，勢無俱全。諸將憂迫，皆曰諾。光武乃夜出城外收兵。莽軍到城下，圍之數十重。六月己卯，光武遂與營部俱進，自將步騎千餘，前去大軍四五里而陳。尋、邑亦遣兵數千合戰。光武奔之，斬首數十級。諸部喜曰：劉將軍平生見小敵怯，今見大敵勇，甚可怪也！光武復進，尋、邑兵却，諸部共乘之，斬首數百千級。連勝，遂前。諸將既經累捷，膽氣益壯，無不一當百。光武乃與敢死者三千人，從城西水上衝其中堅。尋、邑陳亂，乘鋭奔之，遂殺王尋。城中亦鼓譟而出，中外合勢，震呼動天地。莽兵大潰，走者相騰踐，奔殪百餘里間。

〔四〕改化四句　徐注：史記秦始皇本紀：黔首改化。漢書梅福傳：爵禄束帛者，天下之砥石，高祖所以厲世磨鈍也。日知録：漢自孝武表章六經之後，師儒雖盛，而大義未明，故新莽居攝，頌德獻符者，徧於天下。光武有鑒於此，故尊崇節義，敦厲名實，所舉用者，莫非經明行修之士，而風俗爲之一變。至其末造，朝政昏濁，國事日非，而黨錮之流，獨行之輩，依仁蹈義，舍命不渝。三代以下，風俗之美，無尚於東京者。故儒林傳論曰：桓、靈之間，君道秕僻，朝綱日陵，國隙屢啓，自中智以下，靡不審其崩離。而權强之臣，息其闚盜之謀；豪俊之夫，屈於鄙生之議。所以傾而未顛，決而未潰，皆仁人君子心力之爲。可謂知言者矣。

卓矣劉豫州，雄姿類高帝〔一〕。一身寄曹孫，未得飛騰勢〔二〕。立志感神人〔三〕，風雲應時至〔四〕。翻然遂翺翔，二豪安得制〔五〕！

右昭烈〔六〕

【彙注】

〔一〕卓矣二句　徐注：蜀志先主傳：先主遂去楷（蘧常案：田楷）歸謙（蘧常案：陶謙），謙表先主爲豫州刺史。評曰：先主之弘毅寬厚，知人待士，蓋有高祖之風，英雄之器焉。

〔二〕一身二句　徐注：蜀志先主傳：吕布惡之，自出兵攻先主。先主敗走，歸曹公。曹公厚遇之，以爲豫州牧。又：先主遣諸葛亮自結於孫權。權遣周瑜、程普等水軍數萬，與先主併力與曹公戰於赤壁，大破之，焚其舟船。江表傳曰：周瑜爲南郡太守，分南岸地以給備。備别立營於油江口，改名公安。劉表吏士見堤北軍，多叛來投備。備以瑜所給地少，不足以安民，後從權借荆州數郡。許渾詩：亭衢自有飛騰勢。

〔三〕立志　蘧常案：三國志蜀志先主傳：有大志。又諸葛亮傳：先主詣亮，因屏人曰：漢室傾頹，姦臣竊命，主上蒙塵。孤不度德量力，欲信大義於天下，而智術淺短，遂用猖獗，至於今日，然志猶未已。

〔四〕風雲句　徐注：蜀志先主傳：故議郎陽泉侯劉豹等上言：見來積年，時時有景雲祥風，從璿璣下來應之，此爲異瑞。

蘧常案：此似謂風雲際會，如後漢書耿純傳所云以「龍虎之姿，遭風雲之時」也。徐注云云，蓋即帝位前羣臣勸進之辭，非此時事也。

〔五〕翻然二句　徐注：蜀志法正傳：亮答曰：主公之在公安也，北畏曹公之强，東憚孫權之逼，近則懼孫夫人生變於肘腋之下。當斯之時，進退狼跋；法孝直爲之輔翼，令翻然翱翔，不可復制。如何禁止孝直使不得行其意耶？

蘧常案：二豪謂曹、孫也。

〔六〕昭烈　蘧常案：蜀志先主傳：殂於永安宫，謚曰昭烈。

楚僧元瑛談湖南三十年來事作四絶句

共對禪燈説楚辭，國殤山鬼不勝悲〔一〕。心傷衡嶽祠前道，如見唐臣望哭時〔二〕。

【解題】

徐注：元瑛待考。

【彙注】

〔一〕共對二句　徐注：王勃桂州普惠寺碑：演禪鐙於已絶。楚辭九歌有山鬼、國殤。蘧常案：「禪鐙」猶言佛鐙。王勃所謂「禪鐙」，蓋取大智度論「展轉相教，譬如一鐙復然餘鐙，其明轉多」之義，與詩意有別。楚辭蓋借喻楚事，事見卷一浯溪碑歌「胡騎」句及「西南」二句注，卷二懷人詩「似是」句及「嶔崟」二句注，傳聞詩第一首「新巳」句、第二首「張楚」句注。

〔二〕心傷二句　原注：宋史朱昂傳：父葆光，當梁氏篡唐，與唐舊臣顔蕘、李濤輩挈家南渡，寓潭州。每正旦、冬至，必序立南嶽祠前，北望號慟，殆二十年。

孤墳一徑楚山尖，鐵石心肝老孝廉〔一〕。流落他方餘惠遠，撫琴無語憶陶潛〔二〕。

先兄同年友長沙陶君汝鼐。

【彙注】

〔一〕鐵石句 徐注：魏志武帝紀注：領長史王必忠能勤事，心如鐵石。宋史王應麟傳：是卷古誼若龜鑑，忠肝如鐵石。

〔二〕流落二句 徐注：蓮社高賢傳：惠遠居廬山，與諸賢結蓮社，以書招淵明。淵明曰：若許飲，則往。許之，遂造焉。忽攢眉而去。先正事略：汝鼐，字仲調，一字燮友（蘧常案：又號密庵），寧鄉人也。少奇慧，甫齔，應童子試，督學徐亮生驚喜得異才，拔冠湖南數郡。癸酉，舉於鄉，兩中會試副榜。南渡後，由翰林待詔改職方郎，任監軍。南都覆，薙髮溈山，號忍頭陀。生平內行篤，父歿，哀慕終身。事母曲盡孝養，處族黨多厚德。嘗爲人雪奇冤，冒險難，活千餘人，然不自言也。詩古文有奇氣，書法險勁，名動海内，有楚陶三絶之目。著有廣西涯樂府、嚏古集、寄雲樓集、褐玉堂集、嘉樹堂集若干卷。郭些庵爲序之，有「生同里，長同學，出處患難，同時同志」之語。楚南遺獻，以些庵、密庵兩先生爲最著云。朱彝尊明詩綜云：長沙人。有榮木堂集。又詩話：先生壯歲好游，自吴入越，與先生訂僑、札之分，嘗留檇李度歲。晚際仳離，出監軍事，捍禦鄉邦有力，暨章、堵諸公盡瘁略同。讀哀湖南賦，悽戾過於蘭成。詩雖未脱景陵之派，然覺爽氣殊倫。蘇軾詩：抱琴無語立斜暉。

遷常案：「先兄」謂本生母兄緗。陳濟生啓禎詩選：顧同應附子緗傳：同應長子遐篆，以蔭補國子生，崇禎癸酉順天中式。天才篤逸，爲古樂府，下筆便成，風骨踔厲，不減古人。自負其才，每譚兵餉農田水利事，盱衡扼腕，幾欲空其儕輩，而年未四十以没。遐篆名緗。崑新合志卓行傳云：緗貧，甚於父同應，而好義似之。車譜：崑新合志緗傳：世傳其兩京賦埒平子；時務策比長沙。徐譜：緗以天下多故，好言兵事。舉鄉試，一上公車而卒。見健庵舅母朱孺人壽序。又案：惠遠，謂元瑛也。

督師公子竟頭陀〔一〕，詩筆峥嶸浩氣多〔二〕。兩世心情知不遂，待誰更奮魯陽戈〔三〕？·武陵楊公子山松。

【彙注】

〔一〕督師句　徐注：鄧顯鶴增輯楚寶孝友：楊山松，字長蒼，督師嗣昌長子。襲錦衣衛指揮，改授監紀同知。有才略。嗣昌督師，山松籌畫軍務，每夜達曙，軍中有「小楊」之號。嗣昌卒，哀毁不欲生，著孤兒籲天録以雪父冤。弟山梓，字仲丹，著辯冤録；山樧，字季元，流寇陷常德，與兩兄募義復仇。山松有與黄石齋先生唱和詩。陶密庵有孤兒籲天録序。善住意天子經：頭陀者，抖擻、貪欲、瞋恚、愚癡也。　全云：長興王立甫云：亭林持論，獨不非武陵，且必稱之曰楊公。

蘧常案：王立甫名豫，字敬所。見全祖望王立甫壙志銘。潘耒閱孤兒籲天録詩，（全詩見本詩附録。）似亦秉師説。

〔二〕詩筆　徐注：老學庵筆記：南朝詞人，謂文爲筆。老杜云「賈筆嚴詩」，杜牧之云「杜詩韓筆」，亦習南朝語耳。往時諸晁謂詩爲筆，非也。

〔三〕魯陽戈　蘧常案：見卷三松江別張處士慤詩「日爲」句注。

夢到江頭橘柚林，衲衣桑下愜同心〔一〕。不知今日滄浪叟，鼓枻江潭何處深〔二〕？

【彙注】

〔一〕夢到二句　徐注：書禹貢：厥包橘柚錫貢。南史：張欣泰下直，輒著鹿皮冠、衲衣、錫杖。後漢書襄楷傳：楷上言：浮屠不三宿桑下，不欲久生恩愛，精之至也。

蘧常案：説文：橘果出江南；郭璞注爾雅：柚生江南；史記蘇秦列傳：楚致橘柚之園，則此「江頭」當謂楚南之江頭也。左宗植云：或謂此詩爲王夫之作。見下。夫之，衡陽人，此亦可作一證。佛祖統紀慧思尊者傳：平昔禦寒，惟一艾衲。後因謂僧爲衲。此當指元瑛。「桑下」，似謂夫之之居。夫之隱衡陽之石船山，築土室曰觀生居。元瑛當曾相見於此。今憶及，故首句曰「夢到」也。

〔二〕不知二句　蘧常案：滄浪，見卷三王徵君潢具舟城西詩「鼓枻」句注。江潭，見卷四顔神山中見橘詩「江南」注。左宗植慎庵文詩鈔京師九日同人慈仁寺祭顧先生祠贈同集諸君四首之三，自注：船山逃名似牛君直，先生尚友似郭林宗。滄浪魂夢，見亭林集中與楚僧元瑛絶句。或謂此詩爲船山作也。案：詩用楚人楚地，亦可爲爲王夫之作之一證。清史稿聖祖本紀：十三年二月，吴三桂陷長沙、衡州、岳州。十五年三月，岳州水師克君山，勒爾錦渡江與三桂之衆戰，迭敗之。吴三桂傳：十四年正月，上命岳樂取長沙；十五年，復攻長沙。三桂屯嶽麓山，爲長沙聲援。是此時衡、長、岳一帶，烽火徧地。考劉毓崧王船山先生年譜：康熙十三年春，吴逆兵陷常德、澧州、長沙，復陷岳州，湖南各郡，並爲其所據。先生出避於外。正月，至湘鄉。三月，泛舟。夏，還衡陽伊山。秋，至湘陰，泊青草湖。十四年春初，至長沙，泊水陸洲。二月，過湘潭昭山。三月，至水口。秋，由衡州至桓山。八月，至江西萍鄉。九月，自江西還。可見夫之之不遑寧處。故有「鼓枻江潭何處深」云云也。

附：潘耒閔孤兒籲天録詩

明末邊事危，寇氛復狂熾。廷臣侈空言，迂疏鮮任事。武陵明練才，宸衷有獨契。中樞與政府，柄用恩不次。孤立既招嫌，超遷復叢忌。生前爲射的，死後餘詬厲。論人貴平心，尤須審時勢。奪情奉特旨，投艱詎可避。廷争胡不早，乃在枚卜際。東西既交警，款市非失計。增餉豈得已，勦撫實兼議。敗絮塞漏舟，焉能保必濟。時危出督師，一鼓頗作氣。大吏劃城府，驕帥抗節制。燎原火將滅，蟻漏堤忽潰。功敗於垂成，人謀亦天意。嘔血死軍中，豈曰非盡瘁？奈何操觚家，矢口紛彈刺。彼實荷千鈞，力盡乃傾躓。又如救焚者，焦爛以身試。餘人但旁觀，娓娓談利弊。當局竟何如？可笑亦可涕！痛憤有孤兒，雪謗一編綴。封章及詔旨，條分而件繫。年月辨後先，人地析同異。無根掃風影，疑似消霾翳。是父有是子，忠孝聲不墜。信史垂千秋，公論未宜廢。作傳今何人？吾衰客鑾裔。裁詩寄金門，下筆宜審細。

賦得簷下雀

【解題】

徐注：王渥有寄詩：棲棲活計依簷雀。

蘧常案：元譜：蓋居徐氏寓邸時作。又：十五年正月，自山西之山東。二月，入都，主原一甥。又案：「簷下雀」，蓋自喻也。

力小不成巢，翾飛無定止〔一〕。所謀但一枝，徬徨靡可恃。曾窺王謝堂，不作銜泥壘。雖依簷下宿，無異深林裏〔二〕。豈不慕高明〔三〕，其奈驚丸餌〔四〕！唯應罷官時，殷勤數來此〔五〕。

【彙注】

〔一〕翾飛句　蘧常案：説文：翾，小飛也。徐鍇注：文子云：翾飛蠉動。先生與戴耘野書：弟生罹多難，淪落異邦，長爲率野之人，無復首丘之日。

〔二〕曾窺四句　徐注：劉禹錫烏衣巷詩：舊時王謝堂前燕。

蘧常案：「王謝堂」謂徐氏寓邸也。先生入都，屢主徐元文家，主乾學則在康熙十年及本年。據與潘次耕書，則此謂乾學家也。詳卷三七十二弟子詩「門人」二句注，及前有歎詩「門庭」二句注。

〔三〕高明　原注：漢書揚雄傳：高明之家，鬼瞰其室。

〔四〕驚丸餌　徐注：張九齡感遇詩：側聞雙翠鳥，巢在三珠樹。矯矯珍木巔，得無金丸懼？

〔五〕唯應二句　原注：漢書鄭當時傳：先是，下邽翟公爲廷尉，賓客填門。及廢，門外可設爵羅。

薊門送李子德歸關中

【解題】

徐注：雙槐歲抄：京都十景，其一曰薊門煙樹。

蘧常案：元譜：十五年二月，入都。三月，回山東。五月，入都。秋至薊州，仍入都。案：詩有「正喜秋氣高嶙峋」云云，則别在秋時矣。

與子窮年長作客，子非朱顔我頭白〔一〕。燕山一别八年餘〔二〕，再裏行縢來九陌〔三〕。君才如海不可量〔四〕，奇正縱横勢莫當〔五〕。彈箏叩缶坐太息〔六〕，豈可日月無弦望〔七〕！望字作平聲，用阮籍詩「是時鶉火中，日月正相望」。爲我一曲歌伊涼〔八〕，挈十一州歸大唐〔九〕。奇材劍客今豈絶，奈此舉目都茫茫〔一〇〕！薊門朝士多狐鼠，舊日鬚眉化兒女。生女須教出塞妝〔一一〕，生男要學鮮卑語〔一二〕。常把漢書掛牛角〔一三〕，獨出郊原更誰與？自從烽火照桑乾，不敢宫前問禾黍〔一四〕。子行西還渡蒲津〔一五〕，正喜秋氣高嶙峋。華山有地堪作屋，相期結伴除荆榛〔一六〕。

【彙校】

〔相期〕潘刻本、徐注本「期」作「與」。

【彙注】

〔一〕子非句　蘧常案：時李因篤四十六歲，先生六十四歲，故云。

〔二〕燕山句　徐注：徐譜：子德蓋自先生詩獄事畢，至此年重至京師，故云一别八年餘。

蘧常案：詩獄解後之下一年，兩人曾相晤於北京。元譜：八年三月，往昌平，五謁天壽山及懷宗欑宫。是行也，與李子德偕。至本年適爲八年。

〔三〕再裹句　徐注：詩：邪幅在下。箋：邪幅，如今行縢也。偪束其脛，自足至膝。三輔遺事：長安八街九陌。

〔四〕才如海　徐注：鍾嶸詩品：陸才如海。

〔五〕奇正句　徐注：陰符經：用兵之術百數，其要在奇正權謀。揚雄解嘲：一縱一横，論者莫當。

〔六〕彈箏叩缶　蘧常案：史記李斯列傳：夫擊甕叩缻，彈箏搏髀，而歌呼嗚嗚快耳目者，真秦之聲也。

〔七〕豈可句　原注：李陵與蘇武詩：安知非日月，弦望自有時。

蘧常案：此冀明之復興，當如日月之必有弦望也。

〔八〕一曲歌伊、涼　徐注：蘇軾詩：更教長笛奏伊、涼。

蘧常案：唐書禮樂志：天寶樂曲，皆以邊地名，若涼州、甘州、伊州之類。樂苑：伊州，商調曲。西涼節度使蓋嘉運所進。涼州，宫調曲。開元中，西涼府都督郭知遠進。

〔九〕挈十一州句　原注：唐書：大中五年，沙州人張義潮以瓜、沙、伊、肅、鄯、甘、河、西、蘭、岷、廓十一州歸於有司。

〔一〇〕奇材二句　徐注：漢書李陵傳：臣所將屯邊者，皆荆、楚勇士，奇材劍客。

蘧常案：以上四句，疑叙王輔臣事。黄氏遠遊略：馬鷂子，山西蔚州人。驍勇善射，馬上如飛，故名鷂子。向爲高迎祥部下，及李自成攻殺迎祥，并其衆，遂歸自成。暨李敗，遁歸降本朝，改姓名爲王輔臣。由滇鎮而超陞陝西提督。甲寅三藩之變，巴蜀告警，廷議以尚書莫洛經略三秦。洛督師進川，檄輔臣爲前鋒。相距五十里，天寒雨雪，士卒饑凍。臘月四日，輔臣鼓衆大噪，攻殺主帥，叛據平涼，屬邑皆陷。丙辰，特命大將軍圖海征之，殺賊衆二萬，大破之。又渡河大戰，遂拔其屯糧重城一座。輔臣據平涼一帶，故有「伊涼」云云。據清史稿聖祖本紀，其前後所得地有蘭州、定邊、臨洮、靖遠、延安、綏德、洮河二州等地。唐書地理志：瓜沙節度治河州，管沙、瓜、甘、肅、蘭、伊、岷、廓等州。張義潮所歸十一州之地，大半爲其出入之地，蓋冀其爲明後効力如張義潮也。然已預見其不振，故有「舉目茫茫」云云。曰「都」，則是併吴三桂等亦不寄以厚望矣。聖祖本紀謂「輔臣於本年六月壬子朔降，圖海以聞，詔復其官」，文書往復，必淹時日，故詩作於秋時。或尚未知其降歟？

〔一一〕出塞妝　蘧常案：見卷一金陵雜詩第三首「司隸」句注。案：此謂滿妝也。

〔一二〕鮮卑語　原注：顔氏家訓：齊朝一士夫嘗謂吾曰：我有一兒，年已十七，頗曉書疏。教其鮮卑語及彈琵琶，稍欲通解，以此伏事公卿，無不寵愛。吾時俛而不答。

〔一三〕常把句　蘧常案：見卷三酬歸祚明戴笠王仍潘檉章四子詩「挂帙」二句注。

〔一四〕自從二句　徐注：詩黍離序：過故宗廟宫室，盡爲禾黍。閔周室之顛覆，彷徨不忍去。

蘧常案：桑乾，見前重至大同詩「風吹」句注。桑乾一稱盧溝，今號永定，經北京外城南。此似謂北京。「烽火照桑乾」，猶史記匈奴列傳「烽火通於甘泉、長安」之意。

〔一五〕蒲津　徐注：明史志地理西安府朝邑注云：東北有臨晉關，一名大慶關，即蒲津關也。舊屬蒲州，洪武八年九月來屬，有蒲津關巡檢司。

蘧常案：見卷四蒲州西門外鐵牛詩題注。

〔一六〕華山二句　徐注：先生神道表：思卜居陝之華陰，謂秦人慕經學，重處士，持清議，實他邦所少。

李生符自南中歸檇李三年矣追惟壯遊兼示舊作

【解題】徐注：嘉興府志：檇李城在府西南。吳世家：吳伐越，勾踐迎擊之檇李。注：在桐鄉濮院之西。濮院即古檇李墟也。越絶書作就李，公羊傳作醉李。一統志：嘉興縣，春秋時長水地。又：檇李鄉，秦爲由拳縣，孫吳改置禾興縣，後改名嘉興縣。

蘧常案：檇李詩繫：李符字分虎，號耕客。與兄繩遠、良年齊名，尤工駢體。南中，見下詩注。

一卷別南中，孤帆自歸去〔一〕。文飛鶴拓雲，墨染且蘭樹〔二〕。丈夫行萬里，投分各有遇〔三〕。明發著萊衣，未肯朱門住〔四〕。相送驛路旁，落英連古戍。儻有舊遊人，北望懷徐庶〔五〕。

【彙注】

〔一〕一卷二句　徐注：温庭筠詩：幾時歸去片帆孤。李良年秋錦山房集有二月中得分虎自滇中寄詩，詩云：約束琴書好歸去，莫令又過菊花時。

蘧常案：「別南中」，疑是詩卷名，題所謂舊作也。

〔二〕文飛二句　徐注：新唐書南蠻傳：南詔，或曰鶴拓。方輿紀要：雲南有鶴慶軍民府。又：昆明府拓東城，唐廣德中南詔所築。華陽國志：楚頃襄王時，遣莊蹻伐夜郎，軍至且蘭，椓船於岸而步戰。既滅夜郎，以且蘭有椓船牂柯處，乃改其名曰牂柯。漢書西南夷傳：且蘭君恐遠行，旁國虜其老弱，乃與其衆反。漢乃發八校尉擊之。中郎將郭昌、衛廣誅且蘭。

蘧常案：此二句，言人雖去而文采猶留南中。

〔三〕丈夫二句　徐注：曹植贈白馬王彪詩：丈夫志四海，萬里猶比鄰。阮瑀爲武帝與劉備書：披懷解帶，投分寄意。

蘧常案：徐乾學李分虎詩集序：分虎越在萬里外，在五溪、六詔間。高層雲李君墓表：初入滇中，副使張公純熙提學貴州，見其詩歌，羅致之。改官滇南，復偕以行。

〔四〕明發二句　徐注：詩：明發不寐，有懷二人。杜甫送韓十四歸省詩：兵戈不見老萊衣。

蘧常案：徐乾學李分虎詩集序：既念家有老母，日南天末，不可以久居。則由金齒歷貴筑，從其仲兄武曾間關跋涉以歸。歸甫逾時，而西南之變作。萊衣，見卷一表哀詩「斑衣」句注。

〔五〕北望句　徐注：蜀志諸葛亮傳：自比於管仲、樂毅，時人莫之許也。惟博陵崔州平、潁川徐庶元直與亮友善，謂爲信然。時先主屯新野，徐庶見先主，先主器之。謂先主曰：諸葛孔明者，卧龍也。將軍豈願見之乎？先主曰：君與俱來。庶曰：此人可就見，不可屈致也。將軍宜枉駕顧之。由是先主遂詣亮。又：先主在樊，聞之，率其衆南行，亮與庶並從。爲曹公所追破，獲庶母。庶辭先主而指其心曰：本欲與將軍共圖王霸之業者，以此方寸之地也。今已失老母，方寸亂矣，無益於事，請從此別。遂詣曹公。又魏略曰：庶，先名福，本單家子。少好任俠擊劍。中平末，嘗爲人報讎，白堊突面，被髮而走，爲吏所得。問其姓名，閉口不言。吏乃於車上立柱維磔之，擊鼓以令於市鄽，莫敢識者。而其黨伍共篡解之，得脫。於是感激，棄其刀戟，更疏巾單衣，折節學問。始詣精舍，諸生聞其前作賊，不肯與共止。福乃卑躬早起，常獨掃除，動静先意，聽習經業，義理精熟。遂與同郡石韜相親愛。初平中，中州兵起，乃與韜南客荆州。到，又與諸葛亮特相善。及荆州内附，孔明與劉備相隨去，福與俱來北。至黄初中，韜仕歷郡守典農校尉，福至右中郎將御史中丞。逮大和中，諸葛亮出隴右，聞元直、廣元仕財如此，歎曰：魏殊多士耶？何彼二人不見用乎？庶後數年病卒。

蘧常案：徐庶喻李符。

顧亭林詩集彙注卷六

王蘧常　輯注
吴丕績　標校

二月十日有事於先皇帝欑宫　已下疆圉大荒落

【解題】

徐注：康熙十六年丁巳。張譜：六謁天壽山及懷宗欑宫。是行也，與王山史偕。謁欑宫文云：自違陵下，今又八年。濩落關河，差池烽火。想遺弓而在望，懷短策以靡前。每屆春秋，獨泣蒼梧之野；多更甲子，仍憐絳縣之人。朔氣初收，光風漸轉。敬羞藴藻，重展松楸。雖鼎俎之久虚，幸罘罳之未壞。黄圖如故，乍驚失鹿之辰；白首無歸，終冀攀龍之日。仰憑明命，得遂深祈。

冒云：先生是年年六十五。

蘧常案：是年海上鄭氏稱永曆三十一年，公元一六七七年。

青陽回軒丘〔一〕，白日麗蒼野〔二〕。封如禹穴平〔三〕，木類湘山赭〔四〕。不忍寢園荒〔五〕，復來奠樽斝〔六〕。彷彿見威神，雲旗導風馬〔七〕。當年國步蹙，實歎謀臣寡〔八〕。空勞宵旰心〔九〕，拜戎常不暇〔一〇〕。竟令左衽俗，一旦汙中夏。三綱乍淪胥〔一一〕，節士長喑啞〔一二〕。及今擐甲兵，無復圖宗社〔一三〕。飛章奏天庭，謇謇焉能舍〔一四〕！華陰有王生，伏哭神牀下〔一五〕。亮矣忠懇情，咨嗟傳宦者。呂太監言：昔年王生弘撰來祭先帝，伏哭御座前甚哀。遺臣日以希，有願同誰寫？

【彙校】

〔題〕潘刻本、徐注本、孫校本無「先皇帝」三字。

〔竟令二句〕潘刻本、徐注本、孫校本作「賊馬與邊烽，相將潰中夏」。徐并出注：賊馬邊烽，見卷一大行哀詩「細柳」及「萑苻」兩注。中夏，見卷一浯溪碑歌詩注。

〔三綱句〕潘刻本、徐注本、孫校本作「頹陽不東升」。徐并出注：李白古風：浮雲蔽頹陽。晉書郭璞傳：升陽未布。禮記：大明生於東。

〔華陰句〕潘刻本，徐注本，孫、吳、汪、曹各校本句下皆有自注「弘撰」二字。

〔咨嗟句〕句下自注，孫託荀校本，汪、曹兩校本有；潘刻本、徐注本、孫校本無。

【彙注】

〔一〕青陽句　徐注：史記五帝本紀：黃帝居軒轅之丘。

蘧常案：爾雅釋天：春爲青陽。郭注：氣清而温陽。

〔二〕蒼野　蘧常案：見卷一贈顧推官咸正詩「哭帝」句注。

〔三〕禹穴　蘧常案：見卷四禹陵詩「探奇」句注。

〔四〕湘山赭　徐注：史記秦始皇本紀：浮江至湘山祠，逢大風。於是始皇大怒，使刑徒三千人皆伐湘山樹，赭其山。

〔五〕寢園　蘧常案：見卷二孝陵圖詩「寢園」注。

〔六〕樽斝　徐注：韓愈夜會鄽城聯句：殁廟配樽斝。蘧常案：斝，見卷三閏五月十日恭詣孝陵詩「玉斝」注。

〔七〕雲旗句　蘧常案：離騷：駕八龍之婉婉兮，載雲旗之逶迤。漢書禮樂志郊祀歌練時日：靈之下，若風馬。

〔八〕當年二句　徐注：明史楊鶴等傳贊：流賊之肆毒也，禍始於楊鶴，成於陳奇瑜，而熾於熊文燦、丁啓睿。僨師玩寇，賊勢日張，謂非人謀不臧實使之然乎！蘧常案：詩大雅桑柔：國步斯頻。傳：步，行。陳奂傳疏：行，道也。謀臣，見卷四禹陵詩「謀臣」句注。事見前卷一大行皇帝哀詩「人多」句、「求官」句、「道否」句、「時危」句各注，及隆武二年八月上出狩詩「叔世」二句注。

〔九〕空勞句　徐注：小腆紀年：甲申二月，帝下詔罪己：朕嗣守鴻緒，十有七年。深念上帝陟降之威，祖宗付託之重，宵旦兢惕，罔敢怠荒。乃者災害頻仍，流氛日熾。又云：朕自今深省夙愆，痛加創艾。要在惜人才以培元氣，守舊制以息煩囂。行不忍之政，以收人心，蠲額外之科，以紓民力。又云：坐令秦、豫丘墟，江、楚腥穢，罪非朕躬，誰任其責？所以使民罹鋒鏑、蹈水火、殣量以壑、骸積成丘者，皆朕之過也。唐書劉蕡傳：終任賢之效，無宵旰之憂。

蘧常案：説文：宵，夜也。旰，日晚也。案：「宵旰」爲「宵衣旰食」之簡辭，謂勤勞國事，天未明而衣，晚始得而食也。許渾秋日早朝詩：宵衣應待絶更籌。左傳昭公二十年：楚君大夫，其旰食乎？野史無文烈皇帝遺事：上雞鳴而起，夜分不寐，往往焦勞成疾。

〔一〇〕拜戎句　原注：左傳昭公十五年：王靈不及，拜戎不暇。

蘧常案：杜預左傳注：言王寵靈不見及，故數爲戎所加陵。

〔一一〕三綱句　蘧常案：詩小雅雨無正：若此無罪，淪胥以鋪。毛傳：淪，率也。鄭箋：胥，相也。

〔一二〕節士句　徐注：唐書刑法志：太宗曰：吾聞語曰，一歲再赦，好人喑啞。

蘧常案：節士，見卷三贈潘節士檉章詩解題。

〔一三〕及今二句　徐注：左傳成公二年：擐甲執兵。

蘧常案：杜預左傳注：擐，貫也。案：擐甲兵，當謂吴三桂。吴三桂傳云：三桂初發難時，洛邑頑民，猶思禄父，故訛言煽動，所在響應。耿、尚二王及臺灣鄭氏皆通使往來。及聞其南面自尊，建號改元，設官製曆，由是天下解體。詩云「無復圖宗社」，蓋至是始絶望於三桂矣。

〔一四〕飛章二句　原注：楚辭離騷：余固知謇謇之爲患兮，忍而不能舍也。　徐注：史記天官書：三台三衡者，天庭也。

蘧常案：後漢書李固傳：因詐飛章。

〔一五〕華陰二句　徐注：先正事略：王弘撰，字無異，一字山史。讀書華山，顧亭林嘗主其家，共建朱子祠於雲臺觀。好易經圖象，學者宗之，得一言以爲重。元譜：弘撰，華陰人，明諸生。康熙戊午，以鴻博徵，不赴。嗜學好古，收藏法書名畫金石最富。居於華下，有讀書廬。撰易象圖述及山志、砥齋集。先生廣師云：好學不倦，篤於友朋，吾不如王山史。又送韻譜小帖云：一字文修，故少司馬公之子，關中聲氣之領袖也。

蘧常案：神牀見卷三恭謁天壽山十三陵詩「渴葬」四句注。

贈獻陵司香貫太監宗

【解題】

徐注：獻陵，仁宗陵也。貫太監宗，未詳。　戴注：獻陵即洪熙帝。

蘧常案：獻陵，見卷三恭謁天壽山十三陵詩「右獻」六句注。司香，見同詩「每陵」二句注。

蕭瑟昌平路〔一〕，行來十九年〔二〕。胡霜封殿瓦，野火逼山阡。鎬邑風流盡〔三〕，邙陵歲月遷〔四〕。空堂論往事，猶有舊中涓〔五〕。

【彙校】

〔胡霜〕潘刻本，徐注本，孫、曹兩校本「胡」作「清」。

【彙注】

〔一〕昌平　蘧常案：見前恭謁天壽山十三陵詩「昌平」注。

〔二〕行來句　徐注：順治十五年，先生恭謁天壽十三陵，至今年丁巳十九年。

〔三〕鎬邑　徐注：日知録引劉向曰：文、武、周公葬於畢。史記周本紀：太史公曰：畢在鎬東南杜中。魏書：孝文太和二十一年五月，遣使以太牢祭周文王於酆，祭武王於鎬。

〔四〕邙陵　徐注：後漢書地理志：洛陽城北邙山，諸陵所在。

〔五〕中涓　蘧常案：見卷三恭謁天壽山十三陵詩「下有」句注。

陵下人言上年七月九日虜主來獻酒至長陵有聲自寶城出至祾恩殿食頃止人皆異之

【解題】

蘧常案：清史稿聖祖本紀：十四年九月，上次昌平，詣明陵，致奠長陵；遣官分奠諸陵。即此事。王士禛乙卯有紀事詩云：見説温泉仗，經過畢郢原。天言傳近侍，小隊駐期門。玉座人間閟，銀鸞地下温。冬青當日淚，真荷兩朝恩。亦詠此事。據此，則「上年」應是「前年」，「七月」應是「九月」。或作「十月」，誤。疑原誤「十月」，故潘刻本諱作「冬祭時」也。寶城，見卷二恭謁孝陵詩「空城」句注。明史志禮十四：嘉靖十七年，改陵殿曰祾恩殿，門曰祾恩門。

昌平木落高山出，仰視神宮何崒嵂〔一〕！昭陵石馬向天嘶，誰同李令心如日〔二〕？有聲隆隆來隧中，駿奔執爵皆改容〔三〕。萇弘自信先君力〔四〕，獨拜秋原御路東。

【彙校】

〔題〕孫託荀校本，吴、曹兩校本同；潘刻本、徐校本、孫校本無「上年」以下「七月九日」等十二字，而代以「冬祭時」三字。「七」，汪校本作「十」。「獻酒」，吴、汪兩校本作「奠酒」。

【彙注】

〔一〕仰視句　蘧常案：崒嵂，見卷二懷人詩「五嶺」句注。

〔二〕昭陵二句　原注：李商隱復京詩：天教李令心如日，可要昭陵石馬來？徐注：新唐書李晟傳：臣已肅清宫禁，祗謁寢園。鐘簴不移，廟貌如故。帝泣曰：天生李晟，爲唐社稷，非爲朕也。拜司徒兼中書令，封西平忠武王。

蘧常案：唐書地理志：京兆府醴泉縣有九嵕山，太宗昭陵在西北六十里。唐會要：高宗欲闡揚先帝徽烈，乃刻石爲常所乘破敵馬六匹於昭陵闕下。安禄山事蹟：潼關之戰，我軍既敗，賊將崔乾祐領白旗引左右馳突。又見黄旗軍數百隊。官軍潛謂是賊，不敢偪。須臾，見與乾祐鬬，黄旗軍不勝，退而又戰者不一，俄不知所在。後昭陵奏是日靈宫前石人馬汗流。韋莊再幸梁洋詩：昭陵石馬夜空嘶。

〔三〕有聲二句　原注：漢書五行志：成帝河平二年正月，沛郡鐵官鑄鐵，鐵不下，隆隆如雷聲。左傳僖公三十二年：晉文公卒，將殯于曲沃。出絳，柩有聲如牛。卜偃使大夫拜。

蘧常案：左傳僖公二十五年：晉侯請隧。杜注：闕地通路曰隧，王之葬禮也。詩周頌清廟：駿奔走在廟。爾雅釋詁：駿，速也。莊子德充符：子産蹵然改容更貌。

〔四〕萇弘句　原注：左傳昭公二十三年：南宫極震，萇弘謂劉文公曰：君其勉之，先君之力可濟也。

蘧常案：萇弘，亭林自謂，其自信之堅猶如此。

過郭林宗墓

【解題】

徐注：一統志：林宗墓在今介休縣。

蘧常案：郭林宗，見卷二久留燕子磯院中詩「相逢」二句注。

路畔纍纍墓石多，中郎遺愧定如何〔一〕。應憐此日知名士，到死猶穿吉莫鞾〔二〕。

【彙注】

〔一〕路畔二句　徐注：後漢書郭泰傳：卒年四十二，四方之士千餘人皆來會葬。同志者乃共刻石立碑，蔡邕爲文。既而謂涿郡盧植曰：吾爲碑銘，皆有慚德，惟郭有道無愧色耳。

〔二〕應憐二句　原注：北齊書恩倖傳：有開府薛榮宗，常自云能使鬼，帝信之。經古冢，榮宗問舍人元行恭是誰冢。行恭曰：郭元貞父。榮宗因前奏曰：向見郭林宗從冢出，著大帽，吉莫鞾，操馬鞭，問臣曰：我家阿貞來否？

蘧常案：「吉莫靴」，胡履。此蓋譏名士之年將老死而猶仕清者。

介休

【解題】

徐注：明史志地理汾州府介休注：府東南。有介山，亦曰綿山。東有石洞水，西有汾水，東北有鄔城泊，與平遥、文水二縣界，即昭餘祁藪之餘浸也。

淡霓生巖際〔一〕，奔泉下石間。龍蛇方起陸〔二〕，雀鼠尚争山〔三〕。縣西南三十里有雀鼠谷。雨静前村市，秋凋故國顔。介君祠廟在〔四〕，風義夐難攀。

【彙注】

〔一〕淡霓　徐注：南史王筠傳：沈約製郊居賦，示筠草。讀至「雌霓連蜷」，約撫掌欣忭曰：僕常恐人呼爲霓。案：雌霓之霓，五的反；雲霓之霓，五兮反。

蘧常案：霓有倪、詣、齧三音。劉熙釋名：霓，齧也。故廣韻、集韻皆著齧音。此亦讀仄聲，以諧聲律。王觀國學林新編謂：司馬光云：約賦但取聲律便美，非霓不可讀平聲也。

〔二〕龍蛇句　徐注：陰符經：天發殺機，龍蛇起陸。楚辭：封介山而爲之禁兮，報大德之優游。注：淮南子曰：介子歌龍蛇而文君垂泣也。史記晉世家：文公賞從亡者，未至隱者介之推，推亦不言禄，禄亦不及。從者憐之，乃懸書宫門曰：龍欲上天，五蛇爲輔。龍已升雲，四蛇各入其宇，一蛇獨怨，終不見處所。文公出，見其書，曰：此介之推也。吾方憂王室，未圖其功。使人召之，則亡。遂求所在，聞其入緜上山中，於是文公環緜上山中而封之，以爲介推田。

〔三〕雀鼠句　徐注：禹貢：導渭自鳥鼠同穴。傳：鳥鼠共爲雌雄，同穴處此山，遂名山曰鳥鼠。

蘧常案：元和郡縣志：渭川渭源縣鳥鼠山，一名青雀山，在縣西七十六里。

〔四〕介君句　蘧常案：袁崧郡國志：介休縣有綿上聚之推廟。

靈石縣東北三十五里神林晉介之推祠

【解題】

徐注：明史志地理平陽府靈石注：府北。元屬霍州，萬曆二十三年五月改屬汾州府。四十三年，還屬。府東有綿山，即介山也。城北有汾水，又北有靈石口巡檢司。

蘧常案：徐注本題作介之推祠。

古人有至心，不在狷與忍〔一〕。國禄既弗加，吾身可以隱〔二〕。去矣適其時〔三〕，耕此荒山畛。更與賢母偕，丘壑情同允〔四〕。卓哉鸞鳳姿，飄飄高自引〔五〕。嚮使屬戎行〔六〕，豈其遜枝軫〔七〕。出處何必齊，此心期各盡。末世多浮談，有類激小忿。割股固荒唐，焚山事可哂〔八〕。微哉仲子廉，立操同蚯蚓〔九〕。遺祠君故鄉，父老事惟謹〔一〇〕。牡丹異凡花，春深洗鉛粉〔一一〕。況此黄蘆林，晚送秋風緊。厲彼頑鈍徒，英名代無隕。

【彙校】

〔題〕鐵琴銅劍樓本作「緜上」。

〔卓哉二句〕鐵琴銅劍樓本作「一往竟無還，千載名不泯」。

〔出處二句〕鐵琴銅劍樓本無此二句，潘刻本、徐注本、孫、吴、汪、曹各校本皆有。

〔遺祠八句〕鐵琴銅劍樓本作「陂陁緜上田，烈烈秋風緊。一旦發幽情，論世斯爲允」。

【彙注】

〔一〕狷與忍　蘧常案：史記魯仲連列傳：棄忿悁之節。説文解字：悁，忿也。荀子儒效：志忍私。楊倞注：忍謂矯其性也。

〔二〕國禄二句　徐注：左傳僖公二十四年：晉侯賞從亡者，介之推弗言禄，禄亦弗及。又：身將隱，焉用文之！

〔三〕去矣句　徐注：中論事君篇：山林可以居乎？曰：會逢其適也。焉知其可！詩：徂隰徂畛。傳：畛，埸也。

〔四〕更與二句　徐注：左傳僖公二十四年：其母曰：能如是乎！與汝偕隱。遂隱而死。郭璞游仙詩：未嘗廢丘壑。説文：允，信也。

〔五〕卓哉二句　原注：賈誼弔屈原賦：風飄飄其高逝兮，夫固自引而遠去。　徐注：白居易詩：永懷鸞鶴姿。

〔六〕屬戎行　徐注：左傳成公二年：屬當戎行。

蘧常案：晉書嵇康傳：人以爲龍章鳳姿。

〔七〕枝軫　蘧常案：左傳僖公二十七年：冬，楚子及諸侯圍宋，宋如晉告急。先軫曰：報施救患，取威定霸，於是乎在矣。於是乎作三軍。乃使郤縠將中軍，郤溱佐之；使狐偃將上軍，讓於狐毛而佐之；使欒枝將下軍，先軫佐之。二月，郤縠卒，原軫（案：即先軫）將中軍，胥臣佐下軍。子玉從晉師。夏四月，晉侯次於城濮，陳於莘北。胥臣當陳、蔡。子玉將中軍，子西將左，子上將右。胥臣蒙馬以虎皮，先犯陳、蔡，陳、蔡奔，楚右師潰。狐毛設二旆而退之，欒枝使輿曳柴而僞遁，楚師馳之，原軫、郤溱以中軍公族横擊之，狐毛、狐偃以上軍夾攻子西，楚左師潰。楚師敗績。

〔八〕割股二句 蘧常案：日知録：介子推事，見於左傳則曰，「晉侯求之不獲，以緜上爲之田，曰：以志吾過，且旌善人」，吕氏春秋則曰，「負釜蓋簦，終身不見」。二書去當時未遠，爲得其實。史記之言稍異，亦不過曰「使人召之，則亡。聞其入緜上山中。於是環緜上之山中而封之，以爲介推田，號曰介山」而已。立枯之説，始自屈原；燔死之説，始自莊子。楚辭九章惜往日：介子忠而立枯兮，文公寤而追求。封介山而爲之禁兮，報大德之優遊。思久故之親身兮，因縞素而哭之。莊子（案：見盜跖篇）則曰：介子至忠也，至割其股以食文公。文公後背之，子推怒而去，抱木而燔死。於是瑰奇之行彰，而廉靖之心没矣。今當以左傳爲據，割股、燔山，理之所無，皆不可信。

〔九〕微哉二句 蘧常案：孟子滕文公篇：匡章曰：陳仲子豈不誠廉士哉！孟子曰：於齊國之士，吾必以仲子爲巨擘焉。然仲子惡能廉？充仲子之操，則蚓而後可者也。

〔一〇〕父老句 徐注：論語：惟謹爾。

蘧常案：周密癸辛雜識：綿上火禁，升平時，禁七日；喪亂以來猶三日。相傳火禁不嚴，則有風雹之災，社長輩至日就人家，以雞翎掠竈灰，雞羽稍焦卷，則罰香楮錢。有疾及老者不能冷食，就介公廟卜乞火。吉，則燃木炭，取不煙；不吉，則死不敢用火。或以食暴日中，或埋食器於牛馬糞窖中，其嚴如此。

〔一一〕洗鉛粉 徐注：沈約木蘭詩：洗卻鉛粉妝。

霍北道中懷關西諸君

【解題】

徐注：關西諸君謂李子德、李中孚、王山史、楊伯常諸君也。

蘧常案：見卷四霍山詩解題。

苦雨淹秋節〔一〕，屯雲擁霍州〔二〕。蟲依危石響，水出斷崖流〔三〕。驛路愁難進〔四〕，山亭悵獨留。遥知關令待，計日盼青牛〔五〕。

【彙校】

〔愁難進〕徐注本，冒、曹兩校本「進」作「近」。

【彙注】

〔一〕苦雨　蘧常案：左傳昭公四年：秋，無苦雨。疏：養物爲甘，害物爲苦。

〔二〕屯雲句　徐注：列子：望之若屯雲焉。方輿紀要：春秋時霍國，金仍屬平陽府，貞佑三年置霍州，元、明因之。初以州治霍邑，縣省入州。大嶽鎮其東，汾水經其西，山川扼要，争衡太原間者，未有不以州爲孔道者也。

〔三〕水出句　蘧常案：明史志地理二山西平陽府霍州注：西有汾水。又有霍水、彘水，俱出霍山，下流俱入汾。

〔四〕驛路句　徐注：方輿紀要：霍山驛在城東。

〔五〕遥知二句　徐注：關中記：老子度關，令尹喜敕門吏曰：若有老公從東來乘青牛薄板車者，勿聽度關。其日，果來。吏白之，喜曰：道今來矣。

河上作

【解題】徐注：方輿紀要：平陽府河津縣黄河，縣西十里，自吉州流入界，經龍門山，下有禹門渡，道出韓城。又南經縣西曰黄河渡，亦韓城界。又南流入滎河縣境。戴注：時干戈未已，故先生作此詩云。

峨峨龍門下雷首，自古稱西河。入自積石來，出塞復逶迤〔一〕。吕梁懸百仞，孟門高峨峨〔二〕。遠矣大禹功，山澤得所宜〔三〕。靈跡表華巖，金行鎮西垂〔四〕。黄虞日已遠〔五〕，䙴怒尋干戈〔六〕。去年方鬭争，掘壕守朝那。車騎如星流，衣裝兼橐駞〔七〕。

狼弧動箭鏃〔八〕，參伐揚旂麾〔九〕。嗟此河上軍，來往何時罷〔一〇〕？今年暫寢兵，邏卒猶譏訶〔一一〕。手持一尺符，予錢方得過。追惟狄泉陷，地底生蒼鵝〔一二〕。窶窬來攫人〔一三〕，逵路横長蛇〔一四〕。寰區恣刀俎，飛走窮網羅。萬類不足飽，螻蟻其奈何！仰希神明眷，下戢陽侯波〔一五〕。行將朝白帝，一訴斯民罹〔一六〕。猿鳥既長吟，窮人亦悲歌。歌止天聽回〔一七〕，勿厭辭煩多。

【彙校】

〔入自〕徐注本，吴、汪、曹三校本作「自入」。

【彙注】

〔一〕龍門四句　徐注：明史志地理平陽府蒲州河津注：州東北。西北有龍門山，夾河對峙，下有禹門渡。又：蒲州中條山在東南，即雷首山，又名首陽山。禹貢疏：雷首，地志，在河東郡蒲坂縣南。禹貢：浮于積石，至於龍門西河。疏：積石在金城郡河關縣西南羌中。西河，冀之西河也。

　　蘧常案：漢書地理志金城郡河關縣班氏元注：積石山在西南羌中，河水行塞外，東北入塞内。一統志：積石山即今大雪山，在西寧邊外西南五百三十餘里黄河北岸，綿亘三百餘里，上有九峰，爲青海諸峰之冠。河流其南，至山之東，乃折而北，土人以爲西海之望。唐時名爲大積石，元史誤爲昆侖者也。

〔二〕吕梁二句　徐注：明史志地理平陽府吉州注：西有孟門山，大河所經。又：吕梁山在今石州離石縣東北。

蘧常案：吕梁云云，不見明史地理志，蓋引他書而誤者。水經注：河水出善無縣故城西南八十里。其水西流，歷於吕梁之山，而爲吕梁洪。其山巖層岫衍，澗曲崖深，巨石崇竦，壁立千仞，河流激盪，濤湧波襄，雷奔電洩，震動天地。昔吕梁未闢，河出孟門之上，蓋大禹所闢以通河也。

〔三〕遠矣二句　徐注：左傳昭公元年：美哉禹功，明德遠矣。禹貢：九山刊旅，九澤既陂。

蘧常案：水經注：魏土地記云：梁山北有孟門山，大禹所鑿，通孟津河口，廣八十步。巖際鐫跡，遺功尚存。

〔四〕靈跡二句　徐注：水經注：華嶽本一山，當河，河水過而曲行，河神巨靈手盪脚蹋，開而爲兩。今掌足之跡，仍存華巖。

蘧常案：靈跡，别詳卷四華山詩「巨靈」句注。金行，見前同詩「四序」句注。

〔五〕黄、虞　徐注：史記伯夷列傳：黄、農、虞、夏，忽焉没兮。

〔六〕奰怒　徐注：詩：内奰于中國。疏：不醉而怒謂之奰。自近及遠，無不怨怒也。

〔七〕去年四句。徐注：張譜：丙辰年，叛將王輔臣踞陝西之龍駒寨，斷商、雒南路。旋復引川寇犯通、渭。是年，輔臣爲大將軍圖海所敗，朝命招撫，乃率衆降。而賊黨吴之茂寇秦州。十二月，朝命建威將軍吴丹略地華、商，副都統佟舒渾敗賊於峻嶺，復山陽縣。故詩有「去年方鬬争，掘壕守朝那」云云也。逆臣傳：于是貝勒潤鄂克秦州，安西將軍穆占、靖逆將軍張勇克鞏昌，西寧總兵王進寶克蘭州，甘肅總兵孫思克復静寧，平遠將軍畢力克圖復綏德、延安，陝西提督陳福復定邊城。輔臣見大兵所向克捷，逆黨漸散，乃爲緩兵計，復遣使乞降。方輿紀要：平涼府平涼縣朝那城在府東南，春秋地名，爲秦之北境。漢置朝那縣，屬安定郡。文帝十四年，匈奴入犯朝那、蕭關。胡三省注：朝那故城在原州花石川，郭子儀使渾瑊將兵趨朝那，即此城也。山海經：其獸多橐駞。善行流沙中，日三百里，負千斤。

蘧常案：王輔臣降於十五年六月，見卷五薊門送子德歸關中詩「奇才」二句注。張譜云「是年」，是以此事屬諸十六年矣，誤。

〔八〕狼弧　蘧常案：見卷五詠史詩「天弧」句注。

〔九〕參伐　蘧常案：廣雅釋天：參伐謂之大辰。晉書天文志：參旗九星在參西，一曰天旗。

〔一〇〕何時罷　蘧常案：先生唐韻正：罷，音皮，皮音婆。凡經傳中罷倦之罷，罷休之罷，皆讀婆。今人音皮而誤，而添一蒲蟹反，至土音又轉而爲蒲怕矣。

〔一一〕邏卒句　蘧常案：説文新附：邏，巡也。廣雅釋詁：譏，問也。禮王制：關執禁以譏。鄭注：譏，苛察也。説文：訶，大言而怒也。案：訶通呵、何、苛。

〔一二〕追惟二句　原注：水經注：晉永嘉元年，雒陽東北步廣里地陷，有二鵝出，蒼色者飛翔沖天，白色者止焉。後五年，劉曜、王彌入雒，帝居平陽。

〔一三〕窫窳　蘧常案：見卷五赴東詩第一首「窫窳」句注。

〔一四〕逵路句　徐注：左傳宣公十二年：至于逵路。

蘧常案：左傳定公四年：吳爲封豕長虵，以薦食上國。案：「窫窳」、「長虵」，皆喻清也。

〔一五〕陽侯波　徐注：淮南子覽冥訓：武王伐紂，渡于孟津，陽侯之波，逆流而擊。高誘注：陽侯，陵陽國侯也。其國近水，休水而死。其神能爲大波，有所傷害，因謂之陽侯之波。

〔一六〕行將二句　徐注：先生答徐甥公肅書：關輔荒涼，非復十年以前風景。而雞肋、蠶叢，尚煩戎略；飛芻輓粟，豈顧民生！至有六旬老婦，七歲孤兒，挈米八升，赴營千里。於是强者鹿鋌，弱者雉經，闔門而聚哭投河，併村而張旗抗令。此一方之隱憂，而廟堂之上或未之深悉也。又錢糧論上：今來關中，自鄠以西至於岐下，則歲甚登，穀甚多，而民且相率賣其妻子。至徵糧之日，則村民畢出，謂之人市。問其長吏，則一縣之鬻於軍營而請印者，歲近千人。其逃亡或自盡者，又不知凡幾也。詩：「民莫不穀，我獨于罹。」

〔一七〕天聽　徐注：書：天聽自我民聽。

蘧常案：白帝，見卷四華山詩「白帝」句注。案：時將至華下，故云「朝白帝」。

雨中至華下宿王山史家

【解題】

徐注：王弘撰山志：丁巳秋九月三日，亭林入關，主於予家，將同作買山之計。頻陽郭九芝明府聞之，以書來曰：聞寧人先生已抵山居。寧人命世宿儒，道駕儼然，非無所期而至止。關學不振已久，斯其爲大興之日耶？余復之曰：弟年近五十，始歸正學，今幸寧人先生不棄，正欲策厲駑鈍，收效桑榆云云。

蘧常案：張譜：九月入陝，主王山史家。王弘撰頻陽札記：顧亭林先生入關，止於予明善堂。王山史，詳前二月二十日有事於先皇帝欑宫詩「華陰」二句注。

重尋荒徑一衝泥〔一〕，谷口墻東路不迷〔二〕。萬里河山人落落，三秦兵甲雨淒淒〔三〕。松陰舊翠長浮院，菊蕊初黄欲照畦。自笑漂萍垂老客〔四〕，獨騎羸馬上關西。

【彙注】

〔一〕重尋句　徐注：陶潛歸去來辭：三徑就荒。杜甫崔評事弟許相迎不到詩：虚疑皓首衝泥怯。

蘧常案：年譜：康熙二年癸卯，游西嶽太華，過訪王弘撰於華陰。此爲第二次，故曰重尋。先生送韻譜小帖：王無異住華陰縣西嶽廟南小堡内。

〔二〕谷口句　李注：後漢書逸民傳：初，逢萌與平原王君公相友善。君公遭亂獨不去，儈牛自隱。時人爲之語曰：避世墻東王君公。

蘧常案：楊子法言問神篇：谷口鄭子真，不詘其志，而耕乎巖石之下，名震于京師。元和郡縣志：漢谷口縣在九嵕山東，仲山西，當涇水出山之處，故謂之谷口。

〔三〕三秦兵甲　蘧常案：事詳前河上詩「去年」四句注。

〔四〕漂萍垂老　徐注：杜甫贈翰林張四學士垍詩：垂老獨漂萍。

過李子德　四首

【解題】

蘧常案：李子德，詳卷四酬李處士因篤題注。張譜：康熙十六年丁巳，入陝。徐譜：李子德來迎，因過所居月明山下。受祺堂集有寧人先生肯訪山村留宿見贈四詩用韻奉答四首。案：屈大均宗周遊記云「至富平韓家村天生家堡中」，則所謂「山村」，即韓家村也。

憶昔論交日，星霜一紀更〔一〕。及門初拜母〔二〕，讓齒忝爲兄〔三〕。樹引流泉細，山依出月明〔四〕。居在月明山下。相看仍慰藉，均不負平生〔五〕。

【彙注】

〔一〕憶昔二句　徐注：杜甫贈別何邕詩：生死論交地。柳宗元酬婁秀才詩：星霜分益親。一紀，見卷五孫徵君以孟冬葬於夏峰詩「一紀」句注。

蘧常案：元譜：康熙二年癸卯，與富平李子因篤遇，遂訂交。至是凡十有五年。曰「一紀」者，舉成數也。

〔二〕及門句　徐注：吴志張昭傳：孫策創業，命昭爲長史撫軍中郎將，升堂拜母，如比肩之舊。

蘧常案：儀禮鄉射禮：及門，主人一相出，迎於門外。李顒田太孺人墓誌：太孺人，富平董村人。父增廣生時霈。

〔三〕讓齒句　徐注：晉書潘尼傳：遵道讓齒，降心下問。鶴徵録：天生與亭林、竹垞曁李良年爲布衣昆弟，天生小於顧、朱而長於良年二歲，雖在客所及私寓，無或亂者。（蘧常案：文獻徵存録文略同，「無或亂者」上，有「坐次」二字。）

蘧常案：因篤少先生十有八歲，少彝尊二歲。

〔四〕山依句　徐注：徐譜：案：山在富平縣東北七十里，子德居此山下。張譜：受祺堂集邑里絶句詩，頻山亦名月明山。

蘧常案：邑里絶句注實作明月山。其燈夕詩第二首注云：予家明月山下；十五夜月詩第六首注，亦曰「敝村北山曰明月山」，則作月明山者，誤也。

〔五〕相看二句　徐注：後漢書隗囂傳：所以慰藉之甚厚。蘧常案：李賢後漢書隗囂傳注：慰，安也。藉，薦也。言安慰而薦藉之。朱樹滋李文孝行狀：顧徵君集杜句題於庭柱曰：文章來國士，忠厚與鄉人。實録語也。

積雨秋方漲，相迎到華陰〔一〕。水驚龍鬬駛〔二〕，泥怯馬蹄深。尚阻東軒佇〔三〕，多煩瀨口尋〔四〕。白雲清渭色〔五〕，聊足比君心。

【彙注】

〔一〕積雨二句　徐注：方輿紀要，西安府華州華陰縣，春秋時晉陰，晉地。受祺堂集有承問寧人先生中秋抵華下阻雨尚稽省視悵然有作四首，又詣華陰時寧人先生未至一宿而行二首。

〔二〕龍鬬　徐注：左傳昭公十九年：龍鬬于鄭洧淵。

〔三〕尚阻句　原注：晉陶淵明停雲詩：靄靄停雲，濛濛時雨。八表同昏，平路伊阻。静寄東軒，春醪獨撫。良朋悠邈，搔首延佇。

〔四〕多煩句　原注：文選任彦升有詩云贈郭桐廬出瀨口見候余既未至郭仍進村。蘧常案：原注引文選任詩題未終，下尚有「維舟久之郭生方至」八字。又其詩「瀨」作

「溪」，即桐廬溪。詩并誤。

〔五〕清渭　徐注：潘岳西征賦：北有清渭濁涇。

拜跪煩兒女〔一〕，追陪有弟昆〔二〕。令弟迪篤雲開王翦廟〔三〕，風起魏公原〔四〕。俠氣凌三輔〔五〕，哀思叫九閽〔六〕。向來多感激〔七〕，不覺倒清罇。

【彙校】

〔倒清罇〕徐注本，冒、吴、汪、曹各校本「倒」作「到」。丕績案：莊子外物篇：草木之到植者過半而不知其然。盧文弨曰：「到」，古「倒」字。

【彙注】

〔一〕兒女　徐注：先生富平李君墓誌銘：孫男三人，漢、渭、泗。

蘧常案：漢、渭皆迪篤出，泗因篤出，早殤。後又生子壽，亦早殤。因篤五十無子，始以渭嗣。有二女，長女已於本年秋卒。則所謂「拜跪」者，或子壽與次女矣。

〔二〕弟昆　徐注：李因篤陳情表云：臣祇一弟因材，從幼出繼臣叔，分奉小宗之祀。注云：迪篤，即因材也。

蘧常案：李文孝行狀：仲君因材，字大生，少公二歲。吴懷清李天生年譜：弟迪篤，諸生。

〔三〕王翦廟 徐注：一統志：西安府富平縣東北三十里有王翦廟。又頻山神廟在美原縣西二十五里，亦祀王翦。方輿紀要：富平有頻陽城。

蘧常案：李因篤邑里絶句第五首注云：王公翦爲敝里社神。第八首注云：頻山南麓有王公廟。

〔四〕魏公原 徐注：方輿紀要：西安府富平縣義亭城即今治古鄉亭也。宋建炎中，張浚以五路之師，次於富平，吴玠曰：兵以利動。今地勢不利，未見其可。及戰，爲敵敗於八公塠，亦曰八公原，今稱魏公原。

〔五〕俠氣句 徐注：後漢書袁術傳：少以俠氣聞。先生富平李君墓誌銘：君諱映林，字暉天。鄉人私謚曰貞孝先生。又曰：李氏之先以節俠聞。寇至里中，妣楊氏與族人登樓，並焚死。李氏之門合良賤死者八十有一人。

蘧常案：此似謂因篤高祖事。富平李君墓誌銘云：數傳至君之曾祖諱朝觀者，爲邊商，以任俠著關中。徐引「李氏之先以節俠聞」句，亦謂朝觀也，與下句言其曾祖叫閽事，正相唧接。徐注屬諸其祖妣等焚死事，非。三輔，見卷一京口即事詩「三輔」句注。

〔六〕哀思句 徐注：唐書徐有功傳：叫閽弗聽。劉禹錫楚望賦：高莫高兮九閽。

蘧常案：富平李君墓誌銘云：曾祖與里豪争渠田，爲齮齕以死。而君之祖諱希奎，走闕下，上書愬天子，直其事。大猾以次就法，報父讎，名動天下。

〔七〕向來句　蘧常案：此句承五六二句，謂向來聞其祖德而感動也。

擬卜南山宅〔一〕，先尋北道鄰〔二〕。關河愁欲徧，縞紵竟誰親〔三〕？異國逢矜式〔四〕，郭君傳芳時爲富平令。同人待隱淪〔五〕。李處士顒。便思來嶽頂，揮手謝風塵。

【彙校】

〔同人句〕句下自注，潘刻本「顒」作「□」，徐注本、曹校本無「顒」字。丕績案：此重刻時避清仁宗顒琰諱。

【彙注】

〔一〕擬卜句　徐注：陶潛移居南村詩：非惟卜其宅。王維終南别業詩：晚家南山陲。

蘧常案：先生與楊雪臣書：爾乃徘徊渭川，留連仙掌，將營一畝，以畢餘年。

〔二〕北道鄰　徐注：後漢書耿弇傳：光武指弇曰：此吾北道主人也。

蘧常案：富平在華陰之西北，故云「北道鄰」。

〔三〕縞紵　蘧常案：左傳襄公二十九年：吴季札聘於鄭，見子産如舊相識，與之縞帶，子産獻紵衣焉。

〔四〕異國句　徐注：陝西通志令長名宦：郭傳芳，字九芝，大同威遠衛人。由選貢授咸寧縣佐，攝郃陽、長安篆，俱有聲，遷富平知縣。滇逆之變，涼寇竊發。傳芳偵賊將入境，乘霧擣巢，斬獲有功。時軍書旁午，傳芳轉輸有法，民不告勞。受祺堂集與九芝詩至多。九芝一字獻素。明年，升任達州。先生與潘耒書云：頻陽令郭公既迎中孚僑居其邑，今復遣人千里來迎，可稱重道之風。而天生遂欲爲我買田結婚之計，雖未可必，然中心願之矣。孟子：使諸大夫國人皆有所矜式。

蘧常案：此注除引孟子外，全爲張譜語。

〔五〕同人句　徐注：張譜：訪李中孚於富平東南軍砦之北。李徵君年譜：寧人自山右來訪，密邇徵君，時至卧室盤桓，語必達旦。桓譚新論：天下神人五：一曰神仙，二曰隱淪。

蘧常案：李顒，見卷五讀李處士顒襄城紀事有贈詩題注。

附：李因篤亭林先生肯訪山村留宿見贈四詩用韻奉答詩

忽枉軒車轍，曾叨縞帶盟。秋陽生里巷，暮靄接柴荆。入座風威轉，褰簾月影清。慈親親剉薦，僕馬效將迎。

步屧曾徒往，騶旆乃惠臨。水澄圖史色，村静薜蘿陰。卜築何時定？燒燈此夜深。華嵐迎渭野，端足慰追尋。

馬首河山闊，春光几席温。出郊馳邑乘，聯榻擁朋尊。渚鴈寒俱起，籬花晚自存。披囊頻太息，績學爲中原。

契託金蘭重，詩貽白雪新。有材追二雅，微尚在三秦。日抱關烽發，霜吹戍角鄰。永言隨杖履，情洽和歌晨。

皂帽

【解題】徐注：魏志管寧傳：寧常著皁帽、布襦袴、布裙，隨時單複。先生與王虹友書：流寓關、華，已及二載。幸得棲遲泉石，不與弓旌。而此中一二紳韋，頗知重道。管幼安之客公孫，惟説六經之旨；樂正裘之友獻子，初無百乘之家。

蘧常案：與王虹友書爲康熙十九年作，非此時，姑以略有關合存之。錢邦彦年譜校補云：先生蓋自比管幼安云。

皂帽冬常著，青山老自看。鳥憐池樹静，雲近嶽天寒。淡食隨人給〔一〕，藜牀任地安〔二〕。閒來過道院，不爲訪金丹〔三〕。

【彙校】

〔隨人給〕徐注本「給」作「結」，誤。

【彙注】

〔一〕淡食　蘧常案：見卷五過矩亭拜李先生墓下詩「食淡」句注。魏志管寧傳：飯鬻餬口，并日而食。

〔二〕藜牀　徐注：庾信小園賦：管寧藜牀，雖穿而可坐。蘧常案：皇甫謐高士傳：管寧嘗坐一木榻，積五十年未嘗箕踞，榻上當膝皆穿。

〔三〕金丹　徐注：抱朴子：黄金，入火百鍊不銷，埋之畢天不朽，是爲金丹。老子受之於元君。

采芝

【解題】

蘧常案：見卷四贈孫徵君奇逢詩「尚有」四句及卷五寄問傅處士土堂山中詩「春來」二句兩注。錢邦彦年譜校補云：先生以四皓自比。

采芝來谷底，汲水到池坳。不礙風塵際，常觀氣化交〔一〕。晨光明虎跡，夕霧隱鳶巢〔二〕。昔日幽人住，攀厓此結茅〔三〕。

【彙注】

〔一〕氣化交　徐注：淮南子：吐氣者施，含氣者化。

〔二〕晨光二句　蘧常案：先生與楊雪臣書：霧市雲巖，人煙斷絶；春畦秋圃，虎跡縱横。

〔三〕攀崖句　徐注：杜甫玄都壇歌：獨在陰崖結茅屋。

寄李生雲霑時寓曲周僧舍課子衍生

【解題】

徐注：元譜：四月出都，十三日至德州見撫子衍生及衍生之師李既足雲霑於張簡可家。先三日，衍生及師李既足附沈度汪家眷舟至德州，將入都。先生預留書張簡可家止之，至是相見，行父子禮。五月七日，移寓曲周之增福廟。主僧名晏如。時當塗令賀宣三應旌亦寓廟中。延既足暫留課子，即去之山西。戴注：衍生即先生所撫吴江族子。雲霑字既足，衍生師也。此詩當是在太原所寄者。

蘧常案：徐注本題作寄李生雲霑。衍生，譜名洪瑞，見錢邦彦年譜校補引顧氏宗譜；字茂引，見同志贈言毛今鳳贈茂引世兄詩注。衍生、茂引，名字正相應，當同爲先生所命。顧氏宗譜世系表作茂應誤。其本生父名鼎文，字闇公，見蔣山傭殘稿與姪公成書衍生注。李雲霑原字雨公，後改既足，吴江人。先生稱其「英年好學」，見殘稿與王山史書。文集卷四及殘稿卷一與李霖瞻浹書言雲霑、衍生事甚詳。文集書云：猶子衍生，今已隨其師至關中。稍知禮法，不好嬉戲，竟立以爲子。殘稿書云：承念及雨公及小兒，敬謝。雨公改字既足，今從弟問字，二年中便通三經。而小兒以既足爲師，名以衍生，亦頗謹飭。本經毛詩已完，令節讀五經，兼誦先輩八股文百篇，意不在覓舉也。曲周見卷五曲周拜路文貞公祠詩解題。

歲晚漳河朔雪霏〔一〕，僕夫持得尺書歸〔二〕。三冬文史常堆案〔三〕，一室弦歌自掩扉〔四〕。古廟薪殘燒粥冷〔五〕，荒陂水少食魚稀〔六〕。何如長白山中寺，莫使匡時雅志違〔七〕。

【彙校】

〔荒陂〕徐注本「陂」作「坡」，誤。

【彙注】

〔一〕漳河　徐注：方輿紀要：廣平曲周縣漳水，縣西南三十里，自河南臨漳縣流入府境。

〔二〕尺書　蘧常案：見卷五得伯常中尉書卻寄詩「忽來」句注。

〔三〕三冬文史　蘧常案：見卷三濟南詩第二首「坐擁」句注。

〔四〕弦歌　蘧常案：周禮春官：小師掌教弦歌。鄭注：弦謂琴瑟也。論語陽貨篇：子之武城，聞弦歌之聲。

〔五〕燒粥　徐注：名臣言行録：范文正公少讀書山中，斷虀塊粥而食。蘧常案：范仲淹斷虀畫粥，在長白山僧舍讀書時，見書言故事，與末二句應。

〔六〕荒陂句　蘧常案：以上四句似言書中所叙。

〔七〕何如二句　徐注：濟南府志：長白山，長山西南。抱朴子曰：長白山，泰山之副嶽也。山跨四縣界。范仲淹讀書處在山阿醴泉寺。杜甫追酬高蜀州人日見寄詩：感君鬱鬱匡時略。晉書謝安傳：雅志未就。

蘧常案：末二句，蓋以范仲淹勖之也。雅志匡時，謂仲淹爲秀才時，以天下爲己任，嘗言「先天下之憂而憂，後天下之樂而樂」，見宋史范仲淹傳。

春雨

已下著雍敦牂

【解題】

徐注：康熙十七年戊午。　冒云：先生是年六十六。

蘧常案：此詩蓋以幸免博學鴻儒之徵而作。吴譜云：中有「朝來閲徵書，處士多章顯」，又曰「幸得比申屠，超然竟獨免」，又曰「未敢慕巢由，徒誇一身善。窮經待後王，到死終黽勉」，蓋一以自幸，一以自信云。是年海上鄭氏稱永曆三十二年，公元一六七八年。

平生好修辭，著集逾十卷〔一〕。本無鄭衛音，不入時人選〔二〕。年老更迂疏〔三〕，制行復剛褊〔四〕。東京耆舊盡〔五〕，羸瘵留餘喘〔六〕。放跡江湖間〔七〕，猶思理墳典〔八〕。朝來閲徵書，處士多章顯〔九〕。何來南郡生，心期在軒冕〔一〇〕。幸得比申屠，超然竟獨免〔一一〕。春雨對空山，流泉傍清畎〔一二〕。枕石且看雲，悠然得所遣。未敢慕巢由，徒誇一身善〔一三〕。窮經待後王，到死終黽勉〔一四〕。

【彙校】

〔未敢〕徐注本，冒、吴、汪、曹各校本「未」作「豈」。

〔後王〕潘刻本「王」作「□」。

【彙注】

〔一〕平生二句　蘧常案：易乾文言：修辭立其誠。案：此當謂詩文集。今傳刻詩五卷，文六卷，當時似已有初定稿矣，故曰「著集逾十卷」。舊注以天下郡國利病書等當之，龐然巨帙，安能謂「逾十卷」乎？且亦非所謂「修辭」也。

〔二〕本無二句　原注：顔氏家訓：吾家世文章，甚爲典正，不從流俗。梁孝元在藩邸時，撰西府新文，史（記）〔訖〕，無一篇見録者，亦以不偶於世，無鄭、衛之音故也。

蘧常案：朱彝尊近來詩云：近來論詩專序爵，不及歸田七品官。蓋謂侯官魏惟度憲百家詩不選其詩。先生當亦有類是者。

〔三〕迂疏　蘧常案：歸莊顧寧人去冬寄詩次韻答之詩：但憂吾友性，迂怪終不悛。

〔四〕剛褊　徐注：新唐書崔元翰傳：其訓辭温厚有典誥風，然性剛褊，不能取容於時。

蘧常案：佚文與王山史札：近來學得宋廣平面孔，頗善絶物。王弘撰山志：顧亭林行誼甚高，而與人過嚴。詩文矜重。心所不欲，雖百計求之，終不可得。或以是致怨，弗顧也。李光地顧寧人小傳：孤僻負氣，譏訶古今人必刺切，徑情傷物，以是吴人訾之。江藩漢學師承記：炎武生性兀傲，不諧於俗。

〔五〕東京句　徐注：帝王世紀：光武都洛陽，是以時人謂洛陽爲東京。唐書藝文志：習鑿齒襄陽耆舊傳五卷、王基東萊耆舊傳一卷。（蘧常案：晉書陳壽傳，云壽撰益州耆舊傳，在前。）蘇軾晚景詩：風流耆舊銷磨盡。

蘧常案：日知録兩漢風俗條：三代以下，風俗之美，尚無過於東京者。而孟德既有冀州，崇奬跅弛之士，于是權詐迭進，姦逆萌生。故董昭太和之疏，已謂當今年少，不復以學問爲本，專更以交游爲業；國士不以孝悌清修爲首，乃以趨勢求利爲先。風俗爲之一變。又：東漢之世，雖人才之倜儻不及西京，而士風家法，似有過於前代。東京之末，節義衰而文章盛。

〔六〕羸瘵句　徐注：梁武帝文：聞汝所進過少，轉就羸瘵。隋書劉炫傳：自爲贊曰：殆及餘

蘧常案：東京蓋喻明。

喘，薄言胸臆。

蘧常案：此蓋自謂。

〔七〕放跡　徐注：楚辭九章：見伯夷之放迹。

〔八〕墳典　徐注：左傳昭公十二年：是能讀三墳、五典。

〔九〕朝來二句　徐注：後漢書黄瓊傳：皆言處士純盜虚聲。揚雄連珠：是以巖穴無隱而側陋章顯也。

蘧常案：「處士」，似用後漢書申屠蟠傳語。傳曰：汝南范滂等非訐朝政，自公卿以下，皆折節下之。太學生爭慕其風，以爲文學將興，處士復用。蟠獨歎曰：昔戰國之世，處士横議，列國之王，至爲擁篲先驅，卒有阬儒燒書之禍，今之謂矣。蓋與下文兩引蟠事相應，又隱以秦喻清也。清史稿聖祖本紀：十七年戊午春正月己未，詔曰：一代之興，必有博學鴻儒，振起文運，闡發經史，以備顧問。朕萬幾餘暇，思得博通之士，用資典學。其有學行兼優，文詞卓越之人，勿論已仕未仕，中外臣工，各舉所知，朕將親試焉。於是大學士李霨等薦曹溶等七十一人，命赴京齊集請旨。

〔一〇〕何來二句　原注：後漢書申屠蟠傳：黄瓊卒，歸葬江夏，四方名豪會帳下者六七千人，互相談論，莫有及蟠者，惟南郡一生與相酬對。既別，執蟠手曰：君非聘則徵，如是相見於上京矣。蟠勃然作色曰：始吾以子爲可與言也，何意乃相狗效樂貴之徒邪！因振手而去，不復與言。　徐注：莊子繕性：今之所謂得志者，軒冕之謂也。

蘧常案：蔣山傭殘稿與蘇易公書：頃者避地秦中，幸輦上諸公憐其衰拙，察其素心，得免弓旌之召。來札惓惓似以弟爲未忘情于利達者，此曾西之所不爲也，而謂我願之乎？

〔一一〕幸得二句　原注：申屠蟠傳：黨錮之禍，惟蟠超然免於評論。　徐注：先生與李星來書：今春薦剡幾徧詞壇，雖龍性之難馴，亦魚潛之孔炤。乃申屠之迹，竟得超然；叔夜之書，安於不作，此則晚年福事。元譜：時朝議以纂修明史，特開博學宏儒科，徵舉海内名儒，官爲資送，以是冬齊集都門候試。先生同邑葉訒庵方靄閣學及長洲韓慕廬菼侍講欲以先生名應薦，已而知志不可屈，乃已。於是先生絶迹不至都中。己未詞科録：賈崧案：葉訒庵侍郎欲舉亭林，亭林固辭，致書者三，遂不列薦剡。常熟吴龍錫有詩云：終南山下草連天，种放猶慚古史箋。到底不曾書鶴版，江南惟有顧圭年。

蘧常案：後漢書申屠蟠傳：申屠蟠字子龍，陳留外黄人也。同郡蔡邕深重蟠。及被州辟，乃辭讓之。後郡召爲主簿，不行。遂隱居精學，博貫五經。處亂末，終全高志。年七十四，終於家。顧圭年詳卷首詩譜。

〔一二〕傍清畎　原注：唐錢起詩：初服傍清畎。

〔一三〕未敢二句　徐注：世説新語：向子期曰：巢、由狷介之士，不足多慕。孟子：窮則獨善其身。

蘧常案：巢爲巢父，由謂許由。高士傳：巢父以樹爲巢，而寢其上，故號巢父。堯以天下讓之，不受。莊子逍遥遊篇：堯讓天下於許由，許由曰：子治天下，天下既已治也，而我猶代子，吾將爲名乎？名者實之賓，吾將爲賓乎？歸休乎君，予無所用天下爲！

〔四〕窮經二句　徐注：先生與人書：某自五十以後，篤志經史。又曰：别著日知録，上篇經術，中篇治道，下篇博聞，共三十餘卷。有王者起，將以見諸行事，以濟斯世於治古之隆，而未敢爲今人道也。又程先貞贈序云：閑先王之道以待將來，爲天下後世之利。

蘧常案：蔣山傭殘稿與友人書：日知録初本，乃辛亥年刻。至于三代之英，固聖人所有志；百姓之病，亦儒者所難忘。竊欲待一治於後王，啓多聞於來學。

寄同時二三處士被薦者

【解題】

蘧常案：徐注本無「同時」二字。「二三處士被薦者」，似指王弘撰、李因篤、李顒諸人。文集與李星來書云：關中三友：山史辭病，不獲而行；天生母病，涕泣告别；中孚至以死自誓而後得免。視老夫爲天際之冥鴻矣。當謂此也。

關塞逾千里，交遊更幾人？金蘭情不二〔一〕，猿鶴意相親〔二〕。鄴下黄塵晚〔三〕，商顔緑草春〔四〕。與君成少別，知復念蘇純〔五〕。

【彙注】

〔一〕金蘭　遽常案：見卷三永夜詩「金蘭友」注。

〔二〕猿鶴句　徐注：孔稚圭北山移文：蕙帳空兮夜鶴怨，山人去兮曉猿驚。

遽常案：吴譜：項聯，亦各行其是之意。

〔三〕鄴下　遽常案：漢書地理志：魏郡鄴。水經注：城本齊桓公置。一統志：故城今臨漳縣西。

遽常案：鄴縣歷爲前秦、後趙、東魏、北齊所都，故借以喻清廷所在。此謂被薦入北京者。

〔四〕商顔　徐注：史記河渠書：穿渠自徵引洛水至商顔下。集解：服虔曰：顔，音崖。顔師古漢書注：商顔者，商下之顔，譬人之顔額也。

遽常案：此自謂。

〔五〕蘇純　原注：後漢書：蘇純，字桓公。性切直，士友咸憚之，至乃相謂曰：見蘇桓公，患其教責人；久不見，又思之。

遽常案：蘇純，亦自謂。

井中心史歌

【解題】

蘧常案：井中，見序及注。四庫全書提要集部存目一：心史七卷，舊本題宋鄭思肖撰，此書至明季始出。凡咸淳集一卷，大義集一卷，中興集二卷，皆各體詩歌；久久書一卷，雜文一卷，略敘一卷，皆記宋亡時雜事。後附自序、自跋、盟言及療病咒一則。文詞皆蹇澀難通，紀事亦多與史不合。如雜文卷中，於魏徵避仁宗諱作「證」，而李覯則不避高宗諱。又記蒲壽庚作「蒲受耕」。原本果思肖親書，不應錯漏至此。其載二王海上事，謂少保張世傑奉祥興皇帝奔遁，或傳今駐軍離裹。衛王溺海，當時國史野乘所記皆同，思肖尤不宜爲此無稽之談。此必明末好異之徒作此以欺世，而故爲眩亂其詞者。徐乾學通鑑後編考異以爲海鹽姚士粦所僞託，其言必有所據也。案：閻若璩云：有僞書出近代，佐證分明，苟一言及，輒譁然起，被以大不韙之名，且以寧可信其有者，莫過史彬之致身録、鄭所南心史。一爲史兆斗所撰，一爲姚士粦所撰。前者余徵諸牧齋，後者聞諸曹秋嶽云。則徐乾學之説，當本諸閻、曹。然姚際恒古今僞書考獨謂心史「言辭甚多，而且鬱勃憤懣，自是一種逸民具至性者之筆，非可僞爲也」。際恒善別真僞，而於此書獨謂非可僞爲，先生此詩亦無疑辭，是以此書爲可信矣。

崇禎十一年冬，蘇州府城中承天寺以久旱浚井，得一函。其外曰「大宋鐵函經」，錮之再重。中有書一卷，名曰心史，稱「大宋孤臣鄭思肖百拜封」〔一〕。思肖，號所南，宋之遺民，有聞於志乘者〔二〕。其藏書之日爲德祐九年〔三〕。宋已亡矣，而猶日夜望陳丞相、張少保統海外之兵，以復大宋三百年之土宇，而驅胡元於漠北〔四〕。至於痛哭流涕，而禱之天地，盟之大神，謂氣化轉移〔五〕，必有一日變夷而爲夏者〔六〕。於是郡中之人見者，無不稽首驚詫。而巡撫都院張公國維刻之以傳〔七〕。又爲所南立祠堂，藏其函祠中。未幾而遭國難，一如德祐末年之事。嗚呼，悲矣！其書傳至北方者少，而變故之後，又多諱而不出，不見此書者三十餘年，而今復睹之富平朱氏〔八〕。昔此書初出，太倉守錢君肅樂賦詩二章〔九〕，崑山歸生莊和之八章〔一〇〕。及浙東之陷，張公走歸東陽〔一一〕，赴池中死；錢君遯之海外，卒於瑯琦山〔一二〕；歸生更名祚明，爲人尤慷慨激烈，亦終窮餓以没。獨余不才，浮沈於世。悲年運之日往，值禁罔之逾密〔一三〕，而見賢思齊〔一四〕，獨立不懼〔一五〕。將發揮其事，以示爲人臣處變之則焉。故作此歌云爾。

有宋遺臣鄭思肖，痛哭胡元移九廟〔一六〕。獨力難將漢鼎扶〔一七〕，孤忠欲向湘纍弔〔一八〕。著書一卷稱心史，萬古此心心此理。千尋幽井置鐵函，百拜丹心今未死〔一九〕。胡虜從來無百年〔二〇〕，得逢聖祖再開天〔二一〕。黄河已清人不待〔二二〕，沈沈水府留光彩〔二三〕。忽見奇書出世間，又驚胡騎滿江山。天知世道將反覆，故出此書示臣鵠〔二四〕。三十餘年再見之，同心同調復同時〔二五〕。陸公已向厓門死〔二六〕，信國捐軀赴燕市〔二七〕。昔日吟詩弔古人〔二八〕，幽篁落木愁山鬼〔二九〕。嗚呼，蒲黄之輩何其多〔三〇〕，宋末蒲壽庚、黄萬石。所南見此當如何！

【彙校】

〔統海外之兵〕潘刻本、徐注本、孫校本作「統兵海外」。

〔「以復大宋」至「而驅胡元於漠北」十七字〕潘刻本、徐注本、孫校本作「以復土宇」。

〔必有一日句〕潘刻本、徐注本、孫校本句下無「變夷而爲夏者」六字。又潘刻本「必有」作「□□」。

〔「而見賢思齊獨立不懼」〕潘刻本「思齊獨立」作「□□□□」。

〔「將發揮其事」「故作此歌云爾」〕潘刻本、徐注本、孫校本作「故作此歌以發揮其事云爾」；冒校本「之則焉」作「之極則焉」。

〔胡元〕潘刻本，徐注本，孫、曹兩校本作「元人」。

〔胡虜從來〕潘刻本、徐注本、孫校本作「厄運應知」。

〔胡騎〕潘刻本、徐注本、孫校本「胡」作「牧」；「騎」，潘刻本作「□」，曹校本作「馬」。

〔同心同調〕潘刻本兩「同」字作「□」。

【彙注】

〔一〕崇禎八句　徐注：朱不遠廣宋遺民録：崇禎戊寅十一月八日，承天寺狼山中房僧達始，因旱浚井，啓而得之。計先生藏年至是，三百五十六春秋矣，不濡不滅，完好如新。

蘧常案：清道光蘇州府志卷四十僧寺：承天能仁禪寺在臯橋東。崇禎戊寅十一月，浚井，得鄭所南鐵函心史。黄宗羲謝時符墓誌銘：鄭思肖之心史，鐵函封固，沈之井中，是時思肖年四十三耳。至七十八歲而卒。

〔二〕思肖四句　蘧常案：盧熊蘇州府志鄭思肖小傳：鄭思肖，字憶翁，號所南，福之連江透鄉人也。以太學上舍應博學宏詞科，侍父（案：名震）來吴，寓條坊巷。元兵南下，叩閽上皇太后、幼主疏，辭切直，忤當道，不報。初諱某，宋亡，乃改今名。思肖即「思趙」；憶翁與所南皆寓意也。

〔三〕德祐九年句　蘧常案：歸莊庚辰詩卷讀心史七十韻自注：德祐二年，帝㬎北駕，歷端宗景炎，帝昺祥興，又四年而宋亡。是書叙端宗迄元世祖數年間事，仍以德祐紀年。案：此曰「德祐九年」者，實宋亡後四年，元世祖至元二十年也。

〔四〕陳丞相三句　蘧常案：宋史陳宜中傳，宜中，字與權，永嘉人也。德祐元年二月，賈似道喪師蕪湖，以宜中知樞院兼參知政事。右丞相章鑑宵遁，拜宜中特進、右丞相。四月，爲左丞相。時命張世傑四道進師，丞相都督軍馬而不出督。七月，世傑等兵敗於焦山，京學生上書數宜中過失，宜中竟去。尋爲右丞相，然事已去矣。宜中初與元丞相伯顏期會軍中，既而悔之，不果往。伯顏將兵至臯亭山，宜中宵遁。益王立，復爲左丞相。井澳之敗，宜中欲奉王走占城，乃如占城諭意。度事不可爲，遂不反。二王累使召之，終不至。至元十九年，大軍（案：指元軍）伐占城，宜中走暹，後没於暹。又忠義傳：張世傑，范陽人。少從張柔戍杞，遂奔宋。累功至黄州、武定諸軍都統制。咸淳四年，吕文焕以襄陽降，世傑提所部兵入衛。總都督府兵，取浙西諸郡，兵勢頗振。出師焦山，大敗。請濟師，不報。已而大軍至獨松關，召入衛，加檢校少保。二年（案：德祐二年）正月，大軍迫臨安，世傑請移三宫入海，而與天祥合兵，背城一戰。丞相陳宜中方請和，不可，白太皇太后止之。世傑乃提兵入定海。四月，從二王至福州。五月，與宜中奉昰爲主，拜簽書樞密院事。大軍攻之，乃奉益王居井澳，徙碙州。至元十四年，益王殂，衛王昺立，拜世傑少傅、樞密使，徙王新會之厓山。明年，元帥張弘範至厓山，世傑敗，溺死平章山下。心史大義略叙：近陳丞相挾占城出師甚盛；倭國出兵，已奪高麗，謀奪幽州；回回挾塔利狗國出攻韃西北邊，甚得利。逆韃亡，此其時矣。又二嘻詩叙：聞公至海南諸國，有讓王位與之者，公亦不受。公始五十二歲，事業未至於此。或傳其在真臘之間，併集外國兵來，微臣昂首望東望南。一旦從天而下，盡復太祖、高宗境土，豈不快哉！黄宗羲云：宋之亡也，張世傑嘗遣使海外借兵，陳宜中亦身至占城。兩國之師同日至，而厓山已陷，遂不戰而還。

〔五〕氣化句　蘧常案：陳霆兩山墨談：胡主起自沙漠，立國在燕，今已百年，地氣已盡，不可因也。

〔六〕變夷句　蘧常案：孟子滕文公篇：吾聞用夏變夷者。

〔七〕而巡撫句　蘧常案：南疆逸史張國維傳：國維，字玉笥，東陽人。起家進士。崇禎朝以僉都御史出爲巡撫應天，入爲兵部尚書。奉使赴浙江練兵。弘光立，召還部，加太子太傅。及馬、阮亂政，國維知國事不可爲，謁告歸。及南京亡，杭州又不守，國維起兵東陽。及魯王監國紹興，國維駐兵金華，復富陽、於潛，樹木城于緣江要害，爲持久計。明年，江上師潰，國維退守東陽。又：四庫全書提要云：心史七卷，吴縣陸坦、休寧汪駿聲皆爲刊行。不及國維，殆以其爲南明大臣而删之歟？

〔八〕富平朱氏　蘧常案：年譜：康熙十七年春，入關中，至富平。四月朔，移寓朱公子長源樹滋家。又後關中雜詩次章自注云：時寓富平朱文學樹滋齋中，藏書甚多。

〔九〕太倉守錢君肅樂賦詩二章　徐注：北略：錢肅樂詩用徒、胡、枯、奴、渝韻。有「西山採蕨歌尤壯，東魯悲麟筆幾枯」之句。　全云：十章，非二章也。

蘧常案：十章皆用此韻。又案：小腆紀傳錢肅樂傳：肅樂，字希聲，一字虞孫，號止亭，鄞縣人。知太倉州。州瀕海而富，貴族豪奴與黠吏相緣爲奸，肅樂痛懲之，皆斂跡。常欲行義倉法。庚辰歲稔，令民畝輸米升，得米數萬石。明年旱蝗，賴以濟。先後在太倉五年，俗大化。查繼佐國壽録巡撫錢肅樂傳：乙酉，清下浙，肅樂繼鄭遵謙而起，以衆推，領萬人戍海。及魯藩監越中，加巡撫。時食盡衆散，移屯越。事敗，走海上。

〔一〇〕崑山句　蘧常案：歸莊見卷一吴興行題注及卷五哭歸高士詩各注。案：歸莊庚辰詩卷有讀心史七十韻及讀鄭所南心史已成七十韻後錢希聲明府以十律見示復次韻得十章兩詩，後者即和錢肅樂者。此云「和之八章」，亦誤。

〔一一〕張公句　蘧常案：南疆逸史張國維傳：江上師潰，國維退守東陽。及義烏破，有勸之入山以觀變者，國維曰：誤天下事者，文山、疊山也。賦詩三章，躍入池中死。

〔一二〕錢君二句　蘧常案：明季南略錢肅樂入海條：丙戌，錢唐失守，公移家入海。閩中復授公副院。公至，則延平已破。復遯跡海島中。丁亥，鄭彩治兵海上，福建起兵，公復以掌邦政召。戊子，加閣銜。公見國勢日蹙，藩鎮驕悍，憂憤成疾，卒於海外之瑯琦山。全云：瑯琦，江名，非山。

〔一三〕逾密　蘧常案：淮南子主術訓：亂乃逾甚。注：逾，益也。

〔一四〕見賢思齊　蘧常案：論語里仁篇：見賢思齊焉。

〔一五〕獨立不懼　蘧常案：易大過：君子以獨立不懼。

〔一六〕九廟　蘧常案：見卷二元日詩「九廟」句注。
〔一七〕漢鼎　徐注：漢書吾丘壽王傳：汾陰得寶鼎，羣臣皆上壽，賀曰：陛下得周鼎。壽王獨曰今天祚有德而寶鼎自出。乃漢鼎，非周鼎也。
〔一八〕湘纍　蘧常案：見卷三京師作詩「悴比」句注。
〔一九〕著書四句　徐注：宋史陸九淵傳：千百世之上，有聖人出焉，此心同也，此理同也；千百世之下，有聖人出焉，此心同也，此理同也。錢肅樂心史跋：士君子不可一日遭心史之事，不可一日不存心史之心。此心之失，則人而禽矣！白日而昏夜矣！文字召妖，口舌戰血矣！金鑠而石穿矣！此心之存，則人而天矣！一日而千古矣！詩文而史矣，亦經矣，亦圖籙矣！晉井爲名山之藏，石匣有甲子之護矣！心之重于人也如是。歲以戊寅而鄭所南心史見于承天寺井中，撫部張公梓以行世，海内見先生之史者，無不知先生之心矣。北略：心史自宋端宗起迄元成宗止，皆言宋政寬厚及元人殺戮等事。所載數十年事，俱書景炎（蘧常案：應作德祐）幾年，不用至元、元貞等號。自矢今生不能復趙，願來世興趙云云。禮：賓主百拜。蘧常案：日知録：古人之拜，如今之鞠躬。故通計一席之間，賓主交拜，近至於百。禮百拜，以喻多是也。阮籍詠懷詩：丹心失恩澤。
〔二〇〕胡虜句　蘧常案：朱國楨皇明大政記：太祖北伐檄曰：元之臣子，不遵祖訓，亂壞綱常。於是人心離叛，天下兵起，使我中國之人，死者肝腦塗地，生者骨肉不相保。雖因人事所致，實天厭其德而棄之之時也。古人云「胡虜無百年之運」，驗之今日，信乎不謬。

〔二一〕得逢句　徐注：梁簡文帝臨汝侯墓銘：講道開天。

〔二二〕黄河句　徐注：日知録：元順帝至正二十一年十一月戊辰，黄河自平陸三門磧下至孟津五百餘里皆清，凡七日，而明太祖興。

蘧常案：聖祖，見卷二恭謁太祖高皇帝御容詩「臣辟」句注。

〔二三〕水府　徐注：新唐書鄧處訥傳：雷滿每宴使客，抵寶器潭中，曰：此水府也，蛟龍所憑，吾能没焉。乃裸入水，復取器以出。

〔二四〕臣鴇　原注：禮記射義：爲人臣者以爲臣鴇。

〔二五〕同心句　徐注：易：二人同心。

蘧常案：同調，見卷五樓桑廟詩「惟有」二句注。史記司馬相如列傳：上讀子虚賦而善之，曰：朕獨不得與此人同時哉！

〔二六〕陸公句　徐注：宋史陸秀夫傳：使人召陳宜中、張世傑等，皆至，遂相與立益王於福州。時君臣播越海濱，庶事疏略，楊太妃垂簾與羣臣語，猶自稱奴。每時節朝會，秀夫儼然正笏立，如治朝。或時在行中，淒然泣下，以朝衣拭淚，衣盡浥，左右無不悲慟者。屬井、澳風，王以驚疾殂，羣臣皆欲散去。秀夫曰：度宗皇帝一子尚在。古人一旅一成有中興者，天若未欲絶宋，此豈不可爲國邪？乃與衆共立衛王。至元十六年二月，厓山破，秀夫走衛王舟而士傑、劉義各斷維去。秀夫度不可脱，乃仗劍驅妻子入海，即負王赴海死，年四十四。

〔二七〕信國句　徐注：宋史文天祥傳：益王殂，衛王繼立，加天祥少保、信國公。元帥張弘範兵濟潮陽，天祥方飯五坡嶺。兵突至，衆不及戰，天祥倉皇出走，遂被執，吞腦子不死。弘範遣使護送至燕。天祥在道不食八日不死，即復食。在燕凡三年，上知天祥終不屈也，議釋之，不果。會中山有狂人自稱「宋主」，有兵千人，欲取文丞相，乃臨刑，從容謂吏卒曰：吾事畢矣。南嚮拜而死。數日，其妻歐陽氏收其屍，面如生。其衣帶中有贊云：孔曰成仁，孟曰取義，惟其義盡，所以仁至。讀聖賢書，所學何事？而今而後，庶幾無愧。

〔二八〕昔日句　蘧常案：此謂錢肅樂、歸莊之唱和。

〔二九〕幽篁句　徐注：楚辭山鬼：余處幽篁兮終不見天。又：風颯颯兮木蕭蕭。

〔三〇〕蒲、黄　徐注：畢沅續通鑑：宋景炎元年，招撫使蒲壽庚怒殺諸宗室及士大夫與淮兵之在泉州者，以城降。又：德祐二年十二月，黄萬石叛降元，米立死之。萬石爲江西制置使，元遣萬石諭立曰：吾官銜一牙牌書不盡，今亦降矣。又欲取全閩以爲己功。

夏日

【解題】

徐注：元譜：時秦、隴苦旱，先生與公肅甥書曰：此中自抵二崤皆得雨，隴西、上郡、平涼皆旱荒，恐爲大同之續。與其振卹於已傷，孰若蠲除於未病。

渴日出林表〔一〕，炎風下高山〔二〕。火旻雲去微〔三〕，谷井泉來慳。晨露薄不濡，夕氛横空殷〔四〕。百卉變其姿，蕉萃侔榛菅〔五〕。深居廢寢興，無計離人寰。而况蚩蚩氓〔六〕，謀食良已艱。眷此負耒勤〔七〕，羡彼濯流還〔八〕。素月方東生，易忍桑榆間。乃悟處亂規，無營心自閒〔九〕。詎如觸熱人〔一〇〕，未老毛髮斑〔一一〕。坐須爽節至〔一二〕，一尊散襟顔〔一三〕。

【彙校】

〔濯流〕徐注本、曹校本「流」作「波」。

【彙注】

〔一〕渴日句　徐注：杜甫望嶽詩：渴日絶壁出，漾舟清光旁。段注：謝朓詩：林表吴岫微。

蘧常案：仇兆鼇杜集詳注：渴日謂旱日。

〔二〕炎風　徐注：管子：南至委火炎風之野。

蘧常案：吕氏春秋有始覽：東北曰炎風。

〔三〕火旻　蘧常案：見卷三王徵君潢具舟城西詩「火旻」注。

〔四〕夕氛　徐注：宋孝武帝濟曲阿後湖詩：夕氛晦山隅。

〔五〕蕉萃句　徐注：左傳成公九年：雖有姬姜，無棄蕉萃。蘧常案：後漢書應劭傳：左氏實云雖有姬姜絲麻，不棄憔悴菅蒯。李賢注：蕉萃、憔悴，古字通。榛菅，見卷三元日詩「空山」二句注。案：此「榛菅」，似即用菅蒯意。

〔六〕蚩蚩氓　徐注：詩：氓之蚩蚩。蘧常案：毛傳：蚩蚩者，敦厚之貌。

〔七〕負耒　徐注：徐陵在北齊與宗室書：負耒而耕。

〔八〕濯流　蘧常案：謝靈運憶山中詩：濯流激浮湍。

〔九〕易忍三句　原注：淮南子：聖人之處亂世，若夏暴而待暮桑榆之間，逾易忍也。徐注：蔡邕釋誨：安貧樂賤，與世無營。

〔一〇〕觸熱人　李注：程曉嘲熱客詩：觸熱到人家。蘧常案：此亦諷應徵諸人者。諸人入京，當在夏秋之際。故朱彝尊是年赴京，鄭州題壁詩有「新涼酒旆風」云云。下即爲與諸徵士題畫及讌集諸詩，可證。則其登程，當尚在盛暑，故有「觸熱」之嘲也。

〔一一〕未老句　蘧常案：此譏其患得患失也。

〔一二〕爽節　徐注：謝朓奉和隨王詩：沼清協爽節。

〔一三〕散襟顏　徐注：杜甫上後園山脚詩：飄飄散襟顏。

梓潼篇贈李中孚

【解題】

原注：後漢書獨行傳：李業，字巨游，廣漢梓潼人也。元始中，舉明經，除爲郎。去官，杜門不應州郡之命。王莽以業爲酒士，病不之官。遂隱藏山谷，絕匿名跡，終莽之世。及公孫述僭號，素聞業賢，徵之，欲以爲博士，業固疾不起。數年，述羞不致之，乃使大鴻臚尹融持毒酒奉詔命以劫業。若起，則受公侯之位；不起，賜之以藥。融譬旨勸之，業乃歎曰：危國不入，亂國不居。親於其身爲不善者，義所不從。君子見危授命，何乃誘以高位重餌哉！融見業辭志不屈，復曰：宜呼室家計之。業曰：丈夫斷之於心久矣，何妻子之爲？遂飲毒而死。述聞大驚，又恥有殺賢之名，乃遣使弔祠，賻贈百匹。業子翬逃辭不受。蜀平，光武下詔表其閭。益部紀載其高節，圖畫形象。　戴注：時二曲以死拒召，故先生以後漢李巨游爲比。

蘧常案：漢書地理志：廣漢郡梓潼。華陽國志：武帝元鼎元年置。以縣東倚梓林，北枕潼水，因以爲名。明史志地理四四川保寧府劍州梓潼注：州西南，西有梓潼水。李中孚，詳卷五讀李處士顒襄城紀事有贈詩解題。又案：先生答李紫瀾書云：李君中孚遂爲上官逼迫，舁至近郊，至卧操白刃，誓欲自裁。關中諸君，有以巨游故事言之當事，得爲謝病放歸。然後國家無殺士之名，草澤有容身之地，真所謂威武不屈。此梓潼篇之所由作歟？

益部尋圖像，先褒李巨游〔一〕。讀書通大義〔二〕，立志冠清流〔三〕。憶自黄皇臘，經今白帝秋〔四〕。井蛙分駭浪〔五〕，嵎虎拒巖幽〔六〕。譬旨鴻臚切〔七〕，徵官博士優。里人榮使節〔八〕，山鳥避車騶〔九〕。篤論尊尼父，清裁企仲由〔一〇〕。當追君子躅〔一一〕，不與室家謀。獨行長千古〔一二〕，高眠自一丘。聞孫多好學，師古接姱修〔一三〕。忽下弓旌召，難爲澗壑留〔一四〕。從容懷白刃，決絶卻華輈〔一五〕。介節誠無奪，微言或可投〔一六〕。風回猿岫敞，霧卷鶴書收〔一七〕。隱痛方童丱〔一八〕，嚴親赴國仇〔一九〕。尸饔常并日〔二〇〕，廢蓼擬填溝〔二一〕。歲逐糟糠老〔二二〕，雲遺富貴浮〔二三〕。幸看兒息大，敢有宦名求〔二四〕。相對銜雙涕〔二五〕，終身困百憂。一聞稱史傳，白露滿梧秋〔二六〕。

【彙校】

〔梧秋〕徐注本，孫、吴、汪、曹各校本「秋」皆作「楸」。

【彙注】

〔一〕益部二句　蘧常案：續漢書郡國志：益州刺史部郡國十二：漢中、巴郡、廣漢、蜀郡、犍爲、牂牁、越嶲、益州、永昌，又廣漢、蜀郡、犍爲屬國。但此「益部」仍指益部記一書而言。餘見解題。又案：清史稿儒林傳李顒傳：常州知府駱鍾麟請南下講學，顒赴之，所至學者雲集。既而赴襄城，常州人士思慕之，爲肖像於延陵書院。此亦與李業圖像相似也。

〔二〕讀書句 蘧常案：李業傳：習魯詩，師博士許晃。

〔三〕立志句 蘧常案：李業傳：少有志操介特。

〔四〕憶自二句 蘧常案：漢書外戚傳：孝平王皇后，莽女也。自劉氏廢，莽欲嫁之，乃更號爲黄皇室主。顔師古注：莽自謂土德，故云「黄皇」。後漢書公孫述傳：述因刻其掌，文曰「公孫帝」。建武元年四月，遂自立爲天子，號成家，色尚白。成都郭外有秦時舊倉，改名白帝倉。案：此謂自王莽迄於公孫述時。臘，見卷三陳生芳績兩尊人先後即世詩第三首「祭禰」句注。

〔五〕井蛙 蘧常案：後漢書馬援傳：公孫述稱帝於蜀，隗囂使援往觀之。援與述同里閈。以爲當握手，歡如平生，而述盛陳陛衛。援歸謂囂曰：子陽井底蛙耳！而妄自尊大。

〔六〕嵎虎 蘧常案：見卷五子房詩「譬之」二句注。

〔七〕譬旨句 蘧常案：李業傳：尹融譬旨曰：方今天下分崩，孰知是非，而以區區之身，試於不測之淵乎？朝廷貪慕名德，曠官缺位，于今七年，四時珍御，不以忘君。宜上奉知己，下爲子孫。身名俱全，不亦優乎？今數年不起，猜疑寇心，凶禍立加，非計之得者也。

〔八〕使節 徐注：周禮掌節：掌邦國之使節。

蘧常案：謂尹融奉公孫述詔命也。

〔九〕車騶　徐注：孔稚圭北山移文：鳴騶入谷，鶴書赴隴。

〔一〇〕篤論二句　徐注：論語：論篤是與。後漢書范滂傳：朱零曰：范滂清裁。

蘧常案：此二句，皆謂後漢書李業傳業歎語，見解題。「危邦不入，亂邦不居」，見論語泰伯篇孔子語，所謂「篤論尊尼父」也。「親於其身爲不善者，君子不入」，見陽貨篇子路述孔子語。「見危授命」，見憲問篇，皇侃義疏以爲孔子語，李善文選注同；朱熹集注引胡氏説，以爲子路語，劉寶楠正義謂於義爲長。此正用胡氏説，所謂「清裁企仲由」也。李賢後漢書注引論語「君子見危授命，見得思義」，蓋誤子張篇子張語爲此篇語。彼作「士見危致命」，非業所引語。玩業語先後，似亦以此爲子路語也。

〔一一〕君子躅　徐注：郭璞爾雅序：企望塵躅者，以將來君子爲亦有涉乎此也。

〔一二〕獨行　徐注：後漢書獨行傳序：其名體雖殊，而操行俱絶，故總爲獨行篇焉。

〔一三〕聞孫二句　徐注：漢書惠帝紀：及内外公孫耳孫。應劭曰：耳孫者，玄孫之子也。言去其曾高益遠，但耳聞之也。

蘧常案：見卷五子德李子聞余在難特走燕中告急詩「姱修」句注。二曲先生窆石文：自經史子集以至二氏之書無不觀，然非以資博覽。其所自得，不滯於訓詁文義，曠然見其會通。

〔一四〕忽下二句　蘧常案：左傳昭公二十年：旃以招大夫，弓以招士，皮冠以招虞人。案：孟子滕文公篇作「招虞人以旌」。任昉宣德太后再敦勸梁王令：爰在弱冠，首應弓旌。惠霱嗣二曲歷年紀略：康熙癸丑，總督鄂善會同撫軍阿席熙疏薦先生於朝。九月朔，先生始聞其事，即貽書於鄂，一再辭謝。十一月，督撫奉旨促先生起程，先生再三辭。甲寅，四月，有旨復徵，吏部咨督撫起送，藩司檄府行縣催促起程，先生控辭。既而府役至縣守催，縣據醫、鄰甘結以覆。五月，府提醫、鄰嚴訊，脅以重刑，衆無異辭。府轉到司，司促愈急。七月，霖雨河漲，先生長男慎言涉波冒險，赴司哀控。不聽，立逼擡驗。八月朔，縣役舁榻至書院，遠邇駭愕，咸謂擡驗創千古之所未有，辱朝廷而褻大典，真天壤間異事也！府官至榻，先生長卧不食。府以股痺回司。司怒，欲以錐刺股，以驗疼否。適張參戎夢椒自安遠回省，爲之營解免錐，立逼起程。先生閉目不語，僵卧而已。初五日，府又差官守催，吏胥洶洶環擁，逼索起程。慎言不得已，聊具起程呈，云「俟暫歸治裝，然後起程」，司始允還。抵家數日，隨具呈，以疾篤控院。司聞之，檄府鎖拏經承。縣令高君宗礪懼累，率役至廬，立促舁榻以行。先生堅不進省，寓於城南之興善寺。府役日逼起程，先生以死自矢。督院知不可强，乃以實病具題，部覆奉旨疾痊起送。十二月，還家養疾。乙卯八月，避兵富平。自癸丑冬督撫有疾痊起送之旨，自是每年檄司行縣查催。戊午春，復促起程。既而兵部主政房君廷禎又以海内真儒薦，吏部具題，奉旨令督撫起送。司府檄富平縣力促，先生以疾篤辭。又奉旨敦促。於是催檄紛至，急若星火。府役坐縣立提職名，鎖拏經承，經承守門伏跪哀號，舁榻以行。八月初二日至鴈塔，督撫令府尹勸駕，先生因以疾篤不能就程辭。初六日，又促行，吏胥晝夜守催，備及嚚宭。先生堅卧自如，恬不爲動。滴水不入口者五晝夜。總督知其不可强，不得已，又以疾篤具覆。仍一面差官慰撫，先生乃食。十一月，部覆奉旨痊日督撫起送，始寢其事。一時翕然，訝爲鐵漢。

〔一五〕從容二句　徐注：謝脁詩：叠鼓送華輈。　段注：卓文君白頭吟：故來相決絶。
蘧常案：「懷白刃」，見解題。

〔一六〕微言　蘧常案：見卷五述古詩「微言」二句注。

〔一七〕霧卷句　蘧常案：蕭子良古今篆隸文體：鶴頭書與偃波書俱詔板所用。在漢則謂之尺一簡，髣髴鶴頭，故有其稱。誠齋雜記：鶴頭書，古用之以招隱士。

〔一八〕隱痛句　蘧常案：二曲先生窆石文：戒其子曰：我日抱隱痛，自期永棲堊室。平生心跡，頗在堊室録藏一書。童丱，見卷五兒子洪善北來詩「童丱」注。案：李顒年十六，父死襄城，故云。

〔一九〕巖親句　蘧常案：見卷五讀李處士顒襄城紀事詩序及注。　李注：曹植雜詩：國仇亮不塞。

〔二〇〕尸饔句　徐注：詩：有母之尸饔。
蘧常案：并日，見卷五讀李處士顒襄城紀事詩序「處士年十六」四句注，事亦詳此。

〔二一〕廢蓼句　徐注：戰國策：願及未填溝壑而託之。

蘧常案：廢蓼，見卷一墟里詩「豈有」二句注。

〔二二〕糟糠　徐注：史記伯夷列傳：回也屢空，糟糠不厭。

〔二三〕雲遺句　徐注：論語：不義而富且貴，於我如浮雲。

蘧常案：蔣山傭殘稿與蘇易公書：關中惟中孚一人，自痛孤貧闕養，誓終身不享富貴。

〔二四〕幸看二句　蘧常案：二曲先生窆石文：子二：慎言、慎行。以門户故，出補諸生，終未嘗與科舉之役。其後陝西選拔貢之太學，亦不赴。兄弟皆能守父之志。

〔二五〕相對句　蘧常案：二曲先生窆石文：荆扉反鎖，不復與人接。惟吴中顧寧人至，則款之。

〔二六〕一聞二句　蘧常案：「史傳」當與前應，謂李業傳。「梧秋」當依徐注本及各校本作「梧楸」，見卷四汾州祭吴炎潘檉章二節士詩「露下」句注。句意似以公孫述擬清。其所徵舉，所傷士類實多，如楚辭九辨所謂「白露既下，梧楸離披」也。謝朓秋夜講解詩「露下梧楸傷」，亦用九辨，而語尤顯。

和王山史寄來燕中對菊詩

【解題】

徐注：王士禛居易録：山史徵至京師，居城西昊天寺。不謁貴游，以老病辭，不入試罷歸。

在關中，蓋張芸叟一流人。

蘧常案：山史，見前二月十日有事於先皇帝欑宫詩「華陰」句注。蔣山傭殘稿與王山史書云：接來書及詩，並悉近況，甚慰，今有一詩奉和。孟子曰：是求無益於得也，況有損乎？願執事之益堅此志也。案：「求無益於得」，謂被薦入京，見前寄同時二三處士被薦者詩解題。「一詩奉和」，即此詩也。

蘧常案：徐注本無「寄來」二字。

雪滿河橋歸轡遲〔一〕，十行書札寄相思〔二〕。楚臣終是餐英客〔三〕，愁見燕臺落葉時〔四〕。

【彙校】

〔落葉〕徐注本、曹校本「葉」作「日」。丕績案：王弘撰原唱有「御水橋邊秋葉黄」云云，則作落葉是也。

【彙注】

〔一〕河橋　蘧常案：史記秦本紀：昭襄王五十年，初作河橋。正義：此橋在同州臨晉縣東，渡河至蒲州，今蒲津橋。案：域中名河橋者多矣，此橋西接陝境朝邑，爲當時由京入關孔道。

卷五薊門送子德歸關中詩「子行西還渡蒲津，正喜秋氣高嶙峋」可證，則此殆謂是歟？

〔二〕十行書札　蘧常案：見卷一李定自延平歸詩「十行」句注。

〔三〕楚臣句　徐注：李白贈崔秋浦詩：投沙弔楚臣。楚辭離騷：夕餐秋菊之落英。

〔四〕燕臺落葉　蘧常案：燕臺，見卷四答徐甥乾學詩「今日」句注。原唱有「御水橋邊秋葉黃」句。

附：同志贈言王弘撰燕臺觀菊寄呈亭林先生詩

御水橋邊秋葉黃，一枝寒菊度重陽。臨風每憶陶元亮，恐負東籬晚節香。

關中雜詩　五首

【解題】

蘧常案：餘集與潘次耕札：頻陽令郭公，遣人千里來迎，可稱重道之風。元譜：本年春由太原入關中，富平令郭九芝傳芳迎於二十里外。文集與戴耘野書：關中詩五首、寄次耕詩一首呈覽。可以徵出處大概。

文史生涯拙〔一〕，關河歲月勞。幽情便水竹〔二〕，逸韻老蓬蒿。獨鴈飛常迅，寒雞宿愈高。一闋西華頂，天下小秋毫〔三〕。

【彙校】

〔關河〕徐注本，冒、吴、汪、曹各校本「河」作「中」。丕績案：作「河」是。此詩一起即對仗，「關河」對「文史」爲工。且「關河奔走」方見「歲月之勞」。

〔飛常迅〕徐注本、曹校本「常」作「嘗」。

【彙注】

〔一〕文史　蘧常案：見卷三濟南詩第二首「坐擁」句注。

〔二〕幽情句　蘧常案：時先生寓富平朱長源家，見上井中心史歌序「富平朱氏」注及本詩下首「棲遲」句注。朱宅饒亭榭之勝，李因篤哭顧亭林先生詩云：頗耽亭水潔，遲眺徑花妍。故此云然。

〔三〕獨鴈四句　徐注：華嶽全集：西峰頂有巨靈足。又云：華山一脈，西通隴、蜀，東連燕、薊，綿延將萬餘里，三峰其結秀處耳。論地勢則四鎮咽喉，天中鎖鑰。孟子：明足以察秋毫之末。

蘧常案：此四句，見自置之高，大有巖巖氣象。

皇漢山樊久〔一〕，興唐洞壑餘〔二〕。空嗟衣劍滅〔三〕，但識水煙疎。寥落三都賦〔四〕，棲遲萬卷書〔五〕。時寓富平朱文學樹滋齋中，藏書萬卷。西京多健作，儻有似相如〔六〕？

【彙注】

〔一〕皇漢句　原注：宋王僧達和瑯邪王依古詩：隆周爲藪澤，皇漢成山樊。

〔二〕興唐句　蘧常案：見卷四霍山詩「有寺」二句注。

〔三〕衣劍滅　原注：梁江淹從建平王游紀南城詩：年積衣劍滅。

〔四〕三都賦　徐注：臧榮緒晉書：左思，字太沖，齊國人。少博覽文史。欲作三都賦，乃詣著作郎張載訪岷、邛之事。遂構思十稔。門庭藩溷，皆著紙筆。

〔五〕棲遲句　徐注：元譜：樹滋，字長源，故宣府巡撫都御使之馮子，長齋繡佛，以終其身。

蘧常案：富平縣志：朱樹滋，明兵部侍郎國棟孫，左江道廷璟子。以諸生入成均，王阮亭器之。著留雪齋稿。據此，則元譜以爲之馮子者誤。又案：李因篤哭顧亭林先生詩「卜宅推中表」注：寓表弟長源家。則知其寓居朱氏，由因篤介之也。

〔六〕似相如　原注：漢書揚雄傳：有薦雄文似相如者。

谷口耕畬少〔一〕，金門待詔多〔二〕。時情尊筆札〔三〕，吾道失弦歌〔四〕。夜月辭雞樹〔五〕，秋風下雀羅〔六〕。尚留園綺跡，終古重山阿〔七〕。

【彙注】

〔一〕谷口　蘧常案：見前雨中至華下宿王山史家詩「谷口」句注。案：此有原注引漢書王貢兩龔鮑傳，而不引法言，數典忘祖，亦足爲原注不出於先生之一證。

〔二〕金門句　徐注：揚雄解嘲：今吾子幸得應金門，上玉堂有日矣。李善文選注：待詔金馬門。

蘧常案：劉廷璣在園雜志：薦舉到京者，户部給與日用。

〔三〕筆札　原注：漢書樓護傳：與谷永俱爲五侯上客，長安號曰「谷子雲筆札，樓君卿脣舌」。

徐注：日知録：荀悦論曰：言論者，計厚薄而吐詞；選舉者，度親疏而舉筆。苞苴盈於門庭，聘問交於道路，書記繁於公文，私務重於官事。又曰：筆札喉舌之輩，世之弊也。古今同之，可爲太息者此也。

〔四〕吾道句　徐注：先生與友人論門人書：於此時而將行吾道，其誰從之？

蘧常案：吴譜於以上四句與下首首二句云：蓋寄慨深矣。王弘撰山志：王阮亭寄書：頃徵聘之舉，四方名流，雲集輦下。蒲車玄纁之盛，古所未有。然自有心者觀之，士風之卑，惟今日爲甚。如孫樵所云走健僕，囊大軸，肥馬四馳，門門求知者，蓋什而七八。其自重以重吾道、重朝廷者，僅有之矣。

〔五〕雞樹　原注：三國志注引世語：劉放、孫資共典機任，夏侯獻、曹肇心内不平。殿中有雞棲樹，二人相謂曰：此也久矣，其能復幾？

〔六〕雀羅　蘧常案：見卷五賦得簷下雀詩「唯應」二句注。

〔七〕尚留二句　徐注：左思吴都賦：精靈留其山阿。

蘧常案：園、綺，見卷四贈孫徵君奇逢詩「尚有」四句注。

徂謝良朋盡，雕傷節士空〔一〕。延陵虚寶劍，中散絶絲桐〔二〕。名譽蓀蘭並〔三〕，文章日月同〔四〕。今宵開敝篋，猶是舊華風。與李生雲霑次第亡友遺詩。

【彙注】

〔一〕徂謝二句　蘧常案：「良朋」當謂歸莊等，「節士」當謂吴、潘等，參卷五歲暮詩「良友」句注。

〔二〕延陵二句　蘧常案：延陵，見卷一不去詩第二首「秋風」句注。國語周語：民力雕盡。韋昭注：雕，傷也。晉書嵇康傳：與魏宗室婚，拜中散大夫。康將刑東市，顧視日影，索琴彈之。曰：昔袁孝尼嘗從吾學廣陵散，吾每靳固之，廣陵散于今絶矣。初，康嘗游於洛西，暮宿華陽亭，引琴而彈。夜分，忽有客詣之，稱是古人，與其談音律。因索琴彈之而爲廣陵散，聲調絶倫。案：「延陵」句承上「良朋」，「中散」句承上「節士」。後送李生南歸詩云「驚聞東市琴」，亦謂吴、潘也。吴、潘遇害事，詳卷四汾州祭吴炎潘檉章二節士詩解題。慨今無其人也。

〔三〕蓀蘭　蘧常案：見卷二贈鄒處士繼思詩「蘭蓀」句注。

〔四〕文章句　原注：史記屈原列傳：推此志也，雖與日月争光可也。

緬憶梁鴻隱，孤高閲歲華。門西吴會郭，橋下伯通家〔一〕。異地情相似〔二〕，前期道每賒。請從關尹住，不必向流沙〔三〕。無異新搆小齋，將延予住。

【彙校】

〔不必句〕句下自注，潘刻本、徐注本「無異」作「山史」。又徐注本「將」作「欲」。案：王弘撰字無異，又字山史也。

【彙注】

〔一〕緬憶四句　徐注：吴地記：皋橋，漢議郎皋伯通所居。

蘧常案：見卷五潘生次耕南歸寄示詩「五噫」句注。

〔二〕異地句　蘧常案：梁鴻傳：去適吴。將行，作詩曰：逝舊邦兮遐征，將遥集兮東南。心惙怛兮傷悴，志菲菲兮升降。欲乘策兮縱邁，疾吾俗兮作讒。競舉枉兮措直，咸先佞兮唌唌。固靡慚兮獨建，冀異州兮尚賢。全祖望先生神道表：先生雖世籍江南，顧其姿稟，頗不類吴會人，以是不爲鄉里所喜。而先生亦甚厭裙屐浮華之習，浩然有去志。蔣山傭殘稿與李子德書：今年爲嵩、洛之遊，蓋亦梁伯鸞異州之意。

〔三〕請從二句　蘧常案：關尹、流沙，見卷四樓觀詩「西來」句注。此「關尹」謂王弘撰。王士禛秦蜀驛程後記：嶽下過訪宗人山史山居，潔朴無纖塵。後爲讀易廬。張譜：受祺堂集有題無異先生顧廬三首，序曰：無異先生初輯是廬，學易其中，因以顏之。顧亭林先生至華下，借居之。亭林先生既殁，山翁改署今名。李生見而哀之，且多山翁之敦夙好也，爲詩紀實云爾。然則所構新齋，即山史之讀易廬矣。

過朝邑王處士建常

【解題】

徐注：元譜：建常，著有律吕圖説二卷。明史志地理西安府同州，領縣五：朝邑注：州東。東有大河，南有渭水，又有洛水。

蘧常案：朝邑縣志王建常傳：字仲復，號復齋。少爲諸生，後棄去。鋭意聖學。家貧，常不舉火，而泰然自得。著述甚多，務發明程、朱以斥陸、王之失。性方嚴，造次以禮。華陰王弘撰稱爲「泰山巖巖」。晚年造詣純粹，有光風霽月之度。顧炎武至關中，數以疑義相質。學使許孫荃造廬，題曰真隱。卒年八十五，自爲墓誌。

黄鵠山川意〔一〕，相隨萬里翔。誰能三十載，龜殼但支牀〔二〕？

【彙注】

〔一〕黄鵠句　徐注：楚辭惜誓：黄鵠一舉兮，知山川之紆曲。

〔二〕誰能二句　原注：史記龜策列傳：南方老人用龜支牀足，行二十餘歲。老人死，移牀，龜尚生，不死。龜能行氣導引。唐王維詩：鳩形將刻杖，龜殼用支牀。（蘧常案：此「原注」徐注本誤作「自注」。）

寄子嚴

弟紓字　已下屠維協洽

【解題】

徐注：康熙十八年，己未。冒云：先生是年年六十七。蘧常案：弟紓，見卷三寄弟紓及友人江南詩解題。是年海上鄭氏稱永曆三十三年，公元一六七九年。

二紀違脊令〔一〕，撫心悲如何？惟爾幼孤煢〔二〕，十畝安江沱〔三〕。不幸喪厥明〔四〕，猶能保天和〔五〕。今年已六十，與吾亦肩差〔六〕。里人推祭酒〔七〕，品行無譏訶〔八〕。昔年遣兒來，省我桑乾河。兒言家頗温，歲得數囷禾。廚中列酒漿，籬下羣雞鵝〔九〕。常時比鄰叟，農談一相過。亦有賦役憂〔一〇〕，未妨藝桑麻。頃報得兩孫〔一一〕，青葱滿庭柯。媿我半生來，飄泊隨干戈。偶至渭水濱，垂釣臨洪波。春雲開三峰，秀出千丈荷〔一二〕。行止雖聽天〔一三〕，懷土情則那。反躬計所獲〔一四〕，孰與吾仲多〔一五〕。顧此暮年心，尚未甘蹉跎〔一六〕。寄爾詩一篇，當使兒子歌。

【彙注】

〔一〕二紀句　蘧常案：詩小雅常棣：脊令在原，兄弟急難。毛傳：脊令，雝渠也。飛則鳴，行則摇，不能自舍耳。急難，言兄弟之相救於急難。陳奂傳疏：脊令，喻兄弟。又案：年譜：順治十四年北游後，十六年曾南歸，僅至揚州；十七年又南，亦僅止南京；至十八年始回蘇，旋返山東。自此不復再南。兄弟之違，當在此時。至本年凡十有九年，曰「二紀」者，舉成數也。

〔二〕惟爾句　李注：曹植靈芝篇：自傷早孤煢。

蘧常案：紓七歲喪父，故曰「幼孤煢」。

〔三〕江沱　蘧常案：見卷四華山詩「浮水」句注。又案：紓於明亡後，隱於千墩。千墩在崑山城東南三十六里泙川鄉，見崑新合志。

〔四〕喪厥明　徐注：徐乾學立孫議：吾仲舅子嚴，失明年老。

蘧常案：見卷三寄弟紓及友人江南詩解題。

〔五〕天和　徐注：道德指歸論：聖人動與天和。

〔六〕與吾句　徐注：韓愈太清宫詩：二聖亦肩差。

蘧常案：先生長弟紓七歲。

〔七〕祭酒　徐注：史記荀卿列傳：齊宣王（蘧常案：當爲齊襄王）時，荀卿最爲老師。齊尚脩列大夫之缺，而荀卿三爲祭酒焉。

〔九〕品行句　蘧常案：詳見卷三寄弟紓及友人江南詩題注。

〔九〕昔年六句　徐注：元譜：康熙辛亥，從子洪善、洪慎來省先生於都門。崑新合志：洪慎，字子嘉。試成均，得州倅。以親老辭歸。

蘧常案：洪善，先生季弟纘子，洪慎則紓子也。蔣山傭殘稿與李霖瞻書云：洪慎略有才幹，家亦小康。桑乾河，見卷五重至大同詩「風吹」句及薊門送子德詩「自從」句兩注。

〔一〇〕亦有句　徐注：陳睿謨論白糧解役疏略：江南力役，重大莫如糧解。漕糧白糧兩解，皆公儲也，皆公役也，然漕糧係軍運，軍任伍丁；白糧係民運，民運則照地畝簽差，名曰大户夫。

惟以大户充糧解，其賠累有莫可言者矣。

〔一一〕頃報句　蘧常案：蔣山傭殘稿與李霖瞻書：從弟子嚴，今將六旬，連得二孫。今抱其一，爲亡兒之嗣。詳後悼亡詩第四首「六歲孫」注。

〔一二〕偶至四句　蘧常案：見卷五子德李子聞余在難詩「渭釣」句注。案：此謂康熙丁巳入關後事。三峰，見卷四華山詩「三峰」句注。千丈荷，謂華山蓮花峰，見華山詩題注。

〔一三〕行止　徐注：孟子：行止非人所能也。

〔一四〕反躬　徐注：禮記：知誘於外，不能反躬。

〔一五〕孰與句　徐注：史記高祖本紀：置酒未央前殿，高祖奉玉卮，起爲太上皇壽，曰：始大人常以臣無賴，不能治産業，不如仲力。今某之業所就，孰與仲多？殿上羣臣皆呼萬歲，大笑爲樂。

〔一六〕顧此二句　蘧常案：此二句見先生晚年壯心猶未已也。

寄次耕時被薦在燕中

【解題】

蘧常案：徐注本題作寄次耕。次耕，見卷四寄潘節士之弟耒詩解題。沈彤潘先生行狀：康熙十七年，朝廷徵博學鴻詞之士，左諭德盧琦、刑部主事謝重輝以先生名上。先生以母老固辭，敦迫而行。抵都，召試體仁閣下，擢二等第二，除翰林院檢討，纂修明史。先生又牒吏部，以獨子終養請代題，三上，格不得達，乃受職。

昨接尺素書，言近在吳興〔一〕。洗耳苕水濱，叩舷歌採菱〔二〕。何圖志不遂，策蹇還就徵〔三〕？辛苦路三千，裹糧復贏滕〔四〕。夜驅燕市月，曉踏盧溝冰〔五〕。京雒多文人〔六〕，一貫同淄澠〔七〕。分題賦淫麗，角句爭飛騰〔八〕。關西有二士〔九〕，立志粗可稱。雖赴翹車招，猶知畏友朋〔一〇〕。儻及雨露濡〔一一〕，相將上諸陵。定有南冠思〔一二〕，悲哉不可勝！轉盼復秋風，當隨張季鷹〔一三〕。歸詠白華詩，膳羞與晨增〔一四〕。嗟我性難馴，窮老彌剛棱〔一五〕。孤跡似鴻冥，心尚防弋矰〔一六〕。或有金馬客〔一七〕，問余可共登？爲言顧彥先，惟辦刀與繩〔一八〕。

【彙校】

〔關西二士〕蔣山傭殘稿卷三與王山史書云：前寄次耕詩有「關中二臣」語，則是「士」作「臣」矣。

【彙注】

〔一〕昨接二句　蘧常案：尺素書，見卷五得伯常中尉書卻寄詩「忽來」句注。吳興，見卷一吳興行題注。案：潘耒夢遊草寫懷十首，爲辭徵而作也。其第十首首句云「爛溪斜引雪溪流」，又云「遮斷白雲三十里，莫教空谷有鳴騶」，謂由吴江隱居吴興也。

〔二〕洗耳二句　原注：郭璞江賦：詠采菱以叩舷。　徐注：皇甫謐高士傳：許由字武仲。堯聞，致天下而讓焉。乃退而遯於中嶽潁水之陽隱。又召爲九州長，由不欲聞之，洗耳於潁濱。新唐書張志和傳：願爲浮家泛宅，往來苕、霅間。案：苕、霅，湖州府西。

蘧常案：餘集與潘次耕札：都中書至，言次耕奉母遠行，不知所往。中孚即作書相慶。蔣山傭殘稿與蘇易公書：緜山之谷，弗獲介推；汶上之疆，堪容閔子。知必有以處此也。

敝門人潘耒謝病之後，遂奉母入山，不知所往。干木踰垣之志，介推偕隱之風，昔聞晉國，今在吴門矣。

〔三〕何圖二句　蘧常案：楚辭東方朔七諫謬諫：駕蹇驢而無策兮。王逸注：蹇，跛也。蔣山傭殘稿與蘇易公書：比者人心浮競，鮮能自堅。不但同志中人多赴金門之召，而敝門人亦遂不能守其初志。章炳麟書張英事：清初儒者，如潘耒兄檉章以私史事爲清所殺，耒卒應詞科，入翰林，此已爲君子所詬矣。然耒時或以解禍，非以求榮禄，故雖剛正如顧寧人，猶有爲耒寬假之辭焉。案：潘耒寫懷詩第四首有云：魂傷廢壠哀風樹，淚滴秋原痛脊令。如此人才堪出否，誰云惜嫁爲娉婷？後寫懷第三首有云：天地爲籠網四維，飈輪風馬逝安之？犧將斷尾嗟何及，路到臨歧最可悲。實愧田疇稱節士，方知梅福是男兒。其辭甚哀。然君子雖傷其遇，終不能宥其行也。

〔四〕嬴縢　蘧常案：戰國策秦策：嬴縢履蹻。經典釋文莊子胠篋篇「緘縢」下曰：縢，向、崔本作幐，同徒登反。

〔五〕盧溝　徐注：畿輔志：盧溝橋在順天府西南，跨盧溝河上，長里許，插柏爲基，雕石爲欄。橋東築城，爲九邊咽喉。

〔六〕京雒句　徐注：日知録：唐、宋以下，何文人之多也！固有不識經術、不通古今而自命爲文人者矣。黄魯直言：數十年來先生君子，但用文章提獎後生，故華而不實。本朝嘉靖以來，亦有此風。宋劉摯訓子孫曰：士當以器識爲先。一命爲文人，無足觀矣。又李因篤常語予曰：通鑑不載文人。

〔七〕一貫句　徐注：論語：予一以貫之。

蘧常案：淄澠，見卷五孫徵君以孟冬葬詩「淄澠」注。

〔八〕分題二句　原注：揚子法言：辭人之賦麗以淫。

蘧常案：此二句，似暗指博學鴻詞科試題。東華録：康熙十八年三月，試内外諸臣薦舉博學鴻儒一百四十三人於體仁閣，賜宴。題：璇璣玉衡賦、省耕詩五言排律二十韻。曰「淫麗」，蓋深譏之。所謂但以文章提獎，華而不實也。

〔九〕關西二士　全云：山史、天生。

〔一〇〕雖赴二句　徐注：左傳莊公二十二年：翹翹車乘，招我以弓。豈不欲往，畏我友朋。

蘧常案：如王弘撰燕臺觀菊呈先生詩云：臨風苦憶陶元亮，恐負東籬晚菊香。（見前和王山史寄來燕中對菊詩附録。）李因篤與先生書有「弗遽割席」之語，（見蔣山傭殘稿與潘次耕書。）皆所謂「知畏友朋」也。

〔一一〕雨露濡　徐注：禮祭義：春，雨露既濡，君子履之，必有怵惕之心。

〔一二〕南冠　蘧常案：見卷一哭楊主事廷樞詩「竟入」二句注。

〔一三〕轉盼二句　徐注：晉書張翰傳：字季鷹，吴郡人。文藻新麗。齊王冏辟爲東曹掾。知天下將亂，因秋風起，思吴中蒓鱸，東歸。翰縱任不羈，時人呼爲「江東步兵」。

〔一四〕歸詠二句　徐注：詩序：南陔，孝子相戒以養也。白華，孝子之潔白也。束皙補亡詩：馨爾夕膳，潔爾晨羞。

〔一五〕嗟我二句　徐注：顔延之五君詠：龍性誰能馴？後漢書王允傳：允性剛棱疾惡。

〔一六〕孤跡二句　徐注：後漢書逸民傳論：鴻飛冥冥，弋人何篡焉！

〔一七〕金馬客　蘧常案：見前關中雜詩「金門」句注。

〔一八〕爲言二句　原注：晉書顧榮傳：字彦先。與州里楊彦明書曰：吾爲齊王主簿，恒慮禍及。見刀與繩，每欲自殺。　徐注：先生戊午答潘耒書云：子德書來，云「頃聞將特聘，先生外有兩人」，此語未審虚實。君子之道，或出或處。鄙人情事，與他人不同。辛亥之夏，孝感特簡相招，欲吾佐之修史，吾答以果有此命，非死則逃。原一在座與聞，都人士亦頗有傳之者。耿耿此心，終始不變！元譜：是年葉訒庵閣學充明史總裁，欲招先生入史局，復力辭。神道表：諸公争欲致之，先生預令門人之在京者辭曰：刀繩具在，無速我死。

蘧常案：吴譜：以次耕强被徵召，慮復强己也。案：孝感謂熊賜履，見卷五夏日第一首詩「仗馬」三句注。蔣山傭殘稿有記與孝感熊先生語一文，即記此事。云：辛亥歲夏，在都中，一日，孝感熊先生招同舍甥原一飲，坐客惟余兩人。熊先生從容言：久在禁近，將有開府之推，意不願出，且議纂修明史。而前朝故事，實未諳悉。欲薦余佐其撰述。余答以果有此舉，不爲介推之逃，則爲屈原之死矣。兩人皆愕然。又與蘇易公書云：都下書來，言史局方開，有議物色及弟者，弟述先妣遺命，以死拒之。則似本年事。此關先生出處大節，故詳著之。

次耕書來言時貴有求觀余所著書者答示

【解題】

徐注：潘耒遂初堂集不載此書。

年來行止類浮萍〔一〕，雖有留書未殺青〔二〕。世事粗諳身已老〔三〕，古音方奏客誰聽〔四〕？兒從死父傳楹語〔五〕，帝遣生徒受壁經〔六〕。投筆听然成一笑〔七〕，春風緑草滿階庭〔八〕。

【彙注】

〔一〕類浮萍　徐注：後漢書鄭康成傳：戒子益恩書曰：萍浮南北。

〔二〕雖有句　徐注：後漢書吴祐傳：父恢，爲南海太守，欲殺青簡，以寫經書。注：殺青，以火炙簡令汗，取其青易書，復不蠹。

蘧常案：「留書未殺青」，謂天下郡國利病書與肇域記也。天下郡國利病書自序云：崇禎己卯，秋闈被擯，退而讀書。感四國之多虞，恥經生之寡術，於是歷覽二十一史，以及天下郡縣志書、一代名公文集，及章奏文册之類，有得即録，共成四十餘帙。一爲輿地之記（案：即肇域記），一爲利病之書。亂後多有散佚，亦或增補其書。本不曾先定義例，又多往代之言，地勢民風，與今不盡合，年老善忘，不能一刊正。姑以初稿存之篋中，以待後之君子斟酌去取云爾。

〔三〕世事諳　徐注：徐鉉詩：游宦多年世事諳。先生答次耕書：吾行年已邁，閲世頗深。

〔四〕古音句　徐注：元譜：丁未，開雕音學五書於淮上。潘耒重刻古本廣韻序云：先師顧亭林先生深明音學，實始表章此書。神道表：先生最精韻學，能據遺經以正六朝、唐人之失，據唐人以正宋人之失。欲追復三代以來之音，分部正袟，而究其所以不同，以知古今音學之變，其自吴才老而下，廓如也，則曰音學五書。李光地顧寧人小傳：於六書音義尤有獨得。聞其書已成，亟求觀之。寧人之學於是始窺其備。有顧氏之書，然後三代之文可讀，雅、頌之音各得其所。自漢、晉以來，未之有也。王弘撰山志曰：博稽詳研，發前人所未發，爲不朽之業者，顧亭林之於音韻。

蘧常案：神道表之説，多據音學五書自序。

〔五〕兒從句　原注：晏子春秋：晏子病將死，鑿楹，納書焉。謂其妻曰：楹，語也，子壯而示之。梁吴均邊城將詩：留書應鑿楹，傳功須勒社。

蘧常案：兒，蓋謂嗣子衍生。張譜云：元和顧廣圻家藏先生著書目録，衍生手蹟也。跋云：歲丙子，不肖衍生于舊簏中檢得此本，讀之泫然。因追想當年，多所不符。丁亥冬，於宛陵旅舍出而録之云云。穆案：丙子爲康熙三十五年，丁亥爲康熙四十六年。距先生之殁二十六年矣。衍生是年年四十有三。又案：衍生眷戀手澤如此，知其能讀父書。鑿楹之傳爲不虚矣。

〔六〕帝遺句　蘧常案：見卷四贈孫徵君奇逢詩「尚有」四句注。

〔七〕听然一笑　徐注：説文：听，笑貌。從口，斤聲。司馬相如上林賦：亡是公听然而笑。李善注：牛隱切。唐韻、集韻音齗。

〔八〕春風句　徐注：曹植閨情詩：緑草被階庭。

雲臺觀尋希夷先生遺跡

【解題】

徐注：三才圖會華山圖考：雲臺觀玉泉院，宋端拱中建以居希夷先生者也。院後有塚。至五里關，往時避兵者就險壘石爲關，曰通天第一關。行四里爲希夷峽，山勢壁壘，澗水經其中，從石室旁下，如琴如筑，鳴聲悦耳。希夷蜕骨於此。宋史隱逸傳：陳摶，字圖南。隱居華山雲臺觀，又止少華石室。周世宗召爲諫議大夫，不受。太宗待之甚厚，賜號希夷先生。化形蓮花峰下。

蘧常案：蔣山傭殘稿與李紫瀾書：弟以三月十日出關，歷崤、函，觀雒、汭，登太室，游大隗，域中五嶽，得游其四。不惟遂名山之願，亦因有帥府欲相招致，及今未至，飄然去之。案：帥府相招，謂甘肅提督張勇命其子大理寺卿雲翼聘先生往蘭州也。此詩爲出游之始。

舊是唐朝士，身更五代餘。每懷淳古意，聊卜華山居〔一〕。月落巖阿寂〔二〕，雲來洞口虛〔三〕。果哉非荷蕢〔四〕，獨識太平初〔五〕。

【彙注】

〔一〕舊是四句 原注：畫墁録：希夷先生陳摶，後唐長興中進士也。既而棄科舉，之武當山，又止房陵。年七十餘，至華山，葺雲臺廢觀居之。徐注：宋史陳摶傳：摶居華山已四十餘年，度其年近百歲。自言經承五代離亂，幸天下太平。

〔二〕月落句 徐注：三才圖會華山圖考：片月方起，光射巖端。華嶽志：避詔巖在華山西南，焦道廣、賀元希、陳希夷俱養静於此，故曰避詔巖。巖之額，有希夷手書「避詔巖」三字。

〔三〕雲來句 徐注：華嶽全集陳摶傳：言於今月二十二日化形蓮花峰張超谷中，如期而卒。經七日，肢體猶温，有五色雲遮蔽洞口，經月不散。

〔四〕果哉句 徐注：論語：有荷蕢而過孔氏之門者。又：果哉！末之難矣。

〔五〕獨識句 徐注：東都事略：陳摶嘗乘白驢入市，聞宋祖受禪，喜而墜驢，曰：天下於是定矣。

硤石驛東二十里有西鵶路緜趙保白楊樹二百五十里至臨汝以譏察之嚴築垣封閉過此有題

【解題】

徐注：方輿紀要：河南府陜州硤石城在州東南七十里，本後魏崤縣之硤石塢，唐曰硤石縣，明有硤石關，置巡司戍守。又爲硤石驛。一統志：硤石關，古之崤陵關也，路東通澠池，西通函谷。輿地廣記：二崤山連入硤石界，自古險阨之地也。又：三鵶路在今南陽府北及汝州之南。今三鵶路自南陽府北六十里之故向城，又北有石川路，即三鵶之第一；府北七十里分水嶺而北，即三鵶之第二；故向城而北又八十里有魯陽關，入魯山縣界，即三鵶之第三。又：白楊關在嵩縣東，有戍兵。

蘧常案：徐注本無「二十里」、「繇趙保白楊樹二百五十里」、「以譏察之嚴」，「過此」二十一字。

行人愁向汝州來〔一〕，前月西鵶禁不開。弔古莫言秦法峻，雞鳴曾放孟嘗回〔二〕。

【彙注】

〔一〕汝州　徐注：明史志地理：汝州，洪武初以州治梁縣省入。成化十二年九月直隸布政司。領縣四：魯山、郟、寶豐、伊陽。案：隋置伊州，後改曰濦州，尋改爲襄城郡。唐曰臨汝郡，宋設陸海軍，明初屬南陽府。順治十年冬，大兵征楚，牧馬汝、寧，百姓驚擾。知汝陽縣許應鯤往力争，以受侮自經，兵將亦遂拔營去。

〔二〕弔古二句　蘧常案：孟嘗，見卷一擬唐人五言八韻祖豫州聞雞詩「函關」二句及卷四古北口詩第二首「便似」句兩注。案：此刺清法苛峻，尤甚於秦。

雒陽

【解題】

徐注：明史光宗紀：諱常洛。改洛陽、洛南、洛平等縣俱作雒。又志地理河南府雒陽注：洪武二十四年建伊王府，嘉靖四十三年廢。萬曆二十九年建福王府。北有北邙山，西南有伊闕山，俗曰龍門山。

澗水成周宅〔一〕，邙山漢代京〔二〕。三川通地絡〔三〕，鶉火叶星精〔四〕。文軌同王朔〔五〕，蒐畋會卜征〔六〕。東門迎九鼎〔七〕，北闕望璣衡〔八〕。象魏雲常紫〔九〕，龍池水自清〔一〇〕。尊師延國老，聽講集諸生〔一一〕。金谷荒煙合〔一二〕，銅駞蔓草縈〔一三〕。曲多羌笛韻〔一四〕，縣有陸渾名〔一五〕。鶴望將焉屬〔一六〕？鯨吞未息争〔一七〕。詎忘修禮樂〔一八〕，何計偃戈兵。赤伏看猶在〔一九〕，蒼鵝起莫驚〔二〇〕。停驂觀雒汭，微禹動深情〔二一〕。

【彙注】

〔一〕澗水句　徐注：方輿紀要：周時，澗水本在王城西入洛。周靈王時，穀、洛鬭，毁王宮，亦在王城西，自此澗水更名穀水。汲冢周書作雒解：周公俘殷獻民，遷於九畢。注：九畢，成周之地，近王化也。又：乃作大邑成周於土中。後漢書郡國志：雒，河南，周時號成周。公羊傳曰：成周者何？東周也。何休曰：周道始，成王之所都也。漢書地理志：周地，柳七星張之分野也。今之河南雒陽、穀城、平陰、偃師、鞏、緱氏，是其分也。昔周公營雒邑，以爲在於土中，諸侯蕃屏四方，故立京師。

〔二〕邙山句　徐注：後漢書光武紀：建武元年冬十月癸丑，車駕入洛陽，幸南宮卻非殿，遂定都焉。

〔三〕三川句　徐注：方輿紀要：秦置三川郡，以河、洛、伊三川爲名。

蘧常案：見卷二淮東詩「有金」句注。

〔四〕鶉火句　徐注：漢書地理志：自柳三度至張十二度謂之鶉火之次，周之分也。宋書符瑞志：舜升首山，遵河渚，有五老游焉，蓋五星之精也。

蘧常案：地絡，見卷四酬李處士因篤詩「地絡」注。

〔五〕文軌句　徐注：梁簡文帝三日曲水詩序：同文軌而高宴。史記天官書：漢之爲天數者，星則唐都，氣則王朔。

蘧常案：禮記中庸：今天下車同軌，書同文。此王朔謂王者之正朔也。徐注誤。

〔六〕蒐畋句　徐注：詩車攻傳：宣王復會諸侯於東都，因田獵而選車徒焉。張衡東京賦：卜征考祥。

〔七〕東門句　原注：郡國志：雒陽東城門名鼎門。帝王世紀曰：九鼎所從入。

〔八〕北闕句　原注：雒陽伽藍記：次北曰閶闔門，漢曰上西門，上有銅璇璣玉衡，以齊七政。

〔九〕象魏句　原注：張衡東京賦：建象魏之兩觀。徐注：南史宋文帝紀：二年，江陵城上有紫雲，望氣者以爲帝王之符。

〔一〇〕龍池句　原注：雒陽伽藍記：九龍殿前有九龍吐水，成一海。徐注：東京賦注引洛陽圖經：濯龍，池名。

〔一一〕尊師二句　徐注：禮王制：養國老於上庠。後漢書儒林傳：尊養三老五更。饗射禮畢，帝正坐自講，諸儒執經問難於前。冠帶縉紳之人，圜橋門而觀聽者，蓋億萬計。蘧常案：尊師，見卷一帝京篇「尊師」二句注。以上一段，雖述周、漢，實以喻伊、福，特迷離其詞以爲隱耳。下接「金谷荒煙」、「銅駞蔓草」，其意甚顯也。伊、福皆無可稱，惟伊定王諟鉌，明史稱其「好學崇禮，居喪哀毁，民間高年者禮下之」，故「尊師」二句特稱之歟？

〔一二〕金谷　蘧常案：太平寰宇記：郭緣生述征記云：金谷，谷也。地有金水，自太白原南流，經此谷。晉衛尉石崇因即川阜而造爲園。藝文類聚卷九戴延之西征記曰：梓澤去洛陽六十里。梓澤，金谷也。

〔一三〕銅駞句　蘧常案：晉書索靖傳：靖有先識遠量。知天下將亂，指洛陽宫門銅駞歎曰：會見汝在荆棘中耳。此二句，謂福恭王常洵之亡滅事。詳卷四晉王府詩「那堪」二句注。

〔一四〕曲多句　徐注：説文：笛，七孔筩。羌笛，三孔。樂府雜録：笛，羌樂也。古有落梅花曲。

〔一五〕縣有句　原注：左傳僖公二十二年，秦、晉遷陸渾之戎于伊川。註：允姓之戎居陸渾，在秦、晉西北。二國誘而徙之伊川，遂從戎號。至今爲陸渾縣也。

蘧常案：此二句謂洛陽淪於清手。小腆紀年：清世祖順治元年十二月丙寅，清兵入河南府，明總兵李際遇降。

〔一六〕鶴望　原注：三國志張飛傳：思漢之士，延頸鶴望。

蘧常案：時永曆亡已十有九年矣。海上鄭氏雖猶奉永曆正朔，而屢攻沿海不克。故明監國魯王世子桓、瀘溪王慈曠、巴東王江、樂安王俊、舒城王著、奉南王熺、益王鎬、寧靖王術桂皆依鄭氏，苟延残喘而已。僅宗室朱統錩於清康熙十六年八月起兵，克貴溪、瀘縣，但不旋踵即爲清兵所滅。吴三桂則已自稱帝死矣。故有「鶴望焉屬」之歎。

〔一七〕鯨吞句　徐注：舊唐書蕭銑等傳論曰：大則鯨吞虎據。逆臣傳：康熙十七年八月，三桂死，賊黨擁立世璠於貴陽。十八年，賊黨日搆隙，饟運不繼，岳州乏食。僞總兵陳華、李超、王度沖等降；吴應麟收殘卒，走長沙。賊衆震恐，華容、安鄉、湘潭、衡山各歸順。順承郡王自荆州渡江分勦松滋、枝江、宜都、石門、慈利、澧州，進取常德。賊縱火焚廬舍舟艦遁。簡親王克衡州，入城踞守。取祁陽、耒陽及寶慶府。時吴國貴踞武岡，吴應麟踞辰州，胡國柱踞辰龍關。東華録：康熙十八年，賊將陷德興，進逼樂平。貝勒察尼等復岳州。鄭錦將劉國軒犯長泰，吴世琮犯梧州。官兵復湘陰、道州、永州、永明、江華等縣。命希福會莽依圖定雲南。撤勒爾錦還荆州，與巴爾布定巴東。詔圖海與各路將軍亟殲竄雞賊，復漢興以平蜀。

〔一八〕修禮樂　徐注：漢書禮樂志：人之所設，不爲不立，不修則壞。漢興至今二十餘年，宜定制度，興禮樂。

〔一九〕赤伏　蘧常案：見前卷三京師作詩「赤伏書」注。

〔二〇〕蒼鶊　蘧常案：見前河上作詩「追惟」二句注。

〔二一〕停驂二句　徐注：左傳昭公元年：天王使劉定公勞趙孟於潁，館於雒汭。劉子曰：美哉禹功！明德遠矣。微禹，吾其魚乎！

蘧常案：見卷五得伯常中尉書却寄詩「停驂」句注。

三月十九日行次嵩山會善寺

【解題】

徐注：嵩高志：會善寺在嵩嶽寺西，本北魏孝文帝離宫，魏亡，爲澄覺禪師精舍。至隋開皇中，賜名會善寺。袁宏道嵩游記：道陽城廢址入會善寺，寺半圮，有泉泠然，及門而没。西數十武爲戒壇，頹欄敗砌，皆鏤隋、唐佳句。先生金石文字記：嵩山會善寺有唐宋儋行書道安禪師碑、沙門温古行書景賢大師身塔石記，又大曆二年行書戒壇敕牒，又陸郢八分書戒壇記，在敕牒碑陰，北齊天平二年嵩陽寺碑。又會善寺大殿前有武平七年十一月造像記。又天平二年中嶽嵩陽寺碑銘，末有正書一行曰：大唐麟德元年歲次甲子九月景午朔十五日庚申從嵩陽觀移來會善寺立。

蘧常案：三月十九日，見卷一大行皇帝哀詩解題。潘耒遊中嶽記：登封縣出北郭，過啓母石、崇福宫，西過叠石溪，至嵩陽書院。北去三里許爲法王寺、嵩嶽寺；西去五里許，爲會善寺。案：蔣山傭殘稿與王山史、潘次耕、陳介眉諸人書，皆言及此詩，與陳介眉書云：同志者可共觀之。蓋人心浮競之時，欲以起頑立懦也。

獨抱遺弓望玉京〔一〕，白頭荒野淚霑纓。霜姿尚似嵩山柏〔二〕，舊日聞呼萬歲聲〔三〕。

【彙注】

〔一〕獨抱句　蘧常案：見卷一十月二十日奉先妣葬詩「先皇」句注。魏書釋老志：道家之原，出於老子。其自言也，先天帝生，以資萬類。上處玉京，爲神王之宗。

〔二〕霜姿句　蘧常案：蘇軾紅梅詩：尚餘孤瘦雪霜姿。都穆遊嵩山記：嵩陽廢觀三古柏，柏之高皆不逾三丈，大可六人圍。舊有石刻，云「漢武帝封大將軍」。其次亦可四人圍。道士云：此次將軍也。皆形狀怪甚。潘耒遊中嶽記：漢封柏三本，一燬於火，一風折其半，惟一本尚完。下合上歧，六人圍之不盡。挺立干霄，膚理如鐵石，真先秦三代物也。

〔三〕舊日句　徐注：漢書武帝紀：帝親臨嵩高，聞呼萬歲者三，令祠官加增太室祠山下户三百，爲之奉邑，名曰崇高。

少林寺

【解題】

徐注：嵩嶽志：少林寺在少室北，五乳峰前，後魏孝文太和中，跋陀自西域來，詔有司於此建寺居之。

蘧常案：潘耒遊中嶽記：會善寺西北行十里許至永泰寺。又十里許至少林寺。

峩峩五乳峰，奕奕少林寺〔一〕。海内昔横流，立功自隋季〔二〕。弘構類宸居〔三〕，天衣照金織〔四〕。清梵切雲霄〔五〕，禪燈晃蒼翠。頗聞經律餘〔六〕，多亦諳武藝〔七〕。

疆場有艱虞，遣之捍王事〔八〕。今者何寂寥？闃矣成蕪穢，壞壁出游蜂，空庭雊荒雉〔九〕。答言新令嚴，括田任汙吏〔一〇〕。增科及寺莊，不問前朝賜〔一一〕。山僧闕飧粥，住守無一二。百物有盛衰，回旋儻天意。豈無材傑人，發憤起頹廢。寄語惠瑒流，勉待秦王至。唐武德四年，太宗以陝東道行臺雍州牧、秦王率諸軍攻王世充，寺僧惠瑒、曇宗等執世充姪仁則來歸，賜地四十頃，水碾一具。

【彙校】

〔疆場〕潘刻本作「疆埸」；徐注本作「疆場」，吴、汪、曹三注本同。孫託荀校本云：「疆場」原作「疆埸」。丕績案：作「疆場」是。

〔括田〕徐注本作「刮田」，誤。

〔寄語二句〕句下有注「唐武德」云云一條，潘刻本作自注，徐注作原注，而此本無之。丕績案：原注皆著出處，此獨否，潘刻是。兹據改。

【彙注】

〔一〕峩峩二句　徐注：詩：奕奕梁山。傳：奕奕，大也。嵩嶽志：五乳峰在少室之北，五頂羅列。少林寺建其中。

蘧常案：潘耒遊中嶽記：寺在少室北麓，寬閑幽邃，形勢天然。

〔二〕海内二句　徐注：裴漼少林寺碑：大業之末，九服分崩，羣盜攻剽，無限真俗。此寺爲山賊所劫，僧徒拒之。唐太宗賜少林寺柏谷塢莊御書碑記：告柏谷塢少林寺上座寺主以下徒衆及軍民首領士庶等：比者天下喪亂云云。又曰：往因寺莊翻城歸國，有大殊勛，即蒙賞物千段。五年，以寺居僞地，摠被廢省，僧徒還俗，各從徭役。七年七月，蒙别敕少林寺聽依舊置立。至八年二月，又蒙别敕少林寺賜地肆拾頃，水碾磑一具；前寺廢之日，國司取以置莊，寺今既立，地等並宜還寺。又云：其翻城僧曇宗、志操、惠瑒等，餘僧合寺爲從。又云：其寺僧曇宗蒙授大將軍，又少林寺柏谷莊立功僧名上座僧，善護寺主僧志操，都維那僧惠瑒，大將軍僧曇宗，同立功僧普惠、明嵩等凡十三人。

〔三〕弘構句　徐注：宋史樂志：有煒彌文，克隆洪構。班固典引：高、光二聖，宸居其域。薛正言登嵩山記：少林寺鼓鐘聲自嵐翠中出，樓殿金碧，掩映林巒間。文翔鳳嵩高游記：少林寺，其法座如王居。

〔四〕天衣句　徐注：集仙録許老翁傳：仙女天衣有金縷單絲。韋行儉新修嵩嶽中天王廟記：自中天王洎夫人，冠綏冕服，首飾步揺，間以金翠。

蘧常案：「天衣」似用釋典，智度論：色界天衣無重相。廣韻：織音志。尚書禹貢傳：織文，錦綺之屬。「金織」亦謂錦綺也。指僧伽法衣，不謂嵩嶽廟中天王冠綏冕服也。

〔五〕清梵句　徐注：裴漼少林寺碑：管弦風夜，切清響於中天；鐘梵霜晨，諧妙音於上劫。

〔六〕經律餘　徐注：都穆游嵩山記：有甘露臺，胡僧跋陀於此繙經。

蘧常案：此謂僧徒肄習釋典戒律之餘也。

〔七〕多亦句　徐注：日知録：少林寺中有唐太宗爲秦王時賜寺僧教曰：王世充叨竊非據，敢違天常。法師等並能深悟機變，早識妙因，擒彼凶孽，擴兹浄土。此少林寺僧兵所起。考之魏書，孝武帝西奔，沙門都維那惠臻負璽持千牛刀以從；舊唐書，元和十年，嵩山僧圓浄與淄青節度使李師道謀反；宋史，范致虚以僧趙宗印充宣撫司參議官，兼節制軍馬，宗印以僧爲一軍，號「尊勝隊」，童子行爲一軍，號「浄勝隊」。然則嵩、雒之閒，固世有異僧矣。都穆游嵩山記：少林僧至今以勇武聞。

蘧常案：潘耒遊中嶽記：少林寺東廡有緊那羅王像，云示現元末，解紅巾之難。寺僧習手搏者，奉爲祖師。

〔八〕疆場二句　徐注：詩：王事靡盬。日知録：嘉靖中，少林寺僧月空受都督萬表檄，禦倭於松江。其徒三十餘人自爲部伍，持鐵棒擊殺倭甚衆，皆戰死。嗟乎！能執干戈以捍疆場，則不得以其髡徒而外之矣。段注：左傳莊公二十八年：疆場無主，則啓戎心。北齊書封隆之傳：契闊艱虞，始終如一。

〔九〕今者四句　蘧常案：潘耒遊中嶽記：少林寺殿宇傾頽且盡。近日越僧普潤以豫撫之力鼎新之，閎麗甲於一方。案：先生之遊尚在葺新之前，故云。

〔一〇〕括田 蘧常案：唐書盧從愿傳：御史中丞宇文融方用事，將以括田户功爲上下考，從愿不許。又食貨志：宇文融獻策括籍外羡田逃户。

〔一一〕增科二句 徐注：裴漼少林寺碑：令天下寺觀田莊一切括責。皇上以此寺地及碾，先聖光賜，多歷年所。

嵩山

【解題】徐注：河南通志山川：嵩山在河南府登封縣北十里，五嶽之中嶽也。古名外方山，亦名崧高山。其山二尖峰，左曰太室，右曰少室。十道山川考：中嶽山高二十里，周迴一百三十里。河南府志：太室山在登封縣北五里，中峰即嵩頂，其山二十四峰。少室山在登封縣西十七里，一名季室，其山三十六峰。

位宅中央正〔一〕，高疑上界鄰〔二〕。蓄波含潁汝〔三〕，吐氣接星辰〔四〕。二室雲長擁〔五〕，三呼響自臻〔六〕。淳風傳至德〔七〕，孤隱祕靈真〔八〕。世敝將還古，人愁願質神〔九〕。石開重出啓〔一〇〕，嶽降再生申〔一一〕。老柏摇新翠〔一二〕，幽花茁晚春〔一三〕。豈知巢許窟，多有濟時人〔一四〕。

【彙校】

〔題〕朱彝尊明詩綜此詩作「位宅中央正，高疑上界鄰。石開曾出啓，嶽降再生申。老柏搖新翠，幽花茁晚春。豈知巢、許窟，多有濟時人。」聽松廬詩話云：嵩山詩本八韻，蓋竹垞刪爲五律，而別裁因之。丕績案：汪端選本亦同。別裁應作明詩綜。

〔石開重出啓〕明詩綜「重」作「曾」。聽松廬詩話云：蓋亦竹垞所訂。

【彙注】

〔一〕位宅句　原注：白虎通：中央之嶽獨加高者何？中央居四方之中，可高，故曰嵩高山。

蘧常案：潘耒遊中嶽記：易象論卦爻，以居中得正爲貴。茲山宅四維之心，綰八埏之軸，可謂居中矣；恒嶽偏於東北，衡山偏於西南，而此奠位土中，當陽端拱，可謂得正矣。案：潘論中嶽中正之意特詳，正此句好注脚。

〔二〕高疑句　徐注：嵩高志：少室三十六峰，峰勢高極，望之若與天接。紫霄峰與連天峰埒。

蘧常案：雲笈七籤：上界宮館，生於窈冥。

〔三〕蓄波句　原注：唐李林甫嵩陽觀頌：抱汝含潁，風交雨會。　徐注：括地志：潁水源出洛川嵩高縣東南三十里陽乾山。注：陽乾，少室分支也。水經注：潁水出潁川陽城縣少室山，東流注於潁，歷臨潁亭西，東南入汝。

〔四〕吐氣句　徐注：唐書天文志：柳在興鬼東，當商、洛之陽，七星係軒轅得土行，正位中嶽象也。　李注：淮南子：天道圓，地道方。圓者主明，方者主幽。明者，吐氣者也；幽者，含氣者也。

〔五〕二室句　徐注：先生金石文字記：有嵩山太室神道石闕銘，云在登封縣中嶽廟南百餘步。又有少室神道石闕銘，云在登封縣西十里邢家鋪，西距少室山尚十餘里。戴延之西征記：其山東謂太室，西謂少室，相去十七里，嵩其總名也。謂之室者，以其下各有石室焉。少室高八百六十丈，上方十里，與太室相埒。就山中視之，太室爲高，出山則少室巋然矣。河南府志：太室有起雲峰，少室有白雲峰。王士性嵩游記：白雲復靉靉起山腹，咫尺不見人。

〔六〕三呼句　原注：後漢書文苑傳：多事響臻。

蘧常案：三呼，見前三月十九日行次嵩山會善寺詩「舊日」句注。

〔七〕至德　徐注：裴衍請隱嵩高表：偶影風雲，永歌至德。

〔八〕孤隱句　徐注：嵩高志：少室有靈隱峰，爲羣仙棲隱之地。

〔九〕人愁句　原注：中庸：質諸鬼神而無疑。　徐注：日知録：罔中于信下，國亂無政，小民有情而不得申，有冤而不見理，於是不得不愬之於神，而詛盟之事起矣。

〔一〇〕石開句　徐注：一統志：嵩山麓啓母廟有啓母石，古云塗山氏所化。

蘧常案：藝文類聚六引隋巢子曰：啓生於石。漢書武帝紀：元封元年春正月，行幸緱氏，詔曰：朕用事華山，至於中嶽，見夏后啓母石。注：應劭曰：啓生而母化爲石。文穎曰：在嵩高山下。顔師古曰：啓，夏禹子也，其母塗山氏女也。禹治鴻水，通轘轅山，化爲熊，謂塗山氏曰：欲餉，聞鼓聲乃來。禹跳石，誤中鼓，塗山氏往，見禹方作熊，慚而去。至嵩高山下，化爲石，方生啓。禹曰：歸我子。石破北方而啓生。事見淮南子。沈欽韓漢書疏證：「淮南子人間訓僅云禹生於石。注云：禹母修己，感而生禹，坼胸而出。他無所見，師古妄説。案：後來地志書，遂多以師古語爲淮南説矣。潘耒遊中嶽記云：啓母石側立如削，山間常有之。啓母化石之説絶謬悠，而漢、唐人爲之立闕立廟，若真有其事者，殊可笑也。此句即卷四羌胡引「湯降文生」之意。「重」者望其重出爲夏主也。朱彝尊改爲「曾」字，失其意矣。下「再生」亦此意。

〔一二〕嶽降句　徐注：嵩高志：生賢門在嶽廟峻極門内，壁畫申、甫像。今亭尚存，像剥落矣。周敘游嵩陽記：峻極殿南爲降神殿，三面皆圖申、甫像。

蘧常案：申伯，見卷一帝京篇「毓德」句注。詩序云：崧高，尹吉甫美宣王也。天下復平，能建國，親諸侯，褒賞申伯也。禮記孔子閒居篇：生甫及申。鄭注：甫、申爲仲山甫及申伯。

〔一三〕老柏句　徐注：都穆游嵩山記：嵩山神祠，入門三重，咸有古柏，幾二百餘株。

蘧常案：見三月十九日行次嵩山會善寺詩「霜姿」句注。

〔一三〕幽花句　徐注：三才圖會嵩嶽圖考：漢世有道士從外國將貝多子來，於嵩高西麓種之。有四樹，與衆木異。一年三花，白色，香美。

蘧常案：此似但謂幽谷叢花而已，未必指貝多子也。潘耒遊中嶽記云「異花爛熳」，其意蓋同。

〔一四〕豈知二句　徐注：嵩高志：許由墓在箕山之巔，巢父墓與箕山相近。潘耒游中嶽記：告成之南數里爲箕山，許由墓在山巔，廟在山半。棄瓢有巖，洗耳有池，巢、許高風如覿，而山童然無可偃仰。

蘧常案：巢、許見前春雨詩「未敢」二句及寄次耕時被薦在燕中詩「洗耳」二句兩注。巢、許，蓋以自許也。

測景臺　在登封縣東南三十里故告成縣

【解題】

蘧常案：潘耒遊中嶽記：循焦河而南可三十里，渡潁水，至告成鎮，即古之陽城也。周公卜洛立表測景，以此爲地中，今有測景臺存焉。臺高五丈，縱廣三丈，形體方正，而闕其北面十之三，云以懸壺滴漏。當闕處，鋪平石一行於地。其長視臺之高，廣可二尺許，刻水道其上，以承壺漏，視水所至以定時，俗謂之量天尺。臺南一石，高丈許，上立一表，其長八尺，是謂土圭。此唐儀鳳中所立，見於杜氏通典。今以石表爲測景臺，而謂崇臺爲觀星臺，非也。

象器先王作〔一〕，靈臺太室東〔二〕。陰陽求日至〔三〕，風雨會天中〔四〕。考極三辰正〔五〕，封畿萬國同〔六〕。吾衰今已甚，猶一夢周公〔七〕。

【彙注】

〔一〕象器句　徐注：易繫辭：以制器者尚其象。疏：謂造制形器，法其爻卦之象也。

蘧常案：潘耒遊中嶽記：測景臺規制古樸，思理精微，非周公不能作。

〔二〕靈臺句　蘧常案：詩大雅靈臺篇鄭箋：天子有靈臺者，所以觀祲象，察氣之妖祥也。太室，見前嵩山詩「二室」句注。

〔三〕陰陽句　徐注：周禮疏：陰陽之所舍也者，謂若昭四年左氏申豐云：冬無愆陽，夏無伏陰，是其陰陽和也。「日至」，鄭司農云：土圭之長尺有五寸，以夏至之日，立八尺之表，其景適與土圭等，謂之地中，今潁川陽城地爲然。

蘧常案：周禮冬官考工記玉人：土圭尺有五寸，以致日，以土地。鄭注：致日度景至不，夏日至之景，尺有五寸；冬日至之景，丈有三尺。杜佑通典：儀鳳四年五月，命太常博士姚元於陽城測景臺依古法立八尺表，夏至日中測景尺有五寸正，與古法同。

〔四〕風雨句　徐注：周禮疏：風雨之所會也者，風雨所至，會合人心。謂若禮器云「饗帝於郊，風雨節，寒暑時」是也。崇融啓母廟碑：九州地險，五嶽天中。

蓬常案：劉長卿送裴晉公留守東都詩：八方風雨會中州。

〔五〕考極句　徐注：周禮疏：地與星辰四游升降於三萬里之中者，考靈曜文，言四游升降者：春分之時，地與星辰復本位；至夏至之日，地與星辰東南游萬五千里，下降亦然；至秋分還復正；至冬至地與星辰西北游亦萬五千里，上升亦然，至春分還復正。

〔六〕封畿句　徐注：周禮疏：凡建邦國，以土圭土其地而制其域。鄭司農云：土其地但爲正四方耳，制其域者，自上公五百里已下皆有營域封圻。

蓬常案：周禮春官典瑞土圭：封國則以土地。鄭注：封諸侯以土圭。度日景，觀分寸長短，以制其域所封也。賈疏：日景一寸，其地千里，則一分百里。今封諸侯無過五百里，以下止可言分，而言寸者，語勢連言之，其實不合有寸也。

〔七〕吾衰二句　徐注：論語：甚矣！吾衰也。久矣吾不復夢見周公。嵩高志：周公廟在告成鎮測景臺後，弘治間知府陳宣建。

卓太傅祠　在密縣東三十五里大隗嶺。

【解題】徐注：明史志地理：開封府禹州密縣。水經注：溴水出河南密縣大隗山。注：大隗即具茨山也。

蘧常案：潘刻本「大魄嶺」作「大魄鎮」。後漢書卓茂傳：卓茂，字子康，南陽宛人也。元帝時，學於長安，究極師法，號稱通儒。性寬仁恭愛。初辟丞相府史，事孔光，光稱爲長者。後以儒術舉爲侍郎，給事黄門。遷密令，勞心諄諄，視人如子，舉善而教，口無惡言。吏人親愛而不忍欺之。數年教化大行，道不拾遺。王莽秉政，置大司農六部丞，勸課農桑，遷茂爲京都丞，密人老少皆涕泣隨送。及莽居攝，以病免歸。更始立，以茂爲侍中祭酒，知更始政亂，以年老乞骸骨歸。光武初即位，先訪求茂，以爲太傅。建武四年薨，賜棺槨冢地，車駕素服，親臨送葬。案：先生詩無苟作，此爲不仕清者勉也。

拱木環遺寢〔一〕，空山走部民〔二〕。循良思舊德〔三〕，執節表淳臣。几杖中興禮〔四〕，丹青御座親〔五〕。至今傳俎豆，長接大魄春〔六〕。

【彙注】

〔一〕拱木句　徐注：江淹恨賦：拱木斂魂。禮記月令：寢廟必備。注：凡廟，前曰廟，后曰寢。

蘧常案：左傳僖公三十二年：爾何知？中壽，爾墓之木拱矣！

〔二〕空山句　蘧常案：此承首句，謂至今邑民猶奔走空山，祭拜其廟也。或以本傳「密人老少皆涕泣隨送」當之，非。

〔三〕循良句　徐注：西都賦：士食舊德之名氏。

蘧常案：柳宗元柳州謝上表：常以萬邦共理，必藉於循良。並詳卷五兄子洪善北來詩「循吏西門豹」注。

〔四〕執節二句　原注：後漢書卓茂傳：光武詔曰：前密令卓茂，束身自修，執節淳固。今以茂爲太傅，封褒德侯，食邑二千户，賜几杖車馬，衣一襲，絮五百斤。

〔五〕丹青句　原注：後漢書朱祐傳：永平中，圖畫二十八將于南宫雲臺，其外又有王常、李通、竇融、卓茂，共三十二人。　徐注：漢書蘇武傳：雖古竹帛所載，丹青所畫，何以過子卿！

段注：後漢書隱逸傳：客星犯御座甚急。

〔六〕大騩　徐注：莊子徐无鬼篇：黄帝將見大騩乎具茨之山。

蘧常案：莊子作「大隗」。山海經中山經云：敏山東三十里，曰大騩之山。郭注：今滎陽密縣有大騩山。郝懿行箋疏云：騩，説文作「隗」，廣韻同。則大騩即大隗也。莊子釋文云：大隗，神名。蓋以神名名山。此曰「大騩春」，亦謂山也。

梁園

【解題】

徐注：葛洪西京雜記：孝王作曜華之宫，築兔園。園中有百靈山，山有膚寸石、落猿巖、棲龍岫，又有鴈池。池間有鶴洲鳧渚，奇果異樹，瓌禽怪獸畢備。王日與賓客宫人釣弋其中。一統志：歸德府東文雅臺、平臺、東苑，梁孝王時，鄒、枚、相如之徒游吟其間。

蘧常案：蔣山傭殘稿與李紫瀾書：游大魏，轉歷梁、宋。

梁園詞賦想遺音〔一〕，雕績風流遂至今〔二〕。縱使鄒枚仍接踵，不過貪得孝王金〔三〕。

【彙注】

〔一〕梁園句　徐注：史記司馬相如列傳：景帝不好詞賦。會梁孝王來朝，從鄒陽、枚乘、莊忌夫子之徒，相如見而悦之。因病免，客游梁。漢書枚乘傳：梁客皆善詞賦。禮記：有遺音者矣。

〔二〕雕績句　徐注：南史顔延之傳：嘗問鮑照己與靈運優劣，照曰：君詩若鋪錦列繡，亦雕績滿眼。

〔三〕縱使二句　徐注：史記梁孝王世家：孝王，竇太后子也，賞賜不可勝道。於是孝王築東苑方三百餘里，廣睢陽城七十里。大治宫室，爲複道，自宫連屬於平臺三十餘里。游説之士，莫不畢至。齊人羊勝、公孫詭、鄒陽之屬初見王，賜千金，官至中尉。府庫金錢且百巨萬，珠玉寶器多於京師。及死，藏府餘黄金四十餘萬觔。

蘧常案：此譏應博學鴻詞科諸人也。

海上

【解題】

徐注：漢書蘇武傳：乃徙武北海上無人處，使牧羝。羝乳，乃得歸。武既至海上，廩食不至。

海上雪深時〔一〕，長空無一鴈〔二〕。平生李少卿，持酒來相勸〔三〕。

【彙注】

〔一〕海上句　徐注：漢書蘇武傳：置大窖中，絶不飲食。大雨雪，武卧齧雪與旃毛並咽之。

〔二〕長空句　蘧常案：此似用漢書蘇武傳「漢使求武，常惠教使者謂單于，言天子射上林中得鴈」事。見卷四一鴈詩「塞上」句注。蓋自謂不能如武以鴈書達漢也。

〔三〕平生二句　徐注：漢書李陵傳：字少卿，隴西成紀人。爲騎都尉。降匈奴爲右校王。又蘇武傳：初，武與李陵俱爲侍中。武使匈奴。明年，陵降，不敢求武。久之，單于使陵至海上，爲武置酒設樂。因謂武曰：單于聞陵與子卿素厚，故使陵來説足下。論語憲問篇：久要不忘平生之言。孔注：平生猶少時。

蘧常案：元譜：是年葉訒庵閣學充明史館總裁，欲招先生入史局，復力卻之。訒庵，名方藹，先生鄉人。以明諸生舉清進士及第，官至禮部侍郎。「平生李少卿」，疑謂方藹。邀其入史局，故曰「持酒來相勸」也。其兄即方恒，與先生初讎而後解者。方藹則以廉謹稱，曾欲薦先生應博學鴻詞科者，此則再卻矣。

五嶽

【解題】

蘧常案：見卷三陳生芳績兩尊人先後即世詩第二首「五嶽」句注。

五嶽何時偏？行游二十春〔一〕。誰知禽子夏，昔是去官人〔二〕。

【彙注】

〔一〕五嶽二句　徐注：先生山陽王君墓志銘：每爲余言：子行游天下二十年。年漸衰，可已矣。

蘧常案：蔣山傭殘稿與陳介眉書：弟今年得一詣嵩山少室。天下五嶽，已游其四。

〔一一〕誰知二句　原注：漢書王貢兩龔鮑傳：北海禽慶子夏，儒生去官，不仕於莽。　徐注：高士傳：向長，字子平。爲子嫁娶畢，敕家事斷之，云：當如我已死。與同好禽子夏俱游五嶽名山，不知所終。

贈張力臣

【解題】

戴注：即張文學弨也。

蘧常案：詳見卷五寄張文學弨詩解題。元譜：時力臣北游。王士禛居易録：門人張弨力臣，今老矣，又耳聾，攜其兩子一孫，客京師。

張君二徐流〔一〕，篆分特精妙〔二〕。獨坐淮水濆〔三〕，臨池伴魚釣〔四〕。京口躡寒蕪〔五〕，彭城搴荒藋〔六〕。扁舟浮漢江，一攬關山要〔七〕。西上定軍山，咨嗟武侯廟〔八〕。旋車下秦棧〔九〕，絶谷隨奔峭〔一〇〕。昭陵圖駿骨〔一一〕，漢闕悲殘照〔一二〕。石鼓在燕山〔一三〕，望諸可憑弔〔一四〕。還登尼父堂，禮器存遺詔〔一五〕。囊中金石文，一室供長嘯〔一六〕。諸子竝多材，筆畫皆克肖〔一七〕。削柎追宜官〔一八〕，俗書嗤逸少〔一九〕。尤工蒼雅學〔二〇〕，深鄙庸儒剽。卻思舊游國，轉瞬分疆徼。古堠出夕烽，平林延野燒〔二一〕。惟此數卷書〔二二〕，嗚琴對言笑。持以勗兒曹〔二三〕，四海有同調。莫浪逐王孫，但從諸母漂〔二四〕。

【彙校】

〔舊游國〕徐注本作「舊國游」。

【彙注】

〔一〕二徐　徐注：南唐書：徐鉉、徐鍇兄弟俱知名，號二徐。鍇亦善小學，嘗以許慎説文依四聲譜次爲十卷，目曰説文解字韻補，鉉親爲之篆，鏤板以行於世。

蘧常案：徐注「鍇亦善小學」下，爲宋史徐鉉傳文。首二句，亦不見馬令、陸游兩南唐書，不知何據，姑存之。宋史徐鉉傳：鉉，字鼎臣，揚州廣陵人。仕南唐，試知制誥。宋師圍金陵，隨李煜入覲。累官散騎常侍，謫卒。鉉精小學及篆隸，嘗受詔校説文。陸游南唐書徐鍇傳：鍇，字楚金。後主立，拜右内史舍人，兼兵、吏部選事。與兄鉉俱在近侍，號二徐。開寶七年卒。著説文通釋等，凡數百卷。

〔二〕篆分句　徐注：漢書藝文志「史籀十五篇」注：周宣王太史作，大篆。説文序：李斯作蒼頡篇，皆取史籀大篆，或頗省改，所謂小篆者也。書斷：斯小篆入神，大篆入妙；伯喈八分、飛白入神，大篆、小篆入妙。杜甫李潮八分小篆歌：大小二篆生八分。注：八分者，秦羽人王次仲飾隸書爲之，鍾繇謂之章程書。蔡文姬別傳：臣父邕言，程邈隸字八分取二分，割李斯小篆二分取八分，故名八分。文獻徵存録：弨嘗校婁機漢隸字源，爲之序。又云：蓋謹守叔重家法，其學迥出戴侗、楊桓上。

蘧常案：吴德旋初月樓聞見録：力臣性好古，精書法。

〔三〕淮水濆　徐注：詩：鋪敦淮濆。

〔四〕臨池句　蘧常案：見卷五寄楊高士詩「書池」注。

〔五〕京口　蘧常案：此謂弨至焦山觀瘞鶴銘，見卷五寄張文學弨詩「文字」句注。

〔六〕彭城句　徐注：隰西草堂有贈弨詩。案：弨亦嘗客彭城。爾雅釋草：拜，蔏藋。注：商藋亦似藜。

蘧常案：徐注謂萬壽祺有贈弨詩，蓋以壽祺爲徐州人，疑其訪壽祺而客彭城也。其詞甚慎，而其意可見。然同治山陽縣志萬壽祺傳云：壽祺，徐州人。甲申，京師陷，被執得脱，居山陽，徙清江浦。號所居隰西草堂曰南村。則其去徐州也久矣。弨之客彭城，未必以壽祺也。莊子徐无鬼篇：夫逃虚空者，藜藋柱乎鼪鼬之徑。唐韻：藋，徒弔切。

〔七〕扁舟二句　蘧常案：王士禛東西二漢水辨：按百牢關下有分水嶺，嶺東水皆北流，至五丁峽，北合漾水，入沔而爲東漢；嶺西水皆南流，逕七盤關、龍洞，合嘉陵水而爲西漢。案：此謂東漢也。

〔八〕西上二句　原注：蜀志諸葛亮傳：葬漢中定軍山。景耀六年，詔爲立廟。　徐注：弨集中有武侯廟詩。

蘧常案：沔陽縣志：定軍山在縣東南十里，上則兩峰對峙，下則河流環繞，可容萬軍。漢黄忠斬魏夏侯淵於此山下。有武侯墓，前有祠。張邦基墨莊漫録：武侯壘東南有定軍山。入山十餘里，有武侯墓。三國志蜀志諸葛亮傳：亮遺命葬漢中定軍山。因山爲墳，冢足容棺。斂以時服，不須器物。

〔九〕秦棧　徐注：李白送友人入蜀詩：芳樹籠秦棧。

蘧常案：王琦李太白集輯注：入蜀之道，山路懸險，不容坦行，架木而渡，名曰棧道。以其爲自秦入蜀之道，故曰秦棧。王士禛居易録：弨於康熙辛亥冬，從漢南過雲棧。

〔一〇〕奔峭　徐注：謝靈運七里瀨詩：徒旅苦奔峭。

〔一一〕昭陵句　徐注：山陽縣志張弨傳：又謁唐昭陵，遍拓從葬諸王公墓碑及六馬圖。王士禛居易録：弨冒雪至醴泉，抵趙村石鼓寺宿。明日，恭謁殿前，上下歷覽，皆如昭陵諸志所云。審視六馬，其制琢石如屏風。忍凍盤旋其旁者兩日。

〔一二〕漢闕句　蘧常案：李白憶秦娥詞：西風殘照，漢家陵闕。

〔一三〕石鼓句　蘧常案：歐陽修集古録：石鼓文在岐陽，韋應物以爲周文王之鼓，至宣王刻詩。韓退之直以爲宣王之鼓。在今鳳翔孔子廟中。先時散棄於野，鄭餘慶置於廟而亡其一。皇祐四年，向傳師求于民間得之，十鼓乃足。其文可見者四百六十五，磨滅二字。虞集道園學古録：大都國子監文廟石鼓十枚，其一已無字，其一但存數字，其一不知何代人鑿爲臼，而字稍完。傳聞徽宗時自京兆移置汴梁，以黄金實其字。金人得汴梁奇玩，悉輦置燕京，此鼓亦在北徙之列。集爲大都教授，得此鼓于泥土草萊之中，後助教成均，言于時宰，得兵部差大車十乘載之于今國子學大成門内左右壁下各五枚，爲磚壇以承之，又爲疏欞而扃鐍之。大抵石方刓而高，略似鼓耳，不盡如鼓也。王士禛題張力臣小照詩：白頭更訪鴻都學，手拓陳倉石鼓文。

〔一四〕望諸句　徐注：韓愈送董邵南遊河北序：爲我弔望諸君之墓。

蘧常案：史記樂毅列傳：燕惠王使騎劫代將而召樂毅，樂毅畏誅，遂西降趙。趙封樂毅於觀津，號曰望諸君。索隱：望諸，澤名，在齊，而趙有之，故號焉。集解：張華曰：望諸君冢，在邯鄲西數里。

〔一五〕還登二句　原注：集古録有後漢修孔子廟禮器碑。　徐注：史記孔子世家贊：觀仲尼廟堂車服禮器。

蘧常案：山陽縣志張弨傳：弨至濟寧州拓孔子廟五漢碑，皆加辯論，根據詳洽。人以爲董參遠、黄伯思不是過也。案：濟寧孔廟漢五碑，謂北海相景君、郎中鄭固、司隸校尉魯峻、尉氏令鄭君、執金吾丞武榮五碑也。許瀚謂弨有漢碑釋文，濟寧潘氏嘗刻之，而所傳不廣。禮器碑則在曲阜孔子廟中。

〔一六〕囊中二句　徐注：後漢書向栩傳：不好言語而好長嘯。

蘧常案：元譜：力臣貧而嗜古，多集金石文字。

〔一七〕諸子二句　蘧常案：文集音學五書後序：此書得張君弨爲之手書，二子叶增、叶箕分書小字。

〔一八〕削柎句　原注：晉衛恒書勢：師宜官甚矜其能。或時不持錢詣酒家飲，因書其壁，雇觀者，以讐酒直。計錢足而滅之。每書輒削而焚其柎。梁鵠乃益爲版而飲之酒，候其醉而竊其柎。

〔一九〕俗書句　原注：韓退之石鼓歌：羲之俗書趁姿媚。

蘧常案：王士禛居易録：力臣嘗著一書，以辨俗書之謬。

〔二〇〕尤工句　徐注：史記自序：上起典、謨，旁究蒼、雅。

蘧常案：静志居詩話：力臣精六書。

〔二一〕卻思四句　蘧常案：「舊國游」，似謂京口以下游踪，與前相呼應。「轉瞬」三句，似謂吴氏戰亂，舊游之地悉淪兵燹也。

〔二一〕數卷書　蘧常案：淮安府志張弨傳謂其有符山堂藏書。

〔二三〕兒曹　徐注：後漢書耿弇傳：光武笑曰：小兒曹乃有大志哉！

〔二四〕莫浪逐二句　蘧常案：王孫、漂母，見卷一吴興行「世無」四句注。案：此即餘集常熟陳君墓誌所謂「士不幸而際此，當長爲農夫以没世，愼無仕宦」之意。

子德自燕中西歸省我于汾州天寧寺

【解題】

徐注：汾州志：李因篤與崑山顧炎武、太原閻若璩皆以博古精考核爲學者推重。其至汾陽，因炎武游汾時取道而來也。一統志：汾州府天寧寺在汾陽縣東郭，漢郭泰宅。唐始建爲寺，名太平。宋改名太子院。明洪武中更今名。

蘧常案：吴懷清李天生年譜：夏五月庚戌，詔受檢討。旋乞養，帝鑒其誠，許之。秋初出都，過汾州，省顧寧人於天寧寺。

一載燕臺别〔一〕，頻承注問書。天空烏鳥去〔二〕，秋到鴈行初。共識斑衣重〔三〕，偏憐皁帽疎〔四〕。輕身騎欵段，一徑訪樵漁〔五〕。

【彙校】

〔斑衣〕潘刻本、孫託荀校本「斑」作「班」，古通。

【彙注】

〔一〕一載句　蘧常案：此謂因篤赴京之別。李天生年譜：康熙十七年，詔舉博學鴻儒，内閣學士項景襄、李天馥、大理少卿張雲翼咸以先生名上。以母老病辭。不許。九月，邑令郭九芝爲具裝北上。考先生年譜，時薦局方殷，絶跡不至都門，寓富平朱樹滋家。别在富平，非别於燕臺也。詩下有「秋到」云云，至本年秋時，别正一年矣。

〔二〕烏烏去　蘧常案：似有烏去失哺之意。禽經：慈烏反哺。

〔三〕共識句　蘧常案：斑衣，見卷一表哀詩「斑衣」句注。文集與李湘北書：關中布衣李君因篤承大疏薦揚，既徵好士之忱，尤羨拔尤之鑒。但此君母老且病，獨子無依，一奉鶴書，相看哽咽。雖趨朝之義，已迫於戴星；而問寢之私，倍懸於愛日。況年踰七十，久困扶牀；路隔三千，難通嚙指。一旦禱北辰而不驗，回西景以無期，則缾罍之恥奚償，風木之悲何及？昔者令伯奏其愚誠，晉朝聽許；元直指其方寸，漢主遣行。求賢雖有國之經，教孝實人倫之本，是用遡風即路，瀝血叩閽。伏維執事宏錫類之仁，憫向隅之泣，俯賜吹嘘，仰徼俞允。俾得歸供菽水，入侍刀圭，則自此一日之斑衣，即終身之結草矣！王弘撰山志：李天生方授檢討，告終養，自具疏，以通政司難之，遂冒不應封而封之禁，朝廷以其情詞懇摯，特予終養，不罪也。案：因篤乞養疏，前人稱爲有清一代大文，然詞意多與先生此書同。蓋即據此書而衍之也。

〔四〕皁帽　蘧常案：見前皁帽詩解題。

〔五〕輕身二句　蘧常案：款段，見卷二秀州詩「將從」四句注。案：王弘撰砥齋集復湯荆峴侍講書：子德深居簡出，絶無軒冕態。昨枉顧山堂，從者一老僕而已。朱樹滋李文孝先生行狀：天子允終養，抵家，隨易常服，見宗族戚友，口不道京邸事。居家不改寒素，出門乘羸馬，從小奚。此二句或有以輔成之歟？

寄次耕

【解題】

蘧常案：次耕，見卷四寄潘節士之弟耒詩解題。

入雒乘軒車〔一〕，中宵心有愠〔二〕。儻呼黄耳來〔三〕，更得遼東問〔四〕。兒子兩人，今在兀喇。

【彙校】

〔題〕徐注本下有「三首」二字。

〔更得〕徐注本、曹校本「得」作「待」。句下自注，孫託荀校本，汪、曹兩校本有，潘刻本、孫校本、徐注本闕。

【彙注】

〔一〕入雒句　徐注：南史宋彭城王義康傳：袁淑曰：陸機入雒之年。古詩：軒車來何遲？

蘧常案：晉書陸機傳：太康末，與雲俱入洛。後太傅楊駿辟爲祭酒。王鳴盛十七史商榷：機，太康末入洛，年二十九。案：耒入京應試授官，年與相若，故以爲況。

〔二〕中宵句　原注：易夬：九三，若濡有慍。

蘧常案：説文解字：慍，怨也。蓋以兄讎動之，謂中夜捫心，必有所怨恨也。故下及兄子。

〔三〕黄耳　蘧常案：見卷三自笑詩「黄耳」句注。案：黄耳傳書，亦機在京師事也。

〔四〕更得句　蘧常案：蔣山傭殘稿與次耕書云：既在京邸，當尋一的信，與嫂姪相聞。此吾輩情事，亦清議所關，不可闕略也。當爲一時事。然潘耒遂初堂詩集補遺慟哭七十韻，哭其兄也，有云：哀哀破巢下，萬事難可測。維時北風寒，千里凍地坼。寡嫂將兩雛，崎嶇赴塞北。逝將徒步送，不能憚遠役。薊門煙塵黄，塞外草根白。零丁四千里，寒影深夜隻。廣寧城迢遥，淒風苦白日。哀哉吾貞嫂，畢命於荒驛！殊俗激清風，邊城悚英魄。空餘兩孤兒，零落竄海磧。死者長已矣，生者兩惻惻。耒北送時，年僅十有八，見其所爲沈兼人六十壽序，則其嫂死久矣。先生或偶忘，故書言而詩不及之。「兀喇」疑即兀惹。兀惹一稱烏惹，亦曰兀者，在今吉林東北。蓋先至廣寧，後徙兀喇。廣寧，今遼寧北鎮縣。蓋愈流愈北矣。其後終由末贖歸。陳廷敬次耕潘君墓誌銘云：初，伯氏兩孤兒在塞外，用捐贖例，購貲往贖。得贖矣，察覆至八九，經四部、兩撫、兩將軍，十年之久，得釋而歸。附識於此。

六鼇成簸蕩〔一〕，夜宿看星河〔二〕。相對愁珠桂，流民輂下多〔三〕。

【彙注】

〔一〕六鼇句　徐注：楚辭天問：鼇戴山抃，何以安之？韓愈聯句詩：更呼相簸蕩。東華録：康熙十八年七月庚申，京師地震，詔部院三品以上官及科道在外督撫等官言時政得失；發内帑金十萬兩，賑軍民廬舍傾圮及死傷者。

蘧常案：此次地震，不僅京師已也。清史稿災異志：康熙十八年七月初九日，京師地震，通州、三河、平谷、香河、武清、永清、寶坻、固安地大震，聲響如奔車，如急雷，晝晦如夜，房舍傾倒，壓斃男婦無算。

〔二〕星河　徐注：河圖括地象：川德布精，上爲星河。

〔三〕相對二句　徐注：戰國策：楚國之食貴於玉，薪貴於桂。漢書食貨志：昭帝時流民稍還，田野益闢。司馬遷報任少卿書：得待罪輦轂下。

蘧常案：黄庭堅詩：我家輦轂下，薪貴炊白玉。案：此詩謂燕京不足戀也。

嘗披秋興篇〔一〕，欲作東皋計〔二〕。聞有二毛人，年纔三十二〔三〕。

【彙注】

〔一〕秋興篇　蘧常案：潘岳秋興賦序：僕，野人也。偃息不過茅屋茂林之下，談話不過農夫田父之客。攝官承乏，猥廁朝列；夙興晏寢，匪遑底寧。譬猶池魚籠鳥，有江湖山藪之思。於是染翰操紙，慨然而賦。于時秋也，故以秋興命篇。案：文集與潘次耕書云：於天空海闊之中，一旦爲畜樊之雉，才華累之也。「畜樊之雉」，雖用莊子，亦同秋興賦序「池魚籠鳥」之意。

〔二〕東皋計　徐注：潘岳秋興賦曰：耕東皋之沃壤兮，輸黍稷之餘税。

〔三〕聞有二句　蘧常案：潘岳秋興賦序：晉十有四年，余春秋三十有二，始見二毛。李善注：左氏傳宋襄公曰：不禽二毛。杜預曰：二毛，頭白有二色也。案：此以潘岳喻耒，勸其歸也。耒少先生三十三歲，則本年爲三十四歲。

歲暮西還時李生雲霑方讀鹽鐵論

【解題】

蘧常案：張譜：十八年正月，攜衍生移寓華下山史新齋。三月，出關。十一月，回華陰。時李雲霑仍留課衍生。雲霑詳前寄李生雲霑詩解題。漢書藝文志諸子略儒家：桓寬鹽鐵論六十篇。顔師古注：孝昭帝時，丞相御史與諸賢良文學論鹽鐵事，寬撰次之。

積雪凍關河，我行復千里〔一〕。忽聞弦誦聲，遠出衡門裏。在漢方盛時，言利弘羊始〔二〕。桓生書一編〔三〕，恢卓有深旨〔四〕。發憤刺公卿，嗜利無廉恥。片言折斗筲，篤論垂青史〔五〕。矧乃衰亂仍，征斂横無紀〔六〕。轉餉七盤山，骨滿秦川底〔七〕。太息問朝紳〔八〕，食粟斯已矣。幸哉荀卿門，尚有苞丘子〔九〕。

【彙注】

〔一〕我行句　蘧常案：年譜：由汾州回華陰。

〔二〕在漢三句　徐注：漢書食貨志：武帝以東郭咸陽、孔僅爲大農丞，領鹽鐵事，而桑弘羊貴幸。弘羊，洛陽賈人子，以心計。年十三，侍中。故三人言利事析秋豪矣。

〔三〕桓生句　蘧常案：漢書公孫賀等傳贊：所謂鹽鐵議者，起始元中。徵文學賢良，問以治亂，皆對願罷郡國鹽鐵、酒榷、均輸，務本抑末，毋與天下争利，然後化可興。御史大夫弘羊以爲此乃所以安邊境，制四夷，國家大業，不可廢也。當時相詰難，頗有其議文。至宣帝時，汝南桓寬次公治公羊春秋，舉爲郎，至廬江太守丞。博通，善屬文，推衍鹽鐵之議，增廣條目，極其論難，著數萬言，亦欲以究治亂，成一家之法焉。

〔四〕恢卓句　原注：鹽鐵論引春秋曰：其政恢卓，恢卓可以爲卿相；其政察察，察察可以爲匹夫。

〔五〕發憤四句　徐注：鹽鐵論刺權篇：皆公卿之累也，又皆公卿之憂也。又刺議篇：非儒無成事，公卿欲成利也。又地廣篇：公卿積億萬利己，并財以聚，百姓寒苦於道路。又本議篇：諸侯好利則大夫鄙。又國病篇：吏即少廉，民即寡恥。又：貧則寡恥，乏即少廉。廉恥陵遲而争於利矣。

蘧常案：鹽鐵論雜論：余覩鹽鐵之義，觀乎公卿文學賢良之論，意指殊路，各有所出，或上仁義，或務權利。中山劉子雍言王道，矯當世，復諸正，務在乎反本；直而不徼，切而不熔，斌斌然斯可謂弘博君子矣。九江祝生奮由路之意，推史魚之節，發憤懣，刺譏公卿，介然直而不撓，可謂不畏强禦矣。桑大夫據當世，合時變，推道術，尚權利；攝卿相之位，不引準繩，以道化下，放於利末，不師始古，處非其位，行非其道，果隕其姓，以及厥宗。若夫羣丞相御史不能正議以輔宰相，成同類，長同行，阿意苟合，以説其上；斗筲之人，道諛之徒，何足算哉！

〔六〕矧乃二句　徐注：楚詞：罔芒芒之無紀。先主病起與薊門當事書：目見鳳翔之民舉債於權要，每銀一兩，償米四石，此尚能支持歲月乎？

蘧常案：王弘撰復張又南冏卿書：吾鄉民力已竭。豈有越蜀道之險，而運糧於千里之外哉？今計小米一石，費至十有二金矣。明年若不更作長計，其憂不細。

〔七〕轉餉二句　徐注：漢書高帝紀：丁壯苦軍旅，老弱罷轉餉。東華録：康熙十三年，安西將軍葉赫等自漢中抵七盤關，破賊於關口及種子鋪山下，進抵朝天關；敗吴三桂僞總兵石存禮于劉閣鋪山下，復朝天關。又十二月，經略莫洛言廣元大兵缺餉兩月，略陽糧艘爲賊所劫。賊又長踞七盤、朝天諸關，餉道梗塞。上命速赴七盤、朝天等處，會將軍席卜臣勦賊，疏通餉道。尋總督哈占言蜀中水陸阻賊，糧運難繼，且賊窺伺平陽。上諭貝勒董額、經略莫洛及周有德、張德地等撤兵回廣元，再圖恢復。

蘧常案：明史志地理四四川保寧府廣元注：北有七盤嶺，上有七盤關，爲陝西、四川分界處。三國志蜀志諸葛亮傳：將軍身率益州之衆以出秦川。讀史方輿紀要陝西云：秦孝公徙都之，謂之秦川，亦曰關中。案：「骨滿秦川」，當謂王輔臣之附吴三桂事，見卷五兒子洪善北來詩「秦關」句注。

〔八〕朝紳　徐注：趙抃詩：公議協朝紳。

〔九〕幸哉二句　原注：鹽鐵論曰：李斯與苞丘子俱事荀卿。苞丘子飯麻蓬藜，修道白屋之下。徐注：鹽鐵論毁學篇：方李斯之相秦也，始皇任之，人臣無二，然而荀卿爲之不食，覩其罹不測之禍也。

送康文學乃心歸郃陽　已下上章涒灘

【解題】

徐注：康熙十九年庚申。元譜：乃心，字太乙，郃陽人。漁洋奉使祭告西嶽，游慈恩寺，見太乙題秦莊襄王墓絶句，亟稱之。康以此得名。學使陸儼庭德元拔之充貢，是科以第五人冠其經。長安語曰：關中二李，不如一康。著有莘野集。文獻徵存録：乃心進退辭讓，一以聖賢爲準則。明史地理志：西安府同州領縣五：朝邑、郃陽、韓城、澄城、白水。郃陽注：州東北。戴注：「關中二李，不如一康」之諺，見王士禛居易録。冒云：先生是年年六十八。

蘧常案：郃陽縣志：康乃心又號恥齋。少善屬文，尤工詩。康熙三十八年舉人。聖祖西巡，問經明行修之士，韓城劉蔭樞以乃心對，由是名大著。著有毛詩箋，莘野集，太乙子，韓城、平遥二縣志。卒祀鄉賢。王士禛遊樊川諸勝記：小鴈塔左壁，有康乃心題秦莊襄王墓絶句云：園廟衣冠此内藏，野花歲歲上陵香。邯鄲鼓瑟應如舊，赢得佳兒畢六王。賞咏久之。龔節孫爲言：康，字太乙，郃陽名士。張大受康乃心墓表：康熙丁亥，年六十有五卒。是年海上鄭氏稱永曆三十四年，公元一六八〇年。

子夏看書室，臨河四望開〔一〕。山從雷首去，浪拂禹門迴〔二〕。大道疑將廢〔三〕，遺經重可哀。非君真好古，誰爲埽莓苔？

【彙注】

〔一〕子夏二句　原注：水經注：徐水東南逕子夏陵北，東入河。又曰：東南北有二石室，臨側河崖，名子夏室。　徐注：史記孔子世家：臨河而歎。

〔二〕雷首二句　蘧常案：雷首，禹門，并見前河上作詩「龍門」四句注。　蘧常案：明史志地理三陝西同州郃陽注：東有黃河。

〔三〕大道句　徐注：論語：道之將廢也與？

友人來坐中口占二絶

【解題】

戴注：詩意似指李子德、王山史一流人。

蘧常案：戴采自吳譜。

不材聊得保天年〔一〕，便可長棲一壑邊。寄語故人多自愛〔二〕，但辭青紫即神仙〔三〕。

【彙注】

〔一〕不材句　徐注：莊子山木：弟子問於莊子曰：山中之木，以不材得終其天年。

〔二〕寄語句　徐注：梁武帝詩：寄語故人情。老子：是以聖人自知不自見，自愛不自貴。

〔三〕青紫　徐注：漢書劉向傳：王氏一姓，青紫貂蟬，充盈幄内，魚鱗左右。

蘧常案：漢書夏侯勝傳顏注：青紫，卿大夫之服也。王先謙補注：葉夢得云：漢丞相太尉皆金印紫綬，御史大夫銀印青綬，此皆三府之官之極崇者。勝云青紫，謂此。案：蔣山傭殘稿與王山史書云：四月杪，自曲周遣人入都至貴寓，言駕已西行數日，甚慰。自今以往，以著書傳後學，以勤儉率子弟，以禮俗化鄉人。數年之後，叔度、彥方之名，翕然於關右，豈玉堂諸子之所敢望哉！此去歲四月至曲周時所作，即此句之意。

昨過河東望首陽〔一〕，空山煙靄尚蒼蒼。傳聞高士燕中返，料理牀頭皁莢囊〔二〕。

【彙注】

〔一〕昨過句　徐注：方輿紀要：蒲州有河東廢縣。首陽山與中條連麓，上有夷、齊墓。先生復庵記：余嘗一宿其庵，開户而望大河之東，雷首之山，蒼然突兀，伯夷、叔齊之所采薇而餓者，若揖讓乎其間，固范君之所慕而爲之者也。

〔二〕傳聞二句　原注：隋書五行志：梁末童謠云：黄塵汚人衣，皂莢相料理。　全云：善謔。

送李生南歸寄戴笠王錫闡二高士

【解題】

徐注：元譜：五月，送馬右實喪出關，既足附之南歸。

蘧常案：戴笠見卷三酬歸戴王潘四子韭溪草堂聯句詩注。王錫闡，見卷五太原寄王高士錫闡詩注。

華山五粒松〔一〕，寄向江東去。白雲滿江天〔二〕，高士今何處？憶昔過湖濱，行吟兩故人〔三〕。潛龍猶在水〔四〕，别鶴已來秦〔五〕。江海多翻覆，林泉異棲宿。驚聞東市琴，涕隕堂前筑〔六〕。去去逐征蓬，隨風西復東。風吹蘭蕙色，一夜落關中〔七〕。五陵生蔓草〔八〕，愁絶咸陽道〔九〕。平生四海心，竟作終南老〔一〇〕。送子出函關〔一一〕，南山望北山〔一二〕。洞庭多桂樹，折取一枝還〔一三〕。

【彙注】

〔一〕五粒松　徐注：華嶽志：五粒松：嶽頂西南峰上有五粒松，平如偃蓋。旁有青蘿長百尺，下生茯苓，具如人形。時生琥珀，夜即有光如荷花，服之遐舉，夜可書字。

〔二〕白雲句　徐注：梁簡文帝與蕭臨川書：白雲在天，蒼波無極。

〔三〕憶昔二句　蘧常案：湖濱行吟，見卷三酬歸戴王潘四子韭溪草堂聯句詩解題與「同人」句注。案：「二故人」，謂戴、王也。王錫闡亦吴江人。嘗與潘檉章、吴炎、戴笠分撰明史記，事見卷四汾州祭吴炎潘檉章二節士詩「一代」句注，故下感及吴、潘。

〔四〕潛龍句　徐注：易乾卦：潛龍勿用。

蘧常案：此句謂戴、王。文集與戴耘野書云：每南望鄉關，屈指松陵數君子，何嘗不緬想林宗，長懷仲蔚，音儀雖闊，志嚮靡移。

〔五〕别鶴句　蘧常案：别鶴，見卷二懷人詩「别鶴」注。此句自謂。

〔六〕驚聞二句　全云：指吴、潘也。

蘧常案：東市琴，見前關中雜詩第四首「延陵」二句注。太平御覽卷五三二戴延之西征記：洛陽建春門外道北去二里，有牛馬市，嵇公臨刑處也。堂前筑，見卷一擬唐人五言八韻高漸離擊筑詩解題。

〔七〕去去四句　徐注：後漢書明帝紀：飛蓬隨風，微子所歎。杜甫白梟行詩：終日忍飢西復東。李白古風：光風滅蘭蕙。

蘧常案：此四句，述已北遊及入關也。

〔八〕五陵句　蘧常案：見卷五寄劉處士大來詩「五陵」注。此五陵，似借謂十三陵。

〔九〕愁絶句　徐注：史記秦本紀「戰咸陽」正義：括地志云：咸陽故城亦名渭城，秦孝公已下並都此城。

蘧常案：讀史方輿紀要：山南水北曰陽。地在九嵕之南，渭水之北，山水皆陽，故曰咸陽。明史志地理三：陝西西安府咸陽注：府西北。舊治在渭河北，洪武二年，徙於渭南。案：此似借謂北京。

〔一〇〕平生三句　徐注：先生與戴耘野書云：今將卜居太華，以卒餘齡。百家之説，粗有闚於古人；一卷之文，思有裨於後代。此則區區自矢而不敢偷惰者也。關中詩五首、寄次耕詩一首呈覽，可以徵出處大概。

〔一一〕函關　蘧常案：見卷四古北口詩「便似」句注。

〔一二〕南山句　蘧常案：「南山」，當謂終南山。吴江有北山，潘檉章秋暮懷吴東籬詩所謂「知向北山遊屐徧」者。李生吴江人，所望疑謂此。

〔一三〕洞庭二句　蘧常案：此「洞庭」當謂洞庭山。山中多桂樹。歸莊看桂花記云：吾郡則吴之諸山，桂爲最盛。洞庭山則翁園、席園，而席園爲王文恪公手植，二百餘年物也。

酬族子湄

【解題】

徐注：元譜：湄，字伊人，太倉人。著有水鄉集。先正事略：吴梅村祭酒嘗選婁東十子詩，以黄忍庵與堅爲冠，湄名第三。吴偉業顧母陳孺人壽序：余及門顧伊人居州之雙鳳里。其先君麟士，長於毛、鄭之學，稽經輯傳，自名一家，海内所稱織簾先生也。余嘗訪伊人於其里，茅齋三楹，衡門兩版，庭階潔治，地無纖塵。散步至後圃，見嘉樹文石，則曰：此吾父在日，某先生所嘗過而憩者也。丹黄遺帙，插架如新，蘚壁舊題，漫漶可識。噫嘻，麟士可謂有子矣！

蘧常案：歸莊顧伊人詩序：顧麟士先生之篤於學也，海内仰之者三十餘年。無子，有養子曰伊人，少能詩。

二紀心如昨，詩來覺道同〔一〕。微禽難入海〔二〕，寒木久生風〔三〕。谷口青門外〔四〕，沙頭白蜆東〔五〕。不知耆舊里，何處有龐公〔六〕？

【彙注】

〔一〕二紀二句　徐注：顧湄寄族叔亭林先生詩：頭白孤臣氣拂膺，半生心事漢諸陵。蔣山圖畫昌平記，旅壁僧窗黯一燈。　廿年漂泊欲何依？懷古傷今事總非。落日那堪更回首，西風笠澤鴈南飛。　又第四首云：千里一緘頻寄語，祇教留得歲寒心。

〔二〕微禽句　原注：郭璞游仙詩：淮海變微禽，吾生獨不化。

　蘧常案：此句自謂。

〔三〕寒木句　蘧常案：似謂風木之悲，蓋指湄言。

〔四〕谷口句　蘧常案：谷口，見前雨中至華下宿王山史詩「谷口」句注。青門，見卷四酬程工部先貞詩「青門」句注。此蓋自謂。

〔五〕沙頭句　原注：史記正義：三江，在蘇州東南三十里，一江東南上七十里白蜆湖。　徐注：明史志地理：蘇州府吴江，東南有白蜆江。蘇州府志：白蜆山在城東三十里陽城湖濱。白蜆江在府東南五十里，北連蕭田湖，直通至陳湖。

　蘧常案：此蓋謂湄。

〔六〕不知二句　徐注：襄陽耆舊傳：龐德公隱鹿門山。

　蘧常案：以上四句似謂爾我兩地不知尚有耆德如龐德公其人乎？蓋傷真隱之少，有慨於鴻博就徵之多也。

朱處士鶴齡寄尚書埤傳

【解題】

徐注：先正事略：鶴齡，字長孺，吴江人，明諸生。遺落世事，晨夕手一編，行不識路塗，坐不知寒暑，或謂之愚，因自號愚庵。嘗箋注子美、義山詩，故所作出入二家。入國朝，屏居著述，與顧亭林友善。亭林勖以本原之學，始湛思覃力於諸經注疏及先儒語録。著有尚書埤傳、禹貢長箋、讀左日鈔、詩經通義等書。尚書斟酌於漢學、宋學間。長箋禹貢三江、震澤、太湖、嶓冢、漢源諸辨，多有裨於考證。又著愚庵詩文集。其書元裕之集後云：裕之於元既踐其土，茹其毛，即無反詈之理。乃今之詆訕不少避者，若欲掩其失身之事，以誑國人，非徒誖也，其愚亦甚矣！其言蓋指國初反覆之輩，可謂知大義矣。

蘧常案：四庫全書提要：尚書埤傳十七卷。前有考異一卷，辨經文同異。後有逸篇、僞書及書説餘一卷，大抵以孔傳爲真。埤傳十五卷，旁引曲證，亦多可採。其詮釋義理而不廢考訂訓詁，斟酌於漢學、宋學之間。

昔我適濟南，曾過伏生祠〔一〕。青山對虚楹，零露寒高枝。精靈竟何往？再拜空階墀。迫怵秦火焚〔二〕，豈意逢漢時〔三〕？此書立博士〔四〕，天下亦一治〔五〕。嗟彼九十翁〔六〕，俟河未爲遲〔七〕。不厭文字譌〔八〕，百王賴蓍龜〔九〕。後人失其傳〔一〇〕，巧文患多師〔一一〕。忽見吾友書，一編遠來貽。緬想江上村〔一二〕，弦歌類齊淄〔一三〕。白首窮六經，夢寐親皐伊。百家紛綸説，爬羅殆無遺〔一四〕。論及禹貢篇，九州若列眉〔一五〕。上愁法令煩，下慨淳風衰〔一六〕。君今未大耋，正可持綱維。煙艇隔吳門〔一七〕，臨風苦相思。爲招陽鳥來〔一八〕，寄此懷人辭。

【彙校】

〔九十翁〕徐注本，汪、曹兩校本「九」作「七」。

【彙注】

〔一〕伏生祠　徐注：一統志：伏生祠在濟南府。

蘧常案：伏生見卷四贈孫徵君奇逢詩「尚有」四句注。

〔二〕迫怵句　徐注：賈誼鵩鳥賦：怵迫之徒兮，或趨西東。

蘧常案：秦火焚，見卷五贈子德李子聞予在難詩「詩書」句注。

〔三〕豈意句　徐注：漢書儒林傳序：漢興，言書者自濟南伏生。

〔四〕此書句　蘧常案：漢書儒林傳伏生傳：伏生教濟南張生及歐陽生，張生爲博士。又歐陽生傳：事伏生，授倪寬。歐陽、大小夏侯氏學皆出於寬。寬授歐陽生子，世世相傳，至曾孫高子陽，爲博士。又贊：自武帝立五經博士，書唯有歐陽。至孝宣世，復立大小夏侯尚書。

〔五〕天下句　徐注：孟子：天下之生久矣，一治一亂。

〔六〕九十翁　蘧常案：史記儒林列傳伏生傳：孝文帝時，欲求能治尚書者，天下無有。乃聞伏生能治，欲召之。是時伏生年九十餘，老不能行，於是乃詔太常，使掌故朝錯往受之。案：或本作「七十翁」，七爲九之誤。舊注以爲指朱鶴齡，尤誤。至下「忽見吾友書」云云，始謂鶴齡。

〔七〕俟河　蘧常案：見卷四五十初度詩「老年」句注。

〔八〕不厭句　徐注：日知録：漢時尚書，今文與古文爲二，而古文又自有二。案藝文志曰：二十九卷，伏生所傳授者大小夏侯二家，夏侯勝及兄子建；歐陽生字和伯，史失其名，皆傳伏生尚書，爲今文。孔安國所獻之書五十九篇，四十六卷，爲古文。此今文與古文爲二也。又儒林傳曰：孔氏有古文尚書，安國以今文字讀之，因以起其家逸書。遭巫蠱，未立於學官。安國授都尉朝，朝授膠東庸生，庸生授清河胡常少子。又傳左氏，常授號徐敖。又傳毛詩，授王璜、平陵塗惲子真，子真授河南桑欽君長。王莽時，諸學皆立。又曰：世所傳百兩篇者，出東萊張霸。此又孔氏古文與張霸之書爲二也。又後漢書儒林傳曰：孔僖自安國以下，世傳古文尚書。又曰：扶風杜林傳古文尚書，林同郡賈逵爲之作訓，馬融作傳，鄭玄注解，由是古文尚書遂顯於世。然則僖所受之安國者，竟無其傳；而杜林、賈逵、馬融、鄭玄則不見安國之傳，而爲之作訓、作傳、作注解，此則孔、鄭之學，又當爲二而無可考矣。又劉陶傳：陶明尚書，爲之訓詁，推三家尚書及古文，是正文字三百餘事，名曰中文尚書。漢末之亂無傳。隋書經籍志，馬、鄭所傳惟二十九篇，又雜以今文，非孔子舊書。晉世祕府所存有古文尚書經文，今無有傳者。及永嘉之亂，歐陽、大小夏侯尚書並亡。至東晉豫章内史梅賾始得安國之書上之。齊明帝時，姚方興於大航頭得本，有「曰若稽古帝舜」以下二十八字，獻之朝。及江陵板蕩，其文北入中原，劉炫遂以列諸本第。然則今之尚書，其今文、古文之三十三篇，固雜取伏生、孔安國之文及梅賾、姚方興而一之矣。而鄞人豐熙之尚書，言爲箕子朝鮮本者，尤僞也。

蘧常案：此句似謂劉向校歐陽、夏侯三家經文之脱譌。三家皆出伏生也。漢書藝文志六藝略書叙云：劉向以中古文校歐陽、大小夏侯經文，酒誥脱簡一，召誥脱簡二。率簡二十五字者，脱亦二十五字；簡二十二字者，脱亦二十二字。文字異者七百有餘，脱字數十。

〔九〕百王句　徐注：漢書董仲舒傳：改制作樂而天下治和，百王同之。易繫辭：莫大乎蓍龜。

〔一〇〕後人句　蘧常案：阮孝緒七録謂歐陽、大小夏侯三家亡於西晉，隋書經籍志亦云三家亡於永嘉之亂，故云。

〔一一〕巧文句　徐注：杜甫戲爲六絶句詩：轉益多師是汝師。

蘧常案：「巧文」，似謂梅賾書及姚方興大航頭之作僞，見上徐注。

〔一二〕江上村　蘧常案：徐譜「順治十八年」下云：是年適越，往來皆由吴江之江村。江村，潘檉章之所居也。鶴齡與檉章爲同邑，或居相近歟？

〔一三〕齊淄　蘧常案：見卷五寄劉處士大來詩「久滯」句注。

〔一四〕白首四句　徐注：揚雄甘泉賦：皋、伊之徒，冠倫魁能。史記賈生列傳：頗通諸子百家之書。韓愈進學解：爬羅剔抉。

蘧常案：蘇轍范鎮侍讀太乙宫制：謂白首窮經之樂，尚可推以與人。李善文選甘泉賦注：應劭曰：皋，皋繇，堯臣也。伊，伊尹，湯臣也。後漢書逸民傳：井丹字大春。少受業太學，通五經，善談論。故京師爲之語曰：五經紛綸井大春。元譜：鶴齡甲申後絶意仕進，專精經學。以朱子掊擊小序太過，乃集諸家説，疏通序義，爲毛詩通義；以蔡氏釋書未精，撰尚書埤傳；以胡氏傳春秋多偏見鑿説，乃合唐、宋以來諸儒之解，撰春秋集説；又以杜氏注左傳未盡合，俗儒又以林注亂之，撰讀左日鈔。

〔一五〕論及二句　徐注：戰國策：蘇代自齊獻書于燕王曰：王謂臣曰：吾必不聽衆口與讒言。吾信汝也，猶列眉也。

蘧常案：四庫全書提要：尚書埤傳於分别九州，則取章俊卿之考索。又禹貢長箋前列二十五圖，自禹貢全圖以及導山道水皆依次隨文詮解，多引古説，而以己意折衷之。此書作於胡渭禹貢錐指之前，殊不及胡書之薈萃精博；而旁引曲證，亦時多創獲。且其於貢道漕河，經由脈絡，剖析條理，亦較他本爲詳。

〔一六〕上愁二句　徐注：日知録：前人立法之初，不能詳究事勢，豫爲變通之地。後人承其已弊，拘於舊章，不能更革而復立一法以救之。於是法愈繁而弊愈多，天下之事，日至於叢脞。其究也，眊而不行，上下相蒙，以爲無失祖制而已。此莫甚於有明之世。

蘧常案：此二句當亦謂禹貢篇也。

〔一七〕煙艇　徐注：杜甫八哀故左僕射曲江張公九齡詩：猶思理煙艇。

〔一八〕陽鳥　蘧常案：見卷一賦得越鳥巢南枝詩「隨陽」注。

哭李侍御灌谿先生模

【解題】

徐注：蘇州府志：李模，字子木，號灌谿，吴縣人。其先太倉人。天啓乙丑進士，除東莞知縣。舉卓異，授河南道御史。屢上疏言事，巡按真定諸府。福王立，起爲河南道御史，見時事不可爲，遂以病歸。事父依依孺慕，當事式廬，稀得一見。里居三十餘年，年八十二卒。顧丹五筆記：順治十六年，海寇作亂，蘇郡有駐防之師。領兵將軍祖大壽圈封民房以居兵，自婁門直至桃花塢寶城橋止，聽出後廠一隅。緣後廠李灌溪模曾任前明兵備道，時祖尚微員，有罪當刑，幕友勸李救之，得免，祖故以報之。

故國悲遺老〔一〕，南邦憶羽儀〔二〕。巡方先帝日，射策德陵時〔三〕。落照辭烏府，秋風散赤墀〔四〕。君以崇禎十四年左遷南京國子監典籍。南渡復官，稱病不出。行年逾八十，當世歷興衰。廉里居龔勝〔五〕，緜山隱介推〔六〕。清操侔白璧，直道叶朱絲〔七〕。函杖天涯遠〔八〕，杓衡歲序移〔九〕。無繇承問訊，祇益歎差池。水没延州宅〔一〇〕，山頹伍相祠〔一一〕。傳家唯疏草〔一二〕，累德有銘碑〔一三〕。灑涕瞻鄉社，論心切舊知。空餘歲寒誼〔一四〕，不敢負交期。

【彙校】

〔函杖〕徐注本「杖」作「丈」。

〔累德〕孫託荀校本「累」作「誄」。丕績案：「累德」原有注，作「誄」非。

【彙注】

〔一〕故國句　徐注：漢書劉向傳：身爲宗室遺老。

蘧常案：孟子梁惠王篇：所謂故國者，非謂有喬木之謂也，有世臣之謂也。

〔二〕南邦句　徐注：詩：登是南邦。易：其羽可用爲儀，吉。

〔三〕巡方二句　蘧常案：明史志職官四：都察院，浙江、江西、河南等九道，各御史二人；福建、湖廣等四道，各御史三人。凡巡倉、巡城、屯田、巡視、糧儲等，皆叙而差之。漢書蕭望之傳：以射策甲科爲郎。顔師古注：射策者，謂爲難問疑義，書之於策，量其大小，署爲甲乙之科，列而置之，不使彰顯；有欲射者，隨其所取得而釋之，以知優劣。射之言投射也。案：此二句，謂其於崇禎時任河南道御史。其成進士，則在天啓年間也。德陵，見卷三劉諫議祠詩「一自」二句注。

〔四〕落照二句　徐注：漢書朱博傳：御史府中列柏樹，常有野鳥數千，棲宿其上。白居易代書詩：再喜登烏府，多慚侍赤墀。禮：天子赤墀。

〔五〕廉里句　原注：漢書龔勝傳：勝居彭城廉里。　蘧常案：龔勝，見卷一哭楊主事廷樞詩「齊蠋」句注。

〔六〕緜山句　蘧常案：緜山，見前介休詩及靈石縣東北晉介之推祠詩題注。介推，詳前詩「龍蛇」句及後詩「國禄」、「更與」、「割股」諸句注。

〔七〕直道句　徐注：論語：三代之所以直道而行也。鮑照樂府白頭吟：直如朱絲繩。戴注：先生乙未蒙難時，李曾主持公道。　蘧常案：戴注蓋本吴譜。先生乙未之難，里豪葉方恒訟之急，歸莊致書方恒有云：寧人腹笥之富，文筆之妙，非弟一人之私言，灌老諸公，皆擊節稱賞。「灌老」當即灌谿。蔣山傭殘稿卷二與人書有云：弟以九月三十日保出，十一月十日再審。當事頗留心開豁，而章丘陷害之謀，亦已畢露，此皆大君子孚號壯拯之功，惟世世矢之弗忘而已。結否尚未可定，駁允更不可定。馬角無期，貂裘久敝。惟長者垂憫孤根，錫之噓植，敢祈終始玉成，幸甚幸甚！自稱弟又曰長者，疑即與李模者。模長先生十有四歲，故有此稱歟？

〔八〕函杖　蘧常案：「杖」應作「丈」。禮記曲禮：席間函丈。鄭注：函猶容也。講問宜相對容丈，足以指畫也。

〔九〕杓衡句　蘧常案：史記天官書：北斗七星，所謂璇璣玉衡，以齊七政。杓攜龍角，衡殷南斗。斗爲帝車，運于中央，臨制四鄉。分陰陽，建四時，均五行，移節度，定諸紀，皆繫於斗。索隱：孟康曰：杓，北斗杓也。晉灼曰：衡，斗之中央。

〔一〇〕水没句　徐注：庾闡揚都賦：昔句吳端委延州，儷臧高讓。

蘧常案：「延州」蓋爲「延州來」之簡。左傳昭公二十七年：使延州來季子聘於上國。杜注：季子本封延陵，後復封州來，故曰延州來。此曰「延州宅」者，謂吳季札宅也，故與下伍相祠作對。清史稿災異志一：康熙十九年八月，太湖溢。

〔一一〕山頽句　徐注：蘇州府志：吳相伍大夫廟在胥口胥山上。盧志：吳縣西南四十里，俗稱胥王廟。宋元嘉二年，吳令謝珣移廟城中。乾道間，復建故處。明正德間重修。一在洞庭東山揚灣；一在盤門内，俗稱南雙廟；一在胥門上。其像作立狀，明郡守況鍾謁祠，命改坐像。

蘧常案：禮記檀弓：泰山其頽乎！此謂其死。

〔一二〕傳家句　徐注：蘇州府志：李模子炳，字文中。國變後，棄諸生，隱居不仕。小腆紀年：明論翊戴功，進勛臣內官禄蔭，國子監典籍李模疏曰：今日諸臣能刻刻認先帝之罪臣，方能紀常勒卣，蔚爲陛下之功臣。日者廟廷之爭，幾成鬧市。傳聞遐邇，不免輕視朝廷。原擁立之事，皇上不以得位爲利，諸臣何敢以定策爲名，甚至侯伯之封，輕加鎮將。夫鎮將事先帝，未收桑榆之效；事陛下，未彰汗馬之績，案其實亦在戴罪之科，而予之定策勛，其何以安？倘謂勸進有章，足當夾輔；抑以勖勉敵愾，無嫌溢稱，然而名實之辨，何容輕假！夫建武之鄧禹，猶漸受任無功；肅宗之郭子儀，尚自詣闕請貶。願諸大臣倡率中外，力圖贖罪，必大慰先帝殉國之靈，庶堪膺陛下延世之賞。至於綵綸有體，勿因大僚而過繁；拜下宜嚴，勿因泰交而稍越；繁纓可惜，勿因近侍而稍寬，然後綱維不墮，而威福日隆也。

〔一三〕累德句　原注：周禮「大祝作六辭：六曰誄」注：誄謂積累生時德行，以賜之命。

〔一四〕歲寒　蘧常案：見卷二歲九月虜令伐我墓柏詩「後凋節」注。

華下有懷顧推官

【解題】

戴注：歸玄恭曾爲作傳。

蘧常案：戴注本吴譜。然今傳玄恭集無咸正傳，僅有其二子大鴻、仲熊傳耳。

秋風動喬嶽〔一〕，黄葉辭中林〔二〕。策杖且行游〔三〕，息此空亭陰。伊昔吾宗英，賦詩一登臨〔四〕。爾來閲三紀，斯人成古今〔五〕。邈矣越石嘯〔六〕，悲哉嵇生琴〔七〕。鐘吕久不鳴，乾坤盡聾喑〔八〕。爲我呼蓐收，虎爪持霜金〔九〕。起我九原豪〔一〇〕，獮彼田中禽〔一一〕。下見采薇子〔一二〕，舊盟猶可尋〔一三〕。神理儻不睽〔一四〕，久要終此心〔一五〕。

【彙注】

〔一〕喬嶽　徐注：詩：及河喬嶽。

蘧常案：詩周頌時邁毛傳：喬，高也。又，般：墮山喬嶽。毛傳：高山，四嶽也。

〔二〕中林　徐注：詩：瞻彼中林。

〔三〕策杖　徐注：先王與李中孚書：衰疾漸侵，行須扶杖。

〔四〕伊昔二句　徐注：左傳僖公五年：晉，吾宗也。　戴注：推官嘗登華山賦詩。

蘧常案：此戴注亦本吴譜。

〔五〕爾來二句　徐注：先生三十五歲有贈顧推官詩、哭顧推官詩。是年先生六十八歲，故云「歷三紀」。孟浩然與諸子登峴山詩：往來成古今。

〔六〕越石嘯　蘧常案：見卷四又酬傅處士次韻第一首「清切」句注。

〔七〕嵇生琴　蘧常案：見前關中雜詩第四首「延陵」二句及送李生南歸詩「驚聞」二句兩注。

〔八〕聾喑　徐注：子華子：下無言謂之喑，上無聞謂之聾。聾喑之朝，上有放志，下多忌諱。

〔九〕爲我二句　原注：晉語：虢公夢在廟，有神人面白毛，虎爪執鉞，立於西河，召史嚚占之，對曰：如君之言，則蓐收也，天之刑神也。

蘧常案：孟郊魯山詩：豺狼恥狂噬，齒牙閉霜金。

〔一〇〕起我句　蘧常案：見卷五過矩亭拜李先生墓下詩「自非」二句注。

〔一一〕獮彼句　原注：易師：六五，田有禽，利執言。

蘧常案：爾雅釋詁：獮，殺也。「田中禽」，當喻清。然易言「田有禽」，謂獵而有獲也，漢、宋言易不見有異義者。今曰「田中禽」，則爲别解矣。俟考。

〔一二〕下見句　徐注：阮籍詠懷詩：下有采薇士。

〔一三〕舊盟句　徐注：左傳昭公十九年：平丘之會，君尋舊盟。

〔一四〕神理句　蘧常案：見卷一浯溪碑歌「神理」句注。

〔一五〕久要　徐注：論語：久要不忘平生之言。

華陰古蹟 二首

平舒道

【解題】

蘧常案：見卷一秦皇行「隕石化」三句注。案：似有所詛，如羌胡引所謂「今年祖龍死」云云也。

何處平舒道〔一〕，西風卷夕雲。空留一片璧，爲遺滈池君〔二〕。

【彙注】

〔一〕平舒　蘧常案：史記正義：括地志云：平舒故城，在華州華陰縣西北六里。水經注云：渭水又東經平舒北，城枕渭濱，半破淪水，南面通衢。昔秦之將亡也，江神送璧於華陰平舒道，即其處也。

〔二〕滈池君　蘧常案：史記正義：滈，湖老反。括地志：滈水源出雍州長安縣西北滈池。

回谿

【解題】徐注：後漢書馮異傳：鄧禹、馮異與赤眉戰，爲所敗。異棄馬步走，上回谿阪，與麾下數人歸營。收其散卒，招集諸營保數萬人追擊，大破於崤底。璽書勞異曰：赤眉破平，士吏勞苦。始雖垂翅回谿，終能奮翼澠池。注：回谿，今俗所謂回阬，在今洛川永寧縣北。

回谿非故隘，九虎失西東〔一〕。惟有黄金匱，依然又省中〔二〕。

【彙注】

〔一〕九虎句　徐注：漢書王莽傳：莽拜將軍九人，皆以虎爲號，號曰九虎。賜九虎士人四千錢。衆重怨，無鬭意。九虎至華陰距隘，鄧曄將二萬餘人，從閿鄉南出棗街，破其一部；北出九虎後，擊之。六虎敗走，史熊、王況詣闕歸死，其四虎亡；三虎郭欽、陳翬、成重收散卒保京師倉。

蘧常案：此似謂王輔臣據秦以附吴三桂，屢敗清兵也。事詳卷五兄子洪善北來詩「秦關」句注。

〔二〕惟有二句　徐注：漢書王莽傳：時省中黄金萬觔者爲一匱，尚有六十匱；黄門鉤盾藏府中尚方，處處各有數匱。

蘧常案：此謂清廷之征斂無紀也。

悼亡　五首

【解題】

徐注：元譜：十一月，元配王安人卒於崑山。訃至。十一日成服，設祭，逢七祭奠焚帛如常儀。

蘧常案：元譜：王安人，太倉人。於崇禎四年辛未二月來歸。錢邦彦年譜校補云：安人，即先生母貞孝王碩人之姪。

獨坐寒牕望藁砧〔一〕，宜言偕老記初心〔二〕。誰知游子天涯别，一任閨蕪日夜深〔三〕。

【彙校】

〔題〕潘刻本題下有自注「上章涒灘」四字。丕績案：此與送康文學乃心歸郃陽詩題下注複，應删。

【彙注】

〔一〕藁砧　蘧常案：樂府古題要解：古辭：藁砧今何在？藁砧，砆也，蓋婦人謂其夫之隱語也。

〔二〕宜言句　徐注：詩：宜言飲酒，與子偕老。

〔三〕一任句　原注：江淹悼室人詩：窗塵歲時阻，閨燕日夜深。

蘧常案：據年譜，順治十八年四十九歲，回蘇後即不復再歸，故云。歸莊有與寧人書云：男子生而志四方，飄蓬斷梗，何所不可。然而宗祧事重，似續無人。故劍徒存，大刀空夢，人孰無情，能不念乎！兄之仇讎，行且入都，故鄉之人，妬極生憐，前事萬不足慮。其言可謂切至。徐乾學、元文兄弟亦累請歸，欲以郡中之園爲寓舍，見文集答原一公肅兩甥書。而關中僑寓，竟定菟裘之卜（見蔣山傭殘稿與兩甥書），其故亦可深長思矣。

北府曾縫戰士衣，酒漿賓從各無違〔一〕。虛堂一夕琴先斷〔二〕，華表千年鶴未歸〔三〕。

【彙注】

〔一〕北府二句　蘧常案：北府，見卷一感事詩第七首「北府」注。案：文集吴同初行狀：余出赴楊公之辟，未旬日而北兵渡江，余從軍於蘇。歸而崑山起義兵。此二句當謂此時事。

〔二〕虚堂句　徐注：梁昭明太子詩：高宇既清，虚堂復静。

蘧常案：元稹詩：孤琴在幽匣，時迸斷絃聲。

〔三〕華表句　蘧常案：見卷一表哀詩「白鶴」句注。

廿年作客向邊陲〔一〕，坐歎蘭枯柳亦衰〔二〕。傳説故園荆棘長〔三〕，此生能得首丘時〔四〕？

【彙注】

〔一〕廿年句　蘧常案：據徐譜，康熙元年初冬始西征，謁北嶽，至井陘、渾源州；度汾河，至平陽府。明年，自平陽登霍山，至太原、代州、汾州。取道蒲州，入潼關，遊西嶽，至西安、富平、乾州、盩厔。皆邊陲地。先後與王弘撰、李因篤、李顒等訂交，自此頻往來於秦、晉間。十七年，始謀定居華陰。自元年至本年，蓋十有九年矣。

〔二〕坐歎句　徐注：陶潛擬古詩：蘭枯柳亦衰。

〔三〕故園　徐注：蘇州府志：崑山遺清堂在柴巷内，顧宫贊紹芳所居。又：亭林先生宅在千墩鎮。

蘧常案：柴巷俗稱柴王弄，爲先生本生父母所居。先生初侍嗣母居千墩，崑新合志：千墩在城東南三十六里浻川鄉。據張譜，爲先生十四世祖伯善所遷居。及亂作，以被劫遷常熟之語濂涇。嗣母亡後，將赴閩，曾遷居，元譜以爲不詳何地。後未成行，語濂涇又被劫，復徙洞庭山，見徐譜。雖亦偶返千墩，非定居。及赴南京避讎，安人當未同行。考同志贈言施閏章有奉懷寧人社兄詩云「西泠别後興何如」，又云「洞庭山好家園在」，西泠在杭州，先生遊杭在明永曆十五年，即清順治十八年，則北遊後五年，家猶在洞庭也。其後不知何年安人移居崑山城中，元譜稱卒於崑山，可證。或亦在柴巷乎？則所謂「故園」非指千墩也。

〔四〕此生句　徐注：禮檀弓：狐死正丘首。

蘧常案：劉淇助字辨略：韓愈詩：杏花兩株能白紅。唐子西詩：桃花能紅李能白。能與怎同。

貞姑馬鬣在江村〔一〕，送汝黄泉六歲孫〔二〕。地下相煩告公姥〔三〕，遺民猶有一人存。

【彙注】

〔一〕貞姑句　蘧常案：「貞姑」句，見卷一表哀詩題注。馬鬣，見卷五孫徵君以孟冬葬詩「來觀」

句注。在江村，見卷一十月二十日奉先妣葬詩「墓一區」句及「歲月」句兩注。

〔二〕六歲孫　徐注：張譜：謂世樞也。世樞以丙辰生，至明年送碩人葬，六歲矣。

蘧常案：元譜：康熙十五年，從子洪慎得子於崑，命名世樞，字之曰榮緒，後改名宏佐，字復呂，立爲殤子詒穀後。十六年，洪慎舉次子，先生命之曰世棠，字曰思召。崑新合志：宏佐年十三，補松江府庠生，長洲何焯跋其文，勉以繩武。年未二十，病瘵卒。世棠以諸生入太學。以長子炯詩爲宏佐後，構遺清堂，貯從祖炎武遺書，俾世守焉。案：遺清堂爲顧氏舊堂名，非世棠初構也，或亂後重葺之歟？

〔三〕公姥　徐注：古焦仲卿妻詩：勤心養公姥，好自相扶將。

摩天黄鵠自常饑〔一〕，但惜流光不可追。他日樂羊來舊里，何人更與斷機絲〔二〕？

【彙注】

〔一〕摩天句　徐注：曹植野田黄雀行：飛飛摩蒼天。

蘧常案：蔣山傭殘稿與李子德書云：愚以祁人一事，留滯汾州，而家中忽報亡室之訃。幸既足與衍生相從在此，即命衍生設位成服，於禮無闕。汾州米價每石二兩八錢，大同至五兩外，人多相食。在此日用之費，三倍華下。故有「常饑」之歎也。

〔二〕他日二句　徐注：後漢書列女傳樂羊子妻：樂羊子遠尋師，一年來歸。妻引刀趨機而言曰：此織生於蠶繭，成於機杼。一絲而累，以至於寸；累寸不已，遂成丈匹。今若斷斯織也，則捐失成功，稽廢時日。夫子積學，當日知其所亡；若中道而歸，何異斷斯織乎？羊子感其言，復還終業。

蘧常案：殘稿與李子德書有「今將以明年四月一往吳下，他日來舊里」語，蓋已有定計矣。

冬至寓汾州之陽城里中尉敏泙家祭畢而飲有作　三首

【解題】

徐注：四民月令：冬至之日，薦黍糕，先薦玄冥，以及祖禰，具進酒餚，及謁賀君師耆老，一如正日。

戴注：「中尉」，事跡無考，亦明宗室。

蘧常案：明宗室祭祀，當用明禮釋之，詳下詩注，徐注似非。元譜：十九年十月，攜衍生往汾州之陽城里，訪前中尉朱敏泙。張譜：汾州志有朱敏濛，字龍澤，慶成府鎮國將軍，死李自成之亂。敏泙當即其兄弟行。志既録先生詩於藝文，乃不詳敏泙出處，何也？陽城里在縣東南十里。

歲時常祭祀〔一〕，朝夕自饔飧〔二〕。尚是先人祚，誰非故國恩〔三〕。枯畦殘宿雪，凍樹出初暾〔四〕。奠醊求何所？鄰家借小園。

【彙注】

〔一〕歲時句　徐注：漢書楊惲傳：歲時伏臘。

蘧常案：明史志禮六：王國宗廟：洪武元年，學士宋濂等奏定諸王國祭祀禮樂。羣臣家廟：洪武六年，定公侯家廟禮儀。享祭：二品以上，羊一豕一；五品以上，羊一；以下，豕一。皆分四體熟薦，不能具牲，設饌以享。所用器皿，隨官品第，稱家有無。凡祭，擇四仲吉日，或春、秋分，冬、夏至。前期一日，齋沐更衣，宿外舍。質明主祭者及婦，率預祭者詣祠堂，至香案前，跪，三上香，獻酒，奠酒，再獻，終獻，禮畢，再拜，焚祝。又，明史諸王傳：明制皇子封親王，下天子一等，嫡長子、長孫冠服視一品。諸子封郡王，嫡長子、長孫冠服視二品。諸子至孫、曾，皆授將軍；四世孫以下，皆中尉。其祭儀品第，可得而推也。

〔二〕朝夕句　徐注：孟子：饔飧而治。疏：朝曰饔，夕曰飧。

〔三〕尚是二句　徐注：應楨詩：光我先祚。先生答曾庭聞書：悉出於先人之所遺，故國之餘澤，而未嘗取諸人也。

〔四〕凍樹句　徐注：齊民要術「凍樹日」注：凍樹，凝霜封著木條也。韋元旦詩：挈壺分早漏，伏檻耀初暾。

蘧常案：蔣山傭殘稿與李子德書云：此間風景，大非昔年，今冬又值奇寒。正本年冬在汾州事。

流離踰二紀〔一〕，愴怳歷三都〔二〕。墮甑煤還拾〔三〕，承槽酒旋沽〔四〕。荒庭依老檜，空谷遺生芻〔五〕。白髮偕宗叟，相看道不孤〔六〕！

【彙注】

〔一〕流離句　段注：李陵答蘇武書：流離辛苦。

蘧常案：「流離」，蓋自順治七年起數。年譜是年云：怨家有欲陷先生者，乃變衣冠作商賈游。先生鈔書自序云「炎武之游四方十有八年」，亦以此年爲始。至本年已將卅年，故曰「逾二紀」也。

〔二〕愴怳句　蘧常案：明史志地理一南京鳳陽府，洪武二年九月建中都，置留守司於此。注：洪武二年九月，建中都城於舊城西，三年十二月始成。周五十里四百四十三步，立門九。中爲皇城，周九里三十步。所云「三都」，疑謂南、北京與此，三地皆明所建都，故歷之而愴怳也。然先生雖累至淮上，不見有至鳳陽之跡，或連類及之乎？舊注以左思所賦當之，非。或謂開封洪武時曾建爲「北京」，然開封雖暫有京名而未建，且亦先生所未至，亦非。

〔三〕墮甑句　原注：吕氏春秋：顏回對曰：嚮者，煤室入甑中，棄食不祥，回攫而飯之。　段注：後漢書郭太傳：孟敏荷甑墮地，不顧而去。

邃常案：煤室，見任數篇。孫星衍云：煤室，文選注作「炱煤」，「室」與「炱」形近致訛。今定作煤炱，是也。

〔四〕承槽　原注：劉伶酒德頌：于是方捧甖承槽。

〔五〕空谷句　邃常案：詩小雅白駒：皎皎白駒，在彼空谷。生芻一束，其人如玉。後漢書徐穉傳：林宗有母憂，穉往弔之，置生芻一束於廬前而去。衆怪，不知其故。林宗曰：此必南州高士徐孺子也。詩不云乎？生芻一束，其人如玉。吾無德以堪之。

〔六〕道不孤　徐注：論語：德不孤。

王孫猶自給〔一〕，一頃豆萁田〔二〕。今日還相飯，千秋共爾憐。青門餘地窄〔三〕，白社舊交偏〔四〕。傳與兒曹記，無忘漢臘年〔五〕。

【彙注】

〔一〕王孫　邃常案：明史諸王傳晉恭王棡傳：新堞，晉王七世孫，家汾州。崇禎十四年，由宗貢生爲中部知縣，死難。敏浮當其族人，則敏浮亦晉王之後也，故曰「王孫」。

〔二〕一頃句　蘧常案：見卷三贈路光禄太平詩「落萁」二句注。

〔三〕青門　蘧常案：見卷四酬程工部先貞詩「青門」句注。

〔四〕白社　徐注：晉書董京傳：至洛陽，被髮而行，逍遥吟詠。常宿白社中，時乞於市。蘧常案：洛陽伽藍記：瓔珞寺在建春門外御道北，所謂建陽里也，即中朝時白社池。

〔五〕漢臘　蘧常案：見卷三陳生芳績兩尊人先後即世詩第三首「祭禰」句注。

寄題貞孝墓後四柹　已下重光作噩

【解題】

徐注：康熙二十年辛酉。冒云：先生是年年六十九。

蘧常案：貞孝，見卷一表哀詩解題及墓後結廬三楹作詩「憶昔」二句注。説文解字：柹，赤實果。是年海上鄭氏稱永曆三十五年，公元一六八一年。

四柹先人種，旁臨一畝池。霜彫萱草色〔一〕，日映女貞枝〔二〕。舊業從飄蕩，非材得憖遺〔三〕。清陰常不散，勿使衆禽窺〔四〕。

【彙校】

〔題〕題下潘刻本、徐注本自注「重光作噩」上，奪「已下」二字。

【彙注】

〔一〕霜彫句　蘧常案：詩衛風伯兮：焉得諼草，言樹之背。毛傳：諼草令人忘憂。背，北堂也。韓詩作「諠草」，薛君章句：諠草，忘憂也。諠當作萱。李時珍本草綱目：東人名爲黄花菜。案：北堂爲主婦所在，後人因謂母爲北堂，或曰萱堂，遂以萱草況母矣。此喻母死。

〔二〕日映句　徐注：本草：女貞，葉似冬青樹及枸骨。

蘧常案：此似喻得明崇禎帝之褒，舊以日喻帝也。

〔三〕非材句　徐注：干寶晉紀總論：託付非材。先生與史館諸君書：炎武年近七旬，旦暮入地，自度無可以揚名顯親，敢瀝陳哀懇，冀採數語，存之簡編。詩：不憖遺一老。

〔四〕清陰二句　原注：爾雅翼：柹有七絶：一壽，二多陰，三無鳥巢，四無蟲蠹，五霜葉可玩，六嘉實，七落葉肥大。

蘧常案：原注「大」作「火」，據羅愿爾雅翼改正。蓋下有句云「可以臨書」，則其爲「大」而非「火」甚明。又案：柹有七德，初見於段成式酉陽雜俎，羅愿蓋采其説也。

贈衛處士蒿

【解題】

徐注：曲沃志：蒿，字匪莪。初名麟貞，字瑞鳴，以居母喪易今名字。與汾陽曹良直、太原傅山友善。晚年闢絳山書院，教授其中，人稱絳山先生。同志贈言，衛有次亭林先生見贈之作云：性命全亂世，於理亦無妨。讀書期明善，敢惜鬢髮蒼。著述追往迹，願言希末光。戴注：玩詩意，蓋曲沃義學師爲衍生執柯者，亦前明遺老也。

蘧常案：此取吴譜。爲衍生執柯，見元譜。

抱疾來河東〔一〕，息此澮水旁〔二〕。寒禽繞疎枝〔三〕，百卉沾微霜〔四〕。幸逢同方友，典墳共相將〔五〕。逢萌既解冠〔六〕，范丹亦絶糧〔七〕。弦歌足自遣，感慨論百王〔八〕。王赧遂頓首〔九〕，孝獻封山陽〔一〇〕。一身殉社稷，自古無先皇〔一一〕。與君同歲生，中年歷興亡。衰遲數儔輩，落落辰星行〔一二〕。旅懷正鬱邑〔一三〕，矧乃多病妨。著書陳治本〔一四〕，庶以回穹蒼〔一五〕。遥遥千載心，眷眷桑榆光〔一六〕！

【彙校】

〔抱疾〕潘刻本「抱」作「拘」，誤。

【彙注】

〔一〕抱疾句　蘧常案：蔣山傭殘稿答遲屏萬書：弟至曲沃三日而大病，嘔泄幾危，幸遇儒醫郭自狹，三五劑而起。今飲食已得如常，惟末疾未愈，艱于步履。寓郊外韓進士旬公書齋，熊明府來視者十次，尚未入城一拜，其衰憊可知。元譜：八月二日，自華陰俶裝至山西曲沃，縣令熊耐徒僎命輿至候馬驛迎入城，寓玄帝廟。十一日，先生患嘔瀉。九月，移寓上坡韓氏鏡家。十月，又移寓下坡韓村韓旬公宣之宜園。望後，病稍減。案：熊耐徒，蔣山傭殘稿與書題，「徒」作「荼」，是。河東，見前友人來坐中詩第二首「昨過」句注。

〔二〕澮水　蘧常案：明史志地理二山西平陽府曲沃注：西有汾水，西南有澮水，下流入汾。

〔三〕寒禽句　蘧常案：蓋有無枝可依之感。

〔四〕沾微霜　徐注：謝莊月賦：微霜沾人衣。

〔五〕典墳　蘧常案：見前春雨詩「墳典」注。

〔六〕逢萌句　徐注：後漢書逢萌傳：字子慶，北海都昌人。通春秋經。王莽殺其子宇。萌將家屬浮海，客於遼東。光武即位，詔書徵萌，託以老耄不起。

蘧常案：詩曰「解冠」，應補引逢萌傳「王莽殺其子宇」下「萌謂友人曰：三綱絶矣！不去，禍將及人。即解冠挂東都城門」數句方合。又：子慶，當作「子康」。

〔七〕范丹句　蘧常案：見卷五過矩亭拜李先生墓下詩「清修」句注。

〔八〕百王　蘧常案：見前朱處士鶴齡寄尚書埤傳詩「百王」句注。

〔九〕王赧句　徐注：史記周本紀：慎靚王立六年崩，子赧王延立。五十九年，西周倍秦，秦昭王怒，使將軍摎攻西周。西周君犇秦，頓首受罪，盡獻其邑三十六，口三萬。秦受其獻，歸其君於周。周君、王赧卒，周民遂東亡。秦取九鼎寶器而遷西周公於𢴆狐。

蘧常案：據周本紀則頓首者爲西周武公而非周赧王也。

〔一〇〕孝獻句　蘧常案：後漢書孝獻帝紀：建安二十五年三月，改元延康。冬十月乙卯，皇帝遜位，魏王曹丕稱天子，奉帝爲山陽公，邑一萬户，都山陽之濁鹿城。李賢注：山陽屬河内郡，故城在今懷州修武縣西北。

〔一一〕一身二句　徐注：潘耒殉國彙編序：崇禎帝非亡國之主，以一死殉社稷，實亘古所無，其足動人哀思而激發其忠孝，宜也。衛蒿次亭林先生見贈之作云：椓人竊國柄，舉國若皇皇。英烈如先帝，無以救衰亡。

〔一二〕衰遲二句　徐注：唐書劉禹錫傳：同年友當盛時，聯轡舉鑣，亘絶九衢；今來落落，如晨星之相望。徐注原引同志贈言與先生相贈答者有陳濟生等數十人，似嫌過煩，因移作本詩附録。

蘧常案：詩曰「儔輩」，當謂同輩，故下曰「落落晨星行」。同志贈言中如陳芳績、潘耒、郁植、顧湄、毛今鳳等，則皆後輩，不當在儔輩之列。爲顧寧人徵天下書籍啓署名者，除已見同志贈言外，尚有王猷定、毛騤、顧有孝、顧夢麟、陸圻、吴炎、楊彝、湯濩、萬壽祺、楊瑀、王錫闡、方文、丁雄飛、吴任臣，則正皆其同輩之至好者。又詩文集中所及尚多，如張爾岐、李顒、路澤溥兄弟、朱彝尊、張弨、李良年、汪琬等交尤深，張、李、路、朱皆見廣師篇，所自謂不及者，與尋常詩文酬酢迴殊，尤不能遺之者也。

〔一三〕鬱邑　徐注：楚辭惜誦：心鬱邑余侘傺兮。

蘧常案：王逸楚辭注：鬱邑，愁貌也。

〔一四〕著書句　徐注：先生與友人論門人書所著日知録三十餘卷，平生之志與業，皆在其中。惟多寫數本以貽之同好，而有王者起，得以酌取焉，其亦可以畢區區之願矣。

蘧常案：徐注本在「感慨論百王」句下，非是，移此爲合。徐又以此著書爲天下郡國利病書，亦非。

〔一五〕穹蒼　徐注：詩：靡有旅力，以念穹蒼。

〔一六〕眷眷句　徐注：先生與陸桴亭札：炳燭之光，桑榆之效，亦已晚矣。

蘧常案：桑榆，見卷一贈顧推官咸正詩「桑榆」注。李賢後漢書馮異傳注：桑榆謂晚也。

附：徐嘉注引同志贈言與先生相贈答者

有長洲陳濟生皇士、故懷遠侯常延齡、歙王煒雄右、華亭張懃洮侯、吳江潘檉章力田、長洲王礽雲頎、江寧王潢元倬、吳江戴笠耘野、常熟陳芳績亮工、長洲施諲、掖劉在中玉瑟、新城王士禄西樵、徐元善長公、崑山歸祚明玄恭、建陽黄師正帥先、福清林古度茂之、關中李因篤天生、桐城錢秉鐙飲光、仁和柴紹炳虎臣、餘姚吕章成裁之、崑山馬鳴鑾殿聞、曲阜顔先敏修來、嘉興曹溶鑑躬、番禺屈大均翁山、寧夏趙匡鼎季襄、大城王秉乘炤千、清苑陳上年祺公、德州程先貞正夫、太原傅山公佗、宣城施閏章尚白、吳江潘耒次耕、順天史可程赤豹、清苑陳正正子、泗州戚玶緩耳、太倉郁植東堂、鄞萬言貞一、湖州沈三曾允斌、淳化宋振麟子禎、太倉顧湄伊人、華陰王弘撰山史、華州劉肅元敬、張曾慶子餘、劉澤傅潤生、潼關楊端本函東、長洲毛今鳳景巖、鄞陳赤衷葵獻、曲沃衛蒿匪莪、吕兆麟春野。

酬李子德二十四韻

【解題】徐注：康熙二十一年壬戌，先生年七十歲，以正月初九日卒。案：子德哭先生詩一百韻：臘杪纔呼走，（注：遣使往訊起居。）冰嚴薄饋綿。報章驚絶筆，幽怨屈空拳。（注：晨起承報余詩二十四韻，夕卒。）

蘧常案：此詩應列於「玄黓閹茂」，是爲康熙二十一年壬戌。先生此詩有「蹉跎歲又除」句，徐注本列於壬戌所作，是。且與李因篤哭先生詩注合，見下徐注。惟此詩既爲絶筆矣，則此下贈毛錦銜詩，應移上，疑出後人誤編。又，先生自注：「歲陽歲陰」上，例有「已下」二字，此注無，蓋徐訂潘刻之誤而改，非出先生也。是年海上鄭氏稱永曆三十六年，公元一六八二年。

戴雪來青鳥〔一〕，開雲見素書〔二〕。故人心不忘，旅叟計何如？上國嘗環轍〔三〕，浮家未卜居。康成嗟耄矣〔四〕，尼父念歸與〔五〕。忽枉佳篇贈〔六〕，能令積思攄。柴門晴旭下，松徑谷風舒〔七〕。記昔方傾蓋，相逢便執袪〔八〕。自言安款段，何意辱干旟〔九〕！適楚懷陳軫〔一〇〕，游燕弔望諸〔一一〕。詎驚新寵大〔一二〕，肯與舊交踈〔一三〕！不磷誠師孔〔一四〕，知非已類蘧〔一五〕。老當爲圃日〔一六〕，業是下帷初〔一七〕。達夜抽經笥〔一八〕，行春奉板輿〔一九〕。誅茅成土室〔二〇〕，闢地得新畬〔二一〕。水躍穿冰鯉，山榮向日蔬。已衰耽學問〔二二〕，將隱悔名譽〔二三〕。客舍輕彈鋏〔二四〕，王門薄曳裾〔二五〕。一身長瓠落〔二六〕，四海竟淪胥〔二七〕。契闊頭雙白〔二八〕，蹉跎歲又除。空山清澮曲〔二九〕，喬木絳郊餘〔三〇〕。不出風威滅，無營日景徐。但看堯典續，莫畏禹陰虚〔三一〕。地闊分津版，天長接草廬〔三二〕。一從聽七發，欲起命巾車〔三三〕。

【彙校】

〔題〕潘刻本題下自注有「重光作噩」，與前複，因删。徐注本作「玄黓閹茂」，是。

〔耽學〕潘刻本「耽」作「晩」，誤。

【彙注】

〔一〕戴雪句　徐注：楊萬里詩：更添一詩老，戴雪過重湖。

蘧常案：青鳥，見卷五得伯常中尉書却寄詩「忽來」句注。

〔二〕開雲句　徐注：王隱晉書：樂廣爲尚書令，衛瓘見而奇之，命諸子造焉，曰：每見此人，瑩然若開雲霧而覩青天。

蘧常案：素書，見卷五得伯常中尉書却寄詩「忽來」句注。

〔三〕環轍　蘧常案：見卷一偶來詩「鳥獸」二句注。

〔四〕康成句　蘧常案：康成，見卷三不其山詩「爲問」二句注。案：後漢書鄭玄傳：以書戒子益恩曰：入此歲來，已七十矣，宿素衰落。所謂耄也。先生年與之齊，故以爲況。

〔五〕尼父句　徐注：論語：歸與！歸與！

蘧常案：尼父，見卷三贈潘節士檉章詩「同文」四句注。

〔六〕忽枉句　蘧常案：李因篤受祺堂詩集卷二十四有亭林先生寓曲沃卧病小愈走書相聞即遣使起居奉詩五首。所謂「佳篇」也。唐韻：攄，丑居切。集韻：舒也。

〔七〕谷風　徐注：詩：習習谷風。

蘧常案：爾雅釋天：東風謂之谷風。

〔八〕記昔二句　徐注：詩：摻執子之袪兮。李因篤哭先生詩：縞帶曾貽晉，清觴再集燕。注：先生初同曹司農公過鴈門，晤余於陳使君席上，嗣飲龔宗伯宅。

蘧常案：傾蓋，見卷三酬徐處士元善詩「傾蓋」句注。事見卷四酬李處士因篤詩「得李生」注。

〔九〕自言二句　徐注：詩：孑孑干旟。

蘧常案：詩鄘風干旄傳：注旄於干首，大夫之旃也。鳥隼曰旟。陳奐毛傳疏：干，讀如籊籊竹竿之竿。朱熹集傳：言衛大夫建此旌旄，以見賢者。款段，見卷二秀州詩「將從」四句注。案：朱樹滋李文孝行狀：陳公上年備兵固原。爲子延師，具車馬，奉書幣，至公家。公怒曰：吾山居奉母，布褐是甘，安用是璀璨者！此所謂「安款段」也。前子德自燕中西歸詩亦云「輕身騎款段」。蓋亦用其自語。「辱干旟」事，詳前子德自燕中西歸詩「一載」句注。

〔一〇〕適楚句　徐注：史記張儀列傳：陳軫與張儀俱事秦惠王，後去而之楚。

蘧常案：吴懷清李天生年譜：康熙十一年春，因張鹿洲都閫之薦，入楚臬高欽如使君幕。冬至荆州，返武昌度歲。十二年九月，乘舟上溯，經岳家口、澤口、趙家臺、瓦子湖，至荆州。旋還武昌。冬，西歸。

〔一一〕游燕句　蘧常案：江藩宋學淵源記李因篤傳：康熙己未，詔舉博學鴻儒，朝臣交章薦，因篤以母老辭。是時秉鈞者必欲致之，縣官加意迫促，其母勸之行，始就道。李天生年譜：九月抵都。案：蔣山傭殘稿與李子德書有云：關中人述周制府之言曰：天生自欲赴召可爾，何又力勸中孚，至訹之以利害？殆是蘧伯玉恥獨爲君子之意。則因篤非真忘情於利禄者也。其後之所以堅於乞養者，殆全由先生有以促成之。望諸，見前贈張力臣詩「望諸」注。

〔一二〕詎驚句　徐注：文獻徵存録：因篤未遇時，聖主聞因篤名，與秀水朱彝尊、慈谿姜宸英、無錫嚴繩孫稱爲四布衣，由是天下莫不知四布衣者。蘧常案：李天生年譜：康熙十八年三月，詔試博學鴻儒。甲子，揭曉，先生名列一等第七。命纂修明史。五月庚戌，詔授檢討。

〔一三〕肯與句　徐注：史記吴世家：季札使於鄭，見子産如舊交。蘧常案：蔣山傭殘稿與李子德書有云：易曰：君子之道，或出或處，二人同心，其利斷金，吾於老弟乎望之！故此次因篤奉詩有云：晨星落落長蒿目，忍使尋盟負斷金。而先生於此又重答之。蓋深喜之而又深勉之也。

〔一四〕不磷句　徐注：論語：磨而不磷。蘧常案：何晏集解：孔曰：磷，薄也。朱樹滋李文孝行狀：授翰林院檢討，到任未兩月，即疏乞終養。三十七上，而始上聞，天子違部議，允終養。公於是振衣而歸。

〔一五〕知非句　徐注：孔叢子：伯玉行年五十，而知四十九年之非。

蘧常案：伯玉，蘧瑗字。史記仲尼弟子列傳序：孔子之所嚴事，於周則老子；於衞則蘧伯玉。大戴禮記衞將軍篇：外寬而内直，自設於隱括之中，直己而不直人；汲汲於仁，以善自終，蓋蘧伯玉之行。案：文集答子德書有云：自今以往，别有機權。公事之餘，尤望學易。吾弟行年四十九矣，何必待之明年哉！其後因篤即告歸。明年奉詩云：五十知非似醉醒，柴門寂寞晝長扃。故於此答之。

〔一六〕爲圃　徐注：論語：請學爲圃。

〔一七〕下帷　蘧常案：見卷四酬程工部先貞詩「董生帷」注。

〔一八〕達夜句　徐注：襄陽耆舊傳：龐士元詣司馬德操，德操與語，自晝達夜。後漢書邊韶傳：腹便便，五經笥。

蘧常案：屈大均翁山文外謂因篤著九經大全。錢林文獻徵存録謂其有詩説、春秋説。先生餘集與潘次耕書謂：天生有解易一卷，其學絶塵而奔，吾且瞠乎其後。手録其書，學問亦日進。書有「今雖登名薦剡」云云，蓋作於康熙十七年者，可謂傾倒至矣。又文集答子德書望其學易（見上），則此所謂「抽經笥」者，仍望其繼此而治易歟？其經學之可考者僅此，書皆無可徵。惟朱彝尊經義考録有秦風一篇，當在詩説中。

〔一九〕行春句　徐注：潘岳閒居賦：微雨新晴，六合清朗，太夫人乃御版輿，升輕軒。

〔二〇〕誅茅句　徐注：屈原卜居：寧誅鋤草茅以力耕乎？後漢書袁閎傳：以母老不宜遠遁，乃築土室，四周于庭。

〔二一〕新畬　徐注：詩周頌：如何新畬？注：畬，三歲田也。

〔二二〕已衰句　蘧常案：此下六句，皆自謂。蔣山傭殘稿與湯聖弘書：弟以望七衰齡，猶希炳燭。關中二三君子，將建考亭書院，以奉先儒，並爲老人著述之所。

〔二三〕將隱句　徐注：先生與友人論門人書：招門徒，立名譽，以光顯於世，則私心有所不願也。蘧常案：將隱，見前靈石縣東北介之推祠詩「國禄」二句注。

〔二四〕客舍句　蘧常案：見卷三永平詩「馮驩」二句注。

〔二五〕王門句　徐注：漢書鄒陽傳：何王之門不可以曳長裾乎！

〔二六〕瓠落　蘧常案：見卷五瓠詩「呺然」句注。經典釋文：簡文曰：瓠落，猶廓落也。廓落，見前三酬歸戴王潘四子詩「廓落」句注。

〔二七〕淪胥　徐注：詩：無淪胥以亡。蘧常案：詩大雅抑篇毛傳：淪，率也。鄭箋：胥，皆也。陳奐傳疏：無，發聲。言周之君臣，將相率而底於敗亡也。

〔二八〕契闊　徐注：詩：死生契闊。

蘧常案：詩邶風擊鼓毛傳：契闊，勤苦也。案：此似如後漢書范丹傳所云「行路急卒，非陳契闊之所」，謂離別，非謂勤苦也。蓋自己未秋，因篤過省於汾州天寧寺一別後，至本年初春，首尾涉四年，故曰「契闊」也。

〔二九〕清澮　蘧常案：見前贈衛處士蒿詩「澮水」注。

〔三〇〕喬木句　蘧常案：喬木，見前哭李侍御灌溪先生模詩「故國」句注。案：春秋：晉穆侯都絳，後景公徙新田，亦名絳。新田，在今曲沃縣西南。漢爲絳縣，東漢爲絳邑。此「絳郊」，當謂新絳也。

〔三一〕但看二句　徐注：日知録：古時堯典、舜典本合爲一篇，陸氏釋文云：梅賾上孔氏傳古文尚書，亡舜典一篇。時以王肅注頗類孔氏，故取王注從慎徽五典以下爲舜典，以續孔傳。

蘧常案：世説新語政事篇引晉陽秋：陶侃好督勸於人，常云：民生在勤。大禹聖人，猶惜寸陰；至於凡俗，當惜分陰。案：「寸陰」語本淮南子原道訓。此二句，似猶望明室復興，上纘前緒；果能如此，則光陰不爲虚度。蓋念念於此，之死靡改也。

〔三二〕地闊二句　徐注：李華弔古戰場文：地闊天長。周禮秋官：司民皆書於版。蜀志諸葛亮傳：三顧臣於草廬之中。

蘧常案：「津版」，似謂「蒲津」。蒲津一名蒲坂津。徐注非。蒲津，見卷五薊門送子德歸關中詩「蒲津」注。

〔三〕一從二句　徐注：文選枚乘七發李善注：七發者，説七事以啓發太子也。猶楚辭七諫之流。陶潛歸去來辭：或命巾車。

蘧常案：七發序云：楚太子有疾，而吴客往問之，曰：可無藥石針刺灸療而已，可以要言妙道説而去也。其末云：於是太子據几而起曰：涣乎若一聽聖人辯士之言。涊然汗出，霍然病已。此答因篤問疾，喻其詩如七發也。因篤詩有云：到處青藜能照夜，何時紫氣復臨關？耦耕不忘臨歧約，南畝桑陰竟日閒。又云：豳俗好風吹舉趾，漢時明月照傳經。鳴車整旆西歸日，户外寒融柳色青。故欲「起命巾車」也。周禮春官「巾車」，鄭玄注：巾，猶衣也。孔叢子：孔子歌曰：巾車命駕，將適唐都。

贈毛錦銜

【解題】

徐注：元譜：毛今鳳，字錦銜，長洲人。己未年來受業。庚申，先有與毛錦銜書云：比在關中，略仿横渠、藍田之意，以禮爲教。夫子嘗言，博學於文，約之以禮。又云：憶昔萬曆庚申，吾年八歲，今年元旦作一對云：六十年前二聖升遐之歲，三千里外孤忠未死之人。便中有字與吴門，可代爲録此，與一二耆舊知心者觀之。知此迂拙之叟猶在人間耳。一詩並附。觀此書則此詩宜編入庚申歲。又有答錦銜書論異姓爲後，言「晉書周逸事與君家相類」，似錦銜本非毛姓。

同志贈言毛今鳳上亭林夫子詩：抗節不爲東海蹈，論人獨恥北山移。

來時冬鴈飛，去日春風度〔一〕。浮雲戀故山，翔鳥懷高樹。一别遂西東，各言難久駐〔二〕。去去慎所之，長安有歧路〔三〕。

【彙注】

〔一〕來時二句　蘧常案：此謂今鳳以康熙十八年己未冬來，十九年庚申春去，其前後受業，蓋僅數月耳。

〔二〕各言句　徐注：李陵與蘇武詩：行人難久留，各言長相思。

〔三〕長安句　蘧常案：見卷二王家營詩「行人」二句注。歧路，見卷二贈人詩「楊朱」四句注。

附：集外詩存

和若士兄賦孔昭元奉諸子游黄歇山大風雨之作

【解題】

徐注：吴譜云：墨蹟藏張浦脮篢菴。黄歇山，一統志：江陰東北，一名黄山，上有席帽峰，下有郭景純故宅，俯漱江濤。又君山亦以春申君名。

蘧常案：本詩録自吴映奎所輯顧亭林先生年譜。

江上秋色高，欣理登山屐〔一〕。八子攀危崖，將覽前古迹。滃然雲氣興，天地昏墨色〔二〕。烈風排山巔，奔濤怒湔涬〔三〕。急雨凌空來，深山四五尺。伏地但旁睨，突兀真龍偪。得非楚葉公，見之喪其魄〔四〕。黄帝至襄城，七聖皆迷惑〔五〕。始皇上泰山，或云風雨厄〔六〕。二者將何居？一笑江雲白。

【彙注】

〔一〕登山屐　蘧常案：見卷五子德李子聞余在難詩「每並」句注。

〔二〕滃然二句　徐注：説文：滃，雲氣起也。从水，翁聲。杜甫茅屋爲秋風所破歌：俄頃風定雲墨色，秋天漠漠向昏黑。

〔三〕淜湱　李注：郭璞江賦：砯巖鼓作，淜湱㶁灂。

蘧常案：李善文選注：淜湱，大波相激之聲也。淜，普萌反。湱，呼陌反。

〔四〕突兀三句　蘧常案：文選任彦昇天監三年策秀才文李善注：莊子曰：子張見魯哀公，哀公不禮，去。曰：君之好士，有似葉公子高之好龍也。葉公好龍，室屋彫文，盡以寫龍。於是天龍聞而下之，窺頭於牖，拖尾於堂，葉公見之，棄而退走，失其魂魄，五色無主。是葉公非好真龍也，好夫似龍而非龍也。今君之好士也，好夫似士而非士者也。

〔五〕黄帝二句　徐注：莊子徐无鬼：「黄帝將見大隗乎具茨之山，方明爲御，昌寓驂乘，張若、謵朋前馬，昆閽、滑稽後車。至於襄城之野，七聖皆迷。

〔六〕始皇二句　蘧常案：見卷三登岱詩「封松」句注。

古俠士歌

【解題】

徐注：見王士禛感舊集。

曾作函關吏，雞鳴出孟嘗〔一〕。只今猶未老，來往少年場〔二〕。

【彙注】

〔一〕曾作二句　蘧常案：見卷一擬唐人五言八韻祖豫州聞雞詩注。

〔二〕少年場　蘧常案：文選鮑明遠結客少年場行李善注引曹植結客篇：結客少年場，報怨洛北邙。郭茂倩樂府解題：結客少年場行，言輕生重義，慷慨以立功名也。廣題曰：漢長安少年，殺吏受財報仇，相與探丸爲彈。探得赤丸斫武吏，探得黑丸殺文吏。尹賞爲長安令，盡捕之。長安中爲之歌曰：何處求子死？桓東少年場。生時諒不謹，枯骨復何葬！案：結客少年場言少年時結任俠之客，爲遊樂之場，終而無成，故作此曲也。

廣柳車中人，異日河東守。空傳魯朱家，名字人知否〔一〕？

【彙注】

〔一〕廣柳四句　蘧常案：史記季布列傳：季布者，楚人也。爲氣任俠。項籍使將兵，數窘漢王。及項籍滅，高祖購求布千金。布匿濮陽周氏，周氏獻計，布許之。迺髡鉗布，衣褐衣，置廣柳車中，并與其家僮數十人之魯朱家所賣之。朱家心知是季布，買而置之田。迺之洛陽見汝陰侯滕公曰：以季布之賢而漢求之急如此，此不北走胡即南走越耳，夫忌壯士以資敵國，此伍子胥所以鞭荆平王之墓也，君何不從容爲上言邪？滕公果言如朱家指，上迺赦布，召見，謝，上拜爲郎中。孝惠時爲河東守。集解：服虔曰：東郡謂廣轍車爲柳。瓚曰：茂陵書中有廣柳車，每縣數百乘，是今運轉大車是也。

哭張爾岐

【解題】

徐注：稷若生於萬曆四十年壬子，長先生一歲。稷若歿，先生哭之以詩。此詩亭林詩集不載，附見於蒿庵集末。

蘧常案：張爾岐，詳卷五過張貢士爾岐詩解題。盛百二柚堂筆談卷三：濟陽縣志載有顧亭林聞張稷若赴一詩，亭林集中不載云云。常庸羣書斠識：蒿庵卒於康熙丁巳季冬，時亭林在關中。此詩蓋作於次年也。

歷山東望正淒然〔一〕，忽報先生赴九泉。寄去一書懸劍後〔二〕，貽來什襲絶韋前〔三〕。衡門月冷巢鵀室〔四〕，墓道風枯宿草田〔五〕。從此山東問三禮，康成家法竟誰傳〔六〕？

【彙注】

〔一〕歷山　蘧常案：見卷三濟南詩第一首「二峰」注。

〔二〕懸劍　蘧常案：見卷一不去詩「秋風」句注。

〔三〕貽來句　徐注：闕子：緹巾什襲。

蘧常案：絶韋，見卷五德州講易畢詩「韋編」句注。

〔四〕巢鵀室　徐注：三國志管寧傳附張臶：正始元年，戴鵀之鳥巢臶門陰。臶告門人曰：夫戴鵀陽鳥而巢門陰，此凶祥也。乃援琴歌咏，作詩二篇，旬日而卒，時年一百五歲。爾雅釋鳥：鶌鳩戴勝，郭注：鵀即頭上勝，今呼爲戴勝。方言云：自關而西謂之戴鵀，東齊、吴、揚之間謂之鵀。

〔五〕墓道句　徐注：錢林文獻徵存録：張爾岐臨終，自序墓石云：處士病困，自顧無可誌其墓，口占數語以誌生平。其曠達如此云。

蘧常案：宿草，見卷三贈路舍人詩「大麓」句注。

〔六〕從此二句　徐注：爾岐所著書見前過張貢士爾岐詩注。文獻徵存録：爾岐又以吴澄三禮考注違鄭、賈者四十餘事，惟少牢篇「尸入正祭」章補「尸受祭肺」四字爲有功於經，餘皆出於依託。撰吴氏儀禮考注訂誤一卷，時人謂爲精審。先正事略：漏載詩説略五卷、老子説略二卷、濟陽縣志九卷。其春秋傳義則未成之書也。

蘧常案：皮錫瑞三禮通論：三禮之名，起於漢末。在漢初，但曰禮而已。漢所謂禮，即今十七篇之儀禮。專注經言，則曰禮經；合記而言，則曰禮記。其後禮記之名，爲四十九篇之記所奪，乃以十七篇之禮經別稱儀禮，又以周官經爲周禮，合稱三禮。康成，見卷五述古詩第二首「大哉」四句及卷三不其山詩「爲問」二句兩注。案：康成，高密人；高密屬山東。張爾岐，濟陽人；濟陽亦屬山東。故云。後漢書儒林傳云：馬融作周官傳，授鄭玄，玄作周官注。玄本習小戴禮，後以古經校之，取其義長者，故爲鄭氏學。玄又注禮記四十九篇，通爲三禮焉。江藩漢學師承記：張爾岐年三十讀儀禮，一取經與注章分之，定其句讀。成書之時，年五十有九矣。晚年蕭然物外，不與世接，自爲墓銘而卒。別詳卷五過張貢士爾岐詩「長期」句注。

姬人怨

【解題】

尹云：雖豔體，亦諷遺臣入清者。

蘧常案：是詩見陳其年篋衍集。

傷春愁絶泣春風〔一〕，髮亂如油脣又紅。不是長干輕薄子，如何歌笑入新豐〔二〕？

【彙注】

〔一〕泣春風　蘧常案：李商隱無題詩：十五泣春風，背面鞦韆下。

〔二〕不是二句　蘧常案：左思吴都賦：長干延屬，飛甍舛互。李善注：建業南五里有山岡，其間平地，吏民雜居。東長干中有大長干、小長干皆相連。大長干在越城東，小長干在越城西。地有長短，故號大、小長干。李白長干行：憶妾深閨裏，烟塵不曾識。嫁與長干人，沙頭候風色。後漢書馬援傳：效季良不得，陷爲天下輕薄子。三輔舊事：太上皇不樂關中，思慕鄉里，高祖徙豐沛屠兒、沽酒、煮餅商人，立爲新豐。案：此詩似刺南都迎降諸臣而作，故云「長干輕薄子，歌笑入新豐」也。小腆紀年：清順治二年，明弘光元年五月乙未，王師自丹陽趨句容。乙未夜，前隊至郊壇門，明忻城伯趙之龍、魏國公徐允爵、大學士王鐸、禮部尚書錢謙益迎降。奉輿圖册籍，冒雨淋漓，褰裳跪道旁。豫王命謙益入清宮禁。謙益引我清官二員，騎五百，自洪武門入。丙申，大開洪武門，趙之龍、徐允爵率保國公朱國弼、隆平侯張拱日、臨淮侯李祖述、懷寧侯孫維城、靈壁侯湯國祚、安遠侯柳祚昌、永昌侯徐宏爵、定遠侯鄧文郁、項城伯常應俊、大興伯鄒存義、寧晉伯劉允極、南和伯方一元、東寧伯焦夢熊、洛申伯黄九鼎、成安伯郭永祚、駙馬齊贊元，文臣自王鐸、錢謙益外，大學士蔡益深、侍郎朱之臣、梁雲構皆跪降。其翰詹科道部寺官，不可勝紀。豫王嘉之龍保城功，賜金鐙銀鞍馬、貂裘八寶帽。設牛酒席，命之龍位朱國弼上。越日，之龍迎豫王南面坐，大饗將士。

雲鬟玉鬢對春愁〔一〕，不語當窗嬌半羞〔二〕。柳絮飛花無限思〔三〕，教儂何物得消憂？

【彙注】

〔一〕雲鬟　蘧常案：杜甫月夜詩：香霧雲鬟溼，清暉玉臂寒。

〔二〕當窗　蘧常案：古詩：盈盈樓上女，皎皎當窗牖。

〔三〕柳絮句　蘧常案：此喻降臣之隨風飄泊也。

詩譜　附：亭林著作目錄

王蘧常　撰

先生顧氏譜系考云：余家本出吴郡，五代之際，或徙於滁。宋南渡時，諱慶者自滁徙海門縣之姚劉沙。自注：今崇明縣。慶次子伯善又徙崑山縣二十四保之花蒲保。自注：今太倉州六都。錢邦彦校補顧亭林先生年譜考：「震川集三：顧村在七浦塘南雙鳳里。」車守謙先生年譜云：自慶而下十一世，至封刑科給事中諱鑑，再徙崑山縣城南二十四里泙川鄉千墩鎮，蘧常案：崑新合志作「在城南三十六里」。是爲先生五世祖。鑑生正德丁丑進士刑科給事中濟。濟生嘉靖癸丑進士兵部右侍郎章志。章志生萬曆丁丑進士左春坊左贊善紹芳、國子生紹芾及紹芬。紹芳生萬曆乙卯戊午副貢同應。張穆先生年譜云：娶何氏，生子五，先生其仲也。紹芾生同吉，早卒，聘王氏，未婚守節，撫先生爲嗣。

明萬曆四十一年癸丑五月二十八日，公元一六一三年七月十五日。生於崑山千墩鎮里第。車譜。

先生咳名藩漢，據友人書告。譜名絳，更名繼坤。車譜庠名繼紳。蘧常案：入學在十四歲，見先生寇慎墓誌。後仍名絳，字忠清。張譜吳應箕復社姓氏目録前卷：崑山第六人顧絳字忠清。蘧常案：常熟王峻先生傳：年十四，爲諸生，入復社，有名。據此則改名在入復社初。諸譜謂十九歲始更名絳，似非。入清更名炎武，據吳映奎先生年譜。又作炎午，見閻若璩潛丘劄記。張譜云：山東通志采先生文，亦作炎午。字寧人，吳譜。號亭林，車譜：顧亭林湖在華亭東南三十五里。湖南有顧亭林鎮，陳顧野王居此，因以爲名。宋紹熙間，爲寶雲寺。寺南高基，野王曾於此修輿地志，世傳以爲野王墩，有沼深黑，云是野王墨池。盛百二柚堂筆談：明華亭顧正誼仲芳官中書舍人，晚於濯錦江築小園，林木清幽，自號曰亭林。以南朝顧野王所居曰亭林，仲芳以自號。而顧寧人亦以名其集。蘇味道，欒城人，其後遷眉山，子由以名其集，皆不忘本也。又嘗稱名曰圭年。元譜：康熙中，題吳縣李灌溪侍御詩，署名曰圭年。車譜：歙孝廉程易疇瑶田云嘗見萬年少自跋所作秋江别思圖送先生由淮陰渡江歸唐市，謂顧子名圭年。自云：余再轉注而得此名。蘧常案：王應奎柳南隨筆：吳蒼符偶成二首之一，有句云：江南唯有顧圭年，阮亭瀛舟筆談亦言之。號曰涂中。沈岱瞻同志贈言、陳芳績秋日懷涂中先生詩自注：亦亭林號。亦或署蔣山傭。據元譜。江藩漢學師承記：庚寅有怨家欲陷之，僞作商賈，變姓名爲蔣山傭。車譜：蔣山即鍾山，後更名神烈山。先生嘗僑居山下也。蘧常案：故又或署鍾山傭。顧俑，張譜：鄒平縣志前列修志姓氏有顧俑，字寧人，崑山人，同時校編，疑「俑」即「傭」字之譌。亦或單署爲「傭」也。

天啓六年丙寅。公元一六二六年。十四歲

取入崑山學，讀詩、書、春秋。車譜。先是，七歲就塾。九歲，讀周易。十歲後讀古兵家孫子、吳子諸書及左傳、國語、國策、史記、資治通鑑。皆據元譜。至此，讀詩，爲治詩之始。入復社。本生父同應卒。據元譜。

崇禎四年辛未。公元一六三一年。十九歲

元配太倉王氏來歸。蘧常案：先生庚申悼亡詩有「北府曾縫戰士衣，酒漿賓從各無違」云云，似先生乙酉從戎之日，夫人曾縫衣餉士。夫婦同仇，尤可稱也，不可以不書。

崇禎六年癸酉。公元一六三三年。二十一歲

與同邑歸莊定交。蘧常案：歸莊字玄恭，詳詩注卷一吳興行注。莊送顧寧人北游序云：余與寧人之交二十五年矣。序作於清順治十四年丁酉。逆溯之，則訂交於本年也。先生與莊同歲，少壯相從最密。其與莊遺札，可窺見先生早歲詩學大概。其一云：别兄歸，至西齋，讀離騷一首、九歌六首、九辯四首、士衡擬古十二首、子美同谷七首、洗兵馬一首。見郭立志雍睦堂法書，可見當時致力之所在。又一云：弟詩不足觀。吾輩不能多讀書，未宜輕作詩文。如盆盎中水，何裨於滄海之大，衹供人覆瓿而已。見錢塘吳氏藏本，可見學詩主張。又一云：日來契闊，思君如三秋矣。欲與三哥一譚未得，適有菊數本，可偕一至否？如可，當具日以請。辭曰：數日不見，如三秋兮，鞠有黄華，可以遊兮，彼姝者子，酌言酬兮，陳饋八簋，無我尤兮。見同上。此二札原次在戊寅正月二十二日一書前，字蹟相類，蓋一時所書。戊寅爲崇禎十一年，先生二十六歲，則此二札或在戊寅以前乎？詩雖非經心之作，亦可見其少作一斑。

崇禎十二年己卯。公元一六三九年。二十七歲

秋闈被擯，退而讀書，始撰肇域志及天下郡國利病書。據徐譜

崇禎十五年壬午。公元一六四二年。三十歲

題葉聖野襄畫卷一首。見崑山馬光楣補録錢邦彦校補亭林先生年譜本崇禎十五年條，上有長沙葉氏補入此詩云：日暮水天遠，山迴石徑斜。居人空□□，逐客已無家。□□葉隨雨，荒寒□際沙。故鄉好歸去，莫待鬢毛華。跋云：□□聖野道契，以□□時落拓他鄉，□□同慨干戈滿眼，□□何年僕將東□，寫此爲别。時崇禎壬午年十月□三日□。顧絳並記。葉氏記謂

「題其族祖襄畫卷之作，原署名下鈐『寧人』二字朱文印。畫學雲林。詩本集未載」。蘧常案：聖野，長洲縣學生。見沈德潛明詩別裁集注。或作聖墅，嘗爲陳濟生作啓禎詩選序。見歸莊隨筆。濟生，先生姊婿也。此詩亦早年作之僅存者，惜原書書眉有殘破，故詩與跋語多闕文。

崇禎十七年甲申。三十二歲

大行皇帝哀詩一首、千官二首、感事七首，爲編年詩之始。詩署閼逢涒灘。大順永昌元年，清順治元年，公元一六四四年。

三月十九日，闖王李自成克北京。明帝朱由檢自縊於宮中萬壽山。四月二十九日，闖王即帝位，稱大順永昌元年，西狩。五月三日，清兵侵入北京。九月，清帝愛新覺羅福臨入關。十月朔，即位，稱順治元年。先是，四月朔，明鳳陽總督馬士英等迎立嗣福王由崧於南京，仍稱崇禎十七年，以明年乙酉爲弘光元年。據吳、車諸譜

四月，先生侍嗣母遷居常熟之唐市，據元譜、車譜。常昭合志：唐市舊名尤涇，在雙鳳鄉，去縣東南三十里。又東南則崑山界。十月，歸千墩，被劫。據元譜。張譜：望雲樓帖刻先生手札云：醉德無何，忽云改歲。兄今具脱然愈乎？弟則馬學士所云百憂熏心，三冬少暇。往日之舉，犯而不校，逆獸已無所用其炰烋，今乃黑夜令人縱火，焚佃屋一所。弟既蕩無一椽，僕輩亦瞻烏靡集。夫行強雖武士之恒談，火攻則兵家之下策。況於臨池之畏，實爲煽焰之謀。包藏禍心，日甚一日。公宫之火，先告於寺人。陵門之戟，首誅乎元濟。燎原之惡已盈，自焚之禍行及。布諸左右，憑楮愴然！玄恭仁兄足下，弟絳頓首。所云「黑夜縱火」，不知即指千墩被劫事否？時尚未更名炎武，則與葉方恒搆釁一案無涉也。未得其實，附記於此。蘧常案：此謂從兄維等搆家難一事也。事肇於崇禎十四年辛巳。元譜是年云：先生從叔父季臯與從兄仲隅搆家難。吳、車兩譜從之，而張譜則删去。蓋以其事不可考。且語意亦欠分明也。季臯名葉墅，號乂釁。季臯其字，諸生。仲隅名維，仲隅其字。殉乙酉之

難，皆見淞南志。詳譜語，似二人合謀傾先生家。蔣山傭殘稿卷一有答再從兄一書，題下先生嗣子衍生注云：諱維。書言其搆釁甚詳，而不及葉墅。其書云：開椷覩書，詞，姪洪徽之詞也；筆，兄之筆也。不答姪而答兄，從質也。乃報書曰：孰使我六十年垂白之貞母，流離奔迸，幾不保其餘生者乎？孰使我一家三十餘口，風飛雹散，孑然一身，無所容趾者乎？孰使我遺貲數千金，盡供猱攫，四壁并非己有，一簪不得隨身，絶粒三春，寄飡他氏者乎？孰使我天性骨肉，並疇妻斐，克恭之弟，一旦而紾兄，聖善之母，一旦而逐子，讒人罔極，磨骨未休，怨不期深，傷心最痛者乎？孰使我諸父宗人，互尋釁隙，四載訟庭，必假手翦屠而後快者乎？孰使我四世祖居，日謀侵占，竟歸異姓，謝公辭世，不保五畝之家，欲求破屋數間而已，亦不可得者乎？孰使我倍息而舉，半價而賣，轉盼蕭然，伍子吹篪，王孫乞食者乎？孰使我一廛不守，寸畮無遺，奪沁水之田，則矯烝嘗爲號，攘臨川之宅，則假廟宇爲辭，巧立奇名，併歸鯨罟者乎？孰使我旅人焚巢，舟中遇敵，共姬垂逮於宋火，子胥幾殞于蘆漪者乎？孰使我父母之國，邈若山河，凡我媚友，居停半宿，即同張倹之辜，接話一茶，便等陳容之僇，絶往來，廢賀弔，回首越吟，悽其淚下者乎？孰使我歲時蜡臘，伏地悲哀，家人相對，含酸飲泣，叫天而蒼蒼不聞，呼父而冥冥莫曉者乎？又云：爲我也兄者，則必不爲主人也暴客；爲主人暴客者，則不爲我也兄；人之暴客而我以爲兄，不得顧兄矣！今兄曰：主持有人，同謀有人，吾無與焉。不思燎原之燄，始自何人？虎項金鈴，當問繫者。況寶玉大弓，未歸魯庫；法書名畫，尚在桓玄。苟曰事不繇身，何異盜鐘之惑？且貞母何辜，遂同抄没；即藐孤有罪，未至流亡，共有人心，得無哀痛！伏冀翻然易慮，「取之以天，還之以天」（郅惲諫王莽語），俾老母得以羸糲終天年，而八口不至填溝壑，其何樂乎與同枝爲不戴之讎也！此書所謂「旅人焚巢」，即彼書所謂「縱火」也；此所謂「讒人罔極，磨骨未休」，即彼所謂「煽燄」也；此所謂「燎原之燄」，即彼所謂「燎原之惡」也；此所謂「暴客」，即彼所謂「逆獸」也。維殉於乙酉之難。然先生翦髮詩云：畏途窮水陸，仇讎在門户，故鄉不可宿，飄然去其宇。詩作於庚寅，爲清順治七年，時葉案尚未起，曰「在門户」，明指族人。頗疑維雖死，其子洪徽等仍續與搆難，竟致不能安其所居，故元譜順治五年戊子下云：語濂涇家中又被劫。曰「又」，承此千墩被劫言也。蓋事亘十年而猶未解也。歸莊送先生北遊序云：一時喪荒，賦徭蝟集，以遺田八百畝典葉公子，券價僅當田之半。似即此書所謂「孰使我倍息而舉，半價而賣，轉盼蕭然」者，則葉案實由此而起，歸序尚未得其真也。

歸又與先生書云：使兄不遇訟，不避仇，不破家，則一江南富人之有文才者耳，豈能身涉萬里，名滿天下哉！則此等事，雖爲先生之禍，抑亦先生之福，其互爲倚伏，於先生一生，所關者至深且巨，且爲諸譜所未及，故既注於翦髮詩，復於此詳著之。十二月，復遷居常熟之語濂涇據元譜。車譜云：常昭合志：語濂涇，黄涇東，北入尤涇。張譜云：先生從叔父穆庵行狀：語濂涇去千墩八十餘里。崑山令楊君永言元譜：永言字岑文，昆明人。蘧常案：詳詩注卷二楊明府永言詩注。應南都詔，列薦先生名於行朝，詔用爲兵部司務。元譜

弘光元年即隆武元年乙酉。詩署旃蒙作噩。大順永昌二年，清順治二年，公元一六四五年。三十三歲

京口即事二首，帝京篇一首，金陵雜詩五首，千里一首吴譜各詩皆五月以前作。秋山二首，表哀詩一首，聞詔一首，十二月十九日奉先妣藁葬一首，上吴侍郎暘一首，姬人怨二首。蘧常案：陳其年篋衍集有先生姬人怨二首，集中不載。今入集外詩存，有「不是長干輕薄子，如何歌笑入新豐」云云，疑刺南都覆亡迎降諸臣如錢謙益等而作。

四月永昌帝（李自成）爲清兵所蹙，道殂，大順國除。據徐鼒小腆紀年。五月初九日清師渡江，初十夜，弘光帝出走。十五日，清師入南京，明禮部尚書黄道周、南安伯鄭芝龍等奉唐王聿鍵稱監國。閏六月，蘧常案：原作六月，兹據思文大紀正。丁未，即位於福州，改元隆武據元譜。魯王以海亦稱監國於紹興。徐譜

春，膺薦至京口。吴譜見軍政廢弛，作軍伍議吴譜。蘧常案：車譜云：即文集諸論。四月，同從父蘭服淞南

志：顧蘭服，字國馨，號穆庵。蘧常案：詳詩注卷一帝京篇注。赴南京，元譜歸語濂涇，張譜將復詣闕而南都陷。乃從軍至蘇州元譜思有所建白，不果。吴譜六月，仍歸語濂涇。閏六月十五日，崑山士民閉門拒守。七月初六日，清師下崑山城。元譜先生生母何氏被游騎斫。弟子叟、蘧常案：名纘。子武，蘧常案：不知其名。並遭難。子叟妻朱氏引刀自刺其喉，僵卧瓦礫中得免。據張譜執友吴其沆殉守城之役。據吴譜。蘧常案：先生文集吴同初行狀：生少余七歲，名其沆，字同初，嘉定縣學生員，世本儒家。生尤夙惠，下筆數千言，試輒第一，居崑山。當抗敵時，守城不出以死。越九日，清師復下常熟。嗣母王氏，於十四日聞變即絶食，至三十日乃終。遺命先生勿更出仕。據元譜及張譜隆武帝遥授先生兵部職方司主事。據元譜九月，至嘉定，過吴其沆家，徐譜省其母。據文集吴其沆行狀十二月十九日，權厝嗣母柩於曾祖侍郎塋東偏。據元譜。

隆武二年丙戌。詩署柔兆閹茂。魯監國元年，清順治三年，公元一六四六年。三十四歲

李定自延平歸齎至御札一首，海上四首，不去三首，賦得老鶴萬里心用心字一首。

三月，隆武帝移駐延平。六月，清師渡錢塘江，魯監國航海。八月，隆武帝聞清師破仙霞關，自延平走汀州。二十八日，遇害。十月十四日，明兩廣總督丁魁楚、廣西巡撫瞿式耜奉桂王由榔監國於肇慶。十一月十八日即帝位，仍稱隆武二年，以明年爲永曆元年。鄭芝龍降於清，其子成功等率所部入海。明大學士蘇觀生又立隆武弟唐王聿鐭於廣州，改元紹武。十二月，清師下廣州，聿鐭遇害。以上據小腆紀年。蘧常案：元譜、徐譜、吴譜、張譜叙事多違誤，悉不從。十二月十二日，

命家人趙和等遷居。元譜。未詳遷居何地。將往閩中赴職方之召，以母喪未葬，不果行。元譜。

永曆元年丁亥。詩署彊圉大淵獻。魯監國二年，海上鄭成功稱隆武三年，清順治四年，公元一六四七年。三十五歲

贈顧推官咸正一首，大漢行一首，義士行一首，秦皇行一首，墟里一首，塞下曲二首，海上行一首，哭楊主事廷樞一首，推官二子執後欲爲之經營而未得也而二子死矣二首，淄川行一首，哭顧推官一首，哭陳太僕子龍一首，十月二十日奉先妣葬於先曾祖兵部侍郎公墓左一首，墓後結廬三楹作一首，精衛一首，吳興行贈歸高士祚明一首。

正月癸卯朔，永曆帝在梧州。據小腆紀年。

夏，明叛將吳勝兆謀以松江復歸於明，事洩，被殺。明太僕寺卿陳子龍、兵部主事楊廷樞等死之。據小腆紀年　二人皆先生執友。又族人推官咸正及其二子之遴、之逵亦同死難。先生各以詩哭之。據元譜。蘧常案：各人事蹟詳各詩注。楊廷樞長先生十八歲，顧之遴少先生五歲，之逵少先生八歲。先生亦幾豫禍。據全祖望亭林先生神道表。秋，至海上。十月二十日，葬嗣母於曾祖塋東嗣父同吉之兆。十二月二十一日，移家語濂涇，先生廬墓。以上據元譜　送歸莊往吳興。徐譜。

永曆二年戊子。詩署著雍困敦。魯監國三年，海上鄭氏稱隆武四年，清順治五年，公元一六四八年。三十六歲

賦得越鳥巢南枝用枝字一首，賦得江介多悲風用風字一首，擬唐人五言八韻：申包胥乞師、高

漸離擊筑、班定遠投筆、諸葛丞相渡瀘、祖豫州聞雞、陶彭澤歸里六首，常熟縣耿侯橘水利書一首，偶來一首，浯溪碑歌一首，寄薛開封寀一首，將有遠行作時猶全越一首，京口二首。

正月丁酉朔，永曆帝在桂林。據小腆紀年

秋，至湖上。　冬，抵京口。　是年，語濂涇家中又被劫。以上元譜。

永曆三年己丑。詩署屠維赤奮若。魯監國四年，清順治六年，公元一六四九年。三十七歲

元日一首，石射堋山一首，春半一首，懷人一首，賦得秋鷹一首，八尺一首，歲九月虜令伐我墓柏二株一首，桃花谿歌贈陳處士梅一首，瞿公子玄錥將往桂京不得達而歸贈之以詩一首。

正月庚申朔，永曆帝在肇慶。據小腆紀年

春，登靈巖山。　清明，封墓樹。　秋，至吴江，過八尺，以上元譜　懷孫兆奎烈士。據施世傑孫烈士傳。遴常案：詳八尺詩注。　納妾韓氏。元譜。

永曆四年庚寅。詩署上章攝提格。魯監國五年，清順治七年，公元一六五〇年。三十八歲

金壇縣南五里顧龍山上有太祖高皇帝御題詞一闋一首，贈于副將元凱一首，重至京口一首，榜人曲二首，鬋髮一首，秀州一首。

正月乙卯朔，永曆帝在肇慶。據小腆紀年。

五日，韓氏生子林元，名之曰詒穀。元譜時怨家有欲傾陷之者，遴常案：所謂「怨家」，當即其從姪洪徽等。事詳上崇禎十七年條下。　乃變衣冠，僞作商賈，游金壇，張譜。　訪于副將元凱。遴常案：事詳贈于副將元凱詩注

登顧龍山，觀明太祖御製詞吳譜石刻。車譜再至鎮江登北固樓，已，復往嘉興。張譜

永曆五年辛卯。詩署重光單閼。魯監國六年，清順治八年，公元一六五一年。三十九歲

恭謁孝陵一首，拜先曾王考木主於朝天宮後祠中一首，贈萬舉人壽祺一首，蘧常案：詩題中「自注」，目録與本詩兩見，刪。下同。淮東一首，贈人二首。

正月己卯朔，蘧常案：明大統曆於上年庚寅十一月置閏，而清用新曆則於本年二月置閏，故明以本日爲元辰，與清曆差一月也。永曆帝在南寧。據小腆紀年。

春，至南京，初謁孝陵。據元譜。蘧常案：元譜無「春」字，恭謁孝陵詩有「雨露接三春」句，則在春時也。據補。八月十四日，至淮安，與山陽王略、徐州萬壽祺定交。據元譜。蘧常案：文集山陽王君墓誌銘云：王君與余同年月生，而長余二十餘日。其行事雖不同，而意相得。凡余心之所存，及其是非好惡無不同者，雖不學古而闇合於古，仁而愛人，樂善不倦，其天性然也。君諱略，字起田，淮安山陽人。家清江浦之南，卒時年五十七。元譜：壽祺字年少，崇禎庚午舉人。詳卷二贈萬壽祺詩解題。長先生十歲。鄧之誠清詩紀事云：魏禧數數往揚州，屢訪友山陽，蓋志在經營山左。山左（山東）綰轂南北，東達海，西通中原，南抵淮、泗之間。天下有事，可以斷運道，爲形勢必爭之地。顧炎武北行之先，曾數至山陽，皆密有所圖。抵清江浦。元譜

永曆六年壬辰。詩署玄黓執徐。魯監國七年，清順治九年，公元一六五二年。四十歲

同族兄存愉拜黃門公墓一首，贈路舍人澤溥一首，清江浦一首，丈夫一首，王家營一首，傳聞二首。

正月癸酉朔，永曆帝在龍英。先是，清兵迫南寧，明將孫可望迎帝入雲南，是日次於此也。據小腆紀年

至吳縣之橫山，拜遠祖野王墓。遇執友路澤溥於虎丘。元譜：澤溥舍人，時攜家奉母，寄居湖上。蘧常案：路澤溥字蘇生，曲周人。時避亂蘇州之洞庭山。詳贈路舍人澤溥詩注。自唐市返千墩。至清江浦，渡河，抵王家營。以上據元譜。後歸洞庭山。據徐譜。蘧常案：清詩紀事云：隆武立於福州，大學士路振飛薦炎武爲兵部主事。是後四五年間，嘗東至海上，北至王家營，僕僕往來，蓋受振飛命，糾合淮、徐豪傑。初，振飛巡撫淮揚，嘗團練鄉兵，得兩淮間勁卒數萬，後爲劉澤清散遣。炎武實倚萬壽祺爲東道主人。炎武每從淮上歸，必詣洞庭告振飛之子澤溥。備一說。時五湖、三泖間高蹈能文者，相率爲驚隱詩社，一名逃社，每於五月五日祀三閭大夫。九月九日，祀陶徵士。除夕，祀林君復、鄭所南，四方同志咸集。各紀以詩，有錢肅潤、歸莊、陳濟生、吳炎、顧有孝、戴笠、王錫闡、潘檉章、王仍等，先生時亦與焉。據震澤志。蘧常案：此不知確在何時。志云「迹其所起，蓋在順治庚寅」，考先生遊履，惟壬癸間至湖上頗頻。姑繫於此，所爲詩已不可考。是年，斐然欲有所作。文集　鈔書自序

弟紓得子洪慎。蘧常案：崑新合志：洪慎字汝嘉。從父炎武卒，承遺命，以子宏佐爲炎武殤子詒穀後。從叔蘭服得子巖。蘧常案：元譜：先生卒於曲沃，從弟巖自崑山來，借衍生扶柩歸。故特書之。世僕陸恩叛，投里豪葉方恒。以上皆據元譜。蘧常案：陸恩、葉方恒，詳卷二贈路光祿太平詩序注。

永曆七年癸巳。詩署昭陽大荒落。清順治十年，公元一六五三年。四十一歲

隆武二年八月上出狩未知所之其先桂王即位於肇慶府改元永曆時太子太師吏部尚書武英殿大

學士臣路振飛在廈門造隆武四年大統曆用文淵閣印頒行之九年正月臣顧炎武從振飛子中書舍人臣路澤溥見此有作一首，再謁孝陵一首，恭謁太祖高皇帝御容於靈谷寺一首，贈朱監紀四輔一首，監紀示游粵詩一首，贈鄒處士繼思一首，昔有二首，楊明府永言昔在崑山起義不克爲僧於華亭及吳帥舉事去而之蘭谿今復來吳下感舊有贈一首，送歸高士之淮上一首，贈劉教諭永錫一首，郝將軍太極滇人也天啓中守霑益余於叙功疏識其姓名今爲醫客於吳之上津橋言及舊事感而有贈一首，孝陵圖一首，十廟一首。

正月戊辰朔，永曆帝在安龍府。三月，魯王自去監國號，飄泊島嶼間。以上據小腆紀年。蘧常案：徐譜謂：不知所終，誤，詳昔有詩第一首注。

春，自洞庭山至南京。據徐譜 二月，再謁孝陵，並謁太祖遺容於靈谷寺。據元譜 五月，萬壽祺卒於淮陰。趙經達歸玄恭年譜云：上虞羅氏萬年少年譜，據白耷山人集、居易堂集等，以年少爲卒於康熙壬辰，與銅山孫運錦萬先生傳言「壬辰五月初三日，卒於淮陰，年五十」合。然玄恭文鈔與陳言夏書言「與足下晤言，尚在辛卯之秋，中間僅一附書問。昨歲在淮、浦，聞有貴恙；近見陸道威兄，讀其著述」，又言「即日赴淮陰書館」，考之桴亭文集、亭林詩集無不相符。可知年少卒於癸巳。蘧常案：歸莊赴淮陰書館，不一月，壽祺即逝世。其與蔣路然書云：初夏，偕萬年少北渡，亡何而年少長逝。可證也。又案：陸世儀桴亭文集贈歸玄恭序云：癸巳之四月，玄恭讀予思辨録，謬以爲不悖於道也，愛而樂之。又，先生癸巳送歸高士之淮上詩有云：卜宅已安王考兆，攜書還就故人齋。上句，謂癸巳三月七日葬三世七人於新阡，詳詩注。下句「故人」，謂萬壽祺也。故曰「無不相符」。趙説誠是矣。然歸莊手寫稿勃齋玄黙執徐詩有哭萬年少五首，有四十生辰一首，有萬年少藁葬南村挽辭一首，玄黙執徐，壬辰也。壬辰，歸莊正四十歲。是壽祺確卒於壬辰，而非癸巳，則孫、羅之説是已，此殊不可解也。茲據先生送歸高士之淮上詩，仍次於癸巳，而存疑於此。又案：清詩紀事謂歸莊之主壽祺家以訓蒙爲名，實代炎武當連絡之任。考莊與蔣路然書云：弟自渡江抵淮，主年少家。千里授經，豪士氣短。所幸主人是我輩人，可與共商天下事耳。則紀事云云，不爲無據。先生素車白馬走九百里哭之。據歸莊與王于一書。蘧常案：書云：敝邑顧寧人兄，德甫先生之孫也。兄間者爲我言，方杖苴時，德甫先生不遠二千里遣使致生芻，有古君子之風。今寧人亦素車白馬走九百里哭萬年少，家風古誼，不墜益敦。此事諸譜所未及，特詳著之。八月，歸吳。據歸莊中秋前十日淮浦送顧寧人歸吳及寧人別後復來留滯旬日會面者再今知定行矣復往送之口占一絶句兩詩。蘧常案：此兩詩在勃齋詩中則作於壬辰，次哭萬年少詩後，今據先生送歸高士之淮上詩，定萬壽祺卒於癸巳。姑以此歸，亦屬諸癸巳。

十月三日，謁孝陵，並作圖。詒穀殤，更納戴氏。以上元譜。車譜云：歸玄恭戲贈先生詩云：同心初綰在秦淮，孤寄清江音問乖。雖異九秋婕妤怨，已如一月太常齋。占熊從此歡無既，弋鴈何妨老自偕。不待王郎去迎接，西風今送入君懷。自注：寧人於金陵納姬，置之清江浦。至是，姬得南歸云云。以時事案之，或是戴也。蘧常案：以歸詩推之，納戴氏當在五月前，在南京時。置之清江浦當在五月中去淮陰時。此後，不復見去清江浦之迹。戴氏南歸，當在先生歸吳以後。曰「西風今送」，或在下年之秋乎？據此，亦足爲本年先生再至淮上之佐證。

永曆八年甲午。詩署閼逢敦牂。清順治十一年，公元一六五四年。四十二歲

金山一首，僑居神烈山下一首，古隱士二首，真州一首，太平一首，蟂磯一首，江上二首，久留燕子磯院中有感而作一首，范文正公祠一首，錢生肅潤之父出示所輯方書一首。

正月壬辰朔，永曆帝在安龍府。據小腆紀年

春，游金山。吳譜至南京，卜居神烈山下。據元譜由儀真，歷太平，登采石磯，東抵蕪湖。秋，游

燕子磯，留宿僧院，至冬始還。以上元譜 是年，兄紬卒。據吳譜

永曆九年乙未。詩署旃蒙協洽。清順治十二年，公元一六五五年。四十三歲

元旦陵下作二首，常熟歸生晟陳生芳績書來以詩答之一首，贈路光祿太平一首，酬王生仍一首，永夜一首，酬陳生芳績一首，贈路舍人一首，贈錢行人邦寅一首，辭家二首。常庸顧譜斠識云：葛芝卧龍山人集卷五，有顧寧人見寄辭家二律次韻酬之詩。芝字瑞五，號龍仙，崑山人，前諸生。乙酉後，棄去。有卧龍山人集十四卷。先生寄詩，當在是年。而辭家二律，詩集失收。蘧常案：「辭家」當謂上年卜居神烈山下也。寄楊都昌并伊人三十韻一首。沈岱瞻同志贈言顧湄寄族父亭林先生詩第三首注：乙未冬，寄楊都昌并伊人三十韻，有「耆德推龍首，交游奖鳳雛」句。蘧常案：此詩詩集未收。

正月丙戌朔，永曆帝在安龍府。據小腆紀年 是日，四謁孝陵。據張譜

春，自金陵還崑山。元譜 叛僕陸恩欲陷以重案。據詩集贈路光祿太平詩序。五月十三日，擒數其罪，沈諸水。叛黨復投葉氏訟之官。據元譜 獄日急，歸莊爲求救於錢謙益。謙益欲先生自稱門下而後許之。莊知必不可，乃自書一刺與之。先生聞之，急索刺還，不得，列揭於通衢以自白。路澤溥識兵備使者，爲愬之，得移訊松江。據全祖望先生神道表及張譜。

永曆十年丙申。詩署柔兆涒灘。清順治十三年，公元一六五六年。四十四歲

松江別張處士慤王處士煒暨諸友人一首，贈潘節士檉章一首，閏五月十日恭詣孝陵一首，王處士自松江來拜陵畢遂往蕪湖一首，桃葉歌一首，黃侍中祠一首，王徵君潢具舟城西同楚二沙門小坐

栅洪橋下一首，攝山一首，賈倉部必選説易一首，出郭二首，旅中一首，酬王處士九日見懷之作一首，送張山人應鼎還江陰一首，陳生芳績兩尊人先後即世適皆以三月十九日追痛之作詞旨哀惻依韻奉和三首。方月斯詩草序。

正月庚辰朔，永曆帝在安龍府。據小腆紀年

春，獄解，回崑山。元譜 赴吴興。據同志贈言王潢送顧寧人之吴興詩。蓮常案：詩云：良史才名不可删，皇天命爾試諸艱。休言六代輘顔謝，直取三長駕馬班。燦燦春華榮槁木，煌煌夏鼎燭神姦。書成自誓苕溪水，一片丹心告蔣山。題下自注云：湖州府又號霅州。考文集書吴潘二子事云：莊生作書時，屬客延予一至其家，予薄其人不學，竟去。莊生謂湖州史案之莊廷鑨也。詩即詠此行。汪曰楨南潯志卷三十二集，亦載此詩。詩末有注云：君僑寓蔣山。常庸顧譜斠識云：據詩注，則當在本年。其説當是。詩「燦燦春華」云云，似興而非僅比也，則此行當在本年春。諸譜不及，兹補次於此。　三月，本生母何氏卒。　閏五月，至鍾山舊居。獄解後，葉氏憾不釋，遣刺客偵所往，至是，追及於南京太平門外，擊之傷首，遇救得免。　初十日，五謁孝陵。以上據元譜 變姓名南游，不遂而返。據出郭、旅中二詩。蓮常案：出郭詩，有「秦客王稽至此，待我三亭之南」之句，疑南明有使至，此兩詩當是叙一時事。惟約後仍獨行，並未同載而去。故旅中詩云「愁人獨遠征」也。旅中詩「釜遭行路奪，席與舍兒争。混跡同傭販，甘心變姓名。寒依車下草，饑糝鏖中羹。浦鴈先秋到，關雞候旦鳴。蹠穿山更險，船破浪猶横」十句，述途中艱苦之情形。此行當在夏令。故云「浦鴈先秋到」，又明謂自北而南也。然所期仍不能遂，與前丁亥秋海上之行相同，故其末云「買臣將五十，何處謁承明」也。此行與避禍亦有關，詳出郭詩注。南征既不遂，乃有明歲北游之計。考元譜本年於閏五月初十日謁陵後，即書冬在鍾山度歲。中有所諱，其跡可尋。歸當在七、八月之交。下有酬王處士九日見懷之作，可推也。王處士即王煒，同志贈言載其原作，起云「孤窮迢遞八荒游」，似指此行。或據其下「霅水菰蘆誰弔影」句，謂赴吳興，非是。吳興不遠，不得謂「迢遞八荒游」，且何必變姓名作商賈，亦不至艱苦若此。此不過敍前事，與下「蔣山風雨自深秋」句作對耳。此事亦爲自來譜家所未及，特詳論之。冬，在鍾山度歲。元譜

永曆十一年丁酉。詩署彊圉作噩。清順治十四年，公元一六五七年。四十五歲

元日一首，萊州一首，安平君祠一首，不其山一首，勞山歌一首，張饒州允掄山中彈琴一首，淮北大雨一首，濟南二首，賦得秋柳一首，酬徐處士元善昔年新城之陷其母死焉故有此作一首。

正月甲辰朔。永曆帝在滇都。據小腆紀年是日，六謁孝陵。春，自南京返崑山避讎。將北游，同人餞之，歸莊爲文贈行。據元譜秋，啓塗淮北，正值淫雨沂沭，下流並爲巨浸。跣行二百七十里，始得乾土，兩足爲腫。寄食三齊，明年客北平，又明年客上谷。一身孤行，並無僕從，窮邊二載，藜藿爲飧。據蔣山傭殘稿答人書。蘧常案：書有「追想與吾兄語濂讀書之樂」云云，當是與陳芳績者。芳績，常熟語濂涇人，與先生同居久。至萊州，與掖趙士完、任唐臣定交。元譜云：士完字汝彥，崇禎壬午舉人。亂後，棄家而南，羈棲廢寺。弟士冕，官鎮江太守。物色得之，强之歸。唐臣字子良，貢生。吳譜云：案亭林文集萊州任氏族譜序云：余往來山東十餘年。又云：頃至東萊，主趙士完、任唐臣。入其門，而堂軒几榻無改於其舊。知先生初抵萊即與趙、任往還。謝國楨顧亭林學譜云：亭林之北游山東，何以先至萊州、青州，然後始至濟南？則以東萊趙士完爲魯東巨族，而士完之從兄士喆曾舉山左大社以響應復社者也。從唐臣假吳才老韻補正，讀而校之。據元譜。蘧常案：韻補正元作韻譜，據吳譜正。過即墨。元譜躡勞山、不其山。據先生徵天下書籍啓跋。由青州至濟南，與徐夜、張爾岐定交。據元譜。清詩紀事云：徐夜初名元善，字東癡，山東新城人，明

諸生。入清後，慕嵇叔夜之爲人，更名夜。號嵇庵。掘門土室，絶迹城市，時年二十九。蘧常案：以此推之，則夜少先生二歲。餘詳酬徐處士元善詩注。張爾岐號蒿庵，濟陽人，明諸生。長先生一歲。餘詳卷五過張貢士爾岐詩解題。此詩作於乙卯，即清康熙十四年，其起句云「緇帷白室覩風標」，收句云「竊喜得逢黄叔度，頻來聽講不辭遥」，自本年至彼時，已十有八年，不應詩句尚似初見，疑本年定交或有誤。後見葉廷琯吹網録亦疑之。長山劉孔懷蒿庵集序以爲先生初識爾岐，似在癸丑八月。備一説。

永曆十二年戊戌。詩署著雍閹茂。清順治十五年，公元一六五八年。四十六歲

登岱一首，謁夫子廟一首，七十二弟子一首，謁周公廟一首，謁孟子廟一首，鄒平張公子萬斛園上小集各賦一物得桔槔一首，張隱君元明於園中寘一小石龕曰仙隱祠徵詩紀之二首，前詩意有未盡再賦四章四首，濟南一首，爲丁貢生亡考衢州君生日作一首，自笑一首，酬歸祚明戴笠王仍潘檉章四子韭溪草堂聯句見懷二十韻一首，濰縣二首，衡王府一首，督亢一首，京師作一首，薊州一首，玉田道中一首，永平一首，謁夷齊廟一首。

正月戊戌朔，永曆帝在滇都。十二月，清取安龍府，帝出狩。據小腆紀年

春，至泰安，登泰山。元譜 旋赴兗州，至曲阜，謁孔林。往鄒縣，謁周公廟、孟廟。過鄒平，游張氏萬斛園。元譜：故明兵部尚書張延登所居。與邑人馬驌訪碑郊外。張譜。池北偶談云：馬驌字驄御，一字宛斯。順治己亥進士，仕爲淮安府推官，終靈壁令。博雅耆古，著繹史，最爲精博，時人稱爲「馬三代」。崑山顧亭林尤服之。抵章丘，訪張光啓。元譜。光啓，字元明，諸生。詳張隱君元明仙隱祠詩解題。至長山，主劉孔懷。元譜：孔懷字果庵，長山人。復至濟南，元譜訪徐夜。張譜 再赴濰縣。元譜 秋，入都。蘧常案：京師作詩，前衡山府詩有云「嶽里生秋草」，後永平詩有云「灤河秋鴈獨飛初」，則入京當在秋初矣。至薊州，歷遵化、玉田，抵永平，登孤山，謁夷齊廟。

元譜。清詩紀事云：丁酉北行，徘徊于登、萊之間，又北至永平，登孤竹，出榆關。或海上尚有義從，有待撫輯。

永曆十三年己亥。詩署屠維大淵獻。清順治十六年，公元一六五九年。四十七歲

寄弟紓及友人江南三首，山海關一首，望夫石一首，昌黎一首，三屯營一首，恭謁天壽山十三陵一首，王太監墓一首，劉諫議祠一首，居庸關二首，重登靈巖一首，秋雨一首，與江南諸子別一首，江上一首。

正月癸巳朔，永曆帝次永平。乙未，清取滇都。二月，帝入緬甸。五月，駐者梗。據小腆紀年。

春，出山海關，返至永平，之昌黎。著營平二州史事六卷。據元譜。蘧常案：原無「春」字，撿山海關詩有云「海燕春乳樓」，望夫石詩有云「威遠臺前春草萋」，則其出關及至昌黎皆在春時矣。據補。至昌平州，初謁天壽山。出居庸關，仍返山東。抵鄒平，訂縣志。張譜。蘧常案：施閏章鄒平縣志序云：比部張奉之博採勤蒐，進士馬宛斯討核詳實，而吴門顧寧人自上谷來，悉授以校之，書遂成。據此，可知其出居庸關後，所止地，或有所謀耶？不可知矣。逕長清，訪碑靈巖山寺。張譜。南歸，次揚州。旋復北上，至天津度歲。徐譜。

永曆十四年庚子。詩署上章困敦。清順治十七年，公元一六六〇年。四十八歲

再謁天壽山十三陵一首，送王文學麗正歸新安一首，答徐甥乾學一首，天津一首，舊滄州一首，白下一首，重謁孝陵一首，贈林處士古度一首，羌胡引一首，贈黃職方師正一首。顧與治詩序。

正月丁巳朔，永曆帝在緬甸者梗。據小腆紀年。

二月，至昌平，再謁天壽山，入都。六月，赴山東。元譜。秋，南歸，寓居淮上。徐譜。冬，過

六合，抵南京，七謁孝陵。據元譜、徐譜。　回蘇州。遽常案：下年元日詩「行行適吳會，三徑荒不理」，是本年冬杪適吳，元日前已到家矣。家似仍在洞庭山。詳下元日詩注。元譜以回蘇繫於明年，似誤。

永曆十五年辛丑。詩署重光赤奮若。清順治十八年，公元一六六一年。四十九歲

元日一首，杭州二首，禹陵一首，宋六陵一首，顏神山中見橘一首。

正月壬子朔，遽常案：元日詩自注云：夷曆元日，先大統一日。清以辛亥爲元日，則明大統曆以壬子爲元日矣。　永曆帝在者梗。九月，清兵追帝於緬甸。十二月，被執。明年四月，遇害於雲南，明亡。據小腆紀年　春，至杭州，渡江，謁禹陵，弔宋六陵。據元譜。遽常案：原無「春」字，撿宋六陵詩有云「白日愁春雨」，可知至杭州，謁禹陵、宋陵，皆在春時也。據補。　往來皆由吳江。兩訪潘檉章於江村。據徐譜。　秋，回蘇州，即往南京。據吳譜。閏七月，返山東。十二月立春日，遽常案：本年十二月十五日立春。　輯山東考古録成。以上據元譜。

清康熙元年壬寅。詩署玄黓攝提格。海上鄭成功仍奉永曆正朔至其卒。公元一六六二年。五十歲

三月十九日有事於欑宮時聞緬國之報一首，古北口四首，五十初度時在昌平一首，北嶽廟一首，井陘一首，一鴈一首，堯廟一首。

正月，由山東入都。三月，至昌平，三謁天壽山，以上元譜。　十九日，謁思陵。吳譜。　有謁欑宮文。先生曰：昔宋之南渡，會稽諸陵皆曰欑宮。實陵而名不以陵，春秋之法。昌平山水記　出古北口，往

薊州，仍至昌平。五月二十八日，先生五十誕辰，有致饋者，作書辭之。至真定之新樂。抵曲陽，謁北嶽恒山。至井陘。十月，至大同之渾源州。度汾河，至平陽府。以上元譜

康熙二年癸卯。詩署昭陽單閼。公元一六六三年。五十一歲

十九年元旦一首，霍山一首，書女媧廟一首，晉王府一首，贈傅處士山一首，又酬傅處士次韻二首，陸貢士來復述昔年代許舍人曦草疏攻鄭鄤事一首，聞湖州史獄一首，李克用墓一首，五臺山一首，酬李處士因篤一首，雨中送申公子涵光一首，酬史庶常可程一首，汾州祭吴炎潘檉章二節士一首，寄潘節士之弟耒一首，王官谷一首，蒲州西門外鐵牛唐時所造以繫浮橋者今河西徙十餘里矣一首，潼關一首，華山一首，驪山行一首，長安一首，樓觀一首，乾陵一首，將去關中別中尉存杠於慈恩寺塔下一首。朱子斗詩序。

正月，自平陽登霍山，游女媧廟。至太原，訪傅山。元譜云：山字青主，初字青竹，號嗇廬，別號公之它，陽曲人。蘧常案：山長先生七歲。餘詳贈傅處士山詩解題。至代州，游五臺，與富平李因篤遇，遂定交。元譜云：因篤字天生，更字子德，陝西富平籍，山西洪洞人。蘧常案：餘詳酬李處士因篤詩解題。因篤少先生十八歲。在汾州聞執友吴炎、潘檉章遭湖州莊氏私史之難，遥祭於旅舍。以上據元譜　由汾州歷蒲州，入潼關，游西嶽太華。過訪華陰王弘撰。吴譜。元譜云：弘撰字無異，又字山史，華陰人，明諸生。蘧常案：弘撰待庵日札有「今年七十有八」語，此爲己卯作。己卯，康熙三十八年也。以此推之，少先生九歲。清詩紀事云：弘撰，他無表見，唯延安二議坐言可以起行。延安，秦、漢上郡。弘撰常游其地，必非無故者。顧炎武、李因篤皆走邊塞，與老兵戍卒語，思以有爲，弘撰必預其事，而

欲資延安以爲興王之始基乎？八月，至西安。據張譜 游富平，主李因篤。又西至乾州。據徐譜 十月，過訪李顒於盩厔，遂定交。據元譜。吳譜云：顒字中孚，號二曲，陝西盩厔人。詳卷五讀李處士顒襄城紀事有贈詩解題。 往驪山，訪明宗室存杠。元譜云：存杠字伯常。子斗誼斗之子。詳將去關中别中尉存杠於慈恩寺詩解題。存杠命子烈及甥王太和受業。徐譜 出關，至太原。元譜 先生五十以後，篤志經史，其於音學深有所得，爲五書以續三百篇以來久絶之傳。別著日知録，上篇經術，中篇治道，下篇博聞，共三十餘卷。據文集與人書二十五

康熙三年甲辰。公元一六六四年。五十二歲

后土祠一首，龍門一首，自大同至西口四首，孟秋朔旦有事於先皇帝欑宮一首，贈孫徵君奇逢一首。

正月五日，至蒲州之榮河，游后土祠，適汾州。 自大同至西口入都。 七月，至昌平，四謁天壽山。以上元譜 奠思陵。吳譜 至河南輝縣，訪孫奇逢。元譜：方苞孫徵君傳：徵君諱奇逢，字啓泰，號鍾元，北直容城人。餘詳贈孫徵君奇逢詩解題。 蘧常案：湯斌等孫夏峰年譜云：萬曆十二年甲申生。則長先生二十九歲。又案：諸譜皆從元譜，繫訪孫奇逢事於本年秋後，蓋元譜據詩集也。然考孫譜：甲辰二月，因所作甲申大難録爲人告發，遂自請赴部。三月，至中途，聞檢原書，特爲表忠，毫無觸忌，遂反輝。輝令聞之督撫，豫督劉疑之，復北上。五月，抵里門（容城縣北城村），次涿州，聞事寢，因旋，東歸北城。七月望日，修祀事。十二月，里門族黨觴余。據此，則本年自秋徂冬，奇逢尚留容城原籍，何緣於輝縣見之耶？此必有誤。孫譜云：四年乙巳五月，再抵夏峰。則訪奇逢當在明年五月以後，不當在本年。詩既誤編於前，譜又誤從於後，不可不辨也。 返至泰安州度歲。元譜

康熙四年乙巳。詩署旃蒙大荒落。公元一六六五年。五十三歲

酬程工部先貞一首。

由泰安至德州，復回濟南。置田舍於章丘大桑家莊。元譜。先是，章丘人謝世泰負先生貲，至是以田產償焉。吳譜　秋，至曲阜，再謁孔林，游闕里。元譜。與顔光敏定交。張譜：清史列傳文苑傳云：顔光敏字修來，號樂圃，曲阜人。康熙六年進士，官至吏部考功司郎中。蘧常案：光敏卒於康熙二十五年，年四十七，則少先生二十七歲。

康熙五年丙午。詩署柔兆敦牂。公元一六六六年。五十四歲

寄劉處士大來一首，朱處士彝尊過余於太原東郊贈之一首，屈山人大均自關中至一首，重過代州贈李子德在陳君上年署中一首，偶題一首，出鴈門關屈趙二生相送至此有賦二首，應州一首，重至大同一首，得伯常中尉書却寄并示朱烈王太和二門人一首。

春，由大桑家莊過兗州。張譜　至廣平之曲周。元譜。游太原。元譜。時秀水朱彝尊客山西布政王顯祚幕。據朱竹垞年譜　過訪先生於東郊，因與定交。車譜：彝尊字錫鬯，號竹垞，以布衣試鴻博，授檢討。蘧常案：竹垞年譜：彝尊，崇禎二年己巳生。則少先生十六歲。南海屈大均亦自關中來會。蘧常案：屈大均年譜：明崇禎三年生。則大均少先生十有七歲。出鴈門，適應州。重過大同，遇故代府中尉俊晰。訪李因篤於代州牧陳上年署。與因篤二十餘人匄貲墾荒於鴈門北。入都。據元譜。蘧常案：據詩次，則至代州，在游太原之後出鴈門關之前。詩出先生自編，宜可信。蓋由南而北，於途爲順，由大同至北京，實爲通逵達道。康熙三年，亦自大同

入都。不應由太原北上，不過代州而出鴈門，復由大同至代州，然後至京；如此不憚跋涉紆回而往也。元譜疑誤。復往山東，游泰山。元譜。　十月，著韻補正成。至兗州守彭繩祖署度歲。據元譜、張譜。

康熙六年丁未。詩署彊圉協洽。公元一六六七年。五十五歲

淮上別王生略一首，贈蕭文學企昭一首，曲周拜路文貞公祠一首，德州過程工部一首，過蘇禄國王墓一首。程正夫詩序。

春，留兗李劉澤遠署，刪訂近儒名論甲集。據張譜。蘧常案：張譜蓋據先生與顏修來手札，其文云：弟向日録有古今集論五十卷。頃兗李劉年翁延弟至署，刪取其切於經學治術之要者，付諸梓人，名曰近儒名論甲集。張云：兗州府志同知表，劉澤遠康熙八年任。所謂兗李，疑即其人。八年，或六年之譌。兗李不可解。張又云：所謂兗李亦疑辭。予疑當謂兗州之司理，宋諸州有司理官，掌獄訟、勘鞫，亦作司李。清初府有推官，正當宋之司李。劉或先爲推官，至八年始擢同知乎？張説似非。南歸，至山陽，主王略。開雕音學五書於淮上，張弨父子任校寫之役。元譜云：張弨字力臣，山陽諸生。入都，從孫思仁借得春秋纂例、春秋權衡、漢上易傳等書。蘧常案：據先生與王起田書，假書爲孫退谷，則思仁是孫承澤別字。陳上年資之薪水，傳寫以歸。東還，主德州程先貞、元譜：先貞字正夫，德州人，官工部員外郎。李濤。元譜：濤號述齋，康熙翰林，官至刑部侍郎。以上皆據元譜。

康熙七年戊申。詩署著雍涒灘。公元一六六八年。五十六歲

赴東六首，子德李子聞余在難特走燕中告急諸友人復馳至濟南省視於其行也作詩贈之一首，贈同繫閻君明鐸先出一首，爲黃氏作一首。

春，在都，寓慈仁寺，聞萊州黄培詩獄牽連，即星馳赴鞫，始知爲不識面之姜元衡所誣，據先生與人書。而謝世泰實爲主唆。據元譜 三月，下濟南府獄。張譜引先生與人書云：歲著雍涒灘二月十五日，在京師慈仁寺寓中，忽聞山東有案株連，即出都門。三月二日，抵濟南，始知爲不識面之姜元衡所誣。蘧常案：蔣山傭殘稿上國馨叔書云：二月十五日，報國寺寓中見徐廉生兄，備知吾叔近履。其時姪已聞蜚語，即以次日出都。則出都在二月十六日也。秋，從子熊來省於濟南。十月，獄解，得釋。以上元譜。暫寄徐真修通判署。據張譜

康熙八年己酉。詩署屠維作噩。公元一六六九年　五十七歲

樓桑廟一首，三月十二日有事於先皇帝欑宫同李處士因篤一首，贈李貢士嘉時年八十一首，邯鄲一首，邢州一首，自大名至保定子德已先一月西行賦寄一首，亡友潘節士之弟耒遠來受學兼有投詩答之二首。

正月，入都，據蔣山傭殘稿卷二與人書。蘧常案：與人書云：弟于正月四日入都。寓七聖庵。旋往山東。已復入都，寓文昌閣。元譜 三月，往昌平，五謁天壽山，謁思陵，有文。回都，移主甥徐元文邸舍。據元譜、吳譜出都，過順德，歷邯鄲，至山東，與謝世泰對簿，案始結。據吳譜。蘧常案：結案一事，元譜繫諸四月，張譜從之。吳、車二譜則屬之三月。考蔣山傭殘稿卷二與人書云：即墨一案，至三月十六日始結。則吳、車二譜誠是，從之。夏，在德州主謝重輝。據先生與顔修來手札。蘧常案：手札云：德州方山謝年兄入都，附此申候。弟夏秋主於其家。方山，重輝別字，官刑部郎中，有詩名。六月，王略卒，銘其墓。據先生山陽王君墓誌銘及元譜。秋，返至大名，過保定。據吳譜。蘧常案：自大名至保定，詩有「木落霜封」云云，則在深秋矣。冬，抵平原。張譜 十一月二十六日，

入都。據國粹學報載先生覆智粟書　主申穟。汪琬，廣西提學僉事申君墓誌銘：君名穟，字叔旆，吴縣人，進士。由儀制司郎中出爲廣西提學僉事。配徐氏。吴譜云：徐氏，先生女甥。又主謝重輝。潘檉章弟耒來受學。據覆智粟書。元譜：耒字次耕，康熙己未，以布衣試鴻博，授檢討。張譜：次耕少先生三十三歲。蘧常案：張譜作「冬，抵平原，潘次耕耒來受業」。注云：次耕以初冬謁先生於平原。然考潘耒亡妻王孺人壙志銘云：康熙己酉歲十一月乙未，亡妻王氏卒於淮陰，將以其月戊申厝於清江浦魯橋之原。十一月乙未，爲初六日；而戊申則十九日也。耒之起程赴平原，必在是年十一月十九日之後。時舟車濡滯，千里而遥，必不能在十一月中到達。同志贈言載耒呈詩六十韻，題云己酉冬暮自淮陰抵平原謁寧翁先生可證。徐譜亦謂時當在冬盡。張譜但舉潘詩末段「黄雲凍」「經雨雪」云云，及先生答詩「鴈來秋」云云，僅據遂初堂補遺本，題「冬」下無「暮」字，遂誤謂冬初矣。又考先生覆智粟書云：「不佞以十一月廿六日入都，而次耕後此匝月始至。今將於長安圖一讀書之地，必不虚其千里相從之願也。」智粟爲王略長子，而潘耒之妻兄也，名寬，故於耒之來學詳言之。據此，則耒之見先生，實在北京而非平原，且爲十二月杪。益可證初冬之非矣。頗疑耒之言平原者，或呈詩爲預作。至平原，而先生已赴京，乃亦隨往，呈詩之題猶仍而未改乎？兹從先生手札改。

康熙九年庚戌。詩署上章閹茂。公元一六七零年。五十八歲

述古三首，德州講易畢奉柬諸君一首，輓殷公子岳一首。

五月，蘧常案：元譜作「四月」。考先生與李良年書有云：弟夏五出都，仲秋復入，將讀退谷先生之藏書。頃者，日知録已刻成様本。一切情事，皆與本年合。則出都往德州，自當在五月，今改正。往德州。六月，程先貞、李濤延先生於家講易。至八月中畢。蘧常案：元譜作「九月初講畢」，然據上引與良年書「仲秋復入」云云，則其講畢，當爲八月，而非九月矣。且考德州講易畢奉柬諸君詩有「涼風起天末，蟋蟀吟堂階」句，亦不似晚秋景色，今正。即以是月入都，九日與朱彝

尊及嘉定陸元輔沈德潛國朝詩別裁集：陸元輔字翼王，著有菊隱集。在北平孫氏研山齋詳定所藏古碑刻。蓮常案：孫氏，孫承澤也。出都，至曲周，訪路澤濃。歷河南，至山西。復回山東度歲。是年初，刻日知録八卷。以上據元譜。

康熙十年辛亥。詩署重光大淵獻。公元一六七一年。五十九歲

寄張文學弨時淮上有築堤之役一首，雙鴈一首，夏日二首，秋風行一首，靜樂一首，太原寄王高士錫闡一首，盂縣北有藏山云是程嬰公孫杵臼藏趙孤處一首。

春，從子洪善、洪慎省先生於都門。往山東。未幾，仍入都，主甥徐乾學。據吳譜。夏，孝感熊賜履欲以纂修明史薦，先生面辭之。吳譜。蔣山傭殘稿記與孝感熊先生語云：辛亥歲夏在都中一日，孝感熊先生招同舍甥原一飲，坐客惟余兩人。熊先生從容言：久在禁近，將有開府之推，意不願出，且議纂修明史，以遂長孺之志。而前朝故事，實未諳悉，欲薦余佐其撰述。余答以果有此舉，不爲介推之逃，則爲屈原之死矣。兩人皆愕然。原一，徐乾學字。出都，歷忻州，之靜樂、平定州，之盂縣，至太原。元譜 爲太原守周令樹點定荀悦漢紀。張譜 十月，交城令趙天羽邀與華亭陸慶臻、上海蔡湘翦燭賦詩。元譜。車譜：天羽，字恒夫，休寧人，官户科給事中。慶臻，字集生，金山衛人，崇禎舉人。湘名竹濤。納妾於靜樂。文集規友人納妾書云：炎武年五十九，未有繼嗣，在太原遇傅青主，浼之診脈，云尚可得子。勸令置妾，遂于靜樂買之。

康熙十一年壬子。詩署玄黓困敦。公元一六七二年。六十歲

讀李處士顒襄城紀事有贈一首，寄楊高士一首，齊祭器行一首，題李先生矩亭一首，瓠一首，土門

旅宿一首。相傳有自題六十像一首。見近人上海李氏七十自叙附印墨跡。詩云：鹿鹿風塵數十年，芒鞋踏徧萬山烟。漫期竹简藏三策，且弄梅花付七絃。椀茗清談真供養，鑪香静坐小游仙。指揮如意飛英落，阿堵傳神亦宿緣。自跋云：慎齋鴻臚爲予作小象於燕臺，見者謂爲神肖。吾家虎頭之後，此其替人，因題一律，以志墨緣。蘧常案：慎齋，禹之鼎字。驗書法與真跡不甚類，詩亦空泛平滑，項聯尤非平昔勤厲持身之旨，與五十初度詩相校，其去遠矣。姑附於此。

由山西至京，主元文。　從兄孝宏、甥徐履忱來省。　五月，至濟南。　八月，入都，仍主元文。　十月，往德州。　由河南至山西。以上元譜　與閻若璩相遇於太原，徐譜　以日知録相質。錢大昕閻先生傳。　度歲於静樂。　寓書潘耒。　議撫吴江族子衍生爲嗣。元譜　譜名洪瑞，據張譜　是年日知録刻成樣本。見與李良年（武曾）書。

康熙十二年癸丑。詩署昭陽赤奮若。　公元一六七三年。　六十一歲

燕中贈錢編修秉鐙一首，先妣忌日一首，自章丘回至德州則程工部逝已三日矣一首，有歎二首，哭歸高士四首。　正月，由静樂南歸，至揚州。張譜　入都，主元文。

四月，至德州，訂州志。　返章丘桑家莊。　八月，游濟南。以上據元譜。　寓通志局。張譜。　蘧常案：蔣山傭殘稿答葉嵋初書云：昨見續志，簡明可觀，足徵政事文章大概。其如各屬至者未滿二十處，弟職在潤色，須諸公討論成稿之後，方得經目，此時不過借關防爲著書之便而已。所謂「續志」，即謂山東通志，先生蓋曾與其事，不獨寓居而已。張譜引先生與顔修來手札云：弟今年寓跡，半在歷下，半在章丘。而修志之局，郡邑之書甚備，弟得藉以自成其山東肇域記。若貴省之志，山川古跡，稍爲删改，其餘概未經目。雖抱素餐之譏，幸無芸人之病。亦謂山東通志也。據此，則先生於此志，僅及山川古跡，而其餘概未寓目。王士禛居易録謂：山東通志，當事既視爲具文，秉筆者又鹵莽滅裂，不諳掌故，而歎先生在局不一是正爲

可惜。蓋未審其實也。先生謂此志「簡明可觀」，當非諛詞。士禎亦言之過甚矣。葉嵋初即陸恩一案之主謀、謀陷先生不遂復遣人行刺之葉方恒也，嘗官山東濟寧道僉事，當亦與志事，故書及之。殘稿有答、與二書：一爲謝其邀山游；一即此書，下有謝其紬葛之惠。不圖刻骨之讎，乃能相悦以解；或方恒屈於公論，幡然改悔，終至輸誠傾服，而先生大度亦不咎既往耶？此亦自來譜家所未及，特詳識之。十月，自章丘至德州，哭程先貞；又聞從叔蘭服及歸莊訃，設祭於桑家莊。入都，得雲南吴三桂起兵報。寄潘耒書，令族子衍生北上。在京度歲。以上據元譜。

康熙十三年甲寅。詩署閼逢攝提格。公元一六七四年。六十二歲

廣昌道中二首，寄問傅處士土堂山中一首，與胡處士庭訪北齊碑一首，王良二首，路光禄書來叙江東同好諸友一時徂謝感歎成篇一首，過矩亭拜李先生墓下一首，潘生次耕南歸寄示一首，子房一首，刈禾長白山下一首，歲暮二首。

正月，出京，由易州往汾州。四月，至德州，回濟南。度歲於桑家莊。以上元譜。

康熙十四年乙卯。詩署旃蒙單閼。公元一六七五年。六十三歲

兄子洪善北來言及近年吴中有開淞江之役書此示之一首，閏五月十日二首，過張貢士爾岐一首，送程工部葬一首，路舍人客居太湖東山三十年寄此代柬一首，孫徵君以孟冬葬於夏峰時僑寓太原不獲執紼適吴中有傳示同社名氏者感觸之意遂見乎辭一首。

從子洪善來省於章丘。赴濟南，訪張爾岐。往德州，送程先貞葬。八月，自山東歷河南，抵山西之祁縣，主戴廷栻。以上據元譜 廷栻爲築室祁之南山，先生因之置書堂焉。據張譜 十月六日，

大理寺卿咸寧張雲翼過訪。據元譜。遴常案：元譜原云：張帝臣某及張又南雲翼過訪。注云：帝臣無考，各譜亦不詳其行事及與先生交往。張雲翼字又南，爲靖逆侯張勇長子，以父廕官大理寺卿。嘗秉父命，禮聘先生。又爲先生刻左傳杜解補正。故删帝臣，而獨著雲翼。

康熙十五年丙辰。詩署柔兆執徐。公元一六七六年。六十四歲

漢三君詩三首，楚僧元瑛談湖南三十年來事作四絶句四首，賦得簷下雀一首，薊門送李子德歸關中一首，李生符自南中歸檇李三年矣追惟壯游兼示舊作一首。

正月，自山西之山東。二月，入都，主乾學甥。三月，回山東。五月，入都。秋，至薊，仍入都。十一月，得歸徐氏第五妹訃，乾學、元文、秉義之母也，設奠。命撫子衍生北上，至京。從子洪善成進士。洪慎得子，命名世權，後更名宏佐，立爲詒穀後。據元譜。在京度歲，作日知録序。據張譜

康熙十六年丁巳。詩署彊圉大荒落。公元一六七七年。六十五歲

二月十日有事於先皇帝欑宫一首，贈獻陵司香貫太監宗一首，陵下人言上年七月九日虜主來獻酒至長陵有聲自寶城出至祾恩殿食頃止人皆異之一首，過郭林宗墓一首，介休一首，靈石縣東北三十五里神林晉介之推祠一首，霍北道中懷關西諸君一首，河上作一首，雨中至華下宿王山史家一首，過李子德四首，皁帽一首，采芝一首，寄李生雲霑時寓曲周僧舍課子衍生一首。

正月，與甥乾學等話别於天寧寺。二月，至昌平，六謁天壽山及懷宗欑宫，與王弘撰偕。

三月，出都。說見下 四月十三日，至德州，見撫子衍生及其師李雲霑，訪李浹、李源。二十一日，至鄭家口。二十四日，抵曲周，主路澤濃。五月七日，移寓曲周之增福廟。往山西，道汾州之介休，霍州之靈石。九月二日，入陝，主王弘撰。蘧常案：先生蔣山傭殘稿與魏某書云：春杪一別，忽焉半載，每領大教，永懷不忘。以九月二日入關，重登華嶽。且喜羽檄初停，四郊無警，而此中一二賢者，復有式廬擁篲之風。汧、渭之間，將恣游矚，未能即返，便羽託此奉候。此當爲本年事。「魏某」下，衍生注：章丘令。則出都後，曾至章丘。春杪，是三月末。元譜云四月出都，實誤。今據正。王弘撰山志云：丁巳秋九月初三日，亭林入關，主於予家。此曰「二日」，或「初三」爲主其家之日也。「羽檄初停」，謂王輔臣之降。本年河上詩所謂「今年暫寢兵」也。訪李顒於富平東南軍砦之北。元譜 李因篤來迎，因過所居月明山下，登堂拜母。徐譜 十一月重游太華。據與魏某書見之 重訪弘撰於華陰，作華陰王氏宗祠記。遣妾。回太原祁縣度歲。張譜。

康熙十七年戊午。詩署著雍敦牂。公元一六七八年。六十六歲

春雨一首，聞張稷若訃一首，蘧常案：潘鈔、潘刻本皆不載。據張爾岐蒿庵集末附及濟南縣志、盛百二柚堂筆談補。柚堂筆談云：蒿庵卒於康熙丁巳季冬，時亭林在關中。此詩蓋作於次年。其說是也。當時音訊濡滯，冬季歿，其聞當在春間，故次於春雨、夏日兩首之間。寄同時二三處士被薦者一首，井中心史歌一首，夏日一首，梓潼篇贈李中孚一首，和王山史寄來燕中對菊詩一首，關中雜詩五首，過朝邑王處士建常一首。

春，由太原入關中，富平令郭傳芳郊迎於二十里外。閏三月，遣李因篤家人至曲周，接衍生師生，會於李顒家。四月朔，傳芳邀先生至署，寓南庵。旋移寓朱樹滋齋中。朝議以纂修明史，特開博學鴻詞科。同邑葉方藹閣學、長洲韓菼侍講欲薦先生，知志不可屈，乃已。於是先生遂絕

迹不至都中。十月七日，自華下回富平（原作頻陽）。蘧常案：蔣山傭殘稿卷三與王山史書云：弟以十月七日自華下回頻陽。當是本年事。下有「知卧疾京師」云云。考王士禛易居録云：山史徵至京師，居城西昊天寺，以老病辭。正本年事，可證。據補。又案：頻陽爲富平之古稱。讀史方輿紀要云：富平有古頻陽城。今改從今名。十二月二十七日，在華下，張雲翼承父命來聘往蘭州，堅辭之。蘧常案：蔣山傭殘稿卷三與李子德書云：愚于十二月二十七日在華下會□又南。又南爲雲翼字，即此事，據補月日。先是，潼商道胡戴仁來訪，欲聘至署，亦辭不往。過同州之華陰，達華州，而渭北道梗，止同知王爾謙署度歲。張譜。蘧常案：前與李子德書下云：次日即至華州。而渭北草竊縱横，竟不能去，在州别駕王君署中度歲。即此事，據補。

康熙十八年己未。詩署屠維協洽，公元一六七九年。六十七歲

寄子嚴一首，寄次耕時被薦在燕中一首，當歸一首，蘧常案：詩寄潘耒者，已佚。據文集卷三答次耕書補此目。書云「至於當歸一詩，已焚稿矣」，書首云「來書北山南史一聯，語簡情至，讀而悲之。既已不可諫矣，處此之時，惟退惟拙，可以免患」。蓋此時潘耒已應徵授官，本勸其歸，即已不可諫，故焚其稿也。次耕書來言時貴有求觀余所著書者答示一首，雲臺觀尋希夷先生遺跡一首，硤石驛東二十里有西鵶路谿趙保白楊樹二百五十里至臨汝以譏察之嚴築垣封閉過此有題一首，雒陽一首，三月十九日行次嵩山會善寺一首，少林寺一首，嵩山一首，測景臺一首，卓太傅祠一首，梁園一首，海上一首，五嶽一首，贈張力臣一首，子德自燕中西歸省我于汾州天寧寺一首，寄次耕三首，歲暮西還時李生雲霑方讀鹽鐵論一首。

正月三日，往延安，抵同官縣，拜山西按察司副使寇慎之墓。蘧常案：蔣山傭殘稿卷三與李子德書云：正月

三日，始至鏵朱，欲一至宅叩辭老伯母，會北山多虎，仲德力止毋行，乃紆道自耀州至同官，拜寇老師之墓。據補。亭林餘集寇公墓誌銘云：公諱慎，字永修。寇公爲蘇州知府，炎武年十四，以童子試見公，被一言之獎，於今五十有四年。其拳拳感舊，久而不渝如此。嗚呼，可以風矣！攜衍生移寓華山下弘撰所搆齋。蘧常案：殘稿卷三與李子德書云二月七日束裝雇車啓行，十日至山史宅中暫住。則此行與衍生偕也。山史欲爲朱子建祠雲臺觀，兼營書院，以居先生。葉方靄充明史總裁，欲招先生入史局，力却之。蘧常案：此事當在三月前。其後匆促出關，不待王弘撰之歸，登嵩、少，游大騩，轉梁、宋。北至廣平，西游林慮，皆爲避此招也。元譜繫本年後。今移至三月出關前。又案：殘稿卷三與蘇易公書云：都下書來，言史局方開，有議物色及弟者，弟述先妣遺命，以死拒之。意欲來揚邑，懇台臺謀之彪翁，尋鄉村寺院，潛蹤一兩月。裹糧而至，不費主人。待舍甥入都，必有調停之法。彪翁既同雅操，必不見拒。又喜素非識面，亦未嘗信宿揚城，都人士之所不料也。報音乞付汾曲東關中書王宅。如薦剡得寢，弟便于七夕後回華山。書中情事，皆與本年合。開史局物色及之者，即葉方靄之招也。「待舍甥入都，必能調停」，即徐元文於二月召監修明史，至九月入都也。「報音乞付汾曲」，四月中，原寓汾州也。「七夕後回華山」，雖不果，終于十一月回華陰也。彪翁，范姓，鄗鼎名，彪西其字。則本年或有赴揚之事，著此可以見先生晚節之堅貞矣！三月十日出關作嵩、少之游。蘧常案：蔣山傭殘稿與李紫瀾、李星來、潘次耕、陳介眉諸書，皆言此事，而與李紫瀾書特詳。云：弟以三月十日出關，歷崤、函，觀雒、汭，登太室，游大騩，域中五嶽得游其四。四月，至曲周。旋由河南抵汾州。蘧常案：前與李紫瀾書下云：轉歷梁、宋，北至廣平。今復西游林慮。皆在其時。長洲毛今鳳來受業。十一月，回華陰。蘧常案：蔣山傭殘稿卷三留書與山史云：弟以淮上刻書未竟，須與力臣面相考訂，而晉中亦不可不一往，故于明日東行，不能□（當是「待」字）先生歸里。此去計須半載。然聞中州、淮甸在在饑荒，未卜前途何似。興盡而返，亦無容心也。當作於出關前後，未見至淮上。雖有贈張力臣詩，並無晤面之意。當是興盡而返乎？又案：與陳介眉書云：弟今年得一詣嵩山、少室，天下五嶽已游其四。遂至河東，歲暮始還華下。則無赴淮之事也。

康熙十九年庚申。詩署上章涒灘。公元一六八零年。六十八歲

贈毛錦銜一首，蘧常案：原編次酬李子德二十四韻後。酬李詩爲先生絶筆，則次於後誤。徐注雖知之而未改。錦銜爲今鳳之字。文集卷六有與毛錦銜書云：憶昔萬曆庚申，吾年八歲。今年元旦作一對曰：六十年前二聖升遐之歲，三千里外孤忠未死之人。便中有字與吴門，可代爲録此，與一二耆舊知心者觀之，知此迂拙之叟猶在人間耳。一詩并附。詩即此首，有「去日奉風度，一別遂西東」云云，蓋春間別後所寄，改移此。送康文學乃心歸郃陽一首，友人來座中口占二絶二首，送李生南歸寄戴笠王錫闡二高士一首，酬族子湄一首，朱處士鶴齡寄尚書埤傳一首，哭李侍御灌谿先生模一首，華下有懷顧推官一首，華陰古蹟二首，悼亡五首，冬至寓汾州之陽城里中尉敏洴家祭畢而飲有作三首。

正月，至富平。二月，先生仲姊訃至，間二日，設祭。三月，山西鹽運使曾寅致餽。四月，弘撰有諸母喪，爲議服及葬祭之禮。五月，送馬右賓之喪出關，雲霑附之南歸。先生誕辰，郭傳芳將親來致祝，力止之。華陰令遲維城造訪，因與謀建朱子祠堂，遲欣然捐資爲倡。十月，攜衍生往汾州之陽城里，訪前中尉朱敏洴。汾州守周于漆延入署。十一月，元配王安人卒於崑山，訃至，次日出署。十一日，成服設祭，逢七如常儀。度歲於王德元中翰家。以上皆元譜

乾學甥以贊善充明史館總裁。張譜

康熙二十年辛酉。詩署重光作噩。公元一六八一年。六十九歲

寄題貞孝墓後四柿一首，贈衛處士蒿一首。

二月望，去汾州，往曲沃，至解州、運城。三月，鹽運使黄斐來會。月杪，延入署。四月五日，斐奉諱。十日，攜衍生入關。至華陰，訪弘撰。蘧常案：蔣山傭殘稿卷一與熊耐茶書云：承鹺臺傾蓋之雅，惓惓甚篤。不謂下榻五日，而忽聞太夫人之訃，爲之愴然！□（當是「弟」字）于四月十日仍返華下，茂林閒館，起看仙掌，坐擁百城，足以忘暑。即言此事，兹據補月日。出斐所餽，落成朱子祠堂，有上梁文。七月，雲霑南來。八月二日，自華陰至山西曲沃，縣令熊僎聞先生至，命輿至候馬驛，迎入城，寓玄帝廟。十一日，患嘔泄，幾危，得郭醫自狹三五劑而起。蘧常案：殘稿卷一與遲屏萬書云：弟至曲沃三日而大病，嘔泄幾危，幸遇儒醫郭自狹，三五劑而起。即言此事，據補。九月，移寓上坡韓鏡家。十月，又移寓韓村韓進士宣之宜園。

爲衍生議婚靳氏。元譜

康熙二十一年壬戌。詩署玄黓閹茂。公元一六八二年。七十歲

酬李子德二十四韻一首。蘧常案：徐嘉譜繫辛酉，然詩有「蹉跎歲又除」，其非辛酉明甚。李因篤哭先生詩一百韻「報章驚絶筆」句注：晨，承報予二十四韻，夕卒。先生卒於壬戌正月初九日丑刻。尤爲詩作於壬戌之確證。徐嘉亭林詩注以此詩屬之壬戌，而譜猶沿誤，今正。集外佚詩，不能考其年代者，如和若士兄賦孔昭元奉諸子游黄歇山大風雨之作一首，見吳映奎亭林年譜古俠士歌兩首，見王士禎感舊集附此。

正月四日，韓宣設宴會賓友。八日，先生早起，將答賀熊令，上馬失足墜地，疾作，竟日夜嘔瀉不止。初九日丑刻捐館。韓宣、熊僎、仇昌祚、衛蒿、徐嘉霖、郭某爲經紀棺斂，並典邑人秦氏室，停柩其中。三月，先生從弟巖自崑山來，偕衍生扶柩歸葬於侍郎塋東嗣父母之昭位，門人潘耒爲之表。據元譜

〔附〕亭林著作目録

易解 見亭林文集卷三與汪苕文書及蔣山傭殘稿卷三與王山史書，未見傳本。 左傳杜解補正三卷 有清康熙間成寧張雲翼刻本 五經同異三卷 有常熟蔣光弼省吾堂刻本，疑依託。 九經誤字一卷 有四庫全書内府本、朱記榮亭林遺書彙輯本 音學五書三十八卷 有山陽張弨寫刻本。原名音統，後改此名。五書者，音論三卷、易音三卷、詩本音十卷、唐韻正二十卷、古音表二卷。 韻補正一卷 有潘耒刻亭林遺書本 唐宋韻補異同 見吴虔顧亭林年譜，未見傳本。

以上經部

二十一史年表十卷 見顧衍生亭林著書目，未見傳本。 重修宋史 見全祖望鮚埼亭外編卷四十三答臨川先生問湯史帖子。云寧人改修宋史，聞其草本已有九十餘册，乃其晚年之作，身後歸徐尚書健菴。今已不可問矣。 皇明修文備史 惲毓鼎跋云：是書爲亭林先生所彙編，舊爲陽湖趙牧菴藏書。凡七十種，合四十帙。光緒癸卯，余從巴陵方氏得此編，僅存下函，十八帙，計五十九種。較之牧菴所藏，已佚其半。 聖朝紀事一卷 見張穆亭林年譜 三朝紀事闕文 見亭林餘集自序 熹廟諒闇記一卷 見張穆亭林年譜。日本長澤規矩也亭林著述攷云：大阪府立圖書館有藏本 聖安紀事二卷 有亭林遺書彙輯本，亦名聖安皇帝本紀。 明季實録一卷 有亭林遺書彙輯本、沈懋德昭代叢書本 南都時事 見亭林文集卷四與戴耘

野書　海甸野史　見北京大學國故月刊　天下郡國利病書一百二十卷　四庫全書提要史部地理類存目一。兩江總督採進本。四川龍氏聚珍一百卷本。上海涵芬樓四部叢刊第三編影印手稿五十冊本。亭林文集卷六自序云：共成四十餘帙。一爲輿地之記，一爲利病之書。亂後多有散佚，亦或增補。　肇域志二十冊　手稿未刻。今藏南京圖書館。「志」或作「記」，此從文集卷六自序。　備録　見亭林文集卷六肇域志自序。吴映奎亭林年譜乃取江左十五子詩選徐昂詩注，可謂失諸眉睫矣。　一統志案説　見張穆亭林年譜。已言其爲坊刻妄託，而猶著之，援漢書藝文志不去僞書之例也。　歷代宅京記二十卷　有潘刻亭林遺書本　營平二州史事六卷　四庫全書提要已言其書不存，亭林文集卷二尚有其序。　營平二州地名記一卷　有亭林遺書彙輯本　昌平山水記二卷　有潘刻遺書本　昌平山水圖　見潘耒呈先生詩注　京東考古録一卷　有亭林遺書彙輯本、吴震方説鈴本　山東考古録一卷　有遺書彙輯本　北平古今記十卷　見顧衍生亭林著書目　建康古今記十卷　見江寧金鰲待徵録紀事　十九陵圖志六卷　見衍生亭林著書目及徐松、張穆年譜　孝陵圖　見亭林詩集卷二孝陵圖詩序　萬壽山考　見衍生亭林著書目　岱嶽記八卷　見衍生亭林著書目　海道經　見吴映奎亭林年譜　譎觚十事一卷　有潘刻遺書本　茀録十五卷　見衍生著書目。案：其書不傳，不知其屬何類。著書目列於各地理書後，姑附於此。　官田始末考一卷　見衍生著書目　治河事一帙　見何焯菰中隨筆跋　石經考一卷　有潘刻遺書本　金石文字記六卷　同上　求古録一卷　同上　西安府儒學碑目　見文集卷二自序　顧氏譜系考一卷　有潘刻遺書本

以上史部

日知録三十二卷　有清康熙庚戌自刻八卷本、潘耒乙亥福建刻本　日知録補遺四卷　見衍生著書目。案：鄧實風雨樓叢書有日知録之餘四卷，當即此書。　救文格論一卷　有吴震方説鈴本、亭林遺書彙輯本　菰中隨筆三卷　有四庫全書兩淮

鹽政採進本、敬躋堂刻本　菰中隨筆別本不分卷　有曲阜孔氏刻本、敬躋堂兩種合刻本　亭林雜録一卷　有遺書彙輯本。案書目，初見蘇州府志。　當務書六卷　見衍生著書目　區言五十卷　見何焯菰中隨筆跋　經世編十二卷　見四庫全書提要子部類書類存目三，蓋僞託。　下學指南一卷　見文集卷六自序　近儒名論甲集五十卷　見衍生著書目

懼謀録　崑山圖書館藏有抄本

以上子部

亭林文集六卷　有潘刻遺書本、上海涵芬樓四部叢刊影印潘刻本、朱氏遺書彙輯本、張修府刻本、董金鑑學古齋金石叢書本

亭林餘集一卷　有長洲彭紹升刻本、蒯光典重刻本、傅增湘手校鈔本　蔣山傭殘稿三卷　有日本大阪府立圖書館藏尚志堂刻本、中華書局翻印本。案：常熟鐵琴銅劍樓、上海涵芬樓皆有藏本，涵芬樓本已佚。　亭林佚文輯補　中華書局鉛槧本

亭林詩集五卷　有潘氏遺書本、四部叢刊影印潘氏遺書本、亭林遺書彙輯本　潘耒手抄亭林詩集　有幽光閣鉛印本。案：相傳梁清標有朱書補完本。蓋由潘刻多闕文而補之者也。疑即據此本抄録。　亭林佚詩一卷　有亭林遺書彙輯本　昭夏遺聲二卷　見李雲霑與人論亭林先生遺書牋　詩律蒙告一卷　有曲阜孔氏菰中隨筆別本、附刻本

以上集部

附録

一、清國史儒林傳顧炎武傳

顧炎武初名絳，字寧人，崑山人。明贊善紹芳孫。年十四，爲諸生，耿介絶俗，不與人苟同。惟與同里歸莊相善。相傳有「歸奇顧怪」之目。其論學，以博學有恥爲先。嘗與友人論學云：百餘年來之爲學者，往往言心、言性，而茫然不得其解也。命與仁，夫子所罕言；性與天道，子貢所未得聞。性命之理，著之易傳，未嘗數以語人。其答問士，則曰「行己有恥」。其爲學，則曰「好古敏求」。其與門弟子言，但曰「允執厥中，四海困窮，天禄永終」。其告哀公，明善之功，先之以博學。顏子幾於聖人，猶曰「博我以文」。自曾子而下，篤實莫若子夏，其言仁則曰「博學而篤志，切問而近思」。今之君子則不然，聚賓客門人數十百人，與之言心、言性，舍多學而識以求一貫之方，置四海之困窮不言，而講危微精一，是必其道高於夫子，而其弟子之賢於子貢也，我弗敢知也。孟子一書，言心、言性，亦諄諄矣！乃至萬章、公孫丑、陳代、陳臻、周霄、彭更之所問，與孟子之所答，常在乎出處、去就、辭受、取與之間。是故性也、命也、天也，夫子之所罕言，而今之君子所恒言也；出處、去就、辭受、取與之辨，孔子、孟子之所恒言，而今之君子之所罕言也。愚所謂聖人之道者如之何？曰「博學於文」，曰「行己有耻」。自一身以至於天下國家，皆學之事也。自子臣弟友，以至出入、往來、辭受、取與之間，皆有耻之事也。士而不先言耻，則爲無本之人。非好古多聞，則爲空虚之學。以無本之人，而講空虚之學，吾見其日從事於聖人而去之彌遠也。又曰：今之理學，禪學也。不取之五經、論語，而但資之語録，不知本矣。其論文，非有關於經旨世務者，皆謂之巧言，不以措筆。故炎武之學，大抵主於斂華就實，救弊扶衰。凡國家典制、郡邑掌故、天文儀象、河漕兵農之屬，莫不窮究原委，考正得失。又廣交賢豪長者，虚懷商榷，不自滿假。作廣師篇云：學究天人，確乎不拔，吾不如王錫闡；讀書爲己，探賾洞微，吾不如楊雪臣；獨精三禮，卓然經師，吾不如張爾岐；蕭然物外，自得天機，吾不如傅山；堅苦力學，無師而成，吾不如李顒；險阻備嘗，與時屈伸，吾不如路安卿；張譜案：本集所舉十人，皆稱字，此改稱名，史例也。而楊雪臣名瑀，路安卿名澤濃，仍而不改，何也？嘉案：楊、路國史無傳，餘皆有傳。博聞强記，羣書之府，吾不如吴任臣；文章爾雅，宅心和厚，吾不如朱彝尊；好學不倦，篤於友朋，吾不如王宏撰；精心六書，信而好古，吾不如張弨。至於達而在位，其可稱述者，亦多有之，然非布衣之所得議也。炎武生平精力絶人，自少至老，無一刻離書。國朝稱學有根柢者，以炎武爲最。炎武撰天下郡國利病書一百二十卷，歷覽諸史、圖經、實録、文編、説部之類，取其關於民生利病者；且周流西北，歷二十年，其書始成。別有肇域志一編，則考索利病之餘，合圖經而成者。炎武精韻學，撰音論三卷。言古韻者，始自明陳第，雖創闢榛蕪，猶未邃密。至炎武乃推尋經傳，探討本原。又，詩本音十卷。其書主第「詩無協韻」之説，不與吴棫本音争，亦全不用補音之例，但即本經之韻互考，且證以他書，明古音原作是讀，非有遷就，故曰本音。又易音三卷，即周易以求古音，考證精確。又，唐韻正二十卷，韻補正一卷，古音表二卷，皆能追復三代以來之音，分部正帙而知其變，自吴才老而下廓如也。炎武又撰金石文字記、求古録，與經史相證，歐、趙、洪、王不及其精。而日知録三十卷，尤爲炎武終身精詣之書。蓋積三十餘年而後成。凡經史、吏治、財賦、典禮、藝文之類，皆疏通考證之。炎武又以杜預左傳集解時有闕失，作杜解補正三卷。其他著作，有石經考、二十一史年表、歷代帝王宅京記、亭林文集、詩集、營平二州地名記、昌平山水記、山東考古録、譎觚、菰中隨筆、救文格論等書，並有補於學術世道。初，炎武嗣母王氏，未嫁守節，嘗斷指療姑，於崇禎十年被旌。及聞明亡，不食卒。誡炎武不出仕。福王時，崑山令楊永言薦炎武爲兵部司務，旋以職方郎召，皆未赴。既葬母，遂出游歷，遭艱險，所至之地以二騾二馬載書。遇邊塞亭障，呼老卒詢曲折，有與平日所聞不合，即於坊肆中發書對勘；或平原大野，則於鞍上默誦諸經注疏。在華陰與王宏撰等於雲臺觀側建朱子祠。康熙間，詔舉博學鴻儒科，又脩明史，大臣争薦之，並辭未赴。康熙二十一年，卒於華陰，年六十九。張譜先生年七十，卒於曲沃。無子，門人以其喪歸葬崑山。案：先生撫族子衍生爲嗣。衍生侍先生殁，與先生從弟巖扶柩歸葬。吴江潘耒叙其遺書行世。蘧常案：清史稿德宗本紀：三十四年九月癸未朔，予先儒顧炎武、王夫之、黄宗羲從祀文廟。又清史稿儒林傳顧炎武傳：宣統元年，從祀文廟。案：從祀文廟在清代爲重典，嚴於前代，二百六十餘年間不過湯斌、陸隴其、張伯行等三數人。至末季方首列炎武，蓋所以緩和滿、漢之見而進炎武等堅持民族立場於兩廡也，其議發自張之洞。清史稿紀、傳紀年互有抵梧，當以紀爲是，蓋光緒三十四年九月，宣統已嗣位，第是年仍以光緒紀元耳。

二、徐嘉顧詩箋注原序

崑山顧亭林先生揖讓百代，卓立儒軌。其詩沈鬱濸雅，副貳史乘。近世流傳之本，間附注語，據錢唐袁氏所言，即亭林自注也。叔師、太沖已肇此例，微之、義山亦多引古。當時西河輕肆詆譏，詎知賢者命翰，必有祖述。然先生特略舉其凡，含意未申，率待尋涉。佰年以來，罕聞擁篲。山陽徐先生嘉，篤嗜顧詩，首創茅蕝，剌剟羣籍，箸爲長編，甄策宛委之遺，覓土昆明之劫，羅縷條達，綜其要會，事在左證，語絶支蔓。應璩百一，摭諸家以定尊；阮公詠懷，守蓋闕以俟哲。若明季稗史、國初舊聞，比附牽合，咸具首尾，尚論揚搉，宛得心曲。歲閲一周，注積廿卷，可謂亭林之功臣，淮海之英傑已。私論注此詩者，厥事不易，時值代謝，書更禁燬。舞干、銜木，至隱蒐辭；采薇、骫桑，相和楚調。或致載籍褫奪，名字翳如，自非博訪通人，廣求徵藏，守己專輒，匙能畢業。今兹薈萃權衡，體兼鈔撰。李善每據圖經，元之備録碑狀，蒐輯之富，裁汰之精，足使北研再起，抗手同心，烏程施國祁元遺山詩注引金源别史、文集略備。价人潛愧，鑿空皮傅。

靳氏吴詩集覽，每多附會。雖有康琚不審，僕鑒闕釋，既攬宏綱，無累虧景。昔曝書朱集，精華王録，注者皆鄉里之後生，曝書亭詩注，江浩然、楊謙兩家，皆嘉興人。或徒彦之胄子，惠先生士奇爲漁洋門人，其子棟著精華録訓纂。故宜檇李父老，近餉叢譚，紅豆門庭，遠接先輩。此則寤寐音塵，鑽研傳記，結芳蘭以崇佩，被以光風；賁油素以隨計，證之汗簡。孤擁鳴琴，獨嘯長皁。持較數君，孰爲難易，必有賞心能一歎耳！詳欣睹盛烈，出共商略，屬命點勘，偶拾漏義。飾膏益黛，何預淑姿；執盈御沖，降挹小善。豈意一承寵光，遽規玄晏。將非温雪逆旅，交越恒端；沈侯坐隅，契通宿旨。遂令務觀杜口，慚詒鳳巢，周續奉手，奮拔馬隊，適彰宏美云爾。如詳淺言，固無關妙道也。光緒庚子，興化李詳。

曩學詩於代州馮魯川先生，先生誨之曰：詩不可苟作，託興風月，寄情山水，於世道人心毫無補益者，曾不若盲詞俚曲，尚有裨風教也。間以當代詩家優劣爲問。先生曰：牧齋、梅村之沈厚，漁洋、竹垞之博雅，宋、元以來亦所謂卓然大家者也，然皆詩人之詩也。若繼體風、騷，扶持名教，言當時不容已之言，作後世不可少之作，當以顧亭林先生爲第一。退而讀之，苦其事其人不知者六七焉。既得石洲張先生所撰年譜，解大半矣。其人有不知者，考索數十年，終屬寥寥。於是，有此詩無注之歎矣！及居山陽，得交徐賓華先生，先生工於詩，所著味静齋集，於亭林詩近，既而知先生有顧詩箋注，亟索草稿觀之，快若起廢疾，樂如針膏肓。嗚呼！注詩不易，注顧詩尤不易。夫詩以言志，作者之事也；以意逆志，其注家之事乎！亭林先生身負沈痛，思大揭其親之志於天下，奔走流離，欲見諸事功不可得。數十年靡訴之衷，幽隱之情，無可發泄，時於詩見之，所謂以歌當哭者也。然當時所論之事，多秘密忌諱，所遇之人，皆遯世逃名，或有見諸記述者，又因禁燬諸書，多從散落，故時代未遠，較注前代詩爲尤難。先生注此詩，閱時十餘載，借書十數家，而後疏詳證博，使閱者如見其人、親其事，而亭林之志得大顯於後世。竊謂亭林先生著述無不既精且博，然乃先生之貽於人者也，人欲知先生立志之堅、操行之苦，捨詩而外，又何求焉。余得預校字之役，譾陋何敢言序，但以數十年固結凝滯於胸中者，一旦冰釋，其樂有不容已於言者，遂書之如右。光緒戊戌盩厔路岯拜撰。

三、徐嘉顧詩箋注凡例

一、篇首列國史儒林傳，次詩譜，仿杜、韓諸集例。先生年譜有四：生平事迹游蹤旅寓，悉據崑山吴氏映奎、平定張氏穆二譜；大興徐氏松、上元車氏守謙二譜未見。吴氏刻稱原譜；張氏刻稱元譜，則先生撫子衍生所作，當無舛謬。注中或稱徐譜、車譜者，仍吴、張本，不敢攘善。

一、先生之學，主於斂華就實，救敝扶衰，凡國家典制、郡邑掌故、天文儀象、河漕兵農之屬，莫不窮究原委，覈正得失。且周流西北垂三十年，廣交耆儒遺老，虚懷商榷，於經史、吏治、財賦、典制、藝文之類，皆攷證疏通，期有補於學術世道。其爲詩也亦然。詩集五卷，乃潘稼堂太史刊本，原注甚略。兹編載明分綴箋釋補注者，仿李善文選注例，皆列句後。

一、先生身負沈痛，思大揭其親之志於天下，奔走流離，撫時感事諸作，實爲一代詩史，踵美少陵。注中於人物忠奸、郡縣山川古蹟、禮制、食貨、河渠、兵戎、祲祥之類，謹據欽定明史及歷代史志，不敢傅會穿鑿，惟管窺蠡測，繁簡或未免失宜。

一、五經、論語，家弦户誦者，用李善文選注例，略引未全。三傳、周禮、爾雅、歷代正史略注，惟明史及明季諸稗史有涉先生時事者，不厭詳瀆，用爲論世知人之助。凡先生所著書，注中但稱「先生」。自來注詩家引用史傳，或寥寥一二語，略無端緒，兹編特矯此弊，叢摭繁徵。

一、是編草創於光緒壬午，暨今十年，寒暑靡輟，草藁三易，檢書四百五十餘種。學識瞀陋，猶有未詳數事：如孝陵圖詩「雷震樵夫」、「梁壓陵賊」、鄒平張公子萬斛園、王生麗正、北嶽廟詩「陽庚」、陸貢士來復、劉處士大來、李貢士嘉、楚僧元瑛、獻陵貫太監宗。彙簽於此，敬質海内博雅諸家，一字百朋，日深跂望。

一、潘氏初刊是詩，中多闕文，佗刻因之，未闕原藁，慮難補輯。光緒甲申，鎮江書賈出眎舊本，朱書補完，每卷下方鈐「梁清標印」，知爲蕉林相國什藏。喜亟購歸，照録靡闕。後於陳太守仲英家覩京師新刊本，檢校哭顧推官咸正詩，「獨奉」句「奉」作「奮」，「漢將隙」句「漢」作

「諸」,「主帥」句「帥」作「謀」,「大事」句「大」作「舉」;哭陳太僕子龍詩,「詔使」句「將」作「陵」;吴興行詩,「傳檄」句「傳檄」作「指揮」,「拜掃」句「掃」作「爵」,「十八陵」作「萬户侯」;贈路舍人澤溥詩:「鑠金」句「白」作「息」;金山詩,「故侯」句「張車騎」作「褒鄂姿」,「沈吟」句「十餘年」作「横槊餘」,「不見」句「不見」作「天際」,「忽聞」句「王旅」作「黄屋」。此刻皆從梁本,以陳本分注,惟路舍人家、見隆武四年曆,題從陳本。

一、注甫及半,吾友高子上延第即爲裨補闕漏。彭城歸來,孔印川亦頻商略。脱稾後,黄蕙伯海長、裴樾岑蔭森、段笏林朝端、顧持白雲臣、路山夫伾、羅叔韞振玉、陳惕庵玉樹、王錫之範、丘于蕃崧生咸有糾正。庚子歲,興化李君審言詳介惕庵以詩一章索觀稾本,爲刊謬至五十條。可鑿補者,分注句下,餘坿後,爲拾補。復乞笏林校補至百十條,共拾補爲一卷,分注李補、段補。博物君子肯賜廣益,輔余孤陋,實賴劘攻。或鰍生續有見聞,隨時附綴者,不别加注,並坿刊焉。

一、嘉生長鄉隅,未窺中祕,又莫獲識當代通人。客授徐州,得桂履真中行太守家藏書籍校讎,既又假王蘭生錫元太守、陳仲英文騄太守兩家書印證。脱稾後,復假王生壽蘐錫祺比部藏書訂補數十條。舛謬尚多,深冀方家摘繩歧複。

一、是注從吴江潘氏耒刊本。集外補詩四首,和若士兄賦孔昭元奉諸子游黄歇山大風雨之作,見吴譜,古俠士歌見王士禛感舊集,哭張爾岐見張蒿庵集箋注,坿後。

一、吴縣朱氏記榮所刻亭林軼詩十三首，是篇成後獲見。當時之所指陳，潘氏删之宜也。且書已還瓻，艱於引證，輟管悵惘，遂從闕如。

一、是集注竣，醵饮付刊，歷丙申、丁酉凡十有九月蔵事，工資計近六百千，梓人給錢溢數，版半盜質。思陳牒求理，性苦慈懦，且不願以牘入官。自咎疚心，無識受誑，牘則無力也。庚子春，復客瓢城，李君審言既爲糾謬，句容王君煦堂貞春慨助洋圓七十，乃獲贖補成書。惠而好我，敢識弗諼。

聊齋志異會校會注會評本	[清]蒲松齡著　張友鶴輯校
敬業堂詩集	[清]查慎行著　周劭標點
納蘭詞箋注	[清]納蘭性德著　張草紉箋注
方苞集	[清]方苞著　劉季高校點
樊榭山房集	[清]厲鶚著　[清]董兆熊注　陳九思標校
劉大櫆集	[清]劉大櫆著　吴孟復標點
儒林外史彙校彙評(增訂版)	[清]吴敬梓著　李漢秋輯校
小倉山房詩文集	[清]袁枚著　周本淳標校
忠雅堂集校箋	[清]蔣士銓著　邵海清校　李夢生箋
甌北集	[清]趙翼著　李學穎、曹光甫校點
惜抱軒詩文集	[清]姚鼐著　劉季高標校
兩當軒集	[清]黄景仁著　李國章校點
惲敬集	[清]惲敬著　萬陸、謝珊珊、林振岳標校　林振岳集評
茗柯文編	[清]張惠言著　黄立新校點
瓶水齋詩集	[清]舒位著　曹光甫點校
龔自珍全集	[清]龔自珍著　王佩諍校點
龔自珍詩集編年校注	[清]龔自珍著　劉逸生、周錫韓校注
水雲樓詩詞箋注	[清]蔣春霖著　劉勇剛箋注
人境廬詩草箋注	[清]黄遵憲著　錢仲聯箋注
嶺雲海日樓詩鈔	[清]丘逢甲著　丘鑄昌標點

隱秀軒集	[明]鍾惺著　李先耕、崔重慶標校
譚元春集	[明]譚元春著　陳杏珍標校
張岱詩文集(增訂本)	[明]張岱著　夏咸淳輯校
陳子龍詩集	[明]陳子龍著　施蟄存、馬祖熙標校
夏完淳集箋校(修訂本)	[明]夏完淳著　白堅箋校
牧齋初學集	[清]錢謙益著　[清]錢曾箋注　錢仲聯標校
牧齋有學集	[清]錢謙益著　[清]錢曾箋注　錢仲聯標校
牧齋雜著	[清]錢謙益著　[清]錢曾箋注　錢仲聯標校
牧齋初學集詩注彙校	[清]錢謙益著　[清]錢曾箋注　卿朝暉輯校
李玉戲曲集	[清]李玉著　陳古虞、陳多、馬聖貴點校
吴梅村全集	[清]吴偉業著　李學穎集評標校
歸莊集	[清]歸莊著
顧亭林詩集彙注	[清]顧炎武著　王蘧常輯注　吴丕績標校
安雅堂全集	[清]宋琬著　馬祖熙標校
吴嘉紀詩箋校	[清]吴嘉紀著　楊積慶箋校
陳維崧集	[清]陳維崧著　陳振鵬標點　李學穎校補
屈大均詩詞編年校箋	[清]屈大均著　陳永正等校箋
秋笳集	[清]吴兆騫撰　麻守中校點
漁洋精華録集釋	[清]王士禛著　李毓芙、牟通、李茂肅整理

渭南文集箋校	[宋]陸游著　朱迎平箋校
范石湖集	[宋]范成大撰　富壽蓀標校
范成大集校箋	[宋]范成大撰　吴企民校箋
于湖居士文集	[宋]張孝祥著　徐鵬校點
稼軒詞編年箋注(定本)	[宋]辛棄疾撰　鄧廣銘箋注
辛棄疾詞校箋	[宋]辛棄疾著　吴企明校箋
姜白石詞編年箋校	[宋]姜夔著　夏承燾箋校
後村詞箋注	[宋]劉克莊著　錢仲聯箋注
瀛奎律髓彙評	[元]方回選評　李慶甲集評校點
雁門集	[元]薩都拉著 殷孟倫、朱廣祁校點
揭傒斯全集	[元]揭傒斯著　李夢生標校
高青丘集	[明]高啓著　[清]金檀注 徐澄宇、沈北宗校點
唐寅集	[明]唐寅著　周道振、張月尊輯校
文徵明集(增訂本)	[明]文徵明著　周道振輯校
震川先生集	[明]歸有光著　周本淳校點
海浮山堂詞稿	[明]馮惟敏著 凌景埏、謝伯陽標校
滄溟先生集	[明]李攀龍著　包敬第標校
梁辰魚集	[明]梁辰魚著　吴書蔭編集校點
沈璟集	[明]沈璟著　徐朔方輯校
湯顯祖詩文集	[明]湯顯祖著　徐朔方箋校
湯顯祖戲曲集	[明]湯顯祖著　錢南揚校點
白蘇齋類集	[明]袁宗道著　錢伯城校點
袁宏道集箋校	[明]袁宏道著　錢伯城箋校
珂雪齋集	[明]袁中道著　錢伯城點校

嘉祐集箋注	[宋]蘇洵著　曾棗莊、金成禮箋注
王荆文公詩箋注(修訂版)	[宋]王安石著　[宋]李壁箋注　高克勤點校
王令集	[宋]王令著　沈文倬校點
蘇軾詩集合注	[宋]蘇軾著　[清]馮應榴注　黄任軻、朱懷春校點
東坡樂府箋	[宋]蘇軾著　[清]朱孝臧編年　龍榆生校箋
東坡詞傅幹注校證	[宋]蘇軾著　[宋]傅幹注　劉尚榮校證
欒城集	[宋]蘇轍著　曾棗莊、馬德富校點
山谷詩集注	[宋]黄庭堅著　[宋]任淵、史容、史季温注　黄寶華點校
山谷詩注續補	[宋]黄庭堅著　陳永正、何澤棠注
山谷詞校注	[宋]黄庭堅著　馬興榮、祝振玉校注
淮海集箋注	[宋]秦觀撰　徐培均箋注
淮海居士長短句箋注	[宋]秦觀著　徐培均箋注
清真集箋注	[宋]周邦彦著　羅忼烈箋注
石門文字禪校注	[宋]釋惠洪撰　周裕鍇校注
石林詞箋注	[宋]葉夢得著　蔣哲倫箋注
樵歌校注	[宋]朱敦儒著　鄧子勉校注
李清照集箋注(修訂本)	[宋]李清照著　徐培均箋注
吕本中詩集箋注	[宋]吕本中著　祝尚書箋注
陳與義集校箋	[宋]陳與義著　白敦仁校箋
蘆川詞箋注	[宋]張元幹著　曹濟平箋注
劍南詩稿校注	[宋]陸游著　錢仲聯校注
放翁詞編年箋注(增訂本)	[宋]陸游著　夏承燾、吴熊和箋注　陶然訂補

劉禹錫集箋證	[唐]劉禹錫著　瞿蜕園箋證
白居易集箋校	[唐]白居易著　朱金城箋校
柳宗元詩箋釋	[唐]柳宗元著　王國安箋釋
柳河東集	[唐]柳宗元著　[宋]廖瑩中輯注
元稹集校注	[唐]元稹著　周相録校注
長江集新校	[唐]賈島著　李嘉言新校
張祜詩集校注	[唐]張祜著　尹占華校注
三家評注李長吉歌詩	[唐]李賀著　[清]王琦等評注　蔣凡校點
樊川文集	[唐]杜牧著　陳允吉校點
樊川詩集注	[唐]杜牧著　[清]馮集梧注
温飛卿詩集箋注	[唐]温庭筠著　[清]曾益等箋注
玉谿生詩集箋注	[唐]李商隱著　[清]馮浩箋注　蔣凡校點
樊南文集	[唐]李商隱著　[清]馮浩詳注　錢振倫、錢振常箋注
皮子文藪	[唐]皮日休著　蕭滌非、鄭慶篤整理
鄭谷詩集箋注	[唐]鄭谷著　嚴壽澂、黄明、趙昌平箋注
韋莊集箋注	[五代]韋莊著　聶安福箋注
李璟李煜詞校注	[南唐]李璟、李煜著　詹安泰校注
張先集編年校注	[宋]張先著　吴熊和、沈松勤校注
二晏詞箋注	[宋]晏殊、晏幾道著　張草紉箋注
乐章集校箋	[宋]柳永著　陶然、姚逸超校箋
梅堯臣集編年校注	[宋]梅堯臣著　朱東潤編年校注
歐陽修詩文集校箋	[宋]歐陽修著　洪本健校箋
歐陽修詞校注	[宋]歐陽修著　胡可先、徐邁校注
蘇舜欽集	[宋]蘇舜欽著　沈文倬校點

蕭繹集校注	[南朝梁]蕭繹著　陳志平、熊清元校注
玉臺新咏彙校	吴冠文、談蓓芳、章培恒彙校
王梵志詩校注(增訂本)	[唐]王梵志著　項楚校注
盧照鄰集箋注	[唐]盧照鄰著　祝尚書箋注
駱臨海集箋注	[唐]駱賓王著　[清]陳熙晉箋注
王子安集注	[唐]王勃著　[清]蔣清翊注
陳子昂集(修訂本)	[唐]陳子昂撰　徐鵬校點
孟浩然詩集箋注(增訂本)	[唐]孟浩然著　佟培基箋注
王右丞集箋注	[唐]王維著　[清]趙殿成箋注
李白集校注	[唐]李白著　瞿蜕園、朱金城校注
高適集校注(修訂本)	[唐]高適著　孫欽善校注
杜詩趙次公先後解輯校	[唐]杜甫著　[宋]趙次公注　林繼中輯校
新刊校定集注杜詩	[唐]杜甫著　[宋]郭知達輯注　聶巧平點校
新定杜工部草堂詩箋斠證	[唐]杜甫著　[宋]魯訔編　[宋]蔡夢弼會箋　曾祥波新定斠證
杜詩鏡銓	[唐]杜甫著　[清]楊倫箋注
錢注杜詩	[唐]杜甫著　[清]錢謙益箋注
杜甫集校注	[唐]杜甫著　謝思煒校注
岑參集校注	[唐]岑參著　陳鐵民、侯忠義校注
戴叔倫詩集校注	[唐]戴叔倫著　蔣寅校注
韋應物集校注(增訂本)	[唐]韋應物著　陶敏、王友勝校注
權德輿詩文集	[唐]權德輿撰　郭廣偉校點
王建詩集校注	[唐]王建著　尹占華校注
韓昌黎詩繫年集釋	[唐]韓愈著　錢仲聯集釋
韓昌黎文集校注	[唐]韓愈著　馬其昶校注　馬茂元整理

《中國古典文學叢書》已出書目

詩經今注	高亨注
楚辭集注	[宋]朱熹撰　黄靈庚點校
楚辭今注	湯炳正、李大明、李誠、熊良智注
司馬相如集校注	[漢]司馬相如著　金國永校注
揚雄集校注	[漢]揚雄著　張震澤校注
張衡詩文集校注	[漢]張衡著　張震澤校注
阮籍集	[魏]阮籍著　李志鈞等校點
陸機集校箋	[晉]陸機著　楊明校箋
陶淵明集校箋(修訂本)	[晉]陶潛著　龔斌校箋
世説新語箋疏(修訂本)	[南朝宋]劉義慶撰　余嘉錫箋疏　周祖謨等整理
世説新語校釋(增訂本)	[南朝宋]劉義慶撰　[南朝梁]劉孝標注　龔斌校釋
鮑參軍集注	[南朝宋]鮑照著　錢仲聯增補集説校
謝宣城集校注	[南朝齊]謝朓著　曹融南校注集説
江文通集校注	[南朝梁]江淹著　丁福林、楊勝朋校注
文心雕龍義證	[南朝梁]劉勰著　詹鍈義證
詩品集注(增訂本)	[梁]鍾嶸著　曹旭集注
文選	[梁]蕭統編　[唐]李善注